浪代破时

人间需要情绪稳定 著

ERA OF
WAVE
BREAKING

（上）

上海文艺出版社

目录

第一卷　星火燎原

第一章	被放逐的高管	001
第二章	吹下个大牛皮	006
第三章	农村包围城市	011
第四章	草台班子上线	016
第五章	麻雀五脏俱全	021
第六章	老弱病残组队	027
第七章	有条件的合作	033
第八章	凑一起过新年	038
第九章	阶段性的放弃	043
第十章	歪打也能正着	049
第十一章	一波还有三折	054
第十二章	反其道而行之	060
第十三章	真实的广告片	065
第十四章	万事都已具备	071
第十五章	销售大获成功	075
第十六章	有人喜有人忧	081

| 第十七章 | 呼唤深刻变革　　085
| 第十八章 | 睡觉来了枕头　　089
| 第十九章 | 一个惨字了得　　094
| 第二十章 | 成功引起注意　　099
| 第二十一章 | 快乐不过分钱　　104
| 第二十二章 | 回到静谧家乡　　108
| 第二十三章 | 更艰难的旅程　　113
| 第二十四章 | 瞄准年轻世代　　117
| 第二十五章 | 不速之客到来　　121
| 第二十六章 | 科技企业峰会　　125
| 第二十七章 | 公然夸下海口　　129
| 第二十八章 | 热闹不嫌事大　　133
| 第二十九章 | 走进校园活动　　138
| 第三十章 | 遇到一个怪咖　　143
| 第三十一章 | 黯然退下舞台　　148
| 第三十二章 | 慎对前车之鉴　　152
| 第三十三章 | 国产愁云惨淡　　156

第二卷　星辰大海

第三十四章	有必要自研吗	161
第三十五章	海外市场考察	165
第三十六章	学而不思则罔	169
第三十七章	局外人的启示	174
第三十八章	穷思变变则通	178
第三十九章	拆东墙补西墙	182
第四十章	生气都来不及	186
第四十一章	世界电信大会	191
第四十二章	新终端突击队	195
第四十三章	致富经送上门	199
第四十四章	最失败的表白	204
第四十五章	何惧头破血流	208
第四十六章	小商品大收益	212
第四十七章	管家走马上任	215
第四十八章	重回校园时光	220
第四十九章	深藏不露的人	224
第五十章	师兄来耀华吧	228
第五十一章	就当是个错误	232

第三卷　星辰大海

第五十二章	旧人走新人来	237
第五十三章	两个人的星空	241
第五十四章	新老辈相见欢	246
第五十五章	出征电信展会	250
第五十六章	送上门的生意	254
第五十七章	无声达成合作	258
第五十八章	知己也是对手	262
第五十九章	看谁先捅破天	267
第六十章	海外将士召集	271
第六十一章	万事还有你我	275
第六十二章	非洲大陆你好	280
第六十三章	送人过来陪你	285
第六十四章	周末打翻醋坛	289
第六十五章	隋祖禹被绑架	293
第六十六章	人质杳无踪迹	297
第六十七章	大力真出奇迹	301
第六十九章	团结就是力量	306

| 第七十章 | 土人有土办法 310
| 第七十一章 | 学马尼拉老姜 314
| 第七十二章 | 各方面差得远 318
| 第七十三章 | 狮城挥金如土 322
| 第七十四章 | 一趟连吃带拿 326
| 第七十五章 | 挖出男人梦想 331
| 第七十六章 | 乱拳打老师傅 335
| 第七十七章 | 事业爱情得意 339
| 第七十八章 | 新人四处绽放 344
| 第七十九章 | 祭出的大杀器 348
| 第八十章 | 听郝仁一席话 352
| 第八十一章 | 南国不知疲倦 356
| 第八十二章 | 好消息不间断 361
| 第八十三章 | 闪婚还是恐婚 365
| 第八十四章 | 叫人又爱又恨 370
| 第八十五章 | 可惜不是理想 374
| 第八十六章 | 投标暗无天日 378
| 第八十七章 | 打脸猝不及防 382
| 第八十八章 | 郝仁香港求婚 387

| 第八十九章 | 重启深度变革 　　392
| 第九十章 | 树大歪风不少 　　396
| 第九十一章 | 打出强力反击 　　401
| 第九十二章 | 隋祖禹的婚礼 　　405
| 第九十三章 | 美国小试牛刀 　　410
| 第九十四章 | 颠覆式的创新 　　415
| 第九十五章 | 时代百花齐放 　　419
| 第九十六章 | 宋朝栋的野心 　　423
| 第九十七章 | 哄个好手回国 　　427
| 第九十八章 | 不明白就试试 　　431
| 第九十九章 | 初涉线上渠道 　　435
| 第一百章 | 积蓄市场能量 　　439
| 第一百零一章 | 重构产业格局 　　443
| 第一百零二章 | 针尖对上麦芒 　　447
| 第一百零三章 | 我们挣外币了 　　451
| 第一百零四章 | 新年各家悲欢 　　456
| 第一百零五章 | 免费午餐破局 　　461
| 第一百零六章 | 想要的给不了 　　465
| 第一百零七章 | 押宝奥运明星 　　470

| 第一百零八章 | 感谢对手助力 | 473
| 第一百零九章 | 第一时间抢跑 | 477
| 第一百一十章 | 忧虑从喜中生 | 480
| 第一百一十一章 | 打脸猝不及防 | 484
| 第一百一十二章 | 暗藏危机隐患 | 488
| 第一百一十三章 | 逆势网罗人才 | 491
| 第一百一十四章 | 左膀右臂龃龉 | 495
| 第一百一十五章 | 同心同德同行 | 499
| 第一百一十六章 | 被耍的刘达喜 | 504
| 第一百一十七章 | 抖落过往恩怨 | 508

第四卷　星夜兼程

| 第一百一十八章 | 榜单上见沉浮 | 513
| 第一百一十九章 | 前浪后浪同行 | 517
| 第一百二十章 | 现代企业良药 | 521
| 第一百二十一章 | 参展一波三折 | 525
| 第一百二十二章 | 所见并非所得 | 528
| 第一百二十三章 | 未来第一电商 | 532
| 第一百二十四章 | 锁定美与科技 | 535

| 第一百二十五章 | 男人携美而至 | 539
| 第一百二十六章 | 相爱也是伤害 | 543
| 第一百二十七章 | 以一年为期限 | 546
| 第一百二十八章 | 一将当真难求 | 550
| 第一百二十九章 | 助人还需等待 | 554
| 第一百三十章 | 来得早来得巧 | 558
| 第一百三十一章 | 北上把脉渠道 | 561
| 第一百三十二章 | 找到坏事老鼠 | 565
| 第一百三十三章 | 好产品不怕晚 | 568
| 第一百三十四章 | 不信任或更好 | 572
| 第一百三十五章 | 静静看人表演 | 576
| 第一百三十六章 | 掐死非分之想 | 579
| 第一百三十七章 | 芯片流片失败 | 583
| 第一百三十八章 | 孤独开出朵花 | 586
| 第一百三十九章 | 新旧暗自交替 | 589
| 第一百四十章 | 光脚挑战穿鞋 | 593
| 第一百四十一章 | 雁过不禁留声 | 596
| 第一百四十二章 | 也只能错过了 | 599
| 第一百四十三章 | 擂台打了平手 | 602

第一百四十四章	卖掉耀华终端	605
第一百四十五章	暂时按下不提	608
第一百四十六章	非本地化不可	611
第一百四十七章	本地建厂计划	614
第一百四十八章	钱够就不委屈	617
第一百四十九章	人生得意尽欢	620
第一百五十章	和赵扬说再见	624
第一百五十一章	真的没办法吗	627
第一百五十二章	不如集资买下	630
第一百五十三章	郝仁最大弱点	633
第一百五十四章	担负全员信任	636
第一百五十五章	价格高不可攀	639
第一百五十六章	得道者得多助	643
第一百五十七章	全员买下公司	646
第一百五十八章	挥别旧的过去	649
第一百五十九章	半年喜报频传	652
第一百六十章	旗舰也谋出路	655

第五卷　星河独行

第一百六十一章	营销世界之巅	659
第一百六十二章	最懂女人的心	662
第一百六十三章	高处不胜其苦	665
第一百六十四章	死神迎面走来	669
第一百六十五章	艰难逃出生天	671
第一百六十六章	不敢不能放弃	674
第一百六十七章	结果预想不到	677
第一百六十八章	能否孤军奋战	680
第一百六十九章	遭遇暗中针对	683
第一百七十章	研发生财之道	686
第一百七十一章	进退间的智慧	688
第一百七十二章	准备木秀于林	692
第一百七十三章	嘴硬完还得做	695
第一百七十四章	从最难的开始	698
第一百七十五章	流量入口争夺	701
第一百七十六章	必须门当户对	704
第一百七十七章	巧应对攻心计	706

第一百七十八章	男人女人和狗	710
第一百七十九章	霸道总裁文学	712
第一百八十章	郝仁被迫背锅	715
第一百八十一章	疯狂山寨之王	718
第一百八十二章	秀才遇上莽夫	721
第一百八十三章	反击快准狠稳	724
第一百八十四章	交手香艳十足	726
第一百八十五章	路边摊的约定	731
第一百八十六章	带着镣铐跳舞	734
第一百八十七章	危险边缘试探	737
第一百八十八章	命运站在哪边	740
第一百八十九章	怪咖网友见面	743
第一百九十章	了不起的宅男	746
第一百九十一章	社恐遇上话痨	750
第一百九十二章	拒绝阉割产品	753
第一百九十三章	命运安排输赢	756
第一百九十四章	震惊终于揭晓	758
第一百九十五章	后果立竿见影	761
第一百九十六章	从不为打败谁	764

第一百九十七章	从互联网破局	767
第一百九十八章	有对比没伤害	770
第一百九十九章	用力过猛闹剧	773
第二百章	最招羡慕的人	777
第二百零一章	让人为爱买单	780
第二百零二章	十年粉丝狂欢	784
第二百零三章	捂得热的石头	786
第二百零四章	得失冷暖自知	789
第二百零五章	对抗大可不必	792
第二百零六章	高端与性价比	795
第二百零七章	就用在旗舰上	798
第二百零八章	专利杀伐之困	801
第二百零九章	筑墙守护胜利	803
第二百一十章	双旗舰一般价	805
第二百一十一章	相机店卖手机	808
第二百一十二章	谁配不上谁呢	811
第二百一十三章	首销遇滑铁卢	814
第二百一十四章	屋漏偏逢连夜雨	817
第二百一十五章	送得多卖得多	820

第二百一十六章	谁在别扭表白	823
第二百一十七章	冲击微笑曲线	826
第二百一十八章	中国风的设计	829
第二百一十九章	文化从众效应	832
第二百二十章	曾经喜欢过你	835
第二百二十一章	山寨机的冬天	838
第二百二十二章	品牌升级之难	841
第二百二十三章	先垮掉的是谁	843
第二百二十四章	做到满意为止	846
第二百二十五章	冒进埋下隐患	849
第二百二十六章	兄弟同气连枝	852
第二百二十七章	习惯收拾残局	855
第二百二十八章	内里完全不同	857
第二百二十九章	男人间的对话	861
第二百三十章	稳妥风险才大	863
第二百三十一章	拥抱北斗系统	866
第二百三十二章	年轻未来可期	869
第二百三十三章	合作关系失衡	872
第二百三十四章	世界属于年轻	875

第二百三十五章	担心总会发生	878
第二百三十六章	为前进而反思	881
第二百三十七章	成为难兄难弟	884
第二百三十八章	所谓祸不单行	887
第二百三十九章	有困难找兄弟	889
第二百四十章	对手耀武扬威	892
第二百四十一章	相信长期力量	895
第二百四十二章	逆水行舟境地	898
第二百四十三章	郝仁突然失联	901
第二百四十四章	艰难平安归来	903
第二百四十五章	理由无法拒绝	907
第二百四十六章	联合新闻发布	910
第二百四十七章	技术向人而生	914
第二百四十八章	重逢救命恩人	917
第二百四十九章	平凡人的荣光	920
第二百五十章	内部百舸争流	923
第二百五十一章	矿工终成诗人	926
第二百五十二章	全部人一盘棋	929
第二百五十三章	我女朋友很棒	931

| 第二百五十四章 | 沙钧莫名失踪 | 933
| 第二百五十五章 | 从光明处出发 | 936
| 第二百五十六章 | 路边摊的感慨 | 939
| 第二百五十七章 | 硅谷邀请人才 | 941
| 第二百五十八章 | 最嚣张的退出 | 944
| 第二百五十九章 | 揭晓日期已定 | 947
| 第二百六十章 | 倔强初生牛犊 | 950
| 第二百六十一章 | 临阵磨枪也光 | 953
| 第二百六十二章 | 未来就在这里 | 955
| 第二百六十三章 | 惊险高光时刻 | 958
| 第二百六十四章 | 高端之路开启 | 961
| 第二百六十五章 | 交心底的采访 | 963
| 第二百六十六章 | 中外媒体联动 | 966
| 第二百六十七章 | 首销日开门红 | 968
| 第二百六十八章 | 站店引起围观 | 971
| 第二百六十九章 | 产品变身文物 | 974
| 第二百七十章 | 沈同方的落幕 | 977
| 第二百七十一章 | 结束也是开始 | 980
| 第二百七十二章 | 天降大任于斯 | 982

第二百七十三章	混乱成一锅粥	985
第二百七十四章	冲动后的惩罚	988
第二百七十五章	路遇大牌明星	991
第二百七十六章	遭遇后辈挑战	994
第二百七十七章	科技普惠全球	997
第二百七十八章	高建军的愿望	1000
第二百七十九章	喜提获客秘诀	1003
第二百八十章	放假突如其来	1005
第二百八十一章	大老板听不懂	1009
第二百八十二章	再造一个耀华	1012
第二百八十三章	纠缠做困兽斗	1015
第二百八十四章	会行走的回答	1018
第二百八十五章	用工难两条路	1021
第二百八十六章	谈笔长远生意	1024
第二百八十七章	深夜路上被劫	1027
第二百八十八章	新老板的人气	1030
第二百八十九章	难理风流韵事	1033
第二百九十章	男人爱犯的错	1036
第二百九十一章	挥泪拿下乔叶	1038

| 第二百九十二章 |　嘴硬但是心软　　1041

| 第二百九十三章 |　收烂摊开新局　　1044

| 第二百九十四章 |　颠覆性的生产　　1047

| 第二百九十五章 |　资深的年轻人　　1049

| 第二百九十六章 |　队友火上浇油　　1052

| 第二百九十七章 |　接地气的威望　　1055

| 第二百九十八章 |　梦想的朝圣地　　1059

| 第二百九十九章 |　大学生进工厂　　1061

| 第三百章 |　黑马赢在赛场　　1064

| 第三百零一章 |　说不清的误会　　1067

| 第三百零二章 |　选择投机取巧　　1070

| 第三百零三章 |　妄想落空之后　　1073

| 第三百零四章 |　谁也不能阻挡　　1075

| 第三百零五章 |　瞄准女性心智　　1078

| 第三百零六章 |　预热借力打力　　1081

| 第三百零七章 |　真正投产之日　　1084

| 第三百零八章 |　给予双重回击　　1086

| 第三百零九章 |　有朋友有未来　　1089

| 第三百一十章 |　细节决定成败　　1092

| 第三百一十一章 | 悲剧还是喜剧 1095
| 第三百一十二章 | 现场残酷对比 1097
| 第三百一十三章 | 热销狂潮到来 1101
| 第三百一十四章 | 没结束的结局 1103

| 第一卷 |

星火燎原

第一章　被放逐的高管

2002年7月的一个正午，高温红色预警，太阳肆意彰显野火燎原般的掌控力，整个城市笼罩在一股透明升腾的雾气里，高楼在视线里变得扭曲，像正在融化的冰块，逐渐失去尖锐的棱角。

走在发烫的路面上，行人感觉能闻到自己像被烧焦了的味道，仿佛置身平底锅一般。

28岁的郝仁靠着电子城门口的石狮子发愣，石狮子硕大的身躯虽然挡住了炙热的阳光，却挡不住地面蒸腾的热流，汗水从他挺拔的背脊顺流而下，在那件白衬衣上冲出条条小溪。

后面站着个20岁出头的姑娘，名叫汤媛，现在也是满头大汗，发丝都黏在了被晒得发红的脸上，手里拿着一叠文件，看郝仁愣了好一会，有点不知所措。

"郝总，咱这还继续调研吗？"

"不用了，今天周末，还叫你出来帮忙，辛苦了。把调研表都给我，你先回去吧。"

"那你呢？"

"我再想想。"

其实，有什么好想的呢？汤媛不解地走后，郝仁也不过换了一个有冷气的地方发愣而已。

郝仁，十年前毕业于华中科技大学少年班，主修电子信息与通信工程，一毕业就入职耀华科技有限公司，正儿八百的专业对口。

90年代重点大学毕业生都是香饽饽，各种单位抢着要，最有竞争力的当属政府和国企。

令所有人都大吃一惊的是,作为优秀毕业生的郝仁,却被耀华的总裁赵扬一套忽悠,签了这家当时不到百人的民营企业,主要从事电子产品 OEM 代工和 ODM 贴牌,如电话、BB 机、小灵通、手机、MP3、光碟机等等。

也难怪郝仁的老师们都唏嘘不已,觉得浪费了一棵好苗子。哪家大公司招聘,是总裁亲自上阵,说好听是礼贤下士,说难听还不就是企业没吸引力,不好招技术人才。

祝福也好,惋惜也好。18 岁的郝仁义无反顾地坐火车南下耀华技术有限公司所在的沿海城市——深圳。

时势造英雄,在这个烈火烹油的掘金时代,这家小小的民企凭借着毗邻香港,承接海外与内地的地域优势,收尽了外贸的红利。

赵扬是个有眼力的领导,当时签下郝仁,就有种挖到宝的感觉。在公司里,给予郝仁绝对的信任,他还是个新丁的时候,就让他领着同样半生不熟的技术人员搞起研发攻关,坚决要拿下其他小作坊公司甚至是大公司拿不下的订单。

而郝仁肯吃苦、肯钻研、够大胆,真就搞出了点名堂。和其他从工厂学徒成长起来的技术人员相比,郝仁科班出身的专业技术优势很容易凸显。他提出的组件模块化的产品研发方案,减少了生产组装的难度,极大地提高了产品的良品率,让耀华成为业内生产质量的标杆。

很多年后,耀华成立 30 周年的庆祝酒会上,有一个白发苍苍的外国客户回顾说,当时对于中国制造的产品,企业都会大比例抽样验收,但只要是耀华出品,我心里就觉得抽检多此一举。

公司从几十个人到万人也就是这十年间的事,郝仁步步升迁,开始主管公司产品研发,在一众高管里是最年轻的一个。

可能,就是太年轻了,郝仁才拒绝不了这烫手的山芋。

几天前,公司经营月例会还没开始,郝仁就感到隐隐的不安。以前例会不是这个缺席就是那个请假,各位大佬平日里都忙得脚不离地,谁愿意旁听这短则半天,长则一天的月例会,除了有议题来汇报的,大多也就找个由头不来了。

而今天,离开会还差 10 分钟,来自销售、服务、生产、财经等领域的各位主管早已在座位上正襟危坐。在短暂的暖场后,公司总裁赵扬当即宣布了一项重磅的决定。

"我们要建自有民族品牌，销售自有品牌的产品！"赵扬的宣言是慷慨激昂的，这位年纪四十多的总裁个子不高，言谈举止极具个人魅力，他的声音从来不大，但总有种振聋发聩的感觉。

"我们靠三来一补和贴牌贸易白手起家，如今已经走过了十几个年头，从几十个人的作坊做到万人大厂，大家如今兜里也有了几个小钱。可是，我就想问问，这样的模式，我们还能走多少年？竞争者数量猛增，行业陷入价格战的泥沼，如今是订单越做越多，利润却越来越薄，销路受制于人，憋屈不憋屈？大家是想捞一把就走，还是真的想做一个百年老店？"

赵扬的话掷地有声，然而今天的演讲却没有像往日一样掌声雷动。一阵沉默后，大家陆续开始提出自己的担忧。

"赵总，这个屋子里的人都在一条船上，一荣俱荣，一损俱损，肯定没有说捞一把就走的道理。"第一个站起来的是主管中国区销售的刘达喜，开口就表忠心，之后的转折却不委婉，"但是，我担心的是目前我们手上的这些客户会怎么看？供应商要和客户抢市场，这一消息宣布出去，短期内就可以把我们培养十几年的客户关系消耗殆尽。万一，我说的是万一自己的品牌没做起来，那企业利润从哪里来？全厂万把人可能要喝西北风。"

"说的是啊！"生产主管姜大力，出了名的好脾气，平时开会如果有了争议，一贯和稀泥，这时候却一反常态地站出来说，"创造自己的品牌是个让人热血沸腾的理想，但回归现实，我有一点还是要提醒一下大家，目前很多方面不具备条件。我们现在的生产运作模式，按照订单排生产，下 100 个，生产 100 个，根据订单数备料和安排人手即可。但如果是自有品牌，我们需要对市场有准确预测，以前还算定数的东西，现在成了变数，稍有不慎，库存积压会拖死咱们的现金流。"

"我补充一点，自有品牌需要面向消费者广而告之，我们今年的预算支出没有预留做品牌及推广方面的费用，这一部分的支出不是一笔小数目，可能会给企业带来较大的负担。广告行业有句俗话，80％的广告费都是打水漂，听得我瘆得慌。"财经主管何琼个性直爽，有一说一。

"我们不能忽视知识产权。这些年，公司在加工技术追追赶赶，在业界也算打下了点名头。但大家不要忘记了，咱们能做出来的不代表咱们有资格卖。要自建品牌,一定不能照搬照抄其他品牌方的成熟方案和专利技术,如果我们要用,一定要合法获取授权,避免陷于法律纠纷。"法务主管廖凯志说。

……

会议室里,两台空调调到了 20 度,可郝仁还是有种汗流浃背的感觉,空气里充满了剑拔弩张的气氛,若不是还算了解大家的秉性,肯定以为赵扬犯了什么众怒,引得所有人群起攻之。

郝仁的心里有着和大家一样的疑问。虽然素来大胆惯了,别人眼中一知半解的图纸,郝仁也敢承诺多少天完成任务。但这其实都是基于自己的技术储备和触类旁通的职业敏感。建一个自有民族品牌,对他一个整天待实验室和工厂的人来说,是陌生而又模糊的。

他所了解的是,在科技领域,中国就像是国际巨头的斗兽场,没有国产品牌的一席之地。市场上的主流电子产品,清一色的国外品牌,那三四个大部分国人都觉得拗口的品牌名,占有了中国 70% 以上市场份额和近 90% 的利润,剩下的份额留给了数量众多的合资品牌和本土品牌。本土品牌更是规模小,销量累计上 100 万的厂商屈指可数,稍不注意,可能连汤都喝不上。

如果说这些国外品牌的产品全进口也就算了。实际上,中国是重要的电子产品生产基地,全球近三分之一的电子产品是在本土生产与封装的,只有部分设计图纸是品牌方提供,和少量的核心原件是进口而来。就这样,贴上外国名字,卖个高价,直接端走行业整块蛋糕,只留稀薄的残渣给这些本土代工厂。

郝仁正想着,发现赵扬的目光落在了自己身上,饱含深意,也充满着期待。

"郝仁,你怎么看?"

突然被问到,郝仁有点措手不及:"我没有深思熟虑过,不知道能不能说到点子上。我们的代工业务广,产品多,如果我们的自主品牌一开始只选一二品类做,应该不会影响到绝大部分代工客户。等自主品牌能稳定盈利,再讨论要不要拓展品类。要不先小范围搞个试点?"

"嗯,说得不错。"赵扬不是突发奇想,而是下定决心要做这么一件事。虽然早有预料内部阻力会很大,但没想到放眼整个会议室,就只找到了这么一根救命的稻草。

"我做这样的决定,刚才已经和大家反复解释了,相信大家都已经理解。重要性我不想多说,这是耀华的二次创业,整个公司各部门都要大力支持,谁不支持,谁就是逆势而为。"

大家这下看出来了,赵扬是铁了心要做民族品牌,再多的反对也不可能回心转意。

耀华虽是赵扬出资创立,但也不是赵扬的一言堂,所以大家毫不避讳地表达不同意见。只不过,这些年大家都是在这艘船上一起航行,成就了组织的同时获得了极大的个人收益,即使不认可赵扬的判断,也习惯跟着他去冲锋陷阵。

一个运作良好的组织,通常决策前充分表达意见,决策后坚决不说二话。

"同意!"

"支持!"

……

赵扬得到了令他满意的回答,又接着问道:"那谁来扛这面大旗?"

"我觉得郝仁适合,年轻能干。"

"郝仁年轻有为,他打冲锋,我们在后面支援。"

"鼎力支持郝仁!"

……

支持是一回事,亲自做是另外一回事。大家如今自持身份,自然不希望身上多个看不到未来的项目。于是当赵扬寻找自告奋勇的人时,所有人都退后了一步,郝仁则成为那个站在最前面的人。

"那就郝仁吧,这事也急不来。现在正值淡季,你把手头的工作交给下面的人,先考察考察,琢磨琢磨。"

大家陆续走出会议室的时候,都拍了拍郝仁的肩膀,说两句鼓励的话。只不过郝仁觉得耳边的"前途光明""祝你成功""苟富贵勿相忘"句句充满着同情的味道。

真是应了自己的名字,应了那句俗话,好人难做。

第二章　吹下个大牛皮

会议结束后，郝仁本以为赵扬会留下来和他交代几句。然而并没有，赵扬拿着手包施施然从他身边走了。

郝仁彻底懵了，恍若梦中。刚才的决议是认真的吗？自己就这样毫无头绪地接了这个不可能完成的任务？

会议纪要发出时，郝仁的脑袋还是一片糨糊。这时，他的秘书汤媛走过来和他确认下周的行程。

汤媛是普通二本外文系的毕业生，主修英文，德语也会一点。郝仁当时招聘的时候，想要一个会外语的助手，能帮他翻查检索外文资料。只不过好学校的外文系学生不愿意做秘书，最后招聘消息挂了好久，才招来了汤媛。

这个姑娘家境贫寒，毕业学校也谈不上一流，但郝仁却看中她的吃苦耐劳，技术资料翻译要求专业准确，汤媛一个没接触过电子行业的门外汉，入职后自学成才，翻译得又快又好，比外面专业翻译公司还要地道几分。

"郝总，下周的会议都要取消吗？"

"嗯，取消吧！"

"好的。美国信通公司的手机订单样品已经做好，你要不要看看？"

"咦"，郝仁突然想到了什么，"你去拿两个样品，一个有品牌名的，一个套上保护罩，隐掉开机画面，不要被看出外观和品牌，然后拿给我。"

"好。"

郝仁摩挲着两台手机，一会若有所思，一会又在电脑上敲敲打打，不多时给汤媛传去一个问卷，叫她打印100份。

汤媛把文件放桌上，问道："郝总是要去做调研吗？我以前勤工俭学时候做过，应该能帮上忙。"

"可我是周末去。"

"没问题的，我周末没事。"

第二天周六一大早，两人来到了华强北电子城，这个全国乃至亚洲最大的电子产品集散地。短短不到一公里的街区，聚集了全国密度最大

第三章　农村包围城市

调研的结果让郝仁很受伤,但不是全无收获。店主人有几句话说得在理,在一线城市直接和国外品牌竞争,绝对是腥风血雨,别人大手笔一挥,连品牌露出都困难,耀华的体量和利润绝对不足以正面应战。想做国产品牌的出头鸟,很有可能直接被扼杀在摇篮里。

但在数量众多的三四线城市和广大农村就不一样了。国外大品牌看不上斤斤计较的消费者,在城市花钱爽快的消费者中来钱多快,一个一线城市的门店比几个三四线城市的门店利润高好几倍。

更何况,小城市和农村的商业中心区又小又破,在那里开店,很容易败光品牌的高级感,反而失了国外品牌的格调,让原来的客户使用起来没了身份感。

这就是国产品牌的生存空间,从农村起步,从小钱开始挣,就不会让新品牌的竞争态势险象环生,生存变得千难万难。待到时机成熟,有实力和国外品牌掰腕子,再农村包围城市,杀一个回马枪,重回一线城市。

打定主意,接下来郝仁果然按照赵扬说的,把工作全部交接给了副手韦得利,自己一心一意琢磨起新品牌的上市规划。

赵扬像完全忘记了这件事一般,照常见客户、开会、批文件,后面的例会半个字都没提。工作十年,郝仁习惯了马不停蹄地赶工期,突然没人催了,起初还有点无所适从,不过时间一长就安之若素了,甚至几次公司重要会议都请假不来。

郝仁带着汤媛、陈虎、李子健三个思路活泛的年轻人,跑到几个周边省份的三四线城市和农村做调研,一个地方,长则一两周,短则三四天。白天不干别的,就在销售电子产品的地方待着,听消费者来店里都问了什么,得到什么样的回答就掏钱,得到什么样回答就走人,砍价一般到多少钱能接受,什么产品热销,喜欢什么赠品……

时间久了,虽然他们轮换着去不同店,还是很难不被人家店员人认出来。毕竟这几人的作息都快和店员上下班一致了,还认不出来,那就是店员眼力有问题。每当这个时候,几人只好说想买,但是钱还没存够,每天来看看,过过眼瘾。

郝仁带出来的几个小年轻相貌不赖,尤其是汤媛,店员就是要生气,一看人楚楚可怜就发不出火来。但郝仁就不一样了,人高马大,整个人打理得一丝不苟,明显不是什么缺钱的主。再加上只要听到有价值的谈话,就露出一种旁若无人的认真专注,怎么看怎么像商业间谍,结果十有八九被人轰出来。

能怎么办?换个城市。几人兜兜转转,三个多月游走了十几个城市,白天逛店,晚上就在酒店总结观察心得。

这几天,郝仁几人在广西的一个小城逗留,正好遇上当地壮族的吃新节,下午到晚上都有庆祝,街上的店不到四点都关门了。

几人也不去凑热闹,晚饭后,买了一些零食啤酒在酒店里聊天。这次郝仁带出来的年轻人都不是他平时倚重的骨干,虽然是生产淡季,他一个人抽身还好,把所有业务骨干都带出来肯定会影响公司正常运营。

那次会议决策后,郝仁回来就和几个业务骨干沟通了,几个人面面相觑,不无担忧。虽然郝仁知道,都是一起打拼的队友,即使大家内心不认可,任务下来他们也照旧执行。但郝仁这次想要的同行人是,即使经验不足,但敢想敢拼的年轻人。老人可能经验丰富,但惯性思维和心理负担最重,未必适合。这是一场可能输的冒险,郝仁想出奇兵,新事用新人,没毛病。

陈虎,人如其名,虎头虎脑,性格冲闯,做事麻利。在耀华三年,做的是测试方面的工作,但他不像一个典型的研发人员,待人更热情,也更为健谈。郝仁的副手韦得利听说郝仁是要去调研,第一反应就觉得陈虎很合适,一是专业扎实,看得出门道;二是能说会道,收集信息能力强。

"陈虎,你家是哪里的?"郝仁问。

"云南的山沟沟,一个叫大屯镇的小地方。"陈虎从开始嘴就没停过,这会又往嘴里塞了几根虾条。

"那不容易,从小地方一路闯到大城市。"

"我家在的那个小镇海拔高,出门抬头就是山,翻过一座还有一座,我小时候就好奇,山外到底是什么?就拼了命地读书,想考到沿海看看什么样。"

"让你离开深圳,去三四线城市或者农村开辟市场,做成了再杀回一线，你敢吗？"

"那有什么不敢！回农村熟门熟路，我怕啥？"

陈虎说着拍了拍胸口，一直没说话的汤媛却幽幽飘出一句话："你怕啥？你怕没吃的。"

陈虎错愕："怎么？没钱吃饭？"

认真的模样弄得大家哭笑不得。

郝仁又把头转向陈虎旁边的高瘦男生，问道："子健，这几个月的调研，你觉得我们的品牌主导什么产品好？"

李子健是深二代，从父母那一辈开始在深圳淘金，也就是传说中干不好就要回家继承家产的土豪。但他身上没有一点张狂，相反，他人非常低调朴实，做事踏实可靠，耐得住性子，观察力也不错，能在长篇累牍的规格图纸里检查出错误。因此，郝仁想听听李子健有没有些别的角度。

"手机。"李子健毫不犹豫地说。

"为什么？"

"木心有句诗说过，从前车、马、邮件都慢，一生只够爱一个人。但人期望和家人朋友保持联系是一种本能需求。现在我们国家人口流动大，小地方去大城市，西部往东部流动，国内的人去往国外，手机就是让人们冲破时间空间的限制，随时随地联系在一起。这个市场太大了，一线城市没有饱和，三四线城市和广大农村还没有普及，我们有发力的地方，而且客单价高，卖一个手机比卖很多 MP3 利润还要好。"

这一点郝仁赞同，最初他在华强北也发现了手机产品品牌溢价空间较大，最能带动周边配件的销售。

"调研最大的发现是什么？"

"三四线城市和一二线城市消费者因为基础设施和生活工作习惯不同，人们最重视通话质量和待机时间这些比较实用功能点，反而是铃声这些附加功能没有这么在意。另外，三四线城市人情社会特征明显，人们的购买决策更依赖于亲友推荐和口耳相传，而最能引发人们互相推荐的因素就是质量和售后，因为推荐者会特别在意日后人际影响。"

"有没有和你调研前的看法不同的地方？"

"有，最初我认为三四线城市由于收入低会高度价格敏感。调研中发现，对于好产品，消费者也愿意花钱，只是他们会在意是否经久耐用。"

另外，我还注意到，送礼在这些地方很重要，自己节省也愿意花钱送礼，包装能否体现产品的价值很重要。很显然，之前我们判断唯有低价才能占领三四线城市消费者是错误的，他们要的可能是值，而不是便宜，我们不一定要超级低价，通过赠品、套餐等，也能够让消费者产生占到便宜的感觉。"

"说得不错，那你觉得传递什么样的信息能够说服他们购买？"

"在一线城市奏效的华丽形象广告在这里没什么用，还不如销售员简单粗暴地直接对比功能。"

郝仁连问好几个问题，李子健都对答如流，说的也和自己想的大同小异，直觉又找到一个对的人。一个从农村起步的品牌，生存是第一步，用最快的办法让消费者看到实实在在的好处。

汤媛不喜欢吃零食，坐在一边静静地听大家说话，说到之前她没有注意的地方就拿出本子记录下来。

郝仁喝了一口啤酒，看见汤媛书本的页眉上随意写着一句莎士比亚的话：本来无望的事，大胆尝试，往往能成功。

是啊！大胆尝试，往往能成功。郝仁心中默念，举起了酒杯，宣布："我们的草台班子今天就正式成立了。"

"加油！"

"加油！"

连不会喝酒的汤媛也往杯子倒了一点啤酒，大大地喝了一口，然后在大家的哄笑声中，呛得上气不接下气。

三个多月后，几个人回到深圳，一个个脸也黑了，人也瘦了。

郝仁在家休息了一天，就一头扎进办公室，写写删删，两个星期后，拿着本厚厚的企划书，敲开了赵扬的办公室门。

赵扬正轻松地坐在沙发里，双臂展开搭在椅背上，含笑看着郝仁，一副早就知道郝仁今天要来的样子。

郝仁把企划书递给赵扬，然后把这段时间的调研情况和心得详细做了个汇报。

"在初期，我们的产品不会全面开花，只选择有前景和单个利润高的手机产品，这样控制可能影响的代工客户的数量。做这样的选择，在新业务还没有上规模前，不放弃我们在代工方面的优势，以代工哺育自有品牌，做一个很好的过渡。"

"你不要忘记了，2000年初的时候，国外手机品牌对国产手机品牌的那一场围剿战，以50％的幅度降价，将中国品牌的利润拉到命垂一线的地步。"

"考虑到这一点，我们采取先农村后城市的策略。在实力不足之前，不要贸然引战，避开一线二线城市。国外企业眼高于顶，只要暂时不动他们在一二线的蛋糕，他们不会和我们直接开战。大象和蚂蚁斗，反而像是给我们做推广，希望我们暂时可以留得发展的时间和空间。"

郝仁农村包围城市的策略，在移动互联网兴起的时代，有了一个更为洋气的名字——下沉市场。但郝仁总觉得，这个名字不够生动，没有星火燎原的气势，当然这是很多年后的体会。

"嗯，虽是缓兵之计，但足够聪明。好策略还需好执行，组织架构你打算如何安排？现在你管理的人员主要还是产品侧。"

"因为业务初期，组织还是要尽可能的扁平化，我想轻装上阵，公司作为大的平台，物流、生产、服务、人事还是放在原来的部门，像供应商一样为新业务提供服务，并内部结算开支。销售、营销、产品等部门则组建新团队。"

"你打算重新招聘还是内部划拨？"

"这个都行，可以征求大家的意见，集体决议。"

"好。"

两人又聊了好一会，总算把正事说完了，两人都放松了下来，点燃了一根烟。

"赵总，您是不是早就预料到我会接受这个安排。"

"我隐隐有一种感觉，你会理解我的选择。所以，只有你我没有提前沟通，其他人我或多或少都透露了一点，果然都是反对。私心来说，如果连你都反对，我会很受挫，不做也罢。没有提前和你打招呼，其实只是不想提前知道坏消息。"

"你本来就想交给我。"郝仁暗暗在心里想，老狐狸早就运筹帷幄，自己果然太年轻，还自以为聪明，结果人家是做了个套等他钻。

"郝仁，我要和你再强调一次，我们企业走到今天，不是你我多牛逼，恰恰相反，是因为我们差。发达国家的老牌企业发展到现在，最大程度逐利一直是本性，他们贪婪地要拿下所有利润，研发中心和制造中心才分离的，发达国家不愿意做的脏活累活才到中国的。没有自己的核心技术，我们种白菜和做科技产品没有差别，人力比便宜我们能便宜过印度越南吗？难道我们这个行业的本土企业挣个苦力钱和政府补贴就满足了？别到时候怎么没了都不知道。我说的相信你懂，我要做的与其说是图发展，不如说是图生存。"

"我懂了，但为什么是我？"

"你有改变这个行业困境的能力，等到你做到了，你就带着大家站在了这个行业的潮头，所有人都无话可说，因为是他们自己把这个创造奇迹的机会拒之门外的。"

"你不怕万一我办不成呢？"

"你不会，这么多年，我一直相信自己的眼光。"赵扬顿了顿，突然笑了，笑得很大声，就像听到一个超级好笑的笑话一样，"再说，你都不怕，我为什么要怕。"

的确，郝仁对这个使命，感到过迷茫，感到过困惑，感到过无所适从，唯独没有感到过害怕。

第四章　草台班子上线

第二天下午，赵扬召集紧急会议，就一个议题，自主品牌建设。

这个项目是在大家不赞同的情况下，赵扬力排众议上马的，虽然最终是全体通过，但大家心里多少还较着点劲，就等着郝仁讲完他的方案来挑刺。

可当郝仁三两句简略一说，大家就都明白了。本以为是个非此即彼的方案，没想到竟然能互不耽误，两全其美。果然，当确认不会对现有的代工业务及利润造成影响，大家都松了一口气，纷纷发自内心地赞同了一回。

赵扬一看氛围不错，是时候给大家提提要求了。

"本来，我的意思是从各部门调用精干力量组建团队，但是郝仁说，二次创业也是创业，不说筚路蓝缕，但也不宜豪华配置，想要轻装上阵，扁平高效。所以，物流、生产、服务、人事这些支持人员还是放在原来的部门，郝仁这边提需求，要给予最佳的支持，谁不支持，我就换人支持。当然，郝仁用了各位的服务会内部结算，要挣大钱了，会按比例划拨奖金给到大家。"

赵扬不愧是用人高手，自己先说重话，唱了黑脸，随后让郝仁当了好人。这样一来，大家受了人情，谁会不买郝仁的账，这一手实则是为郝仁扫除内部阻力，铺平道路。

这几个部门的领导一看自己又没有任何损失，还能分钱，天大的好事，自然无异议。

赵扬继续说，"另外，销售、合同、财经等几个部门还是需要划拨部分人员过去，郝仁那边全是产品的人，人力缺口还是要补齐的。"

"那是怎么个划拨法？"中国区销售主管刘达喜故作镇定地问。

刚才听到放在原有部门的名单里没有销售，说不担心是假的。倒也不是说刘达喜想抵制新品牌上线，要是看不清形势他也做不到这个位置。更不是他想接新品牌的销售，面向企业销售和面向消费者差别还是很大的，并行管理难度很大，冒进不是他的处事方法。而是在销售主管这个位置上，手下不少是自己多年培养出来的骨干，若是被一次性划走，留一堆新兵蛋子给他，短期内能磨掉一层皮，做起事来肯定各种不顺手。

刘达喜问完，其他几个等待划拨的主管也伸长脖子等待着回答。

郝仁轻松笑笑，像是看穿了大家的担心，不紧不慢地说："各位，我是这样想的，原有的业务是公司的现金流，一定不能被影响，负责重要岗位的熟练老手不宜挪动。我能不能从各位那边不到三年的年轻员工和今年准备入职的应届生里面挑挑，反正我这块也是新业务，一切没定型，适合新人练手。"

郝仁原本就没有想要划走对方的骨干员工，一是这些骨干资历颇深，对目前主管也很忠心，贸然换帅，郝仁未必能服众，新业务如果内耗巨大，那就是出师未捷身先死的前兆了。二是，新业务和原有的经营模式不同，旧有经验未必奏效，搞不好还是阻碍，不如从新人里挑。

郝仁没有像自己揣测的那样想，刘达喜这下倒觉得自己是小人之心度君子之腹了，有点羞愧，赶紧应承下来："一会我就安排人把这批员工名单和简历筛选出来，你慢慢挑。"

当然，不是所有人都天天盯着自己的一亩三分地，财经主管何琼就没有屁股决定脑袋，而是基于整体利益说道："其他我不清楚，但是新公司财经还是不适合新人练手，尤其新业务支出更要谨慎，我这边会给一批最精干的人让你选，关键时期，我兼着干一阵子也行。"

郝仁向何琼投去一个感激的眼神："谢谢琼姐！"何琼比郝仁大十几

岁，生性豁达，对后辈很照顾，郝仁平时敬重她，叫一声姐。

问题都讨论完，赵扬又宣布了一个重要的决定："即日起成立子公司，以子公司的名义运营自有品牌。由郝仁担任子公司总裁，全权处理新业务，不用汇报到我这里。郝仁原有负责的代工产品业务，交给韦得利。"

韦得利比郝仁还要大两岁，一直担任郝仁的副手，做事勤勉可靠。今天是第一次被通知参加紧急经营会议，韦得利就有预感是要升迁，只是没想到是直接顶替郝仁的位置。听到这一消息，韦得利心中毫无准备，不由自主地看向郝仁。

郝仁动了动唇，没有发出声音地对他说了句，"加油，好好干。"

鼓掌声毫不犹豫地响了起来，对于公司这艘船的转向，无论是怀疑还是笃定，大家都在这刻选择了祝福。

会后，赵扬单独和郝仁聊了一会。

"你不愿意动别人的蛋糕，你那边全是新兵蛋子，打算怎么搞？"

"我要去请外面的和尚来念经。"

"有看中的？"

"嗯。"

赵扬没再继续问，会上刚说权力下放，郝仁全权处理子公司业务，会后就不能管得太细，给人不信任的感觉。何况，赵扬向来擅长抓大放小，一艘巨轮的老板，最应该做的唯有指明方向，若把所有决策权都握在手里，那让部下如何放手去干。

此刻，外面的和尚正在菜市场和人吵架。

"你的猪肉注水了，你看我这么一捏，都是水。"一个头发乱得像鸡窝，穿着白背心格子短裤的男人正拿着一块猪肉和卖肉的屠户理论。

"我说我都退你钱了，还可以多给你一块肉，你能不能别嚷嚷了？"穿着黑围裙，满脸横肉的屠户低着声音说道。

"这不是多一块肉的问题，是肉本来就不能注水，注水后口感就不好吃，还会把细菌带到肉里，老人小孩吃了生病怎么办？"背心男人不依不饶地讲着食品安全的道理。

两人正掰扯着，突然听到后面有人喊了一声。

"隋祖禹。"

拿着肉的背心男回头，就看到郝仁提着大包小包朝他走过来。

背心男隋祖禹，是郝仁的大学同学兼舍友。在学校的时候，两人对电子技术都非常痴迷，常常讨论到深夜。毕业后，郝仁来了耀华，隋祖禹则出国继续深造，三年后学成回国在一家外企做产品研发，一干就是七年。一个月前刚离职，在家待业。

看到郝仁来了，隋祖禹懒得和屠户吵架，肉一丢，用油腻腻的手拉着郝仁就往家走。

隋祖禹的家在市中心城中村，外围是高楼大厦，行人如织，仅仅一街相隔，就变成是一大片参差不齐的农民房。由于疏于管理，房子建造缺乏规划，违建蔚然成风，楼与楼靠得极近，两户隔街相对的人家，一开窗似乎就能碰到，被人戏称为"握手楼"。下水道系统极为脆弱，雨季的街道地砖一踩，便喷溅出黑色的脏水，泛着难以形容的腐坏味道。这里是城市原住民的地盘，但现在大部分原住民搬走了，空房租给外来务工人员，像隋祖禹还住着的原住民少之又少。

进了隋祖禹的家，郝仁从大包小包里拿出啤酒、烧鸭、叉烧、牛肉干、花生米等，把客厅茶几上乱七八糟的衣服书籍一收，摆了一桌食物。

"你突然说要过来吃饭，怎么什么都带来了，我刚才还去买菜。"

"唔，你做的菜怕不能吃。"

确实，隋祖禹敲键盘的手，用在食物上就是灾难。去年聚会，还郑重其事地说厨艺大成，要大宴宾客。结果，搞出的暗黑料理，简直是郝仁的阴影，一辈子吃一次就够了。

两人闲扯了几句就都坐下了。

"你家那么多套房，市中心的，市郊的，哪不能住，你爸妈都搬走了，怎么还住这？"

"小时候在这长大，习惯了，你知道我根本不在意这些，在哪不都一样。"

郝仁印象中的隋祖禹除了钻研技术，什么都不在乎。两人住同一个宿舍的时候，地上掉一张纸，如果郝仁不捡，它就会在地上天荒地老地躺下去。和眼前的房间大同小异，以前他的床上桌上也到处是衣服，穿过没穿过都不知道，只能靠闻来区分要不要洗。要不是郝仁没有严重的洁癖，两人又有共同的兴趣爱好，郝仁怕是要强烈要求换宿舍了。

"那倒是，连人都这么不修边幅，还在乎住哪里的狗窝，外企没有要求你衣冠整洁？"

"别提了，辞职不干了。"

"为啥？"

"小肚鸡肠，不让我参与核心项目，要全欧美专家开发，说我是中国人不方便参与。技术图纸都藏着掖着的，好像我会偷看似的，我一气之下就不干了，士可杀不可辱！"

隋祖禹就职的外企是美利达集团的中国公司，旗下所属的酷美手机，现在是中国市场占有率第一的手机品牌。隋祖禹当初选择去外企工作，就是想找个大平台，去实现自己脑子里的奇思妙想。

在工作中，隋祖禹是出了名的拼命三郎，加上脑子够用，一点就透。上司也颇为赏识他，升他为高级工程师，让他牵头一些边缘产品项目。

起初，隋祖禹以为是自己经验不足，还不够资格做旗舰手机产品的研发，于是更加努力，不时针对旗舰产品提出一些改进建议。直到有一天，他发现自己的建议书原封不动地躺在上司的垃圾桶中，才知道自己在做无用功。

一个月前的部门聚餐，一个美国同事喝多了对他说，别忙了，你们只是工具人，外企是不会相信中国人的，万一你们把技术偷走了呢。隋祖禹当时就被气得砸了一个酒杯，第二天就提出了离职。

"很寂寞吧！空有一堆想法用不上。"

隋祖禹眼神里的愤怒一瞬间熄灭了，取而代之的是浓重的落寞。

"谁说不是呢？"说完，隋祖禹狠狠地灌了口酒。

郝仁也觉得压抑，只好捡难听的骂隋祖禹前公司过分，好给他泄愤。

骂着骂着，郝仁突然想起此行的目的是挖人，又暗自窃喜起来。本来担心创业公司太小，说不动隋祖禹入伙，又怕即使隋祖禹愿意来，外企离职流程冗长，耽误新品开发进度。这下好了，人自个送上门来了。

"我说，兄弟，要不要来我公司？"

"搞代工？不去不去。"

"不不不，我注册了一家公司做自有国产品牌，开发自己的手机产品。你现在水平还有多少，别在外企待废了？"

"废不了，有些超前的想法，要是给我机会，我想做得比原公司的方案还要好。"

一个月了，隋祖禹居然还在气头上，这句话多少有点发泄的成分。真实的情况是，隋祖禹确实提出了不少后来证实是比较好的方案，但因为一直没有机会在实际项目中施展，这些想法也只是想法，甚至连规划都算不上。

"你要愿意来我这，规划都听你的，团队成员你也自己挑。即使市场一时还不能消化，我们也可以超前开发一代，只要你不把钱全花完，员工工资发得出去就行。"郝仁不知道隋祖禹在前公司受了多少委屈，但隋祖禹的实力他是信任的。

"真的假的，你说了算？"隋祖禹以为自己夸了海口，没想到郝仁的海口更大。

"算。不过就是可能硬件条件没有外企那么好，员工有点过于年轻，要你多费心，如果你觉得有必要招外国专家，我们也可以拨点人力资金。"

"那倒是先不用，彼此不信任也搞不成事，先看看你们公司情况再说。"

"你和前公司有没有签竞业协议，禁止你从事同行业开发？"

"签个鬼，他们又没让我参与，我都没有看到过他们的手机研发材料。"

"稳了，那就说定了。"

"那行！吃完就去。"

"这么急？好久不见了，我还想和你喝一晚上。"

"那明天一早再去。"

两人没再提工作的事，话题回到美好的大学校园时光，清晨湖畔朗朗的读书声，正午教室窗外吵吵嚷嚷的知了声，晚上熄灯后宿舍窸窸窣窣的谈话声，都从记忆中被翻找了出来。

两人发现，外貌虽然被岁月改变，想要实现梦想的心志竟然一如往昔。

第五章　麻雀五脏俱全

第二天一早，隋祖禹按地图定位来到郝仁公司。

看得出他在有限的能力范围内，稍微打理了下，至少穿了一条长裤，虽然牛仔布被洗得有点发白。一件半新不旧的格子衬衣扣到最上面一粒，有种怪诞的正式感。鸡窝头似乎用水梳了下，不过效果明显一般，一根根头发依旧直愣愣地站着。

郝仁正在办公室啃一个三明治,看到隋祖禹,赶紧把手里的三明治往桌上一放,把人领到另外一栋楼的五楼。

这一整层是开敞式办公室,宽敞明亮。几十张排列整齐的办公桌旁却没有人办公,只有三四个清洁工在擦拭窗户和放置绿植。

"这层后面就是你的产品研发部,位置你自己安排,如果有什么要求就跟行政说,门口都设有门禁,除了研发人员都进不来,信息安全没问题。"

"你呢?"

"唔,可以进,但你不让就不进。"

"没事别来打扰我。"

"行。"

"其他人员现在在哪呢?"

"以前产品是我主管,但主营代工贴牌业务,不是所有人员都适合新业务。档案已经叫人去拿了,你选想要的,不够再招聘,没选上给人事,他们会安排到公司的另一个产品部门。你还没有秘书,后面你自己找合适的,现在先让李子健帮你,很有眼力见儿的小伙子,陪我做过市场调研,可以给你很多信息。"

正说着,李子健抱着一叠员工档案过来了,大大方方做了自我介绍,隋祖禹觉得挺满意。

郝仁看隋祖禹随便拉了个椅子一坐,开始翻档案了,估摸着没他什么事了,就招呼也没打,悄悄离开了。他了解这个老同学,做事专注,最忌被人打扰,要是打断了他的思路,脸比鞋拔子还难看。自己找来的人,是得好好伺候着。

和隋祖禹一样,郝仁对科研的爱近乎执念。如果可以,他宁愿自己像以前一样带着大伙,在实验室里把产品亲自带到这个世界。这样的成就感比升职加薪更甚。就像一位十月怀胎的母亲,钱和名都没有这个孩子重要。

不过,现在不行了,他身上还有别的重担,不能心无旁骛地做研发了。所以,他找来了隋祖禹,他相信这个人,他的专注,他的极致,一定会比自己做得更好。

郝仁回到办公室,销售主管刘达喜已经叫人把三年内的员工档案送过来了，看那厚厚一叠资料，明显这一次他没有保留。

郝仁没有销售经验，但也深知一个产品的成功，一方面是产品本身的优势，另一方面就是销售渠道了。代工的销售主要依赖品牌方的订单，而品牌方的销售则依赖于代理商或者直销。直销投资巨大，目前耀华显然不具备条件。代理方面，一般认为最好的是全国性代理商和全省性代理商，他们的销售网络遍布全国，新品一出来，可以在很短的时间内跨区域铺货。

然而，目前耀华还不是知名品牌，贸然去和大代理谈合作，十有八九被拒绝。或是只能委曲求全，牺牲自身利益给代理满意的商务价格。那样会把企业利润压到极致，没有利润，研发营销生产的投入无从谈起，不利于长远的发展。

代理商是企业的合作伙伴，店大不一定欺客，但人家要求门当户对也不过分。既然初创企业高攀不起大代理，那不如从二流代理里找。耀华能拿出的代理扶植资金在大代理那不值一提，对中小代理就不一样了。集中资金人力，手把手培育几家有野心的中小代理，共同成长，互相成就。

现在的问题是如何选出符合条件的代理？这群新人里有没有对代理商熟悉的？或者说只能外面招聘。

干销售的大多是风险爱好者，选择做销售，绝对不是图多点的底薪，而是拿下大单获取高额提成。现在，产品还生产没出来，人家哪里知道公司产品到底好不好卖，想要吸引高级销售人才委实困难。毕竟大家都是画饼高手，谁都忽悠不到谁。

郝仁有自知之明，估摸自己这点嘴皮子最多能忽悠到个呆子隋祖禹。赵扬这方面可谓是专家级，但自己总不能独立创业三天，又哭着回老东家。

郝仁一边心烦意乱，一边仔细翻查着眼前的人员档案，突然眼前一亮。

陈竞男，43岁，资深的老销售，而且和郝仁还颇有渊源，两人同年进入耀华公司，只不过她是社招，而郝仁是校招。陈竞男和其他的销售不太一样，她是技术出身，后来转销售。深厚的技术背景，让她和客户交流时，非常具有说服力，甚至有时还能顺手解决一些售后的问题，是个能独当一面的人。

奇怪，这么资深的销售，刘达喜怎么会把她的档案递过来？

郝仁细想了一会,就猜了个七七八八。陈竞男是前任销售主管蒋伟提拔上来的得力干将。去年,蒋伟因为健康问题离职后,刘达喜被外聘过来,空降成了陈竞男的主管。刘达喜上任后,在半年内陆续把自己以前的心腹招过来。陈竞男原来负责的大量重要客户,被要求移交给刘达喜的心腹,可能因此相处得不是很愉快。正好郝仁缺人,刘达喜也借这个机会把陈竞男送走。

当然,这都是郝仁的猜测,倒也没必要去揭人伤疤,找人证实。何况这完全不重要,无论出于何种原因,郝仁都感谢刘达喜,让他找到了合适的销售主管。

一连几天,郝仁和隋祖禹都在筛选团队成员,两人忙得晕头转向,连面都见不上,但少而精是两人没有沟通却共有的默契。

郝仁这边,和陈竞男面谈后,两人一拍即合,就马上让她牵头梳理合适的分销商名单,同时把新销售团队成员也拉在一起组织培训,借这个空档期,提升业务水平和团队凝聚力。

何琼很早就把几个资深的财经人员名单送过来,并附上这几年的工作业绩和主管评价。但财经这块,郝仁委实一窍不通,看不出多少门道。何琼的为人信得过,郝仁直接让何琼推荐,最后定了刘思方,一个岁数不算太大但个性稳重的男员工。

隋祖禹不喜欢整天和人谈话,操作就简单粗暴多了,直接出了一套题考核,基于人才考评的目的,难中易题型各占三分之一。

企业的转型很难,个人的转型也不容易。原来公司的代工业务订单众多,产品研发部主要职能是拿客户图纸分析、拆解、优化,然后交付生产。在这个过程中,会有多少人用心去思考设计原理?又有多少人想过,如果原创自己该怎么做?

隋祖禹并不乐观,但人才培养是一个过程,通过这张试卷,他想让大家从这一刻起做好思想和知识转型的准备。

隋祖禹没有自己去监考,但听别人八卦说,考试时,大家被考题难得揪头发。一天下来,保洁阿姨竟然扫出一小堆落发,真是给各位发量并不充裕的研发人员雪上加霜。

不过现在,看试卷的隋祖禹也想揪头发了,大部分是乱涂乱写,答非所问。有的还留下了诸如"大侠饶命""祝考官福寿无疆"之类搞怪的话。当然,这样的结果也在预料之中,如果有强大的研发实力,早就去工资丰厚的外企了。

好在运气不错的隋祖禹还是发现了十几个可造之才，他们虽然没有提出完善的设计方案，却把目前产品中的问题说得十分细致。通过学习，应该可以成为中坚力量。

另外，还有一个惊喜，两个员工发现了他在试卷中故意写错的题目条件。一个是郝仁推荐的李子健，另个是一个入职不到两年的女员工，叫齐飞华。

隋祖禹把两人叫过来，往桌上摆出市面上正在热销的几款手机，叫他们说说产品优势劣势及改进点。两人说得头头是道，甚至把下一代产品会在什么地方优化都讲得很清晰。

李子健的能力郝仁介绍过，倒是齐飞华，现在只是个产品助理，隋祖禹觉得有些埋没了，于是问道："你这么好的教育背景，对行业也很有见解，为什么会甘心做助理？"

齐飞华又瘦又高，在南方女生中有点鹤立鸡群。细长眉毛单眼皮，头发剪了个板寸，一副无框眼镜压在高挺的鼻梁上。浑身上下一丝不苟，衬衣平整得没有一丝褶皱，整个人很有辨识度。

"女生研发工作不好找，企业先入为主地觉得女生吃不了苦。刚毕业的时候，好几家公司面试都失败了，家人又催着找工作。耀华刚好有个助理工作，面试通过就来了，走一步算一步。"

"最想做啥？"

"新品开发！"

"去收收东西，搬到我这边办公位。"

隋祖禹安排完齐飞华，又对李子健说："新的秘书到了，把杂事交接下，明天我们开始琢磨新产品。"

这天下午，郝仁正式从原来的办公位，搬进新公司的总裁办公室。

本来郝仁没打算折腾，结果赵扬说新公司新面貌，在他外出调研的时候，就给他腾出来一栋楼，还特别让行政好好打理了一番。

现在，人员都陆续搬到新公司大楼，一派热火朝天的景象。

汤媛敲门进来，拿着一张营业执照，对郝仁说："郝总，营业执照办下来了，工商税务等该备案的都完成了，员工合同更新签约主体会在一周内陆续搞定。"

看着上面的耀华终端有限公司，虽说只改了母公司的耀华技术有限公司中的两个字,郝仁还是抑制不住心中的一阵激动。都说万事开头难,但是万事开头也最兴奋,困难还没经历,前方充满未知,叫人不顾一切想闯闯。

玻璃窗外,办公室老面孔的新员工在各自忙碌,郝仁想新公司这只小麻雀,总算五脏俱全了,大家以后就是一条战壕里的兄弟姐妹,要并肩战斗了。

于是,郝仁叫汤媛帮忙去附近的餐厅定个包间,通知几个核心骨干下班聚餐,庆祝新公司手续齐备,开张营业。

夜幕降临,大家三三两两往餐厅走。这班人因为郝仁聚在一起,彼此之间,有的很熟悉,比如一起出去调研的陈虎、李子健、汤媛。有的认识但还没有共事过,比如陈竞男和刘思方。和大家都不太熟悉的,就只剩外来的和尚隋祖禹。

为了避免大家尴尬,郝仁和汤媛先到餐厅安排,等人陆续到齐了,郝仁起了个头,大家开始互相自我介绍。

当汤媛和隋祖禹互相介绍时,服务员正好进来问要点什么菜。

"汤媛。"

"隋祖禹。"

服务员接话道:"汤圆我们现在没有,下午厨房不做这个,一碗也没有。水煮鱼倒是有,你们要微辣、中辣还是特辣?"

"汤圆。"

"水煮鱼。"

哈哈哈哈,大家都笑得喘不上气,独留服务员在一边莫名其妙。

这下隋祖禹急了:"我不是水煮鱼,我是隋祖禹,发音不一样。"

汤媛倒是无所谓,慢悠悠说道:"你一个肉菜急啥,我只是个普普通通的小吃都不急。"

一阵闹腾中,大家完成了初步了解,比如汤媛面无表情的毒舌、隋祖禹外表邋遢的严谨、陈竞男朴实无华的真诚、李子健心细如尘的体贴、齐飞华近乎极致的强迫症、刘思方理直气壮的抠门、陈虎不拘小节的汉子气。

本来,郝仁还想发表点感言,看大家闹做一团,直接作罢。自己想要的无非就是一起拼一起闹的同路人而已,而此刻,说什么都是多余,除了。

"干杯!"

第六章　老弱病残组队

现下，郝仁最着急的事就是产品了，有了新品方案，各部门才有发力的方向，做事才会有的放矢。

可隋祖禹早出晚归，每天在办公室奋笔疾书，迟迟没有召集大家进行新品研讨，只是早些时候丢过去一堆材料让大家尽快自学。

郝仁知道公司在原创上的欠债过多，非一朝一夕就能够走上正轨。尽管心里很着急，也不过问半句，疑人不用，用人不疑，只能一个人在心里默默地焦灼。

倒是一周后，隋祖禹主动来找郝仁了。一进办公室，就朝郝仁丢过去一叠文件。

"这是什么？"

"规范化开发流程制度。"

"你这几天在忙这个？"

"对，无规矩不成方圆，没有这个我们不能贸然开工。"

"为啥？不要误会，我没有催你的意思，就是想了解现下为什么开发制度这么重要。"

"我们底子弱，但毕竟有丰富的生产经验，产品图纸不知道看了多少种。要搞一个自己的产品，有难度，但我有信心。只是能做一代产品远远不够，我们要朝着优质国产品牌的大道上狂奔，就不能赚笔快钱跑路。产品要一代一代演进，任何动作都要标准到位，任何研发文档都要标准留存，做到可追溯，可复查，可改进，否则产品好一代，差一代，没有延续性，无法在市场立足。"

"果然见过世面，所有的动作都有板有眼。"郝仁感慨。

"耀华原有的研发流程对代工业务够用，我知道你在质量把控上做了很多工作。但是对于自主品牌来说，这个流程有部分环节是缺失的。

你看下我的方案，在原有流程的基础上进行了优化和延展，从立项到退出，划分了概念阶段、计划阶段、开发阶段、测试阶段、生产阶段、上市阶段、销售阶段、退市阶段等多个节点。每个节点需要什么人员介入，会产出什么内容，评审进入下一阶段的要求是什么都注明了，你可以在各个节点安排各项工作,完美契合,无缝对接。

当产品做出来时,销售、营销、服务等各部门都做好了一切准备,兵贵神速,我们多线并举,可以极大缩短上市时间。这样,你也不用整天把注意力放在我身上,焦虑得不行。"

"非常高效的流程,但是请注意,我没有为你焦虑。"

"真的?"

"没,没有。"郝仁回答得不是很有说服力,正尴尬怎么说,却突然想到,"你该不是为了防止我和其他人频繁问你进度,打扰你的思路,才做的这个流程吧?"

"差不多!"隋祖禹倒也不否认。

"我就知道!文件是定稿了吗?是的话,我一会直接签发形成公司制度,以后全员按照这个要求运作。"

"我这边没有什么要修改的,不过你看看没意见才是定稿,有疑问,我们再讨论。"

郝仁仔仔细细把这份文件阅读一遍,果然是隋祖禹出品,连格式都十分规范。郝仁只调整了几个小的措辞,大笔一签,叫汤媛帮忙发布全体员工,并归档为公司重要规章制度。

汤媛出去办事了,隋祖禹也打算回研发部,刚走两步,又回头说:"明天新品立项讨论,你要不要来?"

"你让我掺和你的事了?"

"你也是技术出身,至少不会添乱吧。闭门造车肯定不行,我需要来自各方的建议,越多越好。"

"求之不得。"

上午 9 点,309 会议室里,相关人员都已经到齐。

郝仁打算给大家打打气,于是先开了口。

"感谢大家参加今天的立项讨论,这个会决定着我们公司第一款产品的走向,具有重要的意义。不过大家不要这么严肃,放轻松些。说个玩笑话,现在看到大家严阵以待的架势,让我们这个三五个人七八条枪的队伍有种千军万马的感觉。

"前几天,我从老同事那听到个嘲讽,说我们凑齐了老弱病残,我听了就很气愤。非常不准确,我虽然有点腰肌劳损,但绝说不上病残。我们的队伍既有姜是老的辣的前辈,又有奋力追赶前沿技术的年轻人。也许有一天,嘲讽我们的人会为自己的文学造诣太差而羞愧,竟然找不到一个准确的词来形容我们这支战斗力强悍的队伍。"

说到这里,大家都笑着鼓起掌来,待声音平息,郝仁顿了顿继续说:"我说这些废话,是因为知道大家,包括你们隋工都有远大的理想,想要做出惊天动地的产品。从模仿到创新是一个很长的过程,希望大家有耐心,但不要有心理负担,大胆做,大胆闯,不要怕犯错。对于外面任何对我们的评论,不要去在意,在通往目标的路上,无论是鲜花掌声,还是侮辱诋毁,都不值得为之停留。我们要做最好的国产科技品牌,也许现在听起来遥不可及,但只要不忘初心,前方便是坦途。"

隋祖禹和郝仁多年好友,两人打闹惯了,自然知道这人有时候说话没个正经,此番他语气一如平常幽默,脸上却没有半点开玩笑的意思。这么些年过去了,说起理想,说起未来,眼神还如在象牙塔时那样笃定,现实竟然对他的意志没有半分消磨。

思绪一飘散,隋祖禹的眼睛就莫名其妙起了雾。想想自己离开外企是一时冲动,加入耀华虽是深思熟虑,但不是没有退路,回家闲着收租,重新找个温饱工作,哪样不行。可今天,看着这些人,心中却升起一种从未有过的使命感,既然开弓没有回头箭,那自己就不要想着失败了会怎么样。

郝仁说完坐下,隋祖禹站到前面。

"大家之前按照各自的意愿,分成了硬件软件团队,又根据部件分成了各个小组。今天我们还在概念阶段,讨论是完全放开的,不用限于各自模块,无论什么内容,大家都可以提问,可以质疑,也可以直接说出自己的见解。"

隋祖禹停下来,投影出一份材料接着说。

"我先抛砖引玉,讲一下目前中国市场手机产品趋势,排名不分先后,每个部分大家都需要仔细思考。

"首先,目前市面上,黑白屏和彩屏手机并存,虽然现在黑白屏的用户较多,但彩屏手机以后会是一个趋势。参考我们的邻国日本,在2000年,彩屏手机广泛推出,一年内就占领近一半的市场,我们要顺势而为。

"其次,手机技术是随着通信技术的发展而不断演进,我国的通信技术虽然落后于国外,但随着数字信号取代模拟信号,我们的手机也迎来了迭代,除提供话音业务外,开始提供低速的数据业务。由此带来手机功能的丰富，人们不再只把它当作通话工具，而是集办公、娱乐、休闲为一体的工具。因此，手机上面安装的办公应用、游戏、音乐等对用户的吸引力也不容小觑。然后……"

"隋工刚才讲了总体市场趋势，因为我们从三四线城市及广大农村起步，接下来，我想给大家看看这一群体的产品诉求。大体的内容就是我在白板上写的这些，大家随时可以补充。排第一位的产品痛点是信号不好，尤其是农村地区。排名第二的是分辨率低，看久了视觉上有不适感……"李子健把自己近期收集的调研报告给大家作为参考。

"我有一点个人想法，虽然我们的目标群体不在一线城市，但请大家不要忽视外观对于用户的吸引力，这是产品给用户留下的第一眼印象，也是我们和分销商谈判的筹码。如果可以，我希望……"陈竞男站起来，把销售方面的需求一一列出。

"确实如此，但外观设计方面的员工我们比较缺乏，要不招聘一些，或者寻找相应的工作室参与，这样……"

"我们的能力在硬件和软件上都有不足，我认为对于消费者的诉求，要有所取舍，着力优化最为重要的几部分，目前我列出以下几点……"

……

会议整整开了一天，连午饭和晚饭都是汤媛直接打包送到会议室。经过 12 个小时的研讨，新产品的雏形，在每个人的脑海中，从刚开始的模糊，逐渐变得清晰，最终完全重合在一起。

时钟指向晚上 9 点，隋祖禹将手中的马克笔一丢，敲了敲写得满满当当的白板，共识终于达成，任务分解到每个人。大家长长地吁一口气，瘫在椅背上。

接下来的日子，隋祖禹一头扎进研发工作中，而郝仁却离开了深圳，和陈竞男登上了前往北京的飞机。

"竞男姐，你再给我介绍下聚星这家代理商吧！这是我们跑的第三家了，前面的两家拒绝得很果断，我担心这家比前两家规模还大些，不愿意销售我们的产品。"飞机还在地面滑翔，郝仁的心却像遇到风暴一般，在厚重的云层里颠簸。

"郝总，我们的新品样机还没有出来，前两家拒绝也是正常，我们只是初步接洽兼考察，后面还有机会。"陈竞男毕竟是多年销售，冷脸见惯了，比郝仁还要镇定些，看了一眼郝仁手里正在翻阅的资料，又说道：

"基本的资料你都快翻烂了,可能比我还熟悉。聚星这家公司是老牌电子产品全国代理,在各省份都有分公司,渠道可以下到乡镇。他的创始人李东,今年快 50 了,是个比较务实的生意人,去年以前一直是目前市面上前三大电子品牌的国代。前年底,聚星和现在的市场份额第一的酷美似乎因为返利没谈妥,终止了合作,导致收入急剧下降。李东是个很强硬的人,现在还不服软。不过瘦死的骆驼比马大,聚星的销售网络还是很完善的。"

"你打算怎么打动李东?"

"我们虽然是新品牌,但制造实力和集团规模在全国范围内很有名,产品质量无需担忧,对于这点李东不可能不清楚。另外,聚星确实是我们所有选择中最好的,如果可以,我们商务上是不是可以做些让步。"

"这是我们最后才走的一步,必要时再说。我在想,李东和酷美的关系破裂,可能不仅仅是因为返利,我之前听说酷美利用市场地位,代理商政策定得非常严苛,甚至恶意压货等,可能这才是引发两者最终交恶的原因。赵总以前一直在会上说,我们对待代理,对待供应商,要像同舟共济的伙伴一样,彼此尊重,才能走得长远。这一点我们必须一直延续下去。"

"好的,我会记住的。"

"竞男姐说笑了,你比我更懂得。"

两人说了一路,飞机降落在首都机场后,把行李往酒店一扔,没有去聚星公司,而是打上一辆车,径直去了市郊的一家聚星销售门店。

这家门店位于商业街上两条主路交叉的拐角,选址优越,店面宽敞,门头上挂着近期热销产品的巨幅海报,海报中的代言人含着笑看着来来往往的人流。两人一踏入店门,马上有一个穿着工作服的年轻女孩过来和他们打招呼。

"请问有什么我可以帮忙的吗?"

"我们想要看个手机。"

"是哪一位使用呢?"

"我旁边的这位女士需要。"

"请问你对手机有什么特别的要求。"

"外观好看,通话质量好,键盘大一些,好发短信。"

"你喜欢红色吗?"

"喜欢。"

"那我为你推荐这一款大红色的折叠屏手机，弧面造型，外屏还有一个七彩炫光，来电就会启动，在光线比较黑暗的环境下，非常吸睛。内屏使用65K色屏幕，显示柔和细腻，色彩鲜艳逼真。40和弦的铃声很有层次，非常悦耳，很适合女性。"

……

销售员非常流利地介绍着产品卖点，陈竞男一连试了好几款，也没有表现出不耐烦，连拿手机的手法都十分专业，戴着白手套，只触摸边缘，避免在手机上留下印记。

郝仁在一旁用心观察，对聚星公司的服务水平和员工素质十分满意。

两人考察完门店，不打算耽误别人太久时间，正准备要走，突然旁边传来一阵骚乱，回头一看，一个烫着卷发的大妈正对着另外一名没有穿工作服的中年男销售嚷嚷。

"我要看酷美的手机，你们这么大的店居然没有。"

"非常抱歉，我们店没有授权出售这个品牌的手机。你可以到别的店看看，我帮你找找地址。"中年男销售没有被顾客咄咄逼人的话激怒，反而很是得体地帮客户想办法。

"不用了，最近的店离这好远，我懒得走，你们是不是想加钱，多少？"

"加钱也没有这个品牌产品，我给你介绍一下别的品牌，好吗？"

"现在酷美是最流行的国外品牌，我用它才上得了台面。"

郝仁在旁边看了好久，终于，这位顾客的无理取闹变成一个死循环，没人解得开，旁边的看客都有人忍不住笑出了声。

突然，郝仁凑过头去问："请问你要这个牌子是因为别人都在用吗？"

"是啊，国外大名牌，名气大，价格贵，还不是最好的？"

"这可不一定呀，名气大有可能是广告打得好，价格贵可能是广告费花得多。"

"你凭什么这么说。"

"因为这些国外的品牌，绝大部分是在中国生产的，有的甚至设计都是中国人完成的，你翻一下背面，看看有没有中国制造或者 made in China？"

大妈没在手机背面找到，这时候售货员递了个包装盒过来，果然上面有个中国制造。大妈像个泄了气的皮球,讪讪地离去,郝仁则得意扬扬地目送大妈。

陈竞男发现自己的这位老板,任性起来也是蛮无聊的,完全不知道事不关己高高挂起。不过毕竟明天还有正事,郝仁也没有耽搁,两人便离开了这家门店。

这时,门店里不知道什么时候来了一个西装革履的年轻人,对着刚才被顾客纠缠的中年人说:"董事长,这……"

中年人含笑摆了摆手,说了句:"没事,我们走吧!"

第七章　有条件的合作

第二天一早,郝仁早早地起床,穿上西装,系上领带,把自己好好地捯饬了一番。本就身材高大挺拔,面庞剑眉星目的郝仁,正式起来像外交部会见外宾的模样,把最近常常见到他的陈竞男着实吓了一跳,还是带点惊艳的惊吓。

两人草草吃过早餐,就打车前往聚星公司总部大楼。陈竞男之前通过客户关系与聚星公司搭上了线,几次协调终于定好了今天上午 10 点和董事长兼总裁李东见面,但对方反馈行程特别满,只能挪出 30 分钟。

9 点整,两人已经到达聚星大厦的前台。这家公司的上班时间是 9∶30,大堂空空荡荡,连早半小时上班的前台小姐都还在化妆。郝仁亲历过首都早高峰,所以出门特别早,结果今天一路顺畅,抵达后一看来得过早,怕打扰人家,就在一部电梯旁寻了个沙发坐了下来。

大约过了十分钟,一个有点眼熟的面孔朝这边走了过来,后面还跟着两个穿黑西装的年轻人,对方显然也看到了两人,郝仁连忙起身。

"是你?"

"是你?"

郝仁和来人异口同声地发出了疑问,紧接着郝仁瞥见旁边"总裁专用"的小牌,瞬间明白了。

"您好,我是耀华终端有限公司的负责人,郝仁,今天约了您 10 点的时间,很高兴再次遇见您。"

"哈哈哈,"来人笑着说道,"那还等什么,一起上去?"

"可现在时间还没到,会不会影响您其他工作?"

"十点前,我唯一的事就是吃早餐,走吧。"

于是,三人一同进了电梯。来人正是聚星公司的董事长李东,像他这样亲自经营过一家门店的创业者,无论后面拥有多大的产业,还是会想要亲自到店里走走看看,昨天就是这样的情况。当然,店里的销售并不知道他的身份,只知道他是其他门店安排过来学习半天的,否则也观察不到什么实情。

"昨天真是太巧了。"郝仁也没想到会这么巧,这句是发自肺腑的感慨,绝不是客套话。

"是的,你给我留下了深刻的印象。"李东说的也是实话。

进了李东的办公室,两人在会客区的沙发上坐下。这时,秘书给李东端进来了早餐。

"要不要一起吃点?"

"我们已经吃过了,您慢用。"

李东没有推辞,独自吃起了早餐。郝仁看到李东的早餐非常普通,甚至有些简陋,就是一个大白馒头、一个水煮蛋和一碗豆浆。

"我这个人从小喜欢简单的食物,那些做法过于繁复的饭菜,我总觉得吃不出原味,简简单单的多好。"

"李总的话颇有些哲理。"

李东吃完,离开了办公桌,来到会客区坐下。

"怎么,耀华不满足于代工,想做国产品牌?野心不小,知不知道很难?"

"最难的部分,我们已经克服了。您是行家,肯定知道现在市面上不少国外品牌是我们生产出来的。"

"知道是一回事,顾客买不买单是另外一回事,我们代理虽然靠销售提成挣钱,但你们的产品卖不出去,我们也要跟着喝西北风。你昨天也看到了,我相信你深有体会。"

"看到了,但到现在您还没有拒绝我,让我有觉得有点希望了。我有机会给您做一个简短的公司介绍吗?"

"来都来了,当然。"

郝仁于是打开电脑,把准备好的材料展示在李东面前,娓娓道来。

这份材料是他亲自准备的,征求了陈竞男的意见,也让汤嫒在设计上进行了美化,整体从生产能力、组织团队以及资金人力投入三个方面进行了概括性介绍。很显然，李东对于耀华的生产能力比较熟悉，深入了解的兴致不大。

随后，郝仁介绍到研发团队，是由来自美利达集团，也就是酷美品牌所属公司的前高级技术人员隋祖禹牵头时，李东表现出了浓厚的兴趣。注意到这一点，郝仁就把研发的情况稍稍展开来说，把研发理念及研发激励机制都提及一二，并承诺每年要将利润的10%以上投入研发。

李东眼睛一亮，打断道："商人逐利，无可厚非，你敢这样的承诺，你的团队成员如何想？到手的利益不想纳入囊中？"

"李总，您可能对我的团队成员不熟悉，他们是一群热爱技术、敢闯敢拼的人。挣到钱，公司不会亏待每一个人，但我们聚在一起，如果是只为了钱，利尽则散。这既是我的承诺，也是大家的承诺。"

"听得我都热血沸腾了，希望你能一直做到。"

等郝仁全部讲完，李东心里也有了计较。对于一个有潜力的公司，晚合作不如早合作，没有竞争者，主动权在自己的手上，条件好谈，要求好提。等到他们发展壮大，主导合作的人怕就不是自己了。

"李总，对于我们的合作有兴趣吗？"

"看到你这样年轻有为的创业者，我非常有兴趣。但正式合同的签订需要等产品出来，我们内部讨论之后再说。"

"那是自然。"

"关于代理提成，我们按照行业标准，不会区别对待，但是有一个要求。"

"您请讲！"郝仁对于李东不抬价非常意外，但如果对方提的要求比价格还难以接受，事情又回到原点。

"我希望你们能在铺货的城市，保证一定比例的营销投入，并在广告中标注聚星的店面地址购买。我注意到你们的组织架构中，并没有营销部门，这一点会是我的顾虑。"

李东的要求非常合理，如果给予耀华的产品柜面位置，对方没有相应的营销投入，所有的销售压力就会放在聚星身上。反之，对方保证投入，只要能引流到店面，无论购买什么产品，聚星都是有收益的。

"这一点请放心，我们会在新品发布前配齐相应的人员，营销投入我们可以保证，但也希望给我们相匹配的产品展示位。"郝仁明白李东的意图，如果双方都拿出诚意倒也不失为一个双赢的好法子，但如果大家彼此计较，想要多占便宜，这事从开始就注定失败。

李东淡淡一笑，"应该的，但具体的事宜可以等正式合同签订时候细谈。"

"今天，我们是否签一个合作意向书？"此前陈竞男提醒郝仁，正式合同一次拜访一般搞不定，最好有一个合作意向书，这个文件虽然只是表达合作意愿，没有具体的合作细节，但已经足够吸引其他代理商了。

"可以。"李东爽快答应了，耀华不会只找一家代理商，他愿意谈这么久，自然不希望对方找到其他更大的代理商后，把聚星放一边，毕竟聚星失去酷美后，也急需找到别的突破口。

一切谈妥后，李东叫来负责合同的员工，给郝仁递过来一份标准版的合作意向书。两人看过后，觉得没有太大问题，当场就签了。

出了聚星大厦，已经下午1点多。长时间的谈判让郝仁的精神一直处于亢奋状态，现在突然暴露在正午阳光下，郝仁有点恍惚的感觉。是真的成了吗？看着手里的文件，又是实实在在的感觉，自己居然做到了，于是在心里悄悄把目标标记又朝前挪了小小的一步。

深秋的北京正是一年中最美的季节，秋高气爽，红墙绿瓦的皇家建筑在满树黄叶的掩映下，格外庄严华丽。两人匆匆走过长安街，没有为美景停留，打算乘胜追击，拿着聚星的意向书再多拜访几家代理商。

两人逗留北京几日，又拜访了两家全国性代理商，一家表示会慎重考虑，内部讨论后再回复。一家则知道聚星有意合作后，表示可以在部分内陆省市试点，销量良好就全国铺开销售。总算有所进展，不至于是坏消息。

紧接着两人飞上海，又面谈了五家代理商，一家确认合作意向，其他两家拒绝，两家观望。

就这样，两个月过去了，2002年也渐渐走完它的尾声，雪花从天翩然落下，整个城市银装素裹，两人也把秋衣换成了冬装。

郝仁担心产品的研发进度，加上全国性的代理拜访得差不多了，于是决定让陈竞男年前再辗转几个省份，多拜访几个重点省级代理商，而自己先回深圳。

深圳的冬天阳光明媚，当郝仁一身羽绒服走下飞机，就立刻被一股温暖湿润的气息包裹着，每一个毛孔都在畅快地呼吸。才离开了一个月，竟有种时移事易的感觉，眼前所有熟悉的景物都变得可爱非凡。

行李往办公室一丢，郝仁就冲上五楼，想先把这个月这些好消息和隋祖禹好好说说，再看看他进展得怎么样。

在隋祖禹的座位上没有看到人，郝仁问旁边办公位埋头看材料的李子健，李子健抬起来，郝仁发现他满眼通红，原来挺讲究的小伙子现在胡子茬都快连成片了。

"我说，你是几天没回家了，怎么搞成这样？"

李子健比出三根手指。

"你家房子被打了土豪了？一直睡在公司干啥？"

李子健努力挤出一个笑容，有气无力地说："不太顺利。"

"隋工呢？"

李子健指指会议室。

郝仁打开会议室，看到隋祖禹像一头拉磨的驴子，正在绕着会议桌团团转。

"怎么了？一个个的。"

隋祖禹看到郝仁回来了，脸上露出一抹喜色，几秒后，这抹喜色又转瞬即逝了。

"我还是低估了自研的难度，我在做新品规划时，发现到处都是漏洞和隐患，尤其是系统软件方面，我们既没有专家，也没有基础方案。"

系统软件问题是国产手机的难点，如果手机市场是武林大会，要想天下第一，必须有好的武器和武功，缺一不可。其中硬件是武器，好解决一些，刀枪棍棒有钱就可以买。软件和系统就是武功秘籍，是各门派的撒手锏，不仅买不到，还不能偷学，这属于侵犯知识产权。

隋祖禹的前公司在系统软件方面的研究历史悠久，但人家防着身为中国人的隋祖禹，不是太有机会能接触到完整的架构。但话又说回来，即使隋祖禹所有代码全知道，也不能照搬照抄。

奈何耀华只是代工企业，若是硬件还好说，软件完全没什么积累，这种情况下，隋祖禹只能从头再来，不断地试错，找到一条自己的路，难度可想而知，连隋祖禹都开始怀疑自己当初是不是分不清理想与现实的差距，就随意答应郝仁做了这研发负责人。

"我们的团队没有你以前公司那么成熟，条件各方面也有所欠缺。"团队成员缺乏经验确实是无可奈何的事，但郝仁看着隋祖禹更甚从前的乱发，心中十分愧疚。若不是老同学邀请，隋祖禹随便去一家稍微成熟点的公司，也不至于累成这样。

"你别露出那么难看的表情，是我之前太草率了，但技术的问题再难，也总是会在迭代中解决，何况现在也不是完全没有思路，你不用太担心。"怕郝仁担心个没完没了，隋祖禹岔开话题，"你走了这么久，进展怎样了？"

"我这边还算顺利，有几家国代已经表现出合作意向，当然他们要看到产品才会和我们签正式合同。我过两天再跑跑中西部城市，应该还能再拿几家省代。"

"已经很不错了，看来我这边要抓紧，不能给你拖后腿。"

"那也不能三天不回家，我宣布今天研发提前下班，全部休息。"

"唉唉唉，你怎能这样，我这还没想明白呢！"

"我怎么不能这样，我在这是老大啊！"

说完，郝仁就出去宣布了他的最新决定，外面一片闹腾欢呼，隋祖禹暗暗骂了一句"皇上不急太监急"，也出了会议室，背起双肩包，骂骂咧咧地离开公司了。

说真的，好累。

第八章　凑一起过新年

郝仁担心研发的进度，更担心团队的状态。代理商那边再着急，陈竞男处理客户关系是多年的老手，比自己发挥的作用更大。于是，郝仁让陈竞男全权负责省级代理拜访，自己则留在深圳，回归到以前的角色。

不过，郝仁特别注意参与的尺度，他把自己定义为救火队员，哪里缺人就到哪里搭把手，老老实实听从隋祖禹的安排。对于出现的问题和漏洞，他没有提出任何的批评和质疑，而是和大家一起定位问题，分析原因。

由于知识面和阅历不同，郝仁除了可以提供一些技术方案建议，还可以从经营角度帮忙降低研发的难度。一些已经成熟的知识产权，通过购买或者置换等方式获取使用许可，而把有限的资金和人力放在其他企业独家不愿意授权的部分，集中全力攻关。

大家对于郝仁的加入，大多以平常心对待，没有过度紧张。团队成员都是些小年轻，职场上油腔滑调那一套接触不多。郝仁不是个让人特别有压迫感的领导,工作时再认真,说话老没个正经,实在叫人难以畏惧。

2003年的春节到来得特别早。虽然研发几度撞南墙,很多问题的解决进度让人堪忧,但深圳一到过年即是空城,大多数居民都是外来人口,异乡漂泊了一年,过得好也罢差也罢,该回家还得回家。

结果郝仁给大家道过新年祝福后,自己却没有走成。

春节前夕,坊间开始流行一种传染性极强的怪病,被感染的病患会出现发烧咳嗽、呼吸困难的症状。

这种后来被命名为非典的恶性传染病,起初病因不为人知。不了解的事物最可怕,在卫生机构提醒市民要减少出行、讲究卫生时,民间谣言涌动,开始出现熏白醋、喝白酒、喝板蓝根等能预防怪病的传言。一时之间,以讹传讹,掀起抢购风潮,到处人心惶惶。

2003年没有大年三十,大年二十九就算除夕了,虽然国家法定假期明天才开始,大部分员工昨天就已经走了,办公室冷冷清清,气温都感觉比平时低了几度。

每逢佳节倍思亲,郝仁再工作狂,这时也是意志减退,没有了昔日奋斗的热情,一个人坐在沙发区发呆。

郝仁家在四川眉山,是千年大文豪苏东坡的故乡,历史悠久,风景优美。郝仁也一年没回家了,蛮想吃吃家乡菜,一想到糖油果子、辣汁泥肠、川味炸春卷、石磨豆花、东坡墨鱼就思乡情切。

现在外面谣言四起,虽然郝仁对那些奇怪的偏方没有信以为真,但这种病传播性极强,郝仁想想就不敢回家。这下了飞机又上汽车,几次辗转,不怕一万就怕万一,给家人朋友带来麻烦就不好了。

郝仁正惆怅着,看看隋祖禹抱着一摞书来找自己,一脸兴奋。

"看,我托朋友从国外给我邮寄了一些参考书过来,都是和我们现在面临的问题相关。虽然不一定是药方,但我觉得看完后可能会有灵感,我打算过年期间开启读书模式。"

"你三大姑八大姨亲戚那么多,全都在深圳,你能安静地看书?"

"我不怎么和亲戚往来,我爸妈有个远房亲戚在云南,过去玩还没回来。现在传染病在广东闹那么凶,云南没听说有病历,我让他们别赶回来过年了。"

"你一个人啊?要不要搭个伙?"

"什么？"

"我也一个人。"

"你不回家？"

"不回了，安全第一。"

"也不是不行，你想去我家住？"

"这倒是不想，你家太乱，我不想搞卫生，你来我家吧。"

"哦，好。"对于隋祖禹来说，就是公司的午休床，他也不会觉得有什么差别，都是落枕便入梦。

"那个。"

后面传来一个声音，两人回头，是李子健。

"能收留我一下吗？"李子健露出可怜兮兮的表情。

"怎么？"郝仁问。

"家里逼婚，我想在外面避避风头，反正我爸妈和我住一起，天天见，春节少见一些日子也没有关系。"

李子健才25岁，可因为是大儿子，父母希望他找个门当户对的女孩，早点定下来。好说歹说，李子健就是敷衍着，也没啥行动。老两口做事雷厉风行，每天在公园相亲角物色合适女孩，一到周末就变着法地安排见面。年轻人喜欢的约会圣地，就没有老两口不熟悉的，活动也是投其所好。遇到喜欢文艺的女生，就安排电影，活泼一点的，就安排KTV，务实一点的，就安排逛商场。连李子健都感慨，要不是自己爸妈相亲相爱结婚生子了，他们怕是各凭手段又找到对象了。

"你吵不吵？"隋祖禹问。

"你要保证你爸妈不会杀上门来要人？"郝仁问。

"不吵，我爸妈不知道我还在深圳。"李子健转身指指办公位边上的行李箱，"我今天一早就逃出来了，跟他们留言说，公司安排春节出差，给三倍工资。"

"你居然敢背后诋毁我，把我描述成黑心老板，还想讹我三倍工资。现在不想出钱住酒店，还要来住我家，人不美，想挺美，建议你还是另找地方吧！"郝仁摆出请走的姿势。

"老板，你变了，变得不大气了……"

不过，李子健对郝仁这种上司是不会当真的。一下班，就像牛皮糖一样粘住两人，拉着行李屁颠屁颠上了郝仁的车。

郝仁先开到隋祖禹家楼下，等他上去收拾点东西。只等了两分钟，就看到隋祖禹提着重重的一袋书下来了。

"你的衣服呢？"郝仁问。

隋祖禹拍拍自己鼓鼓囊囊的裤兜说道："带了几条内裤袜。"

"没了？"李子健着实震惊。

李子健和隋祖禹背景类似，家境都非常不错，一个是深二代，一个是原住民，结果李子健的生活是各种讲究精致，隋祖禹仿佛是他的另一极，随意到任性。

"没了，就一周，不用带太多，实在不行，我记得我以前在郝仁家落下一套衣服。"事实上，隋祖禹刚才上楼找衣服，发现衣柜空了，外面的衣服堆在一起，不知道哪些是干净的，直接全丢进了洗衣机。

"你上次来我家是两年前的事了，谁会找得到？"

"我找不到干净衣服了，穿你的吧！"

"你还真不客气！"

"嗯，都是自己人，不要客气。"

郝仁已经无法继续这个话题，发动了汽车，然后问李子健。

"你会做饭吗？"

"不会啊，我家有个阿姨，做饭好好吃。"李子健回答得还挺自豪。

现在，郝仁已经不想再说任何话了，专心开车，两人一前一后坐着，愉快地翻起了书。

郝仁住在市郊，早些年买的期房，那时候附近还是一片荒凉，现在不到三年，就建成了个交通方便，设施齐全的成熟社区。

三室两厅的房子，郝仁一个人住，显得空空荡荡，若是换作平时，郝仁喜欢这种安静自在。可这大过年的，小区里大部分人都回老家了。一路走来，小区的路灯比住户家的灯都多，连烘托节日气氛的灯笼发出幽暗的红色，也感觉不到任何喜庆的气氛。

刚才，三人去了趟超市。隋祖禹拼命往购物车里扔东西，有种七天不出门，要一次把食物都买够的架势。这下好了，车位稍远了一点，三个大男人大包小包，气喘吁吁拎了一路过来，一边互相抱怨，一边推卸责任，打打闹闹把郝仁心底那点落寞都给搅和没了。

打开家门，李子健和隋祖禹把东西往地上一扔，仿佛中弹受伤一般，立马瘫在沙发上，一动不动。

郝仁一看都已经晚上七点了，沙发上装死的两个家伙根本就帮不上什么忙，要张罗出一桌年夜饭不太现实，只好搞个方便快捷的火锅。

郝仁平时自己做饭惯了，动作麻利。三十分钟后，洗好切好的食物摆了一桌，火锅也开了，袅袅地飘出香气。沙发上的两个人一秒内从沙发上弹射起来，整整齐齐坐到了饭桌前。

郝仁看两人的眼睛像饿狼一样发着绿光，直接把整盒牛肉卷丢进锅里，然后拿出两罐啤酒递过去，自己也开了一罐。

"新年快乐，干杯！"

"新年快乐，干杯！"

"开动！"

三双筷子齐齐下锅，风卷残云，锅里立马连肉渣都找不到了。这下三人也不讲究下菜顺序了，全部一股脑丢进锅里，混在一起，吃得不亦乐乎。

酒已半酣，三人不再忙于填充食物，打开了话匣子。

"其实，兄弟，对不住，我也不知道是邀你走上康庄大道，还是拉你进泥塘。换位思考，你去哪不行，为了这点兄弟情谊才选了我，我要是业务做不起来，真是坑了大家坑了你，缺了大德了。"

郝仁不胜酒力，才两罐下肚，整个人就像蒸熟了的螃蟹，泛着红光，他突然提高嗓门说："你说你是不是傻？随便想个借口敷衍我就行了，我还能把你绑过来不成？你看现在起早贪黑带一群小娃娃，图个啥？"

小娃娃之一的李子健听了，也是一脸愧疚地看着隋祖禹，说道："对不起，隋工，我没有能帮上忙，让你一个人受累。"

隋祖禹把啤酒罐重重地砸在桌上，"烂好人，你喝多乱喷是不是，有你这么说自己的人吗？看把人吓得，再说，你脸面有多大，我看你来这吗？我是因为这能够给我足够大的施展空间才来的，你不知道我之前在鬼佬公司多憋屈？"

要是以前，郝仁被隋祖禹凶两句肯定消停，今天是酒壮怂人胆，他偏要说："我面子不大，念大学的时候，我阑尾炎发作，是谁因为送我去医院，错过了妹子的约会，单了四年？"

"你们真是情深义重！"李子健觉得自己都快忍不住鼓起掌来。

隋祖禹简直要被郝仁气得原地爆炸了，"你真是，我不爱听什么就说什么？不是你的面子，是民族企业雄起的召唤，是引领科技行业的快乐，行了吧！你哪来这么大脸面。"

郝仁两眼发直，伸手摸了摸自己的脸，不解地说："不是我帅气的脸吗？不可能，难道是我惊人的技术？你喜欢打地鼠吗？喜欢扫雷吗？喜欢连连看吗？我现在就展示一下，让你知道游戏技术哪家强？"说完就朝电脑蹒跚走去。

隋祖禹也不拦着，反而还教唆道："喜欢，喜欢，都喜欢，哟哟哟，喝多了手抖吗？"起身跟着过去了。

李子健傻眼了，坐在饭桌前，看着两人在电脑前嚷嚷。自己一口接一口地喝酒，想着这两人酒量也太浅了，才几口就开始胡说八道，待会自己要一个人收拾这一桌子，都忍不住要泪流满面了。

零点，外面响起烟花的噼啪声，那两个人却还是盯着电脑屏幕，仿佛美丽的烟花是从屏幕里绽放出来似的。

新的一年，不管有没有人在准点守候，终究还是到来了。

第九章　阶段性的放弃

清晨，阳光不请自来，透过纱帘给屋子洒了一地金黄。

郝仁揉着眼睛从卧室趿着拖鞋走出来，发现客厅简直焕然一新。食物已经撤下，桌子擦得反光，洗过的餐具从小到大，间距一致地放在沥水篮里，垃圾桶也套上了新的垃圾袋。

郝仁用脚趾想都知道不是隋祖禹干的，只是以前居然没看出富二代李子健是个田螺姑娘，如果研发搞不好，换个行业也行，这家伙的洁癖能刷新家政的行业标准。

后来，郝仁实在太好奇了，一个家境优越，不会做饭的家伙，怎么能把家收拾得这么干净？

结果，李子健却说："可能术业有专攻吧，家里的阿姨虽然做饭好吃，但打扫达不到自己的标准，只好每次都为她亲身示范。"

这个"每次"真让郝仁无语。

两人还在酣睡，估计最近累坏了。郝仁轻手轻脚拿了个面包，坐到沙发上，随手抽了一本隋祖禹带过来的书边吃边看。

隋祖禹确实下了功夫，对研发问题涉及的部分，在书中用各种颜色的笔做了密密麻麻的标注，批注写得比正文还要有意思一些。

郝仁正看得入迷，感到沙发有点下陷。隋祖禹顶着鸡窝头，眼角挂着眼屎，坐在了他旁边，也抽出了一本书看了起来。

一会，李子健起床了，漱洗打理，穿戴整齐，同样在沙发上坐下看书。

就这样，三人一人守住沙发的一角，时而安安静静地翻查，时而想到什么，一蹦三尺高，叽里呱啦半天，发现又不对，讪讪地坐回去。

隋祖禹过来耀华，心里是憋着一口气的。他想要把前公司不让他尝试的想法做出来，想要开发出来一款超前的产品，想要改变现在手机在系统和硬件上的种种弊端，并为此做了很多准备。

但很显然，耀华研发底子薄，产品本身是牵一发而动全身，这里用力过猛，那边就容易塌。就像盖房子，你不能把所有精力都用在装修上，需要在基础和亮点之间取得一个平衡，共同发展。

郝仁没从头到尾跟进整个产品开发过程，出差回来发现进展不顺，就帮忙解决下一些局部问题，一直没发现隋祖禹反复较劲的根源。现在两人一起待了一段时间，才恍然大悟。

"水煮鱼，我说点自己的看法，你可别生气？"

"嗯，你说。"

"你考虑不考虑裁减一些功能点，留到下一代产品？"

"你不信任我？"

"如果有足够多的时间，你肯定可以做出一款完美的产品。但现在我们需要让步一点给时间，尽快做出一款基础功能完备的产品，去占领市场空白。你看，我们停留在计划阶段太久了，只有少数几个需求进入开发，进度有一点点慢。"

"你这个意思，就是说我们为了赶时间，要制作一个平平无奇的产品咯？"

"不是平平无奇，是基础功能强大，有亮点一二。我们的市场策略是农村包围城市，三四线城市和广大乡村地区用户，现在手机的普及率都还不高，他们的基础诉求还没有满足，你的那些升级功能对他们很遥远。当然，我们的消费者会成长，你的这些超前的想法，一定会实现，并获得他们的青睐。"

隋祖禹不是听不懂市场需求，只是实在太急迫证明自己。他心中有一个偶像，就是全世界第一部商用手机发明人马丁·库珀博士。

库珀博士求职贝尔实验室被拒绝时候,留下了一句话,"终有一天,您会正眼看我的!"接下来的二十年,库珀博士都在为这句话而努力,直到1973年4月3日,库珀博士终于迎来了人生中值得被铭记的高光时刻。

这一天,库珀博士带领研究团队推出了世界上第一部手机。在媒体的镜头中,库珀博士走上了曼哈顿街头,用这部手机拨出了世界上第一个移动通讯电话。电话那头是多年前曾经将他拒之门外的尤尔·恩格尔。

傲娇的库珀对毫不知情的尤尔说,他所接听的这个电话是用一个真正的移动电话拨打的,而这部手机就是后来风靡全球的砖头机。

隋祖禹愤而离职的时候,被这个快意恩仇的故事鼓舞着。他知道这很难,不是一天两天能做到,天才如库珀博士也用了二十年。

他很明白郝仁的意思,只不过贸然被戳破,从心底泛起一种浓重的挫败感。关键是,他要是马上能做出来给郝仁看也就罢了,现在还因为升级功能给硬件和系统带来高要求,把基础功能给影响了。

隋祖禹一脸丧气样,也不反驳,把头扭朝一边,留个乱蓬蓬后脑勺给郝仁。

郝仁安抚地拍拍他的肩膀,把人硬掰过来说:"不是说不做,是分步做。你看,我先提一点需求,农村地区基站部署没有大城市那么密集,你要尽可能优化手机的通话质量和距离,别捣伤别的把这个最重要的功能给忘记了。"

"知道了。"隋祖禹语气还是不高兴。

"咱们再把功能需求表打开看看,删减一些,阶段性放弃又不是失败,是为了后面持续发力。我们用功能换取时间,尽快做出普通人也买得起的高性价比产品。你的那些升级功能对硬件软件要求可不低,咱现在先存钱,以后挣了大钱再给你造作。"

"好吧!"隋祖禹算是勉强认可了。

"告诉你件事,我公开宣布过我的目标,全国第一。"郝仁自豪地说。

李子健本来在一边偷偷看两人争吵,听到这个目标差点从沙发上掉下去。

"哪里发布的?不怕闪了舌头?"隋祖禹来了兴趣,连忙问道。

郝仁打开博客给两人看,一个叫"做个好人"的家伙发了一条博文。

"我要用三个五年,把产品做到全国第一。"

"我说,你有点狂妄啊!"隋祖禹说。

"我心里想的是世界第一,但是觉得有点过分,就收敛了下。"郝仁回答。

"都没有评论和点赞,你用小号发,鬼会知道?"两人失望地走开。

"那也是公开渠道发布。我作为总裁只负责发布,实现靠你们了。到时候冲击国际市场,得拿出别人没有的本事来,做成之后,我换大号。"

"切。"

隋祖禹的愠色消失,又坐一边看书去了。郝仁笑笑没当回事,倒是李子健捏了一把汗,他还以为要吃散伙饭了。

就这样春节七天,除了郝仁去超市买过一次食物,三人基本没下过楼。每天郝仁做饭、李子健收拾、隋祖禹啥也不干,重复着三人安静看书、两人激烈讨论、一人旁边看戏的循环。

假期结束,三人离开家,转战公司。几天的朝夕相处总算把问题说开了,隋祖禹也不再原地打转,郝仁看研发进度正常了,自己要是一直在里面打杂就有点不务正业了。现在他心里还有两个重要的事,一是继续拓展代理渠道,二是组建代理要求的营销队伍。

正当郝仁准备继续出差拜访代理商时,非典疫情变得严重,感染人数开始飙升,各种传闻愈发耸人听闻。

这时候,人们才意识到自己在病毒的面前不堪一击,节日的气氛被紧张恐惧的情绪取代。街道也发生了一些变化,人们不敢到处走动了,朋友间只敢戴着口罩远远打个招呼。社区工作人员日夜巡逻,重要的交通枢纽还出现了测试体温的专员。

就在刚才,郝仁在前往机场的出租车上,看到一辆救护车拉着警报急驰而过。

郝仁发现自己有些操之过急,如果人们因病出行不便,消费也会受到抑制。这个时候,当务之急是有机制保证员工的健康,至于渠道,等产品有个雏形,稳稳拿下几个国代的合同,再拓展其他也不迟,反而效率更高。

于是,郝仁电话退了机票,叫师傅掉头回公司。

汤媛正在翻译一份文件,看到郝仁又回来了,很是诧异。

"郝总,飞机没赶上?"

"不是,不去了,有事托你去办。"

"好的。"

"我看新闻觉得病毒传播速度比较严重，我们必须有个应急制度保障员工健康安全。"

"嗯嗯，到处都在宣传要减少流动、讲究卫生、不要恐慌。"

"不仅这些，你想这个病传染性这么强，如果一个人感染，能把我们公司一锅端了。这样，你梳理下现在出差的人员有多少，分别在哪里？如果不是紧急事务，尽快回来，不要再出行。另外，安排下行政定期在公司消毒，然后购买一批口罩等，发放给大家。收集下大家目前住址，增开一些班车线路，做做内部宣传，叫大家尽量乘坐班车或者私家车，减少与外界人员接触。"

"好的，我这就去办。"

汤媛做事很有章法，不仅完成了郝仁提到的几点要求，宣传还扩大覆盖到员工家属，特别建立了互助小组。可以组队上班，让有私家车的同事搭一下其他没有在班车线路上的同事。可以组队娱乐，周末不出门，大家联网打打游戏。为方便大家远程会谈面试，还给会议室的电脑安装了摄像头。

一开始大家觉得有些小题大做，几天后，新闻就爆出有一家工厂因有一名女工感染病毒，传染数十人，她所在的一整栋楼都被封闭隔离。这时大家不再敢小看这些简单的举措，老老实实地遵守要求。

后来统计发现，企业因防范不严而导致暂时关停的不在少数。而耀华在这一期间却平安无事，反而因为出行减少，更加聚焦目前的工作，效率提升。

接下来，郝仁开始思考营销团队的事，因为耀华此前没有面向消费者的业务，这方面的经验可谓一穷二白。于是，郝仁今天把人事总监林涵叫过来一起商量商量。

按照之前的决议，新公司暂时没有组建自己的人事部门，先借用耀华技术的平台。人事部门是个事又多又杂的部门，和员工相关的招聘、劳动合同、福利薪资、员工关系等等都与人事相关。

本来负责耀华技术，林涵都忙得不可开交，现在耀华终端也要她负责，人手却没有增加，心里本能地有些抵触。可是，总裁赵扬如此重视新业务，她不能过于怠慢，虽然推托有事，姗姗来迟，但总归还是来了。

"林总监，今天麻烦你跑一趟，是有事请教，我们要组建营销团队，需要你帮忙物色物色。营销又是花钱巨大的部门，不能给新人练手，我想找个经验丰富的熟手做团队负责人。"因为不是自己的属下，又有求于人，郝仁说话多了几分客气，称呼得比较正式。

林涵一听心里舒服了不少，想了想回答："若是营销方面的熟手，一般可以往两个方向看看，一是其他企业的营销部门，二是广告公司。广告公司一般又分为两种，一种是本土公司，一种是 4A 公司为代表的国际公司。都可以找找，郝总有没有一些别的硬性要求？"

"最好有从 0 到 1 建立品牌的经验、能吃苦、做事专业、执行力好。其他方面你帮忙把把关。"

"年龄性别方面呢？"

"这个倒是不限，工作经历最好五年以上，有带团队的经验。"

"好。"

"还有一点，我们是创业公司，人员要接地气一点，实用一点。不一定要很大的公司，愿意和我们一起从头奋斗就行。"

"我都记下了，如果没有别的要求，我就回去了。"

林涵草草结束了谈话，郝仁也没有再啰唆，宣布子公司成立的那一次会，林涵在现场，公司策略各方面她是知道的。如果自己反复强调，反而显得自己质疑她对子公司支持力度不大，只能点到为止。

回到自己办公室，林涵转手就把这事交给冯都都，一个来了不到两年的新人，只说要一个经验丰富的营销主管。冯都都阅历不深，人却很勤勉，心想要找一个主管，那肯定要从最好的公司里挑，于是开始大量翻找资料信息。

这一时期，大家普遍认为 4A 国际公司有最一流的营销从业者。海外广告业起步早，经手案例多，在这个过程中总结出很多成熟的营销理论，其中比较经典的有 USP 理论、4P 理论、4C 理论、AIDA 理论等。

这些广告公司随着海外企业进军中国，也在中国设立了分部，并运用成熟的理论体系，培养了一批中国本地员工。营销本质是为了推销产品，营销人员首先就要把自己推销出去。和本土公司相比，这些公司的员工比较注意形象包装，谈话中英夹杂，谈话必提及欧美，给人一种国际化的感觉，就是大家常说的洋气。

冯都都看着这些求职简历，果然和平时接触的研发生产类人员不一样。精致的职业照显示出候选人的专业资深，漂亮的排版说明对方对择业很重视。冯都都有点心潮澎湃，判断这就是经验丰富的营销主管候选人。于是，冯都都忙活了一天，精心挑选了一批一流公司的营销人员简历，还细心地附上作品集，给郝仁送了过去。

回来时，冯都都心里美滋滋的，感觉天降大任，自己开始接手高端人才招聘任务了。

第十章　歪打也能正着

这几天，郝仁恶补了下市场营销方面的常识，收罗了不少广告作品来看。说真的，国外大公司在营销上确实舍得花钱，郝仁不懂广告怎么制作出来的，但看出了短短几秒时间，金钱在燃烧。

国外品牌卖得贵，毛利高，营销费充裕。草根公司则没多少营销费又要卖货，比较考验营销团队的智慧，郝仁想要一个接地气却不俗气的候选人。

国外的月亮未必都是圆的，这些国外的广告公司也会水土不服，因为不了解中国消费者，常做出一些看似有质感，但消费者看得云里雾里的作品。

郝仁翻了翻拿过来的一沓简历，一水的国际大公司创意总监，完全是南辕北辙，曲解了自己的意思。猜林涵应该是随手把这事丢给来送简历的小姑娘，但看数量和内容，这小姑娘也蛮用心，不是应付了事，实在不忍苛责。

于是，郝仁决定给冯都都打个电话。

"冯都都吗？我是郝仁。"

"呀！郝总，请问有中意的人员吗？我去联系对方来面试。"

"都不太合适。"

"是这些候选人的资历不够吗？我再找找。"

"不是你选的人不好，是对方不一定肯来创业公司，招人就像找对象，还得双方合拍。你看我们现在公司小，一切才起步，组织也不齐全，国际大公司的人未必肯屈就。再说，简历上很多惊艳的案子，有可能依托的是平台资源，不是个人独当一面的能力。我们务实一点，试试从中型公司或者本土公司找找。"郝仁一向实用主义，秉持合适才是最好的，这一点他和林涵强调过，但又耐心地和冯都都解释了一遍。

"那我梳理下您的要求，再重新筛选筛选给您送过来。那万一有大公司的人愿意来,见不见?"

"可以。"

冯都都也不傻,电话后,就明白根本不是天降大任,而是林涵想要敷衍才丢给她,然后还交代得不清不楚,让她像只无头苍蝇似的乱转。冯都都不敢去质问林涵,但心里多少有点气愤,心想你既然想应付才交给我,我偏要做好了给你看。

冯都都把郝仁的要求反复咀嚼了几遍,有的放矢地寻找候选人。这次收罗到的简历递过去,郝仁很快就回复了几份满意的,并感谢了冯都都,麻烦她帮忙联系。

没想到联系的进展却不太顺利,对方听说是耀华还有点兴趣,但知道是耀华新建立不久的子公司就一口回绝了。冯都都开始还不放弃,追问说能不能见面聊一聊,换不换工作不要紧,互相认识下。

结果人家更加果断地拒绝了,只有一个人看冯都都有诚意,电话里就如实相告了。他最担心的是,新公司产品还没上市,有没有销路还不一定,万一卖不出去,公司能不能维持都要打个问号。另外,新品牌从0到1最难做,有时候是花了钱都不一定有个声响,领导万一责怪下来,营销部门第一个遭殃。

冯都都彻底没辙了,只好和郝仁说明了情况,郝仁笑笑说没事,还安慰了一下冯都都,叫她不要想太多。

郝仁安慰冯都都的时候和声细语,挂了电话心里却一阵烦躁。他知道产品上市后招聘容易,但这不是答应聚星那些分销商了吗,而且也不能产品开卖再推广吧,到时候黄花菜都凉了。正想着该怎么办,韦得利却来了电话。

"郝总,救命!"

"啥?你违法乱纪了?"

"不是,有个南方报社的记者要来采访。"

"你们出安全事故了?都被记者知道了?"

"不是,是要来采访中国制造业的题材,想拿我们做个正面典型。"

"那你咋咋呼呼的干什么?"

"我不想去,我不敢见记者。"

"那你让赵总去?"

"赵总不想去,才丢给我的。"

"唔，那你们回绝记者不就行了。"

"那也不行，难得大报社记者主动上门，可以帮公司树立好的形象，别人想请还请不过来。您看，我是这么想的，郝总一直负责研发吧，对公司也很熟悉，记者说要采访耀华，也没说采访耀华科技还是耀华终端，您去很合适，还可以让新公司露个脸。更重要的是您外貌奇佳，还有头发，不像我，头顶稀疏，有碍观瞻。"

都称呼您了，韦得利终于亮出了他的目的，这循序渐进的话术，偶尔还能押韵的用词，哪里都不像是出自一个木讷的研发人员。郝仁想，但凡韦得利把和他练嘴皮子的一成功力用在对外交流上，也不会见到不熟悉的人就磕磕巴巴。

"我可以拒绝吗？"

"郝总，您不可以。"

电话挂了。

结果两天后，来了一个全公司都想围观的美人。高挑的身材，一身白色的套装搭配尖头高跟鞋，显得干练从容。齐腰长卷发，把白皙的脸庞衬得精致小巧。一双杏仁眼脉脉含情，柳眉挂着一股英气，给人刚柔并济的感觉。举手投足之间，却像个女学者，透着淡淡的书卷气。当她踏着午后的阳光，走进耀华办公室后，路过的所有男人女人都怔住了。

汤媛引着来人到了郝仁办公室。

"郝总，您好，我是南方报业的记者穆言，很高兴能和你见面，这是我的名片。"穆言大大方方做了自我介绍，双手把名片递了过去。

郝仁在高中选理科，大学学电子，工作在制造业，长时间生活在男女比例失衡的地方，穆言的到来确实让他眼前一亮。

"你好，我是郝仁，以前是耀华技术的产品研发负责人，现在任耀华终端的总裁。"

"贸然联系贵公司，是因为我们正在策划一期中国制造的专题，通过采访珠三角地区一些规模较大的制造企业，来探未来制造业的走向。郝总年轻有为，从业十年一定有很多感悟，我期待您给我们的读者带来很多新鲜的观点。"

"过奖了，能接受穆老师的采访也是我的荣幸。"

"我的第一个问题是，耀华作为最早一批从事电子科技生产的企业，可以介绍下公司是如何从一个几十人的小作坊发展到一个万人大厂的？"

听到这个问题,郝仁真觉得赵扬应该自己接受采访,好好讲下自己的创业史,而不是把球踢给韦得利和自己。

"其实,这个问题应该由我们的创始人赵扬先生回答更好。耀华科技是赵总于1985年创立,我是在1992年加入,当时公司已经有几百人了。耀华依托政策红利,靠三来一补和代工起家,之所以今天获得比同行更快的发展,得益于赵总一直秉承可持续发展的企业理念。我们一直不追逐快钱和短期利润,而着眼未来,对研发和质量高度重视,和我们的客户及供应商一起,不断提高工业制造的规模化和标准化。"

"接下来的一个问题可能有一些尖锐,希望郝总不要介意。你觉得,目前的企业发展模式有没有什么隐患?"

"既然你这么直白地问,我也这么直白地说了,这样的模式需要改变。目前的模式之所以大获成功,是依靠获取中国廉价的生产要素以及国家的补贴,这些优势随着中国劳动成本的增加会慢慢衰减,门槛不高,同质化也会引起恶性竞争,利润变低等等。"

"既然耀华秉承的是可持续的理念,这样的局面,要怎么打破呢?"

"我们逐年提高研发的费用,知识产权在慢慢补齐短板,不断地拓展我们产品的种类,为企业从制造到智造转型做准备。"

"看来后面有大动作?"

"是的,现在暂时还没有办法谈更多细节。我有一个问题想问,穆老师做这个专题是出于怎样的考虑?"

"确实是的,现在这样的模式除了您刚才提到的一些弊端,还给我们的环境带来了很大的污染。很多污染性企业落地中国,其实是想避开国外的环境保护政策。我是江苏人,之前回了一趟老家看到以前清清的小河全部变成黑水,很是痛惜,就策划了这样一期主题。"

这一点很触动郝仁,他又想起了之前师傅高建军提到生产线工人高强度工作时难过的眼神,深感高依赖国外技术的产业确实弊端太多了。

两人又聊了很多其他方面的问题,不知不觉,已经过去一小时,采访差不多要结束了。

郝仁的脑海中突然冒出一个大胆的想法。

"穆老师,你工作多少年了?"

"四年。"

"全国各大媒体都熟悉吗?"

"不敢说多熟悉,但是同行认识不少,都是一个圈子的。"

"我这里缺一个营销总监的岗位,不知道你有没有兴趣?"

"郝总果然是生意人,任何有价值的人和物进了贵公司的门,就出不去了。"

"我是认真的,你关注中国制造的未来,只做观察者多没意思,我想邀请你做亲历者,敢不敢?"

"看来您是认真的,与刚才不方便透露的细节相关吗?"

"你答应来,我就和盘托出。"

"听起来有点意思,我考虑考虑。"

郝仁的邀约,不是病急乱投医。穆言对于行业的理解,以及对读者关注点的把握,都给郝仁留下深刻的印象。而且她在媒介行业从业多年,手上的资源能为企业提供曝光渠道,再合适不过了。唯一的欠缺就是品牌策略方面的一些经验,这点可以先借助广告公司暂时解决,后面再徐徐图之。

但,只是郝仁单方面的合适还不行。

穆言,今年25岁,中国传媒大学新闻专业毕业,就职南方报业四年。文字功夫扎实,眼光毒辣,头版头条的常客,算得上报社的一只笔杆子,在圈内口碑极佳。

眼看这四年是一步一个台阶地往上走,穆言心里却没有任何得意,反而有一丝丝不安。这种不安来自于互联网的兴起,虽然纸媒依然是目前严肃报道的第一战线,但用户获取资讯的习惯在朝网络迁移,这样的变化几乎是不可逆的。

穆言这样学院派出身的媒体人,有种融入大时代,书写大篇章的使命感和情怀,郝仁的那句成为中国制造蜕变的亲历者,对她是有吸引力的。

穆言摩挲着郝仁的名片,暗暗下了一个决心。

新一期的报纸刊登了一篇名为《到中国智造的路还有多远?》的深度文章。穆言在里面呈现了珠三角近十家企业的高管对中国制造的担忧,最后她总结道:

1990年,我国制造业比重占到全球的2.7%,位居世界第九,2000年,上升到6.0%,位居世界第四。但是,大就一定实力强吗?我们有多少核心部件需要进口?单靠低成本和低附加值,没有在技术与研发领域的厚积薄发，我们的优势很快就会荡然无存，中国制造还能走多远？

换一条困难的路走，艰难却很值得，做一个亲历者主动迎接，远远比等待挑战的来临，更有勇气。

第十一章　一波还有三折

穆言发表完以记者身份书写的最后一篇文章，就给了一个郝仁想要的答案。

穆言入职耀华终端的那一天，郝仁发现一件怪事，公司除了隋祖禹，每一个男员工都穿得格外正式，仿佛等待首长的莅临。想想自己在公司挂牌的第一天，面对一群穿着短裤凉鞋，甚至背心拖鞋的员工发表慷慨激昂的讲话，郝仁就有点真心错付的感觉。

这该死的男性本能。

美貌引发的骚动稍纵即逝，所有人又埋进了成堆的工作中。

隋祖禹春节前陷入一段迷茫，经过郝仁的宽慰，总算厘清了重点，放弃了部分功能，裁剪了非必要需求。后面又经过几次会议评审，把产品形态、核心卖点、核心供应商资源评估、产品的整体架构方案等最终确立了下来，各小组分别领走任务，开发工作渐入佳境。

这天午饭后，郝仁正在椅子上仰面小憩，入睡没多久就隐约地听见一阵窸窸窣窣的声音，还有汤媛低低地说："他才睡了几分钟，你一会再来。"

郝仁挣扎着睁开眼，差点吓得从椅子上摔下去。映入还未聚焦的眼中的是一张硕大无比的脸庞，由于靠得很近，额头一颗发红的痘痘清晰可见，乱七八糟的头发几乎快要扎到自己。

"你干吗？水煮鱼！"郝仁沾着起床气怒吼。

"我就看看你有没有睡着，你陷入深度睡眠的时候，眼珠会滚来滚去，你不知道吧，这叫速眼动睡眠。"隋祖禹很有研究精神地扰人清梦。

"唉，隋工你，唉，郝总，唉，我……"汤媛不知道说什么好，干脆不说，走了。

郝仁知道隋祖禹虽然无聊，但不会无聊到来欣赏自己的睡姿，平复下心情，整理了衣服，问道："说吧，找我啥事！"

不问还好，问了隋祖禹往桌上丢下几张图纸，露出得意扬扬又贼兮兮的笑容。

"啥?"郝仁预感是个好消息。

"之前你不是说要考虑到三四线城市和农村地区用户需求,我就着重改进通话质量和待机时间,你看看我的草图,这是我们研发团队最后一致通过的结论。"

"画得鬼画符一样,别卖关子了,快说吧,我知道你快憋不住了。"

"这张主要是射频电路,"隋祖禹依次指给郝仁看,"你看,这是天线开关电路、前端模块、中频模块、发射信号放大电路、频率合成电路。在这里我们优化了线路,微调了内置天线的位置。另外,基站送来的信号在前端模块放大,增益大约是这个值,然后在接收滤波器滤波,这样天线的杂散信号就没有了,也能抑制本机振荡器的泄漏信号……"

隋祖禹一口气把整个工作原理说了个遍,讲得口干舌燥,郝仁赶紧递过去一瓶矿泉水。

"这个是什么?"郝仁指着另外一张稍皱的图纸问,隋祖禹着急和郝仁说他的进展,拿着草稿就来了,有些郝仁不问还真看不出来。

"电磁屏蔽罩,我这个设计可以把整个干扰源包围得很好,防止干扰电磁场对外扩散,同时这边可以很好地保护设备系统不受外界电磁场影响,如果生产平整度控制好,效果会更显著,我觉得耀华的生产不会有问题的。"

"你刚才说待机时间有进步?"

"可以做到 300 个小时。"

"通话时间呢?"

"6 小时。"

"理论上的?"

"暂时是,实现应该没有问题的。"

"这也太不可思议了吧。几乎比现在在售的所有机型还要长不少时间。"功能机的屏幕大小,以及需要运行的应用和后来的智能机是不能比,所以待机时间大多能做到一周,但能做到 10 天以上不可谓不出众。

"那可不。着重就是优化这了,想想户外劳动者,不像都市小白领在办公室充电方便,这个功能太重要了。这个多亏了子健和飞华,脑子挺灵光。"

"我就说我的人还是不错的。"

"我培养得好!"

"行行行,别打岔,剩下这几张图再给我说说。"

"行,这是音频部分,我们主要的优化点在这,音频放大器,你看……"

……

两人几乎讨论了整个下午,郝仁本来还有一个会,直接让推迟了。

"之前评审的时候,生产也在,部件供应备货的需求也都传递清楚了,现在,是不是你抓紧时间把图纸输出,我们和生产领域再确认一次,然后给供应商正式下发图纸,进入试制阶段,做个样机看看,我真的很期待。"郝仁说。

隋祖禹听到期待这个词,感觉眼眶都要湿润了。

从开始筹备这件新品到现在,已经几个月过去了,隋祖禹带着这群年轻而又缺乏经验的研发员工夜以继日地摸索。隋祖禹外企高级工程师的头衔,让这班年轻人无比信服,觉得任何问题,他都可以解决,但隋祖禹知道自己在外企从未接触过核心技术,一直在边缘产品上打转,心里很虚,但他不敢说,怕大家的信心立马垮了。

这种心理压力郝仁清楚,却帮不上忙,隋祖禹深有体会,却也只能咬牙硬挺。

现在总算看到希望了,虽然这款产品和市场上的竞品相比,只有二三个优点,谈不上全面碾压,缺点也有可能在生产过程中暴露出来,但这是耀华第一款自己研发出售的手机,是一款围绕消费者需求而制作的产品,大家有信心这肯定能填补农村市场空白。

"水煮鱼,辛苦你了。"

"郝仁,其实,我要和你说声对不起,我对你夸了海口,我在外企没有参加过核心项目的开发,手机产品很多想法就是停留在脑海,才带着大家走这么多弯路。我本来想要和你说,但是又怕耽误你,好在,好在……"隋祖禹低下了头,声音有点发颤,不知道是对产品即将诞生的激动,还是对郝仁的愧疚。

郝仁拍了拍隋祖禹,突然大笑起来:"你以为我找你是要偷人家的技术啊!想太多,我们铁骨铮铮,就是要搞自研。而且你不来,不是走弯路的问题,是无路可走的问题,我其实没有更好的选择,只好用你将就将就。"

郝仁的三言两语让隋祖禹的愧疚荡然无存，只有一颗想要打扁郝仁的心。

两人掐做一团时，汤媛抱着文件进来，正好看到激战正酣的一幕，问道："两位，需要我出去宣布公司散伙吗？"

隋祖禹放开郝仁的脖子，拍拍他的衣领，勉强恢复原样，问："你哪里找的秘书？说话怎么这么不吉利？"

郝仁松开隋祖禹的胳膊，把他褶皱的衣袖扯平后，双手一摊，说："公司穷啊，招聘不到好的秘书。"

汤媛看两人不闹了，说："郝总，文件放桌上了，您抽空看一下，需要签字。另外，祝两位福如东海长流水，寿比南山不老松。"

说完就出去了。

"挺吉利的，你觉得呢？"郝仁问。

隋祖禹整理好自己，拿着图纸头也不回地走了。

一周后的上午，隋祖禹马不停蹄地输出了完整的图纸，郝仁也约好了生产主管姜大力下午三点的时间。

三点还差十分钟左右，两人以及陈虎、李子健、齐飞华等几个研发骨干就到了3212会议室，一看姜大力和几个生产领域的专家已经在里面等候了。

"姜总，好久不见！"郝仁和姜大力打了个招呼，然后介绍了下隋祖禹等人，隋祖禹和姜大力只通过电话，还没有见过面。陈虎、李子健、齐飞华等人以前不会直接找生产领域主管，姜大力估计对他们没有什么印象。

"真是年轻人有拼劲，这么快就拿出方案了，让我有点迫不及待了。"

寒暄几句后，几人就直接切入正题。隋祖禹将图纸投影在屏幕上，一一把产品设计理念、主要功能点及实现方式介绍得很详细。

看得出来，姜大力虽然来得早，并不是因为他真的很期待郝仁的产品，而是他本来就是一个事事周全的人，对待每一个人基本都是足够到位的姿态。而随着隋祖禹讲解的深入，姜大力露出了一丝丝惊讶的神色，从开始表面的重视，变成了真心的佩服。

隋祖禹把所需的部件清单给大家看，和之前报给生产的需求清单没有太多差别，只在一两个小配件的数量稍微进行了增减。

姜大力问道："你们第一批需要生产多少台？"

"50万台。"郝仁肯定的回答,此前和聚星等分销商开过几次电话会议,基本已经确定了主要销售地区,预估了一下数量是70万台左右,但郝仁心里还是有些担心,想要看看市场反馈情况,最后结论是备料按70万台来,第一轮先保守生产50万台成品。

"这个,"姜大力突然面露出难色,"能不能缩减到30万台。"

"什么?"隋祖禹忍不住惊呼了一声,"我们此前反复沟通确认过的。"

"是是是,备料我们是正常做的,就是……"前几天,刘达喜发给姜大力一份来自客户的紧急代工订单,正好就是要用隋祖禹他们原定的部分部件,由于是紧急订单,商务价格上比较可观。刘达喜和姜大力说的时候,激动兴奋之色溢于言表,夸张地说今年的利润上不上台阶就靠这个了,催促姜大力尽快确定排期,好让刘达喜签下这份合同。

"姜总有话直说,有困难,我们一起解决。"郝仁说道。

于是,姜大力叹了口气接着说,话没说完,陈虎几个人已经气得火冒三丈,但又不好发作,桌子底下把手掰得骨头咔咔作响。

郝仁心想,果然是墨菲定律,担心的事情总会发生,为了短平快和减少阻力,而把生产领域放在母公司的弊端终究还是暴露出来。你按规定做好一切计划,排好队,却总有人想要插队。人力、物料,哪个都是生产不可缺少的资源,是资源就没有不紧缺的,这次抢资源大战,又有人先开枪了。

"姜总,这事你为难,但我也没办法,我能做的让步就是之前备料70万,50万台不能少,但备用的20万台的料可以先挪出来刘总先用,你后面再补上。你看能不能和刘总商量下,如果他同意我的方案,那就这么办,不愿意我的方案,为难你也没用,唯一的办法是升级处理,我们让赵总定夺。"

郝仁礼让三分,姜大力没有拒绝的理由,当下就回自己办公室打电话去了。

不到十分钟,姜大力回来了,说:"刘总说现在就去找赵总。"

预料之中,郝仁叫大家先回去,然后一个人跟着姜大力去了赵扬办公室。

到赵扬办公室的时候,刘达喜在里面,他已经和赵扬聊了一会,不知道在说什么高兴的事,气氛十分融洽。

看到姜大力和郝仁,赵扬笑着说:"稀客稀客,今天是要凑一桌麻将。"

刘达喜先开口说:"赵总,是我叫他们过来的,还是和我说的那个订单有关。这次订单价格很好,就是现在有一点小问题。姜总这边备料上有些吃紧,而郝总对第一代新产品非常有信心,一下子就要50万台,我这边就有点不够了,郝总不肯挪些给我,这不,只好让您决策了。"

刘达喜的话里有话,郝仁自然听懂了,一早就和赵扬汇报了自己的紧急订单的重要性,自己拿下得多艰辛,等郝仁来了做足姿态抬高一下新品,却明里暗里有郝仁冒进,备货量过大,风险过高的意思。万一销售不理想,达不到50万台,这库存的责任就落实了,万一销售还不错,那这话就是赞美,自己也不是什么善妒的人。

"是的,因为我们走访几家分销商,根据对方意向要货量预估了70万台,我有些信心不足,就想第一代产品还是保守一些,先量产50万台,姜总处于后端,很不容易,我们怕他措手不及,早早和他申请了备货70万台的需求。"

郝仁最烦这弯弯绕绕的,但也不能任人宰割,把先来后到的点先提一提,又把责任厘清一下,表示出现备料不足不是自己的责任,而是对方的紧急需求给生产带来麻烦。

刘达喜不甘示弱,说道:"你们的分销商看起来很靠谱啊,样机没看到,就能要货这么多。"

这有点扎心,郝仁确实还没有正式合同,只有意向书。年前拜访各分销商后,郝仁又电话沟通了几次,对方合作意向应该是很明确的,但变故也不是不可能。刘达喜看准这一点,不失时机地往伤口处撒盐。

"主要是耀华的生产能力在业界有名声,对方没有看到产品,就和我们签订了意向书,都是大家多年的积累,我沾光了。"

姜大力看着两人你来我往,摸摸自己的秃头,感觉自己好像古代倾国倾城的绝色女子,面前的两个男人正在为争夺自己爆发激烈的战争。

自己只是他们争斗的战利品,姜大力不知道说什么好,只好一言不发。

赵扬很快听明白了,在一旁笑了笑。郝仁看到这个云淡风轻的笑容,突然意识到自己在老狐狸面前演戏实在有点卖弄。

"我这好久没这么热闹了。"赵扬开口了,带着惯有的平静说道,"郝仁备货多出来的20万台,先给你应急用。这20万台按照紧急订单的价格收,不够的部分,缺的物料一到齐就加急做,按照普通价格收,有钱大家赚,加急还按普通价格收,客户会高兴的。"

姜还是老的辣,折腾三人一下午的问题被赵扬几句话解决了,赵扬的判断还是那样精准,处理还是那样周到,让谁都无话可说。

问题解决了,麻将却谁都没心情打,三人看也没什么可以汇报的,就打算散了。姜大力和刘达喜先出门,郝仁正打算走的时候,赵扬转头问他。

"你的产品最后命名叫什么?"

"超越 Transcend,耀华 T1。"郝仁不假思索地说。

"我正在期待一个超越我想象的产品。"

"这次不超越,未来也一定会超越。"

第十二章　反其道而行之

从赵扬那回来,郝仁隔着门就看到隋祖禹几人在那里急得抓耳挠腮。

郝仁又有什么坏心思呢?他收敛了满脸的笑意,挂上了三分悲痛,避开众人的目光,低着头走进去。

果然,隋祖禹看到他的表情就猜没护住资源,但又担心郝仁情绪崩溃,想问又不敢问,于是憋出了一句话:"那个,郝仁啊,你别难过啊,这个第一次都是这样,我们以后让他们为今天的决定悔不当初。"

"是啊,是啊,郝总,没事。"大家附和道。

郝仁享受着大家的关心,感觉快玩不下去的时候,一脸坏笑地抬起头,问道:"为什么要悔不当初,赵总说给我们按 50 万台生产,后面不够的也马上备货。"

"什么?"

隋祖禹现在觉得郝仁这个名字真的很嘲讽,面前这人压根不是什么好人。看见他,内心总会涌起替天行道的冲动。

隋祖禹正要动手,郝仁也早已做好格挡的姿势,穆言的高跟鞋声适时嗒嗒地响了起来,几人马上站得笔直,假装什么也没发生过。

穆言来了快一个月,经常目睹郝仁和员工毫无分寸地相处,今天又远远地看到几人在那打闹,心里有了一个遥远的担心。之前她采访的那个西装革履,思路敏捷的郝仁一定是幻觉,以后企业做大了,媒体采访少不了，他一定撑不了几次，又要开始胡说八道了。

很多年后，穆言发现自己真有先见之明，不仅预见了企业的壮大，而且对郝仁的担心也不多余。

穆言走近，和几位礼貌地打了个招呼，然后对郝仁说："老板，我想汇报下新品的营销计划。"

穆言是那种让人有距离感的美人，她的举止得宜让大家在她面前会下意识地矜持起来。郝仁马上恢复工作的那种严肃状态，其他几人看有正事，也脚底生风地离开了。

"哦，好。"

虽然之前经历了一些波折，但新品正式立项之后，基本的功能点也定了下来，营销侧这时就应该根据既定产品卖点进行营销策划。这就是之前，隋祖禹为什么要把研发的过程分为各个关键节点，就是为了方便各部门根据产品进度来提前准备。

对于营销侧而言，产品上市后的每一个销售期需要通过不同的渠道，对消费者传递不同的信息，比如上市前先告知有新品牌要到来，上市后介绍产品卖点，销售旺季发布促销信息，层层递进，达到提高消费者的品牌认知和促进购买的作用。

一个到位的营销准备工作和研发流程一样漫长，至少需要 3 个月以上。营销物料如网页、平面广告、视频、新闻稿等需要提前准备好，并且要有备案，避免中间出现问题没有内容替换。

媒体资源更要提前预约，优质媒体的资源位是非常有限的，如果不提前锁定，就可能到时候内容准备好也无处传播。而且，产品一旦上市，就会引起竞争对手的注意，在自己的热销期抢夺媒体资源也是一种常见的竞争手段。有些财大气粗的企业甚至以年为单位购买媒体资源，哪怕没有产品上市也要限制竞品曝光。

这还是早年间比较简单的营销方法，到了后面的数字时代，网络媒体百花齐放，各种舆论领袖构建自己的粉丝群体，更为复杂的智能营销工具也应用到消费者分析中，准备期也相应拉长了。

两人进了总裁办公室，穆言把手提电脑打开，屏幕挪过来对着郝仁。

"这是我收集的主流手机产品的一些营销素材，有几个特点，一是在大曝光时期投入了费用的 50% 以上，具备官方身份的大媒体是塑造品牌形象优选载体，近五年的央视标王都有手机产品的身影；二是网络媒体投放比重逐年上升，对于更为年轻的人群，是很好的培育摇篮；三是不同类型媒体各自为政的情况正在改变，整合各传播渠道成为企业更精准触达用户的办法。"

"收集很详尽，归纳很到位，所以我们是要借鉴的意思吗？"

"不，我们要反其道而行。"

知己知彼，百战百胜。穆言在媒体多年，深谙如何吸引读者兴趣，现在只不过是变成了吸引消费者注意，道理也是一样的道理。《纽约太阳报》19世纪70年代的编辑主任约翰·博加特定义新闻时说过，狗咬人不是新闻，人咬狗才是新闻，虽然新闻的主旨不应只有猎奇，但天生就应具有眼球属性。

"如何反其道而行之？"

"其实，第一点，手机品牌喜欢用官方大媒体来树立形象，和商场以低店租招募奢侈品来开店一样，手机借用的官媒的可信度，商场借用的是奢侈品的高端气质。我们也要借用，但不是通过竞标黄金位的方式，挂上广告的头衔，可信度还是会有影响。我们要让官方媒体以新闻的方式报道我们，话题度高，投入少，收效好。"

"非常漂亮！但如何做到？"

"你看这些国际手机品牌的广告背景，无一不是营造一种奢华的氛围，透露的信息是用我就看起来有钱。我希望我们的品牌不仅是一件商品，而且拥有更深的立意，沟通让世界相连，跨越城乡差距，跨越东西部差距，帮助更多人迎接时代。这也和我们避开一二线，主打三四线和广大农村的策略很贴切。切入点我想更凸现农村地区，一是人口更多，二是可以和新农村建设和农村信息化等大题材挂钩，新闻点够足。"

"果然做了很多功课。这是第一点，那第二点呢？"

"第二点是网络媒体的兴起，让年轻人接触资讯的方式发生了变化。分享是网络最大的便利，我们可以制造热点，通过人们的社交属性来实现成倍的传播。"

"我听说过这种策略，只不过很多是通过一些哗众取宠的方式，传播量很大，负面声音也很多。"

"是的，所以我们需要好的切入点，既满足人们的兴趣点，又能引导正面传播。"

"这个要好好分析一下，一定要谨慎。"

"会的。"

"第三点是什么？"

"公司初创，费用有限，没有办法通过很多媒体去传递不同的产品利益，我们只能挑选一个，用大白话集中所有渠道传播，让用户一听难忘。"

"关键是我们的产品确实没有众多优点，但应该勉强能挑一个出来大说特说。"

"产品到底靠谱不靠谱？别吓我！"

"你知道不是我主导开发，是隋工。"

"那应该是靠谱的。"

"你觉得我不靠谱？"

"没有，我不是这个意思。"穆言不小心把心里话说出来了，赶紧岔开话题，"接下来是根据产品周期制定传播节奏，上市前我们会在媒体上发布耀华的品牌故事，让消费者对这个品牌能够有所期待，达到认知的水平。上市初期我们会着重产品通话质量好和通话时间长这个卖点进行传播。销售的旺季我们会强调用户评价体验，以口碑吸引用户。比较细节的部分现在还没有出来，广告公司也在帮忙想。

另外，我想记录我们产品诞生的整个过程。作为公司的第一款品牌产品，诞生过程可以做成重要的传播物料，同时也是我们公司的历史见证。因为涉密，这件事用自己的员工来拍摄，里面有很多需要研发帮助和配合的地方。"

"没问题，应该的，在研发，我觉得你说话比我还管用。"

"……"

一周后，耀华工厂一号车间。

被要求配合宣传的隋祖禹穿着防静电服，正目不转睛地盯着生产线上一名女工手里的各种零部件。站在隋祖禹身后的是同样穿着防静电服的穆言，眼神同样充满着期待，旁边还有一个叫李颖的摄影师。

不多时，熟练的女工已经安装出一个半成品手机，即将进入实验室检测阶段了。隋祖禹忍不住地说："别，再让我看一眼。"

女工头也没回说了一句"还没有测试"，就不理隋祖禹，直接把手机放到了传送带上，渐行渐远。

隋祖禹想跟过去，却产生了一种近乡情怯的感觉，生怕检测阶段出现任何问题，心里又翻江倒海起来。

手机的测试分为硬件、软件和可靠性测试等，其中每一项又包含多类不同的检测任务。跌落实验能不能挨得住？不同环境下，性能稳定不稳定？手机信号怎么样，会不会频繁掉线？隋祖禹现在担心个没完。

"害怕了？对自己没信心？"穆言问道。

"你觉得我靠谱吗？"隋祖禹今天真是紧张过头，居然对不懂研发的穆言问这样的问题。

"我觉得你比郝总还是要靠谱点。"郝仁不在，穆言最后的一点顾忌都没了，催促道，"走不走，再不走我怕错过镜头了。"

"走走走。"

一路跟过去，隋祖禹的心情是起起伏伏，双手合十，念念有词，像在求神拜佛。好在今天做的几个测试都没有出问题，极大地宽慰了这位信徒的心。

一切顺利，两人出了工厂，到郝仁办公室去公布这个好消息。

"实验室的测试完成后，是不是要拿着样机到真实的现网环境去测试了？"问的人是穆言。

"哟，跟了几天研发，流程是烂熟于心了。"郝仁感慨。

"是的，要挑几个销售重点地区去测测。"隋祖禹说。

"我想要去一个地方。"穆言说。

"你要跟着去测试？"郝仁诧异地问。

"我不能去？"

"测试环境一般会很差，尤其我们目标市场不是一二线的产品，常常要跑到荒郊野外。"隋祖禹解释道。

看到两人都不太赞成的样子，穆言还来气了："你们当我是公司的花瓶吗？这么重要的素材我怎么可能错过。"

"那个，我要纠正一下，你不是公司的花瓶。"郝仁非常严肃地说。

"就是。"穆言正对这个回答满意，郝仁的后半句让她差点咬到舌头。

"公司的花瓶只能有一个，"郝仁不紧不慢地强调："就是我。"

……

第十三章　真实的广告片

2003年8月,在夏季的高温下,病毒放过了人类。随着最后一个患者出院,劫后余生的人们走出家门,用世界的熙熙攘攘来欢庆这一场胜利。

与此同时,耀华新品的实验室验证已经全部完成,暴露的问题经过一个多月的攻关均被修复。

一辆黑色吉普车在青海高速公路上疾驰。司机是个强壮的藏族汉子,副驾驶坐着陈虎,二排是郝仁和穆言,三排是隋祖禹、测试员张超和摄影师李颖。

青藏高原的天空湛蓝纯净,像被水洗过一样,公路两旁绵延不绝的山脉在盛夏依然戴着洁白的雪顶,在耀眼的阳光下熠熠生辉。

除了陈虎这个云南人,车上的其他人都无心欣赏这美景。超过3000米的海拔让人有点难受,尤其是穆言,高原反应尤其强烈。此时她正闭着眼与翻江倒海的内里做斗争,生怕一疏于防范就会呕吐起来。

"我开慢一点了,大家还好吗?"司机问道。

"还行。"穆言尤其无力地回答。

"什么时候能到海晏县?"郝仁问。

"快了,半个多小时。"

海晏县位于青海湖东北部,距离省会西宁市80多公里,位于丝绸古路之上,自然风景壮美,人文景观丰富。

海晏县正是此行几人的目的地,穆言提议在这里测试,是想要拍摄一些比较特色的外景。郝仁立马就同意了,青海省本来就在此次销售区域清单中,而且这里环境复杂多样,可以一次性做多种条件下的通话质量测试,能省不少事。自己想想也很期待,就跟过来了。

几人的飞机是早上11点抵达西宁的,到海晏县不过2小时的车程,隋祖禹本来打算直接去测试。但现在由于海拔的升高,几人的状态都不是特别好,司机建议明天再工作,说一般情况下,轻微的高原反应,多睡一下就会有所缓解。

司机在县城找了一家比较干净卫生的酒店,几人草草吃了点东西就各自回房间了。为了节约开支,郝仁和隋祖禹住了一个双人间,陈虎、张超、李颖住三人间，只有穆言是女性，一个人独住。

郝仁其实在路上就有些不舒服，硬撑到现在头痛欲裂，于是不到 7 点就躺下，随即陷入无穷无尽的梦中。

他置身公司的大会议室，看到赵扬当众宣布，之前自建民族品牌的决议是自己一时头脑发热。这一次新品没有通过测试就是证明，现在迷途知返还来得及，从此回归正途。刘达喜站起来说，现在的代工订单如雪片飞来，大家要聚焦有核心的工作内容，让公司利润再上一个台阶。姜大力抱歉地对自己说，实在物料紧张，新品原来的备料要挪往别的项目。

郝仁激动地站起来，恳求大家再给自己一点时间，赵扬却笑着对自己说，失败是常有，不要担心，不做自有品牌，你还是研发主管，薪资待遇一切照旧。

看着大家只顾笑着说着，郝仁好想怒吼却发不出声音，一挣扎就醒了。看着天花板愣了好久才反应过来是做梦，看了看表，才凌晨五点。本想再睡一下，翻来翻去睡意折腾走了，只好坐起来。

青海在西北部地区，日出的时间晚于广东沿海一两个小时，在东部差不多该发白的天空现在还是漆黑一片，边角散落着几颗稀疏的星星。郝仁扭头看，旁边的单人床上，被子被掀开一边，没有人，目光透过玻璃阳台门，一个微弱的亮点忽明忽暗。

郝仁起身披上外套推门走出去，只见隋祖禹慵懒地倚靠在栏杆上抽着一支香烟。

郝仁不说话，也点了一支烟，在隋祖禹旁边默默站定，看向没有一丝光亮的远方。

许久，郝仁才问，"睡不着？"

"嗯，你不也是？"

"嗯，你也紧张？"

"我自己都不敢相信，我居然紧张到睡不着。"隋祖禹说着，吐出一个烟圈，"测试机就在我行李箱里，我现在都不敢拿出来，实验室一切没问题，不知道为什么我会害怕。"

"可能就是太接近临门一脚，不能接受之前的努力付之东流，才这么患得患失。刚才，我做了个不好的梦，产品不合格，公司其他人都反对继续下去，我惊出了一身冷汗。"刚才的梦好真实，郝仁想起来心有余悸。

"我听人说，梦都是反着的。"

"你也信这个？那万一这次不成功，你怎么办？回家继承家产，收租当土豪？"

"滚，不成功就做到成功，你不让做了，换个公司做。"

"那成功了，你会像马丁·库珀博士那样打电话给你之前的领导，丢一句让他后悔的话。"

隋祖禹几不可察地叹了口气，想了想回答道："我曾经以为我会迫不及待想这样做，但现在不急了，也不想这么做了。这样的想法曾经让我急功近利，难以静下心来认认真真做好产品，差点犯了错。"

"折腾了几天而已，也不算犯错。不过我觉得他还是会后悔的，只不过不是你亲自告诉他，而是他自己从新闻上知道。"

"嗯！"烟头燃尽，隋祖禹的困意又回来了，"再睡一下吧，一早我们就开工。"

两人回到床上，刚躺下，郝仁突然想起什么，又坐了起来，说："要不看看黄历，明天哪个方位哪个时辰吉利？"

"年纪轻轻你信这个。"

"那算了。"

"唔，其实看下也没关系。"隋祖禹又坐了起来。

清晨，经过一夜休息，几人恢复了体力，吃过早餐后就在大堂等昨天的司机来接。几分钟后，司机师傅把车开到酒店门口，招呼几人上了车。

第一站抵达的地方是海晏县河清牧场，名字合起来取意海清河晏。盛夏的牧场正是一年中最好的时节，草木丰盈，像绿色的波浪在阳光下清风里翻滚，羊群是落入绿海的白云，随波时隐时现。

穆言想在这里拍摄打通第一个电话的情景，让郝仁像远方的游客在蓝天白云下给家人电话分享美景。通话是真的第一次，喜悦也是发自内心的，穆言要的就是新闻的真实感。

郝仁第一次做模特，别说还真有点紧张，摄影师李颖都拍摄了一圈空镜头了，郝仁还在心理建设。

"我觉得我不行。"郝仁声音都发颤。

"你怎么这么怂？"隋祖禹完全不给情面，小心翼翼地把手机从箱子里拿出来递给他。

"没事的。"

"调整下呼吸。"

大家轮番劝慰,郝仁却更加紧张,他后悔了,怎么就答应穆言这个馊主意,说什么不是自己做手机的人,没有那种真情实感。公司再穷也不可能请不起演技好的模特,现在真是赶鸭子上架。

"再给我几分钟。"郝仁说完,把头转向没人的一边,深呼吸起来。

这时,一个皮肤黝黑,身穿藏族服饰的女牧民远远走了过来,用不太标准的普通话问道。

"咦,你们在干什么?"

郝仁晃了晃手里的手机,说:"我们在打电话。"

"用手机?"女牧民惊讶地重复了一次。直到2003年底,我国的移动电话全国普及率仅为16%,在青海县城地区,手机还是一个稀罕玩意,只在电视或者收音机里见过听过。

"对,你是?"郝仁问。

"我是这片牧场的主人,我叫卓玛措,这些牛羊都是我们家的。"女牧民指着不远处回答道。

听说是牧场的主人,除了摆弄摄像器材的李颖,所有人都围了过来。牧场虽然没有禁止生人入内,在这里拍摄一些影像也不会侵扰他人,但既然主人到来,还是要打声招呼,说明来意。

几个人你一言我一语把主人的牧场赞美了个遍,卓玛措笑靥如花,好客得紧,非要拉着几个人到自己的帐篷去喝青稞酒。几人又是好一顿解释,说明要先完成手机测试和拍摄工作才能离开。

卓玛措的注意力又回到了郝仁手中的手机,问道:"这手机可以在这里打跨省电话吗?"

"当然可以。"隋祖禹说。

"唉,真方便,我儿子大学毕业后就在南京工作,一年才能回来一次,以前打电话还要跑到邮局,家里今年才安了固定电话,可是我白天放牧,晚上有时候在羊圈忙,电话常常接不到,有了手机就好了,随时随地都能联系上,不过这么好的东西一定很贵。"卓玛措稀罕地说。

"你记得你孩子的电话号码吗?"郝仁问。

"那肯定记在心里。"

郝仁把手里的电话放到卓玛措的手中,说:"给他打一个吧!试试。"

"长途电话很贵吧,这哪行!"卓玛措推辞到。

"不贵,是我们麻烦你试试我们公司的手机。"穆言接话道,然后给了摄像一个手势。

"唉,那太谢谢了,我就说几句话试试。"卓玛措在衣服上狠狠地蹭了蹭手,生怕手上有汗。

"不,你想打多久都可以。"穆言说。

卓玛措接过手机,小心地按下了一串烂熟于心的号码。

"喂!儿子,我是妈妈。"

"妈,这个号码是你的吗?"

"不是,是来牧场的游客让我试试的。儿子你还好吗?我上次给你邮寄的牛肉干吃完了吗?不够再给你邮寄啊。好多东西不好邮寄,到了都坏了。"

"没吃完呢。你和我爸都还好吗?"

"好,都好,家里最近下了好多小羊崽,你爸忙得很。"

……

卓玛措就这样立在草原的天地间,旁若无人地诉说着对远方儿子的思念。她把手机紧紧地贴在脸上,仿佛整个人被电话那头的声音牢牢抓住了。她的眼睛眯成了一条缝,笑容在阳光下异常的灿烂。

这一切被摄影师李颖原原本本地录了下来。远远坐在旁边的几个人也被这个女牧民的快乐感染了,就连陈虎和张超这两个小年轻,看着女牧民和亲人对话时喜上眉梢的幸福感,都觉得自己做的事或许有更大的意义,不仅仅是混口饭吃那么简单了。

尽管穆言一直说打多久都没关系,但卓玛措大约觉得用别人的手机不好意思,十分钟左右就结束了通话,把手机还到了郝仁手中。

"通话清楚吗?"隋祖禹迫不及待地问。

"很清楚。"

等隋祖禹问完通话体验后,穆言把拍摄的照片和影像给女牧民看,女牧民看到自己被拍得像明星一样漂亮,竟然羞涩起来。

"不知道你是否能够让我们在公司广告中使用你的形象,我们可以付代言费。"穆言刚才和郝仁商量后问道。

"是像明星一样上报纸电视吗?"卓玛措问。

"是的，在很多媒体刊登。"穆言肯定地回答道。

"当然可以，我一个普通人要什么代言费，照片可以洗一份给我吗？拍得真好。"

"当然。"

尽管卓玛措不肯要报酬，郝仁还是坚持安排给她邮寄了新手机和代言费，让卓玛措成了耀华手机最早的一批用户粉丝。

本来今天还有很多测试任务，可大家这半年实在太累了，当大家拒绝卓玛措邀请的好意时，郝仁看着大家疲惫的神情，心里很是不忍，立马应下来。一看带头人都答应了，卓玛措顺势把所有人都领到自己家的位于湖边的帐篷。卓玛措一家热情地迎接了几人，捧出了哈达，抬出了烤全羊，端出了青稞酒。

在波光粼粼的湖边，几人戴着洁白的哈达，在醇厚的青稞酒里，醒着又醉去，醉去又醒来。眼前的景象从湛蓝天空下的远山肃立，变成火烧云点燃的整个西天，又到月光给湖水镀上层层叠叠的银边。

第二天，几人在帐篷里醒来，告别了卓玛措一家，上了同一个司机的车，开始进行正式的现网兼容性测试了。手机测试包括一些需要在移动条件下测试的内容，于是这个司机和吉普车被连续包下一周。

这次测试的主要操作者是张超和陈虎，所以今天隋祖禹、郝仁和穆言就自觉地坐到了最后一排，把中间宽敞的位置让给两人。

司机按照事前提供的曲折路线行进，负责测试的两人从包里拿出好几页测试项目清单，按照既定目标开始对小区切换、信息收发等内容进行逐一测试。坐在后排的几人则紧张地盯着数据，生怕出一点纰漏。

郝仁觉得是自己查老黄历的功劳，一连几天，测试竟然没有出现大的问题，顺顺利利地就结束了。

自测的所有项目完成后，几人回到深圳，隋祖禹信心满满地安排人将手机寄往工信部授权的检测机构，并提交了入网申请，不久后就得到了工信部的通过批复。

从此刻起，耀华的第一款手机就可以量产销售了。

车间生产线上，穿着防尘服的工人们整整齐齐坐成一排排，零部件从传送带而来，在他们灵巧的手上变成半成品，通过各项机器或人工检测后，最终封装。

站在一旁的郝仁看着工人们热火朝天的工作场景，眼前浮现出外婆家门前一片片金灿灿的稻田。每一株水稻的穗都沉甸甸的，压弯了杆，微风吹过，遥遥地朝自己点头。稻田和眼前的生产景象重合在一起，叫郝仁分不清哪个是想象，哪个是真实。

隋祖禹用肩头轻撞郝仁一下，说道："看，我们丰收了。"

第十四章　万事都已具备

302会议室此刻挤得满满当当，会议桌一边是耀华终端营销部的同事，另一边是广美传播有限公司的创意团队，屏幕的前方，穆言一身浅色职业套装，仪态万千地立在那里。

面对这样一个赏心悦目的美人，大家却有点都笑不出来。穆言一从青海回来，就紧急召集广告公司过来开会，并宣布重新调整产品的营销计划。已经临近产品发布，部分物料都已经启动制作，突然得知要调整，大家一时间有点接受不了，整个会议室鸦雀无声。

"穆总，这个时间来调整计划有一些赶，本来的计划是前期以讲述品牌创建以及耀华高层亲历产品研发生产的故事。这个方案之前没有人提出异议，现在说要调整，是有什么变化吗？为保证制作的时间充裕，我不建议这个时间大改。"广美公司的创意总监孙正恕语气中有些不满。

甲方乙方是对矛盾体，乙方不怕甲方要求高，就怕甲方朝令夕改。改来改去，时间不够，只好做个半成品，传播反馈不好，最后又是乙方怪甲方时间紧，甲方怪乙方能力差，没完没了。

"孙总监，你不要着急，先听我说。对于一个新品牌来说，品牌故事要讲，这些已经做好的内容不会浪费，但不应作为传播重点。调整不调整节奏，你们先看看这次测试过程中采集到的用户影像，或许会有一个精准的判断。"穆言轻点一下投影仪，不疾不徐地说。

当青海女牧民卓玛措打电话的一张张照片出现在屏幕上时，大家被她身后雪山草原的美丽、被她并不精致的面容、被她毫不造作的笑容吸引了。

诚然这不是一张美丽的脸，甚至不是一张年轻的脸，完全算不上一个合格的广告模特。但就是这样的一个人，在这样的环境中，却自然而然地散发出一种原始而又和谐的美感，一种贴近生活的人间喜乐。

"这是一次巧合，让我们在测试中拍摄到用户使用产品的影像，真实而有感染力,这和我们产品的内核是非常贴切的。我们努力去做一个民族品牌不是为了感动自己,而是为我国消费者提供生活的便利。所以,我们的核心物料应该以消费者为主角,把耀华管理层当作配角,大家觉得怎么样?"穆言说道。

"这些影像比较有人文色彩,和画家陈丹青的西藏组图系列有异曲同工之妙,跟现在市面上泛滥的明星代言手机广告很不一样,很有辨识度,也更具格调,我建议再追拍更多类型消费者的使用场景。"美术指导陈琛说道。

"整个过程设计成一个活动,线下招募一批消费者体验官来加入拍摄,然后投票选出前十名做产品代言人,让消费者自己参与到品牌建设中,会更有利于产品内容的传播。"活动策划刘海说。

"确实震撼,我觉得不仅如此,大家看这位藏民使用的红色手机,和她的红脸蛋互相呼应。我觉得手机的颜色可以命名为高原红,其他颜色的命名参考这种方式,赋予不一样的含义。"文案纪辛说。

"如果是这种风格的主形象,媒介方案要相应调整。另外我觉得公交站台、车身广告等这些和消费者是平视角度的广告会更有亲近感,可以相应提高这块投放的比例。原有定下的户外不能取消,我们可以投放纯产品形象的海报。"媒介采买吴珊珊说道。

"这样的形象和销售重点很契合,贴近我们消费者的生活。就是时间上有一些难度。"孙正恕不无担忧。

"这就是为什么我把大家紧急叫过来的原因。我知道时间上有些紧张,但如果不做,我们可能会错过一个成功的营销案例,我只能依靠你们这群伙伴了。"穆言眉头轻蹙,面露难色地说道。

与这位媒体出身的营销总监接触了几个月,孙正恕知道这是位外柔内刚的主。她和人交流和声细语,如清风拂面,却对细节要求近乎苛刻,不做到绝不罢休。正如刚才的语气看似示弱,却完全没有让步的意思。

沉默了短暂的几秒,孙正恕叹了口气,说道:"甲方说啥就是啥,我不熬夜谁熬夜。"

"是我们一起。"穆言果断接过话。

"就是,就是,一起做出来。"

"加油!"

大家附和着,重新打起精神来。

"我们先把传播计划排一排,再接着讨论整个创意的细节,然后各自领走任务开工,务必在媒体截稿前完成。"大家已经达成一致意见,穆言趁热打铁把后续工作安排下去。

"好!"

……

北京,聚星大厦。

郝仁和穆言将手机和一张张主形象海报摆在聚星董事长李东面前。

"坦诚说,没有特别亮眼的地方,在一二线城市一众外国品牌中没有优势,自研没有想象中的简单吧!"李东翻转着手机,不咸不淡地说道。

确实不容易,就这台别人眼中没有优势的手机已经让郝仁整个公司都精疲力竭了,国内的技术落后别人不是几年,是十几年,想要几个月赶上,那不是规划,那是神话。

郝仁苦笑着点点头,刚要说什么,李东却又接着开口了。

"但是手机的通话质量和时长是优势,外观看起来也很轻便,性价比优势明显。"

"您的意思是?"先抑后扬让郝仁有点不确定李东的意思了。

"我的意思不是已经签过意向了。"李东笑着说道。

"李总故意吓我的!"郝仁身体放松了一点。

"其实,你们的产品比我想象中的好很多,本来我还以为你们只能做出一个勉强能用的产品而已。"

"勉强能用的产品你也愿意卖?"

"国外品牌眼高于顶,价格高昂,在一二线城市就挣得盆满钵满,没有动力开垦广大三四线和农村地区。如果不是国产竞争者,他们甚至不肯让渡利润给我们这些代理商。代理商虽是看天吃饭,但肥田不一定好挣钱,瘦田未必挣不到钱,有赚头哪有挑客户的,只希望你们以后壮大了,别欺负我们这些老兄弟就行。"

"这哪能呢?"

"比较让我惊讶的是,你们短短时间就建起一支完备的营销团队,看来对产品的市场前景信心满满啊。"

"李总,这一次的营销计划是由我们的营销总监穆言亲自操刀,她在媒介有多年的工作经验,可以让她为您介绍一下。"

这时候,一直没有说话的穆言站起来,简明扼要地介绍了会投入什么资源进行营销投放。一家代理商同时销售多家产品，这些产品彼此之间是竞争对手，过于细节的营销计划，穆言不会提及，但对于李东关心的投入费用规模、投放区域、重点媒介等必须说清楚，这样才可能争取到更好的陈列位置。

当穆言提及会在央视进行曝光时，李东惊讶地问："你们居然投标了央视的黄金位，要和别的品牌一较高下？"

穆言摇头，故意卖起了关子："可能会以更好的方式，具体您到时候就能看到了。"

李东笑笑，也没有追问，说："我有个建议，投放媒体影响力大的地区铺货量可以加大一下，部分沿海城市，虽然不是一二线，由于较为开放，对国外品牌的偏好度会比较高，建议铺货量减少一些，具体的量你们派人和我们分销经理再逐一核对。"

"行。"

三人又就商务、合同、销售方案等重要内容进行了讨论，并签署了正式合同。接下来的销售人员新品培训、陈列方案等执行细节，三人就交由相应的员工进行处理，不再亲力亲为。

聚星拿下后，穆言直接飞回深圳跟进营销计划执行，而郝仁改由陈竞男陪同，当起了空中飞人，逐一和此前有意向的代理商敲定了正式合同。

期间，还有两家原本已经拒绝的代理商，得知同行开始正式代理耀华产品，主动来拜访郝仁表达合作意向。郝仁倒也不傲娇，大大方方地多要了对方两周的店面广告位，签下了合同，看得陈竞男暗暗叫好，心想自家老板长得一副正人君子的模样，内里猴精猴精的。

耀华研发实验室。

所有研发人员围成一圈，死死地盯着桌上一台崭新的手机，耀华T1。

这台内部编号为103071219301的手机，是获取销售许可后正式量产的第一件商品，隋祖禹和郝仁商量后决定这台留下收藏，做个纪念。

然而，手机已经静静地躺在包装盒里享受大家的目光好一会了，却没有一个人去把它打开。

隋祖禹不是第一次看到真机，收到排产通知后，他一有空就经常跑到生产线去看几眼，像产房外等待新生儿降生的老父亲一样焦灼。但，陡然孩子出生了，被护士抱出来放手上了，隋祖禹又有点不知所措了。

其他的研发同事有部分还没去过生产线，测试样机都没见过，更别说真机了，现在急不可耐地等着隋祖禹打开包装，好让他们一睹真容。

"那个，不然飞华你来开箱吧！"隋祖禹深吸了一口气对齐飞华说。

"隋工，你不自己来？"齐飞华有点诧异。

"你来吧！"隋祖禹摆摆手说。

"好吧，那我先去洗个手。"齐飞华立刻转身去了洗手间。

齐飞华对着镜子郑重其事地整理仪容，将衬衣袖子以同样的宽度卷了四次，分毫不差地刚好卷到手肘部分，然后打开水龙头，对照贴在瓷砖上的六步洗手法，掌心相对，手指并拢，沿着指缝用泡沫搓揉起来，足足洗了五分钟。

回到实验室，齐飞华站定，伸手就要拆包装，隋祖禹却制止了她，说："站到东面再拆。"

"东面？"齐飞华不解："有什么讲究吗？"

"我查了黄历，东边今天是吉向。"隋祖禹回答。

"……"

尽管无语，齐飞华还是照做了，图个吉利，求个大卖，也不是什么大问题。

齐飞华拿裁纸刀划开透明塑料膜，打开纸盒，小心翼翼地把手机捧了出来，红色的外壳鲜艳夺目，小巧的翻盖圆润纤薄，带着点亲生父母的滤镜，大家哪哪都觉得好看，哪哪觉得都满意。

终于，大家忍不住惊呼起来，互相拥抱在一起，就是这一刻，过去半年里，所有的焦灼不安，所有的通宵达旦，都值了。

第十五章　销售大获成功

8月25日，一部名为《走向未来》的纪录片在中央电视台播出，它从历史和现实两个维度出发，通过一系列鲜活的小故事阐释了整个中国经济发展对人们生活的改变。

第一集的故事讲的正是青海牧民从过去到现在翻天覆地的变化，随着农牧区信息化政策推行的步伐，通信基础设施建设如火如荼，使广大的农牧民群众能够更好地获得所需要的各类生产信息。这里面除了政府的大力扶植外，一些有社会责任的企业也成为很好的助力。

其中，耀华终端首批捐赠了价值近 30 万元的手机给当地农牧民，并承诺以后会逐年捐赠耀华新机型。同时，与权威农业科学单位合作，通过服务热线、短消息推送等形式，加强农民对惠农政策的理解、推广农牧业科技知识、帮助农民推销农产品。

节目播出后，耀华品牌的曝光度迅速提升，冲到自然搜索前五，力压很多有话题性的娱乐新闻，一时间好评如潮。

"良心企业！"

"民族企业关心民族发展。"

"只要价格不超标，我就要支持！"

"大城市电脑手机，没想到还有这么多地区依旧电话都不方便。"

"耀华不是代工厂吗？居然有自己的自研产品，还用于帮助农牧区。"

……

第一波的宣传先声夺人，穆言启动第二波组合拳，重点销售区域的户外和公交站台一夜之间齐齐换上了卓玛措等一系列用户海报，她们穿着职业各异的服装，笑靥如花，沉浸与家人朋友无限畅聊的快乐之中。

与此同时，各个代理商的货品火速上架，铭牌上 1699 的价格对比海外品牌动辄三四千的价格，让消费者直呼良心。配置上 300 个小时待机、6 小时通话时间、高清通话质量等卖点对三四线城市极有吸引力。

我为耀华代言的线下活动在开售几天后也启动了，普通的消费者，无论年轻人，还是大叔大妈，都可以在销售点临时搭建的摄影棚里，拍摄了自己持耀华手机的美照。被选上当广告代言的概率虽然不大，但让专业摄影师免费拍上一张独照或者全家福却是一件开心的事。

毫不意外，耀华的销售门店排起了长龙，人们呼朋唤友，一番热闹的景象。

东莞一家销售门店里，郝仁穿着店员的统一服装站在一旁，看着其他导购忙里忙外地招呼客人，然后听着客人们提及的问题，不时在笔记本上记录一些重点。

郝仁相信没有完美的产品，都是一代代不断地改进才能赢得消费者的心。销售当季正是产品用户调研的好时机，问题和回答都是新鲜热乎的，更有参考价值。

于是，郝仁和代理商打了招呼，一早就驱车来了这家门店当起了临时店员。店员不知道郝仁的身份，猜测是总部派来督店的，于是工作起来更加勤勉。

今天不是周末，一大早客流量还好，午饭时间却突然挤满了人，所有店员都忙得不可开交。两相对比，郝仁站旁边和客户闲聊，显得无所事事、游手好闲。

这时，一个等了许久还没人招呼的大妈，跑到郝仁面前，两手一叉腰。

"我说小伙子，你一个大男人，看着这群女孩子忙得团团转，也不来帮忙，怎么，你是靠走后门来这家店工作的？"

郝仁被大妈的突然袭击说得愣神，一时间不知道怎么回应。

旁边的女导购一看郝仁被指责了，连忙过来解围，说："不是这样的，他有别的事在忙。"

大妈听了更加生气，自己看了半天，除了看见郝仁站着聊天，完全无事可忙，说道："小姑娘，他是老板的亲戚吧！你怕他，我可不怕。小伙子，靠山山会倒，靠人人会老，要靠自己，勤劳致富。别愣着了，你来给我拿一台耀华T1。"

女店员正要说什么，郝仁却朝他摆摆手，然后对大妈说道："大妈你教育得是，我这就给你拿，请问你选什么颜色？"

大妈看郝仁在自己的谆谆教导下认识到错误，非常满意。于是，对郝仁展现出长辈的大度："知道错了就好，是老板的亲戚更要努力工作，不要给自家亲戚丢脸。我要高原红，我们一起跳广场舞的姐妹都喜欢这个色。"

"行，我这就给你拿。"郝仁从柜台拿出一台手机问，"要给你打开，装上卡吗？"

"要。"

郝仁一边娴熟地拆包装，一边问："阿姨，你从哪里听说这款手机的？"

"一起跳舞的张大妈，她儿子给她买的，可嘚瑟了，说通话清楚、电池耐用、颜色好看、价格实惠。"

"阿姨，把电话卡给我，我给你换上。"

"给，我还听电视说了，这个牌子还援助了很多贫困地区，助力什么信息化，真有心。"

"阿姨，这里是开机键，你可以在这里把常用的号码输入进去，以后就可以直接拨打。这里收发短信的地方，笔画和拼音都可以。然后这里有一些铃声，你喜欢哪个可以换。还有一些小游戏，你按这里就出来了，备用电池和充电器都在盒子里……"

大妈递过来的卡是新的，应该是第一次使用手机，郝仁就介绍得更详细一些。

"小伙子，谢谢你，你人帅，说得也好，下午我把姐妹带来这，给你提升业绩。"大妈付完钱，高高兴兴走了。

本来郝仁就打算体验一上午，结果大妈落下这么一句话，他不好意思爽约，只好等着。好在没多久，大妈就领着三个人进来，又找他买了三台高原红，笑得店员合不拢嘴。

今天正好上市一周，郝仁赶着回公司看周销数据，送走了大妈急忙就要走。结果，上午目睹一切的女店员追着出来和他告别，说以后没事多来这里看店，给他分提成，搞得他是哭笑不得。

刚跨入办公室门，花花绿绿的纸屑从天而降，大家不知道从哪里冲出来，欢呼着把他抬起来，象征性地颠了几下，也不敢真往天花板上扔。

哄闹一阵后，穆言轻咳两声，大家安静下来。"老板，努力用你的想象力猜一下卖了多少？"

这么问，肯定是卖得特别好，郝仁大胆地猜："1万台？"

隋祖禹对他的想象力很不屑，切了一声。

"2万台？"

穆言摇摇头，对他露出失望的神情。

"不会5万台吧！"郝仁难以置信。

"10万！"众人齐声欢呼。

郝仁都震惊了："那不是最多两个月后就缺货了？"

"是啊。赵总上午来过了，说一个代理商给你发邮件追货，抄送了他。他来找你，我说你去巡店，他就没给你电话。只是说，猴崽子这个时候怎么到处乱跑，自己的事也不上心，管杀不管埋，老让我收拾，真是的。然后就直接去找姜总，让他无论如何赶一批出来，保证不断货。"汤媛绘声绘色地说，把赵扬的语气都模仿了出来。

"啊！"郝仁懵了。

"庆祝！庆祝！"大家才不管郝仁会不会被赵扬修理，又大喊大叫起来。

"大家想去哪里庆祝?"郝仁问。

"火锅?"一个声音提议。

"上火!"几个声音反对。

"唱K!"又一个声音提议。

"没新意。"反对的声音更多了。

......

大家搜肠刮肚地思考。

"我还没有去过酒吧!"陈虎嘟嘟囔囔地说出了自己的提议。

"这边最好的酒吧是野荷,听说妹子又多又好看。"李子健有几个玩咖发小,家里有钱,从小不好好读书,就是吃喝玩乐熟门熟路。

"可是野荷很贵,一个卡座好像低消2000块,我们这么多人,一晚上得上万了吧?"齐飞华看起来略懂行情。

"那得卖多少手机,算了。"陈虎失望地说。

"不过,我倒是有个亲戚的小孩在野荷做经理。"一向不喝酒不蹦迪的隋祖禹居然在这种话题插上了嘴:"我问问有没有打折?"说完,就出去打电话了。

五分钟后,隋祖禹回来了,得意地说道:"有办法,酒吧是10点以后比较贵,我那亲戚小孩说,我们可以8点后去,11点前走,算我们便宜点,3000全包,还送一瓶酒,叫什么早鸟票。"

"耶!"

这些人少有机会混酒吧这种高消费场所,要不是穷,要不是没时间,稀里糊涂地为隋祖禹的见多识广而欢呼。

不过很快,大家就知道,自己错得是多么离谱。

8点的酒吧街空空荡荡,当大家兴致勃勃地出现在野荷酒吧门口时,只看见头顶上缠绕着荷花图案的金属招牌,在有节奏地闪着玫红色的光,门口连个迎宾都没有。

隋祖禹不慌不忙地打电话,不一会,一个打着哈欠,满头黄发的年轻人走了出来,示意他们进去。

这时,偌大的酒吧里只有几个正在打扫的保洁阿姨,一些椅子还叠放在桌子上。

黄发青年说一般10点后才有人来,大家随便坐。然后,转身去吧台拿了两瓶威士忌和几碟干果过来,又说调酒师还没上班,有事叫他就好,说完不知道猫到哪里偷懒去了。

就这样,大家在没有音乐、没有表演、只有眼前这几个保洁阿姨的酒吧,面面相觑。

"美女呢?"陈虎问。

汤媛扬扬下巴,示意眼前的这几个阿姨。

"我们现在该干什么?"李子健又问。

郝仁觉得有点尴尬,用手扶住了额头。

说淡定还属隋祖禹,他找了一个有靠背的沙发坐下来,"大家都愣着干什么,不是你们要来酒吧嗨,我们嗨起来!"

"……"

大家陷入了沉默。

酒吧的中央是一个小型舞池,里面有几个圆形的高台,是给领舞或歌手表演用的,其中一个上面还架着话筒。

郝仁跃上那个有话筒的高台,摆弄了几下,清清嗓子说道:"大家好,非常感谢隋祖禹,让我们低成本包了个场。在这个特别开心的日子里,我有几句心里话想对大家说。过去的半年里,我们因为种种原因聚在这里,有人是主动选择,有人没有选择。而我正是那个没有选择,莫名其妙地就接手新业务的人。那时,我充满迷茫,根本没有想过会有一举成功的可能,只是盲目地解决着一个又一个的问题。到今天,我们终于克服重重困难,幸运地迈出了一小步,这一小步的背后,是大家不分昼夜的努力。我不知道大家为什么会在我都不信任自己的时候信任我。但是,既然走出了第一步,我们后面不妨步子迈大点,朝最好的国产品牌冲击。"

汤媛倒了一杯酒走过来递给郝仁,大家这时也纷纷起身,各自倒了一点酒,把郝仁团团围住,一起欢呼起来。

"干杯!"

酒尽,郝仁却还不下来:"我要为大家献唱一首歌,水木年华的《一生有你》。"

没有伴奏,郝仁用干净的嗓音悠悠地清唱起来。

因为梦见你离开,我从哭泣中醒来。

看夜风吹过窗台,你能否感受我的爱。

等到老去那一天,你是否还在我身边。

看那些誓言谎言，随往事慢慢飘散。

多少人曾爱慕你年轻时的容颜，

可知谁愿承受岁月无情的变迁，

多少人曾在你生命中来了又还，

可知一生有你我都陪在你身边。

唱到一半时，突然一道光打在郝仁身上，一袭白衣泛起点点光芒，勾勒出挺拔身姿。面庞镀上了细细密密的霜，沉静得没有一丝波澜。眼睑低垂，目光柔和得像一汪清泉。

远远地有吉他伴奏的声音传来，那个黄发青年正坐在高脚凳上，抱着一把木吉他轻弹。

所有人放下酒杯，揉了揉眼睛，目光死死定在郝仁身上，仿佛在确认什么。

老板居然有这一面？我是不是喝多了？

第十六章　有人喜有人忧

总裁办公室里，赵扬的心情显然非常好。耀华终端才成立不到一年，第一款产品就在市场上取得不俗的成绩。现在他把自己的手机也换成了郝仁送过来的黑色耀华T1，打电话的时候只用拇指食指扶住边缘，恨不得所有人都看到上面的品牌LOGO。

外面响起敲门声。

"请进！"

郝仁一身休闲装地推门进来，满脸春风得意。

"赵总。"

"坐吧！"赵扬指了指沙发，自己也从办公椅起身，坐到郝仁的旁边。

郝仁跟着赵扬十年，对他的习惯多少能摸准一些。如果是正事或是心情不好，赵扬一般就在办公位上面对面地交代。如果是谈心或者心情好，赵扬更喜欢坐在对方身边谈，显得特别亲近。

郝仁看此刻赵扬心情好，自己也往椅背靠了靠，调整了一个更为舒服的姿势，准备迎接这场大概率愉悦的谈话。

"郝仁，最近斗志很昂扬呀！做得不错，我果然没看错人。"赵扬笑着说。

"赵总过奖，都是您对这个市场看得通透。"郝仁不敢自大，战场上士兵冲锋陷阵固然重要，背后的大帅在中军帐运筹帷幄才是决胜的关键。赵扬居安思危，早就做好了布局，自己不过是一个好的执行者而已。

"你我之间，不用客套。今天叫你来，是有正事说。"赵扬一边说，一边摆弄桌上的茶具，"新品牌初创，一开始大家不看好，为了减少内部阻力，你让步很大。现在虽然只是迈出了一步，但当中的潜力谁会看不出，耀华原有规模不应该是你的上限，是时候好好把你的组织完善下，不用委屈自己。要人，要资金，任何有利于业务发展的要求都尽管提。我不是要你省三瓜两枣，而是要你大刀阔斧地开出条新道来。如果做事处处掣肘，畏畏缩缩，难成大事，我的意思你明白吗？"

热水在壶里咕噜噜翻滚，冲开卷曲的茶叶，茶漏过后，一杯清茶推到郝仁面前。郝仁轻扣桌面两下，表示敬意地接过茶杯。

"赵总，我只是不想老麻烦你。"

"你后顾无忧，我才没有麻烦。屁股决定脑袋，人心最是计较，被动了蛋糕的人有点情绪，我都可以理解。但谁要试图逆势而为，阻挡公司的前进方向，那我也不是个摆设。"

"赵总，那我直说了，您决意要做自有品牌，大家都反对，我只好想了这么个权宜之计，其实当时自己没有深思熟虑。第一款产品在市场得到验证，我就开始琢磨未来。随着业务做大，品牌力增强，我们不可能只做一个单品，品类和产品都会扩展，迟早还是会影响到公司代工贴牌业务。长期来看，客户不会让耀华又当供应商，又做竞争者的，两头的信息都牢牢握在手里，上帝视角太可怕了。到时候，无论如何您都需要做个取舍。"

"我已经做过取舍了，做自主品牌就是我唯一的选择，以后公司没有比你更重要的业务，各方面的投入不会吝啬。但郝仁啊，短期内人心还得稳住，要有一个更好的办法，让两者并行不悖。"

"是，现阶段公司的很多运作模式，既无法支撑新业务的发展，也无法兼顾旧有代工业务。才半年，就已经多次相互摩擦。虽然最终都解决了，但中间沟通成本非常高。而且每次都需要上升到您来决策，我觉得这不是一个长久之计。"

"的确如此，和你们相比，我接触到的信息是经过筛选的，并不全面，我又如何保证每次的决策都是正确的。企业大了，应该用制度和流程来保证它的稳定运行，而不是我一个人的判断。"

"赵总，我们需要一场针对流程和组织架构的深刻变革，即是为现阶段多业务的顺畅运行，也是为了将来企业规模扩大做准备。这个想法在我的心中已经很久，但变革可能会让大家都难受，一时半会，我还没想清楚各种方式会更好。"

"回去好好想想，既然是大家都难受的事情，就在会上提出来一起商讨。不要有什么心理负担，你只管往前冲，背后有我。"

从赵扬办公室出来，郝仁被一种无形的压力笼罩着，感觉如履薄冰。

这是一场豪赌，赵扬已经做好和过去决裂的准备，不惜重新划分蛋糕，让所有人都难受。郝仁却自觉还没有肩负起整个公司利润来源的能力，也不知道发生时，自己能不能应对。只有一件事是明确的，现在就是想退却，老板以及自己队伍里的所有人，都不会答应，只会推着自己继续往前进。

真的好难！做不好，辜负了别人的期望，压力大。做好了，拔高了别人的期望，压力更大。所以说，天降大任无论是之前还是之后，苦其心志都是避免不了的。

公司里不是所有人都为郝仁的成功而感到开心，此刻，刘达喜一个人在办公室里捏着香烟深深地吸了一口。

刘达喜今年已经40岁，和赵扬一样，是80年代较早一批加入创业大流的淘金者。干过倒卖，做过代工，能挣钱的行当，只要是能试的都试了，最终刘达喜在电子产品制造杀出来一条血路。

1998年以前，中国还没有任何本土品牌，80%的市场被酷美等世界前三国外品牌占据，剩下20%的市场则是一堆二流国外品牌瓜分。而此时，中国的手机市场已经呈现几何式的增长。1990年底，电子工业部预测，1995年预计中国移动电话将达到50万，但实际上达到了360万。后来，电子工业部又预测2000年达到800万部，最终结果是8000万部。

手机市场高速的增长背后，反映了经济社会发展对通信技术需求达到了空前的高度，然而，本土品牌却一直缺席，将偌大的市场拱手相让。

直到1999年，政府颁发了《关于加快移动通信产业发展的若干意见》，严格控制移动通信产品生产项目的立项、审批，避免重复投资浪费，并将移动通信产品外商投资项目按《外商投资产业指导目录》中的限制乙类进行管理。也就是说，只有取得信息产业部颁发的手机生产许可牌照的厂商才能从事相关生产。

随后，信息产业部向多家企业颁发了 GSM 和 CDMA 手机生产许可牌照，其中包括二十多家中国本土企业，从此，中国本土品牌开始轮番登场。

而刘达喜和朋友合伙的科达技术有限公司就是取得牌照多家本土企业之一，开上了信息红利的快车道。面前是一整块肥肉，刘达喜为此搭上了全部身家，打算孤注一掷地干出一番事业。全盛时期的刘达喜，坐拥近万人大厂，并没有比现在的耀华小太多。

看着本土企业日进斗金，国外企业感到了对自己市场份额的威胁，率先打响了对中国本土手机品牌的第一枪。

整个 2000 年底到 2001 年，中国手机市场可谓血雨腥风。国外品牌以 50％的幅度大规模降价，对刚刚起步的本土品牌进行高强打压。价格战一旦打响，利润和市场就变成了鱼和熊掌，不可得兼。一时之间，直接将手机品牌价格直线拉到了千元以下。

从如日中天到入不敷出也不过 2 年多，刘达喜成为那个大潮过后裸泳的人，四处奔走也没能逆天改命。最后一家意图进入中国手机市场却苦无没有牌照的外资公司找上门来，愿意出钱入股挽救公司。然而，重组后的公司，刘达喜的股份稀释，不再能说上话，技术和资金都依赖外资，和对方的相处也十分憋屈。

人生的大起大落不过如此，清完债务的刘达喜选择离开自己亲手创立的公司。当然，以他在这个市场的资历以及客户关系，想要找个工作不是很难。正好耀华的销售主管因病离职，赵扬三番四次邀请，刘达喜就这样加入了耀华。

说心里话，刘达喜是佩服赵扬的。赵扬作为一个企业家，有自己没有的那种广阔格局和从容不迫的气度。所以，哪怕从曾经的决策者，变成听命行事的下属，刘达喜也没有感觉到太大的落差。反而盘活过去所有客户关系，把耀华的业务规模短短半年时间就提升了一个台阶，市场份额和第二名的差距从 16％拉开到 28％，将耀华从国内厂家中当之无愧的第一变成遥不可及的第一。

只是刘达喜不明白，自己的血泪教训都不足以让赵扬放弃对自建品牌的执念。何况，他倚重的郝仁不过是一个年轻的毛头小子，说他敢闯敢拼，说他年轻有为，说他成功过，辉煌过，刘达喜都不否认。但是，他输过吗？输得体无完肤过吗？

真是没摔过，不知道疼是什么感觉，非要把现成的饭碗都一并砸了才后悔。刘达喜的心口越想越堵，面前的烟灰缸尽是扭曲的烟屁股，袅袅地飘出一道气若游丝的青烟。

第十七章　呼唤深刻变革

9月底的月度经营例会。

郝仁提前五分钟到达会议室的时候，大家三三两两在闲聊，见他进来纷纷拥过来把他围住，满脸堆笑地祝贺他大卖。

显而易见，最近郝仁是公司最引人注目的人，谁见了不管真心还是假意都会恭维两句。何况，这是写进耀华企业文化中最重要的一条，上下同欲者胜，风雨同舟者兴。

直到赵扬大步跨进来，大家才让郝仁获得解放，顺利回到座位上。

"看来大家都已经祝贺过郝仁了，这是耀华的第一款自主品牌手机，取得这样不俗的成绩委实不容易，看来今天的年终奖大家可以期待一下了。"

赵扬说完，会议室就响起了热烈的掌声。毕竟，祝贺不过走走过场，年终奖却是实实在在。

掌声停歇，赵扬回复了严肃的表情，说道："郝仁，你是第一个议题，开始吧。"

"大家好久不见，这半年来，因为忙于新业务，我较长一段时间没有参加月度经营例会。虽然没有经常看见大家，但我时刻能感到大家对我的支持。耀华手机取得这一点小成绩，其实是因为背后有你们作为坚实的后盾。今天我的议题是一个求助项，在代工和自主品牌两大业务并存的阶段，如何保证生产交付？"

说到这里的时候，刘达喜抬起头来，刻意看了郝仁一眼，他有预感郝仁可能要针对自己的业务说事了。刘达喜的敏感让他很不喜欢"阶段"这个词，是在暗示他的业务已经是明日黄花了吗？只是一个过渡的状态吗？

郝仁没有看到刘达喜那个意味深长的眼神，对他的内心戏毫不知情，半开玩笑地说道："要我说，这段时间，谁的工作最难做？那当属姜总，他同时处理两个不同的业务，手心手背都是肉，亏了哪个都是公司的真金白银，都是咱的工资年终奖。"

郝仁用一种懂你的眼神和姜大力对视了一秒，接着说道："本来姜总来提这个议题是更为合适的，但我负责新业务以来，两个业务撞车的情况频频发生，几次还不得不到赵总处协调。问题都得到了解决，但这不应该是一种常态。出于下一季产品的需求，我不得不提出来和大家讨论讨论。我们长久以来依赖的销售与运营计划 SOP 流程，通过会议商讨需求重要性评级，来实现部门之间的平衡，解决业务计划与排产执行的方式，是不是还适用于现阶段的企业发展？"

看到郝仁提出的问题与生产相关，姜大力想吐吐苦水："现在整个生产管理难度越来越大，供应链突发事件太多，月会、周会、天天是会都没有办法应对。通过定期的协同讨论，已经远远不适用于供应链发展的变化了。上午才协调好，下午又有变化，三头六臂也解决不了。"

"既然如此，何不把新旧业务的生产线进行拆分，独立运作，这样就可以互不冲突。"刘达喜提议道。

"这不是一个最好的选择，两块业务都有明显的淡旺季，如果完全切割，资源利用没办法最大化。旺季两边同时抢夺供应商资源，抬高价格，淡季生产闲置，人员空转，又是费用浪费。"何琼关心的就是费用，听意思要分别扩厂，立即站起来表达不同意见。

"拆也不行，不拆又各种冲突，确实很难办，确实难办呐。"姜大力摸着毛发稀疏的脑袋，叫苦不迭。

"大家还有没有什么别的看法？"赵扬对大家所说的不置可否，继续引导讨论。

……

"我们应该引入现代企业资源管理系统，比如在外企广泛应用的 ERP。依托信息化技术，以系统化的管理思想，用可视化的呈现方式，为管理层提供科学有效的决策依据，为员工提供没有变数的操作流程。变人为集体决议为系统客观决策，减少企业运营的不稳定性。建立风险预警机制，通过事前风险预测、事中延伸管理及事后的监督分析，保证各项业务的顺利展开。"

声音来自会议室最后一排凌乱发型的男子，隋祖禹。

这几天郝仁一直和大家复盘耀华 T1 上市项目，对整个项目过程中出现的问题逐一总结，其中对于生产问题谈得最多。隋祖禹当即就提出引入外企常用的企业资源管理系统。

隋祖禹不愿意过多参与公司管理，他的本意是告诉郝仁，然后郝仁自己去汇报。结果，今天一大早，隋祖禹一到办公室，就被郝仁生拉硬拽到了会议室。开会已经半小时过去了，郝仁还没有把他的建议说一下，最后终于憋不住了。

"ERP我听说过，是一个管理软件。你的意思是说升级目前的软件系统？"姜大力问。

"我们不光需要强大的工具，也需要转变管理思维和管理模式。从软件上来说，ERP集合了物资资源、人力资源、财务资源和信息资源等关键内容，然后进行系统关联分析，帮助我们进行决策优化。从管理模式来说，每一个员工都是流程里的个人，都是别人的上下游。我们能不能改变各部门的孤岛状态，做事充分考虑自己对其他部门的影响？我们能不能放弃订单金额的盲目追求，开始关注整体效率和收益？"

隋祖禹看了一眼此前多次给耀华T1的生产制造困难的刘达喜，意有所指地继续说道："比如随时关注系统中各项资源的变化，如果显示下月排产已经很满了或是物料出现了中断，除了生产部门要紧急备货和调整人力，销售部门也要行动，在接单时候，考虑对客户承诺的交付时间是否符合资源情况，给生产预留足够的时间。如果一定要紧急交付，则要查看数据，预判可能潜在的延期和成本超额，看看是否值得做。"

"这个系统是自建还是购买引入？"何琼认同这样的改变，但成本还是她关心的要点。

"其实我也只是这种管理系统的使用者，所以如何搭建，我不是很专业，可能需要请IT团队和商务团队一起分析评估。我建议可以请经验丰富的外国咨询公司提供下变革方案和业界优秀案例，我们了解后，再决定如何落地？"

"你是说请外国咨询公司参与我们的实际生产？这些数据可是公司核心机密，放在外国人的软件系统上，这会不会不安全？"姜大力问。

"我们可以只购买软件方案，由我们的IT团队加以改造，然后本地化部署，就不涉及数据外泄。另外，咨询公司只是虚拟运营我们的业务，不用提供真实数据，呈现一些人工合成数据就可以。"

隋祖禹原来的公司对于重要的信息，一般在局域网使用，以保证信息安全，这一点完全可以借鉴。

"大家怎么看？"赵扬问。

"同意！"郝仁率先支持，众人心里却想，一眼就看出来这个方案是你自个蓄谋已久的。还需要另外找个发言人，自己跑来当支持者吗？

"这种系统刚性有余，柔性不足。紧急订单也不能一棒子打死，什么都完全按照硬性标准执行，这也太不变通了。"

刘达喜这边紧急订单最多，他的团队战斗力很强，过去常常为了订单过度承诺，搞得内部鸡飞狗跳。但销售部门是公司收入来源，说直白点，全公司都是销售养活的，谁也不好说什么。

"理论上，生产要有序进行，销售也要提高计划性，有很多订单虽然利润高，但对内部资源过度消耗，也是得不偿失。如果有特殊的情况，可以通过提高审批层级和集体决议来执行。原有的会议模式不一定要完全抛弃。"郝仁说。

刘达喜的不悦已经毫不掩饰了，暂时没有特别有说服力的理由，也要充分展示自己的存在："是不是要慎重？内部变革的种种不便我们可以克服，但我们的老客户长期喜欢我们给他们提供高效快捷的服务。一下子推翻之前的运行模式，客户满意度下降在所难免，丢单都有可能，那谁负这个责任呢？"

刘达喜说完，立马有几人赞同。一场深刻的企业变革推翻的是每个人既有的工作惯性，也可能对利益和地盘重新调整。于是，有人会矫枉过正，有人会驻足不前，都很正常。这一点赵扬很清楚，他要做的选择迎难而上时，稳住所有成员，避免有人弃船逃跑。

"达喜说得有一定的道理，客户关系肯定不能受影响，"赵扬略微安抚了下刘达喜的情绪，又接着说，"但目前的矛盾也要想办法解决，变革必须要有魄力。隋祖禹在外企有多年，经验丰富，要多分享外面的先进管理经验。我觉得好的方式方法都值得一试，可以先引入咨询公司了解下业界是怎么做的，再寻求适合耀华的方案，执行的过程和缓一点，不要搞一刀切。有紧急特殊情况直接升级到我决策处理，务必不要影响正常业务。达喜你有问题不要怕麻烦我，不要忘记我们公司愿景里有客户至上。"

刘达喜知道赵扬对他说了软话，但其实更偏向郝仁一些，没有试图两碗水端平。心中默叹，自己终究没有办法改变公司这艘大船的方向了。

"如果没有别的建议的话，我们表决一下。"
"同意。"
"支持。"
"支持。"
"好，全票通过。"
……

至此，伴随着新业务的一场组织变革正式启动。这一场变革历时多年，花费过亿，却为耀华最终发展成为一家国际知名大公司奠定了组织及管理基础。

试想后来的耀华业务遍布一百多个国家，如果还依赖人工管理，那会是怎样的混乱。

第十八章　睡觉来了枕头

会议最终以成立变革项目组结束，所有涉及的高管都纳入了项目组成员，并负责变革项目在不同领域的落地执行。而隋祖禹除了负责耀华终端的研发侧执行，还因为对资源管理系统的熟悉，被安了一个供应商采购组业务顾问的头衔。

隋祖禹不理郝仁，背上双肩包飞快地往办公室走。

"水煮鱼，水煮鱼，等等我！"郝仁和赵扬说了几句话，一回头发现隋祖禹不见了，赶紧去追，终于在电梯口追上了。

隋祖禹连按几下关门键，却没阻止郝仁侧身硬挤了进来。

"我身材还行啊！"

"你干吗，我有事忙着呢，要走快点。"

"你现在好歹也是个管理者，怎么说生气就生气了？"

"没有。"

"没生气为什么不等我？"

出了电梯，隋祖禹倒是不走了，怒气冲天对着郝仁说："看见你就烦，我不喜欢开会，你把我拽来开会。我不喜欢与外部门联络，你还提议让我做采购顾问。我不喜欢你跟着我，你现在还不消失。你把我请过来，不是为了让我专心搞研发，是专门折腾我干不喜欢的事。"

"水煮鱼，去我办公室说，在这里被人看见又以为我们要散伙了。"

"只有汤媛才会这样认为!"隋祖禹咆哮着。

汤媛坐在办公位上听到有人叫自己,循声望去,只见郝仁拽着隋祖禹的背包提手,把人直接拎进了办公室,关上了门。

"水煮鱼,我要和你解释一下,不是我故意给你堆活。"郝仁把人按在沙发上,自己则坐一边,苦口婆心地劝慰容易炸毛的伙伴,"沉浸在自己的世界,只做喜欢的事是很美好。但是你想想,研发设计好图纸就交差了事,后面的环节没有很好地执行。图纸就只是图纸,怎么会有一个好的产品。我觉得研发有必要对产品全流程负责啊。"

"这个知道啦,我这几天不是把我的建议都毫无保留地和你说了。"

"我不想占着你的思路去宣讲,想让你在管理层面前露露脸,让赵总看看我找了一个多牛的人才来公司。"

"唔,你知道我又不在乎这个。"

"可是我在乎,万一哪天我没做好,在公司呆不下去了,你还能凭借自己的能力继续研究,不会被我拖累。再说也就是在项目组挂名而已,你不喜欢开会扯皮,这不还有我吗?提提建议,麻烦不到哪里去。"

不是忽悠隋祖禹,郝仁真的这么想,这段时间以来,新品热销没有让他压力减小,反而让他看到消费品市场的变幻莫测。第一代产品一炮而红,并不代表后面的产品会代代热销。一年就这么几款产品,一款产品说垮也就垮了,能影响几个月的收入。要是垮三款以上,一年就喝西北风了。自己作为子公司负责人,难辞其咎,哪怕赵扬再支持,自己肯定也没脸待下去。

"切,这点出息,还说什么要做到全国第一、世界第一。现在发展得好好的,说这些干什么?你没卖好,肯定是我产品没做好,不是你一个人的事,你干嘛给我留后路?退一万步说,我就是没工作也不会怎么样,我家其实……"

"打住,打住,"隋祖禹还没有说完,郝仁打断了他无心的炫富,"知道了,知道了,你家有楼,你不干研发,就当包租公,每天自己去收租。"

"自己去收租是不可能的,可以雇一个人。"隋祖禹精准地指出了话中的错误。郝仁普通人家出生,不懂家里有矿是一种怎样的体验。

"好了,别再说了,你还是回去工作吧,下一代产品的方案什么时候能出来?"

"我会尽快的。其实第一代产品蛮多问题的,下一代有很多地方需要持续改进,我都记下了。"

"条件限制,今年只能一款产品打天下,说实话太单一了。后面,我们还是要想想办法,根据消费者的特性,拓展一下产品系列。不过,你要做好心理准备,同时开发多款产品,这对研发的压力会变大。你该招人就招人,该委托供应商委托供应商,不要自己硬扛。"

"嗯。"

真是想睡觉来了枕头。

郝仁正在思考如何扩充产品系列,汤媛就进来说中国移动运营商的业务代表孟冬青想要来公司拜访。

中国的2G网络建设晚于欧美国家,从90年代中后期,各大运营商才根据分配的频段开始铺设GSM或CDMA移动网络。最终在2000年后,中国移动网络密度逐步跟上国际平均水平。

网络基础设施建设投资巨大,就如挖好了鱼池,还得有鱼进入,有鱼游才能叫鱼池,否则只能叫水坑,无法把挖鱼池的钱收回来。

这一时期,用户入网率成为运营商业务考核的重要指标。要让用户使用移动网络,首先得让用户拥有手机。

于是,捆绑运营商话费和服务的合约机诞生了。"充话费送手机""0元购机"等方式成为运营商获客的重要经营手段。目的就是通过销售便宜甚至免费的手机,让大家尽快用上移动网络,并为之付费。

过去的2002年,通过运营商销售的手机多达1000万台以上,占到整个手机市场的18.4%。基本上,大多数知名的手机制造厂商都与运营商有合作。能与运营商合作,就意味着又拥有了一个强有力的销售渠道,能从中获得不错的收益。而运营商虽然销售手机不挣钱,甚至亏钱,却能长期捆绑客户,从话费的销售中获取利润,双方都算是一门旱涝保收的好生意。

运营商客户对于手机厂商来说是金主。一般都是供应商主动拜访金主,耀华这次才推出了自己的第一款手机,就有运营商的大客户亲自登门,可谓一场意外的惊喜。

时间定在第二天下午3点,郝仁亲自在公司门口迎接运营商业务代表孟冬青。这是一个年纪约莫30岁不到的男人,个子不高,头发中分,一件格子衬衫搭配牛仔裤,身上透露着一种技术人员所独有的气质。

"您好，欢迎来到耀华终端有限公司，我是公司负责人郝仁。"郝仁待这个人从车上下来，迎上去与他握手。

"你好，我是移动公司的业务代表孟冬青，技术工程师出身，目前负责终端产品销售业务。"孟冬青的回答印证了郝仁对他的第一眼印象。

寒暄过后，两人上楼进了会议室。隋祖禹、陈竞男、穆言几人已经在里面等候，这已经是耀华终端目前最强大的阵容了。简单地做了自我介绍后，会议正式开始。

"郝总，贸然来拜访，主要是对贵公司的产品 T1 十分感兴趣，想看看接下来能不能有一些合作。"

"感谢孟总的青眼有加，我们深感荣幸。现在能否先为您简单介绍一下耀华。"

"当然，我正是为了深入了解耀华而来。"

"耀华 T1 虽然是我们公司的第一款产品，但其实耀华成立于 1985 年，从事电子产品生产已经有十多年的历史。我们为目前市面上的很多知名品牌代工生产，产品质量通过了国内外多项检测。屏幕上的这些都是我们近五年来荣获的各项证书……"

郝仁一边熟稔地介绍着公司，一边观察孟冬青的反应。

现阶段的耀华十分渴望运营商这样的大客户，成为合约机供应商无疑可以快速提升销量。

既然孟冬青主动拜访，肯定对耀华是有兴趣的，这件事是有的谈。但成为运营商的合作方还远远不够，和公开市场不同，合约机的价格是运营商决定，而非厂家。决定是否畅销的因素不仅仅是手机产品本身，还有运营商捆绑的套餐类型和补贴力度。因此，能决定这些关键因素的业务代表显得非常重要，他到底对什么有兴趣，是郝仁现在想从孟冬青的脸上探索的内容。

"非常感谢郝总的精彩介绍，给我留下了深刻的印象。"孟冬青身上没有业务人员身上特有的长袖善舞，反而言谈举止都很实在，这种气质让隋祖禹都感到一种熟悉和亲近，"其实，我之前就考虑过邀请耀华定制手机，你们的产品性能突出，性价比高，非常适合低端市场。这块市场恰巧是我们现在的重要目标，所以，我在想是否能够把耀华 T1 进行运营商排他后，纳入我们现有的套餐销售中？"

郝仁有些迟疑，如果直接将耀华 T1 进行略微改动在运营商体系捆绑销售，因为有一定的补贴，销售价格肯定低于分销商，这对渠道的伤害还是很大的。而且合约机虽然走量很大，但本质上用户选择的不是手机品牌，而是套餐优惠，对于耀华品牌的推广未必有很大作用。

"孟总，其实以我们公司的生产能力，完全能为贵公司另外定制手机，不用在原有产品上改动。"

"这一次，我们为你们这款手机搭配的是一款大众非常期待的套餐，优惠力度大，销量不会差。"孟冬青继续加码。

郝仁看向陈竞男，发现她对自己的决策并没有情绪波动，想来并不反对。"我们对贵公司的销售渠道丝毫不会怀疑，很感激能有这么好的合作机会。但是，T1到目前为止，都是通过代理进行销售，代理商是我们长期依赖的合作伙伴，我们不能做影响他们销量的事。"

"我很遗憾，但非常理解。"

"我们可以根据套餐特性深度优化功能点，性能肯定会在T1的基础上有一个全新的升级。"隋祖禹说。

"好是好，只是你们错过了金九银十的绝佳销售季，很可惜。"孟冬青惋惜道。

"我相信耀华产品，即使晚一点出来，你们也会给一个不俗的套餐和曝光位置。"郝仁说。

孟冬青走后，郝仁问几人："万一由于我这次的任性，损失了一大笔收入，年终奖少了，你们会不会怪我。"

"你忽悠我来的时候都没谈年终奖，我哪里知道有多大影响？"穆言悠悠地说道。

"如果不给大家发年终，那把钱都给我做研发经费吧。"隋祖禹想把所有闲置的钱都弄到自己手上。

"这样啊？那我原岗位的年终奖额度还保留吗？"陈竞男有养家压力，还真的担心起来。

"是哦，新公司好像没有年终奖这个东西！"郝仁故作思考状。

"你……"

事实证明，谈钱伤感情这句话，在职场是真理般存在。

第十九章　一个惨字了得

耀华终端目前产品和利润单一的问题，因为运营商客户的到来，自然而然地帮隋祖禹划分成了合约系列和公开系列。

很多知名厂商虽然也参与运营商的定制计划中，但仅仅是做运营商排他设置、更改端口和配件等简单处理，并非涉及业务级的深度定制。这样这些厂商并不需要分头研发合约手机和公开版手机，至于运营商销售价格低于分销商价格的情况，就让分销商和运营商相互博弈，让消费者自行选择。

知名品牌可以这么做，但放在耀华身上就不合适，消费者的品牌认可还没有完全建立起来，购买时不会非耀华不可，哪里便宜哪里买。分销商没有赚头，不卖就罢了，伤害的还是耀华的销路。所以，郝仁放下当期的利益，严格区分产品渠道，眼光更为长远。

当下受苦的人唯有隋祖禹一人。

隋祖禹坐在座位上挠头发，对于一个思路习惯单线运行的人来说，同时想两个事情是无比痛苦的。比如有人可以一边听音乐一边做作业，而隋祖禹不行，需要做完作业再听音乐，否则他就会把歌词写在作业本上，或者把题目跟着旋律唱出来。

隋祖禹魂不守舍地去茶水间接水，路过齐飞华的座位，瞟了一眼电脑屏幕，发现她已经开始梳理定制的等级。

"飞华，忙啥呢？"隋祖禹把杯子往桌上一搁，凑过头去看个仔细。

"上次你不是说要启动定制业务，我梳理了定制的等级和工作量。外观定制，只对机身、LOGO、设计、端口进行定制，需要涉及的人员主要是工业设计。简单业务定制，需要进行快捷键、菜单及里面的应用进行定制，涉及人员主要是软件。深度业务定制，就是全方面的定制，涉及人员则软硬件都有。我们按照不同的定制层次进行管理，根据内部资源情况来引导客户，也可以把公开版开发过程中没有用上的功能和物料合理利用起来。"

"飞华，没看出来你这么持家有道！"听完齐飞华的简述，隋祖禹不由得发出这样的感慨，整合恰恰是自己不擅长的方面。

自己想一心一意把一个产品做到极致，就会下意识地多做尝试，期间可能产生很多做好又没用上的功能。和物料一样，人力的投入也是资源，如果能把这些此处不合适，彼处很合适的功能用上，还真是让强迫症最舒服的事。就如同一口饭一口菜，菜吃完饭也吃完，而肚子刚刚饱，多一口嫌多少一口不饱的那种完美契合。

"这也没什么，我就是整理你之前不要的材料想到的。"齐飞华边说，边把隋祖禹没有盖正的杯盖挪好，刚才看着就觉得很难受，现在终于忍不住动手了。

"你来牵头合约机项目组吧！"隋祖禹问。

齐飞华有些慌张地说："我的经验还不能独立开发，这这这……"

"项目经理又不用全部自己开发，你拆解分析，把开发需求最小化，然后分解到各个小组，跟进全流程即可。"

"那我不是做不了开发了？"

"想什么呢？我们的熟手就这么几个，没有脱产的项目管理人员，关键领域你必须自己上。"

"那行！"

"有一点要记住，资源整合很重要，可以节约人力是没错，但一定要注意产品之间的差异性和用户的使用偏好，不然就是舍本逐末了。"

"这个我记得，我会按照运营商提供的用户群好好想下。"

"还有别的问题吗？"

齐飞华欲言又止，最后憋出一句"没了"。

隋祖禹找到了解决问题的办法，愉快地拿着杯子走了。

齐飞华轻声叹道："怎么衣服穿反了都不知道，不勒脖子吗？"

隋祖禹在茶水间接着热水，也纳闷："怎么问题解决了，我还是觉得有点喘不上气，一定是最近太累了，今天不加班了吧！"

时光在忙碌中如飞般流逝，2003年最后一天的下午七点，办公室空空荡荡。一下班，像陈竞男这种拖家带口的已婚人士，立马脚底抹油，回去享受阖家欢乐。陈虎、齐飞华这些小年轻，神神秘秘的，不知道是不是约了异性朋友，要去哪里浪漫跨年。李子健、隋祖禹这种本地人，年纪再大，也少不了父母的各种催促，紧赶慢赶地回家和一屋子亲戚聚在一起。

可恶的是隋祖禹，走之前，特别过来祝福下郝仁，然后同情地看着他说："居然没地方去，在这里假装加班。"

最后只剩下郝仁孤零零一个人，关了办公室的灯，提着个包往楼下走。

走到公司大楼的门口，郝仁看见一辆豪华跑车停在前方，一个衣着体面的年轻男人，正硬拽着穆言往车上带。

拉扯之间，穆言发带散了，手包掉在地上，里面的东西撒了一地，四下寂静，那声克制的怒喊格外清晰。

"你放开我！"

郝仁从未见穆言如此狼狈过，赶紧跑上前去扶住险些摔倒的女人，目光直视面前的男子，问道："你是谁？跑来我们公司闹事？"

这个男人看到郝仁扶着穆言，怒火中烧，伸手就又来拽人。郝仁把穆言护在身后，又说道："你到底是谁？有话说话，不要动手动脚，不然我叫保安过来。"

这下男子总算停下手，也不回答郝仁的问题，只问："你的新男朋友？你为他离开我？"

穆言这时已经把自己打理好，恢复了平日里那种一丝不苟的模样，说道："他是我老板，离开你是因为我们不合适，我不想高攀豪门，不想做你们有钱人身边的金丝雀。"

"你到底要什么？有钱不好吗？有钱你就可以安心待在家，不用在外面东奔西跑。你老板能给你几个钱？我难道给不起吗？"

"我想你还是不明白，我只是想要做自己想做的事，不是几个钱的问题。"

"我真的搞不懂你，多少女人想要嫁入我家，没见过你这么矫情的。"

……

郝仁有些尴尬，原来是前男女朋友吵架，自己完全插不上话。现在两人没完没了地理论，三人前后呈现一个稳定的等腰三角形，郝仁站在两人的顶角。穆言怕对方又来拽自己，紧紧拉着郝仁的衣角，一时之间动弹不得。

"那个，打断一下，我有点饿，得去吃东西。听半天我也明白了，兄弟，现在是法治社会，人家女孩不愿意，你不能硬拉。你都说了自己这么有钱优秀，既然穆老师都跟你分手了，你就别来这里堵人了，换一个不行么？再说，今天你在我公司门口吵闹，我叫一声保安就出来了，你休想带走我司员工。"

男子是个没耐心的，看情形没法把穆言带走，竟然丢下一句"我还会再来的"，开车一骑绝尘而去。

郝仁心想，这谈恋爱比做产品难多了，纠缠来纠缠去，好的时候就是我爱你你到底爱不爱我，不好的时候就是我不爱你求求你千万别烦我，真是叫人头疼。

更头疼的是，郝仁回想自己过去的二十多年几段没点波澜的恋情，居然没有一个让自己头疼的人，不知道到底是幸运还是不幸。

郝仁一边想着，一边蹲下去捡穆言散落在地的东西。等收拾好，站起来却看见穆言已经泪流满面，吓得慌了手脚，赶紧翻裤兜找到一包纸巾递过去。

"你这是干什么？是不是我好心办坏事了，其实你不想让他走，要不我去叫回来？"

"没有！我就是哭自己以前怎么这么瞎，和这样粗鲁的人在一起。"穆言接过纸巾擦擦眼泪。

"马上新的一年就要到了，你别想这些了，现在你要回家还是约了朋友？"郝仁问。

"不知道。"穆言气糊涂了，不知道现在该干什么了。

"我好饿，你也没吃吧，我们凑伙一起吃个饭算了。"

穆言点点头，跟着郝仁去了停车场。

闹腾了一阵，穆言也饿了。跨年想吃顿好的，郝仁舍近求远，直接开往市中心，来到一家名为"千月涧"的餐厅。

这家店位于商城负一楼，布置得如同一个洞穴，不规则的桌椅散落其间，中间一个浅池，流水潺潺，三五锦鲤在迷你假山怪石间惬意地穿梭。

两人选了一个靠假山的位置坐下，晚上快九点，已经错过用餐高峰期，客人并不多，比较适合安静地说会话。上菜也很快，不多时，就摆好了一个鱼肉火锅、几碟小菜和一小壶梅子酒。

"今天真是太谢谢你了，把私人生活带来公司，是我的不专业。"穆言轻轻呡了一小口酒。

"你是个有血有肉的人，有情绪，不用事事都做得完美，何况都下班了能对公司有啥影响。今天如果非要说是个错，错的也不是你，你只是被无辜打扰而已。"郝仁开车不能喝酒，饿到这会感觉前胸贴后背，说完马上往嘴里塞了一片鲜嫩的鱼肉。

"我只是不明白,为什么他表达对我好的方式,就是给我打钱,不让我工作,让我像他的妈妈一样在家享清福,每天美美容打打麻将。"

郝仁目瞪口呆,都不知道怎么安慰,只好问:"这是你们有钱人炫富的方式吗?"

穆言翻了个白眼,继续说道:"我想要的只不过是一步步接近目标的成就感,而不是为了他家所谓的面子和虚荣心,就放弃做喜欢的事。"

穆言的前男友名叫倪峰,家境优渥,是一家上市企业总裁的独生子。两人是三年前在一次媒体酒会中认识的,相遇的过程颇有些戏剧性。

穆言是受邀的媒体记者,而倪峰是第一次随父亲出现在公众面前。此前由于保密工作做得好,自家公司的员工都没有见过这位未来继承人,媒体就更不认识了。倪峰长相随母亲,结果当倪峰跟在父亲身后,大家还以为是保镖或秘书。

这天正值倪氏企业上市后首露面,一时间风头无两,所有记者冲向倪峰的父亲。为了抢到好的机位,一个扛着摄像机的壮汉猛地转头,摄像机尾部朝倪峰甩过去,堪堪就要撞到的时候,倪峰忽然被一个纤细的手往后拉了一把,正好躲过这一击,却因没站住撞到了一个脑袋。

回头就要道谢,倪峰被一头披肩长发的穆言惊得说不出话来,宴会厅的水晶灯垂坠下来,为身着礼服的穆言添得一身星星点点的光芒,宛如童话里的公主。

小鹿乱撞的倪峰要到穆言的联系方式,展开了热烈的追求。两个月后,两人顺利交往,并在交往两年左右决定要走进婚姻殿堂。

就在故事要以童话结尾时,两人之间爆发了激烈的冲突,倪峰的家庭希望穆言辞职回家相夫教子,而穆言希望继续在职场上升,彼此折磨半年后,最终分手。

郝仁就静静倾听着,看着穆言越说越心酸。

"追你的时候,说要钱要命都可以给你,在一起的时候,却连点自由都不肯给,这就是男人。"穆言不胜酒力,几杯而已,就开始说这些她平时打死都说不出口的话。

"男人也不都是这样的,比如我就是要钱没有,要命有一条的那一款。"郝仁说。

"噗,这有好一些吗?"穆言被逗笑了。

"穆老师,说真的,如果一段感情让你束缚,离开就对了,不值得缅怀。我记得你第一次来公司采访的时候说,中国的企业不应该只是如此。我现在也想说,你的才华,你的能力,不应该只是如此。"

"郝仁,"穆言在酒精作用下,大胆地直呼其名,"我果然没有跟错老板,你会带着大家一路乘风破浪,最终站在浪潮之巅,对不对?"

"那当然!"郝仁说。

"其实这周我做了几个节庆策划,本来想节后汇报,我现在等不及了,我给你简要地讲讲吧!"说着,穆言就从包里把手提电脑拿出来。

"……"

郝仁眼疾手快,把盘子往自己这边挪一挪,生怕被穆言的电脑撞飞了,低声自语道:"唉,今天大过节的,我为什么不自己好好吃饭,要邀请她一起?邀请她就算了,我为什么要激发她的斗志?我只想好好休息下,可现在为什么在这么贵的餐厅加班?一会能不能她付钱?反正她不喜欢给钱的男人……"

"郝总,你在听吗?这里你觉得可以吗?"

"嗯嗯嗯,在听,继续继续……"

这节日,怎一个惨字了得。

第二十章　成功引起注意

2003年是中国手机终端市场迎来大变局的一年。产业规模不断攀升,用户数量持续增长,全年共售出了约7378万部手机,相较前一年的6816万部有8.24%的进步,占有了全球超过三分之一的产量和五分之一的用户市场。

在兵家必争之地的中国,像耀华这样的国产手机终于迎来井喷式增长。虽然市场前三依然是老牌国外品牌,但短短一年多,雨后春笋般出现的国产品牌合起来,竟然突破50%的市场份额,令众多国外品牌始料未及。

此刻,穆言正在总裁办公室给大家介绍刚刚收到的手机市场份额报告。

"大家现在看到的是2003年各大厂商中国区市场份额。排名第一的是酷美,市场份额为25%,较去年增长4个百分比;排名第二的品牌是

MOT，市场占比 11%，下降 6 个百分比；第三的品牌是爱达，市场占比 9.8%，较去年下降 7 个百分点。但值得注意的是，前三大品牌虽然损失部分市场份额，但 3000 元以上的高端机依然是以它们为主导，占有率 90% 以上。"

穆言用马克笔清点了下屏幕，提醒大家注意上面的内容："国产品牌高科跃升到第四名，目前市场占比达到 6.8%，销售增长率高达 209%。分析机构认为价格优势、造型创新与销售渠道的完善，是高科取得市场关键。接下来，排名第五位的也是国产品牌……"

待穆言讲完，隋祖禹的目光一直停留在市场份额饼图上，问道："怎么在图上找不到耀华，我们不是占到百分之一点几了吗？"

"非常不幸，第十名是 1.9%，而我们正好是 1.6%，排名第十一位，只能在其他区域和剩下的众多品牌挤在一起。"穆言回答。

"这点差距我们今年一定会突破，在市场份额图拥有一块单独区域，技术趋势这块呢？"郝仁说。

"我来说下技术趋势这块。第一，2003 年上半年，拍照手机的销量首次超过数码相机，全球市场销售的照相手机达到了 2500 万部，而数码相机仅为 2000 万部，这说明摄像功能会是未来的趋势。第二，语音服务市场的竞争日趋激烈，非语音服务已经成了移动运营商们的主要赢利手段，引导消费者使用数据业务发送照片，重现文本短信的成功。第三，集 PDA 功能和手机功能为一体，同时具备访问互联网的功能性产品出现了。厂商可以分为两类，一种是 PDA 厂商推出的'PDA+手机'的产品，采用掌上电脑操作系统，略做更新。另一种是手机厂商推出的'手机+PDA'的产品，这类产品一般在手机的基础上集成了 PDA 的屏幕手写、娱乐等功能，采用手机特有的操作系统……"隋祖禹滔滔不绝地说道。

"这些趋势看看能拆解成什么功能点，放到我们的产品规划中去。"郝仁从抽屉拿出一部高科的手机在大家面前晃了晃，问道，"你们觉得高科的产品策略怎么样？"

"拿得住用户心理，在应用设计层面，新增了很多大家喜欢的小游戏。外观表现突出，一年内出了多款符合消费者喜好的设计，颜色的选择比较多。"隋祖禹说。

"原来也只是个草根小品牌，2003 年开始有 TFA 公司的外资注入，才变成一个财大气粗的主。尤其在营销投放上比较舍得花钱，偏爱强曝光的户外广告和电视广告,在较短的时间内,很快地提高了消费者认知度,才有去年那种爆发期增长。"穆言说。

"我觉得不仅仅是这些方面,高科的成功案例,可能需要仔细分析下,下次单独组织一个分析会。"郝仁对汤嫒说。

"对了,今天高科总裁宋朝栋会接受央视财经的采访,正好10点,要不一起看下?"穆言问。

"好,我们一起看看。"

打开电视,穿着蓝色修身西服的宋朝栋已经坐在了主持人的面前。年纪三十出头的宋朝栋和隋祖禹一样曾经留洋海外,高中大学在英国完成,毕业后留英工作了两年。三年前回国创立了高科,一创业就经历了2000年国外品牌对国产品牌的围剿战,隐忍三年,获得TFA的资金注入,在今年一举成功,拿下第四的位置。

宋朝栋乍一看貌不惊人,但细品之下,绝佳的衣品衬得整个人比例极好。面对镜头不见丝毫紧张,反而看上去很放松,由于待在英国多年,举手投足之间还颇有些绅士风度。

主持人和观众打过招呼后,和宋朝栋轻松地交谈了起来。

"请问宋先生,你对今年的成绩满意吗?"

"想不到主持人一来就给我设陷阱,如果我说满意显得不思进取,说不满意又让同行十分警惕,我要怎么回答好呢?"

"宋先生十分机智,一上来就反将我一军。"

"不敢不敢。"

"刚才看过介绍宋先生生平的一段视频,我想替大家问个问题,是什么让你放弃海外高薪工作,回国创业?"

"在英国待了快十年,我一直隐约觉得头顶有一层透明的天花板,好像有人提前给我的人生设置了上限,写好了结局。我曾经以为这个上限很多年后才会到来,没有想到,它在我工作两年后就出现了。我终于明白了一件事,一个华人面孔,再优秀也难以被信任,进去不了国外本土企业管理层,我不甘心,想自己试试。"

看到这里,隋祖禹感同身受,不过转念一想也不是坏事。若不是这种上限设得如此之低,他们这些不接受束缚的人又怎么会纷纷出走,非要咬牙顶破限制。

"传闻你为此付出了很大的代价?"

"确实如此,一开始父母不理解,他们辛苦供我出国,就是想让我过上不一样的生活。结果,我又跑回来了,还把英国的资产全部出售,搭上全部身家回来创业。第一款产品一出来就遇到国外企业和本土企业打价格战,结果一败涂地。我妈妈当时觉得,我真是天堂有路偏不走的感觉。"

"所以,当时的市场环境和地狱差不多对吧?"

"哈哈哈哈,有过之而无不及。"

啧啧,郝仁看到穆言和汤媛都目不转睛地看着电视,不由得感慨,要说这人长相谈不上惊艳,但真的很有个人魅力,三两句就把女孩子给糊弄住了。自己给整个公司的女孩子发工资奖金,都没见她们给自己崇拜的眼神。

采访还在继续,宋朝栋生动幽默地描述了自己的创业故事,把原本痛苦绝望的经历都说成了奇幻冒险,不时大大方方地自嘲,配上他优雅的姿态动作,让整个采访兼具观赏性和趣味性。

采访还在继续,主持人问道:"请问你对除高科外的哪家企业印象深刻?"

"耀华。"

主持人顿了一下,她没想到宋朝栋会回答耀华,自己正好准备了手机厂商前十名的资料,结果宋朝栋偏偏提了第十一名耀华。

真是白费心思,到口的介绍完全没用上,但央视王牌主持毕竟经验老到,什么尴尬的场面没遇到过,略一思忖,马上接道:"这家企业有什么特别之处让你印象深刻?据我所知,耀华终端是一家成立才一年多的企业,市场份额和高科相去甚远。"

"我们被人盯上了。"隋祖禹说,郝仁几人也很惊讶,期待地等着宋朝栋的回答。

"整个 2003 年,各大厂商采取了机海战术,排名第一的酷美,全年共推出 14 款手机,其中在年中的一场活动中,一次性推出 7 款手机。排名第二的 MOT,全年推出 10 款机型,其中 4 款为主推机型。第三的爱达推出 9 款机型。其余厂商都在 5 款以上,只有耀华全年仅推出一款机型,就销售超过 100 万台,获取 1.6% 的市场份额。虽然可能有试水的意思,但实力不容小觑。听说耀华终端的负责人年纪不大,似乎比我还年轻一些,我非常期待能见他一面,畅谈国产品牌建设之路。"说完,宋朝栋对着镜头故意眨了一下眼。

"咦，他是在通过镜头和我互动吗？"郝仁问。

"很显然是的。"汤媛说。

"你们觉得如果我和他见面，会不会……"郝仁还没说完就被打断。

"暂时不要见面，气质会输。"穆言毫不讳言。

"嗯。"几人附和。

主持听到宋朝栋的回答，笑着问道："看来下次我们请哪一位嘉宾可以定下来了。我听到有一种说法，说2003年国产品牌的崛起会是昙花一现，你怎么看？"

"是不是昙花一现我说了不算，但我非常愿意和所有国产品牌一起努力，让花过百日红，将国内市场的蛋糕做大。竞争是残酷的，竞争对手像老师一样，逼得我们破除沉疴，改进企业管理，深化技术研究，加强渠道合作，最终一起推着这个行业往前走。"

采访结束了，穆言把电视关掉，说道："这个宋朝栋很有野心，今年宣布花费巨资请知名演员刘京善做代言，现在大城市的机场几乎都有他们的户外大牌，几个卫视黄金档也在播放高科的广告，换台都无法避开。有时候我怀疑自己，耀华的营销策略会不会太小打小闹了。"

"推广是把双刃剑，把优点缺点都同时放大，给消费者希望越大，也容易被失望反噬。目前手机的毛利率在各行业里面算高的，基本都在35％左右。高科不是唯一一家把利润花在广告投放上，前十的品牌基本把国内知名歌星影星给包圆了，有的家还请两个以上。但这些不适合目前耀华，耀华是以技术生产起家的公司，我们最擅长的还是回归产品本身。穆言，你最初的策略是现在最适合我们的，我们的产品不完美，有一说一，把口碑做好，花小钱办大事，然后把利润都投入到研发中去。"

郝仁把头转向陈竞男，说："竞男姐，你还记得我对聚星董事长李东的承诺，每年将10％以上的利润投入研发，真正做出好产品。当时，我不是为了拿单才这么说的，我是真心这么想。"

大家听了很是动容，尤其是隋祖禹。

"郝仁，我就知道你不会骗我的。汤媛，麻烦写进会议纪要里面，然后发给财务总监刘思方。"隋祖禹难得思路敏捷，一套操作立马把研发的费用锁定。

"我这么不值得信任？"看着汤媛听话地敲键盘，郝仁对自己的名誉产生了怀疑。

"嗯。"

还真有几人应声,一群白眼狼。

第二十一章　快乐不过分钱

春节前的最后一波促销结束后,今年的所有工作基本接近尾声了,除了述职这类例行总结性工作,最重要的就只有这一件令所有人都欢欣鼓舞的事了,分钱。

一般情况下,企业年报每年四月份发布。但今年开局不错,财务总监刘思方迫不及待地把经营报表初稿做出来给郝仁大致看看。

总裁办公室。

"2003年,我们整体出货量为116万台,主营业务收入约为19.8亿,利润为4.82亿,扣减经营支出和人力成本后,净利润为2.51亿,净利润率略低于行业平均水平,主要原因为我们的研发投入大幅高于同行,人力成本的支出略高于同行。"刘思方一边说,一边指着屏幕上对应的数字。

"这个是公司主要策略,今年我们的研发支出只增不减,隋工应该邮件过你了吧。"

"嗯,是的。何止邮件,还来办公室特别提醒我。"

"平台支持的内部结算是否已经完成了?"郝仁问。

"还没有,预计年前全部结清并完成划拨。"

"平台支持部门和支持人员的奖金方案不能搞大锅饭,今年很多工作还要依赖他们,具体分配形式需要你给个方案出来看看,要起到激励作用,尤其是对我们帮助大的部门和员工,要与支持懈怠的部门拉开差距。"

"好。"

"我们自己各部门的奖金包做好了吗?"

"还没有,我就做了个初步方案,还得人事部门一起再看看。郝总你确定要给这么大的比例吗?我觉得很震惊。"

"胜利果实是需要共同分享的。不过分钱是门艺术,具体到个人,还是要部门主管自己看,参考岗位、职级和贡献率。"

……

刘思方自己也在期待奖金,于是没几天,惊喜就到来了。各个部门主管开始和员工沟通奖金的那天,整个大楼都是此起彼伏的欢呼声。

陈虎得知自己今年可以领到近 30 万的年终奖时,真想飞奔过去亲隋祖禹一口。这么多钱,在云南老家都可以盖间漂亮的小瓦房了。于是,隋祖禹一说完,陈虎急不可耐地冲出办公室给家人报喜去了。

隋祖禹找到李子健时,他正皱着眉头看一段代码。被隋祖禹打断的时候,李子健还花了几秒钟收起不悦的神情,挤出一个露八颗牙齿的标准微笑。隋祖禹很后悔,对一个从小养尊处优的富二代来说,沟通奖金毫无惊喜,或许不应该告诉他,直接打到卡上,让他自己发现。不对,他有可能发现不了。

齐飞华知道自己的奖金是 31.95 万时,难以置信地看着隋祖禹。隋祖禹以为齐飞华被这么多钱震惊了,刚要激励一下,齐飞华却开口就问,为什么不给他凑个整数,这样的数字看起来好难受。隋祖禹郁闷,只好问从自己卡里打 500 行不行。齐飞华则说,不然等扣税后再给她凑个整数吧。

穆言营销部这边女孩子多,欢呼雀跃着商量周末去哪里逛街,要包包,要鞋子,要衣服,要化妆品,一副不花完所有奖金不回家的气势。

陈竞男这边的销售人员,公司的效益门清,都是自己经手卖出去的货,哪能不知道全年情况。但大家还是被老板的大手笔惊呆了,把陈竞男团团围住,以可乐代酒痛饮了一番。

剩下几个主管的年终奖是郝仁亲自沟通的。

刘思方虽然是资深的财务,但之前在耀华技术的时候并不是主管级别,收入只能说在普通员工中偏高一些。这次猛然拿到以前三倍的年终奖,有点手足无措,感慨自己是撞了大运,跟对了老板,一年挣了过去好几年的钱。走出总裁办公室后,刘思方就开始打电话给自己的理财经理,让他帮忙看看最近有什么基金好投资。

陈竞男是典型的上有老下有小的中间层,平时是一分钱掰开做两半花,给下属沟通奖金时候,自己就很期待郝仁找她。得知近百万的奖金额度时,激动得说不出话来,只想找个没人的地方吼一嗓子,或是找个最近的超市不看价钱乱买一通。

穆言和隋祖禹都是不缺钱的主,但两者又有所不同,穆言会花钱,隋祖禹不会花钱。所以，穆言感慨的是早知道房子买大点了，隋祖禹则问发那么多会不会把他的研发经费用完了。

汤媛不知道每个人分到多少钱，从早到晚听着大家的欢呼嬉闹，有点羡慕，又有点担心。自己做的都是些例行的工作，换任何一个人都能做好，不知道能不能分到一份。

郝仁沟通完其他人，看到汤媛拿着杯子在茶水间发愣，水满了都不知道，于是，走过去站她旁边问道："想什么呢？"

汤媛想得入神，被郝仁吓了一跳："没，没什么。"

"你是我最后压轴的沟通对象。"郝仁对她说了个数字。

汤媛的鼻子突然一皱，感觉要哭。

"这么多！老板，是不是我老是调侃你，你要开除我，多给点遣散费。"

"为什么要遣散你？你到底每天在想什么啊？这点钱对你的工作来说不多。"郝仁回道。

"我也没做什么呀。"

"你归档的文件从来没有出错过，非典期间你尽心竭力帮大家张罗，你翻译的很多材料用的是周末时间，这些大家都看到了，怎么是没做什么呢？"

"举手之劳，为什么我有种天降横财的感觉？"

"不至于，不至于，以后更多怕你接受不了。"

"我都这么多钱，那赵总会给你分多少？"

"这不能说吧！"

汤媛出去后，郝仁坐在办公桌，透过玻璃窗看着大家热闹着，别提多满足了。分享胜利果实的滋味太好了，而且里面也有自己的一份，会不会多到想出去欢呼的程度，真是期待。

分奖金给办公室带来的亢奋久久不息，每个人都仿佛置身热流之中，丝毫感觉不到冬天的寒意。

今年的公司年会，赵扬特别要求行政部办得热闹些。在这场盛大的聚会上，支持过郝仁的团队都领到了一份特别的奖金，郝仁俨然成为全场瞩目的焦点。

赵扬在公司的号召力是强大的，之前只是下意识地展示了下自己手机品牌。今天，到场的所有高管手里已经是清一色的耀华手机了，大家纷纷离开座位，拿着手机来找郝仁攀谈。

"郝总，我们全家都用上了。群众的眼睛是雪亮的，当初大家一致选你真是太明智了。"法务主管廖凯志端起一杯红酒和郝仁轻轻地碰了下，一饮而尽。

"都是靠大家的支持，以后很多问题还要继续麻烦各位。"郝仁一边笑着寒暄，一边心中腹诽，还不是你们不愿意干才丢给我，眼光确实独到，不然怎么找得到我这个软柿子。

"感谢郝总给我们生产这么大笔奖金，现在你就是生产线的金主，大家一提到你都干劲十足。"生产主管姜大力说。

"应该的，我让大家受累了，今年还有更多的任务要麻烦大家。"姜大力对郝仁来说是最为重要的所在，这次产品的几次加货，姜大力都勉力支持了下来。所以，给到姜大力团队的奖金也是最多的。

"尽管开口就是。"

赵扬走过来，拍拍郝仁肩膀，说道："说得没错，大家确实有眼光。怎么样，明年还有没有惊喜？"

"尽力尽力，今天赵总就不要再施压了，不然这庆功宴都吃不下去了。"郝仁说。

"你这猴崽子，偷奸耍滑最擅长，这个时候还不给个承诺。"

刘达喜紧跟着赵扬过来，满脸堆笑地对郝仁说："郝仁兄弟不容易，第一年就做出这么好的成绩，初生牛犊不怕虎，是我就没有这种魄力。"

"和刘总提升的市场份额相比，才1个点多的成绩不值得一提，我们进步的空间还很大，只希望刘总把所有的经验都倾囊相授，让我们好好学习学习。"

郝仁适时在赵扬面前提代工的市场份额，刘达喜听得浑身舒服，客气地回应："不敢不敢，多多交流，互相学习。"

"让我们一起举起酒杯，明年再接再厉，共创辉煌。"赵扬兴奋地一步跨到台上，高高举起了酒杯。

"干杯！"众人喝道。

……

隋祖禹不喜欢人多的场合，坐在自己的位置上拨弄着碗里的几粒花生米。看到郝仁花蝴蝶般迎来送往，就问旁边的汤媛："他以前也是这样的吗？"

"没,他以前和你一样独自坐着,还老是提前离席,最多敬赵总一杯酒。"汤媛给隋祖禹解释道。

"大概是为了让获取周边部门对新业务的支持才应酬的。虽然说我们独立了,但是很多平台还是依托耀华技术,也是没办法的事。"穆言说道。

"真不容易,要不我们一拥而上,喝倒他们?"隋祖禹气势汹汹地提议。

这时候,郝仁敬完酒回到座位,问道:"凭你?"

看着郝仁通红的脸,隋祖禹大言不惭地说:"再差也比你强!"

郝仁没有否认,他确实不太会喝酒,尤其是这应酬的酒最不好喝,还是和这些人坐在一起最自在。

穆言给他递过去一个盘子,里面有一只鹅翅,说道:"给你留的,大家都饿了,你再不回来就只能啃骨头了。"

"多谢,水煮鱼看看人家,学着点。"郝仁说。

"穆言就是从我的筷子下抢过去给你的,理论上这是属于我的肉,也算我给你留的。"

"我还得谢谢你,是吧!"

"要的吧。"

……

宴席散尽已经夜深,郝仁缓步走出宴会厅,和众人一一道别。

明天就放假了,来年再见。

第二十二章 回到静谧家乡

济慈说,一年之中有四季,人的心灵中也有春夏秋冬。

深圳地处亚热带,城市繁华喧嚣,新旧事物频繁交替,却不见四季正常轮回,炙热高温从年头烧到年尾,仅有不到三个月能感觉到些许凉意。

这个城市里待久了的人,会变成日夜不曾断过柴火的水,沸腾不止,总是用尽全力去工作、去生活、去娱乐,以及去爱一个人,仿佛永远都不知道疲惫。

唯有春节,人们踏上归途,脚步渐渐慢下来,心里才算回到宁静的冬季。郝仁从成都下了飞机，又上了前往眉山市仁寿县的大巴。窗外的风景不断地变换着，从钢筋混凝土的高楼大厦，变成不断往后飞掠的葱葱森林、潺潺河流。一步步靠近来时的路，郝仁顿感心里亲切。

路上折腾了一天后，大巴在一座小村庄前停下，郝仁提着自己的行李下车。不远处的大树下站着两个人，叫着来了来了，喜笑颜开地朝郝仁小跑过来。郝仁的父母郝大福和杨琼花务农为生，当年孩子生得早，如今也不过五十出头的模样，头发乌黑，身体硬朗。

"爸，妈，等好久了吧。我认识路，其实不用来接我。"天空飘着若有若无的毛毛雨，郝仁看见母亲的头发上凝出了一层细细密密的水珠。

"我等不及了，两年没回来，瘦了好多。"母亲说道。

"哪有？"郝仁说。

"快走吧，外面冷。"父亲接过郝仁的行李箱，催两人往前走。

这是一座在半山腰的村落，山高林密，数间瓦房掩映在翠绿之中，三人沿着青石板路缓缓往前行，行李箱的轮子发出有节奏的咯噔声。

约莫走了一刻钟，郝仁在一座门口挂着两个大红灯笼的院落前停下。

一个穿着红色棉袄的小女孩冲出来，扑在郝仁身上："大伯，有没有礼物？"

郝仁抱起小女孩，亲了一口红扑扑的脸蛋，说："少不了。"

"快下来，让大伯进屋休息。"

郝仁有一个弟弟，叫郝德，一个妹妹，叫郝娴。跟在小女孩后面的一男一女是正是自己的弟弟弟媳，他们都在本市上班，提前了好几天回来准备春节。而妹妹在省城上班，大年三十在婆家过，等初三再回娘家。

一家人说着笑着进了屋。

高节奏运转了一年，郝仁的精力好像取之不尽，走进家门的那一瞬间，所有的气力被一下抽走。在雾气氤氲的饭桌前，在噼啪作响的炉火边，在家人欢乐的笑声中，郝仁突然就累了。

饭后，一家人围在火炉前聊天。在山里，新年的炭火昼夜不休，放一把山花在边上，烘得家里又暖又香。

"哥，这是你做的手机吧，我早就用上了。"郝德晃了晃手里的耀华手机。

"哎，我给你们每人带回来了一部，怎么还自己花钱买？"郝仁把行李箱打开，里面放了一排手机。

"你是我哥,支持你一下呗。而且我给我所有同事都大力推荐了,你们公司的销售估计都没我卖力。"郝德都是当爹的人了,在郝仁面前,语气还是透着撒娇,好像又变回那个跟着哥哥到处跑的懵懂男孩。

"叫你帮爸妈买的电话卡买好了吗?"郝仁不理郝德的邀功,自顾自地拆着包装盒。

"买好了。"说完,郝德递过来两张卡。

"妈,我把我们几个小的电话都输进去,你以后找我们谁都方便了。"郝仁说。

"会不会很贵啊?"母亲问。

"不贵,话费我走前帮你充一年的,你只管打。"郝仁说着从包里拿出叠红包递给众人,"爸妈,新年快乐。老弟弟妹,新年快乐。妞妞,新年快乐。"

"谢谢,大伯。"小女孩奶声奶气地回答。

"哇,哥你怎么给我这么多,我都工作了。"郝德摸了摸红包,厚厚的一叠钱。

"工作了也是我弟。"郝仁像往常一样拍拍郝德的脑袋。

"你这孩子,要会节约钱,你看郝德孩子都这么大了,你还连个对象都没有。"母亲说。

"妈,男人以事业为重,先立业再成家。哥从小就是有主意的,会干一番大事业的。"郝德帮郝仁解围道。

"能不能干成大事业,不都得先有个家。"父亲说。

"知道知道,明年一定领个能结婚的女朋友回来。"郝仁敷衍道。

"以前每一年你都这么说。"郝德不留情面地揭穿。

想起来有些唏嘘,迄今为止,郝仁生命中只走过的一个女孩,相遇和相爱都极其浪漫,却把最深刻的记忆却留给了分手。

脑海中女孩的面孔有些模糊,她对郝仁说,既然不能给她一个足够安定的生活,又何必耽误她后面的人生。

当郝仁问那在一起的三年算什么时,她却说了句更伤人的话,就当是个错误吧。

郝仁不知道什么叫安定的生活?难道只有铁饭碗才是安定的生活吗?难道不是只要两个人在一起,互相理解,互相成就,就是安定吗?

郝仁不想继续这样的话题,便问道:"村里还有什么人吗?感觉今年回来，人都少了很多。"

"年轻人都外出打工了，老的小的也陆陆续续搬到镇上，还在这住的就剩我们几户收竹笋的了。"

"不然，我在镇上给你们买套房，你们也去镇上住算了。"郝仁想，等以后父母身体不好了，镇上看病也方便。

"不要，我和你爸住不惯。山里吃得好，空气好，去镇上闻汽车尾气，就要生病了。"

……

夜深了，郝仁躺在床上，窗外凤尾森森，流水潺潺，屋内的摆设和很多年前一模一样，就连自己捡回来的那块煤渣都还摆在桌子上，默不作声地召唤儿时的记忆。

每个小孩都是幻想家，郝仁天资聪颖，思路可谓一个天马行空，想起一出是一出。有时候说了啥自己都不当真，父母却总是当真。

三年级的时候，估计在收音机里听到关于考古的故事或是新闻，郝仁想当一个考古学家，并在家里郑重其事地宣布了这一决定。

事不宜迟，郝仁的父亲不知道从哪里翻出两把小铲子。周末就带郝仁兄妹几个沿着小河，一直往源头走。上游没有下游平缓，几人磕磕绊绊，沿途翻挖石头，折腾了一上午，收获一堆奇形怪状的石头。更令郝仁得意的是他发现了一块像鱼头的黑石头，煞有其事地说这是古化石。大家连连称奇，背着这堆石头回家收藏。

直到有一天，家里来了个在矿山做矿品检验的朋友，问为啥要把一个煤渣放家里。郝仁气急败坏，哭着说这块是"古生物化石"，不是煤渣，父母就把它一直留了下来。

可能是受父母的影响，郝仁从来不觉得自己的任何想法是不可思议的。当一个想法从脑海冒出来的时候，下意识地就开始行动，而从未犹豫会不会不现实。

思绪在各种儿时的回忆里穿梭，郝仁就这样沉沉睡去。

清晨，郝仁在肉汤的香气中醒来。打开手机十几个未接来电扑面而来，一看是隋祖禹，还附上一条短信。

"我好像有个新点子，快回电话。"

郝仁一拍脑袋，隋祖禹怎么过年也不消停，立马回了一条短信。

"在山里，信号不好，节后谈。"

发出去后一秒钟，立马收到一条回复。

"信号不好，怎么发短信？"

"我就不能拒绝加班吗？"

郝仁生气地回复完，手机一丢，抱怨为啥要发明手机，让人逃不开工作的魔爪。

一碗米粉下肚，郝仁整个人都暖和了起来。郝仁本来想去厨房帮忙，被母亲赶了出来，于是走到屋后，看父亲在竹林里抓鸡。家里的鸡圈了一小块竹林放养，平时鸡自己在林子里做窝，家人也不知道什么下了蛋，什么时候抱了窝，只是每过一段时间，又领出来一群小鸡，生生不息。

父亲在竹林空地里撒下小米，等鸡自己出来吃，然后坐一边等着物色一只肥鸡。郝仁走过去，坐在父亲旁边，和他闲聊。

"爸，你说这么多鸡，有人出大价钱，你也不肯多养一些，除了留着过年自己吃和送亲友，算算也没卖多少。"郝仁说。

"卖得少，质量高，价格好。如果鸡养多了，林子就这么大，活动空间少了，没有办法养得这么好吃，价格不又跌回去了。结果，折腾过来折腾过去，收益涨不了多少，原来的好鸡家人也吃不上了，多不划算。"父亲说道。

"爸，你很懂市场啊。"

父亲指着远处的一棵桃树说道："你看，那棵野桃树，果子很酸，家里人都不爱吃。成熟的时候只有鸡爱吃，可是鸡爬不上去，只能吃掉地上的。我就给鸡搭了给台子，有桃子的时候，鸡就跳上去啄新鲜的桃子吃，也不知道是不是得到了锻炼，鸡的肉质越来越鲜美。"

"爸，你也太神了。"郝仁发自内心地感慨。

"哪有，你爸没读过什么书，没见过什么世面，整天看你们几个小的为了工作忙忙碌碌，没什么时间闲下来琢磨事情，感觉这样无论是种田还是高科技，到底挣的是辛苦钱。"父亲一边说，一边在用小刀削一条竹篾，不知又在做什么小玩意。

郝仁看着父亲，若有所思，父亲像是意有所指，又像是随口一提，莫非冥冥之中也有一点提示。

第二十三章　更艰难的旅程

春节长假结束，大家精神抖擞地回到了办公室，想要延续去年的强劲势头。

好的开端不一定意味着好的结果，却一定会伴随艰难的过程。

国产手机品牌2003年的大翻盘，给国外品牌敲响了警钟。中国这个市场不再是案板上的肥肉，如今也变得群狼环伺，随便从国外拿个版本来中国，闭眼挣钱的日子结束了。

在这个春天，几大国外手机品牌迫不及待地露出了他们反攻的爪牙。全球市场占有率第一的酷美，借用德国电子工业设计展的机会，发布了第一款百万像素的手机。正如此前的行业趋势显示，拍照手机的销量已经超过了数码相机的销量。这一款百万像素的相机，让消费者感受到了随手拍照的魅力。另外这款手机采用了流线不对称造型，被消费者称为"掌中绝色"，成功俘虏了一大批女性用户。

全球排名第二的MOT，在2003年败北中国，损失接近10%的市场份额。2004年初，MOT凭借其在工业设计领域的超强能力，推出一款被后来的人誉为智能手机原型的神机，很多年后依然堪称经典。这款手机用了简洁的直板设计和触摸屏幕，机身只设计了很少的几个操作键，最大限度地保持了面板的整体性。功能也非常强大，除了内置了小游戏，还支持扩展卡，内置调频收音机。

排名第三的爱达品牌，春季没有发布抢眼的神机，却宣布了与国产第二的成光电子联姻。爱达有领先的研发技术，由于进入中国的时间比前两个品牌晚些，在中国的销售渠道不够完善。而成光，拥有国内庞大的销售服务体系，但和国内其他手机厂商一样，在核心技术、研发能力方面有欠缺。双方此次合作，可谓强强联合，各得其所。

新年后的第一次策略分析会上，穆言大致给大家介绍了目前媒体监控到的最新信息。

郝仁接下来的话，仿佛一大盆冷水浇到了大家的头上。

"其实，我们去年的成功，可能只是运气好在一个合适的时机站在了一个合适的位置。我们千万不可以沾沾自喜，因为我们的行业，既有一夜成名的胜者，更有一夜沉沦的败者。"郝仁指着屏幕上的几个品牌

LOGO："你看，这些国外品牌并非没有实力，只是以前获得成功太容易，不必发力而已。这几个品牌年初就这么多动作，看来以前的旧型号就快要进入到疯狂降价的阶段了，既能为新品让路，又能把国产品牌的利润空间压到最低。我们产品在价格上的优势可能没有了。"

大家频频点头。

"穆言，其他几个国产品牌有什么动静呢？"隋祖禹问。

"有，"穆言继续自己的宣讲，"高科比较大手笔，收购了德国的卡特电子的终端业务，补齐研发的短板。其他排在我们前面的几家国产品牌选择和国外品牌联合，这样除了可以通过专利互许提高自己的研发实力，还同时获得了国外品牌在海外市场的销售网络，开始海外扩张。比如刚才提到的成光电子宣布和国外通信巨头爱达合作，比如远征终端早在1999年就开始与MOT合作。"

"非常聪明的选择。"郝仁赞许道。

"我们的压力很大啊，既没有外援加持，自己实力也还在培育中。"隋祖禹说道。

"我们是否也要寻求合作？"陈竞男问。

"我们现在还很弱小，即使是寻求合作也不是一个好时机。如果现在另一家技术公司要来和我们谈合作，大概率是安着要吞并我们的心。"看到大家兴致不高，郝仁又补充道，"承认自己的弱点没有什么不好，聚焦我们的产品，聚焦我们的消费者，啃好我们的三四线市场和农村地区，然后再观摩下一二线城市的血战。我们现在不是出头鸟，多学习学习。"

"也是，我们现在的体量暂时也没有人看得上。"隋祖禹说。

"别丧气嘛，等人家看得上的时候，你会比现在辛苦十倍。"郝仁说道。

"你这也算安慰？"隋祖禹叹道。

看两人又要掐起来，穆言只怕耽误她的正事，忙说道："下个月13号，世界高新科技企业家峰会将在苏州举行，我们也收到邀请了。"

"咦，以前怎么没有收到过？"

"邀请函是发给耀华终端的，代工企业可能不在受邀范围。"

"哦。"郝仁没有参加过类似的企业家峰会，以前他只是一个研发负责人，耀华技术要是受邀，也应该是赵扬去。

穆言递过来一张邀请函，说道："你看上面的议程，电子产品占比很大,主要的几家国产手机厂商都有演讲。老板你去露个脸,加深下行业交流,我也顺便给你安排几家媒体采访,适当曝个光。"

"那行,听你的安排。"虽然心里有点忐忑,郝仁还是听从了穆言的安排。

会开到这,所有议题差不多结束了。

"穆言,你留一下,其他人有事可以先走。"郝仁说完,大家收拾了一下陆续走出会议室,只剩下郝仁和穆言相对而坐。

"关于下半年营销预算的事,我想和你商量一下。"郝仁说。

一听预算的事要私下谈,穆言就有点不好的预感,郝仁明显对营销预算持保留意见。

去年第一款产品发布的时候,穆言运用了之前的媒体资源,将产品定位和新农村建设联系在一起,很好地提高了产品在农村市场的认知度。但说到底,消费者的注意力是转瞬即逝的,没有持续的内容输出,产品终究会淡出消费者的视线之外。

尤其今年开始,竞争环境加剧,各大品牌的营销投入直线上升。就拿排名比耀华高一位的远征终端来说吧,今年的广告投入完全不输高科,甚至以高达 1.06 亿的价格拿下央视三个黄金广告段位的投放权,很快就让广告语"你的科技时尚"传遍全国。

去年,耀华民间征集代言人的活动在门店引发排队,但终究只是小打小闹。远征终端则直接策划了中华数码小姐大赛的电视节目,引来众多模特参加,其中不乏知名模特,成为街头巷尾的热门话题,一时风头无两。

截至目前,耀华的营销策略还偏于常规,费用在众多厂家中中等偏下,创意方面也更为务实,不谈格调,不请代言,有一说一地呈现卖点,用词也着实谨慎,从不夸大其词。

这与公司技术起家的工程师文化相关,也与郝仁的性格相关。郝仁平时和大家相处口无遮拦,真到白纸黑字对外宣讲时,却又严谨得可怕,连会让消费者误会的擦边球都不愿意打。

这就让穆言的工作很难做,穆言希望公司产品能有匹配甚至超越销量的声量。当所有同行都在加码的时候,耀华还在维持原状,差距就会越拉越大,这就是穆言最着急的地方。

巧妇难为无米之炊,营销终究是没钱难办事。公司初创时前途未卜,营销费用紧张，穆言完全理解，竭尽全力节约开支。现在第一款产品一炮打响后，利润情况很好，穆言就向郝仁提出了增加营销费用的方案建议。

看穆言在那里思绪万千，郝仁能猜出她在担心什么，于是笑了笑说道："我看了你新的提案，很精彩，按照这个方案，其实你申请的费用并不多，为了节省开支你绞尽脑汁了吧！"

"老板，直说行不行，给痛快点，搞得我现在心情像坐过山车。"穆言说。

"我想和你商量能不能换个方案？"郝仁问。

"为什么？这个方案有问题？"穆言不解，一成的代言费，两成的线下活动，七成的媒介推广在业界是比较合理的比例，预算的总额已经是中等偏下。

"我觉得这个方案有点军备竞赛的意思，所有竞品做的事我们都投入，哪怕做得更用心，消费者也会疲劳，未必看得出你精心设计的差异。"郝仁说。

"其实，我也是担心这点，而且我们的费用确实不如其他人充裕，但……"

"你再回去想想，能不能另辟蹊径，找一个没人做过突破点我们全面集中投入。"

"费用是不是还和去年持平？"穆言小心试探道。

"可以略有增长，但我想把费用的重头还是给到产品，从根本上解决营销费问题。"

"如何从根本解决？"

"为什么现在各大国产品牌加码营销，无非因为产品同质化严重，需要从推广上差异化产品。我们如果能直接从产品差异化，营销发挥的空间会才会更大。"

独特的产品卖点是独特营销的核心，郝仁说的这一点固然没错。如果产品销售过度依赖营销，容易陷入竞争死循环，没有特点硬抠特点，没有办法硬想办法。

"明白了，我回去再想想。"

"你别误会，这不是对营销的不重视，而是觉得以你的能力，可以找到更惊艳的办法。"

"知道了,不给预算的老板一般都这么忽悠员工的。"

"唉,我真的好穷,你知道水煮鱼他太能花钱了,我们多担待下。"

"……"

走出会议室,穆言微蹙眉头,到底什么才是还没人做过的突破点呢?

第二十四章　瞄准年轻世代

耀华第一款产品的良好反响增加了市场信心,郝仁趁热打铁,大势招兵买马,社招校招,双管齐下。

正值高校毕业季,郝仁想起了自己被忽悠进耀华的情景。

那一年,郝仁陪朋友去耀华面试。结果,朋友面试结束,赵扬对郝仁说来都来了,不如聊十分钟。赵扬不像一个公司总裁,倒像个来请教的学生,一个问题接着一个问题地问。结果,十分钟聊成了两小时,从面试点聊到了餐厅。

最后,赵扬一脸真诚地对自己说:"你非池中之物,就不想试试把一个小公司做成行业龙头吗?去大公司跟着别人亦步亦趋有什么意思。"

是不是池中之物不知道,但郝仁在耀华一干十多年,都是最初的那一句"来都来了"。

现在,终于轮到自己给应届生灌迷魂汤了。

别的姑且不管,郝仁最看重的就是研发人才,必须亲自上阵。短短一个月,郝仁跑遍了全国重点理工及科技院校,在各大校园招聘会上慷慨陈词,由于结尾过于精彩,还被人拍下来贴到了校园的 BBS 上。

"各位同学,最后我想说,来到这里,是为寻找同行者。前面给大家介绍公司,大家肯定会想,耀华终端成立仅一年多,怎么敢标榜要独立自主创新。

"夸海口是真的,目标是真的,困难也是真的。在众多创业的道路中,我们选择自研。不瞒同学们,这一条路荆棘丛生,困难重重,看向我们的目光中,不缺嘲讽和谐谑,很多来自身边亲近的人。

"但我坚信,在座的你们不会这样想,因为自主研发,能力建在自己身上是每一个献身科研者的梦想。耀华不计成本地投入研发,从来没有想过会不会血本无归,挣钱了,我们把足够的投入研发,亏钱了,我们也绝不缩减研发资金,这就是我们的底气所在。

"我诚邀你们加入，加入我们，你们会亲眼见证国产黑科技的诞生，会成为国产科技品牌崛起的一分子。最后，借用李政道教授的一句话，一个人想做点事业，非得走自己的路。耀华走自己的路，希望你们是我的同行者。"

富有感染力的宣讲让郝仁在校园收获了一群学生粉丝和激进的反对者，有人说他是理想主义者，有人说他是国货之光，也有人说他白日做梦，更有人说他像搞传销，千万避开……众说纷纭，愣是在各大校园BBS上划成出两大阵营，每日必在线辩论一番。

光说不练假把式，离开了校园就要承受生活的压力，应届生们讨论耀华是理想者还是传销者就是凑个热闹，选择哪家公司还是要看看合同上的数字。最终，有竞争力的薪资让郝仁的奔波有了效果，隋祖禹的团队收割了很多优秀的应届生。

耀华T1去年推出后，隋祖禹立马开始T系列产品的第二代研发。T系列被耀华终端定位为旗舰系列，代表着每一年耀华研发的最高水平，因此，隋祖禹几乎全身心扑在这款产品上。

郝仁对研发的大力投入，让设备和材料都有了质的飞跃，耀华T2的进展十分顺利。隋祖禹预计今年的上市时间，可以比去年整整提前一个月。

社招的老手陆续入职，应届生要8月左右才能报到，而老员工们已经开始独当一面。

耀华T2上市前，为了防止产品断档，隋祖禹让李子健带队，通过调整配置及外观的办法，推出了两款高性价比机型。虽然比不过其他厂家一年几十款上百款产品的机海战术，但终究保持住了产品热度，品牌一直没有淡出消费者视线。

另一边，隋祖禹选齐飞华负责合约机研发是一个非常正确的选择，齐飞华确实擅长整合资源。

自从移动通信公司业务代表孟冬青第一次拜访后，双方几次密切沟通商议，最终意向为一款名为"年轻世代"的套餐定制手机。

"年轻世代"和主打商务人群的"环球行"及主打高端人群的"财富通"，合称为移动运营商三大套餐品牌。顾名思义，这是一款为年轻人，尤其是学生群体量身定做的套餐品牌。打算利用灵活创新的定价模式有效地吸引价格敏感的年轻人群体，通过长期捆绑用户提高运营商的获利能力。

这是一款浅层定制产品,齐飞华拆解能力一流,初步接触客户后,就开始硬件选型工作,等确定下捆绑的套餐后,又马上开始在软件和外观等方面展开定制,匹配客户需求。

今天,齐飞华召集了软件、工业设计、销售、营销等团队,打算头脑风暴,再发散下思维。

"年轻世代的目标人群以15~25岁的学生群体为主,所能自由支配的费用有限,对价格较敏感且数据业务使用量大。这一人群充满朝气,正处于思想主张形成时期,喜欢个性化的东西,对未来充满信心。移动运营商的要求是,无论是套餐还是定制机,都要为年轻一族创造一种新的、即时的、方便的、快乐的生活方式。"齐飞华说道。

"那套餐打算怎么设置?"陈虎问。

"还没完全定下来。目前了解到的是,价格非常便宜,符合学生消费能力。其最大卖点在于短信套餐,分别为每月支付20元可发300条短信或者每月支付30元可发500条短信等。另外,还有很多年轻人喜欢的增值服务。比如娱乐新闻服务,随时将偶像的最新动态、演艺界的头条新闻发送到用户的手机上,目标是打动时尚的少男少女。比如好友计划,一个主卡可以邀请1~4个好友,在有效期内享受无限本地通话,目标是打动喜好社交的年轻人。"齐飞华已经对客户的要求十分熟识。

"这一款套餐直击目标群体的心,我有预感一定会卖爆。"说话的是销售团队的李丹妮,陈竞男最近出差了,安排这个对运营商市场较为熟悉的女员工过来。

齐飞华已经把目前这个套餐的特点写在了白板上,然后拿给大家一人一叠便利贴:"现在,我们每个人,写下对应套餐各个特点的功能,然后贴在白板上。"

这一方法的好处是,参与讨论的每个人是平等的关系,各写各的,不会互相影响,更不会因为在座有领导或者前辈在而不敢发言。

陈虎贴在白板上纸条主要是针对这个套餐短信多的特点,他指出手机需要增加按键区域的面积,且要手感舒适,方便用户输入文字。

齐飞华贴在白板上主要是内存问题,针对移动运营商推出的数据业务,如图片铃声下载、壁纸下载、移动QQ聊天等会对手机的存储带来挑战。她举例去年酷美推出的一款手机,内置了影音播放器,可以播放本机拍摄的视频，或者其他 rm 和 mp3 格式的影音文件，当时配置有 16MB 的内存。

李丹妮提出的建议主要关于手机的视觉外观，年轻人对于死板沉闷的设计不屑一顾，希望有更多不一样的配色和外形。壁纸及图标上，自带的内容也要能够体现年轻人的活泼。

新入职的软件工程师翟勇强认为，游戏对于年轻人的吸引力非同小可，应该多内置几款年轻人喜欢的游戏。

……

整个讨论非常充分，才一上午，整块白板上贴满了花花绿绿的便利贴，像落满了墙的蝴蝶。这仅仅是万里长征的第一步，齐飞华接下来还需要把散乱的建议整理分类，写成需求文档，研发才能评估进入开发。

穆言今天有点心不在焉。今年耀华推出了多款型号的手机，但郝仁没有给她同比增加营销费用。她也知道郝仁重点投入研发的决心，但营销是花钱的部门，没钱出不了工。

现在，这么多款产品摆在面前，都是需要花预算推广的。旗舰 T 系列当然要花超过一半以上的预算，即便这样，对比其他大请明星的品牌，这点费用完全是九牛一毛，不值一提。另外的几款高性价比机型，多少也是要花点，不往平静的湖里扔石头，消费者是不可能看到动静的。

之前齐飞华来邀请营销参会时，穆言婉拒过一次，合约机营销推广本就以运营商为主，何况合约机的营销费用微乎其微。但齐飞华说这个项目肯定会畅销，运营商的思路很清晰，可以学习了解下。

来了后穆言一直在听大家讲，只对产品包装提了下意见，毕竟是定制产品，客户的要求已经很明晰，改动空间不大。直到会议快结束的时候，齐飞华问了穆言一个问题，如果自己是运营商，将会怎样为"年轻世代"做营销推广。

不问前还懵懵的，一问穆言突然茅塞顿开。年轻人的玩法太多了，耀华完全可以和运营商合作，借力打力，进行联合营销。

于是，沉默了一下午的穆言突然兴奋起来，连连道谢，弄得齐飞华一头雾水。

会议一结束，穆言风风火火冲进郝仁办公室，把自己的想法大致说了一下。郝仁听了大加赞赏，当即就说放手去干，只要钱不花超了就行。

从郝仁办公室出来，穆言立刻给陈竞男打电话。

"竞男姐，请你帮忙约下运营商的业务代表，我想和他们商量合约机的推广。为表示诚意，耀华愿意和运营商一起分担营销费用，进行联合营销，共同推进年轻世代的产品。"

陈竞男听到这个消息，又惊喜又担忧："巧了，前几天见运营商客户，他就说为了推广年轻世代，公司花大价钱请了当红明星秦亚伦做代言，我估摸投放费用有可能过亿，如果能够蹭上这波影响力，我们就赚到了。但是……"

听到陈竞男欲言又止，穆言问："但是什么？"

"运营商很容易看出来我们想要蹭明星吧，而且他们财大气粗，不太会在意我们的这点合作经费？不好谈。"

"竞男姐，我会把方案做得让他们拒绝不了。"

挂了电话，穆言赶紧把团队几个干将叫过来，说一周内要拿出一份合格的策划。几人大惊失色，了解完情况后，急急忙忙回去做方案去了。

一周后，穆言拿着一叠厚厚的策划案坐上了飞往北京的航班。

这段时间折腾得穆言够呛，好在一切努力都没有白费，此行过后，穆言的营销方案得到了运营商的首肯。

第二十五章　不速之客到来

清晨，郝仁刚用过早饭，汤媛进来和他确认下周的行程。

"昨天，CF 公司有人来电说，他们的亚太区商业代表韩在舟最近在中国停留，希望下周能够来公司拜访。"

汤媛做事周全，提前收集好 CF 公司简介给郝仁。

"CF？"郝仁翻着资料，心里有点疑惑。

这家总部位于韩国，以化学元素周期表中最昂贵元素命名。作为全球第四大手机厂商，与排名前三的酷美、MOT、爱达善有差距。但前三家在中国占有较大份额，而 CF 并没有进入中国市场。如果其在中国与前三家份额持平，差距可以说就微乎其微了。甚至如果 CF 能在中国市场上实现超越，那国际排名能够反超第三名的爱达也不无可能。

那么，CF 来拜访耀华的意图是什么？合作，选择靠前的国产品牌会不会更明智一些呢？交流，和谁交流不好，十名开外的耀华有什么经验值得这么个国际巨头学习的呢？

不明就里，那就等见面后随机应变，郝仁问："他们想什么时候见面？"

"下周三上午。"

"好，你帮我安排一下，然后通知一下隋祖禹和穆言，陈竞男看看她到时从北京回来了没有？回来了就一起吧。"

接下来的几天，郝仁着意搜索了一些关于 CF 公司的企业新闻，特别是他们与合作伙伴的情况，提前做好准备。

周三上午，郝仁几人在会议室焦急地等候了一会，对方没有在约好的时间出现。

大约 10 点 15 分，会议室的门突然被两个西装革履的男人打开，在门带起的一阵风中，跨进来一位身材精瘦的黑西装男子。

来人看起来约莫 40 岁左右，颇有棱角的面庞不苟言笑，隐隐透着点高傲的感觉。头发被厚厚的发蜡固定，再大的风都不能吹动他的发丝，正如他给人的压迫感一样。

"你好，郝总。"对方站到郝仁的面前伸出了手。

"你好，韩总，久仰大名。"郝仁门打开的瞬间就已起身迎接，有力地反握了回去。

跟着韩在舟一起到来的，除了刚才拉门的两位助理，还有一位叫苏静的法务负责人和一位叫曲云江的业务秘书。

双方团队大致自我介绍后，会议就进入了正题。

"我们这次前来拜访的目的是想要出资和你们成立联合品牌。"

开宗明义，韩在舟直接说出了此行的目的。自 1999 年，为避免恶性竞争和投资浪费，相关部门就将移动通信产品外商投资项目按《外商投资产业指导目录》中的限制乙类进行管理，只有合法取得牌照的厂商才能在中国销售。想来，CF 公司虽然在国际市场纵横驰骋，也只是众多觊觎中国市场却没有入场券中的一家。

"如何联合？"郝仁问道。

品牌联合不是什么新鲜事，市面上有不少品牌为了更好的发展，做过相应的尝试。浅层次的有营销联合，可以捆绑销售，共同提高销量，比如洗浴用品的厂家和纺织品的厂家联合，共同打包出售用于清洁场景的产品套装。深层次的可以是技术共享，共同研发，达到优势互补的作用，比如，此前的远征和 MOT 的联合大抵就是出于这个目的。

"那我们就直说了，我们想要使用你们的生产牌照在华销售。当然我们会最大限度地出资和提供技术，改进贵公司的生产设备，以达到国际先进水平。"CF公司的法务负责人苏静直言道。

"品牌联合指的是同时生产耀华和CF两个品牌？还是CF和耀华组成的一个新品牌？"穆言问道。

"只生产CF品牌的手机，耀华如果想保留商标，可以作为CF其中的一个系列名。当然，CF注资了，我们就是一个公司，不会把你们当代工厂用，在利润分配上会给予极大的照顾，就当作牌照租金。"苏静说。

此言一出，所有与会的耀华员工都震惊了，笑脸相迎的表情全部消失不见。这个要求已经是不能用过分来形容了，简直异想天开，他们是多自信，才能流利地把这么不合理的要求说出口。

此前，大家对CF公司拜访的猜测，无非就是用技术和资金换取市场机会，获得上市的许可而已，没想到居然胃口这么大，直接吞掉耀华。

郝仁笑笑，不当回事地说："这么郑重其事的拜访，居然是来讲个笑话。"

韩在舟面无表情地扫视了耀华几人的表情，最后目光停留在郝仁身上："我们说得比较直白，但是你应该能理解我的purpose，抱歉，我不知道用中文怎么翻译。"

这时，汤媛瞟了一眼隋祖禹，小声戏谑道："purpose不知道怎么翻译，是英文不好还是中文不好？"

"英文吧！"隋祖禹不屑地说道。

韩在舟没有听到这段嘲讽，继续说道："耀华是知名的代工企业，在生产质量上享有口碑，这是我们最为看中的，所以我们才出现在这里。但说得冒犯点，贵公司的研发实力和资金实力在市场上并不存在优势，这一点我们可以很好地帮助你们。"

"把我们的品牌帮助没了？"隋祖禹忍不住反唇相讥。

"Good advice is harsh to the ear，中国不是有句古话叫忠言逆耳。耀华作为消费者品牌一年而已，根本没法给你们服务农村的村村通产品带来任何溢价，你们这么珍之重之又是何必？"韩在舟一副好为人师的表情，像在对一群小孩解释某种高深的道理。

"贵公司几十年前不过一个生产塑料的小作坊，没有多年的品牌建设，哪来你今天在这里耀武扬威？"郝仁知道这场会到这里就结束了，剩下全是垃圾时段，拿起桌上的一支笔，无所事事地转了起来。

"你知不知道，有多少厂家等着我们的光临。"韩在舟一字一顿地说道，仿佛要把每一个字都嚼碎一般。

这话虽然难听，但所言非虚。本意保护国产企业的手机生产牌照制度并没有很好地挡住国外巨头的入场。实际上，只要略有实力，很多公司都可以通过变通的方式采取联合品牌的形式进入市场。

令人不齿的是，一些拥有牌照的国产公司不思进取，不去提升自己的产业能力，而是走上了"寻租"的道路，明码标价地利用手中的牌照转让而暴富。

"多谢，这里面没有耀华。"郝仁也一字一顿地回答。

"年轻人，不要不听劝。这个市场是很残酷的，不要被眼前虚假的繁荣所迷惑，很快现实会给你们上一课。"韩在舟试图继续教育倔强的小孩。

"不用了，老人家，谁对谁错，市场上见分晓吧。"郝仁说。

看合作是谈不成了，韩在舟的业务秘书曲云江出来打圆场。

"可能我们提议太突然，今天只是初步接洽，不用着急下结论，你们考虑考虑，至于资金及收益，你们可以提，我们再议。要不今天先这样，我们保持联系。"

韩在舟起身，挥了挥右手，几个人也站了起来。来时的两个西装革履负责开门的男人迅速站到门口，毕恭毕敬地再次帮韩在舟打开了门。

临出门前，韩在舟自言自语了一句。

"宋朝栋白推荐了，不识时务！"

说完，几人匆匆离去，会议室只剩下耀华几人。

"宋朝栋推荐？"郝仁不明就里，什么意思？宋朝栋为什么要推荐耀华和 CF 合作？

"你说什么？"隋祖禹问。

"没什么。"郝仁问说不上哪里不对，索性不延展讨论了。反正合作没谈成，谁推荐又有什么关系。

"要再议吗？"隋祖禹又问。

"不议。"郝仁放下手里转着的笔，叹气道，"他们也会马上找别的厂家谈。"

"这么异想天开的条件谁会答应？疯了吗？"穆言说道。

郝仁摇摇头，叹道："难说呀，我们拒绝是因为我们要的不仅仅是钱，我们要的是一个长久的民族品牌。对于那些缺资金和缺技术的公司，如果管理层只是想捞一把就走，CF很合适，他们现在可以为了牌照不计成本地投入，何况给几个想全身而退的人一些安家费。"

"这么说来，CF无论如何都能进入中国市场，我们今天得罪了他们，以后他们很可能打压我们。"穆言担心地说。

"只要是他的竞品，他们都会打压，也谈不上针对我们？这个不用担心。"郝仁说的话，大家完全没有办法不担心，他又转向隋祖禹说道，"水煮鱼，我现在也有想打脸的人了，怎么办，我们不能让他们得意太久啊。"

"说的是啊！我现在想马上回实验室。"隋祖禹开始收拾自己的本子，起身就要走。

"兄弟，加油！"郝仁握拳撞了撞胸脯。

气氛变得更加沉重，大家收拾完，陆续离开了会议室。

果然，一个月后。

电视台财经频道报道，国际知名品牌CF与中国国产品牌小熊电子组建合资公司，生产CF系列品牌手机。预计今年下半年，CF品牌将推出四款高端品牌手机，同时，原有的小熊手机整合成低端系列，主打农村市场。

韩在舟在采访中说道："我们高度重视中国市场，非常荣幸能够为广大的中国消费者提供高质量的服务。小熊电子是CF千挑万选找到的优质企业，他们的诚意打动了我，希望我们可以在今后的日子携手前行，共创辉煌。"

画面里，小熊电子的总裁熊兆辉喜笑颜开地握着韩在舟的手，韩在舟那种令人讨厌的傲慢神情又露了出来。

郝仁啪的一声把电视关掉。

没有想到，这么容易就找到了合作者，又一个国产品牌消失了。

第二十六章　科技企业峰会

和CF公司会面后，耀华的几人都憋了一肚子火。几个人各有各的难题，却也一时间找不到什么地方发泄，只好撒在工作中，看什么都觉得面目可憎，非要狠狠解决了才消气。

转眼就到了 4 月 12 日，世界高科技企业家峰会一天后将在苏州举行，郝仁和穆言坐上了前往苏州的动车。

正值一年最美的四月天，车窗外碧空如洗，春色艳丽，青翠欲滴的田野如起伏的波浪，从两人眼前翻滚着掠过去。

郝仁几日以来的阴霾一扫而尽，和穆言一路上有说有笑，从校园聊到职场，工作谈到爱好，路上的时间很快就过去了。

等到了苏州，已经是晚上 7 点多，天已经擦黑。因为第二天一早大会议程就开始了，两人无心游览，草草用过晚饭，办理了酒店入住手续，就各自回房间休息了。

世界高科技企业家峰会是我国举办的最大规模、层次最高的科技企业盛会，也是世界高科技峰会的亚太区分会。最早的一届始于 2001 年，我国加入 WTO 世界贸易组织后，在有关部门的支持下，为促进中国科技企业与世界前沿技术的交流而开办的。每年，这一盛会吸引着全球范围内上万名来自企业、科技社群、民间组织的高科技领军人物前来参会。

短短三天的会议内容丰富多彩，除开幕式、闭幕式外，还有各种论坛、博览会、科技成果发布、媒体招待会等。高度的社会关注，让这个盛会成为一个企业秀肌肉的良好契机，和同行之间互相交流切磋的绝佳平台。

本来郝仁第一次受邀参加行业会议，还以为需要抛头露面做点什么，心里多少有一些忐忑。随着时间越来越接近，主办方好像把耀华忘了，既没有邀请他演讲，又没有让他参加任何活动。郝仁就完全放松了，耀华终端的体量太小，自己来这就是个观光客，听听大佬分享，再接受几个小型采访，看看苏州园林就可以回去了。

很多年后，郝仁成为峰会万众瞩目的焦点时，完全没有了这般自由，在哪都有人过来攀谈，还有粉丝要求拍照签名，忙得他精疲力竭。那时，他倒是怀念起这一次参会当小透明的轻松来。

早晨 7 点刚过，穿戴整齐的郝仁就在一家老字号餐厅，慢悠悠地吃着一碗苏式汤面。没有了压力，郝仁兴致勃勃地研究起来苏州美食，还为了吃碗汤面起了个大早。

穆言来找他的时候，他正陶醉地吸一根面条。

"9 点会议才开始，你这么早把我叫起来，真是黑心老板？"穆言问。

"叫你吃面啊,结果你磨磨蹭蹭来晚了,面条没有我这碗好吃了。按照苏州人的传统,吃面就是去得越早越好,最讲究的人都只吃'头汤面'。这家老字号,汤是大锅熬的,出乎想象的鲜香。但面下得多了,汤就变得浑浊,面条也就没那么爽滑了。我这碗面绝了,你点一碗试试。"郝仁也就昨晚睡前在网上搜索了下早餐吃什么,现在倒讲究得像个本地人。

"这么讲究?"穆言以前没发现郝仁还有这么精致的一面,自己一个江苏本地人都没有这么在意。不过当她吃了一口后,觉得这家店确实名副其实,面条顺滑无比,汤头鲜美异常。

郝仁来得早,三下两下就吃完了,坐在旁边等穆言慢慢吃。穆言一看郝仁无所事事地盯着自己吃面,有点不好意思,就转身从包里拿出一个采访大纲递给郝仁。

"我联系了三家来这里报道峰会的媒体,约了明天下午三点采访你,这些是采访提纲和我字斟句酌的回答,你先看看,可以自己稍微延展发挥一下,但不能完全脱稿。"

"饭饱伤神,你一看我闲下来就给我布置作业。采访嘛,我不就是随口就来,还准备这么多材料,我的口才你又不是不知道。"郝仁正回味着美食,不想工作,耍起赖来。

穆言瞪了郝仁一眼,说道:"你不要出了办公室就没个正形,记住我们此行的目的,我们不是来旅行的。采访提纲要好好看,最近几天围绕峰会的报道很多,如果是平平无奇的公司介绍,或是大同小异的回答,基本上都是石沉大海见不了报。第三页要注意下,我着意设计了几个略有争议的问题,你别大意,按稿子回答,不要临场发挥,胡说八道。"

郝仁撇撇嘴,老老实实地拿着提纲看起来。人生就是如此艰难,下属是工作狂,老板也别想偷懒,一个穆言,一个隋祖禹,整天催着自己干这干那。把一个老板干出长工的感受,除了郝仁也是没谁了。

9点整,世界高科技企业家峰会开幕式正式在会展中心举行。整个会场是剧场式结构设计,主席台位于正中,观众席环形分布,层层向上蔓延,能容纳万人以上。

开幕式的与会嘉宾并没有按人名分座位,只是把邀请函的类型分为特邀区、VIP区、普通区、媒体区等,郝仁的入场券上写着普通区,位置在三层楼,从上往下看主席台,有种山上眺望山脚的感觉。

穆言以前做记者的时候，参加大型商贸会是家常便饭，经验丰富。从包里拿出一个小型望远镜给郝仁。

郝仁莫名其妙地问："干吗？"

"太远看不见，给你望远镜呀。"穆言说。

"嘻，企业家又不是明星，大多体态臃肿，面容憔悴，有什么好看的。像我这样颜值出众的简直是凤毛麟角。"郝仁整了整衣领，展露出迷人的微笑，对穆言自信无比地说道。

穆言抽了抽嘴角，把望远镜收回包里。这时候，身着礼服的女主持人提着裙角款款走向舞台中央，在激昂的背景音乐声中，宣布了大会的正式召开，并邀请本次峰会的主席刘群致开幕词。

刘群在雷鸣般的掌声里，笑容满面地接过主持人递过来的话筒。

"各位来宾，各位朋友，在这样一个春暖花开的季节，我们又在江南相见了。今天我是如此的激动，从2001年第一届世界高科技企业家峰会举办以来，短短四年，我亲眼见证了中国高新科技产业翻天覆地的发展。

"全社会对于科技企业的关注达到了前所未有的高度，在过去的2003年，全国科学研究与试验发展经费总支出为1539.6亿元，比上年增加252.0亿元，增长19.6%，占国内生产总值比达到1.31%，为历史最高水平。

"其中，各类企业支出为960.2亿元，比上年增长21.9%，经费支出占全国总支出的比重为62.4%，所占比重比上年提高了1.2个百分点。

"是在座各位的努力，将企业技术创新的主体地位进一步巩固，让我国在计算机技术、互联网技术、通信技术上取得了惊人的进步，不再向国外等、靠、要，而是真正倚靠自己的研发实力。

"最后，我想改编恩格斯在《自然辩证法》的一句话来表达我此刻的心情，中国正在经历前所未有的、最伟大的、最进步的变革，我们身处一个需要巨人又产生了巨人的时代，愿你我都不要辜负这个时代。谢谢大家！"

短短的开场让所有在座的企业家心潮澎湃，不由得鼓起掌来。

接下来，刘群邀请理想科技有限公司的总裁马旭峰上台做公开演讲。

理想科技有限公司是中国最早一批出海的中国科技公司，创立于1986年，主营个人电脑、手机、服务器、打印机等电子产品。经过10年的发展，在1996年问鼎中国电脑市场首位，截至2003年，理想已经占有中国市场 25.1% 的份额，稳占第一，占有 8.6% 的全球份额，位居第四，在中国民营企业五百强中排名第十位。

这样的成绩才能让马旭峰第一顺位上台演讲。只见一道白色的追光随着马旭峰登上舞台，一身蓝色条纹西装的他高大魁梧，双手挥动有力，满脸神采奕奕地来到舞台中央立定，浑身充斥着成功企业家的领袖气质。

"大家好，我是你们的老朋友马旭峰，理想科技有限公司的创始人。世界高科技企业家峰会在苏州举办了 4 届，我来了 4 次，每次都在主席后第一个发言，不瞒大家，我心里其实很惶恐，国内第一的小小成绩，不足以让理想成为中国出海企业的代表，全球第一才是理想竭尽全力追逐的目标。我希望在不久的未来，理想可以以这样的身份站在舞台上……"

台上的马旭峰侃侃而谈，台下的郝仁心中充满羡慕，不由自主地感叹道："大丈夫当如是也！"

穆言听到，也很动容，转过头来对郝仁说："两千年前，刘邦说过这句话后，心里就不再是亭长刘邦，而成了汉高祖刘邦，我相信你也会因梦想而从此不同。"

穆言职业病犯了，发音突然带出点播音腔。

没想到郝仁不仅没笑，反而重重地点了点头，像是许下一个郑重其事的诺言。

第二十七章　公然夸下海口

第一天的议题是整个峰会的重头戏，除了峰会主席刘群，上台演讲嘉宾都是全球最知名企业的总裁副总裁之类，内容干货满满，让郝仁和穆言收获很多。

第二天的议题被分为了大大小小十个分会场，与会者可以根据自己的领域择一参加。郝仁和穆言自然就选择了有终端产品议题的分论坛。

终端涉及厂商众多，是分论坛里面最大的一个，占到参会企业者的一半以上，加上媒体、分析师、学者等，把整个分会场坐得满满当当。

郝仁两人一进会场，就见到了一个熟悉的面孔，宋朝栋。准确地说，不是双方熟识，只是郝仁通过电视单方面关注的宋朝栋。

令人意外的是，正当郝仁想默不作声地找个偏僻的座位坐下时，宋朝栋却径直朝他走了过来。

"郝总，你好，我是宋朝栋，很高兴认识你。"宋朝栋今天带了一副金丝眼镜，显得文质彬彬。

"你好，宋总，久仰大名。"

郝仁内心很惊讶宋朝栋能从人群中认出自己，回想自己过去的十年，似乎极少在公众面前出现，但表面上却不动声色地从容应答着。

宋朝栋浅浅一笑，凑近郝仁一点问："你怎么不奇怪我能认得出你？"

"那你怎么认出我来的？"郝仁假装兴致勃勃地问道。

"你之前接受过南方报业的采访，你说的观点和我不谋而合。我仔细看了上面刊登的照片，你是接受采访的企业家里最年轻的，我叫秘书把报道中你的部分做成了剪报。"说完，宋朝栋得意地笑了，"我眼力不错吧，我昨天远远看到你了。"

真是事有凑巧，原来这两人还是穆言牵的线。

"厉害厉害，你视力是有多好，昨天我坐山上你都能看到我？"郝仁做拱手佩服状。

"你神了，我视力飞行员级别，双眼 2.0，眼镜是平光的，用来装斯文。"宋朝栋摆了个潇洒的姿势。

世界上没有几个人能令郝仁无语，宋朝栋算其中一个。

穆言则在一边听得直翻白眼，大小是个企业家，聊的什么玩意。

好在分论坛几分钟后就要开始，宋朝栋开场有一个演讲，主办方过来给他别上麦克风。郝仁和穆言找个位置坐下了，一场尴尬的谈话可算结束了。

分论坛的主题是"互通互联，开放合作"，里面比较重头的嘉宾有酷美集团亚太区总裁布拉德·苏利文，MOT集团亚太区总裁爱德华·安东尼，爱达集团全球 CMO 哈里·谢顿等。

因为在中国举行，肯定要给足东道主面子，那么，国产品牌中去年销量第一的高科总裁宋朝栋，理所应当地做了开场演讲。然后，几个嘉宾轮番上阵，分享了各自对行业的见解，当然其中有一小部分是为自己公司打广告。但只要时长控制得好，主办方也是睁一只眼闭一只眼。

接下来压轴的是圆桌讨论，主持人把几个在场的重磅嘉宾一起叫上台，针对一些特定的问题引导嘉宾各抒己见，有时候因为见解不同，几个嘉宾会唇枪舌剑交锋起来，场面非常精彩，观众也喜闻乐见。

随着主持人逐一念出名字，酷美的布拉德·苏利文，MOT 的爱德华·安东尼，爱达的哈里·谢顿、高科的宋朝栋和他们的同传翻译又返回了台上，在中间的沙发上坐下。

正当主持人要开始，宋朝栋却抢先开口说道："国产品牌只有我一个，势单力薄呀！"

主持人经验丰富，嘉宾不按台本来也能马上应对："那宋总有什么好主意？"

"我有个冒昧的请求？我想邀请我的好朋友耀华终端有限公司总裁郝仁一起上台。"宋朝栋望向郝仁的位置说道。

舞台不怕变数，就怕应对失当，应对好了反而有意想不到的效果。

果然，主持人不慌不忙，说道："那我们就有请耀华终端有限公司总裁郝仁上台分享，也请助理帮忙搬一把椅子上台。"

台下的郝仁和穆言顿时就呆住了。郝仁没想初次见面的宋朝栋已经把他当朋友，更没想到他开了个这么大的玩笑，直接把自己邀请上台。穆言十分担心，这一议题她完全没为郝仁准备，不知道郝仁会说出什么来。

当然，郝仁也就愣了几秒，要是这点小场面都应付不了，郝仁这总裁也干不下去了。只见郝仁整了整衣领，起身给了穆言一个自信的微笑，大步走上了舞台。

恰恰是这个自信过头的笑容，穆言更慌张了。

短暂的自我介绍后，圆桌讨论就正式开始了。

"各位都是终端领域的翘楚，我的第一个问题是中国手机市场好不好做？"主持人抛出一个宽泛的问题暖场。

哈里·谢顿接过话筒，笑着说："本来很好做，都是台上的这几位让这个市场越来越艰难。"然后他用目光和台上的几人略微互动，接着说道，"爱达电子深耕手机领域多年，为中国消费者提供畅连通话服务。我们的技术在进步，中国消费者也在成长，对产品的要求越来越高，越来越会给我们出难题，这样的难题我们非常欢迎……"

宋朝栋第二个发言："我给大家一组数据，截至目前，工信部批准了多少个手机品牌？三十九个，其中，全球前十的手机厂商几乎都在中国，不是独资就是合资。市场的空间大，但同行友商太强了，我有种一出生就让我上擂台和泰森打的感觉，太难了。"宋朝栋的幽默引得大家一阵哄笑。

"第二个是一个专业问题,请问明年的手机市场将会有什么趋势?"

"手机将走向智能化,从产品技术上来看,手机的实用功能在扩大,通话短信将不再是手机最重要的功能,除了现在开始成为标配的上网浏览、文档处理之外,强大的多媒体能力、即时通讯、手机游戏将成为手机的标配……"爱德华·安东尼说道。

"手机终端的发展和通信技术息息相关,未来3G网络的启动,数据业务将是用户使用的主流。国外的电信运营商已经在尝试利用高速无线网络用手机直接播放电视。也就是说,拥有一部手机,你不仅可以随身携带你喜爱的音乐和电影片断,更不会因为身在旅途而错过一场精彩的球赛。"布拉德·苏利文分享了酷美在国外的商业实践。

整个圆桌讨论台上嘉宾你来我往,台下掌声此起彼伏。毕竟除了郝仁都是业界大佬,在座的其他厂商自然是以膜拜的心态在听。

至此,郝仁发言的机会并不多,尤其在趋势洞察方面,主持人比较倾向引导几个国外品牌的嘉宾回答。郝仁心里也没落差,让发言就知无不言,不让发言就含笑倾听。

这让下面的穆言松了一口气,对,就应该这样。和行业领导者在一起存在感不宜太强,赞美恭维吧,观众说你蹭热度,针锋相对吧,观众又说你制造话题,总之就是讨不到好。

"最后一个问题,你们企业的目标是什么?从郝总开始。"主持人的本意是,在座的几个嘉宾,郝仁的咖位最低,从他开始,各自宣布的目标,从小到大,行成一个梯度,有种层层递进的感觉。

结果,郝仁拿起话筒,毫不迟疑、无比自信地说道:"全球第一!"

话音刚落,现场就引起了嗡嗡的议论声。

这时,酷美的布拉德·苏利文坐不住了,立即反唇相讥。

"It's easy to say, but it's much more difficult to do."

郝仁这次没有等同传翻译,毫不迟疑地用带着口音的英文接道:"Let's wait and see,"顿了一下又补充道,"sooner or later"。

全场掌声雷动,不知道是赞赏、鼓励、激动,抑或是嘲笑。

穆言已经不知所措了,看着齐刷刷的镜头对准郝仁,已经预感到明天的新闻会是什么了。

台上的三个外国人颇有风度地起身,和郝仁握手。

宋朝栋则朝他举起了大拇指,满眼佩服的神色。

郝仁这个当事人，不关不事，大大方方地接受了现场所有的一切声响，不管对方带着何种心思，坦然地走下台，坐回穆言身边。

穆言还没有回过神来，果然是怕什么来什么。她的老板郝仁太有迷惑性了，大部分时间都是形如常人，当自己疏于防范时，就放个大招，绝对杀你个措手不及、魂飞魄散。

明天的报纸标题会是什么呢？穆言已经想好了，《耀华终端总裁不自量力，狂言挑战全球第一》还是《耀华大喇叭，坐在中国十一，仰望全球第一》还是《耀华放言世界第一，是玩笑还是玩笑呢？》。

穆言回过神来，泪流满面，她坐在这里不是以往媒体记者身份，而是郝仁的营销总监，那个需要为郝仁打扫战场的倒霉蛋。

"你怎么脸色不好？"郝仁关切地问。

穆言更加咬牙切齿，心想我怎么脸色不好，你心里没点数吗？还有脸问？问什么问？

但，穆言终究还是忍住了，笑得比哭还难看地回答："没事。"

"穆言，我发现你也有不好看的时候。"

穆言此刻连辞职的心都有了。

第二十八章　热闹不嫌事大

下午，郝仁接受了两个穆言安排的媒体采访。

这次，郝仁换成一种极其谦卑的姿态回答记者的问题，言行举止非常得宜。

本来上午郝仁口出狂言后，记者想挖掘点内幕，借题发挥一下。没想到，郝仁完全不接招，大谈特谈如何向同行学习。

两个记者采访得浑身难受，好像气势汹汹而来，一拳打在棉花上。穆言全副武装等着郝仁放大招，结果从头紧张到尾，什么都没发生，自己又看不懂了。

下午六点，第二天的议程全部结束，郝仁和穆言随人流从会场走出来。

"老板，你怎么下午像变了个人似的，突然变谦卑了？"穆言试图从郝仁身上找出某种规律，这样后面的媒体工作才好开展。

"我看你上午脸色不对，觉得是不是说错话了。"

"老板，你终于良心发现，可怜可怜我了，真是苍天有眼了。"

"我说啥离谱的了，你都开始祈求上苍了？"

"世界第一还不离谱？玩笑不能这么开的。"

"我没有开玩笑。"

"你知不知道，你上午说的世界第一，记者会怎么写？大家会怎么嘲笑你？简直是标题党的狂欢，我用脚趾头都能想出十几个……"穆言好不容易压抑住的情绪又爆发了。

"穆老师业务能力好强，脚趾头都能想标题，隋祖禹就不行，叫他写个PPT的标题都困难。"

"我都快急死了！"

"其实，真的没有你想象中的那么严重？"

"为什么？"

"穆老师自己悟。"

"……"

两人快聊不下去的时候，身后一个人朝郝仁喊。

"郝仁，等我一下！"

郝仁回头，看到宋朝栋正穿越人潮向自己走过来。

"明天我就要回去上海了，晚上你有空吗？一起吃个饭？"

"可以啊，我们回下酒店，一会电话约地点。"郝仁晚上没有应酬，爽快地答应了。

宋朝栋约两人在一家口碑很好的老字号苏帮菜酒店见面，地点位于苏杭大运河边。整个酒店是典型的苏州园林设计，亭台楼阁，飞檐翘角，精雕细琢。植被景观，俯仰生姿，移步异景。外面车水马龙，进来清幽安静，有一种大隐隐于市的意境。

差不多晚上7点半，郝仁和穆言绕过曲折的回廊，来到一个临水的包间。还没进门，就看到宋朝栋透过包间圆形的花窗朝自己招手，暖黄的灯光柔和地打在他身上，消融了平日里的锋芒。

"来了，我点了松鼠鳜鱼、万三蹄、鳝糊、苏式酱肉，你们看看还要点什么？"宋朝栋问道。

穆言本就是江苏人，一听都是自己喜欢的菜，肚子里的馋虫都在蠢蠢欲动。

"我是四川人，不太懂苏帮菜，只能请两位代劳了。"郝仁笑着说道。

不多时，菜一道道全部摆好。

三人都已经褪去了正装，换上日常休闲服，临水清风悠悠飘过，让人舒畅无比。

三人虽然第一次吃饭，倒也不拘束，立马举筷动箸。

"郝仁，你可以直接叫我名字吗？叫总太生分了，今天吃过饭就算朋友了，闲聊不用这么客套。"宋朝栋说道。

"行，我也不喜欢说话总来总去，我就叫你朝栋。"郝仁说。

"我不是想搭讪，但真的觉得穆言这个名字很耳熟？"宋朝栋第一次听郝仁给他介绍时，就觉得似乎在哪里见过这个名字。

"你剪下来收藏的那篇关于中国智造的报道就是我写的。"穆言回答道。

"原来如此。你不会是采访了这个人后就被扣下来给他做营销总监了吧？"宋朝栋顿时明白了。

"唉，差不多写完这篇报道就去了贼窝。"穆言戏谑道。

"穆言这样的人才，谁见了不想留为己用呢。"郝仁看了一眼穆言，颇为得意。

"说真的，你为什么要拒绝CF公司的韩在舟？"宋朝栋不解地问。

CF的韩在舟最早寻求合作的对象是宋朝栋。当时高科已经在和卡特电子谈收购，无意再卷入其他公司。于是，宋朝栋婉拒韩在舟后，推荐了郝仁的耀华终端。

"是你推荐的？"郝仁明白了韩在舟怒气冲冲离开时，说的宋朝栋白推荐了是什么意思了。

"是的。"

"让我和CF合作，你不怕耀华快速超越你们高科？"郝仁问。

"CF对中国市场势在必得，我不推荐他们也会自己去找，我只是单纯觉得耀华在生产上的能力，很合适CF的需求而已。"宋朝栋生性豁达，如无必要不会在这些方面算计。

"CF的要求是你也不会同意的，他不想合作，只是想吞并耀华而已。"郝仁想起来还有点余怒未消。

"抱歉，当时我没有和他们深谈，不知道他们居然有什么过分的要求。"宋朝栋说。

"这也不能怪你。"郝仁说。

"去年国产品牌总份额第一次超越国外品牌,今年你怎么看?"宋朝栋说。

"不太乐观,国外品牌今年应该会大反攻,增加各个价位段的产品,降低单价,把失去的份额抢回来。"郝仁说。

"我也有同感,今年注定不好过。虽然CF不是好选择,但你们不打算寻求合作,真打算硬抗?"宋朝栋叹了口气。

"那也要看合作是不是真心的。但说到底,无论联合还是独立,都也不能放弃国产自有品牌和独立自研能力。否则,路只会越走越窄,生意只会越做越没。"郝仁对宋朝栋说,又像对自己说。

"说得好,高科花大价钱收购卡特只是开始,我时刻在想,下一步是两个品牌并存,国内高科,海外卡特,或是借用它的研发力量,让高科名副其实。"

"不了解情况,也给不出太多建议。但不管怎么样,一定把国产品牌立住。通过所有国有品牌的共同努力,我们堂堂正正把钱挣了,不再需要借用国外品牌的名义。"

"嗯,就知道我们一定会合拍。"宋朝栋说道。

"别高兴得太早,等哪天我们在市场上反超你们的时候,你就哭也哭不出来了。"郝仁假意挑衅。

"等耀华被高科吊打的时候,我也希望你能笑得出来。"宋朝栋不甘示弱。

"不过你也别太担心,万一高科不行了,我在耀华给你留个位置。"

"同样的话也送给你!"

"哈哈哈哈!"

"两位大佬,说点吉利话,这个市场这么大,就不能并立潮头吗?"穆言终于忍不住制止两人互相诅咒。

"行!"两人识时务地回应了这个好建议。

"我给你们两位拍张照吧。"穆言的提议恰如其时。

"来来来。"

两个一见如故的朋友,两个商场上雄心勃勃的对手,就这样毫无芥蒂地聊了一晚上。

外面,一轮明月从天空俯视人间,在水面上倾泻了一层银,清风袭来,吹皱了水面,吹碎了月光。

早上七点不到，穆言出了酒店，去报刊亭把所有关于峰会的报刊都买了回来。

虽然，昨天穆言把在场的媒体，认识的不认识的都拜托了一遍。但很显然，对方如何报道也不是自己能左右的。

真是总裁说漏嘴，公关跑断腿。现在，穆言也只能靠祈祷来让媒体手下留情了。

穆言心里战战兢兢，手里也没停。先扫过几个媒体的头版头条，还好没有。昨天几个论坛都有比较出彩的演讲，占据了较大的版面，然后有几个厂家有新产品发布，对方的营销采买了较大版面的广告位。

所有报纸翻完，穆言松了一口气，虽然都有报道，但都在4版开外，语调还算中立，只有一家媒体直接批评耀华低估了这个行业的难度，一时的热销并不值得骄傲，等离开市场份额中的其他模块，再来大放厥词。

把报纸丢一边，穆言打开手提电脑，点了点收藏栏里的几家门户网站。加载完后，逐一查看首页的新闻，虽然不少文章提了一下，但着墨不多，也没有什么过于负面的评价。

穆言这时候觉得自己有点神经过敏，反应过度，彻底放下心来，开始点开论坛看看花边八卦调剂一下。

结果不看不知道，一看吓一跳，论坛被郝仁的名字攻陷了。

排在最前面的是一篇名为《有个帅哥说他要做世界第一》的帖子，用极其夸张的语言，讲述了楼主在世界高科技企业家峰会上，穿越无数张没有记忆点的脸，发现了一个惊为天人的帅哥。

他身材挺拔、剑眉星目，他风度翩翩、举止优雅，他年轻有为、雄心勃勃，毫不掩饰自己的野心，和其他公司的总裁完全不一样，第一明明都想要，却故作不在乎的姿态。

他就是耀华终端有限公司的郝仁，是只有电视里或者小说里才有的霸道总裁，我已经深深沦陷，请不要拯救我。

然后附上十几张郝仁在圆桌论坛上的高清照片，还打上字幕，把郝仁和酷美亚太区总裁布拉德·苏利呛声的对话全部呈现出来。还用红色批注一句，十年后我再来看，耀华成了世界第一，我请所有顶帖的人吃大餐。

穆言被这肉麻的措辞惊得目瞪口呆，一看日期是昨天上午11点30分，几乎圆桌讨论一结束就发布了。点击率就更可怕了，不到一天的时间，就突破百万，全面碾压任何一篇新闻报道。果然，再牛的新闻标题也抵不过帅哥二字。

评论区更是热闹，已经有上千条评论。

耀华公司为了省钱，不想请明星做代言，找了个明星做总裁？

大话谁不会说？帅哥说下怎么了？

帅哥的梦想，我们来守护，支持耀华，手机就选它。

好直率，只要你敢问，他就敢说。

世界第一怎么了，国外品牌做得，中国品牌做不得？

……

等郝仁起床吃早餐，穆言打开几个点击率高的帖子给郝仁看。

"我就说你不用担心，只是论坛的水帖，我猜应该是峰会的学生志愿者写的，企业家和媒体没这么无聊。不是官方发声，点击再大也不会有什么商业影响力。再说，给用户娱乐娱乐，还能增加销量，何乐而不为？"郝仁不以为意地对穆言说。

"你怎么知道不会有负面新闻？我紧张死了。"穆言问。

"我唯一的紧张就是，宋朝栋会不会嫉妒我的容颜。"

"那么多媒体在场，为什么不紧张？"

"穆老师，你想我们一个在市场份额图中位于其他的厂商，谁会当真？他们大概把这个当作主办方的暖场设计，怕大家听会太久，昏昏欲睡吧。"

"既然不当真，你还要这么说？"

"他们不当真，但是我当真，这是我唯一的目标。"

郝仁的目光无比笃定，容不得穆言有丝毫怀疑。

第二十九章　走进校园活动

8月底，官方宣布著名男歌星秦亚伦成为移动运营商"年轻世代"的代言人，即日起代言广告风暴席卷全国。

电视上，收音机里，主题曲"我的世代听我的"在这位流行歌手的强大演绎下，响彻了街头巷尾，让人不自觉地哼唱出来。

各种商业街和学区周边，"年轻世代"的巨幅户外广告无处不在，来来往往的行人，无一不沐浴在这位男歌星桀骜不驯的目光之中。

被委以重任的齐飞华果然没有叫隋祖禹失望，捆绑"年轻世代"套餐的耀华手机青春一代，以靓丽的外观、时尚的操作界面和自带的各种小游戏获得了年轻人的青睐。

大多数客户选择合约机，是因为看中了捆绑的套餐，白送一手机，哪怕对产品不那么满意也有占便宜的感觉。而齐飞华牵头做的合约机，本身就很有吸引力，因为在移动运营商独家销售，有的客户甚至为了用这款手机而换了套餐。

更重要的是，她通过强大的整合能力，用不到一年的时间就将手机产品推向市场，并完美地消耗了此前耀华其他产品剩余的物料，盘活了公司资产，减少了库存浪费。这样一来，产品整体成本也就被很好地控制住，即使在运营商客户严苛的采购价格下，依然留足不错的利润空间。

这一点，除了郝仁非常满意外，也让齐飞华在公司声名鹊起。连生产主管姜大力都跑来和郝仁悄没声地说："齐飞华简直是物尽其用界的翘楚，能不能借给他用用，给钱结算都行。"

结果，郝仁还没说话，就被好耳力的隋祖禹听到，立马几个白眼甩了过去："研发不靠出租员工劳动力挣钱，生产要人得自己招。"

也不怪隋祖禹生气，齐飞华可是他慧眼识珠，从几百名员工中精挑细选出来的。为了满足她可怕的强迫症，去年发年终奖，隋祖禹还自掏腰包439.8元给她凑了个整数。研发团队最得力的骨干员工，当初做助理的时候无人问津，如今成长起来刚挑了重担，哪能被人轻易就借去。

移动运营商选在这个时间推出"年轻世代"，瞄准的是各大高校的开学季。9月的大学校园，历来是一年中最热闹的时节，又一批历经高考独木桥的莘莘学子走进了校园。放运营商眼里，那就是一片片等待开垦的广阔良田。

今天是南方之强厦门大学的新生报到日，火红的凤凰花树下，到处是拖着行李箱的新生。这些稚嫩的脸蛋，很多是第一次离开家，对于即将开启的独立生活，又好奇又害怕。

新生队伍里出现了两张年轻不及学生，年老不到家长的面孔。这两人身材颀长，样貌出众，引得少男少女，打起了搭讪的主意，故意跑到两人面前问这问那。

郝仁和穆言来学校有正事，为的是考察合约定制机的销售情况。一路走来，在人潮中被各种拦截，移动缓慢，还得频频解释自己也是第一次来，不是老师，不是辅导员，回答不了关于学校的任何问题。

校园生活广场有一家移动营业厅，门头的巨幅海报上，男歌星秦亚伦手持没有显示商标的耀华手机，正陶醉在自己的音乐世界里，里面的音乐"我的世代听我的"开得震天响。

才上午十点，营业厅已经人满为患，离开父母的学子们急于办理通话业务，方便及时与父母朋友保持联系，缓解不知何时会冒出的乡愁。

捆绑年轻世代套餐的耀华手机正是时下校园最为热销的产品。它的收费分为几个挡位，月租有20元、30元、60元三种，其中最受欢迎的是30元的套餐，每月有300条短信，和100分钟免费通话，而且选择这个套餐就可以以499元的价格买一台耀华青春一代，价格实惠，符合学生的普遍消费水平。

营业厅门口搭建了一个临时摊位，上面的长标语打出"购买耀华手机，报名年轻世代校园才艺大赛，成为产品体验官，赢取万元奖金"。摊位展示桌上放着耀华各种型号的真机，供大家亲自上手体验，但如果有人要购买，导购就会引导到营业厅内购买。

"移动的孟冬青怎么会同意我们蹭热度？人家是花了大价钱请的代言人？"郝仁好奇地问。

"这要看谁去说了。"穆言颇为得意地说。

几个月前，穆言和陈竞男去北京拜访孟冬青的时候，一听说想和移动联合营销，孟冬青一口回绝。正如陈竞男最初的判断，孟冬青觉得没有这个必要，一是移动不缺钱，二是觉得耀华想蹭热度。

"耀华贪心了，这个热度可不好蹭？"

当时，穆言听出孟冬青言语中的不悦，故作轻松地笑笑说道："孟总，热度好不好蹭也分情况。我们想蹭的热度不是代言人的热度，而是移动用户的热度。"

"怎么说？"孟冬青听起来新鲜，用户有什么热度可以蹭？

"耀华其实没有什么要求。不用在年轻世代的广告上联名，也不用代言人提及或使用耀华，贵司任何的推广计划都不需要作任何的更改？"

"那这次的来意是？"孟冬青对穆言的方案更加奇怪。

穆言这时把已经做好的方案递给孟冬青，封面上写着耀华校园行策划方案。

"我们打算在各大高校以耀华青春一代的名义，开展校园才艺达人的选拔。"

"这个是耀华自主营销活动，那也没有必要千里迢迢跑一趟，来和移动报备。而且我很好奇，你们为什么不推广公开市场的产品呢？"

"耀华青春一代是我们目前最适合校园学生的机型，因为是专门为移动定制的机型，最终推广后也是引流到移动营业厅进行购买，所以我觉得还是有必要来北京给您进行一个汇报。如果您不介意，我们会在活动中介绍移动套餐的内容，使用年轻世代的名称，当然方式会提前与您沟通。"

孟冬青一边听穆言介绍，一边翻阅策划方案。老实说，耀华没有提什么多余的需求。这款也是耀华的产品，品牌方自己进行推广，运营商没有必要干涉。何况，购买渠道就自己一家，品牌方推广了，钱也是移动挣了，有什么理由不同意呢？至于授权套餐内容及名称，没有什么不合理的，毕竟把手机和套餐一并推广，可以加速消费者购买决策。

"还有没有别的要求？"孟冬青还是觉得耀华应该还有什么话没有说出来。

"如果可以，在活动期间，我们想要通过移动系统向用户发送推广短信。"穆言说。

短信营销是移动运营商常用的一种手段，在新品上市或者服务咨询中使用较多，因为是系统推送给自家的客户，所以基本上没有什么成本产生。穆言希望通过移动推送年轻世代套餐及其捆绑的合约机，本身也在移动运营商推广计划中。

"这个我倒是没有什么异议，只是不明白你为什么这么做？以前我这边没有合作方提出过。"孟冬青有种打破砂锅问到底的钻研精神。

"看来，耀华比任何人都珍视和移动客户的合作，这是我们一点小小的诚意，而且产品卖得越多，我们也能多分一杯羹，何乐而不为？"穆言答道。

"好。"

虽然知道穆言说的是场面话，但到底没啥坏处，孟冬青爽快地答应了。

于是开学前，穆言的团队风风火火奔赴各地高校，开展起耀华校园行的活动。

听完穆言的讲述，郝仁却有点心疼，看自己卡营销预算把穆言逼到什么份儿上了，都开始自谋生路了。

耀华营业厅前的摊位已经挤满了人，荷尔蒙旺盛的大学新生，缺的恰恰不是精力，是自由展现的舞台，是为自己加油的欢呼呐喊。

郝仁拿起桌上的报名表，才艺展示栏填得五花八门，街舞、唱歌、乐器、武术、魔术……无所不包。

"穆老师，你看现在的孩子就是多才多艺啊。"

"是啊，能回到校园，看那么多年轻人拥有自己的舞台，我觉得很值得。"穆言看着眼前年轻的面孔，不由得怀念自己的校园时光。

"我也仿佛回到了校园。"

"虽然校园活动和媒介投放比费用低很多，但是我针对合约机进行投入，你不好奇我这么做的原因？"郝仁对自己的方案一直都是大力支持的态度，既不担心穆言搞不定运营商，也不批评穆言针对合约机投入，让穆言都觉得奇怪了。

"我不知道你怎么想到的，但我大概能明白。"

"那你说说看。"穆言也不揭晓答案，想看看两人的默契。

"移动运营商的企业体量和耀华比，终究是我们占了便宜。我们不需要做什么，只要站在一起就足够证明实力了，好一个狐假虎威的穆言，没有关系制造关系。"郝仁笑着说。

"其实，我就是有一天看案例受到启发想到的。可口可乐和百事可乐是死对头，可口可乐每年都赞助大量体育赛事，是世界杯的官方赞助商。但每年调研，都发现很多观众分不清可口可乐还是百事可乐谁是官方赞助商。原来百事可乐虽然没有参与投标官方赞助商的身份，但签下大量球星做代言人，还总是在举办世界杯的城市做线下活动。观众不会深究谁是官方赞助商，他们只是习惯把同时出现的事物联系在一起。我想要的就是这个效果。"

"这样做确实是四两拨千斤的办法。而且，品牌一定要和年轻人处好关系，不是为了眼前的一锤子买卖，而是培育未来的忠诚客户。"

"今天晚上正好第一场选拔，我们感受下，明天再回去吧？"穆言提议。

"行，我正想偷个懒。"

"你怎么可以想偷懒，要有点领导的样子好不好！认真看，提提改进建议。"

"你选这么美的校园,不就是想让我放松一下,我岂能辜负眼前的美景和你的好意。"

"不要想太多,我并没有这个意思。"穆言哼了一声。

……

第三十章　遇到一个怪咖

耀华校园行的活动将历时三个月,分为初赛、复赛、决赛三个阶段,为了不耽误大家学习,活动都安排在周六举行。初赛主要用于选拔,只要报名都可以参加,路过的同学要是有兴致,也可以现场报名,直接登台表演。

今天正好是第一次初赛选拔,地点设在校园中央的芙蓉湖边。穆言请的供应商和学生志愿者早早地搭好了舞台,由于经费拮据,白天看舞台布景实在有些简陋。可当夜幕降临,舞台的灯光一盏盏点燃,倒影在平静的湖面上,置身舞台中央的人便产生了一种万众瞩目的感觉。

临近开始,人群开始逐渐被舞台绚丽的灯光吸引,慢慢朝广场汇集。音乐适时地响起,身着小礼裙的主持人站上舞台。这一名播音系的大三学生,身材窈窕,相貌端庄,用热诚的语言欢迎了前来的观众和选手。

随后,第一名表演者登上舞台,抱着吉他为大家演唱了一首英文歌。干净的嗓音在广场上方盘旋,听得所有人如痴如醉,连混在人群中起哄看美女的调皮男生都忘记了吹口哨。

广场仅放置了八排椅子,郝仁和穆言没有去和学生抢座位,只在不远处草坪上坐下,静静看着这些年轻人在舞台上像一朵朵鲜花绽放。

虽然是耀华的活动,但本身都有相应的营销人员负责,郝仁和穆言两人来这里无非就是凑个热闹,心情很放松。

郝仁是个投入的观众,时而鼓掌,时而大笑,一个人看得不亦乐乎,却感到身边半天没动静了,扭头看到穆言正出神,像陷入了回忆。

"穆老师,你以前也参加这样的比赛吗?"

"没有,"穆言惆怅地摇摇头,"我以前是个胆怯的人,永远站在台下,不敢上去。"

"站在台下感觉好吗?"

"不好,但是那时候让我觉得安全,只要不上台,就不会犯错,也不会有人嘲笑我。但现在想想，嘲笑的人终究会离场，不上去试试好可惜。"

"想不到现在天天光鲜亮丽的穆老师，以前也会感到自卑。"

"小时候不好看，就是个干瘦干瘦的假小子。"

"有照片吗？给我看看。"

"那可不行，这是我不能见人的秘密。"

"求求你给我看看。"

"不行。"

……

清风吹过湖面，带着一丝清凉拂过两人的脸庞，说着笑着，演出慢慢接近尾声。

重点大学学霸多，周末坚持自学的人不少。时间接近9点，自习回来的学生陆陆续续经过广场往宿舍楼走。

一个穿着旧运动服，背着硕大双肩包的男生，走过郝仁和穆言，他看了一眼灯光炫目的舞台，抛下一句话。

"耀华好好的一家科技公司，不在学校办点科技竞赛和知识竞赛，搞这些歌舞升平的才艺比赛真是不务正业。"

这句话跑到郝仁的耳朵里，顿时就愣住了，连忙起身叫住了这个男生。

"同学，你好，能不能耽误你一点时间聊聊。"

"不能。"男生头也回，自顾自往前走。

郝仁赶紧一个箭步跨到了男生的面前，笑嘻嘻地说道："同学，同学，你别着急走，我就是你所说的那个不务正业的耀华公司负责人。"

男生看到嘲讽的正主跑过来和自己理论了，停下脚步，看着郝仁嬉皮笑脸的脸，理直气壮说道："是啊，我就是觉得你们不务正业，你们之前校招的时候不是说自己是科技公司吗？怎么招聘完了，改娱乐公司了？"

穆言听到这话觉得十分刺耳，耀华是科技公司不假，但是科技产品总得普通消费者买，手机消费者又不全是极客，总得有一些更为接地气的方式和用户接触。穆言正犹豫对方只是个未入社会的学生，直接反驳会不会有失体面，郝仁却已经盛情邀请对方坐下一起聊聊。

"这个站着怎么说得清楚，同学你刚下自习吧，一定很累了。你看着湖边景色多美,不如坐下来休息下,顺便给我们提提建议。"

男生诧异地看着郝仁,自己言辞不可谓不重,他一个公司的负责人不但不生气,还让自己提提意见。好奇心让男生鬼使神差地跟着郝仁坐在了草地上。

"我是郝仁,就是耀华终端的负责人,宣称耀华是科技公司的人就是我。给你介绍一下,这是穆言,我们的营销总监,不务正业的活动正是她策划的。"

穆言听了,在夜色中给郝仁飞了个不易察觉的白眼。

"我是钟楠,软件科学学院研二的学生。"钟楠说道。

"你今年才研二,为什么会参加我们的校招?"郝仁问道。

"提前了解一下。"钟楠习惯每一句话都很简洁。

"我想请教下,你觉得我们应该在校园做什么样的竞赛活动?你指国家主办的官方赛事吗?"

郝仁拦下这个同学,正是想要知道这个问题。钟楠提到的科学竞赛和知识竞赛,在郝仁念书的那个年代也有,最有名的有两个。

一个是国家科协、教育部等部门共同主办的大学生科学挑战大赛,这个比赛始于1989年,旨在通过大学生科技活动的蓬勃开展,培养大学生的创新精神和实践能力,鼓励优秀科技人才的涌现。这种类型的大赛范围比较宽泛,几乎涉及了所有的理工学科和部分人文学科,和耀华的关联度不是很大,无论是从识别人才还是孵化科研成果都比较费时费力。

另外一个是全国青少年信息学奥林匹克竞赛(简称 NOI),也是国际信息学奥林匹克(简称 IOI)中国队选拔赛。这个比赛始于1984年,主要针对高中生,内容考查选手对算法和编程能力的掌握为主,目标是为了培养更多的计算机技术人才。郝仁和隋祖禹都有参加并获奖过。之前,郝仁和穆言曾对这个比赛动过心思,但参赛者年纪较小,竞赛形式又是闭卷考试,缺乏互动性和传播性,主办方还不接受任何赞助。最终,郝仁只是让人事部门关注这个比赛的参赛者。

"官方的比赛,我以前参加过 NOI,这个比赛从来没有见过赞助商,应该是不接受商业赞助。但是国外大企业会自己主办竞赛,比如 Google 的全球编程挑战赛、微软创新杯全球学生科技大赛、英特尔国际科学与工程大赛等等。"

"这些你都参加过吗?"90年代郝仁念书那会,出国还不像今天这么习以为常，对于普通人家来说更是个稀罕事，郝仁也只是听说，没有真正去了解。隋祖禹在美国学习 3 年或许知道，但沉醉研发的他即使参加过，也顶多当作自己的一个经历，是无论如何也不会想到让耀华举办一个竞赛。

"网上参加过初赛，入选后没钱出国参加复赛。"23 岁的钟楠家在河南农村，还有姐弟三人。父母务农为生，生活比较拮据，能把钟楠供到大学已经很不容易了。大学和研究生的开销，钟楠尚且需要打工维持，出国参加比赛这种大额开销，是想也不敢想的事。

郝仁仔细看看眼前这个少年，个子不高，皮肤黝黑，目光灼灼有神，骨子里有股子倔强。

"今年还参加吗？"郝仁问。

"嗯，报名免费的都试试，闲着也是闲着。"钟楠毫不犹豫地说。

"如果过了初赛，出国复赛的钱耀华出。"郝仁说。

钟楠惊讶地张大了嘴巴，半晌说不出话来。

"我认真的，算是感谢你给我们提了一个好建议。"郝仁说资助钟楠参加比赛，不是一时兴起或是出于同情。企业在学校寻找人才，从学校孵化项目都十分常见，钟楠说的企业主办竞赛确实是寻找人才的好主意。企业主办出题权就在自己手上，可以根据业务侧重点和人力结构来出题，这样招募人才有的放矢，甚至可以从参赛者的思路中获得灵感，助力自身的产品研发。

这样形式在国外科技企业中更是用得匪夷所思。美国著名科学家，晶体管发明者肖克利在给他的半导体实验室招募人才时，用代码的形式在学术期刊上登广告，除了聪明绝顶的人，谁也看不懂。Google 公司也曾经在加州 101 高速公路上刊登一则"｛无理数 e 中前十位连续素数｝.com^2"的广告，非专业人士做不出来。

"别这么惊讶，我只是感谢你为耀华提供了一个好建议。当然，在此之前，你需要通过了我们的考题，才能赢得这笔路费。"

"你的考题在哪里？现在给我吧！"钟楠自信地说。

"看你这么自信，我得把题出难一点，你把你的联系方式给我们，晚些时候发给你。"

"我还没有手机。"钟楠打开书包，把自己的电子邮件写在草稿纸上，撕下来递给郝仁。

"小朋友，还有我要和你解释下，商品要卖出去才有利润，科技公司也要挣钱，校园推广还是要做，不然你的路费哪里来？"穆言看着两人的对话已经接近尾声，再不解释就来不及了。

"对不起，刚才不是故意冒犯的。"因为一句无心的抱怨，惹到穆言这样一个美人生气，钟楠满脸涨得通红，连连道歉。

"没事，没事。"穆言看钟楠的反应过度，都有点后悔自己多此一举的解释。

又说了几句，钟楠和两人告辞，背起书包往前走。

才走了几步，又回头问："你们不会是为了我出一套题吧？"

"少年果然想得多，比赛是能者居之，加油，未必赢的人是你。"

钟楠走后，郝仁兴奋起来，打电话给隋祖禹，把想法大概一说，让他组织人出试卷，偏竞赛一点，以后定期刷新。

然后又和穆言说，安排人做一个网站，类似于竞赛通关的游戏，参加的人可以积分排名，每年排名最高的人可以获取奖金激励。

此时的耀华还没有充裕的经费和人力在全国范围内做线下比赛，但在线上开发一个竞赛网站还是很容易的。由于穆言超强的执行力和不遗余力的推广，这个被命名为"不服者联盟"的网站，除了吸引了各大高校的学生来参加，很多科研工作者也成为这个网站的忠诚用户。

再后面，穆言更是把部分出题权都开放给高校、科研单位和资深用户，用户参与感更强，愣是把一个小小的企业网站，运营成业界有名的学习平台，更是为后面耀华举办全球创新大赛奠定了用户基础。

等郝仁忙完，广场空无一人，舞台的灯已然熄灭，只剩月光如水地倾泻在湖面上。

"走，上台。"郝仁站起来对穆言说。

"上台？"穆言不解，这又是唱的哪出。

郝仁不由分说地把穆言从草地上拉起来，绅士地牵着走向舞台。

"干吗？"嘴里嗔怪，脚步还是跟上了郝仁。

四下寂静，两人站在舞台中央。

"我们站在台上了！你害怕吗？"郝仁问。

穆言看了看空荡荡的台下，不明所以地摇摇头。

郝仁捏住拳头假装话筒，用不大的声音说道："各位观众朋友大家好，欢迎大家来参加耀华终端有限公司的发布会，我是今天的主持人郝仁，站在我身边的是耀华终端营销总监穆言女士，下面有请穆言女士为我们介绍一下耀华终端有限公司。"

穆言有点失神，怔怔地看着郝仁把拳头话筒递给自己，蓦然感到月亮变成硕大的聚光灯打在自己身上，台下黑夜中的小花小草是万千充满期待的观众，风吹过树木的沙沙声是激动人心的掌声。

穆言接过话筒，说道："大家好，很高兴和大家在这里相遇，耀华终端成立于2002年，那是一个……"

真是个光芒万丈的女子，郝仁竟有点失神。

第三十一章　黯然退下舞台

印证了年初郝仁对国内手机市场的不乐观，2004年，在国外公司攻势凌厉的反击中，国产手机厂商从大举收复失地的喜悦陷入市场份额被严重挤压的忧虑，不到一年而已。

大部分企业采用了高中低全面出击的策略，低端市场跑马圈地，提高占有率，压制竞争对手。高端市场，树立品牌形象，获取高额利润。第四季度还没有过完，全国所有手机产商加起来，已经发布了近千款手机。疯狂的机海战术、硝烟弥漫的价格大战，严重挤压了国内外手机厂商的利润空间。

这一形势对国产手机尤其不利，高端市场受限于研发实力和品牌溢价，无法突破。低端市场又被规模成本所累，利润受限。前后夹击之下，国外四大品牌牢牢站住高端和低端市场，国产手机齐齐整整，全部挤在了1000~2500这个中等价位段，互相绞杀，十分惨烈。

晚上10点，郝仁刚跨入家中，拖鞋都还没有换，穆言的电话就打过来了。

"到家了吗？"穆言火急火燎地问。

"到了，正换鞋呢。"郝仁用肩膀夹住耳机，一边说一边开鞋柜。

"快看电视十点财经新闻，远征终端出事了。"穆言说。

"远征能出什么事？"郝仁前几天还在电视上看到远征终端负责人马伟平的访谈，说远征内部在进行一场深刻的变革，会在明年给大家一个惊喜，听穆言这通电话的口气，惊喜可能没有，大概率是惊吓。

"你先看电视。"穆言没有解释，还是坚持叫郝仁打开电视再说。

桌上遥控器被轻点了一下，电视屏幕停顿几秒出现了画面。

一群人举着"企业拖欠工资可耻，职工的利益谁来管，还我血汗钱"的红色标语，围在远征终端大楼前面呼喊。大厦物业的保安们严阵以待，警惕地挡在门口，一群记者拿着长枪短炮在人群中穿梭拍摄，场面一片混乱。

这时直播间的主持人开始介绍背景。远征电子集团是中国最早一批电子信息企业，被称为电子产业开拓者也不为过，产品覆盖广泛，录音机、影碟机、MP3、彩色电视、电脑等，几乎覆盖了耀华代工生产的所有产品。

新闻中被围困的远征终端隶属于远征电子集团，是我国第一家生产手机的品牌，早在1998年，它就与国际知名品牌MOT成立合资品牌，并于1999年推出了自己的第一款手机。

借助着外资的技术与资金，远征开始走向了发展的快车道，2000年销售164万台手机，其中65万台内销，99万台出口，净利润高达5000多万。2001年，销售400万台手机，其中280万台出口，净利润6000多万。2002年，两件大事让远征终端成为话题，一是成功在香港上市，成为资本追逐的对象。二是远征终端成为央视标王，以1.06亿元拿下黄金档套餐，震惊整个行业。随后，远征终端的营销策略愈发激进高调，明星代言、中华数码小姐大赛等，一波接着一波，风头甚至长期压制国外多家企业。

外行看热闹，内行看门道。远征虽长期占据新闻话题，隐患却早已埋下。一方面，和MOT的合作代价极大。每年有接近一半的利润划拨给MOT，留给远征终端投入研发的经费远远不足，只得更加依赖MOT的技术。

另一方面，远征激进的营销投入给企业造成了极重的负担，品牌美女开道，广告飞机大炮的模式在市场蛮荒时代也许奏效，在市场竞争白热化，消费者选择多如牛毛的时候，区区几句口水话广告语已经没有办法无限度地收割消费者了。今年上半年，远征电子销售额高达10.2个亿，净利润却只有可怜的250万，半年报一出，立即成为行业的笑柄。

远征终端负责人马伟平是个彻头彻尾的商人，对于金钱有着天生的嗅觉，在他过往人生的每一个阶段，都幸运地踩中了市场风口。真是好风凭借力，一度上了青云，巅峰时刻，马伟平曾经一个人手握四家上市公司，风光无限。

然而，正是他的精明，让远征终端梦碎了。

马伟平热衷于拆分企业上市大发横财，玩起资本运作的马伟平可以用疯狂来形容。他这些高调的营销手段，为的就是让投资者对远征充满信心，如此股价才会一路飞涨，管理层也才能财源滚滚。金钱游戏让人迷茫，在公司里已经没有人在意产品本身了，包装就是一切。牛皮吹得震天响，可消费者又岂是这么好骗，产品质量问题频频爆出，在互联网时代，这个负面评价很容易成鼎沸之势，成也名声，败也名声。

直到远征终端的资金链断裂，公司员工还恍若梦中，马伟平征服世界的讲话还在耳边，亢奋激情的语气不容置疑，怎么说不发工资就不发工资了呢？于是，被欠薪的员工，一个、两个、汇聚成群体，走上了维权的道路，成为社会新闻的主角。

新闻看到这，郝仁想起来美国同期的一家通讯企业ATT，它拥有世界上最成功的私有实验室，产生过多位诺贝尔奖获得者，是世界上科研工作者梦寐以求的天堂。它从电信行业获得巨额垄断利润，将销售额3%用于实验室研发工作。晶体管、半导体、计算机科学、射电天文望远镜、C语言等举世闻名的发明都出自这家公司。

当真讽刺，就是这样一家公司，会为短期无法投产的前沿技术大下血本，却终结于资本的贪婪和短视。当管理者发现最好的挣钱办法不是将一家企业的产品做到世界前沿，而是炒作上市后，ATT被不断地拆分公司独立上市，直至剩下一些没有竞争力的业务，一代王者轰然倒塌。

郝仁关掉电视，然后起身给穆言回电话。

"看到了，没想到说倒就倒了。"郝仁不由得唏嘘起来。

"是啊，我现在体会到你之前的建议是多么明智。真的好险，还好我们没有卷入他们的军备竞赛，要是这么多钱是我花出去的，我岂不是成了罪人，我太大意了。"穆言想起此前自己提报的预算，虽然不是倾公司之力去做营销，但今年的形势不比去年，要不是郝仁拦住，恐怕还是会超太多，现在想想还真是有点后怕。

"没有这么严重，我当时是真的资金不足，想把有限的这点粮草用在我们的研发短板上，只是没想到远征能做到这样的地步。你不是那么激进的人，我们公司的作风走一步望三步，倒也做不出这种孤注一掷的事情来。"

"这个市场太残酷了,兴亡不过就是转瞬间。"

"确实是啊,但我们是我们,远征是远征,不要被它影响到我们前进的步伐,钱该花还得花,花在刀刃上就可以。"远征也只是竞争对手之一,要说对耀华有多大影响,倒是谈不上。穆言会这么紧张,无非是推己及人,郝仁不希望穆言因此就束手束脚,一味地求稳并不适合一个创业品牌。

"这个市场能留下的企业会越来越少吗?"穆言问。

"未必,中国的通信市场方兴未艾,马上就要突破1亿台大关,这么大的蛋糕,谁能抵挡住这样的诱惑,越来越多的厂家会加入战局,贴身肉搏的日子长着呢。"虽然电话看不到,但郝仁下意识地摇了摇头,叹了口气。

"我们除了做好准备,没有别的办法了。"

"是的,但不要想太多,早点休息。"

"好的,晚安。"

电话挂了,郝仁一个人躺在沙发上发了好一阵子的呆。郝仁和远征的马伟平有过几面之缘,几年前,他是优秀企业家峰会上高高在上的演讲者,郝仁是台下众多学习者之一。那时候的他光芒丈丈,讲民族企业,讲自主创新,每字每句都让在座的所有人热血沸腾。如今,却是落得如此结局,真叫人唏嘘。

郝仁想着想着,眼皮越来越重,什么时候睡着都不知道。

远征终端大厦的办公室已经人去楼空,由于撤得太匆忙,文件纸张四处散落,被撞倒的盆栽东倒西歪,溢出的泥土留下一串串凌乱的脚印。

总裁办公室巨幅落地窗前,马伟平呆呆地看着天际黑暗淡去,街道上的路灯一盏盏熄灭。

自从知道集团已经放弃远征终端,打算彻底清理掉这块不良资产。他已经站在这里一整个晚上了,从血色残阳到东方发白,日落月升,思绪万千,回顾了整整的一生。

从农村走到全国最繁华的城市上海,从被人瞧不起的农家小子到出入都有人鞍前马后伺候的公司总裁,他用了二十多年。他自问是个运气不错的人,每一次他的冒险,身后都有一股强大的力量在推他。每一次别人都质疑他在吹牛的事,他都做成了,时间久了,他都不敢对自己随意冒出的念头有任何怀疑。

他记得曾经的一个手下败将说过:"我没有做错什么,但我还是输了。"现在,他脱口而出就想说这句话。

当一切辉煌渐行渐远,马伟平才恍然大悟,原来,过往不过是自己鬼使神差地站在了顺风的方向,做什么事都是顺势而为,错的对的都被潮流掩盖。如今时移事易,自己不过是被拍死在沙滩上的前浪了,难有翻身之日。

都结束了。

第三十二章　慎对前车之鉴

远征终端带来的震荡无疑是巨大的,郝仁一大早走进办公室,发现大家或窃窃私语,或高谈阔论,全部都是远征终端的轰然倒塌。

几个主管早上刚进办公室没多久,隋祖禹嘴里还叼着根油条,就见汤媛走过来,叫无论如何放下手中的活,参加一下郝仁安排的紧急会议。

总裁办公室里,郝仁一改平时放松的表情,神色严肃地做在办公椅上想事情,顿时让气氛都凝重了几分。

隋祖禹和郝仁最为亲近,有点担心地问道:"怎么脸色不好?"

"没事,"郝仁收敛了一下神色,但也没有直接回答,而是问,"昨天,远征的新闻大家都看了吗?"

"看了。"几人异口同声。

"大家怎么想?"郝仁又问。

"太令人惊讶了。"陈竞男说。

"是啊。"几人附和。

"今天叫大家来,正是想和大家讨论下远征终端事件可能给行业带来的影响,我们如何查缺补漏,引以为戒。没有危机感,我担心我们会步人后尘。"

郝仁整天嬉皮笑脸,少有把话说得这么重的时候,昨天还若无其事地安慰穆言远征是远征,耀华是耀华。可是夜深人静,他一个人思来想去却阵阵后怕,耀华步步谨慎,难道就没有犯过远征犯过的错误吗?另外,远征的倒塌不是一个孤立事件,会引起怎样的行业震荡,耀华难道不需要提前准备。

以史为鉴,郝仁想和大家严肃地聊聊。

看大家不说话，郝仁说："竞男姐，要不你先说说吧。"

"好，今年的手机型号疯狂增长，代理商的情况不容乐观，不少代理商人心浮动，忠诚度在降低，对厂家见异思迁，甚至可以说有奶就是娘。新品一上就不愿意卖旧品，反正选择余地大。对价格可以说是互相攀比，用东家逼西家降价，完全不从长远考虑。"陈竞男说道。

"这次远征终端出事前，又疯狂降价了一次，销售的数量可不少。现在突然倒了，远征手机的消费者可能会去经销商处要求退款。"郝仁说道。

"已经开始维权了，今早过来上班路过一个销售门面，看到围了好些人了，估计现在代理商要满头包了。"陈竞男苦笑着。

"近期做一次全面渠道拜访，稳固下我们的销售渠道。我想远征这次给代理商带来的麻烦不小，退货，钱没法从远征要回来，不退货，手机是代理商卖出去的，消费者天天来闹影响生意，进退两难。一朝被蛇咬，十年怕井绳，我们要让代理商知道，耀华追求的是长期稳定发展，有较好现金流，不会重蹈覆辙。"

"好的，因为今年的竞争形势比较严峻，我们从年中就开始加强和渠道代理商的沟通，强调耀华的市场潜力和公司策略。现在看来，我们最早一批合作的代理，比如聚星、顺达、创想等比较稳定，没有坐地起价，一直本着长期合作的原则和我们沟通。但一些新晋的代理，政策比较反复，要求比较多，想借机提高返点之类的心思不是没有。"

郝仁话锋一转："要识别一下哪些是忠诚的合作代理，和左右横跳的代理商区别对待，不能支撑我们产品全生命周期的代理商，分货和扶植都可以慢慢减少，直至退出。"

"我之前也这么想过，一直担心竞争过度激烈，失去一个销售渠道会影响很大。"陈竞男有些犹豫地说。

"多观察看看，不要没有依据地误会我们的代理商，但真实影响了我们生产备货和库存的代理商还是要减少。你们管理代理商投入了大量人力物力，好钢用在刀刃上。"

"行。"陈竞男肯定地应承下来了。

穆言发现昨天和今天的郝仁不大一样。昨天还和她像茶余饭后的谈资，今天就严阵以待，如果不是后面又发生了什么事，就肯定是经历了一番激烈的心理斗争。

穆言正想着，郝仁已经看向了自己，干脆主动发言。

"我有个担忧，远征是排名第十，我们在他们后一位，相当于远征自动让位给耀华，这可能会是一个话题点，可能会有媒体来旁敲侧击。"

"这个是有些棘手，拒不发言给了媒体足够的揣测空间，发言如果不当，容易给人幸灾乐祸的感觉。穆老师，你是媒体专家，这方面有什么建议？"郝仁问。

穆言从包中拿出一份文件递给郝仁，上面写着新闻发言口径四个字。

郝仁打开，边看边念："我们对于远征终端的危机深表遗憾。耀华终端与远征终端同为国产品牌，远征终端作为国内最早的电子信息行业开拓者，是耀华终端的前辈，从其身上我们学到了很多经验，至今我们唯有感激，期望远征终端早日脱困。"

读完，郝仁觉得这份回复言之无物，但又无懈可击，很适合应付媒体针对远征的询问。转念又想到另一种风险，便问："我们管理层按照这份稿子说没有问题，那员工会不会私自接受媒体采访，不经思考地随意回答？毕竟，远征终端也是我们的竞争对手，市场上难免短兵相接，难免有火花，员工会怎么说不好把握。"

"是有这种可能，我想做个全员参加的相关培训，要求大家没有媒体发言权的员工不能擅自接受媒体采访，否则信息安全违规。有媒体发言权的员工，则不能提及非自己专业的问题，所有的措辞都必须按照营销部的口径。"穆言说。

"确实有这个必要，我支持。各级部门主管是第一责任人，要高度重视这件事，要亲自对员工重复宣讲。"郝仁补充说。

"好的。另外，关于营销支出，我后面会更加谨慎，不再以量取胜。"穆言像是承诺一般正式。

"还是昨天我和你说的，跟风其他竞品完全没必要，但是不要因此束手束脚，该花的地方还是要花，注意投入产出比。"

听到投入产出比这个词，隋祖禹敏感地做起了检讨。

"之前竞男姐和我反馈，耀华T2的市场表现不如前一代产品，这个我有责任。"

"但是我看今年前三季度的总体销量和利润都优于去年，怎么突然自我批评起来。"郝仁问。

"主要的销量是由齐飞华牵头的定制机和李子健做的几个性价比产品

撑起来的。但是，我在耀华 T2 和未来 3G 手机的投入几乎占去了 70％的研发费用和人力。如果看投入产出比，我应该是最差的。"隋祖禹满脸自责地说。

这个数据郝仁早就看过，远征终端资金链断裂事件爆发来，他最担心的就是隋祖禹因此放弃在旗舰和前沿技术上的全情投入。还好今天有这个机会把他的观点立场说开，也不至于让这个家伙一个人憋着思绪万千。

"祖禹，你不能这么看，飞华和子健能做出热销的产品，是站在旗舰机的研发基础上的，你不能孤立地看投入产出比。相反，我觉得远征终端给你最大的启示应该是，研发不能短视，尤其是你，不能光盯着怎么做能挣钱这件事。你要去看未来的技术会是怎么样的，未来的消费者会关注什么功能。只看当前的仨瓜两枣，只会让我们在一棵树上和别人争得你死我活，完全看不到远方广阔的森林。"

隋祖禹听到这里突然放了心，郝仁果然还是懂自己的。不久前，他想要提议对芯片、射频、电池等部件也展开研究，减少对供应商的依赖，更好地优化自己的产品。但昨晚看到远征终端的资金链断裂问题，隋祖禹犹豫了，郝仁已经在各方面缩减费用，尽全力优先自己，自己还不停地提出资金需求，会不会真的败光耀华终端的老底。于是，现阶段隋祖禹想要不要按下不提，等日后市场情况好一些再说。

"唉，我其实确实受影响了，我本来还在做一个部件实验室的方案，但看到远征终端那样，我就怕……以为你……唉，不说了，我知道了，等方案做好大家一起看看。"

"你准备好随时找我。"郝仁看到隋祖禹像个花钱大手大脚惯了的纨绔子弟，突然家道中落要拮据度日，一脸的委屈样，又好气又好笑。

会开到这，气氛缓和了不少，郝仁担心的问题基本都解决了，大家的态度也让郝仁很满意，都不是浮躁的人，有一起做事业的决心。

这时穆言接话道："隋工，你别担心，我勒紧裤腰带，省下来的钱都给你花。"

那语气，那神态，活像个挥金如土的款爷。

隋祖禹也不羞涩，大大方方地道谢："多谢多谢，在下一定不辜负各位大爷的期望。"

大家有点憋不住大笑，又担心破坏了紧急会议的气势汹汹和郝仁难得的严肃正经，一边奋力忍着，一边不住地瞟向郝仁这边。

没想到，郝仁正巧在喝水，听到这句话，直接一口水喷到桌子的盆栽上，比喷壶还有力的水流从天而降，绿意盎然的叶片顿时落满晶莹水珠。

郝仁一看大家看向自己，立马换了一张花农般关爱植物的脸，淡定地拨弄检查了下叶片，满意地点了两下头，假装什么也没有发生。

自家老板丢脸却能泰然处之的能力果然一流。

第三十三章　国产愁云惨淡

2004年过完，信息产业部的数据明显表明了国产手机的市场疲软。国产手机从2003年超过50%的市场份额跌到42%，国外品牌猛烈的反击战大获全胜，收效显著。

排名第一的酷美，市场份额为26%，较去年又增长1个百分点。排名第二的品牌是MOT，市场占比12%，基本恢复了前年的市场份额。第三的品牌是爱达，市场占比10%，和去年持平。借小熊电子牌照新进入中国的CF，仅用半年就拿下5%的份额，排名第五。

国产品牌高科以5.8%的份额，勉强占据第四，位置岌岌可危。毕竟CF公司新入中国市场就如此势不可挡，明年超越这一点微不足道的差距简直如同探囊取物。

数字下面更是暗流涌动，负面消息层出不穷。高科斥巨资买下德国卡特电子后，想要利用对方研发力量，却传闻卡特电子首席技术官与高科总裁宋朝栋理念不和，矛盾频发。远征终端的母公司远征电子放弃财务危机的远征终端，直接宣布退出了手机市场，从此这个品牌在市场上销声匿迹。机海战术及对市场的误判，让国产手机的库存达到了4000万，疯狂的减库存抛售，让国产手机的利润降到了10%，远低于全球终端市场20%到30%的平均利润。

CF中国分公司大楼坐落在黄浦江边，一月的上海又湿又冷，正午刚过，灰暗的天空飘起了零零星星的米粒小雪。

坐在落地窗边的韩在舟正叼着一支雪茄，等秘书曲云江帮他点燃。旁边电脑上的销量曲线直线上升，韩在舟的心情非常好，看着外面的雪花不知轻重地撞在玻璃上，冷哼了一声。

"耀华真是自不量力,指条明路他不走,非要自讨苦吃。"

曲云江刚准备出去,听到韩在舟说话,又站回到了他的身后,回答道:"老板,是他们不识抬举,你都已经纡尊降贵去拜访,给足了他们面子。"

"中国有句古话不是说,不听好人言,吃苦在眼前,他们的苦日子还长着呢。"

曲云江才不会多嘴去纠正韩在舟的口误,是"不听老人言",不是"不听好人言",这样子说好像是韩在舟不听郝仁的劝告,吃了苦头。因为韩在舟说完这句话,好心情瞬间消失殆尽,脸色变得难看起来。

虽然国产品牌栽了跟头,但韩在舟也跟着趔趄了下。小熊电子的企业规模和制造水平完全没有办法和耀华相提并论,虽然CF公司派了一个技术团队进行指导,但短期内产能还是没有办法达到预期效果,长期来看还有点烂泥扶不上墙的感觉。小熊电子的老板熊兆辉更是奸商嘴脸,一张刁嘴不是阿谀奉承,就是和自己不停地谈条件,没有一点心思放在正事上。

韩在舟愤愤地想,若不是耀华拒绝自己,CF中国区不可能才有这么点市场占有率,自己也不至于在公司年终大会上被其他区域的代表羞辱,所有的一切都是拜这个不识时务的毛头小子所赐。

"你有耀华终端负责人郝仁的联系方式吗?"

"有他秘书的电话。"

"现在帮我接通一下。"

曲云江是上海人,近十年的电子产品从业经验,中韩双语流利。当CF公司开始谋求中国市场时,曲云江被韩在舟发现,高薪聘请过来做业务秘书。

虽然跟着韩在舟时间不长,曲云江却迅速摸清了韩在舟的脾性。这个人十分狂傲,城府不深,喜怒形于色,平生最享受的就是把对手踩在地上摩擦的感觉。现在打电话给郝仁,除了耀武扬威,曲云江完全想不到还有什么别的事可做。

于是,曲云江走到办公桌前,拨通了汤媛的座机号码,简单说明来意后,连通了郝仁,再把电话分机递给了坐在窗边的韩在舟。然后,一个人静静地站到一边,等待一场好戏的开演。

"你好,韩代表,新年快乐。"郝仁猜不到韩在舟是想和他说什么,

CF公司已经选择和小熊电子合作,和耀华再无合作可能。韩在舟这个时候打电话给自己,应该不会是拜年吧。

"郝总,抗压能力不错,还有心情和我说新年快乐。"

"虽然只有一面之缘,但论礼节,应该给你拜个年。而马上就春节了,每个人心情都很好。"郝仁听出韩在舟有些阴阳怪气,倒也不生气,反而有点期待韩在舟的表演。

"不要告诉我,没能和CF合作,你一点都不后悔。"韩在舟轻蔑地笑了两声。

"我有什么好后悔的,我拒绝的不过是一个看似温暖的火坑罢了。我猜你很后悔吧,小熊电子的熊兆辉不好相与吧,小熊的生产能力是不是让你束手束脚了?你想起来和我打这通电话是不是想求助?"

没想到郝仁猜中了自己的痛处,韩在舟气急败坏,顿时就想当面给郝仁点颜色瞧瞧。

"你们那点市场份额也好意思说CF是火坑?"

"没人能独吞整个市场,蚂蚱也是肉,关键是在自己手里的肉。"

"时间还早,日子还长,你能高兴得了几天?"

"我拭目以待。"

挂了电话,韩在舟完全没有得到发泄,把电话直接丢在了地板上。曲云江也很无语,韩在舟你一个韩国人,为什么要用蹩脚的中文去和一个中国人吵架,这怎么可能赢,还不如双方一起用蹩脚的英文,多公平。

郝仁挂了电话,对着旁边观摩了整个斗嘴过程的汤媛笑了笑,又去忙自己的事了。

巧了,今天想给郝仁打电话的不止韩在舟一个。

同在上海的宋朝栋此刻也站在窗边,看着银装素裹的世界渐渐落成,脸色却如天空般愁云惨淡,心里如冰窖般寒冷刺骨。

宋朝栋没有想到,明明看起来是个好买卖的卡特并购,现在变成了一个烫手的山芋。

卡特电子是德国老牌通讯企业,面向运营商、服务供应商、企业、消费者,提供从主干网到用户终端产品的全方位解决方案与服务。在手机终端、移动通讯、卫星通信、传输系统等多个方面都拥有大量的专利技术。

当卡特想要卖掉不挣钱的手机业务,并用自己的专利技术和渠道技术免费来做筹码时候，宋朝栋立马决定出资购买。卡特手上的相关专利至少估值 2 亿欧元，再加上卡特在欧洲的品牌及渠道，这笔生意和白捡有什么区别。

经过三个多月的谈判，最终决定高科出资 5500 万欧元，占股 55%，卡特出资 4500 万欧元和专利，占股 45%。

然而事情不像宋朝栋想得那样简单。合资公司在欧洲烧钱太厉害，人员整合异常缓慢，中方对于欧洲本地员工的管辖极度困难，两个品牌的定位不清晰，让产品在市场上出现了冲突。

宋朝栋心力交瘁，感叹为这场尝试交了太多学费，管理层为此每天争论不休，就是拿不出一个可行的方案，看来自己很难从海外市场这个学校毕业了。

不知道为什么，宋朝栋在这个时候想起了郝仁。

耀华明明还是一个名不见经传的小品牌，郝仁却敢宣称自己要做世界第一，但同时耀华秉持稳扎稳打的策略，丝毫不见冒进。

现阶段，国产品牌不是谋求品牌联合，就是大力并购，耀华却拒绝了亲自上门的 CF 公司，硬气地自主研发。

其他品牌明星代言和黄金广告位双管齐下，耀华营销不是蹭运营商和分销商的资源，就是撒胡椒面似的投放，只堪堪维持住目标市场品牌知名度。

其他品牌一年发几十款上百款手机，他却安心给运营商定制手机赚利润，然后把利润用来好好打磨一款旗舰。和前三大国际巨头相比，耀华的旗舰无论在系统还是硬件上都乏善可陈，销量能做到不亏钱就不错了。

这些非常规操作，虽然没有让耀华马上实现竞争超越，却在各大厂商杀敌一千自损八百时，耀华悄悄离开了市场份额饼图的其他类，稳稳爬到第九位。

真是个让人不容轻视的怪咖啊！

宋朝栋想给郝仁打个电话，问他如何做到外面风起云涌，我自岿然不动？问他怎么就能逆向而行，心中没有一点迟疑呢？想着想着，就下意识地拨通了号码。

"喂，朝栋吗？新年快乐！怎么今天有空给我打电话？"

电话那头说了半天，宋朝栋才反应过来。

"喂,朝栋,怎么不说话,是不小心按错了吗?"

"哦哦哦,不是不是,没什么事,就是想和你说句新年快乐而已。"

郝仁觉得宋朝栋声音不太对,兴致不高的样子。

"你最近是不是很忙?感觉不太有精神?"

"嗯,可能是上海太冷了,人都反应迟钝了。"

郝仁最近看到不少高科的新闻,知道宋朝栋焦头烂额,想必过得很不好。但估计涉及很多公司机密,郝仁一个竞争对手也不好多问。

"我感到迷茫,不知道怎么办的时候,我就跑到东西涌的海边坐一下午,看海浪一个接一个打在巨大的礁石上,撞得头破血流,依然锲而不舍地扑过来。"

"嗯,我知道了。"

"你知道什么?我不推荐这么做。"

"为什么?"宋朝栋知道郝仁刚才在宽慰自己,现在又说不推荐,莫不是有什么事是郝仁能做到的,自己做不到的。

"因为深圳冬天很温暖,上海太冷了,你去江边坐一下午,绝对被风吹得歪瓜裂枣,信不信。"

宋朝栋被郝仁拙劣的冷笑话弄得哭笑不得,不过,心口的块垒像被海浪撞碎了一般,舒服多了。

| 第二卷 |

星辰大海

第三十四章　有必要自研吗

周六上午快十一点，郝仁才从睡梦中醒来，躺在床上享受不用早起的快乐，一会把自己摆成个一字，一会把自己摆成个大字。

突然，一阵急促的敲门声从客厅传来。郝仁不情不愿地爬起来，趿着拖鞋出去开门。一开门，就见隋祖禹背着个大包从外面横冲直撞地闯进来，差点把自己撞飞。

"你这一大早跑我这干吗？还背着这么大个包，你被爸妈扫地出门了，来投奔我？"郝仁揉着眼睛不解地问。

"找你有事，电话也不接，我一着急就上门了。"隋祖禹把大包往沙发上一扔，开始从里往外掏东西。

"睡觉开了静音，所以电话没响，是有什么急事吗？"

这时，隋祖禹已经把包里的东西都摆在了茶几上，十几部各式各样的手机。

"你快看看这些。"

郝仁草草扫了一眼，不明就里地问："你拿这么多竞品手机来找我干吗？我办公室里都有啊。"

"你再仔细看看。"

郝仁拿起一台黑色的翻盖手机，翻来翻去看半天才发现问题。这部看起来和MOT的最新款一模一样的手机，商标不是MOT，而是nnOT，由于两个n靠得很近，艺术字的曲线和MOT几乎一模一样，郝仁乍一看没发现并不奇怪。

郝仁又拿起另外一部看起来是酷美新款的手机,这次学聪明了,直接看商标,赫然写着酷羊。

郝仁接着在这堆手机中发现了耀华T2,看了商标哭笑不得,光翟华。

隋祖禹这时说道:"你知道光翟华卖多少钱一部吗?"

"多少?"

"599!"

……

沉默过后,郝仁问:"你哪里搞到这批冒牌手机的?"

"昨天晚上,我大舅跑来找我,说买了我们公司的手机,用了一会有一些发烫。我说不可能啊,我做的东西我自己知道。我拿过来仔细一看,原来不是耀华,是光翟华。"

隋祖禹来得着急,有点渴,起身熟门熟路地从郝仁冰箱拿了一瓶水,拧开喝了一口继续说道:"我就问我大舅哪里买的,让他带我去看看。结果,一大早他直接带我去了华强北,曲里拐弯地找到一家小店。买了这堆东西回来,好家伙,甭管新品老品,应有尽有。"

郝仁叹了口气,说:"山寨机没错了,我大概知道一些,一般都是仿制名牌产品,没想到我们的耀华都有人做了,我都不知该高兴还是难过。"

说起山寨手机,就不得不提MTK这家集成电路厂商了。

一般来说,一部新手机问世需要一年左右。原因在于手机最重要的部件是芯片,而当前芯片供应商大多提供双芯片分别控制通话和多媒体设计,拿到芯片后还有大量工作需要手机厂商自己做,尤其是软件开发及系统调试方面。这样手机厂商需要养一个人数众多的研发团队,如同买房买到"毛坯房",还需要养一支工程队来负责装修改造,从交房到入住还有很长一段时间。

但是MTK改写了这一切,它发明了一站式解决方案,在将芯片销售给客户的同时搭配软件,这样一些不具备研发能力的厂家,就只需要设计手机外形,拿着MTK带软件的芯片,半年内就可以快速地推出手机。

于是,市面上热销手机的仿制品就大量出现了,什么都是现成的,仿佛"精装房"一般,拎包入住。

据说,夸张一点的山寨手机制造商只需要三个人,一个人负责与MTK拿货,一个人负责找工厂开模制作外壳,一个负责把手机卖个分销渠道。

这些手机是没有国家入网许可等资质，也不提供售后服务，完全是野路子。于是，人们借用山寨一词，形容其如武侠小说里的土匪马帮，游走在法外之地。

隋祖禹被郝仁传染似的叹了口气，说道："你觉得我们还有必要自研吗？我们一部手机从概念到上市，一年多就过去了，人家不要多久就能仿制出一部一模一样的，价格还便宜好多，我们不是白忙了。"

"也不能这么说，你大舅不是说手机发烫，我看这些手机无资质、无许可、无售后，典型的三无产品，质量很成问题，还可能有安全隐患。"郝仁说道。

隋祖禹摇摇头，说道："可是我看买的人很多，消费者哪里会仔细看，稀里糊涂或者贪便宜就买了。"

"正规厂商的手机客单价高，对很多低收入群体，确实消费不起。黑手机没有研发团队和售后服务团队，制作成本低廉，有市场空间也不奇怪。"

"郝仁，高端市场我们还没有突破，低端市场性价比又拼不过这些山寨机，你还给我划拨这么多研发经费，招聘研发人才也肯下血本，变相地拉高了我们的产品成本。"

隋祖禹置身研发，并不是与世隔绝，不能完全不懂企业经营。看着这个市场风云变幻，各路神仙你方唱罢我登场，败的多，成的少，对耀华难免提心吊胆的。

"人无远虑，必有近忧。我这样做也是为了长远，卖产品容易，立品牌困难。手机最核心的能力放在供应商那里，你能放心？今天给你，明天给别人，有没有饭吃看别人的脸色，你受得了？"

"说是这么说，可我们也不能眼睁睁看着别人挣钱吃肉，我们捡漏喝汤。你我没啥生活压力，可是成百上千的员工呢。"

"这不是你要担心的，我有我的办法，经费少不了你的。你之前提出要搞部件实验室，我可是大力支持，这些基础部件说白了都是补课，还我们之前欠下的债。自研一时半会替代不了外购，但你必须铆足了劲突破。"

"这个我知道，去年你招聘进来的人，我把优秀的都挑出来，放在这个实验室。"

郝仁突然话锋一转，说道："你觉不觉得，MTK这家公司很聪明，在它切入手机芯片领域之前，这个行业被欧美日本垄断。它通过整合芯片领域中难控制的环节，简化了分工，增加了行业的效率，也让它的客户过度依赖，欲罢不能。这个模式真的很值得我们借鉴。"

"你连芯片都想自己设计？"隋祖禹大吃一惊，在所有人都开始图省事，轻量化组织时，郝仁一步步深入上游，居然想要把整个链条给补齐了。

"MTK以前做DVD之类的产品，近几年才切入手机芯片的。一开始生产的产品问题非常多，只能低价卖给小厂家，现在越做越完善，我看它的发货量靠山寨机都快进全球前五了，听说不少正规国产品牌都要开始尝试小范围合作。我们可以向它学习，你找几个懂的人琢磨琢磨，一开始做出来的产品，可能不成熟，我先去贴牌项目中要个小的试试，等你多迭代几次，能出稳定的产品，我们再放到自主产品上。"

郝仁的这个方案是从小批量试点到量产，逐步改进，比较有操作性，隋祖禹同意，却难免有点沮丧："唉，我人生中第一次觉得自己是个学渣，落下这么多课，眼见别人都快到终点，我这才一半都没走完。"

"谁说不是呢，但你反过来想想，这个行业不是谁先做谁就有绝对优势。只要技术一更新换代，大家又都回到了起跑线，这就是我们弯道超车的机会。"

"你这样说，我倒是想起了柯达的例子，过去的一百年间，柯达在影像领域一直占据着领导者的地位。世界上的第一台数码相机也是1991年柯达公司发明的，然而就因为柯达的利润建立在胶片、相纸、冲印三大业务上，导致它没有动力去割断过去，于是在数码相机上失去了先机。说白了，柯达败于数码技术的变革，也败于自己的短视。"

郝仁目光看向窗外，过了半晌说道："站在潮头选对方向，做什么都是顺势而为。我们眼前是正有一个绝佳的机会，网络通信技术在演进，我们的终端产品也在迭代，我们在2G、2.5G时代落后了，下一代网络到来前，我们如果比国内其他厂家先跨一步，或许有可能占住先机。"

"不错，不错，正是如此。"隋祖禹一听兴奋了起来，3G手机一直是他亲自带队开发，郝仁的乐观对他还挺受用的，但转念一想又说道，"我们虽然在国内对3G手机的研究算起步早的，但国外巨头们走得更远。发达国家早就有3G网络，国外厂商手里现在已经有不少3G手机商用了吧。

不是泄你的气,我们还是落后分子。"

"也不能这么说,在世界范围内是落后点,但在国内不是,我国的3G网络还没有发牌照,发令枪打出前的领先不影响大局,只要我们枪响后第一个冲出去就行,再说其他国家的实践是我们最好的学习教材。"

"你说得有道理,远的不说,我们的邻国日本3G智能手机普及率就极高,日本人都习惯在地铁上使用数据业务看视频动漫。"

"不如,年前没有要紧事,我们去日本考察考察?"郝仁马上提议道。

"好家伙,和我想到一块去了,什么时候走?"说完,隋祖禹从沙发上跃起来,作势马上就要出发。

"你一着急还能提脚就走啊?"郝仁一脸嘲笑地看着隋祖禹。

隋祖禹突然又想到,"我下周就把今天讨论的这些都安排起来。你说,我整天捣鼓这些市场还没影的事,把挣钱的事都丢给飞华和子健会不会有点过分?"

"也没有,你可以这样,和他们商量……"

两人聊了一上午,郝仁没抽出时间吃早饭,到了正午,肚子叽里咕噜作响。

"你饿不饿?要不随便煮个面,我们一起吃?"

"行,不要葱和芹菜,酱油少点。"

"就你要求多。"

"不要用夹过芹菜的筷子挑我的面哦!"

"知道了,烦死了。"

……

郝仁在厨房里洗菜下面,隋祖禹也不帮忙,抱臂靠着墙,一个劲地碎碎念指点,像一百只蜜蜂在郝仁耳边振翅。

刚才还惺惺相惜的两人,马上就要锅铲扫帚相向,战争一触即发。

第三十五章　海外市场考察

一衣带水的日本,多年来一直是手机行业创新的引领者,在世界上创下了多个行业第一。第一个在手机上安装彩色液晶显示屏、数码相机、互联网浏览器、电子货币服务以及电视接收器等智能设备的,正是日本的手机制造商。隋祖禹在电视上看到日本用户地铁上看视频动漫,所依托的正是具备多种功能的智能手机。

日本在手机领域的领先，得益于日本走在世界前列的通信网络。早在 2001 年，日本就已经建设了 3G 网络，到 2005 年，全球 3G 手机用户，日本占据三分之一，远远超过第二名、占有率只有 14％ 的英国。

这次，郝仁、隋祖禹、穆言和陈竞男四人前往日本考察的目的，主要是为了提前体验下一代手机的功能及应用场景，顺便学习国外企业先进的生产和管理经验。

四人都不会日语，为了顺畅交流，细心的汤媛提前联系了一个日本留学生做导游兼翻译。

经过 5 个多小时，从香港飞往东京的航班终于降落在成田国际机场。下了飞机，四人有说有笑地推着行李往外走。刚到接机口，就看到一个穿着粉色羽绒服的小巧女孩，在东张西望地找人，手里举着个牌子，上面用中文写着"欢迎耀华公司访日"，想来就是汤媛安排的翻译了。

"你好，请问是洪雨楠吗？"郝仁朝女孩挥挥手，问道。

女孩子笑得很甜，连连点头说："你好，你们就是汤媛的老板和同事吧，欢迎欢迎，欢迎大家来到日本。"

"辛苦你在这久等了。"穆言很喜欢这个面善的女孩子，样子很甜，声音也很甜。

"你就是穆言吧，果然名不虚传，好漂亮。"洪雨楠目不转睛地盯着穆言赞叹道。

"过奖了。"穆言被个小姑娘夸得有点脸红。

几人寒暄了几句，就在洪雨楠的引领下往外面走，小姑娘年纪不大，做事却周到，提前预约了一个七座车的司机。成功接到四人后，洪雨楠给司机发去一个消息，让他把车从停车场开到出口。

一月的东京严寒刺骨，自南国而来的四人刚离开机场出口就被一股寒流撞了个满怀，下意识地拢了拢风衣领口。

一个头发花白、身穿制服、戴着白手套的司机看到洪雨楠带着人出来，连忙下车鞠了个躬，接过行李在后备厢叠放好，然后拉开了车门让他们上车。

成田机场距离市区有近 70 公里，汽车在高速公路疾驰，约莫行进了一个半小时，在一家旅馆前停下，帮他们将行李放到前台，司机收到服务费就和他们告辞，开车离去了。

这是一对中年夫妇经营的家庭旅馆，规模不大，典型的日式建筑，门口矮松一株，门头一对灯笼透出些许暖黄色的光。

穿着藏青色和服的女主人热情地迎接了郝仁他们，简单办理了入住后，又引着大家穿过庭院，来到地面铺有草垫的传统榻榻米居室。

这是一个三室一厅的套房，客厅中间有被软垫围绕着的矮桌，上面放置着一套质朴的茶具。推开卧室的纸制搪门，里面除了有睡眠用的布团和铺盖，别无他物。

日本衣食住行消费极高，就这样简朴的套房，一天的房费也要四万日元，按当时的汇率已经超过两千人民币，更别提高级酒店了。公司初创，几人不敢铺张，能省则省，郝仁和隋祖禹一间卧室，穆言和陈竞男一间卧室，洪雨楠是受汤媛委托前来帮忙，得到了大家的一致照顾，自己独享一间卧室，免得她往返奔波。

今天，几人一大早就出门，先到香港，再飞东京，舟车劳顿到现在已经是晚上7点。大家都累得不行，完全没有动力出门吃饭。

还是陈竞男贴心，烧了了热水，从行李箱里拿出几桶泡面，人多热闹，大家一阵哄抢后，吃得不亦乐乎。

特别是洪雨楠，已经一年多没有回国了，对家乡食物想念得紧。抱着一桶红烧牛肉面感动不止，一顿风卷残云，面吃光，汤喝完，恨不得把碗都吞下去，看得郝仁他们是又好笑又心疼。

笑够闹够，便洗洗睡了。

第二天上午，他们乘坐地铁来到了位于东京都千代田区的秋叶原，这里有上千家店铺，是日本最负盛名的电子产品销售中心、动漫朝圣之地和旅游景点。出了地铁口，穿越人潮，直奔电器连锁商场友都八喜。

日本手机市场基本可以说是运营商的市场，手机终端是日本运营商产品的一部分，机卡不分离。和中国的机海战术不同的是，日本每年手机新品的数量并不多，以过去的一年来说，NTT、Au、Willcom三大日本运营商共出品86款手机。而在中国，一年上千款机型，仅酷美一家手机产商就出品了65款新品，叫人眼花缭乱。

原因就在于，在日本，手机款式要严格按照运营商的规划而来。运营商会积极参与手机的规划与设计，保证手机的功能与套餐深度契合。过程中，运营商与手机厂商双方必然经历多次反复沟通与修改，拉长了整个手机上市周期。

他们现在步入的手机专区，同样是运营商设立并负责销售。映入眼帘的是一排排放置于展示柜上的手机，用户可以自行拿起来体验，一位穿着制服、挽着发髻的女销售正对着他们鞠躬微笑。琳琅满目的商品让郝仁一时之间不知道如何选择，随手拿起了一款香槟色的翻盖手机。

女销售察言观色，立刻用一种甜美的嗓音给郝仁介绍："这是一款植入了非接触IC卡的手机，它除了有手机的常规功能，还兼具刷卡消费功能。只要把手机靠近刷卡终端，听到嘟嘟两声，就可以完成消费，无论是便利店购物，还是乘坐公交车，都很方便。充值也不麻烦，各大车站都有电子终端可以充值，或者在家使用互联网也可以。有了它，你就无需携带钱包出门了。"

"那如果手机丢失怎么办？"郝仁问道。

"旧手机丢失后，如果你购买了新手机，余额和你之前充值的月票就会回到新手机上。"女销售继续介绍道。

穆言这时拿起了一部大屏手机，上面没有按键，正不知道如何使用时，一直微笑着的女销售示意把手机给她，然后将屏幕往后一推立起，露出一排键盘。

"这款手机的屏幕很大，背面有七彩炫光，十分时尚。而且这款手机提供手机电视业务，涵盖新闻资讯、天气预报、体育赛事、娱乐综艺等多种服务，搭配的套餐也配有充足的数据流量。有了它，无论是在交通工具上，还是在户外公园，你都可以随时随地观看球赛和电视剧。"

"那这一款呢？"隋祖禹指着一部黑色商务手机问道。

"先生，这款手机非常适合你。这款手机提供I-MODE手机报纸服务，每月只要200日元，你就可以享受来自《朝日新闻》《日本经济新闻》《读卖新闻》等权威报纸的海量咨询，而且还可以和你的朋友通过图片形式进行分享哦。"

……

正各自观察手里的手机，隋祖禹突然咦了一声。

"怎么了？"郝仁问。

"这里全部都是日本品牌的手机，唯一我发现的一款国外手机，还放在这个犄角旮旯，根本没有多少人看得到。"隋祖禹回答道。

"我认识的所有日本朋友都只用本国手机。"待在东京三年，洪雨楠对日本人的消费观比较了解，解释道，"购买商品时，日本人普遍这样排序，日本产品是一流，欧美产品是二流，其他发展中国家的产品是末流。"

日本市场一直被称为跨国公司的修罗场，日本用户对本土品牌的忠诚度，让整个日本手机消费牢牢把握在本土运营商和本土手机品牌的手中。哪怕世界前四大品牌酷美、MOT、爱达、CF 在日本都是苦苦挣扎。不久前，酷美经过评估发现，在日本市场的投入产出不成正比，宣布退出了日本市场。

"如果我们国家也这样就好了。"陈竞男感慨道。

"打铁还需自身硬，我们把产品做到极致，一定也能赢得本国消费者的忠诚。"郝仁信心满满地说。

几人纷纷点头，又各自研究起来。

很长一段时间里，几个人只是一直看没有买，销售人员却丝毫没有露出不耐烦的神情，都是耐心细致地介绍，最后在殷勤的服务下，除了洪雨楠，每人各挑了一台手机。

本来采购几台手机回国研究也是这次访日的任务之一，但在整个消费过程中，陈竞男心中莫名地产生想要回馈这位女销售的念头，不能让她白辛苦。

想到此，陈竞男心中一惊，这样的服务意识太可怕了，等回国后，一定要好好地和团队成员分享下消费者心路历程，这里面有太多东西可以借鉴了。

陈竞男后来回国后开始着意改进销售服务水平，并形成可执行的标准文档，全面在公司推广。正是陈竞男细致的观察和虚心的个性，让后来耀华终端销售的服务意识悄然连上台阶，成为业界服务的天花板。

以至于后来，日本厂商反过来向耀华取经，这让陈竞男更加如履薄冰，自己可以从学习到超越，别人亦可如此，这是后话。

第三十六章　学而不思则罔

到东京的第二日，郝仁带着几人前往五木株式会社参观。

五木株式会社是日本数一数二的工业设计公司，日本一半以上的手机品牌都与这家公司或多或少有过合作，客户中来自欧美甚至中国的公司也不少。

由于运营商深度介入手机生产设计，所以几乎可以说，日本销售的手机是运营商、手机厂商和其他供应商多方协力创造。

郝仁想要学习日本手机品牌的经验，去找日本运营商和日本手机厂商都不合适。日本市场不是目前耀华可以企及的，运营商根本不可能搭理郝仁。日本手机厂商一直觊觎中国市场，耀华是其竞争对手，更不可能倾囊相授，培养对手。

相比之下，第三方供应商是个很好的选择。第三方供应商了解多家厂商的情况，行业经验丰富，信息获取面广。从关系上说，耀华极有可能成为自己客户，这些供应商必定尽可能展现自己的实力，拿下耀华，借机打开中国市场。郝仁相信可以从他们身上获取到大量想要的信息，于是前往东京前，让陈竞男以寻求供应商的名义联系了五木株式会社。

五木株式会社位于东京港南工业区，离几人住的旅馆大约一个小时的车程。由于这次交流可能涉及大量专业词汇，除了洪雨楠外，郝仁又寻了一个熟悉电子行业的翻译，以备不时之需。

五木株式会社的办公大楼是一栋包豪斯风格的建筑，远远看去像一块灰白色的几何积木，和这个公司在工业领域的设计风格一致，实用主义，简洁利落。

待大家到达，一个个子不高的中年男人在门口热情地迎接。

"大家好，我是北原仓介，是营业课课长，这是我的助理野原，欢迎各位来到五木株式会社。"

"你好，我是耀华终端有限公司负责人郝仁，很荣幸有机会来贵公司拜访。"

短暂的寒暄后，北原仓介引着几个人径直坐着电梯到了最高层，然后从上至下一边参观公司一边做业务介绍。

"五木株式会社成立于 1976 年，距离现在已经有快 30 年了。我们的总部设在东京，在大阪、纽约、伦敦和新加坡等地都设立了分部。我们从创立之日起就深耕电子产品领域，客户遍布全球，世界五百强中，有 32 家和我们有过合作。这里是公司设计部，目前大约有 200 人左右的资深设计师。"

郝仁顺着他指的地方看过去，这是一个全开放式的办公室，办公位与办公位之间没有隔板，方便同事之间进行交流，这和大部分日本公司的办公室设置不太相同。

没想到北原仓介接下来就回答了郝仁的疑惑："我们的设计课课长在美国工作生活了十多年，很多理念会比较西式，他不太喜欢臃肿的组织架构，讨厌层层汇报，喜欢大家平等自由交流的工作方式。"

"原来如此。"郝仁回答。

接着几人下了一层楼，来到了五木株式会社的材料实验室，因为此处涉及很多核心商业机密，外人不得入内。隔着过道的玻璃，郝仁看到里面有很多穿着实验室标准防护服的员工在里面忙忙碌碌，时而在电脑前填充实验数据，时而在工作台捯饬物料。

"我们的客户来自世界各地，每个国家的合作方式都不同，本土客户，尤其是和你们一样的手机客户，对于设计等各方面的介入比较多，因此我们会尽可能地还原客户的需求，但欧美区域的客户就会比较希望我们给出全面方案，很少干涉具体过程。当然无论哪一种，我们都有精干的团队为客户提供贴心的服务。尤其我们在材料、人体力学、外观设计等诸多方面的积累，能够提供的方案选择面非常广。"

接下来几人又下了一层，来到五木的生产车间和检测实验室。因为是产品方案公司，五木并不承担客户产品的批量生产，但为了使得产品方案更具可执行性，五木也设立了一个迷你车间，可以将设计好的产品，送到这里来打样和检测，以便更好地呈现给客户。郝仁看出，五木株式会社在生产中大量使用了智能设备，整个车间到处是机械臂和智能看板，只有寥寥三两个操作工人。

参观完，北原仓介带着几人来到会议室稍作休息，然后组织了一个小型的交流，除了北原仓介，从外面又进来了设计课和生产课的主任，一起加入了讨论。

因为参观过程中，北原仓介已经介绍过五木株式会社的大致情况，讨论就直接以提问的形式展开。

"我有个问题可能有点冒犯，但对我们很重要，希望诸位可以为我解答。日本手机厂商新机的推出周期在18个月以上，但我们国内一般在12个月左右，有时候还要更短，请问会不会和你们的设计效率或者生产效率有关？"郝仁直接抛出一个尖锐的问题，想试探下五木株式会社对手机行业的了解程度。

北原仓介听郝仁提出质疑，自始至终没有改变脸上谦和的微笑："这个有几方面的原因，一方面相信你们已经有所了解，就是日本和中国开发过程非常不同，日本手机是绝对的运营商市场，运营商深度介入整个生产过程，中间沟通协调过程比较久。"

"这个我们也略有耳闻。"郝仁附和道："那另外的原因呢？"

这时，北原仓介露出自豪的微笑："日本在手机领域，尤其是智能手机领域持续保持创新。这么说吧，你们的很多手机制造商因为是独立制造，哪怕合约机也不会有多少来自运营商的干涉。这就造成了大多数厂商倾向选择成熟的配件，有时候甚至只是简单的改变造型。对于最重要的芯片部分，过度依赖 IC 供应商的一站式方案。我说的没错吧。"

"很多情况确实如此。"郝仁想起了今年已经泛滥的山寨手机，不得不承认，"那你们的厂商是怎么做的。"

"因为运营商节奏慢，所以厂商比较有多余的精力挑战新的部件，基本上，每一个新款都会采用数十种新的部件，新的部件自然需要反复测试可靠性，曾经我有一个客户，为了一款新的铰链，花了一年的时间。还有一点，我们本土厂商会深入到你们放弃做的集成电路芯片的开发过程中，为了共同开发的芯片一般还会签订单一供货合同。当然，新的芯片比成熟的芯片更麻烦，但是这样可以保证我们在一定时间内保持领先。"

"受教了。如果我们想要和你们深度合作，不仅仅是外观的设计，而是整体方案，你们是否也能支持，就像你们为日本客户服务的形式，全程参与。"

"当然可以，大多数中国公司会希望我只提供外观设计，这样比较节省费用，你们是第一个表达整体方案意向的中国公司。"

"具体我们需要回去内部讨论再做答复。"

"自然，自然。"

"可以再分享一些客户案例给我们参考吗？"北原仓介听到耀华提出全程合作，感到有可能谈成一个颇具分量的订单，心中愉快，越发滔滔不绝。

……

今天的交流如同一粒石子，投入郝仁和隋祖禹原本平静的内心，荡起层层涟漪。

晚饭后，几个女生去外面散步消食。郝仁不想动，坐在客厅矮桌前泡茶，隋祖禹则躺在草席上，看着天花板发愣。

"我今天总算明白，欲速则不达的意思。"郝仁用膝盖推推隋祖禹，示意他起来喝茶。

"我也觉得，不得不说，小日本这个操作很鸡贼，深入上下游，把能力牢牢把握在自己手上，然后和供应商建立单一稳固的关系，这样大家的产品同质化率就降低了，不会互相大搞价格战。"说完，隋祖禹坐起，牛饮一般把整杯茶往口里灌，直接被烫得怪叫起来。

"唉，我说你慢点，品茶不是往肚子倒水。"郝仁赶紧给他背上拍了两下。

"咳咳咳，知道了。"

"是啊，山寨机厂商虽然销量惊人，但更像一个服务商吧，毕竟芯片和软件都是别人的，手上没有核心能力。"

"确实如此。不过，日本手机制造商尽管技术优势明显，但在中国的市场占有率完全比不过欧美和韩国。"

"他们的运作模式跟不上中国的市场节奏，研发周期还是太长了，这一点我们要注意，公开市场肯定要讲效率，不可能任何东西等到十全十美再推出。"

"知道。你今天说要和他们全程合作，真的吗？收费一定很贵！"隋祖禹最近一提到经费就有点敏感。

"客套话而已，目前没资金条件。再说，即使要合作，重点也是为我们构建实力和知识赋能，不是一锤子买卖。具体等我想清楚再说，不必着急。我现在最关注的还是要不断提高我们的自研比例，把依赖的部件逐渐突破。还是我上次说的，这事不急，但是很重要。目前靠进口部件也能挣钱，就是好大一部分利润被外商拿走了。长远来看，我们自己掌握核心技术，才能不看别人脸色，挣最大比例的利润，做出别人做不成的产品。"

"知道，不用你提醒，我心里也就这一件事。"

"还有这几天手机店逛了不少，3G 网络对消费者生活的颠覆性比我们想象的大好多，手机以后就不是个用来打电话的工具，而是报纸、杂志、收音机、电视机、电脑等各种功能集合体。回去把这些要点都整理整理，功能点规划到研发需求里面，下一代网络来临前，咱还能再调整调整。"

"还用你说，我都写不少了。"说完把随身笔记本丢给郝仁看。

郝仁翻了几页，立马嘶了一声，"你写字怎么几十年如一日的难看。"

"说什么呢？我昨天写到很晚，累死了，快给爷奉茶。"

"好嘞，大爷您请。"

几个女生回来，开门看到隋祖禹如山大王般坐在正中，郝仁双手奉茶，一口一个大爷，不知道又在玩什么幺蛾子。

第三十七章　局外人的启示

日本的考察行程大约持续十天，主要是拜访相关的上游供应商和产品调研。洪雨楠还有几个月就要毕业，在校的课程基本结束，工作也敲定了，因此全程陪同郝仁几人东奔西走。

距离郝仁回国的倒数第三天，洪雨楠一早在客厅等几人起床，看见隋祖禹和郝仁揉着眼睛拉开门，紧张地站起来，又欲言又止。

"怎么了，雨楠。"郝仁看她怪怪的。

"郝总，那个，我想请问明天下午有没有重要的事，没有的话我可不可以请个假。"

"你是有急事吗？"郝仁关心地问。

其实，考察的行程今天过完就结束了。郝仁故意多停留两天让大家自由活动。这几天连轴转，白天考察，晚上讨论总结，大家连顿像样的大餐都没有好好吃过，常常泡面或者便利店便当打发，是时候好好休息下。

郝仁问洪雨楠不过是出于关心，怕她出了什么急事，结果，不问还好，一问把小女生给吓到了。

"没没，如果不行就算了。"

"我不是这个意思，我们快回国了，明后天自由活动，你自行安排就好，我以为你有什么麻烦，问问需要帮忙不。"

洪雨楠松了口气，有点抱歉误会了郝仁，说道："明天学校有个实验室挂牌揭幕仪式，请了田中耕一先生来演讲，因为他深居简出，很少露面，我怕以后很难有这种机会了。"

"田中耕一，是那个诺贝尔化学奖的田中耕一吗？"隋祖禹前一秒还迷迷糊糊，听到这个名字陡然清醒过来。

"是的。"洪雨楠肯定地说。

"可以带我进去吗？"隋祖禹和郝仁同时恳切地问。

"唔，我去问问。"洪雨楠有些犹豫，但还是答应帮忙了。

不一会，洪雨楠就回来了，说只是普通的揭幕演讲，不是学术研讨，不用门票，普通路人有兴趣也可以参加，就是里面的座位要优先本校的老师同学，如果没有多余的位置，可能需要站在后排。

郝仁和隋祖禹连连应承说没问题。

田中耕一是 2002 年诺贝尔化学奖的获得者，和其他获奖者在学界辉煌的简历相比，田中耕一的身份是一家国际知名化工仪器厂的普通职员，不是任何大学的教授，甚至没有取得过硕士博士的学位。因此，当新闻报道出田中耕一获得诺贝尔化学奖时，整个日本学界短时间内陷入了迷茫，查遍各大高校都没有找到这个人的任何研究档案。

田中耕一的研究领域和电子行业没有太大关系，郝仁和隋祖禹单纯出于对科研人员的敬重，想要去一睹诺贝尔获奖者的风采。

昨天，几人讨论办完正事去哪里游玩，有人提议去京都大阪晃晃，有人说去原宿秋叶原买买东西。郝仁和隋祖禹都不是太有兴趣，游览嫌累，逛街嫌挤，去听听演讲倒是不错，只要洪雨楠能给翻译就行，否则听不懂打瞌睡。

活动地点在仙台市知名综合型院校东北大学，也是田中耕一的母校，从东京乘坐新干线过去大约需要一个半小时。

郝仁和隋祖禹跟着洪雨楠中午时分出发，到达会场差不多下午 1 点半，门口没有指引，没有接待，若不是洪雨楠带路，外人根本找不到。

洪雨楠说："田中耕一先生特别低调，希望只为本校学生老师演讲，活动不要公开宣传。否则以他现在的知名度，此前媒体一直苦于没有机会采访，若是得知他出席了这样一场活动，肯定蜂拥而至，踏破门槛。只是我没想到，连个保安都没安排。"

郝仁笑笑："田中耕一先生想低调，门口如果一堆保安不是摆明这里有重要人物出现，不如像现在这样反而不会引人注意。"

这是一个小型演示厅，大约能容纳 100 人左右，中间是下沉式的讲台，座位是向上阶梯状，没有着意布置，就像一个普通的公开教室。

距离活动开始还差半小时，已经有参会者陆陆续续到达落座，果然都是学生和老师，没有媒体记者。

快到下午两点的时候，会场最后几排尚有些位置，应该不会再有人来了，郝仁和隋祖禹就在最后一排靠着过道坐下来。刚才还在前面和老师同学打招呼的洪雨楠，看活动快开始了，怕两人沟通困难，也跑到最后一排，挨着郝仁坐下。

这时，一个身着灰色夹克衫的中年人从郝仁身边走过，这个人个子不高，貌不惊人，普通得就像大街上随处可见的公司职员。直到他走到讲台上，和学校的领导握手时，在座的所有人才发现，这就是2002年诺贝尔化学奖获得者田中耕一先生。

掌声突然不约而同地在这一瞬间爆发出来，激烈程度似要掀翻这个小小会场的房顶。这时候，田中耕一意识到掌声是送给自己的，面色如常，始终带着谦和的微笑。

世人都喜欢逆袭的故事，2002年，当田中耕一的获奖消息爆出后，不少媒体把田中耕一写成一个底层人民取得重大科学发现的传奇故事，传入我国后，更是被渲染得十分离谱，仿佛他是因为幸运而获得的诺贝尔奖，而非天长日久的努力。

实际上，田中耕一毕业的东北大学，是除东京大学、京都大学之外最负盛名的日本大学。他就职的岛津制作所也是享誉海内外的国际研究型公司，内部创新氛围浓重。这样的经历本身已经是绝大多数科研人员难以企及的，至于他没有取得硕士博士学位，在学界没有名声，很有可能是他更偏爱实用型研究，而非纯学术。

掌声停歇后，活动正式开始，主办方简单介绍了在学校内设立实验室的初衷后，便邀请田中耕一为大家寄语。

洪雨楠自己听得入神，有一搭没一搭地替郝仁口译。从只言片语中，郝仁听到，田中耕一把自己定义为一个局外人，一方面他是学习电气工学专业，与化学、生化等领域完全无缘，另一方面，诺贝尔奖十有八九出自学界，而自己并不曾在象牙塔里面做过研发，也不是传统科学家资深老练的模样，让大家见笑了。

他说，对一个科研人员来说，得奖是一种幸运，但本身能做自己感兴趣的事是更大的幸运，就算公司领导拿管理岗位来和自己换一线科研人员的位置，自己也是不愿意的。自己发明对生物大分子的质谱分析法并非是外界所说的手误操作，而是多年在实验室的积累，最终将自己引成功，所以，自己断然是不可能离开最接近奇迹的地方……

田中耕一的演讲大约持续了20分钟，之后是其他教授和学者的演讲，然后挂牌完成，公开活动宣布结束。后面的环节是闭门会议，仅仅少数几个学者能参加,会场的大部分人就散了。

洪雨楠为郝仁几人提供的翻译服务今天就算结束了,她直接留在学校,不用跟着郝仁和隋祖禹回东京。

短暂的感谢和道别后,郝仁和隋祖禹坐上了回东京的新干线。这场演讲无疑带来很大的触动,两人久久没有说话,各自回味着田中耕一演讲中所说的局外人。

局外人这个词特别意味深长,科学发展至今,各学科之间的交叉十分频繁,寻求答案的方式不再是各领域的内循环,身在局中常常跳出定式反而容易有意想不到的收获。而另一方面,局外人不必害怕行业之间的壁垒,机会无处不在,完全可以放开手脚。

"局外人啊,局外人,今天我听完演讲,心里就萦绕着这么一个词。"郝仁看着窗外疾驰而过的风景,眼前却如空无一物一般,自顾自地感慨道。

"我们何尝不是局外人,至今没有摸到产品最核心的地方,还在外围打转,不知道要过多久,我们才能触及核心,一鸣惊人。"隋祖禹对局外人这个词的感觉,如同面对内心的渴望,却无法触及,只能隔靴搔痒一样难受。

"受得了寂寞,才享得了长远。"郝仁面朝窗外一动不动,喃喃地说道。

"我觉得耀华最前沿的实验室,要的就是能坐得住冷板凳的人,如果整天心猿意马,只想着扬名立万,那注定是没有办法安安心心地做基础研究的。这条路上歧途太多,一个成果的孵化,一个问题的攻克,可能要花上很多年时间。而且,我们现在是行业的追赶者,需要突破的技术是国外企业已经熟练运用的内容,可能做起来会让大家没有成就感,仿佛拾人牙慧。"想到正在筹备的基础部件实验室,隋祖禹对人选有了一些技术之外的标准。

"科研人员需要耐心,管理者也需要耐心,如果公司不能坚定地持续投入,科研人员也是要吃饭的,不可能勒紧裤腰带做研究,我们要不断提高科研人员的待遇,让大家生活得到改善,也能感觉到公司对他们工作价值的认可。"

"是这么个道理,但给你的压力就更大了,企业不是慈善机构,总要把东西卖出去,挣到利润才有科研经费。"隋祖禹和郝仁说研发经费问题不下十次，别的主管都是和郝仁申请经费，只有隋祖禹是和郝仁说研发给公司盈利费用带来负担。

"我和你说了很多次了，这事不用你来担心，我有我的办法，难道连你都不相信我吗？"

"信信信，"隋祖禹看郝仁这次是真的不耐烦了，赶紧岔开话题，"其实，我感觉出国一趟，对自己的不足看得更清晰了，改进的思路也想得更明白了。"

"我也觉得收获颇丰，明天就回去了，希望下次来这里，是带着产品来给日本市场点刺激。"

"必须的。"

第三十八章　穷思变变则通

郝仁和隋祖禹从仙台回来，已经差不多晚上九点，明天一早就要坐飞机回国，两人也不在外面闲逛了，直接回了旅馆。

一进门，郝仁就听见穆言和陈竞男在回味今天吃的大餐，想起自己大老远来一趟，什么美食都没有品尝到，顿时就有点郁闷。

"朱门酒肉臭，路有冻死骨，你们俩大鱼大肉，可怜我今天又啃面包。"郝仁故作委屈地说道。

"精神食粮没有喂饱你们，回来怨气这么大？"穆言笑着说。

"嗨，日本菜有什么好吃的，都是些生冷肉类，哪里有我大广东菜好吃。"隋祖禹无所谓地说道。

"我没吃饱给自己打包了一份，本来打算贡献出来给你们尝尝，还好你们不想吃，那我就开动了。"穆言说完，从手袋里拿出一个精美的食盒，打开有二十几枚寿司及和果子，一个款式两枚，正好可以让郝仁和隋祖禹都品尝一遍。

"谁说的，隋祖禹不想吃，我想吃。"郝仁说完，就把食盒拉到自己面前。

隋祖禹看了一眼，把食盒往另一边挪了挪，说道："这个穆言专门给我们带，我也不好拒绝是吧。"

车上吃的两个小面包果然不顶饱，两人一会就把食盒吃得干干净净，只是肉类吃得太多太急，有点腻腻的不消化。

这时，穆言又从包里拿出两个橘子，给两人解腻。

"穆言，你真是太贴心了！"隋祖禹往口里放了一瓣橘子，顿感酸甜可口。

"你知道吗？这里水果太贵了，一个橘子接近人民币 15 块。我想着明天回去了，15 块都可以买一袋了，没舍得买，还是穆言对你们好，肯给你买水果。"陈竞男说道。

"这么贵，我这个橘子有十瓣，一块五、三块、四块五、六块……"郝仁一边吃一边数。

"我现在也吃出人民币的味道了。"隋祖禹咂吧着嘴说。

"你说，我们这一趟取到的经，能值回票价吗？"陈竞男说。

"能吧，大不了，以后我们做到世界第一，让其他国家的人来中国取经，我们把橘子三十块一个卖给他们，一瓣三块哈哈哈。"郝仁说。

"好主意！我赞成。"

"我让老妈在老家先把橘子种上。"

"我种香蕉，四十块一个。"

"出息啊！"

……

几个人带着满满的收获回到深圳，但各自面临的问题却一点不少。就像在课堂上老师讲得再精彩，同学讨论得再热烈，下课后，作业本上的难题，该独自面对的还得独自面对。

对隋祖禹来说，3G 终端的研究已经启动很久了，也利用合作方搭建的局域实验网试了试，但日本市场逛上一逛，发现自己还差得远，不得不又把所有计划调整一遍，把整个项目组搅得鸡飞狗跳，所有人叫苦不迭。

另外，郝仁大力支持的部件基础研究，通过一轮轮招聘，招到了不少有潜力的人才，但也只是有潜力而已，没有一个人是可以挑大梁的。这也正常，就拿芯片来说，全国怕是都难找到一个独当一面的人，这可是国外企业千防万防都不能让中国人掌握的技术。

隋祖禹自己，虽说对整个电子行业熟悉，毕竟也不是各个方面的专家，不少环节只敢说是略知一二。现在的状态是，方向清晰，困难明确，唯独不知从何下手解题，着实愁人。

陈竞男心里也烦，耀华 T2 问世后，比前一代产品有了长足的进步，新增许多时兴的功能，大家也十分期待它能持续耀华 T1 的热销。不想随着山寨机的兴起，大量和耀华类似，价格只有三分之一的手机涌向农村市场。没有售后服务也好，三无产品也好，消费者被这惊人的价格吸引得掏了腰包。哪怕后来使用中发现体验不如耀华，但手机又不是一次性产品，买了不喜欢就扔，分销商只能无奈地反馈，如果再不降价，T2 的销量可能不足 T1 的一半。可这是降价十块八块能解决的问题吗？陈竞男觉得，降到亏本都未必奏效。

对于耀华 T2 的市场反馈，穆言带着一种自责的情绪。营销经费紧缺是现实，但耀华 T2 上市后，穆言几次竭尽全力地加码推广，又是请媒体团参观，又是投放广告，销售曲线却丝毫不起波澜，让穆言怀疑有自己没自己都一个样，除了浪费了一点费用外，对销售一点影响力都没有。

郝仁面临的压力就更大了，除了要维持团队高昂的士气，还要顶住来自管理层的压力。赵扬对自己是绝对支持的，但其他人就不好说了，若是不能保持持续的增长，冷嘲热讽是小事，怕就怕来自各方的支持日渐乏力，千里之堤溃于蚁穴，一个地方懈怠，可能带来整体毁灭式的塌方。

当然，各自的难题只能揣兜里，主管要是脸上露了怯，怎么对得起耀华全员每天昂扬的斗志。

如果说穆言、隋祖禹、陈竞男这些资深主管是耀华坚实可靠的火车头，朝着郝仁指的方向稳健地迈进。那么，新一辈里的翘楚李子健、齐飞华等人就是火车内部扑腾的小火炉，熊熊燃烧，充满激情，不断地加快着前进的速度。

齐飞华为"年轻世代"定制的手机大获成功，引起了其他运营商的注意，纷纷邀请耀华参加定制机集采。李子健牵头研发的几款高性价比手机，成为三四线的爆款，一度出现缺货的情况。

失之东隅，收之桑榆。纵观整个 2004 年，耀华的利润略有上涨，全国市场占有率排名因为远征的退出上涨一位，在众多国产品牌中，算是一份及格的年终答卷。

然而，新的一年，如何开源，依然是耀华作业本上最难的大题。

春节过后，办公室一族陷入假期综合征中不可自拔，就连郝仁也恍恍惚惚，无法进入工作状态。

陈竞男兴冲冲来办公室找郝仁，进门带起的一阵风，把郝仁彻底给吹清醒了。

"郝总，想和你汇报一项新业务。"陈竞男的语气中带着一点兴奋。

"新业务？"郝仁有点疑惑。

"嗯，除了手机终端这个主业，我们会不会考虑增加新产品？"陈竞男试探地问。

"竞男姐，你有什么好主意，不妨直说吧。"

"是这样，我收到消息，运营商5月将会开始家庭路由器的集采。我就想是不是耀华也参加一下。"

"路由器此前一直在耀华技术贴牌生产的清单中，在我负责研发的时候，技术和生产就已经很成熟了，只是量没有特别大，而且主要是针对企业市场。是因为运营商集采，所以想参加吗？"郝仁问道。

陈竞男把已经做好的材料摊在郝仁的办公桌上，说道："不仅仅是为了运营商集采，我想做整个家庭路由器市场。这是今年发布的全国互联网报告，随着电脑在家庭普及，以宽带网络应用为主要标志的新一轮家庭信息化浪潮渗透到人们的日常生活了。截至今年一月，家庭上网成为网民的主要途径，其中使用宽带上网的用户已经达到4285万，而且越来越多的家庭拥有一台以上的电脑，家庭组网的潮流已经开始显现，我觉得这块市场大有可为。去年，爱达就收购了一家叫Linkeye的路由器，正式宣布朝家庭网络路由器挺进了，明显是嗅到味了。"

郝仁把桌上的材料看完，今天是收假的第一天，陈竞男已经拿出这么完备的一份材料，真是难为她假期一直在思考如何为公司创收。

"竞男姐，辛苦你假期在家加班了。家庭路由器这方面技术难度不高，只不过，从企业市场向消费者市场转变，需要在产品方面，弱化专业性色彩，降低使用难度，提高易用度，如果价格上更具竞争力就更好了。"

"不会不会，也没有做多少事，只是想说，多一个产品，多一笔利润，而且我们和运营商在手机上一直有良好的合作，只要产品达标，还是比较有机会的。"

手机市场现在已经俨然红海，竞争多残酷，研发多费劲，陈竞男深有体会。求稳的个性，让陈竞男下意识地思考起，在产品销售波动大的情况下，如何降低经营风险，产品多样化的念头就冒了出来。

郝仁同意陈竞男的判断，但耀华终端要切入家庭路由器这块业务，需要赵扬出面帮自己协调资源。一方面，郝仁并不想为了路由器再建立一支研发团队，想要把产品设计放在自己的老部下韦得利那里，然后生产出来直接贴耀华品牌销售，避免精力分散。另一方面，这也在耀华技术销售主管刘达喜的业务范畴之中，当初只选手机一个品类的原因，就是为了避免过分影响代工业务。虽然据自己估计，家庭路由器的出货量不会太大，但是刘达喜本来就不是一个好说话的人，赵扬不从中斡旋，会不会起冲突都不得而知。

郝仁想着，抬头看见陈竞男还在等自己的回答，于是说道："你的判断我赞同，等我和赵总汇报后再做打算。"

"需要等多久呢？"陈竞男问。

既然是金矿项目，虎视眈眈的竞争对手就不少，先下手就能多赚取一份利润。

"快则三天，慢则一周，一定尽快答复。"

"好的，我等你的决定。"

郝仁知道陈竞男在急什么，等她离开后，就打电话给赵扬的秘书预约汇报。

第三十九章　拆东墙补西墙

郝仁一个人来找赵扬时，赵扬有事被耽搁了，秘书叫郝仁在总裁办公室稍坐片刻。

赵扬的办公室有一个 2 米宽的大鱼缸，绿油油的水草在缸底翩翩招摇，一群热带鱼在一条头鱼的带领下在假山水草间有序地穿行。这幅赏心悦目的移动画卷中，偏偏就有一两条异类不跟随队伍，自己贴在缸壁上往外东张西望，偶尔还不自量力地撞几下玻璃。

郝仁一开始饶有兴致地看着这条鱼做蠢事，不一会竟和它共鸣起来，自己何尝不是如此，透过玻璃看世界，明明前途一片光明，却找不到出口，只能东戳戳西晃晃。

郝仁正触景生情，门打开了，赵扬从外面风尘仆仆地进来，一身西装革履，看样子刚见完客户回来。看到郝仁，西装外套一脱，和手包一起扔到了办公桌上。

"来了？"

郝仁正要从沙发上站起来,赵扬手向下摆了两下,示意他别动,然后直接坐到郝仁旁边。

"说吧,找我什么事?"

"赵总,想拓展下业务,找您汇报下?"

"什么产品。"

"家庭路由器。"

"这么巧,达喜也在谈一个路由器的单,你们想一块去了。"

郝仁心中顿感不妙,又撞车了,这事变复杂了。

"是这样的。家庭宽带业务现在开始普及,家庭路由器这块产品很有可能爆发式增长,市场空间也比较大,预估这块利润应该不错。今年五月运营商就要开始家庭路由器集采,我们和运营商合作定制手机,客户关系不错,对方问我们有没有兴趣参加。路由器这块我们一直都有做,技术和生产都是成熟的,我就过来征求您的意见。"

赵扬听了,略微迟疑几秒。

"家庭路由器这块的潜力,我之前也略有了解,确实很值得试试。达喜那边的客户也是要参加运营商集采,现在初步洽谈阶段,打算中标后扩大订单量。你这么一说,我倒觉得你可以投标试试,如果中标卖自己的品牌利润更好。"

"自有品牌利润确实会高不少,只是这不是抢了刘总的订单,会不会……"

"达喜那边我来协调,没有抢不抢,公平竞争而已,你和他的客户中标的机会五五开,谁中了对耀华都有得赚,倒是个万无一失的做法。"

"谢谢赵总。"

"但家庭路由器和之前的企业路由器还是有很大的差别,这个你打算自己研发还是找你的老部下韦得利。"

"找韦得利,我不想在家庭路由器上牵扯太大的精力,研发和生产还是按照以前模式来,挂耀华品牌就好。"

赵扬从郝仁的话里咂摸出点别的意味来,问道:"是不是遇到了什么难处了,和我说下。"

于是,郝仁把 T2 销量不佳,现在主要的利润来自于合约机,想要集中人力资金尽快实现技术突破,从低端市场慢慢往中高价位档试探的想法和赵扬详细说了一通。

"是不是资金上有困难?"赵扬问。

"目前还没有,合约定制机这块现在越做越大,利润还可以。家庭路由器这块市场,要是能拿下运营商的标,又是一笔持续的进账。撑到我们拳头产品攻克技术难题,赢得市场的时候,问题不大。"

"实在有困难要说,不要硬撑。"

赵扬觉得郝仁哪里都好,就是不愿意叫苦的个性可能会吃亏。什么都喜欢自己扛,有了困难完全不会想到求助,往好里说是有担当,往坏里说就是死要面子活受罪。

"知道。"

……

告别了赵扬,郝仁径直去了耀华技术研发部。

一路走过来,发现研发区和自己离开的时候没有太大的改变。那时候,他觉得研发工程师天天对着电脑或者仪器,眼睛视力容易受损,特意叫行政在办公室增加了很多植物。研发工程师在一片片绿意中穿梭,还挺像温室里培育植物的花匠。

韦得利坐在郝仁原来的办公室,看见郝仁朝自己走过来,蓦然愣神,下意识地站起来把位置让给郝仁。

"得利,你干吗?我有事找你商量。"

韦得利反应过来,不好意思地笑了笑,"没事,没事,以前习惯坐对面。郝总,请讲,有什么我能帮上忙的。"

郝仁也不和自己的老部下客套,三言两语就把事给说清楚了。

韦得利来耀华就一直跟着郝仁,可以说,他对于研发工作的理解源自郝仁,对待科研的热爱和郝仁如出一辙。韦得利是个极度勤奋的人,做事不遗余力,向来是杀鸡用牛刀。由于个性比较木讷,思路比不上郝仁这么活泛,按照人事通用的领导力模型,韦得利实在不是一个合适的主管选择。

郝仁被任命为子公司总裁前,他极力向赵扬推荐韦得利。赵扬偏爱郝仁这种有朝气的年轻人,也不是韦得利不好,就是总感觉他有些暮气沉沉。那时,郝仁是这样对赵扬说的,一个好的研发主管,应该像压舱石一样可靠,就凭韦得利耀华工作多年不出一点错,这个位置就比自己还合适。

郝仁有意低调,但这些话几经转口,还是到了韦得利耳中。说实话,韦得利从来没有被别人这样高度认可过,心中对郝仁感激万分,可郝仁已经高升,自己一时之间不知道如何报答他的知遇之恩。今天,郝仁有事相求,韦得利心中窃喜,总算有机会报答对方了。

"郝总,你就直说,我应该怎么帮你吧?"

"路由器这个产品我们做过很多,技术上没有太大的壁垒。但我们这次针对家庭用户销售,希望有一些能够改善家庭生活应用场景的功能。我这边根据消费者调研和运营商客户提供的资料整理了一份需求清单,比如说,产品的易用性怎么样,消费者能不能不看说明书就会使用安装?比如说网络对于未成年人来说容易上瘾,有孩子的家庭特别担心孩子上网时间,会不会看不健康内容,能不能在用户界面设置时长,防火墙过滤有害内容,帮助孩子绿色上网……"

韦得利接过材料仔细阅读,郝仁讲解过程中,不时在重要的地方认真批注。

"我回去好好研究,再输出完整的计划给你。"

"得利,这个产品,我这边最近焦头烂额,可能没有团队成员能够参与,要全权委托给你,不知道会不会……"

韦得利打断了郝仁的话,说道:"郝总,你不用再说了,我这边能搞定,一定不耽误你们投标集采。如果有问题,我提前和你汇报。"

"太感激了,现在我已经不是你的主管,哪来的汇报,明明是我有求于你。"

"都一样,都一样。"韦得利露出了他惯有的那种憨厚的笑容。

"你真是老样子。"

"郝总,你们不是聚焦手机终端业务,怎么又会开始做家庭路由器。手机的客单价上千,这个路由器我们做再好,零售价也不过两三百块,赚钱效率会不会有点低?"

韦得利是郝仁以前最信任的同伴,在他面前说话没有太多顾忌。

"手机现在市场盘子虽然大,但是竞争太激烈了。我们加入的时间比较晚,技术比较落后,需要补的课太多,研发支出有些大,节流是做不到了,只能想想怎么开源。正巧不是遇到运营商5月要搞家庭服务器集采,我们销售主管想试试,但又没有人力,这不,我只好来求你了。"

"我当时看耀华第一款产品卖得风生水起,没有想到市场这么难做,怪不得当初说要自建品牌时,大家都如临大敌,谁也不肯接。"

"是挺难的,市场波动大,消费者也善变,有时候成就也一款产品,失败也一款产品,每个厂商都是起起伏伏,没有旱涝保收的生意。"

"哎,天底下就没有好做的生意。"

"有时候,我其实挺后悔的,当初被赵总赶鸭子上架,我干嘛不脖子一伸直接撂挑子,你说我是不是挺傻的?"

郝仁也会满腹牢骚,可泄气话不好和隋祖禹他们几个说,怕说了影响大家的信心,尤其是隋祖禹,自己不说都已经担心个没完。不仅不能说,还要每天都看起来成竹在胸的样子,其实心里憋得慌,今天在韦得利面前发发牢骚,心里感觉舒服多了。

韦得利看着郝仁这样,心里很不是滋味,忽地站起来,拍拍胸脯,说道:"郝总,你放一百个心,这事肯定给你做漂亮了。"

郝仁仿佛回到从前,每每遇到难题,韦得利就像个老实巴交的农民,其他的不怎么会说,反反复复就一句话,你放心,我肯定做好。

"交给自己人,我就是有一千个心也得放下。"

"就是,就是。"

"你觉不觉得,我有点拆东墙补西墙的感觉?东边不行搞西边,西边不行又回去搞东边。"

"哪能呢,我这不给你递砖吗?到时候,两边都做得好好的,你盖个大豪宅。"

……

第四十章　生气都来不及

见过赵扬和韦得利后,郝仁悬着的心放下来一半,另一半能不能放下来,就看韦得利研发的进展能不能赶上集采的时间节点。这一时半会也没结果,只能干等着,让这颗心再摇摆个把月。

郝仁想宽宽隋祖禹和陈竞男的心,从日本回来后,这两人心里不安定,做什么都是急吼吼的,有时候急于求成反而不好。

于是郝仁让汤媛帮忙看看两人有没有空,下班前,能不能一起过来一趟。

郝仁转身给落地窗前的一株橡皮树浇水,这种植物在亚热带城市很常见,叶面宽大如成年男人的巴掌。郝仁心情不好的时候就会拿块抹布擦拭叶面，时间久了，叶面仿佛上了一层透明的釉色，锃光瓦亮。

汤媛出去没有五分钟，办公室门被人重重地推开了，撞到墙上，发出沉闷的声响。

郝仁没回头，以为是隋祖禹那个莽撞的家伙，开个门把吃奶的力气都使出来了。

"这次叫你倒来挺快，不像平时拖拖拉拉的……"

郝仁回头，话立马就卡在喉咙里了。进来的并不是隋祖禹和陈竞男，而是带着一股杀气的刘达喜。

刘达喜生得很白，面部皮质层较薄，皮下血管扩张，红血丝隐约可见，当他发怒时更甚，用面红耳赤来形容也不为过。

"刘总，请坐，今天怎么有空来我这里坐坐？"

郝仁估计赵扬已经和刘达喜谈过了，刘达喜拗不过赵扬，只能跑来他这撒气了。

刘达喜对郝仁明知故问的语气很不满，直接往沙发上一靠，跷起二郎腿，鼻子轻轻哼了一声。

"怎么，郝总不知道我为什么来？"

"别别别，您是行业前辈，就别郝总了，叫我郝仁就行了。"

"我哪敢？郝总都能背地里找赵总，把我手里的业务计划私自给改动了，这工作能力，我这个前辈简直望尘莫及。"

刘达喜阴阳怪气，郝仁听着也很难受。虽然从大局来说，用自有品牌参加集采肯定利润等各方面都更好，但终究是自己在不知情的情况下，截胡了刘达喜的单，他有气也在情理之中。何况郝仁即使不在乎刘达喜的脾气，但管理层内部失和，对公司还是不好，最终烦心的还是赵扬。

"刘总，你消消气，我找赵总汇报时，并不知道你也在谈相关的单。所谓不知者无罪，你没必要发这么大火。"

"现在你知道了，是不是应该做点什么？"

刘达喜不吃郝仁这套，真不知道，又何必找赵扬汇报，明显就是故意找自己的不痛快。

"赵总已经说了，大家各凭本事，我们自研的能中标就生产自研产品，您的客户中标就生产代工产品，公平竞争，赵总也没有偏帮我。而且从整体来看，自研我们的收益率更好。"

"你有没有想过，客户会怎么想？"

"客户自己研发的产品没有中标，怎么能怪代工方？"

"你想得太简单了，客户知道耀华中标，以后就不可能找我们生产，担心他们的图纸泄露。"

"他们的设计比不过我们的自研产品，都不能中标，泄露给我们，我们也看不上。"

"你就是铁了心要和我对着干了？"

"刘总，我从来没有想过要对着谁干，我甚至不想和您有任何冲突，我们都是赵总的兵，对他来说缺了谁都不行。这样吧，如果耀华这次没有中标集采，我以后就不搅和路由器市场，你可以高枕无忧。如果耀华中标集采，您原本订单的利润，我们也会划拨给您，如何？"

刘达喜听完，怒色退去了一半，带着几分戏谑的笑容对郝仁说："郝仁，你不好好做手机，又来搅和路由器市场，是不是第一代产品侥幸成功后，后续乏力，被国外品牌打得无还手之力了？"

这句带笑的话比刚才那堆怒气冲冲的话杀伤力大多了，郝仁喉结耸动，用力地吞咽口水，像把什么苦果隐忍地咽下去。

"产品都是代代演进的，市场上没有什么常胜将军。刘总也有过失败的经历，这一点比我更清楚，我不像刘总这么识时务，知进退，我就没想过要放弃。"

刘达喜没想到郝仁会拿自己的陈年旧事说事，怒从心生，刚熄灭的小火苗又冲天蹿起。

"年轻人，多失败几次就知道了，我等着你为自己的无知无畏交学费。"

"刘总，我尽量不让您有机会为我买单。"

两人同时觉得多说无益，沉默半响，刘达喜重重摔门而去。

门外，隋祖禹和陈竞男在刘达喜进去没多久就来了，汤媛说刘达喜已经先进去了，让他们在门口旁沙发坐着等一会。

刘达喜的嗓门很大，门外的三人听了个一清二楚。隋祖禹脾气直来直去，听到郝仁在里面忍受这些难听的话，体内的血液都快沸腾了，立马就要开门进去给郝仁助阵。

隋祖禹的手刚拉到门把手，就一把被汤媛给按住。隋祖禹都不知道汤媛这个小矮子能有这么大力气，自己竟然拉不开门，只听见汤媛压低声音说道："别进去，去隔壁会议室等吧。"

隋祖禹心有不甘，见陈竞男也对自己摇摇头，就跟着两人进了隔壁会议室。

"你看那家伙这样吼郝仁！干吗不让我进去修理他一顿？"隋祖禹指着办公室的方向愤愤地说道。

"你连门都推不开，能修理谁？"汤媛毫不客气地说道。

"你就这样看着你老大被人欺负啊？"

"你还不知道他为啥不带你们去找赵总要资源吗？难道你会觉得他这样没脸没皮的人会想要树威信，怕在你们面前丢脸？还不是怕你们心理负担太重，没有办法聚焦本职业务，想一个人把麻烦都料理干净。再说，你进去能有什么用？"

"但那家伙也太过分了，说的什么风凉话！至少我进去和他好好理论理论。"

"郝总又不是说不过他，只不过是觉得没意义罢了。他要的难道是你逞一时之勇帮他骂人还是打人，他要的是产品实现竞争超越，让人无话可说。"

汤媛一改平时平静温和的样子，语气强硬，字字扎心，几句话就编织出一张网，一下子就把隋祖禹给镇住了。是啊，解决了问题，就没有人能够拿问题说事了。隋祖禹的怒气一下子泄了，扶了扶眼镜，看着汤媛，没想到平时存在感极低的汤媛，看问题竟是如此一针见血，自己和郝仁称兄道弟这些年，居然没有眼前这个大力女生了解郝仁，真是惭愧。

"是啊，是啊，汤媛说得对，我们做好自己的事，就是对郝总最大的支持了。"陈竞男和刘达喜本来就不对付，刚才同样气得指甲盖掐手心，现在听了汤媛的话，豁然开朗，也跟着在一边劝隋祖禹。

"抱歉，刚才冲动了，你们说得对。"隋祖禹耳朵贴门口听了一下，发现刘达喜还没走，找个椅子坐下来等。

汤媛给隋祖禹和陈竞男倒了杯水，语气又恢复如常，说道："我建议一会大家就当什么事都没发生过，别让郝总花时间照顾你们的情绪。"

隋祖禹干抹了一把脸，凑近一点给汤媛看，问道："你看我现在像不像什么都不知道的样子？"

汤媛看着隋祖禹微微抽搐的嘴角，无奈地说："欲盖弥彰，算了，也是为难你，你少说两句就行。"

汤媛出去看了一眼，回来对隋祖禹和陈竞男两人说："刘达喜走了，我们进去吧!"

三人故作平常地进了郝仁办公室,郝仁看见三人很高兴,完全不见与人冲突过的痕迹。

"有个好消息和你们说呢,赵总很支持我们做家庭路由器市场,还让韦得利帮我们按运营商要求开发新品,我们又多一条路了。"

隋祖禹刚才已经从刘达喜的吼叫中知道了,现在不知道要怎么反应,只好看向汤媛。只见汤媛从座位上站起来,激动地拍手说:"太好了!"

于是,隋祖禹和陈竞男交换了一个眼神,也站起来,挤出几个难看的笑容说:"太好了。"

郝仁看着动作表情机械的三人,突然就笑开了:"你们在外面都听到了吧,那还装什么不知道?"

"你不生气?"隋祖禹问道。

郝仁满脸不屑地说:"每个看不上我的人都要生气,我还有时间干活吗?你们也不用替我抱不平,我根本没看到哪里不平。说正事,竞男姐多和得利那边沟通,把客户需求传递到位。水煮鱼,路由器的事你不用管,我们的资金也很充裕,加快下一代手机的研发。我今天看新闻,CF都已经宣布今年的消费电子展要发 3G 手机了,你可上点心吧,省钱不是你应该考虑的事。"

"好。"

"行。"

……

晚饭过后,隋祖禹一个人站在公司天台上。

海滨城市傍晚的天空特别浓烈,血色的残阳将落未落,尽力拖住入夜前的这点时光。彩色的晚霞像迸发的烟花,红的、黄的、紫的、粉的、橙的,倏忽在头顶炸开,染得天空姹紫嫣红,色彩斑斓。

隋祖禹无心欣赏这美景,默默点燃了一支香烟,深深地吸了一口,仰头对满目的晚霞吐出一个烟圈。

戒烟一段时间了,突然来一支,久违的松弛感在体内慢慢扩散开来。

每天放纵这么一小会就够了,还有很多事等着做呢,隋祖禹对自己说。

第四十一章　世界电信大会

隋祖禹从日本回来后，陈虎隐隐感到办公室起了一些变化，但哪里变了又说不上来，就是有一种无由头的紧迫感越来越盛。

以前春节过后，大家总是要偷懒几天才慢慢进入工作状态。主管也是普通人，员工怕主管监督管理，主管何尝不怕员工催促决策审批，世上比糊涂更难得的是清闲，大家嘻嘻哈哈一起糊弄几天。

可今年开局却大不同，陈虎看隋祖禹越发不修边幅，整天胡子拉碴，像只陀螺到处团团转，要不是每天秘书还记得给他订盒饭，恐怕他真的要废寝忘食了。

要说忙就算了，主管都是工作狂，陈虎才不会觉得有什么不妥。关键问题在于，隋祖禹对所有人的要求越来越严苛了。这么说吧，陈虎算是拿绣花针的张飞，平时大大咧咧，却粗中有细，但凡一用心什么蛛丝马迹都能给你扒拉出来，因此隋祖禹放心把重大项目测试交给他。

最近，隋祖禹升级了对陈虎的要求，细中有细，不能有粗，今天因为一个小小文档错误，陈虎被隋祖禹好好教育了一番。

饭点，食堂。

陈虎一边从满盘的辣椒里挑小炒牛肉，一边向齐飞华和李子健大吐苦水。

"我最近不知道怎么了，做什么都不对，总是达不到隋工的标准，感觉要疯了！"

李子健苦笑着挑起一根青菜，说道："谁说不是呢，我也感到隋工压力很大，虽然没有批评我，但他从身边走过，我就能感到一股超低气压。"

"我可能要被隋工扫地出门了。"陈虎说。

齐飞华一口饭一口菜地埋头吃饭，静静听着两人抱怨。她本来就不想搭理陈虎，这家伙平时话就多，唠唠叨叨个没完，你再和他搭两句，他就能顺着梯子往上爬，和你聊个海枯石烂。

结果抬头一看，齐飞华发现平时冲劲十足的陈虎，难得如霜打的茄子，蔫了，顿时心有不忍。

"你们也要理解隋工，今天早上我看新闻，去年，山寨黑手机已经占到市场的三分之一，销售量高达 1500 万台，销售额预计 300 亿～500 亿，偷税漏税都快 100 亿了。尤其是广东地区，各种冒牌、拼装的黑手机泛滥成灾，至少有三四十种品牌闻所未闻，关键是黑手机粗制滥造，没售后，没服务，还不缴税，价格比正常行货手机便宜好多。你说隋工能不烦吗？"

"又不是我们做的，隋工烦啥？"陈虎不经大脑地问。

"你是不是傻，盘子就这么大，黑手机和国外品牌一起挤压我们，市场被别人多占点，我们不就少了。前有狼，后有虎，你没看 T2 销售就没有之前好，隋工现在耀华 T3 做完，还要做下一代的 3G 手机，压力太大了。这时候你没帮上忙还犯错，不得说你两句。"

"这样啊，唉，我没意识到这个文档这么重要，没上心，一不留神就……"

"我早就说过，你做事要细心点，别老觉得不重要的地方影响不大，就一目十行看过去，文字和代码一样，错一个意思就变了，隋工帮你找错得花多少时间……"

齐飞华今天上午没吃早餐，还不到十一点就饿得发慌，好不容易到十一点，直接冲进食堂，点了一份牛肉盖浇饭，外加一个鸡排。盖浇饭三下两下吃完了，她一边切手里的鸡排，一边劝陈虎。

陈虎低着头不说话，眼睛盯着对面齐飞华咯吱咯吱地切鸡排上一根顽固的筋，也不知道听进去没有。

突然，陈虎抬起头对齐飞华说："飞华，我认真观察后发现你……"

"什么？"齐飞华问。

"比其他女生，吃得多好多。"陈虎认真地说。

旁边一个拼桌的同事差点把饭喷在陈虎脸上。

"又不是你付钱，管那么宽。"齐飞华面无表情，把最后一块鸡肉放入口中，端着吃得干干净净的盘子走了。

"我只是和记忆中所有的妹子对比后，发现她吃完饭还能吃个鸡排，实话实说而已。"陈虎和李子健解释道。

李子健无奈地摇摇头，说道："你找到女朋友的概率几乎为零，还没交往就被你气死了，我也是实话实说而已。"

"唔！"

……

穆言在办公室吃完一盒沙拉后，拿着一叠彩页来找郝仁。

"老板，今年世界电信展时间定在12月底举办，我们参加不参加？"

"世界电信展？你的意思是去瑞士日内瓦参展？"郝仁很疑惑穆言会有这样的提议。

世界电信展是由国际电信联盟于20世纪70年代创立，每三年举办一次，至今已经举办了9届。世界电信展为通信行业企业、政府、第三方机构提供了交流和对话的平台，历来被各国视为科技发展的盛会，有全球信息通信产业"奥林匹克"之称。

对于通信厂家来说，这无疑是不可多得的展示机会，此前也有中国的厂商试水过。但由于举办地是千里之外的瑞士日内瓦，欧洲不是耀华现在的目标市场，郝仁仅仅是关注下每年展会上发布的前沿技术而已。

"今年的举办地是香港，这是世界电信展第一次在日内瓦之外的地点举办，据说香港为了申报准备了一年半。信息产业部很重视这次展会，特别给内地企业预留了2万多平米的展厅，想要展现我国科技产业的规模实力。现在主办方授权了国家邮电集团组织内地企业报名，规则很公平，也不复杂，不看企业大小，一律先报名先选展区展位，所以我一收到报名消息就赶紧来汇报了。"

"在香港不错啊，和日内瓦相比，光展位费就可以节省30%～50%左右，欧洲人工多贵啊，算上客户招待、酒店住宿、交通费用等，能省不少钱呢。"

"是的，而且这次还有少量的参展补贴，我打听了一下，国内大部分的厂商应该都会参加。"

"这次主题是什么？"

"沟通世界，无间连接。"

"现在2月底，还有10个月，时间上不知道……"郝仁若有所思，拨了个电话给隋祖禹让他过来下。

几分钟后，隋祖禹挠着头进来了，一脸疲惫。

"水煮鱼，咱们的3G手机进展怎么样？今年年底能弄出一个现网能用的不？"郝仁没有过渡，直接说正事。

隋祖禹刚才饭后在打盹，听到这个时间点大吃一惊，瞌睡彻底醒了。

"按计划应该是明年一月完成测试。今年，我国的3G牌照应该不会有准信，我们还有时间慢慢优化产品，为什么要提前到今年年底？"

于是，穆言又把香港电信展的事详细说了下。

"对内地来说是不着急，但香港 2003 年就已经建成覆盖全岛的 3G 网络，去年运营商开通了 3G 电信业务，正式宣布全港进入下一代网络时代。香港是内地网络建设的一次预演和试点，市场反馈和消费者体验最终都会为内地的运营商和厂商提供借鉴。这次香港能够申办世界电信展成功，主办方应该是看中了香港良好的网络环境和领先的通讯体验，想要给各国的 3G 网络建设注入强心针。我们如果参展，就得是 3G 的产品，否则就没有必要参加了。"

郝仁说完，泡了三杯茶，大家一起清醒清醒下脑袋再决定。

隋祖禹听了觉得兹事体大，他心里不想错过这次难得的机会，但又害怕做出来的产品不够好，在外面丢了脸。

"你给我半天，我和项目成员好好讨论下，下班前我一定回复。"

"穆言，来得及吗？"

"来不及也要慎重，就等隋工好好分析下再说。"

说完，大家各忙各的去了。

隋祖禹回到办公室，打开项目进度表，上面密密麻麻地记录着每一项需求的研发进度，目标赫然写着 1 月完成现网测试。如果现在要改为 12 月底正式商用，倒推过来，每一个阶段都要缩减不少时间。

隋祖禹清楚，原本的计划已经够紧张了，但大家想着一鼓作气做完，回家过个好年，勉强都应承下来。现在又要缩减时间，无论能不能做到，大家一顿哭爹喊娘是免不了了。

2 点午休结束，隋祖禹把 3G 手机项目组成员都召集起来开会。可能是因为最近大家加班多，午休睡得特别沉，现在各个睡眼惺忪，两眼无神。

隋祖禹轻咳一声，没有底气地说道："我有个事想和大家商量，大家做好心理准备。"

这预防针打得大家突然警觉起来，瞪大了眼睛，仿佛想从隋祖禹风平浪静的脸上，找到下面的暗流涌动。

隋祖禹不想让大家猜测，直接问道："商用版本能不能提前到 12 月？"

这话像一枚炸弹从天而降，做好心理准备的提醒没有任何用，所有人被轰成了一块焦土。

"隋工，我是不是幻听，你是说 12 月完成商用版本，不是测试版本？"

陈虎有点不肯定地问，如果是测试版本，还是可以赶一赶，如果测试过程出了问题，离商用还有一段时间，还来得及修正整改。

"商用版本。"隋祖禹不好意思地又重复一次。

"不可能！"

一个声音坚定地拒绝。

第四十二章　新终端突击队

"不可能，别想了。"

说话的人是隋祖禹手下最好的硬件工程师李浩，整个人简直是隋祖禹加长加宽版，1.8米的大高个，体重直逼200斤，衣着不修边幅，上身大圆领卫衫，下身运动短裤大拖鞋，在办公室只要传来重物摩擦地面的闷响，就知道是李浩远远走来。

"隋工，咱这3G终端突击队被你三天一小改，五天一大改快折腾死了。就说你从日本回来，把之前的需求改得面目全非，很多都是从来没有做过的新需求，大家废掉的文档快和西天取经一样多。老实说，再提前工期，我们真的要崩溃了。"

大概也只有李浩敢以这样的语气替大家说大实话，因为在工作上的专业，他的话总是有理有据，你大抵可以说他说话冲，但是你不能说他胡说八道。他现在看似抱怨，实则是对整个项目需求和难点了然于胸。

"隋工，我们没有海外市场，国内部署3G网络尚有时日，我们提前商用也没有什么意义，还不如趁现在尽可能把产品优化好。"

事关全体利益，陈虎不能让李浩一个人扛反对大旗，立马就站出来声援。

"隋工，与其做出一个半吊子的产品，我们为什么不花点时间好好打磨，何必为了争个国产第一的虚名，最后沦为业界的笑柄。"

软件工程师陈梦溪是去年新加入耀华的应届毕业生，蜜罐里长出的80后，却一点都不娇气，做事颇有追求，喜欢把每一件事都做到极致，最烦的就是金玉其外败絮其中的产品。为了在营销中争个第一的名头，骗一群爱新鲜的消费者，就推出一个广受诟病的产品，这样的事在市场上还少吗？一打开电视购物频道，全是全球首创，业界第一，只要999元的商品。

"是啊。"

"是啊。"

"是啊。"

大家附和道。

隋祖禹现在陷入了深深的愧疚中,反复修改需求的人确实是自己,虽然是为了适应市场变化,但给团队成员带来的重复劳动只多不少,怪只怪自己不能从开始就指对方向。

他不像郝仁,说不出荡气回肠的鼓励,他带团队的方式就是埋头苦干,自己亲自下场和项目成员一起把问题解决了,现在看着大家群情激昂,一下子不知道怎么办才好。

"大家先静一静,隋工不是想起一出是一出的人,他一定有自己的原因,先听隋工说完我们再一起想办法。"

说话的是齐飞华,她不属于项目组专职成员,因为负责的合约机终究要走向下一代网络,加上对新技术的热爱,她不顾已经足够繁忙的工作,申请加入了 3G 终端项目组,不负责具体的功能开发,主要协助隋祖禹进行项目管理。正因为如此,齐飞华从整体层面更清楚这个项目的难度,知道隋祖禹的朝令夕改实则是经过了慎重的思考。

大家对于隋祖禹的技术和为人都很信服,平时他的辛劳看在眼里,刚才不过是一时情急,才发泄了几句,听到齐飞华的话马安静了下来。

"非常抱歉,由于我个人经验的局限性,在这个全新领域的探索过程中,走了很多弯路。今天,我是来和大家商量能不能提前商用时间,不是直接来下指令的。"

隋祖禹的内疚写在脸上,大家有苦难言。

"今年年底,世界电信展将在香港举行,作为全球最前沿的电信展,这个展会的观众大多来自于已经部署 3G 网络的国家,主办方香港也是,公司能不能参展取决于我们有没有 3G 手机产品。所以,郝总问我要不要参加,我不想打肿脸充胖子,我们打开需求清单,实事求是地评估,行或不行都不要勉强。"

大家陷入了沉默,做通信的人没有不知道世界电信展的,能在世界电信展露个脸,就意味着准备站上国际舞台了,没点前沿的产品确实不好意思去。

齐飞华忽地一撑桌面站起来,力气大得手掌生疼,桌子发出一声

"咚"的巨响，打破了会议室的沉寂，吸引了大家的注意力。

"大家打起精神，打开需求清单，我们再梳理一下。"

"好。"

"好。"

"好。"

隋祖禹看向齐飞华，眼前这个英气十足的女孩子，有着其他人没有的韧劲，好似弹簧，越压越有力道，幸亏当初自己没有看走眼，不然这个团队名不副实，少了突击队的气魄。

看到大家又恢复了斗志，隋祖禹打开刚才检视过的清单，投影到大屏上。

"第一项也是最重要的一项，支持多模多频，目前设定的是支持中国3G 标准的 TD-SCDMA、向下 2G 的 GSM 和 2.5G 的 GPRS，确保消费者在网络过渡期间的平滑体验。"

"为什么这一项是最为重要的？"一个有点面生的脸孔问道。

3G 终端项目组大概在耀华 T1 上市后就已经立项，一开始人比较少，后面陆陆续续有来自校招社招的新同事加入。提问的生面孔正是去年年底社招加入耀华的硬件工程师吴孟州，和之前他所在公司令人窒息的氛围相比，耀华的职场环境十分宽松，不懂就问，反对直说，在耀华研发团队中毫无压力。

听到这种初级问题，项目组中的老成员没有流露出任何不耐烦，听隋祖禹从头把市场大环境再讲述一遍。

"今天有没有参加过立项会议的同事在，那我再简单再介绍下这一需求。一方面，有消息称我国采用的是 TD-SCDMA 捆绑 WCDMA 或 CDMA2000 混合组网的方式建设 3G 网络，这就意味着我国的移动通信市场将是多个运营商、多个网络、多种制式、多个频段并存的局面，这与国外的发展模式相似，消息的准确性较高。

"另一方面，随着系统 3G 时代的来临，具有更宽的带宽、更高的频率和传输速率，能更方便地进行图像甚至活动画面传输的 3G，理论上在市场具有更高的盈利空间。但事实上，之前欧洲曾花费巨额竞标购买 3G 牌照的运营商一败涂地，投入收回困难，竞标失败的运营商转投 2.5G 后却收益颇丰，业务不可能同一时间完全数字化，我国不会对新技术采用一刀切，应该会采用从 2G 网络平滑过渡的策略。

"因此，我们推出的3G手机必须能在过渡期间的网络和演进后的网络上都能运行。"

"那么，考虑到我们是要参加世界电信展，我们是不是把国际3G标准的WCDMA加进去？"

李浩向来就事论事，刚才第一个反对修改需求是他，现在基于市场目标提出增加需求的也是他，提议看似前后矛盾，做事的准则却表里如一。

隋祖禹松了一口气，放心地说道："我确实是这么想的，很高兴李浩替我提出来，减轻了我的心理负担。"

"哈哈哈。"大家现在目标明确，接受了12月底这个商用时间节点后，反而放松了许多。

"目前，我们协同开发的芯片厂商有同时支持国际3G标准WCDMA和目前2G和2.5G标准的GSM/GPRS的解决方案，反而是我国标准的TD-SCDMA的方案测试还没完成，我们需要继续和他们保持密切的沟通和协助，看看实现的时间节点能不能赶上。"

……

半个小时后，第一项已经得到充分讨论，隋祖禹适时引导大家进入下一项需求。

"多媒体和宽带应用是3G终端必备的特色，之前的消费者调查显示，用户希望3G手机所具备的服务种类，手机电视、可视电话和高速上网的需求率超过了38%，这要求我们的产品具备更强大性能，比如更快的应用执行能力、摄像回放、高清晰拍照、3D图形加速器等功能。这一部分的需求自始至终没有变更，现在进行得如何？"

"这些部分一直都是我们攻关的重点，除了推动芯片供应商提供多媒体功能方案，我们还在应用代码层面给予很好的优化，硬件与系统如果联动不好，没有办法在小屏幕上得到最优的呈现，现在一直按计划推动，不会有问题。"

"有一点不容忽视，刚才提到多模制式，和现在提到的多媒体功能，在丰富了人们的需求的同时，也必然导致电耗指标的增加，这对一件便携电子产品是一种硬伤，对我们在待机方面的优势也是一种消减，需要有相应的解决方案把电耗控制在消费者可接受的范围内。"

"良好的功率管理技术需要从电路设计、芯片管理、系统结构做优化。手机中功耗较大的单元有射频功率放大器、处理器、音频功率放大器等，针对这些单元，我们已经和合作方一起逐一进行优化，使之功率达到最小。现在基本上都有了一些解决思路，以射频放大器为例，目前计划通过稳压器来实现，放置在手机电池和功率放大器之间，输出的电压动态可调，根据射频功率放大器输出功率大小来调整动态电话，从而使得效率提升……"

"总算听到一个进度提前的部分了。"

"总算啊。"

"大家先别高兴啊，我认为这些解决方案会不会增加手机的厚度也需要考虑，消费者可不想回到砖头机时代。"

"同意，这个先记下来。"

……

这群人就是这样，一旦进入工作状态，之前的抱怨就抛到九霄云外了。

第四十三章　致富经送上门

隋祖禹终究还是没有在当天内给出答复，重新梳理需求后，完成的时间节点需要大家各自带着任务回去评估。

第二天一大早，齐飞华主动联系各模块小组，收到一个个确定的答复后，重新刷新了一遍项目表，正要发送邮件，抬头就迎上隋祖禹可怜巴巴的眼神，只好给如坐针毡的隋祖禹比了个 OK 的手势。

隋祖禹倒在椅子上，长长地舒了一口气，站起来抓了两把头发，离开了办公位。

总裁办公室。

穆言把香港国际会展中心的展位平面图投影在屏幕上。

整整三层楼，总面积达 4.6 万平方米的展厅，其中有 2 万平方米的展位是专门为内地厂商准备的。单从规模来看，这一届在香港举办的世界电信展比上一届在瑞士日内瓦举办的，展厅面积大一倍以上，展位数量多三分之一，可见各方的重视程度。

穆言指着一楼的西北角 N97 号和 N99 号展位给郝仁看。

"你看这里是正门，正对着中间两个特展展位，打了叉是已经被人预订了，据主办方透露，一个是和黄电信预订了，一个是 CF 公司预订了。背面也有两个特展展位，对着出口，还没有被预订，虽然出口比入口差一些，但由于是岛型展台，任何方向游客都可以进去，价钱还便宜不少，我们要不要考虑？"

"位置好是好，就是我们的产品数量撑不起来，而且特展展位需要大面积装修，在香港花费也不少。"郝仁想想不想做面子工程。

"我其实也是这样想的，怕你觉得我小家子气，所以，让你先看这两个大的展位。我另外还推荐这几个位置，你看这个 S98 号展位，虽然只是 3×3.9 平方米的标准展位，但是位置极佳，在正面特展展位的右手边，估计就是和黄电信的旁边。按照大多数人的走路习惯，遇到路口一般右拐，看东西也先看右边，这个位置在右拐后右手边，很容易汇聚人流。而且是个双开展位，观众两边都可以进出，方便许多。"

"确实不错，我看这个位置挺顺眼。"

"那我就预订这个位置了。"穆言说道。

隋祖禹进来的时候，正好听到这句话。

"咦，我都还没有确认能不能做出产品来，你们怎么就开始挑选展位了。"

郝仁看到隋祖禹被踩蹋过的发型，哑然失笑。

"昨天听说你被项目组成员一顿挑战，道歉到深夜，差点哭了。"

隋祖禹听了很郁闷，说道："都什么跟什么，我是和大家讨论问题到深夜，精神振奋，哪里哭了。谁和你乱说的？齐飞华？"

"你还不了解齐飞华，她对你忠心耿耿，会和我透露你的状况吗？"

"我知道了，陈虎，小兔崽子，吃里爬外！"隋祖禹对陈虎的不良行径表示十分愤慨。

"他是关心你，和我说你多辛苦多可怜。"郝仁怕陈虎回去被揍，赶紧解释道。

"不对啊，我早上才汇总完，陈虎不可能知道能完成任务啊。"

"你真是脑筋不转弯，你的人要是不肯接手，干嘛陪你讨论到深夜？"

"这样啊，所以你们连展厅位置都选好了，我白跑一趟了。"

穆言看两人说得热闹，隋祖禹毫无例外落了下风，正不高兴，就走到屏幕前，指着刚才选好的地方说道："也不算白跑，你看看我们选的展位。"

隋祖禹扶了扶眼镜，仔细辨认了下，委屈地说道："怎么是个豆腐块展位，好小，都站不了几个人。为了它，我要整整奋斗十个月。"

　　"小是小了点，不过也是主厅位置了，人流差不了。现在拿得出手的产品不多，等以后我们有底了，包一整个展厅，中间搭个舞台给你演讲好不好？"

　　穆言心想，郝仁又开始瞎承诺了，展厅中央一般都放旗舰产品，谁会设舞台，舞台设在正门或者侧门引流效果才好，用户进门被表演或者演讲吸引，正好走过来参观产品。

　　可没想到，隋祖禹居然信以为真，连连点头说："说话算话，用不了几年我就找你兑现。"

　　穆言心中无语，只好暗下决心，到时候无论如何也不同意他俩这么布置展台。

　　隋祖禹在这个春天陷入了没日没夜的工作中，以实际行动践行昏天黑地的字面意思。整整一个月，他没有在太阳落山前回过家，直到这个月的最后一个周五，硬生生被郝仁从办公室拽出来，塞进了车。

　　下午六点，太阳精神抖擞地挂在西边，隋祖禹突然暴露在光明之中，顿觉刺眼，有一种习惯黑暗的鼹鼠被从地下挖出来的感觉。正要抗议，郝仁已经发动了汽车，往自己家的方向行驶。

　　到了住处，隋祖禹打开家门，郝仁立即停住了脚步，因为他发现到处是书本、草稿纸、脏衣服以及各种杂物，他没有地方下脚，也没有地方坐下。

　　"不是你硬拉我回家吗？怎么不进去啊？"隋祖禹莫名其妙地问。

　　"我如何进去？"郝仁用一个问题回答另一个问题。

　　于是，隋祖禹二话不说，用一只脚把挡在门口的鞋子踢到一边，稳稳地落地，然后用另一只脚把倒在地上的伞摆正，顺势进了门。

　　"这不就进来了？"言语间竟有点小得意。

　　郝仁不说话，拿出手机拨通了汤媛电话。

　　"汤媛，不好意思，周末打扰你，想麻烦你个事？"

　　"郝总，什么事？"

　　"现在能不能帮忙叫个阿姨来打扫房间？"

　　"现在？一般要提前一天预约，这大周末临时上哪里找，房间大不大，我来行不行？"

"这会不会不好?"

"没啥不好,地址说一下。"

"南山区沙河五村东三坊 303 号,能不能顺便带点外卖和啤酒过来,算上你三个人,过来一起吃。"

郝仁放下电话,进了门,先动手收拾沙发,腾出个位置坐下,开始整理茶几上的书。

"郝仁,你今天抽风了,又不让我加班,又麻烦汤媛过来送饭送菜,打扫房间。"

"工作而已,不用以命相搏吧,你自己不知道休息,还得我来督促,太不像话了,你是想把你的研发突击队搞成敢死队啊?"郝仁说着说着,胸口莫名冒火。

"不至于,不至于,你想和我吃饭就直说嘛,再忙也有时间,不用这么多套路。"

"我懒得解释,我现在只想把你家收拾得能看得下去。"

"现在也能。"

"闭嘴。"

大约过了一个小时,郝仁和隋祖禹勉强收拾出个吃饭的地方,汤媛也来了。

汤媛第一次来隋祖禹家,在城中村七拐八拐才找到地方。进了门就被又破又乱的居所吓到了,她没想到公司的研发负责人,传说中日进斗金的本地土著能住这种地方。

汤媛把手里的餐盒一一打开,她买了五菜一汤、清炒虾仁、麻婆豆腐、凉瓜牛肉、夫妻肺片、鹅肉拼盘和茶树菇排骨汤,有辣的有不辣的,兼顾眼前的一个四川人和一个广东人。

差不多已经是八点,三人都饿了,狼吞虎咽地把饭菜吃个精光。

饭后,汤媛开始打扫,本来隋祖禹和郝仁也一起收拾,无奈汤媛嫌弃两人动作迟缓,手法生涩,叫两人一边坐着,不要捣乱。

两人拗不过,就坐在沙发上聊天,没三句又开始谈工作,和在办公室加班没两样。

哐哐哐,有人在外面敲门,隋祖禹平时没人找,也没安装门铃。这人敲门很用力,感觉整个房间都在颤动。

汤媛去开门,外面是个 50 岁左右的中年大叔,背心拖鞋,梳个大背头,不知道是上了发蜡,还是好几天没洗,油光铮亮的。

来人一看是个小巧可爱的姑娘开门,满脸惊喜,头往里面凑,看到隋祖禹坐在沙发上,扯着嗓子喊:"隋祖禹,你有女朋友啦?你妈怎么没和我说。"

"大舅,你怎么来了?不是女朋友,这是我的同事汤媛,这是我的老板郝仁。"

隋祖禹的大舅杨来福嗯嗯两声算是和两人打招呼,也不客气,直接进门对着隋祖禹说。

"你手上有闲置资金吗?我想和你借点钱。"

"多少钱?"隋祖禹毫不惊讶,似是习惯了来人的风格。

"两百万有吗?"

"你要这么多钱干吗?"

"投资房产啊,你在大公司做主管,你的领导不会亏待你吧,你又不怎么花钱,一两百万总有吧。大舅要是挣钱了,还能让你吃亏?"说的时候,杨来福还瞟了一眼郝仁。

"上次借的五十万还没还我家,这次最多二十万,多的没有。"隋祖禹说道。

"你看你这,不能多点吗?我凑不够首付。"

"不行,就这么多,你要找我妈,肯定一分也没有。"

"行吧。二十万就二十万。"杨来福叹息道。

"明天给你打,没事你先走吧,我这还有事要谈。"隋祖禹不耐烦地下逐客令。

杨来福眼珠滴溜溜转,透出某种令人不适的精明。

"你是隋祖禹的老板吧,听说你们公司这两年盈利不错,一定有不少闲置资金吧,要不要投资房地产,跟着我赚钱?"

"怎么个赚法?"郝仁倒是有兴趣听杨来福讲讲他的致富经。

"那我从头说起,你不知道吧,我从 1995 年就开始……"

"够了,大舅你走吧。"隋祖禹满脸厌恶,直接打断了杨来福的夸夸其谈。

"水煮鱼,别生气,让大舅发表一下高见,我学习学习。"郝仁却一旁煽风点火道。

第四十四章　最失败的表白

"这就对了，年轻人多听听老人言，吃不了亏，上不了当。"

杨来福得意扬扬地坐下来，点燃一支烟，深吸一口，缓缓吐出烟圈，像在为一场精彩的演讲酝酿情绪。汤媛赶紧把烟灰缸推过去，为可能掉落的烟灰兜底，免得弄脏她刚拖好的地板。

"要说挣钱，还得买房子，我看你是有福之人，就是以前缺个点拨的人。就拿几个一线城市来说，北京2001年的平均房价多少知道吗？不到5000元一平方米，现在多少？快8000元一平方米。上海2001年一手房平均3500元一平方，现在快1万了吧。广州呢，2001年不到4000元一平方，现在突破7000元了吧。说深圳，你们一个个都买房了，总熟悉吧，2001年均价5000元，今年突破1万大关了吧。你就算算如果你2001年买多几套房，现在挣多少了？"

杨来福说起房价，如数家珍，滔滔不绝。

"大舅，你初中没毕业，能记那么多数字，唬人吧。"杨来福浮夸的表演每次家庭聚会都要来几次，开口闭口上亿的生意，隋祖禹早就腻味了。

"别闹，你就说你们公司卖啥能有一倍以上的赚头吗？"

"没有，没有。"郝仁坦诚地说道。

"就是嘛，别看你们出入高档写字楼，人模人样，实际上都是劳碌命，一个月才几个子，挣钱效率在我们的圈子说出去都丢人！"

"那是，大舅一看就是有经验的楼市操盘手，我就没啥投资眼光。"

郝仁还没玩够，积极回应着杨来福，完全忽视隋祖禹狠狠瞪过来的眼神。

"不敢不敢，我小本经营，没多少钱。比不过那些炒房团，像个集团军一样，哪里有楼盘就全体出动，然后买下几栋，联合起来把房价炒上去再高价卖掉。那赚头，啧啧啧。"

杨来福说得吐沫横飞，讲到钱更是口水都要滴下来了。

"呵呵，那你找我借的钱不够买楼吧，买个厕所呗。"隋祖禹不无嘲讽，话像从鼻子里哼出来似的带股气。

杨来福对隋祖禹的态度也见怪不怪了，就当没看见，接着说：

"不少公司也加入啊。就说房企吧，他们开盘不会全部卖掉，先把朝向好的房型囤起来，等价格涨上去，再一套一套慢慢放出来卖。还有那种建筑设计公司，知道哪里建设商业区，就提前到附近买房囤着等涨价。要不说现在信息时代，资讯就是金钱。"

"那是，哈哈哈，大舅真是知识渊博。"郝仁接腔。

"要说你们这些科技公司，其实科技不科技没啥用，还不是拿卖白菜的钱操卖白粉的心。不少公司也在楼市里打转，科技产品不挣钱，还得房市补贴才免于倒闭。你听说过一家叫小牛科技的上市公司吗？近年经营不善，一直亏钱，幸好早年囤了很多房，每次快坚持不下去就卖房还债，要我说做实业是真的苦……"

郝仁在这个城市已经十多年，楼市的涨跌多少了解一些。安居才能乐业，普通人不敢想太多发财致富的事，唯愿有套房能在这个城市落脚。自己是个幸运儿，赶上了这个行业飞速发展，工作五年就筹够首付，买了现在住的房子，不用忍受和人合租的拥挤和摩擦。但对于生产线上的普通工人和刚毕业的大学生，如果没有家里的支持，在一线城市买房真是难于上青天。

师傅高建军的面孔适时地浮现在郝仁的脑海里，两口子几十年前就来深圳打工，一辈子待在生产线，东拼西凑，也就在郊区工厂附近买了个小小的破旧两室而已。

所以，杨来福说的做实业最苦，高建军也说过同样的话。

杨来福还在絮絮叨叨："老板，我看你财大气粗，怎么样，要不要一起干，我出小头，你大头，我们挣钱了，按比例分钱。"

"不敢，不敢，就不当大舅挣钱路上的绊脚石了。"郝仁连连摆手。

隋祖禹看郝仁也不愿意敷衍了，正好赶紧打发人走。

被隋祖禹推着出门的杨来福，门快合上的瞬间，还往门里扔进一句话："你个人没钱，可以用公司的名义买房啊，资金闲置也是浪费啊。"

隋祖禹重重关上门，回头对郝仁说："这个人都魔怔了，你理他干吗，翻来覆去就这么几句话。"

"好玩嘛，我们一直说工作也很无聊，有个人乐呵下，毕竟周末嘛。"郝仁不以为然，扭头对正在整理书柜的汤媛说："汤媛，买房没？"

"没有，首付钱没存够。郝总，你不会嫌弃做手机辛苦，要带大家炒房吧。"汤媛放下手里的书，不解地问道。

"你要这样，我第一个离职。"隋祖禹往后一靠，整个人陷进了柔软的沙发里。

"哪能呢，其实，90年代就有人给赵总出过主意，建议他把扩大再生产的钱去拿地，然后把工业用地去盖楼，商住两用，能挣不少钱。"

郝仁说到这陷入回忆里，七八年前，郝仁还只是老研发主管陈威的大项目经理。在一次年末经营例会，郝仁跟着陈威去汇报明年的研发预算，由于来年想要购入一批先进的检测仪器，预算较前年有30%的增幅，需要上会评审。

当陈威把预算明细讲述完毕后，当时的财经主管孟醒当即就提出了反对意见，说投入研发短期收益率极低，尤其是用于测试的仪器，购入后看不到对销量有什么明显的促进作用。国家对科技企业支持力度大，不如用手里的闲置资金和优惠贷款拿地盖楼，出租都能赚不少，如果后面工业用地能成功转住宅或商用，收益就更大了。

看郝仁说一半没话了，汤媛连忙问："然后呢？"

"赵总当时说了一段话，我至今记忆犹新，如果我们的高管都只想着钻营暴富，天天盯着房价涨跌，可还有做好企业的雄心壮志？如果我们的员工都只想挣快钱，到处寻找快速生财之道，可还有做好产品的专注耐心？我希望在座的各位能稳住心绪，不要哪里挣钱，眼睛就往哪里瞟，耀华只深耕科技行业，绝不向外踏出一步，大家任何时候都勿忘初心啊。"

郝仁用赵扬式的语重心长说完，脸上平添了几分宣誓后的虔诚。

"说得好，没想到赵总有这等鸿鹄之志，服气服气。现在市场上可不缺挣快钱的人，却缺有耐心打磨产品的人，你这是跟对人了。"

隋祖禹激动地从沙发上一跃而起，郝仁却依旧平静。

"是啊，赵总确实高瞻远瞩，是很有远见的领导者，整个公司的人都潜移默化中受到他的影响，想真正做好产品。说实在的，如果挣钱正像大家说得这么容易，还不如选条难走的路，否则有什么意思？"郝仁说。

"那提议投资房产的人现在还在公司吗？"汤媛问。

"没了，被赵总拒绝后，他考虑到自己和公司的导向不和，就提出了离职，大家都不知道他去哪里了。不过，孟醒这个人很擅长理财，离开公司也会发财致富。之后，对我们很照顾的琼姐接替了他财经主管的位置，就是现在比较稳健谨慎的风格了。"郝仁说道。

两人谈话的期间，房间已经被汤媛收拾得纤尘不染，隋祖禹从沙发上跳下来，左看看右看看，啧啧赞叹。

隋祖禹从出生到现在，就没有住过这么整齐干净的屋子。他的父母忙着做生意、忙着应酬、忙着打麻将，整天忙得团团转，从来没有亲自收拾过房间。家里越来越有钱，房子越来越多，却没有一间是整齐的，哪怕是新装修，只要一家人住上一段时间就会杂物堆积如山，到处乱七八糟。

现在隋祖禹看着从小住到大的屋子，干净得泛着光芒，浑身每一个毛孔都有种说不出的舒服。

隋祖禹以一种崇拜的眼神看着汤媛，认真地问："汤媛，你愿意不愿意和我住一起？"

这话一出，汤媛和郝仁呆住了。

郝仁迷茫了，怎么一直没看出隋祖禹对汤媛有意思，一开口就这么直接，也太惊悚了，这还不让人家女孩子害臊死了。

汤媛就更迷茫了，什么意思？表白也没有直接问愿不愿意住一起的，自己一点心理准备都没有。隋祖禹也不像花花公子，据郝仁说完全没有恋爱经历，应该不会玩弄别人的感情，莫非是假象……

看汤媛愣愣地不说话，隋祖禹又说："只要你肯顺手也帮我房间打扫打扫，所有生活开销算我的。"

"你是想和汤媛合租？"郝仁问。

"是啊，要不是汤媛，我都不知道整齐这么舒服。"隋祖禹诚恳地说。

汤媛知道自己会错意了，羞愧万分，拎起背包，和郝仁说了声还有事，就头也不回地走了。

听着汤媛噔噔噔下楼的脚步声，隋祖禹怅然若失。

"唉，她不愿意和我住，我只配住在狗窝。"

"我还以为你在表白，没想到你只是想让她给你做家务。"郝仁看着不开窍的隋祖禹，无奈地说道。

隋祖禹眼前出现一副画面，周末的清晨，他在干净清香的床上醒来，阳光照在身上，房间干净得发光，汤媛在厨房里为他煎好一个最喜欢的荷包蛋，还有皮蛋瘦肉粥、酱瓜、油条……

想着想着，脸都红了，情不自禁地说出一句话："结婚，我也是愿意的。"

"李子健把我家打扫得这么干净也没有见你这么感动。"郝仁很煞风景地想要打破隋祖禹的幻想。

"那是你家，我从来没见过我家这么干净过。而且，你发现没有，她好细心，知道我不吃芹菜，今天的菜都没放。"

"今天的这几个菜没人会往里放芹菜吧！"

"你懂什么，这是关心。"

第四十五章　何惧头破血流

汤媛下了楼，直奔地铁站，出租屋离隋祖禹家比较远，有十几站地铁，快十一点，再不快点就赶不上了。

最后一班地铁上只有零星几人，汤媛一个人坐在空荡荡的车厢里想心事，不锈钢的座位微微发凉，耳边是地铁穿行地道的隆隆风声。

汤媛家境清贫，父母是本分农民，两个双胞胎弟弟还在念大学。作为家中的老大，多年已经习惯省吃俭用，把大部分的积蓄寄回去补贴家用，等明年两个弟弟毕业工作，就可以存钱为自己打算了。

像她这样贫穷人家的女儿，念书时候，所有的时间都被学习和勤工俭学填满。毕业来了耀华，虽然满公司都是异性，却被成堆工作消磨得没了心情。恋爱这种事，也就是小说里的情节，电视里的桥段，离自己好生遥远。

今天，隋祖禹这出乌龙，让她想起自己已经 25 岁了，苍白的感情经历对不起自己的年龄。到底应该怎么去遇到一个对的人？对于不能像处理工作一样条分缕析的事，汤媛束手无策，只知道反正不能像抽签，盲婚哑嫁地随便找个人。

汤媛越想越气，自己好歹受过高等教育，有一技之长，居然是靠家务来吸引异性。隋祖禹这人着实可恶，抱着找保洁的心态来招惹自己，以后一定要给他点颜色看看。

周末过完，尽管隋祖禹很努力地维持，房间还是势不可挡地恢复了原样。想起汤媛拒绝时的果断，隋祖禹别无他法，只得唏嘘不已。

汤媛则一切如常，工作不出一点纰漏，除了看到隋祖禹时会恶狠狠地瞪一眼。

郝仁不理会一把年纪才情窦初开的隋祖禹，精神抖擞地开始一周的工作。周末，韦得利打电话过来，说周一上午10点给他看家庭路由器的设计方案，于是今天，郝仁提前把陈竞男叫过来了解集采的情况，顺便一会看看产品方案。

"这次运营商采用的数量是1300万台，预计选8家中标厂商，商务和技术分各占一半，第一名中20％，第二名中18％，第三名中16％，第四名中12％，第五名中11％，第六名中9％，第七名中8％，第八名中6％，即使是最后一名，也能销售60万台，收入非常客观。"

"看来运营商对家庭宽带业务充满信心，我开始预估最多800万台，没想到能超过千万，幸好你发现了这个机会。"

两人说了一会，外面响起了敲门声。

"进来吧，得利。"

郝仁不看都知道是韦得利，也只有这个人会如此礼数周全，汇报至少提前一天预约，敲门力度不轻不重，第一下很轻，后两下重一些。

韦得利夹着一台手提电脑进了门。

"郝总，竞男姐。"

"快请坐。"

韦得利接好投影仪，才在沙发上坐下，开始介绍路由器的整体设计方案。

"这次我们共开发出两款家庭路由器，我们现在看到的这款，采用了精简的集成设计，既可以提供无缝的无线网络接入，又可以兼容有线的以太网设备，支持多种连接方式，无线、有线、ADSL等。

性能上，一方面我们比市面上的产品采用更高性能的CPU，更先进的操作系统，增大存储器容量，可以同时满足商务和生活两方面诉求。另一方面，增强路由器的特殊功能，如增加VPN、VoIP功能，加强防火墙功能等。特别是在用户界面和防火墙功能方面，使家长能方便地控制孩子上网时间。

外观上突出轻薄，小巧玲珑，长13厘米，宽8厘米，厚3.2厘米，一共有黑白灰三个色，适合各种家居风格。"

郝仁和陈竞男听罢，都觉得是一款非常优秀的产品，但同时也产生了一些顾虑。

"真是不错的产品，就是担心这款产品有很多高级功能，成本不低。运营商集采产品大多作为安装宽带的消费者的赠品，可能会尽可能压低商务价格。我怕我们虽然技术分高,但在商务上没有优势。而且防火墙增值功能是针对有小孩的家庭,对单身的人来说就没必要。"陈竞男直接提出了问题。

"考虑到这一点,我们又设计了另外一款产品,集成度没有这么高,所以外观会稍微大一些,长 15 厘米,宽 8 厘米,厚 4 厘米。性能方面,CPU 和操作系统和上一款一致,体验同样出众。提供 web 的网管系统,用户界面也很友好,安装、配置、监控简单、快速、直观,不需专业知识也能轻松使用。但去掉了使用时间控制等增值功能,成本上可以降低大半。"韦得利回答道。

郝仁发现,交代过的要点,韦得利做到了,没交代的,韦得利也想到了,果然事事周全。

"很好,事情交给你果然没什么好担心的。竞男姐,我觉得在投标时候可以两款都提供,但主推后面那一款。同时我在想,互联网时代,家长最担心就是孩子有网瘾以及网络上有不健康的内容,我们是不是把第一款包装成家庭亲子路由器,主打健康上网,在公开市场上出售。"

陈竞男也想到了这一点,于是说道:"我也是这样想的,公开市场销量虽然不是一锤定音,但单价较好,利润也高,最能体现品牌,如果耀华手机能够便捷地联动控制,还能打包出售。"

"好主意,一会你去找下隋祖禹,这个实现上应该不会过于困难,让他安排个人负责下。如果和分销商谈妥了,也让穆言在营销上和你配合好。"郝仁说道。

"好。"

正事谈完,陈竞男先回去安排工作了。韦得利留下来陪郝仁喝会茶。

"我负责新公司两年多了,都没抽出时间和你好好聊下,上次找你也是一直说我的事。怎么样,一切还顺利吗?"

"都是老样子,就是有时候会感觉压力有点大。以前也忙,但是遇到什么解决不了的事,还能来找你决策,心里是踏实的。现在,决策压力在自己身上,才深感你的不容易,我以前可以事事找你,现在却不能事事去找赵总,很多时候只好硬着头皮做决定。"

"其实,我何尝不是如此,时时担心自己是不是做了错误的决定,过去如此,现在亦如此。但是得利,没有人不犯错,只要记住目标,即使走偏了也不会偏太远。"

"明白了，郝总。"

"我们不是上下级了，你就不用这么客气，很多事我还得仰仗你。"

"郝总随时开口就是。这段时间，我有个想法，不知道当讲不当讲。"

"你我之间，还有什么不能讲，说吧。"

"当初建立自有品牌的时候，您只挑一个品类，我理解是为了降低风险和减少投入。可如今你已经用事实证明，国产自有品牌是可以做起来的，耀华T1一炮打响，后面运营商的定制机也是爆款，品牌知名度渐渐起来，丰富产品品类正当其时。为什么现在才增加了一个路由器，还是为了运营商集采。上次你和我说，消费者市场变化莫测，那只做一个品类岂不是风险很大，如果品牌旗下实行多样化产品策略，是不是风险要小些，所谓东边不亮西边亮。"

"一款产品要做到最好需要时日，如果到处是退路，研发很容易知难而退，有时候没有退路才能勇往直前。不过，你说的多样化产品策略和刚才竞男姐说的手机和路由器联动倒是启发了我。"

"启发了你什么呢？我不太明白。"

"得利，我举个例子，比如你在水果市场摆摊，卖香蕉、苹果、菠萝、芒果等等，如果有一天你摊位变大了，你会卖海鲜肉类吗？"

"不会，消费者不会来水果市场买海鲜肉类。"

"对了，但是如果你卖鲜榨果汁，果酱等水果副产品就非常恰如其分。首先，你的消费者是同一批人，你通过丰富产品，可以提高平均消费金额。其次，非常符合你的产品调性，不会让消费者觉得你不专业。最后，你可以打包卖，消耗库存，比如当天没有卖掉的水果做成果酱、水果冰淇淋等保存下来，避免腐烂。"

"所以，你想要围绕手机推出衍生品，用同样的渠道去销售。"

"没错，就是这个思路。手机能联动的产品不应该只有路由器，还有什么呢？我要好好想想？是不是在将来，所有人只需要一部手机，就可以控制身边的一切了，像美国科幻大片。"

"想想都觉得很期待。可我就是觉得，郝总你目光远大，做起事来却处处受人掣肘。就拿路由器来说，代工数量不大，刘达喜都这么大反应，要不是赵总压着，指不定给你多少难堪。你以前多雷厉风行，势不可挡，想做什么就真的做了，如今却处处赔着小心，我都替你不值。"

"没有人可以永远活在纯粹和率性里，看护一个企业就不能只顾自己脾气，小事无妨，但如果有人阻挡前进的大方向，我倒是敢撞个头破血流。"

"如果需要我，郝总随时说。"

"那是当然。"

第四十六章　小商品大收益

陈竞男的动作不慢，一边操作运营商集采的投标资料，一边联络代理商洽谈销售方案。

家庭路由器这个项目出奇的顺利，五月底，中标的喜报传来。耀华以第二名身份中标，获得18%的订单份额，共计234万台路由器，只比第一名SuperLink这家专门做路由器的厂商20%的订单份额，少了26万台，大大出乎了郝仁几人的预期，起初不过是想入围拿下个七八名的份额而已。

不过，运营商管理层综合考虑商务成本和产品功能，最终选定性价比更高的方案二，利润比方案一要低一些。

运营商集采订单拿下后，陈竞男的团队快马加鞭，拿着方案一把所有代理拜访了遍。聚星等几家有远见的代理商，也发现了家庭宽带市场的高速增长，正愁没有兼容性好的高端家庭路由器货源，与陈竞男一拍即合，首批就定下80万台路由器。

最终，方案一具有多种增值功能的路由器被命名为耀华绿色卫士，营销还是老规矩，推广由代理和耀华共同出资。

穆言这次的营销方案叫人又爱又恨，输出了一条记忆度极高的视频广告，广告片里小童星在爸爸妈妈面前蹦蹦跳跳，嘴里反复吟唱广告歌曲。

"网络联通世界，资讯的海洋，忧喜参半，老有坏蛋乘机进犯，耀华卫士，守护我们的世界，绿色上网，健康成长，耀华卫士，守护我们的世界，绿色上网，健康成长。"

歌曲的旋律单调却有某种魔力，听过一次就难以忘记，不时脱口而出，烦得人不行，被吐槽为洗脑神曲。可随着旋律歌词在坊间流传开来，耀华家庭路由器的主要卖点开始深入人心。在最近的一次市场调研中，家庭用户在选择路由器的时候，第一反应就会想到耀华这款能够控制上网时间，屏蔽不良网站的路由器。

仅仅上市2个月，耀华绿色卫士就冲到家庭路由器这一品类销售排行的第一名。更重要的是，这款产品价格位于中高档，主要的消费者来自一二线城市，为了能够同时使用耀华手机上网管功能，耀华手机在一二线的知名度和销量小幅度地提升了，可谓一举两得。

这样受欢迎的结果是韦得利始料未及的，本来是出于帮忙的心态做的这款产品。可真的在现实生活中，看到商铺里面自己设计的产品正挂着耀华的大名热销时，这种成就感和为他人做嫁衣裳的代工完全不一样。以至于韦得利明明办公室好几个耀华绿色卫士路由器放着，还假装消费者去门店原价购买了一个，仿佛为耀华自有品牌的销量添上了浓墨重彩的一笔。

此后，韦得利的热情一发不可收拾，催着陈竞男反馈市场洞察，内部拉扯出一个联合项目组，开始着手下一代家庭路由器产品的开发。

刘达喜那边参与集采的客户以一分之差没有中标，产品比较平庸，要价还高，落选也正常，这点打分还是看在国外知名品牌才给的面子分。毕竟是响当当的国际公司，不能太折了对方面子，万一以后其他产品领域还要合作，人家被这次投标结果伤害到，直接不来就麻烦了。不过，这倒是省了郝仁不少麻烦，若是双双中标，少不了麻烦赵扬协调一番，最近郝仁实在无力再和刘达喜斗嘴皮子了。

这件事上，虽然赵扬特别安抚了刘达喜，但心里的喜悦溢于言表。代工业务是针对企业级客户，自有品牌是针对消费者，这两块业务的销量现在占比才勉强一九开，代工业务是九成。但自有品牌的好处除了赵扬想要的利润高、独立性好外，还有一点就是回款快，有利于企业现金流及资金周转。

企业订单金额较高，收款一般就是前期下订金，交付三分之一付款一次，交付一半付款一次，最后结款等，不同的金额和产品略有不同，但总体上都是分几次付款。如果产品数量大，交付周期较长，就会占用耀华的资金较长时间。

但消费者业务不一样，和代理之间可以逐月结算，按季度结算，半年结算的都比较少。账期短，现金流就可以源源不断地回到企业，用于扩大再生产。

更重要的是，郝仁这小子思路还挺灵活，单个产品定价较高，但是和手机产品捆版销售的套餐价格偏偏让消费者觉得路由器便宜得跟白送一样，用一个小产品撬动了客单价高的手机销售。另外一方面，由于公开市场上，耀华手机的质量口碑较好，运营商在给消费者安装宽带时，消费者指明要耀华的路由器，从侧面提升了运营商客户的满意度，甚至之后还收获了几笔追加的订单。

凡此种种，赵扬对自己当初的选择越发笃定，心想这小子就是个哪吒，关在家里是个祸害，就该丢到市场上去翻江倒海，搅搅浑水。

郝仁对家庭路由器产品的热销一笑了之，丢给韦得利和陈竞男折腾去。现在最大的麻烦是，穆言已经敲定好世界电信大会的展位，预约好了各种媒体资源，可下一代网络3G手机还没有个雏形，不时警报进度延期，郝仁的心里是七上八下，可当面对隋祖禹日渐消瘦的脸庞时，又是一个字也问不出来。

还有三个多月就到毕业季了，耀华各大高校的招聘工作需要启动了。这次郝仁没有亲自出马，实在是忙得抽不开身，加上现在公司在高校有了些名声，不用靠自己去忽悠应届生了。于是，郝仁就把校园招聘的事交给了冯都都，那个最初帮郝仁找营销总监未果的年轻人事经理。

当年，人事总监林涵为了敷衍郝仁，把营销总监的招聘任务随手丢给了冯都都，由于交代得不清楚，导致冯都都南辕北辙，忙活许久没有招聘到合适的人。最终，还是郝仁把前来采访的知名报社记者穆言给扣下了，耀华终端才有了营销总监。

冯都都是个有气性的女孩子，从那次以后对林涵的做事方式难掩不满。后来，冯都都观察又发现林涵不仅对郝仁敷衍，只要不是赵扬亲自关注的事，她都做得极其随意。只唯上，不唯实，是林涵的一贯作风，汇报材料写得牛气冲天，实际全是空中楼阁，没有一件事落在实处。要不是耀华技术组织流程完善，多数员工兢兢业业，指不定会出何等纰漏。

冯都都在她下面工作百般难受，这时，郝仁这边常常需要人事经理辅助工作，别人都避之唯恐不及，冯都都却主动承接了下来。有人暗地里嘲笑她是出力不讨好，原因很简单，冯都都的直接主管是林涵，林涵根本不看重郝仁的业务，做得再多再好也不算业绩。

同事的嘲笑，冯都都不以为然，心里早有打算。跟着林涵除了汇报是学不到什么东西了，不如做做新业务，积累经验不说，只要这个新业务能做起来，总有自己的一份功劳。

长达一年多的时间里，冯都都领一份的工资，打两份的工。郝仁划分给人事部门的奖金，冯都都也没有比别人拿得多。

可当冯都都凭一己之力，把耀华终端的人事业务打理得井井有条时，郝仁注意到了这个成长快速的女孩子，大加赞扬。冯都都也不客气，顺势和郝仁说了自己目前的困境，问是否可以转岗到郝仁这边。于是，冯都都凭借不到5年的工作经验，成了耀华终端最年轻的总监，主管人事。

交接工作的最后一天，冯都都开始将桌上的个人物品装箱。这时候，林涵跋着高跟鞋朝她的办公位走了过来。作为部门领导眼中不懂变通的工具人，同事眼中只埋头苦干的傻子，冯都都的位置被安排在男洗手间门口，宛如外面公厕收费的管理员。

林涵只好站在男洗手间门口，对冯都都不无讽刺地说道："没想到，你平日闷声不出气，还会私下捡了高枝往上攀，我还真是小看了你。"

冯都都早就看不惯林涵身为主管的不思进取，像个职场老油条，到处攀附关系的同时，又随意敷衍工作。以前隐忍只是因为人在屋檐下，不得不装傻。如今自己都要走了，不说祝福，还特意跑来她这个山高皇帝远的位置嘲讽，不还击就是真傻了。

"多谢林总监这三年的指点，我虽然没有从您身上学到专业知识，但我总算弄清楚怎么把工作搞砸之后找人顶包，怎么把别人的功劳安在自己头上再花里胡哨地汇报。这些都是我短暂职业生涯的宝贵财富，感谢您。"

林涵听完冯都都的话，气得发抖，恨不得用高跟鞋把地板踩个洞。

"那我就祝福你最好不要阴沟里翻船，让我好生期待。"

"嗯，如果有这一天，我会通知你，免得你错过了第一时间嘲笑的机会。"

说完就冯都都就抱着箱子离开了。

林涵看着冯都都的背影，脸色变得铁青。冯都都的同事立刻埋头到电脑后，不敢与林涵对视，心中却丝丝羡慕，原来冯都都人不傻，傻的是自己没把握住机会。

第四十七章　管家走马上任

冯都都转岗后的第一个重点工作就是这次校园招聘。新官上任三把火，冯都都带着人力资源供应商派来的几个招聘助理奔赴各高校，以青春靓丽的年轻学姐形象，将耀华国产科技的愿景使命娓娓道来，让校园里的年轻人看到了国企和外企选择之外的另一种可能。

一时间，简历纷至沓来。经过笔试和面试，冯都都网罗到一批优秀的年轻人，正当一切进展顺利时，签约时却遇到了麻烦。

总裁办公室。

从北京匆匆赶回的冯都都正向郝仁汇报最新的招聘进展。

"郝总，这次来应聘的学生都非常优秀，也很认可耀华的企业文化。就是耀华的工作地只有深圳一个选择，对于北方和中部的学生来说，离家较远，有顾虑。"

"这一点我也注意到了，之前因为公司人员不多，大部分都是耀华技术带过来的老员工，所以没有地域问题。现在不同了，是要考虑下员工成家立业方面的需求。这样吧，我们在国内设立几个研究所，给愿意加入耀华的人才多一些选择。"

"那么，郝总想在哪几个地方会设立研究所呢？"

"先北京、上海、武汉、西安这四个地方吧。"

"好的，那我赶紧给意向签约的应届生传达这一好消息。"

"你忙完这阵子，原有的老员工也可以收集下情况，如果想要更换工作地，和他们的主管商量下，在不影响现有工作的情况下尽量协调，安居才能乐业。"

"郝总果然考虑周到。"

郝仁不假思索，脱口而出北京、上海、武汉、西安，是因为这四个城市历来是高等院校的集中地，北京有清华大学、北京大学，上海有复旦大学、上海交通大学，武汉有武汉大学、华中科技大学，西安有西安交通大学、西北工业大学等等，都是耀华急需的电子科技类人才的摇篮。

郝仁在这四个地方设立研究所，重点仅仅是针对研发人才，而非把目前的人员架构在各地复制四份。

距离新员工入职仅有三个多月了，算上新员工培训及工厂实习的三个多月，也就是说需要在半年左右的时间内，完成研究所的选址、搬迁、人员安置等工作，时间一紧，常规的工作也变难了。

按道理这样的工作应该交由行政部负责，但麻烦就在于耀华终端一直以来没有设立行政部，2002年创立时，耀华终端采用扁平化的组织架构，尽可能地借用耀华技术的平台能力，当时公司人数比较少，加上几个主管都是实干型，团队内勤这种事，自己安排秘书顺手就给做了，不像在大公司有行政专员负责。

公司如今发展迅猛，组织日渐庞大，朝一个中型公司迈进，光隋祖禹的研发部门就快三百多人。是时候设立个行政部，统一管理公司的后勤工作，给各部门的主管减轻负担。

郝仁在思考负责人时，汤媛这个名字立马在脑海中跳了出来，她的细致和周到，实在是一个完美的后勤大总管人选。作为秘书，汤媛尽职尽责，令郝仁十分满意，离开汤媛，自己一定会很长一段时间不适应。但秘书工作有太多简单重复性劳动，不利于汤媛的个人发展，没有一个有追求的人会甘心做秘书一辈子。至少，在郝仁看来，汤媛的能力不仅如此，是应该为汤媛寻一个更好的职业通道。

汤媛走进来给郝仁送文件。

"汤媛，你来耀华给我做秘书多久了？"

汤媛略一思忖，回答道："下下个月就五年了。"

"时间过得真快，这么快就五年了，你想不想换个工作。"

汤媛听到这句话大惊失色，连忙问："郝总，你要开除我吗？"

郝仁发现，汤媛在他这怎么一点安全感都没有，老是担心工作不保，都不知自己哪里让她误会这么深。

"你又在胡思乱想什么？我是想，公司如今大了，不能让各部门主管负责各自部门的后勤工作，需要成立个行政部门，我想行政部的主管非你莫属，除了我，没有人比你更了解各个部门组织的情况。"

汤媛听了又惊又喜，问道："我行吗？"

"行，怎么不行！"

"可我走了，谁来帮你处理杂务？"

"你让人事部门再给我找一个像你这样细心的秘书吧。"

"那行，感谢郝总给我机会。"

"别急着高兴，现下就有个紧急的事要你张罗，我们打算在北京、上海、武汉、西安设立研究所，需要半年左右办好，这样新员工就可以就近入职。"

"好的。"

"我知道你也没办过，这四个地方耀华技术都有分公司，我想你可以去请教下耀华技术的行政主管孙泽。"

汤嫒心里，从秘书直接升任行政主管，是以前想都不敢想的事。出了郝仁办公室，汤嫒深吸一口气，调整好亢奋的情绪，脑海中旋即出现一个个流程图。

首先，要与人事总监冯都都确认这四个地方招聘的员工数量以及将来的规划，从而确认优先级，并预估出各研究所需的办公楼及其配套设施。

接下来，和耀华技术的行政总监孙泽商量，是否有多余的独立办公区，班车食堂之类的后勤资源是否可以共享，内部结算总比外部租赁的支出少。

然后，等办公地点确定，就可以启动分支机构注册登记，企业下属研究所虽然不用像子公司那样需要注册资本，但工商税务登记一项都不能少，税务是独立核算还是非独立核算，如何申请政府行业扶植等专业问题还得请财经、税务、政府关系等部门协同处理。

等以上工作完成，才能启动办公楼的设计、装修、办公位分配、人员入住等工作了。

汤嫒秘书工作养成的习惯，让她面对一个陌生工作任务时，能够条分缕析，立马拆解成一个个可操作的步骤。

耀华技术的行政总监孙泽是一个好相处的前辈，总是有问必答，事无巨细地指点汤嫒，看到汤嫒单枪匹马地处理这么大摊子事，还安排了一个资深员工一起帮忙，整个事倒也推进得颇有章法。

隋祖禹最近攻克了一个技术难题，将3G终端项目进度提前了小半个月，于是兴致勃勃地来给郝仁报喜。

到了办公室门口，却发现汤嫒的位置换了个面生的年轻男孩子。

隋祖禹推门进办公室，劈头盖脸就问："我说，你把汤嫒弄哪里去了？外面怎么坐着一个我不认识的男员工。"

郝仁看隋祖禹一脸着急的样子，起了戏弄的心："那是我的新秘书陈安，汤嫒去西安了，都走了一星期了，你不是对人家有意思，竟然不知道？"

"她不理我，我有啥办法？"隋祖禹两手一摊，无奈地说道："咦，你不会是怕我影响工作，故意把她调走了？"

郝仁故意面露难色，委屈地说："想不到你会这样误会我，我还想撮合你们，扛不住汤媛苦苦哀求，说你太烦了，再也不想见到你了，主动申请调离深圳。"

隋祖禹听了，心凉了一半，开始回想自己到底哪里烦到汤媛，好像一直都很忙，唯一两次接触还是工作之余，问她对最新的科幻电影有没有兴趣，上次被郝仁说太直接，害得他连要不要一起看都差点没说出口。

看隋祖禹不说话，郝仁说："别反思了，汤媛没这么说，我就是升她做行政主管，让她去解决研究所的办公地去了。我之前不是和你商量过在北京、上海、武汉、西安设研究所，叫你后面做好异地研发的准备。通知邮件里你就没发现最后一栏写着责任人行政总监汤媛吗？"

要是以前郝仁耍他，他早就上手了，但这次他的关注点是汤媛升职了，心里很为汤媛高兴，愣愣地嗯嗯了两声。

郝仁觉得隋祖禹无趣，就恢复正常，问："你找我干吗来了？"

隋祖禹才想起自己找郝仁干吗来了，就说："是有正事，为了能够让消费者从2G或2.5G平滑过渡到3G网络，我们的手机要实现多模支持。现下已经和我们的芯片供应商一起把问题解决了，整体进度提前了两周，后面可以多留点时间做性能测试。我就是过来和你说这个好消息，没别的事我先走了。"

"唉！"

隋祖禹都转身了，听到郝仁叹气，又转回来问："怎么问题解决了，你还叹气？"

郝仁摇摇头说："高兴是高兴，就是供应商不是独家供应商，我们费老大劲和他们一起实现新功能，但很快别的厂商也能用上了。"

"是啊，我们没有知识产权，没理由不给他们卖，唯一的好处就是有点时间差，我们可以先卖一阵子。不过3G手机国内没有网络环境，等有了网络，我们的首发优势也没了。"

"你不是想搞部件基础研究，不会为了3G项目停了吧？"

"停倒是没停，只是进展特别缓慢，尤其是芯片，咱们没人，我也知之甚少。"

"还是得找个懂行的人。"

"难！"

第四十八章　重回校园时光

这个月的最后一个周末，是华中科技大学电子信息工程与通信学院45周年院庆。

一个月前，院主任刘爱国亲自打电话给郝仁和隋祖禹，问今年能不能回学校看看，院庆虽然不是校庆，没有大规模的庆祝活动，但打算搞个院友系列讲座，希望两人能给在读的学弟学妹分享下当前行业动态及通信技术发展趋势。

郝仁从学院毕业已经十多年了，上次回母校还是为了校园招聘，来去匆匆如同赶场，没能好好和老师同学聚聚。正巧45周年院庆是个周末，于是郝仁和隋祖禹商量一起回母校，随便看看汤媛的武汉研究所弄得怎么样了。

两人乘周五下午的飞机到了武汉，在学校附近一家酒店住下，当晚十点就歇下了。

早晨六点半，郝仁把隋祖禹从梦乡中拽起来，一人拿一个大白馒头，从南校门进了校园，沿着通往南一楼的大道一边走一边吃。

道路两旁高大粗壮的梧桐树枝繁叶茂，金黄的阳光穿过树叶的缝隙，零星细碎地洒落一地。清晨未散的轻雾如纱如梦，缓缓流动。早起学习的学生或骑车或步行，从两人身边路过。

"以前我天天骑个破自行车载你去上课上自习，还有印象吗？"郝仁问。

"你这么早把我叫起来，就是陪你来找找逝去的青春？"隋祖禹打着哈欠说道。

"是啊，图书馆8点开门，以前要是我7点半还不去排队，肯定占不到位置了。"

"也不一定，我记得你习惯每次坐同一个位置，久而久之大家都默认那个位置是你的，有一次，你好像病了没来，都没人敢坐你的位置。"

"哈哈哈哈，也不是没人敢坐，是每次有人过来都被我同桌赶走了，我们虽然不认识，但是天天坐对桌，有了某种默契。"

"湖边那个位置是不是我们晨读的地方？"

"是，其实我不太喜欢那里，这种树好招虫，老是会落吊死鬼，有一次掉我衣领里，好痒！"

"哪有那么准，其实那次是我故意放你脖子里的。"

"……"

两个正打闹，一辆破旧的永久大自行车停在两人旁边，一位戴着黑框眼镜，两鬓斑白的老学者从自行车上下来，眯着眼瞅了瞅两人。

"郝仁？隋祖禹？"

"樊老师！"

郝仁和隋祖禹同时惊呼。

"哈哈哈，十多年了，你们俩怎么还是老样子，在路上打打闹闹，我老远就看见你俩上蹿下跳的，像两只猴子。"

樊坤鹏今年快60岁了，已经临近退休年龄，是电子信息工程与通信学院的教授和博士生导师，主要教授的课程是《信息论》《多媒体通讯与信息处理》《无线通信技术》等。两人是樊坤鹏最喜欢的学生之一，时隔这么多年，居然看背影就能把两人认出来。

"樊老师，怎么这么早就来学校？"郝仁看表才七点多。

"院庆嘛，今天好多学生都回来，我心里激动，早点去院里看看都有谁到了。"

"那，樊老师我们一起走。"

郝仁说完，接过樊坤鹏手里的自行车把手，帮老师推着。

"听说你们两个现在都在耀华做手机？"

"是的，您知道，我毕业去了耀华技术有限公司，后来公司让我自建民族品牌，我就拉祖禹入伙了。"郝仁说。

"郝仁，当初你说要去民营企业，我是第一个反对，你是我最得意的学生，那么多国企央企你不去，去了这家小公司，我当时就怕把你的前程给耽误了。如今耀华都是民族企业的龙头之一了，还是我当年看走眼了。"

"樊老师，你别这么说，我也就是碰碰运气，而且耀华虽然挺大，但我们的自有品牌才第三年，一切都不好说。"

樊坤鹏听了诧异，郝仁和隋祖禹是那一届最优秀的学生，专业和能力都是公认最好的，人也自信阳光，整天牛气哄哄。如今，两人一个是公司总裁，一个是研发负责人，外人看来功成名就，怎么说话反而谦虚起来。

"郝仁成熟了，现在说话都留三分了。"

"樊老师，以前太狂妄自大，不知天高地厚，如今才知道自己浅薄无知。国产品牌不好做，技术比不过国外品牌。"郝仁说。

"落后才要追赶，都落后几十年了，总有个过程，不是一朝一夕的事。"

"是。"

"隋祖禹比以前瘦好多，被你压榨的？你还嫌念书时候欺负得不够？"

郝仁连连摆手："樊老师，我哪敢！"

"樊老师，他敢！"

"你怎么告状？"

……

几人说着，就到了学院所在的南一楼，这是一座典型的苏联式建筑，主楼位于中轴线上，两侧有两座对称的副楼，形成一个环抱的U字形，庄严稳重，气势恢宏。

郝仁帮樊坤鹏锁好自行车，进了楼沿着水磨石楼梯往上走。郝仁和隋祖禹刚才一路走过来还不觉得，这时才发现樊坤鹏不可避免地老了，以前健步如飞地跨两级台阶，现在需要扶着栏杆喘息，顿时心里一阵酸楚。

院庆的活动10点才正式开始，现在8点还早，樊坤鹏叫两人先去院办公室坐会。进了办公室，郝仁和隋祖禹发现几个院领导及宣传部、外联部的老师也都到了，忙一一问好。

两人这次来参加院庆也不是空手而来的，一起凑了80万打算捐赠给学院做研究经费。院主任刘爱国代表学院感谢了两人，说电子信息工程及通信学院毕业的学子都是心系教育，反哺学院云云，说了好一会的客套话。

陆陆续续又来了好几位捐赠的校友，都是郝仁不认识的，看样子比郝仁大好几届。人来人往，院办公室显得有点拥挤，一个老师提议大家先去接待室休息一会，等9点半再一同前往小礼堂。

没想到接待室也有不少人了，有认识的同学就多聊几句，不认识的就递递名片。郝仁和隋祖禹都不是特别热衷社交的人，打了一圈招呼就作罢。环视四周，找不到两个挨着的位置，两人只得分开，郝仁在一位中年男人的身边坐下。

这人看起来早就过了 40 岁，普普通通的长相，面部有些松弛，身材微微发福。衣服熨得很平整，但显然有些年头，旧旧的有些发白，手袖处还露出一节线头。

郝仁会注意这个人，完全是因为他在满屋的校友中普通得过于特别。回母校与回故乡一样，多少有些衣锦还乡的意味，人总有点虚荣心，见同学乡亲大多会把自己最体面的行头穿出来，好隐约透出混得不错的意味。邂逅过隋祖禹，今天也穿上了板正的衬衣，整理了头发，以示对学院的尊重。

这人也不和人交流，此时在不起眼的角落专心致志地看一本《半导体工业设计》的大部头书，完全没有发现郝仁对自己的兴趣。这本书字很大，郝仁闲坐无事，侧头也看了起来。

9 点 40 分的时候，一个年轻的女教员来通知大家一同前往小礼堂。小礼堂距离这里不过十分钟的距离，于是，学院领导老师和这一群校友安步当车，沿着绿荫大道慢悠悠走过去。

奇怪的是，院主任刘爱国一路上和刚才郝仁身边的男人交谈，郝仁恰巧走在他们后面，清晰地听得见他们交谈的内容。

"照理说，院友捐资助学，我脸上也有光。可同方啊，你的情况我是知道的，你每年捐赠奖学金就算了，院庆一下又捐了 200 万，也得顾下自个，不然家里人难免有意见。"院主任刘爱国说道。

"刘主任，你别操心，家里父母都有退休金，我现在无牵无挂，一个人吃饱全家饿不着。再说不是院里建实验室的钱不够吗？我也只是尽绵薄之力而已。"

"我听小陈老师说本来把你的讲座安排在上午礼堂，你却换成了下午教学楼，怎么呢？上午礼堂参加的人比较多，下午不少校友和校领导都回去了，只有感兴趣的学生来了。"

"本来内容都是针对学生的，再说，我现在一个待业中年人，用什么身份登上学院礼堂。"

"胡说八道，你是 90 年代负责过八五国家重点项目的高级工程师，怎么还登不了台？"

"刘主任，您生哪门子气？"

"唉，人老了老了，脾气就莫名大了。"

"您才胡说八道，哪里老，我看宝刀未老才是。"

"怎么还是老样子，嘴巴会哄人。"

……

这人是谁呢？负责过八五国家重点项目，刚才又在看半导体工程设计的书，莫非说的是 908 微电子产业工程……郝仁一细想觉得此人不得了。

郝仁跟着人流走进了会场，这是一座能容纳两百人左右的小礼堂，舞台前上的天鹅绒布幔上挂着一条"热烈庆祝电子信息工程与通信学院成立 45 周年"的横幅，舞台下坐满了前来参加的老师和学生，背景音乐激烈高昂的旋律，盖住了观众窸窸窣窣的交谈声。

学院给郝仁和隋祖禹等校友预留了前几排的位置，待院主任把林副校长迎进来后，礼堂大钟的时针准准地指向十点，活动正式开始。

第四十九章　深藏不露的人

踏着背景音乐的节奏，精神矍铄的林副校长走向舞台中央，为电子信息工程与通信学院成立 45 周年致欢迎辞。

随后，院主任刘爱国上台简短地回顾了学院辉煌的历史，1960 年以来，学院为社会输送了上万名优秀的本科、硕士、博士毕业生，现在已经成为行业的中坚力量，为我国电子信息技术的发展做出了应有的贡献。

郝仁和隋祖禹在台下静静地听着，心里无限的骄傲。礼堂所有的灯光都聚焦于台上，座位周围一片漆黑，这时，郝仁右手边的人将脸转向了自己。

"郝仁！"

郝仁转头辨认半天，有点不确定，小声问道："晨光师兄？"

"嗯，怎么师兄长胖了点，就认不出来了？"

"光线太暗，没有发现师兄。"

这时，刘爱国主任已经结束了自己的演讲，主持人接过话筒，说道："感谢刘主任带我们回顾了电子信息工程与通信学院的光辉岁月，四十五年过去了，从这里走出的学子又重新聚在这里，一定有很多话想和在座的老师同学学弟学妹分享，下面有请 90 届通信工程专业硕士的师兄，中国科学院高级研究院杨晨光先生为我们发表演讲，大家欢迎。"

杨晨光对郝仁笑了笑，说一会聊，便起身走上了台。

"各位同学大家好，我是你们的师兄杨晨光，很高兴在这个教我知识，塑我人格的地方，与你们相见。十五年过去了，我依然清楚地记得开学典礼的时候，老师对我们说过的话，一项科技成果的问世需要几年，几十年，甚至是几代人的共同努力。做科研就要耐得住寂寞，不能外面来一个脉冲，自己就要震荡。正是这样的氛围，让我走上了科研的道路，在每一个实验室的日夜……"

杨晨光大郝仁好几岁，郝仁入学的时候，杨晨光就已经是硕士在读了。郝仁十分敬重这位儒雅随和的师兄，他是个真正坐得住冷板凳的人。因为研究的方向无线通信工程，是90年代最热的产业领域，杨晨光在美读博士期间，就有企业高薪聘请他，他都一一拒绝了。回国后，进入了中国科学院做无线通信物理层算法研究，如今也有十几个年头了。

二十分钟后，杨晨光回到座位，对郝仁说："我一个研究员，本来不够资格上台，无奈吴院士没有办法抽身，心里又很关心母校，就让我回来一趟看看，没想到把我安排得这么靠前。"

"师兄真谦虚，我们学院谁不知道晨光师兄大名，毕业十余年，到处都还是你的传说。"郝仁说道。

"你就夸张吧，对了，这次回来待几天？"

"就待一个周末，周日晚上回去。"

"下午有什么打算？"

"下午刘主任给安排了一个学生讲座，然后听听别的校友讲座，地点就在院楼。"

"那可得去参加下，看看你小子有没有长进。"

"不敢，不敢，我好紧张。"

"你还会紧张，我不信。"

上午的活动结束后，郝仁和隋祖禹、杨晨光跑到西校区食堂去吃一顿牛肉火锅，这可是当年最高规格的食物享受，需得是拿了奖学金或是比赛获奖才能吃。

三人围着红油翻滚的火锅，酒精炉在锅底扑哧扑哧地燃着，热腾腾雾气直冲面庞，大片的牛肉配着木耳、胡萝卜、千张，要多美味有多美味。这个季节暑气正盛，要是大雪寒冬吃，保管浑身暖透。

下午，杨晨光果然陪着郝仁和隋祖禹去了教学楼。院友系列讲座的消息早已宣传过，海报也在门口挂了一个月了。离开始还有15分钟，慕名而来的同学已经坐满了教室。

第一个演讲的嘉宾正是郝仁，演讲的题目主要是通信终端的发展与演进。郝仁不是第一次现在台上，却是第一次站在自己曾经待过的教室讲台上，面对年轻自己许多的同院学弟学妹，透过他们清澈渴望的眼睛，郝仁才深刻地体会到时间的流逝，而自己也不知不觉地成熟了许多。

演讲结束，郝仁被在座的同学提了无数个问题，最后只得挑了几个回答，艰难地回到座位。

杨晨光笑嘻嘻地对他说："不错不错，小学弟长大了。"

隋祖禹却说："你好像没有在公司演讲自然，是不是怕丢脸，被下面这些年轻人挑战。"

"不知道怎的，就突然有点紧张了。"郝仁也不否认，实话实说。

主持人在台上继续推动讲座的流程。

"下一个将要为大家介绍的这位嘉宾，可以说大家又熟悉又不熟悉，熟悉是因为他每年都为学院优秀学生提供一笔10万的奖学金，这次校庆又为学院实验室捐赠了200万建设资金。不熟悉是因为他十分低调，反哺学院，却从不署名。"

主持人顿了顿，说道："有请80届毕业生，沈同方师兄。"

沈同方正是接待室坐在郝仁身边看书的中年男人，郝仁回想起来，自己在大三时候领过的一笔名为方舟的奖学金，原来设立者就是眼前的这个男人。和别的奖学金不一样的是，获得者会收到一张没有署名的手写贺卡，上面有一行小字。

愿你我乘舟破浪，最终到达科学的彼岸。

郝仁的目光随着沈同方走向讲台，比初次见面多了几分崇敬。

"各位同学好，我是沈同方，主持人过奖了，我实际上只是电子信息工程与通信学院一名普通的毕业生，有幸成为这个信息时代的亲历者，今天我想给大家分享的是国产芯片曲折发展史。如今的世界，已经找不到和半导体无关的领域了，小到手机手表，大到电梯汽车，一个普通得不能再普通的人的生活，都已经被半导体集成电路绑定了。从国家宏观经济来看，半导体是工业的粮食，全世界工业发展史从本质上来说，都是集成电路化的过程……"

隋祖禹用手肘碰了碰郝仁，小声说道："原来是扫地僧，早知道有这么一位大神，我们应该去请教的。"

郝仁还没有说话，杨晨光凑过头来对郝仁说："你对同方师兄有兴趣吗？我帮你引荐，一会一起吃个晚饭呗。"

"晨光师兄，你认识同方师兄？"郝仁问。

"同方师兄从我们学院毕业后，又去国外念了一个类似和半导体相关物理硕士学位，之后投入国产芯片研究。你看他滔滔不绝地讲历史，细节到一些产品参数，其实就是他本人的亲身经历，里面的很多项目都是他亲自参与的，他参与过国家八五期间的 908 微电子产业发展计划，当时他主导将一家半导体研究所和另外一家制造企业合并成了一家晶圆厂，引入了……"杨晨光详细地为郝仁介绍沈同方的履历。

"现在同方师兄在干什么？为什么主持人没有像介绍其他嘉宾一样，介绍他现在从事的工作岗位？"郝仁问。

"同方师兄已经提前退休，不再做半导体方面的工作了，现在就是给一些企业高校开开讲座。我感觉他是壮志未酬，大家比较忌讳提他的现状，怕他难受，你也注意点。"说到这里的时候，杨晨光特别小声。

"但是，我觉得很奇怪，我早上见过他，他在看一本半导体设计的书，看得特别仔细，批注得密密麻麻。"虽然只是两面之缘，但郝仁不太相信，像沈同方这样的技术大拿会轻易放弃一个奋斗数十年的研究领域。

"可能是为了去哪里讲课准备吧。其实我也不太理解，很少人会愿意从国企提前退休，毕竟退休后待遇和工龄长短关系很大。当然同方师兄肯定不是那种看中钱的人，只是我觉得像他这样痴迷技术的人，怎么可能随便说不干就不干了。"

"是啊，可能只是累了休息休息。"

"或许吧！"

"记得帮我约他吃饭。"

"好，结束了我和他打个招呼，他应该没那么忙。"

讲座仍在继续，开始从世界趋势讲到国产芯片的曲折发展，郝仁和杨晨光没有在窃窃私语，因为他们已经被沈同方的演讲吸引住了。

他说目前为止，全国已经投标 8 条芯片线，撤掉了 1 条，还有 7 条，1 条有 300mm 线，1 条 200mm 线，4 条 150mm 线，1 条 125mm 线，目前在建的项目，基于的工艺已经进入淘汰期，采用的设备大多二手设备，很难获得大宗订单，即使获得订单，厂商各自为政，产能不足，难有规模效应。

讲到这沈同方深深地叹了口气，接着说在技术发展的道路上，前有海外巨头围追堵截，后有新兴国家后来居上，出路还是在自己身上，引人拯救不了我们的问题，我们自己的双手才可以。

郝仁和隋祖禹被最后的几句说到心坎上了，如果不是公众场合，都有点忍不住落泪了。这几年两人走在自研道路上，甘苦自知，现在真的好想和这个人生不曾志得意满的前辈好好说说。

第五十章　师兄来耀华吧

讲座一结束，沈同方回到座位上，收拾放在桌上的笔记本，打算要走。坐在里面的郝仁有点急，但又不好自己去拦，只好求助般看向杨晨光。

杨晨光故意磨蹭一下，享受地看着百爪挠心的郝仁，直到沈同方出门，杨晨光才起身，也出了门，不多时，两人又一起回到座位上。

"师兄给你把人留住了，你要怎么感谢我？"杨晨光戏谑地问郝仁。

"怎么样都行？"

"嗨，知道小师弟是公司总裁，有钱，我们穷科研人员，无非就想吃一顿好的。"

"师兄，几顿都行，地方随你挑，感谢你帮我牵线搭桥。"

"啧啧，够显摆！"

沈同方后面还有两场讲座，主讲人一个来自运营商的技术总监，一个来自通信研究院的资深研究员。按理说和耀华现在的产品关系密切，可郝仁现在没有一星半点学习的心情，一边回顾着沈同方刚才说的几个关键点，一边想着怎么请动这尊大佛。

下午六点，校友系列讲座主题活动正式宣告结束，观众慢慢从教室退出。期间，几个好学的学生意犹未尽，又围上来问了几个问题才恋恋不舍地离去。

楼道狭窄，杨晨光和沈同方并行，郝仁和隋祖禹跟在后面。四人跟着人群出了学院大楼，又缓步走出学校，打车去了一家本地有名的餐厅，待到进了包厢，一切都安静下来，杨晨光才开始为几人做介绍。

"郝仁，应该不用我介绍了，这就是你慕名已久的沈同方师兄。"

"师兄，这是郝仁，隋祖禹，都是小师弟，92届的毕业生。"

热络地打过招呼后，杨晨光举起了红酒杯。

"感谢师兄赏脸和我们几个小的吃顿饭，干杯。"

"感谢同方师兄，感谢晨光师兄。"郝仁和隋祖禹异口同声。

"客气，客气。"沈同方则摆摆手，一饮而尽。

沈同方在讲台上滔滔不绝，但私下是个不善交际的人，打过招呼后，沈同方就没再说多余的话，挑起话头的工作还得杨晨光来。

"师兄，你夫人的病好些了吗？"杨晨光问。

沈同方举起的筷子又落了下去，半晌不说话。郝仁心里预感不妙，他想起沈同方和院主任谈话时说他现在一个人吃饱全家饿不着，莫非是……

"今年初去世了。但还是要谢谢你，帮我查了那么多专业资料，联络了那么多专家医生。"

沈同方的夫人是他的硕士生同学，也是一位非常优秀的科研人员。两人一起出国求学，在海外互相扶持，度过了一段非常拮据的生活。回国后，两人结了婚，虽然一直没有要孩子，却几十年来，彼此心意相通，情投意合，从来没有红过脸。直到几年前，沈同方的夫人被查出癌症晚期，尽管尝试了多种治疗，今年春节前还是没挺过去。

这下几个人都沉默了，倒是沈同方苦涩地笑了笑，故作轻松地说道："早就不难过了，她的愿望还没完成呢，我可不能整天悲悲戚戚，否则，她在天之灵看到会笑话我的。"

"师兄，对不起，我不知道……"杨晨光抱歉地说。

"没事，不说我了，你们几个都在忙活什么？"

郝仁赶紧接过话题，本来托杨晨光牵线搭桥，是想要请教沈同方，现在既然认识了，就不用顾左右而言他了。

郝仁直接向沈同方介绍耀华终端有限公司，从为什么要自建品牌、品牌愿景和目标，到现在取得的成就和面临的问题，无一遗漏。

"师兄，我们自建品牌是不想国外企业吃肉我们喝汤，现在虽然挣钱了，但没有改变市场面貌，我们的核心部件，尤其是芯片都严重依赖进口，我们原创的空间还是很小，受限于供应商。我们为此设立了部件实验室，由于缺乏领路人，进展很慢。今天听了你的讲座，才知这个领域的深不见底，所以拜托晨光师兄约你，希望给我们指条明路。"

郝仁的目光恳切，沈同方这些年见了太多敷衍了事和知难而退的眼神,已经很久没有人这样看着他。

"我不知道你有没有找对人,因为我的从业生涯中还没有过成功案例,有的只是失败的教训和痛苦的回忆。"

芯片的重要性无人不知,无人不晓。所有这个行业的人都会提摩尔定律,说集成电路上可以容纳的晶体管数目在大约每经过18个月便会增加一倍。换言之,处理器的性能每隔两年翻一倍。如此变化快速的产业,同时具有投入金额高、投入周期长、风险巨大等特征,光投入产出比就不是挣快钱的企业能碰的。

沈同方经历过两次芯片生产线筹建项目,第一次在八十年代初,在全球各国都在大力发展电子产业的思潮下,我国也从德国引入了一条即将淘汰的生产线,经过两年的攻关部署,生产线终于正常运转,这让毕业不到五年的沈同方欣喜若狂,打算全身心地投入大干一场。

可就在这时,看到我国在半导体领域即将突破的欧美日韩等国家,一边打着"友好合作"的旗号,传播全球化分工理念,诱导我国多利用人力资源优势,多多发展纺织轻工等劳动力密集型行业。另一方面,对即将突破的芯片产品大幅降价,大力挤压国产企业的市场空间和利润收入,让企业管理层觉得"自研不如购买"划算。

就这样,沈同方亲眼看着参与的生产线在建成后两年落满尘埃,最终清算出售。

第二次参与的芯片生产线是在九十年代初,国家正式启动908工程,目标在八五计划,半导体技术达到1微米制程。沈同方所在的江苏国营电子厂正是工程承接方之一,这次项目组吸取经验教训,引进生产线十分谨慎,可就是太谨慎,讨论来讨论去,光研究方案就用了3年,审批用了2年,建厂3年,投厂就落后,产能不到1万片,达不到规模应用的量。形成鲜明对比的是,1990年新加坡投资特许半导体,只用2年建成,第三年投产,到1998年收回全部投资。

1996年7月,西方33个国家正式签订《瓦森纳协定》,规定电子器件、计算机、传感器等九大类民用技术,中国处于被禁运国家之列。在各方面严防死守下,中国企业要想获得通过引进获取先进技术,变得非常困难。

沈同方的希望等成了绝望,他和郝仁说当时他哭了,抱着机器哭得痛不欲生,觉得一切都白费了。

郝仁等沈同方说完，给他加了一点红酒，问道："可是你没有放弃，我看到你还在做相关方面的研究，而且908计划之后还有909计划，国家没有放弃，为什么选择退休呢？"

"退休有公私两个原因，我夫人陪伴了我几十年，我总是很忙，没有好好陪过她，以前觉得夫妻一辈子很长，总有以后，直到她生病，我才真正放下手里的事，全心全意地陪着她。另外一个原因，我们这些年，总是引进引进，用钱解决问题，却没有好好消化，习惯丢给外国专家解决问题，而不是学到手自己解决问题，所以总赶不上世界潮流，我决定停下来，好好想想。"

郝仁又问："师兄，我们一家还在生存线挣扎的民企，妄言研究芯片，会不会自不量力？"

沈同方说："也不尽然，时移世易，如今的环境和我那时候又有不同，我倒是觉得有机会。"

隋祖禹一直静静地听着，再不说话其他人都快忘记他的存在了，听到沈同方说有机会，他比谁都激动。

"什么机会？师兄你快说。"

沈同方把脸转向隋祖禹这侧，不紧不慢地说："芯片的生产是从用户需求开始，经过设计、制造、封装、成品测试等工序，最后出厂。很早的生产厂商是一个企业独自完成全流程，可随着分工越来越细化，设计和制造开始慢慢分离，制造不做设计可以专注于工艺创新，而设计独立，可以聚焦消费者需求，而不用付出巨额投资。TSMC坚定不移走代工路线，正是看到了这样的趋势。"

隋祖禹想了想："师兄的意思，在我们资金不是很充足情况下，耀华聚焦设计？"

郝仁茅塞顿开，欣喜地补充道："我们还有一个优势！"

"什么？"隋祖禹急不可耐地问。

郝仁说："以前我说过的，耀华有大量终端产品，设计出的产品不用找买家，我们用在自己产品上，就可以轻松地消化掉成本。"

隋祖禹说："没错，没错，正是如此。"

"看来我今天居功至伟，帮郝仁找到了前进的道路。"杨晨光看到几人聊得火热，感慨自己又做了一件好事。

"毋庸置疑。"郝仁和隋祖禹起身给杨晨光敬酒。

杨晨光这时背着沈同方对郝仁挑挑眉毛，意味深长地说道："我吃你的饭就算报酬了，但同方师兄你们要怎么感谢呢？"

郝仁站起来，对沈同方几近恳求地说："师兄，来耀华吧！把我们的设计团队带起来。"

沈同方心中一惊，没有想过以这样突然的方式回归，再来一次吗？沈同方问自己。

这时，杨晨光站起来："同方师兄，我要说句公道话，劝你去耀华，谈钱太轻视你，谈地位格局太低，我只说一句，郝仁年纪虽小，却是个理想不灭的人，对你脾气。师兄也停下来这么久了，是不是该出山了！"

"行。"沈同方心底熄灭的小火苗忽地窜起，又一次想要不顾一切地燃烧了。

第五十一章　就当是个错误

这晚，郝仁和隋祖禹喝得面红耳赤，反倒是沈同方和杨晨光十分清醒，叫来出租车要把两个小师弟送回去。可车到了，郝仁和隋祖禹却直接把两个师兄塞进车，说太高兴，精力旺盛，要散步回去。四人才喝一瓶红酒，杨晨光想想也无事，就不管两人，和沈同方坐车离开。

出租车绝尘而去，郝仁和隋祖禹在深夜无人的街道大喊大叫，载歌载舞，折腾好久才恢复平静。

这时，郝仁拿出手机熟练按了一串号码，不知道何时起，郝仁有了一个烂熟于心的号码，拨打时是按数字比找通讯录快许多。

"你干吗？"隋祖禹问。

"打给穆言。"

"这么晚还叫人工作，她要是长痘长斑肯定怪你，你别把下属不当女孩子……"

郝仁懒得理隋祖禹絮絮叨叨，他太高兴了，他知道这样很幼稚，但顾不得礼貌，不在意时间，他现在就想夸夸其谈，特别是和穆言。

"喂？"电话那头已经传来温柔的女声。

"是我，穆言，我好开心，我等不及明天告诉你，我今天搞定了一个大拿，有了他我觉得我们就能把产品自研程度推进到一个新的高度。我现在恨不得马上和世界宣告我们不是组装工厂，我们有实力创新。我现在好想听赞美的话，我觉得浑身充满力量……"郝仁噼里啪啦放鞭炮般说了很多话，不知道醉还是没醉，醉的话，他对工作的描述丝毫无误，不醉的话，他在用与身份不符的声音语气和穆言求赞美。

"你一定可以的！"穆言真心实意地赞美道。

……

夜晚让人褪去周身铠甲，变得真实脆弱。困扰许久的难题有了希望，隋祖禹也很高兴，想给汤媛打电话，但是他不敢，怕被骂，最后思前想后半天，瑟瑟缩缩地给汤媛发了条短信。

隋祖禹：睡了吗？

汤媛：睡了

五个字一个标点符号，隋祖禹的心瞬间碎成了豆腐渣，看着一边眉飞色舞的郝仁嫉妒得咬牙切齿。

郝仁放慢脚步，边走边和穆言说话，三分钟后就从工作扯到了大学生涯，说自己从小就志向远大，在学校如何威风凛凛，自己的事迹如何让人如雷贯耳，总之怎么夸张怎么说。穆言也不嫌弃，附和着他的牛皮。

走了约莫一个小时，两人已经接近学校附近的酒店。

前方，一个昏黄路灯下的身影让郝仁陌生又熟悉，郝仁不确定，揉了揉眼睛。

不会是她吧。

路灯下的女人也看到了郝仁，似乎对这样突然的重逢同样毫无准备。

"郝仁，好久不见。"她的声音在深夜里很小很清晰。

"刘静，好久不见！"郝仁跟着重复了一遍。

"嗯？"电话里的穆言奇怪地嗯了一声。

郝仁才回过神来，自己还在和穆言通话，于是解释道："我遇到个以前的老同学，打了个招呼。"

"你忙的话不然先挂了？"穆言说。

郝仁正犹豫，穆言又说："还有什么想说的，忙完再给我打，周末我睡得晚。"

郝仁说一定给她回，挂了电话，问刘静："你这么晚在这干吗？"

刘静没有回答，反问道："和女朋友打电话？"

郝仁说："不是，同事。"

"学校今晚有点事，忙得晚了一点，正等出租车呢？"

刘静是小郝仁一届的汉语言文学系学生，毕业后留校做了辅导员，出现在学校门口也没什么奇怪的。

"那好吧，我先……"郝仁想快点回去和穆言打电话，可还没说出口就被打断了。

"这么晚了，有点害怕，你陪我等车来行吗？"刘静带着点委屈说道。

郝仁左看右看路上确实没人，只好答应陪她等车，有一搭没一搭地聊着。隋祖禹和郝仁是舍友，当然认识刘静，知道刘静费心挽留郝仁是想两人单独待会，于是知情识趣地先回酒店了。

"你怎么样？"郝仁问。

"老样子，就是忙学校里的杂事，你呢？"

"也是老样子，瞎忙。"

"怎么感觉你没什么变化？"

……

对于一个十多年没有参与自己人生的前女友，除了怀旧没有什么好聊的，但怀旧也不都是美好的记忆，郝仁聊得尴尬，可不说话更尴尬，好在出租车十五分钟后终于来了，郝仁为她打开了车门。

刘静自然地从郝仁手里拿过手机，输入自己的号码回拨后才还给郝仁。

"明天一起吃个晚饭吧。"说完就上了车走了。

酒店房间，隋祖禹洗完澡躺在床上睡不着，看到郝仁回来，翻身坐起，不怀好意地笑道："这么久，旧情复燃了？"

"怎么可能，就是随便聊了两句。"

"看她孤苦伶仃，你是心疼还是幸灾乐祸。"

郝仁被这个问题问住了，是心疼？早就不会了。是幸灾乐祸？可能更甚，但这样会不会过于阴暗。

郝仁在酒精的作用下，恍恍惚惚地睡着了，既没有回答隋祖禹的问题，也忘记了还在等他电话的穆言。

穆言等到了深夜点，没见手机响，想起郝仁刚才突然迟疑的声音，有点失落，有点酸涩，更加睡不着了。

郝仁和隋祖禹预订了周日晚上 10 点的飞机回深圳，上午去看了一眼汤媛倒腾的武汉研究所，井井有条，进展顺利。中午时分，刘静打电话约郝仁 6 点一起吃晚饭，郝仁想拒绝，可刘静说只是老同学叙旧，不去太不近人情，郝仁勉为其难地答应了。郝仁和隋祖禹说如果赶不上飞机，就改签凌晨的航班回去，听得隋祖禹撇嘴摇头，叫他小心重蹈覆辙。

7点，刘静在市中心约定的餐厅等郝仁的到来。这是一家情调胜过口味的餐厅，装潢无处不精致，甚至有些矫揉造作，用餐的客人多是成双成对的情侣。天色已晚，餐厅里的光线调得晦暗不明，仅点亮餐桌上暖黄的吊灯，堪堪只洒在用餐人的身上，聚光灯般营造某种男女主角的浪漫氛围。

刘静喜欢这样的风格，她迷恋聚光灯下的一切，包括郝仁。她喜欢上郝仁的那一刻，是郝仁站在全国演讲比赛的舞台上，周遭一片黑暗，而郝仁的身上，金光四溅。

不像其他女生的矜持，刘静的感情是热烈而又直接的，郝仁在暴风骤雨般的追求下，迷迷糊糊地点了头。刘静清楚自己的外貌谈不上惊艳，却知道怎么让自己的热情显得娇憨可爱，让人无法拒绝。

说开始的是刘静，日子久了，角色逆转，郝仁变成爱得更深的那个。无论刘静提多少要求，郝仁都任劳任怨地帮刘静处理琐事，把除学业外的时间都给了刘静。刘静发脾气，道歉的是郝仁，虽然穷学生一个，每一个节日纪念日郝仁都没断过给刘静礼物。

郝仁是学校的风云人物，刘静享受着郝仁殷勤的照顾，享受着别人羡慕的眼光。只是一切在毕业前戛然而止，当郝仁拒绝了当地国企的邀约，选择了一家民企时，郝仁在刘静心里，已经远离了聚光灯，给不了刘静光鲜安定的生活。

刘静不明白，为什么有人会放着前途光明的生活不过，选一条看不到头的泥泞小路。看看以前不如郝仁的师兄师姐签下高薪工作，刘静心中很不是滋味。

这时，正好一个条件不错的学弟有意无意地撩拨刘静，于是刘静选择了果断止损，和郝仁分了手，说出那句既然不能给她一个足够安定的生活，又何必耽误她后面的人生。

之后，刘静开始和这个学弟出双入对，这个学弟是当地有名的房地产公司老板的小儿子，每天有司机接送上学。但此人口碑很差，风流成性，传闻以前他同时交往4个女生，彼此心知肚明，还一起打过麻将，谁赢了就亲谁，简直匪夷所思。

尽管有人劝告，刘静却坚信自己是终结男生风流史的那个人。两人交往了一年后，这个人老毛病又犯了，偷偷和外文系的一个女孩子交往，刘静气急败坏，跑到了外文系教室质问那个女孩子，结果，她的男朋友在一旁不咸不淡地说："你当初有男朋友不是还和我眉来眼去。"

这些年，刘静做着普通的工作，又经历几段感情，都无疾而终。郝仁所在的小公司却声名鹊起，成为知名大公司，而郝仁摇身一变成为公司总裁。从同学口中得知郝仁还单身时，刘静心里又蠢蠢欲动起来，只是她需要一个合适的出手时机，好在上天对她足够眷顾，让她在曾经走过的地方，深夜一个人独自等待的时候出现在郝仁面前。

刘静见郝仁进来，说道："你来了？坐吧。"

"嗯。"郝仁拉开椅子坐下，看了一眼精心打扮的刘静，昨天昏暗的路灯他没有看清，原来岁月流淌几不可察，却没法不着痕迹，不是落在眼角的细纹里，就是落在头发的色泽上。

刘静嘴角微微上扬，用一种熟稔的语气说道："我帮你点了一份肉眼牛排，我记得你以前喜欢吃牛肉。"

郝仁心里叹了口气，不知道现在说这些有什么意义，但还是回答道："以前穷学生一个，吃不了什么高档餐厅，食堂的牛肉已经足够了。"

"你现在不一样了，一定吃过很多高档餐厅，还会喜欢食堂的牛肉吗？"

"人的习惯哪有这么容易改变，吃过再多食物，口味好像还是下意识地喜欢那几样。"

"那人呢？"

刘静迎着郝仁的目光问道。

| 第三卷 |

星辰大海

第五十二章　旧人走新人来

刘静就是这么直接，心里想什么，就开口要什么，那人呢？

郝仁抬眸，淡淡说道："人也一样，给不了别人安定的生活。"

"人会变的，以前总希望两个人稳定，现在想，只要两个人能在一起，安定不安定又有什么关系。"

今天的菜上得特别慢，只有一碟前菜沙拉，郝仁内心急不可耐，想像普通同学那样匆匆应付一顿饭，然后离去。没想到这顿饭这么让人如坐针毡，刘静还是和以前一样，不做无目的的事，不说无所指的话。

郝仁不想再像过去那样，在感情上被别人牵着鼻子走，在没有想好的时候稀里糊涂在一起，在没有准备的时候莫名其妙分开。郝仁已经不是懵懂少年，又怎么会像隋祖禹说的那样重蹈覆辙。

"刘静，其实我了解你，今天你找我，我多少能猜到为什么。我会来，不是因为你激将我一点校友情面都不给，而是我作为你的师兄，过去无论多么不愉快，有什么话我还是希望当面和你说清楚。我想如果你现在志得意满，你一定不会来找我，你不是轻易回头的人。你勉强自己向我示弱，只是现在生活有些不如意。如果你有什么需要帮忙的，我能做到的会尽力，但如果是其他，过去的就让它过去吧。怀旧有时候挺好，但重来一次，还是算了。"

郝仁的回答让刘静始料未及，她以为郝仁会吃惊，以为郝仁会迟疑，没有想到他会直接拒绝，他以前从来没有拒绝过自己。

"那我们在一起的三年算什么？"

郝仁觉得刘静已经昏了头，居然会问出这个自己曾经也问过的问题。

"就当是个错误吧！"

郝仁想，用刘静曾经对这个问题的回答，或许能画上一个句号。

说完，郝仁起身去前台结账离开。

9点45分，武汉飞往深圳航班正在等待塔台的起飞信息。

隋祖禹一个人坐在座位上百无聊赖。登机前，他给汤媛发了一条短信，说自己要回来了，汤媛回复了一个哦字。

临起飞还差十分钟，身边坐下一人。

隋祖禹侧头问道："你怎么来了？不是要改签吗？"

"唉，鸿门宴，赶紧溜走。你看牛排我都打包过来了，不敢在那里吃，怕吃了不消化。"郝仁说。

"是谋财还是害命，把你给吓得，牛排冷了不能吃了吧？你别拉肚子。"

郝仁打开餐盒，戴上一次性手套，直接拿起来啃："还行，果然是400块150克的牛排，真嫩！"

隋祖禹觉得简直没眼看，扭头看窗外去了，但突然又想到什么。

"你昨天是不是忘记回穆言电话了？"

郝仁吓得把手里的牛排掉回餐盒，说："完了，睡着了，穆言不会真的等我吧？"

"你说什么穆言都信，你觉得呢？我们真是难兄难弟。"隋祖禹叹道，不再说话。

八月，一百多名新员工齐聚深圳，在这里，他们将接受为期三个月的新员工培训。

新员工培训体系是郝仁在耀华技术原有的基础上修改而来，分为理论学习和工厂实践两个部分。

半个月的理论学习熟悉产品体系和企业文化，各部门抽调骨干负责编著教材和授课。

两个半月的工厂实习则要求新员工像生产线工人一样接受产品生产全流程培训，并完成分配的实操工作。为此，郝仁把自己当年的师傅高建军都请出山，黑着脸把一个个小年轻训得服服帖帖。

培训期间，新员工都住在耀华厂区的宿舍，四人一间，每天早出晚归，仿佛从一个校园又走向另一个校园，也有人说用大学回到了初高中来形容更贴切。

这么严格的培训,没怨言是不可能的。这不,穿着统一运动服的新员工刚才还在运动场绕圈跑,一二三四地喊着响亮的号子,解散声后,大部分人精疲力竭地倒在草坪上直哼哼。

"我说,我应聘的是软件工程师,也算个脑力劳动者,为什么我现在有点像地主家长工的感觉?"一个高个卷发男生说道。

"是啊,我大学四年都没起这么早过!"一个矮个女孩子说。

"一天的运动量赶得上我过去一年的运动量了,我每天早上起床都有种被人在睡梦里暴打一顿的感觉,哪哪都疼。"说话的是个白净男生。

"我生产线安装一天,唯一的感受就是还好读书了,不然一辈子待生产线要被闷死了,不知道我一个品牌经理为什么要做这个?"一个甜甜的女声说道。

"钟楠,你怎么从来不说话呀?"刚才的白净男生问。

钟楠摇摇头,说:"我没有什么好说的,我念书的时候比现在起得早,锻炼后才去图书馆或者上课,感觉差不多。"

"切……"

这个钟楠,正是去年在厦门大学校园里被郝仁拦下的那个怪咖。当时穆言在做校园才艺大赛,钟楠自习回来,随口说了句耀华好好的科技公司搞才艺大赛真是不务正业,恰巧被郝仁听的。于是,不打不相识,两人聊了一晚上,结果是耀华终端建了一个科技爱好者网站,搞起知识竞赛,后来还赞助了获奖者钟楠去国外参加编程比赛。

研究生毕业后,钟楠带着金光闪闪的履历走向社会,优异的成绩,各种各样的奖项,尤其是全国大学生挑战赛金奖和 Google 全球编程大赛银奖的成绩,让不少企业纷纷主动递了橄榄枝。

然而钟楠却悄无声息地投了耀华终端有限公司。当时冯都都看到这个简历时,都觉得这个毕业生只是广撒网,刷点经验值,最后不会选耀华。

结果,钟楠不仅来了,还对郝仁半字不提。直到新员工报道大会,郝仁发表完讲话,才在最后第三排见到了面无表情的钟楠。

会后,郝仁把钟楠叫到办公室。

"你怎么突然来耀华上班,也不提前给我打个招呼,你不是有我手机号吗?"郝仁问。

"提前告诉你干吗？你觉得我需要走后门才能进耀华。"钟楠理所应当地回答。

"这个倒不会，我也要遵守公司规章制度，虽然制度很多是我定的。"

"就是啊，我觉得通过面试没压力，再说，你居然不看新员工名单，我还以为你早就知道了。"

郝仁迟疑了一下，我不是老板吗？为什么有一种偷懒被抓包的感觉。

"充分信任人事部工作，不想介入太多。"郝仁找补一下，继续说道，"我可听说了，你获得Google全球编程大赛银奖后，媒体发了新闻，不少公司盯上你，其中还有大型外企，你怎么独独选了耀华。"

"我觉得耀华更适合我，与其去外企做个边缘人物，不如来你这折腾一下。"

"这倒是，你能来我求之不得。有想好的意向部门了吗？"

如今耀华规模不小了，研发部门纵向细化成十多个部门，横向又拉出十几个项目组。新员工的岗位不是入职前确定好，而是入职后根据新员工的能力模型和志愿再做匹配。

"没有想好，但我更喜欢安安静静作某个专业方向的研究，任务又急又多变的项目组我不知道能不能适应。"

"如果让你去做基础研究，短期出不了成果，你会不会看到别的部门或项目组喜报频传心里有落差？"

"我目不斜视的，应该不会知道别人在干什么。"

"那我有一个更好的安排，保管明明白白。"

"什么安排？"

"到时候就知道了！"

……

更好的安排是沈同方，他答应郝仁后就回了苏州，花了一周多时间，收拾屋子，送走爱犬，和多年的老同事一一告别。临来深圳的前一天，天空下起了蒙蒙细雨，沈同方撑着把黑色大伞，一个人缓步来到了爱妻安息的坟墓前。

墓碑照片上的女人比现在的沈同方年轻很多，很开心地对来人展露着灿烂的笑容。

沈同方蹲下，用大伞为女人的照片遮雨，并把一束百合放在跟前，喃喃自语道："以前忙，也记不得这个纪念日那个纪念日的，你喜欢百合花,但我也就送了几次,害得你自己买花自己插,少不得说我两句。现在呢,我倒是记得每周买花放家里,又没人看了。

"你看,人总是赶不上时间,有想法不马上做,后面就是无穷无尽的后悔。我前几天也奇怪,为什么一顿饭的工夫就答应那个毛头小子了,之前老周苦口婆心挽留我,我也说走就走了。现在想明白了,我就是心有不甘,看到一点可能就还想试试,你会支持我吧,以前我说啥你都说好,顶多叨叨几句,你现在不叨叨了,我反而不知所措,也只能自个瞎猜了。

"放心,家里所有你喜欢的物件我都好好收着,多多送回乡下去了,我一个人养不好狗,它好像在这个家看不到你,食欲越来越不好,瘦了好多。我节假日会回来看你,毕竟这是我们的家,外面金窝银窝抵不过我们的草窝。"

雨停了,沈同方掏出手帕擦擦墓碑上溅到的水珠,起身收了伞慢慢离去。

第二天,沈同方正式到耀华终端报道。郝仁带着所有高管迎接了沈同方,并让秘书特别为他安排了一个极其舒适的住处。芯片的研究工作随着沈同方的到来正式启动,项目成员从研发体系中集中选拔抽调。沈同方选人的标准很独特,就一条,耐得住寂寞。

郝仁现在看到钟楠,觉得去沈同方那很合适,只是不知道这一老一小会擦出怎样的火花,一切就等新员工培训结束再揭晓。

第五十三章　两个人的星空

郝仁觉得穆言最近有点怪怪的。

工作倒是无可挑剔,待人也一如平常,就是每每郝仁想和她说点工作之外的事,她就诸多借口火速消失,害得郝仁一直没机会当面和她解释那天忘记打电话的事。

周五下午,穆言在郝仁办公室汇报展厅装修方案,因为成本问题,展示物料有较大调整,这里调一点,那里改一点,两人说得久了一点,不知不觉到了下班时间。一说完,郝仁看穆言又开始收拾电脑文具,打算马上落跑。

"周末了,一起吃个饭,我有事想和你说。"

穆言拿包的手顿了一下，垂眸不看郝仁继续整理。

"我家猫病了，我要回去照顾一下，不能和你吃饭了。"

穆言语气和前几天如出一辙，无情地拒绝了郝仁。

结果，郝仁不慌不忙，投影了一张表格在屏幕上，说道："来我们一起看看你几天拒绝我的理由。今天你说猫病了，昨天你说的是你妈病了，前天你说你要陪你爸去体检，但是上周五你说的是要去机场送你爸妈回老家，上周四你说的是把猫送到宠物医院做全身体检。你妈都回老家了你怎么陪她看病？猫才体检怎么又病了？穆言，你的借口不严谨，你到底怎么了，为啥不能和我吃饭？"

穆言看着面前的表格有点语塞，她只是不想和郝仁单独吃饭，当然找的借口没什么逻辑性，都是随口一说。哪会知道郝仁如此上心，把她说的都如实记录，前后矛盾，是真是假，一目了然。

穆言心里莫名的酸涩，反正那天，她等了一晚上，直到太阳升起才睡去。隋祖禹从武汉回来后，神秘兮兮地和汤媛说，郝仁遇见初恋女友了。穆言也听到了半句，想起那天郝仁语气的迟疑，她默默脑补了一整个花前月下重修旧好的感人场面。穆言的性格是不可能主动和别人打听消息的，再说不回电话就是回答，若人家已经在一起了，自己还老和郝仁单独见面就不合适了。

穆言安慰自己，郝仁是个好老板，但仅是好老板而已，不会有其他。

穆言想了想，义正词严地说："我是职业经理人，工作既然完成了，就可以下班。合同没有白纸黑字要求员工陪老板吃饭，拒绝也合理合法。"

郝仁很委屈，说："对不起，我那天喝酒了，一躺下就睡着了，不是故意让你等我电话。"

"无需道歉，你是老板怎么样都行，我们下属不会多问。"

"那天，我遇到前女友了，我就和她闲聊了十分钟，出租车来了就回去了。"

"不用解释，你是老板和谁去做什么都行，老板的私事下属不能打听。"

郝仁有点着急了，他招架不住穆言这滴水不漏的抵抗。

"穆言，我不想只做老板，我不想在办公室和你说这些，现在周末下班了，带你去个地方，我有话说。"

"不去。"

……

最终,郝仁的死缠烂打还是让穆言上了郝仁的汽车后座。

两人一前一后不说话,车内过于安静,为避免尴尬,穆言把脑袋侧靠在车窗上假寐。周末下班,人流如织,车流如梭,车窗外五光十色的都市繁华移动缓慢,像一场情节无聊的文艺电影。

曾经有那么一瞬间,穆言意识到一件事,她喜欢郝仁,但不知道何时种下的种子。可能是三年前,郝仁一本正经地问穆言,要不要做时代的亲历者。也许是他帮自己赶走烦人的前男友,对自己说穆言,你值得更好的。抑或者是在青海,郝仁童心未泯地围着篝火跳舞。还可能在厦门大学的芙蓉湖畔,他牵着自己走向舞台……

总之,穆言感觉就像牡丹亭戏文里写的那种情愫,情不知所起,一往情深。发现自己主动去喜欢一个人,穆言有点不知所措,骨子里的那种清高让自己无法开口,只能默默在他身后做好每一件工作。以前,穆言努力工作是为了证明自己,如今,却和想要帮他实现梦想的心思搅和在一起,连自己觉得不够客观,不够冷静。

工作和感情混为一谈是职场大忌。穆言一直在抵抗,却无意间会在乎郝仁对待自己是同事还是什么别的,着实苦恼。

郝仁目不斜视地开车,心里却很紧张。郝仁发现穆言别扭是因为吃醋这个事实后,还窃喜了半天。可转念一想,还是不好办,穆言这种骄傲的女子,万一一不小心自尊被戳破,那便是惊涛骇浪,他自问没有本事力挽狂澜,一连几周都不敢轻举妄动。

车辆缓缓驶出了市区,沿着海边公路一路疾驰。

穆言不是真睡着,从市区高速匝道离开时已经觉得不对,但憋着口气不想说话。现在看着窗外夕阳染红的大海一脸茫然,郝仁要带她去哪里呢?

两个小时后,车停在西涌的沙滩旁,郝仁下车为穆言打开了车门。

"到了。"

"你带我来这里干吗?"

"你知道吗?大鹏半岛这一片区的空气质量和生态环境位居深圳前列,三面山脉将市区的灯火隔开,没有光污染,最适合看星星。"

"看星星?"

穆言下车遥望远方苍穹，深蓝静谧，没有云朵，没有月亮，星星是随手洒去的一把钻石，大大小小，或明或暗，发出幽幽的微光。今夜的海格外沉默，不起波澜，平滑如镜。

郝仁从后备厢拿出一个防潮垫，点亮一盏小小的应急灯，然后在垫子上摆出三明治、沙拉和饮料啤酒。

"饿了吧，坐下来吃点东西。"郝仁说，

"我以为你请我去吃什么大餐，没想到吃三明治和沙拉。"穆言嗔怪道。

"我保证你吃了不会后悔。"

穆言确实饿了，也不矫情了，坐下拿起一个火腿三明治咬了一小口，味道还不错，不知道郝仁什么时候买的。

"穆言。"

小应急灯似乎电力不足，闪了几下就不亮了了，郝仁在半明半暗里轻喊一声，那语调三分撒娇七分委屈。

夜色最能抚平人心上的刺，穆言也不例外，此刻早已感性战胜了理智，小小地应了一声。

"我没有。"

"没有什么？"

"没有招惹前女友。"

"嗯。"

"不气了。"

"嗯。"

又是一阵沉默。

郝仁转过脸，在黑暗里中寻找穆言的眼睛，一字一句地问："你愿意和我在一起吗？"

穆言感觉要被郝仁的目光灼伤了，脸烫得通红，只好别过脸去，背对郝仁。

"我想想。"

说完，脱了鞋，朝大海走去。

起风了，海面被吹皱，郝仁看着星光下那个曼妙的身影迎风而立，浪花在她脚下绽放，裙摆被风吹得起起伏伏，像一片羽毛撩拨着自己的心。

郝仁起身追过去，问道："要想多久呢？"

穆言想起自己在深夜等一个电话，足足等了五小时，郝仁却五分钟都等不了。

"那晚我等了多久，你就等多久。"

"那你等了多久？"

"五小时。"

郝仁真想骂自己不是人，是猪，说好的事都没做到居然能睡着。

"我等，你陪我等。"

"……"

闲着也是闲着，郝仁开始了人生中最重要的一次面试，把自己从出生到现在的所有光辉事迹都给穆言讲述了一遍。包括出生算命先生断言这是天降奇才，幼儿园获得最受欢迎宝宝称号，小学荣获全市三好学生，助人为乐小学生，中考成绩全市第一，大学破格录取进去少年班……

穆言最近被工作和感情同时折磨，身心俱疲，在郝仁汇报般的讲述中昏昏欲睡，强撑了一会，最终挨着郝仁肩膀坠入梦乡。

凌晨3点54分，穆言被郝仁轻轻晃醒。

"快了。"郝仁轻轻说。

"什么快了？"穆言揉着眼睛。

"时间快到了。"郝仁说。

"嗯？"穆言睡得晕晕乎乎。

一颗流星骤然从天边滑落，悄无声息地划破黑夜的长空，接下来，两颗、三颗、四五颗流星拖着长长的尾迹如烟火般绽放，如雨线般坠落。

穆言不由得惊呼，站起来仰望星空，太美了，美得无法形容。

郝仁站起来，双手拢过穆言的肩膀，认真地看着对方的眼睛问道："五个小时过去了，你想好了吗？愿不愿意和我在一起？"

穆言感受到郝仁身上温暖又强势的男性气息，微微垂下头，嗯了一声。

郝仁欣喜若狂，心里充实地仿佛得到了全世界，把穆言拦腰抱起，转了好几圈。

流星雨簌簌落下，像一幅美丽的背景将两个相爱的人嵌入画中。

"你怎么知道今天有流星雨？"

"英仙座流星雨，每个夏季都不会爽约。英仙座的化身是赫赫有名的珀尔修斯，有一次，他遇到了被束海边的公主安德罗墨达，原来她是埃塞尔比亚国王的女儿，由于得罪了海神，被国王用锁链拴在海边一块巨石上。当海里的鲸想吃掉安德罗墨达时，珀尔修斯出现了，解救了她。后来，英雄珀尔修斯与美丽的公主结了婚，珀尔修斯成了天上的英仙座，公主成了仙女座，他俩在天上总是亲密相依……"

"你每天加班还有兴趣了解神话传说？"

"算了，蒙不了你，我来之前百度查的。"

"……"

第五十四章　新老辈相见欢

郝仁最近心情好得无法形容，好想昭告天下穆言是他的女朋友了，可穆言不同意，说会影响她工作，每次约会都不能从公司一起走，非要偷偷摸摸到一个地方碰头，让郝仁光明正大的交往谈出点偷情的感觉。

郝仁委屈问穆言啥时候给他个名分，穆言说男人都喜欢刺激，不然下次碰头约定个暗号，增加一点情趣。郝仁说男人喜欢的情趣不是这种样子的，穆言问那是什么呢？郝仁看着穆言认真学习的表情，又不知从何说起，只好缄口不言。

虽然两人对情趣的理解不太相同，但不影响郝仁仿若坠入蜜罐的感觉。穆言外表看起来拒人于千里之外，内里却是个不谙情事的呆傻姑娘，只要不谈工作，穆言便从不思考，郝仁说什么都照单全收。

有一次郝仁说自己最喜欢吃辣椒洋葱鸡蛋，穆言就连着几个周末在家做，自己切辣椒洋葱呛得眼泪直掉，把郝仁感动得一把鼻涕一把眼泪。

有一次郝仁说儿时最喜欢西游记的连环画，可惜一次暴雨房子漏水给浸湿了，以前的书油墨质量不高，被水晕开无法辨认字迹图案。穆言去二手书市场淘了好几次，才凑齐了36本中国美术出版社86版的西游记连环画。

郝仁总算明白穆言的前男友为什么会不顾她的想法为她安排婚后的生活，因为她在一段关系里总是不懂保留地付出，直到触及底线才发现她外柔内刚的一面，踢到铁板一块。

郝仁这样想着心疼不已，只觉五脏六腑都被揉碎了，暗下决心一定要对穆言好。

公司餐厅里，隋祖禹坐在对面盯着郝仁已经十分钟了，郝仁却丝毫不觉，脸色一下大喜过望，一下又怅然若失，像四五月的天气一样忽阴忽晴。

隋祖禹放下手里筷子，在郝仁面前晃了晃。

"我说，你到底怎么了？"

郝仁回过神，瞪了隋祖禹一眼，说道："我能怎么了？想事呢。"

隋祖禹啧啧两声："你最近不太正常，是不是有什么喜事？感觉睡着都会笑醒，你……不会中彩票了吧？"

"我要是能不买彩票而中彩票，奖金都给你做研发经费行了吧！"郝仁正色道。

"你不会谈恋爱了吧？"隋祖禹猜测道。

郝仁想起穆言说不要影响她工作时的认真神情，吓得连连摆手。

"没，没，哪能。"

"定有古怪。"

隋祖禹将信将疑地抬着餐盘走了。

耀华工厂3号车间。

高建军、郝仁、沈同方三个人穿着防静电服站在生产线一侧角落，另一侧都是本次校招来的新员工，经过近三个月的系统培训，这批孩子已经可以熟练地操作设备从事生产。

眼尖的新员工已经发现郝仁三人了，目光偷偷地往边上瞟了几眼。

"这批孩子总体上还是不错的，虽然比老一辈的人难免娇气点，但做事还是认真的，我和各个小组长仔细检查他们加工的产品，除了极个别人，大部分质量过关，这些日子的锻炼没有白费，等培训结束后回到各自岗位，做的产品会更接地气……"高建军给郝仁和沈同方介绍这几个月来新员工工厂锻炼情况。

"沈工。"

沈同方入职耀华终端后，郝仁就不再亲昵地称他同方师兄，而是拾起之前沈同方工程师的称呼，让沈同方初次听到郝仁这么叫自己，竟有一种久违的感受，一时之间，百感交集。

郝仁把脸转向沈同方，说道："麻烦你到车间一趟，是想让你看看这批新员工中，有没有适合芯片团队的。虽然你从外面找了一些老专家，在老员工也选拔了一些，但新鲜血液实时注入也是件好事，这群孩子虽然没有经验,但白纸一张,更好塑造。"

沈同方打心眼里赞同郝仁老中青有梯度的队伍建设思路,一个公司要稳定发展,就不能出现人才断层,运用一代人、培养一代人、储备一代人,有传承才有长远的未来。

更何况,沈同方知道自己年龄摆在这,能发光发热的时日没有想象中那么长,沈同方来到耀华,除了完成自己未完成的芯片梦,还给自己赋予了一个使命,尽快在企业中把芯片研发的中坚力量培养起来。这样,自己离开之时,就是种子长成参天大树之日。

"确实如此,年轻人有冲劲,想法时新,一个团队,有时候是老人带领新人,有时候也可以是新人感染老人。"

郝仁突然想和沈同方玩个游戏,于是说道:"沈工,眼前的这条生产线的工种是打螺丝,你长期待在生产线,自然知道打螺丝最考验技术,在我们这一不小心就能把手机打报废了。所以高师傅都是把应届生中手艺最好的放在这里,是吧,高师傅。"

高师傅连连点头,郝仁接着说:"之前我看中了几个年轻人,觉得挺适合芯片设计团队,现在几个人都在这了,不知道沈工敢不敢猜猜我看中了谁?"

沈工微微一笑,说道:"没点彩头,郝总好意思叫我这个老人家陪你玩游戏?"

"沈工一个资深专家,没想到这么顽皮,猜中的话,今天大家准时下班,我请大餐。"

"见者有份!"高建军附和道。

沈同方目光扫过面前的这一排工位,一共 25 个人,各个坐得笔直,神情专注。沈同方缓步从每个人身边走过,时而盯住对方的手凝视一番,时而侧耳倾听电批转动螺丝发出的声音。如果看到满意的,就会看一眼工服上的铭牌,记下名字。

半小时后,沈同方回到郝仁和高建军身边说:"正数第二个的钟楠,正数第五个刘洋,倒数第七个许正江。如果我没猜错的话,钟楠是你最满意的。"

郝仁大吃一惊,面前这一排是新员工中最出色的一批,照理说水平差异不会特别显眼。三个都猜中已经够神奇了,还能猜中自己最满意的就匪夷所思了。

郝仁还没揭晓答案，高建军就激动地说："沈工你这也太神了，我看手艺最好的正是这三个，我这个生产线工作一辈子的老工人还观察了好一阵子，你这三下两下看出来了，专家就是不一样。"

"高师傅过奖了，我只是看这三个人左右手特别协调，右手握电批，左手同时取螺丝，螺丝对准电批嘴时，电批移向螺丝孔位，无缝对接，而且每一次操作都很标准，螺丝、螺丝孔、电批保持垂直，螺丝上紧发出的咔咔声很有节奏。"

解释完鉴定标准，沈同方含笑看向郝仁："怎么样？猜中了吧。"

"全中，但沈工是怎么知道钟楠是我最满意的？我又看了一次三人，没有发现操作上的差别。"郝仁问道。

"是啊，三个孩子都很标准，我也看不出太大差别。"高建军说。

郝仁不敢说自己对生产操作了如指掌，判断起来不太确定，可高建军都这么说就十分古怪了。

沈同方看着满脸疑惑的两人，说道："之前简历你不是给我送过一份，我都看过，钟楠的成绩和获奖经历让我记忆深刻。更重要的一点是……"

沈同方有心捉弄郝仁，突然顿了顿。

"什么？沈工你快说吧！"郝仁急了。

"我经过钟楠的时候，你神情稍微紧张了一下，怕他没被选上？你也不看看钟楠多专注，从始至终都没离开过手里的活，我估计我们佁到了这么久他都没发现，这孩子适合我的标准，你放心吧。"沈同方说完，对郝仁露出来一副戏谑神情，眼角眉梢仿佛在说，现在知道姜还是老的辣了吧。

"师兄，你这是作弊啊，你怎么可以用我的表情来做判断。"郝仁深感严肃端正的师兄来耀华终端没几天就被带坏了。

"你开头可没说不能，现在也别反悔，怎么样？一会叫上三个孩子吃饭去吧。"

说着三人离开了车间。

晚上七点，云家小筑包间。

郝仁、沈同方、高建军和钟楠、刘洋、许正江三个新员工围坐一个圆桌，服务员忙慌慌地上菜。几分钟后，清蒸鲈鱼、白灼虾、炒花甲、卤菜拼盘、鱼头豆腐汤就摆了一桌。

下班前，三个新员工被组长单独叫出来，还以为今天出了什么错，心里七上八下，没想到一出车间门就被人带到了餐厅，和两个公司高管一个黑脸教官吃饭。

这几个月封闭培训，天天吃食堂，再丰富的餐配也吃腻了，突然暴露在大鱼大肉面前，五脏庙都要敲锣打鼓了。

郝仁看三个年轻人目光炯炯，又迟疑不敢下筷，忙说："我也新员工培训过，知道连续吃食堂什么感觉，特别给你们改善伙食，别愣着了，边吃边聊。"

特别两个字对年轻人十分受用，特别被领导用在自己身上，意味着自己的能力与众不同，意味着自己从人群中脱颖而出，意味着自己将要被赋予和别人不一样的使命。

几人不再矜持，齐齐动筷。

席间，沈同方又一次讲了自己的经历和来耀华终端后建设芯片设计团队的规划，在座几人无不动容。

"你们郝总是把我这个老家伙从犄角旮旯翻出来，要我走这么一条前人没有趟过的河，我深知成功不易，溺水常有，但我还是想邀请你们加入，一起冲，一起闯！"

沈同方的声音低沉却充满激情，如果说年轻人的激情像新鲜的柴火，烧起来浓烟滚滚，噼里啪啦，老年人的激情就如同晒干的树皮，不见声响，丁点火星就窜起冲天火光。

"一起冲，一起闯！"

第五十五章　出征电信展会

沈同方的实验室日渐兵强马壮，隋祖禹这边也是好消息不断。11月底，隋祖禹3G手机终于完成各项功能开发，正式进入测试阶段。

当隋祖禹、陈虎、李浩三人在香港街头打通第一个电话时，激动得相拥在一起。电话那头是在公司大堂和穆言一起等电梯的郝仁，难以抑制地想要拥抱，可在众人的目光中，只好击了个掌，尴尬地收回了手。

虽然产品测试后还有一些调整和优化，但至此已无后顾之忧，穆言大张旗鼓对外公布。

一天之内，各大垂直行业媒体发布耀华将携3G终端亮相世界电信大会的消息，描述点到为止，只提将支持三大通用 3G 网络制式，其他卖点一概不说，卖足了关子。

随后，数十条来自分销商、电信客户、企业客户、专业机构等渠道高级主管的证言视频陆续上线，从用户的角度讲述了过去几年与耀华的良好合作，为耀华研发能力和生产能力充分注解，并对耀华下一代产品充满期待。

这些营销素材能在极短时间内密集推出，得益于穆言记者出身的良好工作习惯，她把客户当作稀有资源，珍惜每一次和客户对话的机会，总是把可预见到的事一次性都做了，避免短期内反复打扰客户。

耀华 3G 手机测试通过当天，陈竞男就收到穆言提前做好的客户邀请函，整个销售团队立刻奔赴各地，向重点客户当面奉上。

耀华的电信客户、零售客户、企业客户同时也是各大终端厂商的客户。一般而言，展会长则一周，短则三天两天，在短短时间内，客户走马观花地看众多产品，有的展位时间待得久，就有展位顾不上。面对这样的情形，陈竞男用尽一切办法也要提前与客户约好，所谓见面三分情，只要能到了自家展位，多少还会留下点印象，为下次交易埋下伏笔。

如果说市场是江湖，平时广告营销是厂商各占山头，独立跑道，井水不犯河水。那么展会就是武林大会，妥妥的擂台赛，短兵相接，是骡子是马都得拉出来遛遛。这样激烈的当面对抗，耀华各部门不得不全力以赴。

除了展区，香港会展中心还特别为世界电信大会预留大型会务厅用于开幕式与论坛。耀华这次受邀在终端论坛做一个主题发言和一个圆桌访谈。主题发言的任务被郝仁领走，圆桌访谈偏技术，且是纯英文发言，隋祖禹更合适一些。

为了让整个管理团队在外形象更为专业，临展前，穆言请来专业摄影工作室，为几个高管拍摄商务人像，后面可以用在新闻稿和演讲海报中。

拍摄当天，郝仁一身西装革履坐在化妆间，彩妆小哥翘着兰花指一边给郝仁打粉一边赞美。

"哎呀呀，这皮肤怎么保养的，像剥壳的鸡蛋一样滑？哎呀呀，这眉毛完全不知道怎么修，简直完美！这脸怎么不做明星，即使唱得像驴子叫，我也花钱买票……"

说完，彩妆师还用小手指有意无意地碰下郝仁的脸。

从化妆间出来，郝仁对穆言说："你请的化妆师随便摸我脸，你吃大亏了。"

穆言左看右看觉得化得不错，懒得接郝仁的无理撒娇，催他赶紧进棚。别看郝仁平时没正经，在管理岗位多年，举手投足已经颇具领导风范，一抱臂一握拳，风采卓然，害得穆言在旁边看得有点脸红心热。

隋祖禹不情不愿从实验室出来，提前一天通知穿的西装他也忘记了，还是秘书拿着钥匙赶回去他的狗窝翻找。

还是同一个彩妆小哥，看着隋祖禹虚浮的眼睛，出油的皮肤，陷入了沉思。洗脸、敷眼、护肤等一番操作后，彩妆小哥总算拿起了粉饼。

化妆还是其次，发型才是头号难题。发质太硬，造型不好做，发型师一不做二不休，直接给推了个板寸，显现头皮，让从未试过这等硬汉发型的隋祖禹觉得头顶凉飕飕的，在冬天特别没有安全感。

给穆言、陈竞男等女性拍照就容易多了，几人深知自己什么角度好看，和摄影师配合特别好，进去几分钟就出来。被折腾了半个多小时的隋祖禹不由得感慨，怎么女人拍照比男人上厕所还快？

最令大家惊喜的是沈同方，两鬓斑白、面色红润，眼睛如一潭平静的水，是岁月洗礼过的波澜不惊，深浅不一的皱纹更是积蓄了几十年的风风雨雨。这样的形象就差把专业资深写在脸上了，难怪国外企业每次专家访谈，必然是白发苍苍的面孔。

一切都在沿着预计的轨道前行，临展前一个星期，穆言的团队先行到了香港，按照预先定下的方案进行布展。预计展出的手机及其他展品通过报关等手续，提前三天顺利到了香港。至此，一切准备就绪。

12月20日上午，世界电信大会正式拉开序幕。

国际电信联盟秘书长内海多雄为大会致开幕词，讲述30多年来，世界电信大会第一次走出日内瓦，是一次巨大的突破，象征着通讯让世界联系更密切。但参加此次电信展的行业内人士都心知肚明，那只是因为中国拥有广阔的电信市场，到崛起的新兴市场去，是寻找商机的各类大小厂商的共同心声。

接下来，中国TD-SCDMA联盟主席胡泽上台代表演讲。

TD-SCDMA是中国提出的第三代移动通信标准，也是国际电信联盟批准的三个3G标准中的一个。虽然相对于另两个主要3G标准

CDMA2000 和 WCDMA，它的起步较晚，但它的发展情况与中国 3G 牌照发放时间密切相关，其重要性可见一斑。目前已经加入 TD-SCDMA 联盟的重要厂商已经有 38 家之多，耀华终端等中国厂商就不提了，只要是对中国市场感兴趣的国际通信公司无不主动加入，唯恐落了下风。

郝仁的主题演讲是安排在第二天上午，所以和隋祖禹来参加开幕式演讲，穆言则在展台忙碌。

郝仁低声对隋祖禹说："中国提出自己的第三代移动通信标准，意味着中国厂商有更多的合作共赢的机会。"

"确实如此，这就是我们为什么一定要做多模机型。"隋祖禹回答道。

"我今天一早看了财经新闻，不少国际厂商这次也推出了多模多频手机，不仅考虑到了 2G 到 3G 平滑过渡，也考虑到了各国之间漫游切换，支持多个频段，大公司的国际化视野是我们现在还不具备的，慢慢来吧。"

"你放心吧，都在我心里了。"

开幕式结束后，两人就回到了耀华自己的展台。

这次参加世界电信大会的厂商来自于全球 40 多个国家和地区，其中中国厂商有 200 家之多，占了所有参展企业的三分之一，和以前在日内瓦举办时的只占 4% 不可同日而语，可谓是妥妥的中国主场，所以郝仁早就做好了到处遇到熟人的准备。

耀华展厅位于主展馆的右侧，中间两个大型展岛，紧挨着耀华的正是 CF 公司，据说为这次展会投入了近 2000 万，展台设计复杂多变，造型独特，凸现前沿科技感。手机采用了各种多媒体展示技术，大屏上制作精良的 CG 动画反复轮播。正对着耀华的一侧设立一个小型舞台，每两小时就有乐队前来演出，吸引了参观者驻足观看。

这样一对比就显得耀华的展台十分寒酸，仅 9 平方米的展区也放不下太多的物品，正面一台展示柜上放的是新研发的 3G 手机，下面一个旋转底座方便用户 360 度观看，也可以随时拿下来进行体验试用。两侧放的是今年在售的其他型号手机和路由器。墙面上印刷展板对产品卖点进行阐述，对照产品试用，虽然没有视频直观，倒也一目了然。

展会通常第一天访客最多，现在主厅人潮汹涌，热闹非凡。穆言安排了两个衣着统一的讲解员站着里面为散客讲解，如果是陈竞男邀请而来的重点客户或是穆言邀请的媒体记者，则由郝仁或者隋祖禹亲自陪同讲解。

刚送走一批电信客户的郝仁走出耀华展位休息一会，没办法，展位里面面积太小放不了太多座位，怕影响参观，只得出来找位置，站了一上午腿确实有些酸胀。

刚在休息区坐下，郝仁就看到一个熟悉的身影，CF公司的亚太区代表韩在舟。

上次在郝仁面前耀武扬威的韩在舟，现在正毕恭毕敬地陪同三个金发碧眼的外国人参观展台，那种周到的模样是郝仁没有见过的。

当然人虽然讨厌，CF公司的产品市场反馈还是较好的，郝仁观察到CF的展台人来人往，客流量一直很大。韩在舟陪同的几个外国人兴致很高，面露笑意，频频点头，不时拿起手机试用一下，看得郝仁也十分羡慕，心想什么时候耀华产品也能让客户爱不释手就好了。

在一旁的韩在舟早就看到了郝仁，等送走外国客户后，径直朝郝仁走过来。

"啧啧，你们的展台真是简陋得不堪入目，我要是耀华，就哪边远躲哪里，没什么拿出手的，还在主厅丢人现眼。"

韩在舟笑起来就更令人讨厌了。

第五十六章　送上门的生意

几次打交道，郝仁已经习惯了韩在舟夹枪带棒的说话方式，气都懒得生，起身与他客气打招呼。

"韩代表好，想不到你还有兴趣去我们的展台参观，真是我的荣幸。"

韩在舟嗤之以鼻，说道："就这么点位置踮脚都嫌挤，一眼就看完了，哪里还用进去参观？"

韩在舟话音未落，后面传来一个声音。

"去哪里参观？"

原来是韩在舟刚才带领的三个外国客人又回来了，看到韩在舟在休息区和人聊天，便直接走过来。

韩在舟愣了一下，正想怎么回答时，郝仁看说话的外国客户讲普通话，直接接话道："三位好，我是耀华终端有限公司总裁郝仁，刚才正和韩代表闲聊，他说有兴趣到我们展区参观，三位要不要一起？"

说完郝仁双手递过名片。

三人接过名片,交换了下眼神,刚才的那人说道:"荣幸之至,有劳你引路。"

郝仁就引着三个外国人和韩在舟朝耀华展台走去。隋祖禹和穆言正好也在,看到郝仁引着客户过来,连忙上前招待,顾不得后面跟着这个臭脸的韩在舟,小小的耀华展区顿时挤得水泄不通。

原来这三人是VOD的全球终端业务主管约翰·斯拉特里、西非高级副总裁艾瑞克·菲洛斯和西非采购主管艾米·阿克。

VOD,是世界上最大的跨国运营商之一,在全球30多个国家均有投资,业务遍布欧洲、亚洲、南北美洲和非洲,为全球几十亿人提供移动通信网络服务。

几人自我介绍后,隋祖禹觉得脑袋有点眩晕,理论上,VOD这种客户是现阶段耀华邀请不到的,连试试的必要都没有,可没想到郝仁不仅把对方的高管邀请过来了,还是从CF公司展台那边带过来的,听着都有点虎口拔牙的感觉,看韩在舟现在扭曲的脸就知道有多惊险了。

这三人中艾瑞克·菲洛斯因为在香港工作过,粤语很流利,普通话勉强也能用。其他两人都只能英语交流。韩在舟知道郝仁虽然技术深厚,但英语磕磕巴巴,口音很重。正等着看笑话,没想到隋祖禹已经开始为三人提供产品讲解了,纯正的美式口音,流利的表达,反衬得韩在舟的韩式发音十分怪诞。

隋祖禹先详细介绍了耀华公司的情况,着重突出生产能力和交付能力,这一点是在和本国运营商的合作中深刻体会到的,因为运营商定制机是捆绑套餐出售,如果因为缺货导致运营商客户拓展计划受到影响,是绝对不能接受的。

随后,隋祖禹开始介绍这次最新研发的3G手机,支持多模制式、内置个性化游戏、良好的电源控制等特点,但由于CF公司有类似的手机,性能和功能还要更出色一些,珠玉在前,三个客户露出了索然无味的表情。这让韩在舟也松了一口气,小厂商就是小厂商,没有什么值得担心的,自己神经过度紧张了。

尽管如此,隋祖禹却没有任何受挫的感觉,公司研发的产品有不足很正常,自己若是有三两年就做到顶端的能力,这个行业的门槛就不会这么高了。

于是隋祖禹继续介绍耀华在售的其他产品，这时，VOD西非高级副总裁艾瑞克·菲洛斯和西非采购主管艾米·阿克突然表现出浓厚的兴趣，连连提问，其中强大的电池续航能力和较大的外放音量最受两人关注。

广袤的非洲大地，人口众多，人均收入较低，是低端手机的重要销售市场。进军非洲市场的终端厂商很多，但为这个市场去专门定制产品的厂商却不多，多是消化其他市场的存货。非洲消费者由于基础设施落后，外出充电并不方便，需要很突出的电池续航能力，非洲消费者热爱音乐，擅长艺术，需要高音量的外放功能，让他们无时无刻都能载歌载舞，然而这些需求都被各厂商忽视掉了。

但深耕西非市场的艾瑞克·菲洛斯怎会不知，正巧这批耀华产品歪打正着，看起来只要略加改造就可以在非销售。

三人足足在耀华展区待了近一个小时，当然生意不是一锤定音，还得坐下来好好谈，于是VOD的两位西非高管和郝仁又约下周见面才离去。

韩在舟的秘书曲云江发现韩在舟不见了，电话也不接，四下寻找，终于在耀华展台找到脸色铁青的韩在舟。

韩在舟怒气冲天地问他为什么不叫客户经理陪好客户，曲云江很委屈，客户不让陪同说要自己逛逛，哪知道会跑到耀华的小展台，好在VOD和CF的订单已经定下，没什么影响，否则还不知道韩在舟会怎么雷霆震怒。

隋祖禹讲得口干舌燥，几人离去后，连连灌了好几口矿泉水。

"我说你也挺能的，跑到别人的地盘挖客户，还把友商一并带过来，不知道的还以为你图谋不轨。"隋祖禹说。

"你误会了，其实是韩在舟带着客户来招惹我的，他真心实意我怎么好拒绝。"郝仁接着把刚才韩在舟怎么过来找事，客户怎么出现的，自己怎么顺水推舟把人带回耀华展台说了一遍，听得几人笑得眼泪都出来了，偷鸡不成蚀把米说的就是这个了。

正说着陈竞男带着聚星公司总裁李东几人过来。可能是报答聚星当初的扶植之情，可能对李东为人处世的认可，这几年，聚星是耀华分销渠道里面唯一的一家白金伙伴，在分货及优惠政策都给予聚星一定的倾斜，聚星因此获益颇多。

这就是郝仁和陈竞男差异化渠道管理策略，随着耀华的壮大，两人在选择渠道商宁缺毋滥，而优惠梯度根据也不是完全只看销量和企业大小，而是综合评估其市场预测准确性、忠诚度、营销能力等因素，聚星正是各项指标都良好均衡的一家。

另外，一般厂商通常视渠道商为供应商，耀华对待渠道商则以客户的标准，像这样的展会是第一时间发出邀请，车接车送，安排妥帖，让渠道商感到宾至如归，如李东这样的级别就是销售主管陈竞男亲自安排接待。

看着李东笑着走过来，郝仁赶紧迎上去握住他的手。

"辛苦李总千里迢迢跑一趟，实在是好久不见，十分想念。"郝仁说道。

李东环视耀华展台一周，面积小是小，但却门庭若市，参观者络绎不绝，叹道："不容易，不容易，耀华打出名气来了。"

"还不是有你们大家的支持。"郝仁边说边把人领到展台，把最新的3G手机递给李东及其随行人员看。

李东仔细看过后说道："外观和功能都好，也符合消费者平滑过渡网络的需求。就是不知道国内什么时候才能用上 3G 网络，现在做出来不销售不就浪费了，万一等太久可能很多功能又要迭代。"

这个问题郝仁和隋祖禹不是没有想过，但正因为不知道什么时候发布牌照，才不能坐以待毙，万一明天就发布了呢？但确实如李东所言，做出来了不马上销售，就是等着过时。

"李总，你有什么好主意就说吧，别卖关子了。"郝仁捕捉到李东嘴角一抹转瞬即逝的笑，知道他不是随口说说，肯定有下文。

"我们不是站在香港了吗？大陆没有 3G 网络，香港有啊。"李东说。

"是这么个理，借这次机会，我们会尝试拓展一下香港的渠道。"郝仁听了有些失望，他想过拓展香港市场，可香港客户关系耀华是一点根基都没有，抱着产品直接登门拜访的成功概率不好说，当然试试也没错。

"找我不就可以了？"李东笑着说道。

"李总在香港也有业务？"

"知道百脑汇吗？"

"知道，香港知名电器连锁店。"

"他的创始人知道是谁吗？"

"李泽，李，莫非……"郝仁似乎觉得快明白了。

"是我表哥。"

"这也太……"

"他下午应该应该有空,我带他过来看看,具体怎么样,你们自己谈。"

"李总,你这么帮耀华,我都不知道怎么感激才好?"

"不急,我们也会有需要你们帮忙的时候。"

"到时候我们一定全力以赴。"

李东这个顺水人情除了加深双方关系,让耀华记下这个人情外,还有很多对聚星有好处的地方。如今耀华占聚星销售利润比重与日俱增,如果耀华在 3G 终端改朝换代的过程中败下阵来,对聚星亦有损失,但反之,如果耀华突飞猛进,聚星作为白金伙伴第一个受益,两者就是所谓的荣辱与共。

香港市场虽然只是蚂蚱腿,但不失为一个好的练兵场,李东希望耀华在大陆 3G 网络建成之际,耀华产品已经经过市场检验。

下午 3 点,李东果然带着一位中年男子走进主展厅,这个人红光满面,头发乌黑,看起来比实际年龄要年轻许多,他十分低调,没有随从,一身黑色休闲运动衫,仿佛刚从高尔夫球场下来。经过几个手机厂商的展台时,不少人认出了他,行着注目礼一直把他送到了耀华的展台。

这个人便是百脑汇香港有限公司的总裁李泽。

第五十七章　无声达成合作

从知道李泽要来参观的那一刻起,郝仁就开始惴惴不安,也不知道对方什么时候来,只能一直严阵以待。

穆言难得看见这样的郝仁,印象中从来都是一副举重若轻的模样,没想到刚才递水给他,碰到手心,竟然全是温热的汗。

郝仁将李泽迎进展台,简单地自我介绍后,李泽的目光直接落在正中的耀华 3G 手机上,走过去拿起来仔细端详,手指指腹在手机背壳反复摩挲。

郝仁正要开口做产品讲解,却见李东手心向下压了两下,郝仁便推后一步,缄口不言了。

主展厅依旧人声鼎沸,郝仁此刻站在李泽身边感到周围寂静无声,连自己微弱的呼吸声都仿佛在胸腔隆隆作响。这样的状态只持续了约莫一刻钟，郝仁却觉得漫长得像一个世纪。

李泽把手机放回原位，环视四周，没有再看别的机型，便要告辞离开。还是陈竞男反应敏捷，从储物柜拿出两个装有新机的袋子，递给李东和李泽，感谢两位的到来，麻烦两人收下手机试用，也给耀华提提建议。

其他厂商早有人在耀华展位的过道等待，一直观察着里面的动静，看李泽出来，想要邀请其去自家展位参观，不过都被李泽委婉地托辞拒绝了，所有人只好目送着李泽匆匆离去。

结束得太快，郝仁一时没反应过来，他用手肘轻撞一下隋祖禹，问道："这是看中还是没看中？"

"我看不出来，只觉得这个人气场好大，好有压迫感。"隋祖禹回答道。

"我觉得还是有希望的，我递手机过去，他都没拒绝。"陈竞男回忆了一下李泽面无表情的脸，感觉自己说得不是很有底气。

"别想了，听天由命吧，一会还有一波媒体过来，大家打起精神来。"穆言说。

"也是。"郝仁拿过一张纸巾擦擦汗涔涔的手，整理了一下衣冠。

不多时，穆言就出门接南方电视台的记者和摄像师去了。异地采访是穆言常用来加深媒体关系的手段，记者离开自己的常驻地，由企业来安排行程，这样企业和媒体相处的时间就比平时多得多，对企业的了解也更深入，不会三言两语草草了事。

南方电视台是官方权威媒体，来香港采访世界电信大会，出发点就不会是报道单个企业的出众表现，而是整个国内高科技行业的发展盛况，如果能迎合这一主旨，就能获得更多的上镜曝光机会。

这一点，穆言已经千叮咛万嘱咐过郝仁，不要孤立地推广产品，而是要巧妙地融入对行业的发展趋势解读中，让剪辑师剪无可剪。

穆言的交代对郝仁最受用，而且郝仁也确实深谙说话艺术，把夹带私货这一技巧运用得行云流水。

"从过去十年国内通信技术发展来看，我们已经从落后逐渐跟上世界发展的节奏，自主研发的速度在加快，独立创新的厂家在增多，耀华作为潮流中的一员，正势不可挡地跟着往前走，这次我们携3G新品到香港来，就是想让世界看看我们勇于超越的决心。"

前面和结尾都是新闻可以使用的片段，中间郝仁还从桌上拿起了手机展示，如果剪辑了势必出现画面抖动，不若全部采纳。重要的是，郝仁这张英俊的脸配得上整点新闻，毕竟，媒体工作者的眼睛是相当毒辣的。

唯一的难题是机位的选择，耀华的展位太小了，如果作为背景就太过小气，如果在休息区采访又不能曝光产品。还是穆言有经验，让郝仁站在展区的一侧，把新品支棱起来放一边，两个主角一高一低，稳定三角构图，身后是川流不息的人潮，这样既反映了世界电信大会的热闹，又让自家产品露了脸，一举两得，各方满意。

等送走媒体，今天的行程接近尾声，展厅广播提示半小时后活动结束，访客渐渐散去，几人已经精疲力竭，瘫坐在休息区。

"和打仗一样，累死我了！"隋祖禹看整个场馆只剩工作人员，完全不顾形象，直接瘫在椅背上。

"我现在不仅累，还很饿。"陈竞男附和道。

"我们回酒店吃东西吧，我走不动了。"穆言穿着七厘米的细高跟走了一天，脚都麻木了，现在坐在椅子上揉着小腿。

"穿这个吧！"，郝仁从手提包里拿出一双酒店的一次性拖鞋，众目睽睽之下给穆言递过去。

隋祖禹坐直身子，对郝仁翘起一个大拇指，说道："牛，实在是牛，我要是女生，非你不嫁。"

穆言涨红着脸，把拖鞋丢给隋祖禹："你嫁吧！祝你们幸福！"

隋祖禹吓得赶紧躲闪，连连大叫："饶了我吧。"

全部人笑得面部抽搐，郝仁把拖鞋捡回来，又递给穆言，温柔地说道："就你一个人穿高跟鞋，你看竞男姐还知道带个平底鞋，快换鞋吧，我们回去吃饭。"

这时，耀华的其他几个工作人员已经把展台收拾妥当，走过来和大家汇合，一行人说说笑笑走出了会展中心，身后的灯光一盏盏熄灭，喧嚣了一整个白天的展厅立时陷入了黑暗。

临近圣诞节，香港的街道一派节日的气氛。没有冬日的严寒，没有雪花的飘洒，却随处可见高耸的圣诞树。花花绿绿的灯光一闪一闪，空气中飘着一股糖果的甜味，路过的情侣亲密无间，有说有笑。看得出租车上的郝仁心里痒痒的，偷偷将手绕到身后，悄无声息地牵了牵穆言的手。

回到酒店，大家直接叫餐到房间。酒足饭饱后，郝仁在穆言房间享受难得的独处时光。这段时间忙得鸡飞狗跳，已经很久没有约会，可这会两人连说话的力气都没有了，沿着落地窗依偎着坐下，静静看着窗外灯火璀璨的维多利亚港湾。

许久，穆言出声问道："香港与深圳只是一江之隔，但不知道为什么，这一天过去后，我有种跨出一大步的感觉。"

郝仁也深有同感，从上午的 VOD 公司三位高管来访，约好进一步接洽，到下午百脑汇的总裁李泽参观，香港本地销售隐约有了些头绪。

不到二十四个小时，没有讨论，没有调研，全新的市场机会就这样出现在耀华终端的面前，郝仁真是一点心理准备都没有。起初决定参加这个展会，目标只是借台唱戏，争取点曝光，没想到还真能挖掘到大的商机，一下还来两个。

"我其实心里也很慌，就拿 VOD 来说吧，西非市场整个公司没有一个人去过，消费者怎么想的？消费者的购买行为偏好是什么？真怕做不好砸了招牌。"

"天不怕地不怕的郝总去哪里了，你之前回华科大的时候，大半夜给我打电话，还说只要敢想就没有办不成的事？"

穆言一翻上次院庆的旧账，郝仁立马告饶，这事不能再深入了，只好嬉皮笑脸地转移话题。

"唉，这不是想追求你，借机展示一下自己的男子气概，你看效果挺好，你果然上当了。"说完，亲昵地拂了拂穆言的长发。

穆言轻咳一声，又把话题强行掰回工作上，正色说道："说正经的，如果后面合作了，真得实地考察下，你想今天他们为什么看中我们的手机，不就是其他厂商没有针对非洲用户需求设计，一味地用非洲市场消耗其他市场的库存。而我们运气好一点，歪打正着，如果我们能做得更深入一点，说不定能把对手挤掉。"

郝仁惊讶于穆言的观察力，从对方支离破碎的对话中抓住了问题的要害，于是也不再胡闹，说道："是的，我认同你说的。我回去就安排人先去探探路，忙完这阵子，我也亲自跑一趟。"

"我觉得还有一个问题，需要我们未雨绸缪。"

"什么问题?"

"你的英语口语,怎么这么重的口音,你和隋祖禹是同学,同样老师教,为什么差别这么大。"

郝仁叹了口气,隋祖禹以前英语口语也不好,但硕士去美国读了三年,在纯英语环境下,什么口音都没了。自己在国内学的是哑巴英语,看和写没有任何问题,毕竟要查阅各种英文文献,唯独口语叫人头疼。四川人 n 和 l 不分,平翘舌不分,导致英语里是元音不到位,鼻辅音混淆,可不就被人笑话了。

"上大学前跟着本地四川老师学的,继承了他的口音,大学没有特别纠正,以前我从没想过把品牌做到海外去。"

"其实口音不是问题,说话都会有口音,关键要把意思说顺了。"

"你怎么突然对这个这么上心?"

"我们不是已经要走出国门,进军海外了吗?早点做准备不好吗?"

"难不成我会有一天在台上,给台下各个国家各种肤色的观众演讲?"

"说不一定这天很快就会到来。"

郝仁想着,窗外的辉煌灯火霎时间变成了媒体镜头的闪光灯,自己站在宽阔的舞台上,台下是密密麻麻的观众,男的女的,老的少的,金发的,棕发的,黑发的都在等着他一鸣惊人。

突然,手机铃声响起,把郝仁从幻想中一把拽回现实。

郝仁拿起手机,是一个不认识的香港号码。

"喂,你好。"

"你好,请问是郝仁郝先生吗?"

"我是,请讲。"

"我是百脑汇李总的秘书,你可以叫我小张,来电是想询问贵公司下周三下午两点,是否方便到百脑汇集团大楼详谈合作,我们的地址是油尖旺区尖沙咀弥敦道 100 号百脑汇大厦 32 楼,到时候你打我电话即可。另外,我想贵公司可以为耀华今日展出的这款 3G 手机申请香港 OFTA 测试认证了……"

第五十八章　知己也是对手

OFTA 认证全称是 "the Office of the Telecommunications Authority",

是香港电信管理局对香港地区的通信产品的认证简称。凡经过测试并符合相关技术规格的电信设备，才可以在香港合法销售。

百脑汇让郝仁同步进行认证，无疑释放了百脑汇将代理销售耀华手机的信号，否则不会多此一举。

郝仁心中了然，难抑兴奋，从沙发上一跃而起，对穆言说："我去找隋祖禹商讨下测试认证的事，这个以前没做过，万一没通过，就白折腾了。"说完，转身就走。

穆言嗯了一声，有点恋恋不舍。

这时，郝仁已经走到房间门，心里隐隐觉得忘记了点什么，又折返回来，在穆言额头落下一吻才离去。

郝仁在隋祖禹房间又是查资料，又是讨论，深夜才回房间，倒头就睡，一夜无梦。

世界电信大会尽管已经进入第二天，参观者依旧络绎不绝，一大早在展厅外排起了长龙，主办方安排的各主题论坛精彩纷呈，演讲嘉宾阵容强大。

平心而论，耀华终端公司目前的市场地位在嘉宾里面有些不够看，于是郝仁的演讲被安排在一个小会场的垃圾时间，连他自己都觉得合情合理，一点都不委屈。

悄无声息地上台，反响平平地下来，在郝仁预料之中，哪怕没有一个观众，拥有强大心脏的郝仁也能发挥如常。

只是刚才短短的20分钟，郝仁在一众利用自己演讲时间喝咖啡上厕所的观众中，看见穆言一人正专注地看着自己，目光里有发自内心的欣赏，有旁若无人的鼓励，更有柔情似水的爱意。

实际上，穆言工作时间不可能专门来看男朋友演讲，她安排了专业摄影师给郝仁拍照，会场较小，观众人少，她特别交代要多拍特写。

比现场的传播更重要的是线上的传播，再大的会场不过万人，互联网上可是上百万，上千万的流量。出发来香港前，穆言就提炼好了演讲金句，现在只需演讲结束，就可以配图发出。

郝仁下台来一看，穆言早就不知道猫到哪里去发新闻稿去了，还以为耀华的营销总监是来给自己打气加油的，原来是自己被她那双多情的眼睛误导，想太多了。

郝仁出了会场，回到展位，看大家忙着迎来送往，也立刻加入其中。

虽然今天没有像 VOD 那样的大客户出现，但也陆陆续续来了不少中小企业客户，有大宗采购的，有洽谈代理的，甚至还有临近毕业的大学生来投递简历的，全都留下联系方式，待后面跟进，第二天就这样波澜不惊地过去。

第三天上午是隋祖禹参与的圆桌讨论，隋祖禹被安排和三个外国嘉宾一起就技术趋势发表看法。没想到，隋祖禹还挺有观众缘的，打理一下样子也看得过去，加上英语好，说话耿直，总是毫不留情地和老外争得面红耳赤，现场热闹极了，看得下面的观众放声大笑。

穆言在台下观察，觉得隋祖禹是个话题点极佳的营销发言人，于是心里盘算着后面给他安排一些演讲培训，把技术达人的形象立起来。

第三天下午，展会接近尾声，郝仁没有被安排客户接待任务，就打算去宋朝栋的展台参观，两人来之前联系了下，相约香港见面，只不过前两天太忙了，还没能碰上头。

高科的展台位于 2 号展厅的中心展岛，宽敞气派。中间最显著的展位被一分为二，一边是高科今年推出的新款手机，一边是高科买下的卡特品牌新款手机，从布展来看，两个品牌不分主次，平分秋色。从功能来看，两款手机都已经全面支持 3G 数据业务，消费者可以进行视频通话、手机联网游戏、在线电视等高级功能，除了外观差异较大，卖点几乎一模一样。

可见，宋朝栋用卡特电子的技术优势武装了高科品牌，但是又没有完全放弃对卡特进行投入，而是实行了区域双品牌战略，高科主攻国内，卡特主攻海外，双犄角，同时发力。

离约定的见面时间还有半个多小时，郝仁提前过来一是看看高科的产品，二是想给宋朝栋来个突然袭击。结果走了一圈，郝仁都没有看到宋朝栋的身影，只好自己一个人在高科展区闲逛。

"这位先生，请你出去。"

身后传来一个不太友好的声音，郝仁回头，看见一个高科展台的工作人员朝自己走来。郝仁纳闷，任何厂商的工作人员都无比客气地为前来参观的人提供服务，生怕错过了商机，怎么高科的工作人员一开口就要赶走他。

"为什么？"

"我注意好久了，你是耀华的工作人员。"

原来是被对方认出来了，郝仁连连解释自己没有恶意，只是参观学习，结果还是被对方无情地拒绝。看这个人居然开始卷袖子，莫不是要动手，好汉不吃眼前亏，郝仁讪讪走了出去，迎面就碰上宋朝栋回来，正巧被看到这一幕。

"哈哈哈，耀华终端总裁做商业间谍被抓住了？"宋朝栋幸灾乐祸地说。

"什么呀，我过来等你，结果就被赶出来，你的员工一点都不亲切。"

"我的员工眼力好，一看你就知道你不怀好意。"

"忙完没？忙完我们现在就走吧？"

"行。"

就这样，刚才差点动手赶走郝仁的高科工作人员，呆呆地看着自家老板和郝仁有说有笑地离开了，心中一阵担心。

两人打车到海港城吃了顿饭，入夜一起来到附近一家天台酒吧，各点了杯威士忌。香港虽在南方，12月的晚风还是带着几分寒意，整个酒吧此刻除了两人没有其他客人。郝仁不知道宋朝栋为什么大冷天跑到天台吹凉风，只觉得他心情不好，他说要来便来了。

从45楼往下看，是灯火辉煌的市中心，高楼林立，霓虹闪烁，无处不是国际大都市的繁华景象。

宋朝栋临栏目视远方，抿了口酒，又叹了口气。

"怎么了？我看你怏怏的，没什么精气神？"

"没什么，心累。"

高科今年的市场份额较去年略有提升，继续坐稳国产手机厂商的头把交椅，同时，实行积极海外扩展策略，除了在菲律宾、印尼等东南亚地区建厂，还通过卡特电子切入欧美市场，已然成为中国高科技企业出海的排头兵。

然而光鲜亮丽的背后，只有宋朝栋自己知道，今年的利润和现金流并不客观，价格战将高科拉入泥沼，国内市场利润空间被严重挤压，海外卡特电子通过重组继续上架销售，可公司架构调整了一年多，两边管理层也磨合了一年多，分歧照旧。

更令宋朝栋心中窝火的事，卡特电子原先经营不善，高科注资才挽救了它，如今卡特的管理人员却自恃手里的知识产权和技术熟练度，多次对他的决策拒不执行，导致企业改革的力度大打折扣。

为什么当初没有预见到这些风险,在合同写清楚组织架构和人员安置呢?现在,宋朝栋心中有种上当受骗的感觉,深感对卡特的投入不值得,利器在手,不为所用,又有什么意义。看着这些年的积累挥霍如流水,自己还是低估了国际化的难度。

一着不慎,几个看出端倪的业内人士对于宋朝栋冒进的经营策略开始冷嘲热讽,甚至私下戏称他荣获了本年度最痴心妄想企业家的称号。

这样的情况,能不心累吗?

可郝仁没有办法安慰宋朝栋,只有弱者才需要安慰,郝仁作为宋朝栋惺惺相惜的好友,潜力巨大的竞争对手,任何一句安慰的话都像看不起对方。

喝酒,也只能沉默。

"郝仁,你会不会觉得我心比天高,命比纸薄,非要拓展欧美市场,把好不容易积累的家底消耗殆尽。"

"朝栋,你这样做一定有你的理由,不用管外人说三道四。"

"欧美市场一直被称为品牌的高地,我在英国多年,知道欧美人看不上中国货,我就是不服,想知道中国科技品牌能不能在高地活下来。是我太急于求成,以为没有海外知名度买一个品牌就好,是我太天真,技术上的短板居然想通过交易快速补齐,这趟国际化之路要无功而返了。"

"我想我能懂你,如果我是你,可能也会同样的选择。"

"不,你不会,你只会选择自研突破,你比我有耐心。"

郝仁没有问过宋朝栋的背景,想来家世并不简单,高科起初就是宋朝栋独立出资创立,在2003年TFA公司的外资注入之前,也一直陆陆续续有资金注入。宋朝栋行事大胆,这几年收购的大小企业也有十几家,硬件软件方面都有,只不过卡特电子最有名,所以传播面要广一些。

郝仁不知道自己如果以前有这样的家底,会怎么做,但从现在看来,沈同方说的就很准确直白,技术可以引进,但能力却只能自己修炼。

"朝栋,我不了解内情,不好给你经营方面的建议,但是,野心哪有这么容易实现,差距哪有这么容易填平,你别急。"

"我现在很怀疑自己,也怀疑高科能不能被称为科技品牌。但不仅我们,所有的国产手机品牌都是缺芯少屏,最核心的两个部件,芯片和屏幕100%依赖进口,真叫我难受,去了这两大块的成本,赚头少得可怜。"

"这是我们俩进入这个行业前的状态,想要改变不是一朝一夕的事。"

"我听说耀华想要自己做芯片?"

"现在才刚开始,高科也想要吗?"新闻已经报道过,算不上什么公司机密,郝仁也没什么迟疑就说了。

"我想要试试另一个。"

"另一个,你说的不会是屏幕吧?"

"是啊,也是个硬骨头啊!"

"谁说不是呢。"

"但屏幕,我家算有点基础。"

第五十九章 看谁先捅破天

郝仁琢磨宋朝栋的"有点基础"到底是什么意思。

屏幕显示器和芯片作为手机最重要的两个部分,手机厂商深入上游去做屏幕一点都不奇怪。

目前市面上做屏幕最成功的手机厂商正是来自韩国的CF公司,毫不夸张地说,CF公司的手机发家史,就是屏幕制造史。

1993年,CF公司推出了它的第一款大哥大产品,采用正是自家生产的LCD液晶显示器,整个屏幕可以显示三行,但只能是图标、数字和字母,但在当时已经是极大的突破。到了1998年,CF的手机屏幕包括信号栏在内可以显示6行,比之前的显示尺寸大了整整一倍。

进入千禧年后,CF公司的屏幕有了质的发展,开启了彩屏时代,2002年的旗舰款手机拥有4096色的高色彩显示,屏幕分辨率为128×160,图形显示非常精细,全球销量超过了2000万部,堪称当年的机王。

至此,CF公司成了全球手机显示器制造商中名副其实的NO.1。凭借财大气粗,投资丰厚,产能充足等优势,CF出品的屏幕优先自用后,还销售给其他设备厂商使用,是公司重要的利润支柱。

屏幕和芯片有个共同点,都是高投入、高风险、长周期的行业。所以耀华选择接入产品上游的方式是从芯片设计开始,而不是重资产的制造生产。

但屏幕和芯片又有不同,芯片看不见摸不着,很多性能需要长期使用才能感到差别,但屏幕是手机的门面,直接影响到用户交互的感知体验,好与坏,消费者一看便知。

所以，当宋朝栋说要深入屏幕制造时，郝仁心中着实震惊，这可是十亿甚至百亿级的工业大项目，宋朝栋哪来的资金一个人吃下来？

正想着，融在夜色里的宋朝栋笑了笑，说道："我还要谢谢你，是你提醒了我，欲速则不达，我这次想明白了。"

"这个产业门槛极高，投入不菲，而且不是有钱就能解决的问题，你可要想清楚了。"郝仁真的为宋朝栋担心。

"所以说，家里有点基础我才做啊。"

"基础？"

"做朋友这么久，关于我的家庭背景，我以为你只是表面没有问，原来你私下也没有打听过。虽然我家老爷子比较低调，但以你的人脉，随便问问人，还是很容易知道的。"

"你的父亲是？"

"宋稽山。"

"宋，宋，宋稽山，光华集团董事长？"

"正是。"

来头不小，郝仁终于明白宋朝栋身上的风险偏好从何而来，原来是背后有金山银山。

光华集团成立于1989年，是一家集研发、生产、销售、服务于一体的国际化家电企业，产品远销海内外三十多个国家地区，种类丰富，包括电视、电脑、电冰箱、厨房电器等，其中电视连续多年市场占有率全球第一，年销售量高达2000多万台。

这么说来，宋朝栋如果能成功建起屏幕显示器生产线，光自家的手机、电脑、电视的供应就足够消耗产能，摊平成本了。在自家产品上规模使用，市场检验过产品质量后，何愁没有客户。而且借助光华集团的海外网络，出口创汇也不在话下。

郝仁松了口气，宋朝栋是经过深思熟虑的，哪怕是出身豪门，宋朝栋身上完全没有那种纨绔劲，不是头脑发热的人，自己的担心多余了。

"你背后这么大个背景，哪怕隔行如隔山，也有很多集团平台资源可以用，何必又是收购又是整合的，自己捯饬这么辛苦？"

"家里又不止我一个孩子，就是我想事事都靠老爷子，恐怕也没那么容易。不过，话说回来，资金确实用了，集团人际关系复杂，能不惹就不惹吧。"

大家族有大家族的烦恼，宋朝栋高中就离开家乡一个人在英国生活，里面多少不得已可见一斑。

"你真是完全不把我当竞争对手，什么家族秘密，什么公司业务，都敢和我讲，就不怕我泄密，让你上头版头条？"

"这几天就要发新闻稿了，有什么好瞒你，再说，你搞你的芯片，我做我的屏幕，看谁先把国产缺芯少屏的壁垒给捅破了？"

宋朝栋一扫满脸的阴霾，像郝仁伸出了一只手。

"赌一顿饭。"

"一言为定。"

两人的手用力地握在一起，相视一笑。

"我说你明明想清楚了，一开始还上天台来装什么忧郁，骗我安慰你？"

"拉你上来吹吹凉风清醒清醒，怕你得意忘形。"

"我才不信。"

"我本来就是个深沉的人，你自己眼拙。"

"你不要脸……"

世界电信大会圆满结束，隋祖禹和几个研发技术讲解人员先回公司，郝仁、陈竞男和穆言三人则多留一周。

周末，穆言安排了一个小型媒体酒会，辞旧迎新之际，正好向辛苦了一年的媒体老朋友表达一下谢意，并借机拓展下香港本地媒体。

郝仁和陈竞男要准备下周三与百脑汇的会谈。这几天，陈竞男手上越多百脑汇的资料，就越明白郝仁这样一个心理素质稳定的人，遇到李泽时会如此紧张了。

百脑汇不仅仅是香港本地电子产品零售商那么简单，它的电子产品连锁店遍布东南亚，甚至欧洲各大城市也有不少门店。另外，他是零售业中最看好电商发展的，已经提前布局东南亚和印度多个中小电商，并且开始试水低端电子产品的线上销售了。

如果说李东的聚星全国铺货能力强，那么他的表哥李泽具备的就是全球铺货能力了。如果耀华能够与百脑汇签下正式合同，那么等于耀华半只脚已经踏入海外公开市场，正好与VOD的运营商销售网络相得益彰。

周三下午两点洽谈会议正式开始。郝仁、穆言、陈竞男三人坐在一边，另一边的主位是李泽，两旁是李泽的商务主管和助理。

李泽今天依旧是一身舒服的运动衫，据李东透露，李泽不喜欢被任何东西束缚的感觉，包括衣服，常说谁规定说在自己的主场一定要穿西装才正式呢？

人已到齐，李泽直接开口。

"耀华公司的情况不用多做介绍了，我们内部已经了解得十分清楚。直说了，我对你们的产品感兴趣，今天叫你们过来，就是快速定下一个合作意向。"

郝仁喜欢这样直来直去，效率高。

"李总够爽快，有什么要求你就提吧。"

"恰恰相反，我对你们没有要求，希望你们把商品的营销、销售、售后都全部交给我们。说白了，我比你们更熟悉香港市场。"李泽说着看向穆言："穆言小姐，你是负责媒体关系，你看你来香港一家家拜访主流媒体，然后再和他们建立关系，需要的时间太久了，而百脑汇深耕香港这么多年，只要招招手，哪个媒体邀请不到。"

穆言点头说道："没错，李总自然是要比我的媒体关系强百倍。"

"但是，前提条件是你们给我们的价格比聚星低一成，销售返点我们要求不低于8%。就当百脑汇为你们产品提供全方位售前售后服务的费用。"

"这个条件可不低。"郝仁大致判断后说。

"但你们省不少事。"李泽不容置疑地说。

郝仁在香港销售新手机的目的是练兵，利润可接受度高，李泽说的这些对一个新进去的品牌倒是合理，只是郝仁想多要一些别的资源。

"李总，百脑汇在东南亚等地也有零售网点，是不是也可以把我们的其他机型一并带出去试水。"

"原来在这等着我呢？可以是可以，条件也是一样的，本地销售资格认证你们自己去做。"

"耀华是有诚意的，这次就都看李总的意思了，但我能不能提个条件。"

"请讲。"

"让一些耀华员工到百脑汇深入学习，一同协助耀华产品销售。"

百脑汇经营海外市场多年，是耀华进军海外的好老师，郝仁打算让陈竞男遴选一批种子选手到百脑汇兼岗，一方面保证耀华产品信息能够随时准确传达，另一方面，跟着百脑汇把海外销售的门道摸清楚。

"行。具体的细节你和我的商务总监谈，我还有个会，先走了。"

本以为大的方向定下来后会很快，没想到百脑汇的代理政策和合同异常复杂，郝仁把商务和法务人员从深圳叫过来，接连讨论了整整三天。

就拿促销来说，在内地，都是厂商下达，代理执行。百脑汇则要求和耀华一同商量制定，并且要无条件配合百脑汇的各种产品套餐促销活动。

原因在于百脑汇最大的资产是持卡会员，拓展新客户的成本远远高于维持老客户数倍，与持卡会员建立并维持良好关系，是最具性价比的营销模式。

百脑汇卖谁的品牌不重要，提高顾客平均消费金额才是关键，积分、礼包套餐、金额减满等会员独享的优惠，正是要最大限度地发掘老顾客需求。于是，合同里明明白白写了近百条厂商义务，叫人眼花缭乱。

合同正式签下后，三人的港澳通行证只差一天过期，顾不得签约庆祝，匆匆回酒店收拾行囊，顶着如血的残阳一路狂奔，如倦鸟归巢般回到深圳。

第六十章　　海外将士召集

郝仁这两周在香港累坏了，回到家饭也不吃，洗了个澡后，脑袋在碰到枕头的瞬间就失去意识。

在梦里，郝仁反复沉沦，记忆里的很多旧面孔如同展会上的人流，一遍遍从自己身边走过，也不说话，往事过眼云烟，熟人形同陌路。郝仁下意识地悲伤，昏昏沉沉间，闻到一股浓郁的鸡汤香味飘过。

郝仁用力睁开眼睛，好半天，才涣散的目光才重新聚焦在一起，看见床头的钟指向 11 点 50 分，猛地坐起才想起来，今天是周六，不用上班。

出了房间坐在沙发上，郝仁透过阳台的轻薄纱帘看到，外面有个纤长的身影再给绿植浇花。穆言喜欢植物，自从郝仁把钥匙给了她一把后，她就今天搬一盆明天搬一盆，在阳台上摆得错落有致，绿意盎然，让郝仁一套整齐得有点冷冰冰的房子平添几份生机。

像家了。

这时候，手机突然响起来，是母亲来电。

"喂，儿子，干吗呢？"

"妈，刚起床，怎么了？"

"你当舅舅了，郝娴生了，是个大胖小子，我们现在在医院。"

"真的！太好了。我妹现在怎么样？"

"累得睡着了，我出来走廊打，就不把电话给她了。"

"不用，不用，好好休息。"

"郝仁，不是妈说你，你也老大不小了，怎么还没对象，你要有个对象，周末就有人叫你起来吃早饭，不吃早饭对胃不好。你看，郝德有你这么大的时候，早就……"

郝仁最佩服老娘的就是，什么都能扯到找对象去，睡晚了是因为没对象，工作忙是因为没对象，不好好吃饭是因为没对象。

阳台门关着，穆言听不见里面说话，此时浇完花，转身微笑看着郝仁，微风吹起她的长发，美得不可方物。

要不要带穆言回老家，吓一吓家里人呢？算了，二人世界还没有过够，还是再等等。

"喂，在听吗？你这孩子怎么不搭话。"

"在在在，我心里有数，你们等着吧。"

郝仁如今回家过年，是成竹在胸，心里不慌了。

周一到了办公室，郝仁看到了好久不见的汤媛，整个人瘦了，也更神采飞扬了。

"郝总，北京、上海、西安、武汉四地的研究所新员工全部搬迁完毕，你什么时候有空能去参观参观？"

"忙完这阵子就去。有事麻烦你去办。"郝仁突然想到汤媛已经不是自己秘书了，又说："忘了，我现在的秘书不是你了，我去叫小陈。"

汤媛听了还不高兴了，说道："什么事是小陈干得了，我干不了的？"

"行行行，麻烦你帮我通知下竞男姐、隋祖禹、穆言和冯都都，下午2点做世界电信大会复盘，还有你。"

"我？"

"对，你也来。"

汤媛终于找到那种久违的感觉，这半年大部分事情都要自己拿主意，偶尔干点不经大脑的事务，莫名有种放松的感觉，于是，高高兴兴回自己的办公位去发会议通知去了。

陈竞男和冯都都接到电话就放下手里的活,到会议室等候。隋祖禹一开始听到汤嫒的声音挺兴奋,得知是郝仁召集复盘会,知道肯定有进一步的安排,于是又把这次香港客户交流过程中提到需求点又整理了一遍。

复盘是一个围棋术语,本意是对弈者下完一盘棋之后,重新在棋盘上把对弈过程"摆"一遍,看看哪些地方下得好,哪些下得不好。

在现代企业管理中,复盘是对结束的企业活动进行总结的过程,以往的研发工作中,郝仁就习惯第一时间对每一代产品进行目标回顾、结果评估、原因分析、计划制订。接任耀华终端之后,他要求所有工作后都要以复盘结束,只要完成这四个步骤,得失了然于胸。

下午两点,会议正式开始。

郝仁见相关的人员都已经到齐,便说:"世界电信大会已经结束,第一次参加展会,有很多考虑不周的地方,老规矩,我们今天就复盘总结一下,不捂盖子,就事论事,从营销侧开始。"

穆言站起来说道:"截至今天,关于耀华参加世界电信大会的报道共有579篇,其中,行业垂直类媒体134篇,综合性媒体410篇,剩下的是自媒体。数量上来说,已经达到了预期,但质量还有待提高,有几个方面,一是媒体的报道篇幅低于竞品,原因一是我们内容准备不够丰富,二是我们对待突发事件的能力不足,比如和百脑汇的合作没有及时报道出来等……"

展会是了解对手产品最好的机会,隋祖禹接待客户之余,到各展台刺探竞品情况,出具了一份分析报告:"这次展会手机数据服务唱主角,国际巨头MOT这次展示了多项技术和应用,包括视频、GPS,NGI等,有一个变化就是以往MOT高端商务机占主角,但这次同时推出了中端超薄手机,主打轻松易用,适合入门;低端时尚手机,价位低到千元以下,可见下一代网络时代,MOT想通吃……"

"过了这么多年,三巨头的国内位置还是很难撼动,CF不好好和他们缠斗,还有心情整天找我斗嘴。"郝仁想起展会上斗鸡一般的韩在舟,顿觉十分无奈。

"竞男姐,你继续吧。"

"好的,整个展会共计接待客户169位,其中受邀客户73位,散客

96位，商业线索23个，其中预估订单金额较大的是VOD和百脑汇，现在都已经有专人跟进了，后面涉及产品定制或者排产需求，会整理后再和隋工和姜总讨论……"

"总结完了，例行的工作我就不提了，都是行活。我今天特别把冯都都和汤媛叫来，是有一个重要的事要和你们商量。"

汤媛刚才还纳闷呢，坐了一下午，终于听到和自己有关，立马来了精神。

"如今我们开始进入海外市场，当务之急是筹建海外人才队伍。我周末也咨询了有外销经验的老同事，海外运营成本高，初期不宜大操大办，可以把队伍复制一份拉过去，我们要建一支以销售、服务、解决方案为核心的铁三角队伍，营销、行政、财经等打辅助，为铁三角提供强力支撑。"

"是要社会招聘相关经验的熟手，还是从内部选拔呢？"冯都都问道。

"分情况，解决方案和服务的人适合从研发选拔，新招聘的不熟悉产品。销售的可能要招聘一些，目前国内销售人员中英语能拿出手的不多，选拔出来先送到百脑汇去锻炼，适应海外市场环境。"

陈竞男明白了为什么与百脑汇谈判过程，郝仁提出让一些耀华员工去兼岗，原来是要借别人的沙场练自己的兵。

想到这，陈竞男给郝仁暗暗在心里翘了个大拇指，免得众人面前显得马屁精。

"竞男姐，你这边的事要想深一些，去百脑汇锻炼的人不仅要学习如何在海外和渠道打交道，还要学在海外如何开店。"

"我们要开自己的门店了吗？而且是在海外先行？"陈竞男觉得这个思路，有点还没学会走就要跑了。

"要准备，无论海内外，任何的依赖性都不好，无论渠道还是技术。"

"明白了。"

"汤媛，等海外销售国家定下来，研究一下员工的后勤问题，员工在国外工作不比在国内，一定生活上要多多照顾。"

"好的，到时候我会实地考察下。"汤媛应下。

"冯都都，公司内发召集令吧！"郝仁起身强调。

"选精兵强将，在海外，一个人要能撑起一个团。"

周三，一封远征军召集令发到了每个员工的邮箱。

"耀华从诞生之日起，就有一个关于远方的梦想，国内市场不是最终的归宿，海外还有广阔舞台。

"即日起，愿意到海外发展的兄弟姐妹可以点击下方报名按钮，更多福利补贴信息请查看邮件附件，报名截止日期本月 15 日。

"期待我们一起，走向星辰大海。"

像一枚石子投入平静的湖面，到海外一时之间成为近期耀华的最热员工话题，茶余饭后只要一有时间就能聚齐一群人各抒己见。

"我看海外补贴都是给你们单身汉的，我拖家带口怎么走？"

"政策你没看，有家人同去的，家人也领一份工资。"

"再想想吧，这可不是小决定。"

"可不是，公司都给一个多月时间思考。"

"邮件说了，报名了也要考核语言和业务，不是想去就能去的。"

……

陈虎眼睛直勾勾地看着邮件，李子健手掌在他面前晃了晃。

"虎子，你想去？"

"嗯，想去，还没有出过国。"

"可，不是欧洲美国，是非洲。"

"你看这个补助，发美金，一睁眼一闭眼，几十美金就到手了，和天上掉馅饼一样。你不去吗？"

"我不去，隋工好多项目还在我这，我肯定走不开。"

"我的项目正好快结束了，我现在就要报名了。"

"非洲很艰苦，要不要再想想？"

"不想了，就是现在。"

第六十一章　万事还有你我

展会结束两周后，VOD 的考察团出现在耀华公司。

除了已经打过交道的西非高级副总裁艾瑞克·菲洛斯和西非采购主管艾米·阿克，负责整个非洲终端业务总裁戴维·劳伦斯也来了，随行三个技术高级工程师、两个谈判官和一个中文翻译。

一行人浩浩荡荡抵达深圳后，就迫不及待前往耀华终端公司的工厂参观，敬业程度刷新了隋祖禹以前对欧洲人拖拉的印象。

郝仁经过这几天的资料查阅，对 VOD 的急迫心里有数。

这个国际通信巨头过去这几年过得不好。

在品牌根基的欧洲市场，VOD 面临增长缓慢，不断饱和的压力。三年来，VOD 为布局未来网络，斥巨资拿下欧洲多国 3G 牌照，无奈消费者使用习惯一直没形成，投资无法收回，一半打了水漂。反而是 VOD 曾经 3G 牌照拍卖会上的手下败将，通过 2.5G 网络赚得盆满钵满。

在日本，作为跨国运营商的 VOD 却又慢了一拍。欧洲人对亚洲人的惯有轻视，让他们想当然地把日本 3G 网络建设排序放欧洲各国后面。没想到英国虽是世界第一批建设 3G 网络的国家，日本却爆发式增长，成为全球 3G 用户占比最高的市场。VOD 悔不当初，第一季稻谷被本地竞争对手割走，尽管后来追加投资 24 亿美金，却难掩颓势，落后其他先发制人的厂商一大截。

VOD 毕竟驰骋国际市场多年，知道失之东隅，收之桑榆。目光迅速转向新兴国家市场，东南亚和非洲。以新兴市场的高速增长，为重返欧洲日本赢取时间。

于是，当其他运营商在竞争激烈的红海市场血拼时，VOD 全球搜索适合新兴市场的终端产品，吸引用户尽快入网，恰巧在世界电信大会上相中了耀华。不过展会上吹得天花乱坠不足信，还得实地眼见为实。

耀华第一代产品耀华 T1 上市后，由于代工和自有品牌产能矛盾，隋祖禹提议引入 ERP 资源管理系统，并进行企业管理变革项目。如今经过这两年的不断优化，整个公司管理效率今非昔比，直观地体现在生产线上。

工人有条不紊地在生产线上忙碌，数据看板上一个个数字鲜活地跳动，向访客展示熟练的操作能力和高效的生产能力。

郝仁自己看着觉得很自豪，余光一瞥，旁边的 VOD 客人依旧不苟言笑，目不转睛地看工人操作的每一个步骤，随同而来的技术工程师直接凑近去看。

高建军新员工培训完又被郝仁返聘回来，做耀华手机产品线的质量指导。

他站在郝仁身后，悄悄凑耳边说："这几个人是行家，还好我们水平也不是盖的。"

"高师傅，那个黄卷毛看什么呢？盯着热熔设备老半天了。"郝仁低声问。

"他在看热熔头。热熔头在处理卡槽的塑料时,用久了塑料残余会粘上面,如果不及时清理,热熔头的温度降低,产品设定的参数会发生微小偏移。"

郝仁大惊,没想到VOD客户看这么仔细,自己海外召集令都发出去了,万一这关没过,岂不是成了全公司的笑柄。

高建军看出郝仁心思,宽慰道:"担心啥?不相信自家产品线?"

"哪能?"

"放心吧,我自己带的人心里有数。"

果然,被盯住的女工停下来,清理完塑料残余才继续操作。

大家继续朝前走,郝仁发现这排工位有点不一样,几个月前他才带着沈同方来这看过应届毕业生打螺丝。

"发现有什么不同吗?"高建军问。

"多了一个机器手臂?"

"我们安装了垂直手臂,这样螺丝就不会打偏了,夹具除了标注打入顺序,还设了个巧件,手机放进去后,如果不打完螺丝就不会松开。别看改动不大,缺陷率从2000ppm降到了5ppm,这个数值保管客户满意。"高建军得意地说道。

郝仁叹服,返聘高建军其实是因为师母李秀梅。高建军退休后,在家闲不住,下棋跳舞他不爱,不是把院子挖得泥泞不堪,就是和李秀梅吵架斗气。李秀梅没法了,只好找郝仁帮忙给高建军找个事做,钱多少不要紧,不要整天待家里就行。

可高建军是谁?几十年的老工人,进了厂,怎么可能做闲职呢,可不就到处发光发热了。

"辛苦高师傅,又天天加班了吧?"

"钟楠那小子提醒我的,别说大学生脑袋真灵光。"

这时,VOD的那个黄卷毛工程师朝郝仁走过来,问自己能不能随便找个工人聊聊。

郝仁点头同意,心想怪不得参观不要讲解,原来是不看广告,要看疗效,直接和工人对话了解真实信息。

黄卷毛工程师手气不错,抽中的女工正是高建军最得意的徒弟,各种问题对答如流,6S车间管理要求也能张口就来。

VOD的所有人总算认可耀华全国第一代工大厂的生产实力，最终双方签下为期2年的合作意向书，耀华将为其提供符合品牌标准的定制手机，具体的细节沟通后续则由相关人员跟进。

当晚，郝仁叫上穆言和陈竞男，请VOD的外宾到地王大厦顶楼旋转餐厅庆祝，合作谈成，几人都挺高兴，一杯接一杯地喝。

酒已半酣，郝仁独自一人走到落地窗边，透过玻璃俯瞰整个城市。灯火密集璀璨，连成了张闪亮的网，不远不近的地方，暗夜之中有一条河将两处灯火分隔，一边是香港，一边是深圳，同样的高楼林立，同样的灿若星河。

郝仁想起大学毕业刚来深圳的那会，赵扬也带他来过这里，那时候是傍晚，泛红的余晖里，近处是人间烟火的民房，远处才是鳞次栉比的大厦。短短十几年，如今已是一个世界，两处繁华了，没差了。

艾瑞克·菲洛斯喝多了，摇着红酒杯，满脸通红朝郝仁走过来。

"这里好美，中国发展太快了，深圳速度更惊人，90年代我从这里往下看，还到处都是工地呢。"

"我在深圳待这么多年，也觉得一天一个样。"

"真应该带韩在舟来长长见识。"

郝仁很奇怪，这时候提起韩在舟做什么，但在客户面前互相碾压竞品不太体面，只好答非所问地敷衍："韩代表负责中国区，应该去过中国好多地方。"

"他这几年才来中国的，要不是原来负责中国区业务的人受贿被抓，也轮不到他了。"

"我和韩代表不怎么熟，CF公司内幕我知之甚少。"

"他真应该多走走，体会到新兴国家的变化，就不会这么自大了。你知道吗？韩在舟有多自以为是，之前我们逛了逛你们的展台，没多久他就派人给我们递了一堆耀华的黑材料。"

"说点什么呢？"郝仁挺有兴趣知道。

"说你们质量差，在中国只能在农村卖，城里人都看不上，说你们土……"

郝仁心中窃喜，韩在舟自始至终都是神助攻，非洲市场不就是想要这样接地气的产品，不过面上不露声色地说道："他说的也是事实，我们确实市场份额不够高，正想从一二线城市抢夺点他们的蛋糕。"

艾瑞克·菲洛斯迷蒙地看着郝仁,摇摇头说道:"CF产品质量也没有怎么样,各种毛病,没想到能在中国卖这么多,你们中国人只喜欢舶来品?"

"以后我们起来就没他们什么事了。"郝仁坚定地说道。

夜已深沉,宾主尽欢散去。

郝仁知道重赏之下必有勇夫,给海外派遣员工的福利待遇较国内有了质的提升。工资不变,额外每天有艰苦补贴、饮食补贴、离家补贴等,如果携带配偶一同前往还有探亲机票和补贴。

陈虎粗粗算了一笔账,海外吃住都可以报销,算上工资和各种补助,待不到两三年,就可以买一套80平方米的房子在这个城市立足了,挣钱速度简直如同坐上了火箭一般,噌噌往上蹿。

利诱之下,报名的人实在太多了,基本都是陈虎这样无牵无挂的小年轻。外派名额明显不够,只能进行择优选拔,考专业、考英语。

这下公司办公大楼摇身一变成了学校,员工每天早出晚归,利用工作之余争分夺秒地进行外语学习。一上午,郝仁走向办公室短短20米的过道上,就能撞到两三个抱着书背单词的员工,都不知道应该鼓励还是批评。

最终,外派报名人数共有138人,通过商务英语考试和专业考试的员工只有23人,可见筛选之严格,完全按照郝仁要求的精英中的精英来选。春节过后,这23人将陆陆续续地派往东南亚和非洲等地。

临近春节,今年耀华的年会比往年都要盛大,除了传统的吃饭颁奖,还特别为这二十三名员工举办了送行仪式。

赵扬对耀华终端短短三年,直接从国内冲到海外十分惊喜。虽然耀华的代工业务一半以上也是出口,可是到底是贴着别人的品牌,由别人带着走出国门的,和用自己真名走出去的到底不同。

看着眼前这些朝气蓬勃的年轻人,赵扬想起自己刚创业时候的样子,也是单枪匹马地就要去外面闯荡。有的国家哪怕打开地图,都要花很久的时间才能找到,他们也就这样毫不犹豫朝着未知进发了,绝非勇气可嘉能形容。

陈虎觉得今天是自己人生的重要时刻,如同一个勇士般在出征前接受将军和战友的祝福。陈虎相信自己会是开疆拓土的猛将,相信自己会在异国他乡干出一番事业,此刻站在舞台,竟然想要怒吼一声,以表决心。

赵扬和郝仁已经走到面前,准备给陈虎任命书。

"陈虎,还记得以前一起调研时我问过你的问题吗?让你重回农村做市场,你敢不敢?"郝仁问道。

"记得,只是我没想到是外国的农村。不过没关系,我说到做到。"陈虎说道。

"没错,年轻人就是应该像这样天不怕地不怕。"赵扬说完,把任命书颁给陈虎,走向下一个人。

待任命书颁发后,赵扬发言完,郝仁重新站上舞台举起一杯酒,对即将出海的 23 人说道:"从今以后,你们就出去挣美元了,只管铆足劲开辟新天地,不要有任何后顾之忧,你们身后是全体兄弟姐妹的支持。一定记住,无论遇到什么困难,万事还有我们。"

第六十二章　非洲大陆你好

2006 年的春节比往年来得更早,大家提前拿到年终奖,喜滋滋地开始收拾行囊回老家了。

郝仁最近心里有事,临近假期都开心不起来。和穆言在一起快半年了,自己是真心想要和这个女人走下去。家里老娘隔三岔五地催促找对象,郝仁有心想要带穆言回四川见见父母,可一想到她不愿意公开和自己的恋情,是不是也不想告诉双方父母。

郝仁心思百转千回,设想了多种探究的方式,最后想想可能相处时日尚短,深入交往一些日子再说,免得让穆言有压迫感,觉得自己轻浮,于是,断了自己有些操之过急的念头。

穆言这边呢,心里有疑问说不出口,几次听郝仁和家人通电话,只言片语似在催婚,郝仁也不说自己有女朋友,只是一贯敷衍。

难道自己不是他命中注定的那个人吗?但平时两人相处又无比合拍,郝仁事事以自己为重,甚至可以说是无微不至,连家里的猫都有叛变的迹象,穆言有点看不懂了。

临行前,郝仁低头给穆言检查行李。

"你看看还有什么要带的?我给你爸妈买的礼物放在箱子右边,到了你记得拿出来。羽绒服放最上面,一下飞机你就拿出来穿上,我查了南京气温只有零下5摄氏度……"

穆言抱着一杯茶在沙发上听郝仁事无巨细地交代，仿佛自己是第一次出远门的孩子。

"郝仁。"穆言轻轻唤他。

"嗯。"郝仁抬头。

"你这次回家有没有忘记带什么？"

"没有，我一个男的，带几件换洗衣服就行了。"

"没有了吗？"

"好像没了？怎么了？"

"没事。"

郝仁心想，怎么问得没头没脑的，男人去哪不是提脚就走。

穆言心想，唉，怎么想不起带我呢？

陈虎当初一腔热血报名申请去海外拓展，根本就是自己的主意，打算过年再和家人说一声。

陈虎年前请了两天假，下了飞机坐着大巴车绕着盘山公路行进。云南的天气一山有四季，十里不同天，随着海拔的升降，陈虎身上的毛衣穿穿脱脱几次，总算到了村口。

还没进家门，就听到院子里猪叫狗吠，一家人吵吵嚷嚷，热闹非凡。陈虎往屋里喊了一声，全家人出来迎接，一看什么七大姑八大姨，认识的不认识的亲戚都来了，显得他家的大院子都有些拥挤。

村里的人如今都知道陈虎出息了，在大城市跟着有钱的老板干得风生水起，工资高得一年就能给家里盖一栋楼。听说陈虎今天回来，但凡沾亲带故的全部一窝蜂拥入陈虎家中，看看能不能见到听到一些稀罕玩意。

陈虎妈爽快好客，只要进门的人通通招待，一边张罗老头子杀鸡杀猪，一边给客人递烟递糖。

"虎子，回来了。"

"嗯嗯，叔叔孃孃好，姑爹姑妈好，舅爷舅奶好……坐坐坐……"

陈虎光是打一圈招呼都用了好几分钟，对比自己童年时，作为全村的困难户，就是走亲的大年初一都没什么响动，工作后这些年才知道自己家竟然有这么多亲戚。

陈虎妈看陈虎一脸风尘仆仆，递过来一条温热的湿毛巾叫他擦擦脸。

"虎子，你坐一会，马上开饭。"

陈虎老舅放下手里咕噜作响的水烟，凑过来问："虎子，你这次给你妈带什么了？你妈拉扯你们几个娃不容易，可别挣了大钱忘恩负义啊！"

"没喝酒就说胡话了，他家的房不是虎子出钱盖的。"陈虎的二姑妈瞪了一眼挑起沉重话题的老舅，扭头对陈虎说道："虎子，大城市一个月能挣多少？你出息了，你哥中专毕业在家愣是找不到什么好工作，去你那能帮忙找工作吗？"

"虎子，有女朋友了吗？都说城里的女人不靠谱，还是同乡好，知根知底，要不三孃给你介绍。"

陈虎听着大家七嘴八舌地议论自己，连连摆手，说道："我很快就不在深圳了，我要外派非洲了。老舅放心，我会对我妈好。二姑妈，找工作得先投简历，面试上了再去，大城市不好托关系。三孃，对象算了，谁愿意和我去非洲……"

大家突然安静了，陈虎妈放下手里的活，跑过来把陈虎拉进屋质问道："虎子，去什么非洲，怎么没有提前和家里商量？是老板强制要求的吗？"

"我自己申请的，我想出去闯闯。"

"从云南闯到广东还不够，还要闯非洲。非洲是什么地方，电视上说那里很危险，你们能卖什么呀？"

"公司要拓展海外市场，非洲很大，不是所有地方都一样，我肯定会很小心的，挣了钱给家里改善生活。"

"钱多少才够啊，差不多得了，你从小是个有主意的，妈管不了这么多，你自己想清楚。"

说完，陈虎妈出了房间，陈虎也跟着出来了，大家又七嘴八舌围了上来。

"非洲有很多传染病，很危险的。"

"上街都要拿把枪，到处都是抢劫的。"

"虎子，你果真要去卖命啊？"

……

新年在热闹中很快过去，陈虎以为家人默认了自己的决定，没想到一来公司，郝仁就把陈虎叫到办公室。

"你妈昨天给我打了电话。"

陈虎脑子嗡的一声，不知道自己妈啥时候翻到老板电话，为什么自己给郝仁电话备注耀华老板。不知道他们会说些什么，郝仁不会取消他的外派资格了吧。

"郝总，这……"陈虎支支吾吾没想好怎么说。

"你有个好母亲，她说支持你的决定，但是很担心，所以电话问问公司有没有什么措施保证员工安全。多谢她的提醒，我深感儿行千里母担忧，让 HR 和行政安排妥当再让员工外派，也统一给大家的父母做一次沟通。"

"多谢，郝总。"

"我应该谢谢你们，外派的事你再考虑考虑。"

"我考虑好了，去。"

陈虎没有想到出一趟国这么麻烦，签证、体检、打疫苗，所有都办完，十天半个月过去了，就等公司一声令下就出发。

兵马未动，粮草先行。在外派员工出发之前，汤媛已经带上两个员工登上了前往尼日利亚的飞机，这正是陈虎外派的目的地，VOD 的非洲重点国家。

本来郝仁不同意汤媛一个单身女性前往非洲，汤媛却认为，作为行政主管，自己有义务在员工抵达前安排好一切。而且，她的内心无比地渴望做踏出第一步的那个人。

于是，汤媛三人从香港出发，在迪拜转机，然后再前往尼日利亚首都阿布贾。

汤媛临窗而坐，身边是一同出行的张舟和庄晓丹，这是一架一排只有四个座位的小型飞机，在云层之中穿梭，如同寒风中打着旋的落叶，随着气流剧烈地颠簸，震得三人胆战心惊。

经过十几个小时的路程，飞机终于开始下降，汤媛透过车窗看到了薄薄轻雾笼罩下的城市，方块状的房屋像积木一样排布在平原上，五颜六色，密密麻麻。

尼日利亚是非洲第一人口大国，总人口 2 亿左右，占非洲总人口的 16％，同时也是非洲第一大经济体和非洲能源资源大国，经济相对比其他非洲国家好不少。尽管如此，这个国家抢劫、偷窃、帮派冲突等暴力事件频发，汤媛一行人初来乍到，不得不处处小心。

出了机场，三人乘坐面包车前往市区酒店，为了保险起见，节俭如汤嫒也不得不选择最有保障的五星级酒店。

经过一晚的休息，三人都恢复了精神，立时就要启动尼日利亚代表处的建设工作了。餐厅碰头后商量后，三人决定先一同去大使馆报备，然后兵分两路，汤嫒和张舟物色办公地和员工住处等，庄晓丹则到政府机构提交注册申请。

汤嫒昨日在酒店订下辆小面包车和一个司机一个保安，早餐过后，三人都上了车。庄晓丹坐后面，汤嫒和张舟坐中间，前面是司机和保安，保安手持枪支，司机头戴毡帽，两人都如铁塔一般魁梧，显得三人格外娇小。

不一会，三人找到了大使馆，找到了经商处。随着我国"走出去"对外投资日盛，来到尼日利亚的中资企业越来越多。才上午十点，经商处来办事的访客已经开始排队。

汤嫒取了号，前面竟有10人等待，便巡视大厅一周，四下找人取取经。

来这里办事的人大多三五成群在交谈，位置几乎被坐满。汤嫒在房间的东南角看到一个空位，旁边一个中年男子在独自翻阅资料，便走过去坐下来。

"你好，请问你是一个人来吗？我是耀华终端有限公司的汤嫒，可以坐你旁边吗？"

来人抬眸，看了汤嫒一眼，把身子往里面挪了挪，让汤嫒坐下。

"请坐，我是中国铁建的陈晨。"

"你是第一次来阿布贾吗？"

"我在这里工作六年了。"

汤嫒大喜，虽然来之前已经查阅了不少尼日利亚的资料，但真正落地发现资料里面有真有假，比如上面提到的房屋中介，昨天询问酒店竟然无人知晓。

于是，就把心中的疑问一股脑地朝陈晨抛出。陈晨是个实在人，从包里拿出一张城市地图，事无巨细地为汤嫒解答起来。

"出门在外，最重要的一是安全，二是方便，我们中资企业大多在几个富人区租住别墅，有的办公住宿一体，有的在市中心还有租办公楼，聚集在一起可以互相照应。阿布贾不比国内，经常停水停电，富人区相对好一些。我给你推荐一个中介，你可以到这个，还有这个街区找找，一般租房两年起,价格根据设施不同,大约……"

汤媛庆幸排队的时间足够久,办完事出来后很多情况已经胸有成竹。

第六十三章　送人过来陪你

汤媛和张舟按照指引,找到了陈晨推荐的那家房屋中介。一个英语很好的高大本地黑人男子接待了两人,了解住宅需求后,便带着两人前往外籍人士和外交官比较集中的 Maitama 区逐一看房。

尼日利亚基础设施落后,若不是一路坐车过来,道路两旁尽是低矮的棚户草房,汤媛简直不敢相信这一小片普普通通的楼房就是阿布贾的富人区。

几人在一栋白色小楼前停下,中介男子掏出一串钥匙开了铁门,一边介绍房屋状况,一边带人进门。

"这栋楼一共五层,地下一层,地上四层。设施完备,家具齐全,厨房可以直接开火,游泳池、健身房、花园都可以使用,主人是黎巴嫩商人,很好说话,价钱好谈……"

汤媛看着空荡荡的房间和荒草丛生的院子,心想哪来的家具齐全。

中介男子看汤媛兴味索然,立刻补充道:"这里 24 小时有水有电,已经一年多没有断过电,就凭这点,就超出了大多数人的想象。"

这样一说,汤媛想起陈晨初来尼日利亚时常断电的经历,对这套房的感观立马好了很多。又见后院一棵凤凰树正红得娇艳,像极了天上随手扯下的一片晚霞。这种树深圳街道上很多,在这里看到,让远离家乡的人也有了寄托。

"张舟,我看这种五层的小楼应该能满足现阶段的需求。一楼做厨房餐厅,地下室做个健身房和杂物间,二楼做办公地和会议室,昨天我和郝总商量,现在业务量还没有这么大,办公室可以慢点租。三楼四楼就是员工宿舍,常驻的员工应该够了,短期出差有房间就住这里,没有就暂时住酒店。"

"可能房间需要再多几间,考虑还有厨师和保安。另外,院子再大一些可能更方便员工锻炼,不然我们再多看几家。"

"还是你考虑周到,我们再看看。"

汤媛当然不会马上定下来,还要考虑一下交通、餐饮等各种问题,于是，两人在这个区逛了好久，接连又看了好几套房，都只是记下，没给订金。

这样，下午很快过去，日已西垂，两人告别中介，匆匆赶回酒店，避免夜晚在外面逗留。

接下来的日子，汤媛几乎把陈晨推荐的片区都看了个遍了，最终定下了一套五层楼带泳池院子的小洋房。保姆保安也从一家中介选定，等国内员工过来就可以到岗。厨师汤媛则听从陈晨的建议，从国内带一个过来，中国菜是缓解乡愁的良药。

另一头，庄晓丹经历一些波折，总算完成代表处的登记注册。长期以来，尼日利亚腐败现象严重，庄晓丹去登记注册，办事人员明里暗里提示他要一些好处费。一开始，庄晓丹想着这种费用回公司不好报销，就拒绝了。不想申请表泥牛入海，没了踪迹。只好来回跑了几趟，最终还是给了钱才办下来。

一个知情人和庄晓丹说，在这里谋生的中国人不少，这边的政府官员定期会查华人的从业证件，过期或者不齐全给予处罚。结果，很多商人不守规则，不按时登记延期，每次查就拿钱了事，本地官员吃了一两次甜头，查得更频繁了，甚至没事找事。

庄晓丹回来把这些情况和汤媛说了，汤媛就着手开始编撰员工尼日利亚生活守则，把诸多注意事项在里面着重标注。

在大家都在为新的一年争取良好的开局时，郝仁手上已经拿到 2005 年的国内手机市场分析报告了。

一言以蔽之，哀鸿遍野。

2005 年手机市场最大的政策变化就是，年初国家发改委正式颁布《移动通信系统及终端投资项目核准的若干规定》，移动通信产品投资项目由审批制改为核准制，实施长达六年的手机制造牌照制度正式终结。

1999 年以来的手机牌照制度虽然本意是保护国产品牌，却把很多有实力的企业拒之门外，也造成有牌照的厂商利用牌照寻租，引发广大厂商的不满。2004 年，一家叫奥斯的厂商甚至将信息产业部告上法庭。

从 2005 起，牌照制被废止，只要企业满足规定中要求的资质、资金规模和技术实力就可以递交申请。如具备 3 年以上经营历史、手机投资项目的单位注册资本不低于两亿元人民币、具有完善的开发平台和研究环境，具备完整的整机、单元电路硬件设计能力及结构外观设计能力等。

这一规定推出后，具备手机制造的厂商由 2005 年前的 37 家，一年之内飙升至 100 多家。入市的企业中有很大一部分来自家电企业，他们本身就具备良好的制造能力、销售渠道和资金优势。而手机行业 30% 的利润空间，相比家电行业的 10% 堪称暴利，极具诱惑力。

　　高端市场由国外巨头把持，地位稳如泰山，新入局者来势汹汹，势必给本已刀光剑影的中低端市场带来巨大的冲击，利润空间接下来将受到严厉的打压。

　　更重要的是 2006 年已经是我国加入世界贸易组织的第五年，按照约定，部分电子科技产品要实行零关税了，涌入的国外巨头会更多，国产品牌完完全全被拉齐到一条线竞争。

　　郝仁叹了口气，天下熙熙，皆为利来，天下攘攘，皆为利往。有利润空间的地方就有新竞争者，手上若没有点自研的真材实料，迟早科技产品卖成白菜价。

　　高端市场虽然门槛高，但每一波市场冲击，最不受影响的就是高端市场，高端市场用户品牌忠诚度高，价格敏感度低。郝仁暗下决心，无论多艰难，都要向着这个方向迈进，不要在这个价格战的泥沼沉沦了。

　　市场瞬息万变，郝仁破局办法还是照旧，一方面，着眼于未来的技术开发，下一代网络的脚步越来越近，耀华要尽快在市场中优化 3G 手机，等中国市场 3G 网络开放好一鸣惊人，抢占先机。另一方面，持续挖掘利润空间，国内市场热烈，就扩展到海外。这一点宋朝栋想得比较早，虽然过于激进广受诟病，但郝仁认为他的思路极为正确，耀华能做的就是步子迈得更加稳健一些。

　　从数据上看，2005 年全国生产手机 30306.09 万部，比上年增长 22.2%，前四依旧被酷美、MOT、爱达和 CF 四个国外巨头占据，宋朝栋的高科掉到第五，耀华位于第九，不上不下。

　　不过，郝仁现在已经想明白了，不会过分在意这些数据，草草看过后就放下手中报告，出了办公室，去找隋祖禹。

　　隋祖禹正在会议室和李子健、齐飞华讨论 VOD 的订单。

　　VOD 的合作协议虽已经签下，但提要求却一点都不含糊。齐飞华按照对方的要求逐一优化，通过第三方机构检测后才送审 VOD。没想到一周后送审材料被打回来，说还需根据非洲市场做产品差异化。

　　看到郝仁进来，隋祖禹就把 VOD 的事详细说了一遍。郝仁听了后也没什么头绪，满脑子都是行业趋势分析，却无从下手。

"不然先休息一下，换换思路？"

"行，大家休息十分钟。"

隋祖禹已经讨论了三小时，浑身疲惫，听郝仁这么说，就坐下来转动有点劳损的肩膀脖子，弄得骨头咔咔作响。

"我刚翻了 2005 年的分析报告，各厂家手机的功能点都是你有我有大家有，所谓的差异化只是根据客户需求重新组合。我举几个例子给你开开思路，多媒体手机，游戏音乐开道，比如爱达就一直把娱乐优势发挥到极致。拍照型手机，发展最为迅速，去年初才 80 万像素，年底酷美就已经发布 200 万像素手机……"

隋祖禹听郝仁说得脑袋嗡嗡直响，郝仁看到这些报告没毛病，然而都是基于发达国家消费者的分析，耀华想要的非洲本地消费者根本没机构研究。

"说实话我们缺乏客户洞察的部分，得真的调研过本地消费者才知道，不然坐在办公室规划的产品差异点，十有八九南辕北辙。"隋祖禹说道。

这时，郝仁的手机铃声响起，是汤媛。

"郝总，我这边进展顺利，代表处的手续办理完毕，员工住处和生活设施也敲定好了，我试住了几天觉得很舒适。另外还麻烦冯总监安排人从潮汕找个厨师，办完手续就能过来。可以通知大家出发了。"

郝仁看出汤媛做事越来越有章法，短短时间就能在异国他乡把事情处理妥当。

"你那边安全治安怎么样？我一直不放心你一个女孩子过去。"

"请了保安，持枪的很威风，出行都很安全。吃住都在富人区，水电各方面比较有保障，郝总放心。"

郝仁听了心里稍安，突然灵机一动，嘴角上扬。

"汤媛，送一个人过来陪你可好？"

隋祖禹听到电话里飘出一句"谁啊？"，瞪着郝仁，用食指指了自己几下，不发声地动动嘴唇问道："是我吗？是我吗？"

郝仁不理隋祖禹，故意转身背对着他，继续慢悠悠地讲电话："到时候，你就知道了，不用帮他准备太多，他皮糙肉厚的，不讲究。"

"好的，我写了份外派员工行为守则，我这就给他发过去。"汤媛脑海中出现的人是陈虎,他确实皮糙肉厚,自己也申请了外派,来尼日利亚再合适不过了。

"你知道是谁?"

"知道,知道。"

郝仁想这两人真是心有灵犀,于是拍拍隋祖禹的肩膀。

"办签证吧,你不是要去当地做用户调研?走吧!"

第六十四章　周末打翻醋坛

汤媛的尼日利亚之行能如此顺利,多亏了陈晨的帮忙。最近一切步入正轨,只剩下例行工作,汤媛便有了闲时,打算请陈晨吃饭好好答谢一番。

没想到陈晨先来了电话,约汤媛一起过周末。人在异国他乡,但凡能说个中文,人与人之间的感情都会近上几分。汤媛想都没想就答应了,只是有言在先,不要因为自己是女性就抢账单,陈晨只是笑笑,没说好也没说不好。

星期六一早,陈晨开着一辆高大的吉普车停在汤媛租住的别墅门口,看到汤媛一身牛仔白T,干净得像个女大学生,连忙下车开门,稍稍轻扶一把让人上车。

"晨哥,你今天还租了车?"

陈晨今年31岁,只比汤媛大5岁,一毕业就被公司派到尼日利亚做基建,至今未婚。但由于常年在户外工作,风吹日晒,皮肤黝黑,有一些显老,第一次见到时,还让汤媛误会陈晨是个四十多岁的中年已婚男人。

"不是我租的,是我买的二手车。我在这边常驻好多年,有辆车方便些。尼日利亚的道路状况很不好,买新车很不划算,上路几次成旧车,而且尼日利亚没有车辆报废制度,大部分人超期后也一直开。所以,这边的二手车市场十分兴盛,很多发达国家淘汰下来的车辆运过来,豪车普通车都有,十分便宜。你要是想要弄一辆,我可以带你去二手车市场逛逛。"

陈晨对尼日利亚的了解几乎延伸到生活的方方面面,基本上汤媛能问出来的,陈晨都能说得头头是道,只是……

"晨哥，不用了，我在这边不会待特别久，可能就一两个月，事情做完就回国了。"

陈晨握方向盘的手顿了顿，掩盖不住满脸失望的神色，他有点欣赏汤媛冲闯的个性，年纪不大，胆子很大。人生地不熟，都敢和两个同事来艰苦地区开拓市场。看到她又是租房子又是办手续的，以为她要在这扎根，心里还期待有点什么可能。

不过，陈晨很快调整过来，多个朋友不是什么坏事，以后的事谁知道呢。

"也好，早些回国也好，尼日利亚不是什么好地方。"

"我也想家了，晨哥，今天带我去哪里？"

"今天带你尼日利亚首都一日游，逛逛市区买买东西，看看我们公司给尼日利亚建造的工程，然后吃一顿全市最好的中国菜。"

听到最后一句，汤媛都快跳起来了，来了一个多月，她最不适应的就是饮食了。每个深夜，她缓解思乡之情的方式便是祷告般地默念家乡菜，农家小炒肉、剁椒鱼头、辣子鸡丁、辣椒擂皮蛋……

"晨哥，太好了，最后一个项目我最喜欢，全市最好的中餐厅在哪里？"

"这是个秘密，到了再揭晓。"

"还能这样？"

吉普车在尘土飞扬的道路上颠簸，两人说说笑笑非常愉快。

就在此时，汤媛的电话响起。

"喂，汤媛，我隋祖禹啊，我现在在伊斯坦布尔转机了，我下午四点到阿布贾，是不是直接到住的地方，敲门就可以进去了吗？"

汤媛脑袋一团糨糊，她根本不知道隋祖禹要来阿布贾，不是陈虎要过来吗？她把外派员工安全守则发给陈虎的时候，陈虎连连道谢，说定好飞机票会提前通知汤媛，怎么突然变成了隋祖禹过来，而且今天下午就到。

"喂，你在听吗？怎么不说话，是不是信号不好？"

"在，你把航班发给我，我看看能不能找车去接你。"

"谢谢，我发到你手机，不说了，我去登机口了，一会见。"

"一会见。"

挂了电话，汤媛拨通平时经常联系的司机电话，主动抬高了车费去接机。然而要叫一个准备在聚会上载歌载舞的本地人周末出来工作，基本上可能性为零。

被拒绝了的汤媛有点烦躁，完全没有了刚出门的美好心情，暗暗埋怨起隋祖禹不提前通知就突然降临。

"其实，何必这么麻烦呢？我去接一趟就行了。"陈晨说道。

"怎么好把你当司机用，破坏了你的周末。"汤媛讪讪地说。

"你这样心不在焉才破坏我的周末。这样吧，上午我带你到处逛逛，下午去接你的同事，晚上我请你们吃饭，给你的同事接风洗尘。我这个待六年的人做东道主没毛病吧？"

汤媛更加不好意思，明明是想回报陈晨，结果欠下更多人情，但现在也别无他法，只好答应。

陈晨的游览路线很特别，当地有名的大清真寺、雄鹰广场、祖马石等只是开车经过，指给汤媛看看。但如果路过中国建造的建筑，一定会停下来给汤媛细心讲解，汤媛能明显地感到陈晨脸上的自豪。

中国在尼日利亚的工程项目很多，开车沿途就遇到不少。最宏伟壮观的当数尼日利亚国家体育中心，远远就能看到，已然成为阿布贾的地标建筑，每逢赛事，市民汇聚，人声鼎沸。

快 12 点的时候，陈晨将车开到一处工地外面，里面有一座还没封顶的大楼在建，一侧有一面五星红旗在风中招展。周围用铁丝栏围住，上面用大红油漆写着中国铁建。虽然已经是周末，里面仍然传来隆隆的作业声，想来工人们在马不停蹄地赶工。

"带你看看我们公司承建的国家财政部联邦总会计师办公大楼。这是一座现代化的大楼，建成后里面会设有电视、电话、视频监控、观光电梯、消防报警、自动门禁等系统智能化的现代设备。我 2005 年开始接手这个项目了，预计明年初就能竣工，没办法，咱中国人的活就是又快又好……"

每次说起自己参与过的项目，陈晨总是滔滔不绝。

"晨哥，你们好厉害。"汤媛看着面前还挂着绿色防坠网的高楼，想象建成后会多么光鲜亮丽。

"我和你说这些，会不会很无聊？"

"不会，我和你一样自豪，太不可思议了，国人真的能想在哪里搞基建，就在哪里搞基建。"

"你说对了,非洲还真是这样。"

正聊着,两人的肚子接连咕噜了几声,提醒了下废寝忘食的两人。

于是,陈晨带着汤媛走进阿布贾最好的中餐厅,陈晨的公司食堂。汤媛被眼前冒着热气的辣椒炒肉深深吸引住了,她感到自己的唾液腺已经失控了,不得不持续吞咽口水。

陈晨知道汤媛是湖南人,尽挑辣椒多的菜,每样一小份地摆满了桌子,汤媛忍不住了,一边吃,一边赞叹。

"名副其实,阿布贾第一。"

汤媛把饭菜吃完,又喝了一碗汤,撑得彻底动不了。饭饱伤神,这时候要是能躺着不动就好了。可惜午饭吃得太晚了,这时候已经2点多,汤媛差不多应该出发去接机了。站起来的那一瞬间,汤媛对隋祖禹的怨念达到顶点。

隋祖禹对这些毫不知情,他在飞机上敲打手提电脑,把这次来考察调研的工作计划又细化了一次。工作虽没出错,但内里却心猿意马,期待着和汤媛的相见。

飞机总算如隋祖禹所愿,准点降落在阿布贾国际机场。当隋祖禹兴冲冲地拉着行李箱走向汤媛时,发现她在和一个男人眉飞色舞地聊天。

这人是谁,司机吗?但需要对司机这么热情吗?隋祖禹心里莫名酸楚的滋味完全盖过了重逢的喜悦。

汤媛这边呢,因为隋祖禹不提前通知打乱了自己的周末,心里还有点气愤,也没给他好脸色。

于是,陈晨泛起了嘀咕,这两人是有世仇吗?见面没有一点喜悦就算了,脸色还一个比一个难看。不过自己一个外人也没什么好说的,帮隋祖禹放好行李箱就叫人上车,直接去了本地一家高级餐厅吃饭,饭后又把两人送回住处才告辞离去。

隋祖禹在屋内到处走走逛逛,发现这个地方设施挺齐全,不比国内的环境差。又跟着汤媛来到安排的房间,看到一切用品准备齐全,心里非常满意,连晚上汤媛给他臭脸的抑郁都抛到九霄云外去了。

隋祖禹正高兴,汤媛却问道:"你怎么突然来了,也不提前打声招呼,让我措手不及。"

"郝仁说你知道是我要来,然后我转机就给你电话了。"

汤媛想起那天,原来郝仁说的皮糙肉厚的是隋祖禹,不是陈虎。

"提前半天而已,我找车接你要时间,今天司机就没找到,麻烦了晨哥。"

隋祖禹听到这个名字有点难受,置气地说:"难不成耽误你们周末约会了,其实你们不用接机,我自己坐出租或者面包车来就好。"

汤嫒听了生气了:"那我还接错了不成?好心当作驴肝肺。"

隋祖禹想起今天丰盛的晚饭,在这里什么都有,陈晨还专门给汤嫒点了辣椒炒肉,她吃得好开心。白瞎了自己千山万水地背着一堆辣椒酱过来,放在箱子里丁零当啷的。

"你在这过得还挺滋润,我还白白给你带好多辣椒酱。"

隋祖禹说完把箱子里的辣椒酱全部拿出来,一字排开放在桌上,足足有十瓶。

"你不需要了,我全部自己吃掉。"

第六十五章　隋祖禹被绑架

看着桌上鲜艳夺目的樟树港剁辣椒,汤嫒心情有些复杂,既感动又生气。感动是因为这个牌子的辣椒并不是大众品牌,只有岳阳本地人才知道,不知道这个平时最不讲究生活细节的隋祖禹怎么找到的。生气是因为,这家伙明明是示好,态度怎么这么别扭,言语怎么这么讨厌。

汤嫒窝火,有心挑衅下这个广东人。

"好啊,你吃啊,我就不信你敢吃。"

隋祖禹的好胜心莫名被刺激到了,吃个辣椒有什么了不起,自己不挑食,还能怕了不成。立马四下开始找勺子,非要展示一下给汤嫒看。

汤嫒这下承认自己低估了隋祖禹的幼稚,再不制止,搞不好隋祖禹第一天来尼日利亚就进了医院,病因还是辣椒吃多了。汤嫒从桌上拽过一个塑料袋,把桌上的辣椒酱全部揽进去,最后抢过隋祖禹手里正在被开盖的一罐,转身就走。

"瓶盖都打不开,给你吃也是浪费,我全拿走了。"

隋祖禹抬头看着汤嫒关门而去,低头看着自己因为用力拧瓶盖而发红的手,有点泄气。

汤嫒踩着辣椒酱瓶清脆的碰撞节奏,心满意足地回到房间,随手轻松地拧开一瓶,用早餐吃剩的面包蘸了一点,在嘴里细细回味。

第二天早晨6点不到，隋祖禹从床上醒来，时差让他再也睡不着，起身准备今天的工作。

如果说中国在过去的几十年间，通信事业从电报，到固定电话，再到移动手机，一步步跨越中国与西方国家一个多世纪的代差。那么，非洲就是直接跳过了电报、固定电话时代，由写信时代直接跳进短信时代。

非洲地广人稀，收入不高，无力架设成本高昂的固定电话网络，因此移动通信的发展速度和规模大大超过了固定电话。截至目前，在非洲50多个国家中，有40多个国家的移动电话数量高于固定电话数量。从1998年到去年，非洲的手机用户从700多万增长到7000多万，更令隋祖禹欣喜的是，接近1亿的手机消费者仅占非洲总人口的9%。巨大的市场空间就在眼前，看谁的产品能够赢得非洲消费者的青睐了。

想到自己此刻已经站在这片还未开发的土地上，隋祖禹感到胸中的血液都在沸腾。简单地梳洗之后，隋祖禹下楼到了餐厅，汤媛和庄晓丹在吃早餐，找个空位坐下，拿过一个面包啃起来。

隋祖禹一边啃一边琢磨着心里的大计划，汤媛侧脸盯着隋祖禹好一会儿，发现他神色如常。

"看我干吗？"隋祖禹问。

"看你记不记仇。"汤媛回答。

"仇？"隋祖禹早就把昨天的事抛到九霄云外了，一觉醒来，满脑子都是今天的工作，哪里还记得什么仇。

"不记和不记得都好。"

"我今天要跑几个地方，要怎么订车？"

"有一辆每天待命的车，我今天在家办公，你用吧，出门的那辆小面包车就是，司机8点开工。"

"多谢多谢。"

正好8点，隋祖禹抓着没吃完的面包就往外走。今天计划跑三类地方，先到之前远程联系的调研公司，检查下他们调研的进度和执行力，然后到VOD的运营厅看看竞品，最后到市区和郊区的几个手机店逛逛，亲耳听听消费者怎么说。

从别墅到市区的路况较好，30分钟就到了市场调研公司。隋祖禹走进去的时候，访谈室里正在做焦点小组访谈，8个来自不同年龄职业的消费者围成一圈，就目前手机使用中不满意的地方进行讨论。乔治是一位有经验的主持人，举止得宜地引导被访问者充分发表意见。

隋祖禹戴着耳机，透过单向镜观察里面的情况。1个小时后，访谈结束，隋祖禹的笔记本已经记录了满满十多页，最大的感受就是非洲的实际情况和其他地域差之千里，不是复制其他区域的产品就可以满足。

VOD与耀华合作之前，就曾经从欧洲消费者处回收二手手机，略作翻新到非洲销售。在欧洲这一行动被环保主义者广为传播，因为电子垃圾不可降解，处理不当对环境的伤害极大，因此把二手手机销售到非洲，对这些欧洲国家既有经济效益，又有政治效益。然而，尽管二手手机价格极度低廉，销售却一直不能起量，原因只有一个，消费者需求不同，硬搬产品过来只会水土不服。

比如说，欧洲的信号很好，一般消费者一张SIM卡就好，而非洲基础设施落后，信号极差，多家运营商网络互相补充才能保证通话质量，但非洲大多数顾客消费能力有限，难以承当多个手机的费用。隋祖禹刚才就听到里面一个黑皮肤的年轻女孩说道，她常常携带2张电话卡，遇到信号不好的时候换一换，十分麻烦。

除了多卡多待这个需求点，一个中年男性消费者还提到待机时间，非洲人十分热爱煲电话粥，一打数小时，这点VOD给耀华传达过，这也是耀华的传统优势。另外还有提到拍照成像、防摔防汗等需求，都是隋祖禹之前没有考虑过的。

隋祖禹把所有需求点放在一起后发现，非洲手机市场开垦时日不长，消费者对于手机未来技术需求缺乏想象力。需求点虽然多，但改动起来都在耀华的技术能力之内，立即信心倍增。

出了调研公司的大门，隋祖禹直奔VOD的营业厅，拿着消费者调研的需求清单，检视竞品的产品，发现耀华的市场生存空间十分可观。

下午，隋祖禹打算到手机零售门店考察，既然是考察自然要全面，市区还是郊区，大型卖场还是小型夫妻店都要走走看看。

于是，两个面包做午饭后，隋祖禹叫司机往郊区的一家夫妻门店开。只要出了市区，阿布贾的道路就从公路变成了泥土路，典型的晴天一身灰，雨天一身泥。无奈司机却喜欢兜风的感觉，开着窗户放着舞曲，把面包车开出了跑车的感觉，可怜了后座的隋祖禹，一边吃土一边艰难地呼吸。

面包车在一个村落前停下，司机指着前面的牌子告诉隋祖禹，这就是阿博洛村,往前走一走就可以看到这个村唯一的手机店。里面道路有些狭,一会不好倒车,司机就在这里等。

隋祖禹下车往里走,看到路边一个小型的基站,基站的顶端有两块太阳能板,可见这片村落已经通了网,只是由于经常停电,时常需要太阳能供电。隋祖禹好奇,凑近一看,基站电箱上面有一块金属铭牌,上面赫然写着 made in China。

我国的通信设备制造商是从 90 年代就开始走国际化道路,现在和全球一百多个国家都有生意往来。由于中国公司吃苦耐劳的传统,业务深入到很多西方厂商不愿意去的边远地区和农村市场。正是设备厂商建好了通信网络,才给耀华这样的手机终端厂商创造了机会,能够把手机卖到世界各个角落,否则仅在几个网络发达的国家竞争,又能养活几家企业,尤其是中国企业。

隋祖禹拿出手机给基站和基站上的铭牌拍了张照,彩信发给了郝仁,留言道我们的产品也要如此这般,全世界随处可见。

往前走了 50 米左右,隋祖禹找到了一个尖顶的木屋,外面的招牌上写着隋祖禹看不懂的字,旁边的海报上有手机和 SIM 卡的图案,想来就是这里了。

隋祖禹走进去,屋子并不大,只有不到十平方,布置十分简陋,没有展示柜,没有收款机。正对门的墙上钉着几排有凹槽的木条,各种品牌的手机就直接卡在上面。左右各有两张方桌,一边摆着各式各样闪闪发亮的万能充,另一边是 SIM 和一本密密麻麻的电话号码清单。

一个带着圆帽的黑人小伙出来接待了隋祖禹,用磕磕绊绊的英语问隋祖禹:"先生,你好,请问有什么需要吗?"

"你好,我想买一张本地电话卡。"

非洲小伙拿起号码本递给隋祖禹,叫他慢慢选。

"你是中国人?"

"是的,我从中国来尼日利亚工作一段时间。"

非洲小伙听了比进门时还要热情,跷起大拇指说道:"中国公司好,本来我们村没通信网络,一年多前中国公司来这里给附近的几个村都建了基站。我看有信号了,就开起了这家手机店,生意很好,最多的时候一天卖了三十多台手机,两百多张电话卡……"

隋祖禹一看,对方主动谈起了手机,就顺势问道:"那你们这边什么手机好卖?"

非洲小伙还没有出声,就听到一声枪响,三个蒙面彪形大汉冲进小屋,用枪指着两人。

非洲小伙立马抱头蹲下,隋祖禹被吓得立在原地,动弹不得。其中一人看到有一个中国人,一把把隋祖禹拽过来反绑双手,满脸惊喜地对另外两人叽里呱啦地说了半天。隋祖禹仔细辨别,似乎是在说中国人有钱,可以找他的亲人朋友要赎金。

紧接着,闯入者拿出布袋把店里的手机一扫而光,一脚踢翻桌子,把隋祖禹也用布袋蒙住头拽进一辆小车,绝尘而去。

隋祖禹的司机远远地看到三个大汉把隋祖禹带上车,却忌惮对方手里的枪不敢上前。直到小车已经开出很远,司机才跑过去手机店,只看到一片狼藉和在角落瑟瑟发抖的店主人。

司机拿起电话打给汤媛。

"大事不好了,隋被人绑走了!"

第六十六章　人质杳无踪迹

隋祖禹被绑走了。

电话那头的汤媛顿时六神无主,失控地对着电话大喊:"在哪里被绑架了,你快回来我们去警局报案。"

电话突然哔的一声断了,汤媛双手发抖地回拨过去,却回复对方不在服务区,请您稍后再拨,反复几次都是如此。

汤媛彻底地慌了,可时间过去一秒,隋祖禹就离危险又进一步。不,不能慌,汤媛告诉自己,强作镇定思考怎么办。对,先找到司机,确定失踪的位置再去警局报案,这样警察才能更快找到人,还要去大使馆,大使馆工作人员熟悉当地情况,一定能提供帮助。

理出头绪,汤媛又拨打了几次司机电话,还是没有办法接通。拨打给中介公司,中介公司表示这个司机来公司不是太久,熟悉的人不多,他们现在也无法联系上。不能再等了,汤媛拿了证件冲出房间,才发现自己犯傻,车当然和司机一起失踪了。

汤媛急得眼泪直掉,脑子只想起一个人,什么都能给出有效建议的陈晨,也顾不上打扰不打扰了,直接拨通了电话。

"晨哥,不好了,我的同事隋祖禹,就是上次和你一起去接的那个人,他被人绑走了,对,不认识的人,你可以过来一趟接我去报案吗?"

"好的,你别急,在哪里被绑走的?"陈晨问。

"我不知道,和他一起去的司机联系不上了,我不知道他在哪里被绑走的。晨哥怎么办?"

"你先电话给大使馆和警察局,我现在过来接你去警察局现场登记,你把你的同事叫一个回来,万一是绑架可能有人会来送消息要赎金。"

"好的。"

陈晨的办公地点离汤媛不远,15 分钟后便看到了双眼通红的汤媛。

陈晨打开窗户朝汤媛喊:"快,上车。"

汤媛一路小跑,几乎连滚带爬地上了车。

"晨哥,怎么办现在?我电话了警局,他们不知道地点很难办?叫我等对方联系。"

"你别急,我们先去警局看看情况。对了,你电话给公司了吗?万一真的要赎金,可能是一大笔,这边的匪徒知道中国人有钱,要价都不低。"

汤媛拿出手机给郝仁电话,可是泪水模糊了视线,愣是看不清号码,汤媛知道事情的严重性,不敢自己先乱了方寸,于是狠狠地抹了一把脸,趁着视线清晰的一瞬把电话打了出去。

郝仁很快地接通了电话,汤媛三言两语把事情交代,说绑架的概率很大,可能对方会要赎金,需要提前准备钱。每重复一次情况,心中恐惧就平添几分,汤媛说完又想掉眼泪。

郝仁听到这个消息如晴天霹雳,懊恼为什么要隋祖禹只身去非洲,可事情已经发生了,郝仁现在也没时间忏悔,只叫汤媛先去报案,钱不要担心,自己这就去找财务。

能打的电话都打了,汤媛瘫坐在副驾驶上,喃喃自语道怎么办,怎么办。

到了警察局,一个体态肥胖、动作缓慢的警察接待了汤媛和陈晨,查看了两人的护照签证,递给汤媛一张表。汤媛用力控制发抖的右手,飞快地填完递给这位胖警察,随后两人被带到报案室了解情况。

"请问你的同事是在哪里被绑走的?带走他的人有几个?长什么样?"

"我不知道在哪里,是什么人我也不知道,和他同行的司机完全联系不上，我1个小时前打电话报案时提供了司机的姓名电话。"

"嗯，我们按你提供的司机名字查了查，系统里没有这个人的资料，应该是用的假证件，可能是别的国家偷渡过来，所以你说让他和你一起来警察局，他就消失了，我想他是躲起来了，短时间不会出来。"

汤媛不知道自己找的司机竟是偷渡者的身份，现在后悔莫及，又责备自己不够冷静，不应该暴露自己要去报警，至少应该先掌握在哪里失踪这样的关键信息。

"你的同事在这里有没有什么仇人？"

"肯定没有，他到阿布贾才第二天，现在怎么办？你们派人出去找了吗？"

胖警察放下手里的笔，扬起下巴对汤媛说："你没有提供任何有用信息，没头没脑去哪里找，你也看到，我们这里警力非常紧张。我劝你先冷静回想一下还有没有什么遗漏的信息。"

汤媛看着对面警官慢吞吞的举止，心里急得百爪挠心，却又不敢催促，怕得罪了对方，办案更加拖延。只好一遍遍回顾隋祖禹说过的话，里面有没有只言片语提到今天要做什么。

"我想起来了，他说他今天要去VOD的营业厅和手机零售店逛逛，应该都是选大的卖场，可以看到比较齐全的产品。"

胖警官记录了一下，出去了，五分钟后又回来了。

"VOD在阿布贾比较大的营业厅有5家，我会安排人拿着照片逐一去问，手机零售店的话比较多，只能碰碰运气，去市中心的几家去问问。现在判断绑架的概率更大，对方一定会来人送消息或者打电话，你回去等着，有消息再联系我们。"

汤媛垂头丧气地走出警察局，又前往了大使馆，大使馆的工作人员在了解情况后，安排了专人跟进，先给警局去了电话催促办案，又向阿布贾的各华人团体发了求助通知。

一直到深夜11点，事情没有任何进展，庄晓丹在住处也没有收到任何消息。在众人的劝说下，汤媛终于肯回到住处等待消息，抱着被子枯坐了一晚上。

隋祖禹下午被三人蒙上脑袋带上车后，感觉车并没有走上大路，而是东拐西拐地在小路上迂回行进，大约过了1个小时，隋祖禹被扔进了一间屋子，门啪一声关上了，随后链条响动，是上锁的声音。

隋祖禹双手被绑，用力地摇晃脑袋，想要把罩在头上的袋子弄下来，结果脖子快摇断了都没有成功。隋祖禹在黑暗中艰难摸索，好不容易在墙角找到了一根长棍状物体，于是，隋祖禹侧躺在地上，双手握住木棍缓慢上移，挑起脑袋上的头套的一角，尝试几次终于把头套拿了下来。

这时，隋祖禹看到自己被关在一间昏暗的杂物房，唯一的一扇窗户被木条钉死了，缝隙间有些许光线透进来，除了角落里乱七八糟堆放着两堆干掉的玉米秆，别无他物。

隋祖禹挪到靠近门的地方，外面有人守着，偶尔有说话的声音。

隋祖禹虽然视力不好，听力却极佳，他听出一个声音是今天抢手机的人，一个是今天给他套上头套的人。

"你不是说可以要到一大笔钱，那我们现在还在等什么？"

"你不长脑子，先让他的家人朋友着急着急再打电话要赎金，而且只要把这家伙饿上一天，我们让他说啥就说啥，这次一定能狠狠赚一笔。"

"那拿到赎金这家伙怎么弄？"

"当然……"

"你真是太厉害了，有钱了你要去干啥？"

"女人、女人、女人！"

"哈哈哈！"

……

隋祖禹心绪很乱，心想这次是真掉土匪窝了，在劫难逃。

父母会不会已经知道了，他们年纪那么大了，还要为自己担心，还好不是独生子女，否则自己有个不测，他们老了谁来照顾。

自己的好兄弟郝仁，两人还有好多事没有做，好多梦想没实现，耀华现在还只是个小公司，还没有做出满意的高端产品，吹过的牛皮还没实现。

最后，隋祖禹想到自己还没有谈过恋爱，以前一直觉得不急不急，这下好了，马上小命休矣，还是个处男。汤媛的脸适时地出现在脑海中，隋祖禹责怪自己为什么不正式地追求她呢？每天旁敲侧击地也没个回应。

隋祖禹想着想着，迷迷糊糊睡着了。

一天过去了，各方没有进展，隋祖禹饿得饥肠辘辘，两眼发黑。

第二天上午，绑匪终于进来，看了一眼瘫软在墙角的隋祖禹，问谁能来赎他，把号码提供一下。隋祖禹怕绑匪吓到汤媛，但尼日利亚又实在没有别人的号码能记住，最后还是识时务地提供了过去。

汤媛可算等到一个陌生男人的电话，说隋祖禹在他手上，要想他平安无事就3天后把2亿奈拉放在指定地方。汤媛说要听听隋祖禹的声音才能付钱，结果男人把手机凑近隋祖禹，然后狠狠踢了隋祖禹一脚，疼得隋祖禹嗷嗷叫了两声，汤媛听到后不敢再提任何要求。

勒索电话结束后，隋祖禹拿到了两天以来唯一的食物，一个干饼和一瓶水。

汤媛把事情迅速和警察局通报，并电话给郝仁要钱。三天后，汤媛把钱放在了绑匪指定的地点，一个村落学校后门的垃圾桶，附近早早有警察埋伏。

大约过了半小时，毒辣阳光下，一个包得严严实实的人来到垃圾桶翻找，当时就被警察包围了。这个绑匪想要把钱抱紧跑路，结果被一名警察误以为拿武器，立马开了枪。这人倒下前只说了一句话，说他如果回不去，隋祖禹就会被杀死。

汤媛好几天吃不下睡不着，一闭眼就是隋祖禹被人虐待毒打的画面，在警察局得知这个消息，差点晕过去。

郝仁在国内同样倍受煎熬，整天在办公室守着电话，眼皮一直跳，总觉得是不祥的征兆。

郝仁回忆着和隋祖禹的种种过往，心里的愧疚更深了，要不是被自己拉来耀华就不会遇到危险了，要不是自己叫他去非洲就不会遇到危险了，越想越钻牛角尖，整个人坐立难安。

郝仁烦躁地翻起自己和隋祖禹的短信记录，这时候才发现了那天下午隋祖禹发给自己的两张照片。

郝仁细细地端详两张照片，最后目光定在照片中基站铭牌0023409354249的编码上。许久，郝仁突然一拍大腿，大吼一声。

"有希望！"

第六十七章　大力真出奇迹

郝仁拨通了汤媛的电话，声音有些急切。

"汤媛，你快看我发给你的照片，上面有一座小型基站的铭牌，铭牌的最下方有一串编码。据我所知，每一台基站的编码是独一无二的。你快把照片和这串编码发给当地警方和大使馆，麻烦他们联系这家中国基站公司，根据上面的编码看看能不能找到基站安装的位置，隋祖禹发照片给我的时间在你打电话给我前不久，我想这应该在他被绑架的地方附近。"

汤媛听了喜出望外，立马电话拜托大使馆帮忙联系，大使馆的值班人员也不含糊，迅速翻查资料，找到了对方办公室电话。然而时值深夜，电话并没有接通，值班人员问汤媛要不要天亮直接去这家公司办公楼。

汤媛好不容易在绝望之中觅到一丝可能，人命关天，怎能坐等天亮，直接问了这家公司的员工宿舍地址，叫醒了新来的司机，乘着夜色出了门。

凌晨四点，无星无月。

这家基站公司的一名年轻男员工深夜听到门铃骤响，睡眼惺忪地起床，在黑暗中看到了门外头发凌乱、双目泛红的汤媛，吓得一个激灵，彻底地清醒了。

年轻男子得知汤媛的来意后，想起几天前来自大使馆的求助通知，赶紧上楼把睡梦中的工程交付经理摇醒。

上下奔走之间，整栋小楼的员工都被吵醒了，没有一句抱怨，查资料的查资料，出主意的出主意。同胞有难，连做饭的阿姨都没有袖手旁观，倒了一杯水给汤媛，真心安慰了许久，又去菩萨画像面前上了炷香，祈祷隋祖禹吉人天相。

这批基站是两年前从国内发货的，负责交付的人员已经回国了，现在找起来颇费功夫。一阵兵荒马乱过后，一份文档输入铭牌上的编码，终于在屏幕下方出现阿博洛村的地理位置。汤媛喜极而泣，大家击掌欢呼起来。

清晨六点，三辆警车浩浩荡荡地朝着阿博洛村进发了。虽然隋祖禹被绑架的地址已经找到，但谁又知道绑匪会把人转移到哪里去，中间会有多少人目击，汤媛坐在最末的一辆警车上胡思乱想，心情随着凹凸不平的路面颠簸起来。

大约上午七点的时候，大家到了阿博洛村，找到了照片中的基站。由于基站中的电源、线路等模块可以回收卖钱，以前经常有人来盗取。于是，运营商让供应商部署站点的时候除了安装安全锁，还设置了摄像头。发现摄像头后，警方联络运营商获取了隋祖禹被绑架当天的影像，虽然绑匪遮住了脸看不清，但却查到了带走隋祖禹的那辆破旧的蓝色小汽车。

救援行动就此展开，被洗劫的店主已经缓过来，继续开张营业。看到警察来调查，主动提供了车辆离去的方向、绑架的人数以及自己丢失的财物。警方沿途盘问寻踪访迹，走走停停往北行进了个把小时，在一处偏僻村落失去了线索。

带头的警官爬到高处眺望，这个村落只有一条主路进入，再往前走就要进入深山了，山路崎岖，小汽车不可能再往里开了。于是，带头的警官判断绑匪要不藏匿此处，要不弃车逃走，决定在这个村落铺开搜查。

隋祖禹不知道自己被关了多久，漆黑的屋子没有时间的流淌，让人觉得这里的黑暗没有尽头，只能巴巴地等着窗口缝隙漏进来的一点微光。

隋祖禹每天至多一顿干粮，浑身虚弱得没有一点力气，依靠着门口边的墙醒醒睡睡，听门外看守自己的人说什么。今天，隋祖禹感到门外的声音明显透着暴躁。

"鲁多一天都没回来，不会拿到钱跑了？这小杂种，要是敢骗我，我一定剁了他。"

"应该不会，他父母弟妹就在这个村子，不回来就不怕我砍他全家？"

"会不会被警察抓了？我就说不要惹外国人，他们大使馆会给警察施压，说不定现在警察正在抓我们的途中。"

"这还不是鲁多出的主意，说他以前的老大经常绑架外国人，外国人有钱，每次都能拿到巨额赎金。"

"我看我们还是先离开这去找鲁多。要是鲁多拿到钱了，我们无论如何都要把钱拿出来分，要是鲁多被抓了，估摸会供出我们，横竖都是个死，留在这里等死，还不如去外地避避风头。"

"这倒是个法子，那里面这个人怎么处理？我们要不要带走？"

"不管了，你看他一副病鬼样子，经不住折腾，带着他也是个累赘。"

于是，隋祖禹听见外面一阵窸窸窣窣后，就陷入了死一般的寂静，顿时明白了，自己是被丢弃在这里自生自灭了，想起自己短暂的一生，还真是遗憾。

警察搜查的这个村并不大，挨家挨户地询问，也就十几户人家。有一个村民认识这辆小车，说是伊凡的，他就是这个村的人。然而，当警察前往伊凡家，发现伊凡并不在家，只有一个中年女人和两个半大小孩，看到警察紧张地说，伊凡已经几个月没回家了，不知道去哪里了，其他的一问三不知。

这个村子主要讲豪萨语，汤媛听不懂，只能在车上焦急地等候消息。看着警察进进出出，每一次有人回来汤媛都以为找到了隋祖禹，兴冲冲迎上去询问，结果来人常常只是摇摇头，拿了点什么就走了。

这个村主要以种植玉米为生，环绕着村落数间民房的便是无边无际的玉米地，这个季节已经到了丰收的季节，玉米秆由青变黄，被饱满的果实压弯了腰。

汤媛的目光在这片玉米地游离，突然，扫过村落最远处时，发现靠山一侧的玉米秆倒塌了一片。汤媛出生农家，从小做农活，知道农民最是爱惜农作物，行走都会小心翼翼，不可能碾压快要成熟的玉米地，心里感到事有蹊跷。

正巧两名警察走过来，汤媛赶紧拉过其中一个瘦高个警察，指着那个地方，说："警官你看，那里像不像有人开车碾压了玉米地。"

于是，瘦高个警察叫上另外一个警察朝玉米地走去，汤媛也跳下了车跟了过去。果然，走近就看到了车辙痕迹，往里走，玉米地中间被车碾出一片空地，不少玉米苞被压碎，陷在泥土里，一切都证明曾经有车停在这里过，但现在车已经不见了，应该原路开走了。三人继续往里面走，大约10分钟钻出了玉米地，眼前出现了一间破旧的茅草房，窗户被木板死死钉住，门上挂着粗大的链条锁。

汤媛此刻又害怕又期待，她有预感，隋祖禹就在里面，立马就想要往前冲。

两个警察担心绑匪还在附近，拦住了汤媛，掏出枪，小心翼翼地往前走。

三人远远绕行房子一周，没有发现其他人，危险解除，汤媛朝房子大声喊："隋祖禹，隋祖禹，你在里面吗？"

隋祖禹听到了，动了动开裂的嘴唇，可是快两天没有喝水的嗓子像磨损的机器，用力只发出呀呀两声闷响。隋祖禹拿身子朝门撞了撞，链条发出丁零哐啷的声音，汤媛立马冲向门口就想开门。

高瘦警察叫汤媛让开，朝链条开了一枪，响声震耳，粗厚的链条锁却没有任何打开的迹象。警察想了想，开始撬窗户上了木条，没想到绑匪竟然如此谨慎，里三层外三层钉了好多，好一会才弄开了四五条。

这时，只见汤媛从一侧的墙角拖着一个重锤缓缓走来，在警察惊讶的目光中，高高抡起，咣当一声，链条锁应声落地，门开了。

靠在墙角喘息的隋祖禹，在一道刺眼的午后阳光中，看到了手提重锤、浑身反射着金光的汤媛。

心中只有一个念头，这女人好帅。

汤媛把重锤往旁边一丢，大踏步来到隋祖禹身边，解开他身后的绳子，左看右看有没有受伤，然后凭借大力把近1.8米的隋祖禹扶起，步履蹒跚地朝门外走去。

隋祖禹从黑暗中突然暴露强烈的日光下，眼睛很不适应，索性闭上双眼任由汤媛架他往前走去。直到门外的高瘦警察过来帮忙扶住另一边，隋祖禹还有些不情愿，尽量把身子挂在汤媛身上。

人已经找到，带头的警官吹着哨子宣布收队，高瘦警官把找到隋祖禹的过程和同僚们讲了一遍，重点渲染汤媛重锤开门的一幕，所有人把汤媛围住，对她的力量交口称赞，甚至有人说留下来考女警都没问题。

回市区的警车上，隋祖禹和汤媛坐在最后一排，隋祖禹靠在汤媛的腿上半躺着，把汤媛挤到一个极小的空间。汤媛顾虑隋祖禹受到极大的惊吓，到现在还一言不发，也不计较，一只手慢慢地顺着隋祖禹的乱发，很快就把隋祖禹哄睡着了。

为了找到隋祖禹，这次汤媛惊动太多人了，看隋祖禹睡着了，汤媛开始给郝仁、陈晨、大使馆和基站公司帮忙的人报平安。单手操作不方便，汤媛抽出给隋祖禹顺毛的手发短信。

没想到，汤媛一抽手，隋祖禹就睡不安稳了，到处摸汤媛的手，找到后放在自己头上顺了几下。汤媛哑然失笑，只好随了他的愿。

车窗外迎来一个华丽的黄昏，太阳像一个巨大的火球急速下坠，染出一片浓淡相宜的红色天空，像极了胜利后的红旗招展。

汤媛看着安然入睡的隋祖禹，金色的余晖勾勒出他瘦削的脸庞，长长的睫毛在颠簸中微微轻颤，安安静静地惹人心疼，全不似醒着时那么讨人厌。

隋祖禹动了动嘴唇，似在呓语。汤媛低头凑近一听，脸都红了。

"汤媛，你什么时候才答应和我在一起。"

第六十九章　团结就是力量

在医院里躺了几天的隋祖禹，感受到了有生以来最浓烈的人间真情。

隋祖禹的生还，最终演变成西非华人的联合大营救行动。连汤媛也是后来才知道，大使馆发出求助通知之后，尼日利亚，甚至尼日利亚周边几个国家的华人奔走相告，到处搜寻蛛丝马迹，短短一周给大使馆反馈了近百条线索，虽然大部分都没有派上用场，但不影响所有人出力的热情。

警局和大使馆到访后，闻讯赶来的各机构华人代表络绎不绝，鲜花水果摆满一屋子，仿佛躺在床上的不是病号，而是团结就是力量的有力证明。

由于影响面之广，加上整个过程极具戏剧性和新闻性，惊动了中央电视台国际频道的记者，在和医生确认隋祖禹的身体状况后，进行了长达 30 分钟的采访，还原了事件细节。节目在电视台播出后，在国内引起了轰动，耀华拓展海外市场的消息在没有官宣情况下，传遍了全国。在采访过程中，隋祖禹瘦削的面庞，坚毅的目光，坚硬竖起的头发，活脱脱一个饱经风霜的工程师形象。有网友不知从哪里翻出隋祖禹在世界电信大会上寸头西服的形象，评论道"相比之下，现在的形象更有男子气概"。

对每一个人隋祖禹都心怀感激，唯独有一个人，让隋祖禹又感激又充满敌意。

此刻，陈晨和汤媛各坐病房的一角，隋祖禹一边道谢，一边用犀利的目光测量汤媛离自己更近还是离陈晨更近。

陈晨看到隋祖禹警惕的神情觉得十分好笑，扭头对汤媛说道："我看隋祖禹脸色好了很多，你要不要咨询下医生什么时候可以出院？这边的医院环境一般，如果没有大碍，还不如回去休养。"

"好。"汤媛应声出了病房。

陈晨将凳子挪近一点，揶揄道："别告诉我你喜欢汤媛？"

隋祖禹顿时就炸毛了，用手肘撑起身体说道："那又怎样？你不要以为出力救我就可以提过分的条件。"

"你可真是忘恩负义，就不能让一下。"隋祖禹越生气，陈晨觉得越有趣。"

"一码归一码，你的恩情我记在心上，找机会报答。但是汤媛，我不仅心里喜欢，还要用实际行动追求她，和她恋爱，和她结婚。"隋祖禹郑重其事地说。

"你就这么自信她会答应你？"

隋祖禹想了想，还是在这个有救命恩情的情敌面前说了实话。

"没那么自信，汤媛是个有思想的人，当然有选择的权利，但我会尽力争取。你要真有想法，我们公平竞争，不要让来让去。"

"听说你是抱着找保姆的心态找老婆？"

隋祖禹大惊，没想到汤媛连这个都和陈晨说，连忙说道："才没有，我从来没有这种想法，要是有这种想法，就让汤媛揍死我，反正我也打不过她。"

陈晨彻底被酸到了，决定不再戏弄隋祖禹。

"行了，兄弟，我是个现实的人，我还要在尼日利亚好多年，不会耽误人家。汤媛是个好姑娘，你好好珍惜。"

"还用你说。"

……

汤媛问完医生回来，在门外站了很久，她听到隋祖禹说自己是个有思想的人，心里欢喜了半天，但最终没有进门。

等两人聊完，汤媛才进门，结果一见汤媛，隋祖禹仿佛受惊一般，缩回了被子，乖乖躺好。

汤媛心中纳闷，就这样？

国内，郝仁拿到尼日利亚签证时得知隋祖禹已经获救，松了一口气之余，赶紧把耽搁的工作又捡起来。结果发现，公司一切运行良好，有没有自己的参与不会影响到项目进展，真是又欣慰又失落。

刚把护照丢回抽屉，郝仁就收到了穆言发来的媒体简报，看过之后决定还是要跑一趟非洲。

VOD宣布2006年全年将对外采购的金额提高至160亿欧元，其中终端占有最大的比重，将超过35%，高达56亿欧元。由于近年来，中国国产手机品牌的崛起，相较于日韩品牌，具备更高效的交付速度，更低廉的价格，能够帮助VOD更快地在新兴市场攻城略地。VOD决定下月将部分手机部门从日本迁往中国香港，负责采购用户需要的各种手机产品。

郝仁判断搬迁这一举动是国内厂商的巨大商机，而现在，VOD 和耀华合作定制手机投放西非市场，是投石问路，也是广泛撒网。如果自己没有猜错，VOD 应该已经谈妥多家国内厂商，同期投放试水，最终根据市场反馈为年底的集采提供样本数据参考。

那么，上次产品送审时，VOD 反馈的产品差异化正是关键。

经过一周的精心调养，隋祖禹红光满面地出了院。当郝仁带着陈虎出现在阿布贾的宿舍时，他已经在二楼伏案整理产品需求。

"水煮鱼，我看你气色比之前好不少，难道尼日利亚水土养人。"郝仁把行李一丢，就凑头过来看电脑屏幕。

隋祖禹心想哪里是尼日利亚的水土养人，明明是汤媛的照顾养人，厨师刘大叔的饭菜养人。

"滚，也不见你担心我。"

"隋工，你误会郝总了，你出事的时候，他不理朝政，在办公室急得团团转，催着财务给汤媛打赎金。"陈虎马上跳出来替郝仁开脱。

"你这吃里爬外的家伙，什么鬼措辞，还不理朝政，他又不是皇上。"隋祖禹嘴上不饶人，心里却什么都知道，软得一塌糊涂，接着说道，"还是得谢谢你，安抚住我爸妈，没让他们过来，尤其是我妈，要是一直哭，我可招架不住。"

"兄弟之间不说谢谢。让你在非洲遇险，我心里不安，还好阿姨深明大义，没有打我，还对我委以重任，叫我把你带回去。"郝仁说完叹了口气，叹出了劫后余生的庆幸。

"先办正事，市场调查我就做了一天，结论已经整理好了。这几天我还想出门，每次都被汤媛拦住，我都怀疑了她得了 PTSD 创伤后应激障碍。正好你们来了，我们继续吧。"

"行，我们同进同出，互相照应。"

"你看下这份消费者需求文档，主要是多卡多待、拍照成像、音乐功能、防摔防汗等几个方面，而且就我们目前的研发能力，完全具备实现的可能。"

郝仁结果隋祖禹递过来的文档，边翻边说："我正要和你说这事，今年年底 VOD 应该会有一次大的集采，这次我们产品投放西非市场正是试水，所以我们的时间不多，不能面面俱到，我们只能择其一二。

"首先，你提到的多卡多待的需求是因为尼日利亚各个运营商的覆盖问题，消费者需要多卡才能保证通信顺畅，这个需求放到公开市场上没问题。但是有一点要注意，我们是定制机，客户会倾向排他功能。去年，VOD为备战圣诞节销售旺季，推出了15款3G手机，其中有多达10款的手机同样采用了排他性定制。"

"行，"隋祖禹不在单个功能较真，继续说道，"这个功能这次暂不考虑，以后我们进军公开市场再说。你在看第二页的需求，拍照功能。"隋祖禹说道："这一项的优化我认为是最重要的。现在相机成像是以白种人和黄种人为基准，在18%的灰阶成像之下，白种人和黄种人都是浅肤色，反射率高，人物成像轮廓清晰，但黑种人反射率低，在这种灰阶下往往是面部一团漆黑，只剩一排白牙。"

"我同意，短期内我们可以单独为非洲销售的手机提升5%～10%的灰阶，至少让自拍成像能清晰起来，长期我们如果要深耕非洲市场，就要研究黑种人面部轮廓对成像、曝光补偿等方面的影响，这样做到整体和细节都提升。这需要在当地多做测试，你不能长期就在这，交给陈虎去收集吧。"郝仁说完，看向了陈虎。

陈虎点头，拍拍胸脯说道："放心吧，我会办好的。"

隋祖禹又翻一页说道："第三点，就是手机音响外放，非洲居民热爱舞蹈音乐，随时随地都能听歌起舞，如果手机能像录音机一样具有较强的外放功能，一定能获得用户的青睐。第四点是防汗防摔，这里常年高温，时间一长，拿着手机的手就会黏糊糊的，很不舒服，也很容易坠地，这一点我们可以从材质上寻求改进……"

隋祖禹的信息搜集及需求分析能力无疑是很高效的，郝仁想起自己做耀华T1的调研时，带着陈虎、隋祖禹、汤媛三个人跑了几个月才摸清楚市场大致情况，而隋祖禹不过来非洲几天就能洞察到这么多的信息，不由得心生佩服。

"你得出这些结论，到底沟通了多少用户？"

隋祖禹摇摇头，说道："我调研了一天，这些结论一部分根据调研公司整理得出，一部分是在VOD的营业厅和手机零售店听消费者说来的。样本量不大，不一定具有代表性，所以我说还不能回国，你们来了明天我们再继续调研吧。"

"行！你身体到底恢复好了没有？听说你被饿了一星期？"

"哪有，一天也有一顿饭，但是做得太难吃了，跟刘大叔的饭菜简直没得比,尤其是他的拿手菜萝卜牛腩简直一绝。"

"刘大叔这么牛,今晚会给我们做什么?"陈虎听到食物,按捺不住心中的激动。

"放心吧,看在我的面子上,刘大叔不会亏待你们的。"隋祖禹一副主人面孔。

……

能拿自己开玩笑,说明这般危险的经历没给隋祖禹留下心理阴影,他依旧是那个勇往直前的战士,郝仁想到这,不由自主地笑了。

第七十章 土人有土办法

VOD 的西非高级副总裁艾瑞克·菲洛斯常驻地正是阿布贾,当看到中国籍男子隋祖禹被绑架新闻时,他简直不敢相信,这不是耀华终端的研发负责人吗,居然跑到尼日利亚来了。

又过了一周,艾瑞克·菲洛斯收到郝仁的拜访请求,心中居然泛起了一丝感动。作为一个有采购决策权的主管,手握巨额资金,艾瑞克·菲洛斯见过太多厂商的殷勤,甚至是谄媚。毫不夸张地说,他就是要天上的月亮,恐怕都有人会去试着摘。

艾瑞克·菲洛斯记得很多年前第一次和韩国 CF 公司接触后,CF 的客户经理就专门组织了一场首尔技术交流会,把 VOD 的相关主管一并请到 CF 总部。技术交流不过两小时,观光却持续了整整三天,若不是自己酒量尚佳,早就醉倒在酒场美女白花花的大腿上。

但耀华似乎和别的厂商不一样,自从 VOD 表示合作意向后,除了正常的技术沟通,完全没有过来嘘寒问暖,艾瑞克·菲洛斯都怀疑耀华是不是对 VOD 过于怠慢。

而现在,耀华的总裁和研发负责人又不声不响地到了阿布贾,新闻中报道隋祖禹在一家偏僻的乡村手机店被绑架,显然是去做市场调研。这也太匪夷所思了,哪家公司的研发负责人会亲自去做市场调研,还是来非洲。

诚然,VOD 有意扩大和中国区终端厂商的合作,但耀华只是十几家接洽的企业之一,签署的也只是合作意向,并非订单合同,他们就可以因为 VOD 反馈的产品本地化和差异化的要求出动高层实地调研。不是说中国人不见兔子不撒鹰吗，看来自己还是低估了耀华做产品的用心。

艾瑞克·菲洛斯临窗看着外面街景，即使天天看，每隔很短的一段时间还是会发现一些变化。1994年，尼日利亚首都从拉各斯搬迁到阿布贾，艾瑞克·菲洛斯就跟着过来了。那时候的阿布贾是一个只有红色泥巴草房的大农村，如今成了像模像样的城市。这就是新兴国家，全不似欧洲城市，十年如一日，有着时间都不能改变的样貌。艾瑞克·菲洛斯开始怀疑，来自欧洲古城的自己是否还能适应新兴国家的节奏。

郝仁、隋祖禹和陈虎的到来打断了艾瑞克·菲洛斯纷乱的思绪。尤其是看到隋祖禹这个当地新闻上的大人物，丝毫不见受惊消瘦的样子，反而容光焕发，精神饱满，甚至比在香港见到时还胖了一些。中国人到底有什么神奇的复原能力，艾瑞克·菲洛斯不免心生佩服。

"两位，请坐，大老远的过来不容易。"

"早就想来拜访，因为一个众所周知的阻碍，来晚了，勿怪。"

隋祖禹说完，艾瑞克·菲洛斯笑得八字胡直颤，连连摆手。

"带了点中国特产宣威火腿，请笑纳。"郝仁出发前，穆言给他准备了一份精品火腿给艾瑞克·菲洛斯做礼物。那天吃饭的时候，穆言注意到艾瑞克·菲洛斯特别喜欢中国火腿配红酒，于是特别挑选了中国三大名腿中可以生吃的宣威火腿。

艾瑞克·菲洛斯惊喜万分地接过，说道："你居然知道我好这口，我觉得宣威火腿一点都不比西班牙的伊比利亚火腿差，肉质还更细嫩。"

"过奖过奖，喜欢就好。"郝仁暗叹穆言什么眼力，万一自己以后有点啥不正当想法，是不是一眼就看出来，简直不敢想。

"艾瑞克，给你介绍个同事陈虎，以后他就是我们耀华在尼日利亚的国家代表了，你以后有什么尽管找他。"

"你好，艾瑞克·菲洛斯。"陈虎大大方方打了个招呼，他知道郝仁为他牵线搭桥之后，后面的工作就要靠他独立开展了，今天最好借机混个脸熟。

由于对耀华开始抱有些许好感，艾瑞克·菲洛斯真心地欢迎了陈虎的到来。

"艾瑞克，VOD在非洲各国都有业务，能让我们的产品多上几个国家吗？"郝仁问道。

"看看尼日利亚市场反馈好到什么程度？"艾瑞克·菲洛斯轻轻眯了

口咖啡,不着痕迹地说道。

郝仁听罢,证实了自己之前多品牌试水比拼的猜测,但是在同一个国家试水还是在不同国家试水就不知道了。

"这次尼日利亚除了耀华还会引进其他品牌吗?"郝仁又问。

"没有。"艾瑞克·菲洛斯似乎不打算隐瞒,因为对他而言,如果在自己的地界上能有一个终端品牌能促进业务量增长,他才不在意是哪个国家的哪个品牌。何况这段时间观察以来,耀华是只潜力股。

"VOD做事有魄力,从不小打小闹,新闻说今年年底VOD的集采金额又要破纪录了。"郝仁说道。

"非洲绝对要拔得头筹,不信到时候看。"

"你说的我们当然信。"

郝仁了然,在办公室有的事不能说得太细,彼此心知肚明就可以了。最终能有多大市场份额,还是要看产品得不得消费者的心,多点客户信息只是锦上添花而已,不能指望客户帮你卖一个差产品。

接下来,几人纯粹联络感情,没有再提市场相关的事,话题全落在隋祖禹身上。艾瑞克·菲洛斯是个动作电影迷,满脑子的枪林弹雨,拳脚无眼。结果隋祖禹说完,才知道是美女救英雄,和自己幻想的相去甚远,笑得差点下巴脱臼。

郝仁瞥了一眼隋祖禹,发现不仅没有丝毫不悦,还隐约露出某种甜蜜的微笑,这是怎么回事,难道还有什么自己不知道的内情,得空即使严刑拷打也一定要逼问出答案。

从VOD大楼离开,几人坐车回住处。

"调研的扫尾工作就让陈虎跟进吧,我们尽快回国把产品方向调整一下。"郝仁不等到住处就安排起工作来。

"行,我也觉得差不多了,我们订后天周六的机票就回去吧。"隋祖禹这里的我们包括汤媛,只是他不确定汤媛工作完成没有,不敢说得太具体。

"叫汤媛订三张机票,她的工作要不是你早该结束了。"郝仁说道。

"太好了。"隋祖禹现在心里美死了。

"陈虎,等我们的新品在尼日利亚上架后,你也安排一些营销推广吧。现在VOD的策略已经很明晰,我们可以进行营销投入了。出门在外,工作不能像原来一样分工太细,你要清楚,你在这不是什么研发工程师，而是一个国家业务的管家，什么都要会做，不明白记得往国内求助。"回国将近，郝仁抓紧时间点拨。

"营销推广"，陈虎一边重复这个陌生的词，一边失神地看着路边飞快后退的围墙，上面一个字都没有，不像很久以前的深圳，也不像自己的老家，上面总是用油漆写着雪白的大字。什么养猪种树铺马路，发财致富靠百度。什么海尔空调买得对，媳妇才能搂着睡。什么中国移动电话卡，一边耕地一边打……俗气是俗气，可是让人过目不忘，这么多年过去了，自己还能随便想起几个。

"要不，我去雇一些人去刷墙做推广？"陈虎说道。

郝仁没想到陈虎理解的推广是这个，刚想敲他木鱼脑袋，隋祖禹在一边大笑起来。

"好主意，好主意，以前深圳到处都是标语，我们那边的小孩都用标语来认字。我调皮不好好念书，我爸还让我帮人家刷过标语，说是体验挣钱的艰辛。我干了一天胳膊累得提不起来，居然才挣到几十块，太少了，还不如好好读书，哄我爸多给些零花钱。"

郝仁突然受到启发，每个国家处在不同的发展阶段，现在自己觉得墙体广告不入流，但是以前像百度、移动这样的大公司也使用过墙体广告，似乎用户渗透率挺好，投入产出比也高，以至于陈虎这样家在偏僻农村的孩子也记住了百度和移动。

郝仁把头凑到前排，问新来的司机："卡特纳，你们这边如果雇一个人用油漆在墙上写字，一个月需要多少钱？"

卡特纳想了想问道："一天工作时间多长，要写多少字呢？对书写有规范要求吗？"

郝仁对墙体广告的工作量不太熟悉，只能随便估个数："一天八小时，刷十面墙，如果后面熟练了，做完可以提前下班。书写的话，要求不高，只要工整清晰就好。"

"一个月 5 万奈拉。"

5 万奈拉，不到 800 元人民币，尼日利亚的人工费真的很低廉。在国内，做墙体广告需要与路政和城管部门沟通，而尼日利亚现阶段对于墙体广告并没有相关的规定，也就意味着整个过程没有审核流程，没有额外成本支出，可以快速高效地对城镇用户进行有效覆盖。

这样一想，郝仁庆幸自己没有过快否认陈虎的提议，"陈虎，你咨询下本地律师，尼日利亚是否有相应的政策规定，如果合法合规，可以先在乡镇试试。其他推广方案你再想想，要有章法，不能想起一出是一出，你一个人忙不过来，招一些本地员工来帮你。"

陈虎点头，从这一刻起，尼日利亚这块市场真正地交到自己手中，以后身披重甲，攻城略地，战场上是好是歹自己一肩挑，其他所有人都只能在身后支援，不会再有人左一句右一句告诉自己该怎么样。

第七十一章　学马尼拉老姜

周六，郝仁、隋祖禹和汤媛一起到了阿布贾国际机场，郝仁却走向了不同航空公司托运窗口。

"郝仁，你走错了，我们回香港的航班是在 D 区办理托运手续。"隋祖禹推着行李箱在后面追郝仁。

郝仁听到隋祖禹叫自己，又往前走了好几步才停住脚步，回头看汤媛没有跟过来，凑近隋祖禹一脸奸诈说道："我懂你心里的小九九，故意不和你俩坐同一班飞机，让你和汤媛单独相处，从经济政治谈到唐诗宋词，十几个小时下来，感情肯定会得到升华。怎么样，哥们仗义不仗义？"

隋祖禹心里感动，但嘴上却死不承认："大可不必，我能自己搞定，你在又阻碍不了什么。"

"机票都订了，就这样吧，我先走了，加油啊，兄弟，别辜负我的一番好意。"郝仁鼓励地拍拍隋祖禹的肩膀，推着行李车就朝前方走去。

隋祖禹回到汤媛身边，说道："他说有事不和我们坐同一班飞机了，我们走吧。"

汤媛丝毫不见惊讶，对隋祖禹解释道："对啊，他暂时不回深圳，要去东南亚看看百脑汇耀华手机销售现场，连着跑菲律宾、马来西亚、印度尼西亚、新加坡四个地方，至少半个月才能回国。"

隋祖禹心里狠狠啐了一口，你个郝仁居然敢骗我，明明去忙别的事，还美其名曰兄弟义气，自己居然毫不警惕地感动了，这份兄弟情还不如去喂狗。看着郝仁远去的方向，隋祖禹真想把人抓回来暴打一顿。

汤媛看隋祖禹满脸不甘，还以为两人兄弟情深，依依不舍，安慰道："别担心，郝总去的东南亚国家很安全，风景很好，是有名的度假胜地，还能借机休个假。"

隋祖禹听了脸色更不好了，也不说话，一个人拉着两人的箱子往安检的地方走去。

一个半小时后，郝仁坐在了飞往菲律宾首都马尼拉的飞机上，看着窗外万米高空上平静的云海，自己盘算起这次东南亚考察计划，不知道在海外的耀华员工怎么样了。

耀华海外销售员工培养计划在百脑汇合同签订后就开始了。陈竞男从内部销售团队中选拔出十余名外语优秀、专业能力突出的员工送往东南亚各国的百脑汇门店锻炼，在送行会上，郝仁举杯对大家动情地说：

"各位同事，今日我不是为在海外站柜台的产品销售员践行，也不是为检查渠道商的监工践行。各位是耀华体系中百里挑一的销售好手，是耀华洒向全球的金种子，是耀华未来的海外各国销售主管人选。请大家以管理者的身份去思考、去做事，市场环境、消费者习惯、渠道情况等统统都要了然于胸。百脑汇驻点期限一到，如果不能对外派国家情况倒背如流，不能提出耀华的国家拓展方案，那就是忘记了出发时的任务目标，是严重失职。各位身上的担子很重，但前景也异常广阔，我等大家凯旋，到时候再把酒言欢。"

听罢，众人壮志凌云，纷纷将杯中的酒一饮而尽。

眼前的这些人都是陈竞男下属，很多人和郝仁只是匆匆数面之缘，但何泰然却只一眼就给郝仁留下了深刻的印象。

何泰然个子中等，面庞清瘦，五官秀气，有着文化人特有的书卷气。他喜欢读兵书，对历史上的著名战役张口就来。

郝仁曾在他案头的销售草案里瞥见到"以正合，以奇胜""以迂为直，以患为利""发火有时，起火有日"等字句，本以为只是随手写的应景之词，没想到拿起来仔细一看竟是融会贯通的现代销售思路。

郝仁从此对这个员工刮目相看，觉得他做事不凭一腔愚勇，是个真正用脑子做事的人，非常适合去新市场开拓。即使这次他不自己报名，郝仁都会建议陈竞男找他谈谈。

何泰然走过来给郝仁单独敬酒，郝仁轻轻碰杯，对他说道："我很早之前就默默关注你，知道你样子文质彬彬，实则是名开疆拓土的猛将，你要是不报名，我就是硬拉，也要让你海外走一趟。"

何泰然眉眼间稍露惊讶，很快又收敛了，说道："谢谢郝总，请放心，我一定把公司要求做到位。我是梅州人，过去下南洋是我的家乡传统，我们当地最著名的南洋商人张弼士初到南洋时，曾说过，大丈夫不能以文学致身通显，扬名显亲，亦当破万里浪，建树遐方，创兴实业，为外国华侨生色，为祖国人种增辉，安能郁郁久居乡里耶？我想我能理解他当时的豪言壮语，我也是这样想的。"

"敬先人，敬榜样"，郝仁啥也不说了，自己的鼓励不如何泰然的热血滚烫。

中间转机一次，经过25个小时，郝仁终于抵达了马尼拉尼诺伊·阿基诺国际机场。出了机场就见何泰然倚靠在一辆花里胡哨的小车旁，俨然一副本地人模样，一身东南亚风情花衬衣加短裤，原来白皙的皮肤变成了焦糖色，一副大蛤蟆镜遮住了半个脸。

"郝总，欢迎来到马尼拉。"何泰然接过郝仁的行李箱放进后备厢，打开车门做了个请的姿态。

郝仁被何泰然的肢体动作惹得发笑，说道："这才多久，就入乡随俗了，变了模样？"

"打战嘛，武装到牙齿。"何泰然说着发动了汽车。

"菲律宾是右驾，你能开？"

"我有国际驾照，还专门找人练习，放心吧。"

"行，小命就交给你。说说吧，在菲律宾市场研究得怎么样？"

"领导，才一见面就大考，还是闭卷考试，一点心理准备都没有。"

"你需要准备？"

"不需要，那我简单介绍一下。菲律宾虽然是东南亚各国中只处中流，经济排名不如新加坡、印尼、马来、越南等国，但由于是群岛国家，非常适合移动通信的发展，通信基础设施建设完全不落后其他国家。预计今年年底移动手机用户会超过4000万，占总人口50%，其中超过九成是预付费用户，主要的运营商有Globe、SMART和PILTEL三家，共有95%以上的市场份额。现在2G网络覆盖率达到95%，3G已经启动建设中，2007年要完成建设，到2008年全面普及，覆盖率至少80%……"

何泰然不快不慢的语速透露着某种自信，不过郝仁对何泰然的预期却没有这么低。

"不错，不过这些都是公开信息，你想要了解并不困难，再说说消费者特点和画像吧。"

"好的。根据我在实际销售中的观察，菲律宾的消费者虽然收入不高，但却拥有欧美国家人民活在当下的理念，大部分菲律宾人都有超前消费的习惯，与东南亚各国喜欢存钱的传统完全不同。据称86%的菲律宾家庭都没有任何存款，为了遏制这个问题，菲律宾采用了一个月发两次工资的形式，如果耀华要在菲律宾深耕下去，除了产品吸引力外，付款政策，类似试用、分期付款、货到付款等也要考虑……"

郝仁在车上听何泰然把菲律宾的手机市场情况说完，一幅生动的作战图就在眼前，太详细了，感觉自己可以掉头回国了。

"功课很扎实啊。百脑汇在菲律宾的销售情况怎么样？有什么借鉴的地方？"

"百脑汇在菲律宾很受欢迎，我觉得它在迎合消费者心理上做到了极致。菲律宾人很喜欢逛商场，尤其到了节假日和发薪日，百脑汇的节庆策划能力很出色，不管消费者需求差异多大，总有各种套餐、减满、拼单活动让他们掏腰包。"

"我们现在去门店看看吧，被你说的我非常想亲身感受一下。"

"要不要先去酒店放行李？"

"丢你车上就行。"

车窗外，热带海滨城迸发出极度的热情，阳光晃得人睁不开眼，道路两旁的棕榈树笔直挺拔，大片叶子随着海风向郝仁遥遥招手，要是消费者也如这般天气欢迎耀华就好了，郝仁这样想着，竟睡着了。

到了市中心的销售门店，郝仁才发现，百脑汇对于消费者心理的掌控不仅仅体现在销售活动上，选址陈列也是他们的强项。

单就眼前的这家店，左右都是奢侈品专卖，这个选址让消费者产生百脑汇的产品是高端产品的感觉。橱窗陈列颇具特色，各种限量版的电子产品以时尚单品的形式放置，仿佛不是电子消费品，而是价格昂贵的珠宝收藏。

店内各类电子商品琳琅满目，分类却不见杂乱，处处都有引导和提示，无比清晰，让消费者不必花很长时间寻找。

摆设诱导消费的功力也很强，总是在旗舰产品或者定制限量产品的旁边，又提供性价高、具备同种功能的中低端产品，让消费者不会被价格吓到，反而觉得自己选择很多，有种低价买到奢侈品的感觉。心里既为自己持家有道鼓掌，又为占了便宜而欣喜。

导购人员举手投足都很专业，既不会过于热情，让人反感，又不会不理不睬，觉得怠慢。何泰然说，真正上岗前，所有人必须经过严格的培训，微笑、仪态、措辞都有规定，真的事无巨细。

郝仁边走边看，越看越多门道，心中不由得佩服起来，果然姜是老的辣，多向合作伙伴学习是一条无比通畅的捷径。

第七十二章　各方面差得远

郝仁在百脑汇逛了一会，才跟着何泰然到了耀华手机的专柜。

老实说，这并不是一个特别理想的位置，整个手机销售区是一个U形柜台，耀华手机既不在中间，也不在最两边，而是在中间一排最右侧，属于消费者进去后没法第一眼就发现的地方。

看到郝仁失望的神情，何泰然说道："一开始发现百脑汇把耀华手机放这里的时候，我很不满意，就去找商城负责人商量换个地方。他当时却笑着拒绝了我，说没有比这更适合耀华的位置了，我回去观察一阵子后，才明白这个位置其实很妙。"

"怎么说？"郝仁问。

"你看中间的位置是国际品牌MOT和爱达，是这里面单价最高的产品，代表手机领域最前沿的技术，所以消费者无论有没有这个消费能力，都会走到最中间来看一眼，客流就带过来了。MOT价格高昂，但从功能数量来说，MOT有的我们只多不少，一般的消费者不全是技术控，大多关心都有什么功能、如何使用、价格多少等等。这样，比MOT便宜四分之一价格的耀华就不知不觉进入到消费者的考虑清单。"

何泰然解释得有理有据，显然细致观察过消费者购买行为。但郝仁摇摇头，并不赞同地说道："挨着MOT这排的还有其他不知名品牌，你看这个，还有这个，单从价格又比我们便宜四分之一，为什么消费者不选择比耀华更便宜的呢？"

何泰然之前在一旁观察人流走向的时候，发现消费者往左看看是MOT和爱达等产品后，往右看看是Eri等廉价品牌，最后买了耀华，原因他确实都往耀华比MOT和爱达便宜方向去想了，郝仁这么问一时有些答不上来。

"这个，我没有得出结论，是我大意了。"

郝仁看何泰然不泰然自若的表情，突然笑着问道："你在外面喝过咖啡吗？"

"咖，咖啡？哦，喝过。"何泰然一脸迷茫地回答。

"咖啡厅卖咖啡，通常分为小、中、大三种分量，你一般选哪种？"

"中杯吧！"

"大部分人和你一样，都选中杯，小杯一般300多毫升，中杯400多毫升，大杯一般500多毫升，虽然中杯比小杯多100多毫升，但价格往往只多2到3元，因此给人中杯划算的感觉。大杯呢，比小杯多了快一倍，价格上并没有贵一倍，但一是分量太多喝不完，二是看到一个店里最贵的东西，普通人多少会心理上回避。其实你之前发现消费者看过高端产品后购买耀华正是这个原因。"

何泰然恍然大悟，说道："你是说我们的产品比高端品牌价格划算，比廉价品牌功能全，价格虽然不是最低，但是让人心里觉得值。那渠道商这样会不会得罪部分品牌？"

"百脑汇这样做完全是基于自身利润考虑。理论上卖得越多越贵利润就越高，但就菲律宾人的消费能力都买高端品牌不可能。主卖廉价品牌虽然出货量大，但质量可能不稳定，售后服务上会有多余的支出，百脑汇恰巧是售前售后全包的渠道商，不得不考虑。所以，不动声色地多卖质量有保证的中端品牌对他们是最有利的，我们就应该成为百脑汇卖得最多的中杯。"

"明白了，我们的产品品质和定价帮我们赢得了海外客户，以后是不是耀华的中端产品多出一些机型，卡住这个优质价位段。"

"不，泰然，我们将来要卡住所有价位段，让高消费人群买我们的高端旗舰，让注重性价比的消费者买我们的中端，让囊中羞涩的消费者买我们的低端产品，横竖在耀华里面选。"

何泰然为这个想法而极度兴奋，说道："太好了，那岂不是我们要开自己的专卖店？"

"不然呢？这就是我叫你多看多听多琢磨的原因。"

郝仁边说边走出百脑汇卖场，何泰然想了想，追上去问："一开始郝总露出对柜台位置不满意的神情是假装的，你想考我对吧，我答不上来你就把我开除了？"

郝仁回头大笑："这种边远位置谁会满意？我是听你说销量不错，卖场负责人说这个位置适合我们才想到的。你还是多和卖场负责人学习，他们才是真正的好老师。"

"我会的。现在我们去哪？"

"我回酒店倒下时差，你送完我就去忙吧，明天我有别的事，不用你陪。"

"行。"

下午7点，郝仁洗过澡，倒在酒店棉花一样柔软的床上，只需一秒就会被排山倒海而来的困意拽去梦乡。

可他不能睡，现在睡了一定会凌晨醒来，时差还是没有调回来。于是，郝仁拨通了穆言的电话，对面传来一阵翻书的声音。

"穆老师在忙什么呢？"

"我在整理今天的新闻简报，你到马尼拉了？累不累？"

"到了，听听穆老师的声音就不累了。"

"油嘴滑舌，对了，我正好有个事要和你说。宋朝栋今天宣布成立高科光电，正式进入半导体显示领域，注册资金150亿，建设资本高达300个亿，其中高科出资70%，政府出资30%。预计下月底在广州开发区动工建设第一条高世代液晶面板生产线。"

"好快，居然还有政府扶植资金。"

"嗯，据说提交申请后开发区很快就批了工业用地。"

"真效率，我一定要电话恭喜他。"

"这倒是不用，可以当面恭喜，宋朝栋给你邮寄了工程启动仪式的邀请函。"

"这么明目张胆请友商，记者拍到会不会以为我是间谍？"

"你怕吗？"

"不怕，别说其他臭男人了。你想不想我？"

"没有。"

"没有？"

"有一点。"

"只有一点？"

"很想。"

"这就对了。"

……

第二天一早，睡足整整 10 个小时的郝仁神采奕奕地出了门，搭上一辆出租车前往 TSMC 菲律宾工厂。

菲律宾是全球重要的电子产品出口国，早在 20 世纪 90 年代后期，菲律宾的电子产品就超越农产品成为第一出口创汇产业。

菲律宾的电子行业之所以获得飞速发展，有两个原因，一是菲律宾投资环境宽松，允许外资在地方建厂，并持有 100％的股份；二是菲律宾劳动力低廉，官方语言为英语，不存在语言障碍。于是，跨国公司都很愿意在菲律宾投资，据统计，2000 年到 2005 年，有近 300 多家电子企业进驻菲律宾。光 TSMC 芯片代工企业一家，在菲律宾就有 7 家大型工厂，是亚洲地区设立工厂数量最多的国家。

自从沈同方加入耀华之后，郝仁无时无刻不在关注芯片设计的进度，可技术上实在帮不上什么忙，只能在资源上助力。郝仁想芯片设计出来需要尽快投产，不如现在早早联系了代工方，减少中间等待时间。

郝仁心中盘算了下，耀华的手机年出货量逐年上升，朝着千万级一路狂奔，路由、内存等其他周边业务也在扩展，加上耀华本身贴牌的产品，芯片的需求量不容小觑，TSMC 怎么样也不可能将耀华拒之门外。

出租车一路在高速公路上行驶，很快出了市区，来到了位于郊区的电子产业工业园。TSMC 方形的白色大楼前，亚太区的销售总监莫荣辉已经在门口等候。

本来郝仁计划这趟东南亚之行后，飞到台湾 TSMC 的总部拜访参观，可联系时却发现莫荣辉正巧也在菲律宾巡视订单进度，于是两人决定相约马尼拉郊区工厂见面。

TSMC 的菲律宾工厂只负责芯片的封装测试，但管理规范和台湾总部一样严格，郝仁上交了所有电子通信设备，穿上了防尘服，戴上口罩及护目镜，经过空气淋浴房等一系列除尘设备后，总算进入到生产线。

莫荣辉抱歉地对郝仁说："辛苦你配合我们公司的所有规定，这一切都是为了保护我们客户的信息安全。"

郝仁说："看到你们执行如此严格的规定，我也放心把我们的图纸交付你们生产。其实这次拜访的来意电话中已经说明，我们有意设计符合耀华产品的芯片，希望有一家代工厂来为我们生产。"

"明白，贵公司的情况我已经非常熟悉，TSMC 就是为你们这样对产品有追求的客户而存在，越先进的制程所需要的生产投入越大，把生产交给我们，你们聚焦更为贴近产品的芯片设计，投入小，收益大，实属明智之举。"

莫荣辉每一句话都说得自信，但他确实有自信的理由，作为全球最大的专业晶圆代工厂，连年保持增长，去年一年营收 89 亿美金，晶圆发货量超过 600 万片，市场占有率超过 50%，也就是说，世界上每两块芯片，就有一块来自这家公司。

郝仁一边与莫荣辉讨论合作细节一边参观，从晶圆切割、晶粒黏着、焊线，最后到封胶全流程都看了一遍，目光所及之处全是排列整齐的检测设备和游刃有余的操作工人。

郝仁心中突然有点伤感，耀华这还差得远那。

第七十三章　狮城挥金如土

参观完，郝仁和莫荣辉进了一间小会议室继续商讨，整个过程异常的顺利，莫荣辉言简意赅地介绍了代工的流程。就三步，TSMC 提供制程说明、耀华依照材料进行图纸设计，最后 TSMC 依样生产。语气轻松得像砍瓜切菜一样，仿佛不是在谈一项千万级别的生意。

这是一家不会拒绝任何有分量订单的公司，郝仁知道 TSMC 在全球有五六百家大客户，每年经手成千上万的图纸，于是问道："贵公司是如何保障客户图纸安全不泄密的?"

对于郝仁初涉芯片领域，还没有成熟的图纸就过于长远地担心起泄密，莫荣辉没有露出一点嘲笑神情，而是以一种重复百遍的熟稔解释："尽可以放心，你们在把设计图纸交给我们进行加工制作时，就可以派出一个专业团队，对芯片的整个生产过程进行跟踪监督。另一方面，我们会和你签署一份严格的保密协议，一旦泄密，赔偿金额一定会让你们满意。"

"非常感谢。"

郝仁已经从莫荣辉的回答中得到了想要的答案，一方面交给 TSMC 代工是安全的，这样体量的企业不会自砸招牌；另一方面，TSMC 不会介入任何企业的设计过程，避免瓜田李下惹麻烦，耀华亦不能从 TSMC 获得芯片设计方面的帮助。

离开 TSMC 工厂，郝仁就给沈同方去了电话，介绍了下代工厂的情况，然后遗憾地说："本来还想寻求联合研发的可能，但听他们对于设计这块避之唯恐不及，怕客户对他们的信息安全和保密制度不信任，就知道没戏了。"

沈同方听了，在电话那头笑得震耳欲聋，说道："国内走联合研发路子的企业还少吗？还记得远征电子吗？一心想着和外企共同研发，最后迷失自我，忘记初心，啥也没学到，被对方吃得骨头都不剩。前车之鉴，真正的核心科技，哪有什么捷径可走，老老实实自己做就是了，年轻人，有点耐心。"

郝仁被沈同方嘲笑一番后，一拍脑袋，内心开始谴责自己的急功近利。

郝仁在菲律宾停留了差不多一周，白天考察马尼拉手机销售线下门店，晚上与何泰然夜夜促膝长谈，探讨菲律宾市场策略。

令郝仁惊喜的是，何泰然不仅了解菲律宾的情况，对东南亚其他国家，尤其是印尼也做了功课。他认为印尼2亿多人口，手机占有率才9%，是一个值得投入的潜力市场，建议郝仁将印尼定为东南亚的重点市场。

郝仁当初要求何泰然以管理者的角色做事，没想到何泰然不仅担起菲律宾国家主管的角色，而是从东南亚区域主管的视角出发。野心不小，郝仁愈发欣赏，不想当将军的士兵不是好士兵。只不过郝仁想何泰然少年得志，周遭少不了赞美，自己不必再加码，怕他骄傲自满，丢下一句区域主管能者居之，现在虚位以待就离开了菲律宾。

郝仁的第二站是新加坡，新加坡背靠马六甲海峡，位居交通要道，经济发展，民生安定，是东南亚唯一的发达国家。几乎所有的欧美品牌都会把新加坡作为亚洲市场的桥头堡，试水最高端的旗舰产品。

从马尼拉来到新加坡，仿佛从郊区来到真正的市区，城市面貌大为不同。在新加坡迎接郝仁的是一名干练的女将，孔媚。

孔媚入职耀华两年多，曾是一名海外留学生，就读的地方正是新加坡国立大学，这次外派可谓是故地重游，如鱼得水。机场出来，一上出租车上，孔媚就开始给郝仁介绍新加坡的情况。

"郝总，新加坡的销售情况不是特别理想，可能是东南亚各国中最差的。"

看着满脸写着抱歉的孔媚，郝仁平静地说："有没有分析原因？"

"嗯,我尝试做了一些分析,从竞争情况上来看,全球前四的手机品牌在新加坡都有销售,并且是以中高端产品为主,我们的品牌知名度不高,且缺乏高档价位段的机型,是一个比较大的硬伤。新加坡的消费者品牌观念强,消费水平高,愿意为价格昂贵的国外大牌掏腰包,我们在新加坡没有进行品牌营销投入,知名度不高,再加上中国制造在海外有廉价低质的刻板印象,这些都是造成新加坡市场销售不好的原因。"

"你的意思是不是说新加坡人崇洋媚外,对产品有地域偏见,这个市场上对我们的不利因素较多。"

"不是,与其说地域偏见,不如说是品牌偏见,新加坡人国际化水平高,见多识广,在产品选择上品牌知名度对他们意味着低风险,因此,国际大牌在新加坡的营销投入非常巨大。"

见孔媚对答如流,郝仁适时地抛出了颇有压力的压轴大题。

"新加坡面积不过 700 多平方公里,人口仅 400 多万,两者都比不上深圳一个城市,如此小的市场,是否值得耀华投入?"

孔媚知道郝仁心中答案一定是值得投入,不然怎么可能贸然把她派到新加坡。显然,郝仁考的不是值不值得,而是为什么值得。

审题完毕,孔媚不慌不忙地说道:"单就市场容量来看,新加坡确实不值得投入。但从市场地位来看,新加坡是最值得投入的战略高地。新加坡是东方通往西方的桥梁,如果耀华未来要出征欧美市场,新加坡就是一块很好的跳板。第一,这里的消费者可以用他们的国际视野,帮助我们验证产品在欧美国家是否受欢迎。第二,新加坡可以是我们与国际品牌争夺市场的练兵场,在这里先把营销服的打法磨炼一下。第三,新加坡的成功案例是我们进去欧美市场的最好背书,西方人也许不认我们在东南亚其他国家的成功案例,但不会不认新加坡的。"

郝仁点头:"不错,你对公司愿景理解很深刻,不仅有眼前的小溪浅滩,还顾念着远方的大海山川。"

孔媚得意地一甩马尾辫,说道:"必须的。"

出租车这时正好到达郝仁预订的酒店,司机停好车,等待两人付款。

孔媚凑朝前问道:"How much?"

司机把小票递给孔媚说:"Ten 块。"

孔媚递过去 10 块新币,下了车,郝仁一脸茫然地跟着下了车。

"什么叫 Ten 块?Ten dollars 就 Ten dollars,十块就十块,怎么一半

中文一半英文的。"

"都说了新加坡中西结合，是东西方的桥梁。"

"原来如此，哈哈哈。"

在酒店办理了入住，两人一起在餐厅吃午餐。

郝仁问孔媚："新加坡你熟悉，打算下午带我去哪里逛逛？"

"放心，我当向导，保管叫你大开眼界。"孔媚自信地说。

"行，让我长长见识。"

饭后，孔媚带着郝仁来到位于中央商务区的滨海湾金沙购物中心，郝仁一走进这座商场，就被它的富丽堂皇所吸引，各种全球知名的奢侈品应有尽有。

"带我来购物？"郝仁疑惑地问。

"对，带你来新加坡豪华购物中心 windows shopping，你看那是 Louis Vuitton 精品店，除了巴黎外，全球规模最大的就是这家了。"

"很有设计感，很时尚。"

"这个商场除了这些奢侈品，还有酷美亚洲最大的体验店，规模并不比 Louis Vuitton 精品店小太多。"

说完，孔媚就引着郝仁上了扶手电梯来到二楼，迎面就是酷美的旗舰体验店。整体造型是和商场同样的全玻璃透明内饰，用蓝白两色的灯带打造出科技感，里面按照消费者的生活场景分为游戏、影音、商务、学习四个大区，每一个区都提供了最新款的手机给消费者体验。

郝仁注意到，这里和国内的任何一家手机门店都不一样，推销人员从不主动介绍，除非有人提要求，很多消费者就很随意地坐着站着摆弄产品，没有一点拘束。

这时，孔媚说："哪怕是国民收入较高的新加坡，买一台上千的手机对大多数人来说也不是一笔小数目，不可能随便眨眨眼就决定了。可是如果去零售店或者专卖店逛，店员过度热情的推销会让消费者无法安心地试用手机。在这里就不一样了，随便试，随便玩，店员绝对不会来打扰你。"

"嗯，这家店的主要目的是为了让消费者了解产品，而非销售。"

"是的，郝总，我问过一些人，他们都是在这里试用过后，就去卖场或者专卖店买，因为这里是原价，但是其他店一般有折扣，我看酷美的渠道商不仅不担心体验店抢他们的生意，还很欢迎体验店为他们引流。"

"这种高端体验店完全把酷美全球第一手机品牌的身份立住了,而且从它的分区设置,大概能看出它将往什么领域发力,你得空多来这里学习,往国内发发分析报告。"

"行。"

郝仁在酷美体验店几乎待了一下午,把每款手机都一一试用,记下有价值的信息。

等两人从里面走出,已经下午6点,正打算要走,孔媚眼珠子滴溜一转。

"郝总,你不会看完这里就回去吧?"

"是还有别的手机品牌旗舰店在这里吗?"

"没有,其他手机旗舰店在别的区,离这里远,我明天再带你去。我的意思这里这么多奢侈品店,你不买点东西吗?比如送女朋友。"

郝仁一听,想起还没有给穆言买礼物,忙问:"送什么好呢?"

孔媚仿佛挖到惊天秘闻般大喜,说道:"郝总果然有女朋友了!是同事吗?我认识不?"

"我不能有女朋友吗?少八卦。"郝仁瞪了孔媚一眼。

"那必须能,是时候显示我真正的才华了,郝总,请跟我来吧。"

孔媚大摇大摆地走进一家仿佛对荷包张着血盆大口的奢侈品店,让后面跟着的郝仁有点心虚,不知道自己有没有在新加坡挥金如土的资格。

第七十四章　一趟连吃带拿

在海外调研了一个多月,郝仁跑了东南亚和非洲的几个国家,国际化道路由之前的云山雾罩渐渐清晰起来,终于可以放心地踏上归途。

不知道从何时起,郝仁越来越珍惜飞机上的独处时间。一旦飞机直上云霄,便没了文山会海,电话短信通通进不来,仿佛有一个真空罩将外界的纷纷扰扰隔离。

此刻,郝仁感慨时间真是个叛逆的孩子,你想快,他偏要慢,你想慢,他偏要快。小的时候盼着长大,偏偏时间就像坏了的水龙头,嘀嗒,嘀嗒,半天才挤出一滴。现在,郝仁唯愿一天48小时,能让他忙完工作之余,能够好好思考。

就如国际化道路,光看字面意思让人觉得热血沸腾。可就是如此这般宏图伟业，郝仁也仿佛是路上遇到一个熟人，自己被邀请去对方家里做客，就这么跟着过去了。前期没有规划看图，中期没有深思熟虑，后期前途未卜。

郝仁想起，自己不是担任耀华终端总裁后才开始接触国际化。实际上，在做研发负责人的时候，他就接待过外商，和外国的技术人员研究过产品设计，只不过那时候耀华是作为代工企业，只管生产，至于生产出来最后消费者是谁，和自己没关系。

自2001中国正式加入世贸组织之后，为了促进中国企业走出去，扩大在国际市场上的影响力。有关部门践行政府搭台、企业唱戏，多次牵头各类海外商贸洽谈会、展会、交流会。

郝仁跟着赵扬去过几次，记得在迪拜的某次商贸会上，商务部的一个政府工作人员，站在展台边，拿起一个耀华代工的对讲机，对郝仁说这么好的产品，只在国内卖，真是可惜了。

郝仁那时候懵懵懂懂，说了一句现在想起来后悔万分的话，耀华一心一意做产品，总有一天会赢得所有人的青睐。

那个人摇摇头说，酒香也怕巷子深，如果是以前，自给自足，全国人民吃饱肚子比什么都强，一定不会催促企业走出去。如今，世界全球化潮流汹涌澎湃，你不乘风破浪，别人就乘机超越。人的一辈子，匆匆数十载，能遇到一次浪潮已经很幸运了，能立潮头的机会也许就一次。现在不珍惜，潮退了，再努力在沙滩扑腾有什么用。

郝仁当时似懂非懂，这次走了一圈海外，似乎全明白了。势在这，郝仁就是不预先谋划，耀华的员工、客户、供应商、媒体等等关联人都会生拉硬拽着自己迎上去，所以不若边做边想，大刀阔斧地闯闯。

郝仁以前出长差，一走几个月，忙起来也顾不上想回深圳，反正深圳的家空空荡荡。可这次，一想到穆言在深圳等自己，就觉得深圳比世界上任何一座纸醉金迷的大都会都要繁华。

飞机落地颠簸滑行，郝仁的心里莫名被震出一句话，世界喧嚣不如你的热闹，真酸。

穆言在机场出口等郝仁，结果今天不知道有什么明星来，里三层外三层围着许多举牌应援的粉丝，愣是挤不进去。一看时间还有一会，穆言给郝仁去了一条短信，在旁边星巴克寻了个位置看《霍乱时期的爱情》看得忘乎所以。书中正读到费尔明娜·达萨习惯了衰老的丈夫那种与公众形象大相径庭的狭隘见解时,一名微微发福的中年男子拿着一杯咖啡朝穆言走了过来,问可以不可以拼桌。

穆言没有抬头,道了声请随意,继续看书。男子看着穆言几缕垂坠在书本上的波浪长发,卷起衬衣袖口,露出一块价值不菲的百达翡丽名表,然后轻叩桌角。

"小姐,请问是否要我再帮你叫一杯咖啡。"

"不用。"

"小姐,可不可以认识一下,给我你的电话。"

穆言被烦得不行,书也看不下去,一看时间差不多了,起身不耐烦地说:"我要去接我的男朋友,再见。"

男人却不放弃,跟着穆言出了咖啡厅,朝穆言递过一张名片,说道:"我是马氏集团的销售副总,也许以后我们会有交集,不如先认识一下。"

穆言还没来得及接,名片突然被一只大手夺了去,穆言回头惊呼:"郝仁,你终于回来了。"说完,自然地挽过郝仁的手臂,满脸喜色。

郝仁揽过穆言的肩膀,旁若无人地拥抱了一会,才推着行李车往外走,连刚才中年男子什么时候尴尬地离去都不知道。

"哎,穆老师在哪里都能招蜂引蝶,我好没安全感。"郝仁装模作样地说道。

"哪有蜂蝶,都是苍蝇臭虫,你看这个人手上没有婚戒,却有戴过戒指的痕迹,一定是过来搭讪我前取掉的。如果没猜错的话,他一定放在右边裤兜里,估计还挺贵,他时不时会伸手进去摸摸。见我看书不理他,还故意卷起袖子露出块名表,都不知道他想侮辱谁?"

"穆老师,神目如电,还好我人如其名,一直老老实实做好人,才得以在穆老师手下幸存。"

"咦,你出发前不是拿一个箱子,怎么回来多了一个?"

"都是给你买的礼物。"

"这么多也太夸张了。"

"不多,不多,穆老师请笑纳。"

……

周一早晨,郝仁到公司没有回自己办公室,径直去了赵扬办公室。

见到赵扬的时候,他正在慢条斯理地泡工夫茶。

"赵总。"

"坐，国外咖啡喝多了，回来给你准备一壶茶，尝尝，福建朋友送的极品铁观音。"

"好，馋死我了。"

郝仁在赵扬的对面坐下，拿起一杯茶细品。

"说吧，猴崽子今天来找我啥事？"

"就是和您说说拓展海外市场的思路。"

"海外市场？公司不是一直都有产品销往海外，还没做自有品牌前，我们就有不少外国客户，比国内客户占比还大一点。如果有海外客户找你合作，有把握就做吧，我说过你可以全权处理耀华终端的所有业务。"

"谢谢，赵总。但我说的是全面拓展海外市场，无论有没海外客户主动找上门来。之前，我就是心里存着国际化的心思，也是一门心思先做好国内市场再说。然而，这次我海外走一圈后发现，海外市场的空白不是几家运营商就可以拿下来的，我们的机会很大，我想试试。

"就拿非洲市场来说吧，我们拿到了VOD运营商的入场券，但实际上哪怕是VOD这样的国际巨头都无法全面占有非洲市场。几个跨国运营商各有各的地盘，没有办法在一个国家实现网络全覆盖，于是就一心想着此消彼长地抢地盘，定制的手机完完全全都是排他的。可对消费者来说，多卡自由切换才能让他们无论在哪里都能获取良好的网络。所以，如果满足本地客户需求的产品，在公开市场也会有很好的市场销路，不必受制于运营商苛刻的价格条件。

"再有就是新加坡这样的高端市场，如果完全依赖渠道商和运营商销售，产品的形象设计、陈列展示、活动推广等等我们无法做主，产品的调性就不立起来，很难让这些经济宽裕的消费者相信我们是一个有高端的品牌。"

赵扬静静地听郝仁讲自己这一趟调研的体会，他不习惯别人话没说完前发表意见，于是进一步问道："那你打算怎么做？"

"我打算分三步走。第一步，先全面开拓运营商和分销商的渠道，变被动为主动，不再像过去一样等别人上门。第二步，派驻我们的销售人员到分销商内部去学习，培养自己的渠道人才。第三步，开设自有的门店和体验店，由我们自己运营。"

"你打算从哪些国家开始呢？"

"非洲、东南亚等国家，我们熟练农村包围城市的打法，还是先从低端市场截取利润,然后同步开发高端产品。我们现在的产品性能、外观和价位,都够不上高端市场。当然,即使是欧美国家也有低消费人群,但没有调研就没有发言权,是等到有能拿出手的高端产品再进入,还是以低端产品切入,我还需要考虑下。"

"郝仁,自建渠道没有这么容易,一方面,它的开销比依赖第三方渠道要高昂得多,且是完完全全自负盈亏。另一方面,你的自有销售渠道建到国外去,服务体系也要跟上,售前售后是一体的,你现在的服务体系还是完全依赖耀华技术的老平台。"

"赵总,这就是今天我来找您的原因,无论资金还是人力上我都需要您的帮助。"

赵扬想也是到时候了,当初把很多平台留在耀华技术,是为了让耀华终端能够轻装上阵,如今,自有品牌日益强大,越走越远,是时候要离开母舰,自由地发展了。

"你让财经把所需投入测算一份报上来,我看看再讨论。你的组织架构你自己安排,需要扩充什么就扩充什么,我没意见。"

"谢谢赵总,我还有一件事想说。"

"猴崽子来一趟还攒几件事,打算一次性掏空我。"

"赵总,不敢。我们打算进入芯片领域,人马已经齐备,代工厂也联络了一些。如果自研成功,使用量足够大,原来单价成百上千的芯片,成本可以降低到百十来块,利润空间就大了很多。我在想,如果芯片做出了,除了自有品牌可以用,代工的产品也可以用,钱都是耀华赚的。"

赵扬看郝仁小心翼翼引导自己的样子,笑着说道:"你出门一趟果然是能赚多少赚多少,找我要资金开拓市场不说,还要做出产品卖给我,不错不错,是谁说研发都是死脑筋,做不得生意,我看你就猴精猴精的。"

"赵总,看您说的。"

"好了,回归正题,这事我说了不算,品质说了算,你的芯片要过得了内部采购检测,不指定配件的代工产品可以优先使用。"

"我就知道您会支持我的。"

郝仁今天是连吃带拿地跑了趟赵扬办公室。

第七十五章　挖出男人梦想

回到办公室，郝仁看到桌上宋朝栋差人送来的邀请函，标准的尺寸，常见的设计，时间地点都是印刷体，唯独落款是宋朝栋亲笔写的。

不忘初心，方得始终，希望你能同我一起见证。

郝仁之前没有见过宋朝栋的字，这么一瞧倒是难得的好看，笔势豪纵，飘逸自如，都说见字如面，郝仁仿佛看到宋朝栋那副天塌有人顶的乐观模样。

穆言敲门进来，递给郝仁一份各大终端厂商半年业绩简报。

自 2005 年手机牌照从审批制转核准制以来，竞争者呈现快速增长，市场格局在 2006 年上半年持续震荡。

一方面，依法获得牌照的上百家正规军上阵激烈厮杀，兵对兵，将对将，营销、渠道、产品全面开战。另一方面，非法生产的小厂商屡禁不止，在这个过度竞争的地方暗度陈仓，搅得市场更加血雨腥风。

后果就是产业加快整合，败下阵来的国内外厂商黯然退场。

先是 CF 集团获得牌照后，一脚踢开当初借牌的小熊电子，桥归桥，路归路。小熊电子本来就资质平平，没有独立研发能力，失去 CF 这个后台后立马没了生息，在 2006 年初就宣布破产清算。

接着，国外厂商也撑不住无止境的投入了。日本手机品牌 THE ONE、NER 等不能适应中国市场的快节奏，宣布调整重心，缩减终端业务，出售部分生产线。

最后，以前排名前十的国内外巨头冰火两重天，酷美、MOT、爱达、CF 国外四大巨头稳稳占住中国超过一半的市场，酷美更是嚣张地宣布 2006 年的全面目标是 35％的市场份额。

而国产品牌落声一片，尤其是宋朝栋的高科从第四五跌到了第七，和国产中唯一逆势排名上升的第八名耀华来了个亲密接触。如果高科排名尚在前十还看得过去，但半年报中的 3000 万亏损就过于刺眼了。

看完简报后，郝仁不由得担心起宋朝栋。

"高科的手机份额下降，宋朝栋这个时候宣布入局屏幕制造，媒体风评会怎么样。"

穆言似乎知道郝仁会问，有准备地递给郝仁另外一份新闻摘录。

"媒体这边确实七成唱衰，你看这个《都市新动向》直接从高科的资金来源挖出宋朝栋的背景，说他是不安于室的富二代，拿着老爹的钱到处挥霍，手机市场搞砸了就换了赛道。

"另外这个《东华早报》评论道，高科这两年的收购及海外扩张都是失败的，还好有冤大头老爹为年轻气盛的儿子买单。

"还有这个电子产业报说，高科低估了国际市场的难度，以为买买买就能变成国际大公司……"

郝仁啪地把新闻摘录扔在办公桌上，气愤地说道："什么玩意，当初高科崛起时把宋朝栋夸得天上有地下无的，现在业绩波动就恨不得把宋朝栋绑在耻辱柱上，真是是非曲直两片嘴。"

郝仁为朋友气急败坏的样子在穆言看来与身份委实不符，于是劝慰道："宋朝栋那样的家世，风凉话怕是听习惯了，做好了就是背景深厚，做坏了就是败家二世祖，估计他要是玻璃心，早就和借箭的草船一样了。"

郝仁听穆言这么说，一口气顺了不少："那倒是，我觉得他比我和城墙都强的方面，就是脸皮厚。"

穆言听了，嘟囔了一句离开。

"这方面，你俩的脸皮比城墙都厚。"

月底很快到来，高科光电工程启动仪式在广州黄埔开发区正式举行。

如果这时候有人从直升机往下看，会看到眼下大片尘土飞扬的工地，宛如这座城市的一块疮疤，在漫山遍野的绿意中异常显眼。工地中间数面红旗半环一块背景板，在裸露的黄土之上迎风招展。背景板上面密密麻麻写着各式标语和十几个鸣谢组织，只是在刺眼的阳光下，也就正中红色的四个大字"启动仪式"能看清了。

郝仁驱车三小时来到这，下车没多一会黑色的西裤皮鞋就吃了半斤土，染上成土黄色。仪式还有十分钟开始，郝仁左看右看不见宋朝栋，便和认识的嘉宾和媒体打个招呼。

果不其然，只有耀华一个友商，媒体和嘉宾用诧异的眼光打量郝仁，郝仁则若无其事地用邀请函扇着风以示回应。

还是不见宋朝栋，原定的时间一到，主持人站到背景板前用激昂的声音宣布高科光电工程启动仪式现在开始。

话音刚落，只见远方一辆小型挖掘机轰隆隆地朝这边驶过来，卷起一路尘土，似有千军万马奔驰而来的气势。待挖掘机靠近，众人才见驾驶座上是英气勃发的宋朝栋，副驾驶上是西装革履的黄埔开发区主任江波涛，两人一起跳下挖掘机，站到背景板前。

主持人马上引导众人用热烈掌声欢迎乘坐挖掘机而来的两人，并把其他嘉宾也一一介绍。接下来，江波涛代表开发区欢迎高科光电的进驻，言简意赅地陈述了开发区对科技产业的支持与优待，并预祝仪式顺利进行。

江波涛主任讲完，将话筒递给了宋朝栋。

"感谢开发区对高科光电的大力支持，感谢各位朋友来到高科光电工程启动仪式。我今天站在这块别无他物的土地上，想到一年多后干净整洁的厂房拔地而起，昼夜不息的机器隆隆作响，我的心情就无比的激动。

"我知道做屏不是摊饼，没有这么容易，国内还没有自研成功案例，也知道外界对我的质疑，手机都没做到稳固就盲目地跨界扩张。

"但是在我心里，不能自研核心部件，卖再多终端也是个组装厂，做一台拥有国产屏幕的高端机是高科的使命，也是我的梦想。今天高科迈出第一步，就不会再回头，唯一的选择就是一往无前地走下去。"

这次前来的人中除了有开发区的官员和高科的主管员工，还有心思各异的记者，就等着朝宋朝栋丢难堪的问题。比如高科上半年排名下滑，如何重拾信心同时做好手机及屏幕？比如跨界发展是不是因为家里有矿，后顾无忧？再比如是不是打算阶段放弃手机，换个赛道做屏幕之类？

但这一刻，宋朝栋的发言似乎回答了所有疑问，在座的各位被宋朝栋一条道走到黑的决心所震撼，下意识地献上了热烈的掌声。

郝仁在旁边，先是被宋朝栋大出风头的出场惹得发笑，又被他发自肺腑的宣告弄得酸涩，各种情绪冲撞在一起，竟莫名模糊了双眼。恰巧宋朝栋讲完话朝自己这边望过来，郝仁只得假装被灰尘迷了眼。

"下面有请所有嘉宾为工程破土。"主持人适时地引导大家进入下一个环节。宋朝栋和几位重量级的嘉宾一人一把带红绸布的铁锹，挖开了脚下的土地。拍照留念后，仪式结束，宋朝栋将嘉宾一一送走，只剩下郝仁和为数不多的工作人员。

郝仁想宋朝栋新业开张，肯定还有别的事忙，打算打个招呼后就离去，没想到宋朝栋突然凑到郝仁耳边，说道："外人都走了，真正的破土开始了。"

"什么意思?"

宋朝栋也不解释,直接拉着郝仁又跳上挖掘机,并朝其他人挥手示意。瞬间,工作人员会意地迅速退到背景板后,离挖掘机不止三丈远。

"你干吗?"郝仁看着拿起操作杆的宋朝栋。

"破土。"

"刚才不是破过了?"

"我做事从来不小打小闹,向来大刀阔斧。"

郝仁不再说话,死死抓住扶手,因为挖掘机驾驶室已经旋转起来。待挖掘机转到刚才破土的位置,动臂缓缓升起,铲斗刚垂直到位置上方,就见宋朝栋稳稳提起手柄,铲斗立时向下挖起半斗土,然后转往下风处高高扬起,一时间,两人前方飞沙走石,混沌一片。

郝仁说:"你真疯狂!"

宋朝栋回:"人都走了,就让我疯一次,今天过后,又要一本正经地活着。"

"好吧,好吧,知道你最近压力大,再让你玩一次。"

"好嘞,启动。"

结果宋朝栋上了瘾,足足挖出一个大坑才肯停下来。

"我说,你有挖掘机的操作证吗?"

"必须有啊,不然区主任会报警。"

"你一个富二代考这个证干吗?"

"挖掘机是所有男人的梦想。"

"我没想到你这么多才多艺。"

"我的才华你知道得还少呢。"

……

另一头,《广州在线》的经济新闻记者王文斌自己驾车而来,没有坐统一安排的大巴车离开。正要启动汽车时,看到挖掘机又转了起来,就赶回现场,从背景板后探出头,拍摄了两人在挖掘机上撒野的视频。

等郝仁开车回到深圳,一段标题为王牌对王牌的视频刷爆了网站,画面上宋朝栋自信地操作着挖掘机,而郝仁紧紧握着车窗把手,表情很是无奈,下方的评论区热闹极了。

国产手机头部品牌内战,高科用挖掘技术震慑友商。

挖掘技术哪家强?高科看不起蓝翔!

不会开挖掘机的手机品牌不是好品牌,我十分担心耀华。

有没有人觉得他俩好兄弟,一起疯?要不是感情好,谁会邀请友商去自己的公司活动,不怕刺探商业机密吗?

……

穆言在电脑上翻给郝仁看。

"你怎么去参加个活动都能上八卦头条啊?"

"穆老师,我也很无奈。"

"你又不是嘉宾,为什么要上挖掘机破土?"

"唉,宋朝栋说,开挖掘机是每个男人的梦想,我想证明我是真男人。"

……

穆言现在只想证明自己不是郝仁的营销总监。

第七十六章　乱拳打老师傅

隋祖禹从非洲回到深圳,就给定制机负责人齐飞华解读海外调研内容,让她立马对原有的设计方案启动一次大规模修改。

修改的条目虽然多,但对齐飞华这种整合高手来说,她就能在最大限度不给生产带来麻烦的情况下完成。与此同时,齐飞华还兼顾到迭代的可能,让后面的产品在此基础上不断地优化。因为如果以后要深耕非洲市场,短期能做的改进虽然能区别竞争对手,却无法让用户持续买单,除非能长期把客户的刚性需求功能做到极致。

不久后,耀华第二次向 VOD 寄送样机和提交审核。这次,申请发出不到一周,对方就发回审核通过的邮件,并询问最快多久可以实现量产。

生产主管姜大力对郝仁和隋祖禹自信满满地说,齐飞华的方案对生产最友好,需求早早就在系统上提了,给足了备料排产的时间,一个月内保管可以量产。

一个月后,第一批十万台耀华手机顺利报关,通过海运正式抵达尼日利亚拉各斯港口。这速度让 VOD 的西非高级副总裁艾瑞克·菲洛斯十分震惊,当他手里拿着从拉各斯港口运到阿布贾的耀华手机时,其他厂商的定制机还没有量产,心想这还怎么比呢?

于是,在中东非区域主管联席会议上,艾瑞克·菲洛斯就直接指出,所谓的分区域测试不同品牌手机是一个非常理想化的点子。市场瞬息万变，早铺货早挣钱，何必把所有厂商拉齐一个时间点比拼，交付能力本身就是选择因素中最重要的。

艾瑞克·菲洛斯的观点得到了大部分区域主管的认可。没有谁想要干看着西非一个区域卖爆品，市场不会等任何手上没货的运营商。各种商人只要有利可图就会串货而来，消费者完全可以越过 VOD，直接购买西非流过来的产品。

艾瑞克·菲洛斯能够基于公司整体角度考虑问题，而不是目光局限在如何碾压其他区域的业绩上，这让 VOD 总部高层十分满意，给他年底的绩效考评提前上了保险。

陈虎到尼日利亚已经三个月，虽然没有产品，但每天忙得不可开交。整个阿布贾加上自己，一共四个中方员工，负责财经的庄晓丹，负责行政后勤的张舟和厨师刘大叔。过段日子，可能从深圳再飞过来一个服务经理和一个商务经理，满打满算就六个中国人，可谓势单力薄。

陈虎不忘郝仁临走时的交代，俨然一副大家长的样子。陈虎首先把代表处的经费盘点一下，分成人力费用、运营费用、营销费用、商业拓展费用等。

紧接着，陈虎开始招募本地员工，因为他知道产品到货之后就要争分夺秒地推广，好抢占市场为年底集采做铺垫。陈虎在穆言和冯都都的远程指导下，从一个本地小广告公司挖来一名叫阿布诺的美工，让他负责推广工作的执行。

本地人阿布诺从小有个做艺术家的梦想，可惜尼日利亚不需要这么多艺术家，尤其是像阿布诺这种只跟着老师傅学过几天画，没经过正规美术学院的浑小子。

那天，阿布诺来面试的时候，满头脏辫，浑身穿得花花绿绿，脖子一根粗链条，活像个摇滚明星。陈虎见到阿布诺，都怀疑自己发出去的招聘广告到底是招营销人员还是代言人。

陈虎问："我们手机公司想要在尼日利亚销售，主要是拍照好看，能用一句话描述吗？"

陈虎看阿布诺简历知道他是美工，可能文案会差点，这样问就是试试他的理解能力。没想到阿布诺张口就来了一段说唱，边说边跳，惊得陈虎目瞪口呆。

"Yaohua phone, it's amazing, beyond your beauty, you love it. Yaohua phone, see the looking, it's the reason……"

唱到最后，陈虎站起来跟着哼，旋律太魔性，陈虎难以自已。

陈虎又问："我们有什么好的推广形式可以用在新品上吗？"

阿布诺一甩脏辫，说道："在阿布贾，如果要让更多人认识，户外广告要比报纸、杂志、电视广告观众覆盖广。"

陈虎又问："广告牌只有市区有，要是农村也想推广，墙体广告可行吗？"

"墙体广告是什么？"

"就是油漆在墙上直接画。"

阿布诺听了兴奋起来，说道："那不就是涂鸦吗？这个我擅长。"

"你一个人可干不完，要快。"

"那还不好办，我师傅那几十个学徒，叫他们来打零工就行了。"

陈虎起来和阿布诺握手："就是你了。"

阿布诺就成了耀华在尼日利亚的第一名本地员工，为表特别，陈虎给阿布诺申请的ID号是001234，1是第一人的1，234是尼日利亚区号。阿布诺之后，002234，003234，004234等编码的本地人也入职了耀华尼日利亚。这些编号在办公室用中文喊起来，像极了广播体操里的节奏，于是本地人中开始流行做广播体操，上班前来一段，神清气爽。

随着人员扩充，陈虎在市区租的办公室也不断扩大，从一层楼变成了三层楼。每天早上，第八套广播体操开始了的音乐一响，中方员工在前面领操，带着本地员工展开双手，宛如战场点兵，一派兵强马壮的气势。

陈虎得知VOD定制手机已经过审后，马上就让阿布诺启动了推广计划。因为是耀华手机的首次海外销售，郝仁给陈虎划拨的经费是十分充裕的。但陈虎农家出身，节俭惯了，深知挣钱不易，每一个广告商务都和阿布诺亲自去谈，不把价格压到合理范畴绝不签字，连让阿布诺都感慨中国人是越有钱越抠门。

市区常规户外广告打出去的同时，阿布诺的墙体涂鸦小分队也出发了。他们三人一组，一人负责绘图，一人负责美工字，一人负责涂色。让耀华手机广告很快就遍布阿布贾。至于其他城市，脑袋灵光的阿布诺并不需要亲自出马，他找到当地的小作坊，复制阿布贾的经验，让对方根据提供的几款标准图纸绘制，然后通过拍照计件付款，以最小的人力财力保证最大的广告覆盖。

在耀华手机上架 VOD 的营业厅前，耀华手机的名头已经家喻户晓。当然墙体广告有成本低，持续时间久的优点，也有不易更换的弊端，所以陈虎不可能把型号放在墙体上，只能是做品牌名称曝光。

于是，本地消费者一开始只是好奇，等产品开售后，纷纷跑到营业厅试用，才发现这款手机在拍照和手感上的神奇之处。而传单上专门为非洲而生的广告语更是让客户觉得亲近，再加上价格合理，上架半天就轻松实现过万销售。

销售喜人，陈虎却为了调货伤透了脑筋。第二批 20 万台和第三批 30 万台分别要 10 天和 15 天后才能到达，陈虎只能一直往国内催货。急得姜大力一边发邮件让下属安排工人加班加点，一边在会上直喊，再催头发就彻底掉光了。

郝仁看看陈虎急得通红的脸蛋，再看看姜大力锃光瓦亮的脑门，谁都不好劝，只能说几句没用的顶住。因为郝仁自己也没办法，VOD 一早来了消息，希望耀华的这款机型不仅覆盖西非，也对中东非的其他区域发货，所以，姜大力的头发确实保不住，无论陈虎催与不催。

这样的销售成绩在意料之外也在情理之中。非洲市场的竞争者并不少，且不说全球四大巨头在非洲都有低端机销售，日本和中国一些本土混得不好的品牌，自然而然也想到来非洲大陆淘淘金。只是往非洲市场销售低端机，很容易就自大地认为自己品牌高人一等，不愿为本地消费者优化产品，推广上还端着些架子。陈虎这样粗暴的推广手段实属有些乱拳打死老师傅。

但又怎样？商场如战场，成败论英雄，只会三板斧不要紧，赢了就对了。

首销一个月，陈虎刷新了耀华新机上市的销量纪录，国内专门发来贺电。郝仁、穆言、隋祖禹、李子健、齐飞华等陈虎的领导同事一边吃火锅，一边对自己轮流说激赏和祝福的话。大家说的话都挺真诚，可陈虎看着热气蒸腾的火锅，心里怎么有点不高兴呢？尤其是胃。

这个周末，陈虎叫刘大叔在别墅里摆起了庆功宴，烧烤、火锅、甜点、啤酒、饮料应有尽有，又把所有核心本地员工都请来，简单说了几句兄弟们辛苦了，吃好喝好的开场，所有人就狂欢起来。

阿布诺几杯啤酒下肚，就着音乐甩起脏辫，领着所有人跳起舞来，跳累了端着酒杯找陈虎闲扯。

"兄弟，我算是服你了，比我还熟悉我们这的农村。"

陈虎摆摆手，说道："谁不是农村出来，农村哪都一样，说人话，办实事，你说是吧。"

"那是，兄弟，为胜利干杯。"

"干杯。"

阿布诺很快就喝多了，跳到了桌子上，对着陈虎的头顶大发感慨。

阿布诺说："I have a dream."

陈虎问："啥？"

阿布诺说："有一天，我要成为非洲最优秀的艺术家，我的作品无人不知无人不晓。"

陈虎说："至少在尼日利亚，你的涂鸦到处都是了。"

阿布诺从桌上跳了下来，坐在椅子嘟囔了一句"还不够"就睡着了。

陈虎轻声说："街头艺术家也是艺术家，以后给你办个万人大画展。"

第七十七章　事业爱情得意

隋祖禹最近简直可以用风调雨顺来形容。

工作上，齐飞华开发的定制机在非洲卖成了爆款，加上陈虎的粗暴推广，成了无人不知无人不晓的街头神器。3G手机在香港的实销效果也不错，虽然受限于市场容量，没法和国内销量相提并论，但由于质量过硬，返修率极低，在用户中间口碑极佳。李子健的明年国内新品顺利通过立项，只要能按部就班地操作，预计不会出太大的纰漏。

隋祖禹周五一打开邮件，都是一切正常的工作周报，心里就两字，舒坦。

感情上，隋祖禹和汤媛两人虽没捅破最后一层窗户纸，但从那次在非洲大难不死后，汤媛不再对隋祖禹不咸不淡。隋祖禹没事找事和汤媛说话，汤媛也没有嗯嗯哦哦地应付。吃饭或者看电影，约三次能出来一次。隋祖禹心里觉得自己已经是胜利在望了。

马上就要到周末了，隋祖禹打算好好表现一下，约汤媛周六来家里吃顿饭。

郝仁听了这个想法后，简直不敢相信，哀求道："水煮鱼，你有没有听说过，不要拿自己的短板和别人的长板比，会很惨的。"

隋祖禹不以为然，坚定地说："在哪里跌倒就在哪里爬起来，汤媛是因为我什么都不会才拒绝我的，我一定要证明给她看，放心吧，我已经深刻地解析了菜谱，万无一失。"

"真的不要，水煮鱼，算我求求你，你做的菜真的不行。"

"士别三日当刮目相待，以前不行，现在妥妥的。"

隋祖禹自信地背着包下班了，身后留下了郝仁不堪回首的呐喊："壮士留步啊！"

隋祖禹拿着手机编辑了三次又删了三次，最后终于把邀请短信发出去了。

"周六晚上六点，可以请你吃饭吗？我亲自下厨。"

不到一秒，汤媛回复。

"好啊。"

隋祖禹手机一丢，激动地在床上翻滚，心中默念成败在此一举。

周五晚上，汤媛半倚床头看到这条短信，心里知道隋祖禹什么意思。想起那次隋祖禹戏弄自己，想把自己当长期保姆，说不生气是假的。

但渐渐地，汤媛能感受到隋祖禹对自己的上心。记得郝仁替隋祖禹开脱过，说他就是个缺乏自理能力的科研人员，他的脑子都用在研究上，是不可能油腔滑调地哄女孩子，心里想什么就说什么。可他居然能想方设法地打听自己爱吃什么，千里迢迢地给自己背辣椒酱，心里又怎么可能不感动。

更何况这么久相处下来，这个男人憨憨得不失可爱，尤其是认真工作的样子，怎么说呢，居然有点性感。

性感，汤媛第一次在脑海里冒出这个词，顿时觉得浑身发烫，臊得慌。连忙用被子蒙住头，在里面大叫一声，想要把这样危险的想法赶出去。

就这样，两个人不约而同地在纷乱焦灼的情绪中，度过了上班族最期待的周五夜晚。

周六的清晨，汤媛晨起锻炼，徒步来到莲花山公园跑步。南方深秋的早晨终于有了丝丝不易察觉的凉意，汤媛拾级而上，又沿缓坡慢跑而下，一路绿树如茵，阳光斑驳，运动舒展过的身体，每一个毛孔都在自由地呼吸。

　　上午十点，汤媛回到了山脚，这时前方的南门开始热闹起来了。莲花山公园有着深圳最有名的相亲角，这里的有名指的不是人数规模最大，而是被父母拿出来相亲的儿女质量之高，让旁观者无不产生"这样的人也会单身"的疑问。

　　深圳是全国数一数二的晚婚城市，从五湖四海来这里的男男女女一门心思就想搞钱，什么男欢女爱，什么儿女情长，统统抛诸脑后。

　　儿女们不急父母急，长辈们一看家里的孩子天天早出晚归忙工作，只好发挥余热，亲自出马搞起这轰轰烈烈的相亲角。

　　要不说深圳是特区呢，老一辈的父母受到时代的感召，技能与时俱进，给子女做的简历那叫一个专业。某某某，32岁，身高1米8，北京大学本科，宾夕法尼亚大学硕士毕业，就职某世界五百强，爱好游泳、高尔夫球。

　　汤媛看着相亲角来来往往的人摩肩接踵，突发奇想走过去看看现如今的婚恋市场是个什么样。

　　汤媛走近一看，密密麻麻的征婚简历挂满了道路两旁的小树，条件真是惊人，什么家有五套房，什么一栋楼待拆迁，什么结婚百万彩礼，什么陪嫁不少于50万的豪车。

　　汤媛心中就一个念头，有钱人真会玩。不过，猎奇看看就算了，这种明码标价的形式自己不太能接受。当然，有人列出自身情况之后，也会补充一句只求有缘人。可谁不知道条件都是和要求一一对应的，就像招聘列出公司薪资福利不就是要找个匹配的人才，哪能一句有缘带过，来了就行。

　　正当汤媛要转身离开时，突然看到旁边一张简历上的面孔有点熟悉。

　　是隋祖禹，汤媛有点懵，隋祖禹的照片怎么会出现在这里？汤媛驻足往下看，男，34岁，深圳本地人，加州理工学院硕士毕业，某大型企业研发负责人，家底殷实，家有数十套房产……

　　内容很长，汤媛读完后，只记住了最后一句话，欲求同等条件女孩一名交往，以结婚为目的。

　　同等条件，汤媛想起那个在湖南乡村几间草房的家，常年从事农活累弯腰的父亲母亲，两个才毕业的双胞胎弟弟。而自己名下无车无房，助学贷款还清还没几年，没有出色的学历，没有惊艳的外貌，是不该招惹大富大贵的家庭。

看着汤媛一旁发呆，站在简历前的中年烫头女人问："姑娘，是不是对我家儿子有兴趣啊？你真是有眼光，我家儿子从小优秀到大。你是深圳人吗？老家哪里呢？哪里工作？要不要留个联系方式，到时候约出来聊聊？"

汤媛脸色不好，连连摇头，说道："阿姨，我是来晨练走错路了，不是来相亲的，打扰了。"

说完，汤媛几乎是落荒而逃。

汤媛相信隋祖禹，他不可能一边说想追求自己，一边又偷偷跑出去相亲，应该就是父母着急，擅作主张跑来相亲角挂简历。但此刻，自己的自卑心频频作祟，根本没有办法接受这种过于沉重的感情，是不是找个普通打工人，平平淡淡过一辈子就好了吧。

汤媛神情恍惚，都不知道怎么回到自己的出租屋，呆呆坐着，中午饭也忘了吃。

下午差不多四点半，隋祖禹来电话。

"汤媛你几点能到呢？会不会找不到地方，要不要你发地址给我，我去接你。你知道吗，我今天一早就去买菜，忙了一整天，我感觉我的手艺一定会出人意表……"

隋祖禹兴奋地说着，汤媛却不知道要不要去，不去，怕隋祖禹失望过头，去，又是个没结果的事。

"汤媛，你在听吗？"

"在呢，不用接我，一会我自己来。"

五点半点，汤媛敲开了隋祖禹家门。一进门，就被隋祖禹做饭的阵仗吓到。几十个盘子里放着各种切好的配菜，从厨房摆到餐桌，从餐桌摆到茶几，连电脑桌都摆了一盘切好的葱花。

隋祖禹穿着一件黑色围裙，戴着胶质手套，好似一个环卫工人。

"你坐下，马上就好。"

隋祖禹说完，往热油锅里倒进一盘带水的青菜，立时油花四溅，吓得隋祖禹往后一跳。

汤媛简直看不下去，放下包，去卫生间洗洗手，走进厨房，接过隋祖禹的锅铲。

"唉，你让一下，去沙发上坐着，别碍事。"

隋祖禹沮丧地在沙发上坐下，像只打架输了的大狗。

汤媛手脚麻利，三下五除二就炒出了五六个菜，摆了一桌。

汤媛盛好饭，叫隋祖禹过来吃。

隋祖禹走过来，拿着一个小盒子，垂头丧气地对汤媛说："汤媛，我喜欢你，不是喜欢保姆的那种喜欢，是想一辈子在一起的那种喜欢。本来今天我想证明下的，结果搞砸了，是我配不上你，你要是拒绝我，我也能理解。"

汤媛有点恍惚，明明是自己的家世配不上隋祖禹，怎么隋祖禹把自己的词说了。

"是我配不上你，你是本地土著，家有几栋楼，我是个边远山区的农家女，什么都没有。"

隋祖禹一听很着急："你瞎说什么，你这么能干，我却除了工作什么都做不好。"

"是我不够好，我学历没有你好，我配不上你。"

"不对，我屋子没有你收拾得好，我才配不上你。"

"我工资没有你高。"

"我年纪比你老。"

……

囫囵话说了好一阵子，隋祖禹觉得有点不对劲。

"汤媛，不对，你是不是愿意和我在一起？"

"愿意是愿意，但是我家没什么钱。"

"为什么要有钱？不对，我是不是听错了，你说你愿意，你再说一遍。"

"愿意。"

"愿意了！"隋祖禹脑袋里炸开了烟花，拆了小盒子，拿出一枚戒指给汤媛戴上，然后迟疑几秒，鼓足勇气紧紧地抱住了汤媛。

汤媛瘦瘦的，小小的，抱起来却柔软得像一团棉花，闻起来带着一点茉莉的清香，真像一床在阳光下晒过的棉被，靠近满是幸福的味道。

幸福还没有抱多久，外面传来钥匙扭动的声音，紧接着门开了。早上汤媛在相亲角遇到的中年烫发女人提着一袋水果出现在门口，目瞪口呆地看着屋内相拥的两人和满桌子的菜。

不对，这个女孩子怎么这么眼熟。

"姑娘，你是？我们早上是不是见过？"

"妈，你怎么来了？"隋祖禹松开汤媛问道。

"好久没来，给你送点水果。这位是？"

"她叫汤媛，是我女朋友。"隋祖禹自豪地说。

汤媛总算回过神来，红着脸说："阿姨好。"

"你有女朋友怎么不说一声，害我今天还去相亲角帮你挂简历。"

"我叫你别去，你怎么又去了，要命。"

"谁叫你一把年纪还没谈过恋爱，我像你这么大，早就……"中年女人刚要开始数落，突然停住问："你们什么时候交往的？打算啥时候结婚。"

隋祖禹不好意思地说："我当然想要快点结婚，但是要看汤媛的意思，万一汤媛想谈久一点也行。"

"小汤，你哪里人？老家在哪里？都是做什么的？"中年女人把早上问题捡回来问。

看汤媛迟疑起来，隋祖禹抢着回答："汤媛是我们公司行政总监，超级能干，老家什么不重要，她会一直在深圳和我在一起，你看一桌子菜是她做的，妈你没吃饭就一起吃吧。"

中年女人看着满桌子的菜，说："不错，不错，我吃是吃过了，但还能再吃点。"

汤媛心里也是，不错，不错，隋祖禹真的不错。

第七十八章　新人四处绽放

隋祖禹的母亲陈慧芳是这个街区有名的女中豪杰，街坊邻居赠名"三勇"。

身形彪悍，力大无穷，年轻时候挑的扁担比男人都重，此为一勇。能生养，加上隋祖禹一共五个孩子，都是她一个人拉扯大，此为二勇。能吃苦，能吃亏，生意失败三次，又东山再起三次，价格公道，童叟无欺，个人信誉是金字招牌，此为三勇。

陈慧芳五个孩子，三男二女，各个身材魁梧，除了隋祖禹。隋祖禹作为最小的孩子，处处受优待，从小打不得骂不得，实在太调皮，他爹一抬手还没打下来，哥哥姐姐立马从各个角落冲出护驾。

陈慧芳为人豪爽，带点草莽气，不喜欢养得娇气的孩子，隋祖禹虽然头脑出众，但总觉没有其他几个孩子那么皮实。陈慧芳有时候会陷入反思，是不是过度保护导致隋祖禹体质孱弱，肩不能挑手不能扛。

陈慧芳看了一眼情投意合的两人，想起早上闹的乌龙。莲花山隋祖禹相亲的简历是邻居帮忙弄的，说这叫筑巢引凤，成功率高。实际上，陈慧芳并非思想古旧之人，心里理想的儿媳妇还真不是有钱人家娇滴滴的小公主，而是吃苦耐劳，能过日子的女孩子，可以与弱不禁风的隋祖禹互为弥补。

饭桌上，隋祖禹正给母亲绘声绘色地描述在非洲，汤媛是如何手提重锤砸开门，把自己从小黑屋救出来，整个人像英雄一般。

陈慧芳听隋祖禹这么一说，看汤媛愈发顺眼，连连夹菜示好，叫两人好好相处，想结婚的时候说一声，她来操办。

陈慧芳走后，汤媛明明没有做什么体力活，却累得倒在沙发上，对隋祖禹说："真是深圳速度，才在一起几分钟就见父母了。"

隋祖禹冒着傻气嘿嘿笑着说："还真是，我今年过年能去看看你父母吗？"

汤媛见过陈慧芳后，心中安定极了，说道："进展有点快，不过你想去就去吧，就是菜有点辣，你跟我回去可能吃不惯。"

"你以后每周末都给我做饭吧，我从现在开始练习吃辣。"

"好。"

"原来有女朋友后，就可以衣来伸手，饭来张口。"

"你休想。"

隋祖禹三十多年来，总算明白，一个人并不需要时时刻刻都有事忙碌，和喜欢的人在一起，哪怕什么都不做就很幸福。

周一一大早，郝仁刚走到耀华芯片实验室的门口，就听到里面传来有人谈工作的声音，不用看，这个点能在公司的人，一定是沈同方和钟楠。

沈同方是老人家，睡眠少，住得近，永远的公司上班第一名。钟楠年纪虽小，但早睡早起的作息竟然每天都能让他与沈同方前后脚进公司。于是，两人常常在其他人还没来公司的时间里，一边吃早餐一边讨论问题。

"小子，昨天发给你的材料看到没有，在刚刚过去的 3GSM 会议上，

GSM 协会启动了为新兴市场开发成本低于 40 美元手机的计划，我看不少半导体公司打算积极跟进。"沈同方左手一根油条，右手一杯豆浆说道。

"沈工，看到了，上面还说，手机信号覆盖范围内，居然还有 35 亿人买不起手机。为低收入国家制造超低价手机，可以让那里的人民平等地享受通信技术带来的福利。你看，据美国的市场调查公司 Strategy Analytics 预计，2010 年批发价低于 50 美元的超低价手机市场需求量是 1.5 亿部。"钟楠记性好，只要上心的东西过目不忘，说这话的时候，眼睛都没瞟一眼材料，只盯着眼前的一盒肠粉吃得起劲。

"如果手机成本要降下来，手机上的芯片就要减少数量，芯片价格首先要降下来。"

"沈工，如果这样的话，手机的功能就会简单到极致，比如只留通话和短信两个基础功能。但当今世界的技术趋势是朝着多功能的智能机发展，我们如果做这样的低价机是不是逆潮流？"

"潮流是多元的，不是每一种潮流我们都要跟，我们要选一条适合我们发展的潮流。我让你看的材料，正是我们的方向，手机单芯片。主要原因是我们现在的市场占比以新兴国家为主，耀华发家在国内农村包围城市，在海外也是。选择从非洲、东南亚等国家突破，这些国家的收入水平显而易见，是超低价手机的销售市场。"

门外响起掌声，郝仁拍着手大步走进来。

"精彩，精彩，两位真是思路清晰。"

"郝总一大早怎么跑我这了？"沈同方问。

"没事随便走走，不介意我加入吧？"郝仁问。

"怎么会，集思广益嘛。"沈同方说。

"刚才提到手机单芯片与我们目前的新兴国家市场匹配，我就再补充一点。超低价手机不仅仅适合新兴国家，即使是发达国家也适用，特别是运营商市场。为了快速占领市场，提高用户入网率，运营商很多情况会选择把超低价手机作为礼品或者套餐搭配免费赠送，这样的方式对用户来说，非常有吸引力。"郝仁说。

沈同方点头表示赞同，但同时严肃地转向钟楠说道："小子，你不要小看手机单芯片，要实现低价，不是简单地裁剪需求，而是一个系统工程，尺寸、功耗以及性能优化等都非常关键。比如说硬件的集成水平要更高，而软件要求极小的存储空间，以便使用成本很低的小型闪存。"

"可是超低价手机的利润率显然不如多功能手机，我们为什么要从这里入手？"钟楠问。

"这是趋势，未来的芯片集成会越来越高，现在集成了基带和射频的单芯片虽然只能实现基础通话功能，但我们可以先做减法再做加法，为未来手机整合各种功能铺设好了坚实地基，后面在迭代中又一点一点把其他功能做上去。"沈同方说道。

"是不是从单芯片出发也更符合我们目前的能力？"钟楠说。

"正是如此。"沈同方在钟楠面前并不讳言目前耀华能力不足的情况。

"我很期待，如果能够顺利量产，我们可以用在下一款低端手机上。"

"我也想看看用在手机上的体验。"钟楠说道。

钟楠吃完早餐，回座位忙去了，郝仁又和沈同方聊了一会。

"沈工，又搞开发，又带团队，身体还吃得消吗？"

"我身体硬朗得很，你也不看看这些小孩，哪里需要我带，每天翻阅的资料比我多好几倍，超越是迟早的事，很快我就无用武之地了。就说钟楠，别看他说话不多，更多是提问，可他心里什么都记下了，我就没见过他在同一个问题疑惑过两次。有时候我怀疑，他静静听我说，无非是给我个面子。"

"沈工，别这么说，耀华一直都需要你。但有一点我还是要说，芯片这事，不能着急，要注意身体。"

"你不急，我急啊，看着耀华手机出货量越来越大，芯片全用别人的，这都是白花花银子，我们也该有所贡献了。"

"我们等你，你悠着点。"

"知道，这么多小的们，累不着。"

郝仁从实验室出来正好到上班时间，清晨金色的阳光里，一张张年轻的、成熟的脸迎面而来，精神抖擞地走进实验室。郝仁心里充满了希望，这事再难，有人坚信，就一定能做成。

郝仁回到办公室，秘书陈安已经帮自己泡好了一杯咖啡。

郝仁一边喝咖啡，一边打开电脑，开机就收到穆言发来的几条链接，点开一看，郝仁差点将咖啡喷到屏幕上。

第一个链接是一条不长的视频，上面陈虎领着一群黑人小孩边唱边跳，最中间的一个小孩手里拿着一块黑板，上面写着中文，耀华手机就是好。配音正是阿布诺面试时临场发挥的那段说唱，特别上口，郝仁听两次就忍不住跟着唱，Yaohua phone，it's amazing，beyond your beauty，you love it……

第二个链接是阿布诺在墙体涂鸦广告前跳街舞，剪辑水平挺好，应该是找了专业公司制作。整个创意是阿布诺身后的墙体涂鸦一直变换，阿布诺的舞姿却是连贯的，像极了流行音乐的MV。

第三个链接是一条英语新闻，写的是耀华手机在非洲市场热销，凭借的是低廉的价格和粗暴的推广，现在大街小巷到处是耀华的广告，尼日利亚已经快没有一堵干净的墙。耀华如此疯狂地涂墙，甚至导致了近期尼日利亚的油漆价格上涨30%。

郝仁读完这篇的直接感受是，哪个竞争对手这么酸，还专门花钱发稿讽刺一下耀华。

郝仁看完全部链接，拨通了穆言的电话，问道："你从哪个犄角旮旯翻出这些奇怪的东西？太不容易了。"

"不是我检索的，都是陈虎发的，我看着很有趣，打算在国内找点非官方渠道发布下。现在都是正经新闻没人看，这种猎奇的素材像病毒一样传播得特别快，只不过官方身份不太合适，我看看能不能找点舆论领袖点评下。"

"你别说陈虎还挺有灵性的，知道怎么扩大声量，你可以让他准备下材料，给别的国家主管分享下。"

"嗯，我整理了一个营销知识库，可以作为优秀实践放进去。"

"新人成长是快哦。"郝仁感慨道。

第七十九章　祭出的大杀器

转眼到了9月，全国大部分地区已经入秋，深圳依旧骄阳似火，如同郝仁的内心一般，按捺不住地躁动。

距离VOD年底集采只有3个多月了，这次集采涉及金额超过50亿欧元，辐射国家大大小小超过50个，这样大的订单，别说耀华终端，就是耀华技术都是前所未有的。

如果是以前，郝仁一定不做他想。但去年底耀华出海以来，每一步都走得非常稳健，生意随着VOD从西非扩展到了整个非洲地区，主要二十多个国家都有了耀华的代表处。

现在郝仁每天刷着海外出货量，增长曲线陡峭成了一道险峻山峰，蒸蒸日上，对比竞争对手的销售数据，预计今年销量排名又能更进一步，郝仁心中底气多了几分，盘算着若是今年年底拿下 VOD 搞不好能杀进前五。

陈安推门进来，说道："郝总，陈总有事找您。"

"进来吧。"

话音刚落，只见陈竞男面露急色地走进来。

"怎么了，竞男姐。"

"刚拿到一个消息，理想科技有限公司已经入局手机制造领域，上市的首批产品目标就是今年的 VOD 集采。"

"怎么这么突然？这么短的时间怎么拿出成熟的产品？"

"去年实行核准制后，大批的企业申请了手机生产牌照，理想是其中之一，只是一直没有什么动静，所以我们忽视了。理想是最早一批走向海外的中国企业，在海外有成熟的销售渠道和牢固的客户关系，它和 VOD 早早建立联系在预料之中。何况以理想的生产能力来说，一年实现量产不是什么问题。"

郝仁想起几年前，那个在世界高科技企业家峰会侃侃而谈的理想总裁马旭峰，他豪情万丈地说全球第一才是理想竭尽全力追逐的目标，郝仁当时还回了一句"大丈夫当如是"。

那时候，马旭峰高高在上，郝仁只是台下微不足道的观众。那时候，理想在电子产品的很多领域已经是全球第一，耀华终端只是一个初建自主品牌的创业公司。

现在，耀华中国市场占有率位于前十中游，并且从国内走向海外，在非洲和东南亚小有成就。可和理想比，郝仁不确定这些年差距是拉大还是缩小，仿佛再强壮的蚂蚁也斗不过大象。

真是个可怕又难缠的对手啊。

"竞男姐，帮忙把穆老师、隋工、沈工都叫过来，VOD 这个事情我们要好好琢磨下了。"

"行，我其实也针对性地研究了历年 VOD 的采购策略。"

半小时后，隋祖禹、穆言、沈同方齐聚会议室，因为涉及定制项目，齐飞华也被叫来参会。

大家刚落座，郝仁就起了头。

"今天，竞男姐这边得到消息，说理想入局手机行业，参与 VOD 集采。说实话，已知参与集采的企业，四大国际巨头有三家，销量排名前十的五家国产品牌都参加，这种情况下，多理想一家不多，少理想一家不少。但这个事提醒我们不能为目前在 VOD 取得的成绩沾沾自喜，一定要针对性地琢磨我们参与集采的策略，今天不是定特别具体的方案，主要集思广益，所以特别邀请了见多识广的沈工，大家都放开了说，别有顾虑。要不，竞男姐你先说下 VOD 以往的集采策略吧。"

陈竞男早有准备，将材料投影在屏幕上，起身说道：

"好的，根据目前掌握的情况，VOD 的集采流程主要分为供应商认证、供应商评估和供应商优化三个部分。供应商认证因为我们和 VOD 在非洲的合作已经通过，供应商优化，是中标后的事，暂且不提。我们重点说供应商评估，因为这一项包含了决定供应商的进入标准，招标权重以及 VOD 最终采购份额。

"概括而言，VOD 对供应商评估考核有六项重要标准，分别是企业社会责任、财务稳健性、技术能力、商业方面、交货能力和质量管理，而企业社会责任是六项标准之首。

"我们逐项讨论，先说企业社会责任，VOD 希望供应商能在环境、道德和用工方面达到自己的要求，比如说，工人工作环境安不安全、有没有使用童工现象以及生产流程和最终产品是否环保等等。"

"确定吗？排第一位的居然是社会责任？"齐飞华问道。

"我觉得可信，VOD 是欧洲公司，估计是想用道德采购彰显所谓的行业领袖风范。而且，这也是发达国家政府巧妙设置贸易壁垒的手段，避免发展中国家过度廉价的劳动力对发达国家产业的冲击。"沈同方看问题鞭辟入里，一下就点破背后的原因。

"我估计社会责任会是一个控标项，SA8000 社会责任标准认证我们进展怎么样？"郝仁问道。

"去年世界电信大会后，我们就委托了一家国际咨询机构帮忙申请，一般需要一年，还好我们准备得早，年底集采投标前能够搞定。"陈竞男说道。

"恐怕只是认证还不够，"穆言说道："公司现在体量大了，在公众看来，是利润巨大的组织，需要承担相应的企业社会责任，我提议现在就建立 CSR 部门（Corporate social responsibility，企业社会责任），我们需要一些社会公益活动来体现。"

"我同意，耀华第一款手机 T1 的助农活动就有公益的性质，是我们成功打响第一炮的助力，应该延续下去。我建议 CSR 设在品牌部里面，由穆老师负责执行与推广。有一点注意，公益活动虽然刷用户好感，对销售很有帮助，但我们不要过度营销推广，这样会在公众面前显得动机不纯。"郝仁说。

"我会把握好度的，最好是公众自己发现，做出墙内开花墙外香的效果。"穆言回答。

"社会责任先讨论到这，竞男姐，第二项看下。"

"好的，第二项主要是质量管理，其实这项对大多数中国企业挑战是最大的。我们母公司作为代工龙头企业，质量可谓是优势项目，用来和竞争对手拉开差距的加分项。"陈竞男说道。

"多亏我们认真学习了友商发明的六西格玛全方位质量管理体系，通过设计和监控过程，将可能的失误减少到最低限度。同时，隋工一直在推的数字化管理变革项目，平衡了每个订单的生产周期，系统化管理，也减少了因为赶工带来的失误。"郝仁说。

"过去虽然有成果，要在这么多强劲的竞争对手面前脱颖而出还不够。我最近会在变革项目中和生产采购一起，刷新公司质量规范 2.0 版本，从上到下再次加强质量管控。单从研发侧，飞华你特别注意，试着用合理的研发设计，从前端直接降低质量管控的难度，我们可以整理出一套方法论，作为质量管控的佐证，在投标中使用。"隋祖禹说。

"好的，隋工，姜总给了我这边很多好的反馈，我再整理整理。"

"第三项是交货能力，我们问题不大，这几次非洲的供货已经证明，暂时先略过。"陈竞男说道。

"好，下一项。"郝仁点头。

"第四项是商业方面，字面意思就是价格。VOD 作为运营商，最大的目标是入网率，而终端只是吸引用户入网的甜头，VOD 不可能为了甜头花大价钱。"陈竞男说。

"这一项确实是难点，耀华是创业公司，资金上既不能和国际巨头相提并论，也不能一味地向母公司索取，更不可能让渡全部利润获取市场份额。没有利润投入研发，就谈不上追平与国际巨头的差距，这些年我们一直尽力不卷入价格战正是因为这个原因。总而言之，这个原则在

VOD 集采中也不能破，赔本的生意坚决不能做。"郝仁说。

"道理都明白，但我担心的是，商务是 VOD 最看重的因素，分值不会低。我们不让步却拦不住别人让步，过去很多国内企业为了进军海外市场，做过不少赔本赚吆喝的事。这样一来，我们在投标中商务会成劣势。"陈竞男说。

"我们压缩成本的空间不大，芯片屏幕成本占比重，供应商全球就这么几家，店大欺客，压不下去。"隋祖禹说。

"说对了，我们的突破点就在芯片。VOD 的集采机型从 4000 以上高端到 1000 以下低端都有，但根据它的市场区域看，低端肯定占大头，我们只要从低端机里面把成本降下来就可以了。"郝仁说完看向了沈同方："沈工，如果高端机多功能芯片现阶段先放一放，全力攻克低端机的单芯片，明年五月前能赶出来吗？"

沈同方心中盘算了一下，说道："单芯片从确定方向下来，启动设计有些日子了，理论上这个时间足够了。唯一的担心就是第一款产品测试能否通过，不过我会尽力的。"

"嗯，沈工，不要有压力，投标价格现在还不用敲定下来，一切等年底公布集采信息后看你这边的进度再说。如果不顺利，我们不要贸然上马，继续采购别家芯片，产品质量是第一位。如果一切顺利，自研芯片就是大杀器，芯片价格从几百降到几十，每台手机留给我们的利润空间就大了。"

"你这么说，我就是不眠不休，怎么招也要弄出来。"沈同方一字一顿地说道。

"我们都相信你。"

第八十章　听郝仁一席话

谈完成本，大家进入到其他话题，沈同方的思绪却停留在芯片上转不动了，只觉肩头一沉，担子又重了几分。

长期以来，郝仁对他的芯片团队无比宽松，要钱给钱，要人给人，没有提过任何明确的绩效要求。组织目标和研发方向，完全靠沈同方带着大家一点点地摸索。

今天是沈同方入职以来头一遭参与实际项目，没想到芯片还没影就直接规划商用，要说心里没点波澜肯定是假的。只是沈同方作为公司年纪最大的团队带头人，怎么能在大家面前轻易认了怂，即使郝仁甚至都不要求他能完成。

难道，组织对他的真正要求是不鸣则已，一鸣惊人？

"好，今天的讨论就到这里，大家按照决议各自回去准备吧。沈工，你稍候片刻，我有话和你说。"

沈同方直到郝仁叫他才回过神来。

"好。"

待其他几人离去，郝仁挪到沈同方身边，恳切地说道："沈工，今天只是探讨一种可能，才贸然提下一款产品用自研芯片，并不是催促你的意思，请你勿怪。"

"说什么呢？我来耀华不是来养老的，上产品不是应当的吗？"

"有两件事，我想要再和你商量下。"

"什么事？"

"第一件是我们芯片代工方需要尽快签下来了，万一产能不足会延误交付。我跟采购经过大量走访和交流，选了几家代工厂进入供应商资源库。综合评估，我个人推荐 TSMC，如果本着长期合作的目的去寻找代工厂，我认为规模和经验是优选因素。当然，沈工可以从专业的角度再看看。"郝仁用商量的语气说道。

"不用看了，我赞成，TSMC 业界有口皆碑。"沈同方毫不迟疑地说道。

"另外一个就是合作方式的问题。上次，我在菲律宾给你打电话，说到联合研发的时候你还嘲笑了我。"

"是我过分了，跟你道歉。"

"沈工，我不是这个意思。我觉得联合研发如你所言不可取，但加深和代工企业关系，让对方给我们一些通用指导还是很有必要的。"

"你的意思是？"沈同方隐隐觉得郝仁要给出一个异常重要的建议。

"沈工，我从大趋势说下我的看法，可能比较粗浅。现在芯片朝着比例缩小的方向快速发展，集成度达到了空前的水平。单个芯片的晶体管数量高达数亿，芯片中图形的微细化程度超越前人想象。晶体管以及相互之间的连接线的模型已经不能简单地以集总元件来表示，不但需要考虑一级参数，还需要考虑二级甚至更高级的效应。器件的延迟已经不再主要决定于晶体管,而是主要决定于互连。

"种种原因导致设计中的计算工作量呈指数性增长,设计的一次投片成功率很难保持。设计中的反复,在很多厂商都不可避免,甚至频频出现。

"所以,虽然我很期待你带领团队让我们在这次投标过程中既取得较大份额,又保有可观利润,但实际上,各中难度,你我皆知。"

沈同方轻叹一口气,说道:"是的,所以我知道你留有 Plan B 并不是不信任我,而是对整个事情难度的合理估计。"

郝仁不等沈同方和自己共鸣,就话锋一转,说道:"但不是完全没希望。我们的团队除了应届毕业生,还有你从各处挖来有过芯片设计经验的熟手,全员铆足劲突破不是不可能。另外,此一时彼一时,我相信 TSMC 虽然不能插手我们如何做,但会在能力范围内,帮我们少走弯路。"

"哦,你确定?"

"就让我们试试看吧!"

沈同方恍然大悟,大笑几声说道:"我就知道你小子早已经想到路子,才会在大家面前直接给我丢紧急任务,完全不怕我完不成丢了老脸。"

"哈哈,沈工懂我,我虽然整天信口雌黄,但不做没把握的事。"

"那就试试。"

第二日早晨,郝仁、沈同方和耀华采购刘倩坐上了飞往上海的飞机。飞机抵达后,三人马不停蹄地前往松江工业园。

TSMC 在大陆的总部正是位于上海松江,这个总部不仅仅包括业务拓展的销售人员,也实打实地投资兴建了一座月产 3.5 万片的 200mm 晶圆厂和光罩厂。按照 TSMC 与上海政府签署的投资意向书,在未来 10 年,TSMC 总投资额将达到 100 亿美元,这项投资是妥妥地针对广大的中国电子企业。

郝仁、沈同方和刘倩在工业园门口登记后,一个年轻的文员领着三人坐上了园区的摆渡车,下车上楼,在一间窗明几净的会议室里,看到了几个西装革履的人,其中一个是老面孔,TSMC 亚太区的销售总监莫荣辉。

"老朋友,又见面了。"莫荣辉笑着说道。

"好久不见,莫总。"郝仁回复道。

"给你介绍一下，这是我们上海首席代表刘强，这是我们销售总监郭卫平，以及销售部的同事魏鹏程。"

"各位好，我是耀华终端负责人郝仁，这是耀华终端芯片研发负责人沈同方，采购负责人刘倩。"

几人互相交换名片之后落座，哪怕郝仁和沈同方对 TSMC 熟得不能再熟了，销售总监郭卫平还是按照惯例，给几人宣讲了 TSMC 的公司简介和产品系列。

"非常感谢郭总的讲解，让我们对 TSMC 如此优秀的市场业绩有了更加清晰的认识。今天不是耀华第一次接触 TSMC，所以我就开门见山了。耀华终端明年将会推出自己设计的手机芯片，正式在运营商定制手机中使用，后面会逐步扩大使用的规模，并拓展到其他产品，甚至耀华技术所有代工产品中。我们希望 TSMC 能够成为耀华长期的供应商，持续稳定地为我们供货。为表诚意，今天我就把我们的采购负责人一并带过来了。"郝仁说道。

"感谢支持，正如此前莫总说的，我们欢迎任何有实力的客户，尤其是能够 12 月内有持续订单的客户。我们的流程相信之前已经沟通过了，耀华可以按照我们提供的制程说明进行设计，输出图纸后留足 100 天以上的生产周期给我们即可。订金的比例和同量级的客户都是一样的，合同上会具体注明。"销售总监郭卫平说道。

"嗯，规矩很清晰，我们没有异议。今天我们前来拜访，还有另外一个目的，我们希望 TSMC 能够在芯片设计方法上给予耀华一些指导。"

郝仁说完，TSMC 的几人互相交换了下眼神，沉默了几分钟后，莫荣辉说道："郝总，在马尼拉的时候我已经和你谈及了我们的信息安全保密制度，非常抱歉，我们无法介入任何一家厂商的设计工作，这不合规定，别的客户会质疑我们泄密。"

"莫总误会了，我们并不需要你们提供任何一家客户的设计图纸，我们只需要一些方法论上的指导。以后耀华和 TSMC 就是长期合作伙伴了，我没必要在你们面前打肿脸充胖子，耀华确实是第一次涉足芯片领域，很多想法不成熟。相信设计上的考虑不足，同样会给代工带来产能浪费，与其在生产过程中发现问题，反复修改，彼此折磨，不如前期就为我们提供指导，当然，只要收费合理，有偿指导我们也能接受。"

TSMC 首席代表刘强听完，思索片刻说道："话是没错，可是如果我们为你们提供了指导,别的客户难免有意见,终究是我们得不偿失。"

"刘总,我们所需要的指导,并非是针对性的设计指导,而是你们在长期的生产过程积累下来的经验,比如设计中应该如何避坑,怎样设计才能提高投产成功率。这样的教程你们完全可以开发出来对所有客户收费,并非为耀华一家开小灶,其他客户又怎么会有意见。"

TSMC 的几人没有说话,但显然是听进去了,郝仁又补充说道:"大陆现在已经成为全球最大的电子产品生产基地,像耀华这样想要进入芯片设计领域但不得其法的企业可不少,如果这批企业转向 TSMC 代工,不知道又是怎样一番景象。"

郝仁自信自己的话击中了 TSMC 的几人,1996 年到 2000 年是 TSMC 的全盛时期,毛利可达四成,可在 2000 年后,全球的半导体市场经历了长达数年的衰退,消费者购买欲望下降,美国这个最大的电子品消费市场不见气色,美国科技公司的芯片采购逐年下降。

市场不振的同时,TSMC 却发现自己的竞争对手因聚焦中国而赚得盆满钵满,日本 NEC 半导体,新加坡宏利半导体等都在中国创办合资公司,收揽大批中国大陆客户。

于是,TSMC 坐不住了,才在 2003 年有了松江这个产业园。

郝仁说的话不无道理,助人就是利己。何况,这些对芯片嗷嗷待哺的企业,想必会对这样的有偿课程付费不会太吝啬。

"听君一席话,胜读十年书。多谢郝总,您的建议我们在内部讨论后尽快答复。"

郝仁对沈同方颔首微笑,沈同方立刻会意,这事成了。

第八十一章　南国不知疲倦

郝仁几人离去后,TSMC 首席代表刘强立即组织人整理资料,几天后向总部发出成立面向所有客户的芯片设计学院的重要提议。

刘强是公司的老人,对芯片行业有些自己的理解,会上他在 TSMC 所有区域高管面前,没有用郝仁的那套说辞,而是讲行业趋势,讲客户属性,从消费电子行业价格敏感,需求量起伏不定,产品生存周期极短的困境入手,提出扩大 TSMC 服务领域,为客户提供芯片设计培训,提升企业客户芯片设计能力,实现双方共赢。

这套说辞有理有据，叫人无法拒绝，更是塑造了刘强"以客户为中心"的管理者形象，赢得了大多数与会者的好评。

TSMC是个有远见的企业，深知一个市场占有率超过50%的行业领导者，如果想要再扩大盈利，需要做的已经不是抢比自己弱小的竞争对手的份额，而是一起做大行业蛋糕。兔子急了还会咬人，与其花大力气把竞争对手逼到难以生存，落得个贪婪的垄断形象，不如与客户分享部分行业积累，降低客户设计难度，就能轻松吸引更多入局者，从而代工的利润水涨船高。

顺应潮流的提议通过得总是很快，一个月后，TSMC正式官宣。

冬天是深圳最好的季节，温度正好，阳光正好，连郝仁的心情也正正好。

当他走进沈同方办公室，沈同方透过厚厚的眼镜都明显感到郝仁的喜色。

"今天有多少好消息？"沈同方脱口就问。

"神了，沈工，你怎么算到今天有好消息，而且不止一个。"郝仁说道。

"你没事一定不会来找我，有事不一定来找我，坏事你会想办法自己解决，好事才会来，你就说我说得对不对？"

"沈工，你考不考虑兼职给人算卦？"

"别贫嘴了，说吧。"

"TSMC被我们说动后就成立了芯片设计学院，你看我们手续办理完毕后，材料就都送过来了。"

郝仁从包里递过来一叠厚厚的资料，沈同方连忙接过，用衣角擦擦眼镜仔细阅读起来。

郝仁继续说："我草草翻过，一共五份设计参考流程，都是干货，分别解决设计中的时序收敛问题、分层次设计问题、信号完整性问题、热学设计问题及低功耗及高良率解决方案。"

沈同方一页一页翻，惊喜地说道："这材料太有用了，虽然脱敏后没有任何客户案例和设计图纸，却能帮我们把别人犯过的错都避免了，弯路前人都走过了，我们面前就是正确的道路了，太好了，太好了。"

沈同方几乎要不顾年龄跳起来惊呼了。

"沈工，先别着急高兴，还有另外一个好消息。"

"失态了，让你见笑了，你说。"

"没有，没有。我继续说，今天 VOD 这边来了消息，原定于 12 月底的集采因内部原因推迟到明年春节后，我们的时间又多了两个多月，可以把产品打磨仔细一些，免得到时候集采样品变更元器件还要报备，我们直接就送审耀华自研芯片手机。"

"好！我们现在不需要 Plan B 了，第一款自研芯片必须成。"

办公室南面的窗户开着，暖冬的风徐徐吹过，窗外的香樟树无论冬夏，永远长青，就像这个城市的一些人，总是忘了自己的年龄，不知疲倦，永远激情。

年底，所有人都在为来年的开门红而忙得晕头转向，反倒是郝仁安排好了一切，工作松闲了许多，都偶尔有时间接接骚扰电话了。

无一例外，通通都是卖房的中介。不知道是不是隋祖禹大舅运气不好，自从他兴致勃勃地给郝仁分享他的炒房致富经后，深圳的房价就遇冷不涨。房子买涨不买跌，大家都在观望，这可急坏了房产中介，开始疯狂地电话营销，看看能不能撞到个有钱的主。

"哥，打扰你一下，深圳南山有住宅开盘要不要考虑看看，市中心商圈，生活方便，一线海景，风光无限……"

如果是以前，郝仁听到打扰一下就挂了，都知道会打扰了还打扰干什么？可今天，听到一线海景这个词，突然想起自己在海边对穆言表白的那个晚上，一算日子，马上就要到交往一周年纪念日了。

"嗯，有兴趣，周末能去看看吗？"

对方显然对广撒网没有抱太大希望，没想到撞到大运了，真有人感兴趣，立马用十足的热情回复道："好的，哥，我把地址发你短信上，周末我开车来接你。"

"不用，我自己开车过去。"

说出来可能没人信，郝仁不是一个对财富欲望很强的人，但老天要是偏爱一个人，甭管你愿意不愿意，就会擅自把财富给你送过来。郝仁这些年的收入可谓是一年一个台阶，除了公司股票等长期激励外，光现金部分都已经千万上下。

郝仁就这样让这些钱躺着银行账户里，既没有花钱的欲望，也没有投资的想法。无论别人怎么用那套你不理财，财不理你的陈词滥调去劝，郝仁依旧无动于衷。

今天，郝仁突然从心底萌生了想要花钱买房的想法，可能是到了年纪，对于结婚的渴望就会像春天的种子，不经意就从地里长出来。

周末，打电话的中介小高和郝仁约好到深圳湾新盘逛逛，郝仁今天穿得随便，套着晨跑的运动服就出来了。

中介小高在售楼处看到郝仁，顿时有些失望，在这行察言观色久了，有钱没钱一眼就能看出来。郝仁年纪轻轻，衣着朴素，开来的车只是个二三十万的经济型轿车，小高觉得自己今天成不了事。

随后，小高对郝仁的态度来了个180度大转弯，让他看了看沙盘，就叫实习生小方过来帮忙接待。

"这个楼盘应该有几间是样板房吧，能带我去看看吗？"

"好的，郝先生，我这就带你过去。"

郝仁看着眼前这个怯生生的女生在慌张地找钥匙，应该是刚来不久，基础工作还不熟练。

"小方，你刚来不久吗？"

"是的，郝先生，我还是个实习生，有点不熟悉，请你见谅。"

"不会，你别紧张，慢慢来。"

小方找到钥匙，将郝仁带到样板间，这个楼盘叫日光海岸，位于深圳湾内湖的地界，是名副其实又有阳光又有海的风水宝地。

小方先带郝仁参观了一套70平方米的两居室，并告诉郝仁这里的房价开盘时可能会超过五万，有点贵。郝仁走了一圈，说太小了。

小方又带郝仁去看了98平方米的三居室，由于赠送面积大，这一户型成为目前最受买家欢迎的户型。可郝仁还是摇摇头，说太小了。

结果，从70平方米两居室看到98平方米三居室，从120平方米四居室看到300平方米的大平层，郝仁总算满意了。客厅的一侧是落地窗，可以看到漫无边际的大海，这样自己就可以在每一个不忙的日子，坐在沙发上，看大海从宁静到喧嚣来回变化。

"就这个户型吧，什么时候可以选房呢？"郝仁问道。

"明天就开盘了，但如果你确定要，可以交个定金，到时候直接来选楼层房号。"

小方心都快跳到嗓子眼，完全没想到自己实习开张的第一单，竟是这么大的户型。小方又看了郝仁一眼，除了有些好看外，衣着举止都很低调，没想到竟会是隐形的富豪，果然大隐隐于市的人太多了。

小方带着郝仁去办完手续时,正好遇上了小高,小高瞪着小方,不可思议的目光中夹杂着些悔恨生气,仿佛忘记了是谁推走郝仁,随口叫小方接待的事情。

小方默默地念:"完了,完了,他要恨死我了……"

"那是他自己工作失误,你反而是帮公司挽回损失的那个人,不用在意,他完全不占理。"郝仁一边掏出金卡刷定金,一边对小方说道。

"谢谢郝先生,我的全名叫方美如,我可以有一个你的电话吗?后面办理交房等手续时,我好及时通知你。"

郝仁欣然答应,给方美如留了一个号码,办完手续离开售楼处给穆言打电话。

"穆老师,明天想接你去个地方,你带个身份证和户口本。"

"为啥?你要带我去哪里?出门身份证就好了,要户口本做什么?"

"穆老师,你脑子里在想着什么?"郝仁读出穆言可能想歪了,真是又撩拨又好笑,两人相处久了后,郝仁越来越能把握穆言的话里有话。

第二天,郝仁好好打理自己一番,把穆言带到售楼处等待开盘选房。

"怎么突然要带我来买房?"穆言说道。

"穆老师,买包包不激动就算了,买房都不能让你惊喜了,难道我只能烽火戏诸侯一条路了?我一番诚意被你搅和没了,我是真心想要和你有个未来,把安家的地都找好了。"

穆言听了郝仁如此诚恳的表达,心里突然悸动起来,脸慢慢透出些害羞的粉红。

"你是在求婚吗?"

"我是想和你结婚,但今天不算求婚,我想在我们的房子里求婚。"

"嗯,你都说出来了,还有什么惊喜?"

"你怎么可能知道我在哪一套房子求婚呢?"

"扑哧,你在炫富。"

……

郝仁和穆言在售楼大厅等候区亲密地聊着,背后的几个房产公司的工作人员看着两人的背影窃窃私语。

"多么般配的一对璧人。"

第八十二章　好消息不间断

得益于郝仁的建议，TSMC 开始对全球客户提供芯片设计培训服务。这项服务在欧美反响平平，在中国区却大受欢迎。原有的客户盛赞 TSMC 的服务精神，还没入局的电子厂商蠢蠢欲动，能不能做先购买个课程看看，上百万的支出不在话下，仿佛到了两元店买不了吃亏，买不了上当。

TSMC 的中国区首席代表刘强大概预料到这项服务会受欢迎，但没想到居然受欢迎到让他的业绩一飞冲天。毕竟芯片设计是有门槛的，里面的门道根本不是速成的，哪知道中国的企业各个野心勃勃，摩拳擦掌，一副行不行试试再说的样子。

这和成熟谨慎的欧美市场完全是不一样的景象，几个欧美的主管和刘强闲聊时吐苦水，说他们去和客户那说得眉飞色舞，客户却大多用一副兴致索然的表情回复"sounds interesting"，完全没法继续深入沟通。

这让刘强对"始作俑者"郝仁又感激又好奇，忍不住打电话过来直接问。

"郝总，你的提议可让我最近在公司出尽风头，可我不明白，你就不怕平白无故制造了这么多对手，后面应付不了吗？"

"你是不是没想到有这么多中国企业对芯片设计有兴趣？"

"完全没想到啊。"

"你是业内专家，自然知道芯片难做，所以你不相信有这么多厂商能做出来。你比我专业，你的判断比我准，你都不相信有这么多厂家能做出来，我害怕什么？"

"那你就这么自信耀华能做出来？"

"那是自然。"

挂了电话，刘强意识到自己问了个傻问题，耀华若不是蓄谋已久，又怎么会目标明确地来 TSMC 要材料，就像跑步比赛，有人启程很久才通知别人有比赛，终点一样，起点却不一样。

正如刘强所想，拿到芯片设计标准材料后两个月，准备已久的沈同方带领团队终于做出耀华第一款低端机芯片设计图纸。还没有来得及庆祝，沈同方带着钟楠等几个研发人员到了 TSMC 的上海总部，一头扎进了工厂。

TSMC 的厂房宽敞得如同宫殿，连空气淋浴房都是大得惊人，整个车间里面纤尘不染，一台台机器在有序运转。身处其中的沈同方仿佛回到了过去，年轻的过去，眼前的一切就是他孜孜以求的。沈同方想如果那时候自己所在的国营大厂能一鼓作气，是不是现在又是另一番格局，而自己也不会出走来到耀华重新开始。

沈同方电话告诉郝仁，打算要好好感受机器转动的美妙音律，干到春节放假前最后一个工人离开。到时候自己直接回苏州，不回深圳了，叫郝仁静待他好消息。

12 月底，VOD 的重磅消息随着圣诞节一起来临，像是圣诞老人随手丢下的大礼包，引得见到的众人哄抢。

果然不出所料，VOD 的终端集采金额高达 60 亿欧元，涉及 21 个主要国家，最终集采合作的厂商不超过 10 家，数量不定。

整个集采过程非常严谨，分为三个阶段，第一阶段是厂商资格认证与评估，评估的条目正是耀华此前准备的六条。第二阶段是产品评估，根据集采要求的高中低三个档位对提交的手机进行第三方技术评估，通过的厂商进入采购短名单。第三阶段是商务评估，经过重重关卡来到这一轮的厂商，如果能拿出有竞争力的报价，就是最后的赢家。

为了让大家专心办公，汤媛专门找了一间安静的大会议室，把门牌一换，变成了作战室。每天涉及 VOD 投标的项目成员在这里集中办公，一副热火朝天的景象。

"我们需要在 1 月 15 日前提交评估材料，现在逐项过一下吧，查缺补漏。"陈竞男在会议室里喊了一嗓子，相关人员马上聚到投影仪前，开始一天的晨会。

"社会责任这块我来整理吧，我把我们近一年来的公益活动整理一下，附到 SA8000 证书后面。"

CSR 部门成立后，穆言就安排得力干将把之前项目中涉及公益成分的拎出来，包装出三大工程。第一个是助力农村信息化，帮助农民脱贫致富。第二个是温暖留守儿童，帮助他们与亲人保持联系，感受亲情温暖。第三个是捐赠科研经费，助力大学基础研究。由于三大工程都与此前项目挂钩，不会给人为了招标临时抱佛脚的感觉。

"VOD 是全球集采，如果项目都是中国的会不会缺乏代表性？"郝仁有一些疑虑。

"是的,基于全球业务的考虑,我把部分的公益基金分到了区域,让这些国家主管按照三大工程的要求去做,比如尼日利亚的陈虎就利用这笔经费资助了一所本地小学,当地出了不少新闻报道,可以当佐证。"穆言说道。

"穆老师威武。下一个,质量管控,飞华你说说吧。"陈竞男说。

"我这边梳理了一份材料,主要是三方面,研发质量、生产质量、供应商质量。研发质量是我写的,其他两部分是生产和采购的同事写的,目前我们还在整合逻辑,看怎么呈现好?"齐飞华说道。

"我这边让人整理了最近三年的客户证言,包括直接客户、渠道客户和媒体客户,国内海外各占一半,里面还有VOD西非高级副总裁的评价,我想会比较有说服力。"

穆言现在的营销资料库非常丰富,分门别类,可以适时地拿出来二次加工,作为投标利器。

"第三项,交货能力,这个主要是生产相关。"陈竞男说道。

"这部分我们可以从几方面准备,第一,展示耀华的生产数字化,我们在咨询公司的帮助下,向数字化转型,采用先进的现代企业生产流程,使用ERP等IT工具,保证备料、生产、存储等过程互不冲突,有条不紊,即使出现多项目运转也不会漏单。第二,可以呈现耀华的产能,给出第三方分析师的数据报告,客观公正,有理有据。第三,还是老套路,看看穆老师那边,有没有客户对耀华交货能力评价的采访。"隋祖禹说道。

"肯定有的,可以剪辑一版出来。第二点的报告我这边也有不少,主要是耀华终端的产能,我觉得母公司耀华技术的产能也可以附上,一会联系下那边的同事看看。"

"第四项是……"

"第五项是……"

每天大家都会一起刷新进展,内容虽然多,但郝仁看大家的干劲就知道VOD的认证评估不会有问题。他现在最担心的是在上海的沈同方,一到最后一轮商务报价,成本优势就寄托在芯片上了。

1月15日,熬了几个通宵的陈竞男把所有人的材料汇总,按照VOD的要求提交了,然后倒在办公室的沙发上沉沉睡去。

一个月后的2月15日,2007年春节倒数第三天,VOD发来好消息,耀华以高分顺利通过认证。这次向 VOD 提交材料的厂商居然有一百家之多，认证淘汰一半多，可见条件多苛刻。

但这是成功通关的耀华项目成员喜闻乐见的，认证阶段多刷掉一些，总好过最后一堆疯狂降价的厂商来搅局。于是，耀华每个人对这个春节礼物都十分满意，在作战室吼得震天响。

另一边，沈同方已经熟悉了代工厂的各项流程，经过了几次调整，芯片样品顺利通过了各项检测，进入到投产阶段，只等春节过后就正式出品。

就这样，2007 春节带着各种好消息来临了。大家一哄而散，办公室的热闹瞬间消逝，变得冷冰冰，空荡荡。

隋祖禹最高兴，早早准备好各种长辈喜欢的礼物，带着汤媛坐上飞往湖南的航班。在飞机上，隋祖禹紧张极了，口里念念有词地练习自我介绍，心里预演如何给汤媛父母留下好印象，让他们放心把汤媛交给自己。

汤媛看在眼里，暖在心里，但感觉帮不上什么忙，只能一直在旁边重复没事，别紧张这样毫无用处的话。

郝仁这边父母早就来催，明里暗里探究郝仁今年还是不是一个人回来。郝仁这次心里有底，也不含糊，直接说已经有女朋友了，但是能不能带回来还要问问。

穆言在一边听着，起身拿起手机出去打了个电话，回来郝仁已经挂了电话坐在沙发上等自己了。

"穆老师，今年你想去哪里过年？"

"你有什么好提议吗？"

"四川，素有天府之国的美誉，风景优美，又是古蜀文化发源地，底蕴深厚，作为一个文人，你会不会想去感受下，万一美景当前，诗情迸发呢？"

"旅行什么时候都可以去，我为什么要春节去感受呢！"穆言明知故问。

"因为四川最重要的是人杰地灵，孕育了像我这样的好老公，想带你去见见父母。"

"老王卖瓜，自卖自夸。"

"你同意吗？"

"嗯，同意吧。"

"你打电话和父母报备下，说我下次抽空去拜访。"

"早打过了。"

"穆老师，我实在太……"

第八十三章　闪婚还是恐婚

一辆小巴绕着湖南的盘山公路蜿蜒前进，汤媛看着窗外的片片竹林首尾相接，就知道离家不远了，心里焦急地盼着车快点，再快点。

除了离家一年思乡情切外，身边的隋祖禹已经晕车呕吐第三次了，他脸色煞白，软软地躺在座位上，死死闭着双眼，全力抵御随时可能喷涌而来的恶心。

小巴终于摇摇晃晃在一个叫邵乡的村口停下，汤媛轻轻摇摇隋祖禹。

"到了，我们下车吧。"

隋祖禹撑着站起来，抬手去提架子上的礼品，一个踉跄又坐回座位上。

"我来吧。"

汤媛笑笑，拿起所有物品，拽着隋祖禹下车。

隋祖禹呼吸了一口带着寒意的冷空气，一扫胸中浊气，顿时舒服多了，拿过汤媛手里的东西，不好意思地笑了笑。

沿着小路往里走了两步，就看到前面两个一模一样的年轻人小跑着过来。

"姐。"

"小龙，小虎，怎么不在家里等着，外面冷。"

汤媛一说话，便是十足的长姐风范。

"我们都工作了，还怕什么冷，这位是姐夫吧。"

"你们好，我是隋祖禹，你姐姐的男朋友。"

"姐夫好。"

人走近了，隋祖禹才发现两个年轻人比自己还要高，至少1米8以上，怎么亲姐姐汤媛还不到1米6。

"你弟弟长得好高，我要好好对你，不然他们会联手揍我。"

隋祖禹的话惹得汤媛扑哧一笑，没想到却让汤龙很是伤感。

"爸妈都不矮，姐姐本来也可以长高，可她小时候总是把吃的让给我们，还帮爸妈挑扁担，才长不到1米6的。"

隋祖禹听了很是心疼，脸上露出难过的神色。汤媛看气氛被搞得很沉重，连忙说道。

"别听他们瞎说，哪个女孩子想要吃成胖子。快走了，回去给爸妈帮忙。"

"走。"

走了大约两三百米，就见前方一圈篱笆围着三间土基房，房前一片绿油油的青菜地，还有一只母鸡带着几只小鸡在啄一只破碗里的豆渣。

"我们回来了。"

汤虎往屋里喊了一声，就看到老夫妻一人拿着锅铲一人拿着菜盆从里面走出来。

"叔叔阿姨好，我是隋祖禹。"

"好好好，快进来，快进来，饭都好了。"

隋祖禹把礼物递给未来的岳父岳母，两人因常年劳作而过早爬上脸庞的皱纹都高兴得连成了网，接过礼物就催几人进屋。

不知道是不是汤媛特别交代，饭桌上有一半都是不辣的菜。刚坐下，汤父就给隋祖禹倒了满满一杯白酒，足足有三两。

"俺爹，他不会喝白酒。"汤媛说道。

"还没嫁过去就这么护着，放心吧，我有数。小伙子，能喝多少就喝多少，我们家这不劝酒。"

"叔叔想喝，我就陪叔叔喝，反正今天就住这。"

汤媛的父母都是实在人，女儿带隋祖禹回来，就当他是自家人，也不多问隋祖禹家的情况，几个兄弟姐妹，经济状况如何等等，就是一个劲地劝隋祖禹多吃。

隋祖禹来之前担心这担心那，哪知几分钟后，一杯酒下肚，所有疑虑都抛到九霄云外去了，和汤父天南海北地聊来了。

"叔叔，我在非洲的时候，住的地方也有院子，早知道像家里一样种青菜给大家改善伙食。"

"那确实，如果比较干的地就种马铃薯、洋葱、豆角、黄瓜，如果比较潮湿，就种莴苣、大白菜、萝卜，如果种菜花，肥力一定要跟上，多少都耐得住。"

"叔叔真是专家,啥都懂,种啥啥好吃。"

"啥专家,就是种东西种了一辈子嘛。"

"熟能生巧。"

汤父高兴,一杯一杯喝酒,喝多了说两句就动了真情。

"小伙子,我这个女儿唯一的毛病就是太过懂事,从来都只会为别人考虑,有什么脏活累活都跟我们抢着干,有什么好的就给弟弟留着,受了什么委屈从来不说。你一定要对她好,别叫她一直吃苦。"

"放心吧,叔叔,我会的。"

隋祖禹在桌下牵了牵汤媛的手,虽然工作后汤媛很少干粗重农活,可仔细摸摸手掌还是有一层薄薄的茧,加上汤媛小小身体里使出巨大的力量和一分钱不浪费的节俭劲,都是过去贫困的岁月给她留下的馈赠。

汤媛已经吃够了生活的苦,一定要对她好,隋祖禹告诉自己。

汤媛的两个弟弟去年大学毕业,一个学医,在长沙考进一家公立医院,一个学建筑,签约了上海一家建筑师事务所。现在两人已经不需要姐姐经济上的帮助,最大的希望就是姐姐早点找到幸福。

"姐姐姐夫打算什么时候领证?"汤龙问。

"我都听你姐的。"隋祖禹看向汤媛。

汤媛红着脸说:"会不会太快?"

"不快,不快。"汤虎说。

"还是和亲家母商量一下。"汤母说。

"都行,都行,让孩子们自己定。"

……

隋祖禹一路颠簸来到汤媛家,一杯酒就醉了,被两兄弟架着放到床上,汤媛不放心就进去看看。

隋祖禹闭着眼感到汤媛靠近的气息,突然抓住她的手。

"不如回去就领证?"

"你就躺着求婚?"

"那我起来。"

说完隋祖禹挣扎着要起来,汤媛一把按住他说:"不用了,我愿意。"

"我快幸福死了……"

"大过年的,什么死不死的。"

"我错了。"

……

另一边，郝仁带着穆言回四川老家，对全家人来说真是开天辟地头一遭。从郝仁下飞机就开始问到哪里了，每隔十分钟一条短信，可见有多令全家人激动。

等郝仁牵着穆言下车，全家人已经齐齐整整地在那里等候。然后，只一眼，全家人都被穿着白色羽绒服的穆言惊艳到了。

"哥，你领了个仙女回来？"郝娴问道。

"别闹，叫嫂嫂。"

"嫂嫂。"

"爸妈，这是穆言。"

"叔叔阿姨好。"

"姐姐好漂亮。"

"小家伙，不是姐姐，叫姨。"

一家人亲亲热热打过招呼后，就往家里走，一路上给遇到的熟人打招呼，大声说郝仁带着女朋友回来了，路人目光齐刷刷投在穆言身上，各种赞叹。

饭桌上，和隋祖禹一样，郝仁也被问及什么时候结婚。郝仁有计划明年结婚，不想捕捉到穆言一闪而过迟疑的眼神，心中了然。于是顶着父母期待的目光，说想先忙工作，结婚再等等，叫二老失望极了。但郝仁向来有主意，凡事有自己的节奏，安慰了几句父母就不提这事了，一家人依旧开开心心地聊着。

酒足饭饱后，郝仁父母洗洗涮涮就回房间了。

郝母说道："这个儿媳妇太漂亮了，会不会是她还不想结婚，这不是耽误郝仁吗？"

郝父瞪了郝母一眼，说道："郝仁不喜欢别人掺和他的事，只要是他喜欢的，我们就不要反对。再说，他一年就回来几天，你要是说多了，这年要不要过了。"

"说是这么说，但一直拖着不是个事。"

"我看这个穆言是真的喜欢我们郝仁，迟早会想明白的，一个女人终究是要有个家的。"

"也是，睡吧。"

夜深，其他人都睡了，郝仁和穆言静静地坐在门口看星星，这是只有在没有污染的乡村才有的天空，连银河都清晰可见。

隋祖禹酒醒了睡不着，就给郝仁发短信。

"我要结婚了！"

郝仁把手机递给穆言，让她看隋祖禹透着兴奋的字。

"这么快？他们交往不到半年吧。"

"水煮鱼那家伙，做什么都是急性子，难得汤媛肯配合他的快节奏。你不知道，一开始隋祖禹说错话，汤媛把隋祖禹当仇人看。后来去了趟非洲，汤媛救了他，两人就来电了，真是患难见真情。"

"我们还不结婚，你爸妈会不会对我有意见？"

"会，但是不用管，你和我在一起，不用迎合我家里人。他们虽然会失望，但我会处理，你不用为满足他们的期望打乱自己的节奏。"

"我很愿意和你一直在一起，就是面对婚姻，我还需要一点心理准备。"

"嗯，我会等你。"

"郝仁，你还记得我们还没有在一起的时候，我为了不和你单独吃饭，骗你说我送爸妈去机场。实际上，那是不可能的，只是我潜意识里希望他们同时出现而已。因为我父母在我很小的时候就离婚了，我是在奶奶家长大的，我小时候对他们的记忆很模糊。

"所以，我很矛盾，一方面，我希望你带我回家，让你的家人喜欢我，因为我父母有自己的新家，奶奶又去世了，我哪都不想去。另一方面，我又害怕婚姻，怕一结婚就会像我父母那样争吵，冷战，最后离婚。"

这是郝仁第一次听穆言讲自己的家人，怪不得一提结婚，穆言总是期待又害怕，原来根源在这里。一想到小小的穆言没有父母陪伴，孤独地长大，真叫人心疼。

郝仁紧紧地揽住穆言的肩，说道："其实结婚不结婚没什么大不了，两个人要是相爱，有没有一纸婚书都可以。"

"郝仁，你真好。"

"不然能叫这个名字？"

第八十四章　叫人又爱又恨

春节过后，郝仁和隋祖禹带着女朋友成双成对地回到了公司，准备迎接 VOD 集采真正的考验，技术评审。

从通过集采认证的几十家公司来看，高档价位段以 3G 智能手机为主，首轮投放市场是已经有 3G 网络的欧美日韩等发达国家。这个部分，最有竞争力的当数在中国和全球排名都在前四的国外品牌，酷美、MOT、爱达、CF。另外，中国的品牌高科也是很有实力的竞争者，尤其是高科收购卡特电子之后，本身就继承了卡特的高端机型和欧美市场品牌认知度。

中端价位是中国品牌的天下，理想、高科、耀华就不用说了，很多排名靠后的品牌都有拿得出手的腰部机型。其中，理想的信息获取比较困难，市场没有一款产品在售，直接参加集采，恐怕这种操作已经打破运营商集采历史上的记录，结果不好预测，要不是黑马，要不是陪跑。

低端价位市场上是国外品牌和山寨机的天下，像酷美这样的国外知名品牌，可以运用规模生产效应摊平成本，用品牌号召力吸引用户。山寨机则通过各种盗版和减少人力降低成本，加之品牌售后无须投入，所以低价也可以过得很滋润。显然，山寨机不能参加集采，那么这个段位主要的竞争对手和高价位段是同一批。

作战室里，陈竞男敲着白板，试图聚焦大家午睡后涣散的眼神。

"各位，我给大家介绍下这次集采的评分规则，三个档位是分开评分，一个档位的失利不会对另外一个档位造成影响，但是同一款机型只能报送一个档位，所以我们一定要找准定位。另外，需要注意的是，这次集采厂商不超过 10 家，也就是说 VOD 还是倾向综合实力强，多档位都有产品的厂商，我们每个档位都需要报送有实力的产品，中标概率才高。"

"竞男姐刚才说的都很对，这样的情形，我们有两种竞争策略，一种是每个档位都有实力机型，分档位评分都是高分，总分自然而然是高分，就像学霸，没有弱项。不是我长他人志气，灭自己威风，我们目前不具备这样的能力，尤其是高端产品。"郝仁说。

"不是两种策略吗？第一种不行，那第二种是什么？"隋祖禹问道。

"第二种策略就是隐藏短板,经营长板,把长板做到超出预期,带着短板一起进去短名单。"郝仁说。

"郝总,你的意思是我们主攻低端机?"陈竞男问。

"正是如此,我之前让你梳理的 VOD 各国市场份额,给大家讲一讲。"

"好,目前 VOD 是英国公司,通过并购欧洲大大小小的运营商逐渐壮大,一度成为欧洲最大的运营商。2000 年斥巨资购买英国、瑞士、葡萄牙、荷兰等国 3G 牌照,欠下 56 亿英镑债务。结果 3G 建设热潮 VOD 没有收割到消费者,反而市场份额被建设 2.5G 的运营商抢走,从第一的 48% 滑落到第三的 26% 至今。VOD 从 2003 年起开始转移重心到亚洲和非洲,目前已经成为非洲第一大运营商,市场份额 53%,亚洲第三大运营商,市场份额 32%。如果按照用户量来看,VOD 的国家排名分别是印度、尼日利亚、印度尼西亚……"

"发现没有,从他们的市场重点来看,低端机的采购一定会超过六七成。我们把重点放在低端机有几个优势,第一,耀华产品在非洲得到了客户的验证,我们和 VOD 在尼日利亚的合作会是一个很好的背书。第二,我们的产能和物流能做全球交付。第三,耀华产品性价比高,符合 VOD 的成本控制策略。既然是重点,我建议低端机至少放两款,一款是目前针对非洲用户特别优化的在售手机,另一款是使用自研芯片的超低价手机。"郝仁说道。

"我们降成本除了靠人力成本低廉,还可以依赖我们的自研芯片。但我的担忧是耀华第一款芯片能不能得到 VOD 的信任?"隋祖禹问。

"我们拿到芯片后就开始整机测试,除了在国内,还寄送给非洲各国代表帮忙测试。目前反馈回来的报表,各项指标都很好,不比原有的芯片差,而且待机时间因为功能精简还有所提升,我个人持比较乐观的态度。"齐飞华说。

"隋工的担心有一定道理,谁都会对第一款产品持怀疑态度,尤其是芯片这样的核心部件,不是人人都想做第一个吃螃蟹的人。不过,我们可以换个思路,这是我们的第一款自研芯片,但对 TSMC 却不是,我们可以让 TSMC 为我们证言,如果对方授权,我们甚至可以在投标材料中使用联合出品的措辞,注意不要在公开渠道说就可以。这也许能弥补我们产品新的不足,穆言你和 TSMC 沟通看看,记得带上沈工,他和代工厂的人最熟。"郝仁说。

"好的,交给我。"穆言说道。

"低端价位先说到这,接着说中端价位段吧。"

"中端产品我们的选择比较多,T系列和TLite系列都很合适,美观耐用,同时具备多种功能,适合办公、生活、娱乐、学习等场景,市场反馈一个比较受年轻人欢迎,一个比较适合中等收入家庭。"李子健说道。

"这个我同意,中端机竞争激烈,可以多放几款。"郝仁说。

"高端产品我们选择不多,就是我们在售的3G多卡多待手机,耀华数字系列。"隋祖禹说道。

"确实如此,先按照这个名单准备材料。材料要做扎实了,尤其是测试数据,现在还有一个多月的时间,可以委托第三方公司在VOD主要的销售国进行现网测试,测试部的同事别待在总部了,都出去走走。"郝仁说道。

"这个我安排了,测试部年前就开始办理签证,耽误不了事。"隋祖禹说。

"竞男姐,这次盯着点竞品的情况,我们去年在非洲的动静太大,实际上已经是明牌了,不难保证竞品会在我们的基础上改进。"郝仁说。

"好的。"

"郝总,也不都是明牌。这次投标前,我们对各个产品进行了优化,比如低端产品,飞华就做了防滑设计,解决了非洲气温高导致使用手机手汗多的问题,还有子健也对数字系列优化了软件,游戏上的提升很大……"隋祖禹说道。

"很好,是应该埋一些惊喜给客户,大家都是行家,在售的产品没有不熟的。今天先这样,大家忙去吧,注意所有投标信息都是机密,不要外泄,散会。"

"好。"

大家各自散去,郝仁拿着笔记本往办公室走,手机在口袋里振动了两下,拿出来一看,宋朝栋来了条短信。

"最近都没有联系我,你一定在忙集采的事,我说得没错吧?"

郝仁笑了笑回道:"你不也一样,怕不怕被耀华碾压。"

"我好期待,第一次和你短兵相接。"

"我也是,一个月后见分晓。"

郝仁把手机放回口袋，心想有宋朝栋这样的对手真过瘾，挑衅也这么坦坦荡荡，没有什么曲里拐弯。

接下的一个月如同炼狱一般，项目成员都快吃住在公司了，每天天不亮就来了，天黑透了才走，完全感觉不到昼夜变换。敬业精神好比鲁迅的一句诗，躲进小楼成一统，管他春夏与秋冬。

等陈竞男把样机寄出，在电脑上点击材料提交的按键时，站在身后的所有人，像脱力一般倒在了沙发上，你靠着我我靠着你。

第一个站起来的人是齐飞华，整个项目组只有她还能保持一丝不苟的穿着，她扯了扯被人压皱的衣角，语气毫无起伏地说道："这种大项目一年要是来几次，我可能就疯了。"

陈竞男摆摆手，说："大项目我怕它不来，又怕它一起来，年纪大了，吃不消。"

"我现在只想躺着不动。"穆言说道。

郝仁看着累成一片的众人，看着有点憔悴的穆言，不知道是动了私心，还是体恤员工，反正脱口而出便是："我宣布，今天现在就下班，全部回家休息。"

作战室一阵欢腾，一分钟后就只剩郝仁和穆言了。

"我们也走吧。"郝仁提起穆言的包说道。

"嗯。"

才走到地库，郝仁的电话又响了，刚想抱怨工作还有完没完了，就看到是个陌生号码。

"喂，你好。"

"郝先生，我是帮你办理购房手续的方美如，你的房子可以来领钥匙了，我昨天前天给发过好几条短信，你可能太忙没看到，才冒昧打扰。"

"小方，不会不会，今天下午我没事，正好可以过来拿钥匙。"

"有劳了，另外我还要感谢你，因为你的订单，我在公司转正了，现在是正式员工为你服务。"

"恭喜你。"

"谢谢，那就不打扰了。"

郝仁工作告一段落，又赶上新房交钥匙了，浑身的疲惫一扫而光。

有个家就是好，在外面再苦再累，一想到自己的窝就觉得什么都值得了。

第八十五章　可惜不是理想

方美如在售楼中心门口等候，远远地看见郝仁牵着穆言走过来，满面皆是春风拂过的喜色。

难怪带自己入行的师傅说，干这行会见过世间所有幸福的模样，每个即将驶入港湾的男男女女，在这一刻，都会把所有对未来的憧憬寄托在手里这串小小的钥匙上。

方美如还在想，郝仁已经走近了。

"小方，久等了。"

"郝先生，哪里话，这不是我应该做的吗，我现在带两位过去新房吧。"

"好。"

日光海岸这个高端小区临山揽海，采用花园式设计，容积率低，绿化极佳。一共7栋楼，楼与楼之间相距较远，掩映在绿意之间，平添几分安静。郝仁选的是5栋27楼F户型，坐北朝南，拥有最好的海景视野。

方美如为两人打开房门，将钥匙放到郝仁手中。

"恭喜两位入住，祝两位幸福美满。"

"谢谢小方。"

"不打扰二位，如果有什么需求随时联系我。"

"好。"

小方走后，郝仁拉着穆言来到客厅阳台，前方是一片湛蓝色的大海，在正午的阳光下闪着碎银一样的光芒。

"这就是我们的家，以后无论开心还是难过都要回到这里，哪怕我们吵架，你再怎么生我的气，都要记得回家，知道吗？"

穆言看着郝仁瞳孔里的自己小小的，整个都在这个人眼里了，突然一股情绪涌上来，鼻子一酸，两行清泪就不受控制地落下来了。

"怎么哭了？"

郝仁抱住穆言，让她靠在肩上，轻柔地抚着她微微轻颤的脊背。

"没事，一会就好。"

"怎么像个小孩似的，说哭就哭，不是天天叫嚣着要干出一番大事业的吗？"

"嗯，就今天而已。"

一会穆言缓过来，收敛情绪，开始在空荡荡的屋子乱逛，从卧室走到客厅，又从客厅钻进厨房，哪哪都满意。

"装修交给你了，喜欢什么样设计你定就好。"

"真的，你一点要求都不提？我听说有的情侣因为装修房子就分手了。"

"我只要做到不说话就行了。"

"你可要记得。"

屋里浓情蜜意，屋外方美如交房后回到售楼大厅，就看到同事小高斜斜地靠在一根柱子上，戏谑地看着自己。

"哟，金牌销售回来了。看看人家男财女貌，财富的财，是不是心里不好受。听说你那个穷酸男朋友搭上一个拆迁户离异女就不要你了，啧啧，我都觉得你可怜，卖再好又怎样，还不是为他人作嫁衣裳。"

方美如才几个月就习惯了同事间的冷嘲热讽，开始还会紧张害怕。现在，方美如平静地从他身边走过，连看都没看他一眼。

这时一个中年客户从外面走进来，方美如连忙迎上去。

"先生，这边请，您想要看多大的，中意什么户型？"

方美如一边笑脸迎接客户，一边心里回了小高一句，是啊，卖再好是不怎样，但是提成就可以让你在边上说酸话。

差不多过了一个月，VOD的技术入围名单出来了。三个价位段都入围的有酷美、爱达、CF，入围两个价位段的有耀华、理想、高科，理想和高科入围了高档和中档价位段，耀华入围中档和低档价位段，入围一个价位段的有MOT和另外四五个国产品牌。

这些品牌中，让大家没有想到是MOT和理想。

MOT是老一辈终端人逾越不了的大山，它是世界上第一家终端通信公司，隋祖禹的偶像库珀博士就在这家公司的实验室发明了世界上第一部真正意义上的手机。

在整个1G时代，MOT如王者一般的存在，占有了绝大部分市场份额，别人只有喝汤吃渣的份，连如今市场第一的酷美，当年也入不得MOT的眼。

然而在2G网络来临之际，MOT却错判了行业趋势，将精力投入到卫星电话的研究中。而酷美却敢于抓住通信技术升级的趋势，布局前沿技术，将自有系统体验做到极致。于是，附着在自有系统上的各种游戏、音乐、办公等功能一把就抓住消费者的心。在二十世纪末期，取代 MOT 拿下手机品牌第一的宝座。

MOT 回头紧赶慢赶，不断扩大低端机出货量和翻新旗舰，才算保住第二的位置。然而去年，第三的爱达和第四的 CF 来势汹汹，连续推出几款高能旗舰，让 MOT 的新品黯淡。低端价格低不下去，高端产品高不上去，MOT 成为最为尴尬的国外品牌，这一点在 VOD 的集采过程中暴露无遗。

理想则成功扮演了 MOT 的另一极端，市场上还没有任何一款产品，直接在集采中入围了两个档位，而且还是高端和中端。

VOD 的技术评估体系之复杂，涉及人员之多，没有人去怀疑理想能在里面玩什么猫腻，唯有产品硬实力一种可能。这令任何竞争对手都无可奈何，毕竟产品都没见过，又怎么去做针对性策略。

耀华入围两款也算符合郝仁的预期，甚至值得好好庆祝一番，毕竟要从几十家厂商中脱颖而出并不是件容易的事。

不过，此刻坐在电视机前的几人却完全没了入围的喜悦。

东方卫视正在播出理想总裁马旭峰的专访。

"各位观众朋友，欢迎大家来到八点经济报道，今天我们邀请到了理想科技有限公司的马旭峰先生，马先生，先和电视机前的观众朋友打个招呼吧。"

"大家好，我是你们的老朋友马旭峰。"

"马先生，我们都知道理想是最早一批中国出海企业，也是电脑等科技产业的龙头，为什么会想要进入手机行业呢？"

"一是理想具备手机制造的能力，二是这个市场缺乏一个强势的国产品牌，让海外品牌称雄称霸太久了。"

马旭峰说这句话的时候，语气轻松，甚至还有一点开玩笑的意思。只是不知这样的措辞会刺痛多少国产企业的心，仿佛现在国产品牌没有进入前三，只是因为理想没有参与而已。

主持人对此并没有过于惊讶，继续问道："马先生果然有底气，那么您对这次 VOD 集采进入两个价位段的成绩满意吗？"

"不是太满意，若不是理想准备仓促，应该三个价位段都进入。对此，我要求内部深刻检讨反思。"

"真可惜，不然我们就可以看到理想和三个国际巨头一决雌雄了。"

"以后有的是机会。"

"您怎么看待同理想一起入围的高科和耀华，这两家企业是我们国产品牌中的佼佼者。"

听到这个问题，马旭峰露出一丝转瞬即逝的鄙夷，很快淡淡说道："评价竞争对手真是让我很为难啊。如果一定要说的话，我只能说他们已经尽全力了，这一点很值得理想学习。"

这句评价旁观者看是赞扬，却让被评价的人浑身难受，潜台词是，高科和耀华拼命进入的两个档位，对理想来说易如反掌。

马旭峰看主持人还没接话，又补充道："高科和耀华都是不错的新兴企业，只不过他们的路不适合理想，高科是靠收购卡特获取海外扩张的入场券，耀华用老套路，从低端市场做起。理想既不需要入场券，也不需要从低端市场做起。"

"非常感谢，马先生，我还有一个问题……"

电视啪的一声被郝仁关了。

"怎么生气了？"穆言问道。

"是该生气，这人也太嚣张傲慢了吧！低端市场怎么了，挣得不是真金白银吗？"隋祖禹说道。

"郝总，不用生气，同样都是进去两个档位，我们又没有低人一等。"

"我不生气啊。"郝仁笑着说。

"嗯？"隋祖禹疑惑。

"有什么好生气的，理想确实有狂傲的资本，都有点出道即巅峰的意思了，就像MOT。"郝仁说道。

"什么意思？"众人问道。

"MOT的历史你们都清楚，尤其里面有你的偶像库珀博士，MOT的问题在于过度炫技，忽略了用户的需求，不去解决客户的问题，而花重资到还没有需求的地方。

"说真心话，我是希望国产品牌能出一个领军企业，即使不是我们，只要刷新了世界对中国科技品牌的印象，耀华自然而然能从中受益。

"只可惜理想扛不了这面大旗，马旭峰没有看清低端市场的价值。低端产品能够实现规模效应，能够通过足够的量产去推动产品创新。就拿我们的芯片来说，虽然功能基础，但是实现了很高的集成度，我们在低端机上试验成功，再慢慢增加多功能，就可以惠及中高端。"郝仁惋惜地说道。

"他扛不了，我们扛！"沈同方从外面大步走进来，听了后半段说道。

"沈工，从上海回来了。"郝仁说。

"嗯，回来了。在外面就听你们讨论理想，我说几句自己的标准，是不是领军人物，不仅仅是看产品能不能进去海外市场，消费者买不买单，还要看产品中的自研成分有多少？企业掌握多少知识产权？"沈同方说。

"沈工说得对，自研，就是我们耀华的路。"郝仁说。

"对！"

这一句话快说到大家心坎里去了。

第八十六章　投标暗无天日

"郝总，VOD已经发来消息，报价系统已经开启，账号密码发到公司邮箱了，需要在一周内完成所有报价的上传。"

陈竞男打断了群情激昂，回归现实的众人意识到，距离成功可能只差临门一脚，也可能差十万八千里。

回顾投标历史，逆风翻盘和门前折戟都有过。耀华最出人意表的一次，通过报价把技术评分前三的竞争对手通通挤掉而独家中标。最颜面尽失的一次，被技术评分靠后许多的竞争对手通过超低报价挤出前三而丢标。

所以，不到最后一秒钟，商场上的事谁能说得清，搞不好会出现个赔本赚吆喝的搅局者，或者招标方心有所属走走形式也未可知。

"好了，现在还不是庆祝的时候。竞男姐，麻烦你通知商务、财经、采购等相关报价人员，准备好所有资料，我们周三开始封闭，就在公司员工酒店，地方小陈安排好了。其余的同事都回去忙吧，静待喜讯。"郝仁说道。

众人收拾物品从作战室离开，齐飞华默默跟在隋祖禹身后，喃喃自语。

"封闭？难不成把所有相关的人都关起来吗？"

隋祖禹听到后，回头给齐飞华解释。

"和关起来差不多意思,基本是在与外界没有任何联系的情况下,集中精力在最后几天把报价提上去。对重大项目投标来说,为保障信息安全,封闭非常有必要。

"在公平的情况下,各大厂商互不干扰,各自会根据历史数据揣测其他竞争对手的报价,然后结合自身的利润情况给出有竞争力的报价。一旦报价信息泄露,竞争对手就会直接针对我们,比如压着耀华的报价低一点点,比如提出比我们更好的服务项目,这样我们丢标的概率很大。"

"这么凶险,大家不是都签了保密协议了?谁会泄密?"齐飞华问。

"几十万的小项目采购是没必要,但这可是几亿甚至几十亿的项目,几百万摆在面前,不能保证每个人都经得起金钱的诱惑。"

"懂了。"

三天后,负责商务报价的所有成员推着行李箱齐聚耀华内部酒店,投标结束前,大家都会在这里集中办公,并上交手机,切断与外界的联系。

一个小组在核算耀华投标机型的基础成本随出货量变化的增减情况,另一个小组则在测算每个档位竞争对手的历史价格曲线。

会议室里静得吓人,每个人都轻手轻脚,生怕万一弄出点动静,就会震荡得眼前的各种数据曲线变了形。

"我这边算好了。"一组组长说道。

"我这边也是。"二组组长说道。

"那现在合一下?"郝仁坐得太久,起身活动了一下说道。

两个小组长把几组数据一拼接,不多时,生成一个多段的曲线图。

"好了。"

一组组长说完,把手提电脑放在郝仁面前,四五个脑袋立马凑过来,目光一动不动地汇聚在图表上,似乎能把屏幕烧出个窟窿来。

两个小组长只觉手心冒汗,又下意识地看向检查了好几遍的数据,生怕出了一丁点差错。

"这里是我们成本线,这里是我们的最低利润线,这是竞品可能的报价区间,那这条线和这条线之间就是我们建议的报价区间。"一组小组长解释道。

郝仁看后松了一口气,说道:"多亏了沈同方的芯片团队,大家看这里,要是我们继续向国外供应商采购芯片,我们的最低利润线就要超过竞品的可能报价，即使我们产品技术有优势，也很难有胜算。竞男，你看怎么报？"

"我们在报价区间取个中间值，看看最后要不要加一点零头，免得对方后面要求抹零。"

"嗯，大家再检查几次数据，看看没有考虑到的地方，或者是计算错误的，然后我们再最后确定报价。另外，把服务、产品培训等报价拆出来看看，然后分三档，提供给客户选择。服务的承诺可以再升级一些，先把标拿下来再说。"郝仁交代道。

"时间不多了，大家抓紧，后面还要留有翻译、校对、盖章、上传的时间。"陈竞男说道。

"收到。"

"收到。"

"收到。"

时间一分一秒地过去，大家的额头沁出汗珠。每个人都知道应标材料容不得任何差错，可任何一件文档，只要带着显微镜去看，总会在什么地方发现错误，不是条件模糊，就是翻译不清晰，只得反反复复逐字逐句审校，最后是搞得众人疑神疑鬼，崩溃不已。

速溶咖啡喝了一杯又一杯，烟屁股堆满了烟灰缸。时间最终走到不得不上传材料的时候了，郝仁为最终价格盖章签字，众人再一次检查材料，完成扫描，最后看了一眼，点击上传。

电脑发出上传成功"叮"的一声，像一个开关，所有人紧绷的神经啪地松了下来，长长地舒了一口气。

"总算完了。"一组小组长说道。

"呸呸呸，不吉利，不要说完了，要说好了。"二组小组长赶紧纠正。

"对，对，是好了。"

一组小组长似乎真的被吓到，连连"呸呸呸"了几次。

"好了，大家辛苦了，就不留大家夜宵了，现在我正式宣布封闭到此结束。"

这是这些天来大家最为期待的一句话，连陈竞男这种低调勤恳的老黄牛，这次也忍不住感叹道："终于等到这一刻，果然年纪大了，才熬几天就受不了了。"

大家各自散去，郝仁胡子拉碴地提着东西往外走，临走前上了趟洗手间，在镜子前看了自己一眼，心中嫌弃，现在的形象简直不忍直视。

郝仁走出公司员工酒店的大门，四下望了望，此刻天上是满天星斗，路上是行人稀疏，夜已很深了。

正要打出租车，一辆停在路边的白色轿车突然打火开灯，缓缓朝酒店这边驶过来。郝仁定睛一看，心里一阵暖流涌过。

"穆老师，你怎么来了？"

"问了小陈，知道你今天退房，来接你回家，快上车吧。"

郝仁打开车门，一屁股坐在副驾驶上，对穆言撒娇道："累死了，累死了，今天我要好好放松下。"

穆言目视前方把车开得稳当一些，然后满是心疼地说道："知道你累，不然你小睡一下，到了我叫你。"

"算了，现在整个人兴奋得很，根本睡不着，不如穆老师陪我说会话。"

"也行，你想聊什么？"

"你说我们这次能中标吗？"

"你不是要放松下，怎么又开始说工作？"

"你先回答我的问题，我非常想知道你的看法。"

"当然能。"

"你为什么这么肯定？"

"当局者迷，你好好想想VOD为什么在香港设立采购部，不就是为了方便从中国厂商处采购终端。如果采购国外四大巨头的产品，何必把日本采购部的人员调来香港。那么，在中国厂商中，我们是不是有帮助VOD在西非市场成功的经历，我们的交付能力和产品实力是不是验证过，那答案就是，我们不中标，谁中标？"

"穆老师你怎么不早告诉我，你要是早点告诉我，我直接交给竞男姐处理得了，害得我这段日子每天担心得要死。"

"别骗我，你心里比我清楚。但你的个性就是，哪怕有百分之一百的概率，你依然会全力以赴。即使中标板上钉钉，投标你还是会亲自好好做，我说得没错吧？"

"嘿嘿，那确实，穆老师就是厉害，我干什么都逃不过你的法眼。对了，从现在开始，穆老师要做好全球营销的准备，如果我们中标，就意味着我们的产品随着VOD进去多国市场。这是一个契机，也是一个挑战，我建议你着手收集全球，尤其是欧美国家知名的消费类电子展会讯息，我们借着这个机会，好好在海外刷一波存在感。"

"几点了还给我布置任务？"

"对不起，我错了，明天上班再说。"

"和你开玩笑呢，别道歉，这个我早就想到了，国外知名媒体清单、有影响力的展会、粉丝众多的科技类舆论领袖等等都在我手上了，等着你忙完投标就上报方案和营销经费。"

"谈钱伤感情。"

……

两人一路说说笑笑，回到家度过了一个美好的工作日夜晚。

等待的日子是漫长的，这种心情真是百般滋味，想要它快点到来，是死是活，给个痛快，又怕它到来得太快，一时间没有做好接受结果的准备。

然而无论你愿意不愿意，一个月后，该来的终究还是来了。

这次 VOD 采用的是全新的线上投标方式，所以投标结果自然也在线上系统公布。

公布的时间进入倒计时，郝仁、陈竞男、穆言、隋祖禹等几人屏住呼吸，围坐在一起等着电脑屏幕上的结果出现。

陈竞男深吸一口气，准点刷新了当前页面。

加载的标志循环了一圈又一圈，弹窗突然跳出一行小字。

"恭喜耀华终端有限公司中标。"

第八十七章　打脸猝不及防

"大家愣着干吗？快点开看看中了多少份额？"

隋祖禹的一声吼，把看着中标消息发愣的几人给叫醒了。

"哦哦哦哦。"

陈竞男点着头赶紧点开详情。

"这也太难以置信了！"陈竞男揉揉眼睛说道。

"不会吧？"穆言不太确定。

"哇！"隋祖禹激动地说道。

郝仁不解地看着几人的惊讶的表情，说道："我们实至名归，但是还不够？"

"不够？"

几人看着中标详情很是迷茫，上面赫然写着100欧元以下低档价位机型中标55％的份额，100～300欧元中档价位机型中标25％份额。

"我们高档价位机型没有中标。"郝仁不紧不慢地说道。

"我们3G高端机没有通过技术评审，没有中标这个价位段也在情理之中，很遗憾。"陈竞男说道。

"还不能放弃，VOD还没有对外公示，我们还有机会，标后沟通动作可以是感谢，也可以是争取。我是这样想的，3G高端手机是未来趋势，如果能随VOD全球销售，就算站稳脚跟了，以后国内市场我们不会再一直屈居人下。"郝仁说道。

"好的，我立刻约见VOD的采购部领导。"

"竞男姐，再辛苦一把，制作下优惠承诺函。飞华，把我们定制的方案再更新下，强调下我们的定制深度和灵活性。"

"好的。"

"收到。"

三天后，陈竞男约到了VOD的全球终端业务主管约翰·斯拉特里和采购部主管汤姆·金森，两人此刻都不在国内，郝仁只能在视频会议上给两人打了个招呼。

"老伙计，恭喜你大份额中标，你们的产品给我们的非洲团队留下了深刻的印象。"

约翰·斯拉特里在世界电信大会上见过郝仁，后面又在西非高级副总裁艾瑞克·菲洛斯的口中频频听到这个名字，听说为了产品更适用于非洲用户，还特别前往尼日利亚调研，这份敬业值得记住这个名字。

"感谢VOD的垂爱，让我们有进一步合作的机会。为表诚意，我们又向VOD递交了新的优惠承诺函。"郝仁说道。

"看到了，诚意满满，3G终端机降价力度很大。"采购部主管汤姆·金森说道。

"希望能给耀华个机会，我们的3G高档价位产品在中国香港、新加坡、菲律宾、尼日利亚等都有销售。"

"这个我们知道，实际上VOD很看重耀华的定制能力，这次集采的高档价位招标的数量并不大，你知道运营商销售高端机和卖场没有优势，我们其实更想要深度的 3G 手机产品定制，和我们的网络做到完美契合。"约翰·斯拉特里说道。

"这无疑正是耀华的强项。"郝仁自信地说道。

"看到你们提交的定制计划书，结合你们在非洲的表现，我和你意见一致。"约翰·斯拉特里说道。

"一起做一款 3G 手机？"郝仁问。

"一起做。"约翰·斯拉特里说道。

……

会议结束，会议室的与会者强忍着心中奔涌的喜悦和兴奋，等 VOD 的参会者退出视频会议，才迸发出震耳欲聋的欢呼声。

"天哪，天哪，我们这是要卖遍全世界了！"陈竞男喊着喊着掉下两滴泪。

"销售额突破 100 亿！"郝仁激动地说。

"郝总万岁！"

"郝总万岁！"

"郝总万岁！"

……

隋祖禹过来找郝仁，还没进来就听到会议室里喊声不绝于耳，好奇地推门进去问道："郝仁，你要登基了吗？怎么他们三呼万岁？"

"哈哈哈，没没没，快把你们飞华叫过来，她有大单了。"

"大单？"

陈竞男看隋祖禹一头雾水，给他把开会情况大致说了下，隋祖禹一拍郝仁肩膀。

"可以啊，郝仁，这都行？销售的进度比我快太多，我要加油了，研发可不能拖你后腿。"

"量你也不敢，哈哈哈。"

"哈哈哈……"

一周后，VOD 全球终端业务主管约翰·斯拉特里携各大合作伙伴在香港正式召开记者招待会，宣布 VOD 史上最大集采最终花落谁家。

入夜七点，一身修身黑色西装的郝仁挽着身着银色礼服的穆言出现在酒店礼堂。里面已经有三三两两的嘉宾在端着酒杯与人交谈。显然，今天能够出席记者招待会的嘉宾必是中标厂商，从各自脸上或隐忍或外露的笑容就可以看出。

"郝仁，我等你好久了。"

背后一个熟悉的声音传来，郝仁回头，就看见宋朝栋一身深蓝西装走过来，脖颈上的波点领结将整个人衬得颇为生动。

"朝栋，这么早就来了。"

"来早点还能和你聊会。穆言小姐，你今天很美。"宋朝栋轻松地说道。

"谢谢，你们俩聊，我去和媒体朋友打个招呼。"穆言略一颔首，提着裙摆转身离去。

"怎么样？两个段位都中标了吧？"郝仁问。

"嗯，马马虎虎，你不也是。"宋朝栋说。

"嗯，还过得去。"郝仁也克制地说道。

"少装了，你我还不知道。"宋朝栋轻轻给了郝仁一下。

"嘿嘿，别急，一会就知道了。"

……

郝仁和宋朝栋正说得热闹，礼堂的门打开，两个人毕恭毕敬地引着马旭峰进来，今天的马旭峰格外春风得意，目不斜视地从郝仁和宋朝栋的身边走过，带起的一阵风似乎在郝仁的面庞打了个旋。

"马旭峰这人好有排面，去哪都带风似的。"宋朝栋说道。

"你猜他拿下多少份额？"郝仁问。

"应该不少吧，看他那副胜券在握的表情。"宋朝栋撇撇嘴。

"他不是一直都这样。"

这时中央舞台的乐队演出戛然而止，主持人拿起话筒提示活动即将开始，人群端起酒杯逐渐朝中央聚拢。

"女士们，先生们，各位来宾，各位朋友，欢迎大家来到VOD集团集采合作伙伴答谢会暨记者招待会，我们真诚地希望各位在这里度过一个美好的夜晚，下面有请VOD的全球终端业务主管约翰·斯拉特里上台为我们致辞。"

话音刚落，就见约翰·斯拉特里起身上台，接过话筒说道：

"感谢各位合作伙伴，感谢各位媒体朋友的莅临，你们的支持是VOD一直前行的动力。本次招标是VOD史上最大金额的招标，这里面既有VOD用好产品服务好全球用户的决心，也有VOD用户版图不断扩张的雄心。

"话不多说，现在我就公布本次集采中标名单。300 欧元以上机型中标的品牌分别是理想中标份额 45％，酷美 30％，高科 25％；100～300 欧元机型中标品牌分别是理想 30％，高科 25％，耀华 25％，酷美 20％；100 欧元以下的机型中标品牌分别是耀华 55％，MOT 25％，酷美 20％，每一位合作伙伴 VOD 都无比珍惜，让我们携手共同……"

约翰·斯拉特里并不想把记者招待会搞成颁奖仪式，直接干脆地公布各自份额，满足记者的好奇后再大谈特谈 VOD 的市场宏图。大张旗鼓地为招标搞这样一场招待会，一方面想展现 VOD 作为上市公司做事公开透明的态度，增强股东信心。另一方面是把供应商都拉出来感谢一番，加强合作关系。

不过，从名单上可以看出，这次国产品牌大获全胜，国外品牌连一点体面都没有维持住，这也印证了 VOD 在香港设采购部就是妥妥地针对国产品牌，和穆言所说的一致。

这一点记者早就注意到了，一名穿红色礼服的年轻记者立马问道："请问 VOD 这次中标的厂商大多是中国品牌。你们是如何考虑的呢？"

约翰·斯拉特里当然不会直接回答。

"非常感谢，但我们对合作伙伴绝对是一视同仁，VOD 采购是严格遵守公司规定，设好目标，能达到要求的厂商都可以来应标，无论哪个国家的品牌。"

"请问 VOD 这次采购低段价位的终端比例超过 50％，请问是不是以后的重心还是非洲及东南亚？"

"我们 VOD 致力于为全球用户提供多元化的服务，无论贫穷还是富有的用户，我们都愿意让他们用科技改变生活。"

……

"约翰真的好会说，你真应该学学。"穆言此时已经回到郝仁身边，悄悄在他耳边说道。

"那是，我第一次听见一个人能把压价说得这么冠冕堂皇。"郝仁说道。

"你真是朽木不可雕也。"

"我在学习呢，放心吧。"

……

和穆言聊着，郝仁感觉有人注视着自己，于是目光转向四周，一下子就与马旭峰的眼神撞在一起，见郝仁发觉，马旭峰大大方方地端着酒杯走过来。

"你好，我是马旭峰。"

"你好，久仰大名，我是郝仁。"

"恭喜耀华拿到如此大的份额，实在难得。"

"理想才是，直接出生在罗马，产品还没面世就有VOD这样的大客户。"

"老实说，我也很羡慕你们做低端机的，一下就拿这么多份额，可惜理想放不下身段，没福气挣这个钱。"

郝仁不太明白为什么马旭峰专门过来讽刺自己几句，他都放不下身段做低端机，却放得下身段来给一个后辈添堵。

这时，针对集采的记者答疑已经结束，约翰·斯拉特里却还没有下台。

"下面我还有一个重要消息宣布，VOD将携手耀华合作3G定制手机，这款手机将让用户更好地使用VOD的核心服务，如手机电视、视频通话、音乐下载，它将仅仅在VOD销售，下面就有请耀华终端有限公司总裁郝仁上台和我共同签署合作备忘录。"

郝仁对马旭峰抱歉地笑笑，说了句"失陪了"，便走向了中央舞台。

马旭峰的脸色在晦暗不明的灯光中，倏地变了。

第八十八章　郝仁香港求婚

郝仁一步跃上中央舞台，紧紧握住约翰·斯拉特里的手，两人相视一笑。

"下面就请郝仁先生给我们说两句吧。"

约翰·斯拉特里把话筒交到郝仁手中，郝仁站在耀眼的聚光灯下露出自信的笑容，质地优良的西装折射出点点光芒，目光汇聚此处，在众人眼中成功的模样就是如此。

郝仁上过很多舞台，大的、小的、热闹的、冷漠的、简陋的、恢宏的，在人生的各个阶段，各有各的滋味。郝仁此刻往台下望去，人群的面孔仿佛陷入暗流，模糊不清，看不出是何种表情，肯定有人祝福致敬，也有人嫉妒羡慕。

但这些此刻都不重要了，郝仁决心和过去告别，真正从幕后走到台前，他告诉自己敢于站在光亮处的人要更名副其实，才经得住木秀于林、堆出于岸、行高于人。

"各位来宾，各位朋友，我是耀华终端有限公司的郝仁。感谢 VOD 集团，让耀华有这样的机会一起合作研发产品，VOD 是全球知名的通信集团，而耀华在电子产品领域耕耘多年，正是时候和 VOD 一起走向全球，造福全世界的人民，谢谢大家。"

说完，中央舞台已经摆好一张铺着红色天鹅绒的长桌，礼仪小姐引着郝仁和约翰·斯拉特里坐下，两人面前各一份此前审核不知多少遍的文件，郝仁大笔一挥，签得尤为潇洒，换签又来一次，礼成。

走下台来，郝仁接过两杯香槟，把其中一杯递给约翰·斯拉特里。

"约翰，说句心里话，感谢您给我们这样的平台，耀华才能在这么大的舞台上露面。"

"这是你们应得的，但话先说前头，产品要求我们一点不含糊。"

"那是自然，耀华竭尽全力。"

"干杯。"

"干杯。"

"那个非洲被绑架的研发总监今天没来吗？"

"约翰先生也认识隋祖禹？"

"都是听非洲那班家伙说的，搞得我很好奇。"

"哈哈，下次为您引荐。"

……

郝仁还没说几句，感觉到身后已经有数人端着酒杯过来要给约翰·斯拉特里敬酒，于是说完匆匆让位。回去经过马旭峰身边时，对方正朝自己抛来一个玩味戏谑的眼神。

穆言与媒体交流完，回到郝仁身边。

"穆老师，你看到刚才马旭峰的表情没有，好像很嫌弃我的样子。"

"他是想说耀华不过如此，投标进不了高档段位机型，就靠走后门拿单。"

"哈哈哈，都怪我颜值太过出众夺目，让他忽视了耀华的产品实力。"

"又来了。"

"穆老师忙完没有？我们走吧。"

"现在就走？"

"差不多了，给竞争对手点交流空间。"

"好吧。"

说完，两人各自和熟人打了个招呼，就出了酒店，沿着维多利亚港的沿海栈道散步前行。夜晚的海风带着点凉意，郝仁把外套脱下来披在穆言肩膀上。

"穆老师，真不敢相信，距离上次参加全球电信展也就一年多而已，我们就完成了国内品牌到国际品牌的蜕变。"

"是啊，我也觉得不真实，距离耀华终端创立也才五年，你问我要不要做时代的亲历者，我还以为你也没那么大把握。"

"我瞎说的，渠道要求营销投入，我找不到人，只好来一个骗一个。"

"你就是满嘴跑火车，我都不知道哪句是真，哪句是假。"

"有一句是真的。"

"什么？"

穆言好奇地停下来等郝仁揭晓答案，却只见郝仁扑通一下单膝跪在地上，从怀里掏出一枚戒指高高举起。

"我爱你，嫁给我吧！这句是真的。"

穆言被郝仁的突然袭击惊得怔住，脑子一片空白地站在原地。时间还早，街道上游人如织，看到一身盛装的高挑美女面前跪着一个英俊的男子，慢慢靠拢过来围观，一边拍手一边起哄。

"嫁给他，嫁给他，嫁给他……"

穆言回过神来，喊道："你骗我。"

听到这声回答后，人群立时安静下来。郝仁也吓得慌了手脚，不知道做错了什么。

穆言接着说道："你不是说在自己的房子里求婚，害得我一点准备都没有。"

郝仁问："那你愿意吗？"

穆言点头，人群又开始起哄。

"吻她，吻她，吻她……"

郝仁把戒指戴在穆言手上，一跃而起，紧紧地抱住穆言，终究害羞没有吻下去，只是就这样抱了许久，抱到围观的人群三三两两地散去。

"我们可以只领证不办婚礼吗？我家那边没有人会帮我操持，我害怕……"穆言把脸埋进郝仁的胸口小声地说道。

"都听你的。"

"你爸妈会不会有意见？"

"会，但是日子是我们两个人过。"

"嗯。"

第二天一早，郝仁从酒店的床上醒来，发现穆言已经在书桌电脑前看新闻了。

"穆老师早，有什么新闻呢？"

"都是你出风头的新闻。"

穆言说着，把手提电脑放在郝仁的腿上指给他看。

一篇标题为《VOD天价集采，耀华成最大赢家》的文章点击率最高。上面写道，昨日全球知名运营商VOD公布了史上最大集采中标厂商，其中耀华豪取100欧元以下低档价位机型55％的份额，100～300欧元中档价位机型25％份额，并与VOD达成3年战略合作协议，以一种全新的模式共同研发新型3G手机。

此次合作是新的尝试，也是一种强强互补。作为全球领先的移动运营商，VOD在移动运营方面有着丰富的经验和强大的品牌号召力，而耀华在终端技术上有着深厚积累。双方合作，可以通过不断的技术创新为用户带来更具性价比的产品和服务，创造丰富多彩的通信体验，还可以降低3G的门槛，促进3G在全球的应用和普及。

"写得真好！这么多意义我都没想到。穆老师大周末也不多睡会。"郝仁大大地伸了个懒腰。

"我不累，反倒是你，最近投标累坏了，要不要睡个回笼觉。"

"穆老师陪我我就再睡一会。"说完，就把穆言拉倒在床上，双手揽住。

"唉，别闹，新闻还没看完。"

"不用看，都是正面评价，你看人家香港的记者把我拍多帅。"

"你可真是的。"

两人回笼觉没睡成，在床上胡闹了一阵，折腾到中午才起床，然后吃吃饭，逛逛街，在香港待到周日下午慢悠悠回到深圳。

周一一早，经过这个周末修复的郝仁一洗之前熬夜加班的疲惫，神采奕奕地往办公室走，刚要进门，一片彩条礼花从天而降，汤媛、隋祖禹、齐飞华、陈竞男、李子健等人从里面冲出来，打着一条欢迎凯旋的横幅。

"欢迎郝总得胜归来！"众人齐呼。

"这条横幅怎么这么旧？是不是耀华T1首销用的那条，都掉色了。"郝仁问道。

"她一早叫人从杂物间翻出来的。"全部人指向汤媛。

"心意到了就行了。"隋祖禹急着为汤媛开脱。

"那个，放着也是放着，拿出来用用。"汤媛一副勤俭持家的样子。

"唉，你们心意我领了，下次至少洗一洗，你们抖得我一身灰，散了散了，都给我好好工作。"

郝仁拍拍衣服，进了办公室，刚坐下就见隋祖禹鬼鬼祟祟地也跟了进来。

"你干吗？"

"我下个月结婚，这是请帖，一定要来。"

"你深圳速度啊！不会是汤媛怀孕了，你先上车后补票？"

"你说什么呢？我们又没有，再说哪里快，我都三十老几了，早就想结婚，住干干净净的家，房子我都装修好了，离你的新家不远。"

"放心吧，保管给你包个大红包。"

"你和穆言能做我们的伴郎伴娘吗？"

"你确定？不怕我抢你的风头？"

"不怕，不怕，汤媛眼里只有我。"

"你还是走吧，我牙太酸了。"

隋祖禹一脸不在意，哼着小调走了出去，郝仁总算可以安安静静地办会公了。

VOD的项目可以说给耀华一年的业绩上了保险，今年过后，如无意外，耀华会成为国产手机中第一名，甚至在国际上市场份额都可以进入公众视线了。

这次VOD的记者招待会上，耀华将和VOD合作研发3G手机的消息成为最大的亮点。但郝仁清楚，这件事并非这么简单，以日本市场为例，就是运营商深度参与到手机设计研发之中，共同生产出贴近运营商网络服务的定制机。

但弊端是显而易见的，日本手机上市周期极其漫长，国内 12 个月以内的开发时间可以完成，日本需要 18 个月以上，这也导致日本手机厂商虽然产品优秀，却一直无法在中国市场超越其他竞争对手。

可耀华没有时间，即使 VOD 不着急，耀华也需要尽快在海外各国上市 3G 手机并不断推陈出新。海外市场不等人，中国市场也不等人，等中国 3G 牌照都发放了，VOD 的定制机还没出来，耀华借着海外大规模销售的背书基本就失效了。

必须有一个好办法，能让双方在最短的时间内磨合，然后高效地将新品研发出来。

郝仁为此伤透了脑筋。

第八十九章　重启深度变革

郝仁想起了一个人，ITS 管理咨询公司的项目负责人史密斯·布莱特。

2003 年，为了解决代工业务与自主品牌生产排期冲突，在郝仁和隋祖禹的倡导下，耀华内部开启了一场旷日持久的组织流程变革。

ITS，全称 Intelligent Management System 管理咨询公司就是那时被耀华引入协助变革的。而史密斯·布莱特作为咨询顾问，在耀华工作近四年之久，比很多员工的工龄还要长。

和别的咨询公司不同，ITS 的母公司身处制造业，是美国数一数二的科技产品公司。电子消费产业产品迭代快，生产周期长的痛苦，ITS 深有体会。ITS 内部正是通过解决现实中的问题，不断进行内部变革，才总结出一套适合科技公司高效运作的方法论，并对外提供咨询服务。

在深圳的四年，史密斯·布莱特竭尽所能，帮耀华排除流程中的阻滞，提高生产效率，耀华终端能够快速进去国际市场，除了业务不断开拓外，可以说少不了史密斯·布莱特在管理上的良好建议。

郝仁打定主意，接通内部电话，叫秘书小陈安排一个务虚会议，只邀请隋祖禹和史密斯·布莱特两人。

下午两点，隋祖禹和史密斯·布莱特拿着小陈给的地址，一头雾水地走进一个安静的中式庭院，穿过小片紫竹林，看到了坐在凉亭中的郝仁。

"你干什么？上班时间神神秘秘地把我们约到这里。"隋祖禹人还没走近，就远远地喊道。

见两人走进来，郝仁往两个小杯里倒了茶，说道："都来了，快坐，快坐，尝尝我泡的大红袍。天气快转热了，叫你们出来揪一下这春天的尾巴。"

"这地方甚是风雅，宁可食无肉，不可居无竹，我很喜欢这里，郝总有心了。"

"史密斯现在是中国通了，中国谚语一套一套的。我听说你咖啡都不喝了，每个周末都泡在茶馆里和老人家闲聊。"

"郝总连这都知道，怪不得百忙之中还请我喝茶。"

实际上，郝仁倒不全是投其所好，只是想找一个没有办公氛围的地方。既然是务虚会议，环境就不要太拘谨，若是还像供应商给客户汇报，自然挑好的说，很多问题就讲不出口。

郝仁知道，耀华表面发展得如火如荼，实际上内里问题不少，只是高速发展掩盖了问题。现在，郝仁迫切地想有个人能和他说真话。

"史密斯，这些年在耀华辛苦了。我知道你们咨询公司的工作难做，既要指出客户问题，又不能让客户面子太难堪，所以说话都特别艺术，总是欲抑先扬，生怕得罪了哪个部门。我今天叫你出来，就是想想听听你最尖锐的答案。这没有别人，我和隋祖禹你应该了解，不怕听重话。"

郝仁的直接一开始让史密斯有点惊讶，听了一会彻底明白今天是个什么局了，想了一会决定无论郝仁问什么都如实相告。

"郝总，我明白你的意思了，你想问什么你就说吧。"

"史密斯，我想知道我们产品流程中有什么症结？我们如何加速产品上市周期？在与跨国运营商联合开发过程中如何推进项目进展？隋祖禹，要你一句话，今天如果史密斯说了研发的问题，请你不要生气，积极改进。"郝仁说道。

"你们知道我什么人，史密斯有什么你就说吧。"隋祖禹说。

"两位，我们一个一个来。第一，先说需求问题，如今的耀华终端，即使撇开耀华技术，都已经是一家大中型企业了，可产品的需求分析这块一直没有形成一个体系。

"我知道两位都亲自做过市场调研，并且主导团队进行产品需求拆解，对此客户十分感动。然而，我不觉得这应该是一个常态，你们的工作都很繁重，万一看走了眼呢？万一你们没有空呢？产品需要市场驱动，更需要有专业的团队负责。

"第二，产品研发没有形成一套完整的基线需求，市场需求在开发过程中不断变化，导致项目方向变化，又因为项目方向变化，投入了更多的资金和时间。凡事应该有个标准，研发不能例外。

"第三，缺乏有力的产品平台。不同的细分市场，会形成不同的产品需求，不同产品需求由不同功能特征来实现。功能特征中的一部分是特定细分市场独有，另一部分是细分市场之间可以共用的。

"我知道你们的齐飞华非常擅长整合，但如果没有她，会不会就乱套了呢？这些可以在不同产品之间共用的特征如果形成产品平台，就可以通过增加少量的特性组合出多款产品，满足不同细分市场的需求，同时不会因为人员变动而混乱。

"第四，部门墙厚重。耀华是一个创新公司，同事之间关系比较良好，团队富有战斗力，但是部门墙已经初见端倪，举个例子，产品设计不是作为整体考虑，硬件开发与软件开发通常彼此独立，导致在集成时需要重设计。

"第五，项目管理缺乏章法，没有合理地设置评审点……"

史密斯足足说了十大"罪状"，说得隋祖禹的脸一阵红一阵白，都不知道如何回应。

"史密斯，一言以蔽之，你是不是说耀华靠的是个人能力，不是组织能力，可能导致企业的发展不稳定。"郝仁说道。

"正是如此。"史密斯点头。

"就说怎么建吧。"隋祖禹也不解释，就想知道怎么解决。

"其实，ITS的母公司历史上曾经经历过一次困境，大约在20世纪90年代初，面对激烈的市场竞争，公司销售收入停止增长，利润急剧下降，公司几乎面临亏损。

"通过分析研究发现，我们在研发费用、研发损失费用和产品上市时间等几个方面均远远落后业界。为了扭转局面，公司决定在不影响产品开发结果的情况下将产品上市时间减少50%，费用浪费减少50%，从流程重整和产品重整两个方面对其产品开发模式进行变革。

"效果是明显的，公司恢复了增长，并从1993年到1998年，总共节省了120亿美元的费用，硬件开发时间从4年下降到16个月。后来我们把这一套行之有效的产品开发模式总结了下来,叫作集成开发流程,简称 IPD。"史密斯得意扬扬地说道。

"这个流程有何神奇之处,让 ITS 起死回生?"郝仁问。

"主要是三方面,一通过流程重整和产品重整,关注市场、客户需求和有效的产品开发,优化投资组合和合理使用资源,保证产品开发的顺利进行。

"二是通过建设使用公共基础模块和产品管理平台,采用并行开发模式缩短开发的时间,降低综合成本。

"三是通过建立跨部门的产品管理团队,并辅以有效的考评体系来保证了整个产品开发有效地进行。

"最终达成缩短产品开发时间,降低产品开发成本,提高产品质量的目标。"史密斯说。

"史密斯,我有个问题。既然这套方法这么有效。为什么你不在一开始就推荐给我们?而是一直帮我们组建 IT 流程。"隋祖禹问。

"还没有到时候,集成开发流程需要依托较好的 IT 基础,否则不好管理。另外,因为涉及部门众多,一般企业贸然推行阻力巨大,需要内部达成共识,有耐心地去推行,毕竟从混沌到清晰,最终实现跨越式发展也是需要时间的。"史密斯说。

"那为什么现在到时间了呢?"郝仁问。

"因为你想要提升效率,缩短周期,管理层的重视就是最好的契机。"史密斯说。

"我们与 VOD 的联合研发也可以依靠流程来提效?"郝仁问。

"把 VOD 当作耀华的合作部门,围绕同一个目标,跨部门协作有何不可。"史密斯说。

"那我们还等什么?开始吧!"隋祖禹说。

"开始吧,史密斯,你真是一个好的推销,又向我卖出一项高价服务。"郝仁说。

"郝总,今天可是你先找我的。"

"哈哈哈哈。"

"喝茶,喝茶。"

……

凉亭茶香四溢,一场与研发抢时间的比赛已经在这里酝酿起来。

耀华技术销售主管办公室。

"刘总，听说了吗？终端那边又开始搞运动了，花大钱要引入一个什么集成开发流程。"刘达喜的秘书小王说道。

刘达喜听了直皱眉头，说道："前不久才以搞芯片和海外扩张的名字和赵总要走了一大笔钱。现在又开始搞变革，像个无底洞一样，我们挣再多钱也是扔进去。"

"谁说不是呢？刘总整天四处跑单，都给这些败家子花了，我听了都心疼，是不是给赵总反映一下，公司的钱不能这样乱来。"

"我找个机会提醒下赵总，你先出去吧。"

刘达喜见秘书出去，点了一支烟深吸了一口。

郝仁的子公司这些年发展迅猛，赵扬偏爱不说，周边得了好处的部门支持力度越来越大，甚至抢着凑上去。

只有刘达喜心里很是看不惯，年轻人太爱出风头，表面功夫做得震天响，这次还不是一样，自己是时候旁敲侧击赵扬一下，让郝仁适可而止吧。

第九十章　树大歪风不少

自从拿下跨国运营商 VOD 年度订单的大份额，并签下三年战略合作协议后，耀华最近成为国内外科技类媒体的宠儿，各种媒体邀约不断。

穆言有心扩大耀华在国际上的影响力，近期的媒体专访重点开始朝国际媒体倾斜。

郝仁作为名牌大学的优秀毕业生，英语自然不会差，唯独口音让穆言极为头疼。纸质媒体还好说，访问结束后穆言会整理补充信息给到媒体。但遇到电视台或者网络视频媒体就很棘手了，如果不看字幕可能会有较多歧义产生。

考虑到今后可能更多涉外活动，穆言只好把约会时间都让出来，专门请了一位标准伦敦音的口语老师和一位技巧娴熟的演讲老师给郝仁上课。

这天下午六点半，郝仁提前忙完正准备下班，就见穆言领着两位金发碧眼的男子进来。

"郝总，这位是凯文，英文口语教练，这位是托马斯，专业演讲老师。"穆言说道。

"两位好，穆老师，这是做什么？"郝仁看穆言这阵势，默默地放下手里的包。

"为了提升各级领导的发言能力，我专门请了老师，今天就辛苦郝总以身作则了。"

"好的，两位老师，那我们开始吧。"

"今天，我们先调整发音的。张开嘴巴，嘴唇成扁平形向两边伸开，舌前部抬起，舌尖触下齿……"

整个晚上以及接下来的几天，郝仁好似诊所看牙一般，不停调整各种发音口型。

郝仁心里苦，忙了一天好累，可穆言也是为了公司好，趁现在不在项目关键期多练练总是好的。

郝仁硬着头皮撑下来，结果却差强人意，几天后的一个采访，郝仁几乎连普通的句式都说不清楚了。

穆言从采访现场回来，一个人坐在办公室懊恼不已，觉得是自己急于求成把事情搞砸了。穆言正心中自责，一阵咯咯咯的笑声从办公室另一头传过来。

穆言走过去一看，原来是刚转正没多久的新员工詹宁在看国外的脱口秀，笑得上气不接下气。发现身后有个人，詹宁回头看到一脸不悦的穆言，吓得差点从椅子上掉下去。

"穆总，我没有……"

"别紧张，下班时间看视频不违反公司任何规定。我没有什么别的意思，就是好奇你看什么这么好笑。"

詹宁松了一口气，看办公室只有两人，就把耳机拔掉，放出声音来给穆言听。

画面上的脱口秀演员正在讲一件在餐厅发生的趣闻，动作很是夸张，口音也很滑稽。

"这个口音有点重，不仔细听都听不清。"穆言说。

"口音正是这个演员最招牌的特色，如果就是很标准的播音腔，大家会觉得很假，很装，这样的口音让观众觉得他是个很生活化的人，有亲近感。"詹宁说道。

穆言的脑袋突然灵光一闪，一个好的企业发言人并不需要什么都做到最佳，比如发言像主持人，仪态像模特，而是具有自己的特色，让受众有记忆点。

这么简单的道理，穆言居然给忘了。毫无疑问，郝仁是一个有魅力的人，他的幽默风趣，他的轻松自信都给见过他的人留下了深刻的印象。那么，他的口音为什么不能包装成为一个特色呢？也让国外的观众觉得他有趣亲切呢？

穆言想明白后，心中云消雨散，对詹宁说："谢谢你！"

"谢我？"詹宁对这没头没脑的感谢很是迷茫。

"对，你启发了我，这样，你帮我做件事，从郝总的受访视频剪辑一个集锦来，特别留下他发音特不标准的地方，然后发到 YouTube 上，收集下用户评论给我。"

"好的，穆总。"

"早点下班，明天再弄吧。"

"好的。"

穆言开车回到家，发现郝仁早一步进家门了，灯也不开，整个人横着躺在沙发上发呆，见穆言换鞋进门就撒娇哼哼起来。

"穆老师，累死了，下班还学习一个多小时，累死了。"

穆言走过去坐下来，把郝仁头放在自己腿上，轻轻按压起来。

"对不起，是我之前考虑不周，明天开始我们停课。"

"啊，那怎么行？累是累了点，但为了国际业务我得拼了，只是不知道为什么我总感觉改进不大。"

"是我方向错了，我已经有一个更好的计划了。"

"穆老师就是厉害。"

"这句话我都听腻了。"

"下次换个别的，这边也按一下，对，对，就是这……"

第二天，按照穆言的指示，詹宁把郝仁的发言视频剪辑了出来，为了好玩，还着意添加了很多有趣的表情和字幕。

詹宁用自己的账号上传 YouTube 后，没有投放广告费用，不到 24 小时点击就超过了二十万，留言多达上百条。

他是谁？是个华裔喜剧演员吗？太好笑了！

他的口音超级逗，像蹦豆子一样跳出来，但是内容实实在在的，果断收藏了。

我快爱上他了，有人注意到他在推销自己公司的产品吗？看起来很不错啊！

他是怎么忍住自己不笑的？对面是有人在问他问题吗？有谁有原视频？

……

詹宁是个爱笑的女孩，笑起来声音又大又有穿透力。可看着满办公室认真工作的同事，詹宁只能忍笑忍到胸口痛，整理好评论发给穆言。

评论验证了穆言的假设，也让穆言对于网络营销有了更深的理解。网络就是一片平静的湖面，要做的是给一个有分量的话题，然后像扔石头一样，荡开水面层层涟漪，卷入越来越多人关注。

于是，穆言让网络感好的詹宁围绕郝仁的形象创作一系列视频进行传播。另外，穆言给郝仁暂停了口语课，取而代之的是强化语言特色的艺术课，这一改动让郝仁如鱼得水起来，不仅在演讲节奏和内容表达上进步神速，心情也得到了放松。

接下来的一段日子，穆言每天把视频中观众对郝仁的赞美毫不吝啬地转给了本人，丝毫不担心助长了郝仁的自恋倾向。

当郝仁的各种视频在海外的浏览率突破三千万时，穆言估计不用自己透风，国内的记者都该报道耀华终端总裁火遍全球了。

没想到的是，一大早没等到出口转内销的新闻报道，却等来了气呼呼的沈同方。

"沈工，今天怎么有空来找我？怎么了，脸色看起来很不好，是不是不舒服？"穆言关切地问道。

"你先看下今天的这些杂志。"

沈同方把外面带来的一堆杂志报纸甩在桌上，穆言目光扫过，看封面标题就知道不是什么好事。

此前耀华高调宣布中标 VOD 史上最大集采，并签署了三年战略合作协议。然而奇怪的是耀华没有机型在高端机价位段中标，VOD 却放弃四大国际巨头、拥有双品牌的高科，以及在海外市场耕耘多年的理想，选择和耀华共同研发 3G 手机，实在让人难以理解。

另一方面，耀华虽然在代工领域以质量著称，这次却在中标份额最大的低端机上使用第一款自研芯片。放着海外成熟的芯片不用，为了扩大利润率使用还没有市场验证过的自研芯片，是自负过头还是为一己私利,不顾消费者体验。

最后,小编想说,国际化道路漫漫,国产品牌可以依托唯有创新,低价竞争的路一定走不远。

"穆老师,你看他们什么意思,怎么可以颠倒是非黑白,把自研芯片说是低价竞争?"

沈同方出了名的起得早,来上班路上路过一个报刊亭,不经意间发现了这批胡说八道的媒体,当时就气炸了,可对报刊亭小贩发火没用,只好忍住心头怒火各买了一份来找穆言。

这时时间尚早,穆言每天例行订阅的报纸杂志都没送过来,也是头一回见这些文章。

"沈工,你别生气,这些文章立不住脚,我们分析下看怎么回击。你先回去,别生气,交给我。"

"行,我先回实验室了。"

看着来耀华后又添了许多白发的沈同方,又看看面前这些夹枪带棒的报道,穆言心里真不是滋味。所谓杀人诛心,企业做产品不可能让所有人满意,批评都是常事,可一旦把他人辛辛苦苦做出来的劳动成果说成廉价品,那对创造者的杀伤力多大,可想而知。

穆言抱着这些杂志来找郝仁,郝仁看后一言不发。

"这些报道不可能是媒体自发的,肯定有幕后黑手。"穆言问道。

"那几家排名靠前的国外品牌主业务不靠定制机,宋朝栋我相信他,最大可能就是理想马旭峰授意,他们的媒体关系很硬。"郝仁思考后说道。

"他为什么要咬我们?理想已经出海多年,是国际大牌,何苦和我们过不去。"

"我想我可能明白,理想以前是怎么把对手一个一个干掉了。"

"我们要不要回击?"

"当然要回击,但不必提及理想,耀华做产品从来不是为了赢过谁,只不过是单纯想做好一件事罢了。"

郝仁淡淡地说道。

第九十一章　打出强力反击

说实话，郝仁并不希望国产品牌之间从商业竞争演变成公众舆论战，即使赢了心里也各种不舒服。

大家各凭本事去海外攻城略地不好吗？就得在国产品牌海外还不成气候前，先争个你死我活吗？

"兵贵神速，穆老师先去忙吧。"

穆言出去后，郝仁的电话响了起来，是宋朝栋。

"看今天的报纸了吗？你是捅了谁的马蜂窝了？"

"你猜不出来吗？"

"你不会怀疑我吧？"

"怎么可能？你再好好想想。"

"哦哦哦哦，马旭峰，耀华居然已经值得理想针对了，我完全没想到。"

"你想不想和我一起上上新闻？"

"嗯？"

……

一周后，一个名为《国产核心》的系列专题报道在中央电视台播出，以其前所未有的视角，在观众中引起了极大的反响，成为同时段节目的收视冠军。

这个节目最大的特色就是给国内高歌猛进的发展适时地泼了一盆冷水，深挖制造业中不为人知，却严重依赖进口的零部件和材料背后的故事。

它们就像身体上一个个精密而有复杂的关键器官，看不见摸不着，一旦缺失就会全身瘫痪，动弹不得。问题是，这样的要害，能长期假手于人吗？

在报道中，记者首先走进了耀华的芯片实验室，采访了两鬓斑白的沈同方，听他讲述了中国芯片制造的曲折历史，尤其是他那句，为什么连我们同胞都不相信中国人能设计出好的芯片呢？我年纪大了，就想用剩下的生命博一博，看看时间站在哪一边？

这是对此前不实报道的有力回击，更是对耀华科技实力的最好注解。

沈同方说得情真意切，让主持人都忍不住潸然泪下。

随后，记者又走进了高科光电在广州的液晶显示器工厂，宋朝栋一身防尘服，亲自带记者参观了生产线，在一副热火朝天的场景中，告诉记者他做国产好屏的初心。

接下来，记者又报道了华北钢厂的精钢制造、东和制造的集成结构胶等领域，涉及行业五花八门，但无一不是超越路上砥砺前行的国产企业。

第一步反击高举高打，直接出动国内最权威的国家电视台，定下了目标正确的基调，紧随其后的第二个动作用数据说话，堵住各种无根据的指责。

穆言将耀华的自研芯片送往第三方权威测评机构进行验证，虽然没有超越现有国外芯片，但在功率、数据传输速度等指标上都表现良好，集成度上尤为值得一提，完全满足低端机的诉求。

这个报告一出，那些曾经批评耀华不顾消费者体验的媒体顿时无话可说，毕竟谁也不能鸡蛋里面挑骨头，要求低端机上配高端芯片，合适就是合理。

穆言的第三步动作更加直击要害，让 VOD 的集采负责人汤姆·金森出来接受采访，直接指出耀华的中标和战略合作协议完全是 VOD 基于技术和商务等各项指标综合评定的结果，VOD 一向秉持公平、公正、公开的态度做事，对所有供应商都一视同仁，请外界不要妄自揣测。

VOD 的亲自回应终结了理想的动作，出手越多，蛛丝马迹就越多，很难雁过无声，水过无痕。马旭峰对耀华可以肆无忌惮，但无法不顾虑 VOD 等大客户的想法。这种直接质疑客户公正性的做法曝光后，会对客户关系造成致命的伤害，马旭峰驰骋商界这么多年，绝对不是一个不知轻重的人。

郝仁总裁办公室。

"三步棋走完，马旭峰还不消停就是自作孽了。"穆言说道。

"穆老师威武，都说国内公共关系最厉害的是理想，没想到根本不是穆老师的对手。"

郝仁此刻心情舒畅，在沈同方面前毫不避嫌地夸穆言。

"过奖了，这也没什么，你太夸张了。"

穆言被夸得不好意思，连连摆手。

"郝总说得对，我没想到小穆做事这么干脆利落。之前她叫我放心，她来处理时，我还怕对方来势汹汹，不好对付，没想到被小穆三两下收拾得他们无还手之力。"沈同方笑着说。

"沈老，术业有专攻，你的工作我听都听不懂。"穆言说道。

"沈工，斗嘴皮子的事交给穆言，这次交手我们赢得漂亮，但最终还得事实胜于雄辩，靠你把真材实料拿出来，让人无话可说才是正理。"郝仁说。

沈同方点点头，起身说道："我这口气顺了，是该回去了，以后抛头露面的事别叫我了，我呀干老本行去。"

"一定一定，沈工慢走。"郝仁说道。

"我也忙去了。"

穆言说完，和沈同方前后脚出了郝仁办公室。

宋朝栋这时来了电话。

"郝仁，你的营销总监不赖，几下就把对手料理干净了，下次有这样优质的媒体资源别忘记我。"

"哪来这么多下次，到时候再说。"

"用完我就翻脸不认人，狼心狗肺。我跟你说，我的生产线现在运行很好，产能要是上去，你考不考虑用我的屏？"

"那你考虑用我的芯片吗？"

"技术和商务都好干吗不用。"

"我也一样。"

"你这人嘴上吃不得亏啊！"

……

宋朝栋和郝仁你来我往聊得开心，另一边，马旭峰心情阴郁，已经在办公室抽了好多支烟，他没想到耀华会和他硬碰硬，更没想到落了下风的会是自己。

这么多年，马旭峰一路顺风顺水，已经忘记了上一次输是什么时候了。输的感觉真不好受，尤其在一个后辈面前。

"马总，我们还要准备下一波新闻稿吗？"

理想的公关总监刘一凯敲门进来，马旭峰把手里的烟用力在烟灰缸里按熄，调整了坐姿。

"不用了，我又何必跟这些毛头小子一较长短，毕竟理想是大企业，做事要有眼界和格局。"

马旭峰无时无刻不在表现自己的远见和气度,他像一个演员一样,注重自己的言行举止,务必看上去温文尔雅。他从不在他人面前生气,哪怕是自己的下属,在外面素有君子之名,只有最亲近的人知道,他的那种迫人的阴沉是多么可怕。

马旭峰曾经说过,要对付一个人,办法多的是,生气是最次的选择,哪怕动刀动枪,也绝不能露出狠劲,要带着迷人的微笑,慢慢地消灭对方。

"马总说得对,别看耀华现在春风得意,实则是秋后的蚂蚱,蹦跶不了几天,不用您劳心。"刘一凯说道。

"我知道了,你去忙吧。"马旭峰笑着说。

是啊,确实不能让他们长久地蹦跶,再蹦跶就盖住理想的光芒了,马旭峰这样对自己说。

刘达喜这几天一直在关注耀华终端和对手的舆论战,本来打算在批评耀华终端的报道越来越多时去找赵扬,把郝仁斥巨资做流程咨询的事说一说,再引导成明里做芯片,实则乱花钱的过失。

可没想到郝仁反击速度之快,刘达喜材料还没整理完,耀华芯片的测评就拿出来了,完全没法质疑郝仁把芯片研发的钱用去做咨询了。

但刘达喜不是一个轻易放弃的人,哪怕时机不对,还是敲响了赵扬的门。

一开门,就见赵扬正在看中央电视台采访沈同方的重播。

"达喜,来了,坐坐坐,看过这个节目吗?"赵扬问。

这弄得刘达喜不知道如何开口了,但细思之后,果断地把话题扭到自己的赛道。

"嗯,看过,最近耀华终端热闹得很,郝总真是个能在前台的人,各种媒体都应付得游刃有余,和之前在耀华技术的时候低调的风格完全不一样。"

"嗯?达喜你有什么就直说吧。"

赵扬听出刘达喜话里有话,不想费心猜测,直接开门见山问道。

"赵总,那我就不拐弯抹角了。是这样的,我们耀华做代工起家,一向在媒体前比较低调,闷声挣大钱。自从做自有品牌业务以来,耀华太过高调了,且不说挣钱不易,媒体投入是无底洞。一旦把握不准,得罪了媒体，他们煽动起舆论，伤害的可不止自有品牌，就连代工业务也可能成为被殃及的池鱼。我就是想和你说说我的担心，没有别的意思。"

刘达喜在用一种真心关切的语气描述，希望种下一个疑影，以后再生根发芽。

"达喜，你的担心不无道理，毕竟我们做企业的生意时，不需要做那么多营销工作，这里面门门道道很多，确实什么可能都有，我会交代一句郝仁，让他别玩火。不过，既然耀华终端全权交给他，我也不好管太细，就像你，我是充分信任，要是事事都下指令，你岂不成了提线木偶。"

赵扬两边做个平衡，谁也不打板子。

"赵总，说的是，我也是瞎操心。"

"这不是瞎操心，你为公司尽心竭力，我都看在眼里。你能跟我什么都讲，我很高兴，这才是一个有战斗力的团队应有的状态。今年销售团队我们要特别嘉奖，得空你把能干事的新人多提拔提拔。"

"谢谢赵总。"

"一个战壕里的弟兄，客气啥。喝茶吧，我一个人喝没意思。"

"行！"

刘达喜心里有种莫名的感觉，赵扬对郝仁的信任没人能比，不是自己三言两语就能动摇得了的，就像铁板一块，埋不下任何种子。

时间还长，哪有人不摔跤，尤其是一个张狂的年轻人，走着瞧吧。

第九十二章　隋祖禹的婚礼

世界终于清净了。

这轮交手过后，媒体上耀华的提及率终于缓缓下降。以前穆言想要品牌提及率，想要媒体曝光度，想要全世界记住耀华，现在她只认可一句话，没有新闻就是好新闻。

这个世界，还是没有纷扰最美。

不过，和穆言不同，隋祖禹的世界最近又热闹又美。

他的婚期越来越临近，家里每天门庭若市。作为本地土著，隋祖禹是在这一整条街的街坊邻居的注视下长大的。大家只知道这个隋家小儿子的天才之名，儿时以学习为伴，长大以工作为伍，从没见过他和任何女性一同出现过,突然就宣布要结婚了,人人都好奇是怎样的奇女子能让铁树开花。

隋母陈慧芳已经一个月没有去自家经营的连锁超市了,只要天不塌下来,就完全丢给员工全权处理,自己则全心全意在家为隋祖禹操办婚事,每天迎来送往。

距离婚礼还差一周,汤媛的父母在汤龙的陪同下坐火车前往深圳,汤虎则婚礼前天再从上海过来。

汤媛的父母在湖南的小村落生活了大半辈子,这是他们第一次离开家乡,经过一路颠簸,在深圳站下了火车。

两位老人看着人潮汹涌的站台,只感自己像两片秋叶落入漩涡,一时间竟不知道往哪里看,往哪里走,只能紧紧地抓住儿子汤龙的手。

汤媛在出口处焦急地等待,一眼就看见汤龙牵着两个老人朝这边走,高兴得汤媛频频踮脚朝里挥手,生怕被路过的高个子挡住自己。

隋祖禹宠溺地摸摸汤媛的头说道:"他们看到你了,别踮脚了,没高多少。"

"嗯?真不会说话。"汤媛轻轻给了隋祖禹一掌,挠痒一般。

"我是怕你刚才站太久累。"

"我才没你体力那么差。"

"……"

两人打闹着,汤父汤母已经走到跟前,一家人沉浸在久别重逢的喜悦里。

"爸,妈,累不累?"汤媛说。

"不累,不累,我说买硬座就好了,小龙非给我买了卧铺,呼噜呼噜睡了一路,现在可精神了。"汤父说。

"我们边走边说,车停在地下车场。"隋祖禹说。

"好好好,走走走,还麻烦小隋来接我们,会不会耽误工作?"汤父看到隋祖禹显得特别高兴。

"不会不会,请了十几天婚假。现在都12点了,要不然大家先去吃饭再去放行李,我爸妈已经在餐厅等着了。"隋祖禹接过两个老人手里的包,引着几人往停车场走。

"那我们快点,别让亲家公亲家母等急了。"汤父加快了脚步。

大约半个小时,隋祖禹就把几人带到粤海大酒楼,这是一家深圳有名老字号，口味地道，环境气派，很多本地人结婚办酒席都会优选这里。

汤父汤母跟着隋祖禹走进金碧辉煌的酒店，空旷的大厅让两个老人心生畏惧，紧紧拽着衣角，显得有些不知所措。坐电梯上了二楼，服务员打开走廊尽头包厢的门，隋祖禹的父母已经在里面看菜单。

"爸，妈，汤媛父母和弟弟到了。"

"哎呀，亲家公，亲家母，有劳千里迢迢辛苦一趟了。"隋母陈慧芳起身迎接，安排几人坐下。

"不辛苦，不辛苦，应该的，孩子工作这么多年，我们都没有来过深圳，这次终于有机会过来看看。"

"这家餐厅是他们摆酒的地方，本来想找家更好的，无奈地方都没有这家大，摆不下100桌。你们先试试菜，看看满意不满意。"隋父说道。

"这么多客人啊。"汤母感慨道。

"街坊邻居、生意上的朋友，他们公司的同事，算下来是需要这么多桌。"隋母说道。

"那可热闹了。"汤龙说。

"我点了一些菜，你们看看要不要再加点？"隋母问。

"不用，够了，够了，点多了浪费。"汤父连连摆手。

"别光顾着说话，吃菜吃菜。"

……

汤媛的父母之前没有问过隋祖禹的家庭情况，只是听汤媛说还不错。席间聊起才知道，隋祖禹父母除了有大量房产，还在市内经营着数十家大大小小的连锁超市。

对汤媛父母来说，女儿这是妥妥地嫁入豪门了。汤父汤母走进这家豪华酒楼就一直忐忑不安，生怕自己穿的衣服太朴素，不够体面，给女儿丢了面子。

越是这样想，汤父汤母越发局促起来，突然汤父手抖，一块排骨落入汤中，溅起一些汤汁到隋母身上。

"啊，对不起，对不起。"汤父赶紧递纸巾过去，心中更是后悔不已。

隋母擦擦身上的汤汁，似看出对面两个老人的想法，起身给汤父夹了一块排骨。

"亲家公，亲家母，都是一家人，别拘束。我们老两口，以前也是吃过苦的，一边做生意，一边拉扯几个孩子，最困难的时候饭都吃不上，

407 | 第三卷　星辰大海 |

全靠亲戚接济过来。汤媛这孩子，我很喜欢，能吃苦，不娇气，感谢你们把女儿培养得这么好。她能嫁过来，是我们家的福气，我们会对她好，你们只管放心。"

这番话安抚了惶恐的汤父，他缓缓坐下来，很小声地回答，又像对自己说："这样我就放心了。"

"爸，吃菜。"汤媛说道。

"对啊，怎么都一说话就忘记动筷子。"

……

午饭过后，隋祖禹的父母就忙别的事去了，隋祖禹带着汤媛父母在酒店安置下，经过一天的折腾，两个老人看起来也很疲惫。

暂时告别后，汤媛默默地牵着隋祖禹的手从酒店走出来。

"水煮鱼，谢谢你。"

"谢什么？"

"你们一家都很好，对我和我的父母都很好。"

"我们都领证成为合法夫妻了，现在已经是一家人了，哪能不好。"

"嗯，一家人。"

一周后，隋祖禹和汤媛的婚礼如期而至。因为汤媛的家不在深圳，所以隋祖禹从汤媛父母所在的酒店接亲。

作为汤媛的首席伴娘，穆言丝毫没有给首席伴郎郝仁面子，严防死守地堵住了门。

"穆老师，给个面子。"

"郝总，今天你不是领导，面子都是红包给的。"

郝仁递过去一个红包，穆言接过又说："光红包不行，得才艺表演。"

郝仁回头看了看隋祖禹的其他两个伴郎，只见两人连连摇头，又看向隋祖禹，他居然在整理领带，好像和他没什么关系。

"隋祖禹，你干吗呢？"

"靠你了，郝仁，不然跳一支舞难看死她们？别唱歌，你唱歌好听，抢了我的风头。"隋祖禹幽幽地说道。

"你怎么不上？"郝仁问。

"今天我是主角，得特别光鲜亮丽，怎么能去做影响形象的事。"

"算你狠。"

郝仁愤愤超前一步，同手同脚地跳起了一支不知道是什么的舞蹈，仔细辨认才看出最后定格的动作有点像迈克·杰克逊。

"行了，行了，进去吧，不忍直视。"

效果果然显著，穆言退后一步，给隋祖禹放行。

一进门，隋祖禹又被人高马大的双胞胎兄弟堵在了墙角，用一种礼貌的语气威胁道："姐夫，你要敢对我姐不好，我们俩一定揍你。"

隋祖禹知道他们姐弟情深，能够理解这种在困苦岁月互相扶持的感受。

"我不敢，也舍不得，放心吧。"

终于，隋祖禹看到一身洁白婚纱的汤嫒娇羞地坐在床上，那种模样是隋祖禹从未见过的，平时可爱的娃娃脸化妆后有了成熟女人的娇媚，层层叠叠的轻纱仿佛数不尽的浪漫，将她衬托得完美无瑕。

隋祖禹原地呆愣了许久，在众人的推推搡搡中，给汤父汤母敬茶，然后仿佛做梦一般地把汤嫒抱起，离开房间时，瞥见汤父汤母在一边悄悄抹泪。

这场婚宴整整热闹了一日，宾客如流水一般拥入，又如流云般散去，大部分人都是隋祖禹和汤嫒不认识的，只是寒暄着把所有的祝福都照单全收。

隋祖禹这辈子任何时候都只喜欢安静，最好永远不要有人来打扰。唯独今天，隋祖禹看着酒席中觥筹交错的男人，交头接耳的女人，追逐打闹的孩子，心中生出世界越热闹越好的希望，最好是欢声笑语，最好震耳欲聋，方不辜负这良辰美景。

入夜，隋祖禹和汤嫒终于回到了自己的婚房，一套四室两厅的房子，半年前还是租客在住，现在已经重新装修过了。

本来隋祖禹不想怠慢了汤嫒，想要重新购买一套新房，只是婚期实在太赶来不及了，正好这套房租客合约到期，离公司也近，汤嫒就说别折腾了，重新装修一下就好。

才几个月，汤嫒把原来乱七八糟的出租屋打扮出一副家的模样，整齐而不失温馨。

汤嫒喝了两杯酒，又累了一天，满脸红扑扑的，双眼含雾好似要滴出水来。

隋祖禹听了一天喧嚣的耳朵有些不适应两人世界的安静，嗡嗡作响，做梦的感觉也没醒，平躺在沙发上，头枕在汤嫒腿上，用汤嫒的手在脸上蹭。

"是真的吗？怎么不太真实的感觉。"隋祖禹说。

"当然是真的，从今天起，你就是有家室的人了。"

"唉，不敢相信。"

"嗯？"

"真怕是做梦，醒了什么都没了。"

汤媛俯身亲了隋祖禹一下，问道："现在觉得真实了吗？"

"没呢？再试试。"

汤媛又俯身，这次没能起来。

第九十三章　美国小试牛刀

婚礼结束，郝仁和穆言都喝了酒，索性沿着海边小路散步回家。

盛夏的暑气在夜色中散去，丝丝凉爽的海风迎面而来，吹散两人些许朦胧的醉意。

"穆穆，好像结婚也不错，你看水煮鱼那么怕热闹的人，今天高兴成那样。"

"嗯，我也觉得。"

"要不，我们也……"

"嗯，只是我根本不想家人参加，万一参加了……要是可以不办婚礼就好了。"

穆言轻轻地叹息，想起父母分开这么多年，依然解不开心中的结，一见面就乌眼鸡一般要骂个你死我活，无法安静地坐半分钟。若是婚礼没有女方父母，宾客该怎么议论，若女方父母来了，会不会演变成武行都不好说。

"穆穆，为什么一定要办婚礼呢？你要喜欢，我们可以旅行结婚，或者请朋友吃个饭，你要是不喜欢，什么都不做也行。"

"真的可以吗？你爸妈……"

"都说日子是我们的，我爸妈是我自己的事，你别管。"

"谢谢你，郝仁。"

"谢啥，我可求过婚了，我们明天就去领证好不好？"

"嗯。"

"老婆。"

穆言对这个称呼有些不适应,直接愣住。

"老婆,走,回家。"

说完,郝仁就牵起穆言的手,朝前面灯火璀璨的所在跑去。

这次是真的到家了。

一周后,隋祖禹和汤媛的婚假结束,回到公司到处散喜糖,最后散到郝仁办公室,看到桌上摆了一堆证件复印件。

隋祖禹把喜糖放桌上,凑头过去发现郝仁正在填签证资料。

"你要去美国?"

"嗯,GES,Global Consumer Electronics Show。"

"我们有参展?我怎么不知道。"

"没,我们去年才正式进去国际市场,那时候 GES 的参展报名早就结束了,要准备也是明年了。"

"那?"

"这次 GES 热闹得紧,不少国内产商参加,理想要正式发布新机,高科要携屏幕参加,四大国际巨头都有重头产品展示。而且,据说手机市场有王者入局了,去看看。"

"你是说,ACE?"

"嗯。"

"那不让我去?"

"让当然是让,只不过你新婚燕尔,这时候叫你出差我有点于心不忍,而且怕你尴尬,不然你叫汤媛一起?"

"她比我还忙,美国又不设办事处,她没事干不可能会去。等等,尴尬是什么意思?"

"算了,到时候你就知道了,你手里不是有美国签证,等我拿到签证一起走。你今天来找我有啥事?"

"哦,没啥事,就送个喜糖。"

"没事啊,那我资料填好了,你吃饭时候顺路帮我递给汤媛那边办签证的小唐。"

"唉,我不是你的秘书。"

"别闹,你肯定午饭要去找汤媛,顺路而已,别吵,我还有事。"

"郝仁你……"

隋祖禹气归气，还是把资料顺手拿走了，确实他中午打算和汤媛一起吃。今天隋祖禹一来公司就看到堆积如山的工作，晚上恐怕要加班很久，回家都不知道几点了，不如珍惜午饭这一点点难得的闲暇。

只是，郝仁说的"尴尬"是什么意思，说话又是半句，隋祖禹纳闷极了。

GES一个月后在美国拉斯维加斯举行，临近展会一周前，郝仁和穆言顺利通过面签，拿到了签证，和隋祖禹一起坐上了前往拉斯维加斯的飞机。

一年一度的GES是世界上最大的消费类电子产品的展览会之一，从1967年的首届发展至今已有40年的历史。

和世界电信大会相比，GES主要有三点不同。

首先，GES的参展种类更为广泛，除了无线电通信产品外，只要是与消费者生活息息相关的电子产品都可以参加，例如数字影音产品、个人电子产品、网络应用产品、家庭影院产品、家庭安全和自动化等等。参观GES获取更广泛的技术信息对耀华极为重要，因为最能颠覆一个行业的，往往是行业外的跨界者，郝仁的目光不敢只关注行业内这几个竞争对手。

其次，如果说世界电信大会的参会者关注商机的挖掘和产品的推介，那么，GES则更像新技术新产品的前瞻平台。参会者如果没有拿出令人亮眼的技术发布，即使是知名大公司，在GES上也会难以获得关注。正是因为如此，去年穆言提议参加GES，郝仁才觉得耀华还不到时候。

最后，GES是大小厂商与资本的狂欢。世界电信大会聚焦通信技术领域，门槛高，入局者都是大型企业，连耀华这种万人企业在里面都显得有些不够规模。而GES则有点英雄莫问出处的意思，小型创业公司、概念工作室等若能拿出前沿的技术，也有可能被大的公司或者资本看中，从而获得投资。因此不少企业会带着采购商务人员参会，运气好的话，在这里可以获得技术补强。

深夜红眼航班提供餐饮后不久，舱内灯光开始慢慢变暗。不多时，四周只剩飞机发动机的轰轰声。穆言呡了一口红酒，翻了一会书，脑袋靠在郝仁肩头睡去了。

郝仁没有睡意，心里寻思着这次的行程，扭头看见隋祖禹在昏暗中睁着眼睛发呆。

"睡不着？"郝仁问。

"嗯。"隋祖禹轻轻地应了一声。

"想什么？"

"我想起念书时候的好多事，那时候整个班只有我一个华人，我一个人吃饭，一个人上学，一个人旅行。有一次我得了急性阑尾炎，都不敢麻烦室友，半夜自己打车去医院。做手术的时候，我躺在手术台上看着头顶宛如白昼的大灯，突然感到害怕，害怕一个人面对孤独。"

"你这样的性子，也会害怕孤独，那是什么样的感觉。"

"就是一个人经历无数个夜深人静，不知道天亮要和谁说，一个人朝一条路上走，没有人一起同行的那种感觉。"

"我好像懂了。你的目标是学习这个地方，超越这个地方，在这里怎么可能有人和你同行。"

"嗯。"

"这次来美国什么感觉？"

"回来告诉这个地方，自己要花数年让它刮目相看。"

"算我一个。"

"早算上了。"

……

十多个小时的飞行后，当地时间上午十点，飞机降落在拉斯维加斯麦卡伦国际机场。作为沙漠边缘的城市，这里的夏季高温袭人，哪怕适应深圳夏季的三人也对这扑面而来的热浪感到窒息。

办理完各种入关手续，三人叫车来到酒店。这个酒店位于市中心，交通方便，距离会展中心也不远，是行政按照郝仁的要求提前预订的。

待前台登记完，三人拿到了两间房的钥匙，隋祖禹自然地跟着郝仁进了同一间房，后面的穆言只好默默地走向隔壁的房间，等郝仁回头，隋祖禹已经在床上四仰八叉地躺下了。

郝仁心里默念工作要紧，打开了电脑，正好国内是下午，如果有什么事还可以安排一下。这一天，除了中间叫酒店送了两次餐，郝仁没出门，工作硬撑到晚上八点，一觉下去，第二天生物钟完全与当地同步了。

距离展会开始还有三天，郝仁打算先调研美国的手机市场。

美国是成熟的移动通信市场，截至去年年底，全国移动用户已经超过两亿，普及率超过70％。全国主要有5家移动运营商，Verizon、ATT、

Sprit、ALLTEL 和 T-mobile，这几家运营商早在 2003 年就开始建设 3G 网络，然而并没有哪一家可以完成全国覆盖，几足鼎立并存。

在这种的格局下，运营商之间的争夺极为激烈，运用高性价比终端来增加用户入网率是主要的手段，可以说，美国的手机销售是妥妥的运营商主导市场。

今天，三人就打算到营业厅去看看当地的手机销售。一路走过来，郝仁发现很多人边走边煲电话粥，仿佛不要钱一般。等到了营业厅，经人介绍才知道这里的电话资费便宜得吓人。

"先生，我们有很多套餐，请问你需要哪一种？"一个年轻的女服务员问。

"可以都介绍下吗？"郝仁回答。

服务员看了一眼郝仁和穆言，又看了一眼隋祖禹，判断是一对夫妻和一个单身汉。

"如果是单身人士，我推荐选择每月 29.99 美元打 300 分钟的资费套餐比较好。如果有家庭，家庭组合套餐的资费计划就很划算，每月资费 50 美元的套餐，可以打 550 分钟。如果再加一个手机，每个月只要加 9.99 美元，即可拥有两个手机和两条通信线路，且这两个手机之间通话免费。"

"按照美国人的收入，这个资费好便宜，怪不得这里的人喜欢打电话，反倒是不喜欢发短信和使用数据业务。"郝仁对隋祖禹说道。

"可以看看合约机吗？"隋祖禹问服务员。

"嗯，这个柜台都是，各种价位都有。"

三人一看，这里是 MOT 的天下，呈现明显的主场优势，连酷美这种全球第一品牌在这里都显得有些黯然失色。

而在柜台一角，郝仁看到了高科并购的卡特手机。按照媒体披露的内容，从未着墨美国市场的宋朝栋，打算利用卡特手机切入，并将砸下五千万美金的营销费用，逐步建立维修据点和测试实验室，打算 3 年拿下 5％的市场份额。

一般而言，美国是与日本一样的封闭市场，美国品牌切入不了日本市场，同样日本品牌也切入不了美国市场，何况中国品牌。

宋朝栋此举和近期理想预计在美国发布新机，正是说明他们看准了 MOT 等国际品牌的疲态，打算乘势突围，扣关美国市场。

那耀华呢？郝仁疑惑了。

第九十四章　颠覆式的创新

三人出了营业厅，又接着走访了几家零售店，里面出售的品牌大同小异，就是 MOT 一家独大，哪怕如今 MOT 在全球市场的竞争力日渐衰微，但丝毫不影响它在本土的霸主地位。

这让郝仁有点心酸，上世纪 90 年代，各大国际手机品牌打着"欲独霸世界，先逐鹿中国"的旗号，在中国占据了大部分的份额。十多年过去了，除了 2003 年国产品牌崛起了一年，超越了国际品牌份额，形势至今未变。

归根到底，路还远着呢。

天色渐渐暗了下来，街道两旁各种建筑的景观灯骤然亮起，白天貌不惊人的西部城市，突然变得灯火辉煌，美轮美奂。怪不得人家说拉斯维加斯是个越夜越美丽的地方，不到晚上，是感受不到任何一点纸醉金迷的气息。

只不过装饰再华美的销金窟也吸引不了这三人的目光。走了一天，三人累得筋疲力尽，晚饭过后，直接回了酒店。郝仁有心去找穆言腻歪一会，结果被隋祖禹缠住，在房间聊工作到深夜。

到拉斯维加斯的第三天，GES 正式在金沙会展中心开幕。今年的展厅面积创 GES 之最，参加的厂商多达 3300 家，为历史新高。

上午十点，GES 主席威廉·鲍德温在众人的目光中，走上舞台，发表了数字化时代不可阻挡的主题演讲，揭开了本次 GES 的序幕。

"今天，数字时代的脚步越来越近，数字化取得了长足的进步，从某种意义上讲，我们在任何地方都可以看到数字时代的影子。

"在过去的一年里，全球拍摄了上百亿张数码照片，在美国，65％的家庭用上了数码相机。

"全球互联网的普及率越来越高，我们通过互联网进行商务、社交和娱乐，越来越多的家庭拥有多台电脑。

"移动终端成为人手必备的工具，以 Wi-Fi 和 3G 为主的连接日益普及，用户在任何地方都可以访问需要的信息。

"越来越多的企业入驻消费类电子产业，所以，我们今天在这里齐聚一堂，不赞美过去，不计较现在，就做一件事，探索可能的未来。"

在这个能容纳万人的大会议厅，郝仁和隋祖禹看到了全球科技领域许多响当当的名字，无一不是曾经或是现在还在潮头上的人物。听完GES主席一上台就为整个大会定下来数字化浪潮基调的演讲，郝仁突然想到自己也是其中一员，心中生出些许自豪来。

"他没说什么重点，可不知道为什么，我竟然有点激动。"隋祖禹凑过来说道。

"你可能是有了代入感，为数字时代亲历者的身份而激动。"郝仁说道。

"没错，正是如此。对了，你这次来是因为ACE要发布手机吗？"隋祖禹问道。

"是的，这件事传了许久，吊足了媒体的胃口，今天可算要发布了。ACE真是一家可怕的公司，我心里又期待它带来跨时代的产品，又害怕它给行业带来新一轮的洗牌，毕竟我们不一定能经得起颠覆行业的巨浪。"郝仁说。

ACE可怕的并不是企业规模，而是因为它本身就是一家有传奇色彩的企业。它以电脑起家，一度辉煌，又曾濒临破产，最后在2000年的时候通过具有表达容量和触摸屏的MP3东山再起，并给行业带来全新的思路。

就是这样一个小小的产品，建立了MP3播放的音乐从在线应用商店购买的模式，使得用户从购买音乐到购买服务，进而垄断了音乐产业的上下游。与此同时，出色的设计和良好的体验让ACE公司拥有一批忠实的拥趸，对它的创始人如同明星般追随。

从来没有一个公司像ACE这样传闻众多，一点风吹草动，就能掀起轩然大波。从2005年开始，有声音说ACE要推出具有通话功能的便携设备，一时间众说纷纭，有人说是可以打电话的MP3，有人说是世界上最小巧的手机。

两年后，ACE正式对外宣布进入移动终端领域，并将在GES上发布第一代产品。消息一发出，自然而然地成为了本次GES的焦点。

"时间快差不多了。"

一个声音从后面传来，郝仁扭头，就见宋朝栋坐到了自己身边的位置上。

"你来了。"

"你叫我好找。"

两人还没聊两句，ACE公司的新品发布会正式开始了。这场发布会比任何一家产品发布会都要简单得多，没有主持人的介绍，没有任何铺垫，背景音乐过后，一个身着牛仔灰衣的中年男子直接走上舞台。这人就是ACE公司的创始人约翰·汉克斯，看起来轻松又随意，在一众西装革履的参会者中，显得特立独行。

聚光灯打下，约翰·汉克斯向众人摇了摇手里的翻页器，对台下说道。

"为了这一刻，我已经等了足足两年。这个世界每隔一段时间，就会有革命性的事物出现。今天，很荣幸是由我带来的，请大家做好准备，它即将颠覆所有人的想象，并创造一些历史。"

如果换作别人在大庭广众之下夸海口，可能早就有人因为不相信离席而去，可台上这个人却被所有人信任着。

在约翰·汉克斯不疾不徐地介绍中，这款产品逐渐清晰，外观来看，它拥有PDA的简洁造型，配备3.5英寸的屏幕、200万像素的摄像头、4GB或8GB的内存。操作与它的MP3产品一般，支持全触屏操作，可以自动同步播放或显示来自在线内容商店里的电影、音乐或是图片。同时，仿佛把电脑搬到了手机上，可以显示存储在电脑上的几乎所有的数字内容，包括电子邮件、网页、书签等。

整个发布会不到一个小时，能看的就是屏幕上简单的图片视频和约翰·汉克斯在台上的独角戏，但郝仁知道一个超越时代的产品诞生了。

发布会结束，所有人都冲向展区想要亲自上手体验这款产品。郝仁几人也是同样的想法，穿越汹涌的人潮，终于走到ACE的展台。

"我没想到，ACE有这样的魄力推出这样一款手机，它具备了自家MP3所有的功能，如果消费者买了这款手机，自然就不会再买MP3。短期内，他们的MP3销售额会急剧下降，这可是ACE最赚钱的产品。"宋朝栋说道。

"单从参数上来看，和其他品牌的高端机并无二致，但上手就知道体验有多好，这种Multi-touch的功能太舒服了，可以单指操作，又可以两个手指放大缩小照片网页，全触屏的操作很顺畅，不会有异物感。"隋祖禹说道。

"我觉得它最厉害的是把电脑系统应用到手机上，可以和电脑同步互联，电脑上可以操作的上网、音乐、影像、音乐等功能通通都移植到手机上了。"郝仁说道。

"今天的新闻媒体有得忙了，这个消息太过劲爆，我想记者应该会去采访 ACE 的竞品，尤其是同样定位音乐功能的爱达手机。"穆言说。

几人没看多会就被其他人挤到一边，看着蜂拥而至的人群，郝仁有一种预感，这将会是一种潮流，而潮流你无法忽视它，如果忽视它，就会在与时间的赛跑过程中落伍。

高科这次也参展了，宋朝栋见挤不进去就告辞回自己的展台了。郝仁、隋祖禹和穆言则到处搜集产品资料，一直到下午活动结束。

回到酒店，三人在房间一边吃晚餐一边总结今天的收获。

"郝仁，我今天算是开了眼了，我们在国内每天计较的都是谁的像素好，谁的游戏多等这些细节，没想到人家一出牌就是王炸，和品牌名一个意思。"隋祖禹说。

"ACE 不是第一家使用触摸屏的产商，摄像头也不是最好像素，可大家还是觉得非常超前。我觉得我们忽略了一件事情，创新不一定是一个功能，也可以是一种体验，它用别人用过的功能，超越了消费者的所有期望，就是最大的创新。"郝仁说道。

"我回去要好好地再梳理一下产品族，看看还有什么地方需要改进。落后不要紧，要是落后到连别人背影都看不到就不行了。"隋祖禹说。

"咦，已经有媒体报道出来了。我以为是清一色的赞美。没想到有这么多批评。"穆言看着电脑说道。

"给我们念念？"郝仁说。

"行。ACE 这个时候进去手机领域似乎选错了时机，音乐手机从 2005 年崭露头角，但 2006 年已经经过一波高潮。如今，没有多少品牌把音乐当作重点大肆宣传，在消费者的心目中，音乐功能就如同拍照功能一样成为了手机的标准配置。而且不同于音乐播放器可以慢工出细活，手机迭代快，只有不停地推出新机才能收获消费者，这明显不符合 ACE 的一贯风格。"穆言念道。

"评价很不留情面啊。"隋祖禹说。

"还有这篇，直接说 ACE 搬起石头砸自己的脚，想要在手机复制 MP3 的成功不可能，且不说手机领域的四大巨头答应不答应，光是产品质量就存疑，播放音乐十分耗费电量，再加上全触摸屏，ACE的电池问题如何解决？"

"这么多异议更加说明这是一款好产品，竞争对手还不知道怎么应对而已。说真的，我很佩服这种壮士断腕的勇气，新技术的诞生就不可避免送走旧技术，舍不得放弃原有业务的利润，就无法全心全意地投入创新，我想约翰被人评价为独夫，可能就是他做的决定不能让所有人理解。"郝仁说道。

"这样的魄力可能很快我们就需要了。"隋祖禹说。

第九十五章　时代百花齐放

尽管ACE抢尽了本次GES的风头，其他终端品牌却也不甘示弱，各自抛出自己的旗舰产品。

同一天，酷美推出了自己的新款轻薄多媒体手机。上午ACE才宣布自己是市面上最轻薄手机，下午酷美就针锋相对，向超薄智能手机发出挑战信号。这款产品的机身厚度虽然只有14毫米，但却配备了可视面积为2.4英寸的1600万色QVGA分辨率TFT内屏、200万像素摄头、26MB内存空间等主流配置，唯一的不足就是不具备Wi-Fi上网功能，似乎有点对不起互联网的飞速发展。

MOT历来受相当数量的商务用户的热烈追捧。在这次GES上，MOT同样推出一款超薄机身和丰富电子邮件功能的旗舰级智能手机。此外，这款新机在软件上带来极大的改进，极大地提升了手机安全性能，消解了商务人士对手机办公隐私安全方面的担忧。

爱达做音响起家，历来以音乐手机见长，这次重点推出一款超薄音乐手机，采用直板设计，共有黑、白二色可选择。作为音乐手机，专业的播放器和大内存是必不可少的，另外设置有FM收音机功能，用户可以预设20多个电台频率。

CF也在超薄上不遗余力，最终在ACE和酷美宣布自己是最薄手机后第二天，推出了一款厚度仅为8.9毫米的手机，夺得GES超薄王的桂冠。此外，它支持HSDPA这种3.5G制式，又被称为超前一代手机。

各大厂家产品发布会一场接一场，郝仁、穆言和隋祖禹三人也一家接一家地观摩，有时候遇到冲突了，还需要分头行动。

"各家对前沿技术咬得很死，最薄手机的记录至少刷新了三次了吧。还有摄像头像素也是，各家都有200万配置了，数据业务的功能也得到了相当的强化。"隋祖禹说道。

"确实是，在每一个参数上各家都在不断地刷新纪录，唯一的差别就是各厂商根据自身定位，集中精力在某几个方面发力，耀华也是这样去做的，但我的担心是……"

郝仁迟疑了一下，没有继续说下去，脑海中出现了竞技场一样的跑道，一群人都沿着画好的跑道你追我赶，冲向终点，但这时有人不按跑道线路跑，直接穿过中间草坪先于其他人抵达终点。

如果这是一场正规的体育比赛，这个不守规则的人一定会被判处违规，成绩作废。但在商场上，没有人会在乎怎么到达终点，无论怎么出发，如何行进，谁先到达就是赢家。

"什么？"隋祖禹问。

"我不担心某个参数落后于人，我担心规则变化了，我们没赶上。"郝仁说。

"什么意思？"穆言问。

"你的意思是说ACE会改变行业规则？"隋祖禹说。

"你想想ACE的MP3，不是传统意义的MP3，确切地说，它是做在线音乐商店，让原本去商店买唱片的人，到ACE的商店来购买，拥有了消费者后，唱片公司也被控制住了。回到手机，看完这么多发布会，我们发现ACE的手机并不是各项指标都超前，单就技术参数，它谈不上神机。但它把电脑的系统搬到手机上了，也就是说电脑能干的所有事，ACE手机都能干，而且配置了如此大的内存，能安装多少第三方软件，加上这么大的屏幕，是不是一出手就本着改变人们工作生活方式的目的。人们生活方式一改变，消费方向就变了，原来的厂商还有活路吗？"郝仁说道。

"细想确实如此。"隋祖禹说。

郝仁看了看隋祖禹和穆言，无比严肃地说道："好好学习行业，梳理我们的产品目标。潮流一定要跟上，不争朝夕之长短，哪怕损失眼前利益，也不要做下一个的柯达，被时代打败。"

"嗯。"

"说到学习，我觉得ACE创始人的台风很值得我们公司的发言人学习，没有刻意地追求演讲的一板一眼，而是轻松随意，像和观众面对面一般，无限放大个人魅力，我现在很理解为什么一个貌不惊人的商业领袖会受用户如明星般追捧了。"穆言说道。

"嗯，我回去多看看视频，多练练。"郝仁说道。

"加油，总有一天我们上台了，全球的观众都在热烈鼓掌。"穆言说出来三人心里的豪言壮语。

"会的，走吧，理想的发布会要开始了。"郝仁说。

昨天上午开幕式的时候，郝仁就看到坐在侧面的马旭峰了，只不过两人没有交情就没有刻意地打招呼。ACE发布会期间，郝仁瞥了马旭峰一眼，看出了他无比羡慕却故作克制的表情，郝仁猜这次理想发布的新品并不会多么令人惊艳，因为此刻马旭峰的脸上没有一丝胸有成竹的表情。

距离理想发布会还差十分钟，郝仁三人寻了个后面不起眼的位置坐下来。可以看出，理想在海外经营多年，已经颇具声望，会场基本已经坐满了，前来采访的记者乌泱泱地挤在拍摄区，早早地把长枪短炮支好了。

时间一到，会场的灯光慢慢暗淡了下来，在一位金发碧眼的女主持人的介绍下，马旭峰大步走向讲台。

"女士们，先生们，各位来自零售、媒体、分析师机构及合作伙伴的朋友大家好，我是马旭峰，很高兴在这里与你们相遇。今天这里济济一堂，后面还有观众没有位置就座，我心里万分感激，感激大家对理想的大力支持。为了保证发布会的效果，如果在场有友商的朋友，可否能离开把位置让给理想真正的观众，十分感谢。"

马旭峰说这句话的时候脸上挂着云淡风轻的笑容，而台下的观众则四处张望，看友商的人是主动站出来，还是假装糊涂混在里面。

郝仁选择大大方方地起身，对穆言和隋祖禹说了句我们走吧，就在众人的注目礼中离去。

隋祖禹气坏了，刚出门就怒目圆睁地说道："这里的会场都是开放的，各公司的发布会时间都挂在公告栏，门口也没有任何提示，这就说明任何人都可以参加，为什么在大庭广众之下把我们轰出来，太没面子了。走什么走，是我就坐在里面不出来，看他拿我怎么办？"

"唉，你这是要什么脾气，马旭峰这个人就是这样，又不是第一次打交道了，表面豪爽大方，内里小肚鸡肠，习惯了就好。再说发布什么产品都会发新闻，参加不参加又没关系，我们可以去别的行业展厅逛逛。"郝仁劝慰道。

"明天会不会有新闻，耀华总裁刺探理想机密，被发现扫地出门，我是真心不想再和理想过招了。"穆言不无担心。

"所以说，机会是留给有准备的人，虽然只是 GES 普通游客，可我还是好好地打理了自己，即使被媒体拍到也是仪表堂堂。不像隋祖禹，你看看，短裤 T 恤都出来了，配双拖鞋可以出门买菜了。"

"你……"隋祖禹旧怨未消，新怨又起。

"好了，好了，我们走吧。"穆言打下圆场，真怕两人就在这里掐起来，丢脸死了。

GES 一共设有八个大的展区，涵盖消费类电子的各个应用场景，手机终端这块三人已经看得差不多了，正朝临近的智慧家庭展区走，刚进大门就看到一群人在围观兆普展区的一块巨大屏幕。

郝仁走近才知道大家围观的是目前世界上最大的液晶电视，足足有 108 英寸，1920×1080 的 Full HD 分辨率，屏幕对角线长达 27 米，相当于 35 台 17 英寸液晶显示器拼在一起。

"要是家里有这么一台电视，岂不是和电影院一样？"

"这对工艺要求太高了，服了。"

"这个显示过于逼真了，颜色比一般的屏幕鲜艳太多了。"

……

郝仁站在屏幕前听着大家的议论，自己也忍不住啧啧赞叹，突然肩膀被人拍了拍，回头发现是宋朝栋。

"你怎么在这？"

郝仁问完就知道自己犯傻了，宋朝栋早就进军液晶屏领域了，在这个区也设了展位展示自家的液晶屏产品。

"嗯，我的展位在里面，这次被兆普实力碾压了。"

"慢慢来嘛，你做多少年，人家做多少年。"

"嗯，知道自己差得还远，目前兆普拥有世界上唯一一条第八代液晶面板生产线，1 块基板能够切割出 6 片 52 英寸液晶面板，这台 108 英寸液晶电视就是这样生产出来的。"宋朝栋介绍道。

"屏幕我没有这么专业，要不带我们看看你的展区？"郝仁问道。

"乐意之至，请跟我来吧，我的友商。"宋朝栋绅士地做出一个请的姿势。

第九十六章　宋朝栋的野心

"朝栋，你今天要是不忙，就给我介绍下液晶显示技术的发展历程吧。"郝仁说道。

"不忙，该发布的都发布了，客户接待也结束了，那今天宋老师就给你上一课？"

"宋老师请讲，我洗耳恭听。"

这是个很长的故事，宋朝栋从父亲宋稽山起家的彩电业务开始娓娓道来。

早在20世纪80年代，中国依托廉价的劳动力优势，引进大量外资，成为彩电生产大国。宋稽山在这一时期进入到外资企业学习先进的生产经验，待到时机成熟，建立起光华集团，有样学样地开始生产彩电。

到90年代末，中国彩电产量先后超过日本、韩国，成为名副其实的电器制造大国，而光华集团通过十年发展，一跃成为全球出货量前三的彩电企业。然而，让宋稽山担忧的是，出货量虽然与日俱增，但关键器件如显像管等，严重依赖进口，一直不能自主。

千禧年后，彩电行业开始从显像管CRT彩电向液晶LCD彩电的历史性转型，光华开始陷入空前的压力，这一转变，使得显示器件占整机成本的比重已从显像管的40%，大幅上升到液晶显示模组的80%。整机产品的增值空间被大大压缩。

"这样说来，你提出要做显示技术时，不仅仅是为了自己的手机终端公司深入上游，也是顺应整个集团的发展需要。"郝仁问道。

"确实如此，在显像管时代，我们用市场换技术，经历引进、学习、消化、完整配套的艰难历程，如今技术新旧更替，又要来一次。海外企业知道国产企业没有替代供应商，坐地起价，以面板为武器，不断打压国产企业的利润，甚至给国产企业的生存造成极大威胁。光华要不是靠着品牌溢价和海外市场，很可能会和其他国产品牌一样严重亏损。"宋朝栋解释道。

"全球产业转移，遵循雁行模式的次序，从欧美到日韩，再到香港台湾，再到大陆，但众所周知，越往后的地方利润空间越窄，最终被新产业替代。"郝仁说道。

"对，所以我们不想再仰人鼻息，不想再等别人的施舍，决心后者居上，跳出这种不公平的怪圈。屏幕和芯片一样，有代际变化和盈利周期。液晶的代际变化，从1代线到2代线、2.5代线、3代线，再到现在的8代线，是根据所加工玻璃基板的面积来划分，代数越高，玻璃基板的尺寸越大，所需的投资也越大。盈利周期则指的是，投资的阶段没法挣钱，等到正式投产再一次性把投入挣回来，如果错过产品的上市阶段，利润就会因为跟进者增多而变得稀薄。你看兆普已经到8代线，而我国还是6代线为主，差距多大。"宋朝栋说道。

"朝栋，其实高科做屏幕有天生的优势，你们掌握终端生产销售，自家的彩电和手机就足以消化产能。你其实不必过于羡慕兆普，凡事有个过程，路还长着。"

"郝仁，我做这件事可不仅仅要自用，还要供应给其他厂商，国产所有的手机、电视及任何需要屏幕的厂商，包括你，以后都会成为我的客户。"宋朝栋无比坚定地说道。

宋朝栋的野心让郝仁振奋，随着万物皆可显示的数字时代到来，显示屏作为必不可少的器件，将会在各个领域广泛运用。这可是个千亿级的产业，这样大体量的市场，一个大国都数不出许多来。

"怪不得今天对我这么热情，原来打的是这个主意。既然如此，就不要浪费时间，好好介绍下高科光电的产品吧。"

"好的，各位客官里面请。"

这个下午，郝仁在高科光电的展区，好好地体验了一把尊贵客户的滋味。虽然郝仁看出来，与兆普等一流企业的高端产品相比，高科光电还有明显的差距。但并非所有产品都需要高配置，依托国内巨大的市场容量，高科光电绝对有足够的市场空间。

与此同时，宋朝栋的讲解深深地触动了郝仁，营销的话术不少，但有一句话是真的。国产企业只要突破了一个领域，无论是谁，都能造福一大片国产企业，因为当国外企业无法形成垄断的时候，高价敛财就不再可能，国产企业产品的春天就到了。

告别宋朝栋，也到了闭馆的时间，一天的行程画上句号，郝仁三人像结束战斗一样精疲力竭。

接下来的日子，行程同样紧张，GES果然是各路神仙，各显神通，不是全球首创，就是历史新高，值得看的地方太多了，三人不停地赶场，生怕错过了任何一点有用资讯。

三天后，GES圆满闭幕，郝仁三人走出展厅，打算犒赏自己一顿大餐，来了一周，还没有一睹拉斯维加斯的繁华。

由于拉斯维加斯气候炎热，酒店商场之间建了许多连廊通行，几乎可以足不出户就在市中心穿行，宛如地下迷宫一般。

三人弯弯绕绕来到当地有名的自助餐厅 Bellagio，点了一瓶香槟，拿了一盘雪蟹腿和一些生蚝大快朵颐起来。

巨型水晶灯撒下金色的光线，撞碎在银质的餐具上，星星点点般让人炫目，三人都彻底抛开工作，沉醉在这难得的放纵之中。

隋祖禹爱吃海鲜，从进门到现在一直埋头在一堆虾蟹里。穆言今天好像胃口不大好，吃了一会就饱了，端着个酒杯发呆。郝仁拿起一只螃蟹钳，剥开一扭，扭出一朵蟹肉玫瑰花递给穆言。

看穆言出神没反应，郝仁问道："想什么呢？"

"我突然想起之前看过一本书，说拉斯维加斯是这片戈壁滩上唯一有泉水的绿洲，原本人迹罕至，随着1848年的加州淘金热和1880年的太平洋铁路修建才开始变得繁荣，建起了餐厅、酒店和赌场。

"可人们只知道这里是沙漠里海市蜃楼般的繁华，却不知道换来这繁华的挖矿修路工人，很多是从广东福建沿海通过人口贩卖过来的中国劳工。这些劳工白天承担繁重的工作，晚上睡在条件艰苦的牛棚，不少人年纪轻轻就魂断他乡。所以，书上说，拉斯维加斯的历史里有劳工的血泪，太平洋铁路下的每一根枕木都是华工的尸体。"

穆言说完叹了一口气，像是陷入了那本书里的悲痛。

"今时不同往日，这些都过去了，希望我们的后代永永远远不再有这样的悲剧。"

隋祖禹看两人说的事太沉重了，和今天的氛围有些格格不入，于是挥舞着手里的螃蟹脚岔开话题。

"我们什么时候回去？"

"嗯，你打算什么时候回去？"郝仁试探地问道。

"我想后天走，明天休息一天，正好回去周日，调整一下周一可以正常上班。"隋祖禹不疑有他地说道。

"我和穆言要多待一两周。"郝仁说。

"美国有业务?"隋祖禹不解地问道。

"不是,度个蜜月。"郝仁有点心虚地说道。

"什么?蜜月?你结婚了?和谁?难道是穆言?"隋祖禹简直不敢相信,打机关枪似的一连问出好几个问题。

"隋祖禹,你冷静一点。是这样的,我们是你婚礼后第二天去领的证,嫌麻烦就不办酒席了,打算这次出差完休假,旅行结婚。"郝仁说着,穆言在一旁点头。

"不是,你们什么时候在一起的,我怎么不知道?闪婚?"

"没有,比你和汤媛在一起还要早,都快两年了。"郝仁老实地回答。

"啊,我怎么完全不知道?保密工作做得好啊,兄弟都瞒住。"

隋祖禹总算明白出发前郝仁说的尴尬是什么意思了,现在果然好尴尬,自己在他们旁像个灯泡一样。

"唉,对不住兄弟,大家都很忙,我们也不想公开,打扰大家。"郝仁说。

"是我的原因,不怪郝仁。"穆言说道。

"没事,我懂,来,恭喜二位,新婚快乐。"

说完,隋祖禹端起酒杯敬了两人,又说说笑笑起来。

自助餐最容易吃撑,隋祖禹腆着肚子跟两人回到酒店,想起自己的不知情让夫妻俩分居一星期,就觉得万分抱歉,于是果断地把郝仁赶出房间,自己享受起一个人的宽敞空间来。

正值国内上午时间,隋祖禹触景生情,想起汤媛就拨了个电话回去,迫不及待地分享这个惊天大八卦。

"老婆,你知道吗?郝仁和穆言结婚了,就比我们晚一天,你说这都是什么事,我们这么多年的兄弟,他们什么时候在一起我都不知道。"

"我看得出来啊,不然你要郝仁做伴郎的时候,我只好找穆言这么美的伴娘,怕找了别的姑娘穆言不乐意。"

"啊,你是怎么看出来的?"

"女人的直觉呗,你不觉得他们很般配吗?站一起男才女貌的感觉,说话做事超有默契,感觉在一起至少一年以上。"

"女人的直觉真厉害,要不你直觉直觉我现在在干吗?"

"这我哪知道,你当我有千里眼啊。"

"猜一下？"

"躺着？"

"准，太准了，我吃撑了躺着呢。"

……

第九十七章　哄个好手回国

机场送隋祖禹独自回国后，郝仁立马收敛了公事公办的表情，抓过穆言的手十指紧扣，亲昵地走出机场。

"接下来我们去哪呢？"郝仁问。

出发前，两人完全没有时间仔细做攻略，只是约好忙完这阵子，好好过个二人世界。

"要不我们去旧金山吧，我想去旧金山现代艺术博物馆逛逛，然后自驾沿着加州 1 号公路去洛杉矶，我听说 17 英里的海景特别美。"

"旧金山，我们也可以去硅谷和斯坦福大学逛逛，看看别人的高科技产业园。"

蜜月的行程在两分钟内讨论完毕，两人来了一场说走就走的旅行。

旧金山市的面积不大，不到深圳的三分之一，市区面积更小，据说别的城市举办马拉松就是封路而已，旧金山需要封城，否则 42 公里的跑道都凑不齐。可是生活节奏在假期总是走得慢许多，这么小的地方，两人走走停停，晃晃悠悠逛了五天。

没有了工作，穆言紧绷的身心彻底地放松了下来，于是，郝仁渐渐地发现了自己能干老婆的真面目。

平时，穆言能穿着 7 厘米的细高跟鞋在外走一天，现在明明穿着最舒服的运动鞋，机场里才走了一会就累了，愣是赖在行李箱上被郝仁一路推到出租车处。

工作忙起来，穆言咬两小口三明治就饱了，旅行时候晚饭吃了一块牛排回酒店又吃了一斤车厘子和一块蛋糕，还主动为目瞪口呆的郝仁开拓知识边界，说女孩子有两个胃，一个装正餐饭菜，一个装甜点水果。

以前穆言对国外发新闻，常常工作到深夜还精神抖擞。结果，一休假仿佛被抽走了精气神，敷着面膜能睡着，看书能睡着，看着电影能睡着，随时随地都能睡着，郝仁很快习惯了房间里突然就没了声音，然后从各种角落将穆言抱到床上。

这天，郝仁和穆言起了个大早，驾车去硅谷这个电子工业和计算机业的王国游览。硅谷距离旧金山大约50公里，原本是个果园密布的山间谷地，现在是几千家科技公司的聚集地。

隋祖禹曾经说过，硅谷以前的初创公司，一开始规模都很小，通常是几个学生，或是别的公司里才华不得施展的年轻人，凑在一起向银行贷一笔款，租个破旧的厂房，就算拥有一家公司了。他们头脑精明，不像大公司一样按部就班地，而是另辟蹊径地研发出前沿产品，将三五个人的小公司发展成为影响世界的大公司。

郝仁听完就想起刚进耀华的时候，赵扬将他带到破旧工厂旁的一座两层小楼前，告诉他上面是宿舍，下面是办公室，然后进楼走到一间只有十几套颜色不一桌椅的屋子，说这就是办公区。那时候，郝仁也没敢预测耀华能走多远，结果十多年后，耀华的工厂遍布全国，办公楼从远郊搬到近郊，又搬到市中心，摇身一变成了全国数一数二的民营企业。

两相对比之下，郝仁觉得沸腾的中国大地也有硅谷一样的可能，孕育出成百上千家科技企业。

郝仁一边回顾着来时的路，一边开着车在公路上行进，大约一个小时就到了位于硅谷的谷歌全球总部。环视四周，这里与其说是办公区，不如说是大公园，到处绿树成荫，游人出没，除了办公区不能进入外，任何人可以随处游览。

加州的阳光从不辜负游人，蓝天白云让人心情大好，郝仁到底不是来工作的，到几个著名的公司门口拍照留念，感受了下硅谷的氛围，就不再思考什么科技创新了，脑子一片空白地牵着穆言在这里悠闲地散散步。

地方太大，两人一逛就过了饭点，直到肚子饥饿才发现已经两点了，于是随便寻了个还有食物供应的小餐馆吃东西。

这时餐厅已经没有什么客人用餐了，两人临窗坐下，一个坐在吧台看书的亚裔服务员不情愿地过来招待。

"请问两位要点什么？"

"一份肉眼牛排，一份恺撒沙拉，一份薯条，一份鸡翅，两杯橙汁。"

"好的。"

这个亚裔服务员进了厨房，由于只有郝仁这一桌，所以上菜特别快，菜上完后，他又走回吧台继续看书。

郝仁看这人觉得好奇，他长得文质彬彬，又专注于手里的书，怎么看都不像是个干惯粗活的服务人员，于是中文问道："你是中国人吗？"

服务员抬也没抬，回了一声是。

"你在看系统方面的书，难道是这边公司的员工过来兼职？"郝仁又问。

这句话让这个服务员很是不悦，压着火气放下手里的书，径直走到郝仁的面前问："先生，你来用餐，问这么多要干吗？"

郝仁满脸堆笑地对这个年轻的服务员说："对不起，你别误会，我不是想要冒犯你，就是看到你看的书，职业病犯了，我也是做这方面的工作，所以多嘴了，你介意不用回答的。"

一看是同行，又都是中国人，服务员的气消了大半，叹了口气说道："我原本在这边一家中型公司工作的，一年前公司被另一家大公司并购，我们就跟着过来，结果对方并购要的主要是知识产权，不需要这么多员工，就开始陆陆续续裁员，我比较不幸，正好是被裁的一员。"

"那你怎么不找个类似的工作，而是跑来餐馆工作？"郝仁问道。

"有尝试，没有成功，我的研究领域比较窄，需要的公司不多，而且都是大公司，竞争激烈。别看硅谷这边光鲜亮丽的成功者很多，其实失败者更多，从失败的公司走出来的人不是特别好找工作，但我一直不工作也不行，暂时先做服务员谋生，走一步算一步，好歹有口饭吃。"

"那你是做什么的？"

"手机系统。"

"手机系统，难道并购你原来公司的是微软？"

"正是，你怎么知道？"

"也是猜的，微软一直想在手机系统上能有所建树，但却被市场领导者Symbian系统持续压制，现在全球七成以上的手机都是Symbian系统，微软的Windows Mobile系统只有可怜的两成，他们一定很不满意，所以通过并购或者别的办法来改变格局很正常。"

"原来这样，你们果然是业内人士。"

"但你怎么不考虑回国呢？"

"回国，我来美国求学工作，就差一年就可以拿绿卡，这时候回国岂不是很可惜？"

"可惜不可惜，就看你要什么了，现在国内发展迅猛，如果你关注一下，很多公司已经在国际上崭露头角。如果在国外发展很好我不敢劝你离开，但如果不能施展才华，留下来又有什么意思呢？当然，这只是我个人的观点，你可以忽略也可以考虑一下？"

这个服务员思考良久，以前确实没有想过回去。从小到大，去最好的学校学习，去最好的地方就业，追逐最好就像一个信条指引着自己，自己从没有想过要放弃。可是，如今通过努力混到了科技企业最密集的地方，却依旧找不到自己独特的位置，换个地方再来似乎是个更好的选择，但如果这样，那之前的所有努力不是成了沉没成本，又白费了。服务员被陌生人的一番话，搅得心中纠结万分，是走是留，都有势均力敌的理由。

"你是谁？"

郝仁拿出一张名片递过去，说道："耀华终端有限公司，郝仁。你叫什么？"

"孙皓。"

"如果回国就来找我吧。"

郝仁和穆言吃完了，在孙皓惊讶的目光中走出了餐厅。

走了一段路，穆言看郝仁陷入沉思，一言不发，于是假装生气地说道："吃个饭都被你忽悠到一个人，你是来度蜜月的，居然也能偷偷工作。"

"唉，别生气，我以前上班偷偷想你，现在在一起偷偷上班，扯平了。"郝仁强词夺理地说道。

"你胡说八道的能力又变强了。"

"你怎么知道他一定会被我忽悠回国？"

"你注意到他的眼神没有，仿佛突然看到了光。"

"这么玄乎？"

"你相信我，长则半年，短则两个月，他一定回来找你。"

"穆老师有读心术，太可怕了。"郝仁说完就朝前跑。

"你是不是一肚子坏水，怕被我认出来？"

"溜了溜了。"

第九十八章 不明白就试试

次日，郝仁开车载着穆言沿着1号公路往洛杉矶行进，沿途的风光诚如书中所言，是山与海最美的相遇，一面是太平洋的碧波万顷，一面是海岸山脉的层峦叠嶂，从日出到日落，时走时停，时快时慢地在一整天的时间里穿行。

"你说我们是不是应该先蜜月再结婚？"

郝仁正把车停在路边，穆言看着外面的夕阳问道。

"为什么？谁说的？"

"你听说过成田分手吗？很多日本新婚夫妇蜜月旅行回来，在成田机场就直接分手了。还有《围城》里的赵辛楣说，结婚以后的蜜月旅行是次序颠倒的，应该先共同旅行一个月，一个月舟车仆仆以后，双方还没有彼此看破，彼此厌恶，还没有吵嘴翻脸，还要维持原来的婚约，这种夫妇保证不会离婚。"

和穆言越是相处无间，郝仁越发现穆言骨子里有浓重的不安全感，常常冷不丁地问出些悲伤的问题来。

"那是钱钟书写的，他觉得婚姻是围城，我不一样，我觉得婚姻是港湾。"

"真的？"

"你看夕阳很美，沙滩上的那群海豹，吃饱喝足拍拍肚皮就可以好好睡一觉了。"

郝仁拉开车门，牵着穆言站到路边栏杆，指着沙滩上躺着滚来滚去的海豹给穆言看。

"以前我很害怕夕阳，因为太阳下山，别的孩子都有父母来接，我只有奶奶接，和你在一起后才发现夕阳原来是美的。"

"以后我来接你，你在哪都来接你，我们一起出过差，一起旅过行，还是很好，所以成田分手对我们没影响，大不了以后不去成田机场，因为没有羽田分手、宝安分手、萧山分手、希斯罗分手……"

"停停停，你知道的机场很多，是要念到天黑吗？"

"嘿嘿，服了吧，我以前还表演过报菜名，没人比得过我。"

说完闹在一处，远方忽地飘来一个洁白的头纱，把两人罩在里面，郝仁怔住了，一袭白裙的穆言好似新娘，夕阳余晖在她的双颊打上红晕，在朦胧的光线里，郝仁忍不住轻轻在穆言额头啄了一下。

这时候，郝仁耳边传来相机的咔嚓声，一个男子正对着自己和穆言拍照，后边追着一个梳着马尾辫的女子，对两人气喘吁吁地说道："不好意思，我们在帮人拍婚纱照，头纱没有夹稳，海风一吹飞过来了。"

"没事。"穆言从巨大的头纱里钻出来，整理好还给这个女子。

旁边的摄影师正看相机里的照片，一拍大腿连喊几声"太完美了"，然后递给郝仁看，正好抓拍到两人额头一吻的瞬间。

摄影师用恳求的眼神问郝仁和穆言："可不可以让我留下照片，我想用来参加今年的婚纱摄影比赛。"

"可以给我们一份吗？"郝仁穆言异口同声。

"那当然，你们把邮箱地址给我。"

告别了突如其来的偶遇，两人继续前进，在旅途中住了两夜，游览了沿途的红杉树国家公园、赫斯特城堡和几个小镇，最终到达了洛杉矶，又在洛杉矶停留了两天坐飞机回到国内。

十余天的蜜月过完，既没有吵架，又没有分手，穆言莫名其妙的担心被郝仁好好嘲笑了一番。

回到公司，郝仁在办公室没坐一会，隋祖禹就跟着进来汇报 VOD 订单的细节，等隋祖禹讲完，郝仁把在旧金山遇到孙皓的事说了一下。

隋祖禹大吃一惊，问道："你都没有核实清楚他的教育背景和工作经历，就直接劝他回国来耀华，会不会有点不慎重，万一是个那种家里花钱混学历的留学生。"

郝仁以为隋祖禹会和他一样兴奋，没想到是这样的反应，心中一紧，开始怀疑自己这次是不是有些武断。

"当时确实没有考虑那么多，就觉得他在微软收购的公司工作过，至少有正规学历，然后被裁员后一边打工挣钱还一边学习，很有进取心。退一万步讲，他来之前需要走招聘流程，到时候再和他商量看看什么位置合适。"

"郝仁，其实公司多一个人少一个人无关紧要，你说句实话，你是不是听到他说是做手机系统的，就触动了你心心念念的自有系统执念了？"

"嗯。"

"郝仁，你觉不觉得公司摊子有点铺得太大，会没有重点了？"

隋祖禹的语气有点重，见郝仁不说话就继续说道，"目前市面上的系统的情况你是知道的，Symbian 系统一家独大，连微软这样的巨鳄也拿它没有办法，何况是我们？"

这一点郝仁自然知道市场上的系统格局，基本上排名靠前的国外厂商，除了 MOT 谁都是用 Symbian 系统，Symbian 系统占内存小、功耗低、续航能力强大，对手机硬件配置的要求低，这些优势可以让手机成本得到很好控制，从而获取最多的利润，同时带给消费者实惠实用的消费体验，相比当时的其他手机系统优势突出。

可以说国外厂商能够获得良好的用户体验，Symbian 系统是最大功臣之一，截至去年搭载该系统的手机已经超过了一亿部。

但是知道 Symbian 系统好并没有什么用，Symbian 系统门槛之高，不是一般国产小厂商能够企及的，这些使用的厂商无一不是在 Symbian 公司拥有股份的，对耀华而言，资金和人才都是问题。更何况，最后入局的人有没有汤喝还不知道。

"水煮鱼，我承认我路边找个人来做系统有点草率，但你不觉得这次 GES 对我们启发很大，想想 ACE 的系统对整个用户体验改进有多大？"

"ACE 的系统有极大的前瞻性，但这是它的第一款产品，还没有得到过市场验证。你看这个月的月报了吗？酷美上月发布的 X72，不到一个月的销量全球超过了 100 万台，超过市面上大多数机型全年的销量，预计它今年的市场份额会超过 35％。这说明 Symbian 系统还是市场主流，我们基于 Linux 的系统都没有充分运用，这个时候又另辟蹊径是不是太冒险了？"

"问题是我们加入不了主流阵营，一直游离在外，在我们目前这个不好的基础上优化，再努力也没有用。"

"现在的优化没用吗？那我们的产品性能是怎么得到提升的？完全推倒重建要不要需要评估成本和收益？我们的方向在哪里？"

隋祖禹心中恼火，耀华现在用的系统是不完善，但努力没用这个评价有些过分了。

郝仁没有意识到隋祖禹的情绪，一门心思盘算另一件事，市面上目前的系统中，Symbian 和 Palm 是传统手机终端发展起来的系统，优化的是通话部分，Windows Mobile 和 Linux 是 PC 操作系统的移动化产品，如今 3G 时代来临，都面临着数据业务的极大挑战。

但耀华要去往何处？正如隋祖禹说的，自己不知道。

"行行行，今天咱们不讨论这个，我确实没有想清楚，等分析清楚再说。"

看郝仁已经服软，隋祖禹没有再说下去，因为郝仁长久以来所做的冒进决策，最终在实践中证明了有效性。隋祖禹不是不信任郝仁的眼光，只是有时候还得往后拽下，因为隋祖禹了解郝仁，往后拉后腿，不会让他放弃自己的执念，只会让他考虑得更清楚一些。

毕竟，企业是要生存的，员工是要发工资的。只是这个公司居然需要研发主管偶尔操心下企业的利润，而总裁有时却在不顾一切地往前冲。

"我也不是反对做系统，我只是想考虑清楚再开工。"隋祖禹说道。

"知道了，你的脾气我还能不知道吗。"

另一边一周多过去了，引发争议的孙皓还没有任何行动，照旧每天去餐厅打工，也没有放弃投简历和各种面试，可工作机会总是高不成低不就，没有一个能发挥的空间。闲暇之余，孙皓忍不住回味起郝仁说的那几句话。

这天下班回到出租屋，孙皓打开一罐啤酒坐在沙发上喝。和他合租的是一个年纪相仿的印度人，名叫萨米特。他在附近的一家IT公司上班，平时总是早出晚归极少碰到面，今天不知道怎么了，萨米特不到六点就回来了。

孙皓看他挺累，就问要不要一起喝一杯放松放松，萨米特丝毫不见推辞，接过孙皓递过来的啤酒，肥胖的身躯倒在单人沙发里，震得旁边的玻璃碗柜一颤。

"怎么今天看起来很苦闷？"孙皓问。

"工作上不顺心，累死累活的项目，功劳被一个美国同事抢走，心里很不舒服。"萨米特说。

"为什么不和主管反馈？"孙皓说。

"反馈了，主管不相信我说的，说什么大家都是一个团队，不要太计较，打发了。"萨米特说。

"唉，这确实让人郁闷。要是干得不开心，换个工作呗。"孙皓说。

"外国人在美国哪有这么容易的，主管就是知道我不会走，才不在意我的意见，我在老家印度一大家子人要养活，好不容易有这么个收入好的工作，哪能说走就走。"

"那确实不容易。"

"我还算好的,受过高等教育,有一技之长,能找到工作。要是那些没什么学历,种姓还低的印度人,如果能在美国做苦力,你根本想不到他们能有多拼,为了留下来挣钱,他们可以打不还手,骂不还口。"

"为什么要搞成这样,不行就回国。"

"回国,你在开玩笑,如果你在自己国家地位低下,得不到基本尊重,挣不到几个子,你还会回去吗?"

萨米特的反问提醒了孙皓,是啊,我的国家不是这样,那为什么不呢?

第九十九章　初涉线上渠道

和隋祖禹的讨论不欢而散后,郝仁表面一切如常,却一连好几天心里都很不舒服。

这种不舒服并不是因为郝仁作为公司的最终决策者,隋祖禹待他却一如在学校,人前人后都是直接反驳,一点面子都不给。而是随着隋祖禹的团队越来越大,他越来越重视投入产出,每一个尝试都想要充分论证,没有了刚进公司时那种追求竞争超越的决心。

是被现实磨平了棱角吗?还是年纪增长变得保守了呢?郝仁结束了一天的工作,满怀担忧地回到了家。

一进家门,发现穆言正踮脚踩在客厅沙发上,往墙上挂一个大相框,相框里正是两人在旧金山自驾过程中摄影师偶然拍下的额头一吻,突然心中一暖,赶紧过去接过相框挂上去。

"你把照片洗出来了?以后这种事等我回来做,你够不着摔了怎么办?"

"你是在嫌弃我矮吗?"

"不敢不敢,我怎么敢嫌弃老婆大人。"

"对了,想和你说个正事,你看电视没?"

"没,哪有时间。"

"看看吧,最近电视购物上手机越来越多了。"

"电视购物上卖手机不是以前就有,都是些杂牌,什么买不了吃亏,买不了上当,我没有特别关注过,最近是有什么变化吗?"

"你先看看再说。"

穆言打开电视,时间正巧 9 点 15 分,黄金档电视剧刚好播完,进入广告时间。

只见一男一女两个主播出现在电视机上,激动地喊道:

"不要再去小店买杂牌手机了,要用就用国际大牌,MOT 为了回馈广大用户的厚爱,特别拿出五千台 S 系列高端手机电视直销。时尚的外观,闪耀钻石光泽,超长待机时间,让你无需担忧,超高的性能……"

"那这和在门店买有什么差别?"

"这你就不懂了,好事说三遍,厂家直销,没有中间商,没有中间商,没有中间商。价格只要 899……"

"相信我们的电话要被打爆了,先下手先发货,现在就拿起电话,高端手机送到家……"

整整十五分钟,郝仁和穆言一起看完了 MOT 的电视广告。

"形式还是一样的浮夸,没有什么创新,需要关注的是正规的国际品牌正式进入电视购物这个渠道了。今天,我们合作的分析师机构给我分享了一份报告,戏称今年是中国手机电视购物元年,中国最大的两大电视直销集团七星购物和橡树国际年初就开始重点开发手机厂商,没想到这些国际公司也用这么接地气的方式。"穆言说道。

郝仁关掉吵吵嚷嚷的电视机,靠在沙发上说道:

"其实,年初这两家电视购物联系过竞男姐,当时她很犹豫,电视购物此前质量问题频发,担心影响品牌好感度,我就说可以先看看情况再说。

"现在想想,中国幅员辽阔,无论多强大的地面渠道,对低级别城市的覆盖都显得鞭长莫及,即使是不惜成本把产品铺到了,厂商也很难对其进行管理,更不用谈控制。而电视购物与物流公司的结合能够把触角轻易伸向这些区域,电视购物在低级别城市能够实现有效覆盖,对传统渠道也是一个有益的补充。"

"所以说,我们也要加入电视购物吗?"穆言问道。

"本身电视这个媒介没有问题,能不能加入还要靠穆老师和竞男姐想想办法,如何能让电视购物的质量更高一些,销量和美誉度我都要。"

"那我想想?"

"明天再想,现在是下班时间。"

……

穆言是个急性子，第二日的清晨就拉齐团队开始整理电视购物的资料，不收集不知道，电视购物也太多负面报道了吧。

某电视购物节目中，一些国产品牌手机搭载"太阳能概念"，号称是"永不断电环保太阳能手机"。据业内人士分析，以我国目前的太阳能装置制造水平，尚不足以制造出仅靠太阳能就能使用的手机，这些广告涉嫌虚假宣传。

某市工商局发布今年第一号消费警示，提醒消费者购买手机时，要注意查看手机主机机身是否贴有信息产业部的进网许可标志，并查看包装内随机携带的产品使用说明书、合格证和三包凭证，以及耳机、充电器、电池等附件是否齐全。

日前，某市消费者协会对数十个电视购物广告的广告词进行语义分析后发现，电视购物广告存在使用歧义语言误导消费者、夸大宣传等九大问题。而针对用户的问卷调查也显示，80%的消费者认为目前的电视购物广告存在虚假和不实之处。

……

看完这一大堆的材料，穆言心里拿不准，不知道是否应该试水电视购物，于是抱着电脑去找陈竞男讨论。

一进陈竞男的办公室，发现她也在查资料，只不过看的不是电视购物，而是网络直销。

"竞男姐，在看啥呢？"穆言问。

"我在看北斗手机网。"陈竞男答道。

"哦，我知道耀华在一些2B的网站上有在线销售渠道，主要有针对企业用户的大宗订单，以前我们还为这些渠道专门设计过网页。"

"没错，但是有一点，也不算都是针对企业用户，单个消费者也是可以直接下单的，只不过占比比较少。以北斗手机网为例，它的企业订单每年过亿，但是消费者订单不过百万，所以很多厂商不会在这上面下功夫。"

"既然占比不大，你在研究什么？"

"我发现一个小牌子，质量看评价还可以，可能因为资金问题没有在门店销售，它在北斗手机网上做了个简短的发布，没想到一个月能出货一万台，我在想耀华是不是可以试水线上直销。"

"我们想到一块去了，都在思考为耀华开辟新的销售渠道，只不过我看的是电视购物，你在看网络直销。"

"那可真巧了，只是这事不好办。"

穆言明白陈竞男说的不好办是什么意思，网络直销和电视购物一样，都是没有线下渠道杂牌的天下，由于质量堪忧和售后不利，让消费者对渠道形成了不好的印象。

另外，对于有固定合作伙伴的知名厂商来说，电视购物的低价有可能会对分销渠道的利润空间有所影响。线上的渠道走量不多，是否值得冒这个风险。

"竞男姐，我明白你的担忧有二，渠道和品牌。"

"是的，有担忧还要试的原因是，网络渠道可能是未来的趋势，早占领阵地比晚占领好，在渠道还没有大到欺客的地步合作，一切商务都好谈。

"但弊端也是显而易见的，所以我认为这是个系统工程，不是销售部门能够独立处理的。首先我能想到的是产品部门要将线上和线下的产品进行区分，不能影响线下门店的销售和合作伙伴关系。其次，营销部门需要能够做出与市面上产品有所区分的广告素材，把线上渠道当作媒体一样重视，保护好品牌资产。最后，还要售后部门对于线上销售产品的服务予以重视，在线为用户答疑解惑。"

穆言听完十分佩服，陈竞男考虑全面，三个点解决了新渠道的问题。对于小公司而言，船小好掉头，所以它们试水任何新渠道都不用想太多，可对于大公司来说，牵一发动全身，是需要考虑各方面的影响，但穆言相信，大公司一旦调整好方向，行进的速度不是小公司可以比的。

"那我们还等什么？我们的郝总是最乐意尝试新事物的，我们拉上相关人，找他定夺吧。"穆言说。

"那走吧。"陈竞男起身。

当天下午，陈竞男、穆言、隋祖禹一起在郝仁办公室把开辟新的销售渠道的事定了下来。

除了陈竞男的三点外，隋祖禹半路叫过来的齐飞华提到，可以单独针对在线渠道开发低端机，还能把门店已过销售旺季的产品在线上促销，一可以帮代理降低库存，二可以丰富在线产品目录，不会孤零零几个产品，显得冷清。

这样一来基本的方针定下来后,耀华终端成立电商销售部门,由陈竞男的副手徐敏任主管,牵头各部门为线上渠道开始转变工作模式。

没想到真的应了机会是给有准备的人那句话。这年初秋,3C网购专业平台京东商城正式获得来自国际风险投资基金今日资本的千万美元投资,并宣布开始入主手机销售领域。

这让耀华终端的准备赶了巧,当其他手机品牌还在迟疑时,耀华终端严阵以待地迎接了前来洽谈的京东客户经理,并成为京东入驻的第一个签约的手机客户。

开售当天,穆言线上广告强势打出去,一波流量旋即涌入,放量的1万台手机见了底。

陈竞男在一旁呼喊起来,看在线后台数据跳跃,远远比看线下日报周报更加直观,更加令人振奋。数字每次无声地变化,陈竞男就仿佛听到钱不停地落入囊中的叮当声。

这声音也太美妙了吧。

第一百章　积蓄市场能量

郝仁从美国参加GES归来已经有数月了,一直关注ACE第一款手机的销售情况。发布后一个月,ACE新机在美国运营商ATT开始发售,这款399美金起的手机在ACE品牌强大的号召力下,两个月内在美国狂卖100万台,这个数据是郝仁不敢想象的。

更重要的是,ACE在与运营商的合作过程中显然占据了强势地位。每销售一台手机,运营商需要在两年内付给ACE 439美金,远远高出手机399美金的售价。这种终端加连接的商业模式让ACE成为最大的赢家。

郝仁预计ACE下一步会进入中国市场,此时新闻却爆出ACE与中国运营商的接洽中止。原因在于,ACE与运营商合作的前提是高额的分成受益,但国内的运营商已经运行多年内容付费服务,消费者完全可以从运营商获取音乐下载等服务,引入ACE后除了需要付出巨额成本,还会对目前的收费服务产生冲击。

对于ACE迅猛的销售,竞争对手也做出了快速的反击。酷美收购一家个人视频音频内容网站,建起自己的多媒体平台,完全借鉴了ACE的商业模式。

CF 则推出自己的海量存储手机，可以让用户从电脑下载预存几百首歌曲在手机中，这给宽带服务费较低的中国用户带来极大的便捷性。

不管 ACE 进不进中国市场，以及竞争对手对 ACE 如何反馈，耀华都需要做好自己的准备。

截至目前，亚洲成为 3G 发展最快的地区，除了动作最快的日本和韩国，泰国以及中国香港地区也建成了 3G 网络。欧洲紧随其后，美国部署早但在技术准备上略微落后。耀华可以平滑过渡的多卡多模 3G 手机，随着 VOD 和百脑汇的步伐，已经在除美国外的 3G 国家销售。

我国的 3G 牌照虽然迟迟未发放，但得益于全球 3G 网络建设热潮影响，和我国又一次重申会兑现 2008 年奥运会提供 3G 网络服务的承诺，北京、上海、天津、沈阳、青岛、秦皇岛 6 个奥运城市将率先启用"中国创造"的 3G 手机，人们可以使用 TD-SCDMA 标准的 3G 手机随时观看赛事，用手机发电子邮件等。

这让国人对于新一代网络的期待已经达到了顶点。庞大的赴港自由行队伍中，在百脑汇等商场购买 3G 手机成为了新的消费潮流。而耀华由于优质的性价比和支持多种制式的特点，一时间竟然成为抢购热门。

今天的经营月例会，参加的人员较往常多了不少，除了各部门主管，还有重点项目负责人。半天的会唯一议题就是如何在明年国内牌照发放后第一时间推出合适的产品，抢占先手。

"耀华 3G 手机在国外已经销售了一段时间，我们今天既是复盘也是规划，调整一下，为国内市场的开启做准备。"郝仁说道。

"那我说下调研排名前十的问题。第一是用户界面的问题，3G 手机比 2G 功能多了很多，但不能让用户感到操作变复杂，我们应该保持简洁的界面，降低用户的记忆难度，提高使用效率。"穆言在白板上边说边写，众人点头表示同意。

"其实，一个优秀的界面设计，用户不需要借助说明书就能熟练操作。如果功能繁多，系统应该给足提示，用手机解决使用手机的问题。"隋祖禹说道。

"是的，我先说完，接下来再逐一讨论。"穆言先暂时掐断隋祖禹的延展，继续说道，"第二个是屏幕尺寸，3G 时代人们将在手机上操作更多内容，视频与文字无一不对屏幕提出更高的要求，ACE 在美国发布的新款 3G 手机就是 3.5 英寸的纯触摸屏，我认为这是一个趋势。

"第三点是电池,更多的应用提高了手机的耗电量……"

十点问题说完,白板已经写了满满一面,给对当前成绩还算满意的众人一点提醒,用户对我们的产品还有诸多要求。

"还有没有人补充?"郝仁问道。

隋祖禹站了起来,说道:"3G 手机的功能点,我们一直根据海外的用户反馈在调整。数据功能,已经强调得不能再强调了。

"我就补充一点,我们不能完全放弃对语音功能的优化,因为 3G 较 2G 在成本上有很大的优势。3G 技术在语音业务上的频谱效率是 2G 的 1.5 至 3 倍,再加上 3G 频谱带宽的成倍增长,3G 承载的语音业务的容量相应大幅增长,语音质量也有显著提高。

"更重要的是,3G 语音业务的成本只是 2G 的 50% 左右。主打语音服务的低价 3G 手机甚至可以低于市面上的许多 2G 手机。"

隋祖禹的测算没有问题,却印证了郝仁之前的预感,隋祖禹越来越关注成本和投入产出比,这样的转变,郝仁也不知道是好是坏。

"嗯,我同意隋工的看法,性价比手机对于欠发达市场最有吸引力。说完产品,我说说渠道的问题,我认为在 3G 网络建设初期,运营商渠道的比重会越来越大。

"一方面运营商会先圈地跑马,通过绑定终端来吸引用户入网,迅速提高市场占有率。另一方面,我国运营商有许多内容服务业务,需要设备厂商与它深度定制,从而更好地销售内容服务。鉴于此,我会在接下来的一年,更多精力用在运营商关系的维护上。"陈竞男说道。

"我也来补充一些观点……"

"同意。"

……

差不多晚饭时间会议结束,隋祖禹却没有随众人回自己办公室,而是悄悄地跟着郝仁去了总裁办公室。

郝仁坐下,看隋祖禹一脸憋笑没憋好的样子。

"水煮鱼,有话就说,别憋出病来。"

"也没什么,就是过来和你说个好消息,汤媛怀孕了,我要当爸爸了。"

"恭喜恭喜,好家伙,深圳速度。"

"嘿嘿。"

"你喜欢男孩女孩?"

"都行,嘿嘿,最好是女儿,有我这么聪明就可以了。"

"你好自恋。"

"我不聪明吗?"

"有时候聪明,有时候很傻。"

眼前这个高智商人才此刻高兴得像个傻子,说啥都忍不住先嘿嘿笑几声。

郝仁心里很为隋祖禹高兴,本来想要问下隋祖禹最近越来越关注成本的原因,也找不到合适的时机,只好将疑问咽回肚子里。

下班开车回家的时候,郝仁突然想到,他和穆言结婚的事情还没有和家里人说。

因为顾虑穆言的感受,当时郝仁想都没想就答应不办婚礼,不摆酒席。因为没了这些礼节,就不需要家人帮忙操持,郝仁一忙就忘记了。今天看到隋祖禹,联想到他千人参加的盛大婚礼才回忆起来还有这么一件事。

郝仁回到家里屋子黑着,就站在客厅拨通了家里的电话。

"妈,是我。郝仁。"

"儿子,最近好吗?"

对面郝母听到郝仁声音,十分高兴,这让郝仁又平添了一点愧疚。

"妈,和你说个事,我结婚了。"

"啊,真的,是领证了吗?我得看看黄历哪个日子好,又有假期的,这样你们婚假连着法定假日,时间比较充裕。酒席也要早点订,不然怕结婚的人多订不到,你这孩子也不早说……"

"妈,妈,"郝仁打断了兴奋的郝母连珠炮弹似的话,"我和穆言不打算办婚礼,我们已经请过婚假去旅行结婚了。"

"什么?那怎么能行呢?不办酒,名不正,言不顺。再说,我儿子这么大的喜事,街坊邻居不知道怎么行。"

"妈,我们结婚不是为了让别人知道,你和爸知道我和穆言决定一辈子互相照顾就行了。"

"你们这也太离经叛道了,谁的主意,穆言的吗?她就这么怕被人知道结婚了吗?"

"是我的主意。"

啪的一声，郝母把电话挂了，郝仁再拨过去就是忙音。

"妈生气了？"

听到屋里有人，郝仁回头看到穆言揉着眼睛从卧室走出来。

"怎么在家也不开灯？"

"今天有点累，睡着了。"

"你都听到了？"

"妈生气了，要不我们就……"

"不用，她气两天就好了，你别瞎操心。"

郝仁走过来抱着满脸忧虑的穆言，轻抚后背好好安慰了一番。

另外一边，郝母一屁股坐在床上盘着腿生闷气。郝仁一直是家里最懂事最成器的孩子，从来被人夸到大，如今却因为穆言，领个证就算结婚了，这像什么话。

郝母看到郝父回来，怒气冲天地把这件事告诉了他，没想到郝父却一脸平静，完全无所谓。

"老头子，你说句话啊。"

"说什么？"

"你儿子有了媳妇忘了娘，你要去说一下他，别让他太过分。"

"你没病没灾的，郝仁有了媳妇还天天惦记着娘才叫不正常。郝仁都三十老几了，他的事他自己决定就好了，日子是他们过，我为什么要说他，吵一架让郝仁心里过意不去？你不知道他们很忙吗？反正我不掺和，要去闹你自己去。别怪我不提醒你，闹过分了，郝仁以后再不回老家，你就开心了。"

"你……"

"你自己想清楚。"

说完，郝父出门扬长而去。

第一百零一章　重构产业格局

郝仁把穆言安抚睡着后，蹑手蹑脚出来阳台给母亲电话，连拨几遍依旧打不通。

郝仁只好给父亲打电话，父亲像等着自己似的，响了一声就接了，郝仁把情况复述了下，又把穆言家里的情况提了几句。郝父听完说没事，郝母他来沟通，郝仁这才放心下来。

因为郝父的离去，郝母的怒气被堵在了胸口，像捏了口的气球不得释放。

郝母打电话给郝仁的弟弟郝德，结果他们兄弟两一个鼻孔出气，不但不去帮忙劝说郝仁，反而大加赞赏，还说早知道结婚可以不办酒席，自己也不办，省得像猴戏一样被人围观，又累又尴尬。

郝母恨不得马上买张票坐火车去深圳，质问穆言给自己儿子灌了什么迷魂汤，正气得百爪挠心，郝父端着一个搪瓷杯进来了。

"秋冬干燥，来喝杯菊花茶降降火。"

"我上火又不是因为季节，还不因为你们父子几个。"

郝母嘴上不饶人，但还是接过搪瓷杯，喝了一口菊花茶。

"刚才我语气有点重，我道歉，但你也不大占理。你还记得当初结婚那阵子，我们没分家，和我父母一起住在老宅里。你是个能干的媳妇，家里什么都操持得很好，做饭特别好吃，我对你满意得不得了。我爸妈思想古旧，你做好菜端上来，一个人又回厨房忙。我爸妈说媳妇都在厨房吃，叫我先吃，我说一家人要整齐，等你一起吃。你说我那时候要是自己先吃了，你忙碌一天吃剩饭会不会难过？"

"我又没有这样对那个穆言。"

"我只是告诉你，一代人和一代人的想法不一样，就像我觉得一家人要一起吃饭，而上一辈人觉得女人不能上桌。我们觉得婚礼重要，我们的下一辈喜欢其他方式庆祝。"

"唉，是这么说，但穆言是不是有别的想法，别骗我们儿子。"

"你儿子的头脑哪有这么好骗？郝仁和我说了，穆言家里比较特殊，长辈没有办法出席婚礼，不要再勉强了，他们好好过日子比什么都强。"

"哦，你们父子俩早就串通一气了。"

"没有，没有。"

郝母拿起枕头作势要打，郝父赶紧躺倒让郝母打，郝母轻轻打了两下郝父，气总算顺了。

"就是你们父子俩好，让我做恶人。"

"没有的事。"

郝父哄好郝母，给郝仁发了条短信：搞定，老将出马，一个顶俩。

郝仁回复：老爹威武。

444 | 破浪时代 |

郝仁电话刚要放下，铃声又响起，一个陌生的号码。

"喂，你好，请问哪位？"

"郝总，您好，我是孙皓，还有印象吗？"

"印象深刻，怎么样？打算回来了吗？"

"对，今天是我在美国的最后一天，晚上的飞机就回来。您的话让我做了这个决定，您让我来的话还作数吗？"

"当然，大丈夫一言九鼎。"

"但你还不了解我，怎么会想要对我发出邀请？"

"现在自我介绍还来得及。"

"好，那我现在就做自我介绍。"

接下来孙皓的简历让郝仁惊讶，这样优秀的人才在美国也会找不到工作，自己是捡到宝了。

孙皓，今年 29 岁，山东菏泽人，刚成年就远渡重洋到美国求学，本科及硕士研究生就读于麻省理工学院电子工程专业。毕业后，进入一家叫 Openmind 专门从事操作系统的中型公司，从事系统开发工程师工作。由于中国人所特有的吃苦耐劳精神，孙皓用仅仅 5 年时间，就成为重点项目的负责人。

就在去年年底，在手机操作系统方面一直无法突破的微软，启动了对 Openmind 的收购。微软财大气粗，最终还是让孙皓公司的创始人心动不已。

是啊，年纪轻轻就坐拥上亿财富，谁会不心动呢。可 Openmind 的普通员工就没有这么幸运了，微软并购的出发点是基于补强，所需的仅仅是 Openmind 的知识产权和系统平台，而非员工。并购完成后，微软一顿组织架构调整，裁掉了孙皓在内的大量员工。

于是，一时之间找不到更好工作的孙皓，就上演了与郝仁在餐厅偶遇的那一幕。

"虽然耀华的出货量已经在国内名列前茅了，在硬件上我们有了极大的改进，但我们的系统能力还很差，相应配套的人力不足，没有办法和国外厂商的系统相提并论。现在，我诚心邀请你过来帮耀华把系统团队搭建起来，赋予耀华产品更好的用户体验。在 3G 时代，耀华需要你这样的顶尖人才。"郝仁说。

"郝总过奖了，我心里早已经接受你的邀请，而且，现在时机已经非常成熟了。"孙皓说道。

"什么时机?"

"我听到一些传闻,但还没有得到证实,等有了官宣再说。"

"好的,我们国内见。"

"国内见。"

什么传闻呢?郝仁脑海中过了一遍行业动态,没有什么是关于手机系统的,一直都是原有那几大系统在台上蹦跶,这又能有什么机会呢?

孙皓挂了电话,现在是周末早晨十点,已经收拾过的房间空荡荡,在国外这么多年,也就积累了三个行李箱的物品而已,大部分还是书。

萨米特这时起床了,顶着乱发,满口泡沫,拿着牙刷走出来。看到客厅放着三个行李箱,就知道孙皓回国的日子到了,两人合租两年,朝夕相处,孙皓突然离开,萨米特心中空落落的。

"兄弟,今天就走吗?"萨米特问。

"是的,晚上的飞机,今天有空吗?请你吃个午饭。"孙皓说道。

"有空,你还真的说走就走了。"

"天下无不散的宴席,你珍重,柜子里有一箱苏打水,我上周买的,你帮我喝完吧,你平时吃那么多肉,喝点促进消化。"

"谢谢你,我的兄弟,我会想你的。"

等萨米特梳洗完,也差不多11点多,两人一起出门来到一家餐厅。

"兄弟,这么大的决定,你真的想好了吗?"萨米特问。

"想好了,我还是应该回到自己的国家,人人都说这里是世界上最好的地方,这么多年过去了,才知道是不是最好的地方也分人。"孙皓感慨地说道。

"谁说不是呢?这个世界上最好的地方一直在改变,以前是美国,现在是中国。以前在印度,老是有人嘲笑中国穷,现在嘲笑不起了,印度还是那个印度,中国却不是那个中国了,经济发展那么快,你一定能找到属于自己的位置,回去吧,我祝福你。"

"谢谢你,萨米特,我们后会有期。"

告别了萨米特,当天晚上11点,孙皓登上了飞往深圳的航班。

奇就奇在人还没有抵达深圳,孙皓说的传闻已经成为新闻。

今天,谷歌公司正式向外界发布了一款名为Android的新型手机操作平台,这个平台包括多个软件,其中有操作系统、用户界面和应用软件,它将能加快手机创新功能的开发速度。

同时，谷歌宣布建立一个全球性的联盟组织。该组织由 34 家手机制造商、软件开发商、电信运营商以及芯片制造商共同组成，并与 84 家硬件制造商、软件开发商及电信营运商组成开放手持设备联盟来共同研发改良 Android 系统，这一联盟将支持谷歌发布的手机操作系统以及应用软件。

随后，谷歌以 Apache 免费开源许可证的授权方式，发布了 Android 的源代码，免费提供给电信运营商和手机制造商使用，并且将在近期提供给软件开发商一份初期版本。

很显然，谷歌所描绘的丰富的手机功能和低廉的手机价位已经诱使一些电信运营商加入到这个新平台。郝仁打开详细页面，查看联盟的成员，赫然发现手机厂商有 MOT、宏大、CF 等。运营商有中国移动、德国 T-Mobile 等。

孙皓说的机会难道指的是这个，免费的平台和丰富的功能。

可是，构筑一个新的平台耗时多年，ACE 的操作系统给行业带来一股新的风尚，却也给谷歌的操作系统带来了极大的压力。是否真能像它所说的上千款手机在上面运行，还是个未知数，难道耀华也要加入吗，郝仁一时间想不明白。

一切，等孙皓飞机降落再说吧。

第一百零二章　针尖对上麦芒

在深圳阳光最明媚的冬季，孙皓下了飞机，仰头深吸一口，冰凉但不刺骨的空气流入胸腔，整个人有种焕然一新的感觉。

孙皓想起一句话，今日之我非昔日之我，亦非明日之我，此时自己正是这样的感受。

推着行李车往外走，看见一个面容清秀的年轻男子在出口处举着一个牌东张西望，上面写着欢迎孙皓先生回国，标语旁边还有一个耀华终端有限公司的标志。

孙皓走过去，指指自己问："你是来接我的吗？"

"请问你是从旧金山飞过来的孙皓先生吗？郝总让我来接你的，我是郝总的秘书，我叫陈安，你叫我小陈就可以了。"

"小陈，麻烦你了，郝总怎么知道我这个时候到。"

"我们郝总没有不知道的事。"

陈安带着一脸崇拜的表情，安排司机把孙皓带到公司酒店安置下来，让他先休息两天再到公司报到。

两天后，孙皓适应了国内时间，比往常起得更早，用发蜡把头发抓出个露额头的蓬松三七分，胡茬鬓角刻意修剪了一番，领带袖扣都调整到应该在的位置，整理得无可挑剔才出了门。

当孙皓身着一件卡其色的风衣快步走过耀华终端研发区外围走廊，带起一丝若有若无的古龙水香味。

路过的研发人员忍不住驻足多看孙皓几眼，独特的气质让大家意识到一个不同于隋祖禹的大佬来了。

孙皓办理完入职手续，刚站在总裁办公室门口，穿着格子衬衫，拿着一杯豆浆边走边喝的隋祖禹也正好到门口。就当孙皓要敲门时，隋祖禹直接推门而入。

于是，一个精致到纽扣的男子，和另一个邋遢到头顶的男子，同时出现在郝仁和众主管的视线里，这种冲击力不可谓不大。

"人都到齐了，今天我给大家介绍一个新同事，孙皓。他以后将会负责耀华手机系统团队，让我们热烈鼓掌，欢迎孙皓加入耀华终端。"郝仁说道。

掌声中，孙皓带着笑容给大家鞠了一躬，然后说道："感谢郝总的邀请，我叫孙皓，毕业于麻省理工学院电子工程专业，在 Openmind 担任过系统工程师，有过两年带团队经验，经验不足，请各位多多指教。"

"欢迎欢迎，给你介绍一下，这是营销负责人穆言、这是销售负责人陈竞男，这位是芯片研发负责人沈同方，这位是手机研发负责人隋祖禹。"郝仁说道。

"你好，你好，你好……"

孙皓挨个和大家打招呼握手，每人都笑脸相迎，除了走到隋祖禹身边时，隋祖禹无力地握着孙皓的手甩了两下，一脸面无表情地说："麻省理工哈，我是加州理工毕业。"

孙皓一怔，旋即会意地小声说："宿敌你好。"

加州理工和麻省理工都是美国数一数二的理工院校，两者一个东海岸，一个西海岸，相距 3000 英里，却为追逐理工的第一把交椅，在学术、科研甚至体育竞技等各个方面你追我赶，发展出许多恩恩怨怨，完美地佐证了"脑袋太好的学霸都是神经病"这句话。

郝仁没听到这两人的对话，说道："孙皓，隋祖禹也在美国念过书，你们一定有很多共同语言，好好交流。"

孙皓和隋祖禹异口同声地说："没有什么共同语言。"

看出两人火花的沈同方爽朗地大笑几声，故意火上浇油地说道："你们真有默契，年轻人多的地方就是有活力。"

郝仁不知道美国高校恩怨这档子事，只是自始至终知道隋祖禹不赞成摊子铺得太大。这一两年随着海外市场的开辟，手机的版本越来越多，定制的内容越来越深入，研发的工作量越来越大，隋祖禹的团队压力过大，几乎有些疲于奔命。

偏偏郝仁是上了芯片又想改系统，对隋祖禹专注做事和单线思维挑战很大。隋祖禹知道拦不住郝仁，工作绝对不会消极怠工，只是幼稚地想要给这个新来的和尚一点颜色看看。

"好了，今天人都齐了，直接开例会吧，孙皓直接从具体工作中熟悉公司。"郝仁说。

"好。"孙皓应道。

"谷歌发布新的操作平台的新闻大家都看了吗？都说说自己的看法吧。"郝仁说。

"一个操作平台从建立到成熟之前需要两三年，这么长的时间什么事情都有可能发生，我不是怀疑谷歌的能力和决心，但新平台的第一个版本正是问题最多的时候，以耀华现在的人力，可以再等等看。"隋祖禹说道。

"你怎么看呢？"郝仁目光转向孙皓。

"这是耀华的机会，我们考虑的系统应该是符合 3G 数据时代的系统，最终决定手机操作平台胜负的，将会是那些为平台开发应用程序的软件开发者。Symbian 再风光也注定是过时的系统了，只是它不自知而已，ACE 的系统只是自己使用，与我们无关，而 Android 系统是开源，对于厂商和软件开发者来说，都是最为经济和友好的。"孙皓说道。

"Android 不是第一个开源的，曾经有很多人都基于 Linux 开发过类似 Android 的开源手机操作系统，都以失败告终，法国电信搞的开源联盟就是前车之鉴。"隋祖禹反驳道。

"法国电信和谷歌不是一回事，没有有实力的公司支持，而Android有以谷歌为首的技术联盟的支持，里面软件硬件的公司都有，都是业内实力不俗的公司，甚至有中国运营商中国移动，更关键的是，Google做Android是为了推广互联网业务，而非独揽软件渠道，这就保证了Android的易用性、开放性和商业价值。"孙皓继续举证。

"谷歌宣称为上千款手机做操作平台，也就是说软件开发商做一个应用要适配多个品牌的手机，而为ACE做应用，只要服务一个品牌了，相比之下，为Android平台开发应用，工作量会成倍增加，部分手机应用体验可能无法保证。"隋祖禹说道。

"你反过来想想，为ACE开发服务的品牌多，还是Android服务的品牌多。"

……

两人唇枪舌剑，其他人根本插不上嘴，只能静静地听两人你来我往，半个小时依然不见消停，直到郝仁的掌声响起。

"精彩，精彩，没想到你们俩初次见面就如此合拍，相信以后一定会碰撞出火花，真是耀华之福。"

孙皓和隋祖禹脸上斗志未褪，心里同时哼了一声，又同时认定郝仁的眼神真是可怕，哪一句话能看得出彼此合拍。

"我也觉得。"沈同方站起来附和，凑热闹不嫌事大。

"沈工你怎么看？"

郝仁不愿意得罪任何一方，只好把这个烫手的山芋丢给沈同方，反正沈同方资格老，年轻人中谁又敢和他生气呢。

沈同方会心一笑，看看孙皓，又看看隋祖禹。

"行不行试试不就知道了，孙皓人都来了，还能不让他做不成。"

"就听沈工的。"郝仁说道。

隋祖禹瞪了郝仁一眼，心想好你个大尾巴狼，明明是自己的想法，还顺手找个代言人。

"好了好了，今天是例会，不是只有这一个议题，我们进入下个吧，竞男姐，你说下这个月的销售数据吧。"郝仁借坡下驴，赶紧转入下一个议题。

休息了好久的陈竞男精神抖擞地站起来，满怀信心地说道："如无意外,我们今年出货量国内能进前五,成为国产品牌中的第一名。"

大家全部起身鼓起掌来,这下耀华成为名副其实的主流品牌了。

为了让孙皓熟悉业务,今天每一个主管都做了汇报,且表述上对细节多加解释,尤其是隋祖禹,别看刚才针尖对麦芒,此刻汇报研发工作时事无巨细,生怕孙皓跟不上。

郝仁看得出,隋祖禹哪怕偶尔有些幼稚行为,但终究是那个最纯粹的研发人。

为迎接孙皓的到来,这天晚上郝仁特别安排了欢迎晚宴,晚上开会的所有主管和重点项目经理都来了。

席间,郝仁举起酒杯对孙皓说:"加入耀华,我们所有人都是一条战壕里的兄弟了,并肩作战,荣辱与共。耀华的员工都很单纯,有事说事,没有那么多弯弯绕绕,你不用有什么顾虑,只管往前冲就行了。"

孙皓端起酒杯一饮而尽,说道:"郝总放心,我既然来了,就一定要做成事,我喜欢这里,包括我的宿敌。"

宿敌听到后,走过来,问道:"说我什么坏话呢?"

"我们是相爱相杀,不是你死我活,一定会合作愉快的。"孙皓说。

"你知不知道,我在学校念书的时候,我们校足球队连赢你们学校两年。"隋祖禹说道。

"你知不知道,我们学校门口曾经有一门大炮对着你们学校。"孙皓说道。

"你知不知道,我们学校有多少位诺贝尔获得者?"隋祖禹说。

"那你知不知道,计算机科学得看我们学校?"孙皓说。

"你知不知道……"

"你知不知道……"

唉,所有人叹了口气,这两人斗嘴的地方,密不透风。

"吃菜,吃菜。"

郝仁干巴巴地招待着嘴用来吃饭的其他人。

第一百零三章　我们挣外币了

时光如白驹过隙,2007年在隋祖禹和孙皓的吵吵嚷嚷声中走到了尽头。

有了两人，新年变得格外热闹，从工作到生活，再到兴趣爱好，就没有他们不能争的。

常驻海外各国的耀华员工一回国就听说了这对冤家，借这段时间工作收尾的闲暇，纷纷跑去观战。为了能够及时获取两人斗嘴的准确时间地点，隋祖禹和孙皓的秘书都成了众人追逐的对象，一声声红姐和涛哥地叫着，甚至有人愿意付出50块以内的零食做入场券。

这天早上，人力总监冯都都把今年第一批校招的应届生签约名单报给研发安排，结果毫不意外，隋祖禹和孙皓接过名单五分钟后就吵了起来。

"这个李伟我要定了，华中科技大学毕业，我的学弟，本科电子信息工程，正好可以安排在手机硬件部门。"隋祖禹扬着简历说道。

"慢着，"孙皓抢过简历扫了一眼说道，"你没看到这个人硕士研究生学的是软件吗？还学弟，研发又不是世袭制，难不成华中科技大学的毕业生都去做硬件。别闹，你好好看看，这个人明明更适合到我这边。"

"你说什么呢？这可不行。还有这个孙皓扬，我也要。"隋祖禹说。

"你没看到他名字有两个字和我一样，你要过去给自己添堵吗？"孙皓说。

"说什么呢？我喜欢的你都要，你怎么不去抢。"隋祖禹说。

"我没有这么霸道，这个李伟杰我不要，给你。"孙皓给隋祖禹推过去一个简历。

"你不要的就给我，那我也不要。"隋祖禹说。

"你这人怎么这么难伺候。"

"我说……"冯都都几次想要插话都没成功。

正巧穆言来研发区找隋祖禹，透过玻璃门看到办公位上的人都在朝一个方向张望，心中了然，孙皓肯定也在里面。

于是，穆言朝目光汇聚的地方走去，回忆起以前隋祖禹和郝仁相处的情景，原来两人关系好是真的，如果关系不好，应该像现在这样三天一小吵，五天一大吵，不动手都只是为了维持读书人的体面。

冯都都一看穆言来了，赶紧过来求助，穆言悄悄在冯都都耳边说："叫沈老来。"

不一会，沈同方就过来了，两人即使看对方再不顺眼，被老前辈这样玩味地盯着也会不好意思，于是立马消停了下来。

沈同方笑了笑，把简历从桌上拿走，坐在沙发上一张一张翻看。

"这堆简历是给研发所有团队的，你们应该也不好意思把挑剩的都给我老头子。这样吧，我来立个公平的规矩，我是长辈，肯定让着你们。你们先选，谁选中的谁拿走，要是你们同时选中就归我。当然了，应届生在试用期想要调整岗位，HR再兼顾岗位需求和个人意愿重新安排，我们不做阻拦。"

"行。"

"好。"

沈同方的方法果然奏效，两人理智了不少，虽然互相恶作剧了一两次，比如有的应届生即使不适合自己的领域，为了让对方落选也假意选择，不过很快两人就发现鹬蚌相争，渔翁得利，谁也没好处，全进了沈同方的团队。认清现实后，隋祖禹和孙皓总算安静地完成了团队的扩充。

应届生分组结束后，冯都都偷偷朝沈同方翘了翘大拇指才抱着材料离去。

隋祖禹看穆言还在，说道："没热闹看了，散了，散了。"

"我不是来看热闹的，有正事。今年耀华的出货量预计进全国前五，全球前十，国外知名技术媒体 Tech crush 的记者下周要来采访，你去比较合适，今天我拿到了记者的采访提纲，想和你先对一下。"穆言说道。

"哦哦哦，那我先看看。"隋祖禹说。

"你们有事我先走了，水煮鱼，记得打扮下，邋里邋遢，别把记者吓跑了。"孙皓说。

"差点忘记了，郝总叫你们俩下午两点去他办公室下。"穆言说。

"好。"

"行。"

下午两点，郝仁办公室。

"我收到消息，谷歌正在和中国移动洽谈在华销售 Android 系统的手机，据称汉化工作正在加快进行。由于我国对举办奥运会有 3G 网络承诺，3G 牌照大概率会在今年颁布。中国移动是谷歌手机开放联盟的初始会员，鉴于 Android 系统在网络服务方面的能力，中国移动一定会在 3G 时代主推 Android 系统的定制手机，我建议我们可以准备起来了。"

陈竞男说着，几个人同时看向孙皓。

"中国移动如此迫切可以理解，它是奥运会指定网络提供商，去年就开始在奥运城市建设 2G、3G 和 Wi-Fi 立体覆盖的网络，部署的 3G 是国产制式 TD-SCDMA，相比 SCDMA 和 CDMA2000 来说尚不成熟，那么 Android 免费和丰富的数据服务可能对它是一个很好的补充。"孙皓说道。

"我们的手机定制业务只为中国移动一家配置新的操作系统，成本会不会太大？"隋祖禹问。

"我不认为只有中国移动一家对 Android 有兴趣，中国电信应该也有兴趣，中国电信最近常提移动互联网服务，这正是 Android 的强项。而且，如果我们的手机最快适配好 Android 系统，海外还有大把的运营商等着我们，正如竞男姐说的，3G 初期，一定是运营商为主的销售市场。"孙皓说。

"谷歌现在才开始汉化，会不会在国内没有多少能使用的中文应用。"隋祖禹问。

"我注意到，谷歌推出软件商店后没多久，就已经有不少中国软件公司研发的应用出现，软件公司比我们有信心，我们没有什么好怕的。"

"那我们还等什么呢？开工吧。"隋祖禹说。

"对，先动起来。"孙皓应声。

"不是，今天你们俩怎么这么默契？"郝仁问。

"工作上的分歧最近一个月吵得差不多了。"隋祖禹说。

"那谁赢了？"郝仁问。

"不相上下。"隋祖禹说。

"不分伯仲。"孙皓说。

"真默契。"众人叹服。

"对了，竞男姐，你要尽快和中国移动沟通，说我们对 Android 定制手机有意向。"郝仁说道。

"好的，可能麻烦孙工和移动公司的 CTO（首席技术官 Chief Technology Officer）进行交流，和对方建立一下互信。"陈竞男说。

"没问题。"孙皓说。

"另外，孙皓你的技术方案要随时与隋祖禹和沈老沟通，让他们在硬件和芯片上和你打好配合。"郝仁说道。

"好，我一定会的。"孙皓说。

"穆言，你的营销团队要同步准备，我们需要一些针对新系统的可视化素材与客户沟通。"郝仁说。

"没问题。"穆言回答。

出了会议室，每个人都隐隐感到一个全新的阶段就要到来了。

人忙碌起来脚步就会变快，时间忙碌起来消逝得更快，转眼到了放假前的年会。

这是海外将士外派后齐齐回国的第一年，大家济济一堂，无比热闹，端着酒杯述说着异国他乡的故事。

陈虎拿着一只鸡腿，激动地对李子健说："你知道吗？我可想死这走地鸡了，在非洲根本吃不到这个味道。一开始我以为是因为鸡不好，于是我在院子养了鸡，每天追着鸡跑，帮它们锻炼身体，谁知道锻炼了一个多月，肉还是不好吃，离了中国，鸡怎么走都成不了走地鸡。"

何泰然在菲律宾待久了，整个人晒黑了一圈，还爱上了花衬衫，给大家一人带了一件，现场分发，当场试穿，把年会活脱脱搞成热带旅行团。

孔媚从新加坡回来，人变得更加时髦，一对巨形耳环，一身黑色套装，大晚上戴个墨镜，跟从电视走出来的女明星似的，被众人围着叫女神。孔媚欣然接受着赞美，微微一笑，给女士们一人分了一支正红色的口红，说这是最流行的烈焰红唇。

汤媛怀孕四个多月，已经有点显怀，但仍然为年会策划了重头戏。

酒足饭饱之后，在一阵激昂的音乐中，陈竞男站上舞台，说道："耀华出海已经有一年多，今天我们所有将士海外垦荒归来，想要向全体同事展示他们的收获，现在上成就展示板。"

一声令下，全部海外将士排队走向舞台，身后服务员推上来一面红色天鹅绒包裹的巨大面板。

只见陈虎接过话筒，从钱包拿出一张钞票用磁贴附在面板上，说道："这是尼日利亚货币奈拉，我们挣外币了。"

何泰然接过话筒，从口袋拿出一张钞票，说道："这是菲律宾货币比索，我们挣外币了。"

孔媚接过话筒，从皮夹拿出一张钞票。说道："这是新加坡货币新加坡元，我们挣外币了。"

"这是俄罗斯货币卢布，我们挣外币了。"

"这是欧元，我们挣外币了。"

"这是印度货币卢比，我们挣外币了。"

"这是马来西亚货币令吉……"
"这是阿联酋货币迪拉姆……"
……

天鹅绒的面板，贴满了花花绿绿的钞票，上面是各国民族所特有的面孔，环绕着大小不一的数字，在舞台上闪闪发光。

郝仁现在台下，看大家笑着笑着就落泪了，有种不真实的感觉，我们已经走这么远了吗？这只是一年而已呀。

第一百零四章　新年各家悲欢

春节放假前一个星期，穆言开始给郝仁家人准备礼物，今年是两人结婚后的第一个新年，穆言生怕哪里礼数不周。

穆言正一样样核对礼物清单，电话响了起来。

"小言，今年一起吃年夜饭吧。"

电话那头男人的声音让穆言既熟悉又陌生，十几年来穆言未从接过这样的邀请。

奶奶还在世的时候，穆言都是和奶奶一起守岁，过了除夕父母再交替着来给穆言送压岁钱。成年后，哪怕奶奶已经过世，穆言还是习惯回老宅，只是初一后例行给父母送去两份一模一样的年礼。父母都有了新的家庭和子女，穆言过年虽然孤独，但也知道强行融入不过徒增烦恼而已。

"可能不行，我去年结婚了，今年要和老公一起回公婆家。"穆言顿了顿说道。

"啊，小言你已经结婚了？为什么不告诉爸爸，我好给你准备婚礼。"对面的男人显然很吃惊。

"不用了，我们旅行结婚，不办婚礼。"

"带女婿回来看看。"

"下次吧，今年算了。"

"带回来给我和你妈看看，你妈身体最近有些不好。"

"这个……"

穆言不知道该怎么拒绝，想起不办婚礼给郝仁带来的麻烦心里就很内疚。但是，这也是穆言第一次从父亲口中不带负面语气地听到母亲名字。

"回来吧。"男人的语气变得更加恳切。

"我们商量下看看。"

挂了电话,穆言更加纠结,坐在沙发上愣神。这时候门厅有些动静,郝仁回来了。

"穆穆怎么了?"

"嗯,我爸叫我们回去过年。"

"那就回去呗。"

"可是,你都答应你爸妈要回去。"

"那就两边都去。"

"我心里并不想回苏州,但我爸第一次叫我,我都不知道怎么拒绝。要不然先去你家,初五后再去我家待一两天,碰个面就好。"

"不管怎样,他们都是你父母,我作为女婿,早就应该去拜访的,只待一两天太少了。"

"可你一年没回家,应该多待几天。"

"其实,这事不难办,我可以多批你几天假。"

"哟哟,官威可真大。"

"难得要一次,给点面子。"

"行,谢谢老板。"

……

春节假期一到,郝仁就带着穆言回了四川老家。

郝仁一家亲亲热热地迎接了小两口,穆言本以为郝母会对自己心怀芥蒂,于是处处小心谨慎,跟着忙前忙后。

郝母从郝父口中得知穆言的家庭情况,现在看她拘谨的样子觉得很心疼,像极了从小没有怎么受过关爱的小动物,任何一点温暖都想好好报答,生怕一着不慎就会失去。

此刻,全家人都在为年夜饭忙碌,男人们在院子里杀鸡劈柴,郝娴在水井边洗菜。厨房里,只有郝母和穆言两个人。

"穆言啊,妈给你道歉,妈思想太古旧,之前不够尊重你们年轻人的想法,给你们添堵了,你别介意。"

"妈,你别这么说,是我……"穆言觉得嗓子有些哽咽,竟没把话说全。

"孩子都是父母的宝贝，以后你也是咱家的宝贝了，在自己家别这么小心翼翼。"

"好的，妈。"

"来，尝个味。"

郝母用筷子挑起一小块粉蒸肉喂到穆言嘴边，穆言把肉含在嘴里细细咀嚼，想要把家的味道长长久久地留在口中。

"怎么样？还缺什么味？"

"好吃，啥也不缺。"

"那就好，起锅上菜。"

另一边，隋祖禹家今年的年夜饭格外喜气洋洋。汤媛怀孕哪也去不了，隋祖禹就把汤媛一家全接过来，加上自己父母、四个哥哥姐姐和六个小孩，一家人齐齐整整，年夜饭都摆了两大桌。

汤媛像个珍稀动物一样被照顾着，隋祖禹的嫂嫂和姐姐围着汤媛传授育儿经，隋祖禹在一旁用手机备忘录做笔记，专注劲不亚于搞开发。

"宫缩每分钟多少次是要生呢？"隋祖禹问。

"宫缩不是按照每分钟多少次计算，是看多少分钟宫缩一次，频率小于五分钟一次就是要生了。"隋祖禹二姐说道。

"现在还真是严谨，当年生你的时候，羊水破之前我还在店里算账。"隋母说道。

"妈，你也太不用心了，完全不顾我的死活啊。"隋祖禹说道。

"都生四个了，有什么好紧张的。"隋母理所应当地说。

"你要是多用点心，我还能再长聪明点。"隋祖禹说道。

"你还想怎么聪明？"隋母反问。

"大概不用了……"隋祖禹说道。

"他骄傲自满了，哈哈哈。"众人笑道。

初五过后，穆言和郝仁坐飞机前往苏州。当晚，两人提着礼物来到了穆言父母定好的酒楼包间。

因为天气原因，飞机有些晚点，郝仁和穆言推开包间门时，全部人已经到齐。

穆言的父亲已经50多岁，满面红光，头发乌黑，身着考究西装，看上去风度翩翩，像个成功的中年男人。穆言的母亲一身白色套装，脖颈一条优雅的珍珠项链，虽然眼角有些细纹，却依旧不败美人模样。两人挨着坐在主位，穆言甚少看到两人能够平静地坐在一起。

"爸妈，不好意思，飞机晚点，我们来迟了。"穆言一边说着，一边和郝仁把礼物递过去。

"真是的，要什么大牌，让我们干等了半小时。"

抱怨的是穆父身边一个年纪二十不到的女孩子，一身皮衣皮裤，两只耳朵打了四个耳洞，挂着一小串耳环。

"不好意思，我……"

穆言没说完，穆父就训斥道："等一下你姐怎么了，没事，坐吧。"

"她才不是我姐，我只有一个哥，我哥在家呢。"女孩撇嘴说道。

"你……"

穆父正要发作，穆母不耐烦地打断："算了，一人少说两句，也不看看场合，回自己家再耍威风。"

穆言和郝仁落座后，气氛又陷入沉寂。

"姐，吃菜，你应该好久没吃松鼠鳜鱼了吧。"穆母身边坐着一个眉清目秀的男孩，看起来十五六岁，穿着一件白色连帽卫衣，衬得满脸青春模样。

"好的，谢谢。"穆言向这个小自己一轮的男孩投去感激的目光。

"妈，你身体好点了吗？"穆言问道。

"没事，就是年纪大了，颈椎不太好，有时候会头晕，一直做着理疗，老毛病，不用担心。"穆母说。

"小言，给我们介绍下女婿吧。"穆父看气氛缓和赶紧说道。

穆言刚才被同父异母的妹妹呛声，都忘记了介绍郝仁，刚要开口，却被郝仁端起酒杯抢了先。

"爸，妈，我叫郝仁，是穆言的同事，早就应该来拜访了，因为工作拖到现在，实在抱歉，请爸妈原谅。"

"同事，工薪阶层啊，没想到你眼高于顶，找的男人一个不如一个。"女孩又不合时宜地说道。

"我姐夫至少是正经人，不像某些人，小小年纪学人家谈朋友，尽是些歪瓜裂枣。"穆母身边的男孩看不下去立时回应道。

"你就不能消停下吗？"穆父质问女孩道。

"你也少说几句，别一遇到就跟乌眼鸡似的。"穆母对男孩说道。

"我们都是普通人罢了。"穆言淡淡地回道。

郝仁真是哭笑不得，穆言不喜欢回家过年的原因不是显而易见吗？谁摊这么个家庭都不会喜欢的，郝仁甚至有点后悔，应该把穆言留自己老家，好过千里迢迢跑来吃这么一顿难以下咽的饭。

好不容易挨到饭吃完，郝仁牵着穆言从窒息的氛围中走出，散步回酒店。大过年的，有家的人都回家了，街道上冷冷清清的，沿途的路灯发出惨白的灯光，把两人身影拉得很长。

"你说两个小的吵吵闹闹，怎么你父母还把他们带出来呢？"郝仁问道。

"嗨，把他们带出来，还能撒撒气，不带出来，两人就该直接吵了，不是更不体面。再说，多带个人他们的伴侣才放心嘛，不然万一——家人氛围太好呢？"穆言苦笑着。

"唉，还真是一言难尽。好奇怪，我看你爸好眼熟，就是想不起来哪里见过。"

"我爸叫穆海英。"

"雅木服装集团的老总？"

"嗯。"

"真是家大业大困难大。"

"除了困难大，其他的和我有啥关系呢？"穆言说完两手一摊。

"唉，要不下次别回江苏了，破坏我们家穆穆心情。"

"回江苏也不都是不开心，奶奶的家就又美又温馨。"

"那我们明天就去。"

"好嘞。"

第二天，穆言和郝仁坐车前往同里古镇，这下郝仁才亲眼所见什么是小桥流水人家，古道粉墙黛瓦。整个小镇四面环水，房屋临水而建，处处青石古桥。如果穆言说她走过的桥比自己走过的路多，在这里绝对成立。

一到这里，穆言整个人的心情放飞一般，开心地领着郝仁到处逛。穆言博学，从五六千年的良渚文化，讲到明清陈去病故居，旁征博引得像个历史学家。

"我们同里有走三桥的习俗，三桥是太平桥、吉利桥和长庆桥，距离不远，刚才我们已经走过太平桥和吉利桥，现在我们站在长庆桥上了，走三桥可以驱邪避灾。"

穆言正给郝仁介绍同里习俗，站在一旁听了好久的本地老人突然插嘴道："走三桥还能求子呢。"

郝仁听了哈哈大笑，说道："我一直对穆老师深信不疑，没想到穆老师欺负外地人，讲解都偷工减料。"

穆言脸一红，啥也不说了。

郝仁扭头问老人家："老人家，走三桥怎么走？"

"按先后顺序走吉利桥、太平桥、长庆桥，绕行一周，不走回头路。"老人说道。

"穆老师，我们按顺序走一次。"

第一百零五章　免费午餐破局

春节过后，陈竞男多次联络，总算敲定了与移动客户的会谈时间。

挂了电话，陈竞男隐隐不安，本以为耀华终端的技术敏感和主动接洽会令移动用户动容，没想到客户只言片语之间却有点意兴阑珊。

陈竞男不知道哪里出了问题，只好找郝仁和孙皓商量。

"客户的 CTO 说确实有 Android 定制机开发规划，但具体还没有想清楚。"陈竞男说道。

"既然有了规划，就不可能没有想清楚，恐怕是有人捷足先登了。"郝仁说道。

"移动和耀华的客户关系一向良好，客户不可能对耀华的生产定制能力有所疑虑，最大的可能性是担忧系统能力。"孙皓说道。

"国产品牌的系统能力拉不开差距，所以这次的竞争对手是一个有实力的海外品牌。"陈竞男说道。

"大概率如此。"郝仁说道。

"会是谁呢？"陈竞男问。

"酷美投入 Symbian 系统的资金最多，从中获益最大，去年上市的新机搭乘 Symbian 系统已然成为机王，刷新了历史销售记录，正是收获期的酷美不可能改弦更张。MOT 以前是 Symbian 系统的一员，却一直被酷美压制，2005 年退出了 Symbian 阵营，现在是谷歌开发联盟的初始会员，我看最大可能是 MOT。"孙皓说道。

"我觉得不只是 MOT，CF 和爱达也有可能，这两家一直不是

Symbian 的大头，长期在 Windows 和 Symbian 之间反复横跳，也有自研系统，这个时候加入 Android 阵营不足为奇。"郝仁说道。

"如果是这样的话，我们胜算很低啊。"陈竞男说。

"没到最后不好轻易下结论，只是就目前的形势，我们需要想想如何扬长避短了。"

"看来我们的交流材料需要重构了。"孙皓说。

"还有一周，竞男姐再把情况摸清楚一点，我和你们一起去北京，一会出去的时候麻烦把你们的航班给下小陈。"郝仁说道。

"行。"陈竞男说道。

这一周，孙皓感到一种从未有过的压力，深夜一个人坐在电脑前，孙皓太阳穴周围的神经在不受控制地跳动，仿佛拧得过紧的发条随时都要反弹。

孙皓上一次有这样紧张的感觉，还是几年前放弃高考准备 SAT 入学考试，如果分数不足以申请好的美国大学，过去所有的努力将付诸东流，再回头，国内大学的门已经关闭。

不同的是，当时关系的是自己一个人的前程，而此时，影响的是一个公司重要产品的走向，郝仁竟也放心完全交托于他的手上。

一周后，三人坐上了前往北京的飞机。

"紧张了？"郝仁觉察出孙皓最近有一些憔悴。

"有一些。"孙皓坦言道。

"你一周内更新了十次材料，尽力了就好，心里不要有负担。"郝仁说。

"我只是不想辜负你的信任，这是我来耀华的第一战。"孙皓说。

"曾国藩有句话，凡成大事，人谋居半，天意居半。我们做满一半，剩下的一半交给命运。"郝仁说道。

"我还以为你会说人定胜天。"孙皓说。

"我们需要正视差距，而不是盲目的自信。"郝仁说。

"这倒是。"孙皓说道。

这个季节的北京春寒料峭，三人下了飞机，就有一股冷空气扑面而来，像不欢迎三人到来似的。

酒店放好行李，直奔中国移动总部大楼，三人出现在大堂的时候，距离会谈时间还有一小时。

郝仁正在休息区等候时，一个熟悉的身影从电梯中出来。

韩在舟，果然是CF公司吗？郝仁握着咖啡的手突然一滞，险些脱手。虽然早有预见，但失望从心底蔓延的感觉并不好受。

韩在舟看起来心情极好，边走边笑着在讲电话。看到郝仁，韩在舟毫不犹豫地按掉电话，大步朝休息区走过来。

"郝仁，耀华闻到味了？也想来分一杯羹？可惜晚了，我想你们没机会了。"

韩在舟俯视着坐在沙发上的郝仁，用一种高高在上的语气说道。

"韩代表的话我怎么听不懂呢？"

郝仁站起来，盯着韩在舟的眼睛说道，两人之间的距离不足半米，对峙的气场在两人周身徘徊。

"装傻大可不必，我倒是希望你们真傻，否则白跑一趟会不会哭出来？"韩在舟说道。

郝仁刚要说点什么，突然陈竞男的电话响起，对面才说了几句，陈竞男脸色一变，走到一边接电话去了。

韩在舟低头看了一眼自己擦得发亮的皮鞋，幽幽地说道："如果我是你，现在就可以回去了。"说完大步离去。

陈竞男回来了，说道："说移动客户要取消会谈，今天下午事情冲突了。"

"有说改什么时候吗？"郝仁问。

"没有，叫我们等着。"陈竞男说道。

"怎么会这样？"孙皓着急地问。

"别在这讨论，我们先回酒店。"郝仁说。

去酒店的出租车上，郝仁把窗户留着一条缝，一小股冷风吹进来，一团糨糊的脑袋渐渐捡回了些许清明。

CF应该是已经和移动达成了合作协议，因为是试点项目，并不需要太多的供应商参与，更不需要全国集采。

诚然，这个项目不是一个起量的项目，没有多少利润在里面，但是抢占先机就能为后面市场爆发积蓄能量，第一个拥有成功案例的厂商往往可以第一波收割市场份额。

回到酒店，郝仁的右手狠狠地给了左手一拳。

"我们还是太不敏感了，慢了点。"

"怪我，没有第一时间约到客户。"陈竞男懊恼地说道。

"怪我，花太多时间写材料。"孙皓说道。

"现在不是检讨的时候。竞男姐，再约约客户，见面三分情，至少我们要找到问题所在。"郝仁说道。

"好的。"

接下来的三天，移动的客户一直百般推辞。到了第四天，在陈竞男的恳切沟通后，客户总算同意见上一面。

三人火急火燎地赶到移动总部大楼，等了大约半小时，移动的业务代表孟冬青才露面。

孟冬青和郝仁也认识多年，看到三人风尘仆仆赶来，自己突然爽约，心里多少生出几分愧疚。

"我知道你们的来意，只是公司决定向 CF 采购 Android 定制机，抱歉。说实在的这只是个试点项目，量不大，以后有的是合作的机会。"

"我们尊重移动公司的决定，就是想了解一下选择的标准，我们可以相应地进行改进。"郝仁说道。

孟冬青仔细辨认郝仁的脸色，没有看出任何一点怨气，反而是很诚恳地请教，于是轻轻地叹了一口气。

"好吧，你们知道移动是奥运会指定的网络提供商，承诺在奥运期间提供 3G 服务。而奥运城市的 3G 网络设备提供商正是 CF，在 CF 协助建设的网络上使用 CF 的定制终端是件顺理成章的事。"

"确实是这个道理。但是如果 Android 真的能获得广泛应用，就不可能只是一个厂家生产，一个良好 3G 网络，应该让各厂商手机的语音和数据业务都能达到最优不是吗？"

郝仁的话让孟冬青一怔，怎么之前没有人想到呢。

"可是，对于一个新的系统，我们并不打算投入过多，现在预算已经用完，再引入几家也没有费用支付。"

"耀华只需要一个公平竞争的机会就可以了，我们想和移动联合开发 Android 定制机，在手机测试通过之前，不需要保量的订单。测试通过后，你们可以根据产品质量再做判断。"郝仁无比坚定地说。

"这个……"孟冬青迟疑了一会，说道："我回去和大家商量一下，虽然不需要费用，但联合开发还是需要投入人力。"

"我们等您消息。"郝仁说道，"但今天我们来除了联合开发定制机这一件事，还想向您介绍一位新同事，孙皓。他现在是耀华系统平台的负责人，他在美国 Openmind 带领过系统开发团队，Openmind 就是前不久被微软收购的那家潜力系统平台公司……"

郝仁浓墨重彩地介绍了孙皓后，孟冬青的兴趣被重新点燃。随后孙皓登场，从各个层面阐述耀华的 Android 定制机开发计划及功能特征，带着海归的光环，凭着专业的技术，彻底征服了孟冬青。

两天后，孟冬青答复三人，中国移动同意与耀华终端联合开发 Android 定制机。

这并不意外，谁会拒绝一份免费的午餐呢？

第一百零六章　想要的给不了

陈竞男出去接移动客户电话时，孙皓正一脸愁苦地拨弄碗里的面条，面条端上来半小时了，孙皓也不下筷，此时吸足了汤汁，膨胀成一大碗。

陈竞男一回来，对郝仁和孙皓比了个 OK 的手势。移动点头了，孙皓堵在食道口的气一下子没了，立马感到了肚子饿，稀里哗啦就把一碗面给吃下去，前后判若两人。

"你这心理素质差得惊人，一个免费业务还能担心成这样？"郝仁开玩笑地说道。

"唉，见笑了，我这不是怕出师不利丢了工作吗？"孙皓说道。

"不至于，不至于，顶多扣工资。"郝仁说道。

"早知道签合同时候要求加工资，这样工作可以多犯几次错。"孙皓说。

"你休想。"郝仁说。

既然决定要联合开发 Android 手机，孙皓就直接留在了北京，另外打电话叫自己团队的得力干将吴志勇马上过来帮忙，郝仁和陈竞男则直接回深圳。

第二天，孙皓和刚过来的吴志勇就到移动总部大楼上班去了，被人引进去后突然有点傻眼。

联合开发实验室，实际上就一间大点的会议室。孙皓一进去，就看到了 CF 公司的研发人员，他们人多势众，占了绝大部分的椅子。

在公司已经待了一段时间，孙皓从郝仁那了解到耀华和 CF 过去的恩恩怨怨。所以，当CF公司的研发人员对戴着耀华终端工作证的孙皓投来敌意的目光时，他完全安之若素，甚至还有些理解，毕竟郝仁的嘴多么能激发"斗志"，孙皓深有体会。

孙皓和吴志勇找了个边缘角落开始办公，门突然开了，进来了五六个背双肩包的人。孙皓瞥了一眼他们工作证，理想科技有限公司。

理想怎么会在这呢？孙皓给郝仁发了条短信过去。

郝仁秒回，移动真是精明。

孙皓想了想明白了，既然耀华为了市场愿意免费定制，不如再多问几家厂商，所谓货比三家。只是移动也太不讲究了，就这么直接把所有有竞争关系的厂商塞一个屋子里，难道不怕混乱吗？

孙皓扫了一眼，好在大家到目前为止只是用杀人的眼神交流，不然就他们两人，斗嘴动手都占不到便宜。

孙皓脑中的小剧场还没有演完，门又开了，只见孟冬青带着一个年轻工程师进来。孙皓还以为移动要好好和大家讨论一下新操作平台，没想到这个年轻工程师用一个小时陈述移动定制机的验证要求，以及接下来需要满足的时间节点就结束了。

"好了，今天的会就到这里，大家可以回去了，随时保持联系，记得在规定时间内寄送样机。"

孟冬青和年轻的工程师说完就离开了，会议室的其他人也开始收拾东西。孙皓疑惑了好一阵子，这算哪门子的联合研发，不就是直接采购嘛。

会议室人走得差不多了，孙皓和吴志勇往外走，然后和CF公司的几个工程师进了一部电梯。

CF公司这次来了两个韩国人，他们用英文在旁若无人地说话。

"中国本土企业就是一帮水果贩子，市面上需要什么水果，它们就包装什么水果。它们不是种水果的，更不是种优质品种水果的，他们懂什么开发，不就还得靠我们嘛。"

"正是如此，哈哈哈，半小时的联合工作组。"

"小孩过家家。"

……

孙皓和吴志勇如芒在背，CF公司的这几个人显然是没有打算瞒着他们，笑得很大声。

466 | 破浪时代 |

吴志勇是个脾气很直的年轻人，在客户公司不好发作，一出大门就想上前去理论。结果孙皓似乎从吴志勇涨红的脸上看出他的意图，一把拉住吴志勇朝另一个方向走。

"走吧，这边好打车。"孙皓说道。

"孙工，他们说的你都听到了，没见过这么侮辱人，侮辱客户的，在中国挣钱还想吃饭砸锅啊？"吴志勇愤怒地说道。

"那你上去能做啥呢？你上去发飙一句，他们嘲笑一句，一分钟过去了。你给他们讲中国企业也有专注开发的，他们叫你拿出证据，半小时过去了。你说什么领域中国行，他们又说什么领域中国不行，没完没了了。有这个功夫，方案都讨论几遍了，以前落后是因为错过了时间窗，现在我一分钟都不想浪费。"

"那我们就这么窝囊啊？"

"你去吵两句就不窝囊了？把自己产品做漂亮了，赢得市场份额，让他们为傲慢付出代价，这才叫不窝囊。"

"知道了。"

"走吧，回深圳，和你说话又浪费我五分钟。"

"那等车站着也是站着，说两句呗。"

"不想说。"

吴志勇无语，心想好你个孙皓，和隋祖禹整天在公司吵架，你不嫌浪费时间，现在等车你开始节约时间了。

回到深圳，孙皓把大致情况和郝仁说了下，郝仁听了不生气，反而笑得前仰后合，说真是上梁不正下梁歪，韩在舟的员工和他一个德行。

调整好了情绪，孙皓回自己的办公室去了，现在移动最大的难题是，Android 和 TD-SCDMA 都是新事物，如何能够融合带来良好的体验，没人能拍胸脯打包票，这将是孙皓接下来一年需要攻克的难关。

北京深圳折腾一圈，转眼到了周末，郝仁和穆言打算晚上去看一部刚上映的电影，正有说有笑地走出公司门口，一辆黑色的轿车迎面驶来，在两人的面前停下。

后排车窗缓缓降下，穆言的父亲穆海英端坐在里面。

"爸，你怎么来了。"穆言道。

"有事来深圳，上车吧，今晚我有空，和你们俩一起吃个饭。"穆父说道。

穆言看了一眼郝仁，郝仁会意地说："你们先去，饭店地址发给我，我把车开过去。"

"好。"

穆言应着上了后座，车朝市区开去。之前的春节假期，穆言千里迢迢回江苏一趟，也就和父母吃了一顿饭，场面没有半分温馨。后来穆父再叫穆言，穆言后怕就借口推辞了。

"小言，你结婚也不和我们商量，连女婿家里是什么情况还是我找人调查才知道，虽然郝仁也算有头有脸的青年才俊，但我穆海英嫁女儿怎么能这样冷冷清清过去了。"

"爸，你干吗找人调查郝仁。对我来说，冷冷清清才好，你们一大家子来了，就不是热热闹闹的问题，应该是吵吵闹闹了。"

"小言，我知道这些年委屈你了，爸想好好补偿一下，免得婆家看不起你。"

"爸，郝仁一家对我很好，我一点都不委屈，你别多心了。"

……

半个小时后，三人坐在一家高级日料店的包厢，周围很安静，连服务员走路都没有声音，悄无声息地把菜上齐就关门出去了。

"郝仁，小言是我的第一个孩子，是我的掌上明珠，你一定要对她好，你们有什么生活困难要告诉我。"穆父说道。

"我会的，爸。"

郝仁非常理解当父亲的心情，穆父没有把否则就找人揍自己的话说出来，已经是莫大的信任了。

"爸，我们没有困难。"穆言说道。

这时，穆父从包里拿出一张银行卡和一把车钥匙，推到穆言和郝仁的面前，说道："你们年轻人新潮，不办婚礼，但我做父亲的不能不表达点心意。"

郝仁正要拒绝，穆言已经不悦地把东西又推回给了穆父。

"爸，我们不需要这些，如果说有一样东西想从你这里得到，就是想要一点安静。爸你来看我，我很高兴，但不要给我任何东西，会打破我安静的生活。"

穆言想起每一次父亲给自己东西，就会有人找自己大吵大闹，小时候是一些玩具，长大后是车是房。那对比自己小的兄妹，生怕自己抢走了父亲的关爱和财产，那个父亲的现任妻子，生怕老公会回到过去，和前妻旧情复燃。

他们不知道的是，那些他们严防死守的东西，并不是穆言想要的，反而避之唯恐不及。

"你不用担心，爸给出去的东西就不想要回来，我给我女儿嫁妆，谁有意见。"穆父把东西又推回来。

"爸，你的心意我领了，东西还是算了，我怕麻烦。"穆言坚持地又推回去。

穆言的执拗没有人能说服，最终穆父把东西收了回去。

没有了旁人，这一顿饭吃得很愉快。穆海英在子女面前就是一个唠唠叨叨的老父亲，老是觉得穆言太瘦，一直夹菜到碗里，盯着吃掉才满意。

郝仁觉得，穆言今天是真的开心。

饭后，穆海英离去，郝仁和穆言则开车回了家，沙发坐了没多会，门铃响了，快递将一个有点凸起的信封送到穆言手上。

穆言打开一看，是一把钥匙和一封信。

小言，我就知道你一定会拒绝我的东西，但这把钥匙请你务必收下。

这是你7岁的那年，我在苏州买下的一栋小别墅。当时我就想，我的女儿一定不能远嫁，要离我近一点，有我在看谁敢欺负她。

后来我和你妈分开了，我们很抱歉没有给你一个完整的家。这套房子是我为你买的，这么多年一直没有卖掉，房子有点旧，我就一直找人打理着，去年重新装修了一次，现在看起来还很新。

我知道我和你妈家，你都不喜欢去，现在有个落脚处，万一你过年回来就不用住酒店了，大过年住酒店像什么话。

爱你的爸爸。

穆言看完眼眶红红的，郝仁从后面搂住她。

"这个留下吧。"

"好。"

穆言点头道。

第一百零七章　押宝奥运明星

距离北京奥运会还有五六个月，各赞助商已经开始造势宣传。

实际上，自从 2001 年萨马兰奇在莫斯科宣布北京拿到了奥运会的主办权后，国内外企业对奥运会的赞助工作就表现出了前所未有的热情。

原因无他，千禧年过后，谁还看不出中国市场的潜力。所谓广告一响，黄金万两，哪里还有比奥运会更万众瞩目的营销方式。能在最大的市场做最大的广告，这样的机会不说百年不遇，说十年不遇绝对不过分。

北京奥运会一共有二十家以上的赞助商，其中十家 TOP 赞助商，这里面共有两家手机厂商，正是孙皓前不久在北京遇到的 CF 和理想，其中 CF 还是奥运唯一指定的网络提供商。

玩起体育营销 CF 是老手了，2002 年一次性宣布赞助 2004 年雅典奥运会和 2008 年奥运会。

穆言办公室的电视里，CF 公司和奥委会正式签订了北京奥运会火炬接力全球合作伙伴合同。依照合同，CF 将获得选拔 1500 个火炬手，火炬接力标志使用权和火炬营销活动等权利。签约完毕后，CF 的全球体育事务及公共关系副总裁接受了央视记者的采访。

"CF 公司正是希望通过奥运火炬的接力，给普通人直接参与奥运的机会，来实践贡献全人类的哲学，这与 CF 公司的价值愿景非常符合，我们诚挚邀请广大体育爱好者积极参与。"

CF 财大气粗，接力赞助、无线网络业务提供和高科技展示中心等营销动作环环相扣，一套组合拳下来极大地提升了品牌价值和在中国的影响力。

穆言以前不是没有想过赞助，只是进行奥运会营销首先面临的是资金问题，国际奥委会为 TOP 赞助商设立的入门费逐年上涨。从 1984 年的洛杉矶奥运会的 400 万美元，涨到了 2008 年北京奥运会的 6500 万美元。

而企业抛出巨额赞助费之后，要保证传播效果至少还需要 3 到 5 倍的投入，这样算下来，两三亿美金就没了，这绝对不是几年前的耀华能够承受的。何况，郝仁这样的人只愿意在研发上做巨额投入，给穆言的营销投入一向是各项支出中最少的。

眼看着CF借助奥运的势头蒸蒸日上，超越了MOT坐上了全球第二的交椅，穆言心中很是烦恼。一方面是因为没有办法赶上家门口的红利，让外来者抢了风头。另一方面是因为CF初入中国市场和耀华合作不成后处处针对，让郝仁明里暗里受了不少气，使得穆言总按捺不住一颗想反击的心。

现在即使有钱也来不及赞助奥运会了，穆言想到了押宝运动员。奥运会就是一场造星运动，那些稚嫩的面孔，拼搏的身影，经过多年的淬炼，一朝竞技场夺冠就会天下闻名，成为全国乃至全世界的英雄。

赞助运动员显然比赞助运动会投资少，但风险无异于赌博，押对了人可以一本万利，押错了人一大笔费用就没声响了。

可比赛的事，谁能说得清。穆言看着手里的一叠运动员资料发愁，中国的强势项目已经所剩无几了，中国跳水队已经被一家日化企业独家赞助，中国射击队被理想独家赞助，中国乒乓球队被一家家电企业独家赞助。

郝仁正巧过来找穆言要点资料，看见一桌子的运动员照片。

"你在看什么呢？穆老师。"

"看耀华能不能赶上奥运的末班车。唉，说起来，郝总也有一定的责任，当初我提出赞助运动员，你一直犹豫，夺冠热门都没了，现在可以挑选的余地太小了。"

"你当初报上来的名单是跳水队、射击队、乒乓球队，都是我国强势项目，谁都知道一定会得奖牌，且不说价格高不可攀，就是夺冠了也在观众预期，我们很难获得额外的关注。"

"那怎么办才好呢？完全不参与了吗？"

"既然是赌博就押个赔率高的，我们往一些亟待突破的项目中挖一挖，看看世锦赛什么的成绩，万一有黑马呢？"

"不确定性太高了，我得好好分析一下再跟你汇报，这样做多少需要一些运气。"

"我们一定会好运的，我有预感。"

郝仁拿了资料出去后，穆言赶紧把营销数据分析员梁冰叫进来。

"梁冰，有个事麻烦你。"

"穆总，有事情你吩咐。"

"是这样的，你看我手上有一份中国运动员参赛名单，你能不能帮我写个程序，分析分析哪几个运动员最有可能成为黑马。"

"黑马？"

"对，我说的不是所有运动员的夺冠概率，而是这些项目本来过去夺冠概率不高，但是这届有运动员因为成绩突飞猛进而有可能夺冠。"

梁冰是个运动爱好者，平时非常喜欢游泳和羽毛球，各类比赛也很关注，所以穆言一说他就明白了。

"我明白了，你要找潜力股投资。我可以先把历史上出其不意的夺冠运动员的成绩曲线整理出来，进行数据建模。再把这次运动员近三年成绩的提高幅度，运动员有没有处罚记录和负面新闻，运动员背景等信息导入进去评分，你看行不行？"

"就是这个意思，你去忙吧。"

"好的。"

一周后，穆言信心满满地拿着一份报告给郝仁看。

"游泳一直是美国、英国和澳大利亚的强项，尤其是短距离的项目。你看这个游蝶泳的女孩子，只有19岁，两次夺得全国游泳锦标赛的冠军，虽然世界排名只有二十多，但看她每年的提升幅度远远超过其他人，很有希望。"

"确实不错，你是想要签约游泳队还是只签她一个人？"

"一个人，我想要从不同比赛项目挑选几匹黑马组成一个冉冉升起的新星队，就像年轻的耀华，从默默无闻到天下闻名。"

"穆老师的立意很高啊，还有谁你接着说。"

"还有这个体操运动员，他是队伍里最小的一位，在六位主力选手中最不起眼，但是我看过他以前的比赛视频，心理素质非常好，虽然他在去年世锦赛中排名只是第五，但教练把没有多少成绩纪录的他派出来肯定是当撒手锏用。"

"有道理。"

"还有这位拳击运动员，他很特别……"

确定完代言赞助的名单，穆言就开始出差联络合作事宜，由于这些运动员都还没有被别的品牌联络过，所以整个商谈环节十分顺利，价格也比较合理。

只是当穆言把挑选的名单递过去后，对方都有些不敢相信，怎么都是队里比赛经验较少的年轻人，耀华还真有点艺高人胆大的意思。

另一边，理想科技有限公司也在为奥运营销忙碌。同为 TOP 赞助商，理想虽然比不上 CF 公司的大手笔，但广告投放一刻也不能消停。在马旭峰看来，如果做不到世人皆知，就是浪费了这上亿的赞助费。

"马总，据可靠消息，耀华签约了五六个名不见经传的运动员做代言，不知道要干什么？"理想的公关总监刘一凯对坐在沙发上的马旭峰说道。

"耀华向来在营销上舍不得花钱，但奥运开到家门口，郝仁看我们和 CF 大张旗鼓地推广，应该有点眼红心热。"马旭峰不咸不淡地回答。

"这也太抠抠搜搜了，他们找的那群人网络上资料信息都不全，有什么声量呢？不像我们赞助射击队，传统优势，金牌如探囊取物。"

"也不要这么说，竞技比赛什么可能都有，万一人家耀华运气好呢？"

"他们也只能靠运气了。"

"行了，背后不说人。"

"马总我就是太直了，不打扰您，我先出去。"

"去吧。"

刘一凯走后，马旭峰看着耀华赞助的运动员名单，打开电脑搜索了一番，发现资料果然不全。耀华从哪里收罗出这些人呢？完全看不懂。

马旭峰隐隐感到，郝仁这个人和自己太不一样，看似稳扎稳打，有时候言行举止却有明显的赌徒心态，冷不丁还做出一些投入小受益大的项目，想一口吃成个胖子。就像当时和理想一起参加的 VOD 投标一样，明明高端档位没中标，非要用尽力气抢回来膈应别人。

马旭峰回顾自己从商的几十年，似乎没有做过风险超过 50％ 的事，如果风险过大就一定要事先排除，无论是人，还是别的什么。

第一百零八章　感谢对手助力

不仅马旭峰看不懂耀华的套路，行业内任何一个厂商都没有看懂。

一切代言手续办理完毕后，穆言召开了一个小型新闻发布会，正式宣布来自游泳、体操、拳击等五位年轻的奥运健儿成为耀华代言人。

由于正值紧张的备战期，几个运动员都没有办法出席，只来了一个体育总局的领导，从郝仁手中接过了刻有运动员名字的耀华手机。

这几个运动员目前还没有惊人的比赛纪录和固定的粉丝团，除了穆言邀请的几个媒体报道外，照理说这样的一场签约不会有太大的关注度。穆言心里预期不高，也没有做新闻推广。

结果，耀华代言人公布没有几天，就有几个科技行业和营销专业媒体发布了对耀华这次代言活动的批评文章。

《科技在线》指出耀华作为代工起家的手机厂商，完全不懂消费者，市场营销手段过于单一，以为体育营销就是找个运动员做代言就完事了。内部缺乏科学的代言人评估体系，外部缺乏媒体伙伴的推广，只能说一句钱舍不得花，名声也只会不声不响。

《市场营销》杂志则说和海外品牌成熟的营销体系相比，耀华明显像个懵懂无知的小学生。回顾耀华成立自有品牌以来，借势取巧居多，造势能力不足。总而言之，这场尴尬的新闻发布会表明，耀华需要学习的地方还很多。

《商报》直言看不懂耀华的策略，从来没有请过代言人的耀华居然不想一鸣惊人，反而把一场新闻发布做得悄无声息，实在不知所谓。

于是，一条本来冷冷清清没什么人关注的签约新闻，被这些媒体翻来覆去地批评，反而引起了普通人的关注，不少人开始为耀华鸣不平，在论坛上反驳这些媒体。

一条点赞最高的帖子这样写道，耀华是一个实实在在的国产品牌，我的第一台手机就是耀华T1，已经用了5年，一点毛病都没有。奇就奇在，这家公司明明产品质量这么好，却一直很低调。

别的手机品牌都请过歌星影星做代言，耀华的年报却显示，它自始至终把钱花在研发上，仅有的几次大型活动，都是公益性质，比如助农、助学、捐款等等。

这次奥运会在北京举行，耀华第一次破天荒地请了代言人，就因为代言人年轻居然引起了群嘲，我就问一句，哪个冠军不是从没有成绩到有成绩，年轻没资历就不配有代言吗？

最后，我想给这些媒体补补课，但凡关注过游泳、体操、拳击等这几个项目，就知道耀华请的这几个代言人是多么优秀，一定会在这次奥运会取得好成绩，期待打脸早日到来。

郝仁把这篇帖子指给穆言看，笑着说道："你看，我们的实力就是不允许我们低调，你本来打算后期发力，前期铺垫就好。结果，竞争对手一出手，就有这么多用户为我们辩驳，你晚点看看，这个声量可能比一些产品发布还要高。"

"你认定是竞争对手出手了?"穆言问。

"不确定,但是如果是竞争对手做的,那一定是个很蠢的竞争对手。"理想总裁办公室。

"蠢死了。"马旭峰把鼠标往地上一扔,飞出老远。

"对不起,我没有想到用户会是这样的反应。"理想公关总监刘一凯赶紧把鼠标捡回来,露出可怜兮兮的眼神。

马旭峰恢复了平静,语重心长地说:"小刘,你跟我这么多年怎么还不懂,一个小品牌,不怕负面评价,就怕没有评价,有了争议就有声量,有了声量就有销量。本来耀华代言人没什么人关注,你非要出来给人家添砖加瓦,我都不知道你图什么?"

"我这次草率了,以后一定不会再犯。"

"你出去吧。"

马旭峰感到,互联网的发展让普通用户有了更多的话语权,那个企业通过广告费影响媒体,引导舆论的时代一去不复返了。这个舞台终究变成消费者说了算,手下的这些蠢货却茫然无知,整天揣测自己的喜好,没有花半点心思去洞察消费者,真不知道以后还能搞出什么名堂来。

这一点,穆言和马旭峰不谋而合。当媒体无端批评耀华时,普通消费者站出来为耀华说话,竟然在网络上引起对耀华重研发轻营销策略的广泛讨论。

轻营销并没有冒犯到穆言,反而让她更深刻地体会到,好的营销绝对不是大手大脚地花钱,而是润物细无声地让用户感到品牌的诚意。穆言决定用更贴近用户的方式做这次的体育营销。

一个月后,耀华开始在全国各大省会城市举办全民健康跑的活动,结合本次奥运新增项目3000米障碍跑的赛制,专门在风景优美的路段,邀请市民一起参加。

3000米障碍赛起源于19世纪的英国,当初就是在野外进行,以树枝、河沟等作为主要障碍进行赛跑比赛,19世纪中才更换到跑道上。

耀华返璞归真,不以成绩论英雄,而是让市民犹如踏春一般,邀上三五好友,克服路上的障碍携手完成全程,感受运动的舒畅。

这个活动老少皆宜,参加的人数场场爆满,不少用户自发把活动照片发到网站上,又卷起一波热度。

深圳这场障碍跑，穆言将地址选在了梧桐山下，在郝仁的号召下，不少公司员工报名参加，连隋祖禹这种四体不勤的人也到了现场。

孙皓常年锻炼，尤其擅长长跑，这种活动不是耀华主办也会报名参加。今天孙皓早早来到现场，身着专业运动装备，头戴条纹发带，在起点做着热身运动，阳光的模样引起几个女性参赛者的注目。

不过，能让孙皓停下热身，露出笑容的人就只有顶着乱发，穿着格子短裤的隋祖禹了。

孙皓小跑着来到隋祖禹面前，没事找事地说道："哟，是不是穆言怕有参赛者成绩不好而难过，特别安排你今天来垫底的？"

"一大早没刷牙？口气这么大。"隋祖禹反驳道。

"好，敢不敢和我比？"孙皓挑衅道。

隋祖禹看了一眼孙皓紧致的小腿，心中有点迟疑。

"怕了吧！"孙皓继续加码挑衅。

"怕你个鬼，赢了怎么算？"隋祖禹说道。

"赢了算你厉害！"孙皓说道。

"切，那不比。"隋祖禹找到借口马上下台阶。

"输了我叫你大哥，赌一个月的饭！"孙皓不依不饶。

"成交，小弟。"隋祖禹对这个赌注很满意，决定拼了。

到场的人越来越多，裁判一声令下，比赛开始。隋祖禹一阵风似的冲了出去，孙皓则跟着慢慢跑起来。

郝仁在后面看到这一幕，不解地问在人群最后散步的沈同方。

"沈工，水煮鱼今天吃错药了？"

沈同方什么也不说，指指孙皓。

"他俩要比赛？"郝仁问。

"还下了赌注，谁赢谁是大哥。"沈同方憋着笑说。

郝仁看了一眼细胳膊细腿的隋祖禹，又看看浑身紧致肌肉的孙皓，遗憾地说道："完蛋了，隋祖禹又要多一个哥了。"

"哈哈哈，我也这么认为。"沈同方说道。

果然，隋祖禹在前一千米疯狂地跑，很快就耗尽了体力，扶着路上的障碍栏喘粗气。孙皓则不费吹灰之力地跑到他面前，嘲笑了几句继续前行。

隋祖禹又被气得跑起来，结果越跑和孙皓的差距越大，跑到两千米时，孙皓已经抵达了终点。等隋祖禹跑到终点的时候，孙皓已经和郝仁聊了好几个话题了。

孙皓给喘得说不上话的隋祖禹递过去一瓶水，然后站得笔直地说道："叫大哥吧！"

隋祖禹又急又气，说道："不叫行不行，多加一个月的饭。"

"不行，愿赌服输，饭不用你请，只要叫一声大哥。"

隋祖禹憋了半天，总算叫了一声大哥敷衍了事，尽管如此，孙皓一副大获全胜的模样，得意得吹起口哨。

隋祖禹腰酸背痛地回到家，满脸不高兴，躺在沙发上把自己争强好胜却惨遭打脸的经过告诉了汤媛。

汤媛快八个多月的身孕了，性子却不改平和，不但不责怪，反而轻轻摸着隋祖禹的脑袋安抚道："老公别气，等我生完孩子帮你报仇，孙皓的体力是练出来的，我可是天生的。"

第一百零九章　第一时间抢跑

在北京奥运会的强大光环里，各个手机厂商都使出了浑身解数，正式的赞助商以一副官方身份四处亮相，彰显多金实力，没钱赞助的厂商则各种蹭热度，想尽办法擦边球。总之就是训练场内运动员蓄势待发，训练场外厂商你争我抢。

就在这时，中国移动抛出了首期TD手机采购标书，公开招标3万部TD手机和1万部TD数据卡用于业务应用测试。在招标书中，中国移动要求参与竞标的产品必须能够获得信息产业部颁发的关于TD终端产品的入网许可证或相关入网许可批文。

这一消息突如其来，招标书发出前陈竞男一点风声都没听到，现在正急匆匆往郝仁办公室赶。

一进去，发现孙皓、隋祖禹、齐飞华和李子健已经在里面了，脸上凝重的表情说明他们已经知道消息了。

"这次有点棘手，投标书有效期为两个月，如果没有入网许可证这个前提条件，我们时间足够了。难就难在这个入网许可证的申请就需要一个月，加上各种性能测试和优化，正好需要两个月。也就是说，我们只有一次申请机会，失败了就不能参加这次投标。"

"只要 3 万台，数量不多，现在几个旗舰项目都在紧张期，值不值得抽调大量人力去投标？"李子健有点压力地问道。

"值得，"陈竞男非常肯定地回答，"如果成功申请，这可是中国第一批获得入网许可证的 3G 手机，移动的下一轮大规模集采，应该会优先从这里面挑选，毕竟用过更放心。"

"另外，3G 牌照一定会在最近发放，我们将有机会成为中国首批上市的 3G 手机中的一员。我想，首批通过入网测试的机型不会特别多，市场空间多大不用我说了。"郝仁说道。

"2G 时代我们因为入场晚才苦苦挣扎，3G 时代耀华一定要抢占先机，抓住这个弯道超车的机会。"隋祖禹说道。

"此前我们想尽办法提前开发 3G 手机，并与运营商合作定制机在海外销售，就是为了积累经验。虽然这次时间紧，但无论从运营商合作经验，还是产品市场反馈来说，我们其实是有优势的，毕竟很多企业还没真正规模上市的 3G 手机。"陈竞男说道。

"既然大家意见一致，那就去做。"郝仁说道。

"子健，飞华这边可能需要人力支持。"隋祖禹说道。

"我回去就办。"李子健说道。

"孙皓，你们和移动联合开发的 Android 系统有没有进展？这次要不要拿一台去申请入网许可？"郝仁问道。

"还不成熟，建议不要。"孙皓说完看看郝仁的神色，没有发现失望、不悦或是什么，于是接着说道，"虽然 Android 系统不能匆匆上马，但这次我可以提供一些移动的业务规划，可能对这次的招标有用。"

郝仁对孙皓说的既惊喜又疑惑，示意他继续说。

"我们都知道，3G 普及后，运营商原有的彩信、彩铃等 2G 增值业务会逐渐退出历史舞台，如何开拓新的盈利业务是运营商现在最着急的事。就目前沟通的信息来看，移动最重视手机电视，如果我们参与投标的手机在这方面表现突出，中标概率会提高。"孙皓说道。

"可以理解，奥运期间，手机观赛是刚性需求。"陈竞男说道。

"不仅仅如此，提供手机电视业务还能帮助移动实现从运营商单一业务像多媒体业务的转型，以数字媒体的身份从广告费中盈利。据我所知，中国移动手机电视业务将基于 CMMB 标准实现，其特点是可以在移动状态下，清晰地收听收看直播的广播电视节目。"孙皓说道。

"你从哪里获取到这么详细的信息?"隋祖禹吃惊地问。

"难道是上次去北京?"陈竞男问道。

"听我详细给你们解释。"孙皓说道。

原来,上次孙皓在北京与中国移动草草沟通后,回到深圳越想越不对。移动对 Android 这个新操作系统不熟悉可以理解,但绝不可能完全没有期待和规划,否则怎么会主动加入谷歌开发联盟。

在 3G 时代市场的主流不是大众化的通信,而是多样化、个性化、有特色的数据服务,这样的服务需要与终端紧密结合才能得到最好的体验,所以,运营商定制机的市场逐年增长,并且会在 3G 推广后真正爆发。

孙皓这么一想,判断应该是移动较中意参与建网的 CF,在耀华加入之前就已经详细交流过了,等耀华和理想加入后,对这两家国产品牌不抱希望,因此就没有再详细交代。

孙皓决定山不就我,我去就山,在陈竞男的牵线搭桥下,孙皓找到了当时宣讲的技术工程师,却在交流中无意间发现了移动客户内部的阻力与难题。

这个年轻的技术工程师名叫赵以拓,因为技术能力强,刚被提拔为新业务拓展部主任,也就是孟冬青的副手。所谓新官上任三把火,赵以拓写了一系列的方案准备大干一场,没想到刚想发力就被其他部门的老前辈泼了冷水。

老前辈好意提醒他不用瞎折腾,新业务培育没个三五年出不来,公司内部四年一轮岗,现在吭哧吭哧干,只是平白为他人作嫁衣,业务才盈利,他就该收东西给别人挪窝了。这让赵以拓着实苦恼,既不想尸位素餐,又不想徒劳无益。

孙皓知道内情后,就给了赵以拓两个建议,一是在任期内快速盈利,让别人来不及收割业绩,坐享其成。二是将业务的技术深度升级,让别人无从取代。第一个建议影响因素较多,而第二个建议虽然有难度,但是效果可控。

孙皓提出了移动业务与终端深度融合的方案,与之前只是外观、运营商排他等浅层次的定制相比,深入软硬件层次定制可以让运营商介入更深,工作变得复杂而难以替代,比如电信业务可以利用 Android 平台接入各种应用,终端针对这些应用进行硬件优化的技术方案。

赵以拓知道孙皓的本意是加上 Android 操作系统层面的合作,但也觉得这些建议是切实可行的，于是在权限范畴内，将自己的规划和孙皓进行了探讨，希望耀华能从终端层面给出更好的建议。

于是，几轮推心置腹下来，孙皓已经对客户的痛点，了然于胸。没想到 Android 系统手机还在开发中，这些信息在这次的 TD 3G 手机投标先派上了用场。

听完孙皓的讲述，郝仁喜出望外地说道："太好了，有了这么准确详细的信息，我们这次的投标希望很大，隋祖禹快组织安排一下，挑一些符合要求的手机送审。"

"好。"隋祖禹应道。

会后，隋祖禹的团队马上动起来，从目前已经通过测试的 TD 手机中，挑出能够支撑手机电视业务的几款，开始申请入网许可。由于是首批国产 3G 手机，信息产业部高度重视，亲自牵头，由下属电信研究院亲自测试。据了解几乎所有在国内销售的厂商都有参加，竞争激烈程度可想而知。

这一个月的等待让所有参与的厂商都感到无比漫长。终于在一个周一的清晨，电信研究院正式宣布，来自六个厂商的七款手机通过测试，成为首批获得入网许可证的 TD 手机，这六个厂商分别是理想、CF、高科、耀华、海盛、中音，其中只有耀华入围两款，其余厂商全是一款。

由于条件严苛，通过测试的手机数量不多，自此移动的 TD 手机招标一目了然，必定这六个厂商都有份。

拿到中标通知书的那一瞬间，郝仁心中生出了一种感慨，总算赶上了第一波，一直在后面追赶的感觉真不好受。

第一百一十章　忧虑从喜中生

和获得移动一万台出头的 TD 手机订单相比，耀华终端成为首批拥有 3G 入网许可的厂商可能更具里程碑的意义，这就意味着耀华从此刻开始就可以在国内进行 3G 手机销售了。

几乎在拿到入网许可证的同时，陈竞男就开始联络代理商进行渠道铺货，当陈竞男问及各代理要货量时，各代理表现出了极度的谨慎，报出了一个极小的进货数量。

在陈竞男与关系最好的金牌代理李东沟通时发现，虽然人人都知道3G牌照即将发放，然而有关部门酝酿已久的电信重组却迟迟未落下另一只靴子。TD这个国产制式会落入怎样的安排、地区网络情况、3G资费几何等都是未知数，除了少数有钱的弄潮儿喜欢尝鲜，大部分人还在观望。

基于此，陈竞男试图用国外的3G手机销售经验对几个大代理进行劝说，不过在风险面前，言辞显得苍白，最终只有李东将进货量上调。

线下代理这边走得不顺利，陈竞男正愁容满面，烦躁地轻点目前的渠道销售情况。办公室响起了敲门声，一声请进后，电商销售部的负责人，陈竞男曾经的副手徐敏走了进来。

"竞男姐，这次获得许可的3G手机能不能在电商首销？线上销售如今走量越来越大，能不能也给我们一些新机型，不要只让我们清库存和做促销。"

徐敏平时极为低调，总是一心埋头做事，默默解决问题，极少邀功请赏，没有求助绝不会跑到上级面前露面，让陈竞男一时之间都没有想到这个人。

看到徐敏主动请缨，陈竞男激动得一拍大腿，连连说道："快坐，我正等你来找我呢。"

徐敏一脸不信的表情，幽幽说道："竞男姐不大可能等我来，估计是一时间把电商模块忘记了，我上门毛遂自荐才想起来。"

"做大事不要在意这些细节，来来来，快说说你的想法。"

陈竞男想用一句话赶紧糊弄过去，好在徐敏也不是一个抓着不放的人。

"之前电商平台主要定义为旧机型的销售平台，这次我们想要发新机原因有二，一是电商平台的日趋完善，支持货到付款，无条件退货等政策，消费者对线上渠道的担忧逐渐降低，接受度越来越高。第二是线上的消费者年轻化，他们敢于尝试新事物，年纪稍大的消费者反而对全新的技术担忧较多。"

"是这么回事，看来这次确实适合电商打冲锋，你打算怎么搞？"

"我打算依托电商平台打出3G尝鲜购的口号来进行这次新手机销售，购买者可以获得店铺优惠券，在其他产品消费时使用。"

"和你说实话，这次线下代理要货不多，但即便如此也不能有价格差，伤害线下渠道，毕竟我们大部分产品走线下渠道。"

"这个我懂，所以我们发放的店铺优惠券并不能本次购买使用，线上线下价格完全一致。但至于优惠券，线下同样可以发放我们的优惠券，电商的产品都是线下不再售的，不会有竞争关系。"

"你倒是如意算盘打得响，还让线下给你引流。我商量下告诉你，或许有个同等价值的赠品也行。"

"等你消息。竞男姐要是没什么事，我先走了。"

徐敏走后，陈竞男就安排人和代理进行沟通。没想到因为电商的加入，激起了代理的竞争心态，唯恐落了下风，将要货量又提了提。对此，陈竞男十分满意，特别为表现积极的代理申请了销售达标的返点优惠，并承诺从营销侧给予流量支持，自此皆大欢喜。

耀华的 TD 3G 手机摆上柜台一周后，一个重磅消息从天而降。5 月 24 日下午，工业和信息化部、国家发展和改革委员会、财政部联合发布《关于深化电信体制改革的通告》。

根据公告，本次改组将原有的六家运营商进行合并，中国卫通基础电信业务并入中国电信，中国网通并入中国联通，中国铁通并入中国移动，组成三家拥有全国性网络资源、实力与规模相对接近、具有全业务经营能力和较强竞争力的市场竞争主体。这一变动将一改以往移动一家独大的局面，让三足鼎立的竞争形势。

在新闻发布会上，有关部门发言人表示在电信改革完成后，预计时间为半年后，正式发布 3G 牌照。

目前世界范围内共有三大 3G 标准，虽然发言人不曾宣布，但参照电信业重组方案，业界普遍认为最有可能的发牌方式是，中国移动采用 TD-SCDMA 标准、中国电信采用 CDMA2000 标准、新中国联通将采用 WCDMA 标准。

市场反应无比灵敏，当消费者确定了 3G 网络来临时间，加之电信重组三家运营商相互竞争，注定资费下调等利好消息，消费群体的欲望就被点燃了，最先拿到入网许可证的几家厂商变成了最大的受益者。

于是，这一消息公布当天，陈竞男就被代理的电话打爆了，纷纷要求追加订货。而耀华电商平台店铺一上线马上售空，亏得徐敏早有准备，备货量充足，并换上热销的产品页面，引得线下没有买到的用户纷纷拥进店铺下单。

电商平台发现了流量的拥入，为了方便客户查找，制作了3G首批机型专题页面，并附送了一批推广资源，险些让客服小二无法喘息。

外面热火朝天，总裁办公室里，郝仁丝毫没有为这点销售成绩喜悦，反而忧心忡忡地和隋祖禹议论电信重组所带来的影响。

"水煮鱼，以前几家运营商是术业有专攻，分别在固网、移动等不同方面各自拥有优势，我们只要伺候好移动一家巨无霸就可以了。这次电信重组让三家运营商拥有了全业务运营的机会，也就是说我们的超级客户一变三，研发的工作量会急剧增加，尤其是定制业务。"郝仁说道。

"是的，在全业务运营背景下，谁能在系统、业务层面搞好融合是基础，如何在此基础上创造更优质的业务才是取得市场优势的关键。差异化是回到起跑线竞争的三家运营商都必须思考的问题，否则就会陷入同质化价格竞争，对谁都是伤害。那么，回到手机厂商，为了配合运营商差异化的策略，我们需要做的定制内容越来越多了。"隋祖禹说道。

"这也是我今天找你的原因，但对于需求碎片化我也没有什么更好的方法解决，运营商渠道的销售份额占比越来越大，三个客户我们都不能失去。但如果我们所有的精力都在运营商上，会导致严重的依赖性，不利于产品创新。"

"只能走一步算一步，我这边整合开发平台，让每个定制功能尽可能地复用，提高研发效率。另外你看看能不能让竞男姐多多引导客户，不要对厂商开发介入过多，你想想日本运营商由于对手机厂商介入过多，导致开发流程延长，开发自主权极低。今年我可听说所有日本手机厂商都在亏损，可能会全面退出中国市场。"

"我明白，除了挣钱，我们还有其他使命。下来我和竞男姐沟通，不会全盘满足客户需求，至少要挣扎出一些自主创新的空间。"

两人正说着，突然隋祖禹的电话响了，是母亲打过来的。

"祖禹，快回来，你媳妇羊水破了，现在叫了救护车往医院赶。"

"啊，好的，我马上回来。"

隋祖禹一跃而起，激动地对电话喊起来，挂了电话，一边往外走，一边对郝仁说道："汤媛要生了，我请产假，工作已经交接给李子健和齐飞华，这个事我细想想，晚点再商量……"

郝仁听着隋祖禹着急远去的身影，嘟囔了一句："这个时候就不必给我交代工作了吧。"

隋祖禹匆匆赶到医院，汤媛已经进了待产房，外面站着母亲一个人，赶紧走上前问道："怎么样？"

"医生没说什么，就是一顿检查，说已经可以了，就把人推进去了，叫家属在这里等。"

结果这一等好几个小时过去了，中途转交过一次食物。隋祖禹一开始还坐得住，到后来等急了就在走廊焦灼地来回踱步，中间问过几次护士都只听到个等着。

半天过去了，一个护士出来说是胎儿缺氧，需要剖腹产，叫家属签字。隋祖禹吓得六神无主，拿笔的手不住颤抖，问会不会有事。

护士说不知道，拿着签字的纸就走了，吓得隋祖禹瘫坐在椅子上。还好这次只过了半小时，门突然打开了，几个人推着汤媛出来，她看起来疲惫极了。

"老婆辛苦了。"

隋祖禹赶紧迎上去，抓住汤媛的手跟着推床走。

这时，护士对隋祖禹说道，"恭喜恭喜，是个男孩。"

隋祖禹这才仔细看汤媛身边皱巴巴的小人，眉眼和自己一模一样，尤其是头上湿答答的胎毛。

"啊呀呀，不得了了，我做爸爸了。"隋祖禹喊道。

"傻乎乎的。"汤媛有气无力地说道。

第一百一十一章　打脸猝不及防

隋祖禹对工作的痴迷已经不能用工作狂来形容，自从 2002 年被郝仁忽悠进耀华，除了结婚几乎没有请过假，6 年的年假积累下来，足足有两个月之多。这次郝仁大笔一挥，一次性准了隋祖禹一个月的长假，让他好好在家学习当爹。

面对这个柔软得像棉花的小孩，隋祖禹像任何一个新手爸爸那样手足无措，不知道怎么样呵护他才好，大多数时间只好在母亲和汤媛身边团团转，想要上去帮忙又怕添乱。

一个月后，汤媛出了月子，郝仁和几个公司同事前来探望。

门铃响了几声后，大家被前来开门的隋祖禹震惊到。

"水煮鱼，是你媳妇儿坐月子，还是你坐月子，怎么胖这么多？"孙皓上下打量着隋祖禹说道。

"咳咳,做多了,汤媛吃不完我吃了,免得浪费。"隋祖禹不好意思地吸了一口气,让腰围暂时变小点。

"你家娃呢,抱出来让我们好好看看。"郝仁说道。

"你们快请坐,我进去看看,他没睡觉我就抱出来。"

隋祖禹转身进了屋,汤母切了一盘水果出来招待客人。

不一会,一家三口从卧室走了出来,家里的饮食想来不错,养得汤媛的皮肤白皙红润,越发动人。怀里的小人刚吃完奶,满足得眯着眼睛。

大家凑过去一看,活脱脱一个缩小了的隋祖禹。

"水煮鱼,你的基因太强大了。"郝仁叹道。

"是啊,是啊。"众人附和。

"取名字了吗?"穆言问。

"隋兀。"隋祖禹说道。

"哪个字?"孙皓问道。

"你们猜不到?"隋祖禹满脸得意地说道。

"旗开得胜的旗?西出岐山的岐?"齐飞华问。

"奇妙的奇,颀长的颀?"郝仁问。

"王字旁的琪,示字旁的祺?马字旁的骐?"孙皓问。

隋祖禹通通笑着摇头。

"别卖关子了,快揭晓答案吧!"郝仁说。

"像π的那个兀。"隋祖禹说。

"什么派?"众人问。

"莫非是那个π?"穆言疑惑地说。

"圆周率的那个π。"隋祖禹很高兴所有人都没猜到,愈发为自己的创意沾沾自喜。

"什么嘛,这么生僻,你儿子以后恨你。"孙皓说。

"你懂什么?一个无限可能又精彩奇妙的人生,谁不想要啊。"隋祖禹说道。

"这样说来还真是很有意思。"郝仁发现隋祖禹有了孩子后,连笑容都多了几分为人父的慈爱。

怀里的小人对这个名字很是满意,满意得在一群叔叔阿姨的吵闹声中睡着了,被汤媛抱回了卧室。

大家压低声音地热闹了起来。隋祖禹一开始还问问大家公司情况，很快就开始给大家科普如何照顾新生小孩。郝仁配合着问这问那，好像明天就要当爹。齐飞华听了一会，就忍不住把桌上婴儿的各种瓶瓶罐罐按照从小到大的顺序排列整齐。孙皓从包里往外掏礼物，什么音乐毯，什么故事机，都是从香港带来的新奇玩意。李子健来到厨房，开始帮隋母洗碗收拾，那熟练劲被隋母好一阵夸。

等到隋祖禹回到办公室，奥运会已经进入倒计时。

在隋祖禹休假的期间，齐飞华和李子健的团队在几个奥运城市辗转测试，利用这几个城市的3G网络将耀华手机的功能优化到最佳。

穆言牵头制作的奥运健儿诞生记纪录短片进入到剪辑后期。一个多月以来，穆言的拍摄团队前往几个代言人的家乡、体校和运动场等地，采访了运动员的老师、家人和朋友。在没有打扰运动员训练的情况下，完成了纪录片的大部分制作。

如果说历史的发展也有高光时刻，那么，2008年奥运会毫无疑问是中国让世人刮目相看的瞬间。

由于与运动员的代言合同，耀华终端获赠了少量门票。于是，郝仁和穆言等几人前往北京，当晚仰头看到代表奥运历史足迹的29个"巨人脚印"焰火，从北京城中心点上空出发，伴随着焰火绽放的轰鸣阵阵，一步步"走"向鸟巢。

郝仁突然觉得这几个大脚印像是一个大时代的隐喻，大开大合间又要重构整个世界秩序。

第二天奥运比赛项目正式开始，上午就有耀华代言人的200米蝶泳初赛，穆言坐在台上，拿着一张纸念念有词，一副虔诚的模样。

"穆老师怎么看起来比运动员还紧张？刚刚你是在求神吗？"坐一旁的郝仁不解地问道。

穆言扬了扬手里的这张新闻稿，说道："我这新闻能不能发，就看她了。"

"放轻松，这个小女孩才19岁，第一次参加奥运会，不比那些老将，状况外的事会多一些，不要抱有过高的期望。"郝仁说道。

"是你叫我搏一搏的，不然我就是有这个想法也不敢动手签合同。"穆言说道。

"即使没有夺冠也没关系，就算耀华为我国体育事业的发展尽一份力。再说，我觉得代言人和企业应当门当户对，耀华现在在爬坡期，我们的代言人才初出茅庐，从这个角度来说，耀华和代言人是彼此相配的。"

郝仁的说法并非没有依据，在明星代言对企业来说可能是个双刃剑，如果两者性质匹配，可以相辅相成。如果企业过度高攀，粉丝群体不一定会买单，毕竟谁会相信一个国际巨星会使用廉价产品。此前，娱乐媒体常爆出明星人前展示代言产品，转身立马扔进垃圾堆的新闻，逼得企业不得不在合同约定赔款。

"也是，即使不夺冠，我也可以从精神层面上解读的内容，现在准备的稿件都是 AB 版本，看成绩再决定发哪一版，总之不会叫这些代言费白花就是了。"

"你的安排向来严谨，我没有什么好担心，时间差不多了，我们看比赛吧。"

一声发令枪声后，一排身着泳衣的女运动员齐齐跃入水中，竞相往前游，健美的臂膀过后，两侧激起层层水花。比赛时间很短，运动员陆续在终点浮出水面，大口喘着粗气。很快成绩就出现在屏幕上，耀华的代言人以小组第一的身份出线，时间 2 分 7 秒。

200 米蝶泳复赛，耀华的代言人同样是小组第一。随后的半决赛，这个小姑娘似乎有些疲惫，成绩较前几日略有下降，虽然进入了决赛，但排名在第六名，如果没有奇迹发生，几乎与奖牌无缘了。

穆言看着小姑娘从游泳池里走出来，脸上没有半点沮丧，穆言把手机屏幕换成了这个代言人的照片，朝着运动员区一边左右摇晃，一边大喊加油。

下午的决赛奇迹却发生了，耀华的代言人从入水那一刻就一路领先，像一把利刃最尖端划破水面的平静，最后以 2 分 4 秒的成绩夺得了冠军，并打破了世界纪录。

穆言和郝仁从座位上一跃而起，激动地和周围的观众一起拉起中国健儿，勇夺冠军的横幅。

呐喊的间隙，穆言一条短信发了出去。几分钟后，耀华代言人夺冠的新闻在网络上飞速传播。与此同时，这位游泳奥运冠军的纪录短片开始在众多关注奥运的网友间流传。毕竟，这位冠军是首次参赛就打破世界纪录，过往的资料信息并不多，耀华的这条精心制作的纪录片正好满足了网友的好奇心。

赛后采访环节，当记者问现在的心情怎么样时，这个为耀华代言的小姑娘，俏皮地拿出印有自己名字的耀华手机给自己来了一张自拍，全程被摄像机录播了下来，身体力行地为耀华做起推广。

都说福无双至，祸不单行，连理想马旭峰都不敢相信耀华能够一箭三雕。在接下来的比赛，耀华的一名代言人夺得了体操三连冠，还有一名代言人夺得了 81 公斤级的拳击冠军。

耀华一下子就拥有了三名冠军代言人，连国外知名品牌 CF 都没有这样的代言人阵容。此前拼命攻击耀华的媒体忽然噤声，网上另一篇粉丝文章开始流传，上面的一句话被不少网友多次复制转载。

打脸总是猝不及防，不要去小看一个认真拼搏的运动员，也不要去诋毁一家认真研发的企业，他们虽然舍不得花钱做营销，却有别具一格的眼光。

第一百一十二章　暗藏危机隐患

2008 年北京奥运会在锣鼓喧天中结束，中国队狂揽 51 金，21 银，28 铜，共计 100 面奖牌，用 100 分的成绩为这次盛会画上了圆满的句号。

赛场上总是笑与泪的汇聚，有曾经的王者英雄折戟抱憾，就有初出茅庐的黑马涌现，让观众不由得感慨四年光阴足以让世界天翻地覆，不变的唯有江山代有才人出，一代新人换旧人。

赛场外的奥运营销成为一场狂欢，各赞助商可以说是使出浑身解数，唯恐落了下风。其中耀华以最低的代言支出将三个奥运冠军收入囊中，成为经典的体育营销案例。

为庆祝自家代言人夺冠，耀华搞起了签名限量版手机的销售，引得粉丝与用户跑到门店排队疯抢，再现了第一部耀华手机热销的场景。

在签名限量版的分货上，陈竞男对支持首批 3G 手机试水销售的代理商予以倾斜，并通过广告投放吸引客流。陈竞男试图向代理商释放一个信号，耀华不会忘记合作伙伴的每一次支持。

2008 年的上半年，奥运会给国内的经济注入了一剂强心针，各项指标极其亮眼，在国人看来，处处都是繁花似锦。夏天过去，这股蒸腾之气却未随暑气而散，变得越发浓烈。

然而一股危机在海外却已成蔓延之势。如果说这是一场蝴蝶效应，那么扇动第一下翅膀是一年多前的美国次贷危机，一开始对我国的影响只是对美出口增速下降，所有人都以为这是短期的市场波动，没太注意。直到发展势头一直很好的新兴国家也受到影响，经济增长减缓，进而导致我国对印度、东盟等地区出口放缓，这股寒流才渐渐被国人感知。

由于耀华没有在美国销售，起初大家都像饭后谈资一样看待这件事，加之奥运带来的国内销售上涨，没有人发现哪里不对。直到今天，陈竞男来找郝仁汇报前三季度的销售数据。

"郝总，我们前三季度的国内销售额较去年同期增长23%，利润增长31%，四季度我们有新品上市，还能再提拉一波销售，预计整体今年销售情况乐观。"陈竞男指着屏幕上的数字说道。

"整体？怎么没有提到海外的情况？"郝仁问。

"海外的前三季度销售报表没统计完，去年签订的几个运营商大单还在交货期。"陈竞男答道。

"竞男姐，你有没有觉得哪里不对？照往年已经开始各种投标了，今年海外运营商的集采却还没有动静，是不是延期了？"郝仁若有所思地问道。

陈竞男心中暗叫不好，一种不祥的预感从心底升起，这种感觉仿佛进考场前忘记了准考证，上战场前忘记了武器。近几个月国内的销售实在太火爆，以至于自己忘记关注一下海外市场的进度。

陈竞男突然想起不久前孔媚给自己发的几封邮件，上面说由美国次贷危机引发的全球金融震荡，已经造成新加坡大量企业倒闭，居民普遍对未来经济形势不看好，消费在紧缩。由于新加坡市场战略价值大于利润贡献，陈竞男对新加坡面临的销售额下降没有予以重视。现在经郝仁提醒，陈竞男发现运营商今年集采悄无声息地延迟了，海外市场正面临减产风险。

"郝总，我的疏忽，我回去核实一下再和你说。"陈竞男内疚地说道。

"好的，等你消息。"

陈竞男回到办公室，立刻召集各区域主管开会，不问不知道，一问形势比想象中的严峻许多。

根据主流运营商前三季度的报表显示，英国第一大电信，第三季度的净利润为9000万英镑，同比下降65%。VOD前三季度销售额同比下降70%，目前股票已经大幅度缩水，引得一众股东怨声载道。

为了增加利润，降低成本，一些海外运营商已经启动了裁员计划。VOD宣布全球裁员1.4万人，英国电信宣布裁员1.2万人，意大利电信宣布裁员4千人。

另一方面，消费者调研报告显示，消费者的换机周期在延长，消费意愿在下降。这也就是为什么几个月后就是黑五和圣诞节促销季，海外渠道还没有囤货计划，估计是打算先将库存消耗完。

这些情况着实让人触目惊心。

两周后，郝仁召开紧急会议，与各部门主管商谈应对危机的措施。

"我建议我们要谨慎支出，重新审视目前费用支出的合理性，对于不合理的支出，已经进行中的看看是否可以按合同中止或者缩减。还没有进行的立马取消预算，资金回冲到公司账户。"财经主管刘思方说道。

"从现在开始，现金流是第一位的。销售要重新审视合同，加快应收账款回流，对于新合同的签订，要对客户的资质严格审核，哪怕损失一点利润，账期要缩短，预付款要能覆盖住支出。"陈竞男说道。

"营销侧这边，我们会减少巨额广告支出，聚焦用户群体的经营，和媒体关系的维护，尽可能地从付费渠道转向免费渠道的营销。"

隋祖禹虽然还没有确切的计划，但也和大家站在一起表态道："研发会在近期盘点项目和人力，尽量整合节省开支。"

看到大家面对危机能够快速反应，郝仁心里的忧虑减了几分，又感氛围过于压抑，于是说道："公司目前的现金流状况还好，所以大家不要过于凝重。因为关起门来说话，我担心的事刚才就毫不保留地和大家表达了，但是希望大家千万不要在员工面前表露，以免引起恐慌。"

说到这里，每个人都调整起紧张的面部肌肉，试图让人看起来一如平常。

郝仁继续说："这些建议都很好，大家都是各个领域的专家，缩减开支上，我不能给你们个比例一刀切，这样可能触及核心项目，伤筋动骨。今天先不下结论，大家回去各自好好盘点，认真评估，把不必要的面子工程砍一砍，最后让思方拉出一张表，看看能节省多少费用。好了，今天先到这，散会吧。"

大家站起来转身要走，郝仁又说："隋工留一下。"

等大家都走了，房间只剩下隋祖禹和郝仁两个。

"你这边不用删减费用。"郝仁说道。

"什么？大家都勒紧了裤腰带，你要我继续大鱼大肉，我心里会不安的。"隋祖禹说道。

"你做好研发流程管控，减少无效开发，减少事故返工，就算大功一件了。"

"我一直在优化流程，但估计短期作用不大。"

"研发能力是科技公司的立身之本，砍啥也不能砍研发，这个不用争论了。"郝仁非常坚持地说。

"要不，我不砍人力，砍掉一些项目。比如说我们的自有系统，现在孙皓在用 Android 平台做耀华操作系统，既然你们都看好 Android 平台，我们自有系统是不是可以不做了？"隋祖禹说道。

"水煮鱼，你是不是傻了。虽然我们的自有系统和国外品牌成熟的系统相比，有很多不足的地方，但它是火种，有它在手上，我们才能放心地使用别人的系统。"郝仁说道。

"可是，这也要做，那也要做，摊子铺得太大，除了经费吃紧，精力上也有所不济。"

隋祖禹不仅一次提到摊子太大的问题，只不过郝仁都以为隋祖禹是想扩充人力，现在才明白隋祖禹是因为无法聚焦在产品规划上而痛苦。

"要不把自有系统也给孙皓，他可以用 Android 系统能力反哺自有系统，而你也可以更聚焦产品上。"郝仁问道。

"对我来说当然好，问题这并没有在费用支出上有所节省，只是在功能上配合更紧而已，你到底是怎么打算的？"

"其他地方节省，就是为了使得研发不节省，照我说，这个时候更应该加大投入。"

"加大投入？"

隋祖禹迷惑了。

第一百一十三章　逆势网罗人才

研发很大一部分投入源自人力，郝仁加大研发投入的第一件事就是招人。隋祖禹走后，他一个电话把在西安出差的冯都都叫了回来。

冯都都飞机落地就急匆匆赶回公司，行李箱门口一扔，进了郝仁办公室。在了解了郝仁叫她赶回来的原因后，冯都都十分震惊。

"郝总，你确定吗？今年研发员工招聘要在原定名额上增加40%？"

"确定，怎么了？不好办？"

"办很好办，就是大家不看好明年的大环境，招聘比较谨慎。据可靠消息，现在几乎所有终端厂商都在缩减招聘名额，甚至不少有裁员计划。酷美今年的招聘名额下降30%，且社招几乎没有，全部是校招，目的就是为了换取政府应届生补贴和税收减免。MOT就更不用说了，招聘数量锐减不说，直接宣布在中国区裁员1000人，全球裁员6000人。CF今年刚坐上全球第二的交椅，倒是没有裁员计划，但也听说内部要求高管带头降薪。我们这个时候逆势扩招是不是有些不谨慎？"

冯都都着急忙慌地从已经下雪的北方赶回来，脱了羽绒服里面还有高领厚毛衣，话说了一会，热出一身汗。郝仁知道冯都都风风火火的性格，推过去一瓶矿泉水，示意她坐下歇会。

"正因为如此，所以才是我们扩招的好时机。"郝仁说道。

"这样吗？"

"你想，每年各高校最好的人才是不是被外企收割走了，我们给不错的薪水，拿情怀说事，有时候抵不过人家品牌响。今年外企缩减招聘还裁员，竞争者少了，正是我们储备人才的好时机。"

"说是这么说，但是郝总，经济不好耀华收入也会受到影响，人力支出可不小，尤其是高素质的人才。"

"我们不是单纯地增加招聘人数，而是在调整招聘结构的基础上扩招，营销、销售、行政的人员可以相应地减少，让给研发，特别是核心岗位，适当冗余配置都可以。与此同时，招聘的人才质量要相应提高，校招聚焦重点理工院校，社招从芯片公司、系统公司、硬件公司多寻找，进行公司技能补强。"郝仁说道。

"缩减营销的人力，穆总会不会有意见？"

冯都都这句话问得很小心，郝仁结婚虽然没有在公司公开，但是身为人事主管的冯都都拥有所有公司成员的资料，所以郝仁与穆言的婚姻关系她是知道的。

"所有公司高管与公司共度时艰，穆老师也不例外，她很深明大义的，你不要这样看穆老师，她不是一个容易生气的人。"郝仁笑着说道。

"我懂，我懂。"

"言归正传，你和研发各部门主管好好讨论下具体的招聘岗位，记住一定要严格把关，按照公司未来的规划部署下去，这事很重要，每周向我汇报进展。"

"好的。"

冯都都带着郝仁的指示回去琢磨了几天，随后就一一找到了研发三巨头，隋祖禹，孙皓和沈同方。

沈同方心里为郝仁的魄力叫好，于是把几个芯片大厂的名单给了冯都都，并详细指点了冯都都各个大厂的核心岗位，叫她重点关注。

冯都都也是一点就透，各种渠道打听到了这些企业的人事变动和裁员计划，打算伺机而动。

事情比所有人想象的还要严重，美国次贷危机不断加深，最终在2008年年底演变成为百年一遇的国际金融危机。风暴过后，美欧日经济陷入深度衰退，发展中国家经济普遍遇到较大困难，国际需求迅速萎缩，中国进出口总额从11月开始急转直下，国内以出口为导向的企业开始裁员，各大科技企业也不例外。

被裁的员工不得不面对现实，重新找工作，经济不景气的时候工作并不好找，降职降薪也未必能找到合适岗位。于是，有的人在网络上发泄怨气，有的人跑到公司门口举起横幅抗议。

这时候，在一些知名科技企业所在的办公园区出现了神奇的一幕。领到离职补偿金的研发员工径直从原公司办公楼走出，转个路口就齐齐走进附近的一家咖啡厅。

这家咖啡厅有两层楼，全部被耀华包下。冯都都打听到这里有几家研发三巨头的意向公司，果断地将招聘会搬到了这里。

很快，简历雪片般飞来，很多以往完全不可能考虑耀华这样民营企业的优秀人才都被网入麾下。

沈同方今天下午3点过来做面试官，一进咖啡厅，就看到郝仁在和两个面试者闲聊。

"欢迎两位加入耀华，两位在智能终端开发领域有丰富的经验，希望在今后的日子在耀华能有很好的发展。"郝仁说道。

"郝总，应该是我感谢耀华给予面试机会。说句实话，今天我走进来时心情很忐忑，就怕面不上。我有一个同事做软件开发的，一个月前被裁，到现在都没找到工作，都已经打算去开出租了。我喜欢做开发，宁愿薪资低一点也想继续做下去。"

说话的人是一个不到三十岁的年轻男子，名叫祁川，原来在 MOT 做硬件工程师。这几年 MOT 的市场份额在下降，新出的几款产品都没有热销，这次遇上经济危机，为了节约成本，MOT 直接关闭了在中国的研发中心。

在郝仁看来，瘦死的骆驼比马大，MOT 如今虽然没落但终究当过王者，它的全球运作体系、市场销售策略、产品开发机制、甚至是人才培养计划都值得耀华学习。

"不要这样说，我们唯才是用，只要是金子，就能在耀华找到用武之地。你的同事如果还没找到地方，可以推荐他来面试看看。"郝仁说道。

"我已经通知他了。"祁川说道。

"郝总，我有一个不情之请，我离职前是做软件开发的，但实际上我在操作系统领域经验丰富，Symbian 系统的很多优化工作就是我之前的团队做的。我在原公司一直想要调动，但部门之间壁垒太深，没有成功。不知道在耀华能不能让我从事操作系统方面工作。"

祁川旁边的男子叫邓庆阳，高个微胖，头发稀疏，在酷美工作有六年了，绩效一直很优秀。外企工资略高于民营企业，但升职比较困难，部门主管一般从国外空降，中国人机会不多，只是没想到中国人升职机会不大，裁员却是首当其冲。一周前，邓庆阳就领了 N + 2 的赔偿办理了离职手续。

"那是当然，在耀华主管不得阻拦员工内部调动，你不相信的话，待会我让人事总监过来给你打包票。"郝仁笑着说。

隋祖禹刚送走一个面试者，说话说得口干舌燥，就走到前台来再拿一杯咖啡。隋祖禹拿了咖啡，扭头就看到郝仁几个在那边说说笑笑，气不打一处来，大步走过来瞪着郝仁。

"好家伙，你们给我排了一整天的面试，上午三个下午四个，聊得我头晕脑涨，结果你在这里悠闲地喝咖啡。"

"水煮鱼，你自己的人总得自己面试吧，我不能替你做主，再说我也没闲着，正和通过你面试的新同事探讨业务。"郝仁说道。

在旁边站了半天的沈同方唯恐天下不乱，走过去对隋祖禹说："我都听到了，他谈业务是真的，只是把你通过的做软件的人探讨到孙皓那边去了。"

"你……"隋祖禹气得词穷。

"沈工你这是干啥?"郝仁对沈同方很无奈,越老越小说的就是他了。

"耀华果然非常和谐。"祁川对邓庆阳说道。

"看出来了。"邓庆阳附和道。

几个人愉快地聊了一会,直到冯都都过来把隋祖禹和沈同方叫走面试,祁川和邓庆阳也离开去签约了,顿时只剩下郝仁一个人。

郝仁没有被安排面试,就在咖啡厅四处走走转转。前来面试的人络绎不绝,和郝仁擦身而过,郝仁脑海中莫名想起杜甫的一句诗,安得广厦千万间,大庇天下寒士俱欢颜。

可惜耀华没有广厦千万间,也只能从众多人中挑选佼佼者加入,真要大庇天下有才之士,耀华的规模还得再上几个台阶,至少要把产品卖到全世界,至少要成为真正全球前三的品牌。

郝仁知道,只有足够强大,才有底气说出网罗天下英才的话。

第一百一十四章　左膀右臂龃龉

耀华公司最近是冰火两重天,一边是耀华终端在大张旗鼓招揽人才,弄得行业内人尽皆知。一边是耀华技术的代工业务遭遇前所未有的危机,有点难以维系。

耀华技术的销售主管刘达喜一根接一根地抽烟,弄得整个办公室烟雾缭绕。从去年开始,刘达喜体检时发现肺部有了阴影,便在医生指导下开始戒烟。一年多来,刘达喜没有敢再触碰香烟,今天看着眼前这堆坏消息,他实在憋不住了。

面前的电脑屏幕上,赫然一个紧急的红色感叹号,这样的邮件最近一个月刘达喜已经收到第四封,不用猜,一定是撤单通知。

这并没有什么好震惊的,打开电视新闻一看,拥有32万人口的冰岛已经濒临破产,正寻求借债40亿欧元以渡过难关。连一个国家都顶不住金融风暴,他一个企业的销售主管又怎么可能力挽狂澜呢?

新闻评论冰岛的下场是因为金融业的过度扩张,导致其虚拟经济规模超过了实体经济,无力支撑经济增长。刘达喜却想,风暴到来之时,实体经济一样冲击迅猛,消费者都没钱或者没胆消费了,机器转动生产出来的商品卖给谁。所以自己才会在年底促销季前夕收到这么多撤单,客户们宁愿赔违约金也要撤单，可见现在只是个开始，后面还有得熬。

刘达喜看着手下盘点的订单情况，照这样下去，明年的销售可能只有今年的三分之一，这个情况比1998年的亚洲金融风暴要严重得多。可恶的是，他这边手下的人都快养不起了，郝仁还在到处收罗其他公司裁掉的人，都不知道他怎么想的。

刘达喜把烟屁股狠狠地按在烟灰缸里，想要证明自己处理眼前的危机像捏死蚂蚁一样简单。然后起身，抖抖外套上的烟灰，朝赵扬的办公室走去。

赵扬最近一直浅眠，披着件夹克闭目养神，他看起来很疲惫，皮肤像失了釉色的瓷器，有点暗淡。看到刘达喜敲门进来，抬起手无力地指指沙发，示意他坐下。

"赵总，情况不太乐观，这个月已经有四个客户撤单，都是海外客户，有一个还是耀华排名前三的重点客户，这是我接手耀华全球销售以来头一遭，心里内疚得很，怀疑自己可能管不了全球业务，辜负了你的信任。"刘达喜说道。

"达喜，当年你把中国区销售做得增长数倍，我就知道你能把全球业务也做起来，交给你我没什么后悔的。现在是形势使然，并非全是你的过错。"赵扬说道。

"赵总，如今公司代工业务海外市场的占比早已经超过国内业务许多，这次经济危机，耀华受到的冲击很大。我们的订单都备料生产了，客户却违约不要了，我现在是一点办法都没有。"刘达喜说道。

"达喜，这个时候所有厂家都一样，我们只能上下齐心，同甘共苦，尽量节省开支，挺到下一次市场爆发。"赵扬把手放在刘达喜的肩上，让他感到一些力量。

"赵总，这里的同甘共苦是所有人吗？"刘达喜意有所指地问。

"当然，你有话直说。"

"最近赵总有没有听到外面一些风声，说各企业都在裁员节省开支，耀华终端反而大势招兵买马，扩充人力，给出的价格还不低，所有人都趋之若鹜。"

如果是以往，赵扬也不喜欢听刘达喜说这些搬弄是非的话，尤其是针对郝仁的。但是今时不同往日，公司现金流确实一日紧似一日，即便耀华终端这些年挣不少钱，那也不能乱花，总要想办法照顾下兄弟部门吧。"

赵扬二话不说，拿起电话让秘书通知郝仁过来一趟。

不多时，郝仁就过来了，一开门看见赵扬和刘达喜脸色不好，心里立刻提醒自己今天要谨言慎行。

"赵总，刘总。"

赵扬不含糊，直接把近期公司情况说了，并对他大肆意招聘的事提出了质疑。

"郝仁，我当初说过自有品牌的业务你可以独立决策，但现在形势严峻，你的那些野路子总该收敛收敛，至少和我商量下吧。"

郝仁听完才知道代工业务撤单量这么大，对赵扬的怒气也理解了几分。

"赵总，没有及时了解到公司困难是我疏忽了，但我扩大招聘并不是为了虚名或是别的什么，请赵总给我一个机会解释。"

赵扬意识到刚才话说得有点重，而郝仁的回答挑不出毛病，甚至笔直地站在一旁回答自己的质疑，于是脸色稍霁。

"坐下说。"

"赵总，你也知道我们这个行业的技术发展是有周期的，消费者换机也是一波一波的，错过了就只能捡漏了，现在国内3G马上发放牌照，攻下这个山头就能收获绝大部分的市场份额。"郝仁说道。

"你说的这个我们明白，但是市场还没有拿下，就盲目扩张会不会太过冒险？"刘达喜说道。

"我们不是游戏公司，少则几十人，多则几百人，做一个游戏出来，有市场就加人优化，没市场就减人维持。我们硬件公司每一个部件都要做好才能上市，而每一个部件都需要优秀人才做，这个行业最大的资产就是人才。我把优秀的人才收罗过来，就能吸收其他公司的优点，而其他公司裁员虽然暂时减少了支出，长期却可能因为人才流失而实力大减，这是我们超车的机会。"郝仁说道。

"你也知道是长期，超车的前提是要能顶过这波危机，公司都活不下去，超车有什么意义？你知不知道，现在客户取消了多少订单，万一明年还是这样，大家工资都发不出来。耀华终端一下花大钱做咨询，一下投资做芯片，哪次你不是来找赵总要钱。你每年假模假样地给各支持部门分奖金，可你拿走的钱更多……"

刘达喜越说越激动，一桩桩一件件，仿佛郝仁的罪过罄竹难书。

"明年，耀华技术的人力支出我来掏。"郝仁倏忽站起来，一字一顿地盯着刘达喜说道。

"好啊，不多要你的，不算外包员工，不算生产线工人，不算管理层，耀华技术正式职员5000人，年平均工资5万，这些年给你的支持，和你要2.5个亿不过分吧。"刘达喜站起来盯着郝仁冒火的眼睛，毫不示弱地回击。

"不过分，明年我给耀华技术3个亿。"郝仁说。

刘达喜刚要说话，赵扬站起来及时制止了两人的针锋相对。

"郝仁，你不要逞一时之勇，我给出去的钱没打算要回来，自有品牌我一定要做好。达喜，一个战壕的兄弟不要这么咄咄逼人，危机时分更要同舟共济。"赵扬边说，边抓住郝仁和刘达喜的手叠放在一起，用力握了握继续说道，"你们是我的左膀右臂，缺了谁都不行，你们不想我变成杨过吧，坐下来，我们心平气和地商谈接下来怎么办。"

三人总算又坐了下来，脸色恢复了平静，仿佛刚才的剑拔弩张从未出现过。

郝仁深吸一口气，说道："赵总，我说划拨耀华技术3个亿，是在预估明年终端业务盈利基础上做的判断，既是报答这些年耀华技术的输血，也是表达与大家共度时艰的决心，不可能子公司吃香喝辣，母公司喝西北风。

"但我觉得目前的当务之急还不是员工工资的问题，你看这么多的订单生产完发不出去，不仅成本收不回来，还浪费仓储费用，我们还是得想办法处理掉，我有两个建议不知道当不当说。"

"都什么时候了还当不当说，"赵扬说道。

"能不能盘点下撤单的产品，如果是通信类，比如路由器、数据卡、耳机等这类，就把贴牌换成耀华，我搭配手机卖套餐，或者当赠品，用我们的手机渠道把货消耗掉。这些东西单独虽然不好卖，但赠送却没有人拒绝，我与其降价促销，不如搭配销售。如果不是通信类产品，比如小家电，看看能不能让研发总监韦得利改下，让手机能够控制操作，包装出个智能升级家居产品，放在我们的线上渠道销售。"郝仁说道。

"这个主意好，就这么办，能回多少现金流算多少。"赵扬说道。

这时刘达喜仔细一想，郝仁说的确实是个不错的建议，至少给他减轻了不少销售压力。可就在刚才自己还给郝仁一顿责难,现在贴上去夸奖实在拉不下这块老脸,只好放低声音说道:"我回去马上安排,明天就给郝总一份清单。"

"刘总,你别担心,我让整个线上线下渠道帮你把这批货处理掉,如果好卖给你加订单提业绩。"郝仁不计前嫌地说道。

"一言为定。"刘达喜这下不想再撑面子,大大方方地说道。

"刚才那3亿刘总还要吗?"郝仁玩味地看着刘达喜,想知道他怎么下台。

"刚才那3亿郝总还给吗?"刘达喜说完大笑两声。

"哈哈哈",紧接着三人都笑了。

赵扬起身把披在身上的衣服拿下来,两只手伸进去穿好,这下就不是空荡荡的袖子,而是有力的左膀右臂了。

第一百一十五章　同心同德同行

郝仁从赵扬的办公室出来时,天色已晚,华灯初上。案头的工作堆积如山,如今还多了3个亿的约定,郝仁却突然什么都不想干了,下意识地走到地下一层,驱车回家。

半小时后,郝仁深陷在柔软的沙发里,一种浓浓的疲惫感,从心底蔓延开,控制了整个躯壳。

早上出门的时候忘记关严阳台门,这时裹着寒意的海风钻进来,让躺着的人身体和心里一样冰凉。郝仁懒得起来关门,只是把衣领子紧了紧,然后继续盯着天花板上的吊灯发呆。

郝仁不知道自己在郁闷什么。3亿虽多,并非完不成,经济不好,并非没有机会。为什么自己的胸口像被一只无形的大脚死死踩住,呼吸都觉得困难。

过了好久,穆言回来了,看到郝仁躺着一动不动,就知道他今天心情不好。于是赶紧把脚上的高跟鞋一踢,光着脚就走过来,屈身坐在沙发边的地毯上,用手按压着郝仁的太阳穴问道:"怎么了,谁惹我们郝总不开心了。"

郝仁不高兴就不想说话,唯独对穆言没辙。自己不说话,心思细腻的穆言就会胡思乱想,一胡思乱想就容易伤心,所以每次穆言问什么,郝仁都不太敢用没事敷衍。

"今天去赵总那,和刘达喜吵了一阵子,虽然最后问题暂时谈拢了,但回来了还是觉得胸闷不舒坦。"

"能和我详细说说吗?"

等郝仁一五一十地再现了当时的情景,这下换成穆言义愤填膺。

又是刘达喜,穆言知道刘达喜只要有机会就会找郝仁不痛快,但郝仁却甚少因为刘达喜不高兴,今天十有八九别的原因。

"你根本不在乎刘达喜的看法,是不是因为这次赵总没有站在你这边,所以心里很难受?"

"可能是因为这次形势很严峻,所以他着急了,以往他从来不会把我的行为往哗众取宠上解读,他应该了解我的为人。又或者是因为耀华终端独立运营,我向赵总汇报的机会少了,久而久之就没了以前那份默契。"

"赵总有赵总的难处,好在最终还是信任你的,但刘达喜那么膈应你,你何苦以德报怨帮他处理撤单。你以前没少帮他,但凡是个懂得感激的人,都不会处处和你作对。"

"唉,不仅仅是帮他,也是帮耀华,而且我知道刘达喜并不是一个心眼坏的人,只是过于傲慢而已。"

"心眼不坏?"穆言没想到郝仁会为刘达喜说话,很是疑惑。

"刘达喜以前也是大权在握的公司老总,后来公司开不下去,才被赵扬邀请过来。作为销售主管,刘达喜优点缺点都很突出。一方面,他不畏难,有魄力,为了拿单不顾一切,管理的团队纪律严明,目标明确,在工作中劲往一处使。另一方面,他刚愎自用,听不进去任何意见,做事武断,性格暴躁,不好相处,赵总费了好大一番劲才把他黏合进团队。所以不仅是我,其他领域的高管和刘达喜都有过冲突,只不过我没有像其他人那般敢怒不敢言。"

"你有这样的气度,终究是会更胜一筹的。"

"你老公当然大气,简直气吞万里如虎。"

"能吹牛皮说明好了,你肯定没吃饭,我去给你煮点水饺。"

郝仁倾诉完,心里舒服多了,肚子也知道饿了,坐起来看到穆言没穿鞋,摸摸一双脚冻得冰凉,赶紧用手给她捂暖。

"唉,怎么不知道穿鞋?"

"还不是因为你,在沙发上挺尸,门也不关。"

"我错了。"

"认错最快,死不悔改,我去煮饺子,你能吃几个?"

"8个呗。"

"行。"

穆言在厨房忙活,放松心情的郝仁站在一边喋喋不休。

"穆老师,你怎么不问我那3个亿的事?"

"你都说出去了,我问了有啥用,再说完不成你大不了赖账,赵总也不能拿你怎么样,还能气死刘达喜,一举两得。"

"你这个方法我很没面子啊。"

"我觉得做生意肯定不能讲面子。"

"穆老师,我感觉你很像个奸商。"

"再说一遍?"

……

第二天,郝仁拿到刘达喜送过来的清单,东西又多又杂,可见刘达喜这些年开拓市场有多努力,又有多没重点。

不一会,秘书陈安按照郝仁的要求,通知陈竞男、徐敏、韦得利、穆言和隋祖禹等相关人员过来开会。

陈竞男最先到,盯着长长的产品清单满脸问号。数据卡什么的至少与通信相关,陈竞男以前少量销售过,但儿童学习机、台灯、体重秤、取暖器、接线板这些杂七杂八的小家电和配件是怎么回事,连归类都困难。

"郝总,这是要开百货公司?你可为难死我了,我在卖场领域实在没有经验。"

"竞男姐,这事说来话长,等大家来了一起交代吧。"

不多时,全员到齐,郝仁隐去与刘达喜冲突的部分交代了前因后果,所有人都愣在了当场,一句话也说不出来,于是郝仁继续说道:

"现在耀华技术遇到前所未有的危机,大家手上的货品清单就是客户撤单而积压的货物,耀华技术和耀华终端同气连枝,当初耀华终端从耀华技术独立出来,就是为了将品牌和渠道牢牢掌握在自己手中,不受制于人。以前我们缺资金缺人力是耀华技术帮我们解决的,现在我们不帮忙谁帮忙,大家说呢。"

郝仁说完，大家沉默了许久。

"我坚决拥护郝总的决策，帮助耀华技术渡过难关，算我一份。"陈竞男咽下对刘达喜所有的不满，第一个表态支持郝仁。

"虽然我没有在耀华技术工作过，但既然是拥有同一个名字，皮之不存毛将焉附的道理我懂，支持郝仁。"隋祖禹听完郝仁的话，觉得并没有什么好选择的，想帮得帮，不想帮论理论情也得帮。

"我没有郝总的胸怀，我只是从来没有反对过郝总的决策，郝总说做，我没问题。"韦得利觉得自己回到了过去，天塌下来有郝仁顶着的时候。

"我没问题。"穆言知道得早，没有什么好多说的。

只有徐敏还在盯着清单细看，带着惊喜地咦了一声，和其他人苦不堪言地同意形成鲜明对比。

"怎么了？"郝仁问道。

"我觉得这些东西很适合电商平台啊。"徐敏说道。

"是的，我和赵总提的就是把这些普通的家电改造成手机的周边产品，以智能家居的名义销售，实在不行当赠品处理。"郝仁解释道。

"郝总，您的方案比我想的巧妙，我只是单纯从电商产品多样化的角度觉得合适。目前，我们的电商产品种类单一，只有手机一种。众所周知，手机产品客单价高，用户更换周期长，我们老用户的留存率其实较低。这就带来一个问题，我们获客成本很高，因为我们的客户以新客为主，而获取一个新客户的成本比维持一个老客户的成本高七倍。

"现在有了清单上低客单价的产品，比如数据线、存储卡、接线板、风扇、取暖器、台灯等，我们与客户的联系就更紧密了，如果搞起促销活动，拼单减满随随便便都可以卖出去的。

"正如口红经济说的那样，越是经济不景气的时候，人们没有钱进行购房、旅行等大额消费，就会想要买一些便宜的小东西改善生活，犒劳自己。"

徐敏说完，发现大家赞赏地看着自己，反而不好意思起来，连忙补充一句："一点个人看法，在各位大佬前卖弄了。"

"徐敏，说得好，你对线上销售的研究很透彻，说的都在点子上，积压产品销售的主流渠道就放你这里。"郝仁说道。

"好的，多谢郝总。"徐敏回答。

"补充一点,既然提到口红经济,既然是作为人们犒赏自己的礼物,一定要有一些特别惊喜的小功能,得利,祖禹,交给你们俩,好好琢磨一下。"郝仁说道。

"好。"韦得利说。

"没问题。"隋祖禹说。

"营销侧麻烦穆老师给予一定的支持,看看能不能花小钱,办大事。"郝仁说道。

"这个交给我。"穆言说道。

"竞男姐,拿着清单与代理渠道讨论下,规划出一些有竞争力的套餐,另外,代理商有时候也会采购礼品促销,和谁采购不是采购,告诉他们,我们的价格很有诚意。"郝仁说道。

"好的,郝总,我知道怎么做。"陈竞男说。

"线下套餐和赠品一定要和线上电商销售的货品不一致,不要让消费者有廉价感,觉得我们卖不掉的产品拿去送,两边的消费者感知都不好。"郝仁说道。

"我和徐敏会好好讨论区分的。"陈竞男说。

"说到区分,我倒是觉得不用所有产品都智能化,有的消费者不喜欢功能太多,觉得用不到。如果同一款产品在线上同时销售能与手机互联的智能款和普通款,买普通款的消费者看到智能款的价格觉得自己省了钱,而买智能款的消费者觉得自己加了一点点钱,就用上了和别人不一样的高科技产品,两边都觉得满意。"徐敏说道。

"我真是服了你了,把消费者的心理照顾得妥妥帖帖的。"陈竞男说道。

"徐敏确实是个人才啊。"郝仁说道。

"没错,今天开眼了。"韦得利说道。

"就按照徐敏说的行动吧。"

"收到。"

"收到。"

……

所有人精神饱满地接受着任务,而徐敏是其中最激动的一个。

今天徐敏特别高兴,长久以来,徐敏觉得自己和其他一众管理成员比起来,能力实在是不值一提,如果硬要找出一个与众不同的地方,可能就是对细节较真而已。自己能坐上电商主管的位置，靠的是运气和竞男姐的提携。

如此普通的自己却在此刻受到众人如此大的肯定，徐敏感觉整个人受宠若惊，唯有全力方能报答大家的信任。

第一百一十六章　被要的刘达喜

没有什么官宣，耀华手机周边产品和小家电悄无声息地上市了。对于这些单价不高的商品，穆言把少得可怜的营销经费用到了极致，请不起明星代言，就四下寻找隐藏在市井中追求生活品质的普通人，把他们招募过来免费试用产品，然后在网络上发表产品测评。

借助草根文化，消费者很快发现了耀华小家电的独特之处。功能还是原有功能，操作过程却基于消费者的使用习惯进行了调整。

就拿冬天取暖器来说，作用还是用来取暖，不同的是可以使用手机进行开关大小调节，这就让消费者免于起身去操作，甚至可以到家前就先打开，提高室内温度，离家忘记关闭电源，也能远程操作，可以保证住宅安全和避免浪费电量。

这样的小改动说不上什么创新，消费者站起来开关，或是细心一点就可以解决，但应了消费领域的那句话，懒惰就是消费力，但凡能让消费者省力的设计都会受到欢迎。

本来这样的功能只有新版本的耀华手机才能使用，由于太受欢迎，郝仁直接决定将这个软件包发在官网上，让其他手机品牌的用户下载安装，多了一道工序居然没有阻挡消费者的热情。

徐敏在商品定价上是个老手，这次采用了相对定价法，将价位定在比同类型产品略高15％的价位上。比如对方300元的商品，耀华打着智能家电的名字卖345元，45元不多不少，正好是目标消费者花了会有点心疼但又不会心疼很久的金额。大部分人心里一寻思，觉得花这样的小钱换取一个省力的功能很值得。

就这样，耀华终端在春节来临前夕抓紧销售这批积压的货物。2008年过完，财经一核算，耀华电商零售比原有大宗订单销售，利润上涨25％，抵消掉临时撤单而带来的仓储库存管理费用竟然还有不少盈余，这都是之前所有人想都不敢想的事。

不过，这毕竟是救急帮扶工作，郝仁看一切顺利就不再过问，让徐敏和陈竞男两人折腾去，因为另一个影响耀华终端核心产品的政策终于一锤定音了。

2009年1月7日，工业和信息化部正式向此前进行合并的三家移动通信运营商发放3G牌照。按照设计，中国移动将采取自主研发的TD-SCDMA技术标准，中国联通和中国电信则分别采取WCDMA和CDMA2000标准。由此，中国将成为唯一一个同时运营三种不同3G标准网络的国家。

比起在1999年3月芬兰发放的世界上第一张3G牌照，中国整整晚了近10年，但有时候就是来得早不如来得巧。在中国运营商完成重组，在中国自有制式已经成熟，在目前经济危机下，这三张3G牌照发放的意义实在过于重大。

至少对吃通信产品这碗饭的所有上下游企业，3G基础设施建设所撬动的资金都是抵御金融危机的救命钱。按照工业和信息化部的官方口径，3G牌照发放后，将形成一条包括3G网络建设、终端设备制造、运营服务、信息服务在内的通信产业链，对扩大内需、刺激经济产生重要作用，甚至有专家预测，近3年3G投资能拉动近2万亿元社会投资。

如此对社会经济有深远意义的政策一经发出，必然引来媒体的深度解读。今天，经济频道就特别将市场排名前三的国产终端公司负责人请进了演播厅，正是耀华的郝仁、理想的马旭峰和高科的宋朝栋。

照理说耀华如今已经坐上国产手机终端第一的位置，应该坐在采访席的中央。可经济频道的工作人员却将马旭峰名牌放在了中央，郝仁和宋朝栋分别坐两边，形成一个众星捧月之势。

原因就在于马旭峰在刚刚过去的一年，依托在电脑、手机、家电等领域的综合优势，上周获得了《福布斯》颁发的亚洲百强商人的称号，让理想生于中国的全球化企业形象愈发深入人心。所以今天自然是风头正盛的马旭峰坐了中心位置。

郝仁向来不在乎位次这种细枝末节，宋朝栋是本身坐不了中心位，无非就是挨着郝仁心理上亲近些，马旭峰则理所应当地坐了下来，看也没看身边的两人。

节目正式开始，主持人先与电视机前的观众朋友打了招呼，然后简略介绍了三位嘉宾，就直接切入话题。

"三位企业家都是终端领域的翘楚,我想问三位在3G牌照发放后对企业未来几年的发展策略会进行怎样的调整,请宋先生先发表。"

主持人有意将马旭峰放在最后压轴,所以示意宋朝栋先说。

"好的,感谢主持人。高科长期秉持以消费者为中心的理念,将消费者的需求融入企业发展的各个环节。3G牌照正式发放意味着中国的消费者已经做好迎接新技术的准备,高科要做的就是深入行业上下游,为中国消费者提供不输于任何国家的手机终端使用体验。"宋朝栋说道。

"好的,宋先生的发言让我感受到了高科的决心,那请问郝先生怎么看?"主持人引导道。

"谢谢主持人,耀华终端是一家年轻的科技公司,但在创始之初就开始了3G领域的探索,我们从2007年起在欧洲、东亚、东南亚等区域销售3G手机,并不断地优化产品,获得了各国消费者的一致好评。在国内,我们将继续秉持笨鸟先飞的策略,把消费者的需求放在心上。"郝仁说道。

"耀华是国产手机市场第一的品牌,郝先生却如此谦虚,真是太难得。最后请马先生发表高见。"

"理想在全球电子消费领域多年保持市场领先地位,一方面是建立了创新的商业模式、管理方法和企业文化,另一方面,是建立了全球化的团队。在接下来的日子,我们将用最创新的模式,用顶级的人才服务中国消费者。"马旭峰说道。

可能是觉得访谈过于和谐,主持人想要燃点火药味让节目更具观赏性。

"三位都是国内优秀的企业家,你们是怎样看待对方的成就?"

宋朝栋和郝仁越过中间的马旭峰相视一笑。

"我和郝仁从第一天认识就惺惺相惜,我很羡慕他身上的那股劲,永远胜券在握,不急不躁。马总是知名的企业家,也是前辈,很多值得我学习的地方。"宋朝栋说道。

"正如朝栋说的,我们是好兄弟,说出来可能你们不相信,我们几乎无话不谈。"郝仁说道。

"你们在商场遇到会手下留情吗?"主持人笑着问道。

"不会,尊重对手。"郝仁说。

"不会,用尽全力。"宋朝栋说。

"然后打败对方,哈哈哈。"两人忍不住笑了。

笑声刚落,主持人意识到马旭峰有点被冷落,于是问道:"他们都视你为前辈,你怎么评价他们两位?"

"两位是国内后起之秀中的代表,我本人很欣赏。但可能在工作中我更多地研究国外成熟品牌,加之理想和耀华、高科路子不同,对两家公司的评价说不到点子上。"马旭峰说道。

"理想是什么路子?"主持人感到马旭峰意有所指。

"一方面,理想坚持聚焦高科技产品,不会随意扩展产品系列,以免砸了招牌。另一方面,理想尊重合作伙伴,不会过分深入上下游,不抢他人饭碗。"

马旭峰这话前半句指向郝仁最近的小家电促销,后半句指向宋朝栋的显示屏投产,一句话就把两人给讽刺了一遍。

经济频道的主持人自然是对各大知名企业的背景都有所了解,一听就为马旭峰的弦外之音着急起来。主持人本来只是想有点火药味,不想直接擦枪走火,于是下意识地瞥了一眼郝仁和宋朝栋,两人似乎没有听懂,完全看不出什么情绪变化,但为了保险起见,主持人还是决定点到为止,直接结束访谈。

"虽然我还想再深入探讨手机行业的发展,无奈时间流逝得太快,今天的节目到这里已经接近尾声,感谢三位的参与,期待下次再见。"

出了演播厅,马旭峰直接离开,郝仁则和宋朝栋聊了十多分钟才分别。

由于演播厅在三楼,郝仁懒得等电梯,于是从安全出口进入,打算走楼梯下去。才下一层,就看到了两个熟悉的身影。

刘达喜,他怎么会在这?而且对面的人是马旭峰,他们怎么会认识?这两个人站在一起已经很奇怪了,还躲在楼梯间说话就更匪夷所思了,郝仁顿时迈不开步了。

"刘总,想不到你找我都找到这里了。"马旭峰不慌不忙地说道。

"马总,是你逼得我没办法,去公司找你你不露面,我就问一句话,为什么这个时候撤单?"刘达喜说道。

"这是公司决策,我也没办法,订金我们都不要了,并没有违反合同。"马旭峰说道。

"马总,做人要讲良心,我们只收了你一成订金,订单上的所有产品都已经生产完毕,这个时候取消订单我们损失很大。"刘达喜说道。

"做生意自然不能凭良心,而是凭合同,如果你觉得我们理想违约,那就去法院起诉,如果你没有别的问题,那我事情还多,先走一步。"说完,马旭峰推开楼梯间的门,走了出去。

刘达喜意识到自己是被人耍了,现在需要为对客户的过度承诺而付出额外的代价了。

第一百一十七章　抖落过往恩怨

刘达喜此时的心情没有一个词语能形容,他恨自己这么多年,除了年纪增长,其他都没有长进。

2007年初的时候,当理想公司开始进行年度采购招标时,刘达喜是不做他想的。理想和耀华终端有竞争关系,傻子都知道哪怕耀华技术的质量再好,价格再低,理想也不可能选耀华终端的母公司为其代工。毕竟,理想让渡给耀华技术的每一分利润,都可能在将来成为射向理想的箭矢。

然而,令刘达喜不解的是,马旭峰不仅遣人递来邀请函,还亲口对刘达喜说,商业合作靠的是合同和法律,只要是质量一流的供应商,理想内举不避亲,外举不避仇。

一开始,刘达喜还将信将疑,当打开理想招标书时,刘达喜悬着的心放了下来。所有需求产品清单都在耀华的基础能力范畴内,没有单独定制,不需要改进现有工艺,账期短,订金高。

刘达喜决定碰碰运气,没想到不费什么周折就中标了,而且去年的整个交付都异常顺利,钱货两清。当时刘达喜还感慨,大公司就是大公司,信誉无可挑剔。

2008年初,理想年度招标在同一时间开始,不同的是这次的投标企业资质要求得异常宽松,竞争对手突然多了一倍。

刘达喜何许人,到嘴的肥肉绝对不可能松口。于是,刘达喜在达标书上大笔一挥,承诺两个方案,一是降价10%,二是订金只要一成,账期可到明年,两者可择其一。

刘达喜当时还为自己的计策沾沾自喜,理想希望延长付款周期,刘达喜知道暗含风险,但又不想直接回绝,失了合作的诚意,就用价格优惠进行引导。两相对比之下，自然是总价便宜最好，理想一定会选方案一。

可万万没想到理想选了方案二，而刘达喜当时评估耀华技术现金流充裕，账期长点影响不大，于是就毫无疑虑地签下了合同。

一年后，经济危机影响扩大，又遇理想临时撤单，耀华技术仅得一成订金，损失惨重。

刘达喜现在明白马旭峰所说的公司决策就是他自己的决策，理想的撤单和海外企业的撤单不一样，理想今年年报利润不降反升，没有任何理由付不出尾款，唯一的答案就是马旭峰恶意为之，原因就是打耀华技术的牌，撒耀华终端的气。

还是自己太蠢了，刘达喜感到一阵胸闷，也顾不得形象，缓缓抓着扶手坐在满是灰尘的楼梯上。

郝仁在楼上目睹了整个过程，看到刘达喜这样落寞，不好当面戳破，转身想要推门离开。结果，楼梯间大门把手铰链疏于保养，进来推的时候没有声音，现在拉门立马发出一阵咯吱怪响，在安静的楼道里格外刺耳。

刘达喜听到动静，抬头往上看，正好与郝仁四目相对。

太尴尬了，郝仁心里想骂娘，但事已至此，不得不硬着头皮走下来，并排坐在刘达喜身边。

"好巧，我来这里接受个采访。"郝仁假装自然。

"刚才的对话都听到了吧？"此刻，刘达喜已经卸下过去尖锐如刺猬的铠甲，露出郝仁从未见过的脆弱。

"嗯。"

郝仁一时语塞，想要安慰两句，又想起刘达喜平日里嚣张跋扈的样子，软话是一个字都说不出口。想要袖手旁观，又觉得虽然刘达喜和自己素来不和，但那颗为公司谋发展的心自始至终没有改变过，这一点郝仁又很难去无视。各种情感交织在一起，在两人中间化作一阵久久的沉默。

"我承认我错了，我给公司带来损失，你说什么我都不会否认，我明天就去给赵总负荆请罪，然后辞职。"刘达喜半晌终于又开口道。

"说实话，我很想说全是你的错，居然会相信马旭峰的话，居然会被他的蝇头小利引入彀中，你的年纪比赵总还大，能匹配的却只有脾气大。"

这番话说得刘达喜的脸色一阵青一阵白，可郝仁看得出他在极力忍耐，于是继续说道，"但是，造成这样的失误，我可以评价你考虑不周，疏于防范，但我不能说你心思不纯，以权谋私，因为我知道你做决策的时候想的全是耀华能挣多少利润，不是你刘达喜能捞多少好处。"

刘达喜突然有点鼻酸，这些年别人对他的评价并非没听过，有人背地里骂得难听，有人希望他赶紧犯错下课。刘达喜不敢奢求别人去尝试了解自己，因为大部分人不是怕自己，就是恨自己。没想到到了这个时候最了解自己的人，竟然是这个长期看不顺眼的郝仁。

"唉，我以前不知道你能理解我，早知道就……"刘达喜抱歉地说道。

"早知道就去赵总那里夸我几句了，是吧？"郝仁看他说不下去，直接接过话头。

"嗯。"

"以后有的是机会赞美我，这事我也有一定的责任，毕竟是我先惹的马旭峰，你是被殃及的池鱼。这批订单都是什么，量有多大？"

"唉，这批货是只有通话功能的老人机，连短信都不能发，一共20万台，价值4000多万。"

"这个马旭峰，现在都进入数据流量时代，还下这么多的单一通话功能手机订单，摆明了坑我们耀华。"

"是我太不小心。"

"市场是多层次的，我们还有机会，你可别想捅了娄子就辞职跑路。走，回去一起想想办法。"

"唉，这又给你添麻烦。"

"一个公司的，先一致对外，什么仇什么怨以后再说。"

"行。"

"走。"

郝仁起身，对刘达喜伸出一只手，刘达喜犹豫了两秒钟，就握了过去，借力站了起来。

这时，郝仁看刘达喜的西裤一屁股灰，说道："刘总，下次咱不高兴换个地方坐成不，你看这一屁股灰。"

刘达喜赶紧拍拍身后，说道："你不也一样。"

"走了，抖落身后的尘土，继续前行的道路。"郝仁说道。

"这是谁说的名人名言？"刘达喜问。

"郝仁。"

"原来如此，哈哈哈。"

……

第二天上午，刘达喜和郝仁两人有说有笑地并肩往会议室走，这画面太魔幻了，路过的同事都瞬间忘了今夕何夕，怀疑太阳是不是从西边出来了。

会议室门打开，穆言、陈竞男、徐敏等人已经坐在里面，一看到刘达喜，几人心里同时回响起一个声音。

他来了，他来了，他带着麻烦向大家走过来了。

"今天我召集这个会，是因为现在有一批只有通话功能的老人机积压，想让大家集思广益一下，看看如何尽快消耗掉。"郝仁说道。

"不是只有通信产品配件和小家电积压吗？怎么又多了一批老人机？"陈竞男问道。

旧部下不留情面的质疑让刘达喜尴尬万分，正要解释，郝仁却先开了口。

"一切过往都成序章，不必纠结了，最重要的是当下如何实现销售，挽回损失。"

"耀华的产品定位是年轻、前沿、科技感，把产品扩展到老人机会不会与之背道而驰？而且老人机不好走电商渠道销售，毕竟大部分老年人没有网购习惯，我这边可能帮不上什么忙。"徐敏说道。

"是啊，我也担心对品牌有伤害，最后得不偿失。"陈竞男附和。

会议室里顿时安静了下来，大家心思各异。陈竞男看到刘达喜有点烦躁，对着屏幕发呆。徐敏不愿意接这个产品，怕打乱了现在的货品分类。郝仁看大家都很抵触想要调和，却又没有更好的办法，很是为难。

刘达喜站起来，满脸抱歉地说道："是我对不起大家，我自己回去想办法解决。"

"慢着，我有办法。"一直没说话的穆言开了口。

"什么办法？"刘达喜问。

"科技以人为本，我们在不断信息化的今天，需要停下来等等这些年华逝去的老人家。对他们来说，功能越多，使用困难越大，只有一个通话功能的手机操作最简单，价格最划算。我可以做一个有关亲情的营销活动，就以'不要让你的旧手机，成为他们的新手机'为主题，呼唤儿女与父母多多保持联系。"穆言说道。

"穆老师,这个主题我听了觉得很感动,让我想起我的父母也总是劝我们不要给他们买新手机,他们不会用,给个淘汰的手机就好了,实际上我们用久了的手机毛病很多,什么按键失灵,什么屏幕显示不清。作为子女,我们确实不应该忽略他们的需求。"徐敏说道。

"赞成穆老师的提议。"

"赞成。"

"全力支持。"

紧接着,大家就具体的问题又讨论了好一阵子,刘达喜今天前所未有的谦卑,让人挑不出一点毛病。而大家一旦沉浸在具体工作中,过往对于刘达喜的怨气很快烟消云散。

晚上,郝仁回到家对穆言说道:"穆老师,你真大气,今早要不是你出手相助,刘达喜当时就下不来台了。"

穆言却哼了一声,幽幽地说道:"那是你,你心胸宽广,不会计较,我可不是个大气的人,帮忙是为了你,恩怨可都记在心里呢,迟早要给刘达喜点颜色看看。"

"穆老师霸气,穆老师威武,我弱小无助,穆老师快来保护我。"

郝仁一边在沙发上撒娇打滚,一边朝在厨房榨果汁的穆言喊道。

| 第四卷 |
星夜兼程

第一百一十八章　榜单上见沉浮

冬季最能召唤人们的思乡之情，仿佛寒冷的天气需要浓浓的亲情取暖。这时，耀华的一条视频广告在春节来临前，彻底地将这种情愫推向了顶点。

广告中，一个独居老人走进一家手机修理店，希望老板帮忙修理手机。老板接过手机检查后，无奈地告知老人手机太旧，问题很多，建议他换一台手机。老人摇摇头，说这手机是女儿淘汰下来的，女儿在大城市打拼，为了买房非常不容易，自己知道手机不好用，但不想给女儿增加任何负担。

老板似有感触地说尽力一试，然后拿起手里的工具拆开手机后盖，修理了许久，告诉老人能开机了，只是键盘老化，只能将就用了。

镜头一转，到了春节假期，远方归来的女儿拿出一部耀华老人手机放在父亲手上，说："小时候你总把最好的东西给我，现在我也想把最好的给你，爸，用它随时和我在一起。"

整个广告片上的人物朴实无华，像每个人身边的大爷大妈，很有亲近感。而广告尾声，黑屏上打出一行字，不要让你的旧手机，成为父母的新手机。正是这句话让不少每逢佳节倍思亲的游子想起家中的父母，不由得潸然泪下。

在这样的情绪中，耀华老人机单一功能的缺点变成了操作简单的优点，299元的低廉价格也不会给消费者带来太大的经济负担，给了回乡不知道带什么礼物的儿女们一个很好的选择。

而此时一个好消息给了耀华好风凭借力的机会。

从 2009 年 1 月，为了拉动内需，优化城乡二元经济结构，改善农民生活，财政部、商务部、工业和信息化部联合宣布将在全国全面推广家电下乡，实施的时间统一暂定为 4 年，从 2009 年起，执行到 2013 年。

根据全国推广家电下乡工作部署，对农民购买彩电、冰箱（冰柜）、手机、洗衣机四类产品，按产品销售价格的 13% 给予财政补贴。对补贴产品设定最高限价，彩电不超过 2000 元，冰箱不超过 2500 元，洗衣机不超过 2000 元，手机不超过 1000 元。

初步估算，4 年下来政府将补贴 300 亿元，拉动农民消费家电 4.8 亿台，总计 9200 亿元。这一消息可谓是家电及手机厂商的福音，尤其是农村包围城市起家的耀华终端，大家都太了解农村消费者的需求了。

对于企业来说，农村市场最大的困难是三高一低，即高营销成本、高物流成本、高服务成本和低回报。如果企业处理不当，政府的补贴也未必能够合理覆盖农村市场销售的额外成本。

耀华此前依托合作伙伴，在农村建立了合理的渠道体系，以县网为核心，从县辐射到乡镇，从乡镇辐射到村，并建立了村级联络站，设立联络员直接销售到村，使农民不用出村就可以买到耀华。

除了销售，耀华的服务体系这些年不断地变革，在系统上实现了对于订单端到端的跟踪，并保障在销售地区的每一个大镇都有授权售后服务网点，这样既可以很好地为农村用户解决问题，也能及时向总部反馈产品问题。

鉴于这些优势，当其他企业还在紧急构建农村网络时，耀华已经将货铺设到县级市场了。

家电下乡的消息公布不久后，宋朝栋到江西的一个县城调研，在一家夫妻店看到了近十款耀华手机，惊讶地给郝仁打电话。

"郝仁，你猜我今天看见啥了？"

"啥？"

"我在江西一个小县城看到了你们的手机专柜，上面还有个横幅，家电下乡，价格好看。你们铺货太快了。"

"这还快，我们青海都已经有货了。你去农村调研吗？家电下乡四大类产品，你们一家就可以占据半壁江山，真是妥妥的实力加运气。"

"运气居多，现在彩电技术在更新换代，液晶技术我们还没有实现高端突破，在一二线城市和国外品牌竞争有些难度，这次家电下乡算是给我们一个缓冲期。"

"你看，你心心念念都是你的屏幕，手机不管了？"

"当然要管，不然跑来调研做什么。"

"加油，朝栋，新的一年到了，好的坏的都过去了。"

"是啊，又一年过去了，一起加油。"

耀华终端战略讨论会较往年有些不同，郝仁叫人安排了几辆大巴，把几个领域的高管、各国主管、核心骨干等拉到了远离市区的微澜海边度假村。

还没来得及欣赏海边的风景，大家已经齐齐整整地坐在大会议厅里，前方的屏幕上投影着郝仁今天想要分享的内容，权威分析师机构 IDC 所出具的 2008 年全球手机终端总结报告。

如果只能用一个词来形容 2008 年的手机市场，郝仁脱口便是高开低走。整个 2008 年上半年，全球手机市场一片荣景之姿，保持着 15% 的增长，无论是手机厂商还是分析师机构都持乐观的态度，等待所有人的都是意气风发的未来。

中国市场更是如此，奥运会带来的强烈荣誉感，3G 来临前夕的无限期待，都让人充满了追逐科技的消费欲望。

然而进入第三季度后却是风云变色，全球急遽转变为如同暴风雪般的寒冷，严重冲击到手机产业，手机厂商纷纷警报频传，并调降年度手机销售的预估数字。

事实证明各厂商的判断是准确的，2008 年全球手机出货量达 12 亿部，较 2007 年增加 6%，而第三季度出货 3.03 亿部，同比减少 5.1%，第四季度手机出货量为 3.15 亿部，同比减少 4.6%，创下近 6 年来新低水平。

郝仁解读完大盘数据，大家的神色有些凝重。接下来，陈竞男介绍今年各厂商的情况。

"全球排名第一依旧是酷美，拿下 37% 的市场份额，利润比去年仅仅增长 5%，为此，酷美对研发中心、销售中心和营销中心进行了重组，并相应地裁减人力，减少支出。

"CF 这家韩国公司，全球市场份额 17%，凭借着出色的工业设计稳固住了全球第二的位置，并在美国市场取代美国本土品牌 MOT 成为第一,这在以前几乎是不可能的。

"第三名同样是一家韩国公司,TCG,进入中国市场不过两年就取得了傲人的成绩。

"第四名就是 MOT,受产品规划失利和经济危机拖累的影响,MOT 第三四季度出现了 3 亿以上美金的亏损,虽然全年出货量依然巨大,但是几乎所有人都看出了 MOT 的颓势,这几乎是不可逆的。

"要特别注意的是,在中国市场,这四家国外品牌的份额已经达到了 70%,国产品牌可以说在经济危机的冲击下大面积溃败,顶住亏损的也只有我们和理想、高科三家。"

"风口之下,猪都能起飞,大潮落尽,才知谁在裸泳。越是在环境不好的时候,市场份额越会朝头部厂商聚集,而在下面的厂商就会被自然淘汰掉。大家观察所有厂商的出货量,低于 1000 万台的厂商今年都过得很不好,这是这个行业的门槛了,也是我们明年无论如何不能突破的底线了。"

"明白。"大家附和。

得到大家的回应,郝仁示意陈竞男继续。

"那说完了传统厂商,我来说下今年市场上的黑马。第一家就是 ACE,郝总年初去过这个品牌的发布会。ACE 凭借一款手机就取得了全球第八的地位,而且目前 ACE 还没有进入中国市场,如果进来这将会是一个非常可怕的对手。

"还有一家是排名第九的宏达,可能因为还没有进入大陆市场,所以在大家这认知度不高,但这家企业非常值得一提。宏达做代工起家,排名前四的品牌都和它合作过,这和我们非常像。从 2007 年开始,宏达开始创立独立品牌,并和微软战略合作,生产销售微软操作系统手机。去年 11 月的时候,宏达与谷歌合作,生产出了全世界第一款 Android 手机。在经济危机的市场环境下,这部手机光是预售就卖了 150 万部,几乎是一炮而红。"

说到这里,郝仁看了一眼孙皓,说道:"宏达和 CF 最值得我们学习的地方,就是对前沿技术的敏感,宏达是义无反顾地投入 Android 阵营,而 CF 则是试探,这一年销售的新产既有 Android 系统,又有微软的系统,还有 Symbian 系统,哪一种可能都不想错过。"

"是的,我会多加学习。"孙皓应道,没有多说,耀华 Android 的新机已经完成开发，进入测试阶段，预计年初就可以推出，到时候再给大家一个惊喜。

"那我们是要孤注一掷，还是要多加尝试。"隋祖禹问道。

"多加尝试，其实 CF 一直都有自己的系统，还建立了一个类似 Android 的联盟，不过起初几次产品开发都不理想，联盟会员就慢慢退出了。然而，CF 也没有放弃自有系统，而是把自有系统在其他生态产品上使用，等系统成熟后再做打算。我们也应当如此，即使采用第三方的操作系统，也要沉淀能力将自己的系统慢慢打磨。"郝仁说道。

"不会放弃的。"孙皓说道。

"嗯，不放弃。"隋祖禹也难得地附和了孙皓。

第一百一十九章　前浪后浪同行

战略讨论会整整开了两天，参会人员从往年的核心高管扩展到所有项目骨干。

近年来随着公司人员数量增多，郝仁意识到企业沟通效率已经不如创业初期，一条信息常常在上传下达的过程中变味扭曲，严重地影响到业务执行方向。所以，郝仁让所有的骨干成员一起参与公司战略的制定，在讨论中统一认识，统一行动。

经过两天大会和分组研讨，大家在明年的突破方向上基本达成了共识。产品研发上，不断地优化用户体验，紧跟科技潮流，杜绝墨守成规。技术布局上，不断在芯片、系统领域进行突破，并加大在自家产品上的使用规模。市场拓展上，国内依托 3G 建设和家电下乡的利好，用差异化的产品定位提高份额，在海外持续拓展新兴国家，对于受经济危机影响较大的国家，要深挖用户需求，并严控现金流风险。

第二天晚上，大会议程全部结束，进入到最受欢迎的晚宴环节。一年也只有这么一次，能让全球的将士齐齐整整地坐下来吃一顿饭。

一开始大家还能端坐在自己的位置用餐，三杯两盏下肚，不少人就开始在座席之间游走，敞开心扉地喝酒谈心。

汤媛产假还未归来，穆言成了今天晚宴的临时主持人，看大家酒足饭饱，便拎着长裙走上了舞台。

"2008 年是特别的一年，我们在奥运盛会上见证这个国家的辉煌，在经济危机里体味这个时代的艰难，我们迎来一波又一波的新技术，看着身边的竞争者登顶了，又没落了，然后迎来新的竞争者。我们在这个市场的波澜里起起伏伏，在内心里不断地坚定信念，找到前行的勇气。

"耀华经历大起大落，在市场上依然屹立不倒，依靠的是在一线打拼的将士，今天有一些特别的奖要给他们颁发。

"第一个奖项是小国大业奖，有请郝总上台为我们揭晓。"

郝仁走上舞台，接过话筒说道："获奖者是刘彬彬。"

台下人群中一个长着娃娃脸的白净男生茫然地看向郝仁，一脸难以置信。这怎么可能呢？自己从北京外国语学校乌克兰语专业毕业不到两年，仅仅在深圳待了半年就一个人前往乌克兰开拓市场，公司领导都没有认识全。公司怎么可能把这样重要的年度奖项颁给一个默默无闻的新人呢？

郝仁看刘彬彬愣在下面，一动不动，又重复了一遍："获奖者是刘彬彬，请上台领奖。"

认识刘彬彬的同事不多，不见人上台，就开始窃窃私语，问刘彬彬是谁，来了没有。刘彬彬回过神来，连忙上台与郝仁握手，不好意思地接过奖杯。

郝仁看到刘彬彬慌慌张张的样子忍不住笑出了声："大家一定很好奇，刘彬彬是谁？怎么以前完全没有听说过？今天我就给大家介绍一下乌克兰国家代表刘彬彬。

"大家不认识就对了，因为刘彬彬是一个人前往乌克兰开拓市场，没有同事，没有下属，一个人撑起所有角色，既是销售、又是营销、还是物流。说起来我都不相信，刘彬彬学语言出身，竟然对耀华产品能熟悉到部件级。有一次，一个乌克兰的客户给我发邮件，说我们的员工服务很专业，总是随叫随到，没有解决不了的产品问题。

"我记得年初他带着100万美金前往乌克兰，大家能猜猜年底他带回来多少吗？800万美金！并且带去的100万只花了一半，下面有请刘彬彬讲讲他是怎么用不到50万美金的支出撬动800万的销售额？"

刘彬彬回忆起自己在那个东欧小国，一个人工作，一个人生活，曾经在大雪纷飞的夜晚前往分销商家中送样机，恳求对方让耀华产品赶在黑五前上架。也曾经为了节省欧洲昂贵的人力支出，利用周末时间在卖场发传单，做导购。

本以为这些辛苦没人看到，没想到却被公司最高管理层牢牢记住，一时间百感交集，差点说不出话来。

"感谢郝总，感谢公司颁这个奖给我，大家都看出来了，我完全没想到，因为如果单从销售贡献来说，自己这几百万在大国几千万甚至上亿的销售额面前只是零头，完全不够看。

"郝总让我介绍经验，其实我没有什么好说的，因为我做的事情很简单，就是新员工培训手册上要求做的事，向经验丰富的渠道商学习，从他们那了解终端客户的需求，想尽办法向客户准确地传达我们的产品卖点，帮助客户解决问题。

"我是个新人，孤身在外，心理上总是战战兢兢，如履薄冰，就怕干不好不能帮公司挣到钱。我带来的预算，如果做电视广告可能几个月就花完了，于是我想了个省钱的笨办法，在卖场观察乌克兰消费者买东西的习惯，然后印刷了一批传单雇人在人流密集处发放，这可能是我今年花过最大的一次支出。

"最后还是要感谢公司，感谢郝总记住了我，一个新人。"

刘彬彬有些紧张，颤抖着把话筒还给郝仁，就一溜烟下了台。

"公司不会忘记每一个员工的付出，刘彬彬是一名敢闯敢拼的年轻人，正是他把公司的钱当作自己的钱一样节约，把公司的事业当作自己的事业来做，才能取得这样的成绩，配得上奖杯上的小国大业四个字。"

郝仁说完，台下响起热烈的掌声，已经有不少人举起酒杯敬这个年轻人。

"下一个颁发的奖项是精诚合作奖，还是请郝总为我们继续颁发。"

"这个奖项获奖者有两人，同时颁给中东非地区代表陈虎和英国国家代表的柳育才。"

在今年年初，英国国家代表柳育才在与总部位于伦敦的跨国运营商交流时，发现客户在非洲多个国家有音乐定制手机的需求，于是，柳育才及时把消息传递给了陈虎，两人一南一北打起配合，顺利地拿下了订单。

"能够顾全大局，为队友递武器，为队友喝彩，这是一种难能可贵的精神。"

柳育才和陈虎都是开朗的人，一听自己获奖了，两人勾肩搭背地一起上了台，并乱七八糟地胡诌了一堆，惹得全场的人都笑了。

"我是陈虎。感谢各位兄弟赏饭吃,各位大佬,以后对中东非区域,有钱的捧个钱场,没钱的捧个人场,大家吃香喝辣的时候一定要想起我这个第三世界的穷兄弟。"

郝仁听不下去,抢过话筒递给柳育才。

"陈虎兄弟说得对,我柳育才也是蚂蚱不嫌小,大象不嫌大,有好事多给英国传个信,我这边拿了单,绝对不亏待各位,好吃好喝地伺候着。"

"好了,好了,都下去吧。"郝仁不想把颁奖大会搞得像武林大会。

"下一个奖项是艰苦朴素奖。"穆言和郝仁配合默契,赶紧把这对活宝赶下去,就怕他们话痨起来讲一晚上。

"获奖者是印度国家代表孙强。众所周知,印度市场虽然人口众多,却是难耕的盐碱地。印度消费者极度价格敏感,将进入印度市场的厂商利润拉低到极致,而我们的代表孙强却用产品魅力取得消费者的青睐……"

这一晚上颁发了十多个奖项,这些奖项里都蕴含着郝仁想要向大家传达的价值导向,那就是在耀华每一个岗位都能创造价值,不必花时间去计较,去争强所谓的肥差,做好手里的事就能有所成就。

由于明天是周末,大家肆无忌惮地一直热闹到深夜12点。等所有人都离去,郝仁和穆言两人出了宴会厅沿着海边走走,醒醒酒。

"我们的海外队伍真年轻,好几个国家代表都是学校一毕业就单枪匹马到海外去开拓市场,也难为你放心。"穆言说道。

"这也是没有办法的事,中国企业中有全球拓展经验的屈指可数,即使有也是人家公司的中流砥柱,未必愿意来耀华,我是矮个里拔高个,硬选出来的。"郝仁说道。

"但效果不错,你看这些年轻人短短一两年就打拼出成绩来了。"穆言说道。

"新人有新人的好处,做事没有顾虑,经验不足就用时间来弥补,大家都很聪明,成长得很快。"郝仁说道。

"你听,海浪声好大,一下一下拍打岸边。"穆言说道。

"你是不是暗示我说,后浪推前浪,我被拍死在沙滩上了?"郝仁问道。

"我是说,风浪好大,冷死了,我要回去了,留你在这里喝西北风。"

穆言说完，直接丢下郝仁朝前跑了。

"穆老师，你……"

第一百二十章　现代企业良药

年会过后，转眼到了春节假期，大家归心似箭，互道了声春节快乐就鸟兽散了。

郝仁照例带着穆言回四川老家，一家人团聚其乐融融，除了当父母催促两人要小孩时，气氛变得有些尴尬。对于这件人生大事，郝仁很期待，特别是隋祖禹有了小孩后整天炫耀，让郝仁也忍不住好奇起来，自己的小孩是男是女？长得什么模样？

而穆言正沉醉在工作带来的成就感中，为了耀华业务再上一个台阶，不知疲倦地给自己增加工作量。这个时候让她暂时放弃工作回家生孩子，郝仁无论如何都开不了口，只得不顾父母期待的眼神，东拉西扯地搪塞过去。最终，郝父郝母骂了两句瓜娃子，还是放过了小两口。

随着手机的普及，看春晚，放鞭炮，中国人大年三十约定俗成的三件套中，拜年短信最为火爆。一晚上，郝仁的手机都在响个不停，大多数人都是群发些网上搜索的祝福词，什么金牛贺岁，欢乐祥瑞，什么金牛祈福，阖家幸福之类。郝仁大多看过置之不理，直到收到一条来自房产中介方美如的短信祝福。

方美如：郝仁大哥，祝你新年快乐，我是方美如，不知道你对我还有没有印象，在这个阖家欢乐的日子给你发短信，除了给你带来新年的祝福，还想要真心地感谢你，你是我进入房地产行业的第一个客户，如果没有你，我这样一个没学历没背景的人，根本没有办法在深圳这个大城市待这么多年。虽然现在我已经待不下去要回乡了，但是我会一直记得你的恩情。

郝仁对方美如的印象一直停留在她初入行业对待客户小心翼翼的样子，不知道自己竟对她有这么大的影响，于是马上回了一条短信。

郝仁：怎么了，是遇到什么难处了吗？

方美如此刻一个人躺在出租屋里，旁边是已经收拾好的大包小包，年夜饭是一碗红烧牛肉泡面，盒子还留在桌子上。她自觉没脸回老家，完全可以预见到回去后重男轻女的父母会对自己怎样的冷嘲热讽，可是下个月房租就交不上了，不走又能如何，在这里没有任何亲人朋友能够帮忙。

方美如知道郝仁那样的人，春节的祝福肯定少不了，根本没有抱希望他会回复。手机短信叮的一声提醒，惊得她从床上一跃而起，双手颤抖着回复。

方美如：我是不是打扰到你了？就是去年经济不好，房地产不景气，我这个工作没有底薪，一年下来没有拿到几个单，没有成单就拿不到提成，现在房租都交不上了，所以打算下个月回老家了。

郝仁：你过年没有回家吗？一个人待在深圳吗？

方美如：嗯，过完年再回去，怕给家里添堵，影响他们一家团聚。

郝仁看懂了几分，想来是个爹不疼娘不爱的可怜人。

郝仁：房地产市场是有波动性的，有波峰波谷，如果回去不是一个更好的选择，为什么不再坚持一下？

方美如看着短信发了好一阵子的呆，要不要再坚持一下呢？怎么坚持？之前被父母要走的钱能要一点回来吗？自己貔貅一样只进不出的父母会愿意吗？方美如思绪万千，半晌才回复。

方美如：我不知道怎么坚持。

消息过去许久不再有回复，方美如翻来覆去，终究累得睡了过去。

这边郝仁和郝德喝得兴奋，在院子里大喊大叫地丢二踢脚小礼炮玩，闹到12点回屋才看到方美如的短信。

郝仁：春节后带我去看看房吧，把银行账号给我，服务的订金我先给你发过去。

第二天早上，方美如睡眼惺忪，看到这条短信惊得一句话都说不出来，她需要这笔钱，但又觉得这样岂不是让郝仁误会自己是抱着借钱的目的才发短信。纠结再三，方美如还是把账号发了过去。不多时，卡里收到1万块，方美如用笔记本写下一张借条拍照给郝仁发过去。

郝仁摇着手机对穆言说："穆老师，昨天我给你买了套房。"

穆言一头雾水，等郝仁解释完整件事，穆言故作生气地说道："你是不是看上人家小姑娘了？"

郝仁急忙发誓："绝对没有，她长什么样我都不记得了，我只是觉得她挺不容易，帮个小忙。另外深圳是大城市中面积最小的，人地矛盾突出，房价下跌也是暂时的，我们多买一套就当投资了。"

"真的吗？"穆言说。

"你若不相信，我们就不买，那一万当帮她渡过难关了。"郝仁说道。

"我逗你玩，我相信你。"穆言说。

"我一个已婚男人，单独见年轻小姑娘不合适，看房的事就交给你了，定了叫我来签约好了。"郝仁说道。

"一起看吧，越说越显得我小气了。"穆言道。

"家里的事你说了算。"郝仁说道。

春节过后，郝仁回到深圳，收拾心情继续新的征程。开工之后的第一个会是为了筹备在巴塞罗那举办的世界移动通信大会。

世界移动通信大会始于 1998 年，由全球移动通信系统协会主办，是全球最具影响力的移动通信领域的展览会，每年在西班牙巴塞罗那举行。世界移动通信大会与其他行业大会的区别在于参会者的身份，每年五万多位移动行业的决策者应邀参加这个移动盛会，其中 CEO、CFO、CTO 等 C 级决策者数量占到 45％以上，能够撬动的资金百亿以上。

"孙工，隋工，你先说一下我们产品的准备程度。"郝仁问道。

"这次我们展出的重点产品是搭乘 Android2.1 系统的智能手机，3.5 英寸的全触屏，256MB 的内存，内置有 GPS 导航及多款游戏。现网测试工作已经在年前完成，现在在进行最后的优化，孙工负责应用部分，我负责硬件。"隋祖禹说道。

"可惜芯片不是咱们的。"郝仁惋惜地说道。

"沈工尽力了，但是 3G 芯片我们还没有完全突破，咱们的自研芯片主要在低端功能机中使用。"隋祖禹说道。

"嗯，我理解，需要一个过程。"郝仁说道。

"客户邀请的情况如何？"郝仁问道。

"海外客户邀请已经让各代表处邀请，目前回复的一级客户 45 人，二级客户 139 人，国内邀请工作我亲自牵头，主要聚焦运营商客户和渠道客户的邀请，完成率 98％，应该没有太大问题。"陈竞男回复道。

"好的，有劳竞男姐，那备展的情况怎么样？"郝仁问。

"策展供应商去年 9 月就已经选好，展台方案年前确定下来，要是没有问题。客户酬谢晚宴地点定在一个西班牙特色酒店，节目以西班牙弗朗明哥表演为主，演出艺术家部分没定下来，我会尽快。"穆言说道。

"好的。隋工这次出差去一两个产品规划的人，每年展会各厂商都是拿最前沿的产品，把信息都带回来我们仔细研究下。"郝仁说道。

"好的，我这边梳理一下。"隋祖禹说。

"出差的名额要仔细筛选，具体工作的人员多些，指导工作的人少些，我们公司的差旅费逐年上升，跑业务没问题，但借出差工费旅行一定要杜绝，领导干部要对自己的员工职责把好关。"郝仁说道。

"行。"几人点头称是。

会议完毕，隋祖禹几人走出郝仁办公室。

"这次怎么会突然说要严控出差人员？以前我都没听说过，是不是最近公司资金出问题了。"孙皓问道。

"资金倒是没出问题，出问题的是员工。你们不知道，年前我们检查员工出差情况时，发现有一个渠道员工去年一年出差180天以上。我觉得很不正常，就调出这个员工的工作日志记录来看，结果这个员工根本没有出差，而是假装出差骗取公司住宿费和出差补助，所有提供的报销发票都是假的，把郝总给气得够呛。"冯都都说道。

"居然有这样的事？"隋祖禹说道。

"这事是真的，我有管理责任，销售体系人员众多，尤其渠道部，管理干部没有对员工的出差工作仔细审核，疏于管理。事后相关人等包括我都做了深刻检讨。"陈竞男说道。

"销售工作千头万绪，可以理解。我这边也要注意了，如果管理不到位，也是害了员工。"隋祖禹说道。

"没错，这个员工发现了管理漏洞，就忍不住违反了公司规定，不但最后得退回这些钱，还在公司待不下去丢了工作，得不偿失。"冯都都说道。

"我觉得这事不能悄悄处理掉，还是要加强内部宣传。"孙皓说道。

"嗯，有道理，我想想这个尺度怎么把握，太随意或是太严苛都不是太好。"冯都都说道。

留在办公室的郝仁，也因为想起这件事而很不高兴，心中越发认可一个企业不能完全靠信任来维持，流程制度才是保证企业稳定运行的良药？

第一百二十一章　参展一波三折

飞机在巴塞罗那的上空缓缓下降，穿越一片绵密的云层，这个城市展露出棋盘一般的规整布局，红色屋顶的八角方块铺满整个视野，网格状的道路由城市中心向四面八方蔓延开去。

"我猜这应该是让飞华最舒服的城市了吧。"穆言歪头靠在小窗上说道。

"别说飞华了，我看着都觉得舒服，相较于自然界无次序的美感，这种规则有序更令我心情愉悦。"郝仁说道。

"巴塞罗那真是神奇，有把城市建成几乎大小等同的块儿的艺术家塞尔达，又有认为直线属于人类，曲线属于上帝的艺术家高迪，矛盾又和谐地共生在一起，真是个奇迹。"穆言说道。

"我以前觉得乱七八糟没所谓的，和汤媛在一起才发现整齐比较美。"隋祖禹说道。

"水煮鱼，前脚刚走就开始想老婆了，我们说城市美感，你都能扯到汤媛，要不要这么夸张。"郝仁说道。

"你们懂什么呀，我也是在说美感。"隋祖禹说道。

"汤媛的美感？"穆言说道。

"……"

飞机最终降落在巴塞罗那安普拉特国际机场，几人拉着行李箱办理完入境手续便往外走。也许是世界移动通信大会举办前夕，全球各地的通信行业专家都在往这里赶，一路走来，郝仁和各种肤色的商务人士擦身而过，其中不乏华人面孔，可见在通信科技领域，国人的影响力在逐步加强，郝仁想到这便莫名地自豪，走路都带起风来。

展会期间，巴塞罗那的酒店价格翻了好几倍，但凡位置好点，普普通通的双人房要大好几千。耀华这次撤展的、带客户的、产品讲解的乌泱泱也来了近百人，光差旅费就能用掉不少银子，最后为了尽可能节省费用，行政部统一定了个又小又偏的酒店，每天往返展馆都要个把小时。

距离开展还有一周，郝仁和隋祖禹各有一个演讲，舞台搭建完成前在酒店练习。穆言则整天早出晚归，与布展供应商待在一起进行展台搭建。

这次耀华的展台较几年前香港世界电信大会时大了不止三倍，那时候耀华拼拼凑凑能展出的产品不到十部，如今可以满满当当地摆满十余米宽的大展区。

空间一大就有条件进行个性化展示，这次穆言大胆地把展区设计成银河主题，灯带营造出蜿蜒璀璨的银河，一台台位于聚光灯下的手机，宛如里面最明亮的星星。成百上千的厂商在这里同时展览，穆言想用抓人眼球的展台设计吸引更多的客户进来参观。

一切都在按照穆言设想的方向行进，直到最后两天，策展供应商才发现场馆的电路没有办法支撑耀华这么复杂的设计，初具雏形的展台有一半不能发光，远远看过去耀华的展台像有个黑洞若隐若现。

这下可急坏了穆言，赶紧找来负责场馆电路的工作人员，恳求单独给耀华再拉一条线。一开始对方觉得并不是自己分内之事，无论穆言如何苦苦哀求，对方死活不肯答应，事情陷入僵局。结果，穆言手下一个娇小的女员工当场垂泪，竟让对方一个快两米的西班牙汉子手足无措起来，拿起工具就去给耀华接另外一条电路。

在等通电的间隙，穆言感慨对这个女员工说："早知道眼泪能解决问题，我也哭上一哭。"

这个女员工摇摇头说道："穆总，你这样倔强的人，人前根本掉不下眼泪，有伤口都是一个人的时候自己舔舔。"

穆言心想是不是示弱也是解决问题的好办法，嘴上却说："你这小破孩懂得还挺多。"

两人又聊了几句，耀华展台上的黑洞被光亮填平。负责场馆电路的西班牙汉子走过来，对着刚才垂泪的女员工说："西班牙有句谚语，如果常常流泪，就不能看见星光。电路修好了，别哭了。"说完就离开了。

"穆总，你觉不觉得他好浪漫！"

"干活了，为了这个电路耽误不少时间了，真怕来不及。"

穆言一语成谶，电路问题耽误了快一天，耀华整个展台根据电路又重新返工安装。到了临展前一天下午四点，其他品牌的展台整整齐齐，工作人员都已经开始收拾东西准备下班，耀华这边还是散落一地的物料，还有很多地方的灯带还没有安装。

穆言让供应商加快进度，并愿意付额外的费用让他们今晚加班安装。策展供应商是西班牙本地公司，但工人主要来自东欧，动作慢慢吞吞，习惯早九晚五，他们表示电路问题不是他们造成的，合同上约定甲方造成的意外由甲方承担全责，乙方也没有义务加班解决甲方造成的工期延续，付费也不行。于是，时间刚过五点，所有工人就提着工具离开了。

场馆的人越来越少，三四个负责布展的耀华员工已经连续高强度工作一周多，在此刻绷得太紧的神经啪地断了，除了对穆言重复怎么办竟说不出第二句话。

穆言在实践中明白了什么叫牵一发而动全身，一个小小的设计改动就能增加不少工作量，自己没有循序渐进，而时时被心中一鸣惊人的念头蛊惑，忽略了实际条件的限制，造成了现在的事故。眼看这些年苦苦经营的耀华招牌要砸自己手里了，若是明天客户看这样糟糕的展台，耀华一定会沦为行业笑柄，指不定被友商嘲笑成什么样。

"穆老师不要急，供应商靠不住时，还有我们自己人，我们自己的展台，我们自己动手安装。"一个让人安心的声音传来。

穆言背后，郝仁和隋祖禹带着几个研发的小伙子朝展台大步走过来。

"这能行吗？"这几天的一波三折让穆言都有点懵了，脑袋嗡嗡直响。

"怎么不行，又没有什么危险的强电工作，灯管安装而已，你这个设计我是欣赏不来，但无非就是需要安装的东西多，也没多复杂，请相信我们研发的小伙子，他们不只是每天纸上谈兵，偶尔也被我赶到生产线打过螺丝。"隋祖禹说道。

"水煮鱼你这么能，那还等什么呢？动手吧！争取凌晨结束战斗。"郝仁说道。

"工具都被工人们拿走了。"穆言提出一个更令人沮丧的问题。

"工具在这，你们快点搞完，别影响我下班。"那个负责场馆电路的西班牙汉子提着工具箱迎面走过来。

大家一点都不介意这句话里抱怨的语气，用最热烈的欢呼声迎接了雪中送炭的西班牙汉子，然后很快分发了工具就行动起来。穆言给郝仁几个人大致讲解了设计图纸上需要安装灯带的地方，然后郝仁把大家分成三组，研发小伙负责在高处安装，营销布展的女员工负责下方递送材料，穆言和另一名女员工负责按照图纸检查效果。

其他品牌的展台此刻都已经陷入黑暗之中，只有耀华的展台灯火通明，热火朝天，像身处舞台一般，理所应当地成为现场的焦点。

郝仁脱掉风衣，爬上一把梯子，挽起衬衣袖子，露出紧致的小臂肌肉，手持一把电起子就开始上螺丝。随着几下有节奏感的旋转声，一串螺丝如士兵列队地出现在眼前，排列有序。

西班牙汉子送完工具，也没有袖手旁观，果断加入到耀华队伍之中。他看到郝仁熟练的操作，问那个此前对他垂泪的女员工："你们这个同事很专业啊，我一看就知道是个老手。"

这个女员工扶了扶额头，说道："其实，他是我们公司总裁。"

西班牙汉子露出惊讶的表情，对着郝仁翘起一个大拇指。

虽说人多力量大，但不是所有人都擅长动手安装，中间返工不止一两次，最后终于在凌晨1点完成了所有工作。当郝仁宣布大功告成之时，大家感觉不到一丝疲惫，反而有一种热血忽地涌向心头。

大家对帮忙的西班牙汉子好一番感谢，然后相互告别离去。

打车回酒店的路上，穆言疲惫地倚靠在郝仁肩头，问道："你不是去彩排了吗？怎么知道我这边遇到麻烦了？"

"我打你电话没接，就打给你下面的人，问了两句，她就哭着告诉我说出大事了，我就赶过来了。"

"原来是这样。"

"穆老师，有一件事我想很认真地和你交代。"

"嗯？"

"以后不管遇到什么麻烦，要第一时间给我打电话，无论是工作还是别的什么。你要记得于公我是你的老板，于私我是你的合法伴侣，你是职业女性不假，但这并不意味着什么事都要自己解决，两个人一起解决不是更有效吗？"

"嗯。"

穆言轻轻应了一声，但也知道这是一种多年养成的下意识反应，她不知道什么时候才能慢慢学会依赖，才会在遇到麻烦的时候立马想到一个人，然后立马扑过去。

第一百二十二章　所见并非所得

郝仁回到酒店洗漱完毕已经凌晨2点，在床上翻来覆去睡不着。

几个小时后，为期四天的世界移动通信大会将在巴塞罗那会展中心正式开幕。这是全欧洲最大的会展中心，占地面积八万平方米，展出面积足有 5 万平方米。参展的厂商数以万计,参观者更是不计其数,若没有厂商的引导,参观者一定会迷失在密密麻麻的人潮中。

也就是说,如果厂商不能跟进好自己的邀请客户,在这个众多厂商同场竞技的擂台,很有可能为他人作嫁衣,自己的客户转眼成友商的座上宾。

为此,郝仁可谓是强调强调再强调,念得各代表处客户经理耳朵都起茧子。陈竞男如临大敌,出发前一个月就一一核对客户的参观行程。对于 C 级客户,陈竞男要求从接机到展厅参观、会议交流、晚宴招待、一直到送行,事无巨细地提供全方位服务,生怕出一点纰漏。

郝仁少有这样的不淡定,一下想安排是不是足够周全,一下又担心有没有什么客户被遗漏,昏昏沉沉都不知道睡着没睡着。反正上午 7 点不到,郝仁就从床上自然醒来,有些疲累,一把冷水浇在脸上后,那股精神头又起来了。

距离开展还有一个多小时,耀华的工作人员已经全员到齐。郝仁本以为自己已经足够严阵以待,可看到隔壁展位的客服如同空姐登机一般,梳着同样的发型,带着同样的笑容齐齐走过时,郝仁心里一阵发虚,心想不到全球顶级展会不知道,若要较真起来,任何一个细节,小到笑容都可以标准化、流程化。

在展台各设备检查无误后,所有人齐刷刷站成几排,郝仁开始给大家做开展前的最后打气。

"这四天的展会将是一场大战,对于大家的能力我无比信任,没有太多内容需要提醒,就简单说三点。第一,无论大小客户都要一视同仁,耀华是从一个小公司发展起来,切不可店大欺客。第二,不可沾沾自喜地介绍产品,从客户的角度出发,解决客户的痛点。第三,客户接待不是结束而是开始,每一次接待都要录入系统,方便后续跟进。最后,我们一起加油。"

耀华公司的员工此前听说过自己家总裁亲和的个性,昨天不少人是百闻不如一见,亲眼看到郝仁身先士卒,亲自上手解决布展问题,在心里给郝仁身上平添了许多光环。此刻郝仁话音刚落,所有人齐齐地吼出一声加油,响彻这片展厅。

结果这一声加油仿佛一个开关,激起了各个厂商的好胜心,偌大的场馆各个角落此起彼伏地响起各种语言的加油声,和两军对垒时的鼓点一般激昂。

隋祖禹用手肘碰碰郝仁，说道："看你干的好事，吵死了！"

郝仁无奈地摊手，说道："我完全没想到啊。"

十点整，世界移动通信大会正式开始，一波波人流通过安检涌进来，刚才还空荡荡的展厅立马变得喧嚣拥挤。

陈竞男为这次的客户接待制定了个性化方案，如果是运营商客户就安排齐飞华陪同，如果是CTO级别的技术向客户，就由隋祖禹介绍技术方案，如果身上有项目的金主，就由陈竞男和郝仁接待。

第一天一般是级别较高的客户，郝仁的行程排得满满当当的，迎来送往，完全没有办法离开展区。好在忙而不乱，郝仁担心的客户跟丢的情况没有发生，VOD、英国电信、德国电信等重要的运营商客户都如约而至。

第二天穆言给郝仁安排了个分论坛演讲，这次郝仁不再是寂寂无闻的新人，除了穆言邀请的记者采访外，还有几家不请自来的媒体，把郝仁定义为一个远道而来的挑战者，评价较为客观，也算意外的收获。

第三天，郝仁总算挪出一些空闲，独自去其他品牌的展区走走。

作为顶级的盛会，世界移动通信大会能够折射出今年甚至之后几年的通信行业的发展动向。毫无疑问，各厂商都会拿出最前沿的产品来比拼。综观各路神仙，竞技的内容从过去的硬件，延伸到操作系统、内容服务及应用程序商店等方方面面。

3G时代智能手机逐渐流行，智能手机大脑的操作系统，从默默无闻的幕后英雄走到了台前。从ACE的操作系统到开放的谷歌Android，再到该领域的传统领头羊的Symbian以及微软的Windows Mobile，再加上各厂商自有的操作系统，一片混乱。可以毫不夸张地说，操作系统太多，手机品牌有点不够用了。

去年的后起之秀宏达，最早推出Android系统的手机，这次又携带第二款Android手机前来参展，大有坐实Android王者的意思。而传统巨头的酷美，虽然没有放弃Symbian封闭系统，但也迫于竞争压力，推出了类似于Android应用商店的服务，改变了手机厂商对内容服务的垄断。一直屈居人后的爱达，依托自己在音乐上的优势，推出了娱乐至上的新战略，在手机上把应用与娱乐体验强捆绑在一起。

基于设计的探索让这个盛会充满着工业美学。CF公司推出的透明外壳手机赚足了眼球，消费者直接可以看到手机的内部结构，像极了科幻电影里的产物。而MOT公司则瞄准了环保趋势，用太阳能电池，可再生材料和节能软件，打造出一台太阳能手机。

当然，这样的顶级展会绝不会少了郝仁熟悉的老面孔，宋朝栋终于理顺了高科和卡特电子之间的关系，海外市场卡特开始在中高端发力，推出了几款具备丰富内容服务的智能手机。而理想借助这次展会发布了本年度的旗舰机，并在设计上足功夫，拿下了一个终端设计大奖。

郝仁边看边比较，最终得出了结论，超越的路虽然漫长，但并非没有机会。市场现在的领导者酷美、MOT等，在技术迭代的当口没有和过去分手的决心，如果一直小修小补，被时代淘汰几乎是必然的。而乘风而起的后起之秀宏达等，虽然来势汹汹，但却似乎没有开始在更深处积累，这样下去很容易被其他后来者超越。

郝仁正想得出神，已经走到了德国电信的展台，眼前一场T台走秀正在进行，一个个俊男靓女正手持各种智能设备向台下的人展示。

音乐震天，灯光炫目，郝仁完全被笼罩在各种色彩的光影之中，恍惚之间，郝仁都不知道自己是在世界移动通信大会，还是在巴黎时装周。

"要搞得这么夸张吗？拿着这么小的产品走来走去能有什么展示效果？看不清摸不着的。"

郝仁不解地自言自语道，突然感到肩膀被拍了一下。

"什么看不清摸不着？美女模特吗？"一个声音身后传来。

"宋朝栋，瞎说什么呢，你怎么在这？"郝仁回头，就看到神采奕奕的宋朝栋在朝自己笑。

"我今天忙完，到处走走看看学习一下。你看我们国内厂商就是实在，展厅布置得像卖场，还是欧洲厂商花样多，一个个安排得像时装展。"

"时尚是挺时尚的，只是我没看懂而已。"

"看不懂就对了，看懂了就不时尚了。"

"不说这个了，你最近气色好好，我看了你们展台，新产品很不错，卡特理顺了吧。"

"不瞒你说，这是我过往人生踩过的最大的坑。中国公司要想驾驭一个欧洲公司太难了。现实教会了我一个道理，永远不要指望拿别人的旧系统，小修小补、加加油就能运转好，老机器根本转不出高效率。我花了整整一年时间重组，大刀阔斧地改革，对于不配合的欧洲员工调离核心岗位，又从国内调来可靠的管理人员，组建新的团队，大胆任用本地新人，最终降低人力开发成本，研发流程进入了正轨，算是熬出头，能挣钱了。"

"知道你这些年不容易，过往都是序章，好在你现在找到了自己的路。"

"彼此彼此，你为了消耗自己母公司的存货，不是也费了不少心思。"

"宋朝栋你神通广大，这都知道？"

"我一直很关注耀华，怎么可能不知道。"

两个人一见面就停不下来，站在德国电信的 T 台前，聊着看完了整场秀。

第一百二十三章　未来第一电商

到了第四天上午，耀华终于有机会为这次新推出的 Android 手机召开小型媒体品鉴会。

可这个时间实在尴尬，其他国外大品牌的重磅产品早在开展头三天发布了，当中宏达、CF、MOT 等都有搭乘 Android 系统的手机产品，功能多处与耀华撞车。而谷歌把这几个实力雄厚的大厂商看作未来倚重对象，请出多名高管为之演讲推广，营造出 Android 阵营发展欣欣向荣的势头。

郝仁当然想早些发布，无奈主办方和媒体都是论资排辈，耀华的体量自然比不过这些国际大牌，既订不到场地，也约不到媒体，只得排到最后一天。谷歌这边虽然希望 Android 阵营越庞大越好，但知道耀华在欧美市场占比不高，心里多少有些怠慢，于是仅发来一份祝贺信便没了下文。

距离媒体品鉴会还有半小时，会场只出现了十几个穆言费了老大劲邀请的媒体记者。郝仁叫穆言敞开大门，不必安排保安在入口做身份查验，游客若是走累了，进来喝杯咖啡听听产品介绍也行。

郝仁看着眼前稀稀拉拉的人群，还有一大半为免费的咖啡而来，表面神色如常，心里没有半点落差，时间一到就大大方方上台演讲。

孙皓一颗心悬在半空，不知道郝仁会作何反应。反正他之前的美国老板如果讲话观众没有响应，就会大发雷霆，责怪属下办事不力。

"穆老师，这场子也太冷清了，郝总下台后会不会对大家发飙？"孙皓将目光转向一旁的穆言。

"我们郝总再冷清的场面也经历过，他能对着空无一人的会场滔滔不绝说个把小时，怎么会怕人少。放心吧，他根本不是一个在意他人目光的人，门庭若市还是门可罗雀对他是一样的。"穆言说话的时候，眼睛丝毫没有偏离舞台上那个光芒万丈的身影。

"各位来宾，各位朋友，欢迎来到耀华产品品鉴会，请大家尽情体验耀华新品，享用点心咖啡，不用管我讲什么，我们的产品易用到任何的讲解都是多余，老实说我根本可以下班回家了……"

郝仁风趣的开场和古怪的英文发音让台下笑声此起彼伏，引得门外路过的人好奇地走进来，观众越来越多，舞台被围得里三层外三层。

"看，这就是一个注定站在舞台上的人。"穆言扭头，给了孙皓一个明艳的笑容。

"我现在知道自己的担心有多离谱了。"孙皓说道。

半个多小时后，郝仁在雷鸣般的掌声中结束演讲，看到穆言在人群最后遥遥地朝着自己招手，心中更加得意，想快点下台享受赞美。

还没有走到穆言身边，郝仁被一个体型庞大的印度人挡住了去路。

"郝先生，我是印度本地电商Flipkart的合伙人桑吉夫，请问有空聊一聊吗？"

"当然，只是这里太吵，您不介意的话请随我到会议室。"郝仁边说，边向孙皓和隋祖禹招了招手，示意他们一起来。

随着郝仁三人走进会议室落座，桑吉夫就迫不及待说明来意："我对你们的产品有兴趣，我知道耀华和VOD有长期合作，VOD西非高级副总裁艾瑞克和我有点交情，他对你们赞赏有加，推荐我过来看看。"

"感谢您的关注，VOD是耀华的战略合作伙伴，我们在多个国家地区为VOD提供从低端到中高端档位的手机产品，请问您主要是对哪一方面的产品感兴趣？"

"我希望耀华全系产品都能够进驻到Flipkart的平台。"

老实说，桑吉夫心情急迫，不想在寒暄花太多时间。这几天他把展会上各大国际终端厂商都交流了个遍，Flipkart愿意为电子品类提供最好的政策和曝光位，希望他们能够全线入驻，和Flipkart一起把线上电子卖场做起来。结果大家一听说印度电商，都表示除了 Amazon 其他暂时不考虑。

吃了闭门羹的桑吉夫想到了中国厂商，中国手机厂商亲眼见证过电商由弱小到繁荣，电子产品线上销售从试水到主流，比重逐年上升，他们应该不会拒绝一个有潜力的渠道。

然而，郝仁却没有办法马上做决定，印度的手机市场线上线下占比是二八开，而耀华主要在线下与运营商合作，线上还未涉猎，知之甚少。印象中，印度的电商市场是外来者 Amazon 的天下，Flipkart 这家公司 2007 年才成立，市场份额估计少得可怜。若不是刚才孙皓在走向会议室的路上，搜索并告知了郝仁 Flipkart 的背景，郝仁对这家公司可以说是一无所知。

看郝仁没有马上答复，桑吉夫接着说道："印度市场人口众多，每一个品牌都想要来分一杯羹，我相信耀华也不例外。耀华和其他品牌一样，主要选择与运营商合作，无非是因为决策客户少跟进容易，订单额度高一本万利。其实你们不知道，运营商的线下门店只能覆盖主要的大城市，印度区域发展不平衡，二三线城市缺少实体购物店，电商在印度是具有先天优势的。耀华难道不想试试电商吗？还是看我们 Flipkart 规模太小。"

"请您别误会，耀华从不挑剔客户，我的顾虑不是 Flipkart，而是印度市场，大归大，消费者对价格极度敏感，钱并不是这么好挣的，我们投入不得不计较。"郝仁看对方说话直接，也就不藏着掖着了。

"印度大部分人口消费水平确实低，但他们对于科技产品的渴望是前所未有的。没有钱购买价格昂贵的电脑，就想拥有一台具有上网功能的手机。在我看来，印度将直接越过互联网时代，进入到移动互联网时代，你可以想象这里面有多大的商机。我主动拜访，看中的是耀华产品在数据业务和内容方面的优势，而且我知道你们从农村市场做起，能够在网络设施差的地方保证基础的使用体验。凡此种种都很适合我们。"桑吉夫说道。

桑吉夫对耀华的了解让人惊讶，郝仁经历过创业初期的艰难，不会拒绝一个贴上来的热脸。何况，近年来电商发展迅猛，尤其在人口密集的国家，低廉的人力成本可以为线上渠道让渡出更多的利润空间。

"我很期待耀华和 Flipkart 的合作，具体的细节我会安排我们印度代表处和贵公司详谈。"郝仁起身向桑吉夫伸出来一只手。

"因为你的明智决策，耀华提前进驻到印度未来的第一大电商。"桑吉夫一边自信地说道，一边有力地握住了郝仁的手。

一切谈妥后，桑吉夫推门离去。

孙皓在一边感叹连连："这人吹起牛皮不带喘气的，印度人到底靠谱不靠谱。"

"我们不能轻视任何一家有追求的企业，但你说的有一点是对的，靠谱很重要，开拓一个新的渠道，就要投入相应的人力，也要平衡好已有客户的关系，不能捡了芝麻丢了西瓜，等竞男姐忙完一起讨论下。"郝仁说道。

"是要好好规划下，不过我补充一点，你的牛皮绝对比他响，毕竟公司还没开张的时候你就……"隋祖禹一扭头看到郝仁死死瞪着自己，只好把后半句咽下去。

"什么？你快说啊！"孙皓问。

"没什么。"隋祖禹说道。

"烦死了，说话说一半。"孙皓浑身难受，但软硬兼施也没从隋祖禹那问出啥内容，只好作罢。

四天的时间转瞬即逝，没有意外，也没有惊喜。

能签下的订单参会前就已经有了眉目，签约就是借世界级展会扩大声量。可能性不大的单尽管客户经理拉着客户又是参观，又是交流的，依旧没有拿下。

道理还是那个道理，生意终究是靠一代代产品改进，一点点口碑累积做起来的，不到一个临界点，实在难以爆发。

对此，郝仁也只能叹一句平平淡淡才是真。

第一百二十四章　锁定美与科技

巴塞罗那世界移动通信大会落幕的第二天是一个周末，郝仁和穆言决定停留一天再返程。

巴塞罗那这样的欧洲老城，时间流淌得特别慢，路人在缓缓洒下的阳光里穿行，行进速度慢得带不动空气的流动。

郝仁和穆言牵着手，在古老的街区走走停停，融入时光的慢节奏里。

"郝仁，我们一把年纪还学人家小年轻牵手逛街，会不会有点不够稳重?"穆言问道。

"穆老师看不出岁月的痕迹,即使到了当妈的年纪,依然是个好看的小女孩。"郝仁说道。

穆言听了心中一个激灵,问道:"是不是家里催我们要孩子了?"

郝仁承认自己想要个孩子,但现在提显然不是一个好时机,指不定让穆言胡思乱想。

"什么时候生孩子是我们两个人的事,和别人无关,你别多想。"

"真的吗?我想再等等。"穆言说。

"好,我等,那现在我们去哪里?"郝仁感觉要让穆言做一件她没想好的事,等是等不到的,勉强又勉强不了,只能像精妙的猎人挖个陷阱让她跳。但在今天这么慵懒和煦的阳光下,郝仁实在不想干太费脑子的事,只好草草转移话题。

"要不我们去不和谐街区逛逛,那里有高迪的米拉之家。"

"听穆老师的,我们说走就走。"

米拉之家坐落在市区,两人坐上出租车,十几分钟后就看到了一座白色高低错落的建筑,它的屋顶线条如波涛汹涌,起起伏伏,烟囱奇形怪状,扭曲地指向天空。

郝仁欣赏不来这么怪诞的建筑,但从建筑前游客惊叹的眼神也知道这是个知名景点,不适合露出不解的表情。

"你在这等我,我从各个角度拍拍照。"穆言喜欢各种虚头巴脑的艺术,兴奋地抛下郝仁拍照去了。

郝仁走到街角咖啡屋的露天位置坐下来,点了杯咖啡放空脑袋晒太阳。2月的巴塞罗那气温很低,游客大多坐到屋里,只有郝仁和另外一人坐在露天位。这人背对着郝仁,一头披肩长发,穿着一件白色长衣,手持一支画笔正在速写本上作画。

任谁背后看这身姿仪态都会臆想对方是个美人,郝仁却没有兴趣走到前面去一睹真容,这闲暇实在难得,没有一定要做的事,没有一定要达成的目标,眼前的阳光就是生活最大的馈赠,郝仁觉得,就是比穆言美十倍的女子也休想让他挪动半步。

郝仁一杯咖啡没喝完,就有两个提着大包小包的华人大妈吵吵嚷嚷地迎面走过来,搅了清晨的宁静。

"骗钱的导游,一大早带我们来这里看这么个破房子,长得跟个破窑洞似的。"一个戴花丝巾的大妈说道。

"就是，进入还要门票，算下来快两百多人民币，当我冤大头啊。"另一个穿红外套的大妈说道。

"我们不去看这个破房子，坐这歇会。"戴花丝巾的大妈把手里的众多购物袋甩在桌上，哗啦一声拉开凳子，一屁股坐了上去。

另一个大妈正要开口，一个年轻男人的声音打断了他们。

"这不是破房子，这是安东尼·高迪最后的私人住宅设计，是19世纪末20世纪初最杰出的现代风格建筑作品之一，已经被联合国教科文组织列入世界文化遗产名录。"

这个男人的声音来自一直在画画的白衣人，当他回头时，郝仁迷惑了，有着如此美丽背影的竟是一个男人。他身材瘦削，面庞清秀，眉目如画，一头长发让整个人散发着慵懒的艺术气息，郝仁第一次想用美来形容一个男人。

不过，这个白衣人的美显然没有征服两位大妈，戴花丝巾的大妈看起来还很气愤，噌地一下站起来，连带着凳子往后拖动，发出刺耳的响声。

"那你告诉我这个破房子有什么好看的？是我们国家没有白房子还是没有大窗户？"

"米拉之家的价值不仅在于它独特的外形，还在于它的结构。它本身建筑物的重量完全由柱子来承受，不论是内墙外墙都没有承受建筑本身的重量，建筑物本身没有主墙，所以内部的住宅可以随意隔间改建，建筑物不会塌下来，而且，可以设计出更宽大的窗户，保证每个公寓的采光。"白衣人耐心为大妈解释道。

"崇洋媚外，一个破房子值得你画来画去，我们中国故宫长城这么壮美你不画，外国的月亮比较圆是吗？还穿得不男不女的，真是丢脸丢到国外。"戴花丝巾的大妈说道。

"大妈你怎么这样说话呢？因为我们来自同一个国家，我才给你解答的，我的好心不是你恶语相向的理由吧。首先，欣赏其他民族的艺术品并不意味着崇洋媚外，相反是有足够的自信去正视别人的美，去学习别人的美。其次，你之前不认识我，怎么知道我没有画长城故宫，不会欣赏中国传统的美。最后，"白衣男人站起来面向大妈，说道，"我穿的是中国传统的汉服，没有不男不女，你们说自己热爱中国传统，连汉服都看不出来吗?"

"我们走,在外面别随意搭理不认识的人。"穿红衣服的大妈不想在这里被小年轻教训,拉着戴花丝巾的大妈愤愤地走了。

穆言不知道什么时候回来了,站在郝仁身后为这个年轻男人鼓掌。

"说得真好,承认别人的美才是自信。"穆言说道。

"我其实不应该对这些游客说那么多。这些年,我们国家逐渐富裕起来,同胞们出国见世面的越来越多。只是我在欧洲见过太多同胞旅行不享受美丽风景,不欣赏人文艺术,就是热衷于疯狂购物,很多在欧洲念书的中国留学生在业余时间都在做代购,我看不惯,一时之间有感而发,让两位见笑了。请问你们是来旅行的吗?"白衣人说道。

"我们是耀华终端有限公司的,过来参加巴塞罗那世界移动通信大会。我叫穆言,他是我的老板,郝仁。"

"原来是科技公司。我叫贺知州,在巴黎工作,周末过来巴塞罗那逛逛。"

"你是学艺术的?"郝仁问道。

"对,我毕业于圣埃蒂安国立美院工业设计专业,现在在一个小工作室做产品外观设计。平时就喜欢走走逛逛,找找灵感。"贺知州说道。

"我想请教一个问题,你觉得现在中国产品从外观上和欧美产品差距有多大?"郝仁问道。

"从工业设计上来说,我觉得差距还是挺大的。欧美产品对于设计异常重视,我举个例子,就拿产品颜色来说吧,欧美的企业每年会拿出足够的资金,对流行趋势做大量的调研,预判出下一年用户色彩偏好。很多人不理解,颜色不就是红橙黄绿青蓝紫,还能一年一年变?其实不是的,一个绿可以有很多种,这一年的社会思潮是什么,动荡还是平和?人们渴望多一点刺激还是多一点祥和?都会影响到这一年人们更想见到的是静谧的绿还是生机勃勃的绿。

"这一套不是欧美人特有的,我们中国对于美学的研究源远流长,我每每想起古人对色彩的命名就觉得美极了,什么千山翠、鱼师青、吐绶蓝、迷楼灰。感觉现在有点守着金山银山要饭吃,可惜了。"贺知州说道。

"你说的我好像懂了又好像不懂,这么细节的东西可能对产品销售有这么大的影响吗?"郝仁说。

"你看看我们所处的时代，爷爷奶奶们为解决温饱奔波，我们的父母开始注重质量，要把最好的给我们，而现在，我们消费开始追求心理上的满足感，而美就是其中一种满足感，在众多的商品前，消费者开始愿意为品牌和设计付费了。品牌彰显身份个性，设计突出与众不同。"贺知州说道。

郝仁对设计一窍不通，但他想起穆言突然恍然大悟。那时候，为了装修两人的新家，穆言像着魔一般逛遍整个城市的家具店，甚至跑到香港去，只是因为某个品牌的台灯好看，如果按照郝仁的观点，台灯只要会亮就可以了。

"我冒昧地问一句，你愿意回国加入一个目前发展势头还不错的科技公司吗？"郝仁问道。

贺知州对于这样直接的邀请非常开心，说道："如果我是你，我不会急着把人带回国，而是让他就在法国设立一个美学研究所，替公司时刻感受着时尚的脉搏。"

"这么说，只要留在法国，你就愿意加入耀华了？"郝仁问道。

"为什么不呢？如果不是我孤陋寡闻，耀华可能是第一个在法国建立美学研究所的中国科技公司，美与科技，这两个词光放在一起就足够让人兴奋了。"

第一百二十五章　男人携美而至

郝仁组队向来不拘一格，菜市场找来了隋祖禹，媒体采访找来了穆言，母校院庆找来了沈同方，美国出差找来了孙皓。虽然事实证明郝仁眼力惊人，这些人很快在各自岗位上大放异彩，但在穆言看来，耀华的管理层包括自己都有种来路不明的意思，不像一个现代企业的正规操作。

然而对于这次贺知州的到来，穆言却欣喜若狂，一百个赞成。穆言的长短板都很明显，对于文字的驾驭，穆言在国内营销领域可谓数一数二，这也是为什么耀华这些年在传统媒体上有着强大的影响力。然而在视觉领域，穆言却极度依赖供应商，很难给出专业意见，随着网络时代传播日益视觉化，穆言明显感觉到了吃力，急需找到一个强大的助力。

于是，在郝仁对贺知州发出邀请后，穆言常常向贺知州咨询各种视觉设计的问题。交流多了，穆言才知道，贺知州就职的小工作室，乃是法国最久负盛名的设计机构 M-FROM，客户多为欧洲的名车、名表及各种奢侈品。

穆言心中泛起了嘀咕，贺知州这尊大佛会不会嫌弃耀华庙小，忍不住一个越洋电话拨过去。

"我有眼不识泰山，不知道之前你就职的工作室如此有名。我很好奇，一个艺术家，不是以在知名工作室就职为最佳吗？你怎么会轻易答应郝总的邀请呢？"

"你想听听我的故事吗？"贺知州问道。

"当然。"穆言说道。

"我出生在一个湘绣世家，祖祖辈辈传承异色双面绣等技艺。我的奶奶在世的时候一直和我们说，想守住传统就不能墨守成规，只有不停地创新，让传统在时代中焕发出新的光彩，才能生生不息，流传下去。我虽然没有在刺绣上承袭家业，可是我记住了奶奶的话，立志将中国传统融入时代，融入世界。"贺知州说。

"你奶奶的思想很超前，值得敬佩。"穆言说。

"确实，我到法国工作了这些年，服务了很多国外品牌，一直没有机会帮助中国品牌走向世界。期间，我尝试接洽了一些中国品牌，只是这些品牌的负责人把设计工作理解为做个包装，拍个广告，点到为止，并不想深入地把设计融入产品本身，也不相信设计能提高产品的品牌形象，让我大失所望。"贺知州说道。

"郝总是技术出生，你应该看得出来他并不懂设计美学。"穆言说。

"你错了，他不懂设计，但他懂设计师，他希望我能从源头重构耀华，将科技与美结合，对于设计领域的事不会干涉我。"贺知州说道。

"你现在说话的语气像郝总的粉丝。"穆言说道。

"哈哈哈哈，我确实是。"贺知州说道。

"无论国内还是国外的消费者都认为中国制造是廉价的象征，欧美制造是高端的象征，我们真的可以打破这样的刻板印象吗？"穆言问道。

"我给你举个例子，去年巴黎曾经在卢浮宫举办了一个中国主题展览，在欧洲引起了轰动，不少艺术爱好者从各地赶来，就为看一眼这个展览，但你知道他们展出的是什么吗？"

"是什么？"

"是中国各式各样的纸扎祭品。国内在丧葬祭祀中使用的物品也能因为制作精美成为艺术品，为什么中国的产品不能呢？"

"你为什么提议在欧洲建立美学研究所，而不是回国在耀华总部做设计呢？"

"因为欧洲是全球品牌高地，在欧洲立足就能够辐射其他市场。你作为耀华的全球营销总监，为什么不到欧洲来把耀华塑造成全球品牌？"

为什么不到欧洲来把耀华塑造成全球品牌？贺知州的话帮穆言找到了工作吃力的真正原因，不仅仅在于视觉工作的指导乏力，更是在国内对全球营销工作的纸上谈兵。

这个念头让穆言痛苦万分。郝仁这般人才万里挑一，若不是自己洁身自好，想要招蜂引蝶并非难事。要是自己独自前往欧洲，和郝仁长期两地分居，会不会有人乘虚而入，给自己的婚姻带来毁灭性打击。

可留在国内，无异于放弃提升自己，放弃操盘全球营销这样的机会，穆言心有不甘，好想像舒婷《致橡树》里写的那样，作为树的形象和郝仁站在一起，而不是一直仰望与崇拜。

穆言站在选择的十字路口犹豫不决，最终决定给自己一个月的时间去做这个影响未来的决定。

贺知州这边收到耀华正式的入职通知后，就向就职的工作室提出了离职申请。这一举动让贺知州的同事好友大吃一惊。

"贺，你不要被一点薪资迷惑了，能在 M-FROM 工作是多少设计师的梦想，哪怕你以后想要开自己的工作室，这么一段在 M-FROM 的工作经历都会成为你的金字招牌。你别冲动，好好想想。"一个法国男同事这样说。

"是啊，知州，一个华人面孔能够进入这么顶级的工作室不容易，多少人羡慕你，你可要珍惜。"贺知州的华人朋友劝道。

"贺，你真的太令我失望了，罔顾我一番栽培。"贺知州的老板生气地说道。

贺知州感谢了大家的好意，毅然决然地离开了服务多年的工作室。

离职后的第一件事，贺知州买了一张机票来到了耀华深圳总部。整个耀华营销部一早就开始疯传，郝仁从世界时尚之都法国巴黎挖来一位天才设计总监，容貌只应天上有，品位只怕人间无的那种。马上就要见到真人了，所有的女员工光靠想象就开始为之疯狂了。

穆言想贺知州以后常驻欧洲，一年难得来深圳几次，就让秘书组织一个讲座，抓紧机会提升下营销部员工的美知美感。

讲座当天，贺知州束起长发，上身一件刺绣丝绸夹克，下身一条九分浅色牛仔裤，刚好露出脚踝的翅膀文身，踩着一双白金相间的板鞋，走着T台步来到挤满人的大会议室。

所有的人都被他的阵势吓到了，没错，令大家惊讶的是阵势，不是容颜。一个以饱受脱发困扰的研发员工为主的企业，第一次出现了这样独特气质的男性。

"大家好，我叫贺知州，很高兴加入耀华。穆总监邀请我做个讲座，那我就给大家讲讲美学如何塑造产品个性。

"中国传统书画有三重境界。其一是形与技的层次，即通过技艺让形象完整唯美，给人视觉享受。其二是境的层次，即诗情画意令人陶醉，给人以精神享受。其三是道的层次，即造化在手，信手拈来，不期遇而遇，不知其然而然。

"同样，美学对品牌的塑造也是一样的，第一层次，让产品的呈现变得美好。第二层次，让产品具有美的含义。第三层次，产品本身蕴含美的哲学，成为一种生活态度……"

穆言在台下认真地听着，时不时在笔记本上写下要点。郝仁听得直摇头，感慨还好找到专业的人做专业的事，要是让自己决策这些东西，不发疯才怪。孙皓看到台下的女员工眼睛里充满向往，露出不解的神情。

等贺知州讲完，艰难地从提问的人群包围中走到郝仁办公室，已经比预定的结束时间晚了半小时。

"讲座开成明星见面会，我们公司头一遭。"郝仁笑着说道。

"大家捧场而已，郝总就不要打趣我了。"

"知州，你的领域是我的盲区，既然我请你来，就打算将公司的视觉体系全权交托与你，以后我的建议没必要都听，设计方面集思广益容易做成四不像。"

"郝总，我明白。"

"现在有三件事需要你去办，一是建构公司的视觉体系，让公司的产品能给消费者和谐统一的视觉体验。二是寻找适合耀华的欧洲供应商，好的产品需要好的帮手。三是融入产品研发，从初期就对产品形象进行干预。最后一点是最重要的，我不希望你的工作流于表面，一定要落地在产品上。"

"郝总，你很懂设计呀，每个问题都在要点上。"

"少恭维，多指导。这次你打算在深圳待多久？"

"至少两个月，郝总都说了要融入产品，我可不得到研发和生产车间走走。"

"车间女工很多，她们要为你疯狂了。"

郝仁的预判总是那样精准，贺知州的到来果然让生产线的女工们心中小鹿乱撞了许久。

第一百二十六章　相爱也是伤害

贺知州留在深圳的这段时间，整天和隋祖禹、穆言两人待在一起。

在对耀华过往产品有了深入的了解后，贺知州为耀华的六大产品系列描摹出鲜明的产品个性。旗舰 T 系列是一位考究、大气的商务人士，偏好低调且彰显品位的商品，喜欢从事有社会价值的活动。轻旗舰 Lite 系列是一位充满活力的年轻学子，偏好前卫有时尚感的商品，喜欢参加热闹的社交活动。中端 S 系列是一位靓丽贵妇，偏好精致华丽的商品，喜欢从事让自身形象提升的活动等等。

紧接着，贺知州一头扎进材料选品间，为不同的产品系列罗列出材质和色彩清单，确保从视觉和触感上给消费者留下鲜明的区格。

当贺知州指着一台红色手机对隋祖禹说："这是一位都市丽人，有着波浪长发，烈焰红唇。"

隋祖禹以为贺知州魔怔了，只好认真地解释道："这是一台超薄平板手机，屏幕 3.5 英寸，Android 系统，支持 TD-SCDMA 和 WCDMA 两种 3G 网络制式，超长待机。"

贺知州又说："如果材质能够做得哑光一些，边缘弧度再圆润一些，LOGO 再小一点就更像一位高贵女士。"

隋祖禹迷茫了，又说："手机啥时候有了性别，我怎么看不出来。"

贺知州努力引导着："你要用心感受它的气质，想着用它的是谁？"

隋祖禹又问："是谁？"

穆言在一旁听着两人鸡同鸭讲，看着两人完全不搭的形象，委实触目惊心。

"知州，要不算了，不要为难隋工。"穆言说道。

"为难倒是不为难,就是有点听不懂而已。"隋祖禹说道。

"没事没事。"贺知州优雅地顺了顺长发。

"你说不提升性能,不降低价格,就把颜色换换,LOGO缩小放大点能提升销量?我怎么觉得天方夜谭。"隋祖禹问道。

"我们可以找用户盲测,看看他们喜欢哪一款设计。"贺知州说道。

"好主意,如果测试效果好,我们其实可以在现有销售机型中推出一些特别款和限量款,去市场上做验证。"穆言说道。

"行。"隋祖禹说。

"可以。"贺知州赞同。

贺知州回法国前,为一个月前发布的X系列旗舰机追加了名为庭芜绿的季节限定款。在官方网站上,这款手机的介绍极其富有诗意。

是时三月半,花落庭芜绿。舍上晨鸠鸣,窗间春睡足。——白居易《春日闲居三首》

春日是最美的季节,安心是最令人向往的字眼。在这个纷乱的阳春三月,家人温暖的问候在耳边传来,朋友和煦的字句跃然纸上,忘却一切烦恼,庭芜绿季节限定带来的安心,不多不少,恰到好处,将你拥抱。

在2009年的春天,经济危机所带来的忧虑还在人们心头萦绕,这抹绿色为看到它的人带来了些许的安宁,一下子俘获了更为敏感的女性消费者的心。最终,贺知州设计的庭芜绿季节限定款,比基础款溢价88元的价格出售,一上架就被抢购一空。

办公室里,郝仁和隋祖禹看着销售报告目瞪口呆。

"换了个颜色溢价出售?"隋祖禹问。

"其实我也不是很懂,绿色好看是好看,但红色也好看,黑色也好看,为什么绿色比其他颜色贵?"郝仁问道。

"因为里面有设计师对社会心理的洞察,对用户情绪的照顾,以及美学探索的心血。"贺知州说道。

"设计师工作费脑又费钱啊!"隋祖禹感慨。

年初是奠定一年业务走向的关键时期,郝仁早出晚归,忙得晕头转向,完全没有注意到这段时间穆言的九曲衷肠。

这个周五是两人认识六周年纪念日,郝仁下班就一溜烟回家,把准备好的礼物藏好,来到厨房一阵忙乱,做出四菜一汤,打算给穆言一个大大的惊喜,借机在温馨的氛围中,问问要不要一起孕育新生命。

544 | 破浪时代 |

穆言并不爱交际，一般周末都是准时回家，郝仁为了显得不那么刻意，只和穆言说了句别加班早点回家，没透露周年纪念日的信息。

然而这周末是贺知州回法国的日期，穆言下班便和贺知州到公司附近的咖啡厅坐了一会，当作简单的送别。

"知州，你回法国后要和我们保持联系，多多指导。"穆言呡了一口咖啡说道。

"会的，本质上我们是一个团队，你是公司的营销大总管，从组织架构上是我的领导。"贺知州说道。

"别这么说，我的短板明显，还有很多东西要请教你。"穆言说道。

"你其实真的可以考虑到欧洲去感受一下全球营销运作的氛围。"贺知州再一次提起这件穆言困扰的事。

"这个主意好是好，最亲近的人不能一起走，终究是牵挂太多。"穆言说道。

"去海外一两年把本地营销团队建立起来就回国，以后保持联动，偶尔出差即可，应该不至于离开亲人太久。"贺知州并不知道穆言已经结婚，更不知道穆言的伴侣是郝仁，只是简单地以己度人，认为穆言像自己这样潇洒自由，想去哪里就去哪里，无牵无挂。

"我再想想吧。"

穆言和贺知州告别后已经做好决定，只是不知道怎么说，魂不守舍地往家走。

郝仁从六点等到了快八点才见穆言回来，赶紧把饭菜热了热端出来。

"怎么看起来精神这么不好？"郝仁问道。

"郝仁，我有话对你说。"穆言说道。

"吃完饭再说。"郝仁猜想一定是穆言给自己准备了什么动人的表白，真是心有灵犀，自己也有浪漫的安排。只是现在这么晚了，穆言胃不好，吃完饭再互诉衷肠。

"好的。"穆言轻轻应了一声。

于是，两人悄无声息地吃着饭，郝仁满脑子浪漫的夜晚，穆言则在心中不停地修饰措辞，力求获得郝仁的首肯。

待晚饭吃完，郝仁心满意足坐在沙发上，把穆言一把揽在怀里。

"你想和我说什么？"郝仁觉得自己的准备肯定更充分，但还是本着女士优先的原则让穆言先说。

"我说了，你一定要冷静。"穆言说道。

"好。"郝仁感到和设想的不同。

"郝仁，我想去欧洲一两年。"穆言鼓足勇气说道。

"什么？"这个回答犹如晴天霹雳，打得郝仁耳边隆隆作响。他知道这段时间穆言有心事，但无论如何都想不到穆言想要离开自己去欧洲。

"郝仁，我想要更好地帮助你，公司正在朝着国际化企业一路狂奔，而我主管营销这个花钱的大部门，却没有真正操盘过全球项目，名不副实，会成为你的拖累。"穆言说道。

"离开我是为了更好地帮我？你到底知不知道我想要什么？"郝仁差点就脱口而出，我想要和你有个孩子，我想要一个完整的家。

"郝仁，你还记得最初问我想不想做时代的亲历者，我告诉你我想，但现在我更想成为你时代逐浪的助力。"穆言正色说道。

"你是做好决定了吗？只是来通知我一声吗？"郝仁问道。

"做好决定了，希望获得你的同意。"穆言回答道。

"你知不知道今天是什么日子？你选今天和我说这个，还说你爱我？"

郝仁气得整个人都在发抖，说完这句话，拿起沙发上的外套，摔门离去。

穆言此刻觉得头痛欲裂，想要回房间洗把脸，走进卧室，发现床上有一束娇艳欲滴的玫瑰，旁边的首饰盒里有一条字母项链，H和M紧紧依偎在一起，像两个永不分离的爱人。首饰盒下面压着一张卡片，上面赫然写着相识六周年快乐，爱你的郝仁。

穆言的心被郝仁的精心准备狠狠地刺痛，两人相识相爱的场景如同电影般回放，终究是给了爱人不想要的帮助，却忘记说对方最想听的话。

第一百二十七章　以一年为期限

郝仁沿着海边的栈道漫无目的地走，周末夜晚的海湾公园灯火辉煌，五颜六色揉碎在海面上，倒映着一个都市繁华的梦。天气回暖，海风轻抚，卿卿我我的小情侣在各个角落低声耳语，映衬得郝仁更加形单影只。

不知道走了多久，蓦然抬头，已经到了隋祖禹家小区门口。郝仁正好胸中憋闷，一口怨气不知道找何人发泄，习惯性地拨通了隋祖禹的电话。

电话几乎在拨出的同时就被接通，隋祖禹用微弱的声音地说了声喂。

郝仁立马意识到隋祖禹的娃不足一岁，想来是已经睡着了。

"对不起，水煮鱼，是不是吵到你家娃了。"郝仁歉疚地说道。

"没，汤媛早哄他睡着了，我们俩躲在客厅偷偷吃烧烤，汤媛好久没吃这些，都快想疯了。"隋祖禹无心地秀了恩爱，往郝仁的胸口又插了两刀。

"那就好。"郝仁下意识地叹了口气。

"这么晚找我，是不是公司出什么事了？"

"没事，就是今天心情郁闷。"

"你在哪？"

"算了，你带娃吧。"

"娃都睡了，我还能怎么带？在哪？我来找你。"

"你家小区正门。"

"你等着，我马上下来。"

十分钟不到，郝仁就看到隋祖禹穿着灯芯绒的睡衣睡裤，脚踩一双卡通狗头毛拖鞋从里面跑出来，在路灯下像头毛茸茸的怪兽，形象怪诞得很。

"怎么了？和穆老师吵架，被扫地出门了？"隋祖禹问。

"你又不是不知道她，哪里会吵架，尽是软刀子扎得我内伤。"

"走，别干站着，我领你去附近一家烧烤摊，味道好极了，吃了保管你什么烦恼都没了。"

"有没有这么神奇。"

隋祖禹领着郝仁到了一个烟雾弥漫的路边摊。店名叫一串入魂，老板是个200多斤的大汉，但撒辣椒的动作异常灵活，与隋祖禹忘却烦恼的夸张描述倒也相符。隋祖禹和老板看着熟悉，也不打招呼，直接从食盘里捡了一把串丢到烤架上，拿了几瓶啤酒招呼郝仁坐下。

"说吧，怎么回事。"隋祖禹说道。

"穆言想去欧洲常驻。"郝仁说道。

隋祖禹听了很是惊讶，等郝仁把前因后果说完，沉默半晌才开口。

"其实，你要是真不想她去很简单，不批调令就是了，你是老板你做主呗，至于大半夜跑到外面吹冷风吗？"

"我帅气多金，一表人才，还需要这样卑劣手段去留住一个女人，当真笑话。"郝仁见隋祖禹完全不理解,怀疑自己找错了倾诉对象。

"我以前都不知道你这么大言不惭,你是不是觉得自己做得已经够好了,穆言居然还要离开你,想不通才发这么大的火。"隋祖禹说道。

"难道不是吗?我作为男人无可挑剔,对她百依百顺,家里的事都让她做主,我记得她的喜好,顾虑她的感受,处处赔着小心,试问有多少男人能做到。"郝仁愤愤地说道。

"穆言和汤媛不一样,相夫教子不是她想要的,不要看她柔柔弱弱的,心里想的都是建功立业的事,她不仅没有想过要依赖你,反而一直在想怎么成就你。你说你记得穆言的所有喜好,怎么会不知道她想要的从来不是岁月静好。"隋祖禹说道。

"唉,我宁愿我喜欢的是个没有理想的贤惠老婆,在家享享清福,带带孩子,别跟我想起一出是一出。"郝仁在气头上,忘记了穆言的富二代前男友之所以变前男友,就是曾经这样要求过。

"郝仁,你这么说就过分了,在家带孩子哪里是享清福,这是比上班还累的事,就是汤媛这样吃苦耐劳的女人,也被这小东西折磨得吃不好睡不好,好几次崩溃大哭。我在家大气都不敢出,就怕惹到汤媛的哪根神经。"隋祖禹可算找到机会大吐苦水。

"这也太夸张了,请个保姆,你家能缺这点钱。"郝仁一脸不相信。

"你以后就明白了,自己的小孩不是所有事都能假手于人的。心理上的忧虑和身体上的疲惫,都会伴随着父母一生。"

"唉,扯远了,穆言现在都不愿意跟我生孩子了。"

"如果你不想她去就跟她直说,自己生什么闷气?"

"你以为她会听?犟脾气。"

"我打赌你郝仁的话穆言会听。"

"即便最终她听从我的,我还是很生气,我今天偏不回去,让她担心我。"

"这还不容易,你把电话一关就完事了,谁都找不到你。不过,这招后劲很足,女人要是真生气了,指不定收收东西就走了,到时候九头牛都拉不回来,你自己想清楚。"

"水煮鱼,你以前对女人一无所知,现在理论一套一套的,真叫我刮目相看。"

"唉,都是被现实捶打出来的,喝酒喝酒,啥也别说了。"

两人就这样坐着喝到了快午夜 12 点，隋祖禹如同午夜的灰姑娘，生怕钟声敲响会有可怕的事情发生，一看时间不早，就和郝仁匆匆道别回家。

郝仁一个人喝没劲，折腾了一天也累了，于是摇晃着身子，找了个附近的酒店凑合住下。

早上 8 点的时候，郝仁在陌生的房间醒来，花了好久才想起自己身处何地，从枕头下面摸出手机，一看二十多个未接来电，从他离家开始一直到凌晨五六点，可见穆言一晚上没有睡觉。

郝仁心里发虚，用冷水抹了一把脸就往回赶。到家走进卧室一看，发现床上躺着自己昨天买的玫瑰和礼物，床脚穆言蜷缩做一团睡着了，手里还抓着手机。

任何一个男人看到这样的情景都无法不动容，郝仁现在明白隋祖禹说的后劲大是什么意思，穆言就不是烈酒，一言不合收东西走人，拉开架势骂人，而是鸡尾酒，一口一口不知不觉喝多了，难受得肝肠寸断。

郝仁稍作收拾，把人整个抱到床上，团在怀里。

穆言闭着眼睛摸了摸郝仁的脸说道："回来了？"

"好累，再睡下。"

"嗯。"

等两人睡足，日已西垂，坐在落地窗前的余晖里，终于可以心平气和地谈一谈。

"我不去了。"穆言像做了一个沉重的决定。

"你想去就去吧！"郝仁也像做了一个沉重的决定。

"真的吗？"穆言有些不敢相信。

"但我有条件。"郝仁说道。

"你说什么我都答应。"穆言说道。

"就一年。"郝仁说道。

"成，如果我一年还做不出点成绩，我让出营销主管位置，绝不尸位素餐。"穆言说道。

"唉，不是这个意思，而是我能忍受和你分别的时间上限，就是一年。"郝仁说道。

穆言的双眸雾气氤氲，不想被看到，就把脸埋进郝仁的胸膛，轻轻地蹭着。

"唉，你可愁死我了。"郝仁心中百爪挠心，难受得要命。

大丈夫说话算话，调令一周后送到穆言手上，郝仁让穆言把全球营销策略的工作一并带往欧洲，鞭长莫及的国内市场推广交由营销副总监戴骥负责，组织划往中国区，与销售紧密配合。

从这一刻起，穆言就开始筹备欧洲的工作，穆言知道，这一行注定困难重重，耀华从一个中国品牌升级到全球品牌，不是参加几个展会，投放几个广告就能实现，而是需要彻底改变消费者的认知，让他们感知到耀华已经具备全球视野和能力。

这一题怎么解，之前好像还没人知道。

各种签证手续办下来已经是一个月后，郝仁看着穆言壮志满怀地安排接下来的工作，一边希望离别能够晚一点到来，一边感伤离别终究还是会到来。

郝仁把穆言送到香港机场，看着穆言依依不舍地向安检口走进去，汹涌的人潮如同层峦叠嶂，将两人隔开，渐行渐远。

郝仁有一种感觉，自己要失去这个人了，也不知道是对自己没信心，还是对爱人没信心。

第一百二十八章　一将当真难求

恢复物理性单身的郝仁难受了几天后，开始尝试挖掘自由放纵的乐趣，工作日想加班到几点就到几点，周末想睡到几点就到几点。

郝仁甚至发泄性地把袜子和衣服乱丢一地，从客厅到卧室，然后愤愤地对婚纱照上千娇百媚的女人说道："叫你不管我，看我怎么把家搞得乱七八糟。"当然，凌乱不可持续，早上家政阿姨来过后，一切又整洁如初。

郝仁还会买来一堆泡面和碳酸饮料替代以前穆言买的水果牛奶，但终究没有敢动口，奔四的男人，管理身材比管理公司难多了，而自己的健身教练言语比穆言刻薄百倍，行动比穆言粗暴千倍，委实是个惹不起的人物。

现实生活中离别带来的不适比肥皂剧消逝得快很多，毕竟荧幕上的男女主工作只是消遣，而生活足以让绝大部分人精疲力竭。

中国的 3G 元年转眼已过一个季度，2009 年 1 到 3 月，国内核发手机进网 6000 多万部，较去年同期增长了 27%，回升趋势明显。而在这些销售的手机中，仍以 2G 的 GSM 制式手机为主体，占据所有手机市场份额的 75%，预示着技术日新月异，但市场对于新事物的接纳需要一定的时间。

耀华终端借助国内市场回暖抵御住了全球经济危机的寒流，手机产品稳中有升的同时，引领了手机周边产品线上销售的热潮，除了将去年一年积压的代工产品消耗殆尽，还将部分类目纳入到新产品开发中，为 2009 年开了好头。

人无远虑，必有近忧。郝仁一向不担心当前的销售，心里焦虑的是在国内 3G 手机大规模销售前，能不能用上耀华自研芯片。为此，他已经连续几天守在沈同方的芯片实验室，一项项查看项目进度，搞得实验室的研发员工提心吊胆，私下叫钟楠想办法把不请自来的神送走。

"郝总，今天一大早又过来了。"沈同方前脚刚进办公室，郝仁后脚就跟了进来。

"沈工，目前耀华设计的芯片在路由器、数据卡和低端手机等产品上实现了规模应用，可以同时为耀华终端自有品牌和耀华技术代工产品供货，成了耀华的利润发动机之一。这些年，您和您的团队功不可没，我过来关心关心大家。"郝仁说道。

"郝总，别和老人家玩套路了，你这几天守在我这，各种项目进度都摸得门清，有话直说吧。"沈同方一听这顺着毛摸的开场白，就知道郝仁要提要求。

"是这样的，我个人觉得咱不能一直原地踏步，虽然国内 2G 手机还占据着绝大部分的市场份额，但终究是强弩之末，未来，具备有 GPS、手机电视、Wi-Fi、手机支付等 3G 功能的手机芯片将成为拉动市场发展的主要动力，我们得利用这个市场过渡期把 3G 芯片做出来，哪怕性能不够完美。"郝仁说道。

"郝总说的这些沈工知道，只是 3G 手机芯片需要更快的数据处理速度实现手机多种功能应用，更高的频率实现手机对各种应用的整合，它并不像我们原先设想的那样简单。

"以为移动定制的 TD-SCDMA 手机为例，目前市面上，支持 TD-SCDMA 的 3G 手机解决方案多是采用 5 到 6 颗核心芯片来实现，一颗 TD-SCDMA 基带芯片和一颗 TD-SCDMA 射频芯片来支持 3G 网络通信，一颗 GSM/GPRS 基带芯片和一颗 GSM/GPRS 射频芯片来实现移动要求的 2G 与 3G 融合，另外增加一颗专用多媒体处理的协处理器芯片才能实现基础的多媒体功能。

"集成度低、功耗大、产品面积大等问题成为 TD-SCDMA 手机推广的主要障碍，我们需要更高集成度的模块化设计，使得整个芯片具有非常好的可靠性和灵活度……"钟楠把目前项目中遇到的问题一口气说完。

"是啊，没有解决这些问题，我担心匆匆上马会流片失败。"沈同方说道。

"是我着急了，这几天把你们折腾够呛。"郝仁说道。

"我们都着急，但是目前的情况就是如此，有着千难万险。"沈同方说道。

"沈工，从现在开始，我不着急，您也别着急，饭一口一口吃，事一件一件做，让外国芯片企业再挣会钱。"郝仁说道。

"感谢理解。"沈同方说道。

"不耽误大家了，我先走了。"

郝仁说完离开芯片实验室，心中莫名有种打了败仗的感觉，灰头土脸地走到自己办公室门口，刚想一个人静静，又看到最近刚刚走马上任的中国区营销主管戴骥在门口焦急地转圈，心情顿时更糟糕了。

戴骥看到郝仁的身影，几乎是喊出来的："郝总，可算等到你了，今天打了您几次电话都没通，只好在这里守株待兔。"

"我都成兔子了？"郝仁有些不悦，虽说不是所有人都能像穆言那种时刻保持冷静，但这戴骥也太不稳重了，一惊一乍的很不像话。

"郝总，我不是这个意思，出大事了，我着急就说错了。"戴骥说道。

"别急，进来说。"郝仁看出戴骥是真的慌了，先让他把正事说完再发火也不迟。

"好的，"进了办公室，戴骥赶紧倒豆子一般噼里啪啦把事情说了，"我们的金牌合作伙伴聚星 2008 年的年报出来了，亏损快一个亿，现在网上沸反盈天，说聚星就要倒闭，以后从聚星售出的手机有了问题也不退不换，其中有人直接点出聚星占有耀华 20% 以上的出货量，恐受影响，要求耀华出来给个说法。我肯定不能说聚星有问题吧，破坏伙伴关系，但要说聚星没问题，万一聚星真倒了，那不成了我们欺骗客户。郝总，你说现在怎么办？"

"慌什么，天又没塌，你的前主管没有教会你越是麻烦越要冷静吗？"

戴骥被郝仁一训，总算冷静下来。郝仁拨了个电话，不到5分钟，陈竞男赶过来了。

"聚星怎么回事？"郝仁问道。

"是年报亏损的事吗？我早些时候给李总通过电话，对方解释说，3G时代到来，产品更新换代加快，为避免进一步跌价带来的更大损失，聚星年底加大了清理库存力度，导致手机分销业务利润亏损。我们评估觉得聚星业务一向稳定，好像风险不大，就没有向上汇报。"陈竞男说道。

"竞男姐，这怎么行呢？据我所知，这几年运营商通过捆绑提高市场占比，电商通过低价异军突起，线下渠道商腹背受敌，日子并不好过。聚星占据我们销售份额不少，但凡他们一点风吹草动，我们都要高度关注。"

郝仁知道陈竞男的优点是对人实诚，客户信赖度高，缺点是对细节之处不够敏感，危机意识略差。大风起于青萍之末，郝仁不得不时时提点，防微杜渐。

"郝总，聚星支持耀华这么多年，即使一时不景气也不能轻易放弃啊。"郝仁的话令陈竞男很是紧张。

"你误会我了，运营商、线下代理商和电商三足鼎立，共同组成耀华的销售渠道，哪一条腿瘸了都会失衡。现在运营商通过补贴终端吸引用户入网，但用户总有全体入网的那天，如果我们把重心都放在一个地方是非常危险的。所以我的意思是，既然是合作伙伴，困难时应该搭把手。你先去了解下聚星现在的问题，是店面选址不好导致单店盈利有问题，还是库存流转不畅导致旱的旱，涝的涝。"郝仁说道。

"好的，是我一时想岔了。"陈竞男说道。

"那我这边就对公众澄清说耀华一定会对用户负责到底，任何正规渠道销售出去的手机耀华都不会放任不管。"憋了半天的戴骥说道。

"还不够。"郝仁说道。

"不够？"戴骥问。

"等搞清楚聚星亏损的原因，我们就出手帮忙。耀华在困难时间对合作伙伴不抛弃不放弃，这样的品牌形象可以借他人之口进行传播，每篇稿件不用我展开讲了吧，记住不要用官方口径陈述。"戴骥成功地让郝仁解释到每个细节。

"明白了。"戴骥说道。

"没事你们就先出去吧。"郝仁有气无力地说道。

"那我们先走了。"

等两人关门出去后，郝仁瘫软在沙发上，疲惫感劈头盖脸地朝胸口压下来，让人呼吸困难。外面的两人还没走两步，郝仁依稀能听到戴骥一口一个竞男姐，虚心地请教各种沟通问题。

戴骥，勤勉倒是不假，但脑袋真是个榆木疙瘩，穆言在的时候看他办事又快又好，穆言一走马上没头苍蝇似的，明明是一个主管，却把决策的事都推给郝仁，干脆工资也给郝仁算了。

真是三军易得，一将难求。

第一百二十九章　助人还需等待

郝仁病了。

被自己折腾病的，毫无节制的加班，毫无规律的饮食，再强壮的身体也吃不消。

当时，郝仁正拿着一份文件批阅，突然肚子里像生出一台搅拌机，搅得五脏六腑昏天黑地，只一瞬，郝仁就疼得喊不出声，额头沁出豆大的汗珠，一阵眩晕后扑通摔倒在地。

汤媛休完产假，正好今天回来报到，一推开门就见郝仁趴在地上。汤媛吓得惊呼一声，把手中的礼物往地上一扔，随即拨打了120，叫上陈安一起把郝仁送到了附近的医院。

接诊的是一个头发花白的医生，一番检查后确诊是急性胃溃疡，一边开处方，一边絮絮叨叨教育起几人来。

"你们这些小年轻，吃不好好吃，睡不好好睡，生活腐败堕落，仗着年纪轻瞎折腾，这下搞出病来了，尽给医生增加工作量……"

郝仁打过止痛针后，疼痛感已经没有刚才那样强烈了，就抽出点力气顶嘴："医生你看我病历，我奔四的年纪，不算小年轻了。"

汤媛心里窝火，回归职场不到半小时就到医院了，家里照顾完小的，上班还要照顾这个大的。作为公司总裁，郝仁也太胡来了，现在肚子还疼着就开始找事了。

"郝总，你少说两句吧，听医生的就行了。"汤媛无奈地说道。

"郝总？你们不是夫妻啊，他要住院观察，叫一个亲属过来陪床。"老医生说道。

"我一个人就好，汤媛，小陈，一会你们就先回去。"郝仁说道。

"郝总，不行吧，我留下吧。"汤媛说道。

"瞎说什么，你家娃还等着你。小陈，你也回去，明天白天回公司拿了文件再过来。"郝仁说道。

汤媛和小陈两人百般推辞，还是被郝仁赶走了。

入夜，郝仁一个人躺在病床上，看着白色的天花板，白色的床，白色的窗帘，白得没有一丝生气，心中无比孤寂。郝仁真想打个电话告诉穆言自己病惨了，让她担心得从欧洲飞过来，但想到穆言知道了肯定会哭，会责怪自己，又心疼得作罢。

突然枕头下的电话振动起来，郝仁摸索到手机，按了接通放在耳边。

"郝先生，我是方美如，打扰你了。"

"嗯？小方，什么事？"

"郝先生，你的声音怎么这样，是生病了吗？"方美如细心地听出郝仁的气息不连贯，似乎忍着痛说话。

"嗯，有点不舒服，在医院。"

"哪个医院呢？我过来看看你。"

"不用了，没什么要紧的。"

郝仁直接推辞，大晚上让一个姑娘过来找自己，瓜田李下，说不清楚。

这时病房门开了，一个女人扶着个捂着肚子的男人进来，男人骂骂咧咧，很是生气。

"都说我忍忍就过了，你偏拉我过来，这是市医院，我们没有医保，住院很贵的。"

"老公，医生叮嘱说要好好治疗，万一胃穿孔，很危险的。"

"唉，钱白挣了。"

这时，郝仁听到电话里方美如说知道了，嘟一声挂了。

"知道什么呀，"郝仁嘟囔一句，开始闭目养神。

刚走进来的一男一女还在说话，不过在察觉窗边床位还有一人后，声音压低了一些。

"钱没了再挣，只要老公好好的就行。"

"平时你省得买根韭菜都要讲价,刚才一千块甩出去,眼睛都没眨,像个大款。"

"难得的嘛,感觉真不错。"

"哎哟,我的败家老娘们。"

……

这间病房一共四张床,本来只有郝仁一人,现在进来两人,安静的房间变得热闹,郝仁心里的孤独却更深了。

郝仁迷迷糊糊睡了个把小时,突然听见病房门又开了,以为是医生来查床换药,勉力睁开眼睛却看到了一身黑西装的方美如。

"你怎么知道我在这?"郝仁把床摇起来一点,半躺着对方美如说道。

"我听你声音觉得不舒服,就过来看看你。你不告诉我在哪个医院,幸好我听到你旁边有人说市医院和胃穿孔,我猜就是市人民医院的肠胃科。"方美如说着,把手里带过来的水果放在桌上。

"脑袋真好使,大晚上麻烦你跑过来,其实我没啥事。"

"郝太太呢?怎么没有在这里?"

"她去国外出差了,一时回不来。"郝仁不想继续这个话题,于是问道:"你今天打电话想跟我说啥?"

"哦哦哦,差点忘了,打电话想告诉你我升职了,成了一个小十人团队的负责人了。去年我没有做出什么销售业绩,差点在深圳待不下去,还好有你借钱给我,不然我只好回老家了。"方美如说道。

"哪里是借钱,是你帮我物色房子的中介费,本来就是你应得的。"郝仁说道。

"那时候经济环境差,也只有你找我买房,还是得感谢你。今年国家出台了经济刺激计划,接连颁发了4项房地产优惠政策,购房基准利率给0.85倍优惠、无不良信用记录的优质客户还可以申请7折优惠利率。上个月房地产就开始回暖了,你买的房子现在已经涨不少了,这个数。"方美如一边说,一边对郝仁比了两根手指。

"那真的很不错,还是你有眼光,选中了宝中,我最近看新闻这一区域又有很多基建大项目。"

郝仁想起当时看房的情形,方美如不像其他中介,一心想着尽快成交提取佣金,而是真当作自己安家一般,位置、交通、朝向、格局、学位、噪音方方面面都为郝仁考虑到。楼市回暖不假,但如果不是选到好楼盘，想要第一波涨起来也不容易。

"那都是我应该为客户做的。郝先生，你就是我的超级 VIP 客户，今天没人为你陪夜，要不我留下来吧。"方美如问道。

"不用了，我是有家室的人，你一个女孩在医院陪我不好，早点回去吧。"郝仁说道。

"那你多保重。"

方美如道别后，又磨蹭着待了一会才恋恋不舍地离去。

第二天、第三天、第四天，方美如每天都会抽空过来看郝仁。郝仁不想有什么误会，但方美如也没有说什么过分的话，做什么越界的事，自己总不能过去说不要迷恋我，不会有结果吧。

最后，郝仁为了避免自己脱口而出这样自恋的话，向医生申请了提前出院。

郝仁刚回到公司，得到消息的陈竞男已经在等自己了。

"怎么样？聚星那边什么情况？"郝仁问道。

"李东那边没有透露更多的信息，所以我就直接叫了几个区域的主管去现场做调研，发现现在线下竞争太激烈了，郝总看这张照片。"陈竞男把手机递给郝仁，接着说道："这是东莞一个镇中心的商业街，短短 200 米，居然有 5 家手机销售网店，按照这里的人流，根本养不活这么多店。"陈竞男说道。

"这么多店都奔手机而来，说明卖手机确实是很有钱赚，但同质化竞争都是贴身肉搏，如果不能脱颖而出，手机卖不动，同样面临着效益不理想，导致出现亏损。聚星的亏损恐怕不仅仅是清库存，可能也是过度竞争导致。"

"是的，郝总。另外，我还发现理想那边已经决定逐步推出线下代理商网络，后面聚焦运营商业务，理想在聚星里面占比也不小，这样一来对聚星的销售影响很大。"

"这一决策很不理智啊，完全依托运营商，就不得不配合运营商降低配置，降低价格，死死地绑定在千元机上，这相当于放弃了高端市场。"

"郝总，不是所有品牌都想要突破高端市场的，现在运营商市场占到五成以上，全国就三个运营商，搞定这三个客户就能拿到大额订单，何苦在公开市场一台一台卖货。"

"我记得理想负责公开市场的曾志忠是个高手，他对于渠道管理很在行，能够做到门店之间调货流畅，库存不积压，没有串货。理想重心一调整，他不就失势了吗，还留在理想干什么？能不能把他请来耀华？"

陈竞男听到这笑了起来，说道："郝总，曾志忠是我的学弟，我早联系过他了，他说考虑考虑。"

"那让他考虑下。回归正题，我担心聚星这边问题一时半会很难好转。李东这个人我了解，他不是一个轻易低头的人，更不会开口向我一个后辈求救，你就持续跟进吧。另外，一会找一下戴骥，让他对外声援一下聚星，我估摸着理想要是公布推出聚星销售网络，会影响到舆论对聚星的评价。"

"好的，郝总是不是在打什么主意？"

"有些想法，但现在还不到时候。"郝仁胸有成竹地说道。

第一百三十章　来得早来得巧

郝仁还想着悄没声地帮聚星渡过难关，第二天，聚星就上了社会新闻，闹出了数十人受伤的群体事件。

事情发生在广州最繁华的闹市区中山四路，临街的铺面被聚星和另外三家手机零售店租下，一字排开，首尾相连。消费者来到这里正好顺着逛过去，货比三家后再做购买。

正值四月，各大厂商陆续发布了本年度的重磅新机，为了促进销售，还提供了不错的激励政策，引得众促销员斗志昂扬。

这天，一个策划工作室的男职员来到这采购十台手机做活动礼品。这个男职员是砍价的好手，先是逐一走进这几家门店进行询价，然后又回到最先进去的门店说别的店给了怎样的优惠，如此反复几次压低价格。

就当这个男职员打算在聚星的门店付款时，隔壁门店的店员冲了进来，说给更优惠的价格，要把男职员拉走。聚星的店员不想煮熟的鸭子飞了，就连忙拦住顾客不让走。你来我往之间，言辞逐渐激烈，最后演变成了全武行。几家门店的员工扭打在一起，店里的东西砸了个稀巴烂，最后数十人先进了医院，又进了警局。

事情发生在闹市，如此大的动静引得路人纷纷驻足拍摄视频，媒体记者得知消息后也扛着摄像机赶来。

其中一家门店主人是一对精明的夫妻，知道聚星是全国连锁，需要顾及品牌形象。一看来了媒体记者，这对夫妻马上借势摔倒在地，一把鼻涕一把眼泪哭诉起来，说聚星财大气粗欺负小店，恶意抢客还动手打人。

这一幕被媒体原原本本拍了下来，报道过后舆论一边倒地开始指责聚星，要求聚星给伤者一个说法。

就在聚星焦头烂额地处理这一危机时，理想的马旭峰突然公开宣布中止与聚星的合作。

在镜头面前马旭峰义正词严地说道："理想科技是一家有道德感，有社会责任感的企业，我们追求的利润是阳光下的清白利润，是公平公正的市场环境下的合理利润，我们不会和盲目追求金钱的渠道商合作。即日起，理想科技中止与聚星的一切合作。"

陈竞男在电视机前看得火冒三丈，说道："理想的马旭峰在完全没有弄清楚事情真相前就这样给聚星定罪了，真是过河拆桥，落井下石。"

"马旭峰本身就打算和聚星说拜拜，但如果以内部业务结构调整去宣布中止合作，不仅要赔付违约金，外界看来还有点不仗义，现在有了这样冠冕堂皇的说辞，借坡下驴，顺便给消费者留下个有责任感的形象，何乐而不为。"郝仁说道。

"手段太脏了，聚星这次是真的吃了大亏了。"陈竞男说道。

"竞男姐先回去，我给李东打个电话。"郝仁说道。

"好的。"

等陈竞男走后，郝仁拨通了李东的电话。

"喂，我是李东。"电话那头传来的声音一如往昔，听不出任何情绪。

"李总，是我郝仁。"

"郝总，下午好，怎么今天有兴致给我打电话？"

"这不是在新闻里看到聚星了，就打个电话来问问。"

"怎么？郝总也要学某些人，和聚星一刀两断？"

"哪能呢？我就是想看看能帮上什么忙？"

"现在不用，晚点也许就需要了。"

李东的语气不容置疑，郝仁听后安心了不少。

就在理想顶着正义的大旗频频发声一周后，聚星员工把一段店内视频发布到网上，上面显示这次先动手并非聚星的员工，相反当隔壁门店的员工拎着棍子进来时，聚星的员工还用身子挡住客户，让客户先离开危险的位置。而此前新闻中佯装摔倒的夫妻，也被拍下趁乱打砸聚星的柜台玻璃，甚至顺走了一些商品。

视频发出后网民开始分成两边，辩论起到底是谁的过失。而最终让舆论出现反转的是警方的调查结论，认定聚星的员工是受害者，并对恶意打砸聚星店面的几人处以罚款和拘留等处罚措施。

郝仁看到误会澄清，便安排戴骥向媒体发出通稿，表示会与聚星扩大合作，探索国产品牌中高端产品的销售之道。

至此，聚星摆脱了丑闻，耀华加深了合作，而理想尴尬地不再发声。

郝仁给李东打电话，说道："李总，这次虽然挽回了聚星的品牌形象，但失去了理想的销售代理权，聚星损失不小，不知道需不需要耀华帮忙，尤其是资金方面。"

李东听出了郝仁的意图，也不绕弯子，直接问道："耀华有心入股聚星？解决聚星的资金问题？"

"乐意之至。"郝仁回答。

"你要知道管理渠道是一件很专业的事情，你想通过入股进入聚星内部，直接推进耀华的销售未必行得通。"

李东确实有资金的需求，这些日子，坏消息一个接一个，让人应接不暇。但是，如果让耀华进入到聚星内部指手画脚，李东又很不愿意，担心外行指导内行，自己的心血最后付诸东流。

"李总，你放心，零售您是专家，我们不敢越俎代庖。提出这样的想法，一是为了让聚星能重振旗鼓，好好发展下去，免得让耀华的销售渠道瘸了腿。二是我们想学习聚星在这方面的能力，把耀华的直营店也一并建立起来。"郝仁说。

"郝总的思路很清晰，但我需要和团队商量。"李东说完挂了电话。

陈竞男完全没想到郝仁在下这么大的一盘棋，只是真心地为聚星摆脱危机而高兴。另外，理想开放市场渠道负责人曾志忠正式递交了辞呈，并告诉陈竞男愿意加入耀华。

曾志忠来报到的当天，耀华对外宣布了一个惊人的消息，经双方协商，耀华将支付1.08亿元人民币，获得聚星公司22.5%的股权。

郝仁从新闻发布会回来，西装上别着的胸花都没拿掉，就热情地欢迎了远道而来的曾志忠。

"郝总，我是曾志忠，很荣幸加入耀华。"

"久仰大名，欢迎加入。"

"今天是个大日子，我在新闻上看到了郝总的大买卖。"

"哈哈哈，所以说来的早不如来的巧，买卖谈下来了，接下来就到你出场了。"

"就请郝总吩咐吧。"

"聚星，你在理想的时候就不陌生，虽然现在遇到了一些困难，但实力是在的，耀华想通过聚星全国铺货的能力把自己的销售网络夯实，尤其是能帮助耀华建立树立高端品牌形象的直营店，体验店……"

"明白了。"

"还有聚星有聚星的优势，他们经验丰富，在选址等方面从未失手，然而对于全球门店的管理效率着实不高，我希望你在这方面能够帮助聚星，最终让耀华在销售中受益。"

"郝总，你深谋远虑，理想为了运营商渠道放弃公开市场渠道，真是毫无远见。"

"我想理想不是看不到未来，只是眼前的诱惑太大，顾不上了。"

郝仁说着的时候，想起第一次在科技企业峰会看到马旭峰的场景，那时候他是那样高瞻远瞩，畅想着国产品牌的未来，让人心生敬佩，不像现在纠结于各种眼前的利益，自己都不相信自己描述过的未来了。

第一百三十一章　北上把脉渠道

在这个线下零售业的冬天，耀华注资聚星被业界评为2009年上半年最差的一步棋。

有一行业专家评论道，商场如战场，所谓势者，因利而制权也。耀华明知线下渠道已经再走下坡路，还一意孤行地投入，不知道是负责人年轻气盛，江湖义气，还是闭目塞听，市场失察。

郝仁看到这篇评论差点笑出眼泪，搞得进来汇报的曾志忠莫名其妙。

"郝总，是有什么高兴事吗？"

"没，你看有人夸我年轻，讲义气，乐死我了。"

曾志忠看了一眼郝仁指着的文章，差点一口老血喷在屏幕上。这样刻薄的语言郝仁居然能笑得出来，若是自己以往的那位上司，脸上早就冰封十里，让人瑟缩。

不一会，郝仁收敛了笑容，对曾志忠严肃地说道："今天叫你来是有正事的。现在，耀华已经完成对聚星的注资，是时候到你出场了。

"本来呢，按照耀华在聚星的股份，我往聚星管理层派人问题不大。但你知道耀华和聚星相识于微时，是合作多年的老伙伴了，我并不想贸然去打破聚星内部的平衡，制造无谓的矛盾。

"所以，我想你能放低姿态，以普通督导的身份深入到聚星销售门店，诊断出聚星存在的问题，做出可行的方案后，再回到总部进行大刀阔斧地改革，最终推动耀华销售更上一个台阶。"

"郝总，就是你不说，我也会从基层做起的。您可能不知道，我的职业生涯就是从一个地级市的业务员开始的，截至我升至管理层，脱离一线销售，经手卖出的手机一共 3065 台。说实话，只有亲自和客户聊过，我才能拍着胸脯给你担保，我的方案能行。"曾志忠说道。

"好样的，开口前我还担心你对这样的安排会有误会，觉得耀华亏待了你。你放心，事成之后，耀华的线下渠道销售就都归你管了，待遇和职级都会顶格提升。"郝仁说道。

"郝总，只要能让我放开手脚地干就成。"

"听你的意思，心中已有盘算，从哪里下手？"

"兵家必争之地，河南。"

"怎么说？"

"河南，九州腹地，十省通衢，是全国重要的交通枢纽和物流中心，一部手机早上从郑州出发，晚上即可到达任何一个县乡。在这样一个市场，最能看出线下门店的管理水平，而一套好的线下销售方案在这里能最大限度地发挥作用。"

"行家一出手，就知道有没有，我们什么时候出发？"

"我们？"曾志忠疑惑了。

"对，我们，我和你一同前往河南。"郝仁坚定地说道。

"可我要去的是河南的村村落落，吃住环境不会太好。"

"没问题，都听你的安排。"

"这也太太太……"

曾志忠此刻不知道说什么好，郝仁的做法太出人意表了。曾志忠在理想的时候，哪怕是一个省代表，也都只愿意待在省会城市，万不得已才会去农村市场走访，更何况公司的总裁。他曾经几次提议管理层下乡考察市场，都被各部门以各种理由搪塞，马旭峰提点他不要没事找事，给大家增加工作量。

郝仁看曾志忠都结巴了，开玩笑地说道："怕偷懒被我抓到？没事，偶尔偷懒一下，我假装没看到，不扣你工资，哈哈哈。"

"郝总，我怎么可能偷懒。"曾志忠长着一张严肃的脸，什么时候看到他都是不苟言笑的样子，真遇到高兴事笑起来，看上去像是面部肌肉在抽搐，能吓哭小孩。久而久之，就更难被逗笑了。

看见曾志忠一板一眼的作风，郝仁也不逗他了，恢复严肃说道："就这么定了，我们尽快出发吧。"

三天后，飞机降落郑州新郑机场，两人把行李往酒店一放，直接打车来到了聚星的省办事处。

接待两人的是一个叫陈大春办事处主任，表现得十分热情，一见面就紧紧握住曾志忠的手。

"曾总你好，远道而来辛苦了。这位是？"

曾志忠已经在聚星办理了入职，到河南考察的事聚星内部是知道的，早早通知了河南办事处。但郝仁一同考察聚星并不知道，陈大春平时很少看新闻，也不认得郝仁的脸。

"这位是我们……"曾志忠正要介绍，却被郝仁抢了话头。

"我是曾总的助理，你叫我郝二就好了。"郝仁不知道哪根筋不对，随口把自己的仁字去掉单人旁，结果听起来像骂人，只是不知道骂谁。

"你好，你好。"陈大春差点笑出来，但最后还是憋住了，毕竟是上面派下来的人，得罪不起。

曾志忠却并不觉得哪里不对，说道："能和我们介绍下河南省的情况吗？"

"没问题。"一看来了工作狂，陈大春赶紧把两人带到会议室，拿出早已准备好的材料，夸夸其谈起来。

"河南省是聚星的重要利润来源，17个地级市，21个县级市均有销售网点，共有300多名熟练的促销员……"

曾志忠也不打断，等陈大春说完问道："我们各销售门店是怎样分货的呢？"

"我们有着100多名经验丰富的业务员，他们有各自的分管区域，通过不断地走访门店，考察各个门店运营情况来了解自己片区的情况，等到产品有新货到来之际，就根据门店的情况分货，并提供营销支持和销售指导，非常高效。"陈大春介绍道。

"可以让我看看各门店近期的销售数据吗？要是近期的不方便，去年的也行。"曾志忠问道。

"上半年的还没有统计上来，要不给两位看去年的数据。"陈大春说道。

"行。"曾志忠爽快地答应了。

不一会，陈大春叫人拿着厚厚一叠资料进来，放在桌上。

"我们就是到河南来学习优秀经验来着，不敢太打扰，我们就自己看资料吧，你忙你的。"郝仁说道。

"那我先出去了。"说完陈大春走了。

一下午，两人就在会议室里默默地看资料，也不交流，安静得呼吸声都能听到。

快到下班时间，陈大春来了。

"两位一路过来辛苦了，我已经预订了郑州最有特色的酒楼，给两位接风洗尘。"陈大春说道。

"改天改天，我们曾总啊今天病了，想早点回去休息。"郝仁说道。

曾志忠一听，马上配合地露出痛苦表情。

"要紧吗？不舒服还来办公室，真是敬业。"陈大春说道。

"没事没事，睡一觉就好了，我就是昨晚喝多了。"曾志忠说道。

"那好，那好，两位早点回去休息吧。"陈大春说道。

郝仁和曾志忠出了门，打车回酒店，在酒店附近的路边小店点了半只烧鸡、两碗烩面、一碗大份的胡辣汤吃起来。

"我不想应酬，害你吃路边摊了。"郝仁说道。

"地方上的人能喝，我胃受不了，还好郝总拯救了我。"曾志忠说道。

"这些门店的数据看了一遍，发现什么没有？"郝仁问道。

"问题很大，几乎可以说乱七八糟，如果聚星的选址是合理的，那么一个市的各门店的销售数据不会相差太大，但数据却显示，同一个市同等规模的店销量却相差十万八千里。这说明什么？聚星的业务员水平不一，对各门店的判断严重失误，导致门店之间互相串货。"

"你怎么知道业务员判断失误的？"

"我注意到有一些门店，一个月销售不足30台，一天1台都没有，怎么够付店面开销呢？而离它不足一公里的店，却能一天销售40多台。唯一的解释就是后面这家店拿到了比它能销售的数量更多的货品，然后再转手给其他店。"

"这样的管理模式完全倚靠人际关系，很容易滋生腐败。"郝仁说道。

"我们明天到门店看看。"曾志忠说道。

"销售数据他们不让带走，我们去哪些门店？"

"有问题的门店，我都记下名字了。"

"这记忆力，佩服佩服，吃面吧，这顿我请。"

郝仁说得豪气，却惹得老板娘侧目，眼前这个西装革履的男子，一看就是有钱人，请一顿不到50块的饭，有什么好骄傲的，看说话的架势还以为包了什么高级酒楼。

第一百三十二章　找到坏事老鼠

第二天上午，郝仁晨起装模作样地给聚星河南办事处主任陈大春打电话。

"陈主任，昨天曾总太晚回酒店，今天身体不舒服，我们就不过来办公室了。"

"好好好，一定要注意休息。"陈大春语气关切。

"请问郑州附近有什么景点呢？得空我们去逛逛。"郝仁问道。

"那你可问对人了，少林寺、嵩山风景区、黄河风景区都不错，时间多还可以去去洛阳，好地方呐，我一会发个行程到你们邮箱，反正最近公司也不忙，你们可以自己安排工作嘛。"

陈大春心领神会，总公司派下来的人少有做实事的，大多打着巡查的旗号到地方吃香喝辣，四处游玩，这次的曾志忠和郝二还算不错，没跟自己要车要陪同，省了不少事。

"那多谢你了，陈主任。"

郝仁挂了电话，收拾行李和曾志忠一起退了房，打车来到了郑州火车站。

"志忠，咱下一个景点去哪?"郝仁放下手里的面包问道。

"南阳。"曾志忠回答道。

"也是，你这从总部派下来的钦差大臣，地方上肯定事先打好招呼了，严阵以待地等着你。自然是不好去郑州洛阳这些主要城市巡查。"郝仁说道。

"我本来是想去千年古都洛阳的，拜郝总所赐，透露了我们要在郑州洛阳游玩的消息，只好改道南阳了。"曾志忠苦笑道。

"南阳也不错嘛，地理位置是承东启西，连南贯北，下辖2个区、10个县、1个县级市，昨天看销售清单上南阳的店面数量仅次于郑州和洛阳，有得逛。"郝仁说道。

"看来郝总早就选好地方了，那我们走吧。"曾志忠晃了晃手中的火车票。

两人到了南阳后，放下行李就往市郊蒲山镇的一处聚星门店跑。

聚星是老牌代理商，老牌不仅仅是年纪老，更是经验老到。这蒲山镇位于城乡结合部，交通便利，是河南重要的建材基地，各种水泥厂、电石厂等乡镇企业林立，居民收入水平较高。在这种地方建门店，销量一般不会太差。

郝仁和曾志忠走进镇中心的聚星门店，里面装潢与北京的店面风格相差不大，没有因为地处边远就草草布置。各品牌的手机琳琅满目，摆放得宜，因为理想撤柜，还特别扩充了耀华的陈列位置。

一见有客人来，一个女店员赶紧过来迎接。

"两位先生好，请问看点什么？"

"想看点智能3G手机。"郝仁说道。

"有意向的品牌吗？"女店员问。

"没有。"郝仁回答。

"那我给两位介绍几款我们小店的爆款，这款是耀华T系列手机，今年4月刚推出，3.5英寸屏幕，全触摸屏，支持两种3G制式……"

女店员的介绍丝毫不差，这让郝仁很满意。再问了几款其他品牌的手机后，郝仁开始和女店员谈价格。

"这一款手机价格可以便宜一些吗？"郝仁问。

"都是官方定价，没法便宜，我可以赠送你一些礼品，都是很实用的，比如暖手宝，现在天气冷还可以用一阵子，在外面买也要五六十块钱。"女店员说道。

"我们不要礼品，如果买十五台呢，总有团购价了吧？"曾志忠说道。

"十五台？这么多，店里的货可能不够。"女店员说道。

这个回答让曾志忠很是惊讶，一个60多平方米的大店面，居然会十几台备货都没有。

"那能调货吗？"郝仁问。

"我试试看。"

女店员到一边打电话去了，一开始轻声细语，似在求助。可不到一会，女店员就在电话里吵了起来，越来越激动，直接吼出了一声："加价那么多，那我的店还要不要做了。"

女店员挂了电话走过来，满脸抱歉地说："不好意思，没有调到货，让你们白跑一趟。我这就8台，你们要是不介意就买，要是介意就到别的地方再看看。"

"没事，我们不着急买，等你进货也行。"郝仁说道。

"这款产品不是什么限量款，理论上不应该缺货呀。"曾志忠说道。

"一言难尽，我们这个市的所有门店都被一家小店拿捏着，想多进一些爆款都得求着人。"女店员很是无奈。

"你们是连锁店，不能直接和省公司或者总公司上报需求进货吗？"曾志忠问道。

"哪有这么容易，省公司都是派业务员来收集需求，谁和他关系好，谁就能分到多一些爆款。城南的那家店和业务员关系最好，拿到的货最多，如果我们分不到货，就只能找那家店加价买。明里是正规连锁店，背后却乌七八糟，一笔糊涂账。"女店员说道。

"你不是促销员，你是这家店的老板吧，什么内情都门清。"郝仁问道。

"是啊，利润稀薄，就请了一个小工，今天休息了，我和我老公轮流看着店。"女店员说道。

"那还真辛苦，这是我的电话，你进到货再给我电话吧。"曾志忠从柜台上撕下一张便利贴，写下一个号码递给女店员。

"行，我的名片你也拿一张，有什么需要的直接打电话，市内可以送货上门。"女店员抽了两张名片给曾志忠和郝仁。

出了这家店，郝仁和曾志忠打车直奔女店员所说的城南聚星门店。

到了目的地，两人有点傻眼，这家店位置虽然不错，但面积不过20平，把聚星代理的所有品牌手机展示全都有些困难。

店员的服务态度非常差，一副爱理不理的样子，自顾自地在柜台后面玩电脑，郝仁多问了两句就被轰了出来，还丢下一句没钱问这么多的话，气得曾志忠差点上前理论。

"走了，走了，我们先去吃饭。"郝仁一看表到了饭点，指着街对面的面馆说道。

"气都气饱了。"曾志忠说道。

"饭还是要吃的。"郝仁说道。

两人找了个临街的位置坐下，正好可以一览无余地看着这家店。

"这是闹市区，一条街好几家手机店，家家门庭若市，唯独这家没几个人进来，要是靠人流吃饭，早就饿死了，店员怎么可能有力气这么嚣张。唯一的解释就是，这家店的收入根本不靠服务单个的客户，而是靠吸血，通过吸取别的门店的销售利润，轻轻松松就有大笔进账。"郝仁说道。

"原来聚星的地方渠道已经腐败成这样了，郝总你注资聚星的这笔钱花亏了。"曾志忠气愤地看着对面的手机店说道。

"这个事得拆开来看，聚星的大部分门店我觉得还是不错的，现在是一颗老鼠屎，坏了一锅汤，只要把这些吸血鬼清理出去，我们在聚星的销量还能往上走。"郝仁说道。

"郝总，耀华的事已经够你忙了，哪里还有精力拯救聚星。"曾志忠说道。

"我这不有你吗？料理线下渠道你是能手，我以前可听说了，你在理想的时候曾经一个人把十几人的内部蛀虫团伙拉下马，其中领头的还是个副总级别。"郝仁说道。

"好汉不提当年勇，都过去了，我这不就被理想架空职务扫地出门了吗？"曾志忠说道。

"在耀华不用怕得罪人，只要做对事就行。我在外地不能久留，摸摸底就得回去，病情清楚了，怎么对症下药你看着办。只有一点，要拿得出可行性方案，而不是收集一堆问题去李东那里告状。"郝仁说道。

"明白，没有解决方案的反对意见，本质上就是添乱。"曾志忠说道。

第一百三十三章　好产品不怕晚

在南阳停留了三天后，郝仁返程回深圳，曾志忠则换上一身旧衣，化身农民模样深入到县乡去看家电下乡的渠道落地情况了。

回到深圳，郝仁这几天对着曾志忠乐观正向的面具啪的一声落地，碎了。如果没有亲临一线，郝仁不知道聚星这只在全国拥有几万家卖场和专门店的庞然巨物，渐渐地从皮肤到内里开始腐朽。

郝仁心里有一种不祥的预感，他害怕在市场白热化的节骨眼上，这么一大笔支出没有为耀华建立起坚实的线下渠道，反而打了水漂，成为压死骆驼的最后一根稻草。

郝仁思虑再三，还是拨通了李东的电话，打算委婉地探探底。

"李总，如今我们已经彻底地捆绑在一起，你能不能和我说句掏心窝子的话，你觉得最影响聚星未来的是什么？"

"郝总，你不是已经派了个精干的钦差大臣曾志忠下到一线去考察了，以他的眼力见儿，早就发现问题了，我和你们观点完全一致。"李东说道。

"听说聚星负责地方门店运营的是您的发小，李总既已知道，却不行动，是不是顾念友情，投鼠忌器？"郝仁问道。

"是又不完全是，旧有的模式再差也维持着聚星的运营，如果在没有完全替代方案的情况下，贸然推倒旧有的模式，恐怕动了企业的根本，变成没人能收拾的烂摊子。不仅郝总的投资血本无归，我一辈子的心血也将付诸东流。"李东说道。

"或许钦差大臣有办法改变这骑虎难下的现状。"郝仁说道。

"我对他寄予厚望，所以我没有把曾志忠的名号报出去，对下只是通知好好招待耀华的贵客，让大家都以为来了个酒囊饭袋，方便你们行事。"李东说道。

"没想到无意识中和李总打了配合。"郝仁说道。

"认识多少年了，这点默契怎么可能没有，哈哈哈。"李东说道。

事已至此，郝仁别无选择，把所有筹码都压在曾志忠身上。这个不苟言笑的男人，能不能把铁板一块的聚星搅出点大水花，只好静等时间来揭晓。

在家里休息了一个周末，郝仁终于把所有担心在心底收好，又一副运筹帷幄的样子出现在公司。才刚出电梯，郝仁远远看到隋祖禹和孙皓两人已经在办公室门口等着自己了。

走近一看，两人都面有愠色，好久没看这对活宝吵架，郝仁竟有点久违的感觉。

"怎么了,一大早面红耳赤的,你们俩起来练肺活量了?"

"是你要来汇报,你先说吧!"隋祖禹用手肘撞撞孙皓。

"两位,进去说。"郝仁打开门做了个请的姿势。

一进门,孙皓把电脑投在屏幕上:"是这样的,我做了个自有应用商店的策划,本来打算给隋工看完再汇报,没想到隋工坚决反对,你出差的这星期,我们从早吵到晚,实在吵不动了,今天直接来你这决策了。"

"你想做自有应用商店?"郝仁问道。

"没错,而且我觉得我们起步还是慢了,蓝海都快变红海了才入局。"孙皓说道。

"我真担心你们耳朵起茧子了,我的意见还是摊子太大,研发真的承受不起。"隋祖禹说道。

"你们各执一词,我不了解情况无从判断,要不孙工你先讲下方案吧。"郝仁说道。

"行,那我从头说起。自从2008年ACE推出自己的应用商店,彻底改变了行业内容盈利模式,真正满足了3G时代的用户需求。以往用户极少下载手机应用,原因有二,一是应用虽然可以通过多个渠道到达用户,但这些渠道高度分散且公信度不高,不利于用户体验。二是开发者缺少足够的回报,运营商、SP/CP等中间环节拿走了超过60%的收入,导致开发者的积极性降低,整个手机应用软件的产业链运转不畅。

"应用商店的出现,解决了这两大问题,一方面,通过平台审核可以保证应用的安全性和可靠性。另一方面,降低手机应用开发的门槛,三七开分成,保证应用开发者取得最大收益,使得其参与其中的积极性空前高涨,手机应用数量质量双提升。

"目前入局应用商店开发的玩家有平台提供商、运营商、互联网厂商、硬件厂商等,屏幕上展示的就是时下下载量较为可观的几家应用商店的界面,这些玩家各有各的优势。

"运营商的优势在于,拥有巨大的用户资源,将话费用户转化成应用商店用户难度较低,同时运营商与用户具有可靠的计费模式,收费的流程会更为顺畅。而缺点在于运营商原有封闭性思维如何适应互联网开放性思维,终端如何适配运营商应用商店等问题。

"而互联网厂商在于地位中立,可以获得多平台,多厂商的支持,不存在争夺产业链核心地位的问题，能够获得各方的包容。缺点在于用户黏性差，利润单一……"孙皓一一介绍道。

"你也说目前的玩家已经各有各的优势，那我们为什么还要去搅和这趟浑水，没有一个厂商可以收尽一个行业的利润。而且就目前耀华的收入成分上来看，运营商已经占据了50%以上的收入，他们对于应用商店势在必得，要求我们定制程度越来越深，已经牵扯住我们大部分的精力，如果我们再另起炉灶，在应用商店上和运营商竞争，恐怕引起运营商不满。"

隋祖禹说完，孙皓没有再接话，想来这些内容已经争论很久，并没有达成一致意见，于是，两人目光齐刷刷看向郝仁。

"孙工，你把现有几个应用商店的用户界面再播放一遍。"郝仁不接两人话茬，评价起应用商店的设计起来："这几个应用商店的设计也太丑了，一堆毫不相干应用放在一起，也不分类，像个杂货铺，搜索功能也不方便，这叫用户怎么找。"

"郝总，大家都着急上线抢地盘，所以各方面有不周到的地方，以后可以慢慢改进。我们硬件厂商做应用商店有天然的技术优势，可以为开发者提供功能较强的开发包，可以在终端出厂前就内置应用商店。我现在想知道耀华到底要不要做应用商店？"孙皓说道。

"孙工，应用商店对行业有颠覆性的意义，要我看做是一定要做的，但隋工说的问题确实存在，我们不能一下子把占有50%以上利润的客户得罪了，而且现在走公开市场的量还不足，独立渠道也没有完全建立好，耀华自有应用商店现在上线的时机还不成熟。"郝仁说道。

"那您的意思是以后再做？"孙皓问道。

"不是，现在就做，等待时机上线，戴着镣铐跳舞会不会？"郝仁说道。

"哦哦哦，我明白了，现在开始开发，然后在生产运营商定制机中吸取经验，提高自有应用商店的用户体验，然后等待耀华在公开市场中占比提升后，一举推向市场。"孙皓说道。

"不仅如此，刚才我说的用户界面丑不是和你们开玩笑，任何和用户接触的内容都应该满足好用和好看两个标准，你负责把用户功能做好，UX设计这些交给在欧洲的贺知州，是时候让他做点贡献了，否则变成摆设了。"郝仁说道。

"明白了。"孙皓点头。

"啧啧啧，郝仁你已经不是纯正的研发灵魂了，你在意好看了。"隋祖禹说道。

"没办法，生活所迫，消费者在意了，我们能不在意吗？"郝仁说道。

"郝总，这样一来我们推出应用商店的时间就会比竞争对手晚很多，怕不怕落了先机，抢不到用户了？"孙皓说道。

"好产品永远都不怕晚，只怕在不合适的时间出现。"郝仁说道。

第一百三十四章　不信任或更好

穆言已经在欧洲待了快两个月。

这两个月，穆言彻底地摆脱了事务性工作，一个人静静地思考怎么建立耀华全球营销体系，在对各国政治经济文化的脉络进行梳理后，穆言脑海中的框架开始逐渐清晰。

营销是花钱的部门，如果每一个国家都如同中国区这般豪华阵容配置，从整合营销、公共关系、到媒介投放、创意设计等各领域精耕细作，可以让现阶段的耀华花钱如流水，组织再膨胀一倍。

穆言知道这样绝对不可取，国与国之间可以相互影响，区域内部存在凝聚力，真正的全球营销不是把中国区营销在所有国家复制一遍，而是提纲挈领，找到影响力的关键。比如在俄罗斯市场的成功经验，就可以应用到白俄罗斯等俄语地区。在英国的代言人和舆论领袖，就可以对印度地区进行传播。

根据影响力的不同，穆言将不同国家分层分级，匹配不同的人力和资源。重点国家设立营销中心，负责影响一整个大片区。非重点国家尽可能复用重点国家的素材，将节省下来的营销费用投入到促销中，好钢用在刀刃上。

工作之余，穆言就会跟着贺知州到卢浮宫、橘园美术馆、奥赛博物馆去看画，一边看，一边拿着电子导览听背后的故事。贺知州学设计出身，痴迷于艺术家技法的高超，而穆言则为艺术家创作的故事而动容，常常想若没有了这般故事，艺术家可能就止步于匠人了。

当贺知州从孙皓那接到应用商店设计任务时，穆言正在他旁边查阅欧洲主流媒介的资料。

"怎么这么高兴？"穆言看到贺知州喜形于色，仿佛捡到了什么绝世宝物。

"巧了，我这边刚从学校招了几个做UX设计的毕业生，就接到了应用商店设计的任务，真是一天都没浪费。"贺知州拿着电子手写笔轻轻地敲击桌面。

"我们居然也要做自己的应用商店了，有说想做成什么样的吗？"穆言问道。

"孙皓传达郝总的意见是好用，且好看。"贺知州说道。

"我们郝总终于上道了，终于把视觉放在和体验同样重要的位置了，进步很大。"穆言说道。

"谁说不是呢。"贺知州已经开始在脑海中构思起来，话语愈发简短。

"其实，我们手机的显示界面经常变动，不同机型还不一样，挺混乱的，如果有个统一的设计标准就好了。"穆言说道。

"咦，显示界面和手机外观一样都是与消费者直接接触的地方，确实应该有统一，且与竞争对手相区别的设计。谢谢你的提醒，我应该借这次机会把耀华的视觉逻辑梳理出来。"贺知州说道。

"你的人手加上你不到五个人，现在的智能手机界面丰富，光标志就成百上千，加上应用商店的任务，你的团队短期内搞不完。"穆言说道。

"我试着找下供应商，就是不知道预算够不够？"贺知州说道。

"我倒是有个好主意。"穆言露出得意的笑容。

"什么主意，快说。"贺知州急不可耐地问道。

"法国这么多知名艺术院校，我们何不做成有奖作品征集，点燃年轻人创作的热情，从中选择符合我们标准的作品延展使用。奖金对于没有收入的学生是有吸引力的，相信应该会有不少人参加。"穆言说道。

"你这个点子不错，如果能发掘到优秀的设计师，我们也可以适时地吸纳到耀华，一举多得。"贺知州说道。

"那我们行动吧。"穆言说道。

贺知州在巴黎多年，对于附近的艺术院校十分清楚，很快就联系上了包括自己母校在内的多所艺术院校，揭开了第一届耀华设计大赛的序幕。

一个月后，郝仁在电话里听到穆言兴奋的言语，让郝仁声临其境地感受到了，年轻的艺术家多么富有激情，为耀华设计出了无数优秀的作品，挑得贺大设计师眼花缭乱。穆言提议要举办一个小型展览，让这些优秀作品无论最终用没用上，都能收获到主办方的认可和尊重。

郝仁听着电话里穆言源源不断的新奇点子，庆幸当初没有阻挡穆言远赴欧洲，否则穆言要少了多少成就感。毕竟穆言在成就郝仁的同时，也成就了自己，这种一起前进的感觉足以战胜这相思之苦。

挂了电话，郝仁又烦起另外一件事。自从南阳和曾志忠一别后，这个人仿佛石沉大海，消失了一般。

郝仁不习惯打电话给下属催促工作进度，而曾志忠也不喜欢时时电话汇报进度，就这样搞得郝仁心里七上八下。

终于在郝仁快按捺不住了时，曾志忠回来了。

只是当曾志忠出现在办公室，郝仁惊呆了，这哪里是出发前体面的钦差大臣，简直是从田地里回来的老农民，一张黑脸衬得白衬衣发光。

"你去哪了搞成这样？"郝仁问道。

"我一个月来辗转了三个省，十几个城市县乡，基本情况已经非常清楚了。"曾志忠说道。

"那么，找到解决方法了吗？"郝仁问道。

"找到了。"

曾志忠花了一上午的时间把线下门店的整改计划说了个一清二楚，听得郝仁拍案叫绝。

"走。"

"去哪？"

"去北京。"郝仁答道。

第二天上午，郝仁和曾志忠就出现在聚星北京总部。

"两位来得好快，比我预想得快多了。"李东笑着迎接没有预约的两人进门。

"李总就是喜欢故弄玄虚，如果李总肯如实相告，估计我们都不用去调研。"郝仁说道。

"那可不行，凡事有调查才有发言权，快和我讲讲两位的高见。"李东说道。

"想必渠道腐败的问题李总都十分清楚了，我就不赘述了，直接说如何来解决这个问题。首先，线下业务员之所以会通过分货来收取好处，是因为管理层不能清晰地知道每个门店的销售能力，只能听业务员的一面之词，只要是人为的，换谁都解决不了。那么，聚星可以通过建立客户管理系统来解决，各门店每卖出去一部手机，就需要在系统里登记，久而久之，数据沉淀下来就可以为每一次分货提供依据。

"其次，门店之间销售有波动是很正常的，聚星可以在中心城市设立仓储，以一周为单位向门店发货，这样既减少了门店的仓储费用，又能让一个区域销售具有灵活性，不至于这家卖不完，那家没货卖。

"再次，聚星在县乡设立销服一体店，方便用户购机时又能享受服务，比如维修、贴膜、清洁等……"曾志忠把自己做好的方案给李东看。

"这样大的变动会让业务员失业，可能会有阻力。"李东说道。

"阻力是一定有的，毋庸置疑，所以我们要分阶段进行，先从耀华的专卖店开始，再扩大到手机卖场，授权店等。等到门店的店员老板感受到这个方案的好处，自然会主动提出要用，改革有时候也可以自下而上。"曾志忠说道。

"思路清晰，我支持，那就按你说的做，从耀华产品开始试点。"李东说道。

"谁来牵头？"郝仁问道。

"自然是志忠，你想的办法你来执行，完美。"李东说道。

"李总真是个好猎人，把志忠都用到极致了。"郝仁说道。

"这事非志忠不可。如果聚星内部选拔可行，我就不会等到今天。大家一个锅里吃饭，抬头不见低头见，谁也不会真的用力推行这么容易得罪人的事。志忠你就不同了，无后顾之忧，完成使命后就回耀华了，完全不用担心我鸟尽弓藏或者同事的打击报复。你只管放心去推进，有我来收场。"李东说道。

"志忠的话，李总也不用担心志忠会借推倒旧秩序清除异己，建立自己的秩序，继续欺上瞒下。"郝仁说道。

听郝仁说完，李东叹了口气默认了，现在负责线下门店运营的发小，以前也是个能吃苦耐劳的人。

十多年前，为了帮李东清除涉嫌贪污上千万的副总，李东的发小曾经奔波各地搜集证据，一举将人送到了监狱。

然而，李东的发小没有引以为戒，反而将这位副总违规乱纪的手法一一学到手，才间接造成了如今聚星的危机。

"我信任你们俩，如果当初没有这么信任就好了，可能我的发小已经收手了。"

李东脸上露出一闪而过的悲伤。

第一百三十五章　静静看人表演

第二天,李东召开半年经营总结会议,聚星所有高管如往常一样早早地在会议室等待李东的到来,丝毫没有感到即将到来的暴风骤雨。

郝仁和曾志忠跟随李东一起走进会议室,在座的所有高管齐刷刷站起来,目送着李东走向座席。

李东曾是一名军人,退伍后创立的聚星,身上那股说一不二的强势,只要从身边走过就能感受得到。所以,哪怕如今台下有人心思各异,在面上也不得不给予李东足够的尊重。

"今天正式给大家介绍两位新朋友,这位是郝仁,耀华终端有限公司总裁,同时也是聚星的股东。这位是曾志忠,耀华终端有限公司线下销售总监,后面将会在聚星担任要职,我代表聚星公司对两位的到来表示热烈的欢迎。"李东说道。

在掌声中,郝仁和曾志忠起身做了简单的介绍。随后,聚星半年经营总结会议正式开始。

第一个议题便是半年销售业绩汇报,座席间一个瘦削的中年男子走到台前,不慌不忙地开始介绍。

"受经济危机持续的影响,市场竞争白热化,消费者换机周期拉长,聚星上半年的业绩不尽如人意,总收入 34 亿人民币,同比降低 13%……"

屏幕上的数字触目惊心,瘦削男子却不见任何紧张,依旧气定神闲地说着,小小的三角眼有意无意地扫过郝仁,似在判断是否存在变数。

忽然,李东一拍桌子,愤怒地问道:"侯敬辉,这个成绩你看起来挺满意的是不是?"

侯敬辉一脸难以置信地看着李东,这个数据李东不是早就知道吗,怎么看起来像第一次听说似的,不知道唱的哪一出。但侯敬辉终究是跟了李东很多年,又有发小的情谊,天然就比其他人更难生出惧怕。

"这样的结果,谁也不想的,兄弟们都在加班加点,奈何整个零售行业不景气,消费者都往电信营业厅跑,我们死活拦不住啊!"

李东已经厌倦了侯敬辉这副死猪不怕开水烫的样子，不想理会他的叫苦不迭，直接问道："所以你打算坐以待毙，大家一起喝西北风？"

"不会，我们销售团队一定会团结一心，在下半年打一个漂亮的翻身战。"侯敬辉说道。

"什么措施？"李东也不留情面地问道。

"等下来骨干团队研讨后再正式汇报。"侯敬辉说道。

在下面看了半天戏的郝仁知道铺垫已经完成，出场的时候到了。

"准备好了吗？"郝仁凑近曾志忠的耳朵轻声地问

"准备好了。"曾志忠答道。

"不必了，等你想出对策来，黄花菜都凉了，我们聚星的执行力是时候应该提升了。这一点，耀华就做得非常好，曾志忠来聚星考察不到两个月，就做出了一套促进聚星门店销售的方案，下面就请志忠给我们讲讲吧。"

李东说完，众人的目光投向这个一直正襟危坐的男人。

"好的，李总，那我就在各位行家的面前班门弄斧了，如果有什么不对的地方，欢迎大家指正。在过去的一个多月，我在河南、湖北、江西三个重点省份进行了考察，发现了以下的几个问题。

"首先，聚星的自上而下的管理模式链路太长，可以说总公司不清楚各省情况，各省不知道各城市的情况，各位手机看到的门店销售情况汇总，严重依赖于业务员层层上报，其真实性可想而知。其次，门店的管理缺乏灵活性，同一个城市，这个店严重缺货，那个店却卖不出去的情况时有发生，影响了快速销售的机会。再次，每一个门店都是独立的个体，都需要仓储、运输、服务等全流程，水平参差不齐，成本无形增加……"

曾志忠没有节奏的平静话语，像重锤敲在侯敬辉心里，一下重似一下。下面的人不是说曾志忠的地方督导身份不过形同虚设，根本没到办公室上过完整的一天班，都跑到景点去游玩，怎么他说得如此振振有词，无法反驳呢？

"这样的问题也不是我们聚星一家独有，任何一家代理商都存在这样的问题，更何况我们这样的大代理，旗下成千上万家店，总会有这样那样的疏漏。"侯敬辉说道。

"这些问题并非无药可救。"曾志忠说道。

"不必卖关子，在座的都是聚星的老人，直接说出来让大家听听就知道可行不可行。"侯敬辉料定挑刺容易挑担难，现在倒生出兴致来听他说。

"第一，兵贵神速，聚星需要打破旧有的层层铺货的模式，摆脱人为经验分货带来的不稳定性，采用客户管理系统，用数据说话。每次店铺分多少货，用系统拉出过去每个月的销售及流水清单就可以知道。为了避免门店之间互相串货，进货出货都在系统录入，整个销售过程就非常清晰透明了。

"第二，每个省份采用中央仓储的模式，门店分货后不是全部堆到门店的库房，而是放在中央仓库，根据历史销售情况按周发货，这样既节省了门店的仓储费用，也方便门店之间互相调货，化零为整，提高效率，减少支出。

"第三，取长补短，在线下销售中，聚星擅长的是选址及门店运营，对于厂商的产品并不熟悉，这就导致了聚星需要花费大量时间进行人员培训。这一点耗时耗力，非常不划算。最好的办法是，聚星负责门店的运营，而门店中的促销员由厂商来招聘、培训和发工资。聚星减少了费用支出，厂商也能把产品交给熟悉自家产品的促销员，一举两得……"

曾志忠对于自己的方案无比自信，他注意到有人的目光由质疑变得信服，这是一个好的开始。

"你的方案乍一听很能唬人，但操作起来却其实不然，我就说一点，这个客户管理系统需要自建吧，使用需要培训吧，人力及费用算下来价值不菲吧！"侯敬辉斜着三角眼说道。

郝仁自我介绍后就一言不发，目不转睛地看着这一众聚星高管，想看看自己的注资交到这些人手上会不会打水漂。

侯敬辉的这个问题对于郝仁来说很简单，一句耀华出钱就可以堵住所有人的嘴。可郝仁偏不说，就想看看曾志忠如何舌战群儒，如果曾志忠没有说服别人的能力，这往后明里暗里的阻力他可就承受不起了。

曾志忠也不着急回答，打开电脑投屏出一张大表格，说道："既然想知道值得不值得，那我们来看投入产出比，虽然建立客户管理系统需要和人力费用，但是它节省的时间和各项费用完全可以在一年内收回投资。大家不信，请看屏幕，左边是系统建设的各项费用，包括软件开发和服务器等，右边是节省下来的各项受益。"

"精彩，精彩，志忠果然是行家里手，考虑得滴水不漏，我有信心一套方案一定会帮助聚星走出困境。"李东起来说道。

"那就在耀华的专卖店做试点吧，为表诚意，变革的各项费用由耀华支出。"郝仁说道。

"够爽快！或者还有人有更好的提案吗？"李东的这句话不是问大家有没有意见，而是问有没有提案，无形中提高了反对的门槛，潜台词是如果现在没有更好的办法，那最好的选择是闭嘴。

"好，议题通过。"几秒钟后，李东宣布曾志忠方案集体通过。

后面的议题，郝仁和曾志忠没有再发言，默默地坐了一上午。

从会议室出来，曾志忠问郝仁："聚星的问题不是一个技术问题，解决的办法没有多么高深，只是李东掺杂了太多人为因素，才变得这么复杂。"

"李东看起来虽然强硬，但内里有些感情用事，总想找到万全之策。就拿今天来说，李东不再信任侯敬辉了，可终究没有把他的所作所为说出来，想要让他去自我反省。"郝仁说道。

"如果发生在我们公司呢，你也会这样做吗？"曾志忠问道。

"不，原则就是原则，谁都不能改变，如果我为谁开了口，我今后就要面对千疮百孔的公司了。"

郝仁想了一会接着说道："相比于一呼百应的排场，我更希望你们在我面前为产品为技术毫无顾虑地争吵，而不是背地里为金钱为地位肆无忌惮地争夺。"

第一百三十六章　掐死非分之想

在北京应酬了两天，郝仁打算回深圳了，临走前请曾志忠吃顿老北京涮羊肉。

"志忠，我明天就回去了，你自己一个人在北京，有什么难处就给我打电话，别闷声不出气，不要忘了公司是你最坚实的靠山。"郝仁给曾志忠的杯里添了点酒，又往锅里加了半盘羊肉。

"郝总放心，我知道怎么做。"曾志忠呷了一口酒说道。

"你还记得自己的目标是什么吗？"郝仁问道。

"梳理耀华在聚星的线下门店，提升耀华线下销售比重，提效率，赚利润。"曾志忠说道。

"不止,我想你再往前走两步。"郝仁说道。

"走到哪里去?"曾志忠问道。

"第一步是为耀华构建自营店体系打好基础。"郝仁说道。

"入职耀华第一天,你就说过这句话。可自营店是一个重资产的投入,耗时耗力,为什么我们不把专业的事交给专业的人去做?"曾志忠说道。

"你先别下结论,我先给你讲个历史。2002 年,酷美曾经因为返点问题和多家代理商闹僵,产品惨遭下架,当时不少人唱衰。然而让所有人没想到的是,酷美的销量却不降反升,依然是全国出货量和利润率双料冠军。后来我们分析发现,原因其实很简单,除了产品品质好外,还因为酷美拥有自建的门店体系。

"试想如果我们全部销售都依赖代理商,他们就会以渠道为筹码不停地要求降价,我们失去基本的定价权,为了保有利润就只能降低配置,没有办法发展出自己的高端产品系列。"郝仁说道。

"郝总一直没忘记高端之路。"曾志忠说道。

"不能忘也不敢忘,国产品牌不应该是廉价的代名词,高端产品才能代表耀华品牌的实力与品质。"郝仁说道。

"我明白了,你不是说要往前走两步,第二步是什么?"对数字敏感的曾志忠是不会忘记郝仁说过的任何一个数。

"关于第二步,我先问你个问题,你知道我为什么愿意为这次的变革付钱吗?"郝仁问道。

"因为你想为我的变革扫清障碍,怕聚星内部卡我们预算,导致项目受阻。"曾志忠说道。

"是,但不完全是。那你知道耀华长期合作的咨询公司 ITS 原来是做什么的吗?"

郝仁看到曾志忠摇摇头,继续说道:"也是一家电子科技产品公司,他们在战胜企业危机的过程中总结出风靡全球的产品开发 IPD 流程,并将这套流程和方法论包装成产品,卖给各大企业。我们每年给这家公司的咨询费高达千万,几年下来早就过亿了。

"所以第二步就是,你千万不要把自己现阶段的工作理解成为线下销售渠道流程改进,而是要把当作一项高价值的产品来做。你只管把这件事做到极致,缺人缺钱都找我,不必求聚星,等做出成效,不仅仅是手机能挣钱,你的每一个操作都是真金白银,零售业可是个富矿。"

"郝总,你真是太精打细算了。"曾志忠说道。

"赔本买卖谁做?想什么呢?吃肉,吃肉,都老了。"郝仁赶紧把遗落在锅里的肉往外夹。

沸腾的铜火锅汩汩冒着白色的雾气,曾志忠吃了两口,突然看向大快朵颐的郝仁,问道:"郝总,这顿要不我请吧。"

"那怎么行,跟我吃饭,哪能要你付钱?"郝仁说道。

"我怕我吃你一顿,你要从我身上赚几顿回去。"曾志忠说道。

"有你这么举一反三的吗……"

和曾志忠把所有问题都说透了,郝仁心里对线下渠道也有了底气,可以放心地回深圳了。

第二天一早郝仁收拾行李赶往机场,结果运气不好遇到北京雷暴天气,所有飞机都无法起飞。

郝仁从早上十点一直等到晚上六点才登上飞机,到了深圳已经九点多,下了出租车正往家走,在小区门口的中心花坛边看到一个熟悉的背影,走近一看原来是方美如。

"小方,你这大晚上的不回家,在外面坐着干什么?"郝仁问道。

方美如想得出神,被突如其来的声音吓了一跳,抬头一看是郝仁,说道:"郝先生,你这么晚才下班真辛苦。"

"我出差回来航班延误了,你怎么了?"郝仁再次问道。

"我,我,我没事,坐一会就走,打扰你了。"

"这有什么打扰的,大马路又不是我的,你是遇到什么难事了吗?你要不要等我回去放个行李一起吃个夜宵?"穆言不在家,郝仁不好把单身女子往家里带,但看方美如失魂落魄的样子,又有点放心不下。

"那会不会耽误你时间?"方美如说道。

"不会,我吃了两顿飞机餐,也想改善下口味。"

不多时,两人坐在了附近的一家韩国烤肉店里。

"这是怎么了,一向精神抖擞的小方今天像斗败了的公鸡一样,垂头丧气的。说出来听听,我大你好几岁,也许能给你支支招。"郝仁说道。

"我在深圳买房了。"方美如说。

"这是好事呀,在深圳算是站稳脚跟了。"郝仁说道。

"本来可以是好事的，今年行情好，我拿下不少单，分红下来加上东拼西凑的钱总算凑齐了首付。现在每个月还完贷款和欠债，兜里连一千块钱都没有剩下，实在没办法给家里寄钱，就和家里说了买房的事。我以为我父母虽然重男轻女，但是也当我是亲生的，没想到我妈大骂我没良心，不把钱寄回家，弟弟都没买房就自己先买房，还说我迟早嫁人，买了房就是便宜外人。"方美如有点哽咽，没说两句开始吧嗒吧嗒掉眼泪。

郝仁刚才暗处没发现，现在灯光下一看，方美如的脸上有点红肿，隐约可见手掌印。

"你的脸怎么了，谁打你了？"郝仁问道。

"嗯，今天下午我妈带着我弟从老家赶过来，一来就叫我把房子过户给我弟。还说深圳这么好挣钱，我这样的废物都能买房了，让我给我弟找工作。我没没能耐给游手好闲的弟弟找工作，也不可能把辛苦挣的房子拱手相让，我妈没达到目的就打了我一巴掌，家里是待不下去了，我只好一个人跑出来。每次心情不好，我就会想起来深圳卖的第一套房，于是过来这看看找找勇气，没想到能遇到你。"方美如说道。

郝仁听了心里很不舒服，农村这样的事很多，做父母的重男轻女，大多养出一无是处的儿子和自卑懦弱的女儿，既害了儿子也害了女儿，两边没落得好。

"那你打算照你妈说的做吗？"

"不，他们生我养我，我会在能力范畴赡养他们，但不会他们要什么就给什么的。"方美如语气坚定，像是对郝仁郑重宣誓，又像是说给自己听。

"你能这么想很不容易。"

"可我心里好难过。"

"你肯定反复问过自己，为什么不管自己多努力，父母还是偏心。可你得不到答案，老一辈的观点很难改变，好在你没有一直屈从，把自己的人生也弄糟。"

"谢谢你的鼓励，以前我总是坚持不下去，被所有人指责久了，想着认命算了，这次我一定要做到。"

"你打算怎么办？"

"我的住处除了一张床没有什么东西，大城市消费这么高，我妈又这么抠，坚持不了几天就回去了。我打算暂时在公司住几天避避风头，还好他们不知道我在哪里上班，房子买得偏，离公司远，应该遇不上。"

"公司没床，你打算趴在办公桌睡觉？"

"有个沙发可以躺躺，我皮糙肉厚的没事。"

"这样吧，你去我们公司协议酒店住个把星期吧，报我的姓名电话记账就好。"

"这怎么可以。"

"你一个月只剩几百块也没得选了，你帮我看的两套房增值这么多，就当奖金了，没办法的时候就别死要面子了。"

"这，这，这……"

"行了，今天多吃点，买房后不能顿顿吃肉吧，今天给你放纵下。"

方美如看着烤架上吱吱冒烟的五花肉，咽了咽口水，自己确实已经连续一个星期吃清水挂面了，嘴里淡得无法形容，再也克制不住，夹起两片肉放在嘴里咀嚼起来。

眼前这个男人，真的什么都知道，可惜是个只能高山仰止的人，方美如暗自劝自己不要有非分之想。

第一百三十七章　芯片流片失败

不得不承认，方美如的母亲有着常人难有的毅力，面对大城市高昂的生活成本，在方美如蟑螂都找不到食物的空房里，愣是买来一箱泡面蹲守了一个多星期。

城市不比乡下，邻里之间礼貌多于熟悉，在方美如的母亲弟弟拙劣浮夸的苦情戏面前，邻居们果断地选择了绕道而行。两人的可疑行径被物业得知，若不是能准确说出方美如的外貌体态，险些要被保安以非法入侵民宅或者诈骗报警处理了。

方美如的弟弟忍受不了从早到晚的泡面和邻居看怪物的眼神，开始对母亲大吵大闹要回去。最终，这对想要榨干方美如每一分钱的母子兵惨败在众人一心挣钱，无心家长里短的冰冷大城市里，只得收拾行李悻悻离去。

方美如叫一个实习生帮忙到家中敲门，确认这场闹剧已告一段落，才从酒店退房回到家中。看着散落皮屑的肮脏床单和满地汤汁的泡面盒子，方美如的心凉透了，没有一丝眷恋，只想和过去做一个告别。

方美如找人换好门锁，跪在地上用抹布清理地板，直到眼泪滴落，和污渍混在一起，然后通通被抹布擦得不着痕迹。

等房间恢复原样，已是黄昏，方美如提着垃圾出了门，在楼下把垃圾狠狠地丢在垃圾桶，然后走进不远处的小公园，来到一棵大榕树下。

吃饭时间，公园人不多，大榕树亭亭如盖，翠绿的树叶被夕阳染成金黄色，细长的寄生根如珠帘般围住方美如，带来些许安全感。

方美如在一个熟悉的位置蹲下，扒开满地的落叶，发达的根系间露出一个拳头大小的树洞。方美如左顾右盼不见旁人后，开始对树洞轻声倾诉。

"树洞，树洞，还是我方美如，我今天来是想告诉你，我已经决定挥别过去了，这一次是真的，我不会再满足他们的无理要求，不会再接受他们的无故辱骂，从今天起我要做自己，把更多的精力用来爱自己，你相信我，这次我一定可以。

"有一个人，我好想报答他，他给了我从未有过的温暖，可是他什么都不缺，我现在什么都没有，根本不知道用什么来报答他。

"我要变得强大，变得有力，唯有这样，我才能远远地帮到他，对，远远地就好，普通朋友就好，太靠近他会给他带来麻烦，带来困扰，那不是我想要的……"

方美如说完，又用落叶盖上树洞，把心底的秘密好好掩埋后，给郝仁打电话，告诉他自己已经退房，多谢他这些日子的照顾，房费会尽快还上。

那一头，接电话的郝仁配合着方美如的见外和客气，脑海浮现出她的样子，杏眼小嘴，满脸写着温顺，唯独那双眼睛隐隐透着倔强和坚毅，像是要和命中注定争个输赢。大概是这眼神让自己触动，才会几次出手帮她，难说这小女子以后是个了不得的人物。

周三上午是郝仁闭门处理文件的时间，如无要紧事，郝仁这段时间不愿别人打扰。今天坐下还没看几页，就听到办公室外传来敲门声，一声请进后，钟楠慌慌张张地冲了进来。

"出什么事了。"郝仁问道。

"郝总，我们的3G芯片流片失败了。"钟楠说道。

"怎么会呢，之前你不是说模拟测试没问题，怎么会失败？有多失败？直接变砖了吗？"

郝仁听到自己的心里咯噔一下，这次的3G芯片他寄予厚望，想赶上第一班快车往前冲，改变一直以来都在竞争对手身后捡漏的局面。为此，郝仁给芯片团队提供了尽可能多的资源，设立了令人艳羡的奖金，不敢催不敢问放手让沈同方去做。可惜天不遂人愿，等了这么久等来了个失败。

看郝仁都急得血气上涌了，钟楠意识到自己的表述过于直接，赶紧补充道："这倒是没有，就是流片回来测试与仿真查差异很大，性能不达标，发热严重时会影响正常使用，大家现在都忙着查找问题所在。"

"唉，那也没办法，如果性能不达标，肯定还得继续改进再投产。沈工呢？怎么是你一个人来。"郝仁脸色稍霁，语气放松了几分说道。

"郝总，我来就是想找你去劝劝沈工，他跟人借了生鲜冷库，已经在里面待了半天了，怎么说也不出来，他那年纪可经不住折腾。"钟楠说道。

"借冷库？借冷库干什么？他自己在做可靠性测试？这不是应该由供应商用专业的设备做吗？"郝仁惊讶地问道。

"是，但这不是流片失败了，性能测试都没过，后面的可靠性测试也就没做，反正都没法投产了。但沈工怕老问题解决了，新问题又出现了，没完没了，他想复现一下老问题，并把没做的测试都做做，提高下一次的成功率。"钟楠说道。

"沈工人在哪，走，赶紧去看看。"郝仁问道。

郝仁按着钟楠说的地址，开车东拐西拐来到一个生鲜物流公司的冷库。

门口穿制服的保管员见钟楠和郝仁过来，嚷嚷道："说好的300块只用到11点的，一会有人拉货过来，你们不能在里面的。"

"知道知道，我们一会就走。"钟楠连连应声。

郝仁扭开冷库门，一股寒气夹杂着海鲜的腥味扑面而来，沈同方披着件羽绒服缩在一个角落里，在临时搭建的模拟应用环境里，专注地查看着什么。

"沈工，这里这么冷，您打算待到什么时候？这些事让钟楠他们小年轻干，别什么都亲自上手啊。"郝仁蹲下摸了摸沈同方的手，感觉不到一丝温度。

"唉，这次流片失败，不仅几百万就砸手里了，还耽误了不少时间，眼看别的品牌都宣布上最新技术了，我真是心痛死了。真不明白做了那么多试产测试，怎么还把3G芯片做成暖手宝的。"沈同方长长地叹息，呼出的白雾在眼镜上凝结出细密水珠。

郝仁心里难过，看着满脸自责的沈同方，垂头丧气的钟楠，可还得吊着一口气给大家鼓劲。

"这不是没成砖吗？说明一部分设计成功了，一百分的考卷咱还得了二三十分，虽然不及格，总比交白卷好，设计芯片这么容易，咱做出来就没啥成就感了。"郝仁说道。

"都怪我，你们在外面一块一块地挣利润，我在这里几百万几百万地糟蹋。"沈同方说道。

"不能这样想问题，要是咱做成了，这钱就能从市场上赚回来，要是放弃了，这钱才是糟蹋了。沈工，我看您早测试完了，就是在这里惩罚自己，我们出去吧，抓紧时间组织大家快点继续优化。"郝仁说完，扶着沈同方往外走。

"唉，你说我年纪一大把，怎么还没你小子想得开。"沈同方说道。

"关心则乱。"郝仁的心都快滴血了，还对沈同方挤出一个轻松的笑容。

第一百三十八章　孤独开出朵花

郝仁把倔强的沈同方送到芯片实验室门口，刚要转身离开，又突然想起什么，回头抓住沈同方的右手说道："沈工，我知道您老现在不服气，回去肯定要搞什么突击奋战，但一定要有个度，别头悬梁，锥刺股，不眠不休，注意自己的年纪。"

沈同方扶了扶眼镜，瞥了郝仁一眼，说道："你小子，现在觉得我老了是不是，体力拼不过年轻人了？想当年一穷二白的时候，我们就是争分夺秒，不舍昼夜地干出来的……"

"行了行了，沈工，我不想听您念经，我不管，即使出了问题，也不能自乱阵脚，您该上班上班，该休息休息，钟楠负责监督。"郝仁不容置疑地说道。

"收到，保证完成任务。"钟楠大声回应，腰板挺得像个士兵。

沈同方一听不乐意了，从郝仁那抽回右手，愤愤说道："如果你们俩能每天少气人点，我铁定能长命百岁。"

话毕，沈同方转身回办公室了，郝仁和钟楠对视一眼，两手一摊，各自离去。

郝仁回到办公室打开电脑，一条订阅新闻跳出来。

就在刚刚，全球第一的终端品牌酷美通过官网公布了其芯片发展战略调整。从今日起，酷美将改变长久以来在手机通信芯片上多自行开发设计，再交由代工厂的模式，正式退出芯片设计生产领域，而将其IP协议栈授权给不止一家芯片企业，让他们用此技术为酷美设计生产芯片。如果愿意付额外专利费获取特别授权，芯片企业也可应用该技术生产芯片面向全部企业销售，包括酷美的竞争对手。

酷美的总裁表示，这次酷美释放最大的善意，把芯片市场让出来，是站在全行业发展的高度，放弃与芯片企业直接竞争，改为构建合作伙伴关系，携手同行，创造一个更为开放更为公平的市场环境。

郝仁从这番宛如慈善晚宴的发言中，看出了酷美市场退避三舍的高明之处。酷美退出的正是行业最高投资，最高风险的部分，也是耀华投入巨资，屡败屡战的芯片设计生产领域。转而牢牢抓取产业链的最上游和最下游的两头，一方面控制住通信芯片中基带IP部分，占领通信技术的制高点，另一方面把握住整机终端销售，守住了最终为产品买单的用户群体。

两厢一对比，郝仁发出一声喟叹，这就是酷美百年积累下来的知识产权的威力。有这等任何企业都绕不过去的专利，酷美大可放手将芯片业务让给其他企业，也把芯片生产的风险与成本成功地转嫁出去，自己旱涝保收地赚取授权费。

郝仁想起ITS管理咨询公司的项目负责人史密斯·布莱特说过的话，科技企业要做百年老店，就不能总为眼前的利益左右战略，要找到一个点猛扎下去，所谓树大根深，扎得稳，才得长久。

郝仁一拍大腿，自言自语道："砸锅卖铁也要通信领域的知识产权累积起来，就从别人嫌累的芯片设计开始吧，也不枉费沈老头一把年纪苦哈哈地搞研发。"

既然是累积知识产权，最有价值的还是像酷美所拥有的大量基础研究成果。正如隋祖禹经常挂在嘴上的贝尔实验室，里面获得诺贝尔奖的科学家所做的全是具有超前意义，不能马上商用的基础科研专利，但后来却实实在在地影响了整个行业发展，任何行业内的企业都无法回避，只得不情不愿地交专利费。

没错，耀华应该有这样的一个实验室，照亮行进方向前几十里甚至几百里几千里的路，郝仁脑海中宏远的计划正在酝酿，越想越长远。

穆言不在身边，郝仁下班就没个准头，等忙完走出办公楼已经是深夜11点，抬头一看，12楼的芯片实验室灯火通明。

郝仁拨通钟楠电话兴师问罪："你也学会了阳奉阴违，怎么监督的？现在沈老还在加班吗？"

那边窸窸窣窣一阵慌乱，然后钟楠怯怯说道："没没没，听到没有，大家都在收东西准备回家。"

郝仁挂了电话，看到12楼办公室的灯陆续熄灭，安心地往露天停车场走。等郝仁开着车又绕到办公楼下的车辆出口时，无意间看到12楼沈同方的办公室又亮了起来。

郝仁顿时无语了，沈同方不愧是老革命家的后代，游击战术是融在血液里的，只是没想到会用在这种地方。一听到郝仁问怎么还不下班，就跑到办公室门口查看，没发现人影，就精准地判断到郝仁在楼下，于是赶紧关灯假装下班。唯一的纰漏就是算漏了今天郝仁心里思绪万千，在车里坐得久了一点。

也罢，自己根本拗不过沈同方，就当他年纪大睡眠少吧。郝仁径直开车回家，不再和老顽固斗智斗勇。

这一夜，郝仁做了个梦。

在外太空一个人迹罕至的星球，茫茫的戈壁滩上拔地而起一座穹顶实验室，实验室里只有一个白衣人，他面露笑容，沉醉在奇思妙想之中，手里做出了瞬间移动的交通工具，穿越未来过去的时光机，生来成熟的果树庄稼，都是郝仁不曾见过的新奇玩意。

郝仁走过去问白衣人："你在这里多久了？"

对方回答："不知道，有记忆开始就在这里。"

郝仁又问："你不孤独吗？一直一个人。"

对方又回答："不孤独，因为我知道我做的正是未来。"

白衣人的笑容逐渐消失在白光里，郝仁被闹钟唤醒，原来昨天忘记关窗帘，此刻自己正赤条条地躺在金光灿烂的晨曦里。

孤独星球实验室？或许是上天的启示，郝仁脑海中蹦跶出这样一个名字，他觉得贴切极了。

北京时间早上六点半，巴黎是晚上十一点半。郝仁迫不及待地拨通越洋电话，兴奋地把这个梦讲给还没来得及做梦的穆言听。

"孤独星球实验室？孤独星球不是一套旅行书吗？"穆言问道。

郝仁没读过旅行书，只是沉醉在对实验室的构想里，于是说道："没错，这是一段孤独的旅途，要知道自己为什么出发，才能耐得住寂寞走下去。"

"我以前都不知道你说话这么有哲理。"要不是听得出声音，穆言都怀疑有人盗了郝仁的手机。

"你觉得怎么样？"郝仁问。

"挺有范的，你喜欢就好。"穆言说道。

说干就干，郝仁从高校研究所招募到一些具有钻研精神的科研人员，又从内部选调一批有想法的研发人，组建了一个全新的团队。

孤独星球实验室挂牌那天，郝仁叫汤媛弄了一个小型的仪式。没有剪彩这些俗套的环节，郝仁只是把沈同方流片失败的芯片拿过来一些，做成标本，给实验室成员各发了一份做纪念。

郝仁对大家说道："孤独星球实验室没有高高在上的主管，没有明确的产品规划，没有确定的考核绩效，大家可以尽情地发挥自己的探索精神，每天都挖掘与我们产品相关的前瞻技术，并想方设法地拿下知识专利。

大家手里的芯片是一个失败的产品，我发给大家做纪念，是想让大家时刻记住自己肩上的重担。大家的努力可以减少耀华被专利巨头绞杀的概率，可以让产品拥有独一无二的特征。

所有的任务已经交代完毕，从此这里没有人打扰，我唯一的期待，就是看大家在孤独中开出一朵花来。"

第一百三十九章　新旧暗自交替

南方的盛夏热得令人发指，让每个人都如同冰箱里的冷冻肉，一离开冷气就会融化成一摊烂泥。

如果是平时，想让隋祖禹这样的懒人顶着40度高温天气出门是绝对不可能的，然而周六下午两点，正是一天暑气最盛的时候，郝仁听到门铃响打开门，却看到了汗流浃背的隋祖禹。

隋祖禹从门缝里感觉到冷气的存在，如同饿虎扑食般从郝仁身边窜进来。

"你怎么了，今天怎么愿意出门活受罪？"郝仁从冰箱拿出一瓶水递给瘫在沙发上的隋祖禹。

隋祖禹接过水一阵猛灌后，气喘吁吁地说道："我刚从香港回来，大清早去海港城ACE零售店排了一上午的队，快被太阳晒干了。"

说完隋祖禹从双肩包拿出一台ACE 3G智能手机放在茶几上，郝仁拿过来仔细地观察了一番。

"ACE现在还没有和任何一家大陆运营商达成合作，大陆消费者手里的ACE手机都是从香港过来的水货，你去亲戚家玩，还抽空做代购啊？"

"什么跟什么？你仔细看看，这款手机支持多模，不是运营商定制款，可以使用任何一家大陆运营商的服务。理论上，ACE已经和香港运营商捆绑销售了，就不会又为公开市场更新功能，这一举动明显是针对大陆市场，用水货投石问路。"隋祖禹说道。

"正常的。和美国运营商比较，大陆运营商较为强势，更有自己的应用商店和内容付费服务，ACE的硬件加内容的商业模式和大陆运营商的部分盈利是重合的。所以，大陆运营商既想要用ACE强大的品牌号召力来吸引用户从2G过渡到3G，又忌惮ACE对于行业的颠覆，怕它把所有蛋糕端走。所以，去年就听说三家运营商都在接触ACE，却都没有正式地确定ACE什么时候开始销售。ACE和运营商谈判不顺，又觊觎大陆广阔市场，就不得不另辟蹊径，弄出这么一手。"郝仁说道。

"ACE可是个传说啊，2007年第一次做手机，不到两年时间，出货量就已经全球排第三了，这还是没有开拓大陆市场的前提下。一旦进入大陆市场，这出货量可不得吓死人啊。今天一大早我去买ACE手机，8点就到门店了。好家伙，排队的那叫一个人山人海，十有八九是帮大陆人买手机的代购。你要不想排队，还可以请人帮你排队，一次100，服了，都有购买生态链了。"隋祖禹说道。

"ACE进入大陆是迟早的事，我们现在还够不上成人家的对手，既然打不过，我们就多学习吧。"郝仁说道。

"我也是这么想的，打算周一领着大家拆解一下。对了，你看2009年上半年各大终端产商的半年报没有？"隋祖禹问道。

"周五小陈放我包里，还没来得及看，你没事可以一起看看。"郝仁起身去房间拿了一份报告出来。

整个 2009 年上半年，国内手机产量为 3.05 亿部，其中国内市场销售 6800 万部，同比增长 14%，出口为 2.37 亿部，同比下降 7.2%，可见国内市场受政府经济刺激计划和产业更新换代的影响，手机市场增长亮眼。而国际市场受经济危机影响，手机需求大幅萎缩，其中传统发达市场消费者手机更换周期加长，新兴市场中新增用户数量增长趋缓，直接导致出口量下降。

全球排名第一毫不例外是酷美，但在巨大的出货量数字的背后，是市场份额的下降，从 2008 年上半年 39.2% 到 2009 年上半年的 36.7%，足见疲态。而第二的是如愿以偿的 CF，在 2009 年上半年，既成为中国运营商的宠儿，又在国际市场上挤占了 MOT、爱达等品牌的份额。第三名就是隋祖禹口中的传说 ACE，一年实现翻番，全球 14% 的市场份额。

如果说几大海外品牌轮流坐庄，国产品牌已经完成了部分的新旧更替。

"郝仁，你看我们在国产品牌中虽然出货量是第一，但第二名的理想咬得很紧，而且除去开销，我们的净利润低得吓人，差点要亏本了吧？"隋祖禹忧心忡忡地问道。

"上半年耀华投资了聚星，又加大了芯片、系统等领域的人力资金，还有一些企业变革项目，所以开销是有些大。而理想砍掉公开市场，一心一意瞄准运营商客户，短时间来看，开源节流的效果十分明显，正常的。"郝仁解释道。

"你这也太胡来了，不知道媒体拿到这份年报后会怎么说你。"隋祖禹说道。

"为长久计，顾不上这么多了。有一点我们踩中了，你看 Android 的市场份额提升到 3.9%，说明这个赛道的玩家在增多，我们有先发优势，不断完善后应该能再上一个台阶。"郝仁说道。

"确实是，被孙皓那小子说对了，我服气。另外，你的好友宋朝栋的高科市场份额在下降，被另一家叫 OTT 的新品牌超越了。"隋祖禹说道。

"高科不用担心，宋朝栋的手机业务下降了，可他的显示屏生意有起色了，上半年增幅高达 40%，失之东隅，收之桑榆。我们这个行业变化太快,两年就能养出王者,比如 ACE,一年就冒出个有力竞争者,比如 OTT,别看是新品牌,和海外系统产商和芯片产商关系很紧密,第一款产品就是一身海外顶级零部件配置。"郝仁说道。

"一个组装厂又来了。"隋祖禹说。

"高级组装厂,不能小觑。"郝仁说道。

两人讨论了好一会,屋子里慢慢变暗才发现天色已晚。

"你今天居然不着急回家带娃。"郝仁问道。

"娃和汤媛都还在香港,我是拿到 ACE 手机过度兴奋才赶回来和你讨论的。"隋祖禹说道。

"那不如我随便煮个面一起吃算了。"郝仁说道。

"行啊,要不今天我住你家算了,回去也是一个人。"隋祖禹说道。

"唉,我们今夜都是快乐单身汉。"郝仁说道。

"嗯,今夜我们都是快乐单身汉,但明天我就恢复快乐已婚男,你成了悲伤单身汉。"隋祖禹说道。

"我不想煮面了。"郝仁说。

"别啊,当我没说,我错了,你快煮吧。"隋祖禹赶紧把郝仁推到厨房,生怕蹭饭失败。

两人好久没有像今晚这样相聚了,酒足饭饱,在沙发上促膝长谈到深夜,眼皮打架也不肯睡去。

"郝仁,其实这个行业要挣点钱并不难,像刘达喜,当初也是做手机,做不下去了,海外品牌大笔一挥收购了,老实说这么多钱,他几辈子都花不完。"隋祖禹摇着一杯红酒说道。

"是,当初 CF 不是也想收购我们,只要我们开价,他们不会犹豫的。我们那时候没几个人,大家一分,谁也不必过苦日子了。"

"可是我们要的不是钱,这事就难办了,前有国际巨头,后有新挑战者,你扩展上下游,做芯片,搞专利,钱花出去也不知道以后有没有回响。"隋祖禹说道。

"那你后悔跟我出来干吗?"郝仁问。

"后悔啥,还记得在学校的时候,别人随口说句你要是跳起来碰得到篮板,就算你厉害。就这没啥实质性受益的话,我们都会去做,无非就是想要句算我们厉害。"隋祖禹说道。

"没错,就是想要句算你厉害而已。"

"走着瞧，迟早让老外用英语说算你厉害。"

"算你厉害用英文怎么说？"

"You Win！"

"哈？这么简单，你这海归的英语就这种水平？"

"你懂什么？最狠的话往往最简单。"

"哈哈哈哈。"

……

有些人就是时光再怎么塑造，还是最初的样子，没有身份的藩篱，没有世故的侵袭，一开口便是想当初，殊不知当初和今日并无不同。

第一百四十章　光脚挑战穿鞋

周日清晨，郝仁和隋祖禹睡眼惺忪地醒来，才发现两人聊了一晚上，竟然都没有成功走到床上，一个睡在了沙发上，一个躺在了地毯上，酒瓶子摆了一茶几。

隋祖禹刚想舒舒服服伸个懒腰，"我和你，心连心，同住地球村"的手机铃声响得震耳欲聋，仿佛有十万火急的军情。隋祖禹一看是汤媛电话，脑袋立马清醒，一个激灵坐起来。

"老公，我和儿子要回深圳了，买的奶粉有点多，11点你来福田口岸接我们可以吗？"

"好的，我马上过来。"

隋祖禹挂了电话，起身就往外走。郝仁在厨房煎鸡蛋，眼见隋祖禹慌里慌张地离开客厅，问道："你不吃完早餐再走吗？"

"不吃了，我先回家整理下，再去口岸接汤媛。"说话间，隋祖禹已经穿好了一只鞋。

"你结婚后怎么像只惊弓之鸟，汤媛说句话都能让你吓破胆。"郝仁赶紧用锅铲给鸡蛋翻了个面，然后把头伸出来对着门厅换鞋的隋祖禹喊，生怕说晚了人就走了，都来不及讽刺一下。

"我才不怕汤媛，等你有娃就知道了，一天见不到想得慌，我现在恨不得飞过去接她们母子俩。"说完，隋祖禹关门走了。

"唉，又往我心里扎刀。"郝仁苦笑着做了个简单的三明治，靠着橱柜吃起来。

穆言已经走了小半年，每天都只能通过视频见面。可两人大部分时间都很忙，常常开着视频各自工作，不说一句话。但这样长久的沉默并不会让郝仁忘记了对方的存在，因为每半个小时，穆言就会提醒郝仁喝一口水，每一个小时，穆言就会提醒郝仁起来活动一下，就像在身边的时候一样。

郝仁曾经也好奇穆言为什么像闹钟一样准时，直到这次穆言走后，郝仁在书房的抽屉里发现穆言记着关于自己的各种注意事项。郝仁才知道，以前只当穆言文字工作者记性好，原来对于自己的事，穆言并没有很自信，全部一一记下以防遗忘。

郝仁知道如果按照世俗的观点，自己在社会上算小有成就，不至于说让众人掷果盈车，趋之若鹜，但对普通异性天然有着吸引力，故而自己的婚姻面临的挑战比其他人要大得多。

郝仁想起一个月前去线上销售部，进门就看到主管徐敏正在训斥一个叫陶璐璐的新员工。因为有急事和徐敏谈，郝仁就劝了两句，让这个新员工先回办公位。

不想陶璐璐上了心，接下来的几天，经常绕道过来巧遇郝仁，有时候是送咖啡，有时候是送便当。

等陶璐璐第五次过来找郝仁时，郝仁关门让她坐下，然后毫不讳言地说道："陶璐璐，你毕业于名牌大学，如果能把偶遇我的精力用在工作上，或许可以少犯一些错误，徐敏就不会这么严厉地批评你了。"

"郝总，我工作还是很认真的，徐总的脾气好大，我吓坏了，很感激你为我解围，我想报答你。"陶璐璐委屈地说道。

"你好好工作，不要打扰我就算报答了。而且，叫你回座位是因为我找徐敏有正事，有人在不方便，你不要误会我是专门为你解围。如果你工作有错误，主管有责任和你讲清楚，我不会横加干涉。"

最终，陶璐璐挫败地离去，郝仁也松了一口气。

郝仁不像隋祖禹分不清楚女人好看不好看，陶璐璐这样的女性，几乎可以用风情万种来形容，举手投足，一颦一笑，是男人都会多看几眼。

只是郝仁心中会对比，如果是穆言遇到同样的情况，她一定会咬牙做好，而不是撒娇来找自己解决，穆言比自己更怕自己的梦想不能实现，才华不得施展。因为见过真爱一个人会是什么样，所以郝仁能看清诱惑背后的深渊，如同有路标的行程，不会误入歧途的风景里。

"穆老师真是人走余温还在，时不时能给自己一点温暖。"郝仁想起穆言，不由得感慨起来，打算下午等穆言醒来，和她多视频一会。

周末郝仁才和隋祖禹讨论 ACE 什么时候进入大陆市场，周一，官方宣布就来了，ACE 将在今年国庆节期间与中国联通推出 3G 版本的手机。

"没想到 ACE 最后选择合作的运营商不是最早接触的中国移动，而是中国联通。"陈竞男说道。

"可以理解，虽然中国移动多达 3 亿的用户数量足以让人垂涎三尺，但毕竟中国移动所运营的国产标准 3G TD-SCDMA 网络与 ACE 擅长的 WCDMA 网络兼容性不够好，加上因为国内网络限制而必须割舍的 WLAN 无线局域网功能，ACE 在移动上网的优势无法体现。与其重新投入巨资改进 TD-SCDMA 独享版，与联通合作推广 WCDMA 版的确要现成得多。"郝仁说道。

"据可靠消息，ACE 和中国移动合作失败的真正原因是，ACE 坚持通过网上商店直接向用户销售软件和应用，而中国移动则坚持应该通过中国移动的网络。"陈竞男补充道。

"ACE 去年全球销售过千万，现在水货用户也已超过百万之众。这么大客户量已经足够让 ACE 从应用服务商身上挣钱，它不可能将内容入口给到运营商。"孙皓说道。

"当下三家运营商为 3G 用户展开激烈的争夺，移动这次失去了 ACE 这个助力，应该会继续寻找其他厂商合作有吸引力 3G 套餐。CF 和理想都是很好的选择，CF 行业地位不输 ACE，产品实力过硬，理想现在全心全意服务运营商，忠诚度可嘉。"陈竞男说道。

"我们会是一个更好的选择，孙工，去年奥运期间你不是就测试了 Android 系统在移动网络的运行情况，是不是现在规划一个适合移动应用商店的产品族去推介下？"郝仁说道。

"没问题，我们在 Android 进入得早，移动这块的定制要求理解得最为深入，系统能很好地配合移动的应用商店。说实在的我心里憋屈，耀华应用商店酝酿得差不多了，贺知州那边设计稿都输出了，高级感秒杀目前市面上的所有应用商店，可惜无法用在自己的产品上。"孙皓不服地说道。

"总要吃饱饭才能讲情怀嘛。除了产品功能和运营商网络的配合外，也从设计、用户体验等多方面考虑一下。我多说一句，孙工，隋工，你们俩不要掉以轻心，这次是要和 ACE 同一时间档拼人气。"郝仁郑重其事地说道。

"现在就直接对上吗？"陈竞男问道。

"怕了？输了也说得过去，但如果成了，我们在移动的地位就无人撼动了，光脚不怕穿鞋的，横竖都是赚到了。"郝仁说道。

"不怕。"陈竞男说道。

"有点怕。"孙皓说道。

"怕它个鬼。"隋祖禹说道。

第一百四十一章　雁过不禁留声

孙皓是那种压力越大动力越足的人，嘴上叫着好害怕，心里早已想好了十七八条对策，在有条不紊地安排好团队成员的工作后，孙皓带着得力干将吴志勇飞往北京。

移动大厦楼下的咖啡厅，孙皓约到移动新业务拓展部主任赵以拓。奥运前夕，耀华开发第一款 3G Android 移动定制机时，孙皓为刚升迁的赵以拓提了许多可行性建议，很好地支持了赵以拓的内容服务业务，加之两人同为技术出身有共同语言，从此合作伙伴关系得以加深，基本上合规范畴内，赵以拓都愿意与孙皓一起探讨。

"赵主任，这次来北京，是想谈谈耀华产品如何更好地配合移动下半年的规划。"

孙皓说完，赵以拓马上笑了，说道："耀华的鼻子真灵，知道移动失去 ACE 的合作急于寻找其他突破口。我刚要召集各产商谈这个事，你比我动作还快，这就找上门来了。"

"想客户所想是我们的责任。"孙皓说道。

"行了，和我还来这套。我知道你为什么来，别急，先和你讲讲运营商的市场现状吧。我国是全球唯一一个同时运营三种不同 3G 标准网络的国家，从扶植自主创新和平衡市场竞争的目标来看，这一安排天衣无缝，但对于个体而言，就是冰火两重天了。如今电信和联通手握更成熟的 3G 网络，在客户拓展上势如破竹，尤其是联通，凭借 WCDMA 携手 ACE 两大撒手锏，抢夺了我们的很多中高端客户。说实话，我现在有点欲哭无泪。"赵以拓说道。

"可是，移动也没有坐以待毙啊，一方面解决影响网络质量的关键技术问题，提高网络质量，接连完成 3G 二、三期工程建设，网络覆盖扩展到全国两百多个城市，地级市覆盖率超过 70%。另一方面，发布首个由运营商主导的应用商店，面向全球开发者开放。双管齐下，谁会说移动不如其他两家？"孙皓说道。

"行啊，对我们了如指掌，那我就直说了，我们对移动应用商店寄予厚望，希望合作的厂商软硬件都能很好地支撑。此外还有一个要求，定制手机上移动传统的增值业务也要有更好的用户体验。"赵以拓说道。

"明白，其实从奥运以来，耀华的产品和系统都一直与移动的网络进行适配，已经配合得行云流水了。而且这次耀华在欧洲建立了美学研究所，招募大牌的设计师进行手机操作界面优化，一定会在用户体验上有一个质量的提升。这次我把开发人员也带过来了，具体是不是一起讨论下。"孙皓说道。

"下周吧，带你认识下我们这边应用商店的负责人，她常驻地在广州，正好这周来北京出差。"赵以拓说道。

"好的，那就麻烦你了。"孙皓说道。

"好了，午休时间结束了，我回去了。"赵以拓说完起身离去。

孙皓回到酒店给郝仁打电话，汇报了和赵以拓的沟通情况，郝仁大喜，叫孙皓在北京多待几天，把客户的需求沟通清楚再回来。

转眼到了周六，孙皓在酒店和吴志勇修改下周一的沟通材料。基本的内容周五就已经确定好了，可孙皓还是不放心，根据自己的演讲习惯又让吴志勇反复修改了很多遍，一直到太阳落山才点头通过。

毕竟是周末，孙皓不想过得太惨淡，邀请吴志勇去后海找了个酒吧放松。吴志勇一心想着还没通关的游戏，果断地拒绝了。于是，孙皓修整衣冠，一番打扮，在手腕耳后洒点柏木香水，带着一丝若有若无的香气出了门。

白天的后海像个不着粉黛的姑娘，水洗一般的天空，如镜一般的湖面，清风拂过，才堪堪起一点微澜。待到夜幕降临，五颜六色的灯光，喧嚣热闹的音乐，瞬间就帮这位姑娘化上浓妆，变得无比妖娆妩媚。

孙皓在繁重的工作后，喜欢到震耳欲聋的音乐里放空一下。今天孙皓特意挑选了胡同里最热闹的酒吧，摇滚乐队在舞台上声嘶力竭地呐喊，而孙皓则跳上吧台旁的高脚凳，要了一杯泥煤味厚重的威士忌呷了一口。

孙皓环视四周，这个酒吧女多男少，才这么一会的工夫就有两三个女孩的目光来回扫过孙皓的全身，仿佛要透过那薄薄的衬衣，抚摸下面隐藏的六块腹肌。

孙皓微微勾了勾嘴角，没有回应那些炙热的目光，自顾自地喝酒。孙皓不是什么贞洁烈男，在这样一个美好的夜晚，他倒是愿意有一段艳遇，只不过就在刚才，他已经看过酒吧里所有女孩，甜美有余，妩媚不足，没有自己喜欢的类型。

夜已深沉，酒吧里的人却越聚越多，男男女女，摩肩接踵，随着音乐晃动着身体。

孙皓喝完最后一杯酒，低头跳下高脚凳打算离去。着地的瞬间，一双穿着细带凉鞋的白皙纤足挡住了孙皓的去路，涂得嫣红的脚指甲隐隐有种一夫当关万夫莫开的气势。

孙皓抬起头，一个短发细眉，梨涡浅笑的高挑女子正看着自己。女子一套修身西装像刚从办公室过来似的，在周围一片短裙黑丝的人群中，有种干净利落的性感。

"这位小姐，请问是找我吗？"孙皓问道。

"我玩游戏输了，需要亲吻一个陌生人。"女子说道。

"哦？"孙皓不置可否。

"可以吗？"女子问道。

还没有回答，女子柔软的双唇已经碰到孙皓被酒冷却的嘴角，孙皓近距离看到女子眼睑下垂，一颗小小的泪痣似乎在邀请自己更进一步，于是不再迟疑，给了女子最火热的回应，舔舐唇齿，相互缠绕。

一吻过后，两人的唇瓣都蒙上了一层薄薄的水色，在灯光下闪着暧昧的光泽。

"这样你可以交差了吗？"孙皓伸出手指抹了抹嘴唇，玩味地说道。

"嗯，谢谢，请你喝酒。"女子说完，向酒保要了两杯酒，一杯递给了孙皓，

"你不回去继续游戏？"孙皓接过酒，又坐了回去。

"不，他们现在很多余。"女子说道。

"那确实。"孙皓说道。

一杯酒罢，两人一起回了酒店，都不是不谙世事的小孩，既然在目光中看到了欲望，就选择继续把欲望消弭干净。

孙皓和女子聊了很多，却禁忌一般没有问女子的真实身份，甚至名字都不知道，不过是两辆驶向不同方向的列车，相遇一会，终究还是雁过无声，水过无痕，何必记得呢。

然而一天后，孙皓竟然在光天化日之下又见到了这个女子，还知道了她的名字，肖玫。

第一百四十二章　也只能错过了

"这就是我们的应用商店负责人，肖玫。肖玫，这是移动重要合作伙伴耀华终端有限公司的系统负责人，孙皓。"

孙皓在震惊之中没有缓过来，耳朵紧张得选择了回避，赵以拓的话像是从遥远的天空中传来，还带着隆隆的雷声。

"你好，很高兴认识你，不知道为什么，我有种一见如故的感觉。"

肖玫脸上波澜不惊，大方地伸出一只手，指甲上还是和那夜一样的嫣红，提醒着两人曾经有过的激情。

"你好，很高兴认识你。"

尽管震惊，孙皓还是拿出职业精神，给了客户一个无可挑剔的表情和答复。

"好了，我的需求上次已经说清楚了，手机系统与应用商店的适配是当前移动最看重的，现在既然大家都在就一起好好讨论一下吧。"赵以拓说道。

"好的，那我先给各位介绍一下，移动应用商店从 2007 年底开始酝酿，经过一年多的打造，已经吸纳三千多个应用，涉及新闻、阅读、游戏、音乐、视频等多个应用场景。

"我们的应用商店呈现便捷、安全、优惠三大优点。便捷方面，移动对客户端的下载速度进行过专项提升，让用户享有极速的网络体验。此外，应用可以存储在电话卡，减少手机内存的压力，并方便手机更换。安全方面，移动对所有上线的应用产品都进行了包括功能测试、安全性测试、性能测试、可用性测试、终端覆盖测试等在内的绿色安全测试，从而在源头上有效地狙杀各种手机病毒。优惠政策方面，移动对用户进行阶梯收费，使用越多收费越便宜，并支持先使用后收费的模式……"

肖玫在投影仪的光线中比在灯红酒绿中还要迷人，思路清晰明了，举止专业得宜。孙皓很快被肖玫的讲述所吸引，在心中把耀华自有的应用商店又查缺补漏了一番。

"感谢肖总监的介绍，现在我们对于移动的需求非常清晰了，接下来我们会从性能、体验、设计上进行优化。下面请允许我做个简单的DEMO演示，屏幕上的操作界面是耀华欧洲美学研究所专门设计，整体风格非常简洁干净，很能凸现移动的应用商店，用户交互方式非常简单易学，轻松上手，而且特别适合时下流行的全触摸屏操作……"孙皓一边演示一边说道。

"嗯，看起来很流畅，但是我有几点疑虑，请回到前面一些，这里的HOME键我觉得不够显眼，还有这里的搜索功能较之前的版本有较大改进，只是……"

肖玫毫不客气地指出孙皓演示中的不足，两人你来我往，语速越来越快，忙得一旁做记录的吴志勇满头大汗。

待到下午六点半散会，孙皓已经说得口干舌燥，但他心里很高兴，这一趟不仅把客户需求摸清，还顺利地引导客户接受耀华的UI设计。这一点太重要了，UI设计是用户对手机的第一眼印象，用户的用机习惯一旦形成，要换其他品牌的手机就会不习惯，这是维持品牌用户忠诚度的撒手锏。

此前，贺知州打算统一耀华的UI设计，郝仁还说先从公开市场做起，定制机需要得到客户的首肯，一时半会办不成。结果，孙皓这一趟就搞定了一个大客户，心中颇为得意。

"时间不早了，要不今天先这样，孙工在北京还要留一阵，细节大家可以慢慢讨论。"

众人表示赞同，互相告别离去。

"孙工，能不能赏脸一起吃个饭。"

肖玫的话让一只脚已经跨出会议室的孙皓心中一个激灵，昨天失控的情景历历在目，热意突然涌上心头，冲得人又焦又燥。

"那你们聊，我先回去把会议纪要整理发出。"吴志勇觉察出两个人似乎认识，知情识趣地一溜烟跑了。

孙皓默默跟着肖玫来到三里屯一家西班牙餐厅，心中忐忑不安，猜不出肖玫的意图。

肖玫看孙皓拘谨的样子，突然扑哧一笑，说道："别紧张，我又没要你负什么责，看把你吓得。"

"我没有这个意思，只是我不习惯把工作和生活搅和在一起，理不清楚。"孙皓对两性关系持开放态度，却有一条严格恪守的底线，绝对不交往同行，守护好在商言商的纯洁工作环境。

"我也一样，所以你没有什么可担心的。"肖玫轻松地说道。

孙皓松了一口气，把菜单递给肖玫说道："想吃什么？"

"这家的海鲜炒饭，炖肉和蛋奶冻可以试试。"肖玫没看菜单直接说道。

"以前经常来？"孙皓问。

"是啊，曾经经常和某个人来。"肖玫说道。

"前男友？"孙皓说道。

"是啊，上周末刚成为前男友，本来都快结婚了。"肖玫神情落寞。

"那天你前男友也在酒吧？"孙皓心中一惊，才知道自己在被揍的边缘游走了一遭。

肖玫也不隐瞒，给孙皓讲了个俗套的故事。

原来，肖玫和前男友是校友，都毕业于北京邮电大学，上周分手前已经交往了快八年。去年，因为工作调动，肖玫离开了北京工作的前男友到广州赴任。没想到两人扛过了七年之痒的时间，却败给了南北异地的空间。前男友离开了肖玫，像脱缰的野马，火速地投入了她人怀抱。

肖玫从广州赶过来北京想要制造惊喜，却只看到了怀抱辣妹的前男友。于是一气之下，当场走向了比前男友高大英俊的孙皓。

"对不起，一时之间脑充血，做出了不恰当的举动，给你道歉。"肖玫说道。

"那倒是不必，我也没吃亏嘛。"孙皓说道。

"你的模样，我也不算吃亏。"肖玫说道。

"有什么需要帮忙的尽管说，比如帮你挡挡烂桃花。"孙皓说道。

"那多谢了。"肖玫说道。

说清楚后，孙皓整个人轻松了起来。不得不承认，肖玫的长相与个性都长在了自己的欣赏的地方。否则，自己这个这么挑剔的人，不可能随意偶遇一个女子就有亲密关系。只可惜肖玫是同行，工作中还有交集，不然可以将错就错，交往试试，自己的心也许就不用一直漂泊了。

"这么巧，我也很喜欢陀思妥耶夫斯基的书，要不要我们一起说出最喜欢的一本？"肖玫提议。

"《白痴》。"

"《白痴》。"

两人异口同声，隔壁桌的人听到还以为两人起冲突吵了起来。

"哈哈哈哈。"肖玫笑了。

孙皓却更遗憾了，连兴趣都相同。

第一百四十三章　擂台打了平手

自从 ACE 宣布十一入华首销，大战的号角就此吹响。

表面上来看来，这不过是两个运营商为拓展市场份额而掀起的抢客大战，背后却是国产 3G 制式和海外 3G 制式、国产第一品牌和海外巨头的第一次正面交锋。

大战前的紧张气氛从办公位蔓延到食堂，不少员工端着盘子一坐下来，就忍不住讨论起来。

"大佬们最近加班那个狠啊，据说孙工都快住在办公室了，他以前那么讲究，最近判若两人，简直是隋工第二。"一个穿文化衫的女员工说道。

"大佬们为了挣大钱，当然拼老命了，和我们大头兵关系不大，干多少活拿多少钱呗。"一个满面油光的男员工说道。

"不是我长他人志气，灭自己威风，咱也就是气氛搞得轰轰烈烈，胜算不大。"一个穿格子衬衣的男员工说道。

"何止是胜算不大，简直是以卵击石，自不量力。无论是从产品上还是品牌力，都比不上人家的万分之一。"一个长发女员工附和道。

"也不要这么说，我们已经是国产品牌中的第一，不用处处避其锋芒吧！"一个寸头男员工说道。

"你们说大佬们哪来的自信，觉得我们能打败国际巨头？有点天方夜谭啊。"穿格子衬衣的男员工说道。

"我们也不是太有自信呀。"

一个的声音从身后传来，把几人吓了一大跳，立时停止了议论。

"郝总，我们……"被接了话的男员工有点紧张，没想好应该怎么解释。

郝仁端着盘子在几人旁的空位坐下，心平气和地说道："我是说真的，别说 ACE，就是任何一家厂商，我都没办法拍着胸脯说一定能打败。"

看郝仁没有介意刚才说的泄气话，一个个又开始继续刚才的话题。

"郝总，既然没信心为什么还和 ACE 前后脚发售呢？"穿文化衫的女员工说道。

"我问你们个问题，如果一条街上有几个霸王，老大和老二经常打架抢地盘，最容易受伤的是谁？"郝仁问道。

几人摸不着头脑，这个问题很简单，却又着实奇怪，这和是否要和国际巨头两军对垒有什么关系。

"老二吧，老大肯定比老二强壮。"穿格子衬衣的男员工说道。

"老二吧，老二说不一定比老大年轻，街上霸王更新换代。"穿文化衫的女员工说道。

"不，是围观的老三老四或者其他人。"郝仁说道。

"怎么会，他们又没参与打架。"长发女员工说道。

"老大和老二经常打架，在实战中不断地提升自己的格斗技术，而其他人一直在围观，想着避开，无论从经验和实力都会逐渐衰落。市场就这么大，老二虽然没有老大厉害，但是除去老大，他已经是街道中第二厉害的，完全可以从其他围观的人中抢地盘。何况，敢于直面竞争，本身就是勇气和实力的象征，即使销量输了又如何，赢回来的可不止这些。"郝仁说道。

"老大老二打架，其他人遭殃，有点意思。"不知道什么时候，沈同方也来了。

"沈工，来这边坐。"郝仁说道。

"我们以前条件比现在差多了都没怕过谁，现在耀华也不用怕。"沈同方说道。

"嗯，不怕了。"众人点头。

时间终于到了十月一日，ACE 如约而至，一举推出 8GB、16GB、32GB 三个型号的 3G 手机，共有黑白两个颜色。功能上为了保障供应商的利益，去掉了部分功能，保留了多点触屏、重力感应、互联网应用、音视频等功能。此外，虽然内置了运营商的服务，但不负众望地保留 ACE 应用商店，允许消费者自由下载。

定价上分别是 4999 元、5999 元、6999 元，比市面上的水货价格高出 800 元到 1500 元，但由于其中有 2000 元以话费的形式分 24 个月返还，消费者反而有占了便宜的感觉。

同时，耀华为移动定制的智能手机顶着巨大的压力上市了，同样是 8GB、16GB、16GB 三个型号。全触摸屏加上全新的 UI 设计，提升内外视觉，移动应用商店搭乘 Android 系统，带来极度顺畅的互联网体验，除了黑白两色，还有金、银、红三个原色。耀华为这三个型号的手机定价为 1999 元、2999 元、3999 元，基本为 ACE 的一半，十分亲民。

一边是 ACE 强大的产品力，让原本对 3G 尚有疑虑的高端消费者冲进联通营业厅，不到一周就拿下一万台的销售额。

另一边是走进联通营业厅看到 ACE 价格望而却步的消费者，扭头又走进移动的营业厅，选择了性价比高，具有同等功能的耀华手机。

于是，市场上出现了奇怪的一幕，消费者进进出出，完成了一轮品牌的交换。联通的高端用户其中 10% 来自移动运营商的用户，而移动则收纳了联通 20% 的中端消费者，按照销售额来看，堪堪打了个平手。

十一过后，陈竞男汇报完销售数据，会议室响起了热烈的掌声。

"这段时间的努力没有白费，辛苦大家了。"郝仁和大家一一击掌。

"多亏了孙皓，在系统上进行了很多优化，对智能机来说，应用的体验就是用户最大的体验。"隋祖禹说道。

"没有没有，贺知州老师的 UI 设计非常具有高级感，提升了消费者对产品的价格判断，这样才让消费者有性价比高的感知。"孙皓说道。

"我们这次主动跳出来与 ACE 打擂台，对方会不会专门制定策论反击我们，我有点担忧。"陈竞男说道。

"不会。"郝仁肯定地说道。

"为什么？"陈竞男问。

"ACE 是高端品牌，针对我们，反而会提升了我们的地位。如果我是 ACE，我会避开任何可能和耀华捆绑的行为。所以，我们反其道而行之，明修栈道地学习，暗度陈仓地比较。"郝仁说道。

没过多久，郝仁一语成谶，媒体开始报道耀华 ACE 打擂台的新闻，而各大粉丝论坛也开始将两者的产品放在一起比较。

业内人士感慨，好久没有看到这么明目张胆碰瓷的事了。

第一百四十四章　卖掉耀华终端

这个世界上，普通人远比有钱人多得多，而想要以最少的成本用上最好的产品的普通人同样比有钱人多得多。当所有人在 ACE 强大品牌号召下，对智能手机产生了普遍需求时，耀华声势浩大地推出同功能的产品，并以低廉的价格俘获了普通人的荷包。

这时候，此前嘲笑耀华不自量力的人才反应过来，耀华并没有想要在高端市场和 ACE 一决高下，只是借势把中低端市场进一步收入囊中，而自己的品牌在不知不觉中成了殃及的池鱼。

应用商店与 Android 系统的组合在移动得到了完美验证，接下来，耀华就拿着移动的成功案例开始向国内外运营商四处兜售。

"竞男姐，现在情况怎么样？"郝仁预估年底能将耀华的销售业绩推向一个新的高峰，不仅能将入股聚星和投资芯片的钱赚回来，还能给大家伙再提一提奖金。

"国内形势大好，联通和电信都向我们递出了橄榄枝。"陈竞男说道。

"联通？"前段时间还在打擂台，这么快就找上门来，倒是郝仁没有想到的。

"是的。大品牌是把双刃剑，ACE 在推动联通 3G 业务普及的同时也导致联通 3G 发展受制于 ACE。首先，与 ACE 的合作中，消费者认同手机品牌，而不是运营商品牌，长期来看不利于运营商用户黏性提升。其次，联通由于缺乏中低端智能手机，不利于吸纳基数更大的用户群体。最后，ACE 并未放弃与其他运营商的合作可能，听说还在接触移动，联通自然知道依靠一家手机品牌必然不能成为长久之计。"陈竞男解释道。

"所以，联通看到了我们和移动的成功案例就动心了？"郝仁问道。

"客户不仅联系了我们一家，理想、CF 和 MOT 都联系了。理论上，Android 系统在中国市场发展迅速，选择发展 Android 可帮助联通在短时间内迅速丰富产品线，并充分利用厂商渠道。毕竟，ACE 系统只有一家，Android 却选择很多。"陈竞男说道。

"海外的情况怎么样？"郝仁不纠结合作的目的，只要补贴充足，倒也不挑客户。

"海外的话，各个区域都有好消息传回，老客户 VOD 那边去年本来就已经续约，英国电信、德国电信及中东非的运营商都表示有兴趣，就是东南亚和美洲地区的运营商没有明确表示。"陈竞男说道。

"为什么呢？"郝仁问道。

"宏达在海外，尤其是东南亚的影响力很大，你知道宏达这个品牌从创立之初就与谷歌绑定在一起，可以说是谷歌用来推广Android系统的利器。虽说产品力我们不输，但是谷歌背书方面，我们还是比较弱的。"陈竞男说道。

"大家尽力就好，我们在Android机型的销量，很快就会引起注意了。"郝仁说道。

"对了，郝总，有个事想要请教你，陈虎已经在中东非待了一个任期了，应该换换地方了。我本来想把他调回国内，但是他说垦荒习惯了，想要继续待在艰苦地区，真是个吃苦耐劳的家伙。"陈竞男说道。

郝仁听完，一口水差点喷出来，说道："竞男姐，你别听陈虎瞎说，他就是爱钱，艰苦地区补助好，开拓市场也比欧美地区容易。公司的规定不能随便改，待够一个任期必须换地方，不然就要占山为王了。这样吧，他不是喜欢去艰苦地区，让他去印度吧。"郝仁说道。

"印度？好的，印度最迟明年全面上3G，正是开疆拓土的时候，印度的国家代表却因为家里有事不得不回国，我正愁没人接任。"陈竞男说道。

"告诉陈虎，叫他在印度等我。"郝仁说道。

"郝总要去印度？"陈竞男问道。

"嗯，早应该去了。"郝仁回道。

陈竞男走后，郝仁的手机滴滴嘟嘟地响起来，是穆言走之前设的午饭提醒，关上电脑正准备出门，撞上了急匆匆赶来的刘达喜。

"稀客稀客，怎么今天有空到我这边来？"郝仁问道。

"有点事想和你私下说。"刘达喜说道。

"什么事这么神秘？午饭时间了，要不边吃边说。"虽然郝仁和刘达喜已经冰释前嫌，但也没到有什么共享秘密的地步。

"行吧。"刘达喜说道。

两人来到一家粤菜馆，要了个小包间。不一会，三菜一汤上齐，郝仁叫服务员没事不要进来打扰。

"怎么了，老刘，神情这么凝重？"郝仁问道。

"我跟你说，最近我看到小赵总接洽了几个擅长收购业务的律师。"刘达喜说道。

"赵总的儿子？他想要收购什么公司吗？我听说小赵总并不想继承赵总的家业，更喜欢互联网企业，在美国留学时候就创办了一家做即时通讯的公司，现在在海外都小有名气了。"郝仁说道。

"小赵总不是想要收购什么公司，他想要卖掉耀华终端，不然我这么多事，特别跑来找你讲八卦干什么。"刘达喜把筷子往碗上一搁，脸色难看地说道。

"不可能，赵总不会同意的，赵总当初建自有品牌的时候还和我说过，这是耀华未来的方向，就是全部人都反对也要做，他怎么可能把未来卖了？"郝仁说道。

"此一时，彼一时，赵总就这么一个儿子，从小疼爱得不行，要风得风，要雨得雨。我听说小赵总的公司遇到点问题，需要资金。反正，我知道的就这么多，信不信由你，之前你帮过我，就当报答了。"刘达喜说道。

"老刘，谢谢你，我知道了，等有机会我和赵总谈谈，我相信他不会这样做的。"郝仁说道。

"我和你说，别不当回事，私人企业说白了就是创办人一个人做主，你自己小心点。"刘达喜说道。

"知道了，吃菜，我都不急，看把你急得饭都吃不下。"郝仁说道。

"又不是我的事，我急什么，狗拿耗子吗？"刘达喜倔强地不承认。

"行行行，你不是狗，是猫，拿耗子天经地义，可以了吧。"郝仁说道。

"我说你废话这么多，赵总怎么忍受的？"刘达喜说道。

"忍不了也忍了这么多年了，像你一样，哈哈哈……"

吃饭的时候谈笑风生，回到自己办公室，郝仁越想越发慌，卖掉耀华终端可能吗？

赵总不是一般人啊，而是雄才伟略、高瞻远瞩的企业家，他会在国企任领导的时候选择辞职创业，会在代工业务风生水起的时候想要创办自有品牌，怎么可能把实现民族品牌崛起的依托卖掉吗？哪怕小赵总是赵总的心头肉，赵总也不可能做到如此地步。

郝仁告诉自己，除非赵总亲自承认，否则无论如何都不会相信。可不知道为什么，此刻的心里波澜起伏，难以平静。

第一百四十五章　暂时按下不提

郝仁心中百转千回，最终还是决定自己消化这一疑问。

直接询问赵扬，势必要回答自己从何得知，而赵扬知道郝仁素来与小赵总并无交情，一猜便知是和小赵总相处不错的刘达喜。若是旁敲侧击赵扬，郝仁心中又各种别扭，赵扬是将郝仁领进行业门的那个人，又是对他始终信任的那个人，这么多年来，早已超越了上下级的关系。假设郝仁为了这个传闻，小心翼翼地去试探，赵扬知道了会寒心，自己心里也完全接受不了。

郝仁转念一想，赵扬决心做的事，自己说再多也改变不了什么，不如到时候兵来将挡水来土掩。如果只是以讹传讹，那就让它自己消弭在真相面前吧，也不必为它费心。

做完心理建设，郝仁就不再多思，琢磨起去印度的事。

根据著名分析师机构 IDC 的预计，2009 年，印度的手机入网数量会超过 1.5 亿，比 2008 年的 1 亿部增长超过 50%。印度市场上占主流的手机是酷美等国际品牌和 Max 等印度本土品牌。

而此时，从零开始到生产出一部成品智能手机的生态系统在印度并不具备条件。印度本土品牌的大部分手机是在中国生产，或是从中国采购硬件，然后在印度设计，之后设计稿传回中国，再由中国制造商进行制造。虽然最终有一些部件是在印度进行组装的，但是手机最重要的部件是来自中国的大宗发货。

众多的人口和蓬勃增长的势头让所有产商垂涎，中国产商也不例外，何况中国产商的产品已经在市场上得到验证，完全可以去掉来回倒手的印度本土中间商而自立门户。

郝仁等签证到手后，立即预订了一张机票飞往印度，经过 5 个多小时的飞行，飞机降落在新德里国际机场。

郝仁拉着行李走到出口，远远地看到了许久未见的陈虎。陈虎提前郝仁两周抵达新德里，现在已经基本熟悉当地情况，所以特别过来接郝仁。

"虎子，好久不见，感觉你又健壮了不少。"郝仁说道。

"郝总，我在海外无事可做，天天健身，一不小心练出肱二头肌来了。"陈虎憨厚地笑了。

"我就知道你是名开疆拓土的猛将，不仅市场做得好，身体也快能上阵杀敌。"郝仁说道。

"郝总，你就别夸我了，这印度市场不好做，万一我搞砸了，你可别把我给开除了。"陈虎说道。

"才来几天就打退堂鼓。"郝仁说道。

"没，我就是谦虚一点，车和司机在地下停车场，您这边走。"陈虎说道。

"咦，你不是有国际驾照，你开车不就行了，还带个司机？"郝仁问道。

"郝总，一会你就知道了，印度不是有驾照就敢开车的。"陈虎说道。

"这样啊。"郝仁说道。

两人在停车场上了一个印度司机的车，司机热情地打过招呼后，一脚油门朝外面开去，差点让郝仁直接撞到座椅后背，撒出一脸鼻血。

出了停车场，郝仁发现雾霾极其严重，能见度不到1公里。机场的外围有一个巨大的广告牌，上面ACE形象广告上的字完全看不清，只有手机的形状在白雾中若隐若现。

"这雾霾这么严重，印度的户外广告根本不值得投放，完全看不清。"郝仁说道。

"是的，郝总，但是ACE在印度的销量极好，而且全球定价最高的地方就是印度，根本不差钱。"陈虎说道。

两人聊着，车很快就开上了高速公路，说是高速公路，也只是名称而已，一路坑坑洼洼，高速起来要人命，很快郝仁就体会到陈虎说的在印度不是有驾照就敢开车这句话。

一条四车道的公路，有六到八辆车在并行，整个道路上没有交警，路上有车发生刮擦，没有人想到要报警或者叫保险，直接找个中间人看着，两个司机就开始在路边声嘶力竭地吵起来。

"虎子，你说得对，这里果然不具备开车的条件，还是请司机吧。"郝仁无奈地说道。

"这还早着呢，郝总，你看那边，一般外国人完全处理不了。"陈虎说道，郝仁循着陈虎指向的方向，一个被撞的人浑身是血，而两个司机在一边吵架，没有人照顾躺在地上奄奄一息的人。一会的工夫，郝仁又看见了高速公路倒车的人和没有后视镜的车辆，千奇百怪，叹为观止。

"明白了，我们还是老老实实坐车吧。"郝仁说道。

大约颠簸了一个多小时，在郝仁把胆汁吐出来前，车辆终于到达了郝仁下榻的酒店，办理完入住就差不多晚上7点了。

郝仁邀请陈虎在酒店一起吃晚饭，顺便谈谈印度的工作进展。

"虎子，能给我说说印度市场吗？"郝仁问道。

"印度市场看起来像块肥肉，但实际上狼太多了，还是显得肉少。印度手机品牌之多，可能是世界上手机品牌的总和。说实话，这么大的人口基数，能挣到钱的品牌却并不多。"

"耀华在印度也不算一穷二白，除了与运营商合作外，还与立志要成为印度第一电商的 Flipkart 在线上渠道有合作，应该有一些优势。"郝仁说道。

"印度的人均 GDP 太低，社会分层严重，少数有钱人直接买了 ACE，完全不看价格，而对于大部分消费者来说，价格是第一位的。目前在印度，销售最好的是酷美的功能机，我们的产品销售最好的也是功能机，这说明消费者只关心如何省钱，而不是盲目地追求新功能新技术。试错成本对于印度消费者过高，但我们不能不主推旗舰机，毕竟旗舰机才能代表耀华水平，这就是目前的矛盾点所在。"陈虎经过这些年在海外历练，观察力相比过去已经得到很大提升。

"是这个理，我们需要大力驱动消费者由旧习惯向新技术转变，换个思路，如果用智能机和功能机比较，价差当然会让人犹豫，但智能机和电脑相比，简直是超值，你回去好好想想。"郝仁说道。

"嗯，我会的。"陈虎说道。

陈虎走后，郝仁回到房间，正泡在浴缸里打算放松一下，欧洲的电话就过来了，是贺知州和穆言汇报目前的设计优化。细节太多，整整聊了一个半小时，累得郝仁七荤八素。

这时候郝仁才意识到印度这两个半小时的时差有多恶毒。新德里时间早上七点起床，国内上班时间是九点半，正好可以进行电话会议。等印度上午十点，国内同事中国时间十二点半去午休了，郝仁又要开始处理印度本地事务。到印度午休时间十二点好不容易可以吃饭了，也到了国内下午上班时间两点半，又有人有事汇报。等印度下午上班时间两点半，欧洲上班时间上午九点，不一会欧洲员工又可以找自己了。

正如现在，郝仁浑身泡沫地听着对面的汇报，动也不敢动，就怕发出一点水声传过电话那头。

第一百四十六章　非本地化不可

耀华印度代表处的办公楼位于新德里北部的一个商业中心。说是首都数一数二的商业中心，但基础设施实在糟糕，马路上牛粪成堆，垃圾连片，人行道许多窨井盖不翼而飞，到处是裸露的下水道。

如今国内智能机盛行，不少人养成了边走路边玩手机的坏习惯，但只要是来过新德里的人，就一定会马上会改掉这一毛病。若是有人不信非要在这里走路看手机，十有八九会掉到臭水沟，而且是人和手机一起。

郝仁下了出租车，小心翼翼地走到办公楼前，正要碰门把手，突然一个印度门卫抢过门把手，毕恭毕敬地为郝仁打开了门。那迅雷不及掩耳的动作似乎郝仁自己开门会有可怕的事情发生。

郝仁满腹狐疑地走到办公室，想去洗手间洗手，发现卫生间有一个专门递手纸的印度人，来到茶水间喝水发现有一个负责给员工倒水的印度人，而更奇怪的是办公室的格局，隔成了好多个玻璃房，一个部门的同事若是有事，还得敲门才能找到人。

郝仁再也克制不住自己的好奇心，跑到办公室去询问陈虎。

"虎子，你这里怎么有这么多冗余人员，是前任印度代表招的还是你招的？"

"前任招的，但还真不能辞掉。"陈虎说道。

"为什么？这也太奇怪了，进办公室不能自己开门吗？洗手间不能自己拿手纸吗？茶水间不能自己倒水吗？搞这么多服务人员干啥？"郝仁一头雾水地问道。

"开始我也是这么想的，后来我一打听才知道，本地人等级森严，对这个看得很重。如果没有这么多服务人员，员工和客户会觉得不被尊重，甚至觉得公司不正规，财务有问题，不愿意来公司。另外郝总，您肯定发现了办公室有很多隔间，我们在国内开放办公室待久了会很不习惯，但这边本地人，总监级别的都必须有独立办公室，如果没有，他就没有威仪，说话下面没人听。"陈虎解释道。

"原来如此，虽然我不认可，但我们是来做生意，没必要改变别人习惯，只好入乡随俗，当个啥也不干的人了。"郝仁说道。

"只能这样了，对了郝总，Flipkart 的合伙人桑吉夫最近在新德里，你来一趟要不要约见一下。"陈虎说道。

"可以，Flipkart 这几年发展太迅猛了，从卖书起家，延展各类电子产品，目前市场占有率已经达到 30%。今年年初还筹到 10 亿美金的投资，并且已经从一线城市向二三线城市拓展，计划在二三线城市建立一个有 100 个运输枢纽的快递网络。我看他当初说的要做印度第一电商很快就要实现了，我们与 Flipkart 合作得早，占得了一些先机，现在更是应该加强合作。"郝仁说道。

"好的，我这就去约。"陈虎说道。

"虎子，虽然你来的时间不长，现在就是我问你关于如何在拓展市场份额，想必你也答不出多深入的观点。老规矩，我们沉下去做做调研。"郝仁说道。

"郝总，就是你不提，我也打算这么做了。"陈虎说道。

"那还等什么呢？猛虎下山吧。"郝仁说道。

两人说着就往外走，楼下已经有一辆车等着了。

"线路怎么走？"郝仁问。

"先到市区看看，然后再到郊区。"陈虎知道郝仁的习惯，每到一个地方都是从做调研开始，挂在嘴上没有调研就没有发言权，所以，陈虎一早就做好了调研规划，只等郝仁开口。

说话间，就到了 Select Citywalk 商业中心，这里聚集了各大奢侈品牌，是富人购物的最佳选择之一。

通过安检，陈虎引着郝仁直奔 ACE 所在的 4 楼，为树立高端形象，ACE 向来都会在最繁华的地段开设高级体验店。

郝仁从贺知州那里学到了一个原理，留白是创造高级感的神器，眼前的 ACE 高级体验店正是如此。空荡荡的门店中央，孤零零地摆放着一台手机，周围的灯光和装饰都是为了突出它的独特，一副众星捧月的形象。

郝仁观察者往来的游客，他们第一眼看到这样的布置会有点惧怕，等鼓足勇气走进的时候，都会发出啧啧的赞叹。郝仁甚至听到不少消费者感慨美国货就是无可挑剔，自己忍了很久才说服自己不要过去告诉他们这是在中国制造的。

逛完市中心大部分品牌的门店，郝仁和陈虎开始往郊区进发。不得不承认，印度一个区域与一个区域的差别比一个国家和另一个国家还大，人与人的差距比人与狗都大。

半小时前郝仁还在购物中心欣赏印度最有金钱地位的消费者一掷千金，现在郝仁站在垃圾堆旁一个脏兮兮的手机店前，不知如何跨过脏水坑进到门店。

郊区的门店比市中心小很多，但人流量却更大，一个二十多平方米的小店，挤满了人。郝仁凑过去，听到一个消费者正在一块钱一块钱地砍价。

"老板，你就便宜我一些吧，多卖一个也是卖。"这个穿白衬衣的男人说道。

"不可能，我这是底价，不能再降了，顶多送你一个充电宝做礼品，很实用的。"老板说道。

"我不要礼品，你便宜一点，19000卢比行不行？"

"真的不行，价格都是厂商全国统一，没有空间啊。"

两人从19999卢比谈到19599卢比，再往下老板就死活就不答应了。这时，穿白衬衣的消费者十分愤怒地说道："一个中国货，凭什么卖这么贵，我去电信营业厅买印度本土品牌就行了。"

穿白衬衣的男人说完头也不回地走了，老板也只好无奈地看了一眼，把刚才男人看的样机擦拭了一遍才放回柜台。

郝仁回到车上，叹了口气说道："你发现什么问题没有？"

"郝总，一方面，印度消费者收入低，价格是他们做购买决策最重要的因素，所以，在不影响性能的情况下，需要更加具有性价比。另一方面，印度人对于欧美盲目崇拜信任，但对于其他发展中国家的品牌，会先入为主地否定。"陈虎说道。

"这对我们来说挑战很大，既不能像ACE那样高冷，又不能无从选择地降价。如何能让消费者觉得耀华是本土品牌，产生亲近感就好了。"郝仁说道。

"郝总，这个我要好好想想，现在完全答不上来。"陈虎说道。

郝仁继续一路调研下去，但知道得越多，心里越发心慌，解决这些问题的良方已经快要呼之欲出了，虽然十分耗时耗力。

那就是深度本地化，不仅仅是销售团队，而是从研发、营销到销售服务，都要满足印度本地消费者的需求，并且让他们看到 Made in India 这个标志。

太难了，相当于再造一个印度分公司。

第一百四十七章　本地建厂计划

Flipkart 的合伙人桑吉夫听说郝仁来新德里了，就迫不及待地约在 Flipkart 的新大楼见面。

2007 年桑吉夫创业的时候，由于资金紧张，就在距离新德里 70 多公里的古尔冈郊区租了一个破旧厂房做仓库兼办公室，环境简陋，连空调都没有，一到夏天仿佛置身蒸笼之中，那时候桑吉夫不好意思约客户来办公室，都是在市区找个咖啡厅见面。

没想到短短两年，Flipkart 乘着印度电子商务快速发展的风头，实现销售利润指数级增长，今年年中搬到了新德里 CBD 的豪华办公楼。

桑吉夫喜欢在门口等客户，每每和客户一起站在高大的办公楼前，都好像在欣赏自己创业成功的丰碑。

"郝，合作这么长时间，你终于到我的大本营来看看了。"

载着郝仁和陈虎的车一停下，桑吉夫马上迎了上去，用肉乎乎的手握住郝仁。

"早就应该来拜访的，好久不见，桑吉夫。"郝仁说道。

说话间三人已经进入办公区域，郝仁一眼扫过去，窗明几净，成片的办公位上衣冠整洁的白领在有条不紊地工作，中央区域绿植葱葱，散落几个沙发，有三三两两的员工在头脑风暴。

进到这里，郝仁身处的工作环境和员工谈吐，会让自己忘记身处印度，恍惚间是在一个国际都市 CBD，而出了这道门，看到脏乱差的街道，又瞬间会回到现实。

在会议室落座后，桑吉夫兴致勃勃地给郝仁和陈虎介绍起 Flipkart 的发展。

"Flipkart 我们最初是专供书籍这一品类，后来才拓展到电子产品这一领域，由于当时公司较小，没有品牌愿意合作，耀华是第一家和我们合作的手机品牌，我很感激也很珍惜这段合作。"桑吉夫说道。

"桑吉夫，耀华也是通过 Flipkart 与印度的消费者见面的，我们是互利共赢，携手前行。"郝仁说道。

"正是这样。"桑吉夫说道。

"听说今年 Flipkart 有大动作？"郝仁问道。

"是的，印度也紧随中国进入 3G 时代了，我们要把握住这轮换机潮，再刷新一次销售记录。现在 Flipkart 已经牢牢地占据了一线城市，今年我们要建立起强大的快递物流及仓储体系，大刀阔斧地进入二三线城市了。"桑吉夫说道。

"很有野心的计划，但我有点疑虑。桑吉夫，如果我实话实说，还请不要生气。"郝仁说道。

"我们在商言商，合作是在坦诚的基础上，你直说就好。"桑吉夫说道。

"快递物流体系可能在一线城市的中心街区还行，但是到了郊区可能不太好使。我最近走访了一些街区，很多没有道路名，没有门牌号，很难找到准确的收件人，手机这种贵重的商品如果不能准确送达会损失很大。我还没有去二三线城市，猜测应该同样有这样的情况。"郝仁说道。

"郝，你真叫我大吃一惊，才来几天就去不少地方调研了，果然是个务实靠谱的合作对象。但是，你说得不对，没有道路名和门牌对中国的快递员可能有问题，对印度的快递员却能轻而易举地解决。"桑吉夫说道。

"为什么呢？"郝仁问道。

"我现在不说，你愿不愿意和我一起出趟门，亲眼看看，自己找到答案？"桑吉夫说道。

"行啊，听你安排。"郝仁说道。

没想到桑吉夫说的调研是马上出发，桑吉夫叫两人稍等一下就出了会议室，陈虎终于有机会把憋了一肚子的问题倒出来。

"郝总，你真的要和桑吉夫去调研？"陈虎问道。

"嗯。"郝仁说。

"你说桑吉夫为什么要你和他去调研，这不是应该和自己公司的人去吗？"陈虎又问。

"我想，他是想对我们提要求吧。"郝仁说道。

"什么要求？"陈虎问道。

"到时候就知道了。"郝仁说道。

"郝总，你也不知道啊，我还当你什么都知道。"陈虎说道。

等了半小时，郝仁和陈虎坐上了桑吉夫的专车，汽车一路颠簸，来到了新德里郊外一个住宅区，五颜六色，密密麻麻的是一栋接着一栋的自建小楼房，楼与楼之间距离很近，道路很窄，有点像国内的城中村。

"这片住的大部分是印度的中产阶级，不过，在我们这中产阶级的范围很宽，月收入5千卢比到4万卢比之间的普通人都算。"桑吉夫说道。

"桑吉夫，我们来这里干什么？"郝仁问道。

"你看这个住宅区面积很大，因为是自建房，也没有标志，我今天想要测试一下我们就近招募的快递员效率。"桑吉夫说道。

话音未落，一个穿着Flipkart马甲的黑瘦印度小伙骑着个三轮车朝这边过来，身后至少四五十件快递。只见他一边骑着车，一边喊着人名，坐在家门口做活聊天的妇女听到他喊的名字，就会起身等他靠近，黑瘦小伙也不停车，一手扶着车把，一手把快递放到人手中便疾驰而去。

桑吉夫对一同过来的下属问道："昨天你也给他50件快递，他用了多久派完？"

"一个多小时，这个片区一共5000多户人家，每天一般200件快递左右，他最多5小时派完，加上来回仓库时间等，这个片区有他一个人足够了。"下属回答道。

"你们的快递员肯定读过不少书，记忆力很好啊，这么多户人家都能记住。"郝仁说道。

"恰恰相反，我们的快递员大部分连字都不认识几个，这个小伙也一样，只是他从小就生活在这个街区，所以对街坊邻居很熟悉。我们的快递员都是从这种类型的人里面挑，别说这里是正规住宅，就是用铁皮和塑料板搭建起来的棚户区，我们那些目不识丁的快递员也能送到。所以你完全不用担心我们的快递系统会有任何问题。"桑吉夫说道。

"受教了。今天桑吉夫把我们叫过来是不是还有什么话说。"郝仁说道。

桑吉夫摆摆手说道："也没有什么特别的事，算是让你多了解印度，顺便给你一些建议当作报答。"

"求之不得。"郝仁说道。

"你肯定好奇 Flipkart 挣钱还没多久，就开始建立物流仓储系统了？原因在于印度的人工成本极度便宜，我们这样一个快递员，一个月只用 5000 卢比，人民币才 400 多，所以一个住宅区一个，根本花不了多少钱。我给你的建议就是，耀华应该在印度本地建厂，全部在中国生产人力太贵了，为什么不利用印度富余的劳动力降低成本，你也看到了，在这里价格就是一切。

"另外，你们不要看大部分印度人都穷困潦倒，实际上他们非常热爱印度，耀华产品不需要广告，上面有个 Made in India 都能让他们产生亲近感……"桑吉夫说道。

郝仁想起之前调研的手机门店，客户生气地说中国品牌凭什么这么贵，还不如买印度品牌。

哪怕中国无论在国民经济还是居民生活都远远将印度甩在身后，印度消费者还是觉得本土品牌比中国品牌好。

郝仁此时觉得建厂或许真的是个好主意。

第一百四十八章　钱够就不委屈

桑吉夫又带着郝仁和陈虎去参观了 Flipkart 的快递集散地和在郊区的仓库，几个地方散落在城市各处，加上堵塞的交通，告别桑吉夫的时候，已经是下午六点半。

太阳像一粒咸蛋黄朝城市西边迅速下坠，挣扎着发出的红光穿过层层雾霾洒在五颜六色的房顶上，垃圾满地的马路上，挤满行人的公交上，掩盖了一切的脏乱，勾勒出一副绚烂的景象。

郝仁看了一眼路上步履匆匆的行人，自言自语："真的要在这里建厂吗？"

陈虎听到，连忙摆摆手说道："郝总，你可别听印度佬的游说，他有私心，希望耀华在本地建厂，那供货的弹性就比较大，不用等海运清关这些时间。但对耀华一个中国厂商来说，在印度建厂没这么简单的，除了投资巨大，还有很多因素要考虑，你可不能一时冲动。"

"我知道没那么简单，基本情况也知道一点。首先，员工工资低不代表着人力成本便宜。用人成本除了考虑工资，还要考虑效率和良品率，这一点，世界上没有哪里的工人能比得上中国。其次，印度的基础设施确实不行，水电成本应该也不低，还有就是不稳定，我们今天走过的几个小区都有柴油发动机，估摸经常停电，这对工厂可是很致命的。

"更重要的是，供应链成本对于企业才是最大的成本，印度的工业体系远不如中国完善，原材料、机器、配件、模具都得从国内采购，这样来回折腾下来，未必划算。"郝仁说道。

"郝总，你说得太对了。一个奢侈品出新款，不到一周中国就有大牌仿货，而印度没有，其实不是印度制度完善，而是印度的供应链和人工水平造不出来。我之前遇到一个小老板，就说这里的工人水平差，他厂里有套先进的设备仪器，光切割刀就几十万，理论上用200次才需要打磨，结果被工人用得不到100次就需要打磨，不仅浪费打磨费，还会减少机器寿命，那点人力工资省下来的钱根本不够补漏的。"陈虎说道。

"放心吧，像建厂这么大的投资，除了需要赵总决策，至少得花半年时间的深入研究，这事不急，先找个专业的本地咨询公司帮忙测算一下投入产出比再说。但有一点桑吉夫说得对，要想在印度挣到钱，需要深度本地化。虎子，有件事可能会委屈你。"郝仁说道。

"郝总你说，工作的事我不委屈。"陈虎说道。

"我们需要一个印度籍的高管来处理对外事务，营造出多元化本地化的形象。能不能让本地员工做司令，而你做政委，成为总部和地区的黏合剂，确保上传下达，内通外顺。"郝仁说道。

"郝总你的意思我明白，我初来乍到，有很多需要学习的。印度不像非洲，与国际接轨，我们不用费多少事就能找到优秀的管理人才。"陈虎说道。

郝仁看着陈虎的眼睛，仔细辨认有没有不满或者其他什么情绪，结果只看到陈虎眼珠子滴溜溜转，好像在盘算着什么。

"虎子，委屈你了，你的职级待遇一切照旧，业绩好年底再提升，希望你虚怀若谷，多向本地员工请教，不要带着空降兵的傲慢。"郝仁交代道。

听到待遇很快还有得升，陈虎松了一口气，嘿嘿地笑起来，一副见钱眼开的样子。

"好说好说，钱不少，一切都好说。"

"这些年也挣不少了，怎么还这么护食。"郝仁说道。

"郝总你已经脱离了低级趣味，我还没有，钱不嫌多。"陈虎扬扬得意地说道。

"唉，走了，早点回去，这地方晚上路灯不够亮堂，怕掉沟里。"郝仁说道。

"走走走。"陈虎招手打了辆出租。

回到酒店用过晚餐后，郝仁工作了一会躺在床上给穆言打电话。

"穆老师，我的申根签还没过期，我打算忙完这段时间就到欧洲去看看你的全球营销中心。"

"好的，欢迎郝总莅临指导。"穆言说道。

"嗯，乖。我不定酒店了，留住你租的地方，给公司节省费用。"郝仁说道。

"嘿嘿，不是租的，我买了一个小公寓，你过来看看，虽然有点旧，但地段和布置都很好。"穆言说道。

"穆老师居然背着我置业，打算在法国扎根不回来了？"郝仁故作生气。

"没有没有，我是想偶尔是不是可以来度度假。"穆言说道。

"那你说说巴黎有什么好吃的，好玩的吧。"郝仁问。

"我住的楼下有一家任性的法国餐厅，主人每天的菜单都不一样，想做什么就卖什么，有时候我连续吃了一周都没有重复过……"

郝仁太累了，听着穆言柔情似水的声音，很快就睡着了。

接下来，郝仁一边让陈虎和人力资源寻找本地高管，一边委托咨询公司研究本地建厂的事，每天都有新的消息发回，郝仁心中的天平也在偏移。

投入产出测算的结果显示，成本优势谈不上，地理优势更为突出，印度地处欧亚大陆中心，连接了东南亚、中东、欧洲等各个市场，印度人在国际贸易上交流顺畅，耀华完全可以把印度作为海外市场基地，在本地人的助力下发展外贸。

至于供应链的问题，可以通过在国内采购配件模具，做好半成品，然后在印度最后组装，既高效，又能最大限度保障知识产权和信息安全。基础设施差等问题，可以通过在接近港口的新经济开发区选址，一是方便运输，二是新建厂房较有保障。

郝仁整理方案时信心满满，他觉得赵扬肯定会一如从前那样支持自己。

大方向已经定下来，剩下的工作就直接交给了陈虎，郝仁则登上飞机，朝朝思暮想的老婆大人飞奔而去。

十几个小时后，穆言一袭风衣站在郝仁面前，郝仁还恍若梦中，好像很久没有见了，又好像才刚刚分别，总之，这个女人和以前一样美，却又染上一种以前没有的明艳。

郝仁不再迟疑，一把把人揽入怀中，实实在在的感觉。

"穆老师，我来了。"

"嗯，来了。"

拥抱了许久，直到穆言觉得有点喘不过气来，郝仁才把手松开。

"郝总，你想先回住处，还是先去看看海外营销中心？"

"去你那。"郝仁脱口而出。

"唉，工作狂都不管工作了。"穆言说道。

"唉，你确实生得六宫粉黛无颜色，但我绝对不会从此君王不早朝。今天就是吃饱了穿暖了，先休息一下。"郝仁撒娇道。

"吃饱穿暖是什么鬼？"穆言不解。

"不是鬼。"

"那是什么？"

"饱暖思……"

"文学修养不高，这些乱七八糟的倒是熟练。"

"现在不是讨论文学修养的时候，走吧回家。"

第一百四十九章　人生得意尽欢

第二天是冬日巴黎难得的好天气。天空清透湛蓝，一扫连日的阴霾，阳光和煦地照着古老热闹的蒙帕纳斯街区，耀华全球营销中心就大隐于此。

郝仁跟着穆言一路走来，曲里拐弯，路过公园草木，穿过咖啡馆的后门，最后在一条小巷的尽头的实木矮墙前停住了脚步。

"走错路了？"郝仁见无路可走，奇怪地问道。

穆言狡黠一笑，抠住矮墙上的一道不大的裂缝用力一拉，在矮墙扯出一道门，从外面打开了。

"怎么样？很酷吧！"穆言得意地说道。

"穆老师，这就是耀华的全球营销中心？连个招牌都没有，谁找得到入口。咱正大光明地做生意，搞得这么神神秘秘，别人还以为咱们躲在这里干了什么了不得人的事。"郝仁大为不解。

"郝总你这就落伍了，营销中心对内输出营销指导和前卫设计的，我们又不用接待客户，地方只要员工找得到就可以了，没有打扰更好，我们的设计师就可以心无旁骛地创作。不少设计师非常喜欢这个有趣的入口，每天上班都好像来魔法学院学法术。"穆言说道。

"肯定是贺知州的主意，现在公司里只要贺知州说的，大家都迷信。"郝仁无奈地说。

"别纠结了，入口在哪又不耽误工作，我们进去吧。"穆言扶住门让郝仁进来。

踏过一小块草坪，郝仁来到一栋洛可可风格的五层小楼房前，墙面上雕着仙女天使，旋转飞舞，刻着卷草舒花，缠绵盘曲。进到里面，一楼的门厅有一座贾科梅蒂的《行走的人》的仿雕塑，它的对面是一座北魏风格的佛像木雕，墙上还有几幅抽象主义的油画。

"唔，中西合璧啊，虽然我看不懂，但这个布置合情合理，佛祖眼前有这个骨瘦如柴的人，哪能不生出慈悲之心。"郝仁解读道。

"没有这么玄乎，就是贺知州觉得这里空，随便从家里搬过来的，说是放在这里有工作灵感。"穆言一边说一边沿着吱呀作响的木楼梯往上走。

二楼是开放式的办公位，除了宽敞一些，间距大一些，和深圳办公室倒也没有什么不同。设计师大多上班晚，这时还没多少人来，郝仁百无聊赖地走了一圈，正要坐下来，只见长衣飘飘的贺知州端着一杯咖啡摇曳生姿地朝自己走过来了。

"郝总，怎么样，觉得这里怎么样？"

"挺好的，为什么选在这？"郝仁问道。

"你怎么知道是我选的，不是穆言？"贺知州问道。

"穆言没有你这么爱故弄玄虚，说吧，为什么选在这？"郝仁看了一眼穆言说道。

"郝总，走我们去楼上天台看看。"贺知州说着就把郝仁领上天台，指着临街的几栋房子说道，"你看，那栋枯藤环绕的白色小楼是丁香花园餐厅，海明威、萨特、毕加索都在那里用过餐。再往这边看，那是9号楼，现在一共有一百多家工作室进驻，被称为巴黎的艺术之家，藤田嗣治、杜尚等有名的艺术家曾经住过。还有那边是贾科梅蒂的博物馆，那里是毕加索故居，目之所及皆是艺术，我们的设计师在这里浸润，好处太多了。"

"那这么知名的街区，租金会不会很贵？"郝仁问。

"我们的房子不临街，入口在隐蔽的巷子里，进出不方便，也没有什么游客，商用没什么价值，租金不算高。不过你别小看了这房子，它颇有来历，很久以前是皇家御用厨师的府邸，现在的房东老太太很有品位，不差钱，只租给懂得欣赏的有缘人。"贺知州说道。

"你这边都是有鉴赏力的设计师，还能不入老太太的眼。"郝仁说道。

"那倒是，所有人员都是我从高等艺术院或者设计工作室找来的。一会给你介绍下米歇尔，她还在知名4A公司做过艺术总监，服务过很多电子消费品牌，包括ACE。"贺知州说道。

"人家怎么肯来？"郝仁问。

"这人喜欢东方艺术，迷恋瓷器，我说来这随时可以去中国工作，还送了她一套瓷器才把人哄过来。东方文化这么有魅力，等把公司做大了，全球的优秀人才还不是任我们挑选。"贺知州说道。

"是啊，等做大了就什么都有了。"

郝仁放眼望去，天空中有鸽子在房屋上空盘旋，似乎看着五颜六色的漂亮屋顶，不知道选哪一个落脚，想必，所有的良禽都是择佳木而栖。

"走吧，我们回去。"郝仁拢了拢衣领，冬天的巴黎哪怕有阳光照耀，依然寒意逼人。

两人回到办公室，已经有设计师陆陆续续来上班了，大家笑着打过招呼后就缩进办公位，打磨各自的作品。

这时，穆言引着米歇尔过来找郝仁和贺知州了，然后四人坐在窗边阳光能照到的沙发上聊起来。

"郝总，这是米歇尔，原来阳狮广告的设计总监，现在负责耀华全球广告的创意把关。"穆言说道。

"你好，米歇尔。"郝仁说道。

"你好，郝。"米歇尔说道。

"我们想要和你聊聊耀华品牌如何符号化，米歇尔你做的方案，你来介绍吧。"穆言说道。

"好的，任何一个行业只要市场走势良好，利润丰厚，就不得不面临不断进入的竞争者，原来的品牌如何能够捍卫住市场份额，除了不断推出新产品，更要将品牌提升到符号的层面，附着一个叫意义的东西，让消费者在众多选择中一眼看到。比如我们看到可口可乐便是快乐，看到阿迪达斯就是健康，难道耀华的意义是什么？

"我这里梳理了耀华三个符号，第一个就是科技，这里的科技是硬科技，是实心实意提升产品的科技含量，不是外观这种表面的改进，这点可以用耀华在芯片、系统、软硬件领域的突破来支撑。第二点是包容，耀华是所有用户的朋友，不仅帮助用户解决问题，更要让用户参与到耀华的成长过程中，这一点可以和用户更多的互动和共创建议在一起。第三点是年轻感，不是年纪的年轻，永远对新事物好奇。这一点可以从所有视觉符号和营销方式结合……"米歇尔介绍道。

"你的能力和经历早有耳闻，今天一见真是名不虚传。"郝仁说道。

"过奖了，有一点我要补充，品牌符号化不是一个概念，而是要落地到营销工作，甚至研发、销售等工作中，用它来判断我们与消费者接触界面的工作是否合适。

"比如说很多产品会请明星做代言，但是根据我们的符号化规范，很少有明星有科技感，所以对耀华是不恰当的，如果需要明星的流量促进销售，我会建议不要用到旗舰产品上，用在中端产品更好，降低明星的依赖，减少明星个人行为对品牌调性的影响……"米歇尔侃侃而谈。

郝仁听着心情大好，这一趟来海外，哪哪都是一副欣欣向荣的样子，印度的广阔市场，欧洲的高端市场，全都等着自己攻克，当初那点从农村市场点燃的星星之火，就要借风成燎原之势了。

时间过得很快，2009年的圣诞节转眼就到，郝仁和穆言提前买好一冰箱的食物，打算躲进小公寓里宅个天荒地老。

晚餐过后，郝仁揽着穆言坐在地毯上喝酒，给她讲过去的一年发生的所有事，外面有一盏路灯，照着雪花纷纷扬扬地落下，铺满一地。

怀里美人杯中酒，人生得意莫过于此，新的一年又是怎样一番新的气象，郝仁此刻都来不及遐想。

第一百五十章　和赵扬说再见

穆言是欧洲员工，按照所在国家的法定假日休息，工作节奏无法与郝仁同步。春节前夕，郝仁只得与穆言依依惜别，独自回到了眉山老家。

从异国他乡回到出生的地方，郝仁激荡的心犹如海底深处洋流交汇形成漩涡，表面风平浪静，内里早已汹涌澎湃。

这一趟海外之行，郝仁在新德里看到了备货上万台的耀华手机线上闪销在3分钟内清零，在巴黎看到了香榭丽舍大街上耀华的临时装置引起众人当作景点排队拍照。这些情景让郝仁越发相信没有一个消费者会拒绝好产品，一个中国品牌只要足够出彩，就没有什么地方去不得卖不得。欧美市场又如何，如果消费者想要好设计好品质的产品，那就建构一套高标准做出来。亚非拉市场又如何，如果消费者想要高性价比的产品，那就全球匹配最优生产要素做出来。

厨房里父母杀鸡宰鸭锅盘作响，小院里侄子侄女转着圈喊着闹着，街道上鞭炮炸得噼噼啪啪，郝仁的耳朵里却什么都没有，静如旷野，空如洞穴。

一幅广阔的世界图卷在眼前展开，每一块空白的区域，都等待着耀华商标上的滔天巨浪去冲刷。

"大伯，大伯，你在地图上画什么？"

郝仁想得入神，郝德的女儿什么时候进来都不知道。

"我在做公司的未来规划。"郝仁说道。

"什么是未来规划？"小女孩歪头问道。

"就是现在没做到，以后想实现的事。"郝仁说道。

"那为什么左边地图是白的，右边是蓝的，蓝的深浅还不一样？"小女孩又问。

"有蓝色的地方是我们想要全面突破的市场，蓝色越深说明对我们越重要。"郝仁解释道。

"哦哦哦哦，就是颜色越蓝，你们想挣的钱越多对吧。"小女孩说。

"真聪明，你说我能行吗？"这次换郝仁提问。

"当然能行，因为我爸和我说想做什么就去做，做了就能心想事成。"小女孩一脸认真地教郝仁。

新年的钟声在阖家团聚的时刻敲响，郝仁在烟火绽放的巨大声响中喃喃说道："做了，就能心想事成。"

春节假期结束后，郝仁刚回到深圳就立马召集所有高管，要求销售部门对海外市场展开全方位调研，平台部门要做好全面支持海外的方案，公司上下开始展开海外员工培养计划。

郝仁站在总部会议室的众高管中间，对着视频中身处世界各地的国家代表们，用一种前所未有的兴奋说道："耀华的目标是用五年时间在国内市场持续增长的情况下，海外市场收入占公司总收入的60%以上，市场占有率进入全球前五。"

一阵长长的沉默过后，热烈的掌声和欢呼声响了起来，所有人都在用他们当下最大的音量去回应这个激进的目标。过去，郝仁实现了他们不相信的目标，现在，他们无一例外地相信，郝仁能实现他们不敢相信的目标。

在各方全力开动两个月后，一份沉甸甸的全面海外市场拓展计划书放在了郝仁的手上，郝仁摩挲着计划书封面的每个角落，用心感受里面的分量。

许久后，郝仁看了看手表，终于起身拿起计划书向赵扬的办公室走去。这条路是从一栋楼到相邻的另一栋楼，下楼上楼不过十分钟，可郝仁却故意放慢了脚步，每一步都落得比平时稳当。他回想起最初受命于赵扬，筹建自主品牌，才从原来的地方搬到了这里，现在从这里回到原来的地方，是想告诉赵扬，目标可以更大胆一点，不仅要做到自主品牌，还要做全球自主品牌。

时间约的是下午两点，郝仁走到赵扬办公室的时候，刘达喜正开门从里面走出来。看到郝仁，刘达喜突然抓住郝仁的手肘，刚想要拉到一边说点什么，办公室里已经传出赵扬的声音。

"郝仁到了就进来吧。"

刘达喜一个字都没有来得及说出口，只留下了一个夹杂无奈、惋惜和痛苦的眼神。郝仁心中升起一种不好的预感，却也来不及细问，只得和刘达喜擦肩而过，进了赵扬办公室。

"郝仁，今天找我什么事，巧了，我也有话和你说。"赵扬说道。

"赵总，我想给您看看耀华终端新的五年规划。"郝仁说道。

"很好，深思长计才是良将，说吧。"赵扬表现出极大的兴致。

"随着中国融入全球化的程度加深,在全球范围内获取更优质的生产要素和广阔市场是中国企业的一个上上选择,耀华如今已经稳居中国第一的市场地位,夯实了大本营,是时候全面出海。如果说现阶段是小打小闹,接下来的五年,我们要全面拓展海外……"

这份计划书是郝仁亲自写就,并非下属代劳,郝仁讲起来十分熟稔,甚至每一页是什么内容都烂熟于心。赵扬目光落在哪里,郝仁就将哪里展开细说,有理有据,抠不出半点疏漏。

"很好,做得很详尽。"赵扬点头赞许,然后提议道,"这么完整的计划,你就应该在媒体上把耀华终端的目标广而告之,增强消费者和投资者信心。"

郝仁感到赵扬今天有点奇怪,哪来的投资者,于是说道:"赵总,这个目标和管理层都沟通过了,我们不会对媒体公开,打算少说多做,给竞争对手一个惊喜。"

"郝仁啊,有个事和你说一下,我打算将耀华终端整体出售,现在耀华终端运行良好,只要你让媒体大肆报道公司前景可期,要价肯定能再往上提一提。注意,这对你可是好处大大的,你那 10% 的股份回购价格要水涨船高了,年纪轻轻就财务自由,可喜可贺啊。"赵扬语气很轻松,面露笑容,像在说卖白菜,一斤多卖几毛钱,大家多赚几块钱的事。

当初刘达喜透露这个晴天霹雳的时候,郝仁还不断地对自己说是以讹传讹,现在才知道出售耀华终端自始至终都在赵扬的预想之内。这让郝仁像在白天里被一道闪电劈到,浑身上下的每一个细胞都处在电流通过的战栗之中,久久不能平静。

"赵总,您在说什么?"

"郝仁,你高兴坏了?我说你很快就要财务自由了。"

"赵总,您是说真的吗?卖掉耀华终端?为什么?"

"当然是真的,而且这是在合理的评估之下做出的决策。"赵扬肯定地回答。

"赵总,您不是说自有品牌是耀华的未来,现在要把未来卖掉?"郝仁已经压不住声音中的质问。

"要以发展的眼光看问题,八年前的未来是自有品牌,现在的未来是互联网,是万物互联,是 Web2.0。郝仁,我知道你是个闲不住的人,我不会鸟尽弓藏,我早就给你想好了地方,回耀华技术,或者去赵东的互联网公司都可以，你的能力在哪里都是光芒万丈。"赵扬说道。

"赵总，您是为了小赵总的公司卖掉耀华终端吗？其实可以用别的办法解决，不一定要卖掉啊，耀华终端现在马上在技术，在市场，在海外都要全面突破了，正是量变到质变的过程，您千万不要放弃啊。"郝仁恳求道。

"郝仁，我知道耀华终端是你的心血，可何尝不是我的杰作啊。但你要知道，我除了是耀华的创始人，也是一个父亲，我三个女儿，就这么一个儿子，帮他就是帮我自己了。"赵扬说道。

"赵总，真的没有别的办法了吗？"郝仁继续恳求。

"郝仁，你真的和我的亲儿子一模一样，都认死理，都不肯放弃，可我只能选一个，你的能力比赵东强，做什么都能成事，或者你拿了回购股票的钱创业也行啊。"赵扬说道。

"赵总……"郝仁的喉咙被什么死死堵住，再也说不出一个字。

"郝仁，天下无不散之宴席，再不情愿，时间到了也会说再见的。"

第一百五十一章　真的没办法吗

"赵总，当初创立耀华终端，您征求了所有人意见除了我，今天要卖掉耀华终端，您甚至问都没有问我一句就决定了。我跟了您快二十年，为什么每次都是我最后一个知道。耀华终端是您出资的不假，但里面包括我在内有两万多员工，凭什么您说开始就开始，说结束就结束？"

郝仁的嗓音都在发颤，这是他平生第一次用这样的语气和赵扬说话，虽然尚且保持您之类的敬语，可用在这样挑战的语气里，却显得质问的意味更浓。

"公司由谁出资，就是由谁说开始就开始，说结束就结束。但有一点你说得不对，我没有说结束，只是换一个地方继续，所有人都保住了饭碗，而你甚至因为股份回购而跻身亿万富豪。要是别人，早就感恩戴德了，你好好想想，合适用这种语气和我说话吗？看在多年情分，我不会和你计较，先回去该干嘛干嘛。"赵扬的脸变得冷漠而决绝，不给一点商量的余地。

郝仁本来想追问当初是谁说的要做自主品牌，不要在洋品牌后面捡漏。当初是谁说的等耀华终端做到巅峰，所有人都会懊悔没有把握住这个机会。当初那个勇立潮头,敢为人先的人哪去了。郝仁吐不出一个字,只感觉一直在前方引领自己的信念,此刻化作漫天飞舞的肥皂泡泡,太阳一晒就全都幻灭了。

十几分钟后,郝仁已经想不起来自己怎么回到办公室的,脑袋被突如其来的噩耗点爆后,魂魄顷刻之间震上了天,在躯壳头顶游游荡荡。

"刚才沈工和隋工来过,说有一些进展想汇报,正好接下来的会议推迟了,可以安排的话我叫他们过来,郝总……"

陈安在一旁说了好一阵子,郝仁一个字都没听进去,直到陈安连续唤了他几声才回过神来。

"嗯,陈安,帮我通知大家,我请几天假,大家各自负责各自的领域,有争议就集体决议,不着急的就等我回来。"

郝仁说完,披上外套径直出了办公室,车丢在公司,一个人漫无目的地走到马路上,灵魂游离在外,身体便没了重量,深一脚浅一脚。

现在是工作日上午 11 点,这个城市的 CBD 道路上没有几个人,几乎所有人都藏在马路两旁高大如巨兽的楼宇中忙碌,像巨兽的血液细胞一样,通过不断地奔忙,维持着巨兽在城市丛林中的活力。

郝仁记得一个医生说过,组成身体的 40 到 60 万亿个细胞中,每天大约有 500 到 700 亿个细胞会凋亡,这些细胞有的落在空气中,变成尘埃,有的被吞噬瓦解,进了下水道。

一个人类的细胞没用了就消失了,一个巨兽的细胞没用了就该被淘汰了,郝仁以为自己的使命才刚刚开始,没想到已经完成,所有的奋斗变成一张明晃晃的支票,自己也到了零落成泥碾作尘去滋养他人的时候。

不知道走了多久,郝仁凭借着惯性回到了家,瘫软在沙发上,才发现腿脚已经麻木,心想麻木就麻木吧,如果自己的心也能麻木就更好了。

郝仁从冰箱里拿出一打啤酒,一口一口地灌进苦涩的滋味。大白天喝酒是闲人才有的资格,而郝仁从未做过闲人,但以后可能要慢慢适应了。

时间一分一秒过去,落地窗外的大海从正午的湛蓝渐渐被傍晚的天空染红。郝仁喝得晕乎乎,恍惚间,瞥见如血的残阳,像极了匕首狠狠地扎入胸膛,猩红的液体从天上流下来,流进海里,流进郝仁的眼里。

郝仁就这样浑浑噩噩醉了三天,关了手机,关了电脑,饿了啃两口面包,其他时间都泡在酒里。

到第四天中午十二点，一摊烂泥的郝仁被震天响的敲门声惊醒，本想装死不起来，没想到来人也不放弃，足足敲了十分钟还不罢休，亏得是独门独户，否则邻居早就过来算账了。

郝仁有气无力地起来开了门，只见隋祖禹急匆匆地撞了进来，差点把三天没好好吃饭的郝仁撞飞。

隋祖禹看着满地的酒瓶和散发着酸腐臭气的郝仁说道："你早就知道了，所以把自己搞得人不人鬼不鬼的？"

"知道什么呀？"郝仁问道。

"耀华终端要被卖掉了。"隋祖禹提高了音量。

"知道啊。"郝仁说道。

"知道你还不想想办法，玩什么消失，公司现在都乱成一团了，大家都担心坏了。"隋祖禹说道。

"那我有什么办法？我去找赵扬，他告诉我，公司是他的，他想开始就开始，想结束就结束，不需要征求别人的意见。我能说什么？我凭什么说？凭我10%的股份吗？"郝仁说道。

"你以前不是说赵扬是个有远见的人，现在公司处于上升期，正是大干一场的时候，为什么要卖掉？"隋祖禹说道。

"赵扬太有远见了，他看上了互联网产业，要为小赵总的公司注资，我们现在是明日黄花了，过时了。"郝仁说道。

"我们才不是明日黄花，没有硬件生产商哪里来的互联网，你不要瞎说。其实如果投资方和耀华终端理念相同也就罢了，你知道耀华终端出售消息传出后，最有兴趣的是谁？"隋祖禹问道。

"是谁？"郝仁也问。

"理想马旭峰。"

隋祖禹说完，到处摸索遥控器打开了电视，电视正在播报整点新闻，上面马旭峰正在接受记者采访。

"请问近日传出耀华终端有意出售，不知道您对此有何看法？"一个短发女记者问道。

"耀华终端目前是国产品牌出货量第一，虽然海外市场与理想还有一些差距，但已经是一家优秀的公司了。对于耀华终端出售的传闻，我们无法判断真伪，所以发表不了什么观点。"

马旭峰嘴角不经意间上扬，暴露了他已经得知这一消息，并抢到了先机。

"如果真的出售，理想有兴趣吗？"记者继续问道。

"当然，这是对双方都好的选择，首先，我们可以强强互补……"马旭峰说道。

郝仁拿起遥控，啪一声把电视关了。

"才不是什么好的选择，理想主要靠横向一体化，什么挣钱做什么，不断地扩展产品外延。而我们只是聚焦通信产品，用纵向一体化不断地深入上下游，把产品做精做深。马旭峰明明知道两家公司理念不合，强行融合只会两败俱伤，却还是要收购，原因就是他只想要市场而已，并不想发展耀华这个品牌……"郝仁振振有词地说道。

"你也知道不是好的选择，再不想想办法，我们这么多年的心血就白费了。"隋祖禹说道。

"我也不想白费，可我不知道怎么办……"说着郝仁把头深深地埋进沙发里。

"行了，行了，事情虽然大，但不急在这时，你去洗个澡，臭死了，我去做饭，吃饱了再说。"隋祖禹说完转身进了厨房。

郝仁把头从沙发抬起来，惊讶地问："你要做饭？"

"嗯，我现在厨艺很好。"隋祖禹说道。

"这也不是一个好选择。"郝仁自言自语，然后朝浴室走去。

第一百五十二章　不如集资买下

郝仁洗完澡出来，脑袋清醒了些，又有气无力地躺回沙发。隋祖禹看了郝仁一眼，竟然一反常态地收拾起满地的啤酒瓶，等客厅整理出点模样，隋祖禹又从厨房端出一盘水饺。

"吃点饺子吧，汤媛说过有什么事，吃饱了就有力气想了。"

郝仁摆摆手，从茶几边拿起一瓶啤酒又想打开。只见隋祖禹一个健步冲了上来，从郝仁软绵绵的手中抢下了啤酒瓶。

"你给我起来，起来。"隋祖禹生拉硬拽半天才把郝仁扶正做好，然后看着郝仁的眼睛说道，"你以前叫我来耀华的时候，说不会让我空有一堆想法用不上，即使市场还不成熟，也能让我超前开发一代，现在还作数吗？"

"怎么作数？公司都没了，卖给理想后，你以为马旭峰还会让我们花大钱搞研发，他不把我们的品牌拆解就算好了，理想，理想，它是一个没有理想的公司。"郝仁说完又想向没有隋祖禹的沙发一侧倒下去。

"也不一定会卖给理想，说不一定会有一个和我们理念相同的投资人呢？"隋祖禹说道。

"我国限制将国产企业卖给外资，即使海外品牌想要购买耀华，有关部门多半通不过，而且赵扬以前吃了不少国外竞争者的亏，他骨头硬，出价再高也不大可能同意卖给外资。

"国产品牌中有实力拿下耀华的也就理想和高科，高科是个想做自主创新的公司，和我们的理念不谋而合，可宋朝栋这几年大力投入上游屏幕领域，才刚闯出点名堂，自然不会在这个时候巨额支出，何况之前他收购卡特电子，知道运作双品牌的难度，不会在同一个地方摔两次。

"那就只剩下理想或者其他想要入局电子科技的资本，资本逐利，天然排斥我们这样不计成本的研发投入。我们的结局已经写好了，别挣扎了。"郝仁说道。

"郝仁，我不接受这样的结局，如果没有人愿意支持我们走自主研发的路，那我们能不能自己支持自己，把不属于你的90%股份买下来？"隋祖禹说道。

郝仁听了笑起来，笑声中充满绝望。

"水煮鱼，你笑死我，我，我了，你以为是上街买白菜，说买就买。之前宋朝栋买卡特电子55%的股份花了多少钱吗？5500万欧元，这还是卡特电子经营不善，快倒闭了。我们可是一家国产第一，全国第四第五，在海外也有市场的准国际化企业，不会低于现在20亿人民币的。就凭你我？把所有家产变卖了也未必能够零头。你在实验室待久了，不懂行情，别异想天开了，好好歇歇。"郝仁说道。

隋祖禹听完郝仁的话，差点气得七窍生烟，从沙发上一跃而起，随手拿起一只遥控器指着郝仁说道："郝仁，我是不懂什么市场行情，我只知道说到就要做到，你要躺你自己躺，我现在就回公司，甭管什么办法一定要保住耀华。"

说完，把遥控器往郝仁身上一扔，去厨房拿了个保鲜袋把饺子都装好，丢下一句话摔门而去。

"煮好都不吃，我还是第一次没破皮，全部拿走，饿死你。"

"真是愣头青，砸到我脑袋了。"

关门声震得郝仁脑袋嗡嗡作响，郝仁也不躺了，捡起掉在地上的遥控器打开电视。

电视上正好在播放一条讲述耀华终端从诞生到走向国际化的品牌广告。郝仁一看有些眼熟，好像是从之前穆言拍摄的纪录片、广告片等视频材料整合剪辑出来的。从内容和文案来看有些粗糙，显然制作得十分紧急，不会是穆言团队的手笔，想来赵扬已经迫不及待地要造势抬高耀华终端的身价，打算卖个好价钱了。

"20亿说少了，唉！"郝仁又深深地叹了口气。

隋祖禹一脸怒气地朝公司大楼走去，在大门口碰上了心急如焚的汤媛。

"怎么样？"汤媛一见隋祖禹回来了，连忙问道。

隋祖禹看看附近有不少等电梯的员工，连忙低声说道："别在这里说，回郝仁办公室。"

两人打开郝仁办公室门，发现陈竞男、孙皓、沈同方等齐齐整整地坐在里面。

"怎么大家都在？"隋祖禹问道。

"快说正事，郝总怎么样了？"孙皓说道。

一看没有外人，隋祖禹一五一十把郝仁的情况说了下。

"照这么说，十有八九是要卖给理想，以后系统和芯片估计都没得做了。"孙皓满脸露出焦虑的神色。

"先别说这个，现在最重要的不是保住哪个部门，而是保住整个公司。不如再去求求赵总，反正我不要面子，只要能保住耀华终端，降薪降职都行。"陈竞男坚定地说道。

"穆老师在国外，应该还不知道郝总现在的情况，还是先和穆老师说下，至少先劝劝郝总，先振作起来，别一直喝酒。"汤媛说道。

"是啊，先得振作起来再一起想办法。"孙皓说道。

……

几人绞尽脑汁想着主意，只有沈同方一言不发，抱着手在想着什么，突然沈同方抓住隋祖禹问道："你刚才是不是说把耀华终端买下来？"

"是啊，我当时想如果谁控制耀华终端都不好，不如自己买下来。不过，郝仁说我异想天开，至少要20亿。"隋祖禹说道。

"我想来想去就这个主意不错,一两个人凑20亿当然是异想天开,但是我们是两万多人的公司,可以全体员工控股,只要控制住超过51%的份额,即使再引入其他出资者,也能保证我们前进的方向不会偏离。"沈同方说道。

"好主意啊,姜还是老的辣。"隋祖禹说道。

"别慌,先要稳住员工,保证好各产品各项目的进度,大家也不想买下一个内部运营不畅的公司吧。汤媛,你去联系穆言,让她马上回国。隋祖禹、孙皓你们俩回到岗位上,不要耽误研发工作。竞男姐,你回去私下与各销售主管沟通下,维护好客户关系,如果有大单,不影响销售的情况看看能不能晚点签订,避免再加重价码。最后,就是都回去看看,能拿出多少钱吧。"沈同方说道。

"好。"大家异口同声地说道。

到了欧洲上班时间,汤媛开始给穆言打电话,电话却一直回复已关机。汤媛又给贺知州打过去,才知道穆言凌晨就坐上了回国的飞机,现在估计已经飞出了欧洲的上空了。

第一百五十三章　郝仁最大弱点

所谓流言止于智者,可流言的传播正是因为世上没有那么多智者,而越是没有出处的传闻,越多人信以为真。

从耀华终端出售的消息传出的第一天,员工的议论就没停止过,但凡有两三个人凑在一起,这个话题就总会被有意无意地提起。

"刘工,你是老员工,能不能给我出出主意,我毕业才不到一年,是跟着去新公司,还是重新找工作?"一个娃娃脸的男生说道。

"是啊,老刘,你怎么打算?你这个级别挣不少了,是不是打算自己出去做点小生意?"一个秃头的衬衣男说道。

"你们别瞎说,刘工是重点项目负责人,这时候走了项目怎么办?"一个女工程师说道。

"我不走,再说现在还没有官方消息,耀华终端未必会卖掉,说不一定是竞争对手搞事。"大家口中的老刘说道。

"你就别自欺欺人了,你没看新闻吗?理想的马旭峰都说啦,他很有兴趣。早知道不来耀华了,本来以为找到金窝窝了,没想到跳火坑了。"

一个眼镜男说道。

"话不能这么说，你这几年没拿到高于业界平均水平的工资吗？"老刘说道。

"你少唱高调，工资比原公司高不假，但如果耀华终端被卖了，新公司难保不裁员，到时候饭都吃不上。"眼镜男激动地说道。

"都说了卖掉公司是传闻，郝总都没确认。"老刘说道。

"是啊，既然是假的，为什么郝总躲起来不见员工，是不是拿到钱不管公司了。"眼镜男说道。

"你胡说……"

这样的对话和争吵每天都在发生，连隋祖禹、沈同方等高管都亲眼见过几次。虽然众高管都三番五次地对团队说要坚定信心，不信谣言，不传谣言，但郝仁的消失让几个高管的发言毫无说服力。

在郝仁一个人在家喝得昏天黑地的时候，两耳不闻窗外事的沈同方走出实验室，挑起了大梁，成了大家的主心骨。他每天都召集几个高管开例会，想尽办法让人心浮动的团队正常运行。

这天开完例会，隋祖禹等其他人走后，叫住了沈同方。

"沈工，我想和你单独聊聊。"

"行，我想抽根烟，我们去天台吧。"

两人坐电梯又步行了一层楼来到天台，已经是下午五点，阳光没有那么刺眼，斜斜地照着两人，把影子拉得很长。

沈同方点燃了一支香烟，深吸了一口，然后把烟递给隋祖禹。

隋祖禹摆摆手拒绝香烟，说道："沈工，我们真的不考虑一群人去郝仁家把他拉来公司？你看大家都传他传成啥样了，说他离职，说他退休，说他移民的都有，这工作还怎么做？"

"以前怎么做，现在就怎么做。我们赶鸭子上架没用，这事得他自己想明白了。"沈同方吐出一个烟圈说道。

"沈工，我就不明白了，木还没有成舟，他至于这么要死要活的？我们都能想到集资，他那么活泛的人怎么会想不到？"隋祖禹说道。

"你是郝仁最好的朋友，怎么这么不了解他。我这个小师弟啊，胸怀大志、目光远大，但作为公司的掌舵者，他有个硬伤，就是太重感情。"沈同方说道。

"重感情怎么是缺点？他重感情大家才愿意跟着他。"隋祖禹说道。

"做朋友是优点，做领导不是，慈不掌兵，义不掌财，他两个都占了。郝仁是赵扬一手提拔起来的，郝仁一直把赵扬当成灯塔，结果赵扬出尔反尔，让郝仁尝尽被欺骗的滋味，他哪里受得了，可不就马上垮了。另外，集资这件事他不可能想不到，只不过他知道独立创业的风险，不愿意让你们跟着他一无所有，明白了吗？"沈同方说道。

隋祖禹听了怒从心生，顾不上形象大声骂道："混账东西，跟我计较个屁，我看他就是胆小鬼，怕负责任，要是怕大家一无所有，就应该振作起来，而不是躲在龟壳不出来。"

"你们俩真是一个德行，我老头子服了。"沈同方说道。

"唉，我知道他为我好，以前他居然怕创业失败，要提前帮我安排耀华技术的后路，真是的。沈工，这次要不是有你，估计公司要乱套了，你怎么这么有经验？"隋祖禹说道。

"唉，"沈同方深深叹了口气说道，"还不是因为失败了两次，不想再失败第三次，要是当初也能像现在这样较劲，也许就……"

"沈工，烟还有吗？给我一支。"隋祖禹说道。

"给，就一支，不然你回家被老婆骂，以前我就是被骂得狗血淋头。"沈同方说完，眼神变得有点落寞。

隋祖禹听了沈同方的话，立马打了个寒战，摆摆手说道："算了，算了，不抽了，回去干活。"

说完，隋祖禹披着夕阳下了楼，甩掉所有心理负担继续工作。差不多加班到十点，隋祖禹在聊天框里发现汤媛也还在公司，便叫她一起开车回家。

"都两天了，穆言怎么还没有来公司？你没有和她说我们集资的点子吗？让她赶紧劝郝仁回来？"隋祖禹说道。

"怎么没有说，该说的不该说的都说了。"汤媛说道。

"那她什么反应？"隋祖禹问。

"她没有什么反应，就很冷静地说她先去办点事，几天就回来，叫我们不要担心，她来搞定。穆老师一向是有主意的人，我觉得她肯定有办法。"汤媛说道。

"也是。老婆，我如果把所有积蓄都拿出来投资耀华终端，最后赔了变成穷光蛋，你还要我吗？"隋祖禹问道。

"咱们一家三口，吃不了多少，用不了多少，而且那些积蓄是你们家的钱，本来也不是我的。其实，我有种预感，谁也不会赔。"汤媛说道。

"为什么？"隋祖禹问道。

"你想啊，所有员工把钱放到公司，所有员工都是股东，大家工作就不是为了老板，而是为了自己的投资增值，谁还会不卖力，所有人都全力以赴的公司，怎么可能赔呢？"汤媛自信地说道。

"老婆，你这么一说，我觉得这事有门。"隋祖禹说道。

"是吧，看把你们一个个愁得。"汤媛说道。

第一百五十四章　担负全员信任

穆言从新闻中知道了耀华终端的传闻，心急如焚地回国，飞机刚落地就从汤媛口中听说了郝仁的近况，更是恨不得一刻不停地想要回到郝仁身边。

可穆言内心挣扎了好一阵子，还是厘清了当前面临的形势，决定先回苏州老家一趟。

大约在苏州待了三天，穆言坐夜班飞机回到了深圳。一推开门，就看到胡子拉碴的郝仁坐在单人沙发上，呆呆地看着外面和夜色融为一体的大海。

穆言脱了鞋，轻轻走过去从后面抱住郝仁。

"你还好吗？"

"你再不回来，我都快完全振作起来了，这么多年忙忙碌碌，难得有理由颓废堕落这么一场。"郝仁苦笑道。

"幸好我回来得及时，还能够陪你咀嚼悲伤。"穆言看郝仁眉峰舒展，便知道他已经从心情的低谷爬出来了。

"那今天是最后一晚。"郝仁说道。

"好，我陪你喝一杯。"穆言起身去拿杯子。

"你会不会觉得我一个男人太懦弱了，遇到这么点事就一蹶不振，在家躺了一个多星期。"郝仁和穆言轻轻碰杯。

"你如果能轻易地放弃已经根深蒂固的目标，那才是真的懦弱。郝仁，我知道你是心里有气，气赵扬为你树立了一个信念，又随意摧毁它。但是，信念本身没有错，哪怕播种它的人已经不再愿意为它浇水施肥，就由我们来，好吗？"

穆言坐在地毯上，把脑袋放在郝仁的膝盖上，微微抬起头仰视的郝仁，那目光里是懂得，是依赖，是没有杂质的信任。

"其实，我也想过拿着钱一了百了，电子消费品好一阵坏一阵，一个产品做坏了说垮也就垮了，这就是为什么赵扬想在最风光的时候卖掉耀华终端，免得一着不慎就贬值了，投资他从未失手。但是，我想起沈老，想起水煮鱼，想起所有人，他们把自己的梦想寄托在我的身上，我怎么能一走了之，而且我们明明可以。"郝仁愤愤不平地说道。

"他们现在还想把所有身家寄托在你的身上，你还不快振作起来。"穆言说道。

"我早就好了，在家躺的这周就当消耗下这些年累积下的年假了。穆老师，我如果把市区的这几套房子都卖了，回去住原来郊区的小房子你会不会嫌弃？"郝仁问。

"一天到晚上班，就晚上回家睡个觉，住哪不都一样。"穆言说道。

"委屈穆老师了。"郝仁说道。

"有什么委屈的，一家人不说这些，你看，好像来台风了。"穆言指着街道上已经被吹得东倒西歪的树木说道。

郝仁朝窗外看去，只见刚才还风平浪静的海面被狂风卷起巨浪，带着滔天的怒气向岸上礁石撞过去，撞得粉身碎骨，浪花四溅。

"真是天意，我刚下定决心奋起，就给我个恶劣的台风天，老天像是要给不知几斤几两的我一点颜色看看。"郝仁苦笑着说道。

"我倒是觉得这是天降大任，你注定要乘风破浪，一往无前。"穆言坚定地说道。

"我就信了你这个赤脚相士一回。"郝仁起身，盯着穆言光溜溜的脚，说道："进屋又不换鞋，老是光着脚跑来跑去。"

第二天上午，郝仁起了个大早，刮胡子，抓头发，一扫这段时间的颓势，整理出个精神小伙出来。

郝仁大步从地库走上来坐电梯，上班高峰期人有些多，密密麻麻地挤在电梯间，都低着头看手机，没人注意到排在最后面的郝仁。

"你们听说了没有，郝总这周没来上班，是拿了卖股份的钱去周游世界了，太叫人羡慕了，不像我还要养家糊口，去哪里玩都要掰着手指头算钱。"一个长发女员工对旁边的人低声说道。

"我听说郝总打算移民欧洲去享受慢节奏的生活，可能买个酒庄，享受醉生梦死。"一个戴眼镜的男员工说道。

"这样吗？我还以为他会自己去创业什么的，他这么年轻，现在就过退休生活，会很无聊吧。"一个格子衬衣的男员工说道。

"真的吗？"一个卷发的女员工说道。

"当然不是真的。"几人身后传来声音。

"你怎么知……郝总……"长发女员工刚回头想问，就看到了身后一直在听她们议论的郝仁。

"你们说的这些可能，我完全没想到过，哈哈哈。"

郝仁的笑声，引来了电梯间众人的注意，纷纷惊讶地和郝仁打招呼。

"郝总你回来了？"

"郝总早啊！"

"郝总，你是休假去了吗？"

……

被用来应对总裁消失的总裁办公室里，沈同方等人还不知道郝仁回来了，正围坐一起开晨会。突然门开了，众人就看到晨曦中，郝仁精神抖擞地走进来，浑身泛着金光。

"都在啊，都在等我回来吗？"郝仁把公文包扔在桌上说道。

"是啊，你再不回来公司就快乱套了。"隋祖禹说道。

"你们管理得井井有条，我感觉我还可以再歇会。"郝仁笑着说道。

"那可不，总裁虽然不在，但总裁办公室还在，既是一个组织，又是一个地点。"孙皓得意地说道。

"好了，原归正转，既然郝总回来了，我们就商量下如何保住耀华终端不被卖掉的事吧。"沈同方说道。

"我听说你们都支持了隋祖禹的看法，想要集资买下耀华终端。"郝仁说道。

"是的，我第一个支持的，上个世纪90年代，美国西北航空公司债台高筑，管理层就是通过员工持股计划力挽狂澜的。耀华终端有两万多员工，我相信一定也可以的。"沈同方说道。

"听说你们已经开始筹措资金了？"郝仁又问道。

"是的，我们办公室这几个凑了5000多万，另外大家也各自去调研了分管的三四层干部，大家没有说二话的，都表示会竭尽全力，员工人数太多，容易扩散，我们没有敢轻举妄动，还得郝总你自己来。"沈同方说道。

"5000万，沈工，您把养老钱都拿出来了吧。"郝仁说道。

"没有这回事，我量力而为，隋工出了大头。"沈同方说道。

"水煮鱼，你把钱都拿出来，家里人不会有意见？"郝仁又面朝隋祖禹问道。

"没意见，汤媛说一定会赚的，叫我不要错过机会，竞男姐拿得也不少。"隋祖禹说道。

"竞男姐，你拖家带口，不能孤注一掷。"郝仁恳切地对陈竞男说道。

"正因为拖家带口，才想要搏一搏，为他们搏出个未来。再说，也不能都让孙工这样的单身汉出，他把娶媳妇的钱都拿出来了。"陈竞男说道。

"孙工，你……"

郝仁还没说完，孙皓连忙打断，说道："别提媳妇的事，我浪子一个，还没玩够。"

"郝总，啥也别说了，这钱指不定还不够，公司还得继续下去，用钱的地方多，你就别劝了，大家相信你。"沈同方说道。

郝仁看着面前的一张张脸，眼睛有些湿润，连忙握住沈同方满是褶皱的双手，其他人也都走过来，伸出手叠放在一起，握住彼此，在悄无声息中完成了一次上阵前的加油。

第一百五十五章　价格高不可攀

等大家离开，办公室只剩下郝仁自己，危难关头不离不弃的余温还没有散去，郝仁却无暇感动，才扫了一眼经济新闻，他就知道留给自己的时间已经不多了。

今天的《新途周刊》发表了一篇名为《耀华终端高位抛售为哪般？》的深度报道，上面已经挖出耀华集团有意借子公司大力拓展互联网产业，将会在近期出售耀华终端。作为现代信息服务业的先导部队，互联网服务的大力发展，是中国服务经济升级的重要标志。和重资产、高投入、竞争白热化的手机硬件产业相比，同一数额的资本注入，在互联网产业溅起的水花更高。耀华集团创始人赵扬先生不愧有投资高手的名头，有魄力在耀华终端运营最良好的时候出售，各位看客可以期待一下是怎样的天价了。

《世纪经济报道》则从虎视眈眈的众买家角度出了一篇《国产第一，花落谁家?》的报道。其中，理想马旭峰表示希望有机会做出全国最好的双品牌手机。高科宋朝栋则表示并不会参与角逐，短期内只会聚焦高科内部双品牌。两家韩国品牌 CF 和 TCG 的兴趣最强烈，表示在合规范畴内会最大限度地争取。

以前，郝仁看新闻总是以一个旁观者的角度看着众角色你方唱罢我登场，如今，自己却成了舞台上的主角，在新闻里被当众处刑，前后对比，感慨万千。

人必自助而后人助之，而后天助之，郝仁已经不能再任凭他人为公司忙活了。等脑子里预演完与赵扬当面摊牌的全过程，郝仁已经站在了赵扬办公室的门口，缓了口气打算叩门。

"来了就进去吧。"赵扬的声音从郝仁的身后传来。

"赵总。"

"早就知道你小子要来，希望不再是陈词滥调。"

郝仁随赵扬进了办公室，等赵扬在沙发上坐下，郝仁没有和平时一样在赵扬身边坐下，而是略一迟疑，坐在了赵扬的对面，中间隔着凉冰冰的黑色大理石茶几。

"才几天就和我生分了。"赵扬觉察到郝仁的不同，开始语气平和地说出强硬的话，"这事早定下来了，你要是劝我放弃出售耀华终端就不必说了，没得商量。你要知道，当初耀华终端 10% 的股份是我主动提出给你的，这本来没有必要，只因为我把你当自己人，见不得你付出没有回报，我想这份回报对得起你这几年的辛劳了。"

"所以，赵总从创立耀华终端之日就已经想到了出售？"

郝仁心中愤恨于赵扬当初慷慨陈词全是假的，赵扬则没有想到郝仁完全不被自己的温情打动。

"当初想没想到不重要，重要的是现在想到了。"

"明白了。"

赵扬没搞懂郝仁明白了什么，但气氛因为这句话缓和了下来，于是赵扬收敛了满脸不满，开始熟练地画饼："好了，你不是小孩子，不要再赌气了，在商言商。我知道你委屈，这样，你如果不想股票回购，那我和几个大股东讨论下,是不是让你置换等价的耀华技术股份,加上你之前在耀华技术的股份,已经是除了我和两个副总外的第四大股东了。"

"赵总,我可以问您个问题吗?"

"问吧。"赵扬猜郝仁得寸进尺,还要借机提点别的要求。

"您打算把耀华终端卖给谁?"

"嗯?"

"赵总能不能坦诚地告诉我,您打算把耀华终端卖给谁,打算多少钱卖掉?"郝仁不管赵扬的疑惑,得不到答案誓不罢休的样子。

"现在有不少企业接触,但出得上价的就三四家,一家是理想,你知道的,另外一家是国内最大的软件公司神州,还有两家是 CF 和 TCG,不过国外公司我不大考虑。"赵扬说道。

"如果是我,可以吗?"郝仁问道。

"你?"赵扬显然被这个问题惊到了,可旋即大笑了起来,"当然可以,只要价钱合适为什么不呢?"

"赵总,您的意向收购价多少?"

"理想最高出价是 6 亿美金,距离我的意向 7 亿尚有距离,所以没有这么快定下来。本来这个价格不包括耀华终端旗下的知识产权,但如果是你,怎么也要给你个友情价,7 亿所有知识产权你一并拿走,给耀华技术一个永久授权即可,你自己累积出的知识产权,知道里面的价值。"

"好,那赵总我先走了。"

赵扬自认了解郝仁,包括他的收入、他的家庭、他的朋友、他的一切,郝仁能拿出的资金应该远远达不到这个数。可见郝仁干脆地转身就走,赵扬心里却莫名生出一丝慌乱。

"郝仁,你是认真的吗?"

"赵总,我跟您这么多年,我什么时候是一个不认真的人了?"

告别赵扬,郝仁没有回办公室,直接开车来到方美如的公司大楼前。在车里等了一会,就看见一身职业套装的方美如从办公楼里走出来,用手挡住眼前的刺眼阳光,四下里寻找郝仁的身影。

"我在这。"

郝仁从车里走出来,朝方美如挥手,方美如看到马上踩着高跟鞋哒哒哒地跑过来。

"郝大哥,今天你怎么有空过来找我?"

"小方,我有点事想请求你帮忙。"

"那去我办公室说。"

"行。"

一路走来,郝仁才知道方美如今时今日已经身居要职,门牌上的总经理室,敞亮的独立办公间,纷纷起身招呼的同事,都预示着眼前的方美如不再是以前那个畏畏缩缩的新员工。

"郝大哥,你有什么事直说,只要是我能做到的。"方美如给郝仁泡了一杯茶。

"我想把你帮我购入的几套房卖掉,有点急,又希望价钱好点。"

方美如一听很是震惊,连忙问道:"郝大哥,这几套房地段一流,环境闹中取静,增值空间很大,现在出手会很吃亏,你要不要慎重考虑下。"

"没办法,我现在急需钱用。"郝仁说道。

"是不是耀华终端要被出售的事?"方美如问道。

"小方也看新闻了。"郝仁问道。

"是的,虽然不是很懂,但耀华终端的新闻都会看看。"方美如说道。

"确实和这个事有关,但说来话长,以后有机会再和你说,卖房的事情可以帮忙尽快吗?"郝仁急切地问道。

"没问题,我马上去办。"方美如爽快地答应道。

"小方,你现在也是管理干部了,不然找个下属先挂个盘。"郝仁说道。

"郝大哥,你的事交给别人我不放心,还是我自己去办吧。"方美如坚持地说。

"谢谢小方,那我这个周末就搬走,钥匙到时候送过来,你随时带客户看房。"郝仁说道。

"郝大哥,如果你需要钱,我也有一些。"方美如说道。

"我缺的钱太多了,你的钱得好好留着,可不能让我打了水漂。"郝仁说道。

和方美如告别后,郝仁又前往银行和基金公司,将所有的理财产品都办理了提取手续。

郝仁终于体会到,砸锅卖铁就是一种触目惊心的失去,眼睁睁看着曾经千辛万苦才挣来的财富在眼前分崩离析,之后前途未卜,不知道这样做值得不值得。

第一百五十六章　得道者得多助

一周后，耀华员工代表大会正式召开。

台上郝仁、刘思方、冯都都等几个相关高管坐成一排，在经历了这段时间的流言冲击后，前来参会的骨干员工目光中交织着疑惑、紧张和期待，像大考过后的成绩公布，既想知道又怕知道。

在大会背景音乐中，大屏幕上一张张公司旧照片在滚动播出，不断地在唤醒员工过去一起奋斗的美好记忆。等众人情绪到位，郝仁才拿起话筒，缓缓地开口。

"各位兄弟姐妹，早上好，今天把大家全部聚集在一起，是要做一项决定公司未来走向的重大决策。最近大家应该听到了很多关于公司出售的传闻，众说纷纭，今天我就给大家说句实话，传闻是真的，耀华确实有意出售耀华终端。"

此话一出，就像往人群中扔了一颗炸弹，把惊呼声、吼叫声、叹息声都炸出来了，一些情绪激动的员工直接站起来扯着嗓子往台上喊。

"耀华终端经营正常，为什么要出售？"

"公司一旦出售会不会裁员？"

"出售后我们是回到耀华集团，还是一并前往新公司？"

"如果不愿意去新东家的公司，离职是否有补偿？"

……

"请大家先听我说完，"郝仁继续说道，"大家的问题我一个都回答不了，我不知道公司会被卖给谁，买家接手后会不会保留耀华的品牌，会不会裁员，一切悬而未决。但是有一点，如果能够保住公司，一切坏的可能都不会发生，而我们还有可能获得比过去更大的受益。"

"如何保住公司？"台下一个声音高喊着，替所有人问出这个关键的问题。

"靠我们自己，我们所有人一起集资买下耀华终端然后全员持股，然后拼尽全力，做大公司，共享发展成果。"

台下众人嗡嗡地议论起来，仿佛瞬间倾覆的蜜蜂巢，成千上万的蜂群在会议室盘旋，发出振翅的声音。

"我亲眼看着耀华终端从无到有成长起来，我不忍看着大家从此各奔天涯，散落在各个友商公司，也不忍看着耀华终端从市场上销声匿迹，很多年后变成老人家怀旧的产品，所以我恳请大家出手相助集资买下公司。但有一点，投资有风险，投不投，投多少钱都是自愿，不强求，不与工资绩效相关，请大家自行决定。接下来请公司财务总监刘思方介绍集资的方式和可能的受益。"

郝仁说完朝大家鞠了一躬，随后，刘思方起身介绍集资方案。

"正如郝总所言，所有都是出于自愿。本次集资如果失败，各位的钱将在一周内全部回退，如果成功让耀华终端免于出售，我们将根据大家所投入的资金折算成股份，以后根据公司的经营情况进行分红。具体的员工持股计划草案拟订完成后将会在公司公示，同时公司即日成立职工持股委员会，经营员工集资管理，并聘请第三方审计公司进行监督……"

"请问参与集资有投入资金的上限和下限吗？"台下一个西装男问道。

"没有下限，理论上上限不超过股本的 1%，如果超过，可能会将超过部分的资金回退。"刘思方回答道。

"什么时候要交钱？"台下一个长发女问道。

"下个月 31 日前，有足够的时间给大家三思。"刘思方说道。

"请问如果我比我的直属领导投入资金多，工作听我的还是听领导的？"一个卷发男问道。

"投入的资金只影响分红收益，工作还是照旧，各部门管理干部对具体事务的负责，领导干部的提拔只根据业绩和能力。"人力总监冯都都说道。

……

大家的问题足足持续了一个上午，毕竟动用身家的决定没有这么容易。

"已经到午饭时间，今天的会议到此结束，和大家的沟通出门后请勿传播，以免影响到收购的价格。如果还有什么问题，请大家随时找人力和财务人员咨询。"郝仁最后不忘交代一句。

讲了一上午话的郝仁回到办公室刚想喘口气，就看到刘达喜着急忙慌地推开门，喘着粗气，一屁股坐在沙发上。

"老刘咋啦，你是闯什么祸了，跑我这里来躲藏？"

"别瞎扯这些没用的，我都知道了，你要买耀华终端？钱够吗？"

"你消息真灵通，赵总还是小赵总和你说的？"

"你别管我哪里知道的了，资金稳妥到位了？"

"这个钱当然是差得十万八千里。"

"那你还嬉皮笑脸的。"

"那哭也凑不齐啊。"

郝仁无奈地对着刘达喜苦笑一下，然后把头靠在沙发背上，盯着天花板上的空调出风口上的红丝带飞舞的轨迹，让脑子得到瞬间的空白喘息。

"我给你五千万，你先凑着，如果还不够我再想想办法。"刘达喜说道。

郝仁从沙发背上弹起来，看着刘达喜的眼睛说道："老刘，你就别趟这浑水了，要是赵总知道你还给他添乱就不好办了。"

"郝仁，你不应该拒绝这笔钱，这笔钱是我2002年卖掉我亲手创办公司股份得来的，当时我心灰意冷，连挣扎都没有就放弃了。如果我像你，明明知道不可能却从不放弃，可能如今又是另一番景象。所以，就当是了我一桩心事，收下吧，好好干。"

刘达喜的眼白微红，眼下乌青，想来不是一时脑热，而是思索几夜所做的决定。

"老刘，你真是，唉……"郝仁顿时语塞，在这刻突然懂得刘达喜过去那些别扭的举动里有多少不甘。

"行了行了，这个时候就别装模作样了，果断收下就对了，算入股算借款晚些时候细说，我知道你当下有得忙，我走了，赵总那事还多。"刘达喜说完，用干涩的双手抹了一把脸，起身走了。

除了员工代表大会，郝仁也组织了几次海外中方员工沟通会。海外常驻的中方员工没有国内员工那么多信息源，但身处市场之中，对未来耀华的前景却更加笃定，大多数人没有多思就开始盘点起自己的金银细软。

在深圳的李子健犹豫中给在印度的好兄弟陈虎打电话。

"虎子，你怎么打算的？"李子健问道。

"打算，没什么打算，就是留点钱给老娘，其他都投进去。"陈虎说道。

"这么果断？"李子健很是惊讶，平时爱钱如命的陈虎买啥都讲价，在这种巨额投入时竟眼睛都不眨一下。

"不然呢？人生能有几次机会获得一家国际公司的原始股。"陈虎说道。

"万一亏了呢？不留点钱筑巢引凤娶老婆？"李子健刚新婚燕尔，不由得为感情生活一张白纸的陈虎担心。

"你还是那个为了躲避相亲大过年躲郝总家的李子健吗？现在有了老婆变得瞻前顾后的。我就是要娶老婆，也不要用房子娶回家的女人，再说我有预感，我不仅不会亏还会从此飞黄腾达。"陈虎说道。

李子健挂了陈虎电话，心中也隐约有了答案。

第一百五十七章　全员买下公司

委托卖房后没多久，郝仁就收到了回信。方美如尽职尽责，接连不断地联系积累多年的优质客户看房。由于近期楼市回暖房价看涨，很快引来不少感兴趣的客户前来询价。

经过背景调查后，方美如为郝仁的几处房产找到了愿意一个月内付全款的客户。其中，郝仁现在居住的房子地段最好，三个客户都争执不下，最后一位张姓的年轻男士溢价 1000 万买了下来。

和郝仁穆言签完购房合同后，张先生提出要郝仁单独陪自己去房子里逛逛。

郝仁以为对方要验房交接，便引着张先生进屋查看，对方却不急于检查家具设施，目不斜视地走到客厅的落地窗前，看着如洗碧空下的大海问道："郝先生，这么美的风景，以后看不到了不可惜吗？"

"可惜，但人总要出去经受风雨，不可能一直停留在平静港湾里。"郝仁觉察出对方并不是收房，只是想找个借口和自己单独聊两句。

"看得出来，郝先生不是耽于富贵之人，卖了房子之后能解决你的问题了吗？"张先生问道。

"大概不能，再想想别的办法。"郝仁说道。

"那你是打算带着夫人去租房子住吗？"张先生问道。

"张先生对我的家事很感兴趣，这房子真的是张先生购买的吗？"郝仁边说边把自己和穆言的情侣钥匙扣取下来，递过去两把光秃秃的钥匙。

"不重要，交易已经完成，单纯希望对你有用。"张先生笑了笑，接过郝仁手中的钥匙离开了。

郝仁把房间所有窗户一一关上，想着它以后要为别人遮风挡雨了，心中不由得唏嘘起来，在门快合上瞬间又往里最后看了一眼。

郝仁下楼看到穆言在花坛边伫立，走过去说道："穆老师，我在耀华技术的股份退了，房子卖了，所有基金理财都拿出来了，我们马上一无所有了，你会不会后悔？"

"哪里一无所有，你不是好端端在我眼前吗？走吧。"穆言说道。

"对了，穆老师，你认识买房的这个张先生吗？"郝仁问道。

"不认识，怎么了？"穆言说。

"那人说话怪怪的，没事，钱货两清，不管那么多了。"郝仁说道。

这段时间，和郝仁一样内心饱受煎熬的还有耀华终端的全体员工，任何选择面前都要权衡利弊，何况还夹杂着各种个人感情，有眼看蒸蒸日上的公司轰然倒塌的不忍，有到新地方从头开始的畏惧，更有就此改变命运的强烈诱惑。

但最终大家还是选择和郝仁站在了一起，一边瑟瑟发抖地怕输掉底裤，一边又毫不犹豫地拿出了家中的存款。经过财经部门和人事部门的统计，98%的员工都签署了入股意向书，入股金额接近38亿人民币，加上郝仁和几个高管多方筹集，距离赵扬给出的数已经有些接近了。

没想到尽管郝仁和管理层千叮咛万嘱咐，集资入股的事务必保密，但公司员工数量众多，世界上没有不透风的墙，这事还是轻轻松松地传到赵扬的耳中。

而赵扬立马将这一消息透露给意向收购耀华终端的企业，以此为筹码抬高价格。神州软件和两家韩国公司认为一群普通员工难成气候，不过是赵扬借机抬价而已，并没有予以重视，继续按部就班地进行谈判。理想的马旭峰却相当了解郝仁，知道他是个说得出做得到的人，便很爽快地答应了赵扬的开价，并要求赵扬确定合同条款，尽快完成收购。

郝仁从刘达喜口中得知这一消息后，心里已经有种功亏一篑的感觉。

如果郝仁和马旭峰以同样价格竞购耀华终端这个品牌，赵扬还可能卖给郝仁的草台班子。若是要把所有知识产权都带走的话，郝仁手里不足7亿美金，完全无力与马旭峰竞争。可理想本身有自己的研发团队，不要耀华终端的知识产权没问题，郝仁却不行，不要知识产权意味着目前耀华终端所有的机型今后都没有资格销售。

"郝总，这可怎么办？我们几乎全员投入在里面了，没有办法再加价了。"刘思方说道。

"想不到赵总竟能做到如此地步，我们之前高兴得太早了。"郝仁只觉太阳穴的位置神经突突直跳。

"我已经没有积蓄了。"孙皓说道。

"我回去再凑凑。"隋祖禹说道。

"我也回去再看看。"陈竞男说道。

"我把我最后的一千万拿出来。"刘达喜说道。

"不是万全之策，我们这样凑，怎么也比不上财大气粗的马旭峰，要是对方再加价，我们完全跟不了。"郝仁摆摆手否定了大家众志成城的决心。

"你明天去找赵扬吧，我这边能弄到1亿美金。"

穆言的声音很柔和，却如战场上的鼓点，让在座的所有男士为之一振。

"1亿美金？我没听错吧？"隋祖禹问道。

"穆老师真是深藏不露。"孙皓说道。

只有郝仁问："从哪里弄这么多资金？"

"资金来路很正，先解决问题吧，这个事以后再解释。"穆言说道。

众人散会走后，郝仁问穆言："这钱是不是你爸那边的？"

"是的，算借款，不算我爸公司的入股，他们不会干扰我们公司的运营决策。本来我想晚些和你说，但现在火烧眉毛你就不要计较这些细节了。"穆言说道。

"穆老师，你为我去找爸要钱，一定很委屈吧。"郝仁满眼心疼，却碍于办公室，不能给穆言一个拥抱。

"没有的事，你快去办正事吧。"穆言说道。

郝仁来找赵扬，赵扬也在等他，郝仁不拐弯抹角，直接切入正题。

"赵总，如果你不想要提价，我们愿意付到7.5亿美金，请把耀华终端留在我们这批老员工手上吧。"

"你居然还有其他资金？"赵扬很是惊讶。

"赵总，实话和你说，这几乎是我们整个公司所有的资金了，我们全员珍惜这个品牌，所以愿意砸锅卖铁。你如此睿智，怎么会不知道理想马旭峰并不是真心想着运营耀华终端这个品牌，他只不过想消灭一个对手而已。耀华终端是您提议创办，当初您对我说的话我至今记忆犹新，我想您一定不想看到这个牌子被人遗忘，毕竟带着耀华这两个字，算我求求您。"郝仁说道。

赵扬沉默良久，想起自己过去对郝仁的种种承诺，又想到理想再次加价的可能性不大，下定决心回道："好，就7.5亿吧。"

"赵总，谢谢！"郝仁起身朝赵扬深深地鞠了一躬，然后不再迟疑地朝大门走去。

"接下来你要怎么做？"赵扬不合时宜地问了一句。

郝仁站在窗外斜斜透进来的阳光里，慢慢地回头，轻描淡写地回答道："继续往前走，就是很可惜，您没能一起。"

看着郝仁渐渐远去的背影，赵扬终于悟到可惜的人是谁？不是郝仁，正是自己。此刻的郝仁不会可惜，离开了自己，郝仁摆脱了自己带来的所有束缚和依赖，他已经完成了蜕变，就要一去不返，从今往后，不会再回头，不会再以自己为信念。

第一百五十八章　挥别旧的过去

郝仁独自在车里坐了很久，想要大笑却流了满脸的泪水，刚才和赵扬的对话犹如一场诀别，咔嚓一声剪短了系在两人之间的脐带，伴随着强烈痛苦的同时，郝仁感到了一种前所未有的解脱。

等整理好对冲的情绪，擦拭掉残留的泪痕，郝仁打开车门，朝自己办公室走去。

办公室里所有高管聚在一起，自从郝仁走后就如热锅上的蚂蚁，转着圈缓解焦虑，一见郝仁推门进来，马上把人团团围住。

"怎么样？郝总，一切还顺利吗？"孙皓问道。

"郝总，赵总应该点头了吧。"陈竞男说道。

"你倒是说话呀？"隋祖禹急了。

"小学弟，是好是歹说一声吧。"沈同方如今也顾不得老人家的派头了。

……

穆言站在后面含笑看着郝仁被众人围着，等大家七嘴八舌讲够了，才幽幽地说："肯定成了，你们看他嘴角抽搐，想笑呢。"

"你这家伙,又憋着坏想故技重施耍我们。"隋祖禹气急败坏地说道。

"幼稚,幼稚。"沈同方摇着头。

"郝总,你年纪也不小了,比我还大,怎么喜欢逗弄人?"孙皓说道。

"水煮鱼,你几天没洗头了,一甩头发落一地雪花,急什么,对我没信心吗?孙皓,孙帅哥,你一脸胡茬,三分颓废七分潦倒,照照镜子配得上自己的外号吗?沈老,沈师兄,昨晚半夜三更还给我发短信,你别忘记自己的岁数。竞男姐,你拖家带口,到处借钱,很快就要没朋友了,人人避之唯恐不及……"

郝仁噼里啪啦,反客为主,一阵连珠炮弹似的数落,把本来指责他憋坏的大家给说懵了,一时之间无力反击。郝仁还不过瘾,接着借题发挥想把所有人说一顿,没想到"穆老师"三个字一出口,穆言只是抱着手看着他,轻轻嗯地了一声,就让郝仁感到一种气吞万里如虎的威慑力,立马知情识趣地打住这个话题。

"好了,不闹了,大家的好,我很感动,全部都记在心里了,话不多说,从今往后耀华终端是我们的了!"

"耀华终端是我们的了!耀华终端是我们的了!耀华终端是我们的了!"

大家此起彼伏地重复着这句话,然后紧紧地拥抱在一起。

房间外的员工听不清里面的欢呼声,只能从这些哭的、笑的、哭着笑的脸庞去猜测发生了什么。好在疑惑没有持续太久,不久后,郝仁代表全体员工与赵扬顺利签订了公司股权转让合同,与此同时,所有人都接到了职工大会的通知。

郝仁早早地在台上等着众人的到来,而众人也因为迫不及待而早早到来。

"各位投资人下午好,现在我正式宣布,耀华终端有限公司不会再出售给任何企业,从此属于我们所有人了。这意味着我们今后的每一分钟每一秒钟的付出,都只属于我们自己。也意味着公司从此自负盈亏,我们再也没有后路可退,没有任何人会给我们兜底。从此,我们将孤独地负重前行,独享胜利的果实,大家准备好了吗?"

"准备好了,准备好了,准备好了……"

台下乌泱泱的人群,高低起伏地像汹涌的浪潮,已经积蓄好能量要冲破天际。呐喊的声音整齐嘹亮,响过惊涛拍岸,就要穿云裂石一般。

郝仁心中亢奋不已,后面人事总监冯都都讲解股权方案,成立职工代表大会、监管部门入驻、上报相关部门报备等重要的信息,郝仁一个字都没听进去,只是心中默念自己拥有了天时地利人和。

职工大会结束后已经是晚饭时间,郝仁正想去食堂,穆言却来了电话,说穆父约小两口吃饭。正好郝仁想要当面感谢穆父,于是二话不说接上穆言就往约好的餐厅赶。

小两口到了餐厅包间,发现包间里除了穆父还有一人,正是之前购房的张先生。

"爸,这位是?"穆言问道。

"这是我的助理,张北路,你们见过的。"穆父说道。

"你好,穆小姐,郝先生。"张北路恭敬地给几人倒茶。

"爸,我们的房子是你让张先生加价买的?"穆言说道。

"嗯,我的女儿怎么能连个好点的住处都没有。"穆父说道。

"爸,我们有住的地方。"穆言说道。

"现在你住的地方又小,位置又偏,怎么行,一会就回去原来的地方住吧。"穆父说道。

"爸,不用了。"穆言说。

"爸,我敬你一杯,谢谢你这次出手相助,房子已经是你的了,我们不能要回来。"郝仁给穆父和自己倒上一点醒好的红酒,然后举杯敬酒。

穆父举杯和郝仁碰了碰,口中轻轻地叹息。本来他是可以理所当然地享受郝仁的感谢,并给后辈一些教训提点,可一想起穆言是来苏州找自己求助的情形就开不了口。

那天,穆言从欧洲回国抵达苏州没多久,天莫名下起了瓢泼大雨,当穆言找到穆父的时候,衣服已淋湿一半,整个人冷得瑟瑟发抖,凄楚地诉说起公司面临的困境。话还没有说完,同父异母的讨债鬼兄妹回来了,门外听了几句就闯进房间好一阵闹,夹枪带棒地说穆言图谋不轨,含沙射影地说穆言变着法地侵吞家产。穆言解释说是借款应急,两兄妹表示既然是借款,那就得写借条。穆父刚要训斥两兄妹,穆言却毫不迟疑地当面签了欠条,解除了两兄妹的担心。

"父亲帮助子女天经地义,爸心里愧疚,还让你签什么欠条,这套房子算是补偿,收下吧。"穆父说道。

"爸,弟弟妹妹说得对,是借款就要有欠条,后面欠款合同也得正式补一个，家和万事兴，你就按他们说的来，我们可以做到的。"穆言说道。

"房子你收下吧！"穆父说道。

"不然爸你先留着，等我们有钱再买回来吧。"穆言说道。

"你啊，太固执了。"穆父说道。

"爸，吃菜，凉了不好吃。"穆言说道。

"爸，我再敬你一杯。"

……

晚上，郝仁和穆言一起回到郊区的家中。之前居住的大平层卖掉后，郝仁和穆言就搬到这套小小的三居室。家具是郝仁十多年前第一次购房时添置的，桌椅年久失修都有些咯吱作响，原本大平层里的穆言精心收罗的家具尺寸太大，搬不进来，随房子一起卖掉了。

一天下来，两人都累得够呛，平躺在床上一动不动。

"以前随便买张便宜的床垫挺舒服的，没想到睡习惯了之前那张手工床垫，竟然觉得这张旧床垫硬邦邦的。真是由俭入奢易，由奢入俭难。"郝仁说道。

"其实，硬床挺好的，对脊柱好。"穆言说道。

"穆老师，你能不能跟我说下你去苏州找爸求助的事。"郝仁说道。

"没啥好说的，爸很认可耀华终端的潜力，就同意借钱给我们。"穆言轻描淡写地说道。

"就这样？"郝仁问。

"就是这样。"穆言说。

第一百五十九章　半年喜报频传

用着同样名字的两个公司终于分道扬镳，为了让分离来得更决绝，耀华终端全体员工搬离了原本市中心的办公楼，在一个距离耀华技术十多公里的郊区产业园落地生根。

一大早，陈安把一叠报纸周刊放在郝仁办公桌上，看郝仁还没有开始工作，慢悠悠地在喝一杯咖啡，便开口闲聊几句。

"郝总，今天论坛有个帖子气死人，说堂堂耀华终端被扫地出门，从CBD流落到鸟不拉屎的大郊区，员工上班都找不到地方，附近都是无名道路。"

"网络上的键盘侠懂什么？我们一个研发企业要这么热闹干什么，这里清静，正好心无旁骛搞研发。"郝仁搅拌着手里的咖啡说道。

"是是是，您说得对。"陈安嘴里附和着，心里却在腹诽，郝仁的嘴，骗人的鬼，死的都能说成活的，何况只是地方有点偏僻。

"对了，你刚才是不是说附近都是无名道路，不好找？"郝仁突然冒出个好点子。

"是啊，地图上写着个无名道路。"陈安莫名其妙地看着满脸兴奋的郝仁。

"太好了！"郝仁叹道。

"我不是太明白。"陈安实话实说。

"哈哈哈，没名字就我们自己来命名，不是有人说这里是荒郊野外，我就把公司大门口的这条路命名做尼莫点路。"郝仁说道。

"这个名字有什么来历吗？"陈安说道。

"尼莫点是全世界离陆地最遥远的地方，是地球海洋上最孤独的地方。《海底两万里》看过没？书中有一位船长的名字就叫作尼莫，在拉丁语里是没有人的意思，真希望我们以后的成就能做到无人能及。"郝仁说道。

陈安嘴上应答着，心里却忍不住吐槽，什么怪名字，没有人的地方，那来这里上班的人算人算鬼？

郝仁听不见陈安的心声，光顾着取名字上瘾，一杯咖啡的时间给园区里的各条无名小路取了珠穆兰玛路、马里亚纳路、鲁滨孙大道、神农架路等人迹罕至的名字，还让汤媛安排人竖起指示牌。

汤媛一不做二不休，写了一纸道路命名申请，递交了民政部门，把郝仁的突发奇想正式落到了地图上。结果是搞得快递员和出租车司机不知所措。

"你好，我在珠穆兰玛路口，请你来取下快递。"

"到了没有，我在马里亚纳转角接你。"

……

才几天，郝仁愣是把科技产业园搞得如同探险者的天堂，他对自己的点子颇为满意，恨不得到处宣扬，弄得员工敢怒不敢言，由着他夸夸其谈。

嘲笑也好，祝福也好，新耀华迈着自己的步伐朝前一路狂奔，等转让合同上的各项细则履行完，2010年就过去了大半年，各厂商也陆续交出期中考卷。

会议室里，陈竞男正在做半年市场竞争形势解读。

"整个2010年上半年，受3G技术普及影响，全球手机终端销售增长幅度高达18%，其中智能手机破亿，增长幅度高达48%。著名分析师机构Gaterner指出，有能力整合操作系统、硬件和服务的厂商，才是市场的赢家。

"显然这里最大的赢家就是ACE，在整个上半年，ACE销售增长117%，主要的增长地区来自于英国等成熟市场和中国等新市场，刚刚结束的开发者大会，就以操作系统为号召，推出了很多深受开发者和终端用户欢迎的改良。

"CF是前五大厂商中增长最快的，其在去年底果断地退出了Symbian阵营，加入Android阵营，推出了一系列抓人眼球的机型，并牢牢抓住了印度、中国、马来西亚等新兴市场。

"而中国市场和全球市场都是第一的酷美，豪取35%的市场份额，但比较2009年同期下降1.2%。更重要的是，但维持销售佳绩的是中档价位手机，高档价位段的衰败显示，酷美正受到CF、ACE、宏达等智能手机大厂的冲击。

"全球前十的中国厂商一共有两家，理想和耀华，理想深耕运营商市场，在全球范围内收割大部分的跨国运营商，排名第七。

"这是我们第一次跻身全球前十，虽然是最后一名，但是摆脱了其他的阵营，可喜可贺，值得发一份全员喜报。"

陈竞男话音刚落，郝仁就起身鼓掌，"这份成绩来之不易，是大家顶着巨大的外界压力取得的，事实证明，我们的团队很有战斗力，没有因为公司易主而人心浮动，沉得住气，干得成大事。"

"郝总，对于公司变动，大家也没有完全沉住气，现在全部都嗷嗷请战，为自己的腰包奋斗。"陈竞男说道。

"确实，是我口误了。"郝仁笑着说道。

"接下来，我说下操作系统的市场情况，整个上半年，ACE和Android操作系统是唯一的赢家，尤其是我们使用的Android，已经超越微软成为第四，并衍生出支持Pad、电子阅读器等产品的操作系统，不断地丰富用户体验。电子邮件、社交软件、游戏音乐等应用将进一步催生智能手机的市场需求……"孙皓说道。

"可以说，我们踩中了大部分的市场趋势，只要不犯错，新耀华能保持强劲的增长。我简单对下半年的工作提点要求，第一，下半年的旗舰机一定要拿得出手，作为新耀华独立后的第一款机型，务必证明我们拥有不靠任何人的实力。第二，非旗舰机型要能够撑起中低档位的天下，夯实我们的消费者基数。第三，生态产品要聚焦，紧紧地围绕在重点产品的羽翼之下，不要胡乱延展，如今我们没有后援，人少事多，要聚焦重点，以盈利为导向。"郝仁说道。

"好的，下半年的旗舰已经规划半年多，无论从软件硬件上都有可圈可点之处，年底一定能拿得出手。"隋祖禹说道。

"其实，我有一个好消息要公布。"沈同方说道。

"什么好消息？"大家异口同声。

"我们的3G芯片流片成功了！"沈同方说道。

"真的吗？怎么之前一点消息都没有。"郝仁问道。

"不能说一点消息都没有，我和孙工都是知道的，不然不好配合产品。"隋祖禹说道。

"嗯。"孙皓说道。

"就瞒住我一个人？"郝仁问。

"这个嘛，一方面，是看你前段时间有点闷闷不乐，想给你个惊喜。另一方面，是有些别的考虑……"沈同方说道。

"是怕股权转让有变数，非要等到尘埃落定才肯说。沈工，真不知道您脑袋里是不是空间比我们大，心思缜密得吓人。"郝仁说道。

"少来，这次啊，是钟楠立了大功，我很快就可以退居二线了。"沈同方说道。

"我看您还能再干五百年。"郝仁说道。

"哈哈哈哈。"

第一百六十章　旗舰也谋出路

盛夏时节，新耀华的旗舰机总算在千呼万唤中使出来，按照郝仁的话，这是一部集大成之作。

硬件部分由隋祖禹团队负责，采用了直板触屏超薄设计，3.5 英寸屏幕支持多点触摸，分辨率为 640×960 像素，显示效果非常细腻。500 万像素摄像头，支持自动对焦，支持 720P 视频录制，大有成为消费者的口袋相机的可能。

系统部分由孙皓负责，采用了 Android2.2 系统，搭配丰富的扩展应用，满足消费者多样化的使用需求。

UI 设计则由贺知州操刀，整个系统界面简洁大方，没有多余的线条，浑然一体的高级感。

更值得一提的是，这款手机搭乘沈同方团队的处理器芯片，虽然性能无法与行业领导者相提并论，发热问题也没有完全解决，但整机无论是运行游戏还是播放高清视频都显得游刃有余，完全体现出智能手机的优势。

然而就是这样一部各方面都很优秀的产品，却在运营商那里吃了闭门羹。这一两周，陈竞男拿着新品连续拜访了国内的三大运营商，对方一边拿着手机赞不绝口，一边顾左右而言他。

"为什么会这样呢？"陈竞男自责道。

"一个字，贵。我们的这款手机的价格已经超过 3000 块，在客户眼中，这是一个高端国际品牌的价格，其他国产品牌的价格多在 1000～2500 这个价位段，也是普罗大众最容易接受的价位，最能提升入网量。"郝仁说道。

"是的，郝总，对方都问及我们什么时候推出高性价比机型，我又给客户介绍了即将推出的中低端机型，他们非常感兴趣，马上把我们的旗舰机抛诸脑后了。国内运营商如此，海外运营商更不用说了。"陈竞男说道。

"中低端机型占据了耀华大部分的利润来源，运营商客户有刻板印象也不足为奇。只是这次我们需要能够打破局面的产品，验证我们的市场是自己打出来的，不是大树下好乘凉。而且，如果一直做中低端产品，太容易被取代，想想我们的这些产品之前哪一件不是耀华技术生产出的。如果运营商做得绝一些，直接找耀华技术生产，贴自己的品牌都行。我们现在太需要一部产品来让消费者留下深刻印象了。"郝仁说道。

"我回去再想想办法。"陈竞男说道。

"曾志忠在外漂了一年多，搞得风生水起，这次新旗舰是该让他发挥作用了。"郝仁说道。

"哎呀,我怎么把志忠给忘了,他在河南折腾了一年,愣是把我们的门店系统给建起来了,合并了二十多个仓库,集中到了郑州的中央仓库,费用降低不说,效率不降反升,现在他正把河南经验全国推广,聚星李东可把他夸上了天,有点想把人扣下的意思。"陈竞男说道。

"你不也把他夸上了天,我看他整天忙得脚不离地,常常大半夜还在线,今年也就公司集资交钱时候回来了一趟,连话都没和我说几句就又走了,你叫他回来几天,我们一起商量下新旗舰的事。"郝仁说道。

"行。"陈竞男说完就出去了。

郝仁知道,在数学考试的所有题型中,证明题最难,你知道想要的结果是什么,可能不知道怎么才能达到目标。现在耀华的难题正是如此,需要证明新耀华比过去更出色,却不知道怎么让别人相信。

曾志忠接到陈竞男电话的第二天上午就回到深圳,直接行李往前台保管处一放,便来找郝仁。

"志忠,回来了,我看你不是下基层,而是上山下乡,黑了也瘦了,辛苦你了。"郝仁说道。

"郝总,这么着急找我回来是不是有什么急事?"曾志忠说道。

"你还没看过我们的新手机吧,来瞅一眼,说说看法。"郝仁从上锁的抽屉柜里拿出一台手机递给曾志忠。

曾志忠仔细摩挲半天,然后对郝仁说道:"真不错,这款手机在市场上应该很受欢迎才是。"

"你认为它应该在哪里首销?"郝仁明知故问道。

"郝总,你既然找我来,自然是在我们的线下专卖店首销。这款产品的配置比较高,价格昂贵,运营商营业厅里买多少送多少的标签到处贴,未免太拉低了这款产品的调性。一款好产品就应该像主角一般,有众星捧月的气势,在专卖店中心出现,再合适不过了。"曾志忠说道。

"是的,我也正是此意。只可惜虽然你给耀华拓展不少专卖店和直营店,但是大多店面较小,你要的众星捧月恐怕有些难。我们没有像 ACE 那样的高级体验店。"郝仁说道。

"产品预计什么时候发布?"曾志忠问道。

"11 月底。"郝仁说道。

"还有两个月,也许还来得及,真的要做高级体验店吗?"曾志忠问道。

"做，如果来得及，这次就做吧，就是有一点，既然要做，就要做成一个样板，无论陈列设计、客户服务，还是使用体验，用户评价都要能为后面的门店提供参考。设计的问题，找找贺知州，国内也需要全球水准。"郝仁说道。

"行！"曾志忠果断地接受这个挑战，因为这也是他之前最想做却没有做成的事。

曾志忠走后，郝仁又把穆言叫了过来。

"穆老师，下半年的旗舰机是我们重头戏，但公司刚独立，资金有点紧张，有没有办法花小钱办大事？"郝仁说道。

"我一个花钱的部门，你老让我做无米之炊，这合适吗？"穆言说道。

"也是没办法的事，有点余钱都给曾志忠开体验店放镇店之宝了。"郝仁说道。

"让我想想，策划设计都有现成的团队，可以省下来。但营销80％的支出是媒介，如果要抠多一点钱，就只能从这里入手了，我回去再想想。"

穆言嘴上说回去想，其实当下就开始想了，大概心里知道，在商场上，一炮而红的潜台词是，如果没有红，大概就只能泯然众人，再也没有翻身机会了。

破浪时代

人间需要情绪稳定 著

ERA OF
WAVE
BREAKING

（下）

上海文艺出版社

| 第五卷 |

星河独行

第一百六十一章　营销世界之巅

新旗舰进入测试阶段后,系统优化工作终于完成冲刺步入正轨。前段时间的公司变动和旗舰项目压力,给孙皓的身心带来双重摧残。

好不容易闲下来,孙皓立马恢复以往的作息习惯,健身运动,重拾人模人样的体面形象。

周末上午,孙皓先在游泳池三种泳姿交替游了1000米,又到健身房跑步机划船机上挥汗如雨,仿佛变身铁人三项运动员,随意释放荷尔蒙。

运动过后,孙皓浑身湿透,一瓶矿泉水下肚,直呼痛快。就当孙皓回头拎包要走的一瞥,在攀岩墙下看见一个熟悉的身影,而对方也看到了孙皓,一时间,两人同样的大汗淋漓,同样的面露惊讶。

"好久不见,你怎么在这里?"孙皓不好意思让女孩子主动打破久别重逢的尴尬。

肖玫一套紧身健身服将姣好身材展露无遗,半截吊带上衣,露出紧致的小腹,参差的短发发梢被汗水浸透,贴合在小巧的脸蛋上。一见孙皓,肖玫揭开攀岩用的绳索,一边用毛巾擦拭汗水,一边眉眼含笑地上下打量。

"周末过来运动运动,你也是吗?嗯,看得出来你确实需要运动,身材可不如初见时候了。"

"之前有些工作有些忙,没顾上健身,你就别打趣我了。你不是常驻广州吗,来深圳出差?"孙皓招架不住肖玫的利嘴,赶紧告饶转移话题。

"不是,我离职了,刚拿到深圳的一家互联网公司的offer,你最近忙啥呢？做了公司股东感觉怎么样？"肖玫说道。

"马马虎虎，你呢？"去年问道。

"你确定我们要站在这里一起聊下去，要不要一起用个午饭？"肖玫说。

"抱歉，是我大意了，走，我请你。"孙皓说。

餐厅里两人入座，点了几样寡淡的健身餐边吃边聊。

"那你打算什么时候入职新公司，中间难得有 gap month，有什么打算？"孙皓问道。

"还有两个月入职，新公司不知道我已经离职了，时间给的多。我这不是在一直锻炼吗？我打算下个月去攀登珠峰。"肖玫说道。

"天哪！你怎么会有这么英勇的想法，这也太酷了吧！"孙皓说道。

"前人比我酷得不要太多，今年是我国登上珠峰 50 周年，1960 年我国成立年仅 4 周年的登山队就从北坡挑战了世界最高峰。"肖玫说道。

"可他们是专业国家队，你是弱女子。"孙皓说道。

"现在的设备与技术和当年不可同日而语，五十年前是不得已而为之，我国与尼泊尔在划分彼此的国界线。中国提出将珠峰一分为二，南面属尼泊尔，北面属中国。但尼泊尔却以我们从未爬上过北坡为由，意图独占珠峰。为了捍卫主权，我国的登山队临危受命，从飞鸟都无法飞过的北坡出发。我是女子不假，但一点也不弱。我保持长期锻炼，有专业设备，跟随有经验的登山队，都是为了有机会站一站这真正的世界之巅。怎么样，你来不来？"肖玫说道。

作为这个极限运动爱好者，世界屋脊这样的挑战无疑对孙皓是很有吸引力的。

"你跟随的登山队能力如何？"孙皓问道。

"地大登山队，他的领队是我国著名的登山家余勇，在网络上粉丝众多，挑战过前苏联的列宁峰，新疆的慕士塔格山，北美的德纲里峰。我第一次见他的时候问过为什么要登山，他说因为山在哪里，如同人心中无数横亘在现实与理想之间的阻碍，用勇气越过它，方得始终。"

肖玫说的时候，满目都是憧憬，那种向往的眼神也深深吸引着孙皓。

"余勇，我的偶像，他说他的名字是一辈子，用尽全力，不留余勇。给我点时间决定。"孙皓说道。

"好啊，其实海拔 8600 米以上有常人难以突破的第二台阶，我们也许没有办法像专业登山运动员一样登上最高峰，但是沿途风景已经足够了。"肖玫说道。

"嗯，我非常愿意和你一起看沿途的风景。"

这样一个无论外貌和内心都酷劲十足的女子，哪个男人不想攀登呢。

周一，孙皓一脸兴奋地去找郝仁请假，路上遇到愁容满面的穆言。

"穆老师，怎么了这是？郝总心情不好，把你骂了？"孙皓关切地问道。

"没，新旗舰的营销方案费用不多，请不起明星又要声量，愁死我。"穆言说道。

"我们的新旗舰卖点很足啊，软件硬件系统芯片都有得说，就说拍摄吧，找个美丽独特的地方拍照完事，不用请明星。"

说到这里，孙皓突然咂摸起美丽独特的风景来，哪里的风景有珠峰独特呢，都没几个人去过。

"穆老师，我有个好主意！"孙皓想要呐喊。

"什么？"穆言莫名其妙看着眼前激动的人。

孙皓赶紧把赞助登山队的主意告诉穆言。

"好点子，登山队有粉丝，但价格不会像明星那样贵，登山过程中既可以拍摄沿途风光，极端环境也能体现手机性能。"穆言说道。

"我也很有营销潜力，攀登珠峰能不能让我随队跟进？你看我身体好，产品也熟悉，再好不过的人选了，不像你下面都是柔弱的女孩子。"孙皓步步引导地说道。

"你就是为了这个原因提议的吧。"穆言一副看穿一切的神情。

"穆老师，你就成全我吧。"孙皓说道。

"我说了不算，走，找说了算的人商量去。"

两人会心一笑，一同进了郝仁办公室。

在肖玫的引荐下，耀华和地大登山队合作一拍即合，双方的合作权益和义务没有费什么事就敲定下来。为了让参与登山的耀华员工能够适应高海拔环境，登山队特别为大家安排了教练进行集训，除了日常体能训练和登山技巧外，还教授了户外技能、高原知识，进行了红十字会户外急救培训、野外急救培训等。

办公楼后长草的操场上，每天下班后都有人在练习长跑，按照教练的要求，高强度运动的状态要保持到登山前，第一周工作日每天必须

3000 米慢跑外加俯卧撑和仰卧起坐，休息天至少 10 公里自行车，第二周变成中速跑 4000 米和负重爬楼梯，第三周第四周则更加严厉，要进行超量训练，直到出发前最后一周恢复阶段才会减轻。

虽然耀华员工知道只会到一定高度完成拍摄任务，但每个人都严格按照教练的指示训练，尤其是穆言和孙皓。

奇怪的是，穆言每次训练的时候都发现郝仁跟在后面，而且还偷偷在教练的基础上加码运动量。

"你不会是也跟着我们去吧？"穆言跑着跑着原地踏步，等郝仁跟上来说道。

"嘿嘿，被你看出来了。"郝仁嬉皮笑脸地说道。

"怎么可能看不出来？"孙皓从身边擦肩而过。

"我是有点担心你们体力跟不上，耽误了工作。"郝仁说道。

"说实话。"穆言说。

"我整天在办公室里，也想出去透透气，一览众山小。"郝仁说道。

"唉，领导带头偷懒。"穆言说道。

第一百六十二章　最懂女人的心

8000 米以上的高空，季候风无遮无拦，强劲如斧砍刀割。一年之中也就只有春秋两季在季候风转向时，高空才会短暂出现风力较小的几天，这几天就是珠穆朗玛峰登顶的绝佳时机。

转眼就到了 9 月，喜马拉雅山的秋季窗口期正式打开，而新旗舰也完成了最终的测试优化进入投产，一切时机都刚刚好，就等着这一场的世界之巅的产品发布会。

9 月的第一个星期五，郝仁、穆言、孙皓和一个负责摄像一个负责产品测试的耀华员工坐上了深圳前往拉萨的火车，慢慢适应海拔的上升。两天后，耀华登山队和从北京飞来的地大登山队在拉萨下榻的酒店会合。

和地大登山队的合作是穆言和登山队经理共同签署的，所以，这是大家第一次见到队长余勇，这个个子不算高大的男人，有着一张风霜雕琢过的脸，粗糙的皮肤上有这个年纪不应该有的沟壑纵横。一双深窝眼透着坚毅和不屈，沐浴在这样的目光里一会，都能生出几分勇气来。

"余队长，你好，我是耀华终端公司的负责人郝仁。久仰大名，很高兴能和你一起并肩战斗。"郝仁说道。

"你好，郝总，没想到你会加入登山队，勇气可嘉，但并肩战斗现在说还为时尚早。"余勇毫不客气地说。

这句话给兴致勃勃而来的耀华员工浇了盆冷水，郝仁却不急不躁地问道："什么意思呢？"

"大家不要误会，余队长说话直，但一切都是为了大家好。"眼见可能有人爆发，一同到来的肖玫出来打圆场。

"余队长，我们都不是玻璃心，请你实话实说。"郝仁说道。

"各位，我们地大登山队非常感谢各位的赞助。可丑话说在前，合同里我们登山队需要履行的是对广告商的提及、产品的露出、视频和照片的输出等，不包括协助各位登顶，因为我们此行还有测绘和科研任务，不能为各位提供向导服务。如果各位身体条件不具备，我会建议各位在拉萨或者日喀则珠峰大本营等候我们的归来。"余勇说道。

"可是，2006年我国就有业余登山队登顶珠穆朗玛峰，队中还有一名女队员。我们按照教练的要求进行了训练，这样条件还不具备吗？"孙皓问道。

"人类在自然面前是卑微而弱小的，高山症带来的神经功能障碍、缺氧低温、雪崩、大风样样都是致命的。是否成功除了努力也需要一点运气，我不怀疑大家的勇气，只是希望大家量力而为，懂得放弃何尝不是一种成功。"余勇说。

"余队长放心，我们不会给你们添乱的。"郝仁说道。

在拉萨休整了几日，专业登山家和耀华员工组成的登山队启程前往位于日喀则地区定日县的珠峰大本营，海拔5200米，与珠峰峰顶的直线距离约19公里，是近距离享受珠穆朗玛峰绝美风光的最佳所在。

所有人安顿下来后，余勇再次给大家强调了安全性，并把登山装备的使用技巧给大家展示，很多内容比教练教授的更加巧妙，让众人不得不信服实践出真知。

正说着，外面来了位能说汉语的夏尔巴人向导，轻松地和大家打招呼。

"老余，你们爬你们的，业余选手有我就好，有腿我就能带上去。"

"丹增，你不要老是嬉皮笑脸的，性命攸关，这不仅仅是一桩买卖，别用忽悠其他游客的话来和我的队员说。"余勇说道。

"一点玩笑都开不得,整天就知道绷着个脸,我也很挑客户的好不好,不是有钱就带的。不过你们听他的没错,先在这里适应海拔,并每天做登山训练,让身体产生更多的血红蛋白,然后我们才能出发。好好享受这几天的时光,你们眼前的高峰,在这里看最是雄奇壮阔,等真正去挑战它就只剩痛苦和挣扎了。"向导丹增说道。

珠峰大本营环境艰苦,物资匮乏,有水不能用来洗澡,七八人住一顶帐篷大通铺,但耀华的几人却异常地兴奋,听完余勇的训话后,就走出帐篷,远远地对着高耸入云的山峰各个角度进行拍摄。按照穆言的原计划,登顶之后余勇要使用耀华手机进行视频和图片的拍摄,用壮美风光证实耀华的拍摄能力,但现在既然郝仁也来了,不如把产品的发布会幕天席地地开起来。

不多时,摄影师架起摄像机,一个 OK 的手势打出,郝仁便以珠穆朗玛峰作为背景,开始介绍起手里的耀华手机。可还没说几句,就引得众游客前来围观询问,郝仁索性也不按穆言准备的讲稿介绍了,热情地回复起众人的提问来。

"峰顶带相机还是很重的,你们的手机能拍清晰吗?"

"当然可以,我们的摄像头有 500 万像素,另外还支持手势拍照和音量键拍照,戴着手套的严寒天气也不用为拍照动手动脚了。"郝仁说道。

"请问现在开售了吗?可以找你买吗?"

"还没有,开售日期是下月初,在拉萨耀华的门店也可以买到。"郝仁说到。

"请问极寒天气能正常开机吗?"

"当然可以,我们会在攀登珠峰的过程中带上耀华手机。"郝仁说道。

"请问电池续航时间多久?"

……

穆言站在一边,满意地看着郝仁把半小时的拍摄足足讲到 1 个半小时,这个人总是太多计划外的操作,可大多数时候都能比计划中的效果更好。

郝仁的视频拍摄完成后,摄影师又拿着耀华手机去拍摄日落的素材去了。晚饭过后,郝仁看穆言脸色不好,接连吸了好几次氧,就照顾她躺下休息。

穆言很快入睡了,郝仁却在高原反应的作用下却怎么也睡不着,起身出了帐篷找个地方坐下,仰目欣赏起头顶的苍穹。银河横亘天空,名字曰河,却更像一道山脊,要与世界屋脊试比高。

郝仁正独自沉醉在如临天界的幻想里,不远处却有两个身影渐渐靠在了一起,正是孙皓和地大登山队一同前来的肖玫。

经过几天的相处,孙皓已经确定他想要和肖玫在一起,很认真的那种,人尽皆知的那种。夜晚催发的荷尔蒙更让孙皓难以抑制这样的冲动。

"肖玫。"孙皓轻轻唤道。

"嗯。"肖玫说。

"你怎么看我?"孙皓问道。

"我能怎么看,像你这样年轻有为、英俊帅气的男人,一定对自己很满意。"肖玫说道。

"我以前确实对自己挺满意,即使我曾经落魄到在美国端盘子,我也坚信自己是金子,一定会发光。可遇到你之后,我却怀疑了,我怕你觉得我不够好,连问你一句做我女朋友都不敢。"孙皓说道。

肖玫扑哧一笑,问道:"我已经好到让你怀疑自己了吗?"

"嗯。"孙皓心里不想这样承认却下意识地回答道。

"你是正式地向我表白吗?"肖玫问道。

"是的。"孙皓说。

"那你猜猜我会不会同意。"肖玫问。

"不知道。"孙皓摇摇头。

"到山顶告诉你。"肖玫说道。

"好。"

作为一个懂女人心的男人,孙皓知道肖玫已经是自己的了,只是终究还缺个仪式,一个让今后可以回忆的记号。

第一百六十三章　高处不胜其苦

几个星期后,出发的日期渐渐临近,穆言恶心呕吐的状况却愈发严重,氧气时刻离不得身。为了安全考虑和避免拖累队员,穆言决定等郝仁出发后就返回拉萨休整。

清晨,一缕金色阳光落在昂首天外的山峰雪顶上,霎时之间光芒万丈,登山队员们在霞光中整装待发。

临行前，穆言和郝仁告别，本想多说几句，胃里又泛起阵阵恶心。

"好了，我什么都会注意的，回拉萨等我。"郝仁抚着穆言的背说道。

"嗯。"穆言应道。

向导丹增走过来盯着穆言看了好一会，若有所思地说道："感觉你这不像高原反应，到了拉萨最好去医院看看。"

"严重吗？"郝仁关切地问道。

"没，也许是好事呢。"丹增嬉皮笑脸地说道。

郝仁懒得理神神道道的向导，前方余勇已经在招呼大家出发了，众人从大本营鱼贯而出，前行后左拐便进入到东绒布冰川口。

从第一脚踏在石砾碎冰混杂的地面上，郝仁内心的兴奋就溢于言表，回头看了一眼孙皓和肖玫，脸庞挂着和自己一样的表情，刚想发表点豪言壮语，就撞上余勇的臭脸。

"别太兴奋，省着点力气，需要留神的地方多着呢。"

"知道，知道，你说过大风、雪崩样样致命。"郝仁说道。

余勇鼻子哼了一声，不屑地说道："不止，还有一个最危险的物种。"

"什么？"孙皓来了兴趣。

余勇看了一眼孙皓，悠悠说道："人，人可是什么都干得出来的。之前，有人在高山上偷氧气瓶，在这种地方普通人没了氧气瓶和没命也差不多了。还有人……"

"好了，好了，余队长别说了，我们都听你的。"孙皓赶紧阻止余勇说出更可怕的事。

"当时帮你们牵线赞助的时候，全队就余队长一个人反对，你们最好降低点存在感，别惹他。"肖玫悄悄在一旁说道。

"那你怎么不早说。"孙皓问。

"现在说你们更能亲身体会。"肖玫说道。

这些年，攀登珠峰逐渐成为一项赤裸裸的商业活动，登山的门槛越来越低，甭管是为了炫耀，还是为了猎奇，只要肯砸钱就能被向导带上去，游客多得甚至能让登顶路线拥堵，徒增无谓危险。

这些把世俗生活搬到神山上的种种行径都是余勇最看不惯的，尽管他知道郝仁几个不是无所事事的人，但嘴上还是忍不住说两句。不过刀子嘴也并非一无是处，几句话后大家都不敢说话了，一脸严肃地专注脚下。

出发的第一天,大家顺利抵达位于东绒布冰川冲积陇上的中间营地。安营扎寨后,地大登山队的队员就开始测绘工作,耀华的摄影师则一会拍地大登山队工作,一会用手机拍摄风景样片。

经过几天往返不同高度适应后,登山队开始往位于北坳冰壁下的前进营地出发,这时海拔也上升到 6500 米以上,道路也愈发狭窄起来,容不得半点行差踏错。

接下来前往北坳营地的过程中,郝仁与大自然做斗争的过程中感悟到中国字的精妙,一般的山峰用一个登字便好,而珠穆朗玛峰不得不手脚并用,非攀登一词不可。

眼前的北坳大冰壁高达 400 多米,坡度 40 多度,冰雪墙上有不少亮冰块,非得借助工具不可。一点一点往上挪的郝仁太阳穴突突直跳,耳边尽是凶恶咆哮的风声,和这瘆人的声音相比,余队长骂人的声音都显得美妙许多。

等郝仁几人全部爬上冰壁后,余勇不满地说几人动作缓慢拖慢进度,丹增却赞美起大家远超游客素质。两人冰火两重天,把还在喘气的几人弄得一头雾水。

自此,郝仁不敢有任何松懈,静静跟着队伍的节奏,让余勇几次想说让业余选手在营地等的话都没有机会说出口,就这样磕磕碰碰到了登顶前最后一站,C3 营地。

说是营地,其实就是一个碎石满地的斜坡,帐篷只能将就着岩石面,斜斜地附着在上面。这里的海拔已经高达 8000 多米,空气极其稀薄,再用力呼吸,也不会比用吸管吸到的空气多,随便动一下,就让人觉得难受至极。

郝仁转动僵硬的脑袋朝前看,珠峰主峰已经近在咫尺,又低头往下看,洁白的冰川高低起伏,来时的路隐约可见。

"到了这里,就有机会登上珠峰了,好好休息,如果天气允许我们后天冲顶。"

相处好多天,郝仁难得听余勇说这样温情的话,一时间还有点不适应。

"我还以为你不想带我们上去。"郝仁说道。

"不想带,在拉萨就拒绝了。来的路上你们也见不少尸体了,有两具我都认识,很多年前就在这了。生死的事,话说重点,是让你们不要儿戏。"余勇语重心长地说完就回帐篷去了。

"我明白的。"郝仁在他身后答道。

晚饭过后,风力开始变得强劲,郝仁、孙皓、丹增三个人挤在一个帐篷里,用身体的重量死死地压住,就怕一不小心连人带帐篷一起滚下深渊。

"丹增,这样的风能吹多久?"郝仁问道。

"有时候三天三夜,有时候一时半刻,只有天才知道。"丹增说道。

"肖玫这么轻,能压得住帐篷吗?"孙皓问道。

"刚才她在的帐篷有4个人,应该比我们还要稳。"丹增说道。

一个多小时后大风还在持续,郝仁又累又困,完全使不上劲,感觉下一秒钟就要不知死活地睡过去。身心俱疲之际,郝仁想想穆言来帮助自己强打精神。

"丹增,来的时候你说穆言有好消息,是什么好消息?"

"我觉得她的症状像我们寨子里刚结过婚的女人,应该是怀孕了。"丹增说道。

"怀孕了!"郝仁被这个喜讯惊得脑袋一片清明,旋即有点不敢相信地问道:"确定吗?"

"没法确定,医生和孩子他爸才能确定。"丹增说道。

"孩子他爸是谁?"孙皓问道。

"我,合法的。"郝仁白了孙皓一眼。

"恭喜恭喜。"孙皓说道。

"我也恭喜你,这个肖玫是认真的吧。"郝仁说道。

"这次是真的,比真金还真。"孙皓还想抬手发誓,帐篷一角被风吹斜,吓得孙皓赶紧压住。

"你肯定是情圣,一说女人就不要命了。"丹增说道。

"不敢不敢。"孙皓说道。

大风在调笑声中渐渐平静,三人终于得以休息。风停后,余勇出来查看,发现大家一切安好,便放心地回帐篷休息。就在刚才,余勇比任何一个队员都艰难,除了要保护队员和物资,还要护住千辛万苦带上来的科研设备,明明是肉眼凡胎,却要干三头六臂才能做到的事。

为了保证在顶峰充足的工作时间,并在正午前下撤,安全返回营地。余勇选择在风力最小的凌晨一点,带领大家朝着顶峰迈进。

通向世界最高峰峰顶的路只有两只脚并在一起那么宽，一侧冰雪覆盖，一侧悬崖万丈。山风呼啸，可心跳声还是盖住了风声，郝仁不允许自己有任何走神，一定要完整无缺地回去见穆言和未出世的孩子。

出发前，郝仁期待着人生能有一次机会站在世界最高点。而此刻，郝仁的期待已经被这个从未见过的小生命占据了。

第一百六十四章　死神迎面走来

太阳升起之时，郝仁站在了世界最高点上。

放眼望去，群山依旧巍峨，却已在脚下。纯粹的蓝是触手可及的天，洁净的白是晶莹剔透的雪，身边快速移动的云雾，营造出如真似幻的梦境。

郝仁想喊一嗓子，一张口却只有呼呲呼呲的喘气声，为了消化这异常激动的情绪，郝仁掬起一捧雪，把脸埋在里面，冰凉的触感真真切切。

余勇试着剥开氧气罩，呼吸了一口冰凉的空气，朝天空挥舞几下手臂。孙皓不等肖玫回答，直接将人紧紧地抱在怀里。向导丹增跪倒在地，口中念念有词，感谢天神庇佑。耀华摄影师先来一组360度旋转拍摄，然后特写每个人喜极而泣的脸。

当摄影师移至郝仁时，郝仁正在用耀华手机拨通了穆言的电话，把最兴奋的一刻告诉她。等抚平些许激动的情绪，郝仁转向镜头，自然地谈起带着新款耀华手机攀登珠峰的感受。

"大家好，我是你们的老朋友郝仁，就在刚刚，我和地大登山队一同登上了世界最高峰珠穆朗玛峰的顶端，现在我的心情无比的激动，感觉正在俯视全世界。

"丢下工作一个多月，选择在这个时候来攀登珠穆朗玛峰，实在是独立做好产品和攀登高峰的感受十分相似，不得不体验。希望你们不要觉得我不务正业，公司一切运行良好，新产品绝对值得期待！

"今年，耀华终端的独立让外界众说纷纭，但其实对我本人来说很简单，这只是耀华终端的成人礼，离开原来羽翼的护佑，独自迎接未来的挑战，这些都是发展壮大的必经之路。

"成长最高的例证就是做好产品，而做好一款产品，就如同攀登珠穆朗玛峰一般，没有办法做到轻而易举地登顶，而需要在旅程上的各个营地往返数次，等到身体适应，条件成熟才能继续向前。

"为了给用户更好的体验，为了谋求新的突破，我们的产品经历了无数次的失败才迎来一次成功。正如我手中的这款最新旗舰产品，采用的是耀华自研 3G 芯片，经过 2 年多时间研制，无论是运行游戏还是播放高清视频都能游刃有余，为大家带来极速的上网体验。与此同时，由耀华欧洲美学研究所带来的全新 UI 设计，犹如我身后的蓝天雪山，简洁纯净……"

老板郝仁在奋力卖货，员工孙皓却无心工作，紧紧拥着肖玫，想和她在爱情的甜蜜里多沉浸一会。肖玫却把脑袋放在孙皓的肩膀上，静静地听郝仁录视频。

"肖玫，我正式宣布从今以后，你是我的女朋友了。"孙皓动情地说道。

"讲得真好！"肖玫感慨道。

"嗯？更感人的话我还没说呢。"孙皓疑惑。

"你们郝总的镜头感很好啊，讲产品来完全没有照稿念的感觉，好自然，好走心。"肖玫说道。

"唉，这么浪漫的时刻，你的眼睛却只盯着我的老板。"孙皓表示不满。

"你在吃醋吗？"肖玫笑着说。

"嗯。"孙皓不否认。

"好啦，不看别人，爱你啦。"肖玫说道。

"这还差不多。"孙皓说。

"话说你的老板一路上在工作，你却无所事事，会不会不好？"肖玫说道。

"什么啊，他是带薪出差，我是用自己的假期，不一样的。再说我也没有无所事事，你就是我假期最大的事。"孙皓说道。

"肉麻。"肖玫嫌弃地说道，双手却紧紧地抱着孙皓。

等地大登山队完成采样和测绘等工作，郝仁也完成了相应的宣传事宜。时间已经到了正午，必须往下返回营地，否则过了关门时间，山顶经过长时间的太阳暴晒后雪水融化，很容易造成滑石、雪崩、雷暴等，威胁登山者的性命。

郝仁乘着黑夜里攀登上来的时候很多东西看不清，现在在明亮阳光中下撤，才发现距离顶端越近，尸体的数量比之前遇到的总和还多。由于温度极低，他们的面容栩栩如生，仿佛灵魂还没有走远，只是躯体永远地留在了这里。

郝仁心中一阵战栗，这种悄无声息的死亡气息太可怕了，回望背后绵延的山脊，郝仁不由得加快了脚步，最终在晚上7点多回到了相对安全的C3营地。

接下来的几天下撤得很顺利，随着海拔的降低，登山队员心中的警惕也随之降低，而命运这个时候才出手给出致命的一击。

就当众人回到6500多米的营地，打算在帐篷里做饭庆祝任务的胜利，只听见余勇在帐篷外面大喊大叫。

"快跑到石头掩体后面，雪崩来了。"

众人听清余勇说什么的时候，外面雪浪已经伴随着巨响铺天盖地地涌过来，带着毁天灭地的气势，想要瞬间吞没这世间的一切。

不远处其他登山队的尖叫声很快被掩埋，郝仁不敢再回头，直接朝余勇说的地方跑去，可当上半身已经逼近掩体的时候，一阵强烈的撞击将自己掀翻在地，继而整个人都被雪花罩住了，动弹不得。

郝仁不知道这轻飘飘的雪花为何如此之重，就像一道铁门死死地把自己关在里面。一时之间，郝仁脑子里很多人很多事匆匆而过，好似对自己短暂的前半生进行了一个回顾，从此以后就画上句号了。

冷，好冷，听说人快死的时候会觉得热，现在不觉得，一定是还没有到时候，郝仁这样想道。

第一百六十五章　艰难逃出生天

几分钟后，郝仁感到耳边异常安静，这种安静好似沉入深深的海底，没有一丝活气。

郝仁猛一惊醒，雪崩结束了，而自己被埋在不知道多深的地方。下半身被埋入雪里，胸口之上还有空隙，是背后的大岩石挡住了部分落雪，形成了一个狭小的三角区，给郝仁留出一线生机。

我不能死在这里，外面还有人等着我，一个声音在郝仁心中回响。

郝仁不能坐以待毙，使劲向下蹬腿，挣扎着从雪堆中爬出，并趁着雪还没有凝固压紧，向周围拓展出更大空间。在雪崩袭来的瞬间，郝仁不知被推向哪个方向。现在除了背后的石头，四周一片白茫茫，哪个方向才是上方？万一挖错方向，向雪地更深处爬去，岂不是死路一条。

郝仁反复在脑海中重现靠近石头的一瞬，想起石头上青白色的火焰纹路，火焰指向的一端正是上方。

郝仁立刻转向正确的方向奋力挖去，幸运的是，此刻郝仁身上还有背包，里面除了有一小罐氧气外，还有一把小小的登山镐。

留给郝仁的时间不多了，唯有拼命冲破地面才能自救和救出队友。求生的潜能一瞬间爆发，郝仁向着生的方向挖出一条长长的甬道。

时间一分一秒过去，雪在凝固中逐渐变得坚硬，郝仁的手脚已经累得不听使唤，挖掘的速度不由自主地减慢下来。周围比自己刚被埋的时候明亮了许多，方向应该是对的，可为什么挖了这许久还没有突破地面，不会真要葬身于此了吧。

就在体力快要耗尽的时候，郝仁隐隐听到了上面有声音，不敢耽搁一镐下去，握着工具的手终于破土而出。

"快来，这里有人。"

余勇的声音传来，然后一阵踏雪的咯吱声，几个人七手八脚地把郝仁从地下提溜出来。

刚死里逃生的郝仁躺在地上，大口大口地喘着气，余勇满脸欣喜地蹲下来，拍拍他身上的余雪。

"我就知道你小子命大，不会有事的。"

"大家怎么样？"郝仁问道。

"嗯，大家埋得不深，还有几个背了气囊，都被我和丹增刨出来了，就是你死活找不着，吓死人。"余勇说道。

等郝仁缓过劲坐起来，看到除了孙皓脸上被落石划出一道口子，靠在肖玫腿上休息外，所有人都好好的，松了一口气。

"余队长，我们下山吧！"郝仁说道。

余勇摇摇头，指着前方说道："现在我们出不去了，大路被堵住了，只能等救援队来了。"

余勇召集大家盘点物资，除了郝仁还有个包，其他人身上什么都没有。

"帐篷食物都被埋在下面了，我身上就一个镐和一部耀华手机了，电量还不足 15%。"郝仁说道。

"就一部手机,别用来给家人朋友报平安了,一会我给救援队打个电话就别动了。"余勇说道。

"万一——晚上救援队还没有来,我们熬不过一夜。"郝仁一想到零下几十度的夜晚,现在就有点瑟瑟发抖了。

"没有更好的办法,我们只能抱团取暖了,别说太多话,减少能量消耗。"

余勇说完从郝仁手中拿过手机,快速地给救援中心报了位置和情况,然后朝不远处走去,那里停放着一具大家刚刨出的尸体,丹增正对着尸体鞠躬,念着听不懂的经文。余勇走到跟前也是一鞠躬,然后取下尸体身上的背包,说道:"借用您身上的物资,希望您一路走好。"

包里有一个仅仅能容下三人的小型帐篷,余勇招呼众人搭起帐篷,然后排好顺序,轮流进入休息。帐篷外的人紧紧地围在一起,如同风暴中的南极企鹅,共同抵御暗夜严寒。

拉萨宾馆,穆言在电视机前看到雪崩的新闻,震惊得半天没有缓过劲来,连忙去旅行社找之前的司机,说要上珠峰大本营,司机说现在大本营暂时关闭,上去的路要保障救援车辆,游客禁止入内。

穆言赶紧打电话问救援中心,雪崩幸存者中有没有一个叫郝仁的。救援中心的接线员接到过余勇电话,也通知了前方救援队。可余勇电话挂得很快,接线员并没有幸存者名单,只能回复穆言道,救援工作正在开展,一切还不清楚。因为路已经被封住,救援难度很大,一般情况下如果被埋30分钟以上,生还的机会就很低了,一定要有心理准备。

生还的机会很低,穆言顿觉天旋地转,整个人软软地顺着墙根滑了下去。司机一看不好,不敢耽搁,连忙开车把人送到了医院。

天色已晚,气温越来越低。帐篷里躺着受伤的孙皓、肖玫和另外一个登山队队员,其他人在外面挤在一起,共同抵御寒冷。

郝仁白天为逃出生天已经耗尽了体力,现在在寒风中又冷又饿,眼皮止不住地打架,只差一瞬就要失去意识。

可在这样的环境,睡着就意味着致命的危险。郝仁狠狠地掐了自己大腿一下,然后臆想生命中最让人生气的事,用愤怒和困意做斗争。

"余队长你快说点气人的话,不然我要睡着了。"郝仁说道。

"如果你辅导你的小孩作业,一加一这种简单的题目,怎么教都教不会,小孩还说是你教得不好,你说气人不气人?"余勇说道。

"气人，打一顿。"郝仁说道。

"如果你的小孩上课和老师作对，下课欺负同学，考试倒数第一，让你成为家长会的负面典型，你说气人不气人？"余勇说道。

"我这暴脾气，肯定还是打一顿。"郝仁说道。

"如果你邻居的小孩上清华，你的小孩成绩差到高中都考不上，只好上技校，你说是不是人比人，气死人？"余勇说道。

"唉，余队长打住打住，怎么都是小孩的事。"郝仁问道。

"相信我，这个世界上没有比小孩更气人的事了。"余勇说道。

"我和穆言都是学霸，应该不会。"郝仁说道。

"智商无法代代相传。"

郝仁被最后一句话气到，脑袋顿时清醒了些许。

然而这一星半点的清醒无法维系，夜更深了，困意将人不停地往深渊里拉扯，郝仁只觉身体渐渐冰凉，灵魂变得轻飘飘，无法附着在身体上。

突然，前方一道强光射进来，救援队终于到了。

第一百六十六章　不敢不能放弃

郝仁做了一个很长的梦，梦里的世界光怪陆离，有如临天堂飘飘欲仙的美妙，有如堕地狱烈火焚烧的惊惧，大起大落的情感互相交缠，织成一张细细密密的网，让身处其境的自己无所遁形。

等梦境散去，郝仁发现自己躺在一张简易床上，手上吊着针水，一滴一滴流入体内，伴随着不规律的刺痛感，郝仁觉得周身像一块从冰柜拿出的冷冻肉，从边边角角开始缓慢融化。

"你终于醒了，你已经睡了一整天了。"一个医护人员问道。

"我在哪？"郝仁试着动动嘴唇，发出低哑的声音。

"珠峰大本营卫生所，我们检查过了，你除了一点冻伤外一切正常，等休息过来就可以坐专车回拉萨。"医护人员说道。

"谢谢，我的同伴都还好吗？"郝仁问道。

"放心吧，和你一起送过来的人除了一个有外伤，一个冻伤严重外都没大碍。"医护人员说道。

"你可以给我的手机充一下电吗？我想打一个电话给老婆，她联系不上我一定急坏了。"郝仁急切地说道。

"没问题。"医护人员从郝仁的包里摸到手机,充上电后递给郝仁。

郝仁的右手像是没有完全解冻似的,按在屏幕的数字上犹如假肢一般,是轻是重没有知觉。郝仁费老大劲按完号码拨过去,半晌没人接,一直重复您拨打的电话无人接听的提示音。

不会有什么意外吧,郝仁十分担忧,想要尽快回拉萨看看穆言什么情况。于是开始奋力挪动身子,强撑着坐起来,起手便要拔针头。

"你想干嘛?"余勇的声音从门口传来。

"我要快点回拉萨,我老婆联系不上了。"郝仁说道。

"你拔了针头也走不了,下午一点才有车,安心打完这些药水。"余勇说道。

郝仁又躺回床上,盯着药水不急不缓地下落,顿感时间难熬。

"别急,现在道路管制,不允许人上来,你老婆肯定在拉萨,应该是什么事耽搁了。"余勇说道。

"嗯。"郝仁的心这才稍宽。

下午一点,总算有救援中心的大巴车来接幸存者回拉萨,郝仁迫不及待地上了车,这时一个熟悉的号码出现在手机屏幕上。

"郝仁,郝仁,是你吗?"穆言压抑着满腹喷涌欲出的情绪,拖着哭腔问道。

"是我是我,你别哭啊,我没事,一会就回拉萨,你在哪?"郝仁安抚道。

"我回原来的酒店等你好了。"

穆言回答的同时,旁边传来一个责备的声音,"女士,你现在哪里都不能去,要好好在医院躺着。"

"怎么搞到医院去了,哪里不舒服?"郝仁问道。

"我怀孕了,医生说多躺躺。"穆言怯怯说道。

"哈哈哈,居然被丹增说中了,你别动,告诉我地址,很快来找你。"事情在郝仁的预料之中,但从穆言嘴中说出,依然让人兴奋不已。

希望是身体的良药,郝仁现在一扫萎靡之气,神清气爽,感觉肺泡里的氧气都在膨胀。

汽车在盘山路上九曲十八弯,入夜时分到了日喀则,才驶入必经之路的服务站停下,就被一群记者团团围住。

"这是救援中心的车吗？请问你们是不是雪崩过后的幸存者？"

"请问你们遭遇几十年不遇的大雪崩，是如何死里逃生的？"

"请问你们现在觉得怎么样？"

"请问还有其他人在山上吗？"

问题纷至沓来，最先下车的游客看起来很疲惫，不发一言地应对记者的连珠炮弹。

这边得不到答案，一个眼尖的女记者发现了人群后面身穿地大登山队服的余勇和郝仁等人。

"你好，我是西藏卫视的记者，也是地大登山队余队长的粉丝，请问你们这次登山是带着怎样的任务？"

一听是自己的粉丝，余勇也不好打贴过来的热脸，于是回答道："是的，地大登山队这次是带着测绘以及耀华终端的赞助任务而来的，虽然历经磨难，还是顺利完成了任务。我身边的这位就是耀华终端有限公司总裁郝仁，作为一名业余队员，他也成功登顶，并用完美的操作完成了自救，有什么问题大家可以问他。"

余勇好一招移花接木，愣是把记者注意力转到郝仁身上，几只话筒和录音笔齐刷刷凑过来。

"感谢大家的关心，不畏艰险，勇攀高峰的精神一直流淌在耀华终端血液之中，正是和地大登山队同样的理念才促成了这次合作。开始的时候，一切都很顺利，我们带着耀华最新的旗舰手机，在世界之巅拍摄了绝美风景。没想到下山的时候遭遇了雪崩，我还没有反应过来，就被埋在了超过十米以下的雪底。

"我当时害怕极了，我还有好多事没有做，好多梦想没有实现，不想断命于此，只好拼命往上爬，在筋疲力尽的时候爬出了地面。可是道路被封锁，我们被困在冰天雪地，物资帐篷全部被掩埋，好在我身上还有一部电量不足的耀华手机。我把上面的雪擦掉，发现还有信号可以拨打电话，于是联系救援中心，在救援人员的帮助下，全队获救……"

在郝仁绘声绘色的描述下，所有记者都在飞快地记录，他们需要的不是获救人数，而是生动鲜活的故事情节，是和死亡擦肩而过的惊险刺激，这样的新闻才有报道意义。

"请问在雪崩冲击之下，你怎么辨别方向？"有记者问细节。

"我很幸运，在被埋前找到了石头掩体，还记住了石头上的花纹，根据花纹的朝向辨别上下。"郝仁说道。

"在等待救援时候,你是如何对抗严寒的?"记者又问。

"余队长在描述我未出世的孩子如何调皮捣蛋,一想到这我就气得火冒三丈,既睡不着又暖和了。"

郝仁把这生死关头说得很轻松,记者们却看到与死亡对抗的不易,更是为郝仁的勇敢和幽默折服,想好了无数种笔法来塑造典型。

这时司机已经加好油水,催大家上车。

"我还有最后一个问题,你现在最想对谁说些什么?"看到郝仁要上车,一个记者赶紧追上去问道。

郝仁脚步一滞,回头一脸认真地说道:"我想谢谢我的太太和未出世的孩子,有你们,再难再苦,我都不敢放弃。"

第一百六十七章　结果预想不到

舟车劳顿,登山队选择在日喀则住一夜,而郝仁心急如焚,独自一人乘着夜色就往拉萨赶。

等郝仁冲进医院,已经是午夜三点,值班的小护士在座位上晃着脑袋打瞌睡。郝仁蹑手蹑脚地找到穆言的病房,借着小夜灯看到了昏睡中的穆言。

这段时间没见,穆言又瘦了,脸色不似以前润泽,泛着些没有血色的白。穆言睡得很不安稳,睫毛微微颤动,眼角有泪痕,像是在噩梦中沉浮。

郝仁在床边坐下,看着这个外表坚强的女人露出林妹妹的娇弱姿态,心中软成了一摊泥。

"郝仁,郝仁……"穆言闭着眼轻轻唤着。

"在呢,在呢。"郝仁把脸放在穆言的手上蹭了蹭。

"是做梦呢?"穆言说道。

"是真的呢。"郝仁又蹭了蹭。

穆言突然睁开眼睛,迷蒙地看着郝仁。

"你回来了,胡子好扎,把我扎醒了。"

穆言娇嗔地说完,整个人扑在郝仁身上:"你总算回来了,吓死我了,吓死我了……"

"没事了，睡吧，宝宝也要睡觉。"郝仁说道。

"你也睡。"穆言挪了挪身子，瘦弱的身躯只占三分之一的床。

"好。"

郝仁从身后环住穆言，两人美美地睡了一觉。

第二天清晨，小护士来换药，看到穆言的身边坐着一个眼熟的男人。

"你，你，是不是那个雪崩的幸存者，从地下爬出来的公司总裁？郝，郝仁？"

"你好，我是耀华终端的郝仁，你认识我吗？"郝仁起身答道。

"认识，哪能不认识，昨晚的电视新闻和今天的报纸都是关于你的报道。一般情况下，被雪埋到这么深的地下很难逃生，但你凭借着强大意志力挖了十多米的甬道逃出生天。最后，你说谢谢你的太太和未出世的孩子，再难再苦，不敢放弃，真是太感人了。原来你的太太就是这位美丽的女士，一定是她让你求生的意志格外顽强，我说得对不对？"

小护士的目光在穆言和郝仁之间巡睃，满脑子郎才女貌的爱情故事，一脸艳羡的样子。

"对对对，你说得太对了。"郝仁被这个年轻小护士播报感动中国人物的语气逗笑了，心想不能让她失望，连连点头应答。

"你接受媒体采访的时候回答得这么夸张？"穆言问道。

"我实话实说，没有夸张，在地下的时候，我完全不知道被埋得多深，不知道什么时候才能到地面，只知道拼命向上挖，要不是怕一放弃就留下你们孤儿寡母，可能真的没有力气爬出来。"郝仁一脸真诚地说道。

"真是太感人了，对了，你的太太已经怀孕一个多月，因为身体不适应，早孕反应很大，建议多卧床休息。"小护士说道。

"好的，多谢。"郝仁说道。

等医生允许穆言出院，郝仁带着穆言坐火车回到了深圳。

这次珠穆朗玛峰的雪崩灾害影响巨大，引发了国内各大媒体的报道，郝仁作为最有故事性的幸存者，出现在各种新闻之中，一时间成为家喻户晓的人物。网络上郝仁名字的搜索热度接连数周高居榜首，网友的议论更是五花八门。

"人在大自然面前真的太渺小了，生死也就一瞬间的事，如同蜉蝣。"

"我宣布耀华终端总裁郝仁是我的偶像了，新一代的文武双全，文能治理公司，武能死里逃生。"

"有没有注意到耀华手机在零下几十度的户外也能使用，地大登山队就是凭借这款手机联系到救援队。我记得我的手机，只是在零下十几度的室外待了一会就无法开机使用了，要是登山队员拿的是我的手机就完蛋了。"

"耀华终端刚刚独立出来，急需一款产品证明自己。他们的总裁也太拼了，自己亲自上阵，这可以说是冒着生命的危险在卖产品了。"

……

无心插柳柳成荫，郝仁珠峰之行，树立了勇于挑战，年轻有为的形象，而在攀登过程中，耀华手机表现出的卓越性能也提高了消费者的期待。

随后穆言立刻安排人，把攀登过程中的影像资料剪辑成一部十多分钟的纪实影片，完整地展现攀登珠峰的全过程，配合着十几张绝美风光的手机拍摄照片一并在网络上推出，也让消费者看到耀华在影像方面的优势。

另一边，曾志忠的高级体验店也在发布会前装修晾晒完毕。短短的两个月，曾志忠完成了高级体验店的选址、租赁、装修、员工培训等诸多事宜，做好了迎接新产品的准备。

整个高级体验店坐落在深圳市中心商圈，一共两层楼，第一层是产品销售区，第二是粉丝活动区，比如手游区、阅读区、运动区等，宽敞的空间可以容纳上千人同时进入。

准备就绪，郝仁在高级体验店举行了产品发布会。不用定向邀请或是购买流量，众人以及媒体就抵挡不住对郝仁的好奇，全部涌入郝仁的视频下方评论，营造出一种争先恐后的紧迫感。

发布会中，除了介绍产品，郝仁也分享了这次攀登世界屋脊的经历。郝仁希望登山爱好者在挑战高度的同时保护好自己，尽量在专业人士的指导下进行。鉴于大多数人都没有机会接触专业教练，耀华终端会联合地大登山队开发一套的登山视频，免费提供给大家使用。

直播完毕后，线上线下同时发售。线上后台销售数据不断跳跃。创造出 10 分钟销售破亿的记录。线下的粉丝们全部涌入高级体验店或是门店，瞬间在门店排起了长龙，这样的盛况也只有 ACE 在美国发布会曾经出现过。

这次的产品说是一炮而红并不夸张，而且是产品和人一起。

第一百六十八章　能否孤军奋战

上班早高峰期，郝仁坐地铁去耀华高级体验店逛逛，身边四个年轻的女孩子盯着他看了好久，然后开始挤眉弄眼，窃窃私语起来。

"那人是郝仁吧，又是一个被镜头坑害的帅哥，本人比电视上帅得不止一星半点。"

"外貌倒是其次，人是多金又深情，这样的男人去哪里找？"

"此人只应天上有，人间难得几回闻，可惜有老婆，哈哈哈。"

……

地铁隆隆声让女孩子们可以肆无忌惮地议论，郝仁听不见她们在说什么，但约莫能猜出她们用自己的面孔脑补出一部长篇小说。这些都不算什么，网络上有人给郝仁建了贴吧，还有人组织粉丝专门收罗郝仁以往的媒体采访照片和资料，甚至有人拜托耀华员工来向郝仁要签名照，直接把郝仁当作当红明星对待了。这些捉摸不透的热情让郝仁无所适从，每次看网络上对自己毫无节制的夸奖，脸都烧得慌。

郝仁到高级体验店的时候，曾志忠正在和营销部的詹宁谈线下推广的计划。

"小詹，你们前期的推广我觉得有一些过于常规，高级体验店的定位是品牌形象的树立和用户黏性的培养，消费者产生购买欲望后是在体验店购买还是去别的门店网店购买不是重点，所以我希望线下引流应该是把耀华体验店往城市地标的方向打造。"曾志忠说。

"曾总，我明白你的意思，下午我的供应商会到，我和他们一起深入探讨下。"詹宁说。

"行，尤其是我们的活动区，要好好体现一下，最好来这里逛街累了的人都能进来看看。"曾志忠说。

"好的。"詹宁说。

曾志忠回头拿水杯，看到了从外面进来的郝仁。

"郝总，你的脸怎么这么红，是不是又遇到了什么让人害羞的事情。"曾志忠最近和郝仁相处得多，在门店看到过有人向郝仁要签名。

"别提了，今天坐地铁来的，一群妹子认出我了。"郝仁说。

"郝总现在是大明星，没人认出来岂不是眼拙？"曾志忠笑着说道。

"怎么你也嘲笑我？你不知道我都快烦死了，网上还有人给我建了贴吧，每天在里面狂贴我的照片，都不知道从哪里找来的。"郝仁说道。

"其实，这些粉丝也只是被郝总您的人格魅力所吸引，没有地方发泄自己的激情而已，与其让他们在外面的论坛发帖，不如我们建个论坛，还好管理一些。"詹宁说道。

"开什么玩笑，我们又不是演艺公司。"郝仁说道。

"郝总，我是认真的，物以类聚，现在的消费者非常喜欢在网上分享共同的喜好来获得归属感和认同感，喜欢您的人，喜欢耀华产品的人有很多共性，他们聚在一起肯定能碰撞出很多火花，比如在一起讨论手机使用技巧，遇到问题互相帮助，还能为我们节省客服人力呢。"詹宁说道。

"小詹你这么一说，我也觉得这是一个极好的点子，一开始还以为你拍马屁呢。"曾志忠说道。

"如果是为耀华的粉丝，而不是我的粉丝，那我双手赞同。志忠，你别看小詹年纪轻，点子多得很，以前给我做了一堆英文视频在 Youtube 上播放，传播量还不小。"郝仁说道。

"看来穆总很重视我的项目，一来就派出一员大将。"曾志忠说道。

"你可是头等大事，谁能不重视。小詹，粉丝论坛的事就交给你去办，晚点我和穆老师说一声。"郝仁说道。

"好嘞，我早就想好怎么打造郝总的霸道总裁形象了。"这个任务简直是詹宁蓄谋已久的产物，一朝得逞，瞬间就能冒出十七八个点子。

"打住打住，聚焦产品。"郝仁就怕詹宁变成脱缰的野马，拉都拉不住。

"放心，放心，两位大佬你们忙，我先去找供应商了。"詹宁说完，背上双肩小包出去了。

看着詹宁的背影，曾志忠直接笑出了声："哈哈哈，营销人就是脑洞大，穆总手下真是人才济济。"

"好了，回归正题，我今天来找你是有正事。"郝仁说道。

"我们上楼说。"

曾志忠恢复严肃，引着郝仁往二楼活动区走，现在距离开店还有一会，除了工作人员没有外人。

"郝总,请讲。"

"不知道你看了上半年 3G 手机市场运行报告没有,整个上半年中国手机市场与去年同期增长超过 18%,尤其 3G 手机市场规模已经实现翻番。保守估计 2010 年 12 月,3G 手机的销量占全部市场的 30%。而带来这一增长的主要原因是运营商补贴渠道的增长,运营商的补贴现在全面向 3G 手机倾斜。现在已知的情况是,移动全年补贴 155 亿,主要推动 TD 手机销售。电信 120 亿,补贴力度高达 40%。联通还不清楚,但是 5 月份据说调整了补贴模式,在多项合约规划中,包括了多项零元购机的计划。"郝仁说道。

"郝总,这不是好事吗?我们在运营商的占比份额不低,补贴多意味着我们有赚头。"曾志忠说道。

"问题是,3G 手机市场规模的快速增长是伴随着平均零售价的迅速下跌,数据显示,3 种制式的手机跌幅在 50% 左右,平均零售价短时间迅速下跌意味着 3G 手机从高端向中低端渗透,三大运营商把中低端作为争夺的主要战场。我们如果像理想那样全身心绑在运营商身上,价格就会被死死按在 2000 元以下的价位段,这并不是我想要的结果。我就想问你一句,如果研发持续投入耀华的高端系列,你的零售体系能不能撑得住,把本收回来?"

郝仁单独找曾志忠聊这件事,实在是内心底气不足。如今的耀华终端没有了乘凉大树,自负盈亏,一笔一笔的账目必须算清楚,否则高端之路没走两步,就倒在了盈亏线上。

"郝总,你若是要我每年创收几十个亿,我现阶段可能做不到,若只是收支平衡,我敢拍着胸脯应承下来。"曾志忠说道。

"志忠,这事没有这么简单,我要你在门店销售的主要是 2000 元以上的高端机,中低端主要满足运营商的需求,到你这就没有多少有竞争力的型号了。"郝仁说道。

"门店聚焦高端没有问题,如果能把耀华的高端形象立住了,中低端机型的销售也会因为品牌溢价再上一个台阶。"曾志忠说道。

"你这么说我就放心了,光说不练假把式,尽快拿出方案给我看看。"郝仁说道。

"郝总你何必亲自过来找我呢,明天就是例会了,也不急在一时。"曾志忠也不含糊。

"我们视运营商为最重要的合作伙伴，资源上必须保证，而你有时候只能孤军奋战，和你一个人说足够了。"郝仁说道。

"一直都是孤军奋战，习惯也喜欢，没多少麻烦。"曾志忠说。

"谁叫你能力强呢，一个顶俩。"郝仁说道。

"郝总，你就别忽悠了，你不也是没什么办法吗？"曾志忠一眼洞穿。

"唉，尽说什么大实话。"郝仁无奈。

第一百六十九章　遭遇暗中针对

第二天，耀华终端月度例会如期召开，这是郝仁从西藏回来后的第一次月会，需要讨论的议题从上午排到了晚上，午餐和晚餐都是秘书预定了盒饭送进来。

但是郝仁果然只字不提和曾志忠此前的对话，言辞间更加强调与运营商的伙伴关系。

"最近，有竞争对手给运营商递送黑材料，说耀华终端有意强化自身销售渠道，对于运营商的产品研发投入不足。运营商是耀华终端最重要的合作伙伴，各方面的资源都是优先保障，流言三人成虎，任何时候都要保持和客户的沟通。"

"好的，我马上出差当面拜访运营商客户，加强互信，摒除误会。"陈竞男并非第一次听说这样的流言，但一度抱着清者自清的态度，没有正式处理沟通。郝仁这么一说，陈竞男意识到自己确实掉以轻心了。

"我在这里还是要强调一下，竞争对手虎视眈眈，他们知道我们这一独立内耗不少，难免发生趁你病要你命的事情，诸位，这不是阴谋论，大家想想是不是非常符合商业逻辑。"郝仁说道。

曾志忠习惯了单枪匹马地做事，昨天郝仁的要求随口就答应了，今天月例会才发现这任务的难度非同一般，顿感背脊阵阵发凉。当下，运营商在3G手机渠道上独领风骚，连聚星这样的大渠道商都被压制得很厉害，需要内部改革才得以续命。可郝仁一直都知道运营商渠道模式不是长久之计，想要留有后手，曾志忠自己正是这只后手，只是这只后手不仅要为未来铺好路，还要在当下不为人知，只等需要的时候瞬间爆发，撑起耀华终端的生存命脉。

郝仁似乎感到了曾志忠的不安，投来信任的目光，继续说道："在座任何人的责任都很重大，我的位置常常一叶障目，大家要能判断各自领域工作的价值，我会上没有指出的工作往往更致命。"

一语双关，让陈竞男近期要更加关注客户动向，又暗示曾志忠不可掉以轻心。

郝仁对于竞争对手的论断一语成谶。

宏达电子，和耀华终端一样，是一家从代工起家的终端厂商。如果说5年前，宏达在手机市场上还默默无闻，专心做各大品牌背后的无名英雄。今天，宏达已经正式从幕后走到台前，建立起让曾经的客户都大吃一惊的品牌。作为最早加入Android开放手机联盟的发起会员，宏达顶着Google干儿子的名头，近年来的增长可以用匪夷所思来形容。今年上半年，Android以27%的份额成为美国第二大操作系统，最畅销的5款Android手机中，有4款来自宏达。目前宏达的市值已经达到380亿美金，超越全球第一手机品牌酷美328亿美金，可见投资者的信心。

宏达电子的总裁刘雪嫦是电子行业少有的女性企业家，高盛著名分析师罗伯特曾经评价刘雪嫦是女中豪杰，眼界宽广，做事稳健，以非常独特的企业模式和有效的生态系统赢取Google青睐，获得显著的增长潜力。很多人说宏达的成就拜Google所赐，殊不知巨人的肩膀不是谁想站就能站，非巨人青眼有加不可。

此刻，坐在办公室靠椅上的刘雪嫦正在翻看手中厚厚一叠的耀华终端资料，从产品系列、组织结构到企业文化和股权结构无所不包。

"各位拿到这份资料已经一个多月了，我刚才提的几个问题，居然没人能答上来。下个月宏达正式进入大陆市场，这叫我怎么能放心。"刘雪嫦语气严厉地说道。

"刘总，我们下来仔细研究下，但我有点不明白，为什么要重点研究耀华终端这个刚被母公司放弃的公司？"宏达销售总监张凌峰说道。

"我一看就知道你们轻敌了。一件简单的事，当初Google推出Android系统，以优厚的条件邀请我们加入各位还犹豫不决，最终是不放弃微软系统才敢上马Android系统。而耀华终端，Google根本不放在眼里，出新机连背书都没有的企业，就敢果断地加入，并且持续不断地推陈出新。试问这样的魄力和组织执行力，宏达有没有信心碾压？"刘雪嫦知道手下已经为宏达眼下取得的成绩沾沾自喜，不用更重的语气无法点醒。

"明白了。"张凌峰说道。

"除了了解资料,我希望你们出相应的竞争方案,要想在大陆市场打无准备之战就等着丢盔弃甲吧。"刘雪嫦说道。

"我们会尽快拿出方案给您过目的。"张凌峰说道。

等到所有人都出去,刘雪嫦轻轻叹了口气,虽然大家最终都会按自己的要求做,可她知道宏达的兴起过于迅速,大家都沉醉在胜利的美酒之中,非国际大品牌不能入眼,对于耀华终端这种本土品牌终究提不起兴趣。在吃大亏之前,必须给这辆高速行驶的汽车适时地踩踩刹车,按按喇叭。

CF上海办公大楼,韩在舟脸色难看,把手里的耀华终端上半年销售数据报表丢在地上。本以为,耀华终端没了母公司的输血,一定会捉襟见肘。不曾想耀华终端的新旗舰在没多少推广费的情况下卖了个盆满钵满,原地回血。

如果说耀华终端像理想科技一样牢牢地守住运营商,韩在舟还不会这么难受。运营商也许被耀华终端的客户经理蒙在鼓里,但韩在舟却一眼看出郝仁想要突破高端的决心,撇开运营商发旗舰,设立高端体验店就是宝剑出鞘的先兆。

"你不是说理想给运营商递了黑材料,怎么看不出任何反应?你是要等他们出风头到什么地步再行动?"韩在舟对着曲云江一顿痛骂。

"理想确实给运营商递送了黑材料,但是说白了,只要耀华能提供运营商所需的定制产品,运营商没有理由把耀华踢出去只留一个理想,万一没有对手后理想就漫天要价呢?今年虽然是中国的3G元年,但大多数厂商给运营商提供的都是之前的旧型号,耀华和理想是唯一的两家持续出定制新机的本土厂商。这就造成市场虽然火,新品却严重缺乏,尤其是移动苦于没有优质TD新机。"曲云江不慌不忙地解释道。

"那你们就干看着?运营商市场不是我们的主战场,交给理想等那些本土厂商,但高端市场不能让耀华终端冒头,赶紧做出一个针对性的方案给我看。"韩在舟说道。

"好的。"曲云江无奈地应道。

理想科技马旭峰此刻的恼怒不亚于韩在舟,这股无名业火不仅仅在于运营商不理会耀华的黑材料,也源自此前对耀华终端收购的失败。当时合同各方面都已经谈妥,马旭峰信心满满,甚至想好交接当天如何给郝仁来一段耀武扬威的演讲，没想到临门一脚还能横出枝节，郝仁内部集资先自己一步拿下耀华终端，窝火的感觉可想而知。

除郝仁外，以前的老部下曾志忠也令马旭峰不满，理想的高薪他弃之不顾，宁愿到耀华终端去做一个边缘的角色，仿佛一记耳光打在马旭峰脸上，直接对外表明他不如郝仁那个毛头小子。

马旭峰把手指掰得咔咔直响，已经很久没有人能让他这么怒火中烧了。

而在另一边，郝仁隐隐感到，等着看笑话的人如果没有看成，心中会有多愤怒。

第一百七十章　研发生财之道

2010年10月的第一个星期，宏达电子在北京钓鱼台宾馆召开发布会，正式宣布进入大陆市场，并一举推出五款重量级的3G产品，其中两款为移动运营商深度定制的TD-WCDMA手机，三款为在全球热销的WCDMA制式的智能手机，说明宏达未来在中国大陆市场的拓展策略将是公开渠道和运营商渠道同步进行，与耀华终端的销售模式完全重合，意味着接下来耀华终端和宏达电子将会在市场全面开战。

发布会上，刘雪嫦一身干练装扮，笑靥如花，接过主持人的话筒说道："感谢各位记者朋友的到来，这是宏达第一次在大陆召开发布会，但相信消费者对宏达并不陌生。宏达的水货充斥了大陆市场多年，安全可靠的行货终于来了，希望大家能一如既往地支持。今年上半年，宏达的智能手机份额为全球第四，其中欧美市场占据了我们销售份额的80%，这次来大陆，我们带来的是在欧美市场已经得到验证的产品，一定不会叫大家失望。首先给大家介绍我们的第一款产品宏达S3，支持WCDMA和GSM两种制式……"

"请问既然宏达的主要市场在欧美，为什么会这个时候选择进入大陆市场？"待刘雪嫦介绍完产品，台下一个记者问道。

"大陆是我们最为重视的市场，我们花了很长时间与运营商客户洽谈推出合适的套餐搭配，另外在筛选产品上也费了不少事……"

电视里刘雪嫦侃侃而谈，电视前郝仁却没有忍住点破真相。

"睁着眼睛说瞎话，宏达过去一向轻视大陆市场，觉得新兴市场消费者穷买不起电子产品,所以总是以开拓欧美市场为目标。宏达这要不是在欧美市场陷入专利大战,哪里想得起来大陆,现在跑出来说重视大陆,简直一派胡言!"

"谁在一派胡言?"ITS咨询机构的史密斯·布莱特今天有事来找郝仁,还没进门就听见郝仁的评价。

"史密斯你来了,我在说刘雪嫦胡说八道呢。"郝仁说道。

听郝仁这么一说,史密斯把目光转向电视,正巧又有一个记者问刘雪嫦一个棘手问题:"宏达与耀华终端同样在Google Android操作系统上运行,同样都是3G智能手机的实力选手,销售渠道又重合,请问你如何看待在大陆实力强劲的耀华终端,有没有相应的竞争策略?"

刘雪嫦似乎对这个问题早有预料,微微一笑说道:"宏达没有对耀华终端进行专门研究,我们想要超越的是市场份额排在我们之前的几家国际巨头。"

史密斯听完,笑着说道:"她很看不上耀华终端的样子。"

"她确实没必要看上我们,能收拾好自己的烂摊子就行。好了,史密斯,我还有事请教。"郝仁不带一点情绪地说道。

"感谢郝总长久以来的信任,有事尽管问,我知无不言言无不尽。"

耀华终端独立之前,史密斯所在ITS咨询机构是郝仁亲自引入,咨询费耗费上亿,为耀华集团提供全方位的管理咨询。耀华终端独立后,耀华技术随即缩减了ITS的咨询费,而郝仁则对史密斯递出橄榄枝,表示会继续ITS的管理咨询。虽然短期内耀华终端的咨询费无法恢复之前的额度,但长远的承诺让史密斯避免了公司的问责。

"我想了解下宏达目前海外知识产权状况。"郝仁言简意赅地说道。

"宏达最初和耀华一样都是代工起家,开始建设自有品牌后,凭借低廉的价格和优质的品质在欧美市场取得了不容小觑的成绩,很快就引起了欧美本土品牌的注意,开始针对性反击,只不过采取的是知识产权的大棒。最早是在90年代末,宏达和英特尔在电子主板上大战三百回合,历时3年,最终通过交换授权握手言和。最近是微软,因为宏达和Google在Android手机的合作风生水起,让同样与宏达长期合作的微软看在眼里记在心里,马上推出反制政策,每台手机必须支付给微软5美元专利费,根据宏达的销量,预计能增加上亿美金的额外支出。我想这就是宏达着急从大陆市场捞钱的原因。"史密斯说道。

"嗯，这些我有所了解，国际巨头对知识产权大棒向来驾轻就熟，宏达现在市值超过酷美，份额超过 ACE，在我看来这张奖状不仅残缺，还很危险。"郝仁说道。

"确实如此，ACE 估计距离动手已经不远了。"史密斯说道。

"耀华如今只是在国内市场独领风骚，但随着海外市场的开拓，难免遇到同样的问题，我们要如何避免？"郝仁说道。

"郝总，我知道耀华终端现在现金流不充裕，与 ITS 的咨询合同还没有正式敲定，我不能违反公司规定为你提供解决方案，但是可以给你讲讲历史，相信对你一定会有帮助。"史密斯说道。

"好的，请讲。"郝仁说道。

"蓝色巨人是美国的专利大户，每年至少上千个专利，这与他们公司内部鼓励员工申请专利有着莫大的关系，每申请一个专利不仅能得到一笔奖金，还对升职加薪有帮助。这个公司评估研发人员业绩有三条标准，论文、专利、产品化。一个公司申请专利的目的有两种，第一种是防御性的，防止自身被其他公司诉讼侵权；第二种是攻击性的，申请一些未必使用的专利，专门来狙击对手，蓝色巨人很多专利就是这种，它每年花费上亿供养律师团队，专门诉讼侵害自己知识产权的公司。我认为这个操作很值得耀华终端警惕与借鉴，虽然未必要做专利流氓，但至少在专利冲突之际能够保护自己。你看宏达与英特尔的争端就是通过专利交换授权解决。我知道耀华终端专利不少，但防御性居多，后面思考以攻为守的方法。"史密斯说道。

"明白了，谢谢你。"

等史密斯走后，郝仁把隋祖禹和沈同方叫过来，三人一起把促进知识专利申请的方案定了下来，奖励金额公布后，研发人员不由得惊呼从此又多了一条发财致富的康庄大道。

第一百七十一章　进退间的智慧

穆言怀孕以后口味刁钻，什么食物都是吃两口就咽不下去，唯独喜欢吃个酸汤鱼，于是郝仁周末常早起去农贸市场挑新鲜鱼回来做。

郝仁平日工作繁忙，做菜技术却没落下，哪怕是请了钟点工阿姨，片鱼还是亲自上手，口中念念有词不知道哪来的刀法口诀。

"横刀立马、左右开弓、指点江山、上下挥斩,疾风扫落叶,灵蛇取动脉……"

手起刀落,鱼肉片片晶莹剔透,饱满均匀。郝仁正得意,回头看到钟点工阿姨和穆言在后面不甚明白地摇头。

"切鱼需要这么大的幅度吗?"穆言问阿姨。

"可能流派不同,我们烹饪学校没有这么教。"阿姨说。

"不是说会做饭的男人最性感吗?你们难道没有为我的用心所感动?"郝仁带着三分不满七分委屈地说道。

"没有。"穆言说。

"感动归感动,但工钱不能少。"阿姨接过郝仁手里的刀说道。

郝仁还想说点什么,客厅里的电话突然响起,擦擦手接起来,宋朝栋的声音从里面传来。

"郝仁,我要退出手机业务了。"

"什么?退出手机业务?"

"我在深圳,要不要出来聊?"

郝仁看了一眼沙发上的穆言,穆言轻声说道:"去吧!"

"好的,你在哪?"郝仁说道。

郝仁出门开车往约好的餐厅赶,咂摸着宋朝栋电话里的语气,听不出任何情绪,心里愈发担忧。同样作为一个创业者,郝仁能够想象,要下多大的决心才会选择退出。

等到了地方,却只见宋朝栋百无聊赖地在拨弄手里的咖啡,像个享受假期的富贵闲人,看不出一点沮丧。

"你没事吧?"郝仁把外套边上一扔,径直坐下。

"没事,我能有什么事,现在我浑身轻松,有种解脱的感觉。"宋朝栋说道。

"好歹是自己一点一滴做起来的业务,哪能说放弃就放弃了。"郝仁不解地说道。

"现在是放弃最好的时候。"宋朝栋无奈地说道。

近年来,高科手机业务不好是业界众人皆知的事。发布不久的半年报足见高科手机业务的颓势,整个 2010 年上半年,高科手机营收同比下滑 17%,净利润同比下滑 98%。

在区域业务上,高科手机在北美洲、拉丁美洲和欧洲的开拓未见成效,中国区业绩下滑严重。上半年手机及其他产品在中国仅仅销售180万台,并且大部分是600块以下的百元机。以低端市场为主的品牌定位,已经对高科的品牌价值造成了难以挽回的损害。

郝仁知道这一切的主要原因是高科错过了3G智能手机的风潮。

"如果方向错了,就马上调转方向,市场虽然竞争激烈,但高科有过辉煌的过去,你有过成功的经验,我相信可以再战一次。"

宋朝栋摇摇头,意味深长说道:"过去的成功不一定是前进的动力,也有可能是现在失败的枷锁。在群雄争霸的时代,最大的威胁不是外界竞争本身,而是自己一味重复过去的模式。"

"所以,你下一步打算怎么做?"郝仁问道。

"一进一退,卖掉高科手机业务,全力发展屏幕业务,用深圳速度再建一条全球最大,利润最好的8.5代线,国内苦进口面板久已,接下来看我的高科光电了。"宋朝栋说道。

"朝栋,你好大的口气,但是我喜欢。"郝仁被宋朝栋的豪气所震撼。

"郝仁,现在耀华终端蒸蒸日上,我很为你高兴,希望你能记住我的前车之鉴,不要犯造不如买的错误,坚持走艰难而又正确的道路。"宋朝栋说道。

"兄弟,你又不是退出整个行业,有的是打交道的时候,我以后还要用你的优质屏幕。怎么今天突然用这种语气交代我,多不吉利啊!"郝仁说道。

宋朝栋一掌拍在郝仁的肩膀上,愤愤说道:"呸,哪里不吉利,真是好心当作驴肝肺!"

"行了行了,我问你打算把手机业务卖给谁?"郝仁问道。

"和卡特电子的合作磕磕碰碰折腾了这些年,账面上能做到不亏不赚,却丢了先机,没有在海外市场弄出点名堂。现在酷美有意收购整个卡特电子,包括固网、无线、终端等业务,正好顺手卖掉,至于高科的品牌现在有多家公司在谈,还没有定下来,到时候你看新闻就知道了。"宋朝栋说道。

"我在西藏攀登珠穆朗玛峰的时候,地大登山队的余队长曾经说过,懂得放弃何尝不是一种成功,你的放弃只是为了更大的成功,我祝你心想事成。"

郝仁说完以茶代酒,敬了宋朝栋一杯。

"我很高兴,做过你的对手,很快又要作为你的伙伴,一起打造真正的民族科技。"宋朝栋将茶一饮而尽。

"我也就能和你夸海口,和别人说这些大词,总有人担心我闪了舌头。"郝仁说道。

"我也一样,连我爸都骂我乳臭未干,我都三十老几的人了。"宋朝栋说道。

"那是因为你这么多年都不找媳妇,不像我马上就当爹了。"郝仁说道。

"恭喜恭喜,可我没浪够,不能结婚。"宋朝栋眉毛一挑,一副玩世不恭的模样。

"那我可不像你,我就喜欢老婆孩子热炕头。"郝仁说道。

"去你的,一个四川人有什么炕。"宋朝栋说道。

"哈哈哈哈……"

一个月后,宋朝栋在出售卡特电子股份后,以 4.5 亿美金的价格把高科手机业务打包出售给影像处理软件公司 Beauty Face,而后高科手机品牌将逐步退出市场,取而代之的 Beauty Face 将依托高科的手机业务团队及制造实力进军终端市场,并推出全新的美颜手机,定位爱美爱拍照的女性群体。

尽管在预料之中,电视机前的众人还是一阵唏嘘。

"没想到这个市场明明已经高度饱和,一家企业退场,还能带来多家企业进场,连互联网企业也来凑个热闹。"隋祖禹说道。

"不难理解,扒光互联网的层层包装,你会发现整个互联网企业做的事情只有两件,一是入口,二是转化。手机的重要性就在于它是入口,移动平台流量入口。智能手机还在蓬勃发展、买了哪个品牌自然会优先使用这个品牌预装的应用。互联网企业算盘一打,一个点的市场占有率就有上百万的流量在手上,有点实力的都会考虑做终端的,哪怕做不好,也不能看着别家垄断,这就是互联网企业的初衷。"郝仁说道。

"我们现在仅有应用市场一个转化入口,以我们现在的市场占有率,岂不是白白浪费了不少流量。"孙皓说道。

"正是如此呀,所以说你的团队很重要,除了操作系统外,是不是有取舍地把壁纸、音乐等云服务做起来,小钱好挣,蚂蚱腿多了也能煮一锅。"郝仁说道。

"好的,明白。"孙皓说道。

郝仁把头转向窗外,反复体会着宋朝栋的成败之论,现在他不敢嘲笑任何一家在这个行业沉浮的企业,一旦有了陈科旧律,就会失去发现机会的眼光。

第一百七十二章　准备木秀于林

周一上午 8 点,还没到上班时间,郝仁早餐后正在办公室给植物擦叶子,由远及近地传来隋祖禹兴奋的喊声。

"出来了!"

"什么出来了?"郝仁放下手里的喷壶问道。

"4G 标准,国际电信联盟已经正式把我国拥有自主知识产权的 TD-LTE-Advanced 标准列入新一代移动通信 4G 国际候选技术,并计划于 2011 年底前完成 4G 国际标准建议书编制工作,2012 年初正式批准发布。这是继 TD-SCDMA 之后,我国新一代移动通信技术再次获得国际通信产业界广泛支持和认可。是不是很振奋人心?要不是上班我都想喝一杯。"隋祖禹兴奋地念着报纸上的新闻。

"确实是好消息,2009 年国际电信联盟开始征集 4G 技术提案时,一共收到来自中国、日本、韩国、欧洲标准化组织 3GPP 和北美标准化组织 IEEE 的共 6 项 4G 候选技术提案,涵盖了 LTE-Advanced 和 802.16m 两种技术。我们国家的 TD-SCDMA 的演进技术能入围,国际标准有了中国的身影,真是很不容易,兄弟你又该忙起来了!"郝仁起身拍拍隋祖禹的肩膀。

"这么快就开始搞 4G 终端吗?会不会太早。"隋祖禹问道。

"不早了,我记得新希望集团董事长刘永好有个快半步的理论,顺潮流而动,略有超前。不超前,就没有机会,但快一步,有可能踩虚。快半步意味着能进能退。进,走在前;退,不湿脚。我觉得我们搞研发就是这样,2009 年我没提这件事是因为一切还没明朗,同时我也很了解你超前的意识比我强,常常不计成本,耀华终端需要休养生息。现在提是因为时间到了,至少我们把能申请到的知识产权都拿到,抢占先机。"郝仁说道。

"你这样说确实不早,但……"隋祖禹迟疑了起来。

"有话就说，吞吞吐吐干什么？"郝仁问道。

"行，那我直说了。现在运营商的定制实在是太多了，同样的型号能搞出三四款，虽然说改动不大，要不是界面，要不是接口，但一点改动都需要投入人力，我们研发体系能搞出上百个项目组来，你就说夸张不夸张吧。另外，我曾经做过统计，有五成以上的机型出货量不到 100 万台，有三成以上机型出货量不到 10 万台，甚至还有几千台的订单，这么一算我们的投入产出比很低啊，长此以往我们有的产品其实还不如代工厂的利润。"隋祖禹说道。

郝仁一听大吃一惊，万把人的研发团队同时运行上百个项目，哪来余力做精做深。

"这么大的事，你怎么不早说？"

"这不是公司才独立，到处都是用钱的地方，哪能拒绝客户的需求，尤其是大运营商的需求。"隋祖禹有点委屈地说道。

"至少可以让竞男姐那边引导下客户定制需求。"郝仁说道。

"我和竞男姐说过，但你要想想，如果我挑订单，客户会怎么想？不做小单，大单怎么拿？除非你像 ACE 那种自有品牌强势到运营商求着你，或者自有的渠道强大到不在乎运营商的订单。"隋祖禹说。

"这两个我都想做到。但你说得对，总是需要做取舍的，你先回去，我好好想想。"郝仁说道。

隋祖禹走后，郝仁想着和运营商这种关系终究要改变，但现在还不是时候，高筑墙广积粮，先存下点家底再说。

郝仁向隋祖禹布置下 4G 终端的开发任务后没几天，宏达就在美国无线通信大会上发布了 4G 手机，一部与美国运营商 Sprint 的定制机，搭乘 Android2.1 操作系统，配置 130 万像素前摄像头和 800 万像素后摄像头的 4.3 寸触摸屏智能手机。

按理说国际电信联盟还未正式公布 4G 标准，而 Sprint 使用的是 WiMax 技术，非公认最好解决方案的 LTE 技术。但由于美国已经将 WiMax 运作到 4G 标准候选名单中，因此宏达在发布时直接宣布这是世界上第一台 4G 手机。

"很高兴宏达开创了历史，和我们的运营商客户一起打造出世界上第一台 4G 手机。"刘雪嫦在记者招待会上骄傲地宣布。

"宏达目前在积极开拓中国市场，请问有没有遇到什么强劲的对手？"

台下的记者问道。

"没有,我们尊重任何对手,但是宏达致力于将最先进的产品带给消费者,目标是世界第一,我们通常只会和自己比较,不针对任何对手。"刘雪嫦说道。

"请问这款手机在ACE旗舰机的前一周发布,是有什么考虑吗?"又一个记者问道。

"这是一个巧合,刚好这个时间段完成出厂验证,并没有别的什么考虑。"刘雪嫦不太喜欢这个问题,答得非常简略。

……

2010年的最后一天晚上,郝仁舒服地躺在沙发上看最近风头正劲的宏达资料,回头对穆言说:"穆老师你看,宏达谁都不放在眼里。"

"等我们的实力隐藏不住的时候,就会放在眼里了。其实,我觉得宏达这样还挺危险的,木秀于林,风必摧之,如果还没有做好准备,还是低调点。"穆言说道。

"穆老师,你是觉得ACE也会像微软一样对宏达出手吗?"郝仁问道。

"迟早的事,宏达的崛起来自于谷歌给饭吃,这种依附关系是不稳定的。"穆言说道。

"国内市场我们已经是第三,海外市场的开拓也很迅猛,耀华终端迟早也会被国际巨头针对,现在我能想到的是尽快积累专利技术,提前穿好防弹衣。"郝仁说道。

"你也别太担心,我们比宏达有优势,我们是本土品牌,坐拥全球最大市场,国际品牌如果想要在国际市场上针对我们也会有所顾虑,除非他们打算放弃中国市场。储备好专利技术,如果他们在海外对我们提起诉讼,我们就在大陆提起诉讼,只要合理合法,最大可能是交换授权。"穆言说道。

"感谢出生在中国。"郝仁说道。

"确实如此。"穆言说道。

"穆老师见多识广,给了我们的宝宝一个好的起点。"郝仁说道。

"你还说呢,这孩子皮得很,昼伏夜出,磨人极了。"穆言抱怨道。

"你忍忍,出来我收拾一顿就好了。"郝仁说道。

"少来,你哪里舍得。"穆言说道。

"新的一年你有什么愿望?"郝仁问。

"宝宝健健康康，老公顺顺利利。"穆言说道。

"嗯，真乖！"郝仁满意地说。

……

2010年带着这样那样的问题走向了它的尽头，新的一年无论好坏，在烟花燃放的瞬间，所有人都唯有祝福。

第一百七十三章　嘴硬完还得做

元旦一过，就到了回顾过去的时候，郝仁把市场报表连同各部门的年终总结一看，知道独立后的耀华终端在跌跌撞撞中总算站稳了脚跟。

销售上，和全球各大运营商的合作关系在公司所有权变更过程依然稳健，国内和理想一起成为三大运营商最倚重的对象，国外和VOD、英国电信、德国电信等跨国运营商在区域关系上进一步加深，从原有的三十几个国家拓展到五十多个。公开市场方面，借助聚星的力量建立统一的自有门店渠道，并开辟了全国第一家高级体验店，尝试摆脱性价比的魔咒。

产品上，耀华终端通过定制化平台全年共推出近三百款机型，堪称机海战术中的劳模，独立后更是推出搭乘自有3G芯片，通过公开渠道销售的爆款旗舰机，立住研发型企业的形象。

品牌上，科技感和年轻力成为消费者认知的前两个标签，对拉动年轻消费者起到重要作用。全球统一视觉体系在今年也得到夯实，全球化和本地化的适配渐入佳境。

在郝仁看来，这样的成绩不算亮眼，但委实不容易。庆功晚宴上，郝仁对着台下的所有员工深深地鞠了一躬，动情地说道："感谢这一年的不离不弃，大家的努力终于没有白费，黎明前的黑暗里，耀华终端没有跨，没有输。"

台下掌声呐喊声不断，所有人都在肆意宣泄心中压抑已久的情绪。

等大家平静，郝仁接着说道："耀华去年大丰收，今年注定更辉煌，然而市场瞬息万变，我恳请大家允许我多留余粮为长远计。如果各位对年终奖不满意，请给耀华终端多一点时间，以后加倍收回。"

说完，郝仁又是一鞠躬。

台下先是一片安静，突然人群中传来陈虎粗声粗气的嗓音："自己家，钱先存着，不急着拿回来！"

"对，不急。"

"不急。"

"自己家不急。"

……

赞同的喊声此起彼伏，像是激励又像是抚慰，看得郝仁眼眶湿润了，立时跳下舞台，举起一杯酒一饮而尽，众人举杯，最终是醉得一塌糊涂。

庆功宴过后，新年假期很快到来。穆言的肚子已经显怀，受不了舟车劳顿，只能留深过年。深圳这种移民城市，一到过年没了人气，四处空荡荡，连二氧化碳造成的城市绿岛现象也影遁无形，气温都感觉降了好几度。好在郝父郝母喜气洋洋地从眉山老家提着大包小包赶过来了，才对冲掉小两口无法回老家的寂寥感，吃了顿热热闹闹的年夜饭。

郝仁在深圳已经定居了快二十年，郝父郝母却没来过几次，每次郝仁邀请，不是推脱生活不适应，就是担心打扰郝仁工作。这次借穆言的光，郝仁想带着郝父郝母好好逛逛自己生活的城市，于是乘大年初一天气好，带着两位老人就到深圳湾红树林处散散步。

深圳正好位于全球四条主要的鸟类迁徙路线的中转站上，每到冬天，温暖的天气就迎来众多鸟儿栖息，阳光和煦，海面微澜，群鸟翱翔，组成深圳湾上一道美丽的风景线，看得两位喜爱动物的老人惊喜连连。

突然郝母指着远处的石头上的几只鸬鹚默念起来："你们别看风景，看它呀，看它呀。"

"妈，你在说什么？"穆言问道。

"我在说那只鸬鹚。"郝母说道。

"它怎么了？"郝仁不解地问道。

"你看它展开翅膀求偶，可是好久了，其他雌鸟理都不理它，好可怜，我给它加加油。"郝母说道。

"连只鸟你都能催婚催生，我真是服了你了。"郝仁扶了扶额头。

"男大当婚女大当嫁，鸟不一样吗？"郝母说道。

"行了，你现在该心满意足了。"郝父说道。

"哈哈哈，那是。"郝母看了看穆言的小腹，笑声震耳欲聋。

"妈，鸟都被你吓飞了。"郝仁说道。

短暂的假期之后，郝仁拉上隋祖禹、孙皓、沈同方、钟楠等几个研发骨干一同前往巴塞罗那，今年的世界移动通信大会时值新旧技术的交替期，注定有引领未来的火苗窜出来。

耀华终端已经多次参加世界移动通信大会，展台设计、客户邀请、媒体接待等已成定制，自有相应的团队负责，郝仁完全不必担心，径直往其他一流企业的展台走去。

作为全球最久负盛名的行业盛会，这届的世界移动通信大会迎来了一百多个国家的与会者，基本上通信领域的所有知名厂商无一缺席。开幕式刚结束，郝仁就遇到了韩在舟陪同着自家总裁往外走，鞍前马后照顾得格外周到。

郝仁猜CF肯定有重磅产品展出，便叫上沈同方等人一同前往CF的展台参观。果不其然，这次CF发布的产品极其亮眼，只见展台中央，水晶链垂坠之下的手机熠熠生辉，8.5毫米的纤薄机身，金属质感的外壳凸显科技气质，搭乘Android 2.3的操作系统，拥有双核处理器和先进的无线网络连接功能，用户可以像电脑一样进行多任务处理，能够随时随地地享受音乐、书籍、游戏、社交等乐趣。

几人看得啧啧赞叹，完全没有发现韩在舟已经站在身后。

"不在自己的展台揽客，跑到我们这来干什么？"

"看看，你们的这款产品不错。"郝仁也不怕承认CF的强劲实力，坦诚地对韩在舟说道。

"那是当然，我非常理解你们望尘莫及的心情。"韩在舟不屑地说。

"那倒是不至于，追赶追赶，可不就是追着追着就超过了。"郝仁说道。

"可能对你们太遥远了，CF的屏幕和芯片都是自己的。听说耀华终端也学人做芯片，不知道这双核芯片能做出来吗？"韩在舟说道。

这下沈同方的脸色难看得紧，从去年年底起，就有厂商陆续推出双核芯片手机，依托更多的处理单元来强化手机的多媒体功能。这一趋势，沈同方的团队不是没有注意到，只是更高集成度和更低能耗的要求着实伤透了脑筋。

"智能手机的军备竞赛从来不曾停歇，但是要注意，虽然手机性能一直高速提升，如果没有与之对应的软件或者游戏来使用，也就是个跑分利器，实质意义并不太大。等市场真正需要双核芯片，耀华终端一定能做出来。"郝仁说道。

"哼，嘴硬。"

韩在舟说完一仰头，撇下几人走了。

"我们不做真的是因为暂时不需要吗？"隋祖禹压低声音问道。

郝仁看看沈同方，又看看隋祖禹说道："当然是假的，嘴上气势先保住，面子能不能保住还得靠沈工。"

"我就知道你站着说话不腰疼！"沈同方说道。

"腰也疼，但事还得做。"郝仁两手一摊。

"唉，你负责吹牛，我们负责实现你吹过的牛，这分工明明白白的。"钟楠说道。

"还真是。"众人感慨。

第一百七十四章　从最难的开始

逛完 CF 的展台，郝仁几人又来到 MOT 的展台，这次 MOT 没有通过发布会带来更多的新款机型，而是默默无闻地在展台中央放置了一台旗舰双核智能手机。奇怪的是，如此低调的操作方式，却引起了不少的关注，展台前里三层外三层围了一圈人。

郝仁走进人群把 MOT 的新机在手上摆弄了一会，就知道曾经的王者又回来了。这款支持 4G 网络的新机搭乘 Android2.2 操作系统，在屏幕配置上使用了大手笔，不仅装载了 4.0 英寸的触控屏，所支持的分辨率更是达到了 Quarter HD 的水平，所提供的 960×540 的高像素能为用户带来超震撼的视觉体验。而拥有的 1GB 的 RAM 空间和 16G 的存储容量，外加最大支持 32GB 的存储卡拓展，让用户浏览网页还是观看视频都可以做到随心所欲。

MOT 这部手机还有一大卖点是 1.0GHz 主频的双核处理器，其性能是目前最先进的 A8 处理器的 2 到 5 倍以上。此外，该处理器芯片还内在的多个处理器进行了整合，只有在需要的时候才会启动某个处理器，平时可以保持在低能耗状态，是智能手机中难得的省电机型。

"本来以为 MOT 都快日薄西山了，没想到人家借助 Android 又杀回来了，瘦死的骆驼比马大，一旦恢复过来非同小可。"隋祖禹感慨地说道。

"任何一个对手我们都不能忽视，何况是这种国际企业，即使产品在市场上不行了，就凭手上的知识专利都能坐收渔利，这就是专利积累的力量。"郝仁说道。

"别说老牌厂商,就是新晋厂商这次电信展也拿出看家本领了,宏达一次性发布了 8 款新品,包括 7 款智能手机和首款平板电脑,邀请了全球上千家媒体,搞得那叫一个轰轰烈烈。其实平板电脑和手机终端算不上严格意义的两款产品,很多开发资源可以共用,所谓一理通百理明,如果我们要扩展产品族,平板电脑是首选。"隋祖禹说道。

"完全同意你的观点,我们不盲目扩张产品外延,但对于开发平台可以共用的,或者有助于生态建设的产品是可以放手去做的。"郝仁说道。

"你们觉不觉得宏达一次性发布这么多机型,危机感很强。"孙皓说道。

"我最近听说一个传闻,说 Google 有意向收购 MOT。你想,宏达靠 Android 发家致富,被称为 Google 干儿子,一旦有了亲儿子,难免亲疏有别,宏达能不着急吗?全球性的展会正是秀肌肉的好时候,向 Google 证明自己的强大实力吧。"郝仁说道。

"说了这么半天,我们要不要现在去宏达的展台看看?"孙皓看大家说得热闹便提议道。

"晚点,时间差不多了,我们先去 Dragon 芯片展区看看最新的四核处理器发布会。"郝仁说道。

几人顺着郝仁指向的地方,看到人流在逐渐汇聚,足见这个产品给业界带来的震撼。芯片厂商最大的客户就是手机厂商,作为好不容易全球做到前十垫底的耀华终端自然也收到 Dragon 新品发布的邀请函。只不过拥有邀请函的客户和媒体数量不少,几人排了许久的队才进了会场。

坐下没几分钟,发布会就正式开始了,Dragon 的 CEO 马克·霍夫曼一身西装走上讲台,开门见山地介绍世界首款四核处理器系列。整个处理器系列都采用的是最为强劲的 28 纳米工艺,搭乘最新一代的 CPU,支持 3D 立体图形显示拍照,并可以输出 1080P 视频。另外还加入了多制式 LTE 4G 通信模块以及 NFC 通信技术,能兼容主流的操作系统,可以说一出品就瞄准了至少未来两年后的行业趋势。

马克·霍夫曼言简意赅,30 分钟不到就完成了演讲,观众都还没有反应过来就下了台,然后径直去了旁边一个会客间,接受媒体的专访去了。

郝仁正打算出去,回头看到沈同方的脸色铁青,眼角泛红,问道:

"怎么了沈工，哪里不舒服？是不是这里面空气不好，给闷着了？"

"没，我就是难过，我们双核都没有整清楚，别人就把四核给做出来了，等我们做出双核，不知道别人都做出什么了，我们和世界顶尖之间的鸿沟什么时候能够填平？"

参展的观众脚步匆匆，看了这边热闹又流向下一处，会场马上空了，工作人员没注意郝仁几个还在角落里，直接把灯给关了，掩门离去。

借着黑暗，沈同方偷偷抹了把泪。郝仁几人听了也是一怔，不自主地跟着沈同方心酸起来，说不出一句话，让喧嚣散尽的会场愈发静得吓人。

"要不然，我们跳过双核直接做四核？"

钟楠的声音很小，却像一把小小的尖刀，划破黑暗的幕布，挣得若有若无的丝丝光亮。

沈同方握住钟楠的双肩，激动地说道："好小子，说得有道理，每一次技术革新都是机会，反正眼前的问题一堆，眼下全部都解决不了，不如选最难的下手，最难的解决了，其他的问题不就迎刃而解。"

"这小子捡得值得！"郝仁靠近摸黑揉了一把钟楠的头发。

"哎，还没有开始做，你们激动个啥。"钟楠把头一歪，从郝仁的魔爪里逃离。

"只是，还有一个问题。"沈同方又想到了一个问题。

"什么？"郝仁问道。

"越过双核去做四核，岂不是双核手机的钱要少赚不少，芯片团队又要让公司白养活一段很长的时间。"沈同方说道。

"等我们的双核芯片做出来，行业内都普及了，也就是个捡漏的钱，不如超前开发一代，到时候连本带利都捞回来不是更好。"郝仁说道。

"哎，这两年要白吃公司大米了。"沈同方叹气道。

"你们百把人的团队又不是米虫，能吃多少，我不仅要给芯片团队吃大米，还要大鱼大肉。好了，好了，走了，今晚我请客吃饭，这里乌漆麻黑的，一群大男人躲在这里垂泪像什么话。"郝仁说道。

"谁垂泪了？"沈同方不打自招地说道。

"哈哈哈哈，我好像知道是谁了？"郝仁说道。

"走了。"

沈同方推开了门，外面又是人群汹涌的世界。

第一百七十五章　流量入口争夺

世界电信展的第二天，陈竞男给郝仁安排了满满的会客行程，首先来访的便是海外大客户VOD的终端业务主管约翰·斯拉特里和几大区域的主管。

约翰·斯拉特里一见郝仁，就熟稔地来了个大大的拥抱。

"郝，好久不见，你当家做主后越发神采奕奕了。"

"过奖了，斯拉特里先生，好久不见，欢迎您百忙之中来参观我们的展台。"

郝仁带着约翰·斯拉特里参观完展台，直接进了旁边的会客室，两边的人员相对坐下，俨然两军对垒的气势。

"多年的老朋友，就不藏着掖着了，今天直接和你们介绍VOD新一年的互联网战略，希望耀华终端能够全力配合。"

约翰·斯拉特里说完一扬手，身边金发碧眼的年轻主管起身，指着屏幕开始介绍。

"互联网的发展超乎所有人的想象，为顺应时代趋势，VOD相继出台了几项移动互联网业务发展策略，整合产业链资源，致力于将最好的互联网服务引入到手机上。今年，VOD又有新的突破，已经与微软、雅虎、Ebay、谷歌、MySpace等互联网企业建立合作战略联盟，打造全新的互联网生态环境。"

"请问怎么个合作法？"隋祖禹问道。

"简而言之，就是一站式互联网综合平台，在一个平台上为用户提供包括社交、电子邮件、游戏、音乐等诸多移动网络应用服务。举个例子，比如说我们的服务集成了Facebook应用，客户能够通过手机短信，实现手机在Facebook平台上更新信息、发表评论、搜索或新增好友等操作，Facebook也可将其平台上的一些推送功能，如新增帖子、朋友请求或标记照片等通过VOD的网络推送给客户。另外，便捷也是一大特色，比如Facebook社交网及其他网络账号，一旦用手机登录，便可与电脑同步，更不用说通讯录同步、LBS、云存储服务……"

"VOD这一操作不可谓不超前，按照这一规划完全就是一机在手，万事不愁的生活状态。郝仁想起很多年前看过的一部科幻电影,出门没有大包小包,随时随地和朋友互通互联,上面的生活和VOD构想的如出一辙。郝仁还在畅想,回头一看隋祖禹却满脸担忧之色。

"VOD整体规划中是否要进行市场细分?"隋祖禹问道。

"耀华终端果然高手众多,一看就是对行业趋势了如指掌,市场细分正是接下来我想要说的。VOD打算根据用户的用机偏好,推出偏重社交功能的畅聊套餐,偏重音乐的畅听套餐,偏重游戏的畅玩套餐等,满足用户的多样化需求,提供更具性价比的消费组合。"VOD的年轻主管说道。

"由此带来的硬件要求会更高,需要定制的部分也更多了。"隋祖禹苦涩地说道。

"正是如此,所以我们最先找到你们,耀华终端的定制能力让我们折服。"约翰·斯拉特里含笑说道。

"感谢VOD的信任,这个需求着实艰难,我们内部协调后给各位准确答复。"郝仁说道。

"这是自然。"约翰·斯拉特里眉峰一挑,语气变得意味深长,"我知道耀华终端一直有一颗冲击高端的心,开始在国内外筹建自己的渠道体系。作为朋友,我有义务提醒一句。海外市场,尤其是欧美市场没有这么简单,借层白皮肤护身,生意更好做,何必苦哈哈地拓荒呢?"

"我们会慎重考虑的。"郝仁不卑不亢地回答。

送走VOD的客户,郝仁几人又坐回会客室,长长地舒了一口气。

"他在威胁我们!"隋祖禹不满地说道。

"听出来了。"郝仁把手放在脑袋上,往后压了压椅子。

"VOD的这一套方案对研发压力很大,不说定制部分,光应用的频繁升级就需要运营盯着,不然会影响用户体验。"隋祖禹说道。

"是啊,可我们不做,有的是人做。"郝仁说道。

"来耀华终端前,以为只要当了研发的头就能想做什么就做什么,没想到做了快十年,身上的枷锁越来越多,离随心所欲越来越远。"隋祖禹拨了拨为了见客户被强制用发胶禁锢的乱发。

"VOD这么做也很正常,互联网时代谁不想做主导,运营商当老大当惯了,不可能愿意当管道,要和互联网企业争入口。但其实运营商和互联网企业都不适合做入口集成,我们终端厂商才适合,出厂前就把自己的应用和其他互联网厂商的应用内置好,打包卖给消费者就行了,何必经运营商一道手?"郝仁说道。

"你这是要和运营商抢地盘啊,运营商渠道现在份额越来越高,你不怕断了销路?"隋祖禹说道。

"现在肯定不行,先把自有渠道和自有应用商店做强做大再说,钱难赚屎难吃,芯片那边还烧着钱,祖禹你还得顶几年。"郝仁说道。

"定制有飞华,旗舰有子健,再难也顶得住,但屎我就不吃了,你自个留着吧。"隋祖禹说完就要走。

"比方而已,你又当真。"

郝仁跟着隋祖禹出会议室,准备接待下一波客户。

一周后,世界移动通信大会顺利闭幕,郝仁回到国内,椅子还没有坐热,在巴塞罗那预言的互联网入口争夺大战已经拉开帷幕。

收购了宋朝栋高科手机业务的 Beauty Face,美颜相机正式全国铺货,引起女性群体,尤其是年轻学生群体的追捧,在"一秒钟变美"的口号下,带着浓浓滤镜的海量自拍照充斥各大论坛,造出一批静态美女。

紧随其后,搜索引擎、社交应用、新闻应用、甚至连杀毒软件都推出了自己的定制手机,价格大多千元以下,一看配置却很吓人,1G 以上的双核 CPU 是必须有的,像素不低于 500 万,无一不搭载自己的当家应用,外加自家超大云存储空间,什么新闻套餐、杀毒套餐、专属皮肤等其他功能应有尽有,只有想不到的,没有带不上的。

"这种配置卖 1000 块以下,几乎属于赔本赚吆喝。"陈竞男说道。

"他们本来就没有想挣钱,先把地盘占了,至少自家手机想装什么应用就装什么应用,竞争对手的应用一概不装。"郝仁说道。

"但这对我们的冲击很大,对比下来耀华手机性价比差得不止一星半点,还不如代工厂挣钱,给这些互联网企业做定制手机还旱涝保收。"陈竞男说道。

"竞男姐,我和你的看法恰恰相反,这些互联网企业的操作有悖互联网的开放性,没有用户喜欢被规定使用什么样的应用。别人越闭塞,我们越要开放,把平台做好,吸纳百家之长,用户自然在我们这里汇聚。"郝仁说道。

"明白了,对了郝总,有件事要和你说,小赵总想约你见面,说有要事相商。"陈竞男试探地问道。

"赵东？找我什么事？"郝仁疑惑。

"我问了，他说想和你见面说。"陈竞男说道。

"行吧，又不是洪水猛兽，见就见，你和陈安对下我的行程，替我安排吧。"

和赵家父子早已钱货两清，再无瓜葛，赵东又来找自己能有什么事，郝仁一时竟猜不透了。

第一百七十六章　必须门当户对

郝仁跟随赵扬快二十年，赵东其人却知之甚少。只知道他是赵扬唯一的儿子，从小爹疼娘爱，自己也争气，本科考上了国内985重点大学。大学毕业后出国深造，并在国外创立了一家专注即时通信应用的互联网公司，两年前杀回国内，因为国内市场拓展不顺，赵扬才卖了耀华终端有限公司扶植亲生儿子的公司。

郝仁以为已经跨过了这道坎，赵东的突然来访又勾起些陈年旧事，想起以前赵扬总是搂着自己肩膀说当亲儿子看的话，心里就开始较劲。郝仁觉得可笑至极，难道现在还有必要证明点什么给赵扬看吗。

见面的时间定在下午四点，午后的阳光透过办公室的落地窗，慵懒地落在水陆缸里，两只巴掌大的金钱龟已经从冬眠中苏醒，正是胃口大开的时候，伏在食盆里咀嚼郝仁新放的龟粮，发出窸窸窣窣的声音。

敲门声响起，随着郝仁的一声"请进"，一个身着暗纹毛呢西装，浑身一丝不苟的年轻人出现在面前。郝仁依稀从他深邃的眉眼间看出赵扬的影子，但略薄的嘴唇又有几分锋芒毕露的意味，身上带着中年人惯用的沉香气息，却压不住浑身散发的那股子年轻人的冲劲。

"郝仁哥，好久不见，老头常在我面前夸你，说你有年轻人难得的沉稳，要求我多向你学习。"赵东说道。

"哪里的话，我就是装装样子给别人看，实际上还嫩着呢，姜是老的辣，你多和赵总学习就好。"

郝仁不着痕迹地提了提旧事，赵东却没接话，自然而然地走到郝仁的水陆缸前，伸手摸了摸金钱龟圆乎乎的脑袋。

"老头喜欢养鱼，生意人爱养的金龙鱼招财鱼什么的他嫌弃动作迟缓，反而偏爱那种运动神速成群结队的热带鱼。郝仁哥不一样，你养乌龟，忍寒苦，安澹泊，蛰伏过冬季又能焕发活力，别看动作慢，一步一步挺踏实了，像极了你的个性。"赵东说道。

"好了，小赵总，无事不登三宝殿，我知道你一定不是无聊来和我聊动物的，说吧，什么事？"郝仁说道。

"我是来和耀华终端谈合作的。"赵东说道。

"和耀华技术还是你的即讯互动合作？"郝仁问道。

"即讯互动，我想在耀华手机出厂前预装好这款应用。"赵东说道。

"嗯？现在耀华手机已经预装了另一款聊天通讯软件，同一类型的应用预装两款用户体验不好。我觉得即讯互动已经在我们的应用商店上架了，用户自行下载没有问题的。而且从经济上来说，一般终端厂商预装一台手机需要收2到5元不等的手续费用，按照耀华终端现在的出货量，几千万轻轻松松就出去了。"郝仁说道。

"我与其他手机厂商接触过，行情基本了解。"赵东说道。

"现在的互联网厂商通过代工出品自己的手机，既可以省下给硬件厂商的手续费，又能排除竞争对手。你的公司背靠赵总全球一流的代工厂，天时地利，怎么不考虑下这条路呢？"郝仁说道。

"郝仁哥，你就别搪塞我了，从去年开始，市场上冒出多少互联网品牌手机，价格低配置高。耀华终端丝毫不见慌张，既没有降价，也没有针对，其实你心里清，生态和开放是互联网最重要标志，定制这条路子根本走不通，消费者不会为替他安排好应用的手机买单。"赵东说道。

赵东的想法和郝仁不谋而合，郝仁知道自己小瞧了这个年轻人，他精准的判断力和让人讨厌不起来的人格魅力，注定是个能成事的人。

见郝仁不说话，赵东补充道："耀华终端出售这件事，是我们对不起你，但结局是好的，如果没有出售这件事，你也不能……"

郝仁立马打断了赵东的话："在商言商，没有什么对不起对得起的，赵总说得对，谁控股谁决定，出售耀华终端在我看来没有任何问题，你不必愧疚，我们全体员工收购耀华终端钱货两清，正常的商业操作，我无需感恩。谈合作就从双方的利弊来看即可，不必掺杂感情。"

"但毕竟这么多年……"赵东顿了顿问道："好吧！那你有什么条件？"

"既然是合作就得门当户对，目前耀华终端的市场份额是全国第三，全球前十，我们预装的应用也应当是同类型应用的全国排名前五。目前，我看即讯下载量在十位左右徘徊，差距不小。"郝仁说道。

"好的,一言为定,本年度完成目标再来找你,希望你不要食言。"赵东起身朝外走去。

"希望你不要误会我公报私仇,工作上我没有情绪,私下即使难过,也无非是因为被放弃而已。"郝仁诚恳地说道。

赵东感到郝仁卸下防备,说了句掏心窝的话,就停下脚步回头说道:"你不知道,我从大学开始,老头就一直以你为标准要求我,不管我怎么努力,你都是高不可攀的存在,当时我想老头一定最想有你这样的儿子。后来,老头在决定把耀华终端出售给你之后,理想又下狠心加价了,但老头拒绝了,我想老头一定觉得在你的手上才是最好的选择。"

郝仁听完终于释然了,不易察觉地抽搐了两下嘴角,然后用没有起伏的语气说道:"非常抱歉给你带来这么大的阴影,替我问赵总好。还有感情牌影响不到合作条件,你自个加油吧!"

"知道,看不起谁呢?得空来和老头吃顿饭,免得他念叨又拉不下脸。"赵东关门大步离去,身后的门咚的一声合上。

"这小子,正是年轻气盛的时候,还挺自信。"郝仁转念一想又说道:"不会是套路我吧?算了,不重要。"

郝仁此刻已经不在乎赵扬真实的想法,只要确定过去的依赖信任不是个错误就行了,堵在心中的块垒总算消失殆尽,一股清流缓缓在体内流动,周身通畅极了。

第一百七十七章　巧应对攻心计

五月一过,南国的气温就直线上升,逼着人感受一把太阳的热情。

郝仁看着从外面赶回来的曾志忠热得满头大汗,却依旧穿着黑色的西装外套,一丝不苟的模样。

"这么热,干吗不把外套脱了?"郝仁问道。

"我平时接触客户多,总想留下专业的印象,就习惯穿正装了,刚从店里赶着过来都忘记脱了。"曾志忠边解释边把衣服脱了,后背早已湿了一大片。

"我倒是觉得你需要改变形象,现在的年轻人逛街图个轻松,一进店看到你一身西服像个保镖,都不敢放心玩了。给你个任务,下次来穿个休闲装给我看看,要亲和一点,别整天这么严肃。"郝仁说道。

"好。"曾志忠为难地答应后回归了正题,"我想要汇报下全国门店的销售情况,受新品发布的影响,这个月销售额环比上升67%,达到历史最高水平,下月我们将进行联合促销……"

"好,非常好,在运营商渠道如此强势的情况下,你杀出来一条血路,着实不易。"郝仁赞美道。

郝仁正说着,敲门声突然急促响起,一声请进之后,戴骥和陈竞男并排走进来,看见曾志忠在两人都露出欲言又止的表情。

"志忠是自己人,没事,说吧。"

"郝总,出大事了。"

郝仁一听中国区营销主管戴骥一惊一乍的开场方式就头疼,以前每隔一段时间就来几次。好不容易穆言回国后把中国区一并抓起来,郝仁才躲了个清静。可穆言临产才休假,戴骥又带着他的救命声来了。

"怎么了?"郝仁问道。

戴骥赶紧把手里的报纸递给郝仁,"新一期的《通信世界》有一篇文章,《耀华突围,剑指高端》,标题很正面,但内容写的却是耀华谋求摆脱性价比标签,利用多年从运营商赚到的钱,积极拓展公开市场渠道,下一步要与运营商客户分道扬镳,而且采访了一个不知名的内部员工,还刊登了耀华盖章文件做证明。"

"我们什么时候出过这样的文件?"郝仁问。

"我请信息安全部门调查过,文件是上个月销售拓展线下渠道的机密发文,上面关于减弱运营商渠道的部分是伪造的。我找到媒体澄清,媒体希望我能出具原件,但原件机密,也不适合公布,造谣者估计是吃准了我们这一点。更关键的是,这篇新闻得到了粉丝的认可,大家都在网络上鼎力支持耀华走向高端,我们否认走向高端,会引起粉丝的不满,真是骑虎难下。"戴骥说道。

"造成的影响非常恶劣,我们当下正在投标移动集采项目的负责人已经警告我了,第一轮评标结果我们落后理想近十分,几乎在被淘汰的边缘。"陈竞男说道。

"怎么办?郝总,澄清还是不澄清?"戴骥看郝仁不说话,更加焦急地问道。

"志忠,这事多少与你有关,你怎么看?"郝仁转向曾志忠。

"我建议不要澄清,因为走向高端本来就是我们的决心,以后一定会有所体现，否认就是说谎。"曾志忠耿直地说道。

"但目前运营商渠道占有我们绝大部分收入，不能不保。"陈竞男也急了。

"那说谎对品牌伤害你想过没有？以后肯定有人翻旧账。"曾志忠说道。

"澄清也不是，不澄清也不是，如何是好？"戴骥说道。

……

郝仁心知这次对手手段的歹毒，若是认了，估计还有后招，于是不管三人争吵得越来越大声，自己低头陷入了沉思。

许久，郝仁猛一抬头，看着三人说道："澄清与不澄清，不是非黑即白的关系。"

"什么意思？难道还能澄清一半？"戴骥不解。

"我们做，用行动说话。"郝仁说道。

"做什么？"三人异口同声地问道。

郝仁拿起电话，打给赵东。

"喂，小赵总，有个合作和你谈谈。"

一周后，耀华终端开始大规模邀请记者前往高级体验店进行参观。此时耀华终端处于风口浪尖，记者苦于无法采访，这次活动邀请正中下怀，不管有没有邀请函，大小媒体记者全部如期前往，以至于在门口排起了长龙。

等进了高级体验店，以前来过的记者才发现这里早已大变样。

耀华大 LOGO 下方体验店字样已经变成了活动中心。以前的展示架则消失不见了，布置成游戏、电影、音乐、商务、摄影等几个分区，每个分区还有舒服的沙发，可以随时坐下来休闲娱乐。前台变成了吧台，为客人提供香味四溢的咖啡。

等媒体记者全部到齐，郝仁从二楼的楼梯缓缓走下，对着大家挥手致意。

"各位媒体朋友大家好，欢迎大家来到耀华终端粉丝的大本营。耀华终端到今天已经走过近十个年头，时间赋予我们最美的礼物就是耀华终端的粉丝，我们希望大家能够常来常往，于是和合作伙伴携手建成这么一个活动中心，大家随时可以带上家人朋友，有事没事进来逛逛……"

等郝仁简短的发言结束，台下已经有好几个记者举手。

"请问郝总,如果我没有记错,这里以前是销售门店,耀华终端出于什么样的目的进行改造?"站在最前面的红衣服女记者问道。

"这位记者今天肯定是第一次来,这里从始至终都不是单纯的销售门店,原本一楼展示手机,二楼是休闲区,我们改造的目的主要是方便用户体验,将手机展示和休闲区进行了融合,并增加了座位,以便容纳更多的粉丝,毕竟喜欢耀华的人也越来越多。"郝仁说道。

"那现在具备销售功能吗?"穿白衬衣的男记者问道。

"服务用户就是要满足用户一切需求,包括购买,除现场购买外,我们也大力推荐运营商渠道和电商渠道的购买方式,通通可以现场下单,送货上门。"郝仁回答道。

"郝总,您对近期报道中耀华为了走向高端,放弃运营商渠道的评论怎么看?"一个电视台记者问道。

"为消费者提供高端服务是我们一直追求的目标,优质的产品才能满足消费者不断升级的需求,这一点感谢之前记者的洞察,说得完全正确,我们的粉丝对此也是大力支持。但放弃运营商渠道就不知从何说起了,不知道被谁误导才这样判断。"郝仁说道。

"那之前爆出的内部文件是假的?"电视台记者追问。

"当然是假的,我们已经开始调查捏造事实的人,并打算诉诸法律,相信法律会还耀华一个公道。"郝仁说道。

"我还有一个问题……"

媒体采访足足持续了一个小时,讲得郝仁口干舌燥。活动后的效果显而易见,大量耀华终端建设粉丝大本营的报道见诸报端,同时得到曝光的还有耀华终端的合作伙伴,比如赵东的即讯互动软件就得以露脸。不久后,其他应用公司纷纷联系耀华终端,希望入驻活动中心,当然入驻的费用明码标价,童叟无欺。与运营商的误会则迎刃而解,三大运营商的负责人都表示希望有单独的区域进行品牌展示。

郝仁把曾志忠到办公室,对他说:"增收的门路不一定要自己销售,只要人气汇聚,通过什么渠道挣到钱不要紧,从现在起,体验中心的模式要全球复制。"

"我这么快就走出中国了?"曾志忠不敢相信。

"一点都不快。"郝仁说道。

第一百七十八章　男人女人和狗

曾志忠本以为高级体验店在竞争对手和运营商客户的双重打压下要流产了，没想到郝仁巧舌如簧，体验店摇身一变成了用户体验中心，鸟枪换炮，要开到国外去了。

曾志忠是个急性子，马上就办签证前往欧洲，临行前郝仁特别交代曾志忠，店面 SI 设计一定要听贺知州的意见，符合公司统一的视觉规范。

不知整地，曾志忠和贺知州平日都是好脾气的人，没想到碰在一起却水火不容。一方面，曾志忠对贺知州每天长衣长袍飘飘若仙就不是很理解，而贺知州看着曾志忠每天黑西装，不苟言笑像个保镖杵在那里，给散漫的设计师极大压力。另一方面，贺知州的设计过于前卫，在曾志忠看来，完全是给店员制造麻烦，而曾志忠大红大绿的审美偏好简直是对贺知州视线的屠杀。

"虽然我不是很懂，但这个风格也太简单了，一点花纹图案都没有，除了白啥也看不到，感觉像进了灵堂。我们是开店做生意的，不热热闹闹就算了，搞这么冷清是赶客人啊。"曾志忠说道。

"这是极简主义风格，少即是多，凸现产品的科技感，我们不需要凑热闹的围观者，而是需要有品位的客人。"贺知州说道。

"那这面墙这么巨大，壁龛上就一台手机，很浪费空间啊，多放一些行不行？"曾志忠说道。

"这是至上主义，从设计中感觉到至高无上的精神，侧面反映科技的永无止境，放多了就没有重点了。"贺知州说道。

"不懂。"曾志忠从贺知州的言语中得不到任何有用信息，每次交流开始前还只是有部分不明白，交流后完全一头雾水了。

"不懂就对了。新时代的家庭地位排序分别是女人、狗、男人，男人要排最后，尤其是像你这样的中年男人，你在家里都没有地位，消费的时候也说不上话，你大红大绿的审美哪个女性会喜欢，最万无一失的做法就是听话，在家听老婆话，在公司听设计师的话。"贺知州说道。

"有这么严重吗？郝总也是男的，你也是男的。"曾志忠心中隐隐有点发虚，家中老婆作威作福的样子立马浮现眼前。

"我这样的品位和颜值能和普通男人一样吗？至于郝总，也是例外，他在美学领域都听我的。"贺知州说道。

"狗在男人前面，郝总真的认可吗？"曾志忠一脸挑衅。

"他会认可的。"贺知州自信地回答。

一看巴黎才早上十点，国内还在下午时间，曾志忠今天铁了心要和贺知州争个高下，直接拨通了郝仁电话。

好巧不巧，今天穆言预产期刚到，肚子里的小人就迫不及待地要出来，午饭后羊水破了，郝仁直接叫救护车把人送到了医院。曾志忠的电话打来前，穆言被推进产房好一阵子，郝仁在外面焦急地转着圈等待。

"郝总，是我曾志忠。"曾志忠说。

"还有我贺知州。"贺知州说。

"我有个问题想请教您，如果，我说如果啊，你给家庭成员的地位进行排序，男人女人和狗，你怎么排？"曾志忠说道。

"我的意思是……"贺知州插嘴。

"郝总别听他解释，你就凭感觉排？"曾志忠夺回手机说道。

"怎么还有狗？为什么会有狗？我家哪里有狗？"郝仁听着两人在电话里嚷嚷，莫名其妙地问道。

"对，就是有狗。"曾志忠说道。

"郝总，曾志忠瞎搞，完全不理解高级感怎么打造，尽给我添乱。"贺知州抢过手机直接告状。

"他把体验店设计得不忍直视，白惨惨一片，店员估计都找不到东西。"曾志忠说道。

"曾志忠想用紫色配绿色，标准僵尸色系啊，吓死人。"贺知州说道。

"我只是让店面容易识别点，这样用户就能记住了。"

"那也不是这么容易的。"

……

两人你一言我一语没完没了，郝仁完全插不上话。这时候，一个护士走了出来，对郝仁说："恭喜恭喜，是个女儿，五分钟后就推出来，记得带上住院用的所有物品，今晚马上就要用。"

郝仁一听兴奋不已，凑头往门缝里看，可是什么都看不到。

"郝总，你在医院吗？"曾志忠听到护士的话，赶紧问道。

"对，我老婆生了，我不管狗排第几位，第一位都行，你们听好了，设计就听知州的，店面选址就听志忠的，各司其职，我挂了。"郝仁说道。

挂了电话贺知州一脸得意，朝曾志忠扬了扬下巴，得意地说："只要是我说的，狗排第一都行，我就是专业意见，你这样的油腻中年大叔要尊重专业。"

"好吧，听你的，反正我也不懂。"曾志忠转身，摸了一把脸，挺光滑还不油腻。

郝仁早已把这两人无聊的争吵抛诸脑后，心里只是一个劲地猜自己小棉袄是怎样倾国倾城。

几分钟后，护士推着穆言出来，经过一天的折腾，穆言满脸疲惫，头发被汗水浸湿，见到郝仁挤出一个微笑来，她臂弯里有个满头黑发皱巴巴的新生儿，瘪着嘴像个小老太。

郝仁赶紧过去扶住穆言的手，心疼地说道："辛苦老婆大人了！"

穆言有气无力地摇摇头，闭上眼睛休息一会，新出生的"小老太"也累了，跟着母亲沉沉睡去。

郝仁心想，虽然丑了点，但能在这么多人目光的注视下安然入睡，果然是自己的小棉袄，一出生就有泰山崩于前而面不改色的气度。

"新生儿一天能睡二十多个小时，她睡就让她睡，如果醒了就检查下尿不湿，喂下奶，知道没？"护士对郝仁和身后的月嫂说道。

"知道知道。"月嫂答应道。

"原来不是遗传，只是困。"郝仁一边自言自语，一边盯着女儿看，头发很多很黑，像穆言，鼻子翘翘的，像自己，左看右看，就是喜欢，非常喜欢，没有一个词能形容的那种喜欢。

从产房走到病房短短十几米的距离，郝仁已经想好了女儿的一生，童年要给她买所有漂亮的裙子，送她去学音乐学舞蹈。长大了，要带她走遍全球，看尽人间繁华和名山大川。等她有了喜欢的人，一定要好好考察，不能让人给欺负了。

总之，自己的女儿，只能生活在幸福中，一辈子平安喜乐。

这大概就是一个老父亲最大的愿望了。

第一百七十九章　霸道总裁文学

郝父郝母一听说生了，就提着鸡鸭鱼肉从老家赶过来了，打算大显身手把儿媳孙女照顾得白白嫩嫩。没想到郝仁把穆言安排进了月子中心，月嫂护士一个小团队把事都做完，两个老人几次想插手都没成功，失落极了。

好在两个老人都通情达理，对清淡的月子餐眼不见为净，整天为逗小孙女笑忙得不亦乐乎，最终接受了这个以逸待劳的办法。

这边郝仁幸福地在月子中心和家之间奔波，巴黎的贺知州和曾志忠又为选址争论了起来。

"好马配好鞍，既然要提升品牌调性，选址就要能够配得上设计和定位，你这选的地方人流虽大，但附近都是小摊小贩，脏乱差加吵闹，完全和耀华格格不入嘛。"贺知州看着眼前川流不息的人群，不满地说道。

"如果是在国内，我完全同意你的观点，我们深圳的体验中心就位于最繁华的商圈。问题是我们在国内具有较高知名度，商场需要耀华引流，所以给我们的租金非常便宜。在巴黎不一样，我们知名度不高，这里寸土寸金，要卖多少手机才能回本。"曾志忠的心里此刻一边在盘算着开销，一边暗骂贺知州是个败家子。

看到曾志忠心疼得扭曲的面孔，贺知州缓了缓语气说道："走，我带你去一个地方。"

说完，贺知州打了一辆出租车，到巴黎西边的布洛涅森林公园前停下，领着曾志忠进了公园。

曾志忠漫步在绿荫之间，心情好了许多，平和地问道："来这里干什么？"

"你看那里是什么？"贺知州问道。

曾志忠抬头，只见前方有一座笼罩在玻璃云之中的宏伟建筑，外形像风帆被吹起的大型船只在向前航行，时值傍晚，天上五颜六色的晚霞映在建筑的玻璃外表上，泛起一层层梦幻的光芒。

"这是哪里？带我来这里干什么？"曾志忠问道。

"这里是奢侈品 LV 基金会艺术中心，是著名建筑设计师 Frank Gehry 用 12 块弧形玻璃打造，面积有 13500 平方米，花费超过 1 亿欧元。"贺知州介绍道。

"嗯，确实好看，有钱品牌的游戏，但和我们体验中心有什么关系？"曾志忠问道。

"有关系，你知道吗？这个建筑花费 13 年建成，但 LV 的使用权只有

6年,之后会被政府收回做市民设施。"贺知州说道。

"这不亏大了?"曾志忠惊讶地说。

"我没有你懂销售,但我知道LV没有吃亏。法国人很环保,不会同意把商业建筑建在公园绿地上。这个项目却从开始LV就告诉市民,这以后会是公共设施,所以它的建造没有引发市民反对,反而收获了大量支持,成为巴黎著名的地标,不少市民游客都会选择到此一游,拍照打卡。另外,前卫的设计成为众多知名画家选择办展的地方,免费的宣传机会,提升了LV的艺术形象。所以如果从销售来看,它亏了,从传播来看,它却赚翻了。"贺知州说。

"你想说,我们也是一样,把体验中心开在格调高的地方,提升欧洲消费者对耀华的品牌认知?让大家主动传播?"曾志忠说道。

"是的,除了欧洲的消费者,还有国内的消费者。巴黎是时尚之都,我们在这里树立起高端的品牌形象,然后出口转内销,在国内好好推广一把。"贺知州说道。

"但毕竟我的预算有限,超支汇报未必能通过。"曾志忠说道。

"你原本要在欧洲做几个体验中心?"贺知州问。

"3个,巴黎、伦敦、巴塞罗那。"曾志忠说道。

"我建议你用3个的钱做1个,做一个真正的成功案例,远比做3个普通案例要有价值得多。"贺知州说道。

"也可以,就是需要和郝总商量一下。"曾志忠说道。

还在家照顾孩子的郝仁爽快地同意了,将在外君命有所不受,何况这个设计领域他来说比较陌生,郝仁想要的只是在不引起运营商排斥的情况下,提前布局好零售网络,如果能将品牌进行提拉,那是再好不过的事了。

得到郝仁首肯的曾志忠和贺知州行动了起来,在左右两侧都是知名奢侈品的老佛爷百货大楼租下临街店铺。

贺知州把临街的橱窗设计成月球表面的粗糙材质,将手机的各层零部件拆卸以放射性排列展示,时尚感不输给附近任何一家门店。而店内按照贺知州的极简风格进行装修,分区除了有传统的游戏、影音等,特别增加了设计区域,给消费者提供电脑进行手机壳外观设计,绘制完成即可现场制作。在巴黎这个设计学院众多的城市,这样的服务深受年轻人的喜爱,一到假期常常排起长龙。

与此同时，营销人员将欧洲体验中心开业的素材制作成视频，在国内网络上传播起来，众人疾呼很酷，甚至有不少设计师作为学习案例分析。

假期结束的郝仁回归岗位的第一件事，就是在粉丝论坛上留言自嘲，其实这个设计自己一点都不喜欢，太不喜庆热闹了，只是很可惜，员工不让自己负责任何与设计相关的工作，大家从此失去了一个五彩缤纷的世界。

留言一出，论坛被流量冲击了，往日喜欢只看不说的粉丝纷纷出面留言，非要学习郝仁抛弃自知之明，对抗世界的参差。

其实我一点都不喜欢贝多芬的音乐，只是很可惜，员工不让我从事音乐相关工作，大家从此失去了一个让耳朵怀孕的机会。

其实我一点都不喜欢凡高的画，只是很可惜，员工不让我从事美术相关工作，大家从此失去了一个净化眼睛的机会。

其实我一点都不喜欢琼瑶的小说，只是很可惜，员工不让我从事文学相关工作，大家从此失去了一个搞乱男女关系的机会。

……

"这都是些什么鬼？怎么到处都是。"郝仁问论坛管理员詹宁。

"这不就是你引领的总裁体，现在网络上所有人都在跟风，郝总您可真是个奇才，把网友拿捏得死死的，我简直佩服得五体投地。"詹宁夸张地说道。

"是吗？我引发的？"郝仁很是迷惑。

第一百八十章　郝仁被迫背锅

曾志忠和贺知州联手出品的高级体验中心在巴黎轰轰烈烈地运营起来了。

在欧洲消费者的眼中，耀华手机通常是在运营商服务厅和各种移动套餐捆绑销售，虽然体验中心收获了不少好评，刷新了消费者的品牌感知，但只有一家店，没有规模效应，终究很难大幅度促进产品在欧洲销售。

国内就不一样了，以前的企业出口转内销，都是在国内生产完到海关进出一趟，披件洋品牌的外衣在国内卖起了高价。可耀华不一样，体验中心是实打实开在了繁华街区，不少留学生还在网络上发布了上门打卡的影像视频，留言道第一次感受到中国货不是廉价品的代名词，引起了不少粉丝的共鸣，纷纷支持国货走出国门。

穆言刷手机的时候注意到这些新闻报道，推推一旁抱娃的郝仁。

"我们要不要趁热打铁投放一些硬广，把整体的知名度提升起来。"

郝仁摇摇头，说道："海外的公开市场还没有全面铺开，宣传打出去了，销售服务跟不上会收到一堆差评。不如我们就做好内容，吸引媒体和各种科技 KOL 自主传播，把口碑慢慢做上去。"

"也是，现在预算不足，还是以利润率为主，只要做到品牌逐步溢价就好。"穆言表示同意。

每天有几百个创意在脑袋中爆炸的詹宁最近喜欢看国外街头随机整蛊视频，笑得前仰后合之际，突然计上心头，决定玩个大的，给 YouTube 大名鼎鼎的 1000 万粉丝科技博主 John Mars 一个惊喜。

詹宁找到 John Mars 的公司地址，给他邮寄了一部新款的耀华手机。

一周后，John Mars 在办公桌上看到了一个远渡重洋的小箱子，左看右看没有寄件人，上面只写着一句话，不要打开我。

John Mars 想把箱子扔一边，可又忍不住好奇心。于是他打开了摄像机，然后挂着极其夸张的表情打开了箱子。

"各位观众朋友，我今天收到了一个神秘的箱子，上面没有任何信息，只写着不要打开我。我好想知道里面有什么？但是又有点害怕，你们给我点赞增加点勇气吧！"

John Mars 小心翼翼地撕开上面的封条，突然一个机械手臂弹了出来，吓得 John Mars 马上后仰，跌坐在椅子上。机械手臂左右摇摆了一会，终于停了下来，John Mars 松了一口气，定睛一看手臂上拿着一个手机。

John Mars 把手机从上面拿下来摆弄了一下，然后对着镜头表情夸张地说道："原来是一部耀华的最新款手机，吓死我了，等我找到是谁捉弄我，一定要好好修理一顿。"

John Mars 卷起手袖秀了秀发达的肱二头肌，继续说道："当然这部手机是一部不错的手机，大家请看，屏幕采用的是 4 英寸的高清屏，搭乘 Android2.3 系统，背面是镜面屏幕，可以照出我英俊的脸庞……"

John Mars 的开箱视频两天后在 YouTube 上发出，一天内浏览量就过了百万，尤其标题特别有话题性，《不要让我找到你，否则你会知道捉弄我的下场》，配上 John Mars 搞怪的愤怒表情，引得评论如潮水般涌来，以至于连 Do not Open 都成了热门话题。

我也想被这样捉弄，吓一下，白得一手机。

John Mars 是真的被吓到了，肌肉猛男，胆小如鼠。

哈哈哈，箱子上还写个不要打开我，是我就真的不打开了，真是亏大了。

詹宁本来手里正好有一台礼品样机，邮寄给 John Mars 只是想给他留个深刻印象，说不定以后会合作，根本没想到 John Mars 会免费为耀华做开箱视频，毕竟他有这么大量的粉丝，一条视频制作费至少 60 万人民币。

第二天，詹宁起来一看 YouTube 上耀华视频已经成为热搜，而 John Mars 在满世界寻找始作俑者，一边有种无心插柳柳成荫的惊喜，一边又担心 John Mars 的肱二头肌。

詹宁想了一下又有好主意，马上闯入总裁办公室找郝仁，把事情的经过大概说了下，特别突出了自己的独特创意。

"你还真是啥都干得出来，不过这事无伤大雅，而且有这么大博主帮我们推广，挺划算的，行了，不怪你。"郝仁说道。

"那个，我来找您其实有事相求。"詹宁说道。

"啥事？"郝仁说道。

"John Mars 被我放的机械手臂吓到了，现在满世界找凶手，我想要不干脆您认算了？"詹宁说道。

郝仁一听气不打一处来，詹宁这货平时咋咋呼呼，吵得他头疼，仗着自己脑袋灵光，到处闯祸，现在胆子更大了，闯祸完还要自己背黑锅。

"胆子越来越大了，黑锅都敢甩给我，不想要工资了？不想升职了？"

詹宁不但没有被威胁到，反而兴奋地说道："那个，我人微言轻，回复了也没人关注，郝总您就不一样了，公司总裁回复多有诚意啊，John Mars 一定会被您深深感动，而且他这么多粉丝，怎么也不可能当众生气，我估计他会大方地原谅你，这样你一句我一句多有话题性，传播量还能翻翻，真是天降热搜啊，是不是棒极了。"

"你现在给我出去，我短时间内不想看到你。"

郝仁被詹宁气得忍不住怒吼，还大方原谅，又不是自己干的，还有没有天理了。

詹宁灰溜溜走了，回到座位上发现郝仁虽然生气，却没有耽误营业，直接在社交账号上转发了 John Mars 的视频，并回复自己是 John Mars 的粉丝，想要把自己公司的产品当作惊喜送给 John Mars，没想到吓到自己偶像，真是十分抱歉。

过了几分钟后，John Mars 大方地原谅了郝仁，并说非常喜欢这个礼物。郝仁又回复说希望有机会能够见面，并且相约合作更多的视频。两人你来我往，好不热闹。

这件奇遇被詹宁整理后发布在粉丝论坛和媒体上，各种求恐吓的发帖不断刷屏，部分粉丝求仁得仁，郝仁大笔一挥，让詹宁随机抽取幸运儿，并用各种整蛊道具装着手机送出。

很快，论坛上有了一个长期热门话题，名叫仁哥吓你的 100 种方式。

第一百八十一章　疯狂山寨之王

耀华这个从农村走出的草根品牌在竭力摆脱廉价的形象，不想却被一个疯狂的新晋品牌抄了后路。

山西晋城一家金碧辉煌的高档餐厅内，一个叫胡波的煤老板喝得醉醺醺，把手里的报纸甩在桌上，对着身边跟随多年兄弟和发小说道："呸，你们看看这篇文章写的啥，耀华的高端之路，不就是个农村市场起步的代工企业，国外开了个店，和外国人瞎扯了几句，就敢自称高端品牌了，新出的手机卖到快 4000，居然还一堆人买，神经病啊。"

"哥，我不像你有文化，一看字就头疼。我只知道你说什么都对，你看看咱们这的矿工，餐厅端盘子的服务员，农村的大姑娘小媳妇，手里一个月能有几个钱，用不起手机。"胡波身边的一个秃头男人说道。

"秃子，你说得对，咱们做手机，干翻这群装逼的人。"胡波仰头又是一杯五粮液下肚。

"哥，您说啥，挖煤我会，手机那玩意我可不懂。"秃头男人说道。

"秃子，人家都说聪明绝顶，怎么就你蠢。做手机还需要会？你知道深圳有个华强北不？那有手机制造需要的所有零部件，找齐工人，一拼一凑完事。"胡波说道。

"波哥，我不敢泼你冷水，就是听说手机行业竞争很激烈，别看一部手机从出厂到消费者手上加价好几百，但手机要从工厂到消费者手中，会经过国代、省级代理、地区代理、县级代理等多个中间环节，实际上利润率和卖煤矿没得比。咱哥几个好好挖煤挣大钱，何苦折腾这一遭？"说话的男青年穿着白衬衣，与席间其他膀大腰圆的男人们坐在一起，显得格外显眼。

胡波冒着红血丝的眼睛往男青年身上瞥了一眼，然后推过去一杯酒说道："书呆子，你是个有见识的。就是脑子不转弯。煤炭毛利也不高，咱一吨煤就赚十几块钱，但为什么咱这么有钱？就是因为量大，随便一家电厂，一天少说也需要几万吨煤，做煤炭就是靠规模取胜，同样的道理，手机为什么不可以，要这么多中间环节干什么？"

"哥，我服了！"一众兄弟起身敬酒。

"啥也不说了，一个字，就是干！"胡波声如洪钟，一个干字吼出了气吞山河的架势。

曾志忠完成海外体验中心的建设工作，刚回到国内就看到了郝仁和陈竞男阴沉的臭脸。

"两位领导，这都咋了？"曾志忠时差还没调整过来，脑袋嗡嗡直响，完全不能思考。

"你这一去海外，国内的事就不管了吗？"郝仁问道。

"管啊，我每周都和省会城市的销售代表开会，没有什么问题。"曾志忠说道。

"老曾，不能只管一二线城市，三四线和农村也要管。"陈竞男低声提醒曾志忠不要这么理直气壮。

"郝总，您直说吧，是我的问题我愿意领罚。"曾志忠直了直身子，等待郝仁的狂风暴雨。

"最近崛起了一个叫真彩的品牌，产品我就不说了，还没有仔细看。销售价格低得令人发指，一台智能手机699元，广告语说什么不装逼，不骗人，一台只赚十块钱。短短一个多月在全国开了上千家门店，也不知道是不是故意的，很多紧挨着耀华门店，你也看得下去？"郝仁问道。

"郝总，你说的这个情况我确实不知道，但我们要是照这个价格卖，估计本都收不回来。不然我先去区县走一趟，把情况摸清楚再给你答复。"曾志忠说道。

"志忠，我也跟你去看看。"郝仁说道。

"郝总，这种小事我去就行了，您放心。"曾志忠说道。

"志忠，这不是小事。真彩已经引起了运营商的连锁反应，中国移动要求我们下半年推出499、599的3G智能机，算上运营商的补贴也没有多少赚头，要把我们死死压垮在千元机上。"郝仁说道。

第二日，郝仁和曾志忠就开车一路往西面走，不走高速路，尽往小县城里面钻。约莫在县级公路上行进了2个小时，到了一个叫六麻镇的地方，镇中心的商场就有一家真彩的门店，门头上挂着"工厂直营店"五个大字。

曾志忠把车停在路边，和郝仁一起进了店。这家店看起来像一家社区小店，面积不过十几平方，没有任何装修，墙壁上贴着一些海报，店面中间摆了几个柜台，促销员一共2个，郝仁估计，这样的单店开设成本不会超过二十万。

一见有客人进来，促销员就热情地上来招呼。

"两位先生，欢迎光临真彩手机工厂店，我们这里所有手机都是厂家直销，品种齐全，价格优惠，你买不了吃亏买不了上当。"

郝仁听着这销售话术好耳熟，好像和电视购物广告或者是两元店有些类似，说快了能唱起来。

"麻烦多拿几台给我试试。"郝仁说道。

"没问题，"促销员麻利地拿出一排颜色各异的手机，"我们的手机是真正的硬核高科技，外观你能想到的颜色都有，还有炫彩跑马灯。配置就更牛了，你看内置打电话软件，只要连上Wi-Fi，打电话不要钱，游戏也有十多款可以选择，都是现在最流行的经典款……"

郝仁一边表现得饶有兴致，一边心中暗自腹诽。这不是废话吗？连上了Wi-Fi，一个即时通讯APP当然不要话费了，要的是流量。

"这台多少钱？"曾志忠问。

"699元。"促销员自信地回答。

"请问你们的价格怎么这么便宜？质量有没有保证？"曾志忠问道。

"两位这是问到重点上了，你们进门有没有看到门头上写着工厂直营店，直营就是重点，我们直接从工厂发货，没有中间商赚差价，把利润都给咱们消费者留着。不像某些品牌，把钱都花在做表面功夫上，你看我们店面简简单单，不多花一分钱，省下来的每分钱都回馈给我们的消费者。"促销员回答道。

"咱们真彩的老板真是大善人。"某些品牌的负责人郝仁笑着回答道。

"那可不，咱们真彩的创始人胡波先生煤矿起家，却不是那种眼里只有钱的暴发户，他想要把最好的产品以最便宜的价格带给大家，我们公司的人每次听胡波先生讲他的人生经历都会感动流泪……"促销员动情地说道。

"嗯嗯，我也很感动，这台帮我包起来吧，我们要了。"郝仁及时打断了促销员的话，生怕她瞬间就要落下泪来。

出了工厂直营店，两人回到了车上。曾志忠重新发动汽车，郝仁则拿起电话拨通了聚星一个相熟的渠道经理电话。

"小陈，找你打听个事。"

"郝总，您讲。"

"真彩手机你们知道吗？他们真的全是直营店吗？"

"真彩啊，知道知道。他们也有经销商的，只是没多少人愿意跟他们玩。真彩通过低价占领市场，存货周转率业界罕见，基本只要20多天。这意味着真彩可占用上游零部件供应商的货款60天，而经销商打给真彩的预付款是现款，导致其资金流很旺盛，这是真彩疯狂开店的原因所在。"

"好的，我知道了，谢谢。"

挂了电话，郝仁又和曾志忠走访了几家店铺，情况大同小异。晚上8点，郝仁才回到办公室，转身去了隋祖禹的实验室，把真彩的几款手机放桌上，丢下一句拆机研究下就回家看娃去了。

第一百八十二章　秀才遇上莽夫

第二天下午，郝仁在和曾志忠、陈竞男、戴骥等人讨论真彩手机近来的攻势，隋祖禹正好拿着拆解后的手机走进来。

"你到底想干什么？浪费了我一小时的时间。"隋祖禹不满地说道。

"怎么说？"郝仁问道。

"你们难道看不出真彩的产品很垃圾吗？"隋祖禹把一大堆拆开的零部件散落在桌上，然后一个个指给郝仁看："这个手机的零件找不到出厂编号，质量根本没有保障。安装工艺也很差，我一动就掉得稀里哗啦。

"这部手机就更厉害了，它的外形和酷美的新款几乎一模一样，酷美的那款手机质感很好，唯一缺点就是比较重，真彩连缺点都仿，直接在里面加了一块金属片增重，我完全没想到还可以这样操作。

"这些手机上面无一例外地写着智能手机,实际上只是在功能机的基础上增加了内存容量,然后内置了一些写死的程序,无法更新,更没有应用商店,不能自由地下载新软件……"

郝仁听完隋祖禹的评价,点头称是:"嗯,意料中事,不然他们怎么敢卖这么便宜,有没有兴趣和我们一起看看真彩的宣传广告?"

"来都来了,看一下呗!"隋祖禹说道。

郝仁把电脑上一个视频投影在墙上,只见一个浓妆艳抹的女人出现在屏幕上,拿着一款真彩手机大声惊呼:"世上最大的黑科技诞生了,一部不要话费就能无限通话的智能手机,一部炫彩闪亮但是不费电的智能手机,几十种游戏任你畅玩的智能手机,百分百国产,真正的民族骄傲,你值得拥有……"女人拿着手机走街串巷,把乡里乡亲都喊了出来,在激昂的音乐中跳起了舞。

"唔,什么玩意,这谁信啊。"隋祖禹看得只摇头。

"你错了,有很多人信,"郝仁目光看向戴骥和曾志忠说道:"广大的农村地区智能手机还没有普及,大家以为真彩宣传的就是智能手机,价格便宜不少,难免受骗上当。"

"你的意思是我们也要出低价位的产品与之竞争?"隋祖禹问道。

"当然不是,且不说这与我们高端战略冲突,低价直销和过度宣布不是我们擅长的,让真彩把我们拉到他们擅长的领域竞争,岂不是得不偿失,我找大家来想看看有没有更好的办法?"

"郝总,我昨天回来后联系了几个服务商,了解到真彩拓展虽然厉害,但售后服务完全没跟上。这个品牌崛起的时间不长,如果照隋工说的质量这么差,我估计假以时日一定会集中爆发用户投诉。"曾志忠说道。

郝仁听到售后服务突然茅塞顿开,激动地说道:"志忠提醒我了,我们虽然不能正面宣战,但是可以加大售后服务,质保维护等方面的宣传,这样和真彩形成鲜明对比。"

"这倒是个没有副作用的好办法,我们的市场地位如果和真彩撕咬在一起反而是抬高了他们。"戴骥说道。

"戴骥,我们不是在每个镇都有服务网点,近期你加强这方面的宣传,尤其是要多一些用户证言。真彩的产品虽然不怎么样,但人家的宣传很注意用农村地区听得懂的话和用户进行沟通,选择的渠道也是农民喜闻乐见的电视节目,这一点值得我们学习。"

"好的，郝总。"戴骥差点提议省级电视台，还好郝仁说要选择合适的渠道。

"记得我们不吹不黑，讲究实际，千万不要引战，不要对真彩有任何提及，避免他们蹭我们热度。"郝仁提醒到。

郝仁这边千叮咛万嘱咐不要提及真彩，那边真彩的创始人胡波却迫不及待地对耀华宣战了。

郝仁下班回到家，看到穆言在看电视，电视上胡波的面孔出现在屏幕上。

"团团睡了吗？"郝仁问道。

"月嫂抱去睡了。"穆言说道。

"看啥呢？"郝仁说道。

"看这个胡波在明里暗里骂你。"穆言说道。

郝仁坐下陪穆言一起看自己被骂，电视里的胡波正好被主持人问到真彩的目标是什么。

"国产第一，真彩的目标是国产第一，在我看来，国产第一的实现不是通过卖高价，而是让全体中国老百姓用上便宜实惠的高科技产品，用百元产品服务中国上亿消费者。我这个人没什么优点，就是实诚，我敢公布手机行业的成本价，并承诺一台手机只挣十块，某些国产品牌敢吗？"胡波说完，自信地露出成功人士的微笑。

"好简单粗暴。"郝仁过去接受过无数竞争对手的挑战，第一次听这种几乎指名道姓的叫嚣，一时间应也不是，不应也不是，有种秀才遇上兵，有理说不清的感觉。

"你打算怎么做。"穆言问道。

"我叫戴骥多宣传我们的售后服务，让消费者感知我们的诚意。"郝仁说道。

"太慢了，明天我来处理。"穆言说道。

"你产假还有一个月才结束呢，我自己处理吧。"郝仁说道。

"人家都欺负到头上了，我怎么坐得住，媒体战你不熟悉，我来吧。"穆言说道。

郝仁知道拗不过穆言，顺势倒在沙发上撒泼："老婆保护我，有人要欺负我，啊啊啊啊啊。"

"无聊！"穆言起身回房。

第一百八十三章　反击快准狠稳

第二天一大早，耀华公司的员工就惊讶地发现，本应该休假的穆言精神饱满地出现在办公室。因为生育，穆言身材圆润了一些，却在母性光辉下，比之前更见风采。

戴骥本来对着电脑一筹莫展，一见到穆言，马上流露出一种终于得救的表情。

"穆总，你可算回来了。郝总的作业太难了，要用农民听得懂的话术讲述耀华品质，我联系了供应商，完全没有合适的方案，太接地气就很土，和品牌调性不符，太端着，又担心农民不喜欢。"

"接地气未必是俗气，你的理解有些狭隘，你想想中央电视台农村频道，节目通俗易懂，观众喜闻乐见，但扶农助农的立意却没有被稀释。品牌格调肯定是不能丢，但事肯定也能做，就看怎么做了。"穆言说道。

"怎么做？"戴骥问道。

几天后，一名中央电视台的记者就引着摄像机走进了耀华质量检测中心，首次对外披露了耀华严苛的质量检测。

记者站在一台透明玻璃的机器前，看着机械手臂将一台耀华手机从高处狠狠地摔下来。

"大家好，现在我们所在的地方正是耀华质量检测中心，眼前的这一台耀华手机可谓是历经磨难，被反复摔在地上，这就是每一款耀华手机设计出来必须经历的跌落测试，只有顺利通过跌落测试的手机才能进入量产阶段。

"大家请注意，耀华的跌落测试远远高于行业标准，通常情况下，我们站着使用手机，手持的手机高度为150厘米。但是我们眼前的耀华手机跌落的高度超过两米，而且它在以不同角度跌落，相信已经复原了消费者在使用手机时可能出现的跌落情况。"

记者继续往前走，来到一间射击室。

"咦，为什么耀华的质量检测中心会有射击室，难道是工程师工作压力太大来这里放松的。"

记者正说着，一位身穿工服的男子递给她一把气枪。这时，记者才发现不远处不是枪靶,而是一台耀华手机。

"朝手机射击。"男子指导记者。

砰砰两声枪响,男子射中了手机,而记者射偏了。

"我枪法不准。"记者抱歉地说道。

"没事。"

又听见砰砰两声,男子射中了记者前方的手机。

等男子拿回手机,只见屏幕已经被打得深陷,细密的裂缝从被击中处蔓延开来。男子长按开机键三秒,屏幕亮起,耀华的商标缓缓出现,字母U像一个大大的微笑,对着记者得意扬扬。

"我很震惊,还能这样检测质量,怪不得耀华的研发工程师身体强壮。"记者幽默地说道。

接下来,记者又介绍了低温高温测试、按键测试等等,一个一个谜题为观众揭晓。节目播出的时候,不少科技爱好者直呼这才是真正的硬核科技,当然批评耀华作秀的也有,只不过很快淹没在粉丝的评论中。

巧就巧在,耀华的非洲大本营尼日利亚这天发生了一起枪击案。

当地男子本明杰在住宅外停车时,一名蒙面劫匪突然从草丛中窜出,试图把他装走现金的手包抢走。

本明杰奋力反抗,坚决不放手,一名距他两米远的劫匪见本明杰反应激烈,怕惊动警察,于是朝他的胸膛开枪。

本明杰应声倒地,劫匪抢走他的手包后逃之夭夭。过了一个多小时,本明杰的妻子回家,才发现了倒在家门口的丈夫,吓得魂飞魄散,叫上邻居一起把本明杰送往医院急救。

本明杰醒过来时候,发现自己并没有剧烈的疼痛,只觉得胸口压得难受,就伸手掏看看是什么东西。随后本明杰发现,自己能与死神擦肩而过,劫匪没能将自己送到上帝面前,是因为自己的胸前口袋放了一台耀华手机,子弹没能穿透手机,保住了小命。

这个离奇事件得到了新闻媒体的报道,本明杰对着镜头拿着屏幕碎掉的耀华手机激动万分,话都说不出来。

本地粉丝就把这篇新闻报道转到了粉丝论坛,很快帖子被詹宁注意到,她马上转给了穆言。

穆言知道所谓喜闻乐见四字,就是要有故事性,有值得传播的价值。这样,茶余饭后的老百姓才会在家门口,在公园里,在菜市场等地方把它作为拉近邻里关系的谈资。

而詹宁提供的这条新闻来得正是时候。穆言雷厉风行，直接安排本地代表处的营销经理，带上一部最新款的耀华手机前往本明杰所在的医院，把这台手机作为礼物送给了本明杰，并感谢他对耀华质量的信任。

这个真实的故事同时具备了死里逃生和因祸得福的两个巨大转折，通过穆言的媒介关系，短短一周传遍了国内。

这时，当真彩创始人胡波攻击耀华价格贵时，就有粉丝出来帮耀华反击，说耀华不是粗制滥造的产品，多一点钱买一件放心的产品，长远算下来并不吃亏。

不久后，真彩因过度宣传和低价低质被消费者投诉，暂时放弃了对耀华的攻击。

"穆老师，出手就是快准狠稳，完全打得对方无招架之力。"郝仁赞美道。

"其实，我们即使不管真彩，它也会自己把自己玩死，我们反击只是为了保护尊严而已。"穆言坐在沙发上说道。

"确实如此，堡垒最容易从内部攻破。如果不是它自己有问题，我们根本没有什么说辞，可惜真彩底气不足，还过于高调。"郝仁说道。

"如果真彩不主动挑事，你觉得它能走多远？"穆言问道。

"走不了多远。"郝仁说道。

"这么确定？"穆言问道。

"嗯，真彩的创始人胡波曾经说自己是山寨机终结者。但我不这么认为，真彩还没有走出山寨机的模式，顶多算山寨机的老大，拉大旗做虎皮而已，谈不上终结者，没有潜心研发的企业很大概率昙花一现。"郝仁说道。

"嗯，我也同意。"穆言说道。

第一百八十四章　交手香艳十足

被郝仁认为会自己玩死自己的胡波绝非泛泛之辈，深陷质量门的泥沼，却很快用退货赔钱这种简单粗暴的方式三下五除二将舆论压了下去。而后他继续疯狂的复制游戏，把全国门店开到了三千多家，速度超过了目前市面上的所有品牌。

豪华酒店包厢里,真彩的创始人胡波面对满桌的菜肴却不动筷,摇着一杯酒对身边的秃头男人说道:"郝仁那小子年纪轻轻的,还挺有城府,完全不和我们打正面战,尽是曲里拐弯地放暗箭。"

"哥,我不懂?我们为什么咬着耀华不放,市场上不是还有一大堆国外品牌,国内品牌大一点的也还有理想。再说,折腾了半天,我感觉好像也占不到什么便宜?"秃头男人说道。

"你猜我决定做手机前遇到过谁了?"胡波说道。

"谁?"秃头男人问。

"理想科技有限公司的总裁马旭峰,我跟他说我要做手机了,叫他小心点。他满不在乎,笑着说我的对手不是他,叫我要是够胆,就找国产最强去斗,不需要马上打败他,只要他反击你一下就算赢了。他说完还从桌上拿了一枝芍药花给我,我就明白是耀华了。"胡波说道。

"哥你真厉害,居然能从芍药花想到耀华,要是马旭峰给我一枝花,我还以为他向我求爱呢。"秃头男人笑得震耳欲聋。

"秃子,我和你说正事,你别犯傻了。说实在的咱哥几个都不懂技术,找几个半吊子技术东拼西凑地搞产品,真他妈费劲,那个郝仁要是来给我打工就好了。我听说这个家伙当初和自己的母公司闹翻了,才出来单干的,把全副身家都投进去了,现在连套像样的房都没有,真是个可怜虫。"胡波点起一支香烟,深吸了一口说道。

"哥,这还不简单,我把他弄过来,你拿出一张支票砸他脸上就不行了?"秃头男人说道。

"现在是法治社会,把你那套在矿上的土匪劲收起来,要请人过来,不是弄人过来,弄什么弄。"胡波瞪了一眼秃头男人说道。

"对对对,法治社会,瞧我这张嘴,是请,我这就去请。"秃头男人嬉皮笑脸地说。

"懂事。"胡波摸了摸秃头男子的脑袋。

……

自从穆言怀孕后,郝仁家里公司两头忙,已经有一年多没有好好地和隋祖禹喝酒聊天了,这个周六借着女儿断奶需要隔离,带上穆言到隋祖禹家做客。

打车到了隋祖禹的小区,郝仁和穆言走进电梯,发现里面有两个小孩，一个男孩小点，大约三岁多，一个女孩大点，大约五岁多。

小女孩对小男孩说："我想要一条白色公主裙，但我妈不给我买，说不耐脏。我决定圣诞节之前许愿，让圣诞老人送我。"

小男孩一脸漠然地说道："圣诞老人都是你爸妈假扮的，你妈不想给你买的礼物，她假扮的圣诞老人也不会给你买。"

小女孩听完哇的一声哭了，正好电梯打开，小女孩狠狠地瞪了一眼小男孩才走出去。

电梯又合上，只剩一个按钮亮着，小男孩和郝仁穆言去同一层楼。

等电梯门打开，汤媛已经站在门口，先是一愣，然后说道："巧了，你们一起来了，郝总穆总快请进，隋丌你去洗手。"

"啊，这就是隋丌啊，长大了没认出来。"穆言说道。

"皮死了，整天闯祸。"汤媛把人请进屋。

"哈哈哈，聪明得很，今天在电梯里他一句话戳破了人家小女孩的愿望，小女孩哭得可惨了。"郝仁说道。

汤媛忙起来问儿子又怎么了，只见隋丌条理清晰地复述了事情经过，又评论道："不关我的事，是女人太脆弱了，不愿意面对现实啊！"

老成的语气着实与年龄不符，满屋子人听完笑得前仰后合，只有汤媛愁得眉毛都皱了起来，无奈地说道："话都不会说，以后可怎么找媳妇？"

隋祖禹安慰地对汤媛说道："没事的，总会有像你一样坚强的女孩子。"

"哈哈哈哈。"众人又笑。

不一会又来了几个郝仁和隋祖禹共同的好友，一屋子人热热闹闹，就着满桌子的好酒好菜，天南海北地瞎扯，到了差不多九点才散去。

郝仁喝了不少酒，决定和穆言走一会散散酒气再打车回家。不料出了小区门，一辆黑色的宾利停在眼前，下来一高一矮两个西装革履的黑衣人，挡住郝仁的去路。

高个说："郝总，我们老大请你去锦江会所喝杯酒认识认识。"

郝仁莫名其妙地说："你们老大是谁？"

高个不耐烦说："去了就知道了。"

郝仁抱歉地说："改天行不行？你也看得出我刚结束一场酒宴，喝不下了。"

高个摇头说:"不行,我们老大今天要见你。"

矮个打开车门,高个则摆出一个请的姿势,两人一脸凶相,有点不去不肯罢休的样子。

"好吧,你们稍等。"郝仁心里咯噔一下,但也怕他们伤害穆言,侧头说道:"我去去就来,没事的,你先回家。"

穆言摇头不愿意,想拉住郝仁,郝仁却上了车扬长而去。

车行驶了半小时,到了一座富丽堂皇的会所面前,一高一矮领着郝仁进入到一间最里面的包厢。

昏暗的灯光下,郝仁看见一个微胖男子倚靠在环形沙发上拿着话筒在唱歌,身边一群莺莺燕燕喝酒跳舞的都有。

男人一挥手,震耳欲聋的音乐声戛然而止,靠在他身上的性感女人也起身,让出一个位置。

"郝总,久仰久仰,来请坐。"

"胡总,这么大阵仗请我来,还以为是绑架。"

郝仁回忆电视新闻的画面认出胡波,他完全想不到是以这样的方式见面,不过上车时怕穆言担心掩饰得很好的恐惧少了大半,全身放松地走到胡波旁坐下。

"小的做事鲁莽,多多担待。郝总果然是年轻有为,不到四十就闯出一片天地,我很是敬佩。"胡波说道。

"哪里哪里,胡总雷厉风行,才入行不到一年就搅得天翻地覆,绝对不是一般人能做到。"郝仁说道。

"哎呀,相见恨晚,来来喝一杯。"胡波给郝仁倒了一杯啤酒递给郝仁,莺莺燕燕也起来陪酒,一股股脂粉气袭来,熏得郝仁头晕眼花。

一杯酒罢,郝仁实在不想久留,便问:"请问胡总是不是有什么事找我?"

"主要是认识一下,我听说郝总为了从原来公司独立耗尽全部家产,你说你堂堂总裁,何苦过苦日子,不如转让部分股份变现多好,我这价钱好说,咱不差钱。放心公司还是你说了算,真彩你也可以一并管理,想想世间怎么会有这么两全其美,不,三全其美的好事。"胡波说道。

"胡总,我这个人能力有限,真彩你管理比我管理好。至于入股耀华,这个我一个人决策不了,我们是全员持股,得全体持股员工同意。"郝仁说道。

"咱先不谈工作，今天我们谈情，你看看你，年纪轻轻，过得这么素，像什么话，成功男人怎么能缺美酒美人，你们说是不是？"

胡波一挥手，两个性感女人一左一右挽住郝仁的手，把胸贴在郝仁手臂上。

"是啊，是啊，我敬你一杯。"

"我给哥来敬杯酒，哥要不喝嫌我丑。"

郝仁和一双双缠人的手臂做斗争，却越缠越紧，被三四个女人堵在了墙角。

突然，包间门被打开了，穆言和隋祖禹带着十几个公司保安冲了进来。原来穆言见郝仁被带走后，赶紧打了汤媛的电话，事情说完把汤媛吓得不轻，立马召集公司的保安前往穆言提到的锦江会所，隋祖禹不放心也跟来了。

穆言目光四处搜寻，口中大声喝道："请问郝仁在吗？"

郝仁挣扎着从被吓了一跳的莺莺燕燕中挤出，哆嗦着回答道："在，在，在。"

胡波问："你谁啊？"

穆言气势汹汹地说："我是他老婆，他出来鬼混，我来抓他回去。"

话音未落，郝仁已经回到穆言身边，对胡波抱歉说道："老婆脾气不好，抱歉抱歉，今天不能陪你喝了，你们玩得开心。"

说完，趁屋子里的人还在愣神，郝仁跟着穆言和隋祖禹，在保安的护送下离开。

回去的车上，穆言吸了吸鼻子，问道："臭死了，什么味道？"

郝仁闻闻自己衣服，各种脂粉的香气混在一起，味道庸俗不堪："我差点被那群女魔头吃了。"

"我看你挺享受，是不是觉得我来早了，坏了你的好事。"穆言佯装生气地说道。

"没，我看不上这些庸脂俗粉，回去就把这些臭气洗掉。"郝仁认真地说道。

"胡波想干吗？"穆言知道郝仁的品行，也不纠缠郝仁之前的遭遇，便直接问对方的目的。

"想买我们公司股份，可能也想用我们公司的研发能力。"郝仁说道。

"做梦。不过这人怎么言行举止不像正经商人，你得小心点，要不最近带保镖吧。"穆言说道。

"行,就是吃公司食堂住老旧社区,每天出门带保镖,怎么看怎么奇怪。"郝仁苦笑道。

"我也觉得,快挣钱把原来房子买回来,至少要配得上你的保镖。"穆言说道。

第一百八十五章　路边摊的约定

郝仁被穆言带走后,胡波把秃头男人臭骂了一顿。

"图安达,你脑子被狗吃了吗?我叫你去请人过来声色犬马,你通知人家老婆干吗?"

秃头男人听到自己的全名,浑身一个激灵,这个名字唤起他久远的记忆,被彪悍的老娘追着满院子打的场景突然浮现眼前。

"哥,波哥,我没有,应该是郝仁自己通知的,你不是说现在是法治社会,我总不能收他手机吧。"图安达说道。

"谁出来玩通知老婆,你带人过来是不是被人家老婆看到了。"胡波说道。

"确实是当着他老婆面带走的。"图安达低声说道。

"蠢货,我打算把他灌醉好好交个朋友,世界上没有什么是一顿酒解决不了的,结果被你搅黄了。"胡波说道。

"那我再去请。"图安达灰溜溜地离开。

这边郝仁被胡波的架势吓怕了,从保安中抽调了两名从武警退役的精干小伙做保镖,每天车接车送,只在家和公司两点一线往来。

两名保镖实战经验丰富,图安达的人一靠近,立马护送郝仁上车走人,你来我往好几天,图安达愣是没把人带到胡波面前。

胡波看着无能为力的图安达,一拍大腿说道:"这个三国演义里刘备请诸葛亮要三顾茅庐,我亲自出马去请他,够给面子了吧。"

"嗯嗯,波哥给脸。"图安达应和。

第二天晚上9点,郝仁坐车回家,突然想起穆言最近爱吃芝士舒芙蕾,就下车走到美食街一家知名蛋糕店排队购买。

郝仁还没有走进店铺,突然被四五个黑衣人围住,站在中间的人正是胡波。

"大哥，又来，你到底要干吗？"郝仁无奈了。

"郝兄弟，我没想干吗，就是看中你的能力，想要你和我们一起吃香喝辣。我叫小弟请了你几次都没请到，我决定三顾茅庐，表示我的诚意。"胡波说道。

"大哥，你真有才。这样吧，我们去那边的烧烤摊坐下说，一次性说清楚，以后你就别堵我了行不行？"郝仁说道。

"行，够爽快。"胡波说道。

结果，郝仁和胡波拉了两把塑料椅子坐下，赶过来的保镖和胡波带来的黑衣人站在两人的身后，形成紧张对峙之式。这阵仗把本来在吃烧烤的食客全吓跑了，烧烤店老板则在一旁敢怒不敢言。

"大哥，看客人都吓跑了，老板损失惨重，要不叫大家都坐下吃一点，我请客。"郝仁说道。

"全部坐下，要吃什么都点上，我请。"胡波说道。

一声令下，全部人坐下，总算让烧烤摊恢复了正常，否则整个美食街的目光都汇聚在这里，郝仁可受不了。

"还是那句话，多少钱我都出，只要你开价。"胡波说道。

"大哥，在此之前我能问你一个问题吗？"郝仁问道。

"你说。"胡波说道。

"能给我讲讲你的发家史吗？"郝仁问道。

胡波一怔，现在已经很少有人想要了解自己的辉煌过去了，行业内其他企业家看不上他这样的暴发户，眼前这些兄弟则听得耳朵起茧，这些年自己是一肚子话没人说。

"说来话长，我念书念不下去，初中毕业就跟着一个煤老板去挖煤。因为我为人仗义，在队里大家认我做头，知道个什么事都给我讲，遇到点什么麻烦也找我摆平。差不多七年后，这个煤老板年纪大了，就不想干了，但这一带的煤矿枯竭了，挖不出什么好煤，转手不出去。当时我就说便宜给我算了，于是我卖了家里弄来结婚的房子，借了一屁股债盘下这个矿来。当时，大家都以为我傻了，其实很早以前，一个老煤工遇过一次险，我救了他，他悄悄告诉我这个矿根本没有枯竭，矿下还有矿。正好遇到老板要脱手的好机会，我就借着这个矿赚到了第一桶金。

"郝兄弟，暴富的感觉就像做梦一样，什么豪华轿车，什么漂亮女人都有了，心底的那点自信也膨胀了，盘了一座又一座煤矿，都没有失手过。两年前，我认识一个做山寨机的朋友，他说做手机很简单很赚钱，我就想试试。小时候有个瞎子给我算过一命，说我是天下少有的富贵命，我爸妈不信，把瞎子当骗人的打发了，只有我坚信不疑。事实也证明了，我这一辈子只要想做什么，就没有做不成了。而这一切全靠有贵人帮，挖煤和做手机都一样，我想你能帮我。有句话我撂这里了，我胡波不是那种人模狗样的奸商，我在道上走，从不亏待兄弟，有钱一起赚。"

郝仁从胡波语无伦次的话中听出几分真诚，不无感慨地说："哥，我看你也不是坏人，我就直说了，无论是入股还是帮你做真彩，我都不会答应。"

"为什么？有钱不好吗？"这个答案显然是胡波没有预料到的。

"我要是为了钱，当初就会退股拿钱走人。要是为了地位，就会在耀华技术继续持股做股东。说了可能你不相信，我既不贪财也不恋权，我只是想证明中国人也能做出世界最好的科技产品而已。现在耀华终端的全体员工已经统一信念，朝着这个方向一路狂奔，不想在加入任何的变数了，只能和你说句抱歉。"

郝仁用一根筷子娴熟地撬开啤酒瓶盖，倒满两个一次性杯子，递给胡波其中一杯，然后说道："大哥，我觉得你能成事，不是全靠有人帮。你聪明，能举一反三，把煤矿销售代入到手机销售，让这么多品牌如临大敌，挣钱对你来说轻而易举。但是，耀华终端不一样，我们习惯做傻事，把大部分钱用在没有办法马上产出效益的芯片和知识产权上。我们两家公司的理念不同，你是聪明人，我是傻人，强扭在一起只会两败俱伤，希望你能理解。"

胡波将杯中的酒一饮而尽，然后说道："兄弟，你哪里傻，你这是有放长线钓大鱼的野心呀，是我庙小了。说好了，郝兄弟以后要是做成了世界最好的科技产品，一定要签名送我一台。"

"那是必须的。说实在的，大哥你没有我，也能赚大钱，富贵命，不是盖的。有句话不是说买卖不成仁义在，我敬你一杯。"郝仁说道。

胡波起身，倒满酒然后对所有人说："大家举杯，敬郝兄弟，祝他世界第一牛逼。"

所有人稀里哗啦地站起来，大声说："郝兄弟，祝你世界第一牛逼。"

老板的心随着黑衣人的起身提到了嗓子眼，却又不敢开罪这群人，只得缩着脖子继续烤串。

"郝兄弟,以后要是有空,去我发迹的县城看看,别看地方不大,那KTV可比这里的带劲多了,我带你见见世面。"胡波热情地邀请。

"一定,一定。"郝仁一边应答,一边腹诽,这边的女魔头已经够可怕了,很带劲岂不是能把自己掐死。

"不告诉弟妹,放心。"胡波一脸心知肚明地笑。

"哈哈哈哈。"一旁的图安达笑得差点掀翻了脆弱的塑料桌子。

别看胡波一脸匪相,丁是丁卯是卯,和郝仁吃到深夜,给老板付钱的时候还多给了两百。

老板不敢接,瑟瑟发抖地问:"大哥,吃东西还给钱啊?"

"废话,法治社会怎么能吃霸王餐呢?"胡波义正词严地喝道。

一旁的图安达心中忿忿,胡波来了沿海城市怎么变得人模人样,开口闭口法治社会,以前在矿上,都不知道吃了自己家饭店多少霸王餐。若不是想要回钱,自己怎么会成了胡波的小弟,好在胡波对手下大方,不然真是亏大了。

第一百八十六章　带着镣铐跳舞

郝仁带着一身酒气蹑手蹑脚地打开家门,发现一盏昏黄的落地灯旁,穆言倚靠在沙发上歪头睡着了。

郝仁轻轻走过去,把滑下来的毛毯往上拉了拉,盖到穆言肩上。动作虽轻,可还是惊醒了浅眠的穆言。

"不是发了信息说我没事,晚点回来,怎么坐在这里等我睡着了。"郝仁对着一脸迷蒙的穆言说道。

"你不回来我睡不着,胡波又带你去什么不良场所了?"穆言问道。

"没,在路边烧烤摊聊了一晚上,你看我给你带的舒芙蕾,就在这家店的旁边。胡波这个人社会习气重,每次出场都乌泱泱一群小弟,吓得路人不轻,我怀疑明天能上新闻,你到时候搜索一下。"郝仁苦笑道。

"谈得怎么样呢?"穆言问道。

"都说清楚了,他也就人长得匪气,人还是很讲道理的,知道我不会帮他做品牌,也不想要他的钱,答应以后不会来堵我了。"郝仁说道。

"那后面真彩不会到处和耀华对着干了吧。"穆言问道。

"哎,我的穆老师,你睡懵了,胡波只是答应不来堵我,一码归一码，在商言商，只要不违法，只要能卖货，蹭下耀华热度何乐不为呢？"郝仁说道。

"那你还和他聊一晚上，毫无收益。"穆言说道。

"哪里没有收益，交了个道上的朋友，说要带我去他发迹的县城寻花问柳呢？"郝仁嬉皮笑脸地说道。

穆言起身站在沙发上，拿起抱枕要打郝仁，"叫你胆肥，叫你胆肥……"

"好了，好了，别把月嫂和宝宝闹醒了，我们回房吧。"郝仁抓住穆言作乱的手说道。

"不回去，不和生活放荡的人共处一室。"穆言说。

"不放荡，不放荡，顶多放纵不羁爱自由可以了吗？我抱你回去。"郝仁说完弯腰捡起鞋子，拦腰把穆言抱起往房间走。

"我相信你在烧烤摊谈事了，身上有烤羊肉味、烤香肠味、烤茄子味、烤豆腐味……"穆言用手撑开郝仁的胸口一点。

"烧烤证明了我的清白。"郝仁说道。

"你好好洗澡，不然别睡床了。"穆言说道。

"狠心的女人……"

第二天，郝仁上班晚了一点，到了办公室发现赵东已经坐在里面等自己。

"小赵总，今天怎么来找我？"郝仁问。

赵东起身嘴角一扬，得意地说道："我来兑现承诺。"然后一份排名报告甩在郝仁桌上。

郝仁拿起报告扫一眼，便看见了赵东用红色荧光笔标注的，全国社交 APP 实时排名总榜，即讯下载量排名第四。

"拿 7 天下载量的排名就来找我了？会不会急了一点。"郝仁故作严肃地问道。

"你不相信我？怕我们的排名会掉下去？"赵东问道。

"没有，我就问一问。"郝仁又故作随意地问道。

"你好好看下，我们可没有故意在这一周加大投放量，这个排名可都是自然流量，完全是由于产品的良好体验带来的下载量，我有信心不仅排名不会下降，还会持续上升。"赵东急切地说道。

"好了，我当然相信你。"郝仁含笑说道。

赵东这下知道自己是被耍了，不满地说道："你是故意的，你之前关注过我们公司的情况。"

"哪能不提前做功课，毕竟是未来的合作对象。"郝仁说道。

"哥，你这是答应了。"赵东说道。

"你都来兑现承诺了，既然是承诺，还能不答应吗？好了，就按标准合同来，我叫人发你，没问题就签吧。"郝仁说道。

"行嘞。"赵东说道。

"签完我们家，接下来又要去签谁家了？"郝仁问道。

"一家新晋互联网手机公司。"赵东说道。

"MG？不久前才发布的第一款产品，纯线上销售，你看好他们吗？"郝仁问道。

"嗯，别看MG才一款产品，但是顶不住年轻人喜欢啊。不像耀华，从农村包围城市，带着点乡土气息。人家一出生就是为年轻人而造，为年轻人而生，价格便宜，配置高，很难不火。"赵东说道。

"这样啊。"郝仁自言自语，心中隐隐地不安起来。

"哥，那我先走了，回去告诉大家这个好消息。"

赵东志得意满满地走后，当天就叫人把合同签好字盖好章送了过来。

郝仁在办公室扬着合同对来汇报的陈竞男说道："竞男姐，给我好好卖，每卖一台就多收小赵总一台预装费，把我们买公司的钱给挣回来。"

"好的，郝总，没问题。"陈竞男回答道。

"你对MG怎么看？"郝仁问道。

"MG，今年才冒出来的手机品牌，全部走线上出货，而我们80%走运营商和线下渠道，和我们应该冲突不大，郝总觉得MG需要重点关注吗？"陈竞男说道。

"还是关注一下吧，我现在说不好，但总觉得赵东那小子的眼光极好，这么多的品牌不挑，非要去和MG合作，肯定有什么独到之处，也许有什么东西值得我们学习，抑或对我们有毁灭性打击。"郝仁说道。

"好的。"陈竞男暂时看不出这么新的品牌对耀华有什么威胁，但郝仁用这么重的描述又让她也警惕起来。

"这高端还没有实现突破，运营商控制着耀华的收入利润，真彩在农村市场围剿自己，线上又来个初生牛犊的MG，处处是希望又处处是阻碍。"郝仁叹道。

"我能明白你的感受。"陈竞男说。

"竞男姐,我不知道你有没有一种危险靠近的感觉。"郝仁问道。

"危险?"陈竞男反问。

"感觉眼前一切都在蒸蒸日上,但暗地里却危机四伏,就等着我们一着不慎给我们致命的一击。"郝仁说道。

陈竞男大惊,连忙问道:"郝总,小赵总送合同来的时候你不是还很高兴吗,怎么突然变得这样担心?"

"没,就是没依据的瞎担心,你别介意。"郝仁说道。

"那就好,那我出去了。"陈竞男满脸狐疑地离开了总裁办公室。

第一百八十七章　危险边缘试探

凌晨1点,郝仁不睡觉,守在电脑前,等着灰色的购买按钮变成彩色。

郝仁目不转睛地盯着手机上的世界时钟临近1点零三分,10,9,8,7,6,5,4,3,2,1,郝仁迅速敲击鼠标,却眼睁睁看着购买按钮变成缺货登记,5万台MG新款手机瞬间清零。

"见鬼!有这么火爆吗?"

郝仁忍不住骂了一句,然后打开电子产品论坛,发现和自己有同样遭遇的消费者很多。一条名为《百万年轻人熬出熊猫眼,只为凌晨抢神机》的新闻在抢购结束就高挂头条,下面一堆评论吵成一片。

良心产品,一部手机宣布山寨机的死刑,不到2000元的价格,全触控大屏幕,双核芯片,超顺滑的多媒体体验,抢到就是赚到。

抢机攻略看这里,手把手教你如何买到神机,关注点赞免费传授。

饥饿营销,妥妥的饥饿营销,耍消费者呢,既然缺货为什么不提高备货量?既然产能不足为什么还做大规模宣传?我极度怀疑这是一场作秀。

……

郝仁一屏屏刷下去都怀疑自己是不是回到了粮票布票的年代,买个东西都要争先恐后,如果自己写个抢机程序,做黄牛是不是也能挣到一笔。

"怎么还不睡觉?"穆言的声音从身后传来。

"体验抢一把最近火爆的神机。"郝仁说道。

"詹宁最近就在研究 MG 的饥饿营销呢？前几天言语间有点怪我的营销过于正统，把你塑造得刻板无趣。"穆言说道。

"你的属下都敢质疑你的营销策略了？詹宁越来越没大没小了。"郝仁说道。

"我觉得她说得对，我们应该多听听年轻人的想法，否则很快就落伍了。"穆言说道。

"穆老师都担心自己老了，明天叫她过来一趟，我听听她的研究成果。"郝仁说道。

"这个妹子说话直，你可别生气。"穆言提前打预防针。

"我什么时候对员工的建议生过气？你休假的时候，这家伙直接把黑锅往我身上扣，我都没有扣她工资。"郝仁想起詹宁私自给知名科技博主 John Mars 邮寄整蛊道具，还要自己承认的事就来气。

"哎，那事我知道，效果挺好的。"穆言说道。

"别说了，还是睡觉吧，本来不生气的，现在好像有点生气了。"郝仁说道。

"好好好，不气不气。"穆言语气放温柔道。

第二天，郝仁走进会议室，就看到詹宁把 MG 总裁钟鸣哲的照片和自己的照片投在大屏上。

"这是唱哪出？搞民主选举啊。"郝仁把笔记本丢在桌子上问道。

"如果让普通消费者投票最受欢迎最有领导力的企业家，郝总您可能要落选了。"詹宁毫不客气地说道。

"嗯？"郝仁哼了一声。

"您可别不信。"詹宁补充了一句。

"那还等什么，请开始你的表演，要是论证得没道理，小心我扣你工资，你们穆总可告诉我你刚分期贷款买了一辆车。"郝仁说道。

"好，谁怕谁。和人一样，每一个企业的个性不同，而企业个性的差异正是企业最高决策者通过一言一行雕刻。在过去，品牌部将您严格往感召力、前瞻力、影响力、决断力、控制力的领导力五要素包装，力图塑造出一个高大正直的形象。可效果呢，我想用王安石《伤仲永》中的一句话来形容，泯然众人矣。其中的原因不在于您本人，而是因为传播方式过于常规，不具备走出电子行业圈子的条件，和故宫里历代帝王像一样,普通人知道是帝王却无法看出帝王之间的个性差异。

"现在看一下钟鸣哲的形象,一改以往企业家高高在上的形象,非常的接地气,就像一个普通的工程师,这与他们产品低价高配的性价比形象很贴切。这里有我对钟鸣哲话术的分析统计,包括对外界评论的反馈率、回应的频次等等,比如有人批评 MG 饥饿营销,钟鸣哲就出面道歉,表示感谢大家的厚爱,不是故意囤货,而是实在生产不过来,还发出自己在生产线上穿着防尘服视察的照片塑造勤勉形象。比如有人说 MG 购买手续复杂,需要注册官网粉丝论坛账号,获取购买码才能参加抢购,钟鸣哲又强调粉丝对于 MG 的重要性,不能平等待之,需要优先粉丝等。

"这些处理方式和以往的企业家有很大的不同,很好地印证了组织发展理论创始人沃伦·班尼斯所说领导力就像美,它难以定义,但当你看到时,你就知道。"詹宁说道。

"在我面前都这么直白表扬别的品牌创始人,听着都有点吃里扒外的感觉。"郝仁说道。

"郝总肚量大我才直说的,口蜜腹剑我也会,可您也不想听假话不是。"詹宁说道。

"好话肯定是不指望你了,少挖坑给我就好了,你的意思是不是我应该学他?"郝仁说道。

"不,拾人牙慧不是一个很好的选择,耀华和 MG 的企业愿景也不同,要塑造高端形象,而不是性价比形象,你恰恰应该避开 MG 钟鸣哲这种擅长营销的形象,塑造出不擅长在媒体上唱高调,不爱哗众取宠,只喜欢和粉丝交流技术、踏踏实实做产品的形象。"詹宁说道。

郝仁略一思忖,说道:"这其实也谈不上素质,其实我本身就是技术出身,也不喜欢在媒体上空谈,这样的方向其实能为我省去不少麻烦。你的方案现在还只有理念,需要再细化,和穆老师商量一下,落实到月度执行方案上。"

"好的,郝总,另外有个事需要您的首肯,您的所有对外社交账号是公司财产,你这么忙没有办法保持和粉丝的互动率,最好统一给我们管理。"詹宁说道。

郝仁从詹宁上扬的嘴角咂摸出些不怀好意的味道,问道:"你想以我的名义干什么出格的事?"

"没有,没有,一切在穆老师的英明指导下进行。"

詹宁抱起电脑往外跑，当天就用郝仁的账号登录论坛，发了一条帖子，名为《十三年前我在农村玩泥巴》，上面配的图片是90年代的农村，郝仁蹲在墙角测试手机，面前还放着一盒吃过的泡面，郝仁黑瘦的脸庞和不修边幅的形象很快引来热评如潮。

唉，光鲜亮丽的霸道总裁有着一段不为人知的心酸过往。

泡面喝得汤都不剩，好想往里扔硬币。

哎，看到仁哥从最基层的测试工程师做起我就放心了，产品质量稳了。

……

不久后，营销部办公室听见郝仁一声怒吼。

"詹宁，你给我出来！"

第一百八十八章　命运站在哪边

自从1997年，我国拥有第一条手机生产线以来，国产品牌一直被国际品牌强大的实力碾压。直到2003年，所有国产品牌的份额才首次超越国际品牌，可惜胜利不过昙花一现，历史的差距没有办法短期抹平，接下来的2004年，绝大部分国产品牌在价格战的泥淖中惨败，瞬间被打回了原形。直到2011年，国内前三的位置，国际品牌实现了新旧霸主的交替，众多国产品牌依旧在生存发展线上苦苦挣扎。

然而，正是这一个2011年，国际巨头深刻地感受到国产品牌的可怕之处。国产品牌如同漫山遍野的野草一样，拥有顽强的生命力，只要有一点阳光，一点雨露，就算国际巨头再严防死守，也会在冷不丁在哪里冒出来。何况，国际巨头对于市场难免会看走眼，走错路，那么，让出的那一点泥土，已经足够让野草疯狂生长，直至占领整个市场中心。

耀华，历经磨难，进进退退，站稳全国第三的位置，全球排名首次挤进了第八名，并具有前瞻性地完成了低、中、高的商业布局，低端市场磕磕碰碰压准了运营商的补贴，中端市场与飞速发展的互联网电商平台握手，高端市场初步试水，慢慢埋下品牌升级的种子。

和耀华的全面布局不同，理想、MG、真彩等国产品牌则在单独领域实现突围，理想牢牢与运营商捆绑在一起，成为运营商最大的合作伙伴，MG则在年轻人中拥有众多拥趸，成为第一线上品牌，真彩则成为农村市场家喻户晓的品牌。

国产品牌顺利翻身的契机来自于操作系统的变革，原来手握Symbian系统的独夫已经在智能手机时代渐渐势微，下降至22%，短短一年，最多国产品牌使用的Android系统暴涨，飙升几近半壁江山。

在这样的局势下，国际品牌是几家欢喜几家愁，同样稳占Android阵营的CF，抓住更新换代的机会，与坐了全球第一交椅15年的酷美差距越来越小，更是直接喊出了明年做第一的口号。ACE则依靠强大的研发实力，开辟了另一条生态路线，坐稳了全球第三的交椅。

而尚是全球第一的酷美，在智能机时代摔了跟头，并没有改弦更张投入Android阵营，却一边死死维系Symbian最后的余晖，一边选择和微软结盟，上了并不流行的window系统的车。

爆出最大新闻是经营已经出现好转的MOT，以125亿美金的价格出售给Android拥有者的谷歌。这笔巨额收购案的意图很是明显，实现专利整合和软硬件的结合。

看着各大分析师机构对风云变幻2011年的总结，郝仁突然有些感慨，从业近二十年，见过多少意气风发的成功者，就见过更多惨淡收场的失败者，好像《断头皇后》里评论法国玛丽皇后的那句名言，那时候还太年轻，不知道所有命运的馈赠，早已暗中标好了价码。

"市场的变化触目惊心，什么时候起高楼，什么时候宴宾客，什么时候楼塌了，都很难说，有时候你什么都没有做对，就飞黄腾达，有时候你什么都没有做错，就粉身碎骨。"郝仁对着满屋子来做年终汇报的高管说道。

"耀华今年的成绩不错，郝总怎么会说如此伤感的话？"曾志忠说道。

"因为我的目标不是战胜所有国产品牌，是战胜所有品牌，是全国第一，全球前三，所以每朝这个目标迈进一步，就意味着我们和国际巨头短兵相接的日子快到了，耀华还没有做好准备，更不知道命运站在谁的那边，所以我很紧张。"郝仁说道。

"什么？我们的目标是全国第一，全球前三？"众人震惊得几乎合不上嘴。

"耀华终端创立之初就设立的目标，我没有和你们说过吗？"郝仁问道。

"没有，完全没有。"众人摇头。

"喝多的时候和我说过,我以为你开玩笑。"隋祖禹说道。

"清醒时候也和你说过。"郝仁说道。

"你清醒的样子就更像开玩笑了。"隋祖禹说道。

"唔,我是认真的,大家记住这个目标吧,不要对外声张,化作行动动力吧。"郝仁强调。

"我来这个公司本来只想挣点钱给妹子花,没想到任务这么艰巨,真是始料未及。"孙皓说道。

"要是实现了,能让妹子随便花。"郝仁说道。

"你这目标压得我喘不过气来,就怕拉了你的后腿。"沈同方说道。

"沈老,你不会拉我的后腿,你是我的秘密武器。"郝仁说道。

能出席年终总结大会的高管大多是跟随耀华终端多年的老人,心里若没点理想,是不可能一路跌跌撞撞走到现在。只是今天把心中的理想和郝仁的目标一对照,顿时显得微不足道,不过远征路上的一次小憩而已。

"领导,是想与世界为敌啊!压力山大!"戴骥说道。

"好了,大家别贫了。如果我以前没说过,今天就当正式和大家宣布了,从此统一方向,一起前进。"郝仁说道。

"一起前进。"

"一起前进。"

"一起前进。"

正当大家众志成城地怒吼完,一个女声不合时宜地从人群中响起。

"郝总,如果我没记错的话,您参加世界高科技企业家峰会的时候,在圆桌讨论中,对着酷美、MOT、爱达三家国际巨头叫嚣的是世界第一,当时这三家是妥妥的全球前三。如今爱达被兼并,MOT被收购,酷美在走下坡路,你却只说全球前三了,感觉没有以前有魄力啊。"

众人不用抬头就知道是詹宁,心中就一个念头,果然是你,还得是你,才敢对衣食父母这样说话。

郝仁心中想骂娘,世界第一谁不想当,可想归想做归做,当时年轻气盛,话到嘴边就说了。如今到了践行的时候,当然要考虑循序渐进。果真互联网是有记忆的,詹宁不知道哪个犄角旮旯翻出自己八九年前的发言,说得自己措手不及。

"那个世界第一当然是终极目标,先实现一个小目标,全国第一,世界第三。"郝仁说道。

"好。"众人挥舞拳头。

"那个谁能告诉我，詹宁是谁放进来的，以后这种重要的会就不要带她来了。"郝仁故作平静地说道，手捏得咔咔直响。

就是郝仁不说，穆言也是这么想的，詹宁虽然是个互联网营销人才，但和郝仁八字不合，在哪里都掐起来，以后还是把这两人隔开一点。

众人却不这么认为，毕竟詹宁在的地方活力十足，连总裁看起来都年轻了好几岁。

……

年终总结一结束，2011年放心地挥手离去，新的一年悄然而至。

第一百八十九章　怪咖网友见面

元旦假期，郝仁在家中逗弄女儿，穆言的父亲穆海英突然来访。才一进门，穆海英环视四周，就把两人居住的小三室看完了，这里太小了，视线都不需要拐弯。

"有了孩子，亲家公亲家母少不得要过来帮忙，加上保姆，这怎么住得下，把你们原来房子的钥匙拿回去，搬过去吧，空了这么久，我定期安排人打扫着，收拾东西直接住就行。"穆海英把一把钥匙丢在茶几上。

"爸，都说好了房子是卖掉的，哪能拿了购房款又住回去的道理。"穆言把钥匙往父亲的方向推了推。

"你们结婚生娃，难道我一个外公还不能送个礼吗？难道你不到万不得已，就不向我这个父亲开口吗？小言，你是不是在怪我？"穆言的懂事完全没法让穆海英高兴，反而有一种刻意的疏离，这种尊敬的距离像一本备忘录，上面记录着在穆言成长过程中缺失的父爱。

"爸，小言不是这个意思，你看我们公司现在不是搬到郊区了吗，这里上班距离近，如果住到市区反而远了，来回折腾大家都累。"郝仁说道。

"是的，爸，我们就是图个近。而且家也不是越大越好，你看一家人亲亲热热，挤在一起反而更温馨。"穆言说道。

"说得也是。"穆海英不再继续这个话题，拿起沙发上的一个拨浪鼓，靠近摇篮一些开始逗弄孙女，伴随着几声含糊的牙语，气氛一下变得温馨起来。

穆言赶紧去厨房交代，让阿姨多准备一些父亲喜欢的菜，自己也在一旁帮忙，生怕阿姨动作太慢，菜做不出来。

等穆言安排妥当从厨房出来，却见穆海英已经穿上外套，起身朝门口走。

"钥匙我留下了，你们周末过去住下也行，我先走了。"

"爸，不留下吃饭吗？就来这么一会就走。"穆言失望地问道。

"嗯，公司还有事。"穆海英转眼穿好了鞋，回头朝穆言笑了笑关门离去。

穆言看着桌上的钥匙，又看了看关上的门，伤感地说道："有时我宁愿他陪我吃顿饭，而不是给我什么。"

郝仁搂住穆言说道："他也是不得已，这不还有我陪你吗？"

"有你和孩子在，住哪里都一样。等借款期限到了，房子和十亿还回去吧。"穆言说道。

"好。"郝仁应道。

元旦过后，春节临近。春生夏长，秋收冬藏，郝仁也很难得地松弛了下来，没事的时候就上网看看自己在粉丝中的口碑怎么样。

一位女粉丝在论坛上贴出了郝仁历年的媒体采访照片，热烈地表白道，一个商界精英，怎么可以帅得如此出众，是不是那种再不好好干，就要靠脸吃饭的人。

另外一位男粉丝则整理出郝仁的各种演讲金句语录，详细程度堪比媒介部负责人物采访的员工。每一句语录后面，这位粉丝还会写上自己的评语，说自己是一个从边远山区走出的大学生，每一次有过不去的坎都会被郝仁的话激励到，感谢他这些年如同精神导师般的存在。

在管理岗位上久了，郝仁身边不缺少赞美，来自员工、供应商、客户的都有，却因正式场合不得不拿腔拿调，虚荣心完全得不到疏解。而粉丝的留言不带修饰，直白又真诚，看得郝仁脸红心热，一个人对着屏幕窃喜不已。

不过，一众溢美之词中，郝仁还是发现了个怪咖，在论坛上一不关注郝仁，二不关注美女图拍，每天自顾自地在论坛展示可以用耀华手机控制的小发明，什么自动浇花机、什么吃面吹冷神器、什么自动测量仪……五花八门，无奇不有。

郝仁轻点头像，放大后从模糊的照片辨别出上面的男生一头乱发，面色苍白，戴着的眼镜比瓶底还厚，像个终日足不出户的宅男。

郝仁摸着刚刮过的胡茬，自言自语道："有点意思，真是个人才。"

"什么？你说 Geek 是个人才？"穆言往书桌上放了一杯水。

"是啊，你认识？"郝仁问道。

"是啊，这个人在詹宁的论坛很火，几乎无人不知，但至于评价嘛，只能说毁誉参半。有人说他的发明是奇思妙想，也有人说他多此一举，他的大部分发明大多是利用耀华手机上的拍照识别功能，就那这个自动浇花机来举例，他的 app 借助手机摄像头识别出植物，然后根据植物所在地区的天气判断是不是应该浇水，然后就启动花盆旁的浇水器，自动完成浇水。

"有粉丝分析完原理后就说，万一植物是放在阴凉地方，万一父母帮忙浇水了，手机根本判断不出来，只知道天热浇水，像个傻瓜。而且浇水很简单，费了这么大劲做一个举手之劳就可以搞定的事，实在太无聊了。"穆言说道。

"我倒是不这么认为，能把手机的一个摄像功能延展出这么多玩法，实在太难得了，我很想认识他。"郝仁说道。

"那你就联系他咯。"穆言说道。

郝仁觉得有理，于是用挂着真名的账号给这个叫 Geek 的年轻人发了一封私信，邀请他见面，然后等着对方激动地回信。

两天过去了，私信显示发送成功，对方看到却没有回复。郝仁好生奇怪，论坛里没人不认识郝仁，以往詹宁用自己真名联系粉丝，粉丝无一例外都是兴奋激动加语无伦次，只有这个年轻人对自己不理不睬。

郝仁于是换上马甲号，重新写了一封私信，在信中对年轻人的发明大加赞美，恳切地希望可以见面。

没想到对方十分钟后就回复了，说如果在深圳的话，可以到他家去看看没有发布过的作品。郝仁赶紧说好，之后很快对方又发过来一个地址。

这个地址虽然隶属深圳市，但已经远到和惠州接壤了。郝仁开了足足两小时的车，才在一个破旧不堪的厂区宿舍楼找到了地址上的门牌号。

郝仁轻轻敲门，里面传来丁零当啷的响声。

"谁啊？"一个干涩的声音在问，仿佛是从长期没有唾液滋润的喉咙发出，磨损出一些杂音。

"Geek，是我，给你写过私信的粉丝。"郝仁说道。

"哦，那进来吧。"

话音刚落，一只机械手臂吱呀一声打开了门，眼前的一切实在令人震撼。郝仁从来没有见过这么满的房间，好像自己的进入会把这间屋子唯一的空隙给填满。

正面靠墙的大书柜顶到了天花板，里三层外三层塞着无数本书。地板，墙角，茶几上都摆满奇形怪状的物品，闪着蓝色黄色的微光，想来是怪咖的发明。窗户被厚厚的窗帘遮住，透不进任何一点阳光。房间唯一的光源书桌台灯前，弯腰坐着个干瘦的年轻人，和头像照片一模一样，蓬头乱发，不修边幅。

"Geek，你不是叫我来看没发布的作品吗？"郝仁小心翼翼地避开地上的物品，走到书桌前。

"别吵，一会就好。"年轻人头也没抬地说道。

郝仁看他手里摆弄着几个零件，一时半会搞不完的样子，只好把沙发上的东西挪到茶几上，才找到一个空位坐下来。

光线昏暗的房间，冷热适宜的温度和有节奏的拧螺丝声，让郝仁不知不觉睡着了。

突然，年轻人的一声惊呼，把郝仁从梦境中拽出来。

"成了！"

第一百九十章　了不起的宅男

"什么成了？"

郝仁从沙发上挣扎着坐起，眼前还是一片雾气迷蒙，耳边是电动玩具按下启动时响起的童谣。

"闹钟响，请起床。不然上学会迟到，贪睡几分钟虽然成功啦，迟到的后果再也换不回啦。"

没有声音回答郝仁的问题，郝仁揉揉眼睛，视线逐渐清晰后，看到年轻人在地板上收拾出一小块空地，上面闹钟，电灯，电风扇等家电摆成一排。

"这是什么？"郝仁又问。

只见年轻人厚厚的镜片下，一双黄豆般的小眼珠像是通上了电的灯泡，突然放出光芒。

"智能生活模式。假设我手机上设定好每天七点起床，现在时间到了，闹钟响起，房间灯光亮起，如果是夏天，风扇会开始转，如果是冬天，空调开始制热，智能吧。"

"挺有意思的，你做了多久？"郝仁问道。

"一周多，等一下，好像有点反应延时，我再调整下。"年轻人弯腰拿起电灯调整底座。

郝仁起身走近年轻人，看他着急忙慌地操作，便说道："你做好打算在哪里使用？"

年轻人没有回答，外面的门却打开了，一个女孩子提着两个饭盒走进来，重重地放在茶几上，发出咣当一声。

"你做的破玩意能有什么用？废品回收都困难，只能当垃圾扔了。好好的名牌大学毕业，也不找个正经工作，就知道在家吃闲饭，捣饬废品。妈都这么大年纪了，退休了还要摆早餐摊养活你，你也忍心，也不知道这么多书读到哪里去了……"

女孩子的声音又尖又细，喋喋不休，连珠炮弹似的数落了年轻人好一会，郝仁好不容易才打断女孩子的抱怨，问出两个字："你是？"

"我是他倒霉的亲妹妹。"女孩说道。

郝仁扭头看年轻人，面对亲妹妹的语言攻击毫不动容，仿佛被透明的防护罩隔离，依旧专注于手上的动作。

"唉，就知道不会听，饭放这里了，记得趁热吃，我回去了。"女孩子嘴硬心软，骂过后不忘叮嘱哥哥吃饭。

"要不，你到我公司来上班吧。"郝仁说道。

"好啊！"女孩子说道。

"不去！"年轻人说道。

"为什么啊？好不容易有个人愿意收留你。"女孩子一看哥哥倔脾气上来了，也急得不行，生怕过了这一村没这个店。

"我要搞自己的发明，打工是不可能的。"年轻人漠然地说道。

"你是要气死我。"女孩叉腰说道。

"你别急，让我来说。"郝仁安抚了一下女孩子，然后对年轻人说道："你不就是想做你的小发明嘛，来我公司继续搞呗，你这里这么挤，东西都放不下,经费也不多,买点配件还受限制。来我公司,我给你搞一个大的实验室,给你配个助理帮你买元器件,耀华手机上新功能先给你用,然后你可以用这些功能优化你的发明,是不是棒极了?"

年轻人抬头,疑惑地问道:"真的?搞自己的发明就行,没有其他任务?"

"除了使用手机新功能,没有了。"郝仁保证。

"行。"年轻人说道。

"慢着,你什么公司,不会是诈骗吧?"女孩子突然精明起来。

郝仁把一张名片放在女孩手上,女孩照着名字查了查网页,看到郝仁的脸和耀华终端有限公司总裁的照片重合,才放心下来。

"那我们走吧!"年轻人问道。

"这么急,你还没吃饭呢?"郝仁说道。

"带着去你公司吃。"年轻人说道。

"我还不知道你名字?"郝仁说道。

"沙钧,沙子的沙,力拔千钧的钧。"

沙钧把饭盒放进双肩包,打开了门,正午的阳光格外刺眼,对久在黑暗中的人充满力量,无形中推了沙钧一个趔趄,一步退回了房间。

"跨出门一步对我来说好困难。"沙钧不好意思地说。

"没事,我走前面,给你挡一点阳光。"

说完郝仁站到了门口,领着沙钧往外走。

"哥,加油。"女孩在后面脆生生地喊道。

"嗯,知道。"沙钧回头在阳光里笑了笑。

半小时后,不少耀华终端的员工在食堂吃完午饭往办公室走,看到了自己的大老板郝仁领着一个怪咖回来,身上的衣服皱得仿佛从酸菜罐里拿出来,厚厚眼镜挡住的小眼睛遇到人不停地躲闪,弯腰瑟缩地跟着身姿挺拔的郝仁进了办公室。

几分钟后,汤媛被叫到郝仁办公室。

"咱办公楼最高层S区不是还空着吗?麻烦你安排人置办出一个大的办公区出来给沙钧用,他不喜欢人打扰,隔音做好一些。沙钧,你还有什么要求吗?和汤媛说就好。"郝仁说道。

沙钧看了看汤媛,木讷地摇摇头。

"汤媛,你带沙钧去找下人事总监冯都都做下入职准备,然后拟订一份合同给沙钧,部门先不安排。"郝仁说道。

等冯都都和沙钧谈完来找郝仁,郝仁才知道沙钧是复旦大学的高才生,毕业已经有两年了,由于极度社恐,找工作的过程中总是笔试优秀通过,然后在面试和性格测试阶段被拒绝,久而久之就在家里待业了。

"郝总,他这次的性格测试也没有通过,无法适应团队合作和项目化运作,但我觉得他在专业上确实突出,你看给怎么样的岗位和职级?"冯都都问道。

"不能团队合作就单打独斗,是人才就给予足够大的空间。至于薪资待遇,毕业不久不能给太高的职级,不然破坏公司的人事制度,这个你根据专业判断来给吧,不要因为我带来的人就额外照顾,也不要因为他在个性差异而区别对待。"郝仁说道。

"好的,我明白。"

冯都都出去后,就把调整后的标准合同给沙钧,沙钧只扫了一眼工作要求,没有强制的产出要求,薪资部分看也没看就签署了。

然后冯都都又递给沙钧一张银行卡,说道:"这是公司给你办理的工资卡,按照郝总的意思,先预支三个月的工资给你,密码是你的生日,记得修改,以后公司的薪资年终股票分红都会打到这张卡。"

"好。"

一切手续办完,沙钧坐公交回了家,亲手把工资卡递给母亲。

"妈,这两年辛苦你了,这是我的第一笔工资,你给自己和我妹买点东西。"

沙钧的父亲在他高中时因工伤去世,老母亲起早贪黑养两个孩子,好不容易挨到大儿子大学毕业,没想到沙钧工作处处碰壁,这背后多少闲言碎语,老母亲都选择相信儿子,一个人默默承受。今天,一张银行卡递到手上,老母亲有种守得云开见月明的感觉,一时间没控制住,抹起泪来。

"妈,你哭啥,我哥不鸣则已,一鸣惊人,一去就是知名大公司。"女孩子嘴上劝母亲,自己嗓音却也忍不住开始颤抖。

"是,好事,你去下面买点卤肉和饮料,今天庆祝一下。"老母亲说道。

"好。"女孩子应声出门。

老旧厂区宿舍,一家挨着一家,这家炒菜,那家闻味,鸡犬相闻。不一会，沙钧听到外面妹妹的声音清晰传来。

"沙家妹，去哪里这么高兴。"

"去买菜，我哥入职大公司了，今天要庆祝。"

"恭喜恭喜，什么大公司？"

"耀华，耀华知道吗？就是那个手机的耀华，产品不仅中国卖，发达国家也卖，全球员工几万人，黑的白的都有，哈哈哈哈……"

"那可真是了不得！"

第一百九十一章　社恐遇上话痨

沙钧的到来，为春节前工作稍微轻松的众人增添了一茬又一茬的话题。

有员工认为沙钧的小发明非常粗糙，也没有商用价值，郝仁招揽他可能是出于同情，沙钧沙钧，连杀菌消毒的作用都没有。也有员工认为，郝仁在下一盘很大的棋，春季校园招聘马上就要到来，沙钧在论坛上学生粉丝众多，这时候纳入耀华麾下，仿佛一个活广告，有些吸引人才的作用。

冯都都将员工的疑问带到郝仁面前，等待当事人亲自揭晓答案。

"沙钧是个人才，而且是创新性人才，他的不同在于，他有自己强烈的想法，不需要上级为他划定一条轨迹。与其我去为他寻找岗位，不如他自己找到自己的位置，这样更合适。"

"那岂不是短期内不能为公司创造效益？"冯都都委婉地问道。

"都都，这些年用一套科学测评的方法衡量员工的价值，营造了多劳多得的氛围，这很好。但有时候不能太僵化，一个好的公司就应该有一些无法衡量的闲人，他们是一种无法预测的可能。你现在看不到沙钧的价值，也许可能是想象力不够。"郝仁说道。

"郝总，我明白你的意思了。但我绝对没有看不到沙钧的价值，他现在是我们招聘的金字招牌。"冯都都调转话头，站到郝仁的统一认识中说道。

"好好用，会有意想不到的收获。"郝仁说道。

缺乏想象力的大部分人看不到沙钧的价值，但最有想象力的詹宁可是把沙钧的价值看得真真的。

沙钧今天刚拿到几台耀华还未量产的新手机，正研究新功能能做点啥，就听到外面有人叫自己。

"Geek，Geek……"

沙钧打开办公室门往楼道看，只是先闻其声，却未见其人。不过没等多久，欢呼雀跃的詹宁就突然从楼梯间一下子窜到沙钧面前。

"你好，我是詹宁，就是你的论坛管理员息事宁人，我好喜欢你和你的作品啊，太好玩了，太有想象力了。"

"谢谢，谢谢。"沙钧被詹宁的热情逼得连连后退，止不住得瑟缩着脖子。

詹宁丝毫没有注意到沙钧的局促不安，往前又靠近一步，说道："你在做什么？"

"还，还，还没做，才才拿到新产品，功功功能还不熟悉……"沙钧除了自己妹妹，甚少离女孩子这么近，近得都快闻到詹宁身上的茉莉香气了。

"你紧张什么？我又不是你上级，才不会检查你的工作，放心吧。"詹宁说完拍了拍沙钧的肩膀，吓得沙钧整个人弹了起来。

"不是……"

"不是什么？不说这个了，对了你能给我定制产品吗？"詹宁也不等沙钧回答，直接拿出笔记本，指着上面的鬼画符给沙钧说："春节后我组织一个户外踏春粉丝活动，会邀请我们论坛的漂亮女生去拍照，有的女生喜欢用手机自拍，如果用自拍杆又老是会露出杆来，很不好看，你看有没有什么小发明可以帮我们解决。"

"我想想，晚点告诉你。"沙钧开始想问题就不结巴了。

"好的好的，如果你帮我解决了问题，我就介绍我们论坛最漂亮的女生给你认识。"詹宁说道。

"不，不，不要。"沙钧吓得连连摆手。

"世界上不喜欢漂亮女生的男人就你一个了。"

詹宁说完走了，沙钧如临大敌，接下了入职以来的第一个大任务。

春节很快到来，大家开始欢欢喜喜，拿着不错的年终奖回了家。

郝仁今年是第一次带女儿回四川老家，拖着的三个大箱子，有两个满满当当装的是女儿的东西。这个新年，是郝仁一家有史以来最热闹最顺心的一次了，老的身体还很康健，小的能跑能跳，不能跑跳的咿咿呀呀说个没完，年龄在中间的三兄妹正是年富力强，走在人生的上坡路上，无处不美满，无处不幸福。

由于接下来的二月份还要参加世界移动通信大会，郝仁提前一两天回到了深圳，本以为公司没有人，到处巡视一番，却在研发办公室外听到了隋祖禹一声深深的叹息。

"唉！"

"水煮鱼，你怎么不在家好好过春节，跑办公室叹什么气？"郝仁推门而入，走到隋祖禹身边问道。

"我能怎么呢？还不是项目又杂又乱做不完。"隋祖禹说道。

"什么项目？"郝仁问道。

"看到没有，这就是真彩手机后遗症，几大运营商纷纷下单要求降低成本，大搞机海战术，我们研发的中央厨房已经无法应对。"隋祖禹说道。

"已经这么严重了吗？"郝仁问道。

"你看，这款手机只要区区十万台，就走这么多定制需求，运营商排他，定制界面，定制按键就算了，连安装的软件都有特别的改动，研发已经超负荷了。"隋祖禹说道。

"你没有叫竞男姐不要过度承诺吗？要合理评估研发的工作量再接单吗？"郝仁问道。

"你开什么玩笑，竞男姐怎么可能拒单，这是一个大单里的无数个小单之一，捆绑招标，不得不接。"隋祖禹说道。

"这样长此以往怎么得了，你还有余力优化4G终端吗？移动通信大会就在一个月后，我们第一款4G手机马上要登上世界舞台了，现在还有这么多毛病。今年各个国家都开始大规模建设4G网络，首秀的效果决定着接下来几年的布局。"郝仁说道。

"我知道。"

隋祖禹用手摸了擦脸，低头继续盘项目。就是这一低头，郝仁看到了隋祖禹的头顶，有一撮刺眼的白头发，它们根根坚挺，白得触目惊心。

"是时候要做个取舍了。"郝仁喃喃自语道。

"你说什么？"隋祖禹没听清郝仁说什么。

"没什么？刚才我说错话了，你注意休息，忙不过来的项目不做就不做了吧!"郝仁说道。

"那怎么行,公司要挣钱,员工才能吃上饭呢。"隋祖禹说道。

"你忙吧,我先出去。"

郝仁的心此刻憋得慌,急着出去透口气,可双脚才踏出门,眼睛就湿润了。

自己到底把兄弟逼成了什么样。

第一百九十二章　拒绝阉割产品

隋祖禹在百事缠身之际,硬是在最后一个月把耀华首款 4G 手机优化到了最佳状态。

"我已经尽力了。"隋祖禹把样机轻轻放在郝仁手上。

这部产品主打超轻超薄超大屏,郝仁接过后却感受到了它沉甸甸的分量。郝仁仔细端详,又上手操作了许久,才抬头看向满脸疲惫的隋祖禹。

"你果然从来没有让我失望,它配得上耀华首部 4G 旗舰的名号。研发过程中,你说怕决策链过长,一直不让我参与,敢情是憋大招给我惊喜呢。"

"当初说好一起干,不就是为了做拿得出手的产品。可惜我在这部产品上投入了最好的软硬件团队,等真正到了运营商销售的时候,又不知道要阉割掉多少功能。"

郝仁在隋祖禹的眼神中看到了无能为力的落寞,当初那个从学校就一直和自己拍板叫嚣的兄弟如今学会了人在屋檐下,不得不低头。而这个檐不是郝仁给的,是品牌不够有号召力,渠道受制于人,把耀华的天花板给压低了。

"水煮鱼,给我点时间,今后不这样了。"郝仁用承诺的语气说道,

"不,怎么样?"隋祖禹问。

"你别管了,你只管做好产品就好,不要有顾虑。"郝仁说。

"你最近说话越来越反常识了,咱做出最全功能的产品在各种展会展示实力,吸引运营商大客户眼光,可眼光不能挣钱,到了销售环节,不按客户的意见改动还能咋样?自己渠道卖啊?"隋祖禹乜斜眼睛看着郝仁说道。

"对，就是自己卖，不伺候大爷们了。"郝仁说道。

"别闹了，我没事，不用你瞎出头。"隋祖禹想郝仁的兄弟义气又上头了，赶紧把他拉回现实，不要任性。

"我自有考虑，叫你别管了，总裁你来当？"郝仁说道。

"行行行，你的事我管不了，我走了。"

隋祖禹抓了一把乱发，收拾好双肩包往外走，走了两步又突然回头对郝仁说道。

"烂好人，我知道你会心疼我，但别意气用事，耀华里面不仅仅有我的委屈，还有几万员工的饭碗。"

郝仁听了起身，双手撑在办公桌上正色说道："我正是为了几万人，才不能只挣这不可持续的辛苦钱。"

"那就好。"

郝仁目送隋祖禹离去，突然感到一股寒意袭来，扭头一看，原来是一扇窗户虚掩没有关紧，春潮带雨穿缝而过，把室内的温度击得节节败退。

郝仁走过去把窗关上，用手沾了点窗台上的水迹在玻璃上胡乱画出些线条，好像这样就能把纷乱的思绪理出条通天的路来。

"郝总，郝总，我给你看个好东西。"詹宁的声音从办公室外穿墙而过。

"进来吧。"郝仁记不起来今天是不是詹宁预约了自己的时间，只是想喘口气，听点不是那么烦心的事。

詹宁拎着个文具盒大小的东西进来，然后一双手将折叠的地方一一打开，支起一个小小的三脚架放在郝仁面前。

"郝总，把你桌上的手机给我试试。"

"好。"郝仁同意。

"咱这新款手机不错，屏幕真大，还挺轻薄。"詹宁把手机在三脚架上放好，打开前摄像头，把一枚橡皮擦大小的遥控器递给郝仁。

"干吗？"郝仁问道。

"来，我们自拍一张，不要浪费领导的盛世美颜。"詹宁说道。

"自拍的话，你把三脚架放这么远，根本按不到。"郝仁说道。

"今天不拍大头照，要拍半身照展示您的身材。遥控器在手，万事不求人，先按这个电灯标志，自拍架上面就会升起柔光灯，给你的面部补光。然后调整姿势，按拍摄键，微笑，好了。"詹宁得意地取下手机，把照片给郝仁看："不错吧！"

"不错，今天来是给我推荐你的自拍架？哪里买的？"郝仁说道。

"当然不是买的，沙钧做的。上周我们组织粉丝踏春活动，就把沙钧做的自拍架带了过去，简单易用，拍摄效果特别好。漂亮妹子都争先恐后地要用，还问我哪里可以买到，我就想说或许可以生产一批自拍杆做粉丝礼品，一定很受欢迎，价格还不贵。"詹宁说道。

"做粉丝礼品也太浪费沙钧的心血了，这个完全可以作为手机周边商品销售。我找人协助沙钧申报下专利，然后生产了在电商销售。"郝仁说道。

"太好了！"詹宁很是惊喜，没想到自己的想法居然变成了商品，能卖真金白银了。

"什么太好了？"穆言从外面走进来。

詹宁马上给穆言说了前因后果，穆言听完说道："世界移动通信大会的展区倒是可以放一放。"

"呀，这么快就可以出口外销了。"詹宁惊呼。

"好了，我和穆总有正事，你先出去吧，替我谢谢沙钧。"郝仁没让詹宁继续发散，直接下了逐客令。

"好。"

詹宁出去后，穆言拿出马上就要开展的世界移动通信大会方案，给郝仁做最后的确认。

"我想这次的产品发布动静大些，麻烦你媒体邀请的数量再增加三分之一，如果来得及，和主办方申请一个更大的会场。"郝仁说道。

"媒体没问题，展会期间各大媒体都会前往报道，我们多发一些邀请函就好了。会场临时变动有一些困难，我先联系看看再回复你。"穆言说道。

"好，发布会安排做直播吧，对所有人开放。"郝仁说道。

"直播？以前我们产品发布主要针对运营商、渠道和媒体客户，这次怎么这么大调整？"穆言说道。

"总是要自我突破一下，让我多上上镜。"郝仁说道。

"好。"穆言不解，不过还是应承下来，郝仁总是有自己的道理。

穆言走后，郝仁拿起座机按了个号码，让陈安把陈竞男、曾志忠、徐敏和刘思方叫了过来。

"今天我要跟你们几个交个底。"

四人面面相觑,对郝仁的开场白很是惶恐。古往今来,但凡上级要和你掏心窝子,必定是有苦其心志,饿其体肤,空乏其身,行拂乱其所为的天降大任。

"郝总,您说吧,我们准备好了。"陈竞男深吸一口气说道。

"思方,你把去年的财务损益表打开,我是这么想的,今年我想把主要的产品放在……"

从郝仁办公室出来,四人额头上冒出细密的汗珠,寒风一吹,不知是冷是热。

第一百九十三章　命运安排输赢

久负盛名的世界移动通信大会在巴塞罗那如期举行。对主办方来说,这是一场无论如何都会胜利,都会喜悦的大会。无非是提供竞技场给运动员,至于赢家是谁,那就不是主办方所操心的了,反正竞争无处不在,输赢都需要为竞技场征用买单。

输赢二字太重,站在竞技场的厂家都不得不尽全力。所以,郝仁会跟着耀华展会到处溜达,好好研究竞争对手全力以赴是什么样子,如果有幸碰上几个竞品的高管,还可以不伤大雅地斗斗嘴,解解闷。

这次郝仁一反常态,开展第一天哪里都没有去,一个人在预订的会场准备发布会的演讲。观众席没有一个人,舞台上只有中间一盏聚光灯打下,把郝仁从黑暗中隔离,在光明处自顾自地彩排。

"外面这么热闹你不去看看,自己一个人躲在这。"隋祖禹不知道什么时候坐到了观众席,在郝仁练习的间隙,往台上扔了一包纸巾。

"你上过这么多次舞台,发布过不下三十款产品,这次你却练了一遍又一遍,你不会是紧张了吧。"

郝仁抽出一张纸巾,擦了擦额头的汗珠,轻松地说道:"紧张倒是没有,只是我从来没有如此迫切地想要将你的作品完美展现。以前,我虽然也是在没有人的地方一遍遍地练习,心里却从没有用尽全力过。我心存侥幸,想哪怕我做得不够好,总是会有伙伴帮我弥补,帮我兜底。可是,这些年的经历将时间浓缩成一杯苦咖啡,喝完我也清醒了,如果真的想要做到顶尖，到自己这里就应该是最后的依赖。"

"你最近总是刻意避开同伴，长时间独处。如果我没有记错，上一次你这样还是毕业放弃去国企，选择南下去当时不过百人的小公司耀华的时候。你在害怕什么，害怕大家左右你的决定？还是别的？"隋祖禹问道。

"你既然了解，就不要戳穿我了，我现在还站在台上多尴尬，要不我下台和你解释下？"郝仁说道。

"下台？这个词我不喜欢，而且你怎么样都有你的道理，不用解释，我只需要上台和你站在一起就好。"隋祖禹说道。

"算了，咱谁也别动了，你就坐在那里，仔细看看我哪里说得不够好。"郝仁说道。

"行，那从头开始吧。"隋祖禹挥手打出一个 Action 的姿势。

"各位朋友大家好，很高兴在巴塞罗那这个美丽的城市与你相遇……"

一个人讲，一个人听，两人在会场练习了一下午，大有一种山中无日月的专注，根本不管门外的世界有多热闹非凡，精彩戏码上演了一场又一场。

今年的世界移动通信大会已经是 4 字头的天下了，4G LTE 下一代网络、四核智能终端、四英寸手机大屏以及 Android4.0 操作系统。

就在上个月 18 日，在日内瓦举行 2012 年无线电通全会全体会议上，我国主导制定的 TD-LTE-Advanced 成为 IMT-Advanced 国际标准，标志着中国在移动通信标准制定领域始终居于世界前列。于是，在运营商展区，除了 VOD、英国电信、德国电信等传统的跨国运营商，中国运营商也开始跻身国际舞台。中国在 3G 时代落后数年的差距，已经开始在 4G 时代迎头赶上，几乎与发达国家同时甚至超前，布局能带来传输速度与质量巨大提升的下一代网络。

在终端区域，已经踏上全球第一的 CF 公司，推出了展现身份的一款旗舰机，配备有 1.5GHz 的 4 + 1 核处理器，在四核主核心的基础上加入了协处理器，不仅提高操作系统效率，还能降低能耗。操作系统保留 Android 4.0 界面的基础上，加入了自家用户界面。配置方面也同样突出，1GB RAM 和 32GB ROM，4.7 英寸高清大屏和 800 万像素的镜头，可以说非常硬核了。

与 CF 相邻的宏达推出了两款 4G LTE 手机，一款定位高端，处理器是 1.5GHz 的四核处理器，屏幕采用的是时下最流行的 4.3 英寸，屏幕分辨率达到了 960×540，800 万的后置摄像头可以录制 1080P 的高清视频。另一款主打中低端市场，采用 1.2GHz 处理器，500 万像素前后摄像头。两款手机都支持 4G 网络，系统都是 Android4.0。

　　而昔日的霸主酷美和以往一样成为了展会的焦点，只不过人们热议的不再是先进的技术，而是不愿屈尊的固执。它在四核当道的今天，逆潮流地推出了 1.3GHz 的单核处理器芯片手机，依旧运行 Symbian 系统，搭载一颗蔡司专业相机级别的 4100 万像素镜头。

　　郝仁在彩排结束后，从穆言口中得知了各厂家的情况。

　　"没有想到我们能在不到十年间亲眼见证新旧霸主的交替，现在媒体都在嘲笑酷美，有种墙倒众人推的感觉。"穆言说道。

　　"我和媒体的意见倒是不同，酷美和镜头厂商合作，来优化手机摄像功能方向并没有错，只是酷美不愿承认时代变了，反而更极端地强化硬件配置，忽视系统和软件的体验，就像快马拉破车，迟早会颠散架的。"郝仁说道。

　　"你看同样是产品发布，酷美就被嘲笑得一无是处，CF 就是鲜花掌声，被夸得天上有地上无的，真不知道我们明天是哪种？"穆言问道。

　　"可能是震惊。"郝仁说道。

　　穆言笑笑起身去准备会场了，她理解的震惊是高朋满座、惊艳喝彩的那种震惊，于是她抓紧最后的时间，为迎接这样一场震惊做好铺垫。

　　然而，震惊确实震惊，但事情却不是穆言想象的那样。

第一百九十四章　震惊终于揭晓

　　距离发布会还有一个多小时，舞台上的灯光啪的一声打开。郝仁以前不曾这么早来会场，竟然没有发现聚光灯开启会有这样震撼的声音，代替主持人宣告一场盛会的开始。

　　郝仁站立在暗处，等着时间一分一秒过去，等着空荡荡的会场，被一个个宾客填满。穆言从身后帮他别好麦克风，并把衣服上的最后一个褶皱抹平。

"准备好了吗？"

"早就准备好了。"

郝仁在由弱渐强的背景音乐中，朝舞台走上去，今天没有主持人，郝仁决定自己演一场独角戏。

"各位现场的来宾，屏幕前的观众大家好，很高兴每年都能在美丽的巴塞罗那相遇，这提醒着我，耀华已经深耕移动终端十年了，所以每一次和各位的相遇都像久别重逢。"

郝仁说到这里，大手一挥，一个巨大的数字落在屏幕上，6000万。

"从2002年耀华终端成立到现在，从2G时代到3G再到4G，耀华已经销售了6000万台终端，服务全球49个国家和地区的用户。根据权威分析师机构IDC的报告，今年耀华正式成为全球第八，中国第三的终端厂商，在这里我要特别感谢所有的消费者，所有的运营商、渠道商以及媒体合作伙伴，正是各位的厚爱，才成就了今天的耀华。"

郝仁朝着台下深深地一个鞠躬，抬起头的瞬间，郝仁看到无数的镜头在闪光，坐在最前排的跨国大运营商客户坦然地接受着郝仁的感谢。

"如果要用一个词来形容耀华，我希望是理想主义，我们对科技极致体验的追求，让我们不停地在自己的能力极限拓展，今天我给大家带来的正是耀华的技术人员潜心研究一年多的重磅成果。"

郝仁今天一件T恤搭配修身西装，介于正式与休闲之间，举手投足间带着自然随意的气息。他从西装口袋中不经意地往外掏东西，刚要展示给大家，突然手一滑，薄薄的手机中重重地摔在了地上，随着手机撞击舞台的一声咚，台下的观众发出一声惊呼。

"哇，不小心摔地上了，"郝仁面带轻松地捡起来屏幕朝下，然后展示给大家，"我今天就带了一部手机来，好在具备全新的防摔功能，否则今天大家就白来一趟，没法看到耀华这款超薄超轻的4G四核手机。

"这一款手机多薄呢，我的助理记录了包括CF、ACE、酷美、宏达等品牌在内的手机，他们的厚度都超过了7mm，而耀华的这款手机，仅有6.88mm。超薄的机身搭配的是4.5英寸720P的高清显示大屏，让人纵享影音游戏的畅快体验，配置前后前800万像素的摄像头，随时随地拍照摄像，记录精彩瞬间。与此同时，这部手机使用耀华美学研究所自主研发的UI，是国内更新最快的UI定制系统，简单易用，功能强大，可以在桌面设置、情景切换、语音助手等方面享受美好画面……"

郝仁在台上侃侃而谈，台下的观众表现出浓厚的兴趣，目光一直追随着郝仁手里的手机。尤其是运营商客户，几乎已经在心里想好了无数种可能，打算发布会结束就安排与耀华的会谈如何在这款手机的基础上进行需求定制，比如芯片降频降低成本，比如纳入运营商的应用商店，又比如说以这款手机的样式生产低配版。

"我介绍了这么多，相信大家已经对这款产品充满期待。那么，话不多说，我将在这里直接公布产品价格。"

这句话比刚才手机落地还要令运营商客户震惊，所有人心中无数疑惑，怀疑自己听错了，然后面面相觑，从别人的眼神判断耀华是没有和自己一家商量，还是没有和所有运营商商量。直接公布价格，这款耀华手机是不打算在运营商上销售吗？

面对台下众人沙沙的议论声，郝仁坚定不移的宣布就是回答。

"这款手机的售价是299欧，首批将于下月1号发售，耀华门店及官方网站均可以购买，感谢大家的莅临，今天的发布会到此结束，欢迎大家到耀华的展台参观……"

观众席立时混乱一片，坐在最前排的运营商客户拂袖而去，而坐得靠后一点的媒体记者则冲到台前，直接对着郝仁喊出问题。

"耀华这次款产品是不是打算通过耀华自营渠道独家销售？"

"众所周知，耀华产品绝大部分通过运营商渠道销售，这次弃而不用是何用意？"

"耀华的自营渠道是否已经覆盖全球，郝先生是哪来的自信？"

……

郝仁此刻被一种难言的兴奋反复激荡，仿佛胸口是岸边的礁石，被一阵阵汹涌澎湃的潮水冲刷。郝仁没有回答任何一个问题，从舞台帷幔后走下台，穿过一条漆黑的甬道，迎着出口的一丝光亮走去。

别说会场的观众对郝仁突如其来的举动惊讶，就是耀华自己的员工也是纳闷不已。

曾志忠看完直播，继续对着屏幕发呆，想起郝仁去巴塞罗那之前，对他们这样说道："竞男姐、志忠、徐敏，以后就要靠你们三人撑起耀华销售的大梁了，我们不能一直依赖供应商渠道，这样的低价竞争策略无以为系，对我们的研发和品牌都是一种消解。我们要靠耀华自己能做主的渠道，把产品毫不改动地卖出去。"

当时曾志忠和徐敏都表示未来一定会撑起来，但现在还没有完全准备好，无法保证万无一失，能不能循序渐进。

郝仁却说："来不及循序渐进了，如果不与过去的模式彻底告别，所有研发的精力都会耗在不起量的低端手机上。抛弃过去，轻装上阵，一边探索，一边闯吧。"

曾志忠能感受到郝仁的决心，却没想到郝仁会一点余地都不留，以这样广而告之的形式与金主们挥别，曾志忠感到肩上一沉，担子更重了。

郝仁在展馆外的长椅上坐下来，双手颤抖地点燃了一支香烟，深吸了一口，然后仰面对着欧洲早春灿烂却没有温度的阳光吐了个烟圈。

"你这是在自毁长城啊！"升任VOD非洲区总裁的艾瑞克·菲洛斯坐在了郝仁身边。

"艾瑞克，你怎么来了，你的中文又进步了，都知道自毁长城了。"郝仁打趣道。

"说真的，你为什么这么做？得罪了这么多大客户，以后日子不会好过。你如果是一时冲动，我可以帮你去和大老板澄清下误会，说你们会继续扩大定制业务。新发布的这款手机很优秀，放在VOD销售，大老板是不会拒绝的。"艾瑞克·菲洛斯知道这款产品很有市场竞争力，如果VOD能拿下，郝仁公开的拒绝未必是坏事，帮VOD扫清不少竞争对手。

"艾瑞克，谢谢你，但是真的不用了。你可能误会我了，我没有想过要用这种方法来奇货可居，抬高加码销售给你们，我是对耀华的未来深思熟虑后才下决心的。"郝仁说道。

"看来你想做自己产品的主了？"艾瑞克·菲洛斯说。

"是，无论结果怎样，我绝不后悔。"郝仁说道。

第一百九十五章　后果立竿见影

郝仁电话不接，事不关己地在外面溜达，入夜到街边小酒吧喝了一杯啤酒，欣赏了一曲弗朗明哥的舞蹈。

酒足饭饱回到酒店，郝仁一开门就见到穆言在沙发上抱着电脑打电话，从紧拧的眉头可以看出，郝仁任性的后果不小。

穆言打完电话，一脸怨念地看着郝仁说道："郝总，我只是一个普普通通的血肉之躯，不是迷惑众生的美杜莎，我的话媒体没法全盘接受。你以后做事能不能提前告知，哪怕给个暗示也好，这样我提前有个心理准备。"

"我告诉过你的，说会很震惊，的确就很震惊，没骗你吧。"郝仁嬉皮笑脸地说道。

"你知道震惊的代价吗？我的电话都被打爆了，所有人都想得到你的明确答复。"穆言想起过去郝仁的大嘴瓢在媒体放过多少火，每次都是自己在后面收拾残局，整个人就气得肝颤。

郝仁走到沙发边，一把揽住穆言颤抖的肩膀说道："你先冷静，我给你好好解释。我没有提前让你准备，是因为我做的这个决定本身就会引起争议，你越解释就给媒体越多发散的素材，不如咱们不在这个问题上纠结，让他们没素材，只好聚焦产品，是好是坏，让市场说了算。"

"你真的决定放弃运营商渠道？"穆言问道。

"我从来没有说过放弃任何渠道，我只是调整了标准，不再一味地迎合任何人去修改产品配置，降低成本，如果运营商能接受这样的标准那就继续合作，如果不能就不再强求。刚才你对媒体的答复就很好，耀华珍视任何合作伙伴的付出，在彼此尊重的基础上携手前行，这就是我的意思。"郝仁说道。

"那是我没办法，又找不到你，只能说着缓冲的话。"穆言说道。

"你看我们心有灵犀。"郝仁说道。

"拜托以后少挖坑。"穆言知道郝仁脾气上来，九头牛都拉不回来，但还是不得不补上一句。

"知道了。"郝仁说道。

没有等到第二天，耀华的相关报道就充斥各大行业媒体。

英国媒体 Tech Review 一篇《耀华壮士断腕，冲击高端市场》的文章指出中国终端设备制造商耀华不甘于为他人定制生产，以一种决绝的方式和老客户告别，冲击高端，很难说是一种勇气，还是一种傻气。迄今为止，中国制造依托低成本人力，已经占据全球手机市场的大半份额，但全部为中低端产品，以量取胜。亚洲也只有韩国和日本品牌曾经售价超过 6000 人民币，中国从未诞生过高端科技品牌，耀华是给自己背上了一个不可能完成的任务。

国内的媒体《电子信息》则较为委婉，指出中国品牌有雄心是好事，但完全可以徐徐图之，没有必要把自己逼进死胡同。郝仁这个年轻的企业家过于理想主义，做事不管不顾，葬送了民族企业的大好前程。

理想总裁马旭峰指着屏幕仰天大笑，他好久没有这么开心过了。

"我这辈子都没有遇到过这么愚蠢的决定，不知道的人，还以为他被我劫持了，把大好的市场拱手相让，你们说是不是？"马旭峰高兴的时候，总是不吝展现他的民主与平和，他把目光投向屋子里站成一排的主管。

"马总您说得对，不是所有人都像您一样高瞻远瞩。"

"对对对，有的人不过是运气好，成功后很快得意忘形，自己姓什么都忘记了，敢和客户叫板了。"

"马总，您说我们下一步是不是痛打落水狗，把他们的份额都收入囊中？"

马旭峰听了众人的附和更是心情大好，摆摆手说道："好了，我知道大家现在是嗷嗷求战的勇士，放手去做不要有顾虑，市场竞争就是你死我活，不要给对手幡然醒悟的机会。"

"好！"

……

郝仁的翅膀在巴塞罗那轻轻一挥，蝴蝶效应引起的风暴很快席卷国内。

陈竞男看着手里的2012年电信运营商集采项目招标书，对着曾志忠感慨道："志忠，你看对手的动作多快啊，每一项条件都在试图卡耀华的脖子。这里，第一页第七条，无条件满足甲方的定制需求，不要求定制产品出货量，不挑拣项目规模。就差把耀华直接拎出来批评了。还有这里，第二页第五条，投标产品如果欲在公开市场上销售，价格应及时与甲方沟通，避免差价损害甲方利益，说不是针对耀华都没人信。"

"学姐，我在理想多年，对马旭峰的手腕最清楚不过，只要找到竞争对手身上的一条缝，他就能整个给你撕开，不留一点余地。理想和耀华缠斗这么多年没落得好，这样的机会可谓千载难逢，他怎么可能放过？"曾志忠说道。

"郝总临走的时候已经预料到了，所以叫我投标份额不要贪多求全，选择对我们来说动用研发力量最少的部分。"陈竞男说道。

"我这边你放心，全国的物流仓储已经在聚星的帮助下建好，下个月就举行千店开业活动,一定要轰轰烈烈,全国皆知,借势把旗舰机卖好。"曾志忠说道。

"那我们俩加油吧!"陈竞男说道。

"什么你们俩,我难道不算一分子吗?"徐敏推门走进会议室说道。

"对对对,怎么能忘记我们的电商大管家呢,郝总都说让我们铁三角撑起耀华的销量。"陈竞男做出一副赔礼道歉的样子。

"竞男姐少来,别看电商手机出货量现在只占不到两成,但我们杂货铺卖得配件和周边利润可不少。就说那个怪咖沙钧吧,做了个自拍架,去巴塞罗那出国镀金回来,139元人民币卖得不便宜了,居然一周销售破万,郝总的眼光不得不服,随便捡回来个待业青年都能日进斗金。"徐敏说道。

"咳咳咳,其实我也是郝总捡回来的,当时在理想待不下去了。"曾志忠说道。

"好了,你们两个别口不择言的,什么捡回来的,郝总堂堂总裁被你们说得像收破烂的,过分了!"陈竞男当初来耀华终端也有同样的经历,因为在刘达喜那待不下去才被划拨给郝仁的,郝仁可谓在她最落魄的时候委以重任,现在忍不住正色维护起郝仁的形象。

"好好好,知道了。"曾志忠应道。

"好。"徐敏是陈竞男老部下,知道她的这段经历,对此不买账地撇撇嘴敷衍道。

电信运营商年度集采果然在郝仁的预料之中,也如马旭峰所期望的那样,700万台的终端,耀华只拿到了不到10%的份额,而45%的份额落入理想囊中。一时之间,马旭峰深耕运营商的策略被奉为明智之举,而郝仁则被媒体预言将很快为自己的狂傲买单。

第一百九十六章　从不为打败谁

运营商集采项目拿下的份额虽然不多,郝仁还是亲自跑到北京签署合同。

签约完成后,电信集团分管终端的领导林海和中标的厂商负责人一一握手,走到郝仁面前的时候,林海意味深长地说道:"年轻人,要想在市场上混得好,一点亏都吃不得怎么行,你想要完全按照自己的思路生产产品，也要考虑到消费者在哪里买产品，买得起哪里的产品，好好想想吧。"

"感谢林总给机会，我会把你的话放在心上的。"郝仁不想在林海的主场大谈理想，礼节性给予了对方足够的尊敬。

林海含着不可捉摸的笑走向下一个人，很快地结束了这一次的签约活动。

郝仁提着包和陪同签约的陈竞男走出电信大楼，突然身后传来一个耳熟的声音。

"郝总，请留步。"

郝仁回头，看到马旭峰出现在身后望着自己。

"马总，请问有什么事？"

"方便一起吃个午饭吗？你难得来一次北京，给我个机会尽尽地主之谊。"马旭峰说道。

郝仁心想来北京不难得，和马旭峰吃饭倒是挺难得，于是同意了。

郝仁和陈竞男交代了两句，就上了马旭峰的车，到了一家远离闹市的私房菜馆。

这家菜馆颇有些红墙绿瓦的皇家气派，预订的包厢在走廊的尽头，上菜的女服务员穿着旗袍齐齐进来传菜，让见多识广的郝仁也被这种排场感染，在偌大的餐桌前坐直了一些。

等屋子只剩两人，郝仁问道："马总，你是有什么话要说吗？"

马旭峰把一片羊肉放入白汤沸腾的铜锅说道："外面对你郝仁的传闻很多，我只是很好奇，你为什么会做这样的决定？"

"我说的你信吗？"郝仁戏谑地反问道。

"只要不说是为了理想好，我就信。"马旭峰不以为然地回道。

"没那么复杂，我不想这么低效地挣钱，也不想在恶性竞争的泥淖中打转，更不想害得耀华那么多高学历的研发工程师陷入无止境的加班，做的还是修修补补的工作。"郝仁说道。

"一将功成万骨枯，你倒是有情有义，就是听起来一股子虚伪的味道。"马旭峰说道。

"我刚才就说我的话你不会信，可你却要问。"郝仁说道。

"你看那《水浒传》，上面被你们称之为好汉的人，哪个不是杀人如麻，血债累累，谁会为刀斧手下的亡魂考虑呢？他们有仁义之名，是为自己身边为数不多的几个兄弟两肋插刀挣来的,你这种为所有员工考虑的仁不会有人记得,别人也只会说你是个好人而已,难怪叫这个名字。"马旭峰说道。

"如果我让耀华像海外科技企业那样通过创新盈利,让耀华的员工即能享受工作,又能享受生活,记不记得我有什么关系。"郝仁说道。

"外国企业的引领是通过上百年的沉淀,我国科技的落后,不是凭你一己之力能抹平的。"马旭峰说道。

"我可以做到,因为我自始至终相信,你不相信,所以你连试都不会去试。"郝仁说道。

"想不到你会说出这么书生气的话,着实好笑。好了,其实我没有必要说服你,少一个对手对理想来说并不是坏事,我只不过太好奇了,好奇得忍不住问你最后一个问题,理想作为耀华最大的竞争对手,退出运营商渠道后你打算怎么和我们抢市场?"马旭峰问道。

"更正一下,耀华从来没有把理想当作最大的竞争对手,我们的目标从来都是全国第一,甚至全球第一,至于怎么实现,我能想到的只有做好产品了。"郝仁说道。

这个回答让马旭峰怔怂,郝仁以前在媒体面前说过全国第一,全球前三的目标,说的时候丝毫没有开玩笑的样子,可所有人都只当他是开玩笑。现在,马旭峰却不敢不信了,郝仁的眼神里没有对理想夺取耀华运营商份额的担心和忧虑,满眼都是使命必达的坚毅。

等郝仁吃完回到酒店,发现陈竞男坐在大堂等自己。

"郝总,怎么样?"陈竞男问道。

"什么怎么样?"郝仁问。

"和那个笑面虎没吵起来打起来?"陈竞男说道。

"怎么会?现在是法治社会,哪来的鸿门宴,我们吃着火锅相谈甚欢,我还给他介绍了耀华的目标,他被震撼到了。"郝仁说道。

"他会信才怪。"陈竞男说道。

"他要信,我才不跟他说呢!"郝仁说道。

"什么意思?"陈竞男云里雾里。

"不懂?自己悟去。"郝仁说。

陈竞男跟着郝仁回到酒店房间,拿出一沓资料递过去。

"郝总,我有正事要说,海外 VOD 的集采也开始了,这个是几十亿美金的份额，我们也按照对待电信的方式投标吗？我心里很慌啊。"陈竞男说道。

"一视同仁。你看细节，集采金额是大，可是定制需求也很琐碎，你想想这些年为了完成定制任务投入的研发团队，采购的非标零部件，处理的废料，这些都是浪费，利润率并不高。你要转变思维，算好全链路的账，把咱的利润率提上去。"郝仁说道。

"好，我知道了。"陈竞男说道。

VOD总部大楼，负责终端采购业务的各高管在紧张激烈地讨论本年度的集采入选名单。

"看来这个耀华基本打算放弃了，仅用三款产品进行投标，并且不支持深度定制，包括UI、制式等。"VOD全球终端业务主管约翰·斯拉特里说道。

"是的，虽然耀华这些年和我们合作非常好，但是这次投标的态度很有问题，所以我更倾向于另一家中国企业理想，他们对我们更为迫切。"全球采购业务主管肖恩·怀特说道。

"耀华本年度的产品还是很优秀的，而且他们为了促进公开市场的销售进行规模营销投放，知名度会随之提升。如果耀华也在VOD这里销售，其实是可以促进VOD的用户入网量的，我们是不是不要这么快下结论。"非洲区总裁的艾瑞克·菲洛斯说道。

"艾瑞克，我知道之前耀华对你的非洲市场助力很大，但你要记住，一个听话的合作伙伴比一个优秀的合作伙伴更重要，我们不能应了那句中国话，养虎为患。"约翰·斯拉特里说道。

"明白了。"

艾瑞克·菲洛斯觉得自己似乎已经知道了耀华的结局。

第一百九十七章　从互联网破局

在短短一个月内，两个亿级大客户集采项目丢单，整个耀华终端公司上下都弥漫着恐慌的气息。

这天，郝仁下班回家路过信件收发室，隐隐听见里面看守的阿姨在打电话，似乎问自己老头子会不会干两天就失业回家，到时候是再找工作还是去摆地摊云云。

郝仁怕阿姨看到自己尴尬，匆匆走出办公大楼，仰面对着满天星空自言自语道："我又把大家逼到绝境了。"

"哪里有绝境？"身后一个熟悉的声音传来。

郝仁转身，面前是拉着行李箱的陈虎和抱臂而立的李子健，收敛起满脸落寞问道："是你们俩啊，虎子，今天回印度去？几点的飞机？子健，每年都是你去送行，果然是好兄弟。"

"嗯，送送虎子，这一去又是大半年才能见了。"李子健点头称是。

"定了个便宜的红眼航班，深夜两点起飞。"陈虎说道。

"那还有七个小时，你一个人在机场枯坐也是无聊，不如我请你俩吃饭，然后再开车送你去机场。"郝仁说道。

"行啊，那我赚到了，饭钱车钱都省了。"陈虎说道。

"你啊，都是一方诸侯了，还这么抠门。"郝仁说道。

李子健迁就陈虎的无辣不欢，提议去附近的麻辣小龙虾。三人进店，点了几个招牌菜，等一身腱子肉的老板手起锅落，三大盘红彤彤的小龙虾热腾腾地上了桌。郝仁从冰箱拿出两瓶啤酒，互相一磕开了盖，递给陈虎和李子健，自己开车不喝酒，顺手拿了罐酸梅汤。

"虎子，耀华现在的方向在运营商渠道不再有优势，这次你回印度又要从头开始了，甚至可能还要受点气了，对不住兄弟了。"郝仁说道。

"哥，你别这么说，福兮祸兮，现在说对不起为时尚早。"陈虎呷了口酒，说起了自己的一件往事，"我小时候性格内向，二年级时候因为父母关系转学了，初来乍到，在这个小学没朋友。一到下课时间，别人都挺高兴，我却很害怕，因为别人都有朋友，手牵手就去操场玩了，没人和我玩。

"那时年纪小，还不懂得享受孤独，对社交很焦虑，所以我克服着内心强烈的恐惧，主动去加入到同学中，然而不知道是我沟通能力太差，还是大家已经有了自己的好朋友，结果就是我失败了，课间仍然没有朋友一起玩。这就尴尬了，大家都在一边说说笑笑打打闹闹，我一个人孤独又可笑。

"最后，我苦思冥想，找到了一个办法。每天上学我带上一本课外书，课间时间上过洗手间后就坐在位置上看书，看书是宁静的，自然的，不着痕迹地掩饰了我的孤独。一开始，书是我遮盖孤独的铠甲，久而久之，我读进去了，书里的人不挑剔我，不排挤我，对我袒露心扉。

"最后，因为没朋友去读书的我却成了村里唯一的大学生，毕业还留在了大城市，跟对了你。别的大话我不会说，就一句公司既然有决心调整方向，我就不怕从头开始，从头开始是新的可能，不是坏事。"

"虎子，谢谢你的这份信任。"郝仁说道。

"说得好，虎子，我要把这番话跟同事讲讲。"李子健说道。

"子健，研发的同事怎么想的？"郝仁问道。

"说实话，大部分挺慌的，尤其是飞华那边的人。之前所有人都被运营商的定制需求压得喘不过气来，现在突然没了需求，闲了下来，大家都有点不知所措了，很担心失业没了收入。"李子健说道。

"大方向的调整必然会带来组织架构的调整，我会跟大家沟通好，把心揣回肚子。好了，不说工作了，今天给虎子送行，干杯。"郝仁说道。

"干了。"陈虎说道。

"干了。"李子健说道。

正如郝仁说的那样，陈虎一到印度，印度的几个运营商客户代表就来找陈虎旁敲侧击耀华政策的真假。陈虎也不藏着掖着，直言相告，免得耽误客户的计划，反而破坏客户关系。

得到确认答案后，几个运营商客户经理都拂袖而去，其中一人还丢下一句话。

"做好离开印度市场的准备吧。"

陈虎听了反而生出些信心来，这句话他很多年前也听过，做好离开前进村小学的准备吧，反而对上了自己的倔脾气，结果让自己出人头地，你让我走我反而要留。

陈虎跑到市区找 Flipkart 的合伙人桑吉夫，把耀华的情况说了说。

"其实，我感觉单就印度市场来说，你们总裁做了个很正确的决定。印度运营商又多又散，本土的跨国的，要求不尽相同，你陪他们玩很耗精力。还不如做爆款，然后全国铺开销售，岂不是更划算一些。"桑吉夫说道。

"我明白，所以我才来找你，一起携手打造互联网上的第一手机品牌。"陈虎说道。

"你若是说要打造印度第一手机品牌我还不知道怎么帮你，若说互联网第一手机品牌，有我就够了。"桑吉夫说道。

"朋友，合作愉快，我会在线上投入最大限度的营销资源。"陈虎说道。

"成，一起干。"桑吉夫一把握住陈虎的手。

陈虎在一线多年，已经深谙销售之道，这线上销售，最重要的就是要在互联网上有声量，消费者有人气。

陈虎双管齐下，一方面紧紧围绕印度在售的耀华手机是 Made in India，拍摄了一系列企业社会责任的广告片，描述耀华在促进本地就业方面所做的贡献，唤起印度消费者对品牌产生亲近与好感。另一方面，陈虎通过推广旗舰机树立高端形象，然后推出平价产品让消费者产生超值的感觉。

在销售方面，接纳了桑吉夫的建议，通过闪销、销量、网红带货等方式，将用户的期待调到极点，一时间竟然引起抢购风潮。

电商渠道在印度手机市场占比不足三成，运营商渠道的损失短时间无法从电商渠道挽回，不过胜在回款快，声量高，为陈虎拓展线下渠道奠定了良好的基础。

陈虎的第一个喜报传来，市场份额小到以往谁都不会在意的数字，却给海外众将士注入了一剂强心针。在外界无人看好的情况下，众人太需要看到一场胜利，哪怕是局部。

第一百九十八章　有对比没伤害

2012 年第一季度，马旭峰走上了人生的巅峰。

手机市场，短短的一个季度，理想科技以第一的份额拿下了国内外数十个运营商年度集采项目，出货量增长 1070％，国内市场份额超过耀华成为国产第一，国外跃进第四，仅有 CF 和 ACE 挡在理想面前，没落的第三名酷美已经不足为虑。

电脑市场，理想科技的传统战场，尽管消费者热衷智能手机与平板电脑等移动通信设备，家用电脑市场萎缩，全球出货量下降 18％。理想却逆势上扬，实现销量增长 10％，市场占有率提升 15％，远远甩开第二名，成为当之无愧的全球第一。

以往，没有一家国内企业能同时在两个大领域开出双生花，鲜花掌声扑面而来，马旭峰频频在媒体上露脸，大谈成功之道。不少运营商的首席执行官也为之站台，称其为最忠诚的合作伙伴。各大分析师机构也将理想科技定义为中国出海企业的灯塔,引领着无数国产品牌前进的方向。

此时的耀华正在运营商处折戟,从原有全球运营商市场占比超过30%,断崖式跌落到不足5%。从未有过一个企业会在一片形势大好的情况下,主动选择走下坡路,这让耀华立马成为人们口中作死的典型,甚至有不知名的竞争对手编了一首顺口溜,最朗朗上口的一句是,郝仁不好命,作死不要命。

媒体喜欢鲜明的对比,鲜明的对比就有血淋淋的伤害,有血淋淋的伤害就有火辣辣的关注。于是,就有不嫌事大的媒体问马旭峰,你怎么看待耀华和它的总裁郝仁。

马旭峰巧妙地避开耀华的名字,意味深长地说道:"理想科技的成长动力来自于全球化的红利,我相信,只有在全球化中,各国企业才能各取所需,一展所长,拼凑不是贬义词,而是利用全球资源将产品做到极致的捷径。而那些盲目自信什么都想要揽过来做,妄图吞下产业全部利润的企业,只会自取灭亡。"

郝仁没有空管这些,催着曾志忠要在五一时完成千店开业,在线下销售团队忙不过来的时候,郝仁忍不住直接上手帮忙。

"曾总,郝总为什么这么着急?公司没钱发工资了吗?"曾志忠的手下一个年轻人问道。

"瞎说什么?哪个月工资没发给你?"曾志忠还没回答,就被路过的郝仁抢了话。

"这倒是没有,那为什么?"年轻人缩着脖子退回自己的办公位,喏喏地问道。

"你懂什么?现在媒体这么唱衰我,反而让我们公司热度空前,必定也有人为我鸣不平,我不乘着一波热度把店开起来,难道等人气凉了投广告啊?那不是往池塘里面扔人民币,纯浪费。"郝仁说道。

"嗯嗯,郝总英明。"

就这样,没有退路的耀华筚路蓝缕地在公开市场上开拓。在五一这个劳动人民不劳动的日子,千发彩炮在全国各地响起,带着五颜六色的彩纸碎屑从天而降,轰轰烈烈地为门店的开业吸引了人潮。

人们带着好奇心走进店面,看看耀华不愿意为运营商客户修改配置的手机到底有多神奇。而继承了耀华用户体验中心风格的门店,除了手机还有很多出自耀华终端第一闲人沙钧之手的新奇玩意。可以根据当天温度自动浇花的浇水手臂，可以远程遥控的自拍架子，可以远程控制的台灯窗帘等等，为各个分区增加了趣味性。也就是说，只要你现场购买一台耀华手机，就拥有了操作门店各种新奇玩意的遥控器，仿佛拥有了魔法。

整个五一，耀华手机门店被消费者挤得水泄不通，沉寂了一个季度的耀华手机终于爆发式销售了一波，数字虽然好看，线下门店的一次性投入也很大，利润率不升反降，这也成为竞争对手暗地指责耀华的一个说辞。

海外市场这边，陈虎在第一次闪销过程中突然被打通了任督二脉，他发现印度人的情感异常浓烈，喜欢或是讨厌都会毫不保留地表现出来。如果能够把印度粉丝聚集在一起，通过活动产生归宿感，那么，他们很愿意将耀华的好评传播出去。

于是，陈虎开始像国内的詹宁讨教粉丝运营的奥秘。

"粉丝运营需要投入情感，而不是费用，你不要高高在上，要和他们玩在一起闹在一起。适度提拔一些活跃粉丝，帮助这些有意愿分享的粉丝塑造威望，让他们成为榜样。这样，大家就会紧紧地围绕在你的周围了，为耀华产品摇旗呐喊。"詹宁说道。

"这么神奇，可是我在印度，他们就喜欢唱歌跳舞，我一点都不会。"陈虎说道。

"大胆地秀出你自己。"詹宁教育道。

"你的那个沙钧借我下。"陈虎问道。

"你干吗？"詹宁也理所应当地认为扬名论坛的沙钧是自己的。

"他英语不错，让他在印度论坛发发帖子。"陈虎说。

"这个，你要问他。"詹宁对给沙钧安排工作却不敢做主了。

"还所有粉丝都归你管呢？什么主都做不了。"陈虎激将道。

"谁说我不行，我同意了。"

一时嘴硬的詹宁，拿着一袋零食在沙钧办公室求了很久，终于赢得了怪咖的垂怜。于是，一个叫 silicon chips 的科技博主风靡印度论坛，粉丝说他可以用手机操控一切，除了容貌，因为沙钧不愿在国外出镜，总是带着一个狗熊头套。

与此同时，一条从印度传回的视频让陈虎名声大震。

视频是耀华的粉丝年会，一群印度人围着篝火载歌载舞，陈虎穿着传统服装喜笑颜开地融入其中。等到了对歌斗舞，陈虎突然唱着云南山歌，跳起了烟盒舞，独特的少数民族风情惊得众印度人欢呼鼓掌。

郝仁指着视频问詹宁："陈虎说是你叫他这么做的？"

"没，我只是叫他秀出自己。"詹宁说道。

"好，很好，和粉丝打成一片，你也应该学习一下。"郝仁说道。

"学习？我又不会跳舞。"詹宁说道。

"大胆秀出你自己。"郝仁现学现卖。

第一百九十九章　用力过猛闹剧

耀华的线下门店客似云来，线上商城也是热火朝天，可十年来第一次经历市场份额下降也是板上钉钉的事，竞争对手料定耀华人心浮动，引导猎头频频向耀华员工传递邀约，尤其是耀华的核心研发员工。

兹事体大，冯都都将这一情形向郝仁做了一个紧急汇报。毕竟在商战中，挖走竞争对手企业核心团队是一种见效极快的手段。

曾经某家国际知名企业，就专门针对过同行业即将实现市场突破的中国企业，手段很简单粗暴，以三到五倍的薪资把对方研发团队连锅端走，导致其错过市场机会，损失惨重，差点破产清算。

更可气的是，半年后，这家国际企业把高薪挖来的中国员工逐一裁掉，还丢下一句极其侮辱人的话，中国公司的技术人员根本不符合国际公司的要求，我们不过是招过来养半年而已，谁叫我们不缺钱呢。此话一出，当时选择跳槽的员工悔不当初，甚至跑回原来的公司道歉，由于人数不少，在当时还引起不少媒体报道。

"据员工上报，最近一个月猎头联系我司员工累计多达1000次以上，甚至有不少三级大部门主管都接到了电话，有的研发的核心骨干一天能接到10个以上的挖猎电话。这个月的离职率有小幅提升，虽然不涉及核心员工，但长此以往不好说。"冯都都说道。

"员工的选拔、培养、留存不仅仅是HR的工作，各部门主管是第一责任人，明天就召集各部门主管开会，务必让大家重视起来。"郝仁说道。

对于公司的政策和航道变换，郝仁和各个主管都一一沟通过，郝仁也相信这些和自己一起创业的兄弟姐妹，不会因为公司短期的变动而一走了之。可是普通员工就不一样了，他们没有机会当面去了解郝仁的大局观，看到外媒对耀华的冷嘲热讽，又面临竞争对手的诱惑，很难不为所动。出现这样的动向，有的主管比较敏感能及时发现和沟通，而有的主管则醉心自己的工作，很难发现人心的细微变化。

在主管沟通会上，郝仁特别强调，一定要及时了解员工的想法，适时地增强员工对公司的信心，人心齐，才能泰山移。

郝仁的话才说完，一个从研发基层晋升没多久的小主管张猛就急于向郝仁表忠心。

"郝总，听君一席话，胜读十年书，经过您的提醒，我才意识到了自己工作中的不足，我一定会组织一个座谈会，好好与员工交流，把您的要求落实好。"

"都是一个团队，恭维的话不必说，不过座谈会倒是一个不错的主意，你第一个来，给大家打个样，开会的时候通知我参加。"郝仁虽然不是太喜欢这么直白的赞美，但就事论事，正式会议太过死板，所谓官大一级压死人，主管高高在上，员工未必肯主动袒露心声，不如有聊天氛围的座谈会，可以拉近员工与主管之间的距离，张猛的提议是个不错的选择。

得到郝仁的肯定，张猛如同打了鸡血一般，决心以杀鸡用牛刀的精力把座谈会开好。

周五的下午，张猛把部门十几个员工叫到会议室，背景还刻意用红色的布幔装饰，制造出一种庄严的气氛。郝仁才走进会议室，立马被张猛安排在众星捧月的中心位。郝仁环顾四周，还以为走进议政大厅，哪哪都不对，说好的轻松氛围的座谈会呢。

这时，张猛忽地站起，用激昂的语气宣布座谈会开始，并要求大家用热烈的掌声欢迎郝仁。

在稀稀拉拉的掌声中，郝仁无比尴尬，摆摆手说道："今天来这里其实是想了解下大家真实的想法，主角是大家，我就不多说了。"

张猛对大家的点不燃的热情很是不满意，决定要凭一己之力让大家激情澎湃起来，于是他说道："感谢郝总精彩的开场，今天能请到整个公司的掌舵者，实在是三生有幸。我们生活在一个科技高速发展的时代，无数机会都摆在了我们面前，是抓住还是放弃，选择权在我们的手上，请大家不要辜负这个时代,让我们一起大喊努力,努力,再努力,胜利,胜利,再胜利……"

这个部门新成立不久,员工都比较年轻,几乎都是 85 年后半段出生的。蜜罐里成长起来的一代,崇尚自我,有一套独特的价值评价体系,如此大而无当的传销发言,听得会议室里的每个人只想翻白眼,心中的嘲笑声似乎连郝仁都听到了。

"好了,张工,你先休息一下,我来说两句,看你喊得挺累的。"郝仁及时打断了张猛的亢奋,"大家不要这么拘谨,把今天的会当作一个不扣工资的翘班就行了,我给大家买了饮料和零食,一会秘书就会送过来,我们边吃边聊,除了具体工作什么都说。"

郝仁平易近人的态度对年轻人很受用,大家零食一拿,饮料一喝,整体的氛围开始慢慢变得融洽起来。

郝仁先说一些年轻人喜欢的娱乐,等大家放松了才切入正题,"最近不知道有没有人收到猎头的电话?大家放心,没有别的意思,不影响工资绩效,我只是了解下。"

大家面面相觑一会,正往嘴里塞薯片的男员工带头答了一声有,然后其他人也都如实回答。

"大家一定为公司目前销量下降而担忧,我非常理解,谁没有生存的压力。但我想请大家能够给耀华多一点时间,目前的下滑是暂时的,是为了朝更高的份额冲刺的蓄力。线下我们已经把自有销售渠道进行了全球部署,线上我们不仅依托京东天猫等第三方电商,也筹建了自己的电商体系,我们的产品实力研发应该有目共睹,我敢向大家承诺,无论是硬件还是软件,芯片还是系统,我们都在步步推进。

"当然,如果大家找到了更好的公司要走,我也会选择祝福大家,但同时我也给大家一个小的技巧去识别好的职业机会,那应该是未来和薪资的双赢,如果对方许诺的只是工资,却没有给你安排一个好的发展方向,一定要小心,很有可能是骗局,一定要以防火防盗的心态去挑工作……"郝仁说道。

"还有防渣男的心态,免得骗钱骗色。"一个年轻的女员工说道。

"哈哈哈哈……"大家大声笑了起来。

"郝总,我明白你的意思,其实我想得很明白,如果我离开耀华,去一个国际公司,未必能提供一个有前景的岗位给我,说不一定很快遇到天花板，如果去一个创业小公司，又没有大平台给我发挥。所以耀华是我最好的选择，请放心，遇到猎头电话我就掐掉。"刚才带头吃薯片的男员工信誓旦旦地说道。

"是的，我也是这样想的。"

"对，正是如此。"

"同意。"

……

座谈会开得很成功，结束时候的掌声和开始的欢迎掌声形成鲜明对比，会议结束大家还把剩下的零食分了分才离去。会议室只剩下郝仁和张猛两人，郝仁面色平静，张猛的脸色却不好，夹杂着羞愧和不安。

"郝总，我没有发挥出来，请原谅。"张猛说道。

"张猛，你不是没有发挥出来，你是发挥过猛，和你的名字一样。"郝仁说道。

"我错了，还好有郝总您在，不然今天就要闹笑话了。"张猛说道。

"这个时候就不用拍马屁了，张猛，我就借这个机会给你上一课，如何带好团队。你的技术过硬，做事拼命，所以我才会同意隋工的提议，把你从基层提拔上来管理团队。但是你要知道，管理和技术是两个岗位，你需要了解员工，而不是强行地让他们接受你的理想和信念。我知道你心中有热血，但是对于大部分员工来说，他们有压力，也有自我，他们有义务做好工作，但是没有义务附和主管的表演，那样会太累了。你要学会用他们能接受的方式带团队，好吗？"郝仁说道。

"我是一个农村出生的苦孩子，不聪明，毕业的学校也不好，能来耀华已经是我最幸运的事了，我很感恩，才会太想要做好事，没想到用力过猛了。"张猛说道。

"我知道，但是年轻一辈相比我们，生活条件好太多，你的员工可能比你有钱，甚至比我有钱的都有，所以不能以己度人。"郝仁说道。

"这么有钱，居然还来工作？会不会不用心？"张猛说道。

"别担心，他们一样会好好工作，因为他们担心干不好就要回家继承家产了，哈哈哈。"郝仁一边笑，一边想起自己身边的富二代，隋祖禹和李子健。

郝仁又与张猛说了许久，张猛每句话都连连称是，可郝仁对敲醒这个榆木疙瘩没什么信心，只有深深地疲累感。

一个企业就像在海上航行的大船，船长的命令需要层层下发，在这个过程中被加码被忽视都有可能。而每个船员都有血有肉，有人要勇往直前闯出一番天地，有人要早点归家园暖玉温香，只有附和他们理想的路径才能一起出力。中间的鸿沟，还得培养出有智慧的干部队伍才能完美粘合。

第二百章　最招羡慕的人

粉丝论坛大总管詹宁应该是整个公司最令人羡慕的员工，每天的工作就是陪着五湖四海的耀华粉丝聊天，遇到时令节庆，更是不用拘在办公室，可以和粉丝一起外出探店、聚会、甚至旅行游玩。

不过出身富庶家庭的詹宁见过都市繁华，走过小桥流水，显然是有些身在福中不知福，每次出差回来都喊累。这时候，她就会跑去顶楼找沙钧，事无巨细地讲自己干了些什么，也不管沙钧的回应在不在点子上。

起初，沙钧对詹宁定期排山倒海似的倾诉不胜其扰，毕竟社恐只有在一个人的独立空间才能完全放松下来。可就像预防针一样，能用灭活的病毒激起身体的免疫反应来消灭病菌，詹宁叽叽喳喳的言语居然让生人勿进的沙钧习惯了多一个人的存在。

尤其是有一次加班，詹宁讲着讲着在沙发上睡着了，沙钧稍微走近一步，发现睡着的詹宁皮肤白皙，眉宇舒展，细长的睫毛微微轻颤，整个人如婴孩般蜷曲，安静无害。沙钧轻舒一口气，感觉第一次在女孩面前浑身轻松。

当然，詹宁虽然话多，但绝非言之无物，每次来找沙钧都是带着粉丝的困惑与需求。沙钧以前总是自己一个人闭门造车，如今有了詹宁的输入，好几款小发明都收获了一众粉丝的认可，成功转为商用产品销售。

而且，沙钧渐渐掌握一项神奇技能，从詹宁长篇累牍的废话中，快速提取有效信息，并写成清晰的需求文本。好几次，手机研发在理解詹宁的需求反馈无能时，还特别跑来求助沙钧，弄得沙钧哭笑不得，帮也不是，不帮也不是。

"沙工，能不能帮我看看詹宁这个用户描述是什么意思，什么叫按键不要太大不要太小，不要太方不要太圆？"

"沙工，詹宁今天和我说，粉丝希望自拍模式的优化，既要真实，又要独特,既要看起来很自然,又要看起来不假,这要的是什么效果?"

"沙工,什么叫女生喜欢的偏男性设计思路,酷感之中带有一点可爱?"

……

中午 12 点的食堂人挤人,郝仁排队打好饭菜朝座位走,远远就看到了一个人坐在窗边吃饭的沙钧,便径直走过去在他的对面坐下。

"听说你最近很受欢迎,隋祖禹说他那边几个产品经理都要给你写感谢信,说你帮他们理解客户需求,提高了工作效率。"郝仁说道。

沙钧正专心致志地把蛋炒饭里的葱花一点一点挑出来,还在盘子里摆出整齐的三排,听到郝仁的话,手忽然一抖,把几片葱花又掀回饭里。

"这,这,哪有的事。"

"对了,下午营销部要来汇报年度粉丝活动的策划,你也参加一下吧,2 点半,1705 会议室。"

"为什么粉丝活动的会议邀请我?"沙钧问道,

"邀请嘛,就是你想来就来,没空不来也行,我想你就是在粉丝论坛被发掘出来的,可以出出主意。再说,詹宁有什么奇思妙想,我们听不懂,你也可以帮忙解读一下。"郝仁说道。

"我不是翻译,也不是助理。"沙钧嘟囔道。

"哈哈哈哈,对哦,下午有空就来。"郝仁笑得难以捉摸。

过去,耀华对于粉丝运营更多是为了提升消费者的归宿感,建立社区来让大家聚在一起。而随着耀华从运营商市场转向公开市场,在移动互联网时代具备话语权的众多粉丝就成了耀华商业经营中最能倚重的客户群体。

郝仁知道在管理层内部,还没转变思维的众高管只当粉丝经营是过家家,没有什么好投入的。要改变大家的思维,光说没用,只能是郝仁身体力行,亲自参与到粉丝活动中去。

看出众人在疑惑自己为什么会出现在粉丝活动的开工会上,郝仁笑了笑,然后直接替詹宁开场。

"今天把大家召集到一起,是为今年夏天的粉丝十年狂欢季定个调子。不知道大家有没有注意到,粉丝经济已经成为一个热词,作家张嬬在《粉丝力量大》一书中说过,大规模生产为主的时代已经过去,一人的情感为基础的风格社会成型。消费者在消费行为中,不仅仅希望用钱换取商品和服务，更期望获得创意和互动。我知道大家在过去期待做上亿的大单，对于一个个消费者是陌生的，所以，我推荐大家看看这本书，转变下思维。

"回归正题，今年是耀华终端走过的第十个年头，我希望这个重要的日子是和粉丝一起度过，各部门都要全力支持。营销策划的活动要让粉丝有暖心的感觉，研发对于粉丝的建议要予以重视并落在实处，销售要有针对性的促销方案……"

一听郝仁对这事的定调如此之高，本来打算敷衍而过的众人不由得坐直了身子。

詹宁一看大家眼中没了往日对粉丝业务习惯性的玩笑眼神，就起身介绍方案，"好，感谢郝总，下面由我介绍十年粉丝狂欢季的方案，请大家评审。2002年7月27日，郝总在深圳华强北开始调研自主品牌的可能，正是这一次调研为耀华终端的成立埋下了伏笔，所以本次十年粉丝狂欢季将在7月27日拉开序幕，我们预计邀请全球各地2000名粉丝齐聚深圳，来一场热闹非凡的狂欢派对，所有的表演嘉宾都将从粉丝群体中海选，亲自上阵，不请明星……"

詹宁条分缕析地在台上讲，台下最远的位置，坐着一开始百般不情愿，现在却鬼使神差地出现在这里的沙钧。沙钧很纳闷，激动起来语无伦次的詹宁，现在却能如此镇定地给资历深许多的高管讲解任务。能对詹宁委以重任的郝仁，不可能不知道詹宁的这个特性，那以需要解读詹宁观点的借口叫自己来的原因是什么。

"我有一个疑问，积极听取粉丝的建议我很赞同，但粉丝与研发工程师共创有没有这个必要？毕竟粉丝不是专业的开发，反复沟通的效率会很低，而且我们的工程师一直都在幕后，走到台前可能会有大量媒体曝光，不可避免有负面评价，不一定能适应。"隋祖禹说道。

"隋工，我能理解你的担忧，但是我们有很多优秀的技术性粉丝，比如说我们的沙工，他还是一个粉丝的时候想法就很超前，能和我们的工程师碰撞出火花。"詹宁说道。

"祖禹，你工作多而杂，确实不适合去承担这项工作，不过我能推荐一个人。"郝仁说道。

"谁？"隋祖禹说。

"齐飞华，我们的定制一姐，以往为运营商定制，现在为粉丝定制，熟门熟路。"郝仁说道。

这个名字一出,众人拍案叫绝,没有比齐飞华更适合的人选了。

"我没意见了。"隋祖禹说道。

"虽然是狂欢,但我建议粉丝表演节目,不能全部都是唱歌跳舞文艺类,也要有能够体现耀华的科技实力的节目,暗扣主旨。"穆言提议道。

"还要兼顾整体舞台效果,挺难的。"詹宁说道。

"这我也能推荐一个人。"郝仁今天说话的语气不像个总裁,倒像个演艺中介公司,要什么人有什么人。

"谁?"詹宁说道。

郝仁的目光像一束激光,在会议室扫射,投射到沙钧身上的时候,沙钧感到浑身有一种莫名的灼烧感。

"我不行的,我不要上台。"

"你只要像在实验室一样展示你的宝贝就可以了,不需要说话,也不需要和台下的观众有任何眼神交流,就当观众是地里的白菜萝卜,没什么好紧张的。"郝仁说道。

"这这这,也太太太,我想想……"沙钧现在明白郝仁是怎样对他诱敌深入了,本想一口回绝,可看到詹宁饱含期待的目光,只好给了一个可进可退的回答。

"好,回到整体的传播曲线那一页看看,志忠,你这边看看怎么和促销季配合。"

"7月27日到8月27日,我们层层递进地放出消息,通过悬疑的方式吸引粉丝注意,引起讨论,等热度达到一定程度,我们在正式公布活动……"

所有人继续激烈地讨论,而郝仁的目光扫过相距甚远的沙钧和詹宁,料定只要有詹宁这尊大佛在,沙钧逃不出手掌心。

第二百零一章　让人为爱买单

十年粉丝狂欢季的热度随着夏季的到来逐渐升温,倒计时的海报每天一换,收到邀请函的众粉丝开始在论坛呼朋唤友,等待见面之日的到来。

深夜11点,郝仁在空荡荡的办公室突然想走个心,打开手机录了一段视频上传了个人微博，标题和正文都只有两个字，十年。

视频中，郝仁坐在沙发上，落地灯落下暖黄的光，给面露疲惫的男人平添了几分慵懒和放松。

"十年了，"郝仁突然开口，用磨损了一天的低沉嗓音说道，"如果有人问我十年意味什么，我会莫名有种千言万语不知道从何说起的感觉。有时候十年太久，它足够让一棵矮小树苗长成参天大树，让一个不谙世事的男孩长成成熟的男人，让一个梦想得以实现或走向破灭。有时候十年太短，短得一晃而过，短得让我清楚地记得十年前的今天，我在华强北拿着一沓问卷，挨个问路人，你愿意买一台国产手机吗？那时候，大部分人回答我，没钱买国货，有钱买外国货。

"我的师傅是生产线工作了一辈子的老工人，那天我和他说了调研结果，他问我为什么呀，都是咱中国的工人在生产线上生产出来的产品，怎么不挂别人的品牌，就要跌一半的价格。不怕你们笑话，当时我想哭，我回答不了这个问题，我完全不知道怎么去回答一个在生产线累得弯腰驼背却只挣得买米钱的老工人。

"后来我喝醉了，也喝清醒了，我要用实际行动去回答这个问题，已经用了一个十年，没有回答好，就再用一个十年去回答。

"耀华的粉丝，我很感谢你们，是你们陪伴了耀华十年，是你们给予了耀华信任与包容，在这里，我诚邀你们和我一起走进下一个十年，7月27日我们晚上见。"

之前，郝仁按照詹宁的需求，总是以幽默亲和的形象与粉丝沟通，今天突然在感性击溃理性的深夜发这样一条风格反差极大的视频，一下子就把暗夜潜伏党给炸了出来。

"明明是条广告，不知道为什么我却看哭了，泪点好低。"

"有没有人注意到，这条视频是一口气录完的，墙上的时钟时间停留在今天的11点30分，中间一分一秒都没有剪切的痕迹，我有理由相信他是真情实感，如果背后有剧本的话，耀华的总裁可以说是实力派演员了。"

"这是耀华的总裁？路人飘过，脸看起来很疲惫，但挡不住人帅啊！"

"楼上的，仁哥不算年轻，已经是奔四的人，不过能保持这么好的身材和颜值，说是企业家颜值的天花板也不算过分。"

"难道所有人都只看脸吗？我觉得这位帅哥想做的是一件大事。"

……

微博上评论汹涌,郝仁手机设置静音回家睡觉去了。平静地过了个周末,周一晨起跑步,郝仁发现有人盯着自己看,还以为没洗脸被人发现,连忙用手干抹了把脸,发现眼角并没有眼屎。然后运动完坐电梯回家换衣服,却从电梯里的镜面里发现一旁的年轻女孩在偷拍自己。早餐后开车去公司,出小区门的时候,从保安的眼中发现了惊讶的神情,明明是每天都会遇到的业主,有什么好惊讶的呢。

郝仁莫名其妙地来到公司,发现詹宁在办公室门口等自己了,然后憋着笑给自己打招呼。

"今天到底怎么了?一路过来,大家在盯着我看,我照了镜子,一切如常啊,你的表情这么奇怪,是不是知道什么了?"郝仁问道。

"郝总,你忘记上周五发什么了吗?"詹宁笑道。

"一时感慨发了条走心视频,给粉丝年会预预热,不至于有什么大的波澜啊,你不会说我违反对外信息发布规定了吧。"郝仁说道。

"你发的视频倒是没有什么,但是有个娱乐主播把你给……算了,我发你自己看吧。"詹宁说道。

郝仁拿起手机,看到詹宁转过来一条微博,是一个名叫一知半姐的娱乐主播自制的视频,标题叫《明明可以靠颜值吃饭,偏偏想不开要走实力路线》,盘点了几个颜值极高却演技不俗的明星。可到了视频的后半段,一知半姐却放出了郝仁录制的视频,还加了独特的滤镜,让坐在沙发上的郝仁笼罩在一种薄薄的烟雾之中,似远似近,不可捉摸。

一知半姐用夸张的语气说道:"这是我昨天无意间刷到的视频,一见就被视频中不怎么霸道的总裁给迷住了,他是演技演不出的那种商业精英相。我又翻查了他的更多资料,发现他仪表堂堂的皮相之下隐隐透露着阅历沉淀的厚度,眼界开阔的广度。可惜他不在娱乐圈,不能常常在屏幕前看到他。不过我宣布,我已经是他的粉丝了,以后如果在我的微博中常常看到,不要觉得奇怪哦。"

视频看完,郝仁问道:"说得跟真的似的,什么厚度广度,我都没有哦。就是因为这个视频导致我人尽皆知?她影响力这么大吗?"

"内地娱乐第一名主播,上千万粉丝,你说呢?恭喜您一只脚踏入娱乐圈,有了姐的加持,以后可以靠脸吃饭了。"詹宁说道。

"别拿我开涮了,说粉丝狂欢季的事。"郝仁对这件事也没太上心,一个茶余饭后的视频，过几天就没热度了，互联网时代的眼球，变得比流星还要快。

7月27日晚上6点不到，从各地赶过来的粉丝陆续抵达深圳体育馆，等待十年庆的高潮粉丝狂欢派对的最终到来。

体育馆的入口，盛装出席的粉丝正被盛情相待，踏着一条如同星光大道的红毯，穿过一道道花团锦簇的拱门，并在前方巨幅留言板上留下了名字，全程有摄影师用摄像机追随，一切流程宛如明星。不过，许多早早到来的粉丝并没有落座，她们聚集在入口两侧，还在等待一个人的到来。

一辆黑色的轿车停在红毯起点，郝仁从车上下来，正打算随人流进入会场，没想到突然一声惊呼引得众人过来把郝仁给围住了。

"仁哥，仁哥，我们是矮人族，爱你爱你！"

"仁哥，仁哥，我们要一个签名……"

人群的聚集让郝仁的行动异常艰难，最后像签合同一样签了十几份名后，反复解释说怕影响狂欢派对开始，能不能让自己先进去，通情达理的粉丝才让出一条道让郝仁进了会场。

化妆间内，挤得一身汗的郝仁问詹宁："矮人族是什么意思？"

"就是你的粉丝团名字，矮人，矮人，爱仁，爱仁。"詹宁说道。

"这是娱乐圈的玩法吗？这么直白？我有老婆的。"郝仁说道。

"我本来以为一把年纪的你已经一只脚跨入娱乐圈了，没想到还距离十万八千里，你的粉丝好讲道理，真正明星的粉丝是十分狂热的，没有保安的帮助，不可能脱身。"詹宁遗憾地说道。

"注意，我没有一把年纪，不过矮人族什么的，要不还是算了，这也太影响生活了。"郝仁临上台前重新整理衣装。

"来不及了，你已经走上了不归路。"

詹宁把手机递给郝仁看，一知半姐发了郝仁走红毯的视频。

"一知半姐在受邀名单之内？她在现场？"郝仁问道。

"不知道，不过以她的人脉，从其他媒体要张邀请函不难。有的娱乐公司想请她都请不动，没想到她居然为了你从北京飞过来，我们赚大发了。"詹宁说道。

"怎么赚，我的脸能卖产品？"郝仁问。

"能，为爱买单。"詹宁说道。

第二百零二章　十年粉丝狂欢

感觉就在一瞬间，郝仁站在了舞台上，至于怎么从幕后走到台前的，郝仁已经不记得了。

舞台下是密密麻麻的人头，出发前郝仁数过詹宁的邀请函清单，足足有 1 万多人，超出计划的两千人。这和之前他做过的演讲不一样，那些媒体、运营商、零售商的客户是耀华用真金白银，好吃好喝招待过来的。

而眼前的这些人，不仅仅是以买卖的关系维系，更是以朋友的身份汇聚在一起，这一份信任郝仁绝对不允许有一分一毫的辜负。

"亲爱的朋友，我是你们的老朋友郝仁，代表耀华终端感谢你们的到来。在过去的十年里，感恩时光对耀华的关爱，感恩有全球粉丝的陪伴。今天，全球粉丝集聚一堂，你们是主角，话不多说，让我们开始狂欢派对。"

大屏幕上开始倒计时，郝仁默念 10，9，8，7，全场也跟着念起来，3，2，1，等数字归零，体育馆顶上的烟火突然齐齐绽放，把夜空照得如同白昼，所有人欢呼起来。

等欢呼稍歇，大屏幕上开始滚动一张张人脸。倒计时的数字变成年份，从 2003 年点亮，女牧民卓玛措的笑容出现在大屏幕上，雪山草原都没有她的笑容和手里的高原红手机灿烂。2004 年，耀华从香港开始接触海外市场，屏幕上一位香港居民正面朝维多利亚港湾，手持耀华手机对着璀璨的夜景拍照。2005 年，耀华通过运营商渠道开始占领非洲，一群非洲兄弟正用耀华手机播放音乐，欢声笑语，载歌载舞。2006 年，2007 年，2008 年，随着时间一同出现的是粉丝的身影，将往事一幕幕回放……

等大屏幕静止，观众们发现刚才照片中的面孔已经出现在了舞台上，一身藏袍的网民卓玛措，一身得体燕尾服的香港音乐家丛琮，宽松衣服大金链子的非洲舞者阿布诺等人一字排开，齐齐站立。

郝仁微笑着递给几人话筒，像个主持人一样说道："欢迎几位的到来，可以先自我介绍一下吗？"

"大家好，我是卓玛措，说出来你们都不信，我曾经是个模特，耀华第一款产品 T1 就是我代言的,而且没有上市前,我就拥有了一台耀华手机,今天我还把它带过来了。"卓玛措说完向台下挥了挥手中的旧手机,笑得像一朵花。

"是的,我作证,卓玛措是我们第一位模特,而且我和耀华终端现在的研发总监隋祖禹、销售总监穆言都曾醉倒在卓玛措的帐篷里,青海的景美,青海的酒烈。"郝仁说道。

"大家好,我是小提琴手丛琮,很高兴作为一名粉丝出现在这里。2004 年的一天清晨,我在山顶拉琴,偶遇来晨练的耀华营销总监穆小姐。她很喜欢我的曲子,用耀华手机录下了一段做铃声。后来这段铃声很受大家的喜爱,穆小姐又来找我,希望我能演奏一曲能在早晨温柔唤醒耀华用户的闹铃声。我也想被自己的铃声唤醒,所以成了耀华粉丝。"

"哦,这件事我也是头一次听说,那丛先生不能叫耀华粉丝,你应该是耀华员工。"郝仁说道。

"员工工作太多,还是让我做粉丝吧。"丛琮说道。

等 10 个代表不同年份的粉丝介绍完自己,立即开始了一轮才艺的表演,卓玛措的藏语歌高亢嘹亮,丛琮的小提琴悠扬婉转,阿布诺的 rap 抑扬顿挫,把现场的观众气氛点得火热。

一轮十个节目表演完,有人已经喊哑了嗓子,这时第二个重磅节目登场。

"在过去,每一件耀华产品都是我们的研发工程师在实验室里做出来的,但是今天,我们希望和耀华粉丝一起共创一件作品,有请耀华高级研发工程师齐飞华和她的粉丝合伙人李林。"郝仁适时地穿针引线。

只见身高腿长,板寸短发的齐飞华精神抖擞地走上台,下面的女观众就一阵阵欢呼,"帅哥!帅哥!"

"我是女生,耀华的研发工程师。"齐飞华的回答又引起一阵骚乱。

齐飞华旁边一个戴金丝框眼镜的长发男生,出人意表地顺着齐飞华的句式说道:"我是男生,耀华的资深粉丝。"

反差的形象,默契的配合又一次引得观众狂笑不止。

"我是一个手游菜鸟,就是瘾大人菜的那种玩家,我也想体验胜利的喜悦,怎么办呢?幸运的我得到了一个和飞华姐合作的机会,于是我就和她说,我想要更好屏幕视野,让我在敌人靠近时候提前发现。还要超大内存,获取极致性能,操作顺滑。最好有翻转体感操作,更多快捷键。

等我说完要求，飞华姐都懵了，于是我安慰她你一定行的。她却回答说，这事得靠我。没办法，我不帮忙谁帮忙。于是，我用暑假时间在耀华公司工作了三周才做出了这台适合菜鸟的游戏手机。"李林说道。

"是的，作为李林的助理，我能证明他为了打游戏真的很拼。"齐飞华不苟言笑地说道。

"这一款粉丝定制手机，我们今天会送出二十台，大家保留好邀请函，等待抽奖结果。"郝仁说道。

等两人下去后，一件透明玻璃屋被人搬上台，里面还有一张放着各式各样家电的桌子，沙钧从后台没打一声招呼就钻进了玻璃屋，在里面用手机控制起桌子上的物品来。

"玻璃房的主人是 silicon chips，经常逛论坛的网友对他一定很熟悉。现在，他已经入职耀华了，负责的工作就如大家所看到的。"郝仁说道。

只见沙钧的双手从未离开手机，却控制着屋子里的一切，电视打开了，沙钧看起了球赛，桌上的机器突然蹦出爆米花，机械手臂倒了一杯可乐，并和爆米花一起送到沙钧跟前，沙钧却不接，只是张了张口，等机械手臂把食物饮料喂到口里。

台下的有粉丝喊道："搞发明的真的可以这么为所欲为吗？"

"是的，他在我们公司就是为所欲为。"郝仁说道。

第二百零三章　捂得热的石头

沙钧演示完自己的魔术，在众人诧异的目光中，一声不吭地离开了舞台。直到工作人员将玻璃屋推走，台下才爆发出热烈的掌声。

"他好酷！"不少女孩摇晃着手机的荧光棒喊道。

沙钧全当没听到，走到后台的工作间，收拾起自己刚才演示的宝贝物件来。

在一旁跟进直播效果的詹宁，脱下耳机对着沙钧说道："听到没有，他们在为你欢呼呢，你今天就像闪亮的明星，激动不激动？"

"嗯，激动。"沙钧头也不抬地敷衍道。

"你明明一点不激动。"詹宁不悦地说道。

"后面没我的事了，我先回去了。"沙钧已经收好行李箱，转身就要走出门。

"你不等等你妈和你妹吗？"詹宁问道。

"什么？她们怎么也来了？"沙钧终于有了点情绪波动。

"嗯，她们坐在第三排，刚才离你很近。"詹宁说道。

沙钧隐约记起来，前几天妹妹来公司找他，问起能不能给她两张粉丝派对的门票，结果沙钧为难说对詹宁开不了口，丢了个直播链接给妹妹。后来也不知道詹宁怎么知道的，给他妹妹和母亲送了票。

"是你！"沙钧说道。

"嗯，要不要去前面和他们坐一起？"詹宁说。

"不要了，"沙钧看了一眼直播屏幕上欢呼雀跃的人群，就有点害怕，于是说道，"要不，我坐这里看？"

詹宁笑了笑，拿起旁边的耳机罩在沙钧头上，小拇指轻轻撩过沙钧的耳垂，把沙钧的理智炸了个荡然无存，耳机里只听见隆隆巨响，心中顿时拉起了警报。

舞台上，一个节目接着一个节目，绚烂的灯光闪烁不停，激动的人群已经没有一个人能够安然坐着，全部起身跟着节奏扭动身姿。

等最后一个节目落幕，狂欢派对进入尾声，郝仁站在舞台边，拿起手机背对观众喊道："我们一起拍个照吧！"

说完人群朝前汇聚，一二三，一万多张笑脸浓缩在手机屏幕的方寸之间。下一步，郝仁应该转身宣告派对结束，就在这时，郝仁却做出出人意表的举动，双臂张开，身体挺直，向后朝观众猛地倒去。

"啊啊啊……"

郝仁感到耳边有风在呼啸，人群里的尖叫声从遥远的地方传来，而身体最终稳稳地落在众人用手搭建的桥上。

郝仁翻身，做出自由泳的姿势，从一双手游向下一双手，从一个微笑划过一个微笑，现场的欢呼一浪高过一浪，最终汹涌的浪潮将郝仁送到了彼岸，然后郝仁从出口挥手离去，结束了3个多小时的狂欢。

人潮渐渐散去，空旷的体育馆陷入了沉寂。郝仁的心却久久不能平静，仰头看向烟火散尽的深邃天空。

"你今天做得太过了，不管你承认不承认，你已经不再是少年，老骨头摔倒可没那么容易好。"穆言一边嗔怪道，一边把外套披在郝仁身上。

"我只是想验证我的一个信念，一个根深蒂固的信念。"郝仁握住穆言的手说道。

"什么信念？"穆言问道。

"究竟是谁才是最终托举品牌走向辉煌的力量。"郝仁说道。

"现在知道了？"穆言说道。

"嗯，就是没让我坠地的一双双手。"郝仁说道。

"你还知道会坠地，现在疯够了，回家吧，这里留给詹宁这些年轻人收尾吧。"穆言朝正在监督工人拆舞台的詹宁等人挥了挥手。

"嗯，我确实一把年纪了。"郝仁拉着穆言朝出口走去。

沙钧给母亲和妹妹发了短信约在东门见，自己却磨磨唧唧等人走尽才出来，刚一露面，就见一个女孩朝自己飞奔过来。

"哥，你今天好帅！我都被你帅呆了，一直朝你挥手呐喊，你看到听到了吗？"

"嗯，看到了。"沙钧睁眼说瞎话道。

"妈，哥就像一个伟大的魔术师。"女孩说道。

"妈，里面吵不吵，耳朵受不了的话应该早点出来休息。"沙钧对母亲说道。

"不吵不吵，妈就喜欢热闹，看到你这么出息，高兴都来不及。"头发花白的女人说道。

"嗯，我们走吧，现在应该好打车了。"沙钧说道。

这边詹宁和部门同事忙了好久，才让供应商把现场所有的舞台装置大件运走，最后剩下沙钧表演的玻璃房让大家犯了难。

"宁姐，这个玻璃房你从哪里弄来的，又大又重又难拆，供应商说不是他们的东西，没法处理。"一个入职不久的男员工问道。

"没事，这里没有你们的事了，先回去吧，我来处理。"詹宁说道。

"这？"男员工不太确定地问道。

"走吧。"詹宁说道。

等所有工作人员走后，詹宁打了个电话，不多时来了一辆小轿车和一辆大型集装箱货车。

小轿车副驾驶上下来一位头发花白的老人，对着詹宁说道："小姐，工人来了，东西运到哪里去呢？"

"陈伯，辛苦你大晚上帮我张罗，就运到家放院子里当个阳光房，种点植物吧。"詹宁说道。

老人过去交代了工人几句，然后打开车门让詹宁进去。

"什么人让小姐这么费心？"老人问道。

"陈伯，别这么八卦了。"

詹宁将头扭向一边不说话了。

之前，沙钧害怕接触陌生人的目光，死活不愿意上台演示。詹宁就让工人用单向玻璃打造了这间玻璃屋，在里面完全看不到外面的人群，又想到掌声欢呼声可能干扰到沙钧演示，额外加了三层隔音玻璃，哪怕立在再嘈杂喧嚣的环境，里面也能寂静无声。

詹宁有自己的小心思，什么材料都选好的，但公私分明的她觉得这不应该用公费报销，于是私下刷了自己的卡。

"反正，我觉得小姐这么用心，石头都焐热了。"陈伯说道。

詹宁觉得车里有点闷，打开一半车窗透气。汽车在城市道路上飞速行进，盛夏的晚风难得带来丝丝凉意，抚得人舒爽畅快。

"能焐热吗？"詹宁有点不太确定。

第二百零四章　得失冷暖自知

粉丝狂欢派对才刚结束，深夜的互联网就被铺天盖地的热帖攻陷，大部分都来自粉丝自发的内容，官方权威的媒体报道在里面反而显得有些势单力薄。连媒体出身的穆言都感慨，那个机构权威的话语权时代已经结束，曾经人微言轻的芸芸众生以群体的形象，在舆论场上占据了一席之地。

"你今天可出尽风头了，现在网络上全是你的各种特写，还有人把你做成了表情包。"穆言穿着睡衣倚在沙发上说道。

"我看看。"

郝仁今夜忙得一身臭汗，洗过澡后头发滴着水朝穆言凑过来，被穆言嫌弃地推开一点。

"你像只落水狗，别靠过来把我弄湿了，你先擦头发，我念给你听。"于是用正经的播音腔念网络上不正经的评论，"第一条热帖，图片是你在人群中挣狞的表情，文字是今夜过后，我很疑惑为什么会粉这么一个不霸道不正经的总裁，身边没有保镖助理就算了，还直接倒在人群中，不知道我图什么，图他旱泳龇牙咧嘴，图他主持让人哭让人笑。我真的非常赞同这位网友的意见，我也在反思图你啥。"

"图我帅气又温柔,下一条。"郝仁说道。

"第二条点赞最高的是你的九宫格照片,全是表情管理失败的,文字是这样的人即使喜欢也最好不要被别人知道。算了,除了媒体,你的照片没有一张是好看,我们看看别的内容吧。沙钧的反馈更好一些,有人把他称之为科学怪人,大厂宝贝,叫你要好好对他,多给钱少干活。"穆言在手机上切了一个话题说道。

"唔,我一直都是这样供养着他。"郝仁说道。

"咦,有一条得到马旭峰点赞的媒体评论。"穆言说道。

"说什么?"郝仁说道。

"标题是粉丝经济冲垮的是受众的理智,网络钟爱偶像导向的业余者,人人皆可偶像,专业成熟被当作沉疴抛弃,粗鄙者在崛起,剽窃者在胜利,严肃文化在衰落,一个没有理智的时代即将开始。在网友的眼中,热点即是真理,各种插科打诨的大杂烩即是智慧,殊不知一不留神就被哗众取宠的厂商掳走了腰包。"穆言念道。

"哪里是讨论粉丝经济的弊端,媒体是在为丢失的话语权唱挽歌,马旭峰是真心觉得耀华掉价。"郝仁说道。

"是,但赞同的人不少,说实话,我们这样的方式真的有效吗?"穆言说道。

"有没有效,我说了不算,数据说了算,过些天测算下,看看这次的粉丝狂欢节投入多少费用,获得多少传播声量,带来多少销售增长,投入产出比多少。"郝仁说道。

"嗯,半月后看看15天转化。"穆言说道。

"好了,累了一天了,早点休息吧。"

郝仁其实不仅不累,还很亢奋,只是看到穆言自生下女儿后,家里公司两头忙,却凡事依然不肯降低要求,郝仁担心对身体的消耗极大,所以总是拖着她按时作息。

2012年过去大半,期中考试的成绩单如约而至,与全球经济复苏的云山雾罩相比,智能手机市场可谓是灰色天空的一抹亮色。但在一片欣欣向荣的光景之下,不难找到爆发式增长的得意,也不乏暗自神伤的失意,终究是如人饮水,冷暖自知。

做了14年的市场霸主酷美,如同被灾难电影《2012》命中,厄运纷至沓来,先是年初全球大裁员和亚洲工厂关闭,随后是放弃引以为傲的

Symbian 系统，与 Windows 系统结盟，打算借助强力外援走上救赎之路。只是没想到 Windows 却冷脸相对，不对酷美提供 WP7.5 向 WP8 升级的机会，让酷美堆砌了 800 万像素摄像头、最新处理器、高清屏幕的高配旗舰成了行业笑话，跌破 3000 元依旧无人问津。

而 CF 顺势而为，清理多余系统的产品族，扛起了 Android 系统的大梁，并借助自身的屏幕能力，在市场上开启了大屏攻势，从去年的 5.3 英寸的大屏旗舰热销 3000 万台开始，今年推出 5.5 英寸的新款，上市首月销售 500 万，用一个月时间完成了一代产品 5 个月的销量。

新旧两大霸主在 2012 年上半年完成交替，在没有见面的情况下完成了针锋相对。旧霸主没有让贤的风度，在面对记者的话筒时，酷美的总裁说，我们什么都没有做错，但是却输了。新霸主也没有谦虚的气质，CF 的总裁说，我们只是在做自己，只不过是毫无意外地赢了。

事有凑巧，国产第一品牌名号下的主人也完成了交替，出海企业的灯塔理想已经占据了全球运营商市场 50% 以上的份额，忠实合作伙伴的头衔稳稳地粘在了马旭峰的脑袋上，在各种高端酒会上被位高权重的跨国运营商代表多次提及，连普通消费者都评价道小说里的霸道总裁就应该是这样，在法国皇宫喝过酒，在钓鱼台宾馆聊过天。

而理想的反面典型耀华，嘴里喊着阳春白雪的号子，手里干着下里巴人的事，口口声声叫着要走向高端，却整天像屏幕里的流量明星，整天周旋在粉丝身边，粉丝论坛有问必答，线下门店像个游乐场，买不买都可以在那里消磨时间。连粉丝也疑惑，这样会不会亏本。

粉丝的担心也是穆言的担心，然而粉丝狂欢季的投入产出比测算出来，不仅没有亏本，反而在声量和利润上都有了质的提升，失去运营商客户的份额在靠着一个一个的粉丝渐渐夺回。

"大家都看了没有，我们找到了更大的靠山，从今以后对粉丝用户一定要重视，粉丝给耀华带来的正面影响还能继续挖掘，我们实现了平滑过渡。"郝仁说道。

"是倒是这么说，可行业并没有非常认可，今年的高新科技企业家峰会居然没有给你 VIP 邀请函，看来他们对你的选择疑虑未消，你还要去吗？不去我就以工作冲突回绝掉。"穆言说道。

"去，当然坐了这么多年的 VIP 席，换个地方坐坐也好，能上能下，不对，是能下能上，企业家峰会会场是下沉式的，越靠前越下面。"郝仁说道。

"行，去了你别怪主办方不热情就行。"穆言说道。

"哪能，荣辱不惊，专注自身。"郝仁认真说道。

在座的所有人心里暗自啐了一口，你哪里荣辱不惊，看了几张粉丝拍图都开始加强健身了。

第二百零五章　对抗大可不必

世界高科技企业家峰会在苏州拉开序幕。郝仁如过去的每一年，早早地起床吃了一碗清甜的汤面，一个人往场馆走去。

下沉式的会场过了十年依旧聚焦着众人的目光，层层向上堆叠的座位犹如时代的浪潮，由中间的聚光灯下的人引领，然后再蔓延到其他人。曾经郝仁也是那中间的人，今天又从 VIP 区回到了最外围的普通区，有点奋斗十年，一夜回到解放前。

若是别人，难免生出些人情冷暖的味道，或是怨怼几句主办方，可郝仁不是别人，安之若素地找个座位坐下来，然后从上往下俯视舞台，比往常更像个指点江山的人。

新任的峰会主席顾伟军正在引用美国投资公司 Redpoint Ventures 主管汤姆·汤古兹的研究，对科技行业一片大好的形势进行阐述。

"过去的 30 年，科技行业呈现发展跌宕起伏，但总体向上的趋势。80 年代，全球科技公司市值仅为 500 亿美元，占全球经济的 1.6%，十年后，科技公司的市值翻了一倍，达到 1760 亿美元，在经历互联网泡沫之后，如今全球科技公司的市值达 7 万亿美元，占全球经济的 14.7%。另一方面，市场碎片化为我国的发展提供了机会，在 1990 年，行业寡头控制了整个科技行业，全球最大的 10 家 IT 公司占据了整个 IT 行业 80% 的市值，而如今，这个比例下降了 30%，行业整体处于健康状态，体现了充分的竞争……

"我们身处在一个快速变化的时代，我们的行业每 10 年就发生一次巨变，1990 年，计算机厂商和运营商是最大的科技公司，2000 年，软件公司超过硬件公司成为市场领先者，2010 年后，移动通信技术成为市场焦点，变就是最大的不变。最后，我想借助狄更斯的《双城记》来结束我的发言，这是最好的时代，这是最坏的时代，如果这个时代把好的坏的都不吝惜地摆在你我面前,那我们拿走好的,再把坏的也变成好的,各位请继续毫无迟疑地前行。"

顾伟军新官上任三把火,烧得全场热烈鼓掌。接下来上场的正是近来最炙手可热的理想科技总裁马旭峰,他比郝仁第一次见的时候更加意气风发。

"感谢主办方的邀请,过去的十几年间在市场上沉沉浮浮,身边的队友旧的走新的来,自己却很庆幸一直有机会在这里发言……"

马旭峰这一套听起来不谦虚的谦虚论调听得郝仁昏昏欲睡,结果紧挨着自己座位的男子却比郝仁更不耐烦。

"真是垃圾时间。"

郝仁转头看到一个西装革履的年轻男子,黑暗中皮肤依然白得发光,眉眼不像其他企业家那般凌厉,平平无奇的五官凑在一起却很和谐,给整个人平添几分亲和感。

"谁说不是呢。"郝仁附和道。

"你好,MG钟鸣哲。"对方说道。

"久仰大名,参加过你的线上销售,你好,我是耀华郝仁。"郝仁说道。

"感谢支持,我看过你的所有报道,尤其是你的粉丝狂欢季,很值得学习。说实话,虽然马旭峰在台上,但这个人我不看好,他太求稳了,稳到不愿意冒一点点风险,市场上有几条腿,他却只拥抱最粗的运营商,靠机海战术获取利润。短期来看,确实能够让利润高人一等,可一旦市场变化,绝对措手不及。"钟鸣哲说道。

"是啊,一个人站在台上,灯光太过耀眼,会看不清黑暗里多少事情已经变化。"郝仁说道。

"真是英雄所见略同,很高兴认识你。"钟鸣哲说道。

"我也是,我从你的销售手段中学到了很多,作为消费者今天可算找到机会问你一句,为什么要搞饥饿营销,让我买不到。"郝仁好奇地问道。

"我说了你也不信,饥饿营销是什么都是我的助理看了媒体报道告诉我的,你买不到货的原因真的是我们供应链能力不足,我第一次创业肯定不敢囤太多货,怕被库存拉垮,哪里知道会这么多人买。"钟鸣哲诚恳地说道。

"原来是这样，我相信你，可大家不相信，还把你们作为饥饿营销优秀案例。"郝仁说道。

"这找谁说理去。"钟鸣哲说道。

"给你个建议，不要解释，继续发扬光大。"郝仁说道。

"哈哈哈哈，和你聊天真是畅快，好过听马旭峰老和尚念经。"钟鸣哲说道。

"要不下午会议结束一起吃饭?"郝仁说道。

"明天你要是没要紧事，喝个不醉不归。"钟鸣哲说道。

"我一个小喽啰，能有啥事，喝个够。"郝仁说道。

"别扮猪吃老虎，我可不信，对你我研究得透透的。"钟鸣哲说道。

这次峰会，郝仁只有半小时分论坛发言和两三个媒体采访，事情少得连穆言都去忙别的事了，只是出行前把行程单交给郝仁。

对此郝仁这样问："为什么这次对我这么不重视，我出行一点阵仗都没有。"

对此穆言这样回答："不需要我发力，你在哪里都能搞出事来，我不看比较好，免得心绞痛。"

穆言真是堪称耀华终端有限公司第一预言家。

下午4点峰会议程结束，郝仁在分论坛门口等到钟鸣哲，两人有说有笑地往大门外走，走到大门的时候，钟鸣哲激动地搂了一下郝仁的肩膀。

两人还没走几步，前方不远处有两伙人群打着横幅相对叫嚣起来，群情激昂地犹如足球赛场外两个不同俱乐部的粉丝。

"那边拉着同心同仁，日月星辰标语的人群是你的粉丝吧。"钟鸣哲问。

"这边拉着电闪雷鸣，不改初心标语的人群是你的粉丝吧。"郝仁反问。

"哎，他们怎么吵起来了?"

两人异口同声，然后稍微走近了一点。

"MG垃圾，没货出来卖什么卖，钟鸣哲长得像丑八怪。"这边吼道。

"耀华才垃圾，装模作样搞高端，郝仁作死把门关。"那边回应。

"粉丝口号不怎么样，吵架倒是很押韵。"钟鸣哲事不关己地说道。

"我觉得我们要是个组合，叫一鸣惊仁也不错。"郝仁高高挂起地说道。

刚才还在对垒的两军立马朝两人拥过来,把两人各自护在中央,隔得远远的。

"放心,仁哥我们保护你。"

"放心,阿哲有我们没事。"

……

此时正是峰会退场人流鼎盛的时候,不少人拿出手机拍照录像,围观的人群越来越多,最后郝仁和钟鸣哲给粉丝签了很多份名,并多次感谢了这大可不必的保护,才在保安的护送下离开。

从两人分头出发,又在酒店包厢中会合,已经过去了1小时。

第二百零六章　高端与性价比

进了包厢,钟鸣哲和郝仁相互看了对方一眼,突然大笑了起来。

"你的衣服怎么这么皱?"

"你的纽扣怎么少了两颗?"

"哈哈哈哈哈!"

稍作整理后,两人从狼狈中缓过来。

"这粉丝见面跟打劫似的,之前公司有个小年轻和我说各行各业都在偶像化,我也不例外。当时我还和她说我也追过星,但绝对不是我这种长相的。"钟鸣哲指了指自己的脸,感慨地说道。

"粉丝喜爱的偶像并不是真正的人,只是他们在脑海中虚构出来的人。比如说你吧,他们把你想象成一个靠谱可信赖的大哥,觉得你很有亲和力,你不会骗人,只要你沿着这个路线走,他们就会越来越喜欢你。"郝仁说道。

"感谢你的这个建议。那你呢,你在朝帅气多金的霸总形象打造吗?"钟鸣哲说道。

"不,我不打算去迎合粉丝的想象,我想要用产品说话,水能载舟亦能覆舟,太依赖我个人的影响力,一招不慎,很容易被反噬。"郝仁说道。

"说真的,你这么折腾到底图什么?耀华曾经是运营商定制第一的品牌,你却意气用事放弃了运营商市场,现在耀华在公开市场耕耘,聚集了一群忠实粉丝,你又说不愿意迎合粉丝。"钟鸣哲问道。

"我只是想做一个能与所有国外高端品牌一争高下的产品而已,运营商一味要求我们降低配置,暂时道不同,不能同行。而粉丝,他们真心喜欢耀华产品最好,如果是因为喜欢我,顺带买了产品,这样注定不能长久。"郝仁说道。

"中国品牌做高端难度很大,你看满大街的奢侈品包包全是外国货,是因为中国人做不出来吗?一个包一层皮能有多难,不就是因为外国的月亮圆。你即使产品做到同样性能也未必能把价格卖上去。不如追求性价比,初中的政治课本不是说了吗,当前的主要矛盾是人民日益增长的物质文化需要同落后的社会生产之间的矛盾。我就生产极致性价比的产品,让消费者花钱少用好货。"钟鸣哲说道。

"突破了高端,产品可以下潜高性价比的产品,但挂上了高性价比的名号,凡事都用成本衡量,可能会制约你产品研发的创造力,变得束手束脚。"郝仁说道。

"我不是这么看,一个不看市场需求的研发是闭门造车。"钟鸣哲说道。

"我不同意你的观点,一个只看市场需求的研发无法引领风骚。"郝仁说道。

"我说不过你,让市场来判断。"钟鸣哲说道。

"我不和你争,让时间来判断。"郝仁说道。

"哈哈哈哈。"两人针锋相对半天又忍不住笑了。

"虽然观点不同,但是意外地聊得来。"钟鸣哲说道。

"君子和而不同,小人同而不和。"郝仁说道。

"我觉得你在骂马旭峰。"钟鸣哲说道。

"别瞎解读,我一直都是大方豁达的形象。"郝仁说道。

"啧啧,我完全看不出来,你和马旭峰明里暗里交手多次,心里没气?"钟鸣哲说道。

"别说他了,扫兴。说说自己吧,你是怎么把市场定位做得这么准的?我也好学习学习。"郝仁说道。

"这也没什么,我出身寒微,家乡是个十八线小县城,县城小到只有一个集市,集市上有几家卖豆腐的,我妈就是其中一个,但她每天卖掉的豆腐是其他家的总和,被称为豆腐西施。这称号不是因为我妈美若天仙,相反她是个100多公斤的胖子,原因是我妈特别懂消费者的心理,别人买一斤豆腐，她送辣酱，买两斤就送咸菜，三斤以上就都送。送的东西不多，但是都是我妈用祖传手艺做出来的，味道极好，其他地方买不到。别人要单独买咸菜和辣酱，我妈都会拒绝，说赠品不卖，引得想吃的人都是搭配豆腐买……"钟鸣哲自豪地介绍着母亲。

"所以，你现在的销售手段都是伯母玩剩下的？"郝仁问道。

"是啊，听妈妈的话。"钟鸣哲说道。

"说真的，以后我们一定会在市场上短兵相接，希望到那时还能像今天一样心无芥蒂地聊天。"郝仁说道。

"我当然行，刚才你粉丝推我，我都没和你计较。"钟鸣哲说道。

"我纽扣怎么掉的你不会没数吧。"郝仁说道。

"还是喝酒吧。"钟鸣哲说道。

"干！"

"干！"

第二天一早，宿醉的郝仁被电话吵醒，摸索着按开接听，穆言的喊声就从对面传来。

"郝总，我真是服了，我知道你能搞出事，没想到是搞上娱乐新闻，一个我没有涉猎的领域，你那些落荒而逃的照片，我找谁沟通都不知道……"

"我如果说是个意外，你相信吗？"郝仁低声问道。

"信，别提让我多意外了，完全低估了你的能力。"穆言说道。

"我错了……"郝仁还想再睡一会。

"让我怎么说呢……"穆言一时语塞。

好不容易安抚好穆言，郝仁继续睡，电话又响起。

"我都认错了，让我睡会。"郝仁说道。

"你做错什么了？"沈同方的声音传来。

"哦哦哦，沈老啊，我看错了，大周末找我什么事？"郝仁说道。

"一个好消息，一个坏消息，你想先听哪个？"沈同方问道。

"又来这套，先听好消息。"郝仁说道。

"四核芯片做出来了，四个内核，16 个 GPU 单元，频率 1.5GHz。"沈同方说道。

"真的吗？如果没意外，我们会是国产第一个四核 CPU，那为什么会有坏消息？"郝仁现在也不瞌睡了，一跃而起坐在床头。

"你要降低期望，性能未必如你所愿，我估计作用在旗舰机的可能性不大。"沈同方说道。

"我今天就回来找您，我们当面说。"郝仁说道。

"好，等你。"沈同方说道。

郝仁原本打算多逗留一天，去拜访穆言的父母一趟，接到沈同方电话后急不可耐，立马改签了机票，回到了深圳。

第二百零七章　就用在旗舰上

大周末的办公楼空无一人，郝仁独自穿过长长的走廊，走向沈同方的实验室。夕阳透过实验室的玻璃，折射出一地的金黄，灿烂无比。

古人叹道，夕阳无限好，只是近黄昏。郝仁却觉得，正是因为接近黄昏，才会不遗余力地迸发出所有的光芒，才配得上无限的美，无限的好。

郝仁推开门，发现沈同方、钟楠、隋祖禹、孙皓、李子健、齐飞华一干人等都在了，挤得沈同方不小的办公室满满当当。

"哟，大周末的，都来了！"郝仁说道。

隋祖禹白了郝仁一眼，说道："沈工，赶紧的，你说非要等他来，他已经来了，可以给大家秀一把了。"

沈同方戴上手套，从抽屉里小心翼翼地拿出盒子，把里面四四方方的指甲盖大小的芯片展示给大家看。

"这么小！"郝仁惊呼。

"12毫米，是个超薄超轻手机，一共有四个A9内核，16个GPU单元，采用的是64位内存总线，在一系列的基准测试中能够超越竞争对手性能40％到50％。"沈同方说道。

"既然如此，沈工为什么在电话里说性能不如预期？"郝仁问道。

"我们没有跑赢摩尔定律。今年是四核爆发年，CF这些公司已经开始开发下一代A15架构的芯片，我们这还是A9，另外就是集成度不够高，无线模块没有集成进来，只有CPU和GPU，而竞争对手已经有了相应的方案了。等我们的产品开卖，可能会落后，所以我觉得不适合装在旗舰上。"沈同方说道。

"沈工，我能理解你急迫的心情，但是从零到一的突破最难，这已经是国产第一块四核智能手机芯片，已经有里程碑的意义了。"郝仁说道。

"那，要用在旗舰机上吗？"钟楠不确定地问道。

"用，为什么不用？手机是一个整体，硬件软件系统都是决定性因素，不能全部担子压在你的身上，隋工，你的团队要能把这款芯片的优点发挥出来，另外要快，既然竞争对手已经在下一代产品了，我们就要打出时间差。"郝仁说道。

"知道，早就给沈老备着呢，子健，飞华不是都带过来了。"隋祖禹说道。

"孙工，你也很关键，UI与APP、APP与OS、OS与芯片之间的三个中间层要吃透，做到消费者体验好和生态开放健康。"郝仁说道。

"好的。"孙皓答应道。

"大家一向配合，可是万一芯片影响到旗舰的销量，那我罪过大了。"沈同方说道。

"我没有别的意思，只是第一款四核芯片直接上旗舰会不会有点冒险，要不要先拿个非旗舰试试？"隋祖禹说道。

"隋工，你的担忧我不是没有考虑过，只是把一个第一放在非旗舰会给人没信心的感觉，生出国产不如外国货的成见。"郝仁说道。

"目前不足还是很多的，这点必须要承认。"沈同方说道。

"是的，郝仁你别脑子一热不够慎重。"隋祖禹说道。

"谁说一年只能发一台旗舰？我们出双旗舰，上半年一台，下半年一台，上双保险。你看现在飞华也不用做定制了，不如和子健各带一支团队比比，看是巾帼不让须眉，还是儿郎胜过红颜。"郝仁说道。

"我没问题。"飞华向前一步说道。

"我有点怕。"李子健往后一缩说道。

"哈哈哈哈。"

众人轻松地笑着，唯有隋祖禹还是一副忧心忡忡的样子。

"隋工还有什么顾虑？"郝仁说道。

"双旗舰，如果一个用自研芯片，一个用外购芯片，对比太鲜明怎么办？如果都用自研芯片，又不太保险。"隋祖禹说道。

"就一个用自研一个用外购，不商用在实验室永远发展不起来，不要怕比较，差距客观存在，不和自己比，别人也会比。飞华，子健你们俩不准互相谦让，都拿出实力来。"郝仁说道。

"放心吧，不会放水，我做自研芯片的吧。"齐飞华说道。

"我加入飞华姐的队伍。"钟楠说道。

"他们两个人对付我，会不会太过分。"李子健说道。

"不会。"

齐飞华和钟楠异口同声，可李子健知道，她是挑了难的活，把轻松的让给自己。

齐飞华似乎读懂了李子健，"你别一副不好意思的样子，我只是选择更适合自己的产品，没有让你。"

"好了，就这么定下来吧，等大家的好消息，周末愉快。"

等众人散去，实验室只剩下郝仁和沈同方。

"不容易啊，沈工。"郝仁舒展地靠在沙发上说道。

"你才不容易，两年了没有催过我一次，经费上从来没有短缺过，只有你有这样的耐心。"沈同方说道。

"沈工，你经常去深圳湾散步，一定见过苍鹭，其实它还有个别名，叫老等。这种鸟总是彼此拉开一定距离独自站在浅水中，一动不动地紧盯着水面，小鱼小虾路过它看都不看，遇到个头大的鱼才会伸颈啄之，有时候它可以等候食物长达数小时之久。鸟都如此，我更不用说了。"郝仁说道。

"我的业务是条大鱼。"沈同方说道。

"别说两年，再久都愿意等。"郝仁说道。

"希望不负你所托。"沈同方说道。

告别沈同方，郝仁才拉着行李箱回家，一进家门，就看到女儿朝自己扑过来。

"爸爸，玩玩具。"

郝仁平时太忙，女儿问为什么总是不在家，郝仁说挣钱买玩具。于是，现在女儿总是把玩具塞给郝仁，想让他不要这么辛苦。

"爸爸问个问题？"

"嗯？"

"爸爸做的东西和爸爸买的东西，哪个好？"

"爸爸做的。"

"自己做的可能暂时没有买的好看。"

"我要爸爸做的。"

郝仁心想，三岁小孩都知道自研的比购买的好。

"别忽悠女儿,你是不是忘记给她买礼物了?"穆言说道。

郝仁又想,但是女儿不知道。

"宝宝,看爸爸给你折纸飞机。"郝仁胡乱拿了一张纸折起来。

第二百零八章　专利杀伐之困

正当公司上下在如火如荼为双旗舰而努力的时候,一则重磅新闻袭来,给为冲击高端市场的耀华来了一记敲山震虎。

今天一大早,穆言把一份新闻简报摆在郝仁面前。

"宏达出大事了。"

"大事?宏达电子虽然今年产品没有亮眼的,但也是全球前十的大品牌,能出什么事?"郝仁放下咖啡,接过简报问道。

"宏达从去年开始连续在多国遭遇专利诉讼,先是酷美在英德法提出多项专利侵权,索赔金额过亿人民币,然后CF也在中国和韩国对宏达提起诉讼,要求停止销售涉及抄袭的产品。

"如果说这些都不够致命,就在昨天,美国对宏达启动337调查,用禁止一切不公平竞争的大棒挥舞过去。调查结果一旦成立,意味着营收占宏达一半左右份额的美国市场有可能向其关闭大门。这事很突然,别说我们吃惊,就是宏达也未必有准备。"穆言说道。

郝仁扫完穆言的简报,又打开电视看看今早的朝日新闻,电视屏幕上出现的正是宏达电子总裁刘雪嫱的脸。她虽然妆容精致。尽力维持强硬的领导做派,却依稀可见疲惫之色,想来突如其来的大棒打得她措手不及。

"对于这样的消息,我本人非常震惊,美国是宏达电子最重要的市场之一,宏达电子一直秉持着公平竞争,遵纪守法的理念经营,希望有关机构能够给予宏达公平的对待,不要轻易斩断一个用心做品牌企业的后路……但无论结果如何,我们都有勇气从头开始,感谢各位媒体、消费者以及合作伙伴的支持。"

郝仁听了莫名生出点同病相怜的感慨:"宏达,从代工到与欧洲运营商的合作,再到推出自主品牌,从专注终端技术到寻求对内容和服务等增值平台的积淀,这个轨迹和耀华极度相似,可以说宏达的今天,十有八九会成为耀华的明天。"

"宏达说白了也是美国企业一手栽培出来的,谷歌的 Android 系统一直像亲儿子一样烘托着宏达的发展,巅峰时候一度市值高不可攀,超出当时排名第一的酷美,没想到也是昙花一现。"穆言说道。

"因为宏达的发展太过迅猛了,动了别人的蛋糕。外国企业培养宏达,是为了让宏达帮忙挣钱,然而宏达却想要发展高端市场,上下游不断延展,可不就被料理了。问题是宏达太沉醉站在巨人肩膀上,忽略了对于专利技术的积累,也没有及时通过合作方式巩固专利基础,暴露了自己的软肋。"郝仁说道。

"这可不就是我们现在正在做的?那耀华危险了。"穆言心中也是一惊。

"暂时还不至于,别人想要杀羊,肯定选肥的,我们现在还没在高端产品出头,更因为与运营商关系恶化,国产第一的牌子都没保住,对我们下手效率不高。而且除了时间,我们还有别的优势。"郝仁说道。

"什么优势?"穆言问道。

"耀华虽然也是代工起家,但是我们按照咨询公司的要求,很早就开始积累知识产权。而且我们诞生在全球最大的终端市场,如果国际企业在国外对我们下手,我们同样可以在国内反诉,至少增加专利互许的机会。"郝仁说道。

"你这么说我就没那么担心了。"穆言说道。

"担心还是很担心,把大家叫来开个紧急会议。"郝仁说道。

几分钟后,法务总监陈欢、研发总监隋祖禹、人力总监冯都等人就陆续进来了。

"郝总,您找我?"陈欢问道。

"嗯,找你了解下事。我们现在负责知识专利的律师事务所是哪家,排名靠前的国际巨头又用哪家?"郝仁问道。

"我们在国内用的是排名第三的专利律师事务所坤河,国外用的是贝克·麦肯思律师事务所。业界的话,ACE 在国内用的是排名第一的金杜律师事务所,在国外用的肯尼迪律师事务所。"陈欢说道。

"跨国公司在全球商战中最重要的一个棋局就是先聘下全球最好的律师事务所,因为律师不能同时代理被告与原告,可以令对手错失先机。你一定要合理评估服务我们的律师团队是否具备应对复杂情况的能力。另外,最近几天好好的盘点下近五年的知识产权诉讼,给我一份报告。"

郝仁说道。

"好的,郝总是担心宏达的悲剧会发生在我们身上?"陈欢问道。

"不是担心,是确定假以时日一定会,早做准备。"郝仁说道。

郝仁神色凝重地转向隋祖禹:"隋工,知道你工作忙,但知识专利这事还得你抓起来,但凡研发的产出,有价值的都要第一时间落在知识专利上,防止竞争对手抢注,这是我们安身立命的根本,你千万上心。"

"我知道,我回去就和兄弟们说清楚,叫所有人认真对待。"隋祖禹说道。

"都都,再梳理一次任职标准,研发的专利贡献要给予奖励和升职优先。"郝仁说道。

"好的。"冯都都连连应道。

"我们但凡想要从高端市场抢蛋糕,就有不得不面对的困境,无论做怎样的战略定位,都无法避开与已经积累多年的业界巨头成为竞争对手,重重包围在所难免。"郝仁说道。

众人被郝仁的凝重感染,一句话也说不出来,心里盘算起还有多少时间能为这天的到来做准备。

第二百零九章　筑墙守护胜利

耀华终端的法律事务原来是由母公司的廖承志代理,现在的法务总监陈欢入职不到两年,是耀华终端独立后郝仁从国内知名的律师事务所挖过来的。陈欢虽也是驰骋职场多年的老手,但像耀华终端这种国内海外都有商业版图的企业,复杂程度可想而知,不是一两年理得顺的。

在过去的两年,陈欢马不停蹄,一边处理公司新成的各项法务合规工作,一边组建耀华终端的法务团队。郝仁在会上提及的,对于耀华终端所有国内外知识产权诉讼的分析,陈欢也是第一次做,结果不做不知道,一做吓一跳,耀华终端自成立之日,在国内外遭遇的知识产权诉讼多达上千起。

陈欢把整理好的报告给郝仁看,郝仁显然也被震惊到了。

"以前诉讼费作为成本逐年花出去还不觉得,现在把十年的所有加起来都快超过当年耀华终端成立的启动资金了,触目惊心,触目惊心啊。"郝仁痛心地说道。

"其实，同行之间通过知识产权诉讼来拉住耀华终端新品发布节奏很常见。从性价比上来说，提起诉讼如果被法庭认定其合理性，就有机会申请一定时间的禁售，无论之后是否胜诉，只要拖延了竞争对手的销售黄金时间，电子产品更新换代速度快，延误发布带来的损失金额巨大。"陈欢说道。

"确实如此，理想曾经在欧洲起诉我们镜头外观设计抄袭，幸好当时的运营商及时给理想施压，同时欧洲法务团队准备充分，才逼得理想撤诉，否则那一款手机销量能让我们损失上千万美金的利润。现如今运营商已经不再是我们最大的合作伙伴了，我们只能靠自己了。"郝仁说道。

"郝总，提起诉讼的不仅仅有同行，还有很多毫无关联的企业协会。里面最匪夷所思的就是这一起来自欧洲香槟酒业协会的诉讼案了。2010年的时候，我们旗舰有一款主打色为金色，当时取名叫香槟金，英文名为 Champagne Gold。这一款颜色当时在欧洲非常热销，没想到销售不到一个月，欧洲香槟酒业协会就以我们的命名侵害他们的专利为由提起了诉讼，虽然这一起诉讼案最终以和解告终，没有赔偿。但为了停止侵害，我们必须清除所有对外传播所有提及香槟金的字样，为此我们撤下成千上万关于这款手机的广告，这个过程的浪费十分惊人。"陈欢说道。

"可见，诉讼费和索赔只是冰山一角，有大量的沉没成本我们也为之买单了。陈欢，专利在自己手上就是防身的铠甲，如果在别人手上，那就可能是刺入我们胸膛的利刃。"郝仁说道。

"我明白。"陈欢说道。

"另外，公司上下都应当提高合法合规的意识，正如你提到的这个案例，一般员工是断然想象不到的，你们要做好知识普及工作，至少知道对外的事项需要让你们进行合规审核。"郝仁说道。

"我马上把这一项当作重点工作。"

"另外，公司的专利布局一定要辅助好研发去做，当作头等大事来办。"

陈欢记下从郝仁办公室离开，马上叫来手下几员得力干将，把业务中容易被忽视的法务问题开发成几门课程，知识专利、营销合规、信息安全等，在公司大课小课连着讲了一个月。

学法律的人身上带着一种与生俱来的严谨，西装革履地出现在讲台上，气势直接朝观众席倾覆下来。不少年轻员工就喜欢这种正儿八经的精英人士，听着听着泛起花痴。

这一点，陈欢早有预知，讲了五分钟就对向自己投出炙热目光的年轻女员工说道："不要看我，看屏幕，课程结束要考试，考不过相关岗位的从业资格要重新评估。"

话音未落，台下都是沙沙记笔记的声音，正如郝仁说的，一件事的重要性在于和自己的关系，不落在每个人身上的责任，是没有意义的。

法律法规毕竟是专业领域，非业内人士要做价值判断很难，陈欢讲课已经结束，台下的问题依然不断。

"请问这句广告语为什么不合规？"有人问。

"这句广告语使用了最高级一词，属于极限词，极限词在广告中使用是不合规的，除了最字外，国家级、全国首发、全国第一这类同样需要注意。"陈欢标准地回复道。

"请问，我们如何判断命名中是否侵权？"又有人问。

"你们判断不了，需要对外发布，请发起法务审批环节。"陈欢说道。

"请问除了法务问题，还有什么问题可以向你们请教？"有人东拉西扯地问。

"没有。"

……

在专业问题上极其雄辩的陈欢在其他时候惜墨如金。

另外一边，隋祖禹也大致梳理出专利布局，这时摆在面前的已经不再是一个个产品的规划与迭代，而是一副完整的攻防图。那些不够牢靠的领域是时候应该查缺补漏了，否则其他领域的城墙再高，堡垒也容易从薄弱环节被攻破。

"大家的智慧结晶，不应该在产品更新换代中消失，应该成为专利沉淀下来，哪怕还有一天我们不做手机了，那些做手机的人也绕不开我们这群人一点一点垒起的高山。"

隋祖禹在动员会上对所有的研发员工说道，说着说着眼前这些穿着随意的员工好像披上了威风凛凛的铠甲，能守卫大家的胜利果实了。

第二百一十章　双旗舰一般价

齐飞华心情不好的时候，喜欢到天台看夕阳，然后在夕阳中点燃一支香烟，缓缓地燃尽一天中的最后一丝光亮。

最近，齐飞华几乎每天都要来天台，接手自研芯片旗舰机的开发后不久，她毫不怀疑地认定自己接任务的时候绝对是头脑发热。

可能是由于越过双核芯片直接自研四核芯片所带来的经验缺失，这款四核芯片的兼容性差得惊人，这就导致软硬件的适配变得困难，以至于四核带来的性能改善完全在手机终端上无法凸显。齐飞华以往使用外购成熟芯片信手拈来的行活，现在竟然变成了一座座不可逾越的高山，只能抬头仰望。

如果有足够多的时间改善还好，以齐飞华的钻研精神，绝对能够想到办法解决。问题就在于这款耀华自研芯片的制程是 40nm。根据可靠消息，28nm 的芯片将在未来 6 到 8 个月成熟，现在不少竞争对手已经规划明年初推出相应产品。这就意味着，如果耀华的旗舰拖延太久，一上市便是过时产品了，只能落得个无人问津的地步。

齐飞华一天 6 杯咖啡提着精神干，心里还是堵得慌，就像当着重度强迫症患者的面，把只差几块就完成的拼图搬走，让人难受得百爪挠心。

齐飞华吐出一个烟圈的同时，轻轻叹了一口气，声音细微得被风一吹就散了，可还是被人听到了。

"对自己做的产品不满意？"一侧传来一个声音。

齐飞华正在专心致志地郁闷，完全没注意到郝仁在另一头站着。

"嗯，这可能是我进公司以来最不满意的一件作品。"齐飞华毫不客气地说道。

"那你还是坚持把它做出来了。"郝仁说道。

"我每天都想放弃这款产品。"齐飞华说道。

"有的不足是从娘胎里带出来的，你不要背负这么大的压力，在现有条件下做到最好就行。"郝仁说道。

"还好子健那边进展很顺利，我想他的产品足以称之为旗舰。"齐飞华说道。

"我向来一视同仁，但如果非要我说最重视哪款产品，我会说自研芯片旗舰。你要明白，你的这款产品不仅仅是新品，更是耀华的出路。如果所有产品全部用外购芯片来做，确实现阶段会顺手得多，可一旦对其他芯片厂商产生了依赖，我们就无法发展自己的芯片了。没有实战使用，自研芯片如何成熟，那我们和原来的代工厂又有什么差别？"郝仁说道。

"我明白了，郝总。"

齐飞华原本被好胜击溃的内心突然得到了修补，突然间想明白一件事，她需要跑赢的不是李子健，不是市场上同等价位的产品，而是一个魔咒，一个国产研发无高端的魔咒，然后赢得一个道路坦荡的未来。

不久后，郝仁也如他所说的那样一视同仁，拿着两款旗舰机就开始跑渠道。

郝仁、陈竞男和曾志忠先是到了北京，拜访聚星的老朋友李东。

"三位快请坐，看来这次是有重磅产品了？"李东像个茶室老板，煮水、净杯、置茶，一套流程行云流水，把泡好的茶推到三人面前。

"清香绕鼻，这一趟赚回路费了。"郝仁说道。

"听听，这么会说的老板，平日把你们俩哄得为他卖命了吧。"

李东看到郝仁自然心情大好。一方面，耀华终端是聚星的首席品牌方，虽然几轮减持股份，至今仍然占有一定份额，两者之间的关系水乳交融。另一方面，今年以前，耀华终端一半以上的利润来自运营商，现在耀华终端已经完成了向公开市场的战略转移，而聚星作为第一大合作伙伴可以说是最大的受益者。

"李总就别打趣我了，这次来带了两款旗舰机，给你过过眼。"郝仁把两台样机递过去。

"两款旗舰？一起发布？"李东疑惑地接过。

"是的，双旗舰同时发布，都是四核4G手机，一款搭乘进口芯片，一款搭乘自研芯片，外观上都主打大屏超薄超轻，性能上进口芯片机型主打游戏，自研芯片机型主打影像功能。"郝仁介绍道。

"你们研制出国产首款四核芯片了？如果我没记错，耀华有两年没出芯片了，上一款芯片还是单核，我以为你们不做了。"李东惊讶地问。

"这款就是耀华芯片团队所有人历时两年的研究成果。"郝仁说道。

"了不起！两款机型你们打算零售价定多少？"

"3000以上，两款价格差别不大。"郝仁说道。

"确定两款一样？"李东问道。

"确定。"

郝仁不带一丝犹豫，李东却迟疑了。

"这么多年的合作，我也不绕弯子了，国产首款只有个开创意义的虚名，对消费者来说，还意味着产品上的不成熟，认知上的没印象。如果我没猜错，自研芯片主打影像而不是游戏，可能是性能上还无法给予游戏强有力的支撑，在这种情况下，价格还不做让步，如何卖得出去？"李东说道。

"主打卖点是基于产品定位来的，性能上我们会符合出厂要求。价格虽然不低，但绝不会让你们吃亏。"郝仁说道。

李东心领神会，销售的价格虽然相同，但聚星的获利将有差别。

"你这又是何苦呢？"李东说道。

"我不希望因为是自研就矮人一头，战略性产品，利润我们愿意全部给到合作伙伴。"郝仁说道。

"好，有魄力。"李东说道。

又一泡新茶的时间，三人已经和李东谈妥，紧接着是合同拟订等一系列既定手续。从聚星大厦出来，已经到了下班高峰期，条条大道都堵得水泄不通，亮起尾灯的汽车就像夜间的萤火虫，在路面星星点点连成了线。

三人喝得差点醉茶，走进附近一家面馆填填肚子，等错过高峰期再打车回酒店。

"郝总，李东说的也是所有渠道的顾虑，聚星是因为和我们合作多年才爽快答应，其他渠道商就不好说，如果他们把我们的返点优惠让利给消费者，价格可能就乱了，自研芯片旗舰的价格还是低人一等。"曾志忠说道。

"是啊，志忠说的也是我担心的。"陈竞男说道。

郝仁放下筷子说道："我们要从第一款产品就保住自研芯片旗舰的高端属性，就不要着急赚钱，销售渠道只走自营渠道和信誉好的大代理，另外也要加强管理，防止价格混乱的情况出现，我们应该给自研一点耐心，先亏钱赚个吆喝。"

第二百一十一章　相机店卖手机

在北京和聚星谈妥后，郝仁马不停蹄地奔赴上海，计划再谈下两家全国代理商就打道回府。自研芯片首次上高端产品，郝仁不想一下把摊子铺得太大，一些店面不够高级，销售不够规范的省级代理商和夫妻店就不打算铺货了，避免影响到处串货，价格混乱。

今天要拜访的奇域电子，和聚星一南一北，都是全国数一数二具有快速铺货能力的大代理商。但不一样的是，当初郝仁拿着第一款耀华手机过来拜访时，奇域电子的总经理钟贵果断地拒绝了。后来，因为耀华终端和聚星签署了意向书，钟贵恐落下风才主动来找郝仁。

只不过这些年，奇域发展顺利，规模越来越大，占比耀华手机出货量份额不少，郝仁不敢借当年的事拿乔，十分重视和奇域的关系。

郝仁、陈竞男和曾志忠三人按照约好的时间抵达奇域大楼，却不见钟贵的影子，漂亮的秘书刘小姐诚恳地给三人道歉，说钟贵有急事出去了，不知道几点才能回来。

陈竞男有些恼火，拿出手机就想打钟贵电话。郝仁却对她摇摇头，然后对秘书刘小姐说道："没事，我们到附近逛逛，不会走远，如果钟总经理回来，麻烦你给我们打电话。"

出了奇域大门，陈竞男余怒未消地说道："郝总，我提前一周约好的时间，居然这也能扑空，钟贵不会是有什么心思吧？"

"应该不会，钟贵这个人不怎么喜欢绕弯子，可能是什么事绊住了，今天就这一件事，等下不碍事的。"郝仁说道。

奇域大楼位于繁华的市中心，走不到 500 米就是核心商圈，一个商场挨着一个商场，虽然是工作日，逛街的人却不少。郝仁心想，还是上海的富贵闲人多，不像深圳，一到上班时间，街道上空空荡荡。

深秋是上海最美的季节，法国梧桐落了一地，金黄灿烂，踩上去咯吱作响，路边有三五个街头艺术家，拉小提琴的，画画的，弹唱的，郝仁一路欣赏过去，倒也品出几分浪漫的味道。

"志忠，竞男姐，你看前面那个人是干什么的？"郝仁问道。

"没什么特别的，不就是街头常见的一些把戏。"陈竞男说道。

"一般街头艺术家都有自己的领地，会相隔一段距离，这样互不干扰。可你看两个人却挨得很近，一个在拉小提琴，一个在假装音乐盒跳舞娃娃，还蛮有趣的。"郝仁说道。

"可能人家是一对组合呢。"曾志忠说道。

"不，他们不是，他们各有各的钱箱。"郝仁说到这里脑袋突然被一个点子击中，"你们觉不觉得，除了手机渠道商，我们是不是可以在别人的地盘卖手机。"

"别人的地盘，在理想门店卖耀华吗？确定不会被打出来吗？"曾志忠说道。

"志忠，你傻了吗？我什么时候说去竞品的门店卖东西了。我说的是合作，就像那个拉小提琴和跳舞的艺术家那样互相配合。"郝仁说道。

"和谁合作？"陈竞男问道。

"我们这款自研芯片手机主打影像，那我问你们，哪家的摄影最好？"郝仁问道。

"CF 和 ACE 的摄影都不错。"曾志忠说道。

"只有手机能拍照吗？"郝仁问道。

"你说相机？专业相机？"陈竞男说道。

"我觉得应该在相机店卖手机，让他们验证我们的摄影实力。"郝仁说道。

"哪家相机店会同意在里面卖手机？"陈竞男说道。

"那就得你们去谈了，我只管想。"郝仁说道。

陈竞男对郝仁只管挖坑不管理的行为深恶痛绝，想要克制地反驳两句，电话却响了，接起来是钟贵的秘书，那边说钟贵回来了。

三人加快脚步往回走，快到奇域大楼门口，却看到前方围了好多人指指点点，最正中有个女子，拉着横幅，写着钟贵人面兽心，骗财骗色，犯重婚罪。

郝仁还想凑近看，却被一只手拦住，是戴着墨镜口罩遮得一丝不苟的刘秘书。

"这边来，我们走别的门。"刘秘书压低声音说道。

"钟总经理到了吗？"郝仁问道。

"来了，办公室等你们呢。"刘秘书说道。

三人跟着刘秘书七拐八拐，进了个私人电梯上了 17 楼，推开门撞上捂着脸的钟贵，依稀可见一侧面颊有抓痕，看来钟楠确实有急事离开，并非怠慢。

"让你们见笑了，女人就是这样，麻烦。"钟贵说着，用纸巾擦擦正在向外渗血的抓痕。

"没事，谁都有个急事，这次过来主要想聊下今年四季度计划，介绍两款新机型，一款是自研芯片，一款是进口芯片……"郝仁并不想了解别人的爱恨纠葛，何况还是私密话题，直接开门见山地介绍起产品。

钟贵索性也不捂脸了，把抓痕大方展示在三人面前，拿过两台耀华旗舰手机划拉几下，操作起来。

"这款主打游戏的进口芯片手机，我要货，这款自研芯片手机就算了，以后再说。"钟贵说道。

"我们是双旗舰，计划放一起展示销售的。"郝仁说道。

"说实话，我对销售这款国产自研芯片没信心，即使返点更优惠，我们也需要考虑销售这款的投入产出……"

郝仁看钟贵口气没留余地，也不强求，说完细节，双方握手分开。

陈竞男在一旁心急如焚，才出奇域大楼，就对郝仁说道："郝总，你怎么这么轻易同意了，少了奇域这个大渠道，我们很被动。"

"强扭的瓜不甜，他只要进口芯片的机型那就随他去，我们现在去找更好的渠道。"郝仁说道。

结果，三人在上海待了一周，除了和一家全国渠道商会谈，其他时间，郝仁都在摄影器材销售门店、游戏机销售门店转悠，搞得曾志忠和陈竞男一头雾水，不知道郝仁打得什么算盘。

"你说郝总是不是连续被拒绝，受刺激了？"曾志忠问道。

"应该不会啊，他经常被拒绝，你刚才不是才拒绝他去打游戏机的提议。"陈竞男说道。

"这也算？"

……

第二百一十二章　谁配不上谁呢

回到深圳后的第二天，郝仁就让穆言帮忙联系华南区最大的摄影器材代理商时光印象总经理顾勤，兴致勃勃地就要去拜访。

郝仁沿着海滨大道往目的地开，冬日晴好，阳光和煦，郝仁摇开半扇窗，让清风带着点咸湿气息闯进车来。

"穆老师，你以前就认识顾勤，一会帮我好好介绍下。"郝仁说道。

"我搞不懂，我们为什么要去找摄影器材代理商合作，感觉八杆子打不着。"穆言说道。

"我现在想尽办法为咱们旗舰脸上贴金，不找专业的，价格贵的品牌联名，难不成找明星，找演员，价格贵不说，风头都给别人抢了，这方法土豪才喜欢。"郝仁说道。

"渠道的事你可以找竞男姐她们，为什么偏偏拉上我？"穆言不满地说道。

"竞男姐他们在摄影器材领域也没有渠道，还不如你人熟，你今天怎么了，陪我出来很不情愿的样子。"郝仁说道。

"没有，就是随口一说。"穆言低声说道。

很快抵达目的地，穆言领着郝仁敲开了顾勤办公室的门。顾勤显然是从头到脚精心打理了自己，头发新修，皮鞋擦亮，甚至还没有走特别近就能闻到一股浓郁的古龙水味，一身行头不像来上班，用来求婚都绰绰有余。

"郝总，久仰大名。"

"顾总，久仰久仰。"

顾勤和郝仁寒暄过后，目光很快落在穆言身上，不易察觉地在一瞬间流露出惊艳的神色。

"穆小姐，好久不见。"

"好久不见。"

穆言被看得有点不适，便直接切入正题，想把这尴尬的瞬间抹去。

"我们这次拜访，带来了一款主打摄影的高端手机，顾总是摄影行家，还请过目。"

顾勤一只手从郝仁手中随意地接过手机，笑了两声说道："我是摄影爱好者是没错，可玩得都是专业相机，手机能拍出什么？你们就别拿我开玩笑啦。"

"顾总是专业的，可普通消费者不就是图个轻便，我们这款手机的摄像头非常高配，像素高，成像质量好，如果能在顾总的相机专卖店出售很是相得益彰了，顾总有什么条件尽管提。"郝仁说道。

"耀华手机放在我的门店当然显得专业，可我的店面放了耀华手机可就不专业了，拉低了我们的格调，除非……"顾勤说道。

"除非什么？"郝仁问道。

"我还没有想好，想好我会私下找穆小姐提。"顾勤用手轻轻抚着杯沿说道。

郝仁这时候从顾勤的话中咂摸出点不善的意味，又想起穆言今天不情愿的样子，起身拉起穆言说道："强扭的瓜不甜，我看不用考虑了。"

"就是嘛，男人做生意靠自己，拖着个女人算什么？是吧，穆小姐。"

顾勤靠在沙发上，玩味地看着两人。

郝仁没再说话，拉着穆言的手往外走，走过楼下时光印象的专卖店，还狠狠地盯了几眼。开车回去的路上，郝仁一言不发，目不斜视地看着前方的马路。

穆言思绪很乱，不知道该说什么打破这窒息的氛围，酝酿了好一阵子，才小心地问道："你别焦虑了，这个合作如果这么重要，我再去找找顾勤吧……"

"说什么呢，耀华难道要靠老板娘的美色做生意，你当我什么人？说实话，这货是不是追过你？"郝仁问道。

"嗯，但我根本没理他。"穆言说道。

"想来你的眼光也不会这么差，喜欢这种像孔雀的男人。"郝仁说道。

"现在怎么办，代理只有聚星一家。"穆言问道。

"没事，我们还有自己的直营店和电商，我想在这货店面出售也不是为了走量，就是为了凸显品质，刚才好好看了一眼他们的店面，觉得陈设太差，不高级，配不上咱们。"郝仁说道。

"时光印象已经是全国最大的摄影器材代理商了，它都不行，其他估计更差。"穆言说道。

"谁说一定要和摄影器材代理商合作，我们为什么不直接找厂商，比如福伦达之类大名鼎鼎的企业。"郝仁说道。

"Voigtländer，德国最古老的光学仪器厂商？我记得它从十八世纪中就开始生产相机镜头，到现在都一百多年了，人家会理我们？"穆言说道。

"不试试怎么知道，既然要合作就找最高级的，下午欧洲上班，你叫贺知州联络一下看看。"郝仁说道。

"好的。"穆言说道。

"对不起，今天不该叫你来的，我不知道这货这么过分。"郝仁说道。

"是我没提前说，不怪你，再说你在，我才不怕。"穆言说道。

"那是。"郝仁说道。

大约一周后，贺知州那边来了消息，说对方看过耀华手机有点兴趣，希望面谈。于是，郝仁也不含糊，趁着还在签证期，一张机票飞到了法兰克福。

第二天，贺知州陪郝仁来到位于市郊一个古堡，福伦达的掌门人卡斯特安排人在草坪摆了下午茶，并邀请郝仁和贺知州一起散步。

"卡斯特先生的花园真美，能在户外走走真惬意。"贺知州说道。

卡斯特听了得意地笑了两声，说道："冬天到了，夜晚会越来越长，我不想错过任何美好的阳光。"

"我的城市阳光很好，白天很长，可我总是没有时间享受，今天真是托你的福了。"郝仁说道。

"你们能把手机的拍照做这么好，我很惊讶，很愿意和你们合作，只是我不喜欢挂名的事，要是不能保证你们的产品持续稳定的品质，福伦达的名字是不能在上面的。"卡斯特说道。

"那你的意思是？"郝仁问道。

"深度合作，一起搞联合实验室，共同推进手机摄影技术的提升。"卡斯特说道。

"好。"郝仁对于这样超预期的结果十分满意。

一个月后，耀华终端和福伦达共同召开记者招待会，宣布两家企业的深度合作计划。

在镜头面前，郝仁说道："在未来，绝大部分的信息将通过视频与图像进行传播，我们携手，正是为了让每一张图片，每一段视频都美得充满意义。"

第二百一十三章　首销遇滑铁卢

郝仁折腾了个把月，结果渠道仅有一家外援，和福伦达的联名这次来不及用上，但产品有生命周期，到了时间该发布还得发布。

距离发布会还有半天，所有人里里外外忙成一团，穆言在一旁和导演说灯光的问题，陈竞男在确认渠道客户的抵达时间，詹宁在交代粉丝体验区的设置。

郝仁则在后台被化妆师折腾，上点化妆水，撒点散粉，然后拍拍打打，如同揉面一般。等从里面走出来彩排，已经是一个潇洒倜傥的帅小伙了。

"今天化妆师的手法鬼斧神工，居然能化腐朽为神奇。"发布前就得到解脱的隋祖禹，大刺刺地坐在第一排。

"好好说话，我不化妆也没有腐朽。"郝仁在追光中上台，顺便白了一眼隋祖禹。

带妆彩排所有流程都要走一遍，郝仁不理无所事事的隋祖禹，按台本介绍起来。

隋祖禹身边的齐飞华一边听郝仁的介绍，一边反复摊平衬衣上的一条褶皱，满眼焦虑得无所适从。

"你怎么了？今天整个人都不太正常。"隋祖禹注意到齐飞华的异常动作。

"我觉得产品描述要不要低调点，不要说这么多形容词，我的心好慌。"齐飞华说道。

"郝仁有分寸，都到交付阶段了不要再想了，做好下一款。"隋祖禹说道。

"我尽力去相信郝总有分寸。"齐飞华说道。

郝仁讲完朝台下的隋祖禹和齐飞华挥了挥手，"我讲得不好吗？怎么不鼓掌？"

"讲得好是好，牛皮吹得有点大，把飞华都吓得瑟瑟发抖。"隋祖禹说道。

"我，我，我没有。"齐飞华真的紧张得发抖起来。

下午三点，媒体、粉丝、合作伙伴分区而坐，将会场切割成不同的氛围，粉丝专区吵吵嚷嚷，不时吼几句应援的口号。记者专区人人身边都是同行，个个面色冷漠，不时瞥两眼粉丝专区，一副嫌弃的样子。渠道专区一大片西装革履的商务人士，轻松地坐着交谈，面上挂着习以为常的笑容。

郝仁在光亮里扫了一眼台下，发现有很多种目光，自己说什么都好的崇拜，显微镜般放大检查的挑剔，没有任何期待的麻木，但是他已经做好了决心，即使没有任何掌声，也要自信地把这场发布会开完。

和所有观众打完招呼后，郝仁开始介绍李子健团队设计的产品，由于配置了最新款的进口四核芯片，整个产品的游戏体验非常流畅。

为了证明这一点，郝仁特别邀请了一位专业电竞选手和一名游戏爱好者粉丝上台，分别使用上一代手机和新款手机进行比赛。虽然最后电竞选手胜利了，但粉丝优秀的操作很好地体现了手机性能，赢得满堂彩。

通过一场游戏竞技将氛围烘托到了顶点，郝仁开始进入他定义的正题。

"今天所带来的惊喜远非如此,接下来出场的是一件意义非凡的旗舰产品,它身上有太多耀华的第一次,它搭乘耀华第一款四核4G芯片,它能带来超强的影音体验,并且它的体积小得惊人,是业界最小的一款芯片,这使得我们的手机非常的轻薄,大家请看,我一只手是耀华旗舰,另一只手是目前市面上号称最薄的一款手机,我们的厚度比它要小不少……"

郝仁拿出比刚才还要激情澎湃的语气介绍,可台下除了粉丝区,远远没有刚才热闹,反而多了窸窸窣窣的讨论声,尤其是渠道专区。

"你们两款都拿货了吗?"

"没没没,小本经营,第一个吃螃蟹的人轮不上我。"

"其实产品看起来不错,就是没有市场验证过我们也不敢尝试。"

"听说聚星果断签了,一点都不带犹豫的。"

"聚星和耀华不就是一家,我们都是外人,不急,不急,看看风向再说。"

"有道理。"

……

发布会结束一周后,两款旗舰手机全面铺货,正式开始销售。

在媒体报道中曝光最多的自研芯片旗舰远远不如进口芯片旗舰受欢迎,一周全国出货不到1万台,负面评价还随之而来。

"如果没有能力就老老实实地购买芯片,这款手机打游戏也太烂了吧,随便玩一下就降频。"

"这手机拍照确实还行,就是发热太严重了,果然是一款冬天发布的暖手宝。"

"好后悔,买得好后悔。"

"买一次,一生黑。"

詹宁坐在沙钧办公室,看着一页接一页的负面评论,气得火冒三丈,怒吼道:"我要把你们删掉,让你们知道这是谁的地盘。"

"行了,不想看就不要看,看了又来我这发脾气。"沙钧说道。

"我的火眼金睛早就看出来谁是竞争对手派过来的。"詹宁说道。

"说实话,这款手机确实不尽如人意,有人批评也很正常,你删得完吗?耀华应该有容人的雅量。"沙钧说道。

"那这些纯粹污蔑的呢?"詹宁问。

"留着,你看得出是污蔑,难道真实粉丝看不出来。"沙钧说道。

"你今天说话怎么这么利索,突然开窍了?"詹宁问道。

"别忘了,我曾经也是个粉丝。"沙钧说道。

"那也不能就坐以待毙,把话语权给了竞争对手。"詹宁说道。

"我看除了性能问题,还有操作问题,多做一些操作视频给大家看。还有,你可以给愿意回答问题的粉丝积分,让粉丝帮助粉丝,粉丝论坛最大的意义不就是发动群众的力量?"沙钧说道。

"这个主意好,我这就去找IT开发这个自助功能。"

詹宁说完,拎起电脑一溜烟跑了。

"真是没良心,用完就丢,都不谢谢我。"沙钧嘟嘟囔囔说道。

第二百一十四章　屋漏偏逢连夜雨

月度例会,郝仁提前10分钟入场,却发现所有成员都已经到了,个个挂着垂头丧气的脸。

"怎么了这是,跟斗败的公鸡似的。"郝仁故意嬉皮笑脸,用尽可能轻松的语气说道。

"我检讨,这次销售数据不好我负有主要责任,我没有拉通渠道,导致销售管道不畅。"陈竞男说道。

"不,主要是我的原因,营销推广没有压住竞品的气势,导致线上声量不足,搜索排名靠后,知名度没有打出去。"穆言说道。

"我的责任也很大,我没有做好控评,导致网上负面声音很多,对于竞品的抹黑也没有很好地处理掉。"詹宁说道。

"大家都别说了,产品是根源,没有做好兼容性,产品没有竞争力,你们再努力也是徒劳。"齐飞华说道。

"飞华,话不能这么说,你挑了最重的担子,要怪也是怪我咯……"

隋祖禹还没说完,就被郝仁打断了,"好了,今天是例会,不是批斗大会,大家别再深究了,好在今天沈老不在,不然岂不是根源在沈老身上。我要强调一下,公司不倡导拈轻怕重,勇挑重担的人就算结果不好,也要鼓励支持。目前已经发现的改进空间,稍后讨论,现在我们打起精神来,先给自己一些掌声。"

说完,郝仁带头鼓起了掌,一开始众人还沉浸在沮丧中,掌声稀稀拉拉，见郝仁依旧卖力地激励，大家不由得起身，发泄式地鼓掌起来。

掌声完毕，郝仁继续说道："我们的队伍战斗力强，过去耀华虽然历尽波折，也一直在走上坡路，今天突遭失败，大家心里难过可以理解。其实，这个结果在我的预期之内，成功是偶然的，我们现在要做的就是增加这种偶然出现的概率，然后通过用户海量的意见为下一款产品的成功做准备。现在我们看看各部门的改进措施，志忠先来吧。"

"好的，我在门店经过一周的观察，发现促销员在介绍的时候，对这款产品过度承诺，导致消费者的预期被拔高，容易在使用中产生失望情绪，留下负面评论。我已经重新组织销售培训，强化销售话术规范……"曾志忠拿着笔记本一条一条地讲述。

"我这边会组织粉丝测评，详细记录改进意见。另外，加强使用攻略的传播，减少操作性问题导致的负面评价……"詹宁以一种平时没有的正经说道。

"研发侧，我们成立了专项项目组，针对用户所提及的发热降频等问题集中攻关……"隋祖禹说道。

……

大约讨论了1个多小时，突然每个人都感到手机一震，一条紧急通知出现在收件箱。

市应急管理局、气象局、海洋局提醒：台风红色预警生效，受台风悟空影响，12日晚上到13日上午，本市风力最高可达13级，并伴随有强降雨，沿海潮高浪大，全市停工停学，请做好避险。

"冬天的台风最可怕，让行政部通知大家今天提前下班，你们也尽快回家吧，有什么等雨过天晴再来解决，散会。"郝仁说道。

郝仁把重要文件悉数塞进包，然后载着穆言往家赶，才下午4点，世界已经风云变色，高耸的乌云悬挂在整座城市的上空，像吸足了脏水的巨型海绵，不知道哪一秒就要倾覆下来。

前脚才踏入家门，暴雨就倾盆而至，把一切都笼罩在模糊之中，空气里尽是湿冷的气息。郝仁一动不动伫立在窗前，一整天挂着的笑容渐渐地冷了下来，市场到处有能扭曲世界的狂风暴雨，等天气预报到，已经不可避免了，而自己只能像棕榈树般迎风伫立，否则树下的灌木矮树又将如何。

"笑不出来就别笑了，硬撑很难受吧，到家了休息一下吧。"穆言把一条披肩轻轻放在郝仁身上。

"嗯,产品只能出货上量才能摊平芯片成本,如果旗舰都不能把这款芯片带起来,那么用在非旗舰上就更没有人买了。此外,我还怕大家畏难,都不敢碰自研芯片的机型了,叫芯片团队寒了心。"郝仁叹息。

"自己的兵,你都没信心?别想了,船到桥头自然直,宝宝晚饭想吃拔丝香蕉,你想吃什么?"穆言说道。

"小炒黄牛肉。"郝仁说道。

"好。"穆言转身进了厨房。

一场台风让整日忙碌的上班族睡了一夜好觉,而距离深圳不远的地方却发生了一场悲剧。

早上六点,在北上的高速公路上,一辆满载耀华手机的17米超长大货车因雨势太大,看不清路,连续撞击护栏,车头和车厢彻底分离,侧翻横躺在车道上。

驾驶车辆的是耀华的物流员工,由于系了安全带,只受了一些轻伤,没有生命危险。车厢里的耀华手机却没有这么幸运了,从解体的车厢中滑出,浸泡在雨里长达三小时,直到高速交警和救援队把受伤人员送去医院,才来得及将这些手机从水中捞起。

郝仁知道这件事已经临近中午,物流主管利安阳在电话里焦急地说:"郝总,这辆车载的全是最新款的自研芯片旗舰,价值高达300万。"

"员工有没有受伤?台风的消息没有通知到位,什么原因要查清楚,这样的事以后一定要杜绝。"郝仁问道。

"轻伤,已经派人去慰问了,这个员工不是从深圳出发,当地没暴雨通知,没有预料台风影响面积这么大。"

"人没事就好,手机都拉回来了吗?"郝仁问道。

"一早我就叫人从交警队把货物拉回来了,测试部检查后发现80%的手机大概率没有问题,我们要不要换换包装再去销售?这样可以减少损失。"利安阳说道。

"不,绝对不能销售,有问题的销毁,检测没有问题的产品贴上非卖品的标签放进仓库。"郝仁说道。

"这……"对于不小的损失,利安阳迟疑起来。

"照我说的做。"郝仁不容置疑地说道。

由于这场事故发生在早晨,引发长达三小时的拥堵,除了社会记者有所报道，路过的车辆不少，于是网络上出现了大量车祸现场耀华手机散落一地的照片图片。

什么叫屋漏偏逢连夜雨，这就是，郝仁十分确定。

第二百一十五章　送得多卖得多

风力比上午减弱不少，时不时停下歇息片刻再接着肆虐。

郝仁看了看窗外，披上一件外套往外走。

"你去哪？"听到门响，穆言探出头来问。

"去仓库看看。"

等郝仁到达仓库，工人们已经把拉回来的事故手机堆放好，受损最严重的一箱手机，屏幕碎成冰花，电路板若隐若现，全部横七竖八地放在一起。

郝仁把头扭过一边，不忍再看，掏出电话打给利安阳，问道："你不是说80％没问题，手机还堆在仓库，你怎么检测出来没问题的？"

"郝总，你去仓库了？是这样子，我让测试部每箱抽了一台手机去检查，确实八成没问题。"利安阳辩解道。

"那怎么能行呢？从这么高的车上稀里哗啦摔下来，一箱抽一台能说明什么问题。"郝仁说道。

"现在我就叫人全部送过去检测。"利安阳说道。

"不用了，我自己送过去。"郝仁说道。

等郝仁指挥工人把手机都搬到测试部后，发现隋祖禹和齐飞华也在里面忙活。

"巧了，我正想叫人去把剩下的手机搬过来，你就来了。"隋祖禹含笑说道。

"你还笑得出来，我肉疼死了。"郝仁把一个箱子放在隋祖禹手上。

"反正一时之间卖不出去，不如让我做个验证。"隋祖禹说道。

"乌鸦嘴，不会说话就别说话。"郝仁想了下又说道："刚才你说什么？验证，验证什么？"

"当时飞华为了让手机超薄，不停地调整内部结构，让部件排列得更紧致，阴差阳错地提高了手机的抗摔能力，我先去忙，晚点揭晓答案。"隋祖禹说完，抱着箱子离开了。

郝仁怎么可能在外面干等，隋祖禹前脚刚走，郝仁后脚就换上了防尘服往里面走。

一整车的事故手机需要检测，测试部的员工忙碌起来，连郝仁进来也没人发觉，全部都盯着手里的活。

郝仁左看看右看看，发现没有通过检测的手机确实数量不多，利安阳虽然是随口说的80%，但一轮看下来，他瞎说得八九不离十。这一点让郝仁有气也撒不出，说他一顿，他也没说错，不说他，又不想放任这种不严谨的作风。

"把高度再调好一些，4米试试。"跌落实验仪器前，隋祖禹正在和操作员说话。一般情况下，跌落实验模拟普通人的身高，隋祖禹现在却要复现货车的高度。

"再来一次。"

"换个角度。"

"调整高度。"

"拿去测试看看。"

……

过了好一阵子，隋祖禹激动地看着报告。

"怎么样？"郝仁也忍不住凑过头去。

"没问题，这批手机即使从货车顶上不带包装掉下来也没问题。"齐飞华说道。

"好样的，飞华。"郝仁说道。

"也就是说，这批货还可以继续销售。"隋祖禹说道。

"不，这批货不卖，白送。"郝仁说道。

"白送？那我不是白忙了？"隋祖禹问道。

"不卖这批，卖仓库里的。"郝仁说道。

"什么意思？"隋祖禹更不解了。

"到时候你就知道了。"

郝仁说完径直往外走，丢下一头雾水的隋祖禹。

"你明白吗？"隋祖禹问齐飞华。

"可能是说这批暂时不卖，把包装换换再卖。"齐飞华认真解读道。

"哦哦哦哦，这应该的，包装很多脏了嘛。"隋祖禹一副了然的样子。

第二天，郝仁取消了原计划的行程，把詹宁和穆言叫过来，在办公室热火朝天讨论了一上午。

下午,一条《500台耀华自研芯片旗舰手机免费试用》的帖子置顶耀华粉丝论坛。帖子中写道,耀华的一辆货车不慎遭遇车祸,导致上百台耀华旗舰手机跌落在高速公路上。耀华将事故手机拉回检测发现一切正常,但不愿将这批手机与正常运输的手机混杂出售,特免费送给粉丝,并享受三包等正常售后服务。

帖子发出后不到半小时,论坛服务器直接被拥入的流量冲击到宕机,注册量、申请量和回复量呈现指数级增长。

"良心厂商,不坑消费者,如果申请不到免费手机,我直接买。"

"服了,一定要选中我,测评报告我在行。"

"是有多自信,赠送的手机都敢三包。赠品在别家那,我只见过不退不换。"

"这样的厂商用着也放心,它不让消费者吃亏,消费者也不会让它吃亏。"

……

最后,詹宁的团队从申请的1万多人中根据论坛活跃度,测评能力,粉丝热度等多个维度,艰难地选出了500个粉丝,然后一一联系邮寄。

很快,兴奋的粉丝就把测评报告发了出来,原本兼容、发热等问题虽有提及,但更多人把注意力放在了产品品质、影像效果、续航能力等优势上了,正面评价逐渐压过负面评价。

另一边,在穆言的引导下,媒体开始报道这一事件,连耀华手机曾经为一名非洲用户挡子弹的冷饭也被翻出来炒。几个不请自来的科技博主,自掏腰包购买耀华做破坏实验,花样百出地验证耀华的质量。一时间,耀华品质成为网络讨论的热词。

在这样的热度下,耀华自研芯片手机的销量开始缓慢爬坡。

车祸的司机出院时,郝仁特别到医院迎接,差点吓得这个年轻员工魂飞魄散。

"郝总,我不是故意的,请不要开除我。"

"你在说什么?我为什么要开除你?感谢你都来不及。"郝仁说道。

"感谢我?感谢我什么?都是因为我才给公司带来这么严重的损失。"年轻司机说道。

"哪来的损失,我们早就赚回来了。"郝仁说道。

"我都看到了，事故手机卖不出去，全部赠送出去了。"年轻司机愧疚地说道。

"我不跟你解释了，总之耀华没有亏，我也没有要开除谁，你知道这些就好了，祝贺你康复出院。"郝仁说道。

"谢谢郝总，我以后一定好好干。"年轻司机说道。

"加油，但也要会刹车。"郝仁说道。

第二百一十六章　谁在别扭表白

2012 年就这样过去了，耀华终端既没有迎来满目疮痍的世界末日，也没有等到繁花似锦的市场繁荣。

毕竟花钱这件事，到最后都是理性战胜感性，互联网上的热闹并不能直接带来销售。好在耀华对待品质的严苛态度，逐渐让消费者对这个从内到外力求自研的品牌卸下怀疑，在做购买决策时，下意识地将耀华和一众国际品牌并排列入备选名单中。

"对于这个结果你们满意吗？"在年终晚宴上郝仁问台下的众高管。

"不满意。"众人吼道，其中陈虎的声音最是洪亮。

"我很满意，"郝仁的目光扫了一遍众人，满目都是不相信的神色，于是又重复了一遍，"是的，我很满意，你们没有听错。你们不满意是因为今年耀华最重大也是最有争议的产品发布时遇冷，发布后虽然成功借势，却没有出现大家所期望的逆风翻盘。而我满意是因为，我们从零到一地实现了一个历史性认知转变，这个转变媒体没有发现，竞争对手没有发现，甚至连身处其中的你们都没有发现。我们在悄无声息中打破了国产无高端的偏见，消费者开始把耀华终端和其他高端品牌放在一起比较，我们已经获得了高端市场的入场券。人生最可悲不是努力过后还是输，是连输的机会都没有。有了这张入场券，我们就获得了同场竞技的机会，我相信大家，你们也要相信自己，2012 年的末日早成妄言，2013 年的新生已经来了。"

掌声雷动中，沈同方低头偷偷抹泪。鼓励远比批评更有力量，在这款自研芯片产品问世的过程中，每个人都在责怪为什么不能把问题解决在自己的环节，哪怕问题的根源是在芯片上，沈同方也从来没有听到过一句怨言，只言片语都没有。

作为公司最年长的员工,沈同方说一句道歉能让后辈们打断八次,说一句感激能让后辈们道谢十次。沈同方决定了,唯有做好下一代产品,不要拖年轻人的后腿,不要当年轻人的障碍,让所有人撇开年龄,真正地为自己这个暮年的工程师叫声好。

"明年会更好!"陈虎的大嗓门又吼了起来,酒过三巡,他的气力更足了。

"明年会更好!"沈同方含着浊泪对自己说。

"明年会更好!"詹宁摇着红酒杯对论坛的一群小丫头说。

"明年会更好!"不喜欢热闹的沙钧离人群远远的,目光落在詹宁身上说道。

众人在一轮轮敬酒中醉去醒来好多次,到宴席散场,绝大多数人开始摇摇晃晃。正要就此散去,詹宁伏在酒桌上大声喊道:"我要去海边跨年!"

"别胡闹了,回家了。"沙钧不知道什么时候来到詹宁旁边,小心翼翼地劝说。

"我也要去!"郝仁从陈安手中拿过外套穿上,一副说走就走的样子。

"我也去!"

"我也去!"

……

一个错误的带头示范后,几个胡闹的人和一个不情愿的人坐上了前往市郊海滩的出租车。

郝仁要去的沙滩远离市区,灯光暗淡,只有一轮孤月清冷地洒在海面上。

詹宁不管这些,她一个人就可以热闹,酒醒大半,更是兴奋,把鞋一踢,就朝冰凉的海水跑过去。

沙钧此时还在心中质问自己,为什么大半夜不是躺在温暖的床上?为什么鬼使神差跟到了这里吹并不刺骨的冷风?为什么还在沙滩上追寻某个人的身影?

看到詹宁的鞋子扔得并不远,沙钧赶紧跑过去把鞋拎起来,然后跟在后面喋喋不休地说道:"不要乱扔鞋子,一会万一涨潮,被冲走了或是弄湿了怎么办?不要再往前走了,把裤子弄湿了你没有换的……"

"要你管，你是我什么人？"詹宁委屈地走远一点。

沙滩另一边，郝仁、隋祖禹和孙皓三个人坐在一起抽烟，小小的火星在黑暗中忽明忽暗，映出三张极度放松的脸。此刻，三人的老婆和女朋友都不在身边，是妥妥的男人世界。所谓酒后吐真言，三人聊天的内容要是被传到某人的耳朵，足够引发感情危机。

"我跟你们讲，女人真是有两幅面孔，就说穆言每天在外面一丝不苟，别人都当她女神，哪怕已经过了三十，还一口一个资深女神地叫。在家里可不是这样，有一次我加班回家没带钥匙，叫她开门，没想她在敷面膜，就是那种画着老虎脸的面膜，家里小孩睡了没开大灯，开门的瞬间差点没有把我吓死。"郝仁说道。

"这算什么，你知道汤媛的力气有多大吗？想当年她在尼日利亚救我的时候，徒手扬起一把重锤，只一下就锤开了绑匪的大锁链门。别人老婆小鸟依人，都会说老公帮忙开开瓶盖什么的，我们家就从来不会，而且我有预感她一巴掌能把我劈到阎王那去。"隋祖禹说道。

"那你们能有我惨，你们好歹有老婆，我都求婚好几次了，人家说要追求自由，把我给拒绝了。"孙皓说道。

"那确实你比较惨。"隋祖禹赞同道。

"前面的那两个是詹宁和沙钧吗？他们在干吗，一个人在前面走，一个跟在后面，不停地绕圈圈，我头都被晃晕了。"郝仁说道。

"可能他们想运动运动散散酒气吧，年轻人精力旺盛。"隋祖禹说道。

"这你们就不懂了，这叫郎有情妾有意，就是故意不说破，享受暧昧的味道。"孙皓老道地说道。

"那没辙了，沙钧半天踢不出个屁来，基本上是搞不定詹宁的。"郝仁说道。

"这不有我们三个老东西吗，不能看着孩儿们为情所困吧！"孙皓老神在在地说道。

沙钧觉得按照涨潮的速度，如果还不后退一些，很快詹宁的裤腿就会被淹没。深圳的冬天虽被人嘲笑毫无存在感，但被海风一吹，非常容易感冒。很显然，詹宁没有备用衣服，沙钧发明便携烘干机也没有带在身边，所以沙钧就冒着傻气地给詹宁讲潮汐运动和养身常识。

詹宁要的不是这些废话，她想知道沙钧对自己什么意思，可沙钧总是顾左右而言他，把自己脾气都磨没了。

"你俩在这演二人转呢？我没打扰你们吧？"孙皓问道。

"没，散步。"詹宁没好气地说。

"小丫头怎么说话的？枉费我一方心意，走了十米过来关心你。"孙皓说道。

"要你管，我又不是你的属下。"詹宁大小姐脾气一上来，啥都敢说。

"不是属下，也可以是别的嘛。"孙皓故作轻浮地说道。

沙钧听着觉得不对，立马急了，连忙说道："他有女朋友的，我在公司门口见过，詹宁你可别上这种花花公子的当。"

"你又不是她什么人，要你管。"孙皓模仿詹宁的语气说道。

"对啊。"詹宁也附和。

"我我我，现在不是什么，以后可可以是。"沙钧感觉体内气流涌动，整个人都要爆炸了。

"以后是什么？"孙皓问道。

"男，男，男朋友。"沙钧感觉这三个字，用尽了自己浑身的气力。

"满意了吧，丫头片子，哎，十里银滩，尽是爱情的酸腐气息，我要走了。"孙皓说道。

"早说嘛。"

詹宁抓过沙钧的手臂，整个人靠在上面，沙钧幸福得快昏厥过去了。

隔岸的市区海边突然向黑暗的夜空点燃出一簇簇烟火，欢呼声远远地传来，新的一年到了。

第二百一十七章　冲击微笑曲线

沙钧头昏脑涨地回到家已经1点多，轻手轻脚地打开门，发现家里灯火通明，老妈和妹妹坐在沙发上目光炯炯地看着自己。

"妈，小妹，大半夜怎么还不睡？"沙钧奇怪地问道。

"哥，老实交代，你是不是交女朋友了？"妹妹一副坦白从宽，抗拒从严的样子。

"嗯，你们怎么这么快知道了？"沙钧又问。

"你女朋友告诉我的，本来我都打算睡觉了，突然喜从天降，老哥终于有人收了。"妹妹手舞足蹈，手里要是有个鼓，立马就能现场打首《今天是个好日子》。

"我又不是妖孽,为什么要把我收了?"沙钧没好气地说道。

"儿子,你好不容易有个女朋友,一定要好好对人家,要知冷知热,要甜言蜜语,这样我就不愁抱不上孙子了。"老妈说道。

"这都哪跟哪呢,你们快去睡觉吧,别瞎操心了。"沙钧催着两人离开。

"记住妈说的啊,一定要……"

"哥你有什么不懂的,记得找我,我……"

好不容易将两尊大佛送走,沙钧简单洗漱后四脚朝天躺在床上,今天发生的事情实在是太突然了,到现在都没有反应过来。

沙钧想了半天,没有找到自己到底哪里好,能让詹宁这种样貌端正,家境优渥的女孩子喜欢。

就在不久前,沙钧还是个被人指指点点的待业青年,没有前途,没有未来,每天漫无目的地做一些小玩意。

一切的改变,从郝仁的拜访开始,郝仁没有像其他人一样说沙钧一无是处,而是给了沙钧足够宽松的空间,足够长久的耐心。

现在沙钧的几款发明在市场上反应热烈,沙钧的名字通过耀华论坛变得响亮。认识的人对沙钧的评价也在改变,以前说他玩物丧志,现在说他天赋异禀,以前说不要像沙钧一样无所事事,现在说要像沙钧一样坚持自我。

人没变,事没变,好赖都是嘴说的。除了亲人,也只有郝仁和詹宁从始至终对沙钧发自内心的肯定。

黑夜里,沙钧悄无声息地做了个决定,要对郝仁鞠躬尽瘁,要对詹宁掏心掏肺。沙钧就是这样的人,面对冷嘲热讽,他没有半句辩驳,但如果是认可,他绝对竭尽全力。

就在此刻,郝仁也在想沙钧的事。

现代化的企业运作,效率是提升利润的重要手段。因此,在企业这艘大船上的每一个部分都有明确的使命。部门有部门的目标,个人有个人的目标,所有一切都在应该在的位置上,为既定的目标而前进。

可沙钧不是这样的部分,他没有目标,他游走在各个环节,根据现有的条件做意想不到的东西,反而为企业找到意想不到的盈利点。

郝仁想到,产业经济学中有微笑曲线一说,加工制造位于产业链附加值曲线的最底端，利润相对薄弱，企业如果要获得更多的附加值，就必须向两端延伸，要么向上游端的零件、材料、设备及科研延伸，要么向下游营销端的销售、传播、网络及品牌延伸。总体而言，愈向两边走，企业获得的附加值就越多。

下游营销端，耀华摆脱运营商终端供应商的身份，通过公开渠道向下游延伸，树立高端品牌形象。上游端，耀华只有芯片领域在扩展，材料等领域还是白纸一张。如果没有更多基础性研究，耀华可能永远都在追赶潮流，这不是郝仁要的。

"睡不着？"穆言一觉醒来，感觉郝仁在一边翻来覆去地折腾。

"嗯，想耀华如何再往上游探一探。"郝仁说道。

"你想做什么？"穆言问道。

"比如材料之类的基础研究。"郝仁说道。

"这种类型比较偏学术，一时之间挣不到多少钱吧。"穆言说道。

"一时挣不了钱，长远才能挣到钱。"郝仁说道。

"嗯，放长线钓大鱼。"穆言附和道。

郝仁没想好怎么做，困意姗姗来迟，不知不觉睡着了。

元旦三天长假，郝仁真就约上隋祖禹一家到度假村钓鱼去了。

"我说的深入产业上游环节，你怎么看。"郝仁说道。

"出发点是好的，就是难以执行。我们的人力应付现有的项目已经吃紧，而基础研究的外延漫无边际，我们不能为了不能马上产粮的部分搞得企业臃肿吧。"隋祖禹说道。

"如果我们不把研究团队建在公司呢？"郝仁说道。

"你的意思是？"隋祖禹问道。

"产学研一条龙，我们是不是可以考虑通过校企联盟的方式，找一些与我们强相关的领域进行合作，孵化研究成果的同时，培养未来人才。"郝仁说道。

"你说的这种方式，国外挺普遍了，你看硅谷挨着斯坦福等知名大学，不就是为了人才和科研成果的便利吗？"隋祖禹说道。

"巧了，我也是从硅谷的例子得到启发，只是我们不用距离靠近，而是以领域为基准，把触手就伸到全球各高校。"郝仁说道。

"你想寻求全球合作，就是欧美那些国家的毕业生眼高于顶，未必看得上咱。"隋祖禹说道。

"此一时彼一时，已经不是你念书时候的情形了。如今国内的势头蒸蒸日上，大多数国家都没有这样的市场活力，只要不存偏见，那些孩子会有一探究竟的好奇心的。"郝仁说道。

"说的也是，我的记忆还停留在很多年前，应该刷新了。我昨天看报纸的时候，上面有篇文章说以前的人都有个 American dream，千辛万苦要到美国去淘金，现在的人都有个 Chinese dream，来到这里可以大展宏图。"隋祖禹说道。

"谁去探探路好呢？"郝仁问。

"我去。"隋祖禹的儿子隋丌凑过头看了一眼两人空空如也的鱼桶。

"你去哪？"隋祖禹问。

"帮你们探路啊，你们不是要去选项目帮公司挣钱吗？"隋丌说道。

"懂得挺多，怎么选？"郝仁问道。

"首先，学校要好；其次，学生要好；最后，研究领域要有潜力。"隋丌说道。

"为什么老师不用好？"郝仁问道。

"因为老师用处不大，什么都不干，只会在台上说这个说那个。"隋丌说道。

隋祖禹想起隋丌上星期才被老师点名批评，说他不好好听课，还出题故意难住老师，让老师下不来台。

"隋丌，我想起来了，你还没有给老师道歉。"

隋祖禹话音未落，隋丌早已一溜烟跑了。

郝仁突然领悟，具有前瞻能力也应该是要求之一。

第二百一十八章　中国风的设计

尽管隋祖禹的儿子隋丌对父亲的业务表现出高度兴趣，但在企业不能使用童工的法律规定下，他也不得不低下聪明的头颅。

接下来，可怜的隋丌凭借着精准的预判、灵活的身形，败在了自己矮小的体格上，被隋祖禹很快抓住，狠狠地教育了一顿。然后，隋祖禹因为动静太大，引起了汤媛的注意，父子俩一起被狠狠地教育了一顿。短短十分钟后，隋丌摸着被扭红的耳朵，对着平静的鱼塘，叹一句因果轮回，报应不爽。

"爸爸，隋家哥哥好特别，连名字都这么特别。"郝仁的女儿说道。

"郝思穆也很特别呀。"郝仁说道。

"哥哥说他的名字无穷无尽，那我的名字是什么意思？怎么感觉好像和我没关系。"小小的郝思穆说道。

"哥哥看起来好像不开心，要不你过去和哥哥玩一会？"郝仁问道。

"好。"

等女儿走后，郝仁对穆言感慨："才这么点就感觉不太好骗了。"

"我也觉得名字实在太高调了，以后如果她想改就去改一下吧。"穆言说道。

"那怎么行呢，我才有冠名权。"郝仁说道。

"我不管你们，你们父女俩自己商量。"穆言说道。

这一闹腾，郝仁没再和隋祖禹谈工作，两家人在度假村和和美美地待了三天，采摘、钓鱼、划船别有一番田野意趣，让人彻底地从工作中解放出来。

放假回来，郝仁把资助高校基础研究项目交给了隋祖禹和沈同方，毕竟身处其中的人才深知弱点和瓶颈在哪里。工欲善其事，必先利其器，这样打基础的工作两人自然乐于接受，喜滋滋地叫人把全球重点高校的擅长领域罗列出来，结合耀华终端的研发情况探究合作可能。

距离春节只有一个多月的时间，以往这个时候，郝仁已经进入到休闲时光，最主要的工作就是给客户发发祝福，给员工发发红包。如今进入公开市场，郝仁才知迎合区区百个运营商客户比迎合海量的消费者不要太轻松，光是一年的几个消费旺季就能让人累得直不起腰。

会议室里，所有人在为年货节促销大战做准备。

"说下竞品的情况。"郝仁问道。

"今年的年货节促销前所未有的疯狂，我们从各方汇总的情况显示，大家都拿出了撒手锏，打算给 2013 年来个开门红。最擅长饥饿营销的 MG，打算年货节开启第一天发售极致性价比新机。大家知道手机行业的传统营销就是用低端机冲击市场份额，用中高端挣得利润，但 MG 最大卖点就是高配置低价格，不仅赚足了流量，还赢得了不少拥趸。它这个时候发售新机，对各大厂商的线上销售都会带来不小的压力。"电商主管徐敏说道。

"在用户经营上，MG 确实比我们做得好很多，它家粉丝的狂热程度真的比十家媒体带来的声量还要大。"郝仁说道。

"这次年货节上，我们会尽可能调动粉丝的积极性，为我们在线上多扩充声量。"詹宁说道。

"除此外，另外一家国产品牌真彩也有大动作，上个月，真彩一次性签了5个国内顶级的明星，都是具有千万级粉丝的演员歌手。目前户外广告已经在制作中，一二线城市核心路段的很多广告牌都已经被包下，就等活动开启一夜之间同步上新。"陈竞男说道。

"胡波还是这么简单粗暴。"郝仁感慨道。

"理想这边倒是没有什么大的动作。我记得上周马旭峰接受媒体采访的时候，记者问他对今年的年货节怎么看，他说只想服务好运营商大客户，实在放不下身段跟人锱铢必较。"穆言说道。

"这个人真的是。那几个国际品牌怎么样？"郝仁问道。

"都有春节限定款推出，年货节不打折反而提价。"陈竞男说道。

"可以理解，昨天刚看的罗兰·贝格国际管理咨询公司发布的《中国消费者报告》显示，价格曾经是左右中国消费者购买决策的主要因素，随着我国居民收入的增加和消费水平的提高，消费者品牌意识和质量意识也在增强。所以我觉得，哪怕在促销季，非价格因素在消费者购买过程中起到的作用也越来越大，希望我们的方案不要过度陷入价格战之中。"郝仁说道。

"不会。这次我们的整体方案集中在亲情氛围的烘托上，尤其是旗舰产品，没有过度强调价格因素。"穆言说道。

"调整过的方案我再看一次吧。"郝仁说道。

几人正说着，会议室的门打开了，拎着大包小包的贺知州风风火火地从外面走进来，把东西往桌上一放，一副从商场血拼回来的模样。

"飞机刚落地就过来，也不回酒店放下行李？"郝仁问道。

"没，这些东西是特意带给大家看的，全是价格昂贵的丑东西。"

贺知州说完就开始就开始往外掏东西，杂七杂八地摆了一堆。

"想不到这个牌子也能设计出这么乡土的东西。至少我觉得中国的蛇年应该不是眼镜蛇王的年。"

穆言拿起某大牌的红色真皮手袋看了一眼就直咂舌，上面一条吐着信子的眼镜蛇王，红绿搭配喜庆得乡土。

"这个扣子实在太夸张了。"

陈竞男打开一盒皮带摸了摸，上面带有鳞片的皮质感，扣子是一只蛇头的形状。

"我可能理解不了一个像编织袋的东西要上万。"

曾志忠反复摩挲着一个红白蓝塑胶袋，然后震惊地看着上面的价格标签。

"大家看不懂就对了，如今中国市场的消费能力引起了全球各大奢侈品牌的注意，他们开始向中国消费者主动示好，围绕春节元素的设计就是其中之一。只是中国传统文化对他们的设计师太难了，所以这些春节元素的设计才会叫大家理解不了。我们的春节设计一定要有传统文化的底蕴和国际潮流元素。"贺知州说道。

"有钱人，为了让大家接受你的设计，你还真是舍得大出血，快把新的设计稿让大家看看吧。"郝仁说道。

"这么丑的设计很有收藏价值，也不算破费。"贺知州把材料投影到屏幕上，接着说道："让竞争对手看看什么是真正的中国风设计。"

几张图滑过，众人惊呼起来。

第二百一十九章　文化从众效应

"这是九色鹿吗？好久远的回忆，这让我想起了小时候看的上海美术电影制片厂的动画片。"詹宁说道。

"没错，这款图案正是受敦煌257号洞窟的《九色鹿王本生故事》启发所作，整体的风格很大程度上保持着北魏绘画风格，原汁原味。"贺知州说道。

"这一张烛火旁边的歌舞伎好美，身姿绰约，舞态轻盈，仿佛置身天堂。"陈竞男说道。

"这幅是出自220窟《药师经变图》的部分，东方药师净土世界的盛大乐舞场景，两队舞姬在小圆毯上旋转腾踏，巾帛飞扬，很是喜庆热闹，和过年的气氛不谋而合。"贺知州说道。

"不用说，这位手持箜篌，衣袂翩翩的仙女，就是著名的飞天了。"穆言说道。

"没错，构图就是为了塑造唯美的风格。"贺知州和穆言相视一笑说道。

"知州，我是外行，对设计提不上什么意见，你做的东西我知道肯定是好的。只是你使用的这些元素都来自于敦煌，得拿到授权。现在距离春节就是个把月，基本已经到了后期制作的时间，你和穆言早就商量好了吧？"郝仁说道。

"什么都瞒不过你，其实谋划这件事有一段时间，只是直到上星期才定下来，提前说了万一谈不下来很是尴尬。"贺知州说道。

"你先斩后奏习惯了，万一我说不同意呢？"郝仁说道。

"你听我说完一定不会反对。几个月前，我在巴黎遇到了敦煌研究院的樊院长，她说起随着时间的流逝，哪怕没有人为的干预，这些壁画还是会褪色和损毁。文物是不能永生的，她们这些人用尽毕生的精力就是和毁灭抗争，让世人多一些时间去感受。当时我很感动，就和她提到，衰退虽然不可逆，但是可以通过科技的手段保存下来，让后人世世代代都能感受到千年百年之前的美好。"贺知州说道。

"知州和我说了后，我觉得这是一个非常有意义的合作，与其像竞争对手那样去把大把的钱花在明星身上，不如把钱用在传承文化上，而且刚才我看大家的反应，这些元素确实能够唤起好感。"穆言说道。

"大家看到了吧，在营销领域我确实说不上话，就按你们的意思办吧，我们使用敦煌的元素进行传播，把诸天神佛的代言费用于保护文物，这确实也是个很好的噱头。把这个当作一个长期项目来做吧，持续传播，不要春节过后就没有声量了。"郝仁说道。

"我就说你没有必要准备第二套方案的。"穆言笑着对贺知州说。

"看来你也没有这么自信嘛，还留了备案。"郝仁说道。

"老板心难测。"贺知州说道。

不久后，年货节促销季就在新年热闹的气氛中到来了。每一个厂商在消费者消费欲最强的节庆，可谓使出了浑身解数，娱乐明星引流，广告狂轰滥炸，吆喝声昼夜不息，打折优惠引得消费者眼睛都不知道往哪里看了。

在热闹中，耀华终端宣布了与敦煌研究院的合作，预计在未来 5 年内，通过高科技复原技术，逐步将敦煌壁画制作成高清电子图册，免费供观众研究查阅，并推出了一系列敦煌风格的手机壁纸及周边产品，其中销售利润的 50% 将捐赠给敦煌研究所，专款专用保护敦煌壁画。

相关新闻一出，耀华终端的举动赢得一众好评，特别是一批有社会影响力的文化人士。

知名历史学家严文裕表示，为了保护敦煌壁画，绝大部分的洞窟限流，使得游客不能一睹敦煌壁画的全貌，十分遗憾。科技与传统可以携手同行，如果耀华终端真的能助力敦煌壁画电子化，让所有人在手机电脑上随时查阅，真应该记大功一件。

著名文化记者尹文波评论，传统文化也能走出潮范，从传统文化的宝库中去汲取营养，从中华文化的沃土之中发掘传播题材，既能让产品有文化，又能与消费者产生共鸣，服务社会的同时把钱挣了，何乐而不为。

当然，耀华终端和敦煌研究院的合作不仅仅是在文创周边，与旗舰产品卖点的结合才是重点。自研芯片旗舰机虽然在游戏体验上欠佳，但在影音上却很出众，超大屏幕可以360度旋转观看敦煌洞窟壁画，艳丽的色泽很好地展现了传统绘画艺术的美，高像素连上面风化的皱裂都清晰可见，如同身临其境。

结果，在年货节的小半个月，耀华终端小小地火了一把，借机将自研芯片旗舰的销量又往上提一提，毕竟这个时间，家国情怀最是浓烈，传统要比洋气更潮流，国产货要比舶来品更受欢迎。

"我记得你以前说过最喜欢九色鹿，既然明明也很喜欢这些传统的东西，为什么还要说不懂贺知州的设计方案呢？"穆言看着屏幕上高涨的声量曲线说道。

"设计师应该有自己的主见，要是他清晰地知道我的喜好，下意识地迎合我就不好了。而且，我的喜好并不重要，重要的是消费者的喜好。"郝仁说道。

"我听说马旭峰看我们卖得还可以，说了句耀华终端就是小家子气，就喜欢打一些擦边球，不敢和别人真刀真枪地干起来。"穆言说道。

"他这么说我就放心了，要是连这么关注我们的马旭峰都不知道你最近的传播方向，说明你的方案失败了。"郝仁说道。

"原来的工作业绩主要靠竞争对手评估。我听说真彩的明星战术其实很有效，颜值对消费者极具杀伤力，尤其是三四线城市和农村市场，明星引发的从众行为更明显。"穆言说道。

"真彩的胡波给我打了电话，说帅哥美女不好吗？搞不懂文化人为什么会喜欢这些弯弯绕绕的东西。这位大哥说话特别实在，从来不藏着掖着，啥都敢和我讲。"郝仁说道。

"你从没有把他当竞争对手,你们俩的路子不一样,即使互相知道对方的策略,也没有办法复制到自己身上。"穆言说道。

"穆老师就是一针见血。不管怎样,我们顺利通过了一年的考验,新年到了。"郝仁说道。

"回家吧!"穆言说道。

第二百二十章　曾经喜欢过你

郝仁穆言两人年前忙得筋疲力尽,直到回老家前一晚,把女儿早早哄睡着,才有时间收拾行李。

"哎呀,郝德托我去香港给他买块机械表,款式都发过来了,我给忘记了。"一个月前的嘱托,郝仁现在才想起来。

"给,早就帮你买好了,你这记性要能记得才怪了。"穆言从抽屉里翻出一块包装精致的手表递过去。

"我妈的保健品。"郝仁又想起一件忘记的事。

"也买好放行李箱了。"穆言指指角落的行李箱。

"还有什么呢?总觉得忘记了什么。"郝仁摸着脑袋冥思苦想。

"你爸要的剃须刀,还有你妹要的手机,你侄女侄子要的玩具,我都买好了。"穆言抱臂得意地说道。

"穆老师太细心了,没你我回老家可能会被赶出来。"郝仁说道。

"我觉得你欠我一份秘书的工资。"穆言说道。

"钱债肉偿行不行?"

郝仁说完就扑过来,被穆言丢过来的抱枕砸中,两人正闹着,突然电话响起,郝仁败兴地按了接听。

"喂,哪位?"

"郝大哥,我是方美如,你现在有空吗?"

"小方啊,什么事呢?"

"我在你家楼下,可以见一面吗?"

方美如甚少用这种恳求的语气说话,郝仁听出一丝和以往不同的意味,有点担心出了什么事。可现在已经是晚上八点多,孤男寡女见面又有点不妥,郝仁看向穆言,穆言正巧也看向郝仁,眼睛里读不出是同意还是不同意。

方美如似乎感受到郝仁的迟疑，于是补充说道："郝大哥，我过来是给你送喜糖的，我要结婚了，特别感谢你这么多年的照顾，因为婚期定在春节，不敢浪费你的时间，所以特别跑过来找你。"

郝仁按了静音，想征求一下穆言的意见，"那个，小方她过来送喜糖……"

穆言打断了郝仁的话，说道："你去吧，我在家收拾行李。"

"要不你陪我去一趟。"郝仁担心不妥又问。

"你去吧，我没多想，你别这么小心。"穆言声音放得更加温柔，似在表达对郝仁的信任。

"好，我尽快回来。"

郝仁应了方美如的电话，接过穆言手里的衣服就出了门。

郝仁出了小区门，借着昏暗的路灯四下寻人。这时路边一辆豪车的车门缓缓打开，下来一位身材窈窕，身着羊毛呢高级套装的女人。

"郝大哥，上车。"

直到女人朝郝仁挥手，郝仁才认出来对方是方美如。

"小方，女大十八变都没有你变化大，我们这是去哪?"郝仁走近问道。

"郝大哥，我想请你吃顿饭，吃你以前请我吃过的那一家韩国烤肉店，就当婚宴请客了。"方美如说道。

话都说到婚宴请客，郝仁哪能不去，再说方美如坦坦荡荡，郝仁断然也想不到什么奇怪的地方。

不多时，两人已经坐在了滋滋冒着热气的烤肉前。

"小方，怎么大半夜想吃烤肉，女孩子结婚前不都要减肥拍婚纱照吗?"郝仁问道。

"郝大哥，我上次落魄的时候，是你用这家的烤肉治愈了我，给了我新的起点。恩情是还不上了，我请你吃一顿，作为我最真挚的感谢。"方美如诚恳地说道。

"小方，你这张嘴还真是做销售的料，说说吧，你老公是做什么?"郝仁夹起一块烤得外焦里嫩的五花肉放进方美如的盘子。

"他呀，就是个普通人。"

提到老公，方美如露出一抹幸福的微笑。方美如的老公叫黎广生，原本是方美如同事的客户，因为资金紧张，要求又高，连续看了四周的房也没有找到合适的。方美如的同事料定黎广生是没事找事的穷酸小伙，不想浪费时间，就丢给了方美如。

方美如理解普通人想要拥有一个家的愿望，也不嫌黎广生的要求烦琐，想尽办法帮黎广生和卖家议价，节省开支。

没想到，黎广生既不是穷小伙，也不是真正要买房。他是个实打实的富二代，手握大笔资金正在创业，想要通过建立房产线上交易平台切入房地产市场。他反复找中介看房也是为了调研，想要亲自找到房屋交易的症结，进而缩短买卖双方的成交难度。

黎广生这段时间接触的中介，无一不是看碟下菜，不到一个月就料定他没钱，找个借口不再服务。只有方美如是把他当为了买房节衣缩食的打工人，不仅服务到位，还经常自掏腰包请他吃饭，说是现在多吃点，以后当了房奴扛饿。

方美如的体贴样，黎广生是又好气又好笑，却渐渐贪恋这种体贴，于是继续装穷，越来越频繁地找方美如看房。

直到方美如找到一套价格户型几近完美的房，看黎广生还是犹豫不决的样子，怕过了这村没这店，整个人急得不行。

黎广生于心不忍，悠悠地问："是不是买了房就不能来找你了？"

"等下次换房再来找我也行啊。"方美如说道。

黎广生听了果断付钱，然后对方美如说："我过两天找你接着看。"

在方美如惊讶的目光中，黎广生把前因后果全部坦白，然后正式宣布要追求方美如。

方美如说起两人在一起后的种种甜蜜，整个人都笼罩在幸福的光芒之中。

"小方，祝福你。"郝仁真心地说道。

"其实，这些年每次坚持不下去，都是靠你才找到了勇气。郝大哥，我喜欢过你。"方美如说道。

郝仁一惊，不知道如何接下去，他知道方美如喜欢过他，也知道方美如不会让他为难，所以选择不戳破，这样两人还能自然地相处。

"郝大哥，别紧张，我没有别的意思，今天直接说出来，是想给这段美好的暗恋画上一个完美的句号，从今以后，我就要奔向别的去处了。你和太太很般配，我也祝福你们！"方美如说道。

"感谢你的喜欢，我很荣幸。"

两人又叙了一会旧，然后告别离去。

郝仁回到家，发现行李已经收拾好了，于是从后面环住穆言。

"穆老师，辛苦了。"

"去吃烤肉了，一身味道。"穆言说道。

"嗯，你就不担心我去干坏事吗？"郝仁问。

"小方是个有分寸的人，她喜欢你，真心为你好，所以不会让你做什么坏事。"穆言说道。

"你怎么知道的？"郝仁问。

"女人的直觉。"穆言说道。

郝仁觉得，女人的直觉，是一种男人无法理解却又精准无比的东西。

第二百二十一章　山寨机的冬天

有父母在身边的春节，每个儿女哪怕是两鬓白发面有皱纹，也能过上几天衣来伸手饭来张口的日子。

这天是赶集日，郝仁带着穆言和女儿到县城里逛逛。县城并不大，商业街也就百十来米，若是不在小贩摊位前流连，10多分钟就能走个来回。偏偏郝仁的女儿是个对什么都好奇的主，不过走了几米，手里的零食气球已经双手都拿不下了。

"你不要再给她买了。"穆言说道。

"便宜嘛，这个每次回老家都让我产生一种富可敌国的感觉，你看半天100块都没有花出去。"郝仁说道。

郝仁嫌人多，把女儿抱起来放在肩膀上，这才不用一直低头盯着这个小家伙走路，一家人亲亲热热地继续往前走。

郝仁扶住女儿的腿，目光开始寻找从小吃到大的那些小吃店，看了半天才发现县城的这家商业街已经和过去大为不同了。以前左边卖冷饮和冰稀饭糖水店变成了一家真彩的手机直营店，右边卖烧烤和凉面的小吃店变成了一家手机维修店。就这么一条短短的街，一路走过去居然有4家手机品牌店和1家手机维修店。

郝仁想过去看看，才走到距离真彩手机工厂店10米的位置，就有一个大冬天身着短裙的促销员过来拉客，高八度的嗓音和热情的邀请让女儿在肩上一颤。

"先生，到我们门店看看吧，我们一台手机只赚 10 块钱，便宜到让你感动，不感动不要钱。"

"你冷静一点，我会进去看看的，不过你别吓我女儿。"郝仁说道。

郝仁刚要进店，真彩手机工厂店隔壁的手机超市促销员挡住郝仁，说道："我们手机超市从一线大牌到性价比品牌应有尽有，选择多多，满意多多。"

真彩的促销员本来都已经转向下一个路人了，一听这边有人截胡，连忙过来拉住郝仁，并对对方说道："先来后到懂不懂，路上行人那么多，干吗非要和我抢一个人？"

"你们门店就一个品牌，买东西货比三家。"

"你真是一点职业道德都没有。"

"我的脸皮没有你的厚。"

……

两个促销员吵了起来，凶悍的语气差点把郝仁的女儿给吓哭了，郝仁也不是真的要买手机，本来打算顺便进店调研一番，现在一看也不是时候，就退出两人的辐射范围，朝另一头走去。

"我们不是也借着家电下乡往三四线城市和广大农村地区铺货，怎么这里没有看到我们的门店？"穆言问道。

"我们的线下能力欠缺的地方还很多，回去得继续鞭策下曾志忠。"郝仁说道。

"一条街这么多手机店，能赚到租金钱吗？"穆言问道。

"我看了一眼，几家门店除了真彩我认识，其他品牌都不常见，大概率是山寨机。你不要小看小县城的消费能力，现在每家店里面都有不少人，看来降价幅度很猛，销售不错的样子，租金自然没问题。"

郝仁说完，低头给真彩的胡波发了一条短信过去，说是在老家看到真彩的门店了。过了许久没有回复，郝仁没有当回事，不一会就忘记了。

春节收假回来，一则消息开启了过度紧张的 2013 年。

移动公司推出一款面向年轻人的手机，零售价仅仅为 299 元，还配备了 3.5 英寸的大屏幕和一张与父母或是朋友一起使用的亲情卡。

尽管这是一款定制机，但这堪比白菜的价格，让国内众多的千元机品牌顿感无力，也让国内的山寨厂商无路可逃。

一般情况下，越是昂贵的机型，山寨机和品牌机的差价就越大，这样同样的软硬件配置和外形很容易击中买不起品牌机消费者的内心。而这款定制机的价格已经接近成本价，还有什么必要进行山寨吗？答案显然是没有。

很快，其他两大运营商也看到了商机，也有样学样，开始要求做出这样的廉价机型，尽快占领市场。

随着运营商廉价手机效应的扩大，真彩的全国关店潮已经初见端倪。在江西南昌，短短的一个月内，全市 53 家门店，已经只剩下 26 家。接着，广州也出现了同样的情况，几个核心商圈的店面，外面招牌歪歪斜斜还在，里面早已经人去楼空，一片衰败迹象。

这么快就撑不住了吗？郝仁看到这些消息正想着，胡波的电话已经打了过来。

"波哥怎么想起来给我打电话？"郝仁问道。

"没什么，随便聊聊，你看新闻了吗？"胡波说道。

"什么新闻？"郝仁说道。

"就是各地关店潮的新闻。"胡波说道。

"看运营商发布新机的新闻瞥到一眼，没仔细看。波哥是遇到什么难事了吗？"郝仁问道。

"哎，运营商财大气粗，赔本赚吆喝，却引得各路厂商呼应，价格一路往下，真彩没利润，谁还陪你玩。就广州那几家核心商圈的店面，一个月租金就要六万七万的，不关门就是放血，根本止不住。"胡波说道。

"大厂家在赚足利润后，很可能用亲民的价格往下渗透，挤压其他厂商的生存空间。那你现在打算怎么办呢？要不要暂停加盟什么的调整下？"郝仁问道。

"怎么办，生意只有活着和死去两种选择，哪来的暂停？"胡波说道。

胡波打电话来并不是要寻求什么帮助，所以也没提多少公事，郝仁安慰了几句就挂了，毕竟心情的问题找一个朋友没什么大不了的，但公司的问题去问一个竞争对手就太奇怪了。

而另一边，马旭峰正坐在窗前愉悦地喝着咖啡，这 299 元的定制机正是出自理想之手。高配低价，这价格当然是低于成本的，可马旭峰有来自运营商的补贴，根本不可能亏本。而随之而来的好处就是，公开市场的那一堆杂牌很快就倒在了马旭峰的脚下，看起来没有翻身的余地。

"为什么其中没有耀华呢？真可惜。"马旭峰说道。

第二百二十二章　品牌升级之难

299元这个数字给市场带来的震荡无疑相当巨大，直接揭开了终端行业成本的底线，如同在战场上几方紧张对峙的瞬间有人开了第一枪，大战旋即一触即发。

根据著名分析师机构IDC的预计，如果没有意外，2013年中国整体手机出货量将达3.8亿台，同比增长率为5%，其中智能手机的出货量将达到3亿部，同比增长44%，届时，中国智能手机市场也将超越美国成为全球智能手机出货量第一的市场。

中国智能手机市场增长势头如此强劲，与千元机的热销分不开，运营商会采取299元这样激进的定价策略，实在是他们等待这个机会已经很久了，用低价牵引用户从功能机向智能机转化，从而提升用户对网络服务的消费。

对此反应最快的便是排名前几位的国际厂商，有着不可挑战的高端市场汲取利润，就可以放手用低端机冲击市场份额，甚至在品牌的光环效应之下，低端机不需要高配，仍然保持基本的薄利进行销售。

而MG这些互联网手机马上跟进这一波价格战，构建更加发达的物流网络，从厂商直接快递到用户手中，省去原有的仓储、分货、运输、安保等环节，从成本中要利润。

最惨的就是真彩这些原本就超低价的山寨厂商，推动消费者掏腰包的秘诀本来就是性价比，一旦整个行业价格下探，山寨厂商的原本的市场空间就被严重挤压。都是便宜的产品，消费者就是不动脑子也知道选择有知名度的品牌。降价狂潮开启短短一个月，就有近百家山寨小厂商撑不住了，纷纷卷款跑路，一时间各大报纸社会版上出现多篇有关通信行业破产、追债、违约等新闻。

真彩已经是山寨机厂商中最财大气粗的一批，可曾经门庭若市的盛况如今是门可罗雀，没有关闭的店面每开一天都是在亏本。

真彩公司内部已经乱套了，胡波不管不顾，一个星期没有去上班，躲在客厅一根接一根地抽烟，所有的窗帘已经被胡波拉上，严密得大白天竟没有一丝光亮透进来，唯一的光源就是胡波嘴边那根忽明忽暗的香烟。

那天和郝仁打过电话后，胡波读出郝仁丝毫不见慌张，似乎这样激烈的竞争态势，郝仁早已做好了准备。

是什么准备呢？郝仁从未隐瞒过，还详细地对胡波说过。一方面是核心部件自研，提高企业对整个产业链的掌握度。就像如今各大厂商都在用低价抢占市场，那就必须拿到物美价廉的部件，否则拿什么抢。而耀华终端手上有自研芯片，虽然性能不够完美，但货源有保障，出货量越高，单价越低。另一方面是不遗余力地研发高端旗舰产品，没有撑起品牌的高端产品，就不能反衬出低端产品的性价比。

胡波嗓子发痒，干咳了一声，知道又怎么样，知道和做到本就不是一回事，容易钱挣久了，就不知道怎么挣辛苦钱了。如果像其他小山寨厂商一样这时候收手，钱就落袋为安了，可胡波不想这样认命，他本来就不是一个认命的人，年轻时候在不见天日的漆黑井道里，胡波都没有放弃过，何况现在不缺钱，缺的只是一个名垂青史的机会。

几天后，郝仁在办公桌前看到胡波的访谈，施以厚重底妆的脸看不出任何颓废，胡波依旧以豪气冲天的形象回答主持人的问题。

"真彩是有责任感的企业，我们是本着做百年老店的目标在经营，不存在关店退出行业的问题。过去在大发展时期，我们的管理有些粗放，现在只是对线下过于集中的门店进行调整，并非经营不善倒闭，请大家不要恐慌，真彩一定会继续为大家提供稳定的服务。接下来，真彩会继续加强品牌形象，并推出自己的中高端产品，为用户提供多样化的服务……"

"你怎么看？志忠。"郝仁问前来汇报的曾志忠。

"嗯，每一轮价格战都是一轮残酷的洗牌，在这个节骨眼上才开始发力高端，有点不现实。何况真彩之所以会选择做低端品牌，除了选择原因，也确实是研发能力所限。"曾志忠说道。

"工厂店所带来的廉价感早已深入人心，从高端向下探容易，从下往上突破高端困难。我们从农村起家，杀回城市就花了许多年。想必现在大家都看出来了，高端必须实现突破，这是保命之举。同时希望我们永远不要像真彩，在来不及的时候才做决定。"郝仁说道。

"明白。"大家说道。

"志忠，我们的线下门店受影响大吗？"郝仁又问道。

"暂时没有特别大的波动。另外,我们在交通方便的省份,建立了中央仓库机制。就是订货全部从省会城市的中央仓库发货,一天速达,减少门店的库存、仓储等费用,从而提升利润点。"曾志忠说道。

"自研芯片在其他非旗舰的应用,消费者的反馈怎么样?"郝仁又问。

"比在旗舰机上的应用,消费者的反馈好很多。我们设定的目标消费者是影音爱好者,主要的诉求也不是游戏,所以对游戏性能上的要求不高。"陈竞男说道。

"在广告曝光上,我们这次较多地采用精准投放,减少重度游戏爱好者接触我们的广告信息,避免在网上发起负面评论。"穆言说道。

"自研芯片的消费者正向反馈多给沈老的芯片团队发发,之前他们很内疚没有将性能做到极致,大家多给他们一些信心,争取下一代有亮眼成绩。"郝仁说道。

"好的,我会定期反馈的。"詹宁说道。

"我总感觉2013会是一个不平凡的年份。"郝仁把目光转向窗外,低声说道。

"那对我们利好还是有害?"詹宁问道。

"不知道,如果我们自身能力不足,就是天上掉馅饼也接不住。不用想了,做好一切可以做的准备,迎接一切可能的挑战。"

郝仁的预感其实是,今年也许要送走不少自己的老朋友或者竞争对手。

第二百二十三章　先垮掉的是谁

当众多国产品牌在价格战中苦苦挣扎,艰难求存,谁也不会想到,先倒下去的会是曾经的王者,酷美,这个十五年来高居世界第一的知名品牌。

2012年的世界移动通信大会上,没落的贵族酷美,摆着不肯屈就的架子,推出了搭乘Symbian系统的高配硬件旗舰。哪怕所有人都知道这个落伍的系统已经不足以支撑应用时代的需求,酷美依旧把高像素打底、超采样技术、光学防抖等一系列新技术堆叠上去,维护着最后一点荣光。

酷美的总裁当时的自信所有人都历历在目,才时隔一年多,以往号称砸不烂、摔不坏、锤不碎的酷美就突然崩坏了。

就在这个代表着希望的春天，酷美宣布以 60 亿美金的超低价出售，仅仅是当初最高市值的十六分之一，而接受酷美的公司，则宣布将拆解酷美手上的知识产权进行自身补强，不会再生产带有酷美品牌的产品，更不会在使用已经落入历史尘埃的 Symbian 系统。于是，在价格战打得如火如荼的春天，有关酷美的一切记忆将就地掩埋。

时值清明，怀旧的情绪原本旺盛，遭逢这一变故，网上酷美的粉丝开始发布曾经的酷美手机，写下了很多宛如悼词的话语，哪怕他们早已经不用酷美的功能手机，发帖所用的手机早已经是市面上热销的智能手机。

郝仁看到这个消息的时候，正和隋祖禹坐在香港国际机场的候机厅里，忍不住一阵唏嘘。

"哎，市场的残酷就在于，伤害劈头盖脸地打过来，不管你是王者还是新人都一视同仁，打在身上都一样疼。"

"这就是为什么，无论在市场上取得怎样的地位，都得战战兢兢，如履薄冰，一朝不慎，谁都有可能满盘皆输。"隋祖禹说道。

"谁说不是呢，没个安生日子过。"郝仁说道。

"酷美退出，这么大块的市场空出来，所有品牌都虎视眈眈的，我也怕晚了咱们赶不上。一会飞机上你好好休息，等明早到了欧洲，也别调时差了，先开个紧急会议。"郝仁说道。

"所以你把和福伦达的研究成果提前了，现在火急火燎地拽上我赶过去。"隋祖禹一副心中了然的样子。

"你要知道酷美的主要利润来源是高端市场，哪里是降点价，做点广告就能搞定的，必须得有拿得出的成果。"郝仁说道。

"知道，你想把摄影当作王炸丢出去。"隋祖禹说道。

广播里已经开始通知航班登机，两人不再细说，拎起行李排队登机。明天又是一场硬仗，两人一夜无话，睡到天明。

等到了法兰克福，两人在酒店办理入住后，连灌两杯浓缩咖啡，便和国内连线。

"酷美出售的消息发出后，各竞争对手的反应如何？"郝仁问道。

"其实酷美的衰退所有人有目共睹，争夺酷美的市场份额一直是各家厂商心照不宣的策略。这次的出售新闻是彻底死了酷美忠粉的心，所以转化这一批忠实粉丝就成为最大的难点。"陈竞男说道。

"大家计划怎么做？"郝仁问道。

"销售方面，我们快速反应，从今天开始以旧换新的计划，只要持有酷美旧手机来我们门店或者电商，都可以获得一定价格的减免，从而收获这一批摇摆客户。"陈竞男说道。

"营销侧的话，为了防止酷美死忠粉反感，我们已经要求各员工，不要发表任何关于酷美的负面言论。此外，我们还遴选出一批和酷美去年款功能和卖点相似的手机进行集中推介，从而促进产品进入到消费者的考虑清单中。"穆言说道。

"研发侧的话，我们重新审视与酷美的专利互许情况，评估是否会因为转让造成成本增加……"

7个小时的时差加上一早上的会，郝仁只觉得太阳穴的地方突突地跳，不敢强撑了，草草吃了个午饭，就躺下休息。

第二天，贺知州早早地来酒店接郝仁和隋祖禹。与福伦达的合作已经快一年，正如福伦达的掌门人所要求的那样，耀华没有借着福伦达的品牌在市场上大肆推广，而是踏踏实实地在德国建起了影像联合实验室，双方正儿八经地开展光学和色彩平衡算法方面的研究。

实验室建在法兰克福的郊外，福伦达的掌门人卡斯特不喜欢喧闹的市区，更爱郊外自由的气息。

车辆在两边都是大片农田的公路上穿梭，间或开过几个小镇，随处一看便是一副乡村田野为背景的优美油画。

"德国人做事真的是慢工出细活，1年了，还没有把一款能带福伦达品牌名的产品推向市场。"隋祖禹说道。

"是啊，所以我这次很有信心，应该会是一个令我满意的结果。"郝仁说道。

"之前你连看都没看过，你怎么判断出来的？"隋祖禹问道。

"因为他们每次给电话，都说进度正常，如果是有意外，他们的语气不可能这么平静。"郝仁说道。

"有道理。"隋祖禹说道。

坐在副驾驶座上的贺知州忍不住了，说道："隋工，郝总来之前我去看过，把结果告诉他了，否则他不可能跑这一趟。"

"刚才装得很像，我差点就信了。"隋祖禹说道。

"知州，你起那么早，不困吗？"郝仁说道。

"本来不困，现在有点困了。"贺知州适时地闭了嘴。

第二百二十四章　做到满意为止

汽车在一栋破旧的工厂面前停下，背后是树木高耸的森林，前面是小草堪堪探头的田野，最近的小镇在远方像积木一般大小，更衬得这里的静谧无人。郝仁和隋祖禹下车，左顾右盼一番，然后疑惑地转向贺知州。

"就是这，没错了。"贺知州做出请的姿势。

郝仁朝着贺知州指的方向走去，进了一扇大门，进入一条长廊，长廊的两侧墙壁上挂着许多精美的摄影作品。郝仁一幅幅看过去，有在森林中宛如精灵的女模特，有在原野上奔跑的骏马骑士，还有靠着工厂破败墙壁的肖像特写，全部作品都是在附近取景，却涵盖了从中世纪到后现代的各种迥异风格。

穿过长廊，郝仁进入到一间宽敞明亮的会客厅，熊熊燃烧的壁炉和厚重的复古地毯把从外面裹挟而来的早春寒意全部驱散。皮沙发上，福伦达的掌门人卡斯特放下手中的书，起身迎接郝仁的到来。

"郝先生，欢迎你的到来，希望长途跋涉不会让你觉得疲惫。"

"从长廊过来，看到这么多美好的影像，浑身疲惫一扫而光，我似乎能明白为什么把地址选在这里了。"郝仁说道。

"哦，说说看。"卡斯特含笑说道。

"这里风景极好，又远离喧嚣，可以尽情地创作。"郝仁说道。

"说对一半。"卡斯特说道。

"另一半没说对的是？"郝仁说道。

"我的祖父辈就是在这里发家的，这间旧工厂就是我的家族开办的第一家工厂，我一直留着它，用来存放我先人的荣耀。"卡斯特意味深长地说道。

"卡斯特先生对先人的敬意很令我动容。"郝仁说道。

"我知道你这趟为何而来。"卡斯特说道。

"是的，卡斯特先生你苦心经营数十载，自然知道市场王者倒掉，就会有人要取代它，我们不想错过机会而已，是时候来亮出我们的撒手锏了。"郝仁说道。

"你进来不是已经看过了,还满意吗?"卡斯特说道。

"走廊上的作品难道是用耀华手机拍摄的吗?"郝仁问道。

"没错。"卡斯特说道。

郝仁有一点震惊,虽然自己并不是摄影师,但这些摄影作品所呈现出来的色彩,景深虚化的细腻程度,暗光拍摄所呈现的清晰度都是过去相机拍摄才能实现的。

"不仅满意,还很惊讶。"郝仁不吝赞美道。

"贺总监,郝先生,你们很有品位。"卡斯特说道。

"卡斯特先生,过去的一年中,双方密切合作,很好地呈现了德系摄影浓郁的红蓝调,油润的色彩过渡,丰富而厚重,锐利而自然,这会让所有人都有成为摄影师的可能。"贺知州说道。

"我已经迫不及待地想要推出市场了。"郝仁说道。

"还有一些地方不太满意,我更希望能一鼓作气地完成。"卡斯特说道。

"一些地方还不太满意?之前几个摄影师都表示几近完美。"贺知州说道。

"几近就是还没有,尤其是暗角,我还是希望能够自如地开关。"卡斯特说道。

"暗角不正是德系摄影的特色吗?带着一股浓浓的胶片复古气息。"贺知州说道。

"暗角也是早期镜头和结构造成的缺陷,如果数码摄影,我更希望能够根据操作者的意图随心所欲地创作。"卡斯特说道。

这句说完,几人都陷入了沉默,卡斯特转身去接咖啡。

隋祖禹低声对郝仁说:"这个解决起来一时半会搞不定,老头不会是故意拖延我们的时间吧?"

"应该不会,如果论专业摄影,他说的也有道理。"贺知州说道。

"那怎么办?市场机会错过了,咱可就连汤都喝不上了。"贺知州说道。

卡斯特回到座位上,幽幽说道:"我知道你们着急,但我更希望你们有耐心等待一个奇迹的诞生。"

"卡斯特先生,我确实对我们之间的合作寄予厚望,也能理解你对于完美的追求，但市场机会转瞬即逝，福伦达也不希望错过重振昔日辉煌的机会。"

郝仁的话让卡斯特脸色突然阴沉，福伦达是百年老牌没错，但在数码时代，谁还去不断重温胶片时代的记忆，经典是给没落者最后的体面，谁不想昨日重现呢，尤其是辉煌的昨日。

郝仁话锋一转，又说道："我有一个两全其美的主意。"

"请讲。"卡斯特收敛不悦，沉声问道。

"对于功能的优化可以继续进行，但需要给出发布日期。另外，目前的摄影作品要提供给耀华终端进行展览及推广，并允许摄影家及消费者的点评。"郝仁说道。

卡斯特笑了笑，说道："郝总果然打得一手好算盘，还在研发中的产品也要提前卖出去，我很喜欢你的主意。"

"合作愉快。"郝仁说道。

"合作愉快。"卡斯特说道。

刚从欧洲回到国内，郝仁就已经收到卡斯特派人传送过来的摄影原片，数量之多，质量之高让所有人都惊喜不已。

一个月后，耀华终端摄影展在上海当代艺术馆、法国蓬皮杜艺术中心、旧金山现代艺术博物馆陆续开展，贺知州和穆言联手，邀请了一大批摄影家和艺术评论家进行参观评论，在传统媒体和互联网上输出了大量相关报道。

"摄影师捕捉到野生松鼠美丽而又难以捉摸的眼睛，小心翼翼的动作让整幅作品充满生趣与幽默，能在运动的状态下抓拍到这样的瞬间，发现美的眼睛和决定性操作，缺一不可。"

"模特如同落入尘世的森林仙子，阳光穿越树叶为她披盖金光，神秘而有自然，明暗对比强烈却不失细节，作品张力可见一斑。"

"原野上的风将骏马的鬃毛吹散，不平衡的构图让奔跑的速度更快，决定性的瞬间，快一秒慢一秒都不是最好。"

……

每一段评论似乎在评论照片，又似乎在夸奖手机的性能，引得人们纷纷猜测耀华终端将会推出怎样的新品。

随后，耀华终端在官网、商城、论坛等各大平台开启预约新品的通道，上面没有产品图片，只有一张礼物盒子及摄影展的照片，100元预约获取购买券，发布后不购买可以全额退款。

对大多数人来说，100 元满足一个期待并不昂贵，预约开启不到 1 小时，20 万张购买券一扫而空，这速度连出售期房的房地产商都直呼内行。

第二百二十五章　冒进埋下隐患

"这简直是个壮举，从来没有一个品牌能够提前三月以上预售卖手机。"电商主管徐敏说道。

"老实说，我自己都有点觉得有点空手套白狼，难为消费者信任，愿意为之买单。"陈竞男说道。

"反正我以前是完全没想过要这么做，有些反常规。"曾志忠说道。

"对于这样的成绩，我本人很满意，这说明了一件事，耀华的品牌力已经初步形成。"郝仁笑着说道。

当会议室里所有人都在为预售大胜欢呼雀跃时，隋祖禹却一个人坐在角落里，眉头紧锁，反复搓着笔记本的边缘，显得忧心忡忡。会议结束，众人纷纷离开，隋祖禹的身子却动也没动一下。

郝仁目送最后一个人走出会议室，然后把门反锁，对隋祖禹说道："有什么话就说吧，憋着多难受。"

"你不觉得你太冒险了吗？"隋祖禹说道。

"冒险？冒什么险？"郝仁说道。

"首先，我们的产品还没有正式销售，就暴露了我们在影像上的撒手锏，你考虑过竞争对手抢先发布的可能吗？其次，通过预售提高了消费者的预期，万一产品的优势不能满足这个预期，你考虑消费者因爱生恨，大面积散布负面评论的可能吗？最后，手机影像如果要接近专业相机的体验，不仅仅是图形算法和光学系统的改进，还要提升芯片对照片的深度处理能力。可是我们芯片的处理能力支持目前的影像功能都很勉强，你考虑过硬上功能可能带来的问题吗？综上所述，我觉得你这次有点太过鲁莽了，所做的决策有欠考虑。"隋祖禹几乎是一字一顿地说道。

郝仁好久没有听到如此刺耳的质问了。自从耀华终端独立以来，郝仁的头上除了青天外，就再没有一个像赵扬一样的人制约自己。而自己带领公司走过那些艰苦岁月，上上下下没有不服的，哪怕自己再匪夷所思的决策，也没有人会质疑，甚至想都不想就去做了。郝仁当家做主久了,也有了逆鳞,昔日同窗的隋祖禹这次不留情面的质疑让郝仁觉得难堪。

"你是对自己没信心,还是对沈老没信心?"郝仁问道。

"这不是信心不信心的问题,我觉得我们应该严格按照研发流程,确定产品无误后再进行推广及销售。你也是做研发的,这些流程还有你亲笔签名,你不会不记得了吧?"隋祖禹说道。

"我记得,但是形势逼人,一个巨头的倒下,让出的市场不会长久地在那里,我们不抢,很快就没了。"郝仁说道。

"那也不能……"

隋祖禹还没有说完,郝仁的电话突然响起,郝仁显然不想继续和隋祖禹聊下去,连忙按下了接听。

"喂,鸣哲,怎么是你?"郝仁说道。

"就是我,我来好好审问你一番,你这个家伙,上次还和我扯什么不会饥饿营销啊,现在怎么说,一来就搞这么大的,产品都看不到就开预售,一下子几千万到手了,真是不鸣则已一鸣惊人啊。"钟鸣哲说道。

隋祖禹看着被夸得忘乎所以的郝仁,知道此刻说什么都没用了,拿起笔记本叹了口气关门离去。郝仁看隋祖禹离开,突然如释重负,现在郝仁根本没法细细思考隋祖禹的话,放任隋祖禹自己消化去。

"抱歉,在你这个鼻祖面前卖弄了。对了,今天找我不会只是为了夸我几句吧。"郝仁说道。

"你们的新款影像旗舰机什么时候正式发货?我买一台支持下。"钟鸣哲问道。

"真的有竞争对手直接打电话给对方总裁打听消息的吗?你怕不是第一个。"郝仁笑道。

"不能说就算了,我今天打电话给你有正事,不知道你有没有听说运营商渠道可能大变天?"钟鸣哲说道。

"怎么大变天,你们MG又不走运营商渠道消息,你哪来的消息?"郝仁说道。

"我一个渠道代理和我说,理想近期可能启动渠道代理招募。你想啊,当初理想退出公开市场有多决绝,现在重新进入公开市场就有多打脸。马旭峰那个人有多要面子你不是没见过,要不是运营商渠道出了问题,他怎么肯干这样的事。"钟鸣哲言之凿凿。

"说的也是,可是运营商渠道能有什么变故呢,3G方兴未艾,4G就要上马,到处都是繁花似锦,反正我猜不出这里面能出什么问题。"郝仁说道。

"那我们静观其变,然后恭候大驾。"钟鸣哲说道。

"即使理想重新进入公开市场,也没有什么好怕的,又不是没有硬碰硬过,难不成你怕了?"郝仁说道。

"你都不怕,我有什么好怕的。"钟鸣哲说道。

……

挂了钟鸣哲电话,郝仁把愤愤离去的隋祖禹抛到九霄云外去了,没想到第二天,隋祖禹直接请假一周,说是病了,需要休养。

郝仁知道,身体有病是假,心里有病是真。这么多年过去了,隋祖禹还是原汁原味的倔脾气,这个时候见面,只会是越搞越糟,于是大笔一挥批了假期,然后朝沈同方的芯片实验室走去。

郝仁推门进去的时候,沈同方正好结束一个会议,走到饮水机前倒热水。

"怎么今天有空跑到我这里坐坐?"沈同方头也没回地,通过脚步声判断是郝仁。

"沈老,你神了,背对着我,怎么知道是我?"郝仁说道。

"今天是不是有事相求,嘴这么甜。"沈同方说道。

"也没有什么大事,就是隋工和我闹脾气,请一周假。其实他这么多年没怎么休息过,休息一周倒是没有什么,我就是怕他撂挑子,直接不来了。"郝仁说道。

"你们认识这么多年,隋工是不是那种撂挑子的人,你会不知道。但是管理层有矛盾是大忌,有什么问题尽快解决,所以是什么问题呢?要我帮忙就一五一十说清楚。"沈同方说道。

于是,郝仁把事情的来龙去脉说了一遍。

"这次我觉得隋工更有道理一些,你确实有点冒进了。"沈同方说道。

"预售已经搞了,现在即使后悔也来不及了,还请沈老帮我劝劝隋祖禹。"郝仁说道。

"行吧,走一趟。"沈同方一口应承下来。

第二百二十六章　兄弟同气连枝

习惯了忙碌的隋祖禹突然有了一周的空闲光阴，竟然有些不知所措，一下去厨房帮忙把晚饭搞成黑暗料理，一下在阳台帮忙把植物修剪得七零八落。不到一天，在家里的哪个角落出现，都变得面目可憎，人见人嫌。

隋祖禹也很委屈，毕竟他想要帮忙的心是认真的。总是收拾残局的汤嫒决定不惯着隋祖禹，以带儿子去上足球课的由头，把人赶出了门。

隋祖禹领命带着隋丌来到了少儿足球俱乐部，把隋丌交给教练，自己在台阶看台上坐下。下午 4 点多，阳光已经温柔，如雾似纱地笼罩着世界。逆光之中，隋祖禹看到隋丌在教练的指导下跑步热身，运球、传球、射门等分步训练，一改平日不服管教的样子，规规矩矩地融入队伍之中，心中一阵欣慰。

然而猛虎总是沉寂不了多久，到了分组踢比赛环节，隋丌的本性就暴露了出来，完全不按教练安排跑位，拉扯着整个团队的队形，不仅杀得对手措手不及，也让队友为了配合他疲于奔命。

隋祖禹在台上急得上蹿下跳，强忍着才没有冲下去把人拎出来修理一顿。等隋丌以 2 比 0 击败队友兴高采烈地归来，迎接他的是教练和父亲的混合攻击。

"为什么不按照我的安排出战？你不要以为自己技术好，就能带领这个团队胜利。"教练严厉问道。

"可我赢了啊！"隋丌说道。

"不要以为赢了就代表自己比教练的安排好，你不看看大家的消耗，如果是联赛就需要的是最后的胜利，不是一场胜利。今天所有人表现都很棒，尤其是隋丌的队友，尽管队长指导无方还尽全力配合，最终取得胜利。隋丌不听安排，课后罚跑 3 圈，其余人就地解散。"教练狠狠地强调解散二字，把隋丌气得抓耳挠腮。

"凭什么？"隋丌不服。

"凭我是你教练。"教练说道。

"别废话，赶紧去跑，我盯着你。"隋祖禹说道。

教练和其他人解散离去，隋丌知道爸爸回家晚了会被妈妈念叨，故意磨蹭，跑得比乌龟还慢。

"带孩子不比上班轻松吧。"隋祖禹紧紧地盯着隋丌跑步，生怕他又耍花样，竟然没有发现沈同方何时坐到自己身边。

"沈老，你怎么来了？今天不是周末，现在不是应该还在办公室？"隋祖禹奇怪地说道。

"我啊，这是市内出差，专门来找你的。"沈同方笑着说道。

"郝仁叫你来当说客的啊？他自己怎么不来，现在官威大了。"隋祖禹说道。

"他知道你在生气，怕来了你更气，叫我先和你聊聊。"沈同方说道。

"沈工，我并不是故意挑刺，可是郝仁已经不是过去的郝仁了。以前，他的很多决定无论多离谱，无论大家多不理解，谁不是尽全力去执行。说句公道话，最终取得好的结果，除了有郝仁决策英明，是不是也有大家全力护着他的原因。现在，大家迷信郝仁的任何决定，郝仁也觉得这是理所应当，反而觉得我质疑他是不可理喻，他既没有和我了解研发体系是否能支撑起他的野心，也没有问你芯片性能能不能赶上，就直接走到消费者界面了，这既不合规，风险也极大。"隋祖禹痛心地说道。

"你知道他自始至终想要打入高端市场，目前的机会确实是百年不遇，他想要抓住，我其实可以理解。但我赞同你的观点，这不是为了安慰你，也是基于芯片能力的判断，郝总面前我也直言不讳。"沈同方说道。

"现在距离新旗舰发布日期越近，我就越担心，我不是罢工威胁郝仁，我真的压力好大，心里的弦快挣断了。"隋祖禹说道。

沈同方没有再继续话题，把目光投向了足球场上磨洋工的隋丌。

"你儿子不错。"沈同方说道。

"哈？我觉得他是上天派来惩罚我的。"隋祖禹说道。

"你儿子很好胜也很有胆识，明明教练的方法更为稳妥，可他能想到对自己稳妥的打法对别人也稳妥，于是另辟蹊径赢了比赛。刚才你儿子教练说，队长的引领固然重要，但团队的配合才是取胜关键。反过来想想，哪怕队长的引领一时之间出了错误，只要你我一心，未必不能取胜。"沈同方说道。

隋祖禹瞪了一眼跑圈路过的隋丌，然后轻叹一口气，说道："郝仁这个家伙，别的不说，眼光确实好，一下就找对了能劝我的人。"

"休息几天就回公司吧,给人家郝总点面子,哪个公司的总裁让员工这么折腾?"沈同方说道。

"我折腾他?他折腾我才是。"隋祖禹说道。

"行了行了,都是有儿子的人了,不要这么幼稚。"沈同方说道。

"爸,我跑完了,沈爷爷好。"隋丌懂得人前乖巧,话说得礼貌动听。

"乖,居然还记得我,我上次见你还是两年前。"沈同方笑着说道。

"沈爷爷长得像费曼那样的大科学家,我一看就觉得亲切。"隋丌说道。

"哈哈哈,你还知道理查德·费曼,了不起,只是这个评价对我真的是太高了。"沈同方说道。

"我知道的可多了,我爹还说我整天不学无术,可我爹自己呢,还不是班也不好好上,无所事事,整天在家里搞破坏,被我妈和我奶奶赶出来,只有我收留他,他才有机会来这里看我踢球。"隋丌两手一摊,无奈地说道。

"隋丌你瞎说什么。"隋祖禹扬手吓唬隋丌。

"你爸爸不是无所事事,是休息时间发光发热,不会休息的人也不会工作。"沈同方说道。

"我懂了,只是他还是快点上班好,他的发光发热对家里来说可能是灾难。"隋丌说道。

"别说了,回家了。走,沈老,机会难得,去我家吃饭。"隋祖禹说道。

"是啊,沈爷爷,去我家吃饭,放心,不是我爸做。"隋丌说道。

"哈哈哈,好,我今天不加班,也放松放松。"沈同方说道。

第二天,隋祖禹回到办公室,神色如常地开展工作。沈同方只给郝仁回了个没事了,郝仁心里也没有谱,不知道隋祖禹怎么想的,于是一大早就来研发办公室看看。

"堂堂大总裁,怎么站在门口不进来。"隋祖禹瞥见门口郝仁的衣角。

"也没有什么要紧事,你走了好几天,我有点想念,过来看看你。"郝仁嬉皮笑脸地走进来。

"黄鼠狼给鸡拜年,没安好心。我看是大资本家担心员工偷懒,过来监督吧。"隋祖禹没好气地说道。

"我们是兄弟,哪来的大资本家。"郝仁说道。

"看也看了,赶紧回去吧,别吵我工作。"隋祖禹说道。

"行,我麻溜滚。"

郝仁知道隋祖禹还是那个隋祖禹,他们之间没有嫌隙。

第二百二十七章　习惯收拾残局

很快,郝仁就发现隋祖禹的担心绝非多余。

在耀华终端影像新旗舰预售开始后一个月,手机行业正式开启影像升级的狂潮。

先是从不放过任何给耀华终端添堵的理想,推出了一款专门的拍照手机。一枚1300万像素的推栈式摄像头,可以206度大角度地旋转摄像头。功能上进一步朝相机靠齐,提供8秒慢速快门,无论是拍摄车流还是世上光绘,都是游刃有余。此外,在体验优化上,理想特别在背面设置了一块触控区,拍照时候只要手指在这个区域按下一段时间然后松开,手机就会自动释放快门,让单手拍摄成为一种可能。

初登全球第一的CF,则凭借全供应链的能力,从芯片到屏幕,再到摄像头全方位地提升手机的摄像功能。4.3寸的大屏幕,有着绝大部分相机所无法比拟的操作感,屏幕触控灵敏,各级菜单清晰,分享的能力更是一流,随拍随发,满足年轻一代丰沛的分享欲,更别提光学防抖、光学变焦、手动控制光圈等高级功能。

好像被人遗忘了的MOT,也打算趁着这股东风崛起。4000万的像素直接刷新了人们对于手机像素的认知,在光线充足的情况下,解像力秒杀了所有手机,甚至比普通卡片相机还要出色。更强大的数码变焦功能,在高像素的加持下,即使变焦三倍以上,依然足够清晰。随包装赠送的相机套件,闪光灯加摄像头组件,仿佛是为一台专业相机而打造。

一向标榜创新的ACE反而比较低调,推出的新款手机在摄像规格上并不出众,800万像素背照式CMOS,f2.2光圈,ISO上限约为3200,也没有光学防抖。可当消费者拿到手机的时候,才知道原来心机藏在操作中,拍摄起来实在太轻松惬意了。首先,消费者可以从锁屏直接进入拍摄,不需要解锁再打开摄像头,这样就不会错过转瞬即逝的精彩瞬间。另外,消费者可以直接触屏操作光圈和曝光,不需要频繁点击菜单。最后,长按按钮就可以连拍,左右滑动就可以切换全景、录像、人像等等模式。

预约耀华手机的新用户在增加的同时,老用户中已经有人抵挡不住现货手机的诱惑,退款购买其他品牌的手机。郝仁看着这数字一进一出,仿佛在做一道小学数学题,池子同时进水出水,多少小时流光或是装满,脑袋只觉突突地疼。

现在,郝仁能想到的办法就是,加码营销,逐步释放耀华新机的卖点,稳住已有用户。可这种办法也会不断强化消费者预期,仿佛饮鸩止渴,给研发带来更大的压力。郝仁后悔了,后悔自己不应该刚愎自用,不提前和隋祖禹商量,可事已至此,还是得去找隋祖禹。

郝仁心虚地来到隋祖禹的办公室,发现里面没有人,扭头看见秘书指着紧急项目专用的作战会议室,便走了过去。

会议室里,隋祖禹和研发的骨干已经讨论了一会,身后的白板写满又擦去数次,留下各种斑驳的痕迹。

"因为今天也有不是专攻摄影的同事,刚才飞华的发言我做个总结。当我们打开手机,开启摄像头程序,外部的景色通过镜头把像呈现在CMOS感光元件上。这个像其实就是一组强度不同的光线,CMOS根据光线照射的强度不同,产生的电流强度也不同。而这些电流强度被记录下来,通过计算还原景物的样子。计算的过程有的厂商是通过独立ISP芯片完成,有的是通过集成芯片完成。

"但简而言之,一个手机要能出品高质量的照片,一是镜头质量要好,解析力要高、色散要小、畸变要清。二是要CMOS品质要高,一般来说,CMOS越大成像效果越好,所谓底大一级压死人,当然CMOS越大价格越贵,如果不能做得更大,就要提高利用力,让一定面积的CMOS感光部分尽量大。最后就是ISP芯片处理的算法要好,经过CMOS采集的原始数据,计算处理的算法越好,相片效果越好。一般来说独立ISP的效果肯定要好过集成的……"

大家都是行家,这些原理基本上一说就通,只不过没有一个部分是能够轻易改进的,因此,隋祖禹说完后,大家都倒吸了一口凉气。

"ISP芯片的部分沈工起步早,做什么我们用什么,再不济就外购。CMOS和镜头的部分,因为是旗舰,公司会在成本可控的范畴内选取最佳。咱这产品可是预售都发了,总不能让用户等太久吧,都到了这个时候,我们最能够优化的也就是这后期算法和用户体验的部分了,这主要靠陈梦溪的团队了。"齐飞华说道。

负责后期算法的陈梦溪一听,把手中的笔丢在桌上说道:"这里都是研发自己人,我就实话实说了。大家不觉得这个项目做得骑虎难下吗?我们的产品卖点还没有出来就对外大势官宣,现在竞品抢时间出这么多产品,先入为主,如果我们哪一项指标比不过别人,岂不是啪啪打脸?"

"梦溪,我们做好自己,别……"

齐飞华的话还没说完,就见隋祖禹摆摆手示意她不要再说了。

"我知道大家对这个项目感到压力很大,我又何尝不是如此。但是反过来想想,竞争对手会因为我们做不出更好的产品而不出新品吗?我们的产品做不好,消费者会因为我们没有推广就不失望吗?很多因素会影响上市的时间,这些不是我们研发考虑的,我们能做的就是,努力到上市前一秒。"隋祖禹说道。

郝仁在外面听了很久,终于推门而入,惊得众人目瞪口呆。

"研发的兄弟姐妹,是我对不起诸位了。"

隋祖禹似乎不想郝仁低姿态地道歉,于是抢过话头说道:"郝总今天是过来给大家打气的,在这里,我就先表个态,公司对消费者已经承诺出去的话,我们一定做到。想必现在的竞争态势,我们需要持续与消费者沟通,大家看看哪些能做到的,可以适当地列出来给到营销和市场团队。"

"好的,我这边有一些,先提下大家看看是否稳妥……"齐飞华说道。

郝仁心里五味杂陈,憋到会议开完,只剩下自己和隋祖禹两人,才低头喃喃道:"水煮鱼,对不起。"

"废话就别说了,你搞再多烂摊子,我也得收拾,万一哪天你不给我找麻烦了,我还不习惯了呢。"

第二百二十八章　内里完全不同

隋祖禹这边没日没夜地忙碌,紧要关头一张婚礼请柬送到了手上。隋祖禹叔叔的儿子,也是爷爷奶奶最小孙子的婚礼将在下个周三举行,地点是距离深圳三百多公里的老家梅州,驱车需要4个多小时。

隋家人丁兴旺,节庆喜事讲究个全家团圆,齐齐整整。像结婚这样开枝散叶的大喜事,别说在省内,就是在国外都得回来帮衬。可工作日隋祖禹实在脱不开身，给爷爷再三道歉之后，让汤媛代替自己带着隋丌和父母一同前往梅州。

汤媛知道隋祖禹的家族庞大，便提前向隋父隋母了解家族成员的名字称谓，并贴心为家族中的孩童准备了各式礼物，塞满了整个后备厢才罢休。

翌日，汤媛开车载着隋父隋母抵达梅州老宅。这是一栋距今400多年的土楼，圆形的楼体如碉堡一般坚固，楼前一潭浅水倒映着古老的身影。青色的瓦片层层叠叠，在蓝天下整齐得像深海大鱼的鳞片。一间接一间的房屋有序排列，门前屋檐下一盏盏红彤彤的灯笼，给穿梭不停的亲朋好友平添几分喜色。

汤媛在隋父隋母的指引下和众多的亲戚们一一打过招呼，又到主屋拜见了长辈，然后一声不吭地融入帮忙的人群中。

农家出生的汤媛，对这种在家操办的喜事并不陌生，无论是帮厨还是洒扫都游刃有余。大汉才能颠勺的大铁锅，汤媛轻轻松松拿着在大火中翻腾，把菜炒得鲜香美味。洗菜这样的小事，汤媛能干出花样，先将花花绿绿的蔬菜瓜果分门别类放入盆中，从井中打水按排好的顺序清洗，不浪费水，速度还很快，常常是送菜的还没来，汤媛就完成了手里的活。

汤媛久居深圳，在隋祖禹亲戚之间面生得很，只是小辈中能操持家务的不多，汤媛埋头苦干，反而引得旁人过来闲聊几句。

"这是祖禹他表哥祖胜，小时候光屁股一起长大的，这是他媳妇。这是祖禹的表妹晓兰，还有祖禹的表弟祖笙……汤媛别光顾着干活，休息一下，你们年轻人正好可以聊聊。"汤媛在天井择菜，隋母领着几个打扮入时的年轻男女过来，介绍给汤媛就离开了。

"表哥好，表嫂好……"汤媛放下手中带泥的菜，洗手起身，习惯性地向站在最前面的表妹晓兰伸出右手。

隋祖禹的表妹晓兰将手里的名牌包往后拉了拉，还没有碰到汤媛的手就立马缩了回去，用嘲讽地语气说道："啧啧，我哥是让你干了多少家务，怎么手上这么多老茧，我怕硌到我。"

汤媛自然地收回手，然后平静地说道："我生在农村，老茧是以前干农活留下的，来深圳后没什么机会干粗活，比以前消退不少。"

晓兰上下打量着汤媛，像只斗胜的公鸡般骄傲地说道："我哥眼高于顶，没想到对女人的品位这么接地气，哈哈哈。"

晓兰从小不爱学习，成绩总是垫底，偏偏同龄人中出了个隋祖禹这般的学霸，有个别人家的孩子，晓兰的整个青少年时期一直生活阴影之下。隋祖禹从小优秀到大，难得有这样反击的机会，晓兰怎么可能不过过嘴瘾。

表哥隋祖胜平时都对这个娇生惯养的表妹睁一只眼闭一只眼，只是这几句话在今天的场合实在是煞风景，于是说道："晓兰，也不看看今天是什么日子，收收脾气，经常干活的人手上有茧很正常，这有什么问题吗？"

不过晓兰根本不是那种见好就收的人，反而缓缓转动着手上的大钻戒说道："说的也是，我的天才表哥聪明得很，知道找个免费保姆帮他干粗活。"

"你……"隋祖胜说道。

"我先去洗菜，你们慢聊。"汤媛并不想参与无意义的斗嘴，端起菜盆，面无表情地往厨房走去。

"你看，被我说中了。"晓兰看着汤媛的背影更加得意。

随着大门外的鞭炮声噼里啪啦地响起来，挑着两只大公鸡出发的迎亲队伍换回了象征五谷丰登的谷物种子，然后用一顶大红花轿将手上戴满金镯子的新娘抬了回来。

司仪念着"手拿幡红五尺长，一心拿来扮新郎，扮得新郎生贵子，早生贵子中个状元郎"，礼生喊着"一拜天地，二拜祖先，三拜高堂，四夫妻对拜"，一场传统的客家婚礼走向了高潮。

礼成后，宾客按照辈分和亲疏，陆续入席。隋父作为长子陪着老父亲坐进了主席，而汤媛和隋丌则和隋祖禹的同辈表亲坐到了一起。

隋祖禹的表妹晓兰之前没有发作完，吃饭时候见到汤媛可算又逮到了机会。

"嫂子，我哥怎么没有来？"晓兰说道。

"祖禹他最近比较忙。"汤媛说道。

"哎，我哥从小聪明绝顶，没想到长大还不就是个打工仔。给人打工和自家产业不一样，都说工薪阶层有中年危机，难为我哥这么拼命干，这个年纪要是干不好很容易被人开了吧，到时候你们娘俩要喝西北风了。"晓兰说道。

"阿姨，这么说你不是打工仔咯？"隋丌问道。

"自然不是,我家老公经营十几家水产店,每天十多万的进账,我何必给别人去打工。"晓兰向隋丌投去感激的眼神,汤媛像团棉花,三脚踢不出个屁来,要不是眼前这个小孩,自己恐怕连炫耀家底的机会都没有。

"那就是说你连工作都没有?"隋丌问道。

"没有工作和不需要工作是两码事,我根本不需要工作,坐在家里就有钱买钻戒。"晓兰说道。

"可我觉得你手上的戒指根本不是什么钻石,而是锆石。钻石和锆石外观难以分辨,硬度却有天壤之别。钻石是自然界中最硬的物质,用不锈钢等硬物刻划表面,都不会留下痕迹。而锆石的硬度不够,如果用硬物刻划锆石表面,就会被轻易地磨损。你这个戒指上面有些划痕,怎么可能是钻石?

"钻石和锆石就像人,从外貌上来看都是两个眼睛一个鼻子,可内里,人与人的差别比人和狗还大。我的妈妈不仅能做好家务,工作也是一把好手,而你却把廉价的锆石当宝贝炫耀,追逐的不过是苏轼诗里写的蜗角虚名,蝇头微利。"隋丌说道。

同桌的人被隋丌条理清晰的发言震惊,晓兰只觉脸上无光,愤愤地把手放到桌下把戒指取了下来。

"好好吃饭吧,不要好为人师。"有护妈狂魔隋丌在,汤媛始终保持着一抹微笑,只是旁人看来,这抹微笑是礼貌与涵养,而晓兰却品出了轻蔑与鄙视的味道。

第二天晚上,汤媛回到深圳,进门的当头就遇到加班回来的隋祖禹。

"老婆累不累,老家亲戚多,话也多,要是说了什么你别生气。"

"办喜事,大家说的都是好话,哪有什么生气的机会。"汤媛一边和隋祖禹说话,一边把老家带回来的特产放进冰箱。

"我妈当然不生气了,都是我替她挡了,一般人也不是我的对手。"隋丌说道。

"你不会又干什么坏事了吧?"隋祖禹问道。

"没,干的都是好事。"汤媛说道。

"是吗?"隋祖禹有点不信。

第二百二十九章　男人间的对话

汤媛在隋祖禹老家干了两天活,又开车在路上折腾了4个多小时,洗过澡后浑身酥软地倒在床上,几乎在脑袋碰到枕头的一瞬间,便坠入了梦乡。

这时,隋丌从自己的卧室探头探脑地走出来,确认汤媛睡着后,便来到书房坐在隋祖禹身边,一本正经地说道:"爸,你别忙了,我们聊聊。"

隋祖禹合上电脑,把座位降低了一些,平视着隋丌说道:"这么晚还睡不着吗?想聊什么?"

"聊点男人间的正事。"隋丌说道。

"哦?"隋祖禹一时间也弄不清楚眼前的小屁孩要唱哪一出。

"爸,为什么在老家别的叔叔阿姨都只顾着打牌打麻将,妈妈却要一直忙进忙出?他们都说你把妈妈当免费的保姆,是真的吗?"隋丌问道。

"儿子,你看看爸爸的手,无缚鸡之力,你再看看妈妈的手,可以倒拔垂杨柳。你觉得我何德何能,能让你妈当免费的保姆吗?是你挨揍不觉得疼,想要换我来?"隋祖禹说道。

"那,那,为什么妈妈不能休息,要一直做事。"隋丌说道。

"这就是你妈妈的美德啊。好吧,既然是男人之间的对话,我也坦诚相待。以前爸爸就是除了工作什么也不会做,住再好的房子也能住成猪窝,衣服干净脏的都分不清,书本资料到处乱放,有时候东西多得连落脚的地方都没有。有一次偶然的机会,你妈妈帮我整理了一次屋子,才让我过上了窗明几净的日子。要不是我努力,你这个小东西就要住在垃圾堆了。我是真心想要对她好,把工资卡都交给你妈妈,你妈妈也真心对我好,所以对我和我的家人都有一颗想要帮忙的心。"隋祖禹说道。

"你为什么不给妈妈买大钻戒,害得妈妈让别人笑?你不是公司领导吗?不会是没钱吧?"隋丌说道。

"可是,我并不喜欢钻戒。"不知道什么时候,汤媛端着一杯牛奶站在门口。

"妈,为什么不喜欢,广告不是说钻石是女人的梦想吗?"隋丌说道。

"有的人佩戴钻石,也不是因为她们喜欢钻石,而是因为有人告诉她们，戴上了钻石，才显得幸福。可妈妈既不喜欢钻石，也不想活在别人创造的虚荣里，所以不用给妈妈买。"汤媛说道。

"妈，她们说话这么难听，你也不生气。"隋丌打抱不平地说道。

"她们的做法是不对的，如果我用同样的做法反击，岂不是对的也变成错的了。再说你爸爸从小这么聪明，都不给和他同龄的孩子一点展现自我的机会，难得有机会，给她们做做主角又何妨。而且，妈妈心里庆幸忍住没说什么，不然就没有办法看到你这么爱妈妈，想要保护妈妈的样子了。"汤媛说道。

隋丌这下小大人的样子不见了，一头栽进汤媛的怀里，轻轻蹭着。

隋祖禹没眼看母子两人腻歪，把隋丌拽过来问道："谁欺负你妈了？是不是晓兰？都快三十的人了，怎么说话做事这么没谱，看我明天打电话骂她一顿。"

"大可不必，别没事找事了。行了，男人间对话完是不是可以睡觉了，再不睡长不高了。"汤媛牵着隋丌往回屋子里走。

隋祖禹摸出手机，默默点开家族群，转发了篇名为《父母是孩子最好的老师》的文章，然后对表妹晓兰说，作为家长一定要少打麻将多看书，以身作则，为孩子做榜样。

晓兰立马回复，为什么专门对我说？

隋祖禹说，你的基因太强大，听说你家娃期中考又垫底了，要不要我让隋丌给你家娃补补课，虽然隋丌低他一年，不过课程提前自学完了。

没有对比就没有伤害，隋祖禹三言两语就堵得晓兰哑口无言。看热闹不嫌事大的亲戚想象着晓兰的表情，等待着晓兰的反击，只有好心的隋祖胜连发几个表情把尴尬的对话刷走，草草结束两人的隔空对抗。

第二天，心情舒畅的隋祖禹啃着油条往办公室走，半路遇到行色匆匆的郝仁。

"怎么了，慌里慌张的？"隋祖禹含糊不清地问道。

"理想发新机了。"郝仁说道。

"发就发呗。"隋祖禹说道。

"不是在运营商渠道发，是走零售渠道，要不要去我办公室一起看看。"郝仁说道。

"行啊，看看下饭。"隋祖禹说道。

两人在沙发坐下，不一会陈竞男和穆言就拿着几部理想的手机进来，一字排开放在茶几上。

"理想这次重返公开市场非常突然,之前马旭峰说要专注运营商客户的话还犹在耳边,昨天却毫无征兆地发布了这款新机,并剑指高端市场,售价超过 4000 块,和我们的新旗舰用户极度重合。公开销售的渠道一共有五家大的全国代理商,铺货速度也很快,现在三四线城市已经能买到了,可见理想这次给渠道的利润应该很好,否则不会这样不计前嫌地帮理想。"陈竞男说道。

"从外形来看,这款手机延续了原有的设计风格,机身硬朗,线条简约。5.0 英寸屏幕是比较主流的大小,分辨率达到 HD 级别。后壳采用抛光工艺。主打卖点也是摄影,摄像头有 1300 万像素,微微凸起,带 28mm 的广角。操作界面也有提升,丰富的体感操作,高效批量处理功能等,单纯从产品来看,是有竞争力的。"隋祖禹说道。

"媒体和消费者的反馈怎么样?"郝仁问穆言。

"媒体的反应比较割裂,有人唱衰,有人支持,反而中立的观点比较少。消费者这边还没有太多反馈,可能好久没有出现在公开市场,以前带着运营商的品牌,消费者比较陌生。"穆言说道。

"马旭峰突然转变航道,看来确如钟鸣哲说的,运营商渠道会有大变化,我们不能掉以轻心,说不一定会有更多人要杀回来了。"郝仁将头扭向窗外,陷入了沉思。

第二百三十章　稳妥风险才大

如果市场是充满机遇与挑战的丛林,那马旭峰无疑是当中最好的猎人。

在过去的二十多年,马旭峰的嗅觉是如此的灵敏,总能先人一步地踩准机会,准到连自己都不敢相信,仿佛机会是故意跑到眼前来等自己似的。做一件事成一件事,这让马旭峰从未想过把鸡蛋放在不同的篮子里,他认为没有对于失败的担忧,就拥有孤注一掷的勇气。

已经凌晨四点了,马旭峰站在落地窗前,看着城市的繁华落尽,天空将亮未亮,点燃了一支香烟。马旭峰轻轻吐出一个烟圈,回顾着最近自己的决策,不明白为何想起了郝仁,没错,就是曾经自己觉得傻透了的郝仁,更不明白自己为什么会想学耀华终端去试水高端市场。

就在两年前，郝仁因为自己的决定被国内外运营商客户厌弃后，消费者拥入运营商营业网点就只能看到寥寥数台耀华手机，还是之前上市的型号。与之形成鲜明对比的是，理想柜台上，数十款售价低廉的产品在闪着光芒，引诱着消费者买单。理想凭借着价格优势席卷低端智能机市场，在运营商如火如荼的补贴中卖到断货，取代了耀华终端登上了国产第一的宝座。

那时的马旭峰是何等的意气风发。而现在，虽然什么也没有发生，马旭峰却隐隐地感到了一种危机，这种危机感没有任何依据，从天而降搅得马旭峰心神不宁。

选择运营商渠道可以节省渠道开支，可以缩减人员架构，可也意味着低价走量，意味着躲在运营商的阴影里，和消费者之间划开了一道沟壑。现在马旭峰的不安，让理想突如其来地发布了一款高端新机，可很快马旭峰又发现，原来市场不是想来就来，想走就走的，一款高价的产品不仅要留时间给市场认识产品，还要留时间让消费者认识品牌。因为对消费者来说，一个品牌巨大的销售额，不如眼前产品的几个参数来得实在。

更让马旭峰烦乱的是整个公司的队伍，重构公开渠道让原有的运营商渠道主管感到权力削弱，不停地给公开渠道的主管使绊子。而公开渠道的主管也不是省油的灯，没有把重心放在如何提升消费者体验和服务，反而开始挖其他团队的人员，搅得公司整日争吵不休。

马旭峰好奇，耀华终端当初被所有人都不看好的时候，郝仁是怎么样让所有核心成员不为外界高薪挖猎所动，死心塌地地跟着公司走，为什么自己高薪养活的高管却永不知足，争来争去，该不会大好的前途就被这群废柴给耽误了。

天亮了，马旭峰翻江倒海的情绪被绚烂的朝霞抚平，又变回了往日凡事都举重若轻的成功人士。

马旭峰整理衣装，打开窗户，清新的空气让脑袋不再混沌，然后拿出手机按了一串数字。

接到马旭峰电话的郝仁才刚到办公室，手中温热的咖啡都还没有来得嘬一口。

"喂，马总，大清早打我电话干什么？"郝仁说道。

"做个用户调研，你觉得理想新款手机怎么样？"马旭峰说道。

"堂堂大老板亲自做调研,果然有诚意,想听真话假话?"郝仁说道。

"实话实说,不要敷衍我。"马旭峰又强调。

"很不错,很理想风格,各种配置大差不差。我听你在媒体采访中对这款产品寄予厚望,说对手只有为数不多的几款国外高端机型。"郝仁说道。

"你觉得这款机型能卖好吗?"马旭峰问道。

"如果是几年前的理想,渠道完善,品牌国内外知名,我会说肯定能卖好,可现在就不好说了。如果用公开渠道来销售,你已经退出几年了,即便用高返点来吸引代理商也未必有效,代理商可能会用一锤子买卖的心态来经营理想品牌,毕竟他们会更喜欢持续投入的厂商,而不是打一枪换一个地方的游击品牌。如果用运营商市场来销售,还得给运营商足够的激励。对于运营商而言,与厂商的合作,旨在借力手机终端和自身业务绑定来获得市场,买一台手机得到一个用户,运营商怎么会关心卖什么品牌的手机。我猜你是对运营商的渠道担忧,才重返公开市场的。"郝仁说道。

"这倒是没有,就是看到你都能做好,特别回来给你添添堵。"马旭峰故作轻松地说道。

"别装了,马总。我对你的了解程度,可能比你对自己的了解程度要深,挣钱不丢人,欢迎回来。"郝仁说道。

"你欢迎不欢迎,我都回来了。"马旭峰说完,挂了电话。

陈安开门进来,看郝仁正对着手机发呆,怕惊扰郝仁,轻轻放下需要签字的文件就要走。

"小陈,帮忙把隋工叫过来一下。"

"好的。"

不一会隋祖禹来了。

"怎么了,大早上的?"隋祖禹问道。

"我们的新产品下个月能上市吗?"郝仁问道。

"有点困难。现在欧洲福伦达那边的工作结束了,他们想要的成像效果已经调试出来了。主要的问题还是在我们这边,软硬件都有跟不上的地方。最近还暴露了一个问题,耗电量有点大,电池续航能力跟不上,现在的电池供应商没有办法协助我们解决。"隋祖禹说道。

"联合采购看看,能不能找到更好的电池供应商?"郝仁说道。

"我是有这么想过，只不过认证新的供应商流程和时间都特别长，临时改动怕耽误事。"隋祖禹说道。

"特事特办，加快进度，我来审批。"郝仁说道。

"这样会不会有风险。"隋祖禹问道。

"我从理想的身上学会了一个道理，一味地追求稳妥，才是最大的风险。"郝仁说道。

第二百三十一章　拥抱北斗系统

周末，穆言和保姆出门买东西，郝仁躺在沙发上假寐，打算偷偷看女儿郝思穆平时都喜欢玩什么，为什么自己买给女儿的洋娃娃、塑料厨具、积木等玩具一直整齐地放在玩具柜，郝思穆甚少拿出来玩。

郝思穆一开始还缠着郝仁，见郝仁眼皮慢慢合上了就上当了，从卧室拿来自己的小毯子给爸爸盖上，然后在旁边的地毯上安静地玩了起来。

郝思穆先去了一趟洗手间，拿来用完的卷纸轴放在倒扣的碗上，念念有词地说道："10、9、8、7、6、5、4、3、2、1，点火发射，呼呼呼，整流罩分离，呼呼呼，一级火箭分离，呼呼呼，二级火箭分离，星箭分离，进入预定轨道，发射成功……"

一开始郝仁见女儿拿着一个卷纸轴走来走去不明所以，听到稚嫩的喃喃自语才知道原来女儿在模拟火箭发射，决定以后送玩具一定要投其所好。

"爸爸，你在装睡？"郝思穆一眼识破郝仁上扬的嘴角。

郝仁坐起来，看着女儿手里的火箭问道："小思穆是不是很喜欢火箭？"

"嗯，也喜欢卫星，也喜欢空间站，飞船、航天飞机，所有天上的都喜欢。"郝思穆说道。

"真厉害，那你刚才发射的是什么？"郝仁问道。

"长征三号火箭，发射北斗导航卫星，咻咻……爸爸，要不你来当地球，自转并公转，我是同步卫星。"郝思穆说道。

"没问题，看我的。"郝仁起身准备。

于是，等穆言回到家，看到转得两眼冒金星的父女俩瘫在沙发上。

没过几天，郝仁收到一张会议邀请函，看着上面中国卫星导航定位协会几个大字,不得不感慨自己的女儿郝思穆简直是预言家。

虽然对航天科学知之甚少,但郝仁多少也知道去年年底最轰动一时的新闻,我国的北斗卫星导航系统正式开始向亚太区域提供服务,并公开了北斗系统的空间信号接口控制文件,拉开了北斗产业化的序幕。

道路导航是智能手机最重要的功能之一,现代化的城市日新月异,现代人想要在复杂的钢铁丛林里畅通无阻,使用的正是卫星定位导航功能,其中最为普及的当属美国的 GPS。而随着中国的北斗导航系统的成熟,与之相关的商业应用将会越来越广,郝仁所在的智能终端又多了一个更为可靠的国产选择,当属第一批拥抱北斗的行业之一。

郝仁想到这里,顿感手里的邀请函沉甸甸,于是拿起手机拨通了沈同方的电话。

"喂,沈老,有没有兴趣陪我去趟北京。"

"是不是去中国卫星导航定位协会主办的中国卫星导航与位置服务博览会?"沈同方问道。

"沈老,你也收到邀请函了?"郝仁惊讶地问。

"是的,可能要遇到一些熟人了。"沈同方说道。

"那还等什么?走着。"郝仁说道。

一个月后,郝仁和沈同方出现在中国卫星导航与位置服务博览会的现场。

郝仁去过很多大型的展会,这个博览会的布置显然有些简陋,整个会场唯一打理过的恐怕就是舞台上的帷幔。尽管如此,郝仁依然能清晰地感受到现场的与会者都充满了期待,仿佛来见证一场奇迹的诞生。

一阵背景音乐过后,主持人介绍中国卫星导航定位协会的会长苗宇上台致辞。

"各位来宾,各位朋友,大家好。作为科研人员出身的我站在台上,与各行各业的精英翘楚见面,说明北斗系统已经做好了商业化的准备了。在过去,我们对与北斗的行业应用需求比较模糊,不能一二三四五说个清楚。直到在地震救灾中我们用北斗寻找一线生机,在城市因暴雨出现大面积积水时,我们用北斗协助排水,在危险品运输过程中,我们用北斗保驾护航,我们终于在实践中明白了北斗真正的价值。

"从今年开始,整个北斗产业的增速将会提升,未来两三年将是北斗卫星导航应用的增长爆发期,因此北斗产业的年复合增速将保持在

30%～40%。如果非常严谨地预测，2015年北斗的产业规模保守估计将超过2250亿元。到2020年，整个产业规模将会超过4000亿元……在这里，请允许我代表协会诚邀各位的参与，携手将整个产业蛋糕做大。"

郝仁和沈同方在苗宇富有感情的发言中只觉浑身热血沸腾，满脑子想的都是，连卫星导航系统这么高精密的领域都能做到，手机核心部件为什么不能。

"沈老，我们来对了，拥抱国产一直都是让我最骄傲的一件事。"郝仁说道。

"谁说不是呢，据我所知，北斗卫星的国产化持续在提高，包括芯片最终都要实现国产，好想认识北斗的芯片工程师，看看到底是何方神圣。"沈同方说道。

"也许有机会呢。"郝仁说道。

上午的开场及演讲环节很快过去，郝仁和沈同方等其他人走得差不多，才开始收拾东西往外走，突然一个声音从身后传来。

"郝总，请留步，能赏脸一起吃个午饭吗？"

"苗会长，"郝仁回头一看很是吃惊，马上应承下来："那真是我的荣幸。"

不多时，苗宇、郝仁和沈同方三人已经在会展中心附近的小饭店包厢入座。

"今天约二位吃饭没有别的意思，只是希望和你们诚恳地聊聊。"苗宇说道。

"苗会长客气，请讲。"郝仁说道。

"北斗定位导航产业的应用包括三块，一是专业级应用，二是行业级应用，三是大众消费应用。众所周知，我国电子行业芯片的自主能力是很薄弱的，这一点自然延续到北斗定位导航。说直白点，对于北斗产业化，我最担心就是芯片自主的问题，其中最严重就是大众消费应用。在专业级和行业级应用中，芯片在终端中的成本很低，一个几百万的尖端仪器，芯片就一两百，可大众消费领域就不一样了，拿你们的行业来说，有的手机就一两千，一个芯片还是一两百块，这对消费来说是不可忍受的。如果这一块仍然在外企手中，那么国产厂商注定招架不住。"苗宇说道。

"所以，苗会长找到我们是希望我们积极加入北斗手机芯片的开发中?"沈同方问道。

"没错,你们是国产手机品牌中最早涉足芯片领域的,多年从未放弃,如果说国产品牌中只有一个品牌能做出来,那一定是耀华终端。"苗宇说道。

"苗会长过奖了,但是即使你不说,我们也会照做的,拥抱北斗,拥抱国产会是我们最坚定的选择。"郝仁说道。

"太好了,我就知道你们不会拒绝的。"苗宇激动地说道。

"我有个请求。"沈同方说道。

"别说一个请求,就是一百个请求,今天都可以。"苗宇说道。

"我想见见北斗卫星芯片的工程师。"沈同方说道。

第二百三十二章　年轻未来可期

听到沈同方的这个请求,苗宇是又忧又喜。

自从北斗系统开始商用以来,苗宇最先联络的便是一众国产终端厂商,然而不少已经习惯使用免费 GPS 系统的显然动力不足。尽管苗宇反复强调,全球卫星系统大的发展趋势就是你中有我,我中有你,兼容并蓄,开放共赢,不是互相取代,东风压了西风,并不需要放弃原有基于 GPS 的研究成果。而有了北斗加持的终端,将在各类基于位置服务的应用程序,为用户提供涵盖衣食住行等方方面面的便利服务。

苗宇好话说尽,可不少国产厂商正在价格大战中沉沦,对于带来替换成本的国产导航系统犹豫不决,反而是国际厂商对北斗系统递出了橄榄枝,积极申请合作。

在这样的背景下,耀华终端当下就一拍即合,并提出要和研发人员交流的,合作的诚意和行动力可见一斑。但欣喜若狂的同时,苗宇又忧虑起来,北斗芯片的研发工程师钟欣技术水平过硬,业务能力高超,却有着生人勿近的怪脾气,不是一个自己叫得动的主,这万一没交流好,让耀华终端打了退堂鼓不是坏事吗。

沈同方看出了苗宇的犹豫,于是笑笑说道:"苗会长不要担心,我没有别的意思,就是自己做芯片,要和北斗芯片工程师交流是抱着学习的心态,想要让我们的产品和北斗系统配合得更流畅。"

"我不担心,就是,"苗宇看着沈同方诚恳的眼神,一咬牙答应了,

"行,就是负责北斗芯片的女工程师年纪还轻,之前在国外呆得久,说话直,脾气大,你可别介意。"

"真是自古英雄出少年,原来负责北斗系统芯片的是一位年轻女将。"沈同方感慨地说道。

为期三天的博览会结束后,郝仁和沈同方决定在北京逗留一周,一是巡视下几家旗舰店,二是等待苗宇的回复。好在苗宇并没有让两人久等,两天后就发来消息,约好见面时间地点。

坐在前往见面地点的专车上,郝仁看着兴奋得笑出来的沈同方打趣道:"沈老,你笑得比去相亲还灿烂,皱纹都能开出朵玫瑰来。"

"郝总不要嘲笑我这个老头子。"沈同方说道。

"不敢,不敢。"郝仁笑道。

"虽然我非常期待接入国产导航系统,但其实单就商业而言,其他暂时还不愿意接入的厂家也不能算错,对一台终端来说,导航不能算是最核心的卖点,有现成免费的可以用,何必为此付出额外的成本呢。"沈同方说道。

"沈老,你不用试我。对于中低端产品来说,手机导航精度的改进可能并不能让消费者做出更快的购买决策,可高端产品,把任何一方面的功能做到极致都能被放大,对注重品质的消费者而言,他们缺的并不是溢价的钱,而是更便捷的生活和更优越的体验。所以,我不是单纯追求自研而头脑发热,而是兼顾商业成本和社会效益做出的决定。"郝仁说道。

"哎,算账算不过你。"沈同方感慨。

两人正说得热闹,汽车已经从大路转入仅容一辆小车通过的林荫小路,城市喧嚣在这里戛然而止,耳边尽是鸟语虫鸣,宛如世外桃源。

"到了。"苗宇安排的司机在一个树荫掩映的大院门口停下,然后向门卫出示证件和申明访问缘由,然后才见横杠缓缓抬起。

红白相间的横杠和不苟言笑的守卫将神秘的气氛提到顶点,让郝仁下意识地呼吸一滞,僵直地坐到车门打开。

一个年轻的女子已经站在郝仁面前,板正的身材将牛仔裤白衬衣都穿出职业干练的味道,金丝眼镜后面的眼睛清澈明亮,细长的眉毛微微上挑,带着一股难以形容的英气,她颔首而立,看着从车里下来的两人。

"你好,我是耀华终端有限公司的负责人郝仁,经苗宇会长介绍,特过来找钟欣博士。"郝仁客气地说道。

"你好,我是耀华终端有限公司芯片项目负责人,沈同方。"沈同方说道。

"你们好,请这边走。"年轻女子一一和两人握手,然后转身进了办公楼。

郝仁随着她上楼来到一间整洁明亮的办公室,见年轻女子没有出去通知人,只是给两人倒了两杯茶,于是问道:"我们是在这里等钟欣博士吗?"

"我就是钟欣,很高兴认识二位,听苗会长说你们非常愿意加入北斗导航系统的阵营,并提出想和我面谈。能和各行业专家交流是我的荣幸,但我在整个北斗里面只负责小小的一部分,恐怕不能给到更多专业的看法,也许会害两位白跑一趟。"钟欣说道。

从钟欣第一句话开始,郝仁和沈同方就有一刹那脑子空白,像芯片这样吃经验的行业,没个三五年不算入行,何况成为一个重点项目的牵头人,不是一个白发苍苍的工程师就算年轻。眼前的钟欣看样子不过三十多,竟然也负责得了关系国计民生的重大工程。沈同方这时才反应过来,苗宇当时说负责芯片的女工程师很年轻,这个年轻不是相对沈同方而言,是对整个行业的优秀人才来说,都算年轻。

"钟博士,抱歉,恕我们眼拙。"郝仁说道。

"没有,两位不要介意,我看起来是不太资深。"钟欣说道。

"钟博士谦虚了,国产芯片难做,没人才,没技术,消费者不信任,这次慕名而来其实也是为了取取经。"沈同方说道。

"沈老,你是我国第一代芯片人,你的名声如雷贯耳。你所说的难做我深有体会,其实北斗系统的总工程师第一次找到我的时候,招标书上就明晃晃地写着要求有过上天经验。当时我就直白地说,这个标准完全自相矛盾,一方面要求国产化,一方面要求有过上天经验,要求有过上天经验,那国产芯片永远没机会上天,永远没机会上天,怎么实现国产化。最终,他们经过深思熟虑还是选择把这个项目交由我们。没有做出成绩来之前,连自己人也会怀疑,更别说你们面对的是广大消费者,其中的压力有多大可想而知。"钟欣说道。

"你说得实在太对了,我们除了面临研发的难题,还要解决用户接受度,但我们不得不突破,不突破我们将在这一块受制于人,更不敢妄称我们想要走向高端。"沈同方说道。

"这个不得不说的好，面临同样的问题，我们做出了一样的选择。"钟欣说道。

"中国的手机用户规模有 12 亿左右，智能手机的用户 5 亿左右，智能手机与位置有着天然的关系，已经衍生出众多移动应用，成为基于用户位置与线下商户之间 O2O 关联的各种应用的平台。比如手机地图引入了附近搜索功能，可以基于地理位置搜索附近的消费及生活服务场所，比如在线打车，可以合理调配用车需求，让司机更精准地为用户服务。手机作为导航定位系统最大的应用市场，我们选择借助北斗功能实现差异化竞争。"郝仁说道。

"是的，我们初步的想法是，在定位解决方案中增加接入卫星的数量，用北斗卫星系统提高定位的精度。同时，我们也会兼顾用户的使用体验，将全球定位支持内置到调制解调器与 RF 芯片中，可以在调试解调器处理定位信号，无需唤醒应用处理器，从而节省能耗，但是否可行，还是要实际过程再看看……"沈同方说道。

"北斗卫星的分布位置和运行轨道，决定了北斗终端在亚太地区具有收星数量多，定位速度快，定位精度高，抗干扰能力强。而车载产品实测的数据表明，北斗兼容 GPS 终端在高架桥下、浓密树荫下、高楼密集区域的性能要优于 GPS 终端。这对手机终端也是一样的，因此我认为如果手机能充分利用北斗的高精度，加上切换自如的兼容性，就能表现出更为显性的优势。另外，消费级的芯片不像企业级芯片，对体积大小要求更高，有个不成熟的建议……"钟欣说道。

和钟欣聊得越多，沈同方越为钟欣的博学和专业所折服。有时候想想，自己确实年纪大了，很多时候觉得力不从心，但这也未尝不是一件好事，及时把空间让给年轻人，他们的成长速度是如此之快，也许很多想做而没有做成的事终将被这些年轻人一一解决。

第二百三十三章　合作关系失衡

2013 年是 MG 的第三个年头，都说创业不易，钟鸣哲却似乎是天选之子，从初登市场舞台就直接命中财富密码，产品是推出一款带火一款，创造了饥饿营销一词。而钟鸣哲本人更是宛如明星一般，拥有了一众粉丝，将追星从歌星影星拓展到企业家，这在过去的市场运营中是不可想象的。

在竞争激烈的市场中杀出一条血路，钟鸣哲便是靠高配低价打动消费者。为了达到这一目标，MG 与各核心供应商的关系牢不可破，就拿核心部件芯片来说，MG 可以说得上是全球排名第一芯片厂商 Dragon 的最大客户，新款首发的名头常常落在 MG 的头上。

Dragon 扶植 MG 的原因不难理解，几个国际终端巨头，无一不在做自己的芯片，就连国产的耀华终端也在不遗余力地拓展上下游，一副自研优先外购补充的模样。Dragon 深感不管是大厂商还是大客户，可持续才是王道，拥有不俗销量和稳定订单的 MG 便成了 Dragon 的首选。

起初钟鸣哲也为各种首发而满意，可企业利润的压力不允许钟鸣哲在一棵树上吊死。于是，在 Dragon 频频为 MG 站台的时候，钟鸣哲开始探索另外一条路线，暗中与 MTK 开始合作低端手机。

然而就在携带 MTK 芯片的低端手机悄然在三四线城市和广大乡村上市后不久，钟鸣哲隐隐感觉到 Dragon 的态度变得晦暗不明。

今天是 MG 上半年最终版旗舰发布的日子，钟鸣哲做了短暂的开场白后，就如往常一样将 Dragon 的亚太区副总裁请上了台，按照原先彩排的计划，这位重磅的合作伙伴将会对双方的未来进行展望，就如第一次 MG 产品发布时那样，两人互相望着彼此，眼神里尽是信任，紧紧地在聚光灯下握手。有着如此坚挺的国际品牌背书，MG 的品牌从问世之日起就是含着金汤匙出生，让任何一个竞争对手都不敢对相貌平平的钟鸣哲有所轻视。

听到名字，Dragon 的副总裁没有和钟鸣哲有任何眼神交汇，径直拿过话筒，有气无力地说道："感谢钟先生的邀请，我又一次站在这个舞台上，Dragon 一直以来秉持着合作共赢的态度对待任何一个客户，尤其是 MG 这样从诞生之日起就想要和我们捆绑在一起的厂商。"

听到这句话，钟鸣哲已经意识到事情已经不再向预定的方向前进，把曾经的相互吸引说成 MG 单方面地想要和 Dragon 捆绑，是划清界限，更是一种警告。

"Dragon 本次打造的芯片，采用 28 纳米制程技术制造，支持 64 位并内置图形性能优秀的 GPU，支持 1080P 视频播放功能和最高达 1300 万像素的摄像头。集成了全球所有主要模式和频段的 4G LTE 和 3G 蜂窝网络连接，同时支持所有主流的操作系统。这款芯片的推出使得千元范围的平价智能手机也能够支持 4G LTE。同时将诸多高端芯片上的功能用于中低端芯片中，主要针对未来 4G 终端，为更多厂商服务，相信 MG 能做出最正确的选择，不要乱花渐欲迷人眼。"

说完，Dragon 的副总裁就下台离去，独留钟鸣哲一人在台上，令在场的所有记者及粉丝顿感事有蹊跷。幸好钟鸣哲是控场的高手，他不慌不忙地朝对方的背影挥挥手，然后说道："非常感谢我们的合作伙伴百忙之中赶来参加 MG 的发布会，为此还推掉了很多重要工作，我在这里就不挽留了，期待下一次的相聚，再次感谢。"

发布会结束后，人潮散尽，钟鸣哲浑身无力地坐在舞台边，愣愣地看着舞台下方才还人头攒动，现在早已空无一人，漆黑一片。热闹过后的空虚最是难熬，钟鸣哲有种喘不上气的感觉，仿佛胸口被人死死压住。

市场竞争的赢家总想通吃，掌握核心的一方不给别人选择。钟鸣哲的眼前看似很多选择，实际上根本没有选择，从一开始和 Dragon 合作，对方就是要一个听话的合作伙伴，最好是旱涝保收，给什么卖什么。钟鸣哲这才在 Dragon 不擅长的领域拓展了一下，对方便当场让自己下不来台。

钟鸣哲想起郝仁这么多年来持续在芯片这块盐碱地上耕耘，看似选了一条最远的路，实则是一条变数最少的路。钟鸣哲胡思乱想了一会，电话突然响了，说曹操曹操到，打来的正是郝仁。

"喂，是我郝仁，发布会开得不错啊，才过 1 小时，新闻铺天盖地地过来。"郝仁说道。

"还好吧，没出糗就行。"钟鸣哲说道。

"你没事吧，怎么听着没什么精神，一场发布会就累成这样了？"郝仁声音中带着关切。

"没事。我正好有个问题想要问你。"钟鸣哲说道。

"你说，不是机密我都知无不言。"郝仁说道。

"你这么大费周章地做芯片，是为什么？为了挣大钱？为了不受制于人？"钟鸣哲说道。

"合作就像男女关系，应该是你情我愿的，如果一方不管自己做得好坏，另一方都得接受，这段关系注定不能长久，我并没有想要取代市场上的任何一家厂商，只是想和他们势均力敌，任何时候都保持选择的权利。"郝仁说道。

"我却把自己过成了没得选的一方，现在被逼得有些窒息。"钟鸣哲说道。

"一切都来得及，别泄气。"郝仁说道。

"没有把你打趴下，不敢泄气。"钟鸣哲说道。

"口气不小。"郝仁说道。

挂了电话，钟鸣哲从舞台上跳下来，拍拍屁股上的灰，大踏步地朝门外走去。

秘书已经在外面等候多时了，见钟鸣哲出来，连忙问道："接下来还有两个行程，现在出发时间刚刚好。"

"帮我取消一下，上次那个芯片设计的面试者，叫他明天来一趟我的办公室。"钟鸣哲说道。

第二百三十四章　世界属于年轻

从北京回来的沈同方变得神采奕奕，满脸泛着红光，皱纹也舒展了许多，整个人仿佛年轻了好几岁，坐在办公桌前都会哼起歌来，敲打键盘的手起起落落像在跳舞。

"沈工，怎么这么高兴？"看到沈同方对着图纸笑出来，钟楠不解地问道。

"钟楠啊，你知道我去北京干什么了？"沈同方放下手里的活对钟楠说道。

"开会，关于卫星导航课题的会议。"钟楠说道。

"我在北京遇到了北斗国产芯片的工程师钟欣，她那么年轻，就能够担任航空级芯片的研发负责人，真是太令我吃惊了。她还跟我讲了在国外求学的经历，回国是怎么样从零做起，现在正朝着全面国产化前进，听得我仿佛回到了年轻时候，热血沸腾啊。"沈同方顿了顿，倏地站了起来，把手放在钟楠的肩膀上，继续说道："这个世界终究是你们年轻人的，答应我，你以后一定带领大家要把高端芯片做出来。"

"我？"钟楠疑惑了。

"对，就是你。"沈同方说道。

"沈工，那您要去哪呢？"钟楠问。

"我哪也不去，我就在这当你们的垫脚石，看着你们往高处走去。"

沈同方颤抖着按住钟楠的肩膀，让钟楠感到一股奔涌而来的力量。钟楠心里有很多疑问，想问沈同方发生了什么事，是不是要宣布什么重大决定，为什么要把未来委托给自己，但终究还是没有开口，坚定地点了点头。

"好孩子，"沈同方松开手，又像往常那样坐回椅子，仿佛什么都没有发生过地说道，"来看看这里，我觉得还可以再想想。"

"好。"钟楠应道。

这边沈同方激情澎湃地推进项目，另一边期待已久的新品在上市前的临门一脚被电池供应商给卡住了。

紧闭的会议室里，新品项目组已经吵了一晚上了，时间指向9点的时候，依然没有一个所有人都同意的答案。

"我们的新品主打摄影和大屏，这对电池的续航能力要求很高，你能想象出消费者兴致勃勃地外出拍照，一会就没电了，这有多扫兴，我建议一定要上大容量的电池。"李子健说道。

"我们已经尽力地降低能耗了，但确实这款手机的耗电量会大一些，节骨眼上更换供应商会不会有点不慎重？"齐飞华十分担忧地说道。

"我觉得明明知道问题在哪里还不改才是真正的不慎重。"争论得实在太久，足够让好脾气的李子健都按捺不住了。

"可是我们现在并没有合适的电池选型。"李子健身边的项目成员小声地提醒道。

"我要提醒大家一下，如果现在需要认证新的供应商，流程会很长，我们需要资质审核、质量抽样、合规调查，进入短名单后我们才能启动商务环节，最快至少两个月。"采购主管翟永贤黑着脸说道。

"两个月？那不是黄花菜都凉了。"隋祖禹说道。

"刚才你一直没有说话，你是不是也支持更换供应商？"郝仁说道。

隋祖禹疑惑，早先时候自己已经跟郝仁反馈过这个问题，郝仁当时还说要特事特办，怎么这会一直不表明态度，反而把皮球踢到自己脚边了。

"我当然想产品性能更好，可是时间我们也等不起。"隋祖禹说道。

"采购流程有一条，如果项目组大多数成员同意，总裁可以签字启动特殊采购流程，由项目成员建议供应商，采购加速认证供应商，最快可以在一个月内完成。"翟永贤手下负责生产物料采购的负责人薛嵩说道。

翟永贤回头看了薛嵩一眼，流露出些许不满，然后说道："我要提醒一下，特殊采购流程风险很大，没有足够长的时间考察，容易出现问题。"

"如果说业务还来得及，我们当然是要走正常认证流程，但是现在不是火烧眉毛了吗？"薛嵩面对主管的提醒，丝毫不畏惧地说道。

"是啊，如果什么都慢慢来，那还卖不卖了。"

"薛嵩说的对。"

"同意薛嵩的观点。"

……

整个会议室，站在翟永贤这边的人几乎没有，所有人都在心底责怪翟永贤的不通情理，为薛嵩的仗义执言捏了一把汗。

"这样吧，大家举手表决，同意走特殊流程的举手。"

郝仁话音未落，三分之二以上的人举起了手，表决通过。

翟永贤目光扫视了所有人，满脸失望地说道："快不一定好，遵守规则对谁都更好，你们急着上市，在研发过程中却不做好规划，希望以后不要再例外，接下来的事情交给薛嵩。"说完就开门离去。

郝仁心中突然没理由地不安起来，但表决既然已经通过，就要严格执行，于是说道："大家尽快建议一些合作方吧。"

"我提议启明电池，这家供应商是主流的手机电池制造商，性能应该较为稳定。"

"我听说辰光电池口碑很好，也可以列入考察名单吧。"

"还有太白电池也可以看看，长续航的电池他们家不少型号。"

大家七嘴八舌地说着，薛嵩却似乎早有准备，往后翻了一页笔记本说道："我这里已经提前整理了擅长生产长续航手机电池的厂商，除了大家提到的外，还有一家叫一诺电池制造商，它的总部就在深圳，方便我们进行考察，同时它还是CF的供应商，品质有保障。"

"和竞品用同一家供应商会不会不好。"隋祖禹说道。

"电池的采购我们并不是联合开发的部分，整件的引入应该不涉及研发机密泄漏。"薛嵩说道。

"既然大家已经提出这么多建议，那就研发连同采购一起考核筛选吧，尽快引入，推动新品尽快上市，散会。"郝仁说道。

薛嵩最后一个离开会议室，志得意满地往办公室走，迎面就见翟永贤在前面等着自己。

"到我办公室聊两句。"翟永贤说道。

"好。"薛嵩说道。

进了办公室，翟永贤把门一关，劈头盖脸地骂道："薛嵩，你今天怎么回事？为什么不和我提前商量。"

"没什么？我只是急客户之所急，业务就是我们客户。"薛嵩说道。

"你不觉得太冲动了吗？"翟永贤说道。

"不觉得，翟总，你是不是觉得我提前准备这些材料表现过于出挑，你很不高兴，其实我并没有盖你风头的意思。"薛嵩说道。

"在你眼里，我是个爱出风头的人吗？业务只知道推进项目，对于风险的关注不够可以理解，但是你是采购，难道不应该提前为业务排除风险吗？"翟永贤说道。

"我准备的都是其他厂家用过的供应商。"薛嵩解释道。

"别人用没问题，就代表我们用没问题，代表我们不用审查了吗？"翟永贤说道。

"可是大多数人已经通过了。"薛嵩说道。

"你……"翟永贤又气又恼。

"好了翟总，你已经把这事交给我就别操心了，我先出去忙了。"薛嵩不想在这里听翟永贤训话，说完就想走。

"你好自为之。"翟永贤看着薛嵩的背影说道。

第二百三十五章　担心总会发生

出了会议室已经是深夜，郝仁开车顺路送隋祖禹回家。

"也许翟永贤说得对，规矩既然立好了，轻易打破可能带来不可预知的风险。"郝仁喃喃自语道。

"你现在不急了？不想尽快上市了？当初是谁火急火燎地来我这说供应商如何让你吐血，再这样下去消费者全部都抢走了？"隋祖禹目视前方说道。

"是我，可能是我多心了，总觉得薛嵩不太靠谱。"郝仁说道。

薛嵩，可以说是采购团队中的异类。每次业务如热锅上的蚂蚁，着急往前冲的时候，采购总是这个认证那个考察，拽着不让走，规矩和流程像锁链一般，减缓着行军的速度。可薛嵩不一样，别的采购不敢承接的项目，他总是毫不推辞应承下来，有人说他不守规矩，有人说他为人仗义。

郝仁喜欢薛嵩的冲劲，也时常担心他的做事风格，事到临头，翟永贤那样固执己见的人，郝仁也是没有信心催得动的，薛嵩可以说是他当下唯一的选择。

若说速度，薛嵩是采购中当仁不让的第一，第二天就联系了几个提名的供应商，约好了考察的时间，当天下午就跑到其中一家供应商位于龙岗的工厂去考察。这样雷厉风行的行事风格，很快就推进着流程往前走，在各部门大开绿灯的情况下，经过层层审批，很快薛嵩就定下了同样作为CF供应商的电池厂商一诺。

在研发的努力下，带着福伦达联名的摄影新旗舰终于通过了测试，进入到量产阶段。

一切步入正轨后，郝仁下班便回了家，亲自下厨做了一桌子菜，开了一瓶红酒等着穆言回家，打算趁女儿回老家过过二人世界。

奇怪的是，一向守时的穆言却一直没有出现，郝仁从7点等到9点，迟迟没有听到门响，打了几次电话都在占线中，又电话给穆言的秘书，秘书只说穆总在开会，不知道什么时候结束。

正当郝仁等得失去耐性，想开车去公司接穆言的时候，门突然开了，一脸疲惫的穆言踢掉脚上的高跟鞋光脚走进来。

"出什么事了？"郝仁问。

"你刚才看新闻了没有？"穆言问道。

"没，最近加班看电脑太久，眼睛有点涩，没看电视手机。"郝仁说道。

"你自己看吧。"穆言把手机递给郝仁。

每日新闻20日电，CF最寄予厚望的新旗舰近日在全球范围内发生多起爆炸，造成数人受伤。其中一起发生在从洛杉矶飞往新加坡的航班上，所幸全部乘客和机组人员及时疏散，才没有造成重大事故。CF公司负责人当即宣布成立调查小组对事故进行调查。

郝仁看完觉得后背阵阵发凉，手机发生爆炸的原因多半是电池，而不巧的是耀华终端选用了和CF同一家电池供应商，这岂不是祸从天降。

"虽然事故原因还没有公布,但已经有媒体猜测问题出在电池上,并逐个致电各终端厂商对这件事的看法,已经是否使用和CF同样的供应商。"穆言看郝仁愣在那里,便继续说道,"我听说我们和CF用同一家电池供应商,会不会有风险?"

"你怎么回答媒体的?"郝仁没有直接回答穆言的问题,把话题引到媒体身上。

"我说耀华终端的产品经过严格的生产检验,如果有问题我们会扼杀在摇篮中。不过这事的后劲很大,仅仅两天,CF的股价就下跌了10%,市值蒸发了200亿美金,一千多亿人民币啊。"穆言说道。

"调查结果还没有出来,我们先别慌。"郝仁说道。

"好,这几天有点烦了,媒体电话肯定从早打到晚。"话还没有说完,穆言的电话又响起来了,只好走到阳台接。

郝仁看着满桌的菜也没了食欲,全部端到厨房收好,心中却是愈发忐忑不安。

真是怕什么来什么,不久后,CF召开记者发布会公开调查结果,表示经过多次谨慎测试分析,主要是电池的问题,是因为负极板受到了压迫,一部分电池因为绝缘胶带稀薄,造成了短路,导致手机自燃现象的发生。CF移动业务负责人鞠躬道歉,对没有在发布之前发现问题,感到非常痛心,并表示在全球召回存在电池安全隐患的手机,但大陆对于没有购买售后险的手机不予退回。

这一消息如一声惊雷落下来,消费者对CF区别对待的行为表示抗议,不少人打算诉诸法律。同时,媒体很快找到肇事电池供应商,并从供应商的官网上找到了所有合作伙伴,耀华终端的名字赫然在列,一时间,耀华终端也跟着收获了不少骂声。

事发后,薛嵩来办公室找翟永贤。

"翟总,我错了,我应该听从你的建议,犯下这样的大错,就是你马上开除我都不为过。"薛嵩垂头丧气地说道。

"开除你就能解决了吗?"翟永贤说道。

"解决不了,你怎么处罚我都不为过。"薛嵩说道。

"行了,先解决问题。我看了合同,还好你使用的是公司标准采购合同模版,上面对出现质量问题的追溯与赔款都很清楚,通知法务一起将损失降到最低。"翟永贤说道。

"新品的发布日期就在下下周,可是现在消费者群情激昂,这要怎么办?"薛嵩说道。

"这事我做不了主,走,一起去找郝总。"翟永贤说道。

两人来到郝仁办公室,发现里面隋祖禹、陈竞男、李子健、齐飞华等人都在里面。

"我排查过,可能有安全隐患的电池不到20%,趁现在还没有上市,我们尽快把这批电池替换了吧。"

"可是这个电池厂商已经臭名昭著了,如果我们还继续销售它的电池,消费者不会买账的。"

"连CF都没有全部召回,我们还没出厂却要全部替换,带来的损失可承受得起?"

……

郝仁心里有事没有说话,等大家争论完才开口:"全部替换,用原来的供应商进行替换。"

"除了替换电池的损失,由于电池的容量不同,所有的包装也要重新印,这笔钱可不少。"隋祖禹深吸一口气说道。

"这个时候不打消消费者的疑虑,对于品牌的信任感就会逐渐消解,这么多年的经营就白费了,按我说的做。"郝仁说道。

"好。"众人应声。

第二百三十六章　为前进而反思

深夜十点,郝仁打开家门,里面漆黑一片,一切物品都摆在早上离开时的地方,穆言没有回过家,郝仁不用猜都知道,她最近为了网络上汹涌的舆情而疲于奔命。

"我又做了一个错误的决定。"郝仁轻叹一声,换了鞋仰面倒在沙发上。

郝仁回顾这一年,像是过往的运气都用完了似的,总感觉多做多错。而每一次错误,都让整个团队疲于奔命,不知道大家还能忍耐多久,会不会也厌倦了替自己修补疏漏。

正想着,门厅钥匙转动声在深夜里格外清晰,穆言回来了。

郝仁赶紧起身去迎接穆言,表情像个犯了错误的孩子。

"穆老师回来了，吃饭没有，累不累？"郝仁接过穆言手里的包说道。

"不累，饿倒是有点。"穆言满脸疲惫地说道。

"我去给你做碗葱油面可好？"郝仁说道。

"好啊。"穆言知道郝仁心里内疚，并没有拒绝对方的好意。

十几分钟后，一小碗点缀着碧绿香葱，泛着金黄色的龙须面端上桌来，穆言举筷，郝仁在穆言身边坐下。

"好香，你这手艺倒是没有丢。"穆言嗍了一根面说道。

"对不起，穆老师，连累大家了。"郝仁说道。

穆言今天说太多话，咬肌都有点麻木，但还是硬挤出一个笑容说道："不要这样说，大家是真心跟着你，才会用尽一切力量去解决问题，有福同享，有难同当。"

"我知道，可是我心里还是很内疚，当初要不是我带头引导走特殊流程也不会搞成这样。"郝仁说道。

"这应该没有，我记得那天会你特意最后一个发言，等所有人表决完意见才亮出观点，你当时一定怕你先表态了，大家过度信任你，直接附议。"穆言说道。

"穆老师你怎么知道？"郝仁说道。

"我怎么知道不重要，重要的是集体决议就应该集体承担，我们努力解决都是应当的。如果内疚有用，我不会拦着你，可内疚没用，你就不要想太多了。"穆言说道。

"好的。"郝仁的情绪总是被穆言的和风细雨化解掉，这次也不例外。

第二天一早到办公室，人事总监冯都都急匆匆来找郝仁。

"郝总，你听说了没有，最近公司都在疯传今年可能没有年终奖。"冯都都说道。

"为什么没有年终奖？"郝仁问道。

"我听得最多的说法就是，耀华终端新品腰斩，消费者差评不断，销售可能会断崖式下跌。"冯都都说道。

"这才年中，怎么就想着年终奖的事，我都没考虑这么长远。"郝仁说道。

"郝总，你别不当回事，我觉得可能有核心骨干动摇，稳定军心才是现在最重要的事。"冯都都说道。

"我懂，你帮我主持一个员工大会吧，我当面和员工解释。还有一件事，查一下是谁第一个制造这个流言，虽然流言止于智者，但制造流言的人非坏即蠢，按照公司规定处理。"郝仁说道。

"知道了。"冯都都说道。

几天后，处于风口浪尖上的耀华终端召开了全体员工大会，乌泱泱坐满了公司的大礼堂，海外和其他城市的员工的视频也都早早接入会议。

郝仁走上讲台，什么都还没有说先鞠了一躬，"各位兄弟姐妹对不起，这次公司由于我的错误决定引发舆情，让大家承受了工作和舆论的双重压力，我应该负全部责任。"

听了郝仁这一番毫不推迟的话，台下窸窸窣窣一片，坐在前排的薛嵩和李子健满脸通红，倏地站起来想要说什么，被郝仁一个手势止住，才强压着羞愧与不安坐回原位。

"对于这次给公司造成的损失我万分羞愧，我听说公司都开始流传今年员工不发年终奖，甚至说工资发不下去的都有。在这里我郑重给大家澄清，员工一切待遇照旧，不降薪不裁员。另外，我还要立下军令状，接下来的产品不会令大家失望，利润一定会双倍赚回来，不会叫公司吃亏，叫大家吃亏。"

郝仁一眼瞟过去，台下有信任的目光，有责备的目光，但更多的是怀疑的目光，大家没有因为郝仁的一句承诺就打消疑虑，还有一个小小声音钻进郝仁耳朵，怎么挣，说得倒是轻巧。

"为了表示我的决心，我宣布今年，我绝不从公司拿一分钱，包括薪资、奖金、以及各种股票收益，请财经和人事见证记录，并发出会议纪要，供大家监督。"

这一表示力度相当大，现场的反响不可谓不大，会场突然变得嘈杂，大家开始交头接耳大声议论。

这时，穆言第一个站出来，在众人的注目礼中，走上台说道："我要求与郝总同等待遇。"

隋祖禹几乎是前后脚，紧跟在穆言身后走上台，大声说道："我不是要求，我必须和郝总同等待遇。"

陈竞男、曾志忠、孙皓、冯都都等更多的管理层站上了台，连沈同方也站上台，郝仁走过来劝阻道："沈老，这事和你没关系，你不要……"

沈同方抓住郝仁的手说道："我一个老头子，有了钱未必有足够的日子花，你不必说了。"

看着大家和自己站在一起,郝仁赶紧抢过话筒说道:"我这样要求自己,并不是要绑架大家免费给公司打工,请大家不要冲动。"

郝仁说完却不见一个人走,有这样的领头人,台下所有的疑虑消弭殆尽,有几个年轻员工被眼前的一幕打动,眼睛噙着泪地看着台上。

"感谢大家的支持,感谢所有员工的信任,经营要继续,但是问题还是要解决,这一次的错误是由于我对于既定流程的不认真对待造成。在这里我要特别感谢一个人,他就是采购主管翟永贤,当初在我的施压之下,依然刚直不阿,坚持要按规定按流程办事,谢谢你,翟主管,在这里我也希望以后所有人都能像翟主管一样勇于指出工作中的问题,不唯上,只唯实,不要受人为因素的影响。"郝仁望着一同站在台上的翟永贤鞠了一躬说道。

翟永贤对郝仁回礼,然后咚咚跑下台,提着一个黑塑料袋回到台上,接过话筒说道:"感谢郝总的嘉奖,有这样听得进批评善于反思的最高管理者,我们公司的航向不会错误。但是有一点我还是要强调一下,流程与公司制度就是公司的法律,制定时候要充分讨论,执行时候要严格遵守,不要轻易打破。这一次的错误不是郝总一个人造成,包括我也没有能够最后坚持,所以我们所有人都要记住这个教训,而不仅仅是郝总。"翟永贤说着打开塑料袋,拿出一台手机朝台下晃了晃,继续说道:"我手里是这一批电池有质量问题的手机,我希望我们每一个高管都能拿走一台,留个纪念,时刻地提醒自己。"

"翟主管的这个建议非常好,我第一个拿。"说着,郝仁接过一台手机,然后紧紧握在手里,他用力地想要感受这个烫手山芋所带来的灼烧感,好狠狠地给自己长长记性。

塑料袋在众人之间传递,渐渐从沉甸甸变得轻飘飘,而这份重量也化作心理负担,种在了每个人的心里。

第二百三十七章　成为难兄难弟

一个失误带来的问题,一开始犹如船底的小洞,如果不及时修补,一旦进水,小洞就会变成大洞,海水奔涌而至,最终整艘船沉入海底,被人遗忘。

在这场危机公关中,耀华终端选择了及时修补。两天后,穆言召开媒体发布会，承认了耀华终端的新旗舰存在电池问题，目前正在紧急撤换中，并保证绝对不会让一块问题电池流向市场。鉴于此，耀华终端的新旗舰将延迟发布，直至检测合格再上市，此前预售收取的订金，消费者可以在商城上申请退款。

相关报道发布后，选择退款的人并不多，虽然不少人表示不信，毕竟一般消费者很少会把内置电池拆开来检查，但网络上对于耀华终端的指责稍微平息了一些，消费者将火力重新汇聚到选择置之不理的CF上。

在喧嚣的舆论中，CF依旧坚持按照各国的法律底线执行，在海外多国采取无差别召回全额退款的政策，而在国内只退换有售后险或是已经出现质量问题的产品。这一行为引发了广大消费者的不满，沟通无效后，已有不少消费者组团提起了诉讼，宣布一定要和CF论一论道理。一时之间CF轻视中国消费者成为街头巷尾的热议，以至于在路上但凡看见个用CF手机的人，旁边的人都会一蹦三尺高，下意识地躲避。

这边从舆论中脱身的耀华终端还没有脱离水深火热，由于找不到替换的供应商，耀华终端只得用回原来认证过的供应商，所有的产品检验需要从头再来不说，原本的续航能力卖点也化为乌有，穆言的营销团队只得一一联系媒体和设计工作室，把已经印刷完毕的广告重新制作，又是一笔资金打了水漂，心疼得郝仁恨不得打自己几下。

一个月后，耀华终端新旗舰终于于重生归来，在发布会中正式亮相。

时间一到，站在台上的郝仁直接向台下鞠了一躬，向媒体、合作伙伴和消费者道歉，宣读完不让问题手机流向市场的承诺书后，才开始今天的产品发布。

郝仁启动手中按钮，上千张精美绝伦的摄影照片从天而降，出现在身后的大屏幕上。大师级的拍摄手法，有质感的画面，放大依然清晰的像素，都让台下的所有人震惊。

郝仁从大家的表情中读出了惊艳，然后开始介绍耀华终端和国际知名相机品牌福伦达历时两年合作推出的影像成果。为了证明展示的照片非后期处理照片，郝仁还特别挑选台下的一名观众上台合影留念，立即投影到屏幕中。

在介绍手机续航能力之前，台下的观众都保持着极高的兴趣，然而当郝仁提到新旗舰的手机电池容量仅为1500毫安，台下突然嘘声一片。

台下是这样的反应，郝仁完全可以预料得到的，3G手机的电池问题，一直饱为消费者所诟病。与手机日益变大的屏幕形成鲜明对比的是，近年来的电池发展没有取得突破，无论你的手机屏幕多大、性能配置多高，没有电都是白搭，所以说电池续航能力或成为移动终端发展的绊脚石，这并没有夸大其词。

可郝仁没有办法，一味地追求突破所带来的苦果，郝仁已经尝到了，现在只能硬着头皮将产品的性能和价格一起公布了，草草地结束了发布会。

发布会一结束，各种嘲笑耀华新旗舰的帖子就开始漫天飞舞，退订金的人数这时才开始飙升。

"虎头蛇尾这个词小学就学过，怎么也没有料到耀华终端的产品能如此草率，连结尾都不好好结了，直接换个电池了事。"

"这款新机屏幕这么大，又是四核芯片，能不耗电吗？"

"我看耀华终端就是想博个同情，顺便把烂尾的产品卖了。"

……

郝仁的死对头马旭峰怎么可能放过落井下石的机会，直接打电话给郝仁，假惺惺地安慰了几句，实则拼命戳人痛处。

"郝总，你也别太伤心了，谁还没个意外，一个小小的意外并不会有多大的损失，就说我们理想吧，重新进入公开市场，砸了那么多钱也没有多少水花，还好运营商渠道给力，不然我们也只有喝西北风的份，你说是吧？"

"是，那我就祝你运营商渠道稳如泰山吧。"

郝仁的嘴好像开过光，马旭峰还没有高兴几天，一个惊雷就劈头盖脸地打了下来。

经国务院批准，财政部和国家税务总局印发《关于将电信业纳入营业税改征增值税试点的通知》，明确从明年起，将电信业纳入营改增试点范围，实行差异化税率，基础电信服务和增值电信服务分别适用11%和6%的税率，为境外单位提供电信业服务免征增值税，而目前三大运营商执行的税率为3%，调整后税率将增加数倍。

在这个大前提下，为节省开支，三大运营商立刻表示削减终端补贴的规划，终端补贴消亡，意味着过去手机厂商依靠运营商补贴获取市场份额和利润的时代即将结束，手机厂商从此依靠的唯有公开渠道一条路了，"渠道为王"的时代将再次到来。

早有透风的噩耗如今终于落下最后一只靴子，这对不久前才回归公开渠道的理想来说简直是灾难，后路已经堵死，前路还没有开辟出来，叫人骑虎难下。

马旭峰这才发现，竟然和自己看不上的耀华终端成了一对难兄难弟。

第二百三十八章　所谓祸不单行

运营商补贴的取消，影响的不仅仅有理想这样的大公司，也包括了众多依靠运营商渠道生存的中小企业。没有了补贴，售价如此低廉的定制机连成本都挣不回来，更别提维持公司的生存发展了。

于是，各大代理商的办公楼一下子涌入大批品牌方的客户经理，带着洽谈的诚意，拿着诱人的商务，只要能上架销售，一切都不是问题。这让此前还求着品牌方拿货的代理商一下子没有适应过来，一夜之间竟有一种翻身农奴把歌唱的感觉，不由自主地摆起谱来。

郝仁正为耀华终端的摄影新旗舰心烦，由于前期的过度推广把消费者的预期提得过高，一起问题电池风波，外加更换供应商带来的续航能力下降。首销一周过后，这款新机的销售数据简直没眼看，不仅周销数据成为同等价位段中的垫底，还被消费者评价成为最失败的高端旗舰，成为群嘲的对象，任何一个竞争对手都要过来踩一脚。

我简直不敢相信这就是所谓颠覆传统的摄影新旗舰，户外拍摄不到半天就没电了，还敢说是拍照神器。

我有理由相信耀华终端走到现在全靠炒作，这次终于把牛皮吹破了，佩服佩服。

今年真是手机厂商的滑铁卢，前有 CF 身陷爆炸门，后有理想科技没了运营商，再有耀华终端新旗舰被嫌弃。

……

看着论坛上一行行的负面评论，郝仁只觉得脑袋嗡嗡作响，羞愧难当，如果不是当初自己急于求成，太想抢占高端市场，如果自己能够虚怀若谷，听取隋祖禹的劝告，如果……然而没有这么多如果，现状就是自己冲击高端的梦想没有一炮而红，反成了众人耻笑的痴心妄想。

郝仁靠在沙发上揉着太阳穴，深深地叹了口气。这时桌边的手机铃声响了，郝仁懒得起身，伸手够到手机按开了接听键。

"郝总，你好，是我，诚邦杜伟。"

一听是全国代理商诚邦股份的总经理杜伟，郝仁坐直说道："杜总，你好，上次约你喝茶都没约上，今天怎么有时间找我？"

"抱歉，之前有点忙，今天是有点正事，想和你谈谈你们最近上市产品的返点问题。"杜伟说道。

"返点，这不是合同里面早有约定，杜总是有什么建议吗？"郝仁说道。

"是这样的，我这人说话直，你别生气。你也知道，耀华终端最近的新旗舰销售并不好，我们因为长期合作的关系，一直把耀华的产品放在核心区域，但我们诚邦小本经营，上万员工等着养活，没有销售肯定就没有收入，这确实让我十分为难，既害怕破坏和耀华的关系，又怕愧对内部员工。"杜伟故作为难地说道。

"杜总既然有上万员工，哪来的小本经营？全国范围内，比得上城邦的代理商屈指可数。咱们都是老熟人，就不妨打开天窗说亮话，诚邦是想提高返点呢，还是想要让耀华下架呢？"郝仁不悦地说道。

"郝总，你别这么说，下架我们哪敢呢？就是想提一提返点，现在行情价也涨了，我们的要求并不过分。"杜伟说道。

"那杜总打算怎么个提法？"郝仁问道。

"多8个点吧。"杜伟说道。

郝仁这些天憋闷在心中的不满终于没忍住，一下就把手机砸到地上，咣当一声，甚是清脆。8个点，加上原有给到全国代理的12个点，杜伟的胃口真大，借着最近各品牌争夺代理渠道，自己奇货可居来抬价了，连白纸黑字的合同都不顾了。

对方还在手机里不停地喂喂喂，郝仁只得起来，捡起完好无损的手机，压抑住自己的怒火说道："不好意思，刚才手出汗手机掉地上了，要说耀华的质量真不错，摔那么重都完好无损，你说是吧？"

"是啊，不然我们怎么会代理呢，那返点的事？"杜伟把话题拉回说道。

"耀华终端也不是我的一言堂，我还得在经营会议上和大家商量下，晚些时候给你答复。"郝仁说道。

"没问题，我等你消息，不过不要让我等太久，现在柜台位置竞争好激烈。"杜伟说完挂掉了电话。

"奸商。"

郝仁啐了一口坐下，结果还没有坐稳，电话又响了，这次是贺知州打来的。

"喂，知州，怎么这个时候给我电话，你那才6点吧。"郝仁说道。

"郝总，大事不好，福伦达这边得知耀华新旗舰卷入问题电池，想要重新审视和我们的合作。"贺知州焦急地说道。

郝仁最怕的事情终于发生了，品牌联名就像联姻，一方突然退出，消费者肯定会猜到是另外一方出了严重的问题，到时候又能掀起一阵舆论狂潮。

"怎么个审视法，是要终止合作吗？"郝仁问道。

"终止应该不至于，但是不是没可能，我建议你快来欧洲一趟，和福伦达的管理层好好聊一下耀华的规划，增强合作信心。"贺知州说道。

"好，我尽快过来。"

郝仁想都没想就直接答应了，此刻他只想尽快结束电话冷静一下，两个晴天霹雳打下来，只要是个人都需要缓缓了。

第二百三十九章　有困难找兄弟

郝仁满腹的心事不知道和谁说，和穆言说，怕她担心，和隋祖禹说，怕他着急。在一口锅里吃饭的爱人朋友最理解自己，可正是这种理解，郝仁是断断不敢发泄脾气，因为他们已经替自己承受了许多，郝仁又怎么能火上浇油。

下班堵在路上的郝仁胡思乱想着，手机电话响了，恰巧是个可以袒露心声的人。

"朝栋，怎么想起给我打电话了？"

"我到深圳了，过来看看你。"

对面的声音甚是轻快，让郝仁心里的雾霾散了些许。

两人约在海边栈道的酒吧见面，郝仁寻着音乐进门，在最里面昏暗的角落看见一排白牙对着自己笑。

"来得很快嘛。"宋朝栋给了郝仁轻轻的一记拳头。

"正巧在附近。朝栋，你看起来精神不错，好事接连不断吧。我看新闻报道，你们的液晶面板业务一季度增长很迅猛，营收快200亿了，净利润3个多亿,增长了700%,真了不起,我就知道你可以,真心为你感到骄傲。"郝仁尽管自己的处境不好,面对朋友的成功却依然发自真诚的祝福。

"都知道了呀,我都不做手机终端了,你还一直关注我。主要是多媒体业务的高速增长助推了我们的利润,其实我心里挺不安的。目前我们主要生产的是32英寸的面板,长期而言,随着面板制作技术的推广,国内较多企业会掌握核心技术,我们盈利的可持续性还有待增强。"宋朝栋说着,给郝仁叫了一杯威士忌。

"液晶市场我倒是不太专业,但现在国内对32寸的需求旺盛,你先稳住盈利,然后尽快突破大尺寸比例产品,挣钱布局同时进行。"郝仁呷了一口酒说道。

"我也是这么想的,可是42英寸以上大尺寸面板的竞争对手都是国际巨头,短期内突破的可能性很小。"宋朝栋说道。

"走一步算一步,主要是你没有选择,早做早回本。"郝仁说道。

"我知道,也就和你抱怨几句,在公司除了打鸡血还能说什么?"宋朝栋说道。

"是啊,在公司除了打鸡血还能说什么?"郝仁下意识地重复了一遍宋朝栋的话。

"最近很难过吧?"宋朝栋显然也通过媒体知道了郝仁的困境。

"是啊,一边是渠道商漫天要价,一边是舆论沸反盈天,还有合作伙伴想釜底抽薪,更重要的是,我下面上万名员工等着我的回答,我就是想放弃也不能放弃,得吊着这口气。"郝仁又是一声轻叹。

"当你站在那个最前面的位置,即使想要停下来,历史也会推着你不由自主地朝前走,你确认别无选择。这种感觉竟然有点像《百年孤独》里的奥雷里亚诺·布恩迪亚上校想要停下不知为了什么的战争,只为权力而战的时候,他的属下赫里内勒多·马尔克斯上校说的那句抱歉,上校,这是背叛。"宋朝栋说道。

"你这个比喻不恰当,奥雷里亚诺·布恩迪亚上校不知道为什么而战,但我一直都知道。只不过也没差了,我虽然知道目标,却不知道怎么过关,你说好笑吧。"郝仁说道。

"还能怎么过,关关难过关关过呗。说真的,我很佩服你,当年我决定放弃手机业务的时候,我一个人待在屋子里整整三天,我就反复地问自己，为什么不能坚持下去？为什么说放弃就放弃？可我就从来没有看到你放弃过，总是说做就做到底。"宋朝栋说道。

"放弃未必是坏事，你看你现在就找到了更光明的出路。"郝仁说道。

"所以，你才一定要挺过去。"宋朝栋说道。

"还用你说，你今天是特别跑来安慰我的？"郝仁忽然想起中午看新闻的时候，宋朝栋还在广州接受媒体采访。

"顺路而已，你别想太多。"宋朝栋像被踩了尾巴的狗一样，身体在沙发上弹了一下，然后极力否认。

"谢谢了，兄弟。"郝仁顿了顿接着说道，"不过今天你请客吧。"

"我千里迢迢过来，你的地盘我合适付钱吗？"宋朝栋说道。

"合适，特别合适，我几天前才在员工大会上表示，今年不领工资也要保证员工的年终奖，所以我兜里一分钱都没有，今晚靠你了。"郝仁腆着脸皮对酒保喊道，"再来两杯一样的。"

"亏大了，我真是服了你了。"宋朝栋无奈地说道。

"咱俩不分彼此。"郝仁举杯说道。

"你倒是想得美。"宋朝栋揣着一颗错付的真心，撇撇嘴说道。

这个月了，运营商补贴引发的渠道争夺大战不见消停，反而越演越烈。一下这家厂商降价格，一下那家厂商提返点，叫卖声不绝，热闹得如同市场。渠道商则稳坐钓鱼台，不置可否，等着合适时机收网。

郝仁一开始还坐得住，可当看到八成以上的代理商都要求提返点比例的时候，心里也有点不安。

"郝总，你觉得我们应该让步吗？"曾志忠过来汇报，讲完现状忍不住问道。

"即使要让步也不能做最早让步的那一家，本来渠道商端好小板凳，坐着看戏了，就等着谁先沉不住气，如果我们这么快同意，后面还有更过分的要求等着我们。"郝仁说道。

"我明白了。"曾志忠心里稍安。

"哪些代理商没有给我们提要求？"郝仁问道。

"国代中，聚星没有，我们最忠实的友军。还有摩尼电子等几家省代也没有。"曾志忠说道。

"把这几家记录下来，提升一下代理等级，后面分货或者提成方面给一些特殊待遇。"郝仁说道。

"好的。"

曾志忠应着，手机突然开始震动，刚想按掉，郝仁却说："先接吧。"

于是，曾志忠拿起手机，才听了一会就脸色大变。

等曾志忠挂了电话，郝仁问道："怎么了？脸色这么不好。"

"郝总，确实不算好消息，就在刚才理想科技宣布斥资10亿，战略入股奇域电子，目标是构建理想的全国线下销售渠道。"曾志忠说道。

"奇域电子可不容小觑啊，一共拥有10万家实体零售门店及线上门店，去年实现营业总收入400亿元，和家电巨头国美电器的体量相当。可惜了，理想入股，奇域电子很快要和我们分手了。"郝仁说道。

曾志忠把手机递给郝仁看，视频里马旭峰正在接受媒体采访，他说要让消费者拥有更完整的购买通道，不仅在线上能够得到全面的服务，在线下也能得到更好的服务。

"志忠，我们去一趟北京，和聚星李东见个面吧。"郝仁说道。

"好，我去安排。"曾志忠说道。

第二百四十章　对手耀武扬威

曾志忠走后，郝仁想想还是亲自给李东拨了个电话。

"李总，最近忙吗？"

"郝总，早等着你了。"

一阵爽朗的笑声传来，让郝仁很是疑惑。

"等我？"

"是啊，外面风云变幻，上门的人踏破门槛，也就你还沉得住气，现在才来找我。"

"事到临头，急也没用，李总，要不我过来北京当面聊。"

"来吧，最近开了家不错的酒庄，请你尝尝。"

"有好酒，那我必须来。"

一天后的同一时间，郝仁和曾志忠出现在宝安机场候机厅，距离飞机起飞还有1个多小时，登机口前的旅客不多。郝仁下意识地走到临窗的位置坐下，能在万米高空时速千米的飞机在地面上就像只笨拙的巨兽，靠着牵引车在缓缓地挪动，衬得旁边的机修师如同蚂蚁一样渺小。

运动慢的物体让人舒适，郝仁很快也变得心平气和，拿出一本闲书看起来。

不知道过了多久,一阵骚乱穿透耳机里的轻音乐钻进耳朵,被搅了清净的郝仁微微皱眉,扭头看见一群人迎面走过来。仔细一看,还有熟脸,走在最前面的人正是奇域电子的总经理钟贵。他走路带风,一副张狂的样子,身边的几个人众星捧月地拱卫着他,恭敬地对钟贵说着什么,惹得他肆无忌惮地笑起来,声音大得让人侧目。

奇域电子刚被理想科技注资,和耀华的关系变得前景不明,可现在不是洽谈的好时机,于是郝仁的目光回到书本上,假装没有看到。

曾志忠买了两杯咖啡回来,在郝仁身边坐下。

"那不是钟贵吗?怎么阵仗这么大,以前屁颠屁颠跟在品牌方后面,现在这么多人鞍前马后地伺候着。"曾志忠说道。

"此一时彼一时,现在的渠道商炙手可热。"郝仁低声说道。

"我刚才从他们身边走过,好像钟贵旁边的人是理想科技的客户经理。真是变天了,以前理想科技不可一世,现在居然这么捧着渠道商,马旭峰还真拉得下脸。"曾志忠声音也跟着郝仁压低了一些。

"你跟了马旭峰那么多年,难道不知道马旭峰的面子是薛定谔的猫,他从来是不达目的誓不罢休,要不要面子也是看情况而已。"郝仁说道。

"我们要不要?"曾志忠听不出郝仁对马旭峰行为的态度,不知道是欣赏还是鄙视。

"不要,浪费这个时间没必要。"郝仁说道。

钟贵被人群簇拥着,一眼都没往郝仁这边看,也免了郝仁思考万一他过来该怎么打招呼。

广播里面通知飞往北京的CZ3942航班开始登机了,郝仁等钟贵等人从VIP通道过去后才起身。

放好行李郝仁有点累了,正打算眯一会,经济舱与商务舱之间的帘子被人掀开,钟贵从里面露出一个脑袋,目光逡巡了一会,最后落在郝仁身上。

"郝总,果然是你啊,怎么坐在这么拥挤的经济舱,脚都伸不开,要不要我给你升个舱啊。"

等郝仁睁开眼睛,钟贵的脸已经凑到面前,定了定神说道:"哪能让钟总破费,谢谢了。"

"啧啧,和我这么客气,你说你一个堂堂大总裁,怎么能这么没排面，缺钱和我说啊，虽然以后不一定有机会合作了，但有困难我肯定还是会帮的。"钟贵说道。

"你的意思是奇域电子以后不代理耀华的产品了？"曾志忠问道。

"我也是身不由己啊，总不能代理自己股东竞争对手的产品，但你放心，我们不是言而无信的人，会等到今年底合同期结束。只不过，陈列位、广告位等免费资源就不太方便了。"钟贵说道。

"这是通知还是征求意见？"曾志忠问道。

"这是别无选择啊。"钟贵两手一摊说道。

"你……"曾志忠怒从心起，想要起来和钟贵理论。

"好的，我能理解。飞机就要起飞了，钟总还是早点回座位吧，免得飞机滑行颠簸。"郝仁说完，半阖眼眸靠着窗户养神，不再看钟贵洋洋得意的脸。

"你知道吗？我最讨厌你这副伪善的样子。"

郝仁的礼貌谦和在钟贵眼前实则面目可憎，这个人总是这样云淡风轻，无论处于怎样的境地。当初，郝仁拿着第一台耀华手机来找自己的时候，脸上不卑不亢，连乞求的话都没一句。钟贵觉得可笑至极，第一款产品就直接找全国代理做实验，品牌、质量、供货都行吗？后面耀华手机一炮而红，钟贵不得不回头找郝仁，提前做好受辱的准备，没想到郝仁只是就事论事，既没有大喜过望，也没有夹枪带棒。而这次就更过分了，连终止合作也没有让郝仁起丝毫波澜，是奇域电子这么大的销量在他眼中不值一提，还是郝仁自始至终都在轻视自己。

"钟总，你怎么来这边了？走，我们回去。"刚才陪同钟贵的一个年轻人走过来说道。

"行，看你能高兴多久。"钟贵最后看了郝仁一眼，还是没有找到预想中的优越感，悻悻转身钻进帘子。

两人走后，世界总算安静了，郝仁拿刚才没有看完的书出来看。

"郝总，我能不能问个问题。"曾志忠说道。

"说。"郝仁说道。

"为什么你从来不坐商务舱、头等舱呢，你这个级别在公司没有报销额度限制。"曾志忠说道。

"我给你讲个以前的事吧，那时候我还在耀华技术，是一众高管里面最年轻的，其他高管至少大我 10 岁，按理我都应该叫一声前辈。耀华技术的业务遍布全球，所以大家经常出差，全国全世界地飞，可我的老板赵扬节俭习惯了，从来都是经济舱。我就问你，如果你出差遇到领导或者同级前辈，他们右转进了经济舱，你左转进了商务舱，多尴尬啊。"郝仁说道。

"完全没想到是这样的原因。"曾志忠说道。

"哈哈哈，你没想到的事多了，不在乎多一件。"郝仁说道。

"是啊，比如我就没想到钟贵会用这样的形式和耀华说拜拜，郝总难道一点不生气。"曾志忠说道。

"意料之中，没有什么好生气的。"郝仁说道。

"那这趟去北京，郝总能预料结果吗？"曾志忠说道。

聚星，郝仁发现根本无法预料。从合作历史上来说，聚星是最早和耀华签约的代理商，在聚星遇到资金困难的时候，郝仁还曾经出资相助。可从当下来说，众品牌疯抢代理商的渠道，正是聚星提高盈利能力的好时机，加上耀华的新旗舰销售并不理想，聚星虽然不至于和耀华说拜拜，但想要把分给耀华的展示位等资源拿去高价出售似乎也无可厚非。

飞机已经开始滑行，郝仁不再乱想，闭上眼睛，一切等到了北京再说。

第二百四十一章　相信长期力量

郝仁没有受到钟贵的影响，在飞机上睡了个好觉，下飞机的时候竟有一种焕然新生的感觉。

阳光明媚，夏木荫荫，两人一路过去没有多耽搁，在酒店休息片刻后就打车前往聚星大厦。在办公室见到李东的时候，他一身休闲装拎着个背包，一副正要出门郊游的样子。

李东看着郝仁和曾志忠西装革履的装扮，奇怪地问道："不是说好去我的酒庄喝酒，怎么穿得来商务谈判似的。"

"约的是下午 2 点，我想着不会这个时间喝酒，就忘记提醒郝总。"曾志忠不好意思地说道。

"没事，年轻人穿什么都施展得开，走吧。"李东笑着说道。

"施展，施展什么？"曾志忠纳闷地捏了捏包里连夜准备的材料，跟着李东出了聚星大厦。

载着三人的加长商务车在市区行驶约莫1个小时后，转入郊区树荫浓密的小路，然后停在一个爬满藤蔓植物的大门口。

郝仁下车，环顾四周也没有发现门牌，只有门前一块大石头，上面用行楷刻着李白的《山中问答》。

"问余何意栖碧山，笑而不答心自闲。桃花流水窅然去，别有天地非人间。李总的世外桃源在这片青山绿水中，确实别有一番天地。"郝仁说道。

"过奖了，农民出身，早年挣了第一桶金就在这里盘了这块地，建了个小农庄，养养鱼、种种菜、藏藏酒，工作之余过来休息下，偶尔也会带朋友过来。"李东引着两人进门。

"那真是太荣幸了。"郝仁说道。

穿过一片浓密的树林，郝仁前方突然豁然开朗，蓝天白云下，平坦的土地如豆腐块般被切分得整整齐齐，上面的农作物高高低低，微风一吹，如同绿色的波浪一般起起伏伏。

"远离城市喧嚣，真是让人神清气爽啊。"田园风光，心中挂着事的曾志忠也不由得松弛下来。

"我家吃的蔬菜瓜果都是这里种的，晚饭试试，保管叫你们一吃难忘，回去时候采摘一些带走。"李东说道。

"又吃又拿的，怎么好意思。"郝仁说道。

三人说笑着在农庄散步，一会李东叫人牵来三匹马，叫两人试试。虽然穿着正装，郝仁却不想驳了李东的美意。于是爽快脱了西装外套，将衬衣卷到手肘位置，牵过缰绳，跃身上马，挺拔的身姿和俊朗的面容还保留几分翩翩少年郎的气韵。

"现在的年轻人都拘在写字楼里，没了活力，来我这可以真正的少年意气，放纵一回。"李东笑道。

"李总，我可不是二十几岁的年轻人了。"郝仁说道。

"和我比，你们都是年轻人。"李东说道。

曾志忠看看鼻孔喷气的马匹，心里一阵发毛，连连摆手，"两位大佬，我就不拉你们后腿了，在这里看看田园风光等你们可好。"说完，一屁股坐在树下的竹椅上，死活不肯起来。

看着卡在椅子上的曾志忠，李东和郝仁大笑不已，也不勉强，一起骑马朝专用的跑马道前行。

郝仁终究不是来度假的，从碰面到现在，已经过去了两个多小时了，还未有机会提及来意，此刻看周边没有别人，马上风光正好，便问道："李总，最近是不是很多手机厂商找上门来？"

"不瞒你，确实不少，几乎我认识的厂商都来过一轮了。"李东说道。

"李总是怪我来得晚吗？"郝仁问道。

李东先是迎风大笑，然后说道："据我所知，今天之前耀华不仅没有找我们，也没有找其他家。所以，你来得越晚，我心中越有底气。"

"哦，李总并没有打算重整资源，修改代理标准和代理提成返点？"郝仁问道。

"郝总什么时候这么不自信了，耀华终端在聚星还有股份，有什么好担心的？"李东反问。

"李总误会，我从未怀疑过我们之间的合作。只是现在各家疯抢渠道的时候，返点承诺一路水涨船高，李总难道没有一点点动摇吗？"郝仁说道。

"依我看越是这种时候，越是不能随意变化，免得赚得了今天，赚不了明天。"李东说道。

"怎么理解？"郝仁问道。

"郝总是聪明人，哪里不知道我们代理挣的就是一个信誉担保的钱，如果选品合理，消费者就认这个牌子，信推销员说的话，如果只为挣钱，消费者又不是提线木偶，你说什么买什么。所以，郝总就不用试探我了，老规矩就是老规矩，你不希望我变，我更不希望你变。一款产品的利润，我要多了，你获利就少了，投入下一款的钱就少了，还不如你做好产品，我卖好产品，价格上去，销路上去，双赢不好吗？"李东说道。

"李总，真是听君一席话，胜读十年书。"郝仁说道。

"我们身后的菜田，若不是有静待生长的耐心，忍不住施化肥，打农药，哪来这么好味道入口。你这些年一直投入研发，做芯片，做系统，做么么多绝不是为了眼前的一亩三分地，而是更长久的未来。因为，你比我更相信长期的力量。"李东说道。

"李总，你把我的心里话都说出来了，看来我这一趟来得很多余。"郝仁说道。

"唉，你这一趟要是没有来，一定会后悔莫及。"李东说道。

"为什么？"郝仁问道。

"一会你就知道了。"

李东说完，两腿轻轻一夹马肚，胯下的棕色骏马从郝仁身边疾驰而去。郝仁把缰绳往李东前进的方向拽了拽，追了过去。

两人在马场跑了几圈，待到太阳西垂，披着满身的红霞才回来找坐在竹椅上办公的曾志忠。

郊外没有多少光源，太阳一落上便是漆黑一片，唯有不远处的两层楼房的窗户里透出昏黄的灯光。

三人寻着灯光过去，推开门，一阵菜香喷香扑鼻，桌上早已摆好了五六样时蔬佳肴。

"先说好，今天没有荤腥，不过一定好吃到难忘。"李东接过管家手里的毛巾擦了擦手说道。

"我现在肚子啊，早就清空等着李总的款待了。"郝仁说道。

李东果然没有妄言，一碗普通的白米饭，郝仁能吃出奶香的味道，绿的红的黄的蔬菜，没有多余酱料，稍微过油翻炒，入口柔软香甜，称得上是自然的馈赠。

郝仁愈发相信，长期坚持一定能等到想要的硕果。

第二百四十二章 逆水行舟境地

从北京回来后，郝仁彻底定了神，叫曾志忠不要和漫天要价的代理商纠缠，专心建设起自有品牌体验店。

耀华的这种态度引发了不少代理商的不满，纷纷吵吵嚷嚷，批评耀华过河拆桥，有几家甚至直接放话合同期满要结束合作。对此，郝仁也只是否认轻慢合作伙伴，但尊重对方的选择。这一消息传出，媒体可就热闹了，连续几日都是关于耀华交恶代理商的报道。

《新天下日报》发表了一篇名为《耀华的傲慢与偏见》的文章，文中尖锐地批评了耀华不能审时度势的作为，说耀华如今店大欺客，不肯让利给合作伙伴，并以理想作为正面典型，赞扬其积极与渠道伙伴沟通，入股奇域电子，一定会有一番大作为。

《清晨见闻》则表示近来大批运营商定制手机品牌涌入公开市场，渠道代理费一路水涨船高，品牌方有意见也无可厚非，但像耀华这样油盐不进的企业确实不多，此番交恶比的就是一个谁硬气，到底是产品过硬得让渠道屈服，还是渠道强势得让品牌让步，我们拭目以待。

月度经营例会上，穆言讲解完近期的媒介动态后，大家的神情就变得难看的紧。

"郝总，真的没有问题吗？"曾志忠不太确定地问道。

"现在没问题，后面有没有问题就看诸位的了。"郝仁说道。

"郝总，我不是很理解，还请明示。"曾志忠说道。

"这些漫天要价的渠道对我们再不满，也不敢公然违约，他们是想挣更多钱，可也不想付违约金。我让合同部查了下，最近一批合约到期的代理也是一年后，所以一年内，只要是合同上白纸黑字的承诺，他们断然做不出撤柜的举动，我们没有什么好担心的。"郝仁说道。

"可是，没有在合同上的呢，比如推销员的服务态度，比如说以往例行的免费资源，林林总总的细项不少，不能说对我们完全没影响啊。"曾志忠说道。

"志忠，你是不是已经忘记了自己过去所做的渠道业务改革了，促销员由品牌方负责培养并指派到店，工作好不好并不由渠道决定。你会忘记这件事，只不过因为过去我们人力不足，培养虽然是我们进行，但不少促销员是渠道代理招募的熟练工，只有部分旗舰大店才是我们招聘的。所以，安排人手进行核查，如果促销员有消极怠工等行为，就予以淘汰，由我们自己的人逐步替代。"郝仁说道。

曾志忠一拍脑袋，骂了自己一句，"我怎么给忘记了，只是我们促销员缺口不少，要求也高，如果大规模替代的话，就要有劳人力的同事启动紧急招聘了。"

"没有问题，我这就安排下去。"人力总监冯都都说道。

"不要怕用新人，一个用心的新人比十个使坏的老人好一百倍。"郝仁说道。

"那一年后呢？"一向考虑长远的陈竞男问道。

"消费者不得不爱的产品，就是渠道不得不卖的产品了。"

郝仁的话声音不大，却像在众人耳边敲响了大钟，振聋发聩，做出消费者无法拒绝的产品，怎么还会有代理商选择不卖，是想将利润拱手于人，还是想对前程自暴自弃呢？那样的代理商一定等不到明天。

"沈工、隋工、孙工以及所有研发同仁，以往我总是对大家说，不要担心失败，但今天我担心了，我们的下一款产品只能成功，不能失败，因为我们已经走到这里了，冲击高端是一个不进则退的命题，我们没有选择。"郝仁说道。

"收到。"

回答声中不仅仅有研发人，也包括所有耀华人。

这次例会发生在一个普普通通的周三，参会者都是老面孔，阳光也和每一个夏日午后一样炙热，但就是所有在场的人都记住了郝仁说那句没有选择时的眼神，仿佛穿透这间会议室厚厚的墙壁，看到了一个完全想象不到的未来。

只不过显然这个未来没有容易企及，几天后，郝仁接到了贺知州从欧洲传回的噩耗。

"郝总，你这几天能来欧洲一趟吗？福伦达那边有消息说要和我们终止合作，我实在处理不了。"平素冷静著称的贺知州此刻的声音都有些发颤了。

"对方有说原因吗？"郝仁心里直打鼓，上次贺知州说福伦达要审视和耀华的合作时，自己还觉得有时间了解完国内的事再处理，没想到对方这么快就决定了。

"没有，但是我猜测不是和新旗舰销量不如意有关，就是和耀华终端与渠道商交恶有关。"贺知州说道。

"这么快就传到欧洲了？"郝仁惊讶地问道。

"福伦达一向爱惜羽毛，对合作方都有严格的舆情监测，国内一爆出我们的新闻，福伦达总是第一时间收到，这次一个多月后才说要终止合作，想来是经过深思熟虑了。"贺知州说道。

"对方是正式信函通知还是口头通知？"郝仁问道。

"都不是，是我熟知的一个项目经理透露的，正式的通知应该没有这么快下来，他们内部还有些手续。"贺知州说道。

"那这样，你先拖延个把星期，我很快就过来。"郝仁说道。

"万一他们正式通知怎么办？"贺知州说道。

"要合作实验室我方员工多努努力，和对方合作更紧密一些，加重放弃的筹码。"郝仁说道。

"我尽力。"贺知州硬着头皮应承下来。

挂了电话的郝仁，赶紧把隋祖禹、沈同方和孙皓召集在一起封闭研讨了一周，然后郝仁带着忐忑的心情，踏上了前往欧洲的旅程。

第二百四十三章　郝仁突然失联

郝仁已经记不清多少次这样一个人前往欧洲，一样的午夜航班，用餐过后光线渐暗，周围只有夹杂在发动机运转之中的均匀呼吸声，这种安静让郝仁可以沉下心细数自己生活中的得失。

他想起自己已经忙碌了很多年，每天回到家只有沉睡的女儿，她像是在梦中成长，悄然变化着，一天胜似一天。郝仁不知道，年幼的女儿会不会怨恨，但自己心里却很难原谅自己。

而穆言，那个曾经惊艳所有人的女子，承担着公司和家庭的重任，眼角悄无声息地长出了细纹。不知道穆言那样爱美的女子照镜子的时候会不会惊恐万状，但郝仁与那句比起你年轻时的美貌，我更爱你现在备受摧残的容颜产生了共鸣，或许杜拉斯写下这句话出自真心，而不是安慰。

郝仁在黑暗中叹了口气，说到底，钱挣多少才是个头，不如老婆孩子热炕头。等耀华突破高端，郝仁想在掌声中落幕，把接力棒交给更加年轻的继任者，带着妻儿回四川老家寻一方净土，堂前屋后，花木成畦，春去秋来，鸟语花香，感受时光之河缓缓流淌。然后当个乡村教师，给孩子讲讲山外的万千世界，告诉他们1加1是更多可能，时代在指数级变化。

此刻郝仁的脑海里是一片花海，花海里有成群结队的孩子在欢笑，在奔跑，迎着朝阳，向着远方。

突然，飞机剧烈颠簸起来，小桌板的物品纷纷下坠，在地上朝一侧滚做一团。郝仁的梦被震碎，在众多旅客的尖叫声中，紧紧地握住座位扶手，急速地调整呼吸。

飞机的广播适时响起，各位旅客，我们的飞机因为受到航路高空气流的影响，有较为明显的颠簸。请您坐在座位上，系好安全带。洗手间将暂停使用，谢谢您的配合。

话音未落，颠簸更加剧烈了，一侧有旅客不幸撞到窗户上，尖叫声更是此起彼伏。郝仁心道不好，脑海中不由自主对过去的一生飞快地回顾，那些深埋心底的酸甜苦辣，全被飞机颠了出来，反复袭击着郝仁的内心。

至此一瞬，郝仁仿佛过完了一生。没有看到耀华终端崛起，遗憾；没有看到女儿结婚生子，遗憾；没有和穆言携手白头，遗憾。视线变得模糊，眼泪顺着眼角滴落在手上，无声无息。

穆言突然从梦中惊醒，房间的空调调得很低，穆言却汗水淋漓，浸湿了身上的真丝睡衣。

穆言心中隐隐不安，却又不知道哪里不对，连忙起身打开电脑查阅资料，没有看到什么负面新闻，只好站在窗前看着漆黑的夜空，想让恐惧慢慢沉底。这个时候，穆言很想郝仁在身边，如果能靠在一个温暖的怀抱里，也许梦里就不会有恐惧侵袭。

明天等郝仁的飞机一降落，穆言就要马上听到他的声音，一刻都不想等。穆言看了一下表，凌晨五点半，还有 7 个小时，这个时间真漫长。

第二天穆言才到达办公室，就从广播中听到了一个噩耗，郝仁乘坐的国际航班今天凌晨失联，航空公司及相关部门正在搜寻并调查原因。

本就熬了一夜精神不济的穆言突然觉得天旋地转，瘫软在座椅之上。正巧詹宁进来汇报，赶紧把穆言扶起，连忙问道："穆总，你怎么了？"

"快，快，给我手机。"穆言虚弱地抬起手，指着桌上稍远位置的手机说道。

"好。"詹宁也不敢多问，把手机给穆言递过来。

只见穆言颤抖着手，拨通了航空公司的电话，对方得知是 LH3749 航班的旅客亲属时，语速放慢地说道："我非常理解您焦急的心情，我们也一样，请您务必保持冷静。目前飞机的情况不明，一切还在调查之中，我们会尽最大的努力进行搜救，如果有任何消息情况，我们会第一时间通知你。"

穆言眼泪止不住地往下掉，喉咙像被一团厚重的棉花堵住，发声变得异常困难。

"穆总，你这样不行，要不我先送你回家。"詹宁关切地问道。

穆言摇头，吊着一口气低低地说道："悄悄叫隋工和沈工过来。"

隋祖禹和沈同方见到一夜之间憔悴了很多的穆言时都被吓了一跳，等詹宁把事情大致说了一下，也是惊得退后一步靠在了墙上。

最终还是沈同方先稳住了心神，说道："现在什么情况都还不知道，我们先不能慌，消息不能扩散开，免得公司乱了。穆老师，你气色不好，先回去休息，还有很多事等着我们去做。詹宁，你先送穆老师回家，然后赶紧去航空公司等着，一有消息就通知大家。隋工，你和我回到工作岗位上去。"

"沈老，郝仁是我兄弟啊，我这个时候怎么工作得下去。"隋祖禹一拳打在墙壁上。

"但你工作不下去也没有用，你什么都不会，对情况没有一点帮助。你还记得郝总临走前说的话吗？这次我们只能成功，不能失败，你是想等他回来看到我们失败了吗？"沈同方说道。

"沈老，人们都说老人的第六感最好，郝仁一定能回来对吗？"隋祖禹抓着沈同方的手说道。

"一定，郝总一定能回来，所以，我们更加不能耽误他的大事，照我说的做。"沈同方不容置疑地说道。

欧洲这边，贺知州在机场等了许久也没有接到郝仁，问工作人员却得到了飞机失联的回答。贺知州慌慌张张地打电话给穆言，却因为詹宁把穆言的手机强行关机而没有联系上。

贺知州正六神无主，电话突然响起，是沈同方。

"沈老，郝总失联了。"贺知州几乎喊了出来。

"我们已经知道了，但情况不明，还请保密，静候佳音。"沈同方说道。

"可大后天和福伦达的谈判怎么办？他们要取消合作。"贺知州说道。

"郝总不在，你就是这件事的总负责，按照你的思路，尽力去做好。"沈同方说道。

"可，可，可是我只是一个设计师，我怎么能负责品牌合作，要不我去找欧洲地区代表。"贺知州说道。

"这件事不能再扩大影响了，没有可是，就是你负责谈判了，还有三天时间，郝总走之前和我们商量的方案我都清楚，你赶紧回公司，我们现在就开会。"沈同方说道。

"好。"贺知州艰难地应声道。

第二百四十四章　艰难平安归来

贺知州感觉要崩溃了，三天时间睡眠可能不够 10 小时，高压之下的脑子，如同宇宙混沌之初天地搅和在一起，分不清楚想象与现实，情感与理智。

贺知州疯狂地背诵相关的资料素材，以便用作谈判的筹码。贺知州不知道这样做有没有用，可是他不敢放弃，不得不把所有有用的办法都尝试一遍，甚至去教堂祈祷郝仁能够奇迹般地归来，这样他就不用赶鸭子上架了。

奇迹终究没有发生，与福伦达会面的时间还是到来了。贺知州下了车，走进福伦达总部大厦，会议室的前方有一条长长的走廊，贺知州每一步踏过去都有一种脚底虚浮的感觉，仿佛置身高空，一不小心就会跌落云端。

会议室厚重的门无声地打开了，长桌的一侧是福伦达高管和此次项目的几位负责人，他们对郝仁的缺席并没有感到意外，一副心中了然的表情。贺知州打过招呼后，在长桌另一侧坐下，对面齐刷刷的一排人，心中很是忐忑，好像自己是来面试，一个问题答错，就会失去合作的机会。

首先发难的是项目负责人托马斯，他用笔敲击了一下桌面，唤起所有人的注意后说道："我想贵公司应该是诚心与福伦达进行合作，合作上所有的承诺必定了然于胸，那么你们一定不会忘记，其中最重要的一条就是不能给福伦达带来负面影响。然而很遗憾的是，近一年来，先是耀华终端发布的新旗舰卷入问题电池事件，虽然没有给消费者带来实质性的损失，但却让消费者对耀华终端的品牌产生了质疑，进而影响到福伦达的声誉。随后，搭乘福伦达影像算法的新旗舰又因硬件不如预期，销量不佳，引起消费者负面评价。现在更是与代理商交恶，我不太明白耀华终端以上种种行为意欲何为，但却实实在在给福伦达带来了重大名誉损失，我们实在不能承受。"

对方字句直中要害，语气咄咄逼人，贺知州心中直发毛，正打算用和沈同方商量好的标准答案作答。福伦达的掌门人卡斯特却似乎看透了贺知州的想法，继续加码说道："我们已经得知郝仁的意外，真心希望他平安归来。我非常抱歉要在这个时候和你们谈终止合作的事情，然而在商言商，福伦达屹立百年，靠的就是对自己以及合作伙伴的严格要求，我们绝对不允许有任何损害名誉的事情发生。"

卡斯特补充后，贺知州更加紧张了，手控制不住地轻轻颤抖，为了不表露出来，只得狠狠地将指甲嵌入掌心的肉里，试图用疼痛抑制紧张，声音却漏了怯地磕巴了起来。

"非，非常感谢关心，郝总对福伦达的承诺，就，就是整个耀华对福伦达的承诺，我们必然会遵守，请，请容许我澄清一下……"

贺知州一边懊恼自己的表现，一边断断续续地说着。这时一个工作人员急匆匆地闯入会议室，在卡斯特的耳边说了几句话，卡斯特的脸色突然变得十分惊讶，然后对贺知州说道："我们休会三十分钟。"

"卡斯特先生，是发生什么事了吗？"贺知州说道。

"我想我们等的关键人回来了，等他来了再继续。"卡斯特说道。

贺知州的心跳得很快，猜到卡斯特说的关键人是他心中期待的人，顾不得许多，飞奔出会议室到大厅等候迎接。

欧洲的盛夏是一年中最美好的季节，午后金灿灿的阳光穿透玻璃门射进来，铺了一地金黄。贺知州死死地盯着门口，辨认每一个进出的人，门开了，有人要进来了，希望燃起，不是等的人，希望熄灭，门又开了，燃起希望，又熄灭希望。这个不是，那个也不是，希望迟迟不来，苦死了等的人。

突然，一个和这里格格不入的人出现了，他的衣服皱巴巴，脸上胡子拉碴，甚至额头上还有一道才结痂的伤痕，深处鲜红清晰可见，可他却丝毫不见狼狈，脊梁笔直，目不斜视，步伐比所有人迈得更稳健，就这样披着一身金光走进来了。

"郝总。"惊慌失措的反而是贺知州，这一声他喊得都快哭出来了。

郝仁走过来，紧紧箍住贺知州的肩膀，说道："知州，辛苦你了，我回来了。"

贺知州吸了吸鼻子，上下打量着郝仁，"郝总你受苦了，你是怎么回来的？"

"一会说，先干正事。"郝仁说道。

"好。"贺知州有了底气，瑟缩的身体也舒展开来。

郝仁将身上的衬衣往下拽了拽，仿佛拽掉一身风尘，然后跟着贺知州，通过那条长长的走廊走进了会议室。

郝仁满面尘霜，形象不够正式，出场却足够震撼。他跨进会议室的第一步，所有人都不由自主站了起来。

"郝总，欢迎归来。"

一一打过招呼后，郝仁轻松地说道："抱歉让大家久等了，正如大家看到的这样，我已经尽最大的努力赶回来，可还是迟到了，我愿意在项目成功的庆功宴上自罚三杯。"

卡斯特惊讶于郝仁的平安归来，更惊讶郝仁的自信，今日的议题是中止合作，郝仁却在说项目成功，但终究卡斯特还是选择了先关心死里逃生的客人。

"郝，感恩你能平安归来，到底发生了什么？"

"我乘坐的飞机起飞后出现故障，迫降在塔吉克斯坦的荒山野岭，其他的人都在等待救援，但我惦记着我们的会，翻山越岭到了塔吉克斯坦的首都杜尚别，赶了最近的航班过来了。"

郝仁语调越是轻松，众人越是惊心动魄，这才遭遇一次事故，又马上登上飞机赶过来的拼劲，几乎可以说是不要命。

郝仁却不想在这个话题上停留太久，直接切入正题，"刚才知州也和我说了贵公司的担忧，我知道福伦达爱惜名誉，耀华终端也是，中国有句古话叫物以类聚，人以群分，这也是我们选择和福伦达合作的原因。针对刚才提到的几个问题，我在这里一一给大家澄清，出问题的电池供应商不仅仅服务耀华终端一家，也服务国际巨头CF，在我们发现问题以后，我们立刻不计成本地替换，这一点和CF的区别对待形成了鲜明的对比。消费者的确恨质量问题，但他们对耀华终端的快速处理还是很满意的。至于与渠道商交恶，这是不存在的事，耀华终端的渠道政策一直没有变化，我们一视同仁地对待所有渠道商，并极力保护渠道商利益。我们认为渠道当前漫天要价的行为是涸泽而渔，不利于长远发展，因此我们选择了拒绝……"

郝仁条分缕析地将问题掰开，并给出合理的解释，一点点动摇众人的疑虑。

"即使不存在这些问题，但新旗舰的销量却是不如预期，这一点你要怎么解释呢？"托马斯执拗地问道。

"我承认这一款新旗舰推广策略上有一些问题，导致消费者预期过高，用挑剔的眼光看待我们，从而导致产品没有卖成爆款。所以我们痛定思痛，在下一代产品中彻底解决这些问题，接下来我想给大家展现一下新的方案。"郝仁说道。

"我们可还没有说要继续合作，你就开始考虑接下来的方案，是不是有点操之过急。"卡斯特说道。

"那你们要不要看？"郝仁问道。

几人面面相觑后，艰难地说出一句"看"。

第二百四十五章　理由无法拒绝

郝仁历经千辛万苦赶过来，如果不给他一个讲述的机会，怎么样都显得不近人情，与福伦达公司所标榜的人文精神相悖。既然已经要终止合作了，福伦达的众人最后花上几分钟，好好看一下对方努力争取的样子，也不失为一种享受。

郝仁料定了对方不会拒绝，在问要不要看的同时已经打开了材料。

"非常感谢各位的时间，耀华终端和福伦达的合作，不是两个商标放在一起的形式主义，更不是耀华终端想要借助一个国际品牌来为自己的产品镀金。如果是这样的话，恕我直言，耀华终端有更好的选择，至少选择一个超越专业摄影圈，为广大消费者所认知的品牌。

"为什么会选择福伦达？是因为福伦达对于成像技术的不懈追求，这和耀华终端想要把极致科技带给消费者的初心是一样的。为此，我们之间的合作，从始至终耀华终端就举全公司之力去投入。

"众所周知，手机摄影比相机摄影具有便捷性、及时性、分享性等优势，却在感光元器件、像素画质、影响宽容度等方面处于劣势，为了兼容两者之间的优势，我们下一代产品从新品、软硬件、系统三方面进行了优化。芯片上下一款产品将采用自研八核芯片，在影响消费者体验的上网速度、能效比、安全，尤其是多媒体体验上进行了创新优化，并特别为完美呈现福伦达影响效果配合影像模块……软硬件上，改变以往手机上的软件合成的 HDR 效果，采用硬件 HDR，这样在实际拍照过程中，如果现场光比特别强烈，通过硬件 HDR，压制强光部分不至于过曝，提升弱光部分的层次感……而系统部分，我们围绕影像功能进行了加强，MUI 采用更加简洁的设计，方便用户便捷操作各类菜单，甚至在设计上还原了相机的各类标志……"

虽然基于新产品的保密原则，郝仁的介绍隐去了许多详细参数，但考虑的周到程度足以让在座的所有人惊喜。

"耀华终端基于影像的思考深度让我们一个相机厂商都有点自愧不

如,但是,我想请问这是你的设想还是已经付诸实施了?"卡斯特问道。

"刚才提及的内容已经在我们下一代产品的开发需求清单,上面每一个功能都是经过详细论证,并将不打折扣地实现。我希望福伦达和我们一起见证这一款产品的诞生,如果诸位有空,会议结束就可以随我到耀华终端总部基地观摩。"郝仁说道。

"郝总果然是急性子,不容考虑就要将我们带去遥远的东方。"卡斯特说道。

"我实在想不出福伦达有任何理由拒绝我。"郝仁说道。

"你自信得有点过分。"卡斯特说道。

"拒绝的理由我想不到,但我又想到了一个深入合作的理由,也许值得福伦达和耀华终端一起召开记者招待会向外界细细道来。"郝仁说道。

"哦?"卡斯特顿了顿,突然恍然大悟,立即起身向郝仁伸出了右手,"合作愉快。"

等会议结束,郝仁被福伦达的客户经理送上专车,紧绷的一根弦啪一声断了,身体里的所有力量突然被抽空,整个人瘫软在汽车座位之上,不过几秒便沉沉入睡。

贺知州从会议开始就带着各种各样的疑惑,郝仁到底遭遇了什么?是怎么从塔吉克斯坦赶到这里?最后卡斯特松口的原因是什么?可是看着他疲惫得好像三天三夜没睡觉,所有的问题堵在咽喉说不出口。

贺知州想到还没有来得及通知穆言自己已经接到郝仁,赶紧打电话过去,电话里却只有您拨打的电话已关机的提示音,打电话给沈同方才知道郝仁一到杜尚别就已经给穆言报平安,现在穆言正在飞往欧洲的航班上。

夜色扯下一块幕布将光亮掩埋,欧洲古城的入夜深邃而迷人,黄色的路灯柔软地洒在古老粗粝的建筑上,没有了霓虹耀眼的璀璨,郝仁反而睡了一个长长的好觉。

车辆在酒店前缓缓停下,郝仁睁开惺忪的睡眼,脑子里一片混乱,不知道身在何处,直到一个熟悉的身影站在门口,深情的双眼含着眼泪,既不过来也不离去,就这么僵在那里。

郝仁走过去,紧紧地抱住穆言,穆言的情绪才像开了闸门的洪流奔涌而出。她的眼泪止不住地流,哽咽着重复:"你吓死我了,你吓死我了……"

908 | 破浪时代 |

"没事了，没事了……"郝仁轻轻扶着穆言的头发，直到她平静下来。

"我饿了。"郝仁说。

穆言不好意思地用纸巾抹了抹眼泪，问："你想吃什么？"

"叫餐到房间，你陪我吃。"郝仁说道。

"好。"大概这个时候郝仁要什么穆言都说好。

贺知州把行李交给服务生后悄然离去，穆言托腮看着郝仁吃完了一整份意大利面才放下心来，然后突然一改刚才温柔的模样，生气地质问起郝仁。

"你怎么可以这么胡闹，不等救援队就一个人离开，万一有个什么意外，你叫我们怎么办？"

"我这不是好好在这里吗？"郝仁不以为然地说道。

"你一五一十地把所有细节和我说一遍，不准骗我。"穆言严厉地说道。

"其实没什么的，就是飞机故障，紧急迫降荒到塔吉克斯坦的郊野外后，机长等工作人员把大家聚集在一起等待救援。我等了1天多还没有人来就急了，四下里寻找，在远处看到一面五星红旗，直接过去求助了。一问才知道是紫金矿业在这里开采的工作组，他们用车把我送到了塔吉克斯坦首都杜尚别，替我找了大使馆，我解释完情况就飞过来了。什么意外都没有，放心放心。"

郝仁故作轻松，然而实际的情况是，郝仁焦心欧洲的情况，与机组人员保证后果自负后独自离开，翻山越岭一天，几近绝望的时候才在山脚看到一面五星红旗。获救后，郝仁坐在前往首都的车上，在路边看到了一只叼着鸡的狼，它面露寒光地看了郝仁一眼，看得郝仁毛骨悚然。这时候，司机告诉他，这附近的山名本地土话的意思是猎人也怕，经常有凶猛的狼群和狗熊出没，说得郝仁一阵后怕，背脊发凉。

"这么简单？"穆言问道。

"能有多复杂？"郝仁说道。

"那怎么脸上有疤了？"穆言又问。

"树枝不小心划的，没事，这叫男人味。"郝仁说道

"你不是不远处就看到五星红旗了吗？怎么鞋底都破了？"穆言问道。

"哎呀，塔吉克斯坦的山路都是石头旮旯，真废鞋。"郝仁说道。

"你就扯吧。"穆言一个靠枕丢过来。

"真的。"郝仁把人拉过来拥在怀里。

"我知道你好多都没有告诉我,可你平安回来就够了。"穆言把头埋得更深些。

经历了大喜大悲之后,困倦终于将郝仁和穆言狠狠击溃,两人相拥而卧,很快又睡去。

第二百四十六章　联合新闻发布

一夜过后,穆言恢复了以往干练的模样,大清早起来就坐在窗前查阅一早的新闻。

在郝仁获救后不久,救援队终于赶到事故现场将所有人送往医院检查。失踪的乘客全部获救的消息让所有牵挂的家人朋友松了一口气,也让全世界的媒体将镜头齐齐对准这一奇迹,从事故发生的原因,到机组成员的果断处理,再到乘客背后的感人故事,都大篇幅地出现在全球各种语言的新闻报道之中。

乘客的名单不知是如何泄漏出去的,但郝仁的名字赫然在列,早就被不少常和耀华终端打交道的媒体记者知道了。

这不,穆言打开邮箱,发现里面已经被各种采访邀请函塞满了,记者们急迫的心情跃然纸上,恨不得立马就跑到面前来问个究竟。

"这么早就醒了,不多睡一会?"郝仁揉着眼睛从床上坐起来。

"我的邮箱被你的采访邀请函塞满了,现在你可是妥妥的名人了。"穆言说道。

"唉,名人不敢当,受害者还差不多。"郝仁说道。

"你怎么看,要不要接受他们的采访?可以从里面挑两家和我们关系不错的媒体。"穆言问道。

"接受,全部媒体都叫过来吧,告诉他们耀华终端和福伦达耀近期要召开媒体招待会,有什么问题到时候一起问吧。"郝仁说道。

"我这邮箱都塞满了,全部都叫过来人数可不少。"穆言说道。

"来者都是客,拒绝谁都不好,我果然还是太多人关注了,想做个普通人的真的好难。"郝仁在卫生间,对着镜子里的自己,自恋地感慨道。

"脸都不要了。"穆言说道。

"靠脸吃饭,怎么可能不要,帮我买个祛疤的吧,可怜我一张帅脸。"

郝仁说道。

"不留着你的男人味了?"穆言问。

"不留了,还是帅比较重要。"郝仁说道。

一周后,耀华终端和福伦达的媒体招待会正式召开,容纳两百人的会场竟然坐得满满当当,大家争先恐后地将镜头架好,黑压压地将炮口对准台上。

很快,郝仁含着微笑和卡斯特一同走向舞台,一起宣布将要在接下来的一年深化合作,将行业前沿的手机拍摄技术带给消费者,并分别就行业发展趋势进行了预测和憧憬。

两人的介绍并不长,台下的记者却早已按捺不住,就等着自由提问的环节。

"好,接下来自由问答的环节。"主持人的宣布点燃了记者们的斗志。

"请问郝先生,你来欧洲是不是乘坐迫降在塔吉克斯坦的事故航班?"一个穿红衣的记者问道。

"是的,我乘坐的航班从香港出发,在经过塔吉克斯坦上空的时候发生意外,多亏了机组成员当机立断,并成功迫降。"郝仁说道。

"请问当时你在飞机上发生了什么情况?"一个穿西装的记者问道。

"当时绝大部分乘客都已经进入梦乡,突然飞机发生了剧烈的颠簸,然后倾斜得很严重,小桌板上的杯子物品纷纷掉落,大家惊醒后陷入了慌乱,尖叫声不绝于耳,直到机组成员在广播里交代大家系好安全带,使用呼吸面罩等才稍微安静下来。然后是飞机急速下降,到达地面的时候,我感到一股强烈的撞击,听到一阵刺耳的摩擦的声音,然后最终停了下来。这一时间没有持续很久,可我感觉像过了一生。"郝仁说道。

"飞机迫降后,你并没有像其他乘客一样在原地等候,而是自己先行离开了,你这么急迫是有什么原因吗?"一个高个马尾辫的记者回答道。

"原因与我身边的卡斯特先生有关,我这次前往欧洲,是为了耀华终端与福伦达公司深化合作的研讨,福伦达公司是我们最可靠的合作伙伴,这次合作关乎着耀华终端接下来发布的重磅产品,所以我不想迟到。"郝仁说道。

"其实,在研讨前听说郝先生乘坐的飞机失踪,我们非常震惊和难过,心里却还抱着一丝希望,祈祷着飞机上的所有人平安归来,所以我们没有推迟研讨。苍天有眼,会议开始才一会,郝先生就出现了,所有人都控制不住自己,为他的平安归来而欢呼。你们不知道,当时的郝先生根本不像现在这么光鲜亮丽,他飞机一落地就赶过来了,衣服皱巴巴的,鞋子也满是灰尘,脸上还有伤疤,可见路上吃了多少苦。他这样的敬业精神和对福伦达的重视让我们很感动,和耀华终端的合作是一个正确的选择。"卡斯特说道。

"郝先生,飞机迫降没有信号的荒山野岭,附近没有任何人居住,从事故地点到杜尚别,你是怎么做到的?"一个穿蓝衣服的记者问道。

"飞机迫降后,所有人都在事故地点等救援。可我实在等不及了,和机组成员沟通后,选择独自离开,翻山越岭走了很久,终于看到了一面五星红旗,最后是紫金矿业的同胞兄弟开车将我送到了杜尚别,谢谢所有帮助过我的人。"郝仁知道记者偏爱戏剧性的情节,然而考虑到穆言的感受,这一部分郝仁还是选择一笔带过,甚至都没有提摔跤撞到额头的事。

"郝先生,我查询了飞机迫降的地点处于荒山野岭,当地经常有猛兽出没,以前还曝出过野兽吃人的新闻,请问你脸上的伤疤是遇到了什么危险造成的吗?"穿蓝衣服的记者继续问道。

怕什么来什么,郝仁没想到记者的功课做得这么详细,瞥了一眼台下的穆言,眼神中充满惊恐与后怕,于是笑着说道:"哪有电影这么惊险刺激的情节,要是真的遇到猛兽,我即使回来,也会得PTSD创伤后应激障碍,哪里还能在这里和大家畅快聊天。我脸上的疤是被树枝划的,听说德国的祛疤膏很好,我相信一点痕迹都不会留。"郝仁说道。

"我想请问卡斯特先生,之前传闻耀华终端的新旗舰销售不好以及各种质量问题,福伦达想要和耀华终端终止合作,那么这次态度转变是被郝先生的敬业所打动吗?"穿红衣的记者问道。

"郝先生历经千难万险赶回来的精神确实很让我本人感动,但是在商言商,最终决定深化合作的原因是基于我们对耀华终端的资质评估。你提到的所谓质量问题,耀华终端在发现供应商有问题后,第一时间无条件撤换配件,这是对消费者的尊重,我相信能主动做出这样的决策和损失的企业,质量有保证,产品可信赖。至于第一款合作的新旗舰销量不佳,我们已经根据消费者的反馈进行改进,大家完全可以期待。"卡斯特的背书有理有据,有助于扭转当下的负面舆论。

"所以,福伦达从未考虑过与耀华终端终止合作?"穿红衣的记者继续追问。

"只有正常的资质评估,迄今为止从未做过终止合作决策。"卡斯特坚定地说道。

"我还有问题……"

"请问……"

抢不到提问机会的记者频频往前探头,最终把舞台围了水泄不通,记者招待会足足延迟了一个多小时才艰难结束。

等郝仁从舞台离开,贺知州跟在后面才恍然大悟地问道:"郝总,福伦达要的就是这个新闻热度?"

"新闻热度对他们来说只是锦上添花,与其为了不存在的风险终止合作,背上落井下石的恶名,还不如搏一搏,也许能给他们这种已经不在潮头的企业注入新的生机。"郝仁说道。

"斤斤计较真虚伪啊。"贺知州说道。

"注意形象还是值得合作的,至少在做决定的时候有所顾忌。"郝仁说道。

"这些我不懂,总之你回来真的太好了,我回去做设计了,不用弄这些糟心事了。"贺知州说道。

"你们都是只想做自己的专业,把糟心事一股脑丢给我吗?"郝仁问道。

"你是总裁,可不就是要力挽狂澜的。"贺知州撇嘴说道。

等郝仁回到休息间,里面只有穆言一个人在对着墙啜泣。

"怎么了?"郝仁采访过程中就发现穆言不见踪影,原来是跑到休息间躲着哭。

穆言转身对着郝仁发泄地捶了几下,"你这个混蛋,不要命了?什么会有小命重要,你真是混蛋……"

郝仁就让她骂,等骂累了才哄着说道:"下次不敢了,我也怕了,真的不敢了。"

"写保证书。"

"写。"

"对天发誓。"

"发。"郝仁举起4个指头。

"不是发四,是发誓。"

"四是四，十是十，四十是四十，十四是十四……"

"混蛋。"

"我是。"

……

第二百四十七章　技术向人而生

新闻发布会结束半天后，大量关于耀华终端总裁郝仁千里赴约，福伦达掌门人卡斯特不负守候的新闻铺天盖地，渲染得那叫一个感天动地，愣是把新闻写成了传奇，塑造了一段坚不可摧的跨国友谊，赚足了读者的眼泪。

一个熟知郝仁的读者评论道，如果不是上面白纸黑字写着新闻报道，我还以为是探险小说，郝仁用自己诠释了什么叫命硬，刚从天上掉下来，就敢孤身一人翻山越岭找出路，难道不知道害怕吗？

另外一个读者留言道，如果我没有记错的话，郝仁几年前爬珠穆朗玛峰的时候遇到过雪崩，是自己一个人从地下爬出来的，莫不是有什么超能力吧。

一个粉丝把记者招待会的视频截图无数张，发在耀华终端的粉丝论坛里，认真分析后得出结论，一个真正的帅哥就是在落魄的时候依然挺拔，褴褛的时候保持骄矜。

当然，猎奇的目光中，也不乏冷静的思考者。一位经济评论家就表示，耀华终端是一个有野心的品牌，从始至终都怀揣着冲击高端的梦想，并非捞一把就走的暴发户。选择和福伦达合作是一手好棋，福伦达在移动互联网时代是没落的贵族，没有了群众基础，却有着百年的品牌积淀。耀华终端是这个时代的弄潮儿，顺应潮流的发展，却还未形成自己的文化基石。虽然两个品牌合作的第一款产品没有尽如人意，但是通过持续补强，产生颠覆时代的产品是极有可能的。

穆言飞快地扫过一篇篇报道，和第三方媒介监测公司发回来的舆情报告做比对，确认正面报道压倒性地超过负面批评才松了一口气，轻轻揉了揉眉心。

正要合上电脑的时候，突然跳出一篇报道，名为《郝仁的行为不值得提倡》。文中对郝仁不听机组人员劝告，擅自离开的行为进行了批评，作者认为这一行为除了对自己的生命不负责，更是容易助长无谓的英雄主义，给读者带来错误的示范。

"这是不是有点小题大做吧？"穆言说道。

郝仁凑过头来看了看，然后说道："我愿意公开道歉，并提醒读者不要效仿，在自然面前人类是渺小的，什么危险都可能发生，我不应该这么做，白白让家人朋友为我担心。"

穆言诧异地看着郝仁，说道："你是知错了在向我道歉吗？"

"嗯。"郝仁说道。

"算了，我原谅你了。"穆言说道。

"公开道歉还是要的，我写好你帮我看看。"郝仁说道。

"好。对了，我们什么时候回国？"穆言问道。

"我想去一趟塔吉克斯坦再回国，上次着急赶往欧洲，都没有好好感谢救我的兄弟。"郝仁说道。

"我想陪你去。"穆言说道。

"你手头的工作忙完了吗？"郝仁问道。

"我会处理好，我就不能休假吗？你要不要这么周扒皮？"穆言说道。

"能能能。"郝仁一边连连应答，一边节节后退，再慢一秒钟，一个飞过来的抱枕就会正正砸到脸上。

当读者自动分为两派，开始泾渭分明地争议郝仁的行为是否合适时，郝仁和穆言两人已经坐飞机来到了塔吉克斯坦。作为带着老婆的男人，郝仁这次没有再艺高人胆大，而是正经租了吉普车和司机，一路走走停停前往目的地。

当初坐着同胞兄弟的车往首都杜尚别赶的时候，郝仁心急如焚，思绪万千，无暇左顾右盼。现在心里没了负担，郝仁才发现沿途的风光简直可以用美不胜收来形容。窗外的群山高耸入云，顶端若隐若现地挂着雪顶，阳光下泛着星星点点的光，时值盛夏，山顶的冰雪逐渐消融，顺流而下，带着冰凉的气息汇入阿姆河。

郝仁请的司机是个黑瘦的本地小伙，热情健谈，这一路上车停了好几次，嘴巴却从来没有停过。

车辆行进到一个城镇，司机把车停下来加油补给，顺手买了一个西瓜，转手丢在河道里。等加完油，司机把遍体冰凉的西瓜捞上来，几刀切下去，裂成不规则的数块，然后递给郝仁和穆言，两人一口咬下去，冰凉甜爽的味道简直是沁人心脾,浑身舒畅极了。

"塔吉克斯坦这个地方在古代是丝绸之路的要塞,南来北往的客人都会在这里聚集。就拿塔吉克斯坦的首都杜尚别来说吧,在波斯语中,杜尚别就是星期一的意思,每逢星期一,这座因丝绸之路而繁华的要塞,就是商贾云集的所在。刚才我们路过的地方地图上记载是丝绸之路的遗址,远远看过去风化得很严重,但我能想象到曾经的辉煌。"博学的穆言西瓜吃够后就开始上课了。

"东西之通塞,想来一定是车水马龙,只可惜时移世易,现在也只留下一抔黄土。"郝仁说道。

司机小伙不知道两人吃个西瓜有什么好感慨的,不搭边地说道:"我可不懂什么黄土,我要是挣够钱了就去换辆车。"

"我注意到这里车行大部分卖的是二手车,没什么新车。"郝仁笑笑说道。

"嗯,很多欧洲地区淘汰下来的车都运到这里来卖了。不过性能都很好,价格也便宜,奔驰宝马多得很。"司机说道。

"我看好多车行的帮工都是十几岁的小孩,他们不用读书吗?"穆言问道。

只见司机叹了口气说道:"我们这有的是不念书的小孩,能帮家里的车行打理还算好的,也有不少是游手好闲,在路上拦车乞讨的都有。"

司机话音刚落,郝仁就听到一阵敲击车窗的声音。郝仁伸头出去,就看到一个矮小的男孩向自己伸出手,他眼睛又大又圆,透着一股让人无法拒绝的可怜劲。郝仁从兜里拿出零钱又拿起一块西瓜送了过去,男孩接过后,啃着西瓜跑开了。

"今天不是休息天,大马路边却都是跑来跑去的小孩。"穆言叹道。

"这也没办法,一是家里根本没有多余的钱供养小孩念书,二是读书的收益率太低了,钱不一定能赚回来。"司机说道。

……

汽车发动起来继续往目的地前进,郝仁的眼前却总是出现那个眼巴巴看着自己的小孩,郝仁问自己既然科技向人而生,那么是不是应该做点啥?

第二百四十八章　重逢救命恩人

汽车在蜿蜒的盘山公路上不知道绕了多少个圈，终于在一个人烟稀少，树荫茂密的山谷里停下。不远处一片简易安装的铁皮房，高低错落。最高的地方竖着一面在风中猎猎飞舞的五星红旗，下面站着个黝黑粗壮的男人，正朝着车这边挥手。

郝仁几乎在打开车门的一瞬间冲了出去，紧紧握住男人的手，欣喜若狂地说道："大勇哥，你怎么站在外面等我？"

彭大勇嘿嘿一笑，露出几分憨厚，说："我们这好久没来客人了，大家伙都等着你来呢。"说着彭大勇又上上下下打量了郝仁一番，"才几天没见，你整个人都不一样了，现在是个真真正正的体面人。"

"什么体面人不体面人，都是混口饭吃。大勇哥，这是我的爱人，穆言。"郝仁说道。

"你好，你好，走走走，别站着了，大家听说你来了，都去厨房忙活去了。你那时候刚到我们这的时候像三天没吃饭，差点把盘子给吃了，今天让你吃个够，哈哈哈。"彭大勇说道。

"大勇哥就别笑话我了。"郝仁说着，从后备厢取出一个大箱子，跟着彭大勇往里走。

房门一打开，一阵肉香扑鼻而来，屋子里两个大汉在烟雾缭绕中忙前忙后，一会就把简易塑料桌摆满了。

"华哥、达哥，今天做了什么吃的呢？"郝仁问道。

上身只穿着一件背心的男子叫郭华，一身腱子肉，扬着锅铲说道："羊蝎子，这塔吉克斯坦的羊都是漫山遍野地跑，肉质好得没话说，保管你吃得停不下来。"

"我可饿坏了。"郝仁说道。

"哈哈哈，你这个大老板千里迢迢跑来这里，不会就图口吃的吧？"郭华说道。

"可不是。"郝仁说道。

等几人坐下，郝仁从箱子里拿出一瓶五粮液，给几人的杯子里倒上，然后起身说道："感谢几位大哥的出手相助，如果不是大勇哥和华哥把我扶回来，达哥开车送我去杜尚别，我不仅误了大事，还可能丢了性命，大恩不言谢,在这里敬三位一杯。"

"哎呀,说啥呢,举手之劳,没这么严重,没有你,我还喝不上这么好的酒呢。"郭华一饮而尽,大喝一声好酒。

"你说怎么这么巧呢,我那天下午吃多了出来消消食,一眼就看到了你,也是你小子命大,这方圆十几里地,就我们这处有人,你说要是走错了方向,还不得给野兽吃了。"彭大勇说道。

"都是天意才认识几位大哥。"郝仁又下一口酒。

"你别说,还真有点古路无行客,寒山独见君的意思,诗人是千里寻友,我们是深山巧遇。"彭大勇说道。

"唉,老彭,你又拽文,我是听都听不懂。"郭华话里不饶人,语气却很是自豪说道,"郝兄弟,你们文化人可别小瞧了我们彭大勇,他可是个诗人,还自己创作了不少诗歌呢。大勇,给大家念几首呗。"

"别闹,瞎写的登不了大雅之堂。"彭大勇满脸通红地说道。

"大勇哥,你就给我们念几首呗。"郝仁说道。

彭大勇长年在野外工作,对着花草树木能读诗,对着荒山野岭能读诗,唯独对着人却紧张得很。此刻被大家怂恿着,彭大勇吞下一口酒,生出几分勇气,起身朗诵。

"你的黑夜是我的白天,

我在黑暗里和你道早安。

星光散了,月光乱了,

迟迟得不到你的回应,

我枕着孤独睡去。

……

梦是可以被打包的,

如果背包上有骏马的图案。

关于黑色的记忆有千万种,

在背包里与梦境纠缠。

请赐予背包远走的勇气,

在他乡重构全新的记忆……"

一首接一首,彭大勇的心情越来越亢奋,像站在舞台上,台下的人能够欣赏,能够感同身受。

等他念完,郝仁带头鼓起掌来,"大勇哥,你写得真好,让我听了很感动。"

"其他没听懂，第一首懂了，就是你想媳妇了，给她发短信，她没回是吧。"郭华说道。

彭大勇叹了口气说道："我离乡背井地来这里开矿，想家了，想老婆了也没地方倾诉，就随便写写，写得不好，别笑话我。"

"大勇哥，你写的东西很质朴，但我能感受到其中的真情实感，如果你不介意的话，可否把你写的诗给我一份，我看能不能做成一本诗集。"一直没怎么说话的穆言开口便给了彭大勇一个惊喜。

"真的可以吗？我听说出书得花钱，主要是我兜里没有几个子。"彭大勇说道。

"大勇哥，不好的文字出版才需要钱，好的文字，出版商要给你稿费。"穆言说道。

"大勇哥，穆言早年在报社做记者，靠的就是文字功底和眼力见儿，她说可以就一定可以。"郝仁说道。

"彭大勇，你要是成了诗人了，就是我认识的诗人中，唯一一个活着的。"郭华比彭大勇还激动地说道。

"滚。"彭大勇一掌拍在郭华的背上，其他人笑作一团。

郝仁又从箱子里拿出十几台手机，然后说道："大勇哥、华哥、达哥，这些手机是我们公司生产的最新款旗舰机，你们都拿一台，剩下的分给大家。"

"不不不，"彭大勇连连摆手，"我们怎么能收你这么贵重的东西。"

"这是我的一份心意，另外也想让大家帮忙用用，多提提意见。这台手机呢，主打是拍照，就是用最简单的操作，拍出和相机一样专业的照片。现在我们屋子里的光线很暗，你就可以点击暗光拍摄模式，然后再点一下你想要清晰的地方，按快门，这样拍出来的照片是不是很清晰？"郝仁拿出自己的手机细致地做演示。

几人大呼惊奇，彭大勇放下手里的功能机，拆开一台耀华手机，摩挲着光洁的表面，感慨地说道："十几年前我和别人说要出国工作了，大家都知道我是出来卖苦力的，干不了别的。今天，中国人都能做这么好的科技产品了，还能卖到全球各地。真是一眨眼的工夫，这个世界就发生了翻天覆地的变化了了。"

"谁说不是呢，我之前休假也去了趟杜尚别玩，电子市场里到处都是中国货，价格便宜、质量又好，谁会拒绝呢。"郭华说道。

"不仅仅是低端产品，以后我们还要把价格卖得更高，让外国人也用中国的高端产品。"郝仁说道。

"你们真是好样的！"彭大勇说道。

"敬你们！"郭华说道。

夜深了，彭大勇几人摇摇晃晃地出了屋，把这里让给了郝仁和穆言，他们去隔壁大通铺挤着睡在了一起，不一会便鼾声如雷。

第二百四十九章　平凡人的荣光

第二天，彭大勇带着两人在附近逛逛，山高林密，岩石陡峭，彭大勇在前面一边介绍，一边把山路踩平一些引着两人往前走。

穆言举着手机跟在身后拍视频，周围是啾啾虫鸣，嘤嘤鸟语，爬山的轻喘声，加上微微颤动的镜头，倒也拍出了纪录片的真实感。

"大勇哥，可以讲讲你的故事吗？"穆言问道。

"我哪有什么故事，无非就是一个普普通通的矿工罢了。在山西一个普通的村庄出生长大，人生的轨迹就像村里唯一的平路一样，一眼就望到了头。成年以后摆在我面前的也就两个选择，面朝黄土背朝天，做个庄稼汉，钻进坑道挖到底，做个矿工。"彭大勇说道。

"可你找到了诗歌。"穆言说道。

这句话把彭大勇点亮了，他停下来向上伸展了身体，顿了顿说道："是啊，我找到了诗歌。像我这样的人，从出生开始就伴随着一种屈从于现实的无力感。生活就像一条大河，湍急而凶猛，最奢侈莫过于无所事事，而穷人总得一刻不停地挣扎才不至于溺水。诗歌对我来说是水面漂浮的木头，给灵魂片刻的安宁。"

"你给亲人朋友看过你写的诗歌吗？"穆言又问。

"给过，但是……"彭大勇的脸上露出一丝不易察觉的失望。

"他们怎么评价？"穆言追问。

"他们觉得我瞎折腾，有这个时间，睡觉打游戏打牌不好吗？"彭大勇说道。

"那你觉得呢？"穆言慢慢引导。

"那样的人生，一开始可能会觉得开心，但很快就会陷入无穷无尽的无聊。"彭大勇说道。

穆言就这样跟在彭大勇的后面拍摄，拍他泥泞的双足，拍他在山顶眺望远处，听他说喜欢聂鲁达的诗，喜欢《二十首情诗与绝望的歌》，听他念你就像黑夜，拥有寂静与群星……

穆言的镜头零碎而散乱，话题也很随意，但她已经想好怎么把这个人的故事做成一条好的片子。离开媒体岗位多年，穆言的眼光依旧保留着做记者时候的悲悯，如果让她选，她会觉得平凡生活中的芸芸众生更能代表耀华终端的精神，没有光鲜亮丽的外表，只有埋头苦干的执着。这种生命张力，比精致包装的明星更令人动容，只可惜他们总是隐没于深山，消失在林间，远离世人的视线焦点，才不足为人称道。

在塔吉克斯坦停留了两天，郝仁和穆言踏上了回程的飞机。在候机厅等待的时间，穆言已经在整理彭大勇的诗集了。

"穆老师，你给大勇哥拍摄这么多视频资料不仅仅是为了做产品功能视频吧。"郝仁把一杯咖啡递给穆言说道。

"嗯，他总让我想起以前做记者的日子。那时候，我采访过那么多社会底层的人，很清楚他们的处境很大程度和自己的努力无关，可我还是忍不住被那种用尽全力去生活的样子感动。我想彭大勇写诗没敢想过要扬名立万，他只是想排遣生活中的苦闷罢了。我是真的想要帮帮他。"穆言说道。

"穆老师，你的心啊真柔软。"郝仁说道。

"另外，我也很诧异，他这样五大三粗的汉子也有这么细腻的心。你看这篇，连坑道里滴水的声音，岩层的触感，灯光的颜色都刻画得入木三分，如果面世真的会叫人震惊。"穆言说道。

"你打算怎么让他面世？"郝仁问道。

"我已经发给我出版社的朋友，她略略看了几眼觉得不错，回国我和她当面聊聊。"穆言说道。

"恭喜这位伯乐了，同时也为耀华终端引入一个大牌粉丝。"郝仁说道。

"若是诗集火爆，彭大勇和耀华终端的故事更丰满了，到时候没有媒体会拒绝的。"穆言说道。

"哈哈哈，我又要上热搜了。"郝仁说道。

两人笑着，广播已经通知登机，当郝仁进入机舱的时候，迎接他的空姐是一位棕色头发脸有小雀斑的年轻女子，她弯腰说欢迎回家。这句话像往郝仁的脑袋扔了个炸弹，弹片飞溅出已经战胜了的记忆，之前他登上事故飞机时，金发碧眼的空姐也是这样对郝仁前面的欧洲乘客这么说的，飞机开始颠簸后，那位欧洲乘客哭得声嘶力竭，问是不是不能回家了。

郝仁害怕了，冷汗涔涔，牵着穆言的手也变得潮湿。

"别怕，我陪着你。"穆言紧紧地握住郝仁想要挣脱的手，然后塞到毛毯里面缠好。

"就是你在我才怕。"郝仁喃喃自语道。

穆言突然一怔，继而什么都没说，靠在郝仁的肩头，让他感觉到重量，以及重量传递过来的依赖，然后慢慢放松下来。

飞机这次出奇得稳，顺利地落在深圳机场。郝仁拖着行李走出来，感受着久违的带着咸湿气息的空气，前方一个个熟悉的面孔在人群中格外显眼。

"怎么都来了，不用工作的吗？"郝仁故作一副周扒皮的嘴脸。

隋祖禹冲上前来直接给了郝仁一拳，"你每次都能搞出么蛾子，就不能让我们省点心吗？这次可吓死我了。"

"我就说没事，你们非要跟着我来。"沈同方说道。

"郝总吉人自有天相，我们当然放心，就是这难得的偷懒机会可不能错过。"孙皓说道。

"偷懒，你开什么玩笑，跑得了和尚，跑不了庙，事情永远都在那里。"隋祖禹说道。

"郝总，你不在，工作都不怎么带感，我们是盼星星盼月亮才把你盼回来了。"詹宁说道。

"你不会又有什么坏水了吧，好了，我没事，一切都好，抱歉让各位担心了。"郝仁说道。

"郝总，车已经在外面了，这里不能久停，快点上车吧。"陈安说道。

等郝仁来到上车点，才发现是公司的旅游中巴车，然后问道："你们还真当旅行啊？"

陈安两手一摊，说道："全部都是你的左膀右臂，全部都要来，我有什么办法。"

"才不是我的左膀右臂，我不是千手观音。"郝仁愤愤说道。

"上车吧，你不知道你下落不明的时候大家有多着急，又不敢耽误工作，心里又担心你，现在回来了，就让大家松口气。"穆言说道。

"我知道。"郝仁说着上了车。

众人鱼贯而入，司机启动了发动机，载着耀华终端高管的旅游中巴车上欢声笑语，好像开往的地方是春暖花开的郊外。

第二百五十章　内部百舸争流

回到办公室，郝仁花了半天的时间听取了前期工作的汇报，最后得出一个显而易见的结论，公司已经脱离了小作坊的草莽阶段，正式进入到靠规范化运作的成熟阶段。

郝仁对于公司的作用更多是象征性的，并不需要事必躬亲，人在跟前，大家也许会频繁汇报。可当郝仁缺位的时候，公司会以另外一种秩序运作起来，众人各司其职，并由压舱石沈同方定期召集大家集体决议，确保每个人都是利益相关者，无人置身事外。

"感谢大家的努力，公司一切运行良好。有一点我还是得重复一下，别看现在耀华终端没有出现大的纰漏，实际上形势依旧不容乐观，有拔高消费者预期的前车之鉴在，可我们这次还是为了挽回福伦达，不得不对外透露了我们的规划。这样一来，条条框框都在消费者心里了，如果还是做不到，公司基本没法翻身了。"

可能多日的奔波，加上的时差的影响，郝仁捏了捏眉心，脸上蒙上了一丝凝重。

"别的不说，这次的通话性能尽力做到业界最佳，屏幕、续航、影像都有可圈可点的地方，一定能让营销有话可说。"隋祖禹说道。

"这次的UI设计不会叫人失望，操作界面非常符合消费者的习惯，与竞争对手也有明显的区分，拔高切换门槛，增强用户黏性。"孙皓说道。

"我这边也有一些小的突破，经过上次的优化，协同的问题已经基本解决……"齐飞华说道。

钟楠今天很是反常，满脸透着兴奋，像憋着一个天大的好消息。可坐在他前面的沈同方却不动声色，等所有人都发言完，才缓缓开口："大家对芯片团队很包容，过去我们也确实毫不意外地拖了大家的后腿。这次，我们就给大家憋个大的惊喜了。"

"八核嘛，我知道，去和福伦达交流前的材料，写了芯片对于影像功能的支持。"隋祖禹说道。

沈同方和身后的钟楠含笑摇了摇头。

"沈老，什么惊喜，不要卖关子了吧。"郝仁说道。

"再等等就知道了，抱歉各位，这次我要拿头功了。如果不是芯片团队，我请大家吃饭。"沈同方说道。

"有意思，要玩就玩个大的，我设个百万大奖，哪个项目组先完成需求清单，就来领奖金，究竟花落谁家，让我们拭目以待，散会。"郝仁说道。

出了办公室，众人窃窃私语。

"沈老多大岁数了，还像个孩子似的争强好胜。"

"虽然沈老是长辈，但工作上我可不想让他。"

"奖金面前无长辈，赢了给兄弟们买酒喝。"

……

还在会议室的郝仁叫住沈同方，"沈老，你这激将法会不会太明显？"

"方法越简单越有效，研发人身上屡试不爽，你个大领导不也跟着加注了吗？"沈同方扶一扶黑框眼镜。

"你替我费尽心机想办法，我怎么能驳你面子。"郝仁说道。

"你别误会，我可不是帮你激励员工，我是真的要拿那奖金。"沈同方把笔记本往胳肢窝一夹，洋洋得意地往外走。

"这还越活越激情了，年轻人哪比得过您呢。"郝仁说道。

"那可不。"沈同方说完就出了门。

物质激励带来的诱惑力远远没有好胜心的驱使来得长久，很快各核心研发成员已经忘记了百万奖金的出发点，全部都铆着劲干，想要胜过其他项目组的成员。这段时间，耀华终端异常地热火朝天，大家心心念念的无不是明年初要上市的新旗舰。

耀华终端已经摆脱掉旗舰失利带来的负面影响往前走了，另一边的CF还深陷在电池爆炸风波中无法自拔。

"短短半年内，消费者以个人或组团的形式向CF公司提起了近百起的诉讼，起初CF还强硬地表示不会无缘由地退货换货。但接下来消费者协会及各大官媒亲自下场批评，提醒CF对待中国市场要有敬畏之心，民航、动车等交通体系都明令禁止携带该型号的手机。CF才改变策略出来道了个不咸不淡的歉，并表示和国外拉齐标准，统一退换。只可惜来得太迟，消费者已经不买账了，从一机难求到门可罗雀，也就这么会时间。不理解CF这又是何苦呢，绕着这么大的圈子，该赔不是还要赔。"穆言给郝仁介绍近期新闻热点，顺口提了这件事。

"我记得很多年前，一家日本的彩电在中国市场出现了质量问题，厂家也没有召回，还丢下狠话说质量再差也比国货好，当时媒体没有现在这么发达，能买电视的人也不多，事情就不了了之了。可能CF他们也没有想到，中国的消费者这次较真了，不是一味地去店里吵嚷，而是走法律途径维权了。真可惜，中国的消费者已经变了，这些傲慢的国际企业还在用老眼光经营中国市场。"郝仁说道。

"你觉得CF的下场会怎么样？"穆言问道。

"就手机终端而言，算是完蛋了。但CF不是一家只做终端的企业，他的产业链之长，专利之完备，是我们没有办法比拟的。CF会以另外一个角色留在中国市场，但它的经验和教训值得我们好好学习。"郝仁说道。

"对了，给你看个东西。"穆言说道。

"什么？"郝仁问道。

穆言从皮包里掏出一本书递给郝仁，书名用行书写着《孤独的深夜不忧不惧》，作者赫然就是彭大勇。

"大勇哥的诗集要出版了？"郝仁又问。

"是的，出版社那边已经敲定了，我联系了著名诗人宁苛老师，人家看过后主动为他做了序。就是出版社那边问我推广意见，我想说把这个工作接下来，既是报答大勇哥的救命之恩，也符合接下来我的一个策划活动，一举两得。"穆言说道。

"什么策划活动？"郝仁问道。

"平凡的力量，想要在社会上的普通人中发掘出不平凡的故事，大勇哥这样的特别适合。"穆言说道。

"我可以用个人的钱来给大勇哥做诗集推广，要不要在其中穿插耀华终端的策划，你征求下大勇哥的意见。我不想让他觉得我们另有所图，尤其是以后他成为名人之后，会觉得我们蹭热度。"郝仁说道。

"嗯，我会尊重他的意见，为他出诗集不会设任何前置条件。"穆言说道。

当天，彭大勇就收到了这个好消息，整个人高兴得在山谷里吼了好几声才冷静下来。对于穆言的请求，彭大勇一口应承下来，用他的话说就是，能为一个好的国产品牌说几句实话，并没有什么需要考虑的。

第二百五十一章　矿工终成诗人

彭大勇坐在台上的时候，神情有一些恍惚。桌上有一摞自己的诗集，面前一只立好的话筒，自己的梦想怎么就猝不及防地实现了，这速度让人一点心理准备都没有。灯光一束束打在身上，面前已经有一些记者将相机和收音设备对着自己，若不是这桌布垂地，彭大勇止不住颤抖的腿就要曝光在众人眼中。

彭大勇的目光在人群中逡巡，像在茫茫大海上寻找落脚的所在。彭大勇先看到了郝仁，他那么光鲜亮丽，英俊挺拔，这样的样貌气度才是媒体的宠儿，而他却把这个聚光灯所在的位置给了自己。

彭大勇又看到了一些自称是粉丝的男男女女，他们衣着普通，形态各异，看起来就是城市里普普通通的打工人，他们是不是也曾经遭遇生活的苦难，想要从自己的身上获取一些勇气才来的。

接下来，彭大勇的目光落在了一对母女身上，小女孩的羊角辫是今天早上自己笨手笨脚地给她扎的，发尾凌乱，可这个小不点却喜欢得很，她说等爸爸在上面讲话，她就在下面摇头，像拨浪鼓一样给爸爸喝彩。而女人，她在老家做的是耕种养殖，从来没有来过这样的公众场合，脸上比自己还无所适从，但隐隐却也能看出压抑不住的骄傲和激动。

彭大勇的思绪像散落的柳絮一样乱飞，直到主持人在台上提到自己的名字才如梦初醒。主持人用诗意的语言介绍自己的前半生，把贫困说成人生的体验，把苦难说做成长的门槛，这可能是生活优渥的人对社会底层的一种臆想，却完全想不到，如果大多数人可以选择，他宁愿不成为名人，也不愿意经历生活的苦难。

等主持人发言完，彭大勇介绍自己的创作初衷，没有命题的发言最是困难，彭大勇磕磕巴巴说完，终于等到了记者交流环节。

一个记者提问道："彭老师，你的诗集一经问世就广受好评，请问你接下来有什么打算？"

打算？彭大勇看向母女俩，这个问题好像曾经想过，等有钱了想给妻子买大房子，给女儿买很多玩具。只是现在，他突然觉得这些都不值一提了。

"打算把这一本诗集当作人生路上的激励，然后生活不会有什么改变，还是那个矿工，还是继续写诗。"

"彭老师，你还要回到原来的工作岗位上去？"记者不太相信的样子。

"是，我的所有感悟都是从现实生活中习得，如果让我坐在家里干想，我是无论如何都写不出一个字的。"彭大勇说道。

"听说你这本诗集能出版，是因为结识了耀华终端的总裁郝仁？"一个记者问道。

这个问题让彭大勇觉得亲切，于是他从两人相识开始讲，一直讲到诗集的问世，滔滔不绝，和刚才的惜字如金判若两人。

台下，穆言用手肘撞撞郝仁，轻声说道："你看，大勇哥刚才还很紧张，现在却像一个老手，回答得宜。"

"是啊，每个人迎接新挑战的时候总是惶恐。但你反过来想想，以在公司为例，我要提拔一个员工，肯定是要提拔到一个他从来没有做过的更高岗位上，不然怎么能叫提拔呢？可更高的岗位他显然是没有经验的，我为什么敢提拔，就是因为我相信一个人如果能把手里简单的事做得超过预期，就一定能做好未来没有做过的事。你看大勇哥就是这样，无论过去是农民还是矿工，只要肚子有货，站在台上就会是一个好的演讲者。我们也一样，历史把我们推到这了，即使没做过，也要尽力做好。"郝仁说道。

"你今天好像很有感慨？"穆言问道。

"从他身上也学到不少，不枉费我推迟了下午的会过来。"郝仁说道。

这时彭大勇讲完了，一个记者问道："请原谅，我的这个问题可能会有点冒犯，这本诗集是不是耀华终端的总裁郝仁为了报答你帮忙出版的，相应的，你后面是不是需要在公共场合推广耀华手机？这么商业化，你觉得自己是不是真正意义的诗人？"

彭大勇听了有点不悦，旋即回复道："耀华终端的郝先生确实是一个知恩图报的人，我只是举手之劳，他却想要涌泉相报。很显然，如果不是遇到他，我连怎么投稿都不知道，他和他的太太竭尽全力给我很多帮助。更重要的是，郝先生有很多高贵的品质，他从来没有对我提任何一个要求。有一点我想说,如果作为一个诗人,为了保持所谓的清高,不敢为一个好的国产品牌说句赞美的话,那是不是太虚伪了?"

等记者提问完,一个粉丝也凑热闹般地问道:"彭老师,我是个生产线的工人,学历不高只是中专,但我喜欢文学,可以成为一个作家吗?"

和粉丝说话,彭大勇显得更加自如,"那你比我强多了,我中专学历都没有,只是初中毕业,写吧,你以后比我厉害。"

"哈哈哈。"粉丝高兴地对着话筒笑出声。

"彭老师,我也有问题。"

……

等签售活动结束后,彭大勇往外走。彭大勇以前从来都没有来过深圳,深圳高温,每次离开空调房,只觉一股热浪劈头盖脸地奔涌过来。塔吉克斯坦也热,只不过那是一种干燥且带着粉尘的高温,不像深圳,热浪里裹挟着咸湿的气息,一下子就附着在皮肤上,让人无法不对这个海滨城市的热情深有体会。

"爸爸,爸爸,我在这,快上车。"一辆车停在彭大勇的前方,车窗上趴着的真是自己的女儿。

"去哪里?"彭大勇问道。

"司机叔叔说要带我们一家出去玩。"女儿说道。

"那真是太麻烦了。"彭大勇说道。

在彭大勇和女儿聊天的间隙,司机已经下车给彭大勇打开了车门,然后说道:"彭先生,你们难得跑一趟,郝总让我带你们到处逛逛。"

"谢谢,还辛苦你跑一趟。"彭大勇又一次道谢。

"彭先生,别客气,您是郝总的朋友,这都是我应该做的。"司机说完便专心开车,朝着市区驶去。

"你说,这一切会不会太快了,感觉就是一眨眼,我就从地下坑道站到舞台上。"彭大勇对妻子说道。

"爸爸,你的飞机不是十几个小时吗?怎么会一眨眼就到?"女儿问道。

"因为爸爸睡着了。"

彭大勇心里想的是,不要是一场梦就好。

第二百五十二章　全部人一盘棋

诗集签售会很成功，人们称彭大勇为矿工诗人。这样的描述将两个完全没有交集的职业放在一起，其壮硕的身躯又和人们印象中柔若无骨的诗人很不一样，给人们带来观念和视觉的双重冲击。

人们喜欢与命运抗争的故事，更喜欢底层逆袭的情节，这能让普通人产生极大的希望，仿佛人人都能唾手可得那样的机会。加上彭大勇与郝仁相识非常有戏剧性，有落难时的雪中送炭，也有脱险后的知恩图报，为人所津津乐道。

可谓一切都正是时候，彭大勇的诗集自然而然变得热销，甚至出现了一批来自各行各业的拥趸。有的在每一个被生活累得七死八活的夜晚，匀出一些玩手机的时间来读几句诗。有的被彭大勇的故事感动，希望给他一些经济上的资助，被拒绝后依旧锲而不舍。有的有样学样，写起了诗歌，并冠以外卖诗人、司机诗人、流水线诗人等名号，一时之间诗人满天飞。

对于突如其来的名气，彭大勇表现出波澜不惊，在深圳待了大概一周，参加了几场读书活动，带着女儿玩了几个游乐场，便打算要回塔吉克斯坦继续做普通矿工。

临走的时候，郝仁特地将彭大勇送到机场，并将一张银行卡递过去，说道："大勇哥，我们将你介绍给出版社，只是真的被你的作品打动，并没有其他前提条件。但你在媒体、粉丝面前数次提到耀华终端，按照行规，还是应该给推广费，这张卡里有 10 万，还请你收下。"

彭大勇脸立马变得铁青，显得很不高兴，粗糙的手将银行卡硬推回去，说道："不是自己挣来的面包，我咽不下去。"

"大勇哥，这……"郝仁说道。

"这事没得商量。感谢郝兄弟，给了我这样一个完全没敢想的机会。说句心里话，以前写东西没想过要出名，心里没做这个准备。所以，你让我站在台上，我一度以为一定做不到，觉得自己会语无伦次，会闹出笑话。可是当我真正站上去的时候，我根本没有时间想多余的事，只有一个很纯粹的念头，就是把我的诗歌介绍给台下的观众听。相处这些日子，多少也知道你在走--条别人没有走过的路，我不是干这行的，可能猜不出这条路有多难,但是我相信你心里一直想着的事就一定能做到,祝你成功。"彭大勇说道。

"谢谢彭大哥,以后常联系。"郝仁说道。

"走了,保重。"彭大勇说完,转身离去。

郝仁想着彭大勇的话往外走,近冬的阳光依旧炙热,迎面一棵木棉树上的喜鹊叫了好几声,郝仁莫名地觉得接下来会有好事发生。

郝仁回到公司,想去沈同方的实验室去看看,才走到门口,就听到一阵阵欢呼不绝于耳。

"成了,成了,咱们终于成了!"

"什么发热问题,什么功耗问题,通通见鬼吧。"

"这次总算能让看不起国产芯片的人无话可说了吧。"

"沈老,我们要不要马上通知郝总,他一定会很开心的。"

"先不急,先和隋工孙工做好协同再说,要憋就憋个大的。"

听到沈同方这句话,郝仁把已经放在门把上的手收了回来,又听到钟楠的声音喊着:"干活了,干活了,各归各位,别忙着高兴了。"

"这小兔崽子现在十足当家大弟子的风范了。"郝仁喃喃自语完转身离去。

第二天的经营例会,沈同方、隋祖禹、孙皓三个研发主管果然只字不提芯片研制成功的事,郝仁也只好装着不知道,提醒大家要保证进度而已。

接下来,轮到穆言汇报营销工作进展,"我们的新旗舰是明年5月发布,现在已经是年底,很多资源需要提前预订了,尤其场地,晚了怕预订不上或是价格虚高。按照以前的传统,有几个备选,一个是深圳春茧体育馆,地理位置近,场地你也熟悉;一个是上海梅赛德斯奔驰文化中心,场地大,够气派;一个是北京鸟巢体育馆,媒体云集的地方,邀请方便。"

"没有了吗?"郝仁问道。

"这三个应该是国内最好的场所了,如果要考虑节约成本也可以考虑稍微小一点的场所。"穆言说道。

"我不是这个意思,为什么我们不在国外首发?"郝仁问道。

此言一出,穆言很是震惊,于是说道:"我们从来都是先在国内发布,再到国外发布。国外的媒体不接受品牌方审稿,发布会上一招不慎,或是产品性能不满足媒体预期,可能会有大量负面言论发出。不如国内首发,然后流出一些稿件素材到国外,先投石问路比较好。"

"这次我想变一变,像一个真正的国际品牌,不遮遮掩掩,第一次亮相就让全世界都知道。"郝仁说道。

"现在很多人说耀华终端就会搞噱头,很多人等着看耀华高端折戟的笑话,万一……"穆言有些迟疑。

"说实话,我们这次不成功,就算竞争对手不说这些刺耳的话,公司也岌岌可危。如果成败在此一举,我们就每个部分都用尽全力,研发是,销售是,营销亦是。我对我们的产品非常有信心,你们呢?"郝仁的目光看向沈同方、隋祖禹和孙皓三人。

"我不怕,任人评说。"沈同方说道。

"我更不带怕的。"孙皓说道。

"我自然对自己的产品很有信心。"隋祖禹说道。

"所以从现在开始,全公司是一盘棋,用尽全力做好这一次发布。"郝仁说道。

第二百五十三章　我女朋友很棒

为了给郝仁一个实际上他已经知道的惊喜,研发团队最后的冲刺阶段简直可以用不舍昼夜来形容。

虽然没有人承诺这款产品能带来怎样划时代的意义,但所有人浸润行业多年,市面上竞品特性一清二楚,在开发过程中又怎会不知自家产品可能怎样刷新行业标准。

领先,这个词在心底冒出来的时候,所有人都被吓了一跳。在国外品牌屁股后面跟随了这么久,原来也是可以加快脚步,超越对手,原来也是可以期待第一,成为第一。

看着研发部门每天处于信心满满的状态,其他部门就着实有点慌,生怕自己耽误了一款好产品,于是也是绞尽脑汁地较起劲来。

曾志忠最近是所有人中最烦恼的,自从脱离运营商渠道的依赖以来,曾志忠将耀华终端的门店开遍了全国乃至海外,发货及仓储制度也是优化了再优化,务必实现个简单高效。从流程中要利润是曾志忠的强项,至于弱项,正是如何将产品陈列得高大上。

"曾总，我是这样想的，我们可以在产品的上方悬挂一个球形七彩灯，产品下方垫上一块红色丝绒，灯光一闪，营造出一种隆重的舞台效果。"一个渠道营销经理提议道。

"你是想让我们的手机蹦迪吗？七彩炫光一打，产品都看不清，喧宾夺主了。"曾志忠说道。

"要不这样，我们把手机放在玻璃柜里，然后有个旋转底座，就像博物馆价值连城的展品一样，够高大上了吧。"另一个渠道营销经理提议道。

"手机最重要的是上手体验，放玻璃柜里就能看见个外观，哪有人买。"曾志忠又说道。

"那我们像卖汽车一样，专门请个模特拿着展示？"又一个渠道营销经理提议道。

听了这么多建议，曾志忠只想翻白眼，他能想到远在欧洲的贺知州如果听到，一定会整个人吐血不止。可贺知州再厉害，也解决不了曾志忠如何展现卖点的问题，所以，只能继续由自己的团队解决。

"曾总，这也不行，那也不行，我说就别想了，老规矩，找个独立的位置放上去，给用户尽情体验拉倒。"这个渠道营销经理连续提议的几个方案都被否定了，有点泄气。

"那不是没有个性了，也没有很好的展示卖点。"曾志忠说道。

"个性？我们想不出来，是因为我们没有个性，那找个有个性的人想不就好了。"有人茅塞顿开地说道。

"谁？"曾志忠问。

"沙钧啊。"两三个人异口同声。

曾志忠一说，沙钧就果断地接下了这个任务，他实在太期待这一款产品了，更期待自己能为它做点什么。

"你想要呈现出什么效果？"沙钧问道。

"一般情况下，品牌店特别是高级体验店，至少会为旗舰机留出四平方的位置展示，我希望你能帮忙在四平方的空间里，能够把这款产品的卖点淋漓尽致地展现。"曾志忠说道。

"最想要突出什么？"沙钧问道。

"摄影功能，尤其是各种摄影场景，比如识别树木，就重点呈现绿色，识别动物，就提高快门抓拍，比如美食，就用暖色系来烘托出美味的氛围。"曾志忠解释道。

"好的，没问题。"

曾志忠走后，沙钧在办公室走来走去，念念有词地重复着："识别树木，呈现绿色，识别动物，快门抓拍，识别人脸，变美变白……"

詹宁过来找沙钧吃饭，看他像只没头苍蝇一样到处乱撞，于是问道："你在模拟自动驾驶吗？什么遇到树木，遇到动物，要左转弯右转弯吗？"

听到詹宁的话，沙钧突然激动地一拍脑袋，"我怎么没想到呢？"

"想到什么？"詹宁莫名其妙地问。

"你真是太棒了，我的女朋友太棒了。"沙钧喊道。

"什么嘛。"詹宁更觉得奇怪了。

"你看，我们的新旗舰不是有影像场景识别功能吗？可以根据被拍摄对象的不同调整成像模式。"沙钧说道。

"是啊，这是研发这次搞出的最大卖点，有什么问题吗？"詹宁说道。

"所以说我们的手机是可以识别物体的，就像我们的眼睛一样，看到不同物体做出不同反应。多亏你提醒我，我可以做个自动驾驶的装置来呈现我们的产品卖点。"沙钧说道。

"听起来很棒，但我们先吃饭吧。"詹宁说道。

"我想马上做，等不及了。"沙钧说话的瞬间，已经从储物间拉出了一个大箱子，里面什么杂物都有。

"好吧，我去给你带上来，勉强给你送个外卖吧。"

詹宁不是第一次遇到这种情况，当沙钧迫不及待地想要沉浸在自己的世界里的时候，詹宁总是选择支持。

詹宁出门的时候，沙钧已经敲敲打打起来了。

第二百五十四章　　沙钧莫名失踪

自从接了曾志忠的任务后你，沙钧仿佛从人间消失了一般，再也没有人在公司遇到过他。沙钧在公司有上下班免打卡的特权，是郝仁考虑到他的忘性特批的。加上其人不擅长交际，一开始并没有人发现，后来还是沙钧常吃的食堂档口阿姨发现了异常，随口问郝仁沙钧是不是出差了。

郝仁觉得奇怪，便打电话问詹宁怎么回事，詹宁已经出差在外一个月,每日与沙钧联系挺频繁,也说不上哪里不对。

于是郝仁午饭过后,来到沙钧的独立王国一探究竟。出了电梯门,郝仁透过门缝发现里面没有一丝光,里面不像有人的样子,郝仁心里顿时犯起了嘀咕,难道真的没来公司吗,沙钧虽然不通人情世故,可也不是这么不守规矩的人。

郝仁将门把手一按,门吱呀一声开了。郝仁没有摸到电灯开光,等眼睛适应后发现也不是完全漆黑一片,东北角的桌子后面就隐隐地闪着光,还发出什么摩擦地面的声音。

郝仁打开手电筒走过去,只见沙钧坐在地上,微弱的光从下往上照着一张人脸,惨白得吓人。而沙钧听到动静,扭头看向郝仁,结果看到的也是手电筒从下往上照着的脸。

两人同时被吓了一跳,郝仁向后一步,踩到什么东西,稀里哗啦地塌了,沙钧则从地上一跃而起,按了电动窗帘开启的按钮。

正午的阳光射进来,一瞬间将两人曝光在光天化日之下。

"你干嘛?装神弄鬼的。"郝仁问道。

"郝总,你踩踏了我的装置。"沙钧不满地回答。

郝仁低头一看,果然一座模拟城市在自己的足下毁灭,高楼大厦轰然倒塌,树木花草东倒西歪,行人路灯躺下一片。

"抱歉啊,这么黑我什么都看不清。"郝仁说道。

"没事。"沙钧蹲下重新归置,不一会就把所有模型各归各位。这时郝仁才注意到,刚才在黑暗中发出亮光的是一辆小车模型,上面架着一台耀华终端手机。

"听说你在帮志忠做店面展示装置,就是这个东西吗?"郝仁问道。

"是啊。"沙钧说道。

"这是个城市布景,有什么特别的吗?"郝仁左看右看,看不出什么门道。

"我给你演示一遍。"

沙钧说完拿起小车,按了启动键,然后放在了马路上,小车慢悠悠地向前行驶。

行驶到一个路口,虚拟交通灯变成了红色,于是沙钧在人行横道上放置了几个行人模型。

小车便不再超前,停在了斑马线前等待。

等虚拟交通灯变成绿色，沙钧将行人拿走，小车又开始继续行驶，来到一片山地，前方有牛羊及树木的模型。令郝仁没想到的是，障碍虽多，小车却能顺利地绕行，一个模型都没有撞倒。

"好神奇，你怎么做到的？"郝仁惊喜地问道。

沙钧撩开戳到眼睛的刘海，满脸得意地说道："很简单啊，我们的新手机不是有物体识别功能，我就让他识别人物的时候让行，识别出物体的时候绕行，简单的自动驾驶功能。"

"那为什么刚才要关灯？"郝仁问道。

"我们不是有个夜景拍摄功能吗，我就是试试暗光环境识别率怎么样，别说，挺不错的。"

"你的脑袋是怎么长的？这也能想到，服了！"郝仁说道。

"这也没什么，就是个玩具，帮帮零售。"沙钧一副不以为然的样子。

"玩具，我不要只是玩具，别玩假车了，我给你一台真车你能搞定吗？"郝仁问道。

"真车？能上路的真车吗？"沙钧问道。

"废话，不能上路叫什么真车。"郝仁说道。

"这么刺激，行，我试试。"沙钧露出兴奋的神情。

"一定行的，相信你。"郝仁说道。

"就是有个问题。"沙钧说道。

"什么问题？"郝仁问道。

"我没车。"沙钧说道。

郝仁立马从裤兜里掏出车钥匙，放在桌上，说道："用我的。"

"弄坏了算谁的？"沙钧看着上面的奔驰有些发怵。

"算我的。"

郝仁撂下话就要走，突然想起为什么要来找沙钧。

"我说，最近你每天都来公司吗？怎么没人看到你？"郝仁问道。

"我就在公司啊，不信你可以查内网登入记录。"沙钧说道。

"不是，你误会了，我不是查考勤，就是你每天都去的那个档口阿姨好久没见到你，以为你失踪了。"郝仁发现自己的问题让人误会，赶紧解释。

"我哪也没去，一直待在这里。"沙钧说道。

"什么意思？没有回家，住在这里了？"郝仁问道。

"对啊，省得麻烦绕来绕去，我里面有床，卫生间也可以洗澡。"沙钧说道。

"那你吃什么？"郝仁问道。

"詹宁不是出差了吗，给我买了满满一柜子食物，不能辜负她的一片心意。"沙钧说道。

"你怎么搞的，工作得画地为牢，有家不回，楼也不下。我现在就打电话给詹宁，让她不准给你买食物。"郝仁作势就要掏手机。

"别别别，我今天一定回家，别打了。"沙钧急得抓耳挠腮。

"说话算话，下不为例，搞得别人还以为我囚禁员工呢。"郝仁也不想和沙钧真计较，吓一吓人就打算回去午休。

"管得真多，比女人还麻烦。"沙钧看着郝仁的背影小声腹诽。

郝仁扭头问："你说什么？"

"没，我说郝总，祝你午安。"

第二百五十五章 从光明处出发

周末凌晨，郝仁窝在沙发里看欧洲冠军联赛第五轮小组赛，凯尔特人对战 AC 米兰，双方激战正酣，正是关键时刻，一方球员铲球犯规，被黄牌警告，双方互相指责，看得郝仁紧张不已，手里的啤酒罐都被捏得咔咔作响。

穆言拿出一床被子给郝仁，已经进入深冬，南国的气温也不再热情，尤其是日出之前的低温时分。

电视上，一记漂亮的弧线球结束了整场比赛，郝仁甩开被子，在沙发上手舞足蹈起来。突然郝仁灵光一闪，对穆言说道："穆老师，我想到了一个好的发布会地点，你要赶紧去预定下，我怕晚了赶不上。"郝仁得意扬扬地转着手里的笔说道，显然对自己的点子很是自信。

穆言正为这事发愁，听到郝仁的话，连忙问道："哪里？"

"你知道今年欧洲冠军联赛决赛在哪里开展？"郝仁反问道。

"唔，西班牙？"穆言对体育的关注仅限于营销领域，还真没有记得特别清楚。

"葡萄牙里斯本光明球场，可以容纳 6 万多人，有最好的青训体系，就像球星的摇篮，菲戈、C 罗、布鲁诺·费尔南德斯等巨星都是从这里走向豪门的。我们的发布会就在这举办吧,我想耀华终端也可以从这里走向成功的。"郝仁站在沙发上摆出一个超人一飞冲天的姿势。

"在球场开发布会?以前似乎没有品牌这么做过,我们的产品体积不大,球场场地这么大,距离观众会很远,展示效果会大打折扣吧?"穆言说道。

"不,我们要展示的方案,像汽车这么大。"郝仁说道。

"汽车这么大?就是你把家里的车借给沙钧乱搞一通的方案?"穆言问道。

"乱搞一通?不会的,沙钧很靠谱的。"郝仁不太确定地问道。

"你确定,我昨天去看了一眼车,前杠根本看不下去,然后左右两侧的门都有刮擦,后面就厉害了,车灯都撞破了。我们展示的意图是什么,哪个品牌的车愿意这样在大庭广众之下被你折腾,你不要开玩笑,会惹官司的。"穆言说道。

"对哦,你提醒我了,我们不能免费为车企宣传,得谈合作。"郝仁说道。

穆言扶着额头,耐心地对郝仁说道:"凌晨是一天之中脑袋最笨拙的时候,等明天起来我们再谈,睡觉吧。"

"我是认真的。"郝仁坚持道。

"睡觉。"

穆言没好气地说完,转身回了房间。

郝仁第二天醒来,决定还是先去公司看看沙钧进度怎么样,定场地这事说急也急,说不急也不急,总得理由充分、方案齐整再让穆言去办。

周日上午的公司空空荡荡,郝仁知道沙钧十有八九在办公楼后的空地做场景模拟。还没有走近就见到了惊悚的一幕,自家的轿车直冲冲地朝前面的一个假人冲了过去,假人一下子就被撞飞在地,连塑料胳膊都压断了一只,顶着一头乱发地倒在水泥地上,可怜兮兮。

没想到隋祖禹也在,他过去停好车,扭头就对沙钧打趣道:"你这谋财害命的,看把设计部的模特撞成什么样了,郝仁只是说车弄坏了不用赔,没说其他道具不用赔吧。"

沙钧急得满脸通红,赶紧钻进车把手机拿出来,查看刚才的操作回放,然后说道:"是识别没成功,要不要你们再检查一下?"

这时,隋祖禹刚把模特的手接上,然后撩开模特头上的乱发给沙钧看,"这个模特会不会太潦草,眼睛鼻子都没有,这个怎么识别?"

"再去借一个仿真人的?"沙钧问。

"不管了,现在直接去仓库拿,反正这个都撞成这样了,不介意再搞坏一个,被骂我也是经验丰富,有事我担着。"隋祖禹豪气地说道。

"汤媛最近又骂你了?"郝仁问道。

"郝总。"沙钧对郝仁突如其来的降临有点吃惊。

"郝仁,你怎么来了?"隋祖禹问道。

"就只准你们加班搞破坏,不准我来看?怎么样,还顺利吗?"郝仁问道。

"有点眉目,但是还没有完全搞定,识别问题,汽车同步反应问题还没有解决,等明天上班,汽车改装师傅来了再一起看看。"沙钧说道。

郝仁围着自家的车转了一圈,沙钧的心都提到了嗓子眼,结果郝仁却说:"我决定了,我们新旗舰的发布会就在葡萄牙里斯本光明球场举行,好好给全球的媒体记者展示下。"

"还没有完全成功,确定就用这个方案了吗?"沙钧惊慌地说道。

"我对你们有信心,我看这车撞成这样,就知道你没有少测试,肯定能成的。"郝仁拍拍沙钧肩膀说道。

"有什么好怕的,这不还有小五个月,咱该优化优化,该改造改造,我会配合你的。"隋祖禹说道。

"行,那现在干吗?"沙钧问道。

"去设计部的仓库,选个他们已经不用的。"隋祖禹说道。

"你不是说有事你担着,为啥不选个好的。"沙钧反问道。

"走了,别为难水煮鱼了,他色厉内荏,心虚得很。"郝仁说完和沙钧往办公楼走去。

"郝仁你别走啊,说清楚。"隋祖禹赶紧追过来。

"对了,你的图像识别还是要更精准一些,到时候我们可以玩更多花样。"郝仁知道如何对付一个生气的隋祖禹,用一个技术问题岔开话题,习惯单线思维运作的隋祖禹会马上忘记生气的理由。

"这个我想到了,明天我再找找算法,尤其是对人物面部,要能分层优化,呈现最美的照片,你知道现在消费者自拍有多上瘾。"隋祖禹说道。

"哟,洞察做得不错。"郝仁说道。

冬季是深圳最舒服的季节，阳光暖暖地照着三人，微风拂面竟吹出些意气风发的感觉，蓝图在心中越发按捺不住，迫不及待地想要破土而出。

第二百五十六章　路边摊的感慨

2013 年就在白开水一样的日子里结束了。

回顾整一年，世界经济延续缓慢复苏态势，全球消费电子市场保持小幅增长，2013 年手机出货量达到 18 亿部，同比增长 7.3%，增速比 2012 年明显提高；智能手机的快速增长是带动手机市场成长的主要动力，据著名的分析师机构 IDC 统计，2013 年全球智能手机出货量首次突破 10 亿部，达到 10.04 亿部，同比增长 38.4%，占手机整体出货量份额达到 55%。

随着市场规模的扩展，带来的是大量竞争者的涌入。所不同的是，这个产业的竞争由原先的单纯产品竞争演变为硬件、软件与服务的全方位竞争，每个品牌在这一年里，都有了一种深处大时代的命运感。

其中，沉沉浮浮最有感触的当属真彩的总裁胡波了，若不是他突然打电话约郝仁吃夜宵，郝仁都快忘记了手机市场上还有这号人物。

还是那家路边的烧烤摊。胡波没有像以前那样去哪里都乌泱泱一群人开道，独自一人坐在烟雾缭绕里等着郝仁，一身暗色的休闲装，融入这热闹的市井气息里。

"波哥，让你久等了。"郝仁拉开一把塑料椅子坐下。

胡波拉开一罐啤酒递给郝仁，说道："闲着也是闲着，找你聊聊天，我又没正事，等你一会耽误不了什么。"

"真退了？"郝仁拿起一串鱿鱼咬了一口问道。

"当然是真的，手机这行业门道太多，又是硬件，又是系统的，论挣钱还真就没有煤炭那么有效率。easy come, easy go, 没什么的。"胡波用句蹩脚的英文来故作轻松，不甘却又不加掩饰地写在脸上。

郝仁不知道怎么劝慰胡波，行业发展到现在，已经过了风口到了，猪都能起飞的时期。一个产品要想在激烈的角逐中赢得消费者，任何一个方面都不能是短板。很显然，胡波不适合这个行业，他没有技术背景，没有产业经验，更没有精耕细作的耐心。胡波凭着一腔热情就杀进来了，虽然也曾乱拳打死老师傅，一度杀得不少竞争对手鸡飞狗跳，当时间拉长后，各种管理问题和技术问题就出现了，没有一招鲜可以吃遍天，退出或许是一个更好的选择。

"波哥，我敬你。选择退出比选择坚持更难，尤其对于波哥这样有血性的男人。可有时候想想退出何尝不是一种胜利呢，这样可以不用在错误的道路上走太远。"郝仁说道。

"我知道同行都看不起我，觉得我是个暴发户，自以为是地来玩票呢。这下我退出了，很多人应该高兴坏了吧。"胡波咽下一口闷酒。

"波哥，会去嘲笑一个竞争对手的人走不远，那走不远的人的嘲笑，又有什么好计较的。我在这个行业这么多年，从开始就被各种人唱衰，就当是给自己加油打气的鼓励了。"郝仁说道。

"我就是不明白了，为什么同样是遇到危机，我就得乖乖滚蛋，而那个CF，在我们国家以所有消费者为敌，被所有人抵制，可还是稳稳地坐在世界第一的位置。"胡波愤愤地说道。

"CF这样的国际品牌在这个行业浸润多年，在上下游布局之深是我们想象不到的。CF何尝不知道得罪消费者的后果，可是它就是强硬地做了。它的底气来自于两个方面，一是它的市场覆盖全球，单一市场不会对它的根本造成影响；二是它在上游的布局，不能在中国卖手机，可以卖屏幕，卖芯片这些我们急需的配件，利润更高。"郝仁说道。

"还是我把事情想简单了，以为不过是组装一下，怎么便宜怎么来，没想到消费者现在不买单了。"胡波说道。

"实际上，波哥你的很多经验是值得我们借鉴的，比如你能用大白话与消费者进行沟通，比如你快速开设门店的方法，此外，我心里也很佩服你的勇气。"郝仁说道。

胡波苦笑了一下，说道："能给你留点经验，也不枉费我走一遭了。"

"波哥，后面怎么打算呢？"郝仁说道。

"打算，没什么打算，钱也挣够了，先好好休息一下，老家还有几座煤矿，给兄弟们个饭碗。"胡波说道。

"以后就是富贵闲人了，真叫人羡慕。"郝仁说道。

"你呢，天天看你上新闻，曝光度这么高，业绩应该很不错吧。"胡波问道。

"就很一般，去年因为主要的旗舰产品没有撑起整个销售，所以大概率排名和销量都会下滑。"郝仁说道。

"那你想过退出吗？"胡波问道。

"没有，一时的成绩不算什么，我们的触角已经慢慢地向上游蔓延，我们今年一定要推出一款高端爆款。"郝仁说道。

"像我这样的便宜货都卖不出去了，高端产品岂不是更不好卖。"胡波说道。

"也不尽然，互联网时代的手机被附加了各种各样的功能，它已经不是单纯的通信工具，而是集学习、工作、娱乐为一体。消费者在手机上花费的时间越多，就越愿意为它买单，所以，只要我们能做出能让消费者满意的产品，价钱高一点也有大把的人愿意买单。"郝仁说道。

"听得我热血沸腾。"胡波说道。

"后悔退出了吧。"郝仁问道。

"我有自知之明。"胡波说道。

"能用自己开玩笑了，说明心情已经平复了。"郝仁说道。

"我的心情本来就很平静，我找你也不是为了诉苦的。"胡波说道。

"我懂。"

夜深了，桌上横七竖八都是烧烤的竹签，老板送走了一波又一波的老顾客，又迎来一波又一波的新顾客。郝仁看着忙碌的烧烤老板，想起这个市场也是一样的人来人往，从始至终屹立不倒的品牌只有凤毛麟角，希望耀华终端也能位列其中。

第二百五十七章　硅谷邀请人才

相比真彩的退市和耀华终端的下滑，钟鸣哲的 MG 可谓在 2013 年又上一个新台阶。打着低价高配的旗号，MG 的产品在互联网上叫好又叫座。有点懂又不是太懂的电子发烧友对 MG 的各种参数顶礼膜拜，对其低廉的价格是一片惊呼。总之，良心产品的称号是妥妥地贴在了 MG 的身上了。

分析师机构的各厂商出货量还没有最终公布，钟鸣哲就已经频频在媒体透露今年 MG 必进全国前三，全球前十。而此前刚刚落幕的双十一购物节，MG 强势占据电子产品各品类的榜首也让所有粉丝深信不疑，已经开始有组织地庆祝了。

就在钟鸣哲最意气风发的时候，大半夜给郝仁打电话。

"猜猜我是谁？"钟鸣哲怪声怪气地说道。

"别闹了，大半夜不睡觉给我打电话。"郝仁没好气地说道。

"真没劲，我在美国硅谷。"钟鸣哲说道。

"去干吗？"郝仁说道。

"你有没有听说过三十英里的黄金定律，在硅谷三百步的范围内，最好的投资人一定会找到最好的项目，而最好的项目也一定能遇上最好的投资人。"钟鸣哲说道。

"所以，你是最好的投资人还是最好的项目呢？"郝仁问道。

"我当然是最好的学生。"钟鸣哲说道。

"所以你学到了什么？"郝仁问道。

"你明天下午两点打开经济频道，看看我的采访就知道了。"钟鸣哲说道。

"你大晚上打电话就是让我看你？"郝仁问道。

"是啊，对了，还有就是告诉你，我现在晒着温暖的太阳，在路边喝着一杯咖啡，心情好得不得了。"钟鸣哲说道。

"明天有空再说。"郝仁说道。

"真是的。"钟鸣哲说道。

"睡了睡了。"郝仁不耐烦地挂了电话。

第二天下午两点，郝仁还是准时打开了电视，只见钟鸣哲一身休闲装，闲庭信步地走在明媚的阳光下，然后对着跟随的镜头说道："硅谷对于科技人来说是一片热土，在这里，每个人内心最真实的声音就是，活着就是为了改变世界。今天我千里迢迢从中国而来并非只是为了朝圣，而是要来找一个很重要的人。"

说完，钟鸣哲加快了脚步，走了几个路口之后，在一个露天咖啡厅停下，悠闲地喝起了咖啡。

"这家伙又故弄玄虚。"郝仁忍不住嘀咕了一句。

就在这时，一个卷发的白人男子点了一杯咖啡坐在钟鸣哲的身边，他的脸微微有些泛红，衣服的前襟有点湿，应该是刚刚运动过。

郝仁盯着这人看了好一会，觉得很是眼熟。

"乔治，早上好。"钟鸣哲熟稔地打招呼道。

"早上好，钟。"对方回应道。

郝仁突然想起来了，这个人是乔治·布雷特，行业著名的软件工程师，曾经在甲骨文、微软等公司担任过重要职务。

钟鸣哲把目光从乔治·布雷特身上移开，面向镜头说道："想必各位科技发烧友对乔治并不陌生，说来我和他长期通过网络交流，这次来美国也是第一次见面。乔治，请你和电视机前的观众打个招呼吧。"

乔治·布雷特对着镜头露出了一口白牙，挥手打了个招呼。

"大家好。"

"乔治，你在中国可是大名鼎鼎，今天我就要替大家问几个问题。"钟鸣哲说道。

"请讲。"乔治·布雷特说道。

"第一个问题，你怎么看待中国，你如何看待中国近年来的科技发展。"钟鸣哲说道。

"这个问题很大，我就说一下我的一些亲身感受吧。一年前吧，因为一个机会，我到了中国深圳出差，当时我在科技园逛了逛，短短的几百米，我就看到数十家科技公司，从硬件到软件，从 to B 业务到 to C 业务，应有尽有。而且我还看到了很多研究所，和国内外高校都有合作。当时我感到了一种生机勃勃的活力，感到在这里也能孕育出很多种可能。"乔治·布雷特说道。

"感谢乔治，那我的第二个问题来了，你用过中国的科技产品吗？什么感受？"钟鸣哲问道。

"当然，在美国，衣食住行是缺少不了中国货的。而近年来，中国科技产品也来到了美国，不得不说物美价廉，而且更新速度快，很多小心思在里面，包括对于不同人群需求的满足，都是其他国家的产品所不具备的。"乔治·布雷特说道。

……

"你怎么看待 MG 公司？"几个问题暖场后，钟鸣哲终于把话题引到自身了。

"一家充满希望的公司，在竞争激烈的市场环境下，还能异军突起，产品力和号召力可见一斑。"乔治·布雷特说道。

"你觉得我怎么样？"钟鸣哲又问道。

"你是一个让人很放心的人。这么说吧，你对于产品技术可以说是知之甚少，可你却能摸准市场方向，又能号召大家攻下市场份额，这样的领导力可见一斑。"乔治·布雷特说道。

"如果我邀请你加入我们公司呢?"钟鸣哲诚恳地说道。

郝仁正在喝水,听了这句话突然焕然大悟,原来乔治·布雷特才是钟鸣哲出行的目的。

"那我会让你看到一个不一样的 MG。"乔治·布雷特说道。

"看来你同意了。"钟鸣哲说道。

"当然。"乔治·布雷特说道。

两人起身紧紧地握手,音乐过后,节目到这里戛然而止。

等到晚上,郝仁给钟鸣哲打电话,问道:"你真的打算请他加入 MG 吗?"

"当然是真的,都公之于众了,还能有假?"钟鸣哲说道。

"你打算让他来中国吗?还是在美国建立一个团队。"郝仁问道。

"还在考虑,怎么突然对我们的组织有兴趣了?"钟鸣哲说道。

"从对手的角度,我确实不应该说什么。但从朋友角度,我觉得以包容的心态吸纳人才是件好事,最好是能够让人才复制人才,把整个团队的能力都提升起来,能力建在组织上,不要把希望全部都寄托在外籍身上,否则人一走,茶就凉,容易业务中断。"郝仁说道。

"谢谢你的提醒,我会把 MG 的种子选手放过去学习的。"钟鸣哲显然是有打算的,只是他没想到郝仁,一个竞争对手,会这么毫无保留地为自己好。

"你为了什么告诉我这些?"钟鸣哲问道。

"最好的对手,也可以是最好的朋友。"郝仁说道。

第二百五十八章　最嚣张的退出

钟鸣哲的开年大戏还没有演完,已经登顶全球的 CF 就抛出两个爆炸新闻。一是宣布智能终端业务退出中国市场,不在华销售包括手机、平板、电脑等在内的电子产品;二是公布智能终端全球市场份额突破 30%,出货量超过 2 亿台。两件事单独来看都不会出人意料,但放在一起公布总让人捉摸出点别的意味,对于中国消费者,是傲慢,是不屑,还是挑衅就不得而知了。

有记者问 CF 中国区代表韩在舟离开中国有什么样的感受,他面无表情地说道："我替中国的消费者遗憾，不能再享受到 CF 高品质的产品与服务。但对于 CF 这样的国际公司来说，择优布局比遍地开花更重要，不一定是要在全球每一个国家都投入，有舍才有得。"

记者又问作为一个大区的最高决策者，离开这里会不会对个人发展有影响，韩在舟唇角一抽，吐出一个不屑的笑容，"公司对我有更好的安排，接下来，我将前往印度，那是一个更有潜力的热土，我相信那对我是一个更好的选择。"

记者提及如何看待中国产商的竞争，韩在舟表示："中国产商依托本土人口优势在全球出货量排名中冒头，但从销量分配而言，还不足以称之为真正意义的国际公司。窝里横不是真正的厉害，要能在不同国家都能赢得消费者的青睐才算融入全球化。CF 着眼未来，着眼全球，不会在乎一城一池的得失，中国有句老话是，善琴者通达从容，善棋者筹谋睿智，姑且看之。"

韩在舟的业务秘书曲云江抱臂站在办公室，他像 CF 中国代表处的所有本地员工一样，签署了协议，领取了离职补偿，两周后他将会离开这座光鲜亮丽的临江大楼。看着落地窗外波光粼粼的江面，曲云江突然有点恍惚，感觉到眼前的耀眼不太真实，很快就会随着落日余晖而散尽，陷入无穷无尽的黑暗。

曲云江还没有成家，一个人吃饱全家饿不着，可那些 40 岁左右正处于中年危机的员工却早已陷入了绝望。常年的高薪让这些外企员工对危机失去了敏感，沉醉于风光体面的举手投足，注重品质的消费习惯，换来的当下债台高筑。换一个工作不难，可换一个同样的工作却很难，CF 还在鼎盛之季或许其他公司愿意高薪挖猎，CF 退却之时大量员工融入人力市场，这些熟龄员工自然无人问津。

曲云江看着韩在舟毫无留恋地奔向更好的前程，心中百味杂陈。他劝其他熟龄员工放弃所谓高级白领的架子，基于现实再重新上路，而自己决定先休息一段时间，四处走走，再为自己选一条走得长远的路。

2014 年的春年转眼就到，耀华终端的员工却过得比较忐忑，倒不是因为行业的剧烈动荡，而是因为对于这次新品的过度期待。

虽然郝仁除了几个高管外都没有对员工传递压力，可大家就是能够从空气中读出成败在此一举的氛围，各个把心都提到嗓子眼地干活。

郝仁更是过年都不回家，只是让兄弟郝德把吵着要回老家放烟火的女儿带走,便和穆言留在了深圳过春节,除了年夜饭到隋祖禹家凑了个热闹,其余时间都是各自在家中办公。

自从郝仁说要去葡萄牙光明球场开发布会,穆言就打心眼里觉得他又开始胡闹了。可奇怪的是,郝仁第一天提出,穆言就立马让欧洲营销员工去实地考察,并返回报价。看着邮件里躺着的一天 10 万欧报价,如果按照往常发布会的部署彩排等流程,至少需要租用 3 天,穆言连连咂舌,这也太贵了。

有什么办法能够节省租用时间呢?穆言拉出项目管理时间流程图,用多线运作,交叠执行的办法从每个节点抢时间。

"你不是不赞成在光明球场开发布会吗?"由于太过投入,穆言都没发现郝仁已经站在身后许久。

"从专业判断上并不是特别推荐,首先足球场是开放式的,发布会如果在白天,没有办法通过灯光让媒体和观众的注意力集中,如果在晚上,国内又是凌晨,没有办法第一时间收看直播。其次,发布会和足球赛不同,是通过声音来传递信息,而不是动作,足球场空旷,对于声音传播不是一个很好的选择。最后就是足球场的面积大,在国内还好,在欧洲租用费用比剧场贵了许多,经济上不划算。"穆言条分缕析地说道。

"那你为什么不坚持自己的判断?"郝仁问道。

"你是老板,从公司组织架构出发,我应该听你的,"穆言顿顿说道,"但还有一个更重要的理由。"

"什么?"郝仁一副洗耳恭听的模样。

"我盲目地相信你的判断。"

穆言说完莞尔一笑,就这么一下,让郝仁心里的那点坚硬立马分崩离析,化成一汪清泉到处流淌。女人真是可怕,她们的武器从来都不是削铁如泥的利刃,而是无色无味的迷药,一旦中招,让你无法不掏心掏肺地对她们好。

"你这可叫我如何是好?万一我的判断是错的,而你又关闭了专业的视角。"郝仁许久才回上一句。

"那我们就在错误的道路上找到正确的出口。"穆言眨了眨眼,竟留有几分少女的俏皮。

"我怎么也不能让你信错了人。"郝仁说道。

"哈哈哈,能者多劳,我就知道偶尔盲目也是很好的,省事省力。"

穆言看着郝仁一脸虔诚，扑哧笑出声。

"累死我你可就要守寡了？"郝仁说道。

"那我也是漂亮小寡妇。"穆言说道。

"你住嘴，我现在就出去跑步锻炼，强身健体。"郝仁说着就起身去换运动装。

"走吧，老坐着也不好，我和你一起去海边跑跑。"穆言合上电脑。

第二百五十九章　揭晓日期已定

深圳冬日午后的海边，有着一年之中最宜人的气候，阳光暖暖地洒下，两人迎着咸湿的微风朝前慢跑，一开始两人并肩前行，不知道是谁偷偷加快了脚步想要领先，很快被对方发现也加快了脚步，结果，你追我赶，拉锯起来，不一会就出了一身薄汗。

"穆老师，没想到你看起来这么瘦弱，体力还不错嘛！"郝仁擦了一下鼻翼上令人发痒的汗珠。

"你也不赖，天天坐在办公桌前，居然跟得上天天去健身房的我。"穆言轻喘着说道。

"打算跑多远今天？"郝仁问道。

"跑到你跑不动。"穆言自信地说道。

"那可能今天咱回不到家了。"郝仁说道。

穆言突然加快速度，从郝仁身边越过，带起一阵风，留下一句话，"大言不惭，谁先跑到红树林算谁厉害。"

"一言为定，输了洗碗。"郝仁赶紧往前追去。

半个小时后，郝仁在接近目的地前突然放缓了脚步，等穆言从后面追上来，再一起通过终点停下来。

等气息稍稳，两人才一起笑起来。

"这一把年纪还这么争强好胜，被人知道了笑掉大牙。"

"哪来的一把年纪，穆老师真是风华正茂的年纪。"

"哈哈哈，虽然知道是胡说八道，但听起来还挺顺耳。"

"哈哈哈，顺耳就好。"

两人正说笑着，远方走来一男一女，定睛一看不是方美如又是谁呢。

"小方，出来锻炼吗？"郝仁挥手打招呼道。

"是啊，郝大哥好，穆小姐好，你们过年没回老家？"方美如笑靥如花道。

"这位是你爱人黎先生吧？"郝仁问道。

"你好，我是黎广生，郝先生，久仰大名。"黎广生用探究的目光看着郝仁，然后大方地伸出手，和郝仁握了握。

"不敢不敢，我对你也是只闻其声，未见其人。"郝仁说道。

"郝大哥，你们最近很忙吧，我看新闻听说你们即将发布新产品了，还是去国外发布。"方美如说道。

"是啊，我们这款产品打算全球销售，欧洲首发。"郝仁说道。

"真了不起，要是我也可以去看就好了。"方美如说道。

"欢迎欢迎，我给你们留两张邀请函就好了。"穆言说道。

"谢谢穆小姐，到时候看看时间安排再麻烦你，免得浪费两个席位。"方美如说道。

"好的，随时找我。"穆言说道。

几人闲聊了一会就告辞分开，朝相反的方向离开。

走到看不到对方的地方，黎广生问低着头的方美如："你想去欧洲看郝先生的发布会吗？"

"就还好，客气一下。"方美如小心翼翼地回答。

"耀华终端作为一家国际公司，他们的发布会确实很值得我们学习，去考察一下也好。"黎广生说道。

"可以吗？"方美如抬眸期待地看着黎广生问道。

黎广生故作思考，轻咳一声说道："去欧洲的话，来回需要一周以上，作为你的老板，我得看看你今年有多少假期。"

方美如和黎广生结婚后就辞去了原来的工作，加入到黎广生的初创公司，帮他打理房地产租售业务。按照公司流程，方美如要请假的话确实需要直属上司黎广生的批准。

"嗯。"方美如低声应了一声。

"作为你的老公，我觉得我们可以再过一个蜜月，去欧洲是个好选择。"黎广生说道。

"真的？"方美如不太确定地问道。

"你在担心什么？担心我看到情敌会生气，还是担心我比不过人家会自卑。"黎广生笑着问道。

"这也谈不上什么情敌,以前只是我单相思,人家又没有和我在一起过。"方美如说道。

"看到他,我才知道你眼光一直保持得很好,看中的都是一等一的男人。"黎广生一脸得意地说道。

"你是在夸自己吗?"方美如扑哧一声笑出来。

"我不值得夸吗?"黎广生难以自信地看着方美如。

"值得,老公真的是好,很好,非常好。"方美如说道。

"嗯,再喊两遍。"黎广生揽过方美如,不容置疑地说道。

"你是我见过最自恋的人。"方美如说道。

另一边,穆言问郝仁:"你觉不觉得黎先生对你很有兴趣?"

"那肯定的,像我这样优秀的男子,谁会没兴趣。"郝仁说道。

"你是我见过最自恋的人。"穆言与方美如同步说道。

春节假期过完,穆言立刻拉着欧洲的展会供应商研讨,终于成功将发布会的搭建周期从三天缩短到两天,节省下三分之一的场地费用。随后又与各部门确认后,最终将发布会的日期定在了气候宜人,鲜花盛开的 5 月的第一个星期三。

穆言把场地租用合同递给郝仁,郝仁的笔在落款处悬了许久,然后对着会议室里的几个高管问道:"咱这定下了就不能反悔了,沈老、隋工、孙工,产品各项优化截止日期不变了?竞男姐、志忠渠道交给你们,发货上架日期不变了?"

"不变。"隋祖禹说道。

"有啥好变的。"沈同方说道。

"保证不变。"孙皓说道。

"按期发售。"陈竞男说道。

"一切按原计划进行。"曾志忠说道。

"好。"郝仁大笔一挥,在合同尾页落下一个遒劲有力的名字。

"穆老师,对外公布耀华终端新旗舰发布日期吧。"

"好。"

第二百六十章　倔强初生牛犊

穆言得到郝仁的确认后，抬手便投石问路，向全球重点媒体发送通稿和发布会邀请，并在公司官网不动声色地公布了发布会的日期。

收到耀华终端发布会的消息时，穆言此前就职的南方报社采编室正人头攒动，个个忙得不可开交。去年刚入职的新员工毕蓉跟在导师徐婷婷的后面打下手，一下整理简报，一下处理线索邮件。

"徐老师，你看耀华终端5月要到欧洲开新品发布会了，那时候我们不是正好在欧洲，要不要顺道过去参加？"毕蓉问道。

徐婷婷忙着手里的稿，没好气地说道："小毕，我没有教过你吗？做事要盯重点，不能眉毛胡子一把抓，这样会什么也做不好的。我们去欧洲是为了什么？是为了采访欧洲冠军联赛的决赛，现在足球热燃遍全球，放着欧洲最有含金量的足球赛事不去采访，去管什么国产手机发布，这不是舍本逐末吗？"

毕蓉把足球联赛又一次拿出来看看，说道："徐老师，时间上一点都不冲突，决赛后第四天开发布会，我们可以先做完球赛报道再去耀华终端的发布会。"

"小毕，你别忘了，足球联赛本来是体育记者的选题，你一个经济线新员工能出海外差，是因为我报了一个体育营销的课题，如果做不好，以后就没有这样的机会，"徐婷婷把一叠厚厚的资料丢到毕蓉的桌上，然后说道："把这份采访提纲整理好然后给受访者发过去，今天下班前。"

毕蓉还想说什么，扭头只见徐婷婷已经扬长而去，不由得叹了口气，嘟囔道："这可是国产科技品牌第一次全球首发，搞不好能给这个市场带来不少刺激，真的不跟进吗？"

由于耀华终端上一款产品的高开低走，这次穆言发出的邀请函回应者寥寥，而新品发布会的通稿，媒体大多在不甚重要的版面刊登了个豆腐块文章交差了事。

对于这样的反馈，穆言没有半点失望，她要的就是降低预期，然后层层递进抛出干货，最后来个王炸。正要关上邮箱，突然一封来自南方报业的邮件跳了出来，穆言心想果然还是自己老东家的首席记者徐婷婷有新闻敏感，所有记者都还不明所以，她就闻着味过来了。

穆言点开邮件却发现不是徐婷婷，而是一个毕蓉的记者发来，信中她对耀华终端的这次发布进行了祝贺，说这是国产品牌第一次全球首发，一定会带来意想不到的影响力，出口转内销的企业不少，但她相信耀华终端此举并非博取噱头，而是对产品有极度的自信，且吹响了征战全球的号角。接下来毕蓉提出可否约一个采访，采访提纲也已经发过来，内容十分翔实，涵盖了公司策略、产品目标及亮点等多个方面。

穆言很是吃惊，邮件里的内容好巧不巧正是自己接下来的规划，这个记者对行业的理解和收集素材的功力不容小觑，可穆言鲜有不认识的国内经济线名记，毕蓉这个名字眼生得很，网络上也鲜有署名文章，猜想莫不是什么用笔名的业界大拿。

穆言将邮件转给下属，将其列入第一批探厂的记者名单，并打算亲自接待。

一周后，穆言在公司门口看到了脸嫩得能掐出水的年轻记者毕蓉，一时间没有反应过来。

"前辈你好，我是南方报业的记者毕蓉，很高兴能来参观耀华终端。"毕蓉笑着说道。

"你好，你居然知道我之前在南方报业工作过。"穆言说道。

"穆大记者的名号无人不知，你的文章是我们后辈学习的范文。"毕蓉说道。

"过奖了，那请进，我给你介绍一下耀华终端的情况。"穆言引着人往里走，并开始介绍耀华终端的历史。

毕蓉打开录音笔，却依然飞快地记录着，等穆言讲完，才把自己的疑问一一抛出，"前辈，这次耀华终端选择在国外首发，是不是因为这次产品性能超出了市场同类产品，你们很有信心？可以具体透露一下产品的相关情况吗？"

"是的，这次的产品研发确实超出了我们的预期，但选择在国外首发的原因是，这款产品全球同步发售，我们希望国内外的媒体发布会后第一时间能够将信息传播出去。至于产品的情况，请允许我先卖个关子，不然现在和盘托出，我们郝总在发布会上可能会无话可说。"穆言说道。

"前辈，有个问题可能有点尖锐，请你多担待。相比上次，这次耀华终端非常低调，没有大肆宣传即将发布的新品，是不是受上一次产品的影响，想要降低消费者的预期。"毕蓉说道。

"有部分原因，上一代的产品我们本来寄予厚望，但受到供应商质量问题等多重原因确实没有达到销售目标，所以我们对消费者的意见进行了回溯，并研发出了更多全新的功能，相信这次不会让大家失望的。"穆言说道。

"前辈，选择在球场开发布会是想借助欧洲足球联赛的热度，还是有别的原因？"毕蓉说道。

"当然是一个能让发布会更精彩的原因。"穆言说道。

"前辈，你这样我很难写稿。"毕蓉说道。

"我更希望你亲临现场，写出更有张力的文字。"穆言说道。

"前辈，你的意思是要我去参加发布会吗？可之前的邀请函写的是我的老师徐婷婷，如果要我去的话，可能我需要回去和她商量一下。"毕蓉有些失望地说道。

穆言从包里拿出一张邀请函放在毕蓉手上，"其实我们更希望你来，回去和领导商量下，期间的差旅费我们会承担的。"

几天后，徐婷婷怒气冲冲地从会议室走出，就在刚刚的选题提报会上，毕蓉在没有和她提前沟通的情况下，自行申报了一个关于耀华终端的选题，准备之充分，连报道提纲都写好了，主编当下就拍板同意了。

毕蓉默默地跟在徐婷婷后面，等两人来到无人的天台，徐婷婷才将满腔的怒火宣泄出来。

"你还当我是你的导师吗？做事也不提前打个招呼，是觉得我布置给你的任务太简单了，就这么着急独挑大梁吗？"

"徐老师，我没有这个意思，我只是觉得这个选题很值得报道，即使我做这个选题，你交代的任务我也会不打折扣地完成的。"毕蓉不卑不亢地说道。

"我话说在这里，如果欧洲足球联赛的报道有任何闪失，你主动去主编那承担责任，另外，欧洲的差旅费是由报道团组出，决赛结束必须回国。关于耀华终端的报道我没法给你提供任何帮助，包括经济的。"徐婷婷一字一顿地说道。

"好的，在欧洲多停留的时间用我的假期都行。"毕蓉回道。

"那最好。"徐婷婷拂袖离去，高跟鞋踩得噔噔直响。

第二百六十一章　临阵磨枪也光

毕蓉跑到天台上给穆言回电话，对着远处的夕阳说道："前辈，非常抱歉，这次耀华终端的发布会只有我一人前往了，我的导师徐婷婷因为有别的采访任务冲突，恐不能出席了。"

穆言没有接话，问了毕蓉一个毫不相关的问题："在正规报社，一个众所周知会火的选题下来，一般会分给谁？"

毕蓉愣了一下，可还是认真思考后回答道："报社是最论资排辈的地方，一个大家都知道的好选题肯定会给到资深的老记者，轮不到我们这些新人。"

"那为什么会有年轻的知名记者呢？"穆言问道。

"为什么呢？"毕蓉愈发迷惑，下意识地重复了一遍。

"因为他们把一个别人不看好的选题写好了。"穆言说道。

原来穆言用问题做铺垫，是想让自己放下顾虑，好好写关于耀华终端的报道，目标明确，却不叫人讨厌。毕蓉抬头看了一眼在远处的天际线，想起来大学新闻学导师说过的话，决定性的瞬间决定了一篇好的报道，而能抓住的人靠的是眼光和机遇，初生牛犊不要被过去厚重的经验吓退了。

"前辈，我明白了。"

"我代表耀华终端欢迎你的到来，同时期待你的大作。"

此后，毕蓉拿出拼命三郎的架势，徐婷婷的要求就纷至沓来，毕蓉越快完成，越是变本加厉，稍有一点不满意就会遭受冷嘲热讽。

毕蓉却愈发觉得自己在做正确的事，徐婷婷骂她就听着，给多么过分的任务都照单全收，不时还感谢导师培养，弄得徐婷婷像一拳打在棉花上，难受极了。

国内媒体对耀华终端新品发布会感兴趣的不多，穆言开始邀请国外媒体，对方大多没有马上拒绝，回邮件问这次发布会有什么亮点可以报道。

穆言去了一趟沙钧的办公室，回来后只回复了媒体一个词，会有惊喜。

按照常规操作，品牌方在邀请媒体的时候就会顺便把产品介绍发过来了，只有自带流量的大牌厂商才敢用个虚头巴脑的概念引媒体到场。国外媒体正对耀华终端的膨胀不满，打算要回复不出席时，一个神秘礼盒却寄到了手上，打开一看是方向盘和手柄，众记者议论纷纷，猜不出耀华终端是什么意思。

最终，在好奇心的驱使下多数媒体选择了出席，毕竟来回最多半天，不来可能会错过一条好新闻。想想近年来中国的电子产品确实亮点频出，在市场上也占有了一定的份额，何况耀华终端决定在海外首发，大抵有些干货。

就这样，在隋祖禹的研发团队完成所有产品上市准备工作的同时，穆言提前到了里斯本，安排好了发布会的一切准备工作。

郝仁到达里斯本的时候，夜幕降临，华灯初上，欧洲杯足球盛事结束一周多，余韵震荡中的球迷，在街头的各个角落议论着那些精彩的瞬间。郝仁听不懂葡萄牙语，却从人们夸张的表情读出一股意犹未尽的味道。

"你们的赛事已经落幕，而我的才刚刚开始。"

郝仁对自己嘀咕一句，走过一个街区，然后迫不及待地走进了光明球场。

空旷的球场，偌大的穹顶，郝仁站在扫视四周，密密麻麻的座椅上没有一个人，却有种无所遁形的感觉。郝仁久经舞台，此刻被空空的座位逼视，竟然有点紧张。

"女士们，先生们，很高兴能在这个创造过无数奇迹的地方和大家见面。我第一次来这里是 2004 年，见证了欧洲杯冠军之夜……"

郝仁默默一个人练习演讲稿，一开始很小声，讲到产品的时候，心中却燃起一股不可名状的自豪，声音变得洪亮，语气也愈发肯定，结束时候还朝着前方深深地一个鞠躬。

突然，郝仁身后响起掌声，扭头一看，穆言、隋祖禹、沈同方、孙皓、沙钧等人不知道什么时候就站在了离自己很近的地方。

"只是第一次彩排而已，怎么都来了？怕我把你们的成果讲坏了？"郝仁问道。

孙皓连连摆手，说道："没，我哪里敢这样对老板，我就是想多听你说几遍我们产品的优点，权当是表扬了。"

"我对这款产品非常满意，根本找不到更好的词来形容它，尤其是用英语的时候，只好用穆老师安排的稿反复练习。"郝仁说道。

"麦克卢汉不是说过吗？媒介即讯息。你站在台上的时候，你的形象就已经开始在传递内容，用你最习惯的方式更有记忆点。"穆言说道。

"是啊，如果是一款好产品，大家都会看到。"沈同方说道。

"别忘了，这次还有我的展示利器，大家可能会惊叹得听不见你说什么。"沙钧说道。

郝仁心中高兴，过去都是自己给众人打气，今天反过来了，自己成了那个受鼓励的人，这个团队在一次次地历练中，把信心锻造出来了。

"这次选择的时机并非最佳，在重大体育赛事之后，人们还没从狂欢中恢复，目光没有这么好吸引，如果我们的产品再平庸一些，恐怕并没有多少人会关注到我们。"郝仁说道。

"我们的产品做好了，就要第一时间发布，难道还要给别的社会热点让路？何况，它不是一款平庸的产品。"隋祖禹说道。

"要的就是你这句话，给了我底气。"郝仁说道。

"郝仁，你的紧张刚才是装的？"隋祖禹问道。

紧张是真的紧张，但在人前承认紧张却是万万不可，郝仁没有理会隋祖禹，舒展了双臂说道："给我话筒，我正式来一遍给你们看看。"

离开的时候，郝仁脑海中不由自主地浮现出 2004 年的欧洲杯冠军之夜，在双方 0 比 0 胶着时刻，查里斯特亚斯踢进关键一球，锁定冠军，缔造了希腊神话。

现在回想起来，夺冠之前，希腊队在众多拥有巨星的球队之中显得有些黯淡，从小组赛到半决赛大家的目光始终游离在各支队身上，等回过神，才发现黑马希腊队已经进入决赛，并势不可挡地拿下冠军。

冥冥之中，郝仁竟然冒出一个念头，发布会之后，或许耀华终端也能一战成名。

第二百六十二章　未来就在这里

距离发布会还有一周，耀华终端还没有把球场包下来，今晚不过是场地空闲，让郝仁几人进来参观熟悉一下。不到九点，管理员就开始清场了，几人从后门通道离开，一起步行回酒店。

橘黄色的灯光点亮街道，三三两两的人群在酒吧门口聊天，偶尔开来一辆叮叮当当的有轨电车,像是给着美好的夜晚添上一点欢快的音律。

"这里的环境太舒服了,走几分钟,什么紧张情绪都丢到九霄云外去了。"郝仁说道。

"我以前还想过,如果不当码农了,就开个小酒馆,白天睡大觉,晚上再出来活动。"孙皓说道。

"你是在怪郝仁把你从美国的餐厅捞回国吗?"隋祖禹还嫌不够热闹地说道。

"唉,水煮鱼,你怎么学会了告黑状,我要是丢了工作,你养我啊!"孙皓不满地说道。

"为什么要我养你?你又不是张柏芝。"隋祖禹戏谑地看着孙皓。

"他俩又来了。"郝仁无奈地对沈同方说道。

"年轻人就是有活力。"沈同方笑着说道。

打闹间走了一会,郝仁发现穆言一直不说话,就是盯着远处的一块广告牌若有所思。

"穆老师,在想什么?"郝仁问道。

"看到我们酒店旁的那块广告牌了吗?"穆言问道。

"看到了。"郝仁说道。

"CF今年的新产品,没多少亮点,都发布一个月了,还在各大媒体上狂轰滥炸,挤占了我们不少广告位。"穆言说道。

隋祖禹闻言,也抬头朝广告牌看去,然后逐字念出上面的广告文案,"Where is the future?"

"Future is here." 郝仁摇了摇手中的手机回答道。

"你说什么?"穆言盯着郝仁,目光是又惊又喜。

"Future is here,怎么了?"郝仁不解地说道。

"你知道吗?"穆言激动地拉住郝仁的胳膊说道。

"知道什么?"郝仁更莫名其妙了。

"旁边的那块电子广告牌我们预定了,从明天就可以开始播放我们的广告片了,但现在我改变主意了。"穆言说道。

"什么主意?"大家都来了兴趣,齐齐问道。

"到时候你们就知道了。"穆言得意一笑。

第二天,郝仁没有出门,从早上起就待在酒店办公,直到夜幕降临才把需要批阅的邮件处理完,打开门走到阳台上舒服地伸了个懒腰,眺望起这个城市的景色，目光所及，只见房屋错落有致，街道四通八达，行人车辆穿行，处处井然有序的样子。

可当目光移近，郝仁看到了那块竞争对手的广告牌，又大又醒目，Where is the future，每个字简简单单，读起来都是在宣称引领整个行业，挑衅着其他品牌的神经。

郝仁正打算转身回屋，突然随着路灯亮起的同时，CF 广告牌旁边的一块稍小的电子牌内容切换，空白的屏幕上，Future is here 一行字慢慢浮现，几秒后，耀华新旗舰即将登场的字样紧随其后。

郝仁愣了一会，随后大笑起来，电话也在这时响起。

"走到阳台上来看一下。"穆言的声音传来。

"我已经看到了，你真是太坏了，CF 的人要被你气死了。"郝仁盯着广告牌上的字说道。

"我现在就在这块广告牌下面，已经有游客在议论拍照，估计一会就会传到社交媒体上了。"

穆言朝酒店窗户的方向挥着手，很快也得到了郝仁的挥手回应。

果然不到半个小时，Facebook，Twitter，Instagram 等各大社交媒体上都开始传播这两个互相呼应的广告牌的图片，在欢乐的气氛中完成了对耀华新旗舰的传播，并冲上了当天话题榜的前十名。

这股舆论的热度一直持续到发布会当天，当郝仁化完妆从通道走到候场间时，往外瞥了一眼，发现整个场馆坐满了人。

工作人员开始帮郝仁整理衣服和安装设备，郝仁扭头问穆言："我们邀请了这么多媒体和粉丝吗？怎么外面全坐满了？"

"原本邀请的媒体和粉丝都到齐也坐不满，前几天欧洲各国的公关经理突然说不少媒体主动联系要多一些邀请函，最后一周凑了一场馆的人。"穆言说道。

"你这临时换个广告牌，威力都这么大了，看来我得加油了，要是表现不好，还伤了你的面子了。"

说完，郝仁整了整衣领，推开门踩着背景音乐走到球场中央。

才隔几天，光明球馆已经大变样，绿茵场上架起了交错的跑道，高低起伏，入口处停着一辆奔驰车，车内空无一人。

郝仁站定，拿起话筒，背景音乐声戛然而止。

"各位耀华终端的朋友，大家好，很高兴在这个美丽的夜晚和大家相遇，今天我将给大家带来一款高端旗舰手机，为了能在这个偌大的场馆里让大家看懂这款手机的性能，我决定让它替我体验一把自动驾驶的乐趣。"

开场白一说完，现场立马炸开了锅。

每个人的脑袋里都充满了疑问，自动驾驶，用手机自动驾驶，这是什么意思？

自动驾驶可是只有在科幻电影才有的时髦场景，在现实世界，自动驾驶虽然是科技界最关心的技术，很多顶级车早已布局多年，可目前还没有任何成果产出，专家也表示自动驾驶至少需要10到15年才能成熟。

那么，耀华终端一个来自中国的手机品牌，怎么能和自动驾驶技术搭上？

第二百六十三章　惊险高光时刻

有的人疑惑，翘首以盼接下来会发生什么，有的人嘲讽，迫不及待等着郝仁闹笑话，一时间，整个场馆响起催促的欢呼声、戏谑的口哨声和欢迎的鼓掌声。

郝仁伸出右手食指，做了个噤声的手势。霎时间，场馆内灯光调暗，一束追光打下，笼罩在郝仁的周身。只见他从口袋里掏出一台泛着金属质感的手机，朝人们挥了挥手，然后走向停在入口处的奔驰车。灯光一路追随，人们忘记了喧嚣，场馆变得鸦雀无声。

郝仁在手机上操作了几个动作，然后打开车门，把手机放在方向盘的支架上，接好线头，又关上了车门。

郝仁离开车，重新回到了球场中央，然后朝一个方向打了个响指。这时观众席前方各个投影巨幕，出现了汽车前方的画面，正是手机摄像头所能拍摄到的视角。

"好，让我们开始吧。"

郝仁话音未落，只见空无一人的小汽车穿出发动机的轰鸣声，然后缓缓地起步沿着搭设的跑道朝前开去。

"哇！"

观众席有人忍不住发出惊呼，更多人是左顾右盼寻找角度查看车里是否有人在操控方向盘。郝仁似乎知道大家想看什么，先操控车钥匙把车窗缓缓摇下,然后给摄影师一个手势,摄影师心领神会,手持设备走进小汽车,对着车内各个角度一阵猛拍,画面同时投在大屏上,让所有人看了个一清二楚。

"里面真的没人,真的是无人驾驶……"

"真的吗?会不会躲在哪里?"

"没看到。"

"哇!"

"哇!"

"哇!"

人们一开始议论纷纷,随着大屏幕上画面的呈现,最终只剩下此起彼伏的惊叹声。

待到人们信服车内没人后,屏幕上重新回到行进的路线上,这时汽车的面前出现了一棵树,在汽车径直撞上去前,屏幕上相机的镜头也对焦到这棵树上,旋即出现了一个植物标志,然后汽车减速,缓慢绕行,成功避免了撞树的悲剧。

看到汽车能够避障后,又有一阵此起彼伏的惊呼。随后,汽车行进的道路上,又出现了建筑物、动物模型、人物模型等障碍物,它都能在最后一刻顺利绕行通过。

不过一会,有人看着缓慢的车速就开始觉得无聊了,于是大声地叫喊:"speed up,speed up,加速,加速。"

郝仁略一颔首,给了控制台一个手势,几秒后,汽车发出轰鸣声,加快了在弯曲跑道上的通行速度。与此同时,郝仁站到了最近的跑道中央,如果没有出错,不用一会,汽车就会沿着跑道从高处朝郝仁冲下来。

突然间,大家的神经都变得格外紧张,甚至有人忍不住喊出闪开,然而郝仁只是微笑地站在那里,一动不动。

连接手机镜头的大屏幕已经出现了郝仁的身影,越来越近,郝仁的耳边已经只剩下尖叫声。

突然,汽车急刹车,在郝仁面前停了下来,屏幕上出现郝仁的面孔,一个笑脸标志变大。

以为就要发生车祸的人们短暂地陷入安静,接着爆发出激烈的掌声。

"太不可思议了!"

"简直难以置信!"

"太神奇了。"

……

郝仁打开车门，拿出手机朝观众摇了摇，又引发更大的掌声和欢呼声。

待到大家稍微平息，郝仁拿起话筒说道："有没有一位观众帮我来看看这是不是一辆有魔法的车？"

话音未落，已经有一个年轻男子翻越围栏走到车前，里外一翻检查之后，又上车启动发动机，开了短短的一段路，什么也没有发现，于是对着所有人两手一摊，可爱地摇了摇头。

郝仁接着说："大家这么好奇，那我就公布答案了。一切还要从我手中给大家带来的全新旗舰说起，这是一台具备场景识别功能的高端摄影手机。依托全新的自研高端芯片，耀华终端的新旗舰能够识别各种拍摄物体，并产出个性化的高质照片。如识别人物，为人物营造更柔和的光感，更嫩滑的肌肤；如识别植物，还原更为自然的色泽，呈现生机盎然；如识别萌宠，追上欢脱的移动速度，展露可爱瞬间……"

随着郝仁的介绍，大家瞬间就明白了，原来之所以能够躲避障碍是因为手机的物体识别功能，当识别到前方有树，有人后，传递给车辆写好的避障程序，就实现了自动绕行功能。道理很简单，但人们想到郝仁站在路中央就觉得后怕，万一识别的不及时，或者程序失灵呢，后果不堪设想，是对自己的产品有多自信才敢在大庭广众做出这样的行为。

乘大家的注意力全部投注在自己身上，郝仁又浓墨重彩地介绍起耀华终端的自研八核芯片，从无数次的失败过程中，耀华终端的芯片团队已经摊过无数的坑，于是深谙消费者诉求的研发人员终于成功了。自此，郝仁也可以骄傲地宣布，这款芯片不输任何竞争对手，能够将耀华终端的旗舰产品性能推到一个极高的水平。

在场的媒体记者已经意识到这是一款值得书写的产品了，镜头的闪光也顿时多了起来，在周遭闪个不停。

郝仁知道已经引起媒体注意，请出福伦达的掌门人卡斯特上台，并在屏幕上抛出多张手机实拍样片，放大千倍万倍的照片依然呈现出完美的质感。

经历上一款产品的折戟，卡斯特拿到新款的耀华手机前还有些担心，可拿到后一上手，便知道这次不再会有意外发生，于是带领摄影团队进行了一系列的创作。卡斯特除了是老牌企业家，也是一位知名摄影师，他的作品以多元的风格为许多人熟知。

"与耀华终端合作已经有两年多了，科技与美学的碰撞出火花，这次用耀华手机进行的创作以光谱为灵感，并从中国传统文化中吸取了养分，最终成就了这组红橙黄绿青蓝紫七种主色调的作品，在里面，你可以看到夜雨染成天水碧的绿，朝阳借出胭脂色的红，太原青霜熬绛饧的青，甘露冻作紫水晶的紫等等……"

郝仁没想到卡斯特会如此用心地为发布会学习古诗词，充满文艺气息的句子从卡斯特的口中演绎出来，有一种让人回味的美感，引得在场的人陷入了遐想之中。

第二百六十四章　高端之路开启

郝仁给卡斯特留了充足的时间阐述，自己则退到候场的地方，正满意着现场的效果，扭头看到穆言、沙钧和隋祖禹三人面带愠色地看着自己。

"嗯？场上的观众都很激动，你们仨怎么一脸不高兴？"郝仁问道。

"你是不是过了？彩排的时候根本没有直接站到车前的设置？"穆言责怪道。

"即兴发挥，你看现场效果多好，简直是万众瞩目。"郝仁说道。

"郝仁，你太胡来了，万一有个什么差池，上的不是经济新闻，是社会新闻了。"隋祖禹没好气地说道。

"郝总，您之前没跟我说过应用场景是这样，一直说的是识别模型，这是真的汽车，您知道撞击产生的冲击力有多大吗？您是要把我当凶手了。"沙钧带着委屈说道。

"我这不是好好的，你们怎么一个两个怪起我来了。"郝仁说道。

"你以后做什么能不能提前和我们打个招呼，这是现场效果的问题吗？这是人命关天的问题？你也是做研发的，难道不知道验证测试的重要性吗……"

郝仁听着隋祖禹连珠炮弹的责问，看着沙钧生气又后怕的表情，感受着穆言即将蓬勃而出的情绪，郝仁心中内疚却又不知道怎么安抚这三人，好在耳机中传来上场的通知，于是郝仁用落荒而逃的姿势回到现场。

"感谢卡斯特先生精彩的阐述，让我们感受到这个世界无处不在的美。在开启下一部分之前，我想补充两句，由于我对于公司产品研发能力的绝对信任，才放心地利用手机影像功能进行驾驶演示，站到行驶的汽车面前是我的突发奇想，刚才已经被公司严厉批评了，麻烦各位在发布关于发布会信息的时候加上一句交通安全，人人有责，专业展示，请勿模仿，否则等发布会后我就得回去接受处罚了，多谢。"

掌声平息后，郝仁进入下一部分，讲起了一件自己亲身经历的事。去年，郝仁和穆言到维也纳度假，观赏了一场精彩的歌剧《蝴蝶夫人》，蝴蝶夫人的扮演者演唱技巧高超，嗓音清澈透亮，富有浓厚的感染力，令观众十分动容。歌剧结束后，穆言将一束美丽的红玫瑰送给演唱者，演唱者接过鲜花后说道："非常感谢你的鲜花，虽然我看不出来它们是什么颜色，但是我已经从芬芳中感受到了它们色彩浓烈。"

原来，蝴蝶夫人的扮演者患有先天性色盲，只能辨别明暗，看不出色彩。回来后，郝仁了解到，全球有高达 3 亿的色弱群体，每 12 个男性和 200 个女性中，就有 1 位色盲色弱，对色彩感知方面的缺陷为他们的生活带来了各种烦恼和不便。

郝仁就在想如何运用科技的手段帮助它们能够正常的生活，于是联合国际爱眼协会，通过上千次的实验，共同开发出一款能够帮助色弱色盲人士识别颜色的内置应用，比如红绿色盲使用耀华手机时，可以调用摄像头的识别功能，将交通灯置换成紫黄色，这样就可以分辨出是否可以通过马路。

郝仁将当日蝴蝶夫人的扮演者，著名的女高音歌唱家请上台，现场亲自演绎如何使用耀华手机识别颜色，手机的操作界面投影在大屏幕上，在场的观众立马就明白要花研发人员的用心之处。

"这个世界一直充满善意，身边的人们只要得知我的困境，总是愿意伸出援手。然而，我一直期待有一天，可以不要再麻烦大家。如今，耀华终端运用技术手段让视力障碍者和普通人一样，可以依靠自己独立生活。感谢向我送出玫瑰花的郝仁先生和穆言小姐，感谢耀华终端的研发人员，你们从根本上解决了我们的难题。"

熟悉这位著名女高音的人都知道，她专注于自己的演唱事业，从不接代言和参加商业活动，所以今天她的出现才有说服力。讲完，女高音还献唱了《蝴蝶夫人》中的咏叹调《晴朗的一天》，在众人的惊叹之中离场。

情绪已经累积完成，艺术美学与人文关怀将这款手机打上高光，营造出物超所值的感觉。郝仁适时回到舞台公布了产品价格及全球即日起同步发售的消息，为这场高潮迭起的发布会画上了圆满的句号。

观众渐渐离场，前往体验区上手新产品。穆言和欧洲公关经理趁热打铁，为郝仁安排了几个重要媒体专访，等到忙完已经10点。

郝仁回到球场，瘫软在草地上，狂欢落幕，亢奋也从身体中散尽，现在累得连指头都不想动。

头顶的大灯已经熄灭，郝仁定睛，居然依稀能看清几颗星星。这点遥远的光芒，在城市耀眼的灯光中显得有点微不足道，却不影响它们奋力发光，忽明忽暗地像在燃烧。

郝仁想起了初入国际市场时合作伙伴不看好的判断，初次全球发布时观众百无聊赖的表情。而今天大家的表情是一种超过预期的惊讶，是一种物超所值的肯定，郝仁知道高端之路已经成功开启了，此刻生出志得意满的感觉，想要多品味一会。

思绪乱飞了许久，郝仁的面前出现了穆言向下俯视的脸，愣了一下，起身坐好。

"穆老师忙完了？"郝仁问道。

"嗯，人都送走了，拆舞台的供应商也安排好了，一会就过来把球场复原。你今天也累了，先回去吧。"穆言满脸疲惫地说道。

"不，我要再感受一下胜利的起点。"郝仁舒展了一下手臂说道。

"这个球场随时都可以参观，你以后可以经常来这里回顾胜利的喜悦，何必硬撑着精神待在这里？"穆言不解地问道。

"场馆租约几个小时后就到期了，等下次来就是游客了，一个观众，反复沉溺在过去就裹足不前了。只是这感觉太好了，你别管我，我再待一会。"郝仁双臂展开又向后倒去。

第二百六十五章　交心底的采访

穆言离开四仰八叉躺草坪上的郝仁往外走，刚走两步，电话铃声响了。

"前辈，我是毕蓉，你现在方便吗？"清脆的女声从话筒中传来。

毕竟是海外发布，穆言重点接待多家国际媒体，中国区过来的媒体全交给了其他公关经理，今天一整天都没见到毕蓉。

"方便的，请问是有什么事吗？"

"前辈，你还在场馆吗？我可以过来找你吗？"

"过来吧，我就在足球场入口的地方。"

"好。"

不到五分钟，就见背着双肩包的毕蓉一路小跑过来。

因为是前报社的记者，穆言多了几分照顾之情，笑着说道："急什么？难道我会跑不成。"

"前辈是大忙人，我只是个新入行的小记者，怕耽误您的时间。"毕蓉轻喘着说道。

"客气了，指不定今天过后就成知名记者了。"穆言说道。

"托前辈吉言。"

"找我是有什么急事吗？"

"我想给郝总做个专访，之前联系中国区公关经理，他说时间排不上。我也知道郝总忙，但想着大老远来一趟，如果只是做个浅尝辄止的新闻报道有点不甘心，只好来找前辈。"

穆言很欣赏毕蓉这种锲而不舍的倔脾气，当着毕蓉的面给郝仁打电话，得到郝仁的同意后将她领了过去，三人随意地坐在草地上聊了起来。

毕蓉入行虽浅，但天生新闻人的敏感是有的，一眼就看出郝仁此时很松弛，是有问必答的最佳时刻，除了关于产品及企业的问题，其他更个人的问题也一股脑地抛出来了。

"郝总，当时你受命带领耀华终端成为自主品牌时，有想过能走到今天吗？"

"我能说最初的老东家赵扬让我创立耀华终端时，整个人都是懵的吗？那会我只是一个代工企业的研发负责人，根本没有任何经营经验，也没有心理准备，队伍是临时搭建的，产品是从零开始做的。但若说从来没有想过走向高端那也是假的，因为不久后我在市场调研中就明白了一件事，如果我只是偏安一隅，带着大家混口饭吃，可能我们连代工的钱都挣不到，这可能是取法乎上，仅得其中，取法乎中，仅得其下吧，市场不允许，对手不允许，我们的员工也不允许。"郝仁说到这里的时候，又想起了自己的师傅高建军当初为国产卖不上高价而惋惜，今天如果他在现场，不知道会是什么表情，会不会喜极而泣。

"我能理解你所说的那种逆水行舟，不进则退的感觉。可员工不允许是什么意思呢？耀华终端的员工都这么有进取心吗？"毕蓉问道。

"说了可能不信，我被推到这个位置的时候还没有任何想法，而我的同伴们却早有雄心壮志。我们的研发总监，他加入耀华终端是为了证明中国人也能做出令行业尊敬的高科技产品，我们的芯片带头人，从始至终都想要突破这个受制于人的技术瓶颈，我们的营销总监，就是你的前辈，我问她考不考虑做时代的亲历者，而不是见证者，她就来了。有这样一批人在，即使不是我，也能成事。"郝仁瞥了穆言一眼，发现她竟露一脸不认账的表情，仿佛这些年是受骗上当了。

"耀华终端相比其他品牌，营销投入的金额不算高，这次却一反常态，配合产品投入这么多推广费用，我这次来欧洲走了好几个国家，发现在机场等重要的场所都能看到耀华终端的广告牌，为什么会做出这样的转变呢？"毕蓉问道。

"过去没有高额营销投入，是因为耀华终端骨子里是一个聚焦研发的企业，我们的利润除了与员工共享，大部分会投入到研发之中，所以营销反而不是花大钱的地方。这次增加了营销预算，是因为我们的目标是要一举拿下欧洲高端市场，当然对产品有信心也是原因之一。"郝仁说道。

"郝总，我对耀华终端的这款产品很有信心，但说一句冒犯的话，好产品不一定能带来好销量，万一这次耀华终端还是不能热销，可能结局不会太好，你有心理准备吗？"毕蓉问道。

"市场不会埋没一款好产品，我们相信消费者有这个判断力。我也想问你个问题，你是报社记者，今天参加完发布会，担心的是下笔艰难，还是版面不够？"郝仁问道。

毕蓉被郝仁的问题怔住，是啊，这样一场高潮迭起的发布会，亮点一个接一个，显而易见会成为社会热点，自己之所以在这里，担心的是每个媒体都好得千篇一律，而这并不是自己想要的，她宁可写出别具一格的不完美。

"郝总，你希望我把你写成一个完美的英雄，还是有血有肉的普通人？"毕蓉问道。

"就写你所感受到的一切，一个国产品牌的故事，我并不是重点。"

郝仁说道。

毕蓉结束采访后告辞离去，走了几步回头发现，起身送完自己的郝仁又坐回了草地上。夜已经深了，球场的灯光熄灭了大半，郝仁目光一动不动地在看远处的一团漆黑，似乎那样就能知道黑暗之后的黎明什么样。

毕蓉忍不住从包里拿出相机，给郝仁拍了一张，她想好怎么写这个故事了。

第二百六十六章　中外媒体联动

面对短短两小时内密集的信息点，传统媒体还在深思熟虑怎么谋篇布局，网络媒体的报道发布会一结束就铺天盖地地发出来了。

Tech review 上知名博主丹尼尔·罗宾发表文章《今年最令人惊喜的发布，没有之一》，图文并茂地复原了整个发布会现场的亮点，对郝仁这个英语不标准却亮点频频的演讲赞叹不已，他在文中说道，这个对自家产品极度自信的年轻总裁，突然站在高速行进的汽车面前，当时我的心提到了嗓子眼，感觉他在用生命为品牌打广告，让人不得不服。

测评类媒体 Android Authority 早早拿到样品，几乎在发布会结束的同时就发出测评文章，评价说耀华终端遵循某种东方极简主义，摒弃一些零零碎碎的拼凑功能，聚焦核心，将手机的摄影功能发挥到极致，仿佛整个手机的各个零部件都在为这个功能服务，效果也是显而易见的，这款手机所呈现出来的摄影功能在行业内无可匹敌，甚至有人说可以与卡片相机一较高下。

新闻类媒体 Bloomberg News 并不擅长对产品本身进行评论，却另辟蹊径讲起在中国科技企业从跟随到领先的全过程，文章中提到，这个过程相比其他新兴国家并不漫长，甚至可以说有些过快，中国科技企业从不得其法，到融入全球经济中，不过就是这么短短二十年，耀华终端就是一个成功典型。往后看 5 年到 10 年，会有更多中国科技企业在全球快速增长，特别是它们的品牌会越来越有国际化的元素，那个时候，中国企业在全球成功的机会就会更多。

郝仁从球场回来后，浑身的筋骨仿佛抽离一般，头和枕头接触的瞬间就睡着了。

穆言则在发布会落幕的深夜难以入睡，她帮郝仁掖好被子，光脚坐在沙发上，一篇篇看着网络上的评论。

到处都是溢美之词，穆言心里欢喜万分，可手里的活也没停。她先给戴骥发消息，要求及时把国外这些报道转载国内发布，出口转内销，把国际企业的形象立起来。然后给詹宁发消息，告知其专业测评的文章会在一周内密集推出，要她尽快组织核心粉丝进行测评，集腋成裘，渲染受欢迎的舆论氛围。穆言想了想又发第二条，说首销日零售安排了粉丝福利，一定要组织粉丝前往领取，媒体也会跟进拍摄，现场一定要热闹。

穆言刚按发送键，戴骥的回复就来了："外媒报道翻译工作现在就在做了，天亮后就能发出。"

"国内不是凌晨吗？怎么起这么早？"暮烟问道。

"不是起得早，是根本没睡。"戴骥说道。

戴骥还想絮絮叨叨说点啥，詹宁的消息也来了，穆言干脆建了一个不眠之夜的群，几人在里面聊了起来。

"没人睡觉吗？"詹宁问。

"有，郝总睡了。"穆言说道。

"领导就是领导，无论在什么环境都是举重若轻，我辈真是望尘莫及。"詹宁说道。

"人都不在拍什么马屁，他在的时候，你少气他一点不好吗？"戴骥说道。

"骥哥你不是耀华终端第一老实人吗？怎么对我就牙尖嘴利的？"詹宁说道。

"既然大家都睡不着，其实我有件事想和大家探讨一下。"穆言及时制止两人的斗嘴，把话题拉回工作，"我们这次的发布会比我预想得还要成功，有几个郝总的临场发挥大概率会成为媒体引爆的亮点，可以说这一个产品会帮我们站稳海外高端档位，这一波势头我们不能浪费，也不能将国内和海外变成两个不相关联的孤岛，要联动起来，这样海外促进国内，国内反哺海外，耀华终端在品牌形象上才有国际企业的风范。"

戴骥想了一会回复道："这次海外发布会，不少国内媒体也过来了，相信也能有一些发回的报道。"

"这次国内媒体的邀请工作有一些需要反思的地方，本来我想在项目总结的时候说，但今天你们都是自己人，我就先反思一下，也许还能补救。首先，国内媒体的级别不够高，很多国内知名记者都在欧洲冠军杯结束后就回国了，这里面可能有我们信息传达不够准确的原因在。其次，在整体的安排上，没有安排中外记者交流，没有互相影响，其实和国内记者在国内采访没有太大差别，何苦千里迢迢过来。最后就是我们的公关经理有点因为在欧洲发布所以更重视欧洲媒体的倾向，对于其他区域过来的媒体招待不够。大家忘记了异地营销，就是让媒体离开常驻地，更依赖我们，从而构建信任。这里面有大家执行的问题，更多是我没有安排周到的原因，我先检讨，现在我们来想想怎么弥补。"穆言说道。

"穆总严重了，这次虽然没有做得特别显性化，但是我们在机场等媒体回国必经之路上部署了广告大牌，可以潜移默化地对其产生影响。目前，我能想到的是，首销日马上到来，没有离开的媒体可以邀请前往，还有一些中方媒体的欧洲办事处也可以尝试再邀请一下，顺便借此机会组织一个小型的媒体品鉴会。"戴骥说道。

"首销日的时候，我这边可以尝试邀请当地的中国留学生前往体验，留学生在外思乡情重，我们可以做一些相应的策划，让他们愿意在国内社交平台进行分享。"詹宁说道。

"都是不错的主意，但是可能要兼顾整个项目的品牌一致性，不要东一锤子西一棒子的打法，我看有几个地方也可以考虑下，现在是欧洲旅行的好季节，不少国人来欧洲旅行，看看能不能策划一些有意思的见闻，让他们带回国。"穆言说道。

"好的，我们想想。"詹宁说道。

三人又聊了好一阵子，困意终于袭来，眼皮直打架，突然詹宁的头磕到桌角，发出咚一声闷响。

"睡吧。"穆言吃语一般说道，在沙发上翻了个身，睡着了。

第二百六十七章　首销日开门红

没有被发布会的一时热度冲昏头脑的耀华众人极力地查缺补漏，总算把海外的胜利传回了国内，这下子国内凭借主场优势倒是更加热闹了起来。

毕蓉回国后，就用一篇深度报道把耀华终端墙内开花墙外香的海外高端之路写得丝丝入扣。纸质媒体本来篇幅限制，毕蓉初稿写了两万字，交稿时删到不足一万字，没想到主编何骞看过之后大为惊喜，当下就决定将毕蓉导师徐婷婷关于欧洲冠军杯的报道删减一半，挪出位置给毕蓉的重磅稿件。

徐婷婷知道这个消息的时候正在训斥毕蓉稿件不够凝练，一时间顿感下不来台，于是抛下毕蓉冲进了主编办公室。

"何主编，我个人觉得这个安排有些问题，我这样说，不是因为我的稿件被删，而是基于整个舆论风向判断的。"徐婷婷愤愤说道。

"哦？"看着徐婷婷涨红的脸，何骞意味不明地说道，"说说看有什么问题？"

"一家企业的新品发布会，即使做得再怎么华丽，都不如欧洲冠军杯这样大型的体育赛事关注的人多。我们用这么长的篇幅去报道一家企业的成长史，怎么都像收了钱办事的公关稿，我们作为一家有态度的媒体，应该秉持客观公正的报道风格。"徐婷婷义正词严地说道。

"你看过毕蓉的稿件没有。"何骞说道。

"草草看过一遍。"徐婷婷回答。

"那她写的是一家企业的成长史吗？"何骞问道。

徐婷婷迟疑了，她读出何骞的这个问题已经表明了自己态度。何骞是一个很民主的领导，下属质疑他的决策并不会让他难堪，反而觉得对方有想法，不屈从权威，是个记者的好苗子。但另一方面，何骞对于专业有极高的要求，对于不做深入调查就妄下结论的行为非常反感。

"何主编，可以指点一下吗？"徐婷婷服软地说道。

"婷婷，你是编辑部的老记者了，在业界也小有名气，本来我不愿管得太细，但最近你的出稿质量下滑了，今天我就用毕蓉的稿子给你补上一课。"何骞语气放缓，语重心长地说道，"首先，如果你仔细读毕蓉的稿子，你就会发现她写的不是一家企业的故事，而是中国科技企业的一个缩影，他们是乘着时代的浪潮崛起，面临的是全球化的挑战，第一个成功走到高端的中国企业值不值得我们为它书上一笔？我的答案是值得。其次，欧洲冠军杯是不是社会热点？毫无疑问是的，球迷不眠不休为之疯狂，但是我们是综合新闻媒体，体育赛事和体育媒体比并没有优势，避长扬短实为不智。最后，在我看来论资排辈是一种陋习，不要去轻视你的后辈，诚然毕蓉的文字功底不如你老辣，但是她挖到了很多内幕，包括耀华终端创始人的整个心路历程，有人味，接地气，这一点后生可畏啊。"

徐婷婷被何骞说得脸上青一阵白一阵的，低声说道："何主编，我知道了。"

"回去吧，你的能力我知道的，只要放平心态没有做不好的，既然你能以客观公众的态度做报道，为什么不能以客观公正的眼光看待自己的同事呢？"何骞轻轻放好茶杯盖，给谈话画上了句号。

杂志出刊后的第一天，徐婷婷就明白了何骞的眼光很是狠毒。

发布会后耀华终端出口转内销的各种新闻在国内掀起了热议，有人戏谑道以前没钱买耀华，现在没钱买耀华，有人评论说出国旅行一趟到处铺天盖地的耀华终端广告，还以为在国内。

网络传播的速度让人叹为观止，这些热议勾起了国民的好奇心，但内容大多是碎片化的，拼凑不出一个全貌。这时候，毕蓉的主题报道出现了，来得正是时候，一上午就被抢购一空。

郝仁还没有回国，在酒店饶有兴致地看毕蓉的文章，看完对穆言说道："你找的这个小姑娘挺会写的，把整体形象拔高了一个台阶。反倒是那些老记者写得东西像公式套出来的，没有什么营养。"

"嗯，挺有灵性的，刚毕业能写成这样算是有天分了。"穆言说道。

"听说你还在内部做检讨说邀请的国内媒体记者没名头，影响了报道质量，显然和事实不符啊。"郝仁问道。

"媒体和企业的关系讲究个尺度，如果企业过于热情，媒体就容易看轻企业，不花钱就没有声量。起初我们在海外发布会，几个国内大媒体有别的关注点，并不肯派精英团队报道，即使我动用关系把人请到现场，估计也是身在曹营心在汉，报道质量不佳。不如我培养个渴望出人头地的新记者，给足资源，让一个默默无闻的小跟班一夜之间成为知名记者，给其他记者打个样，以后我们有什么内容，大家都会趋之若鹜了。我检讨一下是给大家提个醒，在商言商，让公关经理别拿乔，切记不可有快意恩仇的想法，认真对待当初拒绝我们的记者。"穆言说道。

"哎哟，我的穆老师，你这九曲回肠，把众人玩弄于股掌之间。"郝仁说道。

"郝总，明天就首销了，势能都积蓄在这了，该在销售上有所体现了。"穆言说道。

"我很期待。"郝仁说道。

第二天一早，郝仁一身休闲装搭鸭舌帽，径直往市中心的旗舰店去了。

旗舰店十点才开门，郝仁九点就到了，在对面的咖啡厅坐下，啄着一杯咖啡看着店门口渐渐排起了长龙。

扭头看到旁边有个身影有点眼熟，大早上戴个墨镜口罩，也盯着店门口拿个笔记本不知道在记录什么。

郝仁拿着咖啡走过在这人旁边坐下，差点笑出声，"志忠干吗呢？装神弄鬼的。"

"郝总，你来这么早，我在暗访，过来看看首销日的情形，验收下店员培训的成果。"曾志忠说道。

"这是欧洲，欧洲人看中国人都一个样，店员都不知道你的身份，自然点。"郝仁说道。

"谁说不知道，我连续来了一星期，店员都认识我了，一进门就和我打招呼，说我来得很准时，和上班一样，我觉得他们知道我的身份了，所以我在的时候才会这么周到吧。"曾志忠说道。

"我觉得他们是打趣你，每天都来看，看了又不买。"郝仁说道。

"不管怎样，暗访就要去除一些干扰元素，了解真实情况。"曾志忠说道。

"行，你看着，我喝咖啡。"郝仁悠然自得地往嘴里送入一块点心，看着曾志忠一脸如临大敌的样子莫名觉得有点好笑。

第二百六十八章　站店引起围观

十点刚过，店门就缓缓打开了，两排店员出来迎客，人群往前推搡挤了几下。

正当曾志忠担心场面会混乱时，人群队伍很快被两个高挑健壮的男店员整理成弯曲折叠的队形，既压缩队伍占用空间，又会让人有种快轮到我了的错觉，从而不急不躁地有序进入门店。排在后面等待时间较久的人群也被照顾到，一个长发披肩的女店员端着咖啡饼干出来，从后面挨个送过去，一时间大家喝着咖啡聊起天，竟有点像派对社交的景象。

"这个店店长的组织能力很强啊，有点像餐厅招待客人的感觉。"郝仁说道。

"郝总，这你都能看出来。说起来这个店的店长是个华裔，以前来国内培训的时候，培训导师评价他上课最认真，人最有趣，一有空就经常跑各种餐厅，还做了一本非常翔实的餐厅笔记，上面全是各种餐厅的待客之道。开始我还以为这是吃货的自我修养，没想到用这里了。"曾志忠说道。

"不错不错，哪个行业的优秀实践都可以为我所用，走我们进去看看。"

郝仁说完，就和曾志忠过了条马路，站到了队伍的最末。

果然，曾志忠所言非虚，端着零食盘子的女店员只一眼就认出他来，笑着走过来拿了两包饼干递过来，那种熟稔的态度搞得曾志忠哭笑不得。

郝仁给詹宁发消息，问安排了多少个粉丝过来领取礼品，詹宁似乎在忙，好一会才回复说报名有三百多个核心粉丝，但来这家店的应该就二十几个。这下郝仁彻底放心了，知道眼前乌泱泱的人大多是被产品吸引而来，不是为了首销的粉丝礼盒。

这时曾志忠远远地看见詹宁带着一群粉丝过来，于是挥动右手示意。郝仁心里正满意产品大卖，看到曾志忠举手，立时来了个有力的击掌，这一瞬间，曾志忠满脸问号，郝仁满脸喜悦，突然被一阵闪光灯定格了下来，穆言邀请来报道首销日的记者过来了。

"郝仁、郝仁、郝仁……"

这次詹宁带来的粉丝都是资格最老的一批，不少人还被邀请到中国参加粉丝年会，因此一看到郝仁便欢呼了起来。

"郝仁，你怎么也在排队，自己做的产品也需要排队买吗？"一个在粉丝年会上和郝仁同台演出过的编发女生问道。

"哈哈哈，可不是，我的店员对谁都一视同仁。"郝仁说道。

"郝先生，谢谢你对视力障碍者的关注，我的儿子有先天性色盲，他已经上初中了，自尊心很强，不想父母为他团团转，所以我这次来就是买一台手机送给他，这样就不用担心他过马路分不清交通灯了。"一个年纪稍长的男子说道。

"他平时喜欢什么，我想送他一份礼物。"郝仁听完也是心中一暖，想要做得更多。

"他喜欢去野外长跑，经常给朋友发他在野外的照片。"男子说道。

"我可以送他一个手环,记录他的运动旅程,然后分享给你们。"郝仁问道。

"太谢谢你了。"男子说道。

郝仁就在人群中和粉丝聊着,过来采访的记者也不打扰,就在旁边听着记着拍着。

又过了一会,郝仁终于挪到了门口,跟着一群粉丝和记者走了进去。通过交谈的内容,这个黑头发的亚裔店长听出郝仁是谁了,于是整整衣领,走到郝仁面前说道:"郝总,感谢您能过来,能麻烦您给大家讲几句吗?"

郝仁连连摆手,对店长说道:"我过来不是给大家添乱,如果你放心,可以给我件工作服,我当个普通促销员。"

"当然可以,辛苦您了。"店长转身拿了件促销员统一服装过来。

郝仁换好衣服,带上白色手套,姿态挺拔地站到了展示柜前,向顾客介绍起产品来。和培训过的专业促销员相比,郝仁更了解产品设计的初衷,各种隐藏功能更是信手拈来,引得众人惊叹连连。

公众认识郝仁,更多是站在舞台上金句频频的演讲者,媒体版面上的西装革履的企业家,和此刻接地气的形象反差极大,倒也有心多聊几句,便团团围住,你一言我一语交流起来。

这一站就是大半天,到了差不多午饭时间人流少了,才把郝仁从包围圈中解救出来。

"郝总,你带来的销售额也算我们店的吗?提成还有吗?"店长看郝仁亲和,放心地开起玩笑来。

"必须算,销售额和提成是你们的,但我这半天的工钱是不是考虑一下。"郝仁说道。

"哈哈哈,按什么标准给?"店长问道。

"你看我值多少?"郝仁问道。

"这我可不敢说,多了给不起,少了怕你辞退了我。"店长说道。

"哈哈……"

第二天,耀华终端首销大获全胜的新闻带着郝仁和曾志忠击掌的照片,开始在各媒体上发布,郝仁在人群中志得意满的脸成了耀华新旗舰全球首销日破10万的最好注解。

接下来的几天,郝仁跟着曾志忠继续走访门店,情形几乎与首销日类似，想要购买新旗舰的顾客都会在店门口排起长龙。由于最近两人的照片流传度广，走到哪家门店都会被人轻易地认出来，引起众人围观。

郝仁自然为销量的剧增欣喜，曾志忠却不高兴起来。

"郝总，我想回国了。"曾志忠说道。

"你原计划不是要考察一段时间吗？"郝仁问道。

"都怪媒体，现在我都没有办法在欧洲做暗访了。"曾志忠说道。

"你是在怪我。"郝仁一针见血地说道。

"唔，没有。"曾志忠毫无说服力地否认。

"经此一役，我们算是挤进高端市场了，我看欧洲现在一切进展顺利，我们回国复盘一下整个项目，看如何将胜利继续延续下去。"郝仁说道。

"太好了，可算能吃上一口正宗中国菜了。"曾志忠说道。

郝仁想起这段时间世界各地地乱飞，整天殚精竭虑得味觉都失灵了，现在一提到回国，郝仁嘴里咂吧出点麻婆豆腐、鱼香肉丝和钵钵鸡的味道来，唾液腺像开了闸门，再也控制不住。

第二百六十九章　产品变身文物

海外走了一遭，飞机落地的那一刻郝仁才觉察出心底思乡情切，这个曾经也是异乡的南国城市，不知不觉地让自己产生了某种故乡的依赖。

它就像一条宽阔的大河，郝仁用过去二十多年青春做成船，然后和这条大河的命运捆绑在一起，共同经历波峰波谷。有时候郝仁深感与有荣焉生活在这个时代，见证了很多波澜壮阔的改变，这样的机会不是每一代人都能遇到的，而自己足够幸运，顺应了时代，站在了一个合适的位置，被未来推着一路向前。

郝仁坐在出租车上一个人百感交集，窗外是盛夏的浓绿，蝉鸣鸟叫，热闹得紧。突然手机铃声响起，是一个陌生的号码，郝仁想了想按了接通。

"郝先生，你好，我是改革开放博物馆的馆长闻琦川。"一个浑厚低沉的男声从手机传来。

"闻馆长，您好。"郝仁说道。

"今天冒昧打扰，其实是有事相求。我们馆近日正在翻新，想要在最大的改革开放成就展厅设立一个科技成果展示专区,耀华终端作为全球知名科技企业,在这里应有一席之地。"闻琦川说道。

"闻馆长,我实在是太荣幸了,那我们可以做些什么?"郝仁说道。

"明天是周六,不知道你有没有空到馆内一叙。"闻琦川问道。

"那闻馆长,我们明天见。"郝仁说道。

第二天,郝仁按照约定的时间步入改革博物馆,环视四周,开馆不过半小时,各个展厅已经人头攒动了。谈恋爱的时候,郝仁陪着穆言进博物馆,只觉是历史爱好者的天地,曲高和寡,门庭冷落。如今短短几年,博物馆倒成了个热闹处,市民有事没事过来吹吹空调,以史为鉴。

郝仁朝一号展厅走去,一个头发花白,精神矍铄的老者站在展厅门口迎接了他,两人寒暄片刻便往里走。

"郝先生,这里我们会新增一排独立展柜,你们可以在这个中心位置进行展出。"闻琦川说道。

"闻馆长,这么大展柜全部给到我们吗?只是……"

能在博物馆里陈列公司产品自然是莫大的荣誉,可放什么呢,每次发售新机就带过来,岂不是把这里当作销售展示柜,而博物馆肯定不能染上这种目的直接的商业气息。

迟疑再三,郝仁继续说道:"电子产品更新换代快,我担心观众会不会对老旧产品不感兴趣。"郝仁问道。

"电子产品确实会过时,但不代表这条路不值得纪念。你过来看看这边展柜里,有本书叫《打工青春》,作者是80年代从河南来深圳的女工,在玩具厂做来料加工,手工一针针把玩具的眼睛缝上去,她所在的玩具厂现在迁到东莞去了,这种工艺也早就过时了,可她用业余时间写的这本书却很有意义,复原的是当时一穷二白时的记忆。"闻琦川感慨地说道。

"闻馆长,您一说我就明白了,我大学毕业刚到这座城市的时候,我的师傅就带我去过蛇口工业区,说他一年年看着这里从荒芜一片变得灯火辉煌,叫我一定要记住第一眼看到的样子,因为很快又要变了。"郝仁说道。

"这位老师傅说得好啊,就是因为更新换代快,所以要记录下来,不然就消失在时间里了。你回去看看有哪些合适的展品就给我们送过来,让我们馆策展人看看怎么陈列好。记住,要的不是最新的展品,而是有故事的展品。"闻琦川说道。

"好的，闻馆长。"郝仁说道。

"时间还早，不着急的话我带你逛逛？"闻琦川说道。

"那真是太好了。"郝仁说道。

"今天的深圳是高楼大厦，车水马龙，现在我带你看看过去的深圳什么样。这张黑白照片是 1927 年一个英国传教士从香港山上拍下的深圳墟及附近村庄的照片，上面的蔡屋围、湖贝村、罗湖村、深圳墟清晰可见。奇就奇在一张照片上有代表现代工业的广九铁路，有代表自给自足经济的小桥流水人家，先进与落后相互掺杂，呈现大时代的过渡景象……"

跟着闻琦川了解了一上午深圳历史，午饭过后，郝仁直接驱车回到办公室，翻箱倒柜折腾了一番。第一件找出的是耀华成立自主品牌以来的第一台手机，编号 103071219301，郝仁想起当时量产前隋祖禹坐立难安的样子突然有点想哭又有点想笑。第二件找到沈同方做的第一款芯片，小小地躺在玻璃夹层里，那时候把沈同方眼睛都熬红了，还托词说老年人睡不着觉。第三件翻出的是郝仁登上珠穆朗玛峰携带的手机，里面的照片上的自己站在世界之巅，一副壮志凌云的模样。

东一件西一件，郝仁收拾了一小箱，然后愣怔了一会，过去好像过去了，但好像又没有过去。

接下来的事由穆言安排人继续跟进，她手下有的是擅长讲好故事的人，最后和博物馆就陈设和讲解方案达成了一致，让这些有年头的产品，摇身一变成了文物，开始和前来参观的游客见面了。

不久后，郝仁才知道闻琦川馆长的意识有多超前。

这个夏天，几大国际巨头都没有竞争力的新品推出，耀华终端幸运地踩中了一个时间窗，热卖从海外延续到国内。中央电视台经济频道注意到这一现象，打算从时代的角度进行一个报道，最终地点选在了改革开放博物馆的展厅。镜头里，郝仁化身讲解员，给观众讲起创业艰难的故事，这段视频被耀华粉丝剪辑下来，配上了各国语言和各地方言在互联网上传播，竟然让一档严肃新闻节目成了网络热门。

央媒下场代表了主流文化的认同，其中被划重点的便是沈同方主导的芯片设计，国人苦自主芯片久已，时代太希望出现一位英雄了。

沈同方花白的头发，沟壑纵横的皱纹符合大家对孤胆英雄的所有想象，于是好奇的人们挖出沈同方的过往，让偶然性和戏剧性构成了一个传奇故事。为什么芯片供应充足的情况下还要坚持做芯片,为什么在耀华终端是沈同方负责芯片的研发,为什么芯片研发失败那么多次还在持续投入,种种问题很快有了答案。

因为,这个世界总有一种人,执拗是注解,永远都不知道放弃怎么写。

第二百七十章　沈同方的落幕

沈同方火了,伴随着耀华终端新旗舰的热销。

国外粉丝热衷于这款手机的独特功能,国内粉丝却惊叹于耀华终端芯片团队多年付出终于化茧成蝶。不少媒体敏锐把握住这个社会热点,想要采访沈同方,可最终都吃了闭门羹,被沈同方以工作忙拒绝了。

不少人都觉得这是句托词,项目刚结束,正是老人家可以歇歇的时候,但实际上,沈同方只是说了句实话。

在沈同方持续一个星期深夜 11 点回家后,钟楠终于忍不住敲开了办公室的门。

"沈老,已经 9 点了,我开车送您回去吧。"钟楠摇了摇手里的车钥匙说道。

"你平时不是不喜欢开车吗?来我旁边,正好有事交代你。"沈同方说道。

"沈老,要不明天谈吧,您先回去休息。"钟楠坚持地说道。

"明天还有明天的事,有些东西我专门给你准备的,先看看这个机密文件夹,账号是你的名字,密码是 2014winwin,里面有我这么多年写的案例总结,按照时间排列,有空就看看,也许对你后面独立带项目有帮助。这份文档里面有整体开发流程,比公司发文详细。各个节点的注意事项我都标清楚了,标红的部分一定要特别注意,都是同一个地方跌倒过两次以上的血泪教训。还有这边是我扫描的珍贵资料,市面上找不到的,你一定要留存好,注意保密……"

沈同方像个培养关门弟子的老教授,对每一个要点都无比认真,不时观察钟楠的反应,生怕钟楠有什么没听清的。

钟楠心中的疑惑更甚,沈同方这些日子的忙碌难道就是为了整理资料给自己?海量资料排列整整齐齐,流程写得一清二楚,沈同方这么着急交接是要干什么呢？

"沈老，这些资料放你这呗，我有什么问题会请教您，我只要把安排的活干好就行了。"

"钟楠啊，你是芯片团队最资深的项目经理了，怎么能只顾眼前的活呢，要掌控全局，把握行业趋势。我交代你的这些一定要放在心上，这样才能挑起芯片团队的重任，记住了吗？"

"沈老，我记住了，但是为什么……"

钟楠有很多疑问，可还没有问出口就被沈同方打断了，"从明天开始，你把工作重新安排下，召集几个骨干闭门培训一周，我把这些年的经验都给大家详细讲讲，趁项目淡季提升下技能。"

"好。"

"今天就听你的，走吧，早点回家。"

沈同方起身拿包，和钟楠一起走出办公室，末了又转身啪的一声按灭了所有的灯，整个人一下陷入了黑暗，像一场突如其来的落幕，没有征兆。

两周后，各大厂商半年成绩陆续出来，看似毫不意外的结果，各品牌却在悄无声息中完成了交替。

国际巨头 CF 依旧是全球第一，却已是冰火两重天，在海外风生水起，在国内无人问津，国内市场份额下降到 5% 以下。ACE 则一如既往的稳健，虽然没有再次出现改变行业的产品，但高黏性的粉丝足以捍卫起地位。至于 MOT 和酷美都曾经登顶这个行业，不过短短两三年，像被从人们记忆中清除一般，提起来总有种久远的感觉。

国际品牌凋零，取而代之的是国产品牌的崛起。耀华终端凭借旗舰机大杀四方，首次站住了高端档位，而高端旗舰的口碑，同时带动了中低端手机及生态产品的销售，上半年全球出货量超过 3000 万，平均每秒销售 2 件耀华终端产品，成为最为亮眼的一笔。

中低端档位则是国产品牌和国际品牌平分秋色。国际巨头打发传统，用规模效应降低成本攫取中低端市场。MG 等国产新兴品牌则另辟蹊径，利用互联网的红利，通过电商直接与终端消费者进行交易，省去了很多中间的渠道成本，同样配置的产品可以较传统线下渠道的价格便宜不少，打着高性价比的旗号网罗住消费者的心。

年中经营大会上，所有人都预先知道这将是一场胜利的大会，脸上挂着喜气洋洋的笑容早早步入会场。

郝仁一上台，台下就报以比以往更热烈的掌声。他讲稿一丢，心里只有一个词可以形容，无话可说。成绩摆在那里，士气无需激励。每个人都是股东，奖金按贡献分配。路已经探出来了，大踏步往前走就行了。

郝仁站定，掌声戛然而止，身后屏幕上落下一个数字，3239万台。

"兄弟姐妹们，这次讲话可能是有史以来最简短的开场，我身后的数字，就是耀华终端上半年的成绩，没有什么好说的，都是大家亲自上阵打出来的。我们的奖金按照销售提成核算，我们的股票分红按照持股分配，大家年底完全可以期待一下。下半年的目标没有别的，超越自己，夯实道路。"

又是一片激烈的掌声，一直送到郝仁回到座位。接下来各领域负责人上台做了汇报和总结，轮到沈同方的时候，大家才注意到衣着随意的他今天格外的不同，一套板正的西装，浑身整理得一丝不苟，甚至起身还着意抚平了衣角的褶皱，如同赴一场至关重要的约会。

今天的舞台台阶有一些高，沈同方上台的时候用手撑了一下膝盖，但很快恢复了故作轻快的步伐，拿起话筒介绍了芯片团队上半年的工作，当大家都以为分享结束时，只听见沈同方毫无征兆地抛下一句话：

"我要走了。"

包括郝仁在内的所有人没有一点心理准备，诧异、震惊、难以置信，什么表情都有，会场短暂地陷入令人窒息的安静中。

"沈老。"郝仁回过神来轻轻唤道。

沈同方微笑着摆摆手，继续说道："郝总，诸位，不要惊讶，我是真的要走了，抱歉以这样突如其来的方式告别大家。

"时间一晃眼就过去了，初遇我的学弟，我们的郝总时，我正沉浸在人生的挫败中，失去爱人，理想破灭。可他的目光坚定诚恳，毫不迟疑地告诉我他要做芯片，哪怕会失败也要做，我心里的小火苗又燃烧了。

"感谢有这样的岁月，和你们一起把沮丧和挫败踩在脚下。感谢有这样的陪伴，你们让我始终感觉不到自己的衰老。

"如今的芯片团队兵强马壮，孩子们都成长起来了，具备了独当一面的实力，而我是时候把这个位置让出来了。

"过去，我相信高中会有比初中更好的师资，相信大学能遇到更优秀的同学，相信我做的这一代产品比上一代好，甚至相信自己会一直往上走。

"但是现在我明白了一个道理,公司的未来一定比现在好,而我未必,我总有一天会就留在过去里,所以,我要在这一天到来前,把接力棒交到更有冲劲的年轻人手中。

"至于我的去向,大家不要担心,我要在人生中最后还健康的时光去完成一个愿望,一个一直没有实现的愿望,这里就交给你们了。"

第二百七十一章　结束也是开始

沈同方噙着泪朝台下深深地鞠了一躬,众人很是动容,如鲠在喉,什么也说不出来,钟楠和几个与沈同方朝夕相处的骨干甚至低头抹起眼泪。

这样的静默只持续了几秒,郝仁起身上台,朝沈同方深深地鞠了一躬,拿起话筒说道:"感谢沈老这些年的付出,感谢所有我们在一起的日子。说实话和大家一样,也是第一次听到这个消息,现在心里是百感交集,既觉得难过又感到轻松。难过的是耀华终端失去了稳定重心的压舱石,我们失去了一位并肩作战的好同事,前面的路沈老已经帮我们趟平了,接下来要靠我们自己走了。轻松的是沈老的辛劳我们每个人都看在眼里,他为公司为我们付出得太多了,起早贪黑,不知疲倦,是时候去做自己想做的事了。不管怎样,我都无条件尊重沈老的决定,祝福沈老。"

说完台下响起经久不息的掌声,郝仁跨步向前,紧紧地抱住沈同方,他能感到沈同方的身体在轻轻颤抖,像在极力压抑喷薄而出的情绪。

会议结束了,众人心情沉重地离场,郝仁和沈同方像有默契似的,都没有离开,都等着对方开口。

"郝总。"沈同方收敛了离愁别绪,轻轻唤道。

"师兄,还是叫回我师弟吧,你都离开耀华终端了,就别郝总了。"郝仁说道。

"好,师弟,你是不是在怪我?"沈同方问道。

"不会,刚才我说的话都是出自肺腑,但确实有点突然,需要一点时间消化。"郝仁说道。

"对不住了,用这样的方式,其实是我已经下定决心,不想麻烦你们一个个地挽留了。我担心会影响到公司业务进展,所以提前很久开始准备了,把能教的都毫无保留地教给大家了。"沈同方说道。

"听说了,师兄所做的一切都是为了耀华终端好,想把接力棒稳稳地交出去。"郝仁说道。

"你有接替我位置的人选吗?如果没有我推荐一个。"沈同方说道。

"芯片团队的情况没有人比师兄更清楚,你直接推荐吧。"郝仁说道。

"钟楠。"沈同方不假思索地说道。

"本来你推荐的人我不会有什么意见,但钟楠会不会过于年轻了?"郝仁略有迟疑。

"自古英雄出少年,我以前的徒弟年纪和钟楠一般大,现在都已经是一厂之长了,科技行业年龄不是问题。钟楠有拼劲,肯钻研,一进公司就在芯片团队跟着我,可以说一同见证了耀华芯片从无到有的过程,大约也没有什么事是我知道他不知道的。管理团队的经验,我也是着意培养着,如果我的位置优先考虑从内部选拔,可以给他的机会试试。"沈同方说道。

"从外部招聘也许能找到经验更丰富的人,但需要时间和团队磨合,结果不好说。我接受你的推荐,让钟楠试试。"郝仁说道。

"我想他不会让你失望的。"沈同方说道。

"师兄是个闲不住的人,肯定不会真的退休吧,接下来去哪里呢?"郝仁问道。

"我留下来就是要和你说这个,今年年初,我刚才提到的徒弟就来找我了,叫我回去做顾问,跟他一起筹建新的晶圆生产线。当时旗舰项目正是成败在此一举的时候,我断然是不能离开的,现在产品成功上市,芯片团队一切步入正轨,我也想去把过去心中的结解一下。"沈同方说道。

"师兄啊,你真的是在哪里跌倒就在哪里死磕到底啊。"郝仁说道。

"老了老了,臭脾气改不了了,虽然失败过两次,但我还是不死心,一看到希望,心里的死灰又复燃了。你看去年,仅大陆地区集成电路产品销售额就已经占全球比重超过三分之一,逐步形成了消费市场、终端品牌商、芯片设计、晶圆制造、封装测试环环相扣的产业链需求结构。与此同时,我们这样的国产终端品牌商在移动终端时代迅速崛起,出货量在全球占比超过20%并呈上升态势,不出意外,这将直接拉动本土集成电路产业从设计业到封测业的全面崛起,这都是以前所不具备的条件。

"政府的扶植也更为有力,863项目,国家02重大专项都是为集成电路产业的发展提供规模更大的资金。机制设计上也优于以往,政府扶植不再主导,而以制造企业为中心,广泛吸纳人才,以资金为手段,全部助力产业链的崛起……"沈同方滔滔不绝地讲着,脸上泛着红光,语气中有难以抑制的兴奋,显然是做好了投身其中的全面准备。

"我知道师兄在做一件更重要的事。耀华终端的芯片,说到底成功的只是设计部分,还有很多部分依赖于产业链上的各供应商,如果能够全面国产化,那对我们来说近水楼台,无论议价能力及供应稳定性都有优势。"郝仁说道。

"你能理解,我心里的石头才算放下了。"沈同方说完,轻轻舒了一口气。

"我预祝师兄马到功成,希望用不了多久就能听到好消息。"

"好,我尽量,在我有生之年。"

在这一句坚定如承诺的话在空旷的会场回荡殆尽前,两人都没有再说话。

郝仁看着沈同方,这是一张饱经风霜的脸,眼角的皱纹都结成了网,可上面却有一双和年龄不相符的深邃眼睛,透着丝丝不甘的少年意气。沈同方也看着郝仁,他知道自己这个学弟的眼光与格局,是不会囿于眼前的胜利,他能够看到遥远的未来,自然也能理解自己的选择。

"走,今天我请客,我们师兄弟好好喝一杯。"郝仁说道。

"这次我请,来的时候是你请的客,走就我请,礼尚往来,我们还有很多个以后。"沈同方说道。

"对,我们还有很多个以后。"

这个晚上,沈同方很难得地醉了,醉了以后的世界光怪陆离,泛着晶圆那样金属色泽的光芒,直闪得人眼花缭乱。

第二百七十二章　天降大任于斯

周六下午,钟楠独自在空无一人的办公室坐着,回想起此前沈同方种种表现和欲言又止的话,隐隐预感自己将面临前所未有的机遇,说不期待是假的,可心里却也完全没有做好准备,只能怀着急迫的心情一遍遍翻阅沈同方留下的资料。

钟楠不敢在工作日钻研，他的座位在办公室中央，被众人环绕着，若是让大家看到自己这般露怯，万一真要扛起整个团队往前走，又将如何服众？钟楠现在很想知道，要多努力才能看起来毫不费力？跟着沈同方这么多年，所有流程和方法没有说不熟的，可要怎么样才能像沈同方那样举重若轻，说出的每句话都让人信服，钟楠还没有想到更好的办法。

中央空调出风口挂着的红飘带在头顶上招摇，钟楠还是觉得热，转身就想打开一侧的电风扇，却看到郝仁和沈同方并肩走过来。

"我就说这小子一定在这躲着努力，你还不信。"沈同方笑着说道，一副打赌赢了的样子。

"小孩知道天降大任，临阵磨枪呢。"郝仁说道。

"郝总，沈老，你们怎么周末过来公司？"钟楠被识破后慌忙合上电脑，起身迎接两人。

"你小子猜不出来我俩为什么来找你吗？"郝仁问道。

"猜出来也不能轻易说出来，工作的安排还是得领导安排，不能乱了规矩。"钟楠滴水不漏地答道。

"哈哈哈，我推荐这小子就是因为他年纪不大，沉得住气，担得起重任。"沈同方得意地对着郝仁说道。

"钟楠，从今天开始，公司要把芯片团队交给你，正式任命周一发出。从今以后，你将成为研发体系最年轻的总监，但要记住我不会因为你年轻就降低要求，团队所有KPI都在你钟楠头上，不要辜负沈老对你的栽培，好好干。"郝仁说道。

"你们觉得我真的可以吗？"钟楠难以心中渴望，但语气又不确定地说道。

"重要的不是我们觉得，而是你觉得。现在你告诉我，你愿意接受这个安排吗？"郝仁说道。

要马上决定，钟楠的脑子轰地乱作一团，眼前浮现出很多人和事，曾经失败的痛苦和成功的喜悦交织一处，外人的嘲弄和队友的鼓励混杂其间，百味杂陈，炖成了一锅粥。短暂的愣神，钟楠发现眼前的两个人在等着自己的回答，强定精神，从纷飞的思绪中捏住了深潜内心渴望的头绪，他要这样一个机会，他要像沈同方那样做出一番傲人的成绩。

"我接受！"钟楠不再迟疑。

"走，跟我来。"沈同方拍着钟楠的肩膀满意地说道。

钟楠前后脚跟着沈同方进了办公室，才发现昔日满满当当的办公桌空空如也，沈同方弯腰捡起地上孤零零的一本书放到旁边的纸箱里说道："钟楠，明天起这就是你的位置了，好好干。"

"沈老，这就要走了吗？我其实坐外面挺好的。"钟楠说道。

沈老把有点别扭的钟楠拉过来，略一用力按在座位上，然后说道："就坐着，不同的位置有不同的担当，不要怕，走到这里了，就知道怎么做了。好了，你慢慢体会，我走了，记得给墙角的琴叶榕浇水，这树四季常青，长盛不衰，意头好。"

沈同方说完，抱起纸箱便关门离去，留下钟楠一个人愣神，不知道心情是沉重、伤感还是期待。

这天后，沈同方就从耀华终端的大楼里悄无声息地消失了，没有任何的欢送会，没有和任何人告别。按照沈同方的意思，既然不是结束，就无需告别，指不定在哪个午后还会重逢，来一场热烈的观点碰撞。

公司的任命全员公布后，钟楠开始收拾东西，准备搬进来沈同方的办公室，坐在周围的同事起身恭喜钟楠的升迁。

"楠仔，不，钟总监，恭喜恭喜。"

"钟总监，恭喜升迁，以后我们大家就仰仗你了。"

"总监，是不是请大家伙吃饭呀！"

……

钟楠不擅长交际，平日少说多干，面对大家的热情有些不知所措，只好"一定一定""感谢感谢"地走过人群。走到过道的时候，钟楠才发现和自己同一波入职的许正江并没有起身，也没有忙于工作，只是面有愠色地扫视着周围的一切。

钟楠大概知道许正江会心里不舒服，都是同一批入职的学生，还是留洋归来，比大多数国内院校的应届生更有国际视野。如果是一个空降的资深管理者，许正江还能够理解一点，输在管理经验上。可既然是内部选拔，凭什么就是你钟楠上位。

钟楠明白，但却不知道如何处理，去安慰，看起来是胜利者的炫耀；去批评，对方又没有做错什么，难道还能说工作不能不高兴吗？人心，恰恰是钟楠最难管理的一项。

次日，钟楠召开部门会议。

"各位同事，沈老离开公司到更重要的地方去了，公司便把他的工作交给了我。对于这个任命我很惶恐，我年纪较轻，团队还有很多比我资深的成员，坐在这个位置上，我无时无刻不感到如履薄冰。都是多年一起拼杀的战友，我就直说了，我需要大家的帮助，也请大家不吝赐教，多多支持。沈老虽然离开了，但是自主芯片这条路公司还要走下，希望大家能够和沈老在的时候一样，团结一致，尽心尽力，我们一起做出成绩。"

钟楠将演练了多次的开场说出了口，他主动示弱，主动提要求，想凝聚人心，萧规曹随般延续旧有的运作模式。

技术领域的生存法则很直接，基本上是谁的技术牛听谁的。钟楠的能力对于晚一些进公司的后辈自然是高山仰止，看到钟楠升职后不摆谱不拿乔，自然是热烈欢迎，一个劲地鼓掌。比钟楠从业经验久，入职耀华终端晚的前辈虽然心里有想法，但也确实没有钟楠熟悉公司，自然也没话说，昔日同事，今日领导，面子还是要给，也是不紧不慢地鼓着掌。

钟楠看情形觉得自己过关了，于是按流程让各项目经理汇报项目进展，开始一切如常地进行着，直到许正江汇报。

"我这边没有问题。"

许正江这句话说完就没有出声，钟楠一开始还以为他在想措辞，等了半天才知道说完了。

"嗯，你的项目很少有问题，但还是像沈老在的时候那样，把上周的进展打开说一说，让我也了解下。"钟楠说道。

"沈老让我全权负责这个项目，既然没问题，就不浪费大家的时间，尽早结束会议吧。"许正江说道。

"你有什么急事吗？"钟楠强压心中的怒火，尽量平和地说道。

"没什么，说了也未必听得懂，何必走形式呢。"许正江不无讽刺地说道。

钟楠不想在众人面前和许正江争执，便说："开会确实需要高效，我私下找许工对进展吧，散会。"

第二百七十三章　混乱成一锅粥

钟楠出了会议室有种当头一棒的感觉，如果这是一个技术问题，他会和团队一起公关解决，可这是一个管理问题，除了懵还是懵。回到办公室思来想去，决定想让许正江一个人静静，等过几天他想明白了，自己再去找他聊聊。

没想到过了两天，正当钟楠想好怎么沟通的时候，却见秘书张艺桥一脸晦气地回来了。

"钟总监，不用去找许正江了。"

"艺桥哥，怎么了这是？他给你气受了？"钟楠奇怪地问道。

"我人都没见着，吃了一肚子气，许正江给我打电话，叫我跟你请假，说是老毛病犯了，我看是心病。"张艺桥比钟楠还要大两岁，原来是沈同方的秘书，为人重承诺，沈同方走的时候特别交代他要好好帮助钟楠，心中无形生出几分护犊子的心态。

"这样啊，他的工作安排给谁，有说吗？"钟楠问道。

"他说着急看病，来不及交接，叫下属有什么急事，直接和你汇报，这也太不负责任了。"张艺桥说道。

"艺桥哥别生气，人食五谷杂粮，哪能不生病，再说最近他心里憋屈，搞不好就是这样加重的。我暂代理一段时间他的项目，有什么等他病好了再说。"钟楠说道。

"你新接手团队，还要管项目，怎么可能兼顾得过来，这不是胡闹吗？你得拿出点领导的范来。"张艺桥愤愤说道。

"艺桥哥，谢谢你，我再想想，你也别急。"钟楠说道。

"唉……"张艺桥叹了口气关门离去。

钟楠给许正江打电话，想问问情况，结果打了几次都没有通，只好作罢。很快，钟楠就体会到了什么叫崩溃，大到产品规划，小到项目进展，通通都到了钟楠这里决策。一整天光是和下属谈话都能用尽所有时间，根本无从思考更多内容。

许正江假请得突然，他的团队成员直接到决策者钟楠总监要指示，顿时也是有点乱套。

"昔日同事，今日领导，许工躲病不会是给人下马威吧。"

"许工临走前和我们说有事多请教领导，是不是暗示我们要多去找钟总监，主动汇报？"

"我等小员工怎么可能知道，谁都得罪不起，夹在中间受气。"

"我们做好自己的工作就好了，别管大佬们的事了。"

"不管？得罪人都不知道。"

……

郝仁几次开会都看钟楠脸色不好，猜他可能压力过大导致精神不济，心里后怕把人弄生病了。

于是郝仁今天下班后拐到芯片实验室的办公区，远远透过玻璃发现钟楠办公室里面人满为患。郝仁抬头看了一眼墙上的钟，晚上 9 点 30 分，不是项目关键期，怎么还有这么多人开会？

郝仁走到门口站了一会，听到里面讨论的全是非常具体的问题，细到找谁申请样机都来问钟楠。郝仁听不下去了，敲门进去，一看全是许正江的项目成员，许正江本人反而不在，心中顿时恼火，便问道："大晚上的讨论啥呢？"

大家显然也被郝仁的突然到访吓到了，支支吾吾地说不上来，钟楠刚要说什么，郝仁又抢过话头说道："最近大家都太辛苦了，今天休息一下，散会吧，我找你们钟总监有事。"

众人面面相觑，火速收拾东西离开。钟楠生出一种把事情搞砸了的心情，面有愧色地等待着郝仁暴风骤雨似的批评。

郝仁看了一眼桌上只咬了一口的三明治，语气温和地说道："走，请你吃夜宵去。"

"哈？"钟楠显然没有预料到郝仁会是这样的反应。

"哈什么哈？吃夜宵啊。"郝仁说道。

"哦哦哦哦，可是……好。"钟楠恋恋不舍地锁好手里的文件，像个犯错的中学生，背着双肩包跟着郝仁出了门。

郝仁带着钟楠进了一家潮汕粥铺，这家粥铺在这一片区小有名气，海鲜砂锅粥熬得又浓又稠，大虾、花甲、干贝熬散在白糯香米里，丝丝生姜提味提鲜，雾气氤氲间勾人味蕾。实际上，郝仁看到的三明治是午餐，晚餐钟楠根本没来得及点，现在真的饿了，急不可耐地搅着碗里还很烫的粥。

"郝总。"

"先吃饭，有什么一会聊，小心烫，这是生滚粥。"

郝仁跟服务员多要了一个碗，又盛了一碗粥，搅凉了就推到钟楠面前。钟楠这时候也顾不得客气了，连吃了三碗，才觉得胃里面不再泛酸水，暖暖和和的很舒服。

"说说吧，怎么许正江的团队是你在管？"郝仁看时机差不多了，直切主题地问道。

"他生病请假了，临走前把团队交接给我了。"钟楠老实地回答道。

"只听说过向下授权，没有听说过向上交接的，这是什么操作？"郝仁问道。

钟楠叹了口气，抱歉地说道："是我没有管理好团队。"

"你才接手几天，现在来说管理得好不好为时尚早，但我觉得你有什么困难可以找我，不要一个人扛。有一点你要记住，管理者有管理团队的责任，团队的事人人有分工，你不能事必躬亲，把下属的活干了，谁来替你干管理的活？"郝仁说道。

"是我太年轻了，做不到像沈老那样服众。"钟楠说道。

"这话不对，刚才我在外面听你们讨论，大家对你的技术判断很是信服，所以问题出在许正江的身上。这样吧，这事我来替你解决。"郝仁说道。

"郝总，许工是和我同期入职的老员工，技术能力很强，这些年外面很多公司来挖猎他，他都从未理会过，我不想因为团队失去他这样的人才。"钟楠说道。

"谁说团队就会失去他，你专心做自己的工作，把许正江的管理职责授权给他团队内经验最丰富的成员，接下来的事交给我。"郝仁说道。

"郝总，你不会要处罚他吧？"钟楠紧张地问道。

"处罚什么，员工生病了，当然是探病。"郝仁说道。

第二百七十四章　冲动后的惩罚

许正江确实病了，常年工作忙饮食不规律让他检查出了肾结石，由于发现得早，结石不大，超声波体外排石休养个一两天就可以了。许正江却大做文章，不仅办理了住院手续，磨磨叽叽叫着这里疼那里疼，愣是把所有的检查做了个遍，赖在医院一周多还不肯走。

傍晚时分，许正江躺在病床看着窗外如血的残阳，顿感心如死灰，一个星期了，他像是被遗忘了一样，除了几个项目成员发消息慰问，没有一个人来看他，更没有来请教下一步该怎么做。

门吱呀一声开了，许正江的太太柳雅提着饭盒进来，看到他又是这一张抑郁不得志的脸,叹了口气说道:"我真的搞不懂你在闹什么?老领导走了,新领导走马上任,你不去巴结就算了,还给人家难堪。"

"我就是不明白为什么是他?作为同期生,我哪里比他差?"许正江说完鼻子不屑地哼了一声。

"那公司领导赏识,你有什么办法?"柳雅把病床摇起来,搭好桌子让许正江吃饭。

"领导瞎呗!"许正江脱口而出。

"我瞎了?"正巧推门而入的郝仁听到了最后一句话,含笑看着许正江问道。

口里含着饭菜的许正江差点噎道,他怎么也不会想到,没等来钟楠却等来了郝仁,一阵剧烈的咳嗽后,许正江支支吾吾地问道:"郝,郝总,你怎么来了?"

"听说你病了,过来看看,现在好点没有?"郝仁丝毫不在意瞎掉的评价,关切地问道。

"好多了,很快就可以回公司了。"许正江说道。

"身体好了,心里好点没有?"郝仁说道。

"我……"许正江话哽在喉咙说不出口。

柳雅恰到好处地起身,着意掩盖许正江的尴尬说道:"郝总你们先聊,我去找下医生。"

"好,你忙。"郝仁看病房没人了,更加直白地说道:"说实话,你心里不舒服找我谈谈或许更有用,而不是为难钟楠。你不知道他新上任本来需要学习的就多,还要替你带团队,人也快病倒了,我想来找你,他还叫我不要怪你。"

许正江听了心里一软,也觉得自己做得过分了,低着头不说话。

"我知道你个人能力很强,甚至超过钟楠,但如果是从你两个人中选,我还是会选钟楠。"郝仁坦诚地说道。

"为什么?"许正江说道。

"还记得几年前的一次项目赛马,谁能先完成就可以赢取团队奖金,那次是你和钟楠第一次挑大梁带领团队。你好胜,目标明确,在挑选项目和项目成员的时候,你选择了临门一脚的项目和经验最丰富的成员,而钟楠不仅挑了最难的项目,项目成员也是从你挑剩下的人里面选。

"后来我和沈老问过钟楠为什么这么选,难道不想赢吗?钟楠是这么说的，他想赢，更想在未来赢。最难的项目也是未来收益最大的项目，否则公司不会硬着头皮也要攻克。他选的团队成员虽然经验欠缺，但是没有一个人因为加入不了容易成功的项目而失望。

"看到你们之间的差异了吗？你足够聪明，能够快速整合资源做好项目，而钟楠更有韧性，能坚持不懈坐冷板凳。你们都是公司最优秀的人才，你们之间是差异不是差距，你个人能力突出，是攻城略地的好手，而钟楠不囿于眼前利益，更能带领团队往对的地方去。"

郝仁注视着许正江，他久久没有说话，眼神流转，像是陷入了无穷无尽的过去，在记忆碎片中翻找着什么。

"郝总，对不起，我也是三十老几的人了，没想到还活不明白，给大家带来麻烦了。"许正江愧疚地说道。

"你就是争强好胜，但是这是好事，公司就需要你这样永葆激情的人，不然燃不起来。好了，休息好了就健健康康地回来，别叫大家担心。"郝仁说道。

"好。"许正江中气十足地回答道。

第二天一早，许正江精神焕发地回到公司，又是部门例会，轮到他的项目组汇报进展，许正江毫不迟疑，站起来言简意赅地把进展给钟楠讲清楚，又一次成功让众人大吃一惊。

会议结束，许正江和钟楠目光交汇，下意识地等众人离去。

"正江你好点了吗？没有你，我感觉真的不行。"钟楠开口问道。

"对不起，钟总监，是我任性了。"许正江满脸写满羞愧。

"生病怎么是任性呢，你吃饭不规律，早就该改改了。"钟楠说道。

"你总是这么能设身处地地为他人着想，郝总说得对，我确实比不上你。"许正江说道。

"啊，郝总真这么说？"钟楠问道。

"对，说带领团队我比不上你，但个人能力我也不赖。"许正江说道。

"是是是，你请假后，我整个人都快不好了。"钟楠说道。

"我这不是回来了吗？放心吧，我会好好干的，绝对要为总监分忧。"许正江说道。

"有你这句话我就放心了。"钟楠说道。

"我们以后还会是朋友吗？"许正江问道。

"会，所以叫我名字就好了，别总监总监的了。"钟楠说道。

"人前还是给你撑足面子,不然再多来像我这样任性的员工,你可就受不了了。"许正江说道。

"行,回来就行,你快点跟进下项目,今天我下班了。"钟楠说道。

"算你狠,我大病初愈,你就……"许正江还想说,只见钟楠拿起包就走。

许正江苦笑着往座位上走,转角听到几个员工在议论。

"许工之前不会是脑子坏掉了?住了一周院回来了,行为举止恢复正常,工作也完全没落下。"

"是啊,是啊,什么医院的神经科这么厉害,专治不服。"

"你们俩过分了?小心被听到要你们好看。"

"散了,散了。"

……

许正江等背后议论的几人散了,才出现在别人视线中,看到众人探求的目光,不由得轻叹一声,"真是挖坑给自己跳,好处没捞到,活一件没少,脑子看起来还很像坏掉了。"

第二百七十五章　路遇大牌明星

扶上马还得送一程,郝仁帮钟楠解开了与许正江的心结,又参加了芯片团队的务虚会议,讲了几句话给钟楠充充场面,看到大家能开诚布公地交流,才彻底地放下心来,默默从会议室先退了出来。

"唉,当个大家长很累吧。"

郝仁才掩上门,背后就传来一声轻轻的叹息,回头看到隋祖禹抱臂站着,半身倚靠在柱子上,看着自己一副不知道是同情还是心疼的样子。

"水煮鱼,你怎么跑到这边来了?"郝仁问道。

"过来安慰安慰操碎了心的你呗。"隋祖禹揶揄道。

"你觉不觉得他们俩好像我们年轻时候,谁也不服谁,非得争个高下,直叫教授头疼。"

郝仁和隋祖禹并行从办公室走廊往外走,阳光斜斜地透进来,铺了一地的金色地毯。恍惚间两人竟徒生出时光倒流的错觉,图书馆连接教学楼的甬道很长,光线被花窗切成各式图案印在墙上,两人也总是一路并行,只是从未有过现在这和谐的氛围,不是吵这个就是争那个,连步伐也是谁也不肯让谁先走的架势。

"虽然先挑事的人是我，但终究还是你赢得多，我承认比不过你。"隋祖禹说道。

"就算比不过，也只是念书的时候，想想耀华刚自建品牌那会，我可是低三下四地求着你，就怕你会撂挑子。"郝仁从回忆里退出一点，故作无奈地说道。

"领导当成你这个窝囊样，我真为你难过。"郝仁这话隋祖禹听着舒服，略带得意地说道。

"是，我要不是这副礼贤下士的模样，也容不得你说话怎么耿直，这么多年了，连句郝总都没听到过几次。"郝仁说道。

"行吧，郝总，今年校庆要不要去？校长可是邀请函都寄过来了，说给您老安排了重头演讲。"隋祖禹摇了摇手里的红色邀请函说道。

"校庆？邀请我去？以前不都是院庆才会邀请我。"郝仁说道。

"今时不同往日了，郝总，你身价倍增了。"隋祖禹说道。

"我想想吧，不然还是别出这风头。"郝仁说道。

第二天，校长的电话就打了过来，一套寒暄之后就把郝仁校庆演讲的事给确定了下来，前后不过10分钟。挂了电话，郝仁反应过来很是诧异，自己为什么会不假思索应承下来，最后只得归因于一个人无论如何都没法拒绝一个来自过往青春的邀请。

10月底的最后一个星期六，郝仁和隋祖禹出现在深圳宝安机场，打算乘坐晚上的飞机提前一天回武汉，第二天直接参加校庆。候机厅人算不上拥挤，两人耳机一塞，一人抱着一个电脑各自忙碌。

突然，一阵喧闹打破了夜晚的安静，"让开，让开，让开"的粗暴喊声透过耳机里的轻音乐钻进耳朵。郝仁下意识地眉头微蹙，抬头看向声音处，只见一群西装革履的保镖手拉着手，围住一个打扮时尚、戴着墨镜的年轻男子往自己这边的登机口走。

"吵死了，谁啊？"隋祖禹嫌恶地说道。

人走近了一些，郝仁看了一眼就认出了来人，"余连连，当红流量明星，最近很火的悬疑电影就是他主演的。"

郝仁的回答让隋祖禹着实一惊，"你什么时候开始追星了，我竟然一无所知。"

"最近有一款针对年轻群体手机上市，穆言提议找个代言人，合作经纪公司提供的名单里有他，我看了几眼，没想清楚就还没决策，今天一看觉得和我们公司的风格相去甚远，不太合适。"郝仁说道。

"什么叫不太合适，我看是完全不合适。"隋祖禹满眼不屑地说道。

"知道了，知道了，不会找一些乱七八糟的人来代言你设计的手机，行了吧。"郝仁说道。

"行。"隋祖禹重新戴上耳机。

没想到排场巨大的余小明星和郝仁坐的是同一班飞机，当广播里响起登机消息，余连连和郝仁隋祖禹同时走向了商务舱和头等舱的登机口。

隋祖禹的座位就在登机口旁，起身就站到了第一的位置，刚拿出登机牌要递过去，就被一只手给推了回去。迟疑间，这只手的主人，一个保镖打扮的男子已经把另一张登机牌率先递给了检票人员，并侧身逼得隋祖禹后退一步，硬挤出一条路让余连连通过。

直到余连连进去，隋祖禹还愣着，郝仁拿过他的登机牌和自己的一起递过去，说道："航空公司不是最讲秩序吗？刚才有人插队你们也不管。"

检票的空姐听了，连连道歉："今天是我第一次上班，我刚才一下懵了，对不起，实在对不起。"

郝仁看对方的脸还带点婴儿肥，确实是年纪太轻，不太有经验的样子，于是笑笑说道："没事，可能晚上戴墨镜看不清人，可以理解，而且正常人都知道坐飞机不用抢座位，我们也不急。"

通道让声音格外清晰，听到这番话的余连连很是不悦，立马停步想看看身后说话的人什么模样。很快，郝仁和隋祖禹便走了过来，余连连把墨镜拉下一点，乜斜地看了两人一眼继续往前走，走路的姿势比刚才保镖环绕还要张扬几分，仿佛要把脚下灰色的地毯走出金光大道的架势。

三人一前一后登上了飞机，结果余连连根据座位号在商务舱坐下了，郝仁和隋祖禹则继续朝头等舱走，路过余连连的时候发现他脸上很不好看。

"这么点距离，怎么定个头等舱？"隋祖禹不解地问道。

"唉，穆言说校庆期间可能会在飞机上遇到校友，坐头等舱安静点。"郝仁说道。

"唔，我觉得她是怕你挤在经济舱，遇到熟人没面子吧。"隋祖禹说道。

"这,没必要吧。"郝仁说道。

两人正说着,后面传来一阵喧闹,正好一个空姐过来送毯子,郝仁就多嘴问了句怎么了。

"那边有旅客闹着要升舱,打扰您了,马上处理好。"空姐无奈地说道。

"没事。"

郝仁话音未落,就见余连连讲着电话走进来坐下,"下次,给我定商务舱的主办方就不用接了,让我颜面扫地……"

余连连嚣张得瑟的表情,让人不忍直视,郝仁和隋祖禹直接拉下眼罩各朝一边睡过去。

第二百七十六章　遭遇后辈挑战

飞机起飞,灯光黯淡,一路上三人相安无事地过去。

待到机舱重新亮起,已经是晚上10点多,睡了一路的郝仁和隋祖禹迷迷瞪瞪地往外走。而黑西装的保镖也从经济舱回到了余连连的身边,护着他往外走,深夜的机场旅客不多,环绕式的行进阵型显得愈发突兀。

"不知道为什么,和这货一起走过去我有种丢脸的感觉,要不我走快几步,万一外面有他的粉丝,我们可能会被堵住出不去。"隋祖禹压低声音说道。

"你说得很有道理。"

说完两人同时加快了脚步,距离出口还不到一百米时,郝仁的电话响了起来。

"郝总,我是华中科技大学电子信息工程与通信学院的外联部秘书吴巧,负责这次校庆的院友接待,我看到你提供的航班已经降落了,学生会的同学听说你回来,已经自发组织在出口迎接你了。"

"谢谢,吴秘书,这么晚了就不要麻烦大家了,回自己学校熟门熟路,我可以自己来的。"

"其实不是院里组织,只是你声名远播,大家看到你的讲座信息发布后很是激动,想要来机场迎接你,有的同学是耀华设立奖学金的受益者,不是上课时间,我们也不好阻止。"

"大晚上的,这也……"

说话间，郝仁已经走到了出口，才一露面，外面一群年轻学生欢呼起来，举着鲜花和欢迎回武汉的牌子朝郝仁招手。

由于郝仁接了个电话，耽搁了一会时间，余连连这时也前后脚到了出口，听到外面欢呼声，以为是自己的粉丝接机，有意炫耀一番，于是越过郝仁和隋祖禹，脱了墨镜挥着手朝人群中走去。

年轻学生正热烈挥手，突然冒出几个人挡住郝仁走过来，顿时泄了热情，想等几人快点过去。没想到余连连也没有出去，反而顺手接过一个动作慢半拍的女学生手里扬起的鲜花，问道："名字签哪里？"

"你干吗呀？把花还给我。"女学生不满地说道。

"嗯？"余连连难以置信地哼了一声。

"不好意思，你和你的朋友可以让开下吗？我们是来接人的。"女学生身边的高个男生说道。

余连连这才反应过来，顿感尴尬，把鲜花推回到女学生手中，重新戴上墨镜往外走。

"这人干吗啊？"女学生问道。

"不知道，可能认错人了，别管了，郝仁师兄和隋祖禹师兄怎么站在那里不动。"高个男生问道。

"是不是看不到我们，我们喊一下吧。"女学生问道。

"欢迎郝仁师兄和隋祖禹师兄回母校……"人群中有人起头喊道。

听到声音，郝仁和隋祖禹也不再迟疑，走向出口的人群中。

"欢迎两位师兄回来，我是学院学生会会长马飞，今天来的都是院里的同学。"

"郝师兄，我是陈芳，去年的耀华奖金的获得者，给你写过邮件。"

"隋师兄，我是孟彩玉，大三实习来过耀华，就在你的硬件团队。"

"感谢大家来接我们，很晚了，我们走吧，明天还会跟大家见面的。"

"我们走吧，师兄们过来也很累了。"

……

最终，郝仁和隋祖禹还是不能太驳了学生们的热情，回去车上和几个同学聊了一路，入住酒店已经快12点。

或许是飞机上睡足了，亦或许是回到校园心中无限感慨，两人躺在床上竟无法入睡。

"经纪公司提供的啥明星，一点都不火，没几个学生认识，还好你没签下。你可能没注意到，上车的时候他在旁边，满脸写着难以置信。"隋祖禹晃着翘起的腿说道。

"火还是火的，他在社交账户上的粉丝好几百万，互动率也高。只不过咱的学弟学妹专注学业，不看娱乐圈八卦。"郝仁说道。

"那我就放心了，如果连我们学校的学弟学妹都整天看那些谁闹绯闻了，谁整容了，谁和谁不和这些鸡毛蒜皮的小事，才要完蛋了。"隋祖禹说道。

"优秀企业的底层逻辑是知识和技术的创新，我更希望他们膜拜创新，而不仅仅创新后的结果，商业成功与员工收入。"郝仁说道。

"没想到堂堂总裁也这么理想主义，如果你这么对学生说，大概会有人说你住着豪宅养着美眷，却说何不食肉糜的话。"隋祖禹说道。

"养什么美眷，穆言的能力在哪里都挣得不少，哪里需要我养。话说回来，我当然不会去劝学生们要勒紧裤腰带追求理想，只是希望在残酷的现实中保留一点理想吧。"郝仁说道。

"我懂你意思，但从另外一个方面来说，如果耀华能用创新盈利，不也是一个有力的证明，理想不仅值得追求，也能让天下学子过得不错。安得广厦千万间，大庇天下寒士俱欢颜，你以前就常说这句杜甫的诗。"隋祖禹回忆道。

"是啊，常说，说着说着就当真了……"郝仁迷迷糊糊地说道。

"怎么就睡着了，无聊。"隋祖禹嘟囔道。

清晨的校园，阳光带着秋末的余温迎接着五湖四海归来的校友，到处彩旗招展，喜气洋洋。

顺着人流，郝仁和隋祖禹进入到礼堂找到名牌坐下，不多时，庆典在激昂的音乐中正式开始，各级领导及校领导上台致辞后，正式开启了校庆优秀校友论坛的活动。

随后，郝仁发现自己作为第一个校友演讲时，主持人已经喊到名字，来不及惶恐，便走上了台。

"各位老师同学大家好，我是92届电子信息工程与通信学院的毕业生郝仁，很高兴今天在这里和大家重逢。母校人才济济，每一个都让我高山仰止，今天我第一个发言，只为抛砖引玉，给接下来的优秀校友开个场。

"站在这里，我仿佛回到了过去，恩师的话如在耳边，同学的脸还是少年，一草一木，一桌一椅都一如往昔，我完全不敢相信时间已经过去了二十多年，而曾经在这里收获的知识也在我前进的每一步发挥着重要的作用。

"很多认识我的老师同学都知道，毕业后我就去了一家小小的电子代工厂，和很多工人一起摸索着生产通信产品。那时候的市场上，所有的电子产品都源自国外，我们羡慕，所以不敢妄言创新，选择从模仿开始。如今，大家在市面上看到的绝大部分产品都是国产，甚至国外也是一样，在座的年轻朋友，可能你们的第一部电子产品也是国产。我很兴奋看到这样的情景，这二十多年的改变，印证了我刚入学时，导师对我说的一句话，我们这里培养的不是高薪的打工仔，而是改变时代的拓荒人。"

这句话出自刘爱国院长，现在正坐在台下偷偷抹着泪，他压根没有想到自己的话也能薪火相传二十多年，对行业格局产生了间接的推动力。

面对全校师生的演讲不宜过于技术，所以郝仁更多讲述的是从校园到现在翻天覆地的变化，都是身边发生的事，台下年长的人几乎全程见证，年轻的人也有经历其中一段，很能感同身受，于是，当郝仁半小时的演讲结束时，大礼堂爆发出热烈的掌声。

主持人上台，介绍说可以有三个提问的机会，台下观众便齐刷刷举起了手。主持人助理拿着话筒下台，还没有想好递给谁时，突然被一个卷发男生抢过话筒。

"师兄你好，感谢精彩的分享，可惜我觉得你走不远。"

第二百七十七章　科技普惠全球

校庆喜庆的气氛瞬间荡然无存，众人的目光在卷发男生和郝仁之间来回逡巡，试图想要探究出些恩怨来。

郝仁脸上的微笑仿佛描在脸上一般，没有因为突如其来的质疑有丝毫褪色。透过舞台明亮的灯光，郝仁在前排中央看到了身穿亮面夹克的卷发男生，嘴唇一侧微微翘起，带着某种大量啃噬书本后所带来的目空一切。

"请问这位同学判断的依据是什么呢？可以说得更细节一些吗？"郝仁问道。

"师兄你好，我叫孟育成，市场营销学的大三学生，想就消费者心理学和你探讨一下。根据马斯洛的需求层次理论,人的需求可以划分成生理需要、安全需要、社交需要、尊重需要和自我实现需要五类,依次由较低层次到较高层次,高级需要出现之前,必须先满足低级需要。

"那么你反复提到的高端产品,无疑满足的是消费者的自我实现需求,购买带来的心理愉悦感,要远远高于产品本身的功能。我们市面上的高端产品乃至奢侈品,大多来自发达的欧美地区,营造出欧美上层阶级的生活方式,让国内的消费者向往,产生使用这类产品就能成为体面阶层的感觉。

"由此可见,耀华这样的国产品牌不具备这样的条件,尤其耀华的前身是做代工起家,直到2003年才有自己品牌的产品,还是从农村市场做起。经过十多年的发展,产品质量有了很大的提升,市场也进入到一二线城市,但反复强调的只有技术细节,这如何让消费者产生高端的感觉?"

卷发男生的发言直白尖锐,引得会场窸窸窣窣地议论起来,正当主持人想把关注点引到别处时,郝仁不疾不徐地开口了。

"感谢孟同学的关注,没想到你未出校门已经对耀华终端有这么深的了解了。有部分观点我是赞同的,做产品不难,做品牌难,做高端品牌难上加难,这里面不仅仅是技术从追赶到超越,也有文化的点滴积累,也就你所说的产品不仅仅要满足消费者低层次的需求,也要满足消费者自我实现的需求。

"但有一点我是不赞成的,消费者的自我实现不全是消费主义的,有消费者喜欢用光鲜的形象来彰显财富实力,就有消费者想要共创美好未来。耀华终端的高端之路,不是拒人于千里之外的价格高企,不是划分阶层身份的标识符号,而是让地球上的每一个普通人都能共享时代进步,享受美好生活的科技普惠。

"耀华终端在一百多个国家地区都有销售,里面既有发达的欧美国家,也有欠发达的非洲国家,我们从未挑剔消费者,从不考虑什么身份才能用我们的产品,我们更希望为各种各样的消费者解决问题,用科技的力量拆除人心的藩篱,也愿世界更多理解,更少隔阂,尤其是财富划分的隔阂,谢谢大家。"

若是平时郝仁在公司说要用科技普惠世界,或许有人觉得他在念广告词。如今台下是象牙塔里的师生,这样理想主义的话非但不会显得突兀，反而真诚得让每个人都动容，有人欢呼，有人鼓掌，间隙夹杂一两声口哨，两位曾经教过郝仁的教授甚至忍不住站了起来，满意地看看郝仁，像看着一件精心打磨的作品。

活动还要继续，郝仁回答了两个无关痛痒的问题便回到座位，隋祖禹用胳膊肘撞撞郝仁，"以大欺小，胜之不武啊。"

"差点下不来台，哪来的欺负？"郝仁说道。

"你刚才说的话都是出自真心？普惠全球？普度众生？听起来像救苦救难的观音菩萨。"隋祖禹说道。

"当然，在公司愿景里，在我的真心里，但我没想到你举的这个例子这么贴切。"郝仁说道。

"什么？"隋祖禹不太明白。

"观音菩萨啊，常怀慈悲之心，人就不会做错事，有普惠全球的信仰，公司就不会有为了短期目标而伤害消费者，伤害品牌的决策出现。"郝仁说道。

"听起来冠冕堂皇，但不得不说逻辑非常自洽。"隋祖禹心服嘴不服地说道。

庆祝持续了整整一天，从礼堂出来时，天已黄昏，两人缓缓往酒店的方向走。这是悠闲自在的时候，郝仁的电话突然响起来，是师娘李秀梅。

"师娘，怎么今天想起来给我打电话了？"

"郝仁啊，你师傅他……"李秀梅没说几句就呜咽起来。

"师娘，你先别哭，到底怎么了？"

"你师傅昨天肚子疼得死去活来，送到医院检查，结果，结果是胃癌，实在是……"

郝仁的理智被轰的一声炸得支离破碎，他怎么也想象不出强健的师傅会生病，过了好一阵子，郝仁才缓过来。

"师傅在哪个医院？我现在回来看他。"郝仁问道。

"在人民医院，你师傅还不知道，你来的时候别说漏了，我不想你师傅被吓到了。"李秀梅说道。

"好，我知道了。"

挂了电话，郝仁浑身无力地坐在了路边长凳上，呆了好久才有泪落在草坪上，那个一拳能把铁板打个坑的师傅老了，变成残叶，风一吹就打着旋掉下来，落入尘土。隋祖禹在一边听了个大概，安慰的话不知从何说起，只得陪在一旁，不发一语。

"帮我订张回去的机票。"郝仁说道。

"行。"隋祖禹说道。

"后面的捐赠活动我不参加了，你替我去吧，很简单的。"郝仁说道。

"行。"隋祖禹说道。

"你说，会不会是误诊？比如仪器不精准，化验操作不当之类的，也是有可能的吧。"郝仁满眼期待地看着隋祖禹问道。

"郝仁，你回去看看就知道了，也别太难过，听医生的。"隋祖禹说道。

"嗯。"郝仁说道。

又是一阵久久的沉默，在傍晚的校园里显得死气沉沉。

第二百七十八章　高建军的愿望

等郝仁着急慌忙地赶回深圳已经是深夜一点，在家辗转反侧了一宿，太阳刚出来就驱车往医院赶。

人民医院住院部大楼掩隐在树荫之中，南国的植被四季常青，哪怕是秋冬，也丝毫不见颓败之气，清晨金色的阳光透过枝叶缝隙洒下来，斑斑点点，怎么看都是生机盎然的模样。只可惜这里不是公园，再好的景致也难掩来往路人悲伤的神色。

郝仁步履沉重，眯眼对付着晃眼的阳光，转角进了大楼，上楼几个拐弯后走到了512号病房前。郝仁刚要敲门，门却先开了，师娘李秀梅提着个水壶走出来。

"老头子，郝仁来了。"

李秀梅一边把门敞开，一边对着里面喊道。哗的一声，病床间白色的隔帘被一只手拉开，高建军半躺卧在最里面。他的脸色苍白，颧骨凹陷，过去强健的身体仿佛一夜之间失去了光泽，像干枯的树枝被衣服包裹着，风一吹就要散架的样子。

为了面对此情此景，郝仁用了一晚上给自己做心理建设，然而真的看到了，郝仁依旧想不到一句合适的话说，只是愣在了原地。

"过来坐，郝仁。"高建军有气无力地说道。

郝仁才回过神来，赶紧拿起墙角的蓝色塑料凳，坐在了高建军身边，"师傅，你现在觉得怎么样？有没有哪里不舒服？"

"现在不疼了，就是没胃口吃不下饭，犯恶心。我没事，你这么忙，干吗跑过来，耽误不少事吧。"高建军说道。

"也没多忙，就是想过来看看你了。你一定要听医生的话，快点好起来，我这好多事还要请教你呢，公司没你可不行。"郝仁说道。

"唉，"高建军叹了口气说道，"你就会变着法地哄我，如今哪家公司还需要老工人，新闻上都说要用高科技武装工业，实现生产全自动化。你不是也要开始建无人工厂了吗？我去干吗？指导机器啊，那我可不懂。"

"师傅，你这话说得不对，无人工厂解放的是工人日复一日的烦琐劳动，不是说生产线不需要人，机器的背后都是人的智慧，机器需要学习，也需要指导。"郝仁表情认真地说道。

"那也不是需要我的指导，是需要高学历的尖端人才的指导，我就一个中专学历能干啥，早就落伍了。"高建军说道。

"那可不是这样的，你当初指导我要怎么严把质量关，每次员工培训我都还在说，一点都不过时。明年初又要来一批新人，师傅可不得出山帮帮我。"郝仁说道。

"你需要的话，我当然会来，我现在最大的愿望就是看着你把吹过的牛实现了，让所有人都看到全国第一的产品是咱们做的。"高建军说道。

"你没看我们的产品在欧洲发布多么受欢迎，不会让你等太久的，总之你快好起来，下一次全球发布会你跟我一起去。"郝仁说道。

"我可不会说外国话，去了能帮你啥？"高建军说道。

"啥也不用帮，看着我怎么把国产货卖遍全球。"郝仁说道。

"好，那你可得带我去开开眼。"

高建军勉强地挤出一个笑容，让郝仁不要这么伤感地看着自己。郝仁从这个笑容中意识到自己的情绪可能对高建军有所影响，也努力地咧了咧嘴作为回应。

两人才聊了一会，高建军就显得很疲惫。

"师傅，要不躺着睡一会。"郝仁心疼地问道。

"你好不容易来一趟，我还想多和你会话。"高建军说道。

"要不，你歇着听我说就好了。"郝仁说道。

"行,要不你给我说说你去国外卖产品的事?"高建军说道。

"好啊,要说出海,我们还是先去的非洲市场,一个叫尼日利亚的地方,那里人多市场大,就是收入低,我们的产品性价比高特别适合他们……欧美市场的消费者很挑剔,这也不满意那也不满意,特别是外观,一定要时尚科技……"

高建军兴致勃勃地听郝仁说,慢慢地眼皮就合上了。郝仁压低声音继续说,直到高建军发出均匀的呼吸声,才起身拉拉被子给他盖好。

隔壁床的老头看郝仁小心翼翼的模样,很是感慨地对站一边的李秀梅说:"这儿子真孝顺,像照顾孩子一样照顾他爹,不像我家的,多久都不来看我一次。"

李秀梅压低声音说道:"不是我们儿子,是他徒弟,二十多年了,感情比亲父子还好。"

高建军小睡了一会,做检查的时间就到了,不得不起来,让人推进检验室。家属不能进去,郝仁和李秀梅便坐在门口的长凳上等。

"师娘,医生有没有说后续的治疗方案?"郝仁问道。

"已经三期了,只能手术切除大部分的胃组织,然后再看看是不是辅助化疗,这要是有个好歹,我可怎么办?"李秀梅已经调整好的情绪又有点失控,说着说着哽咽起来。

"师娘,先别自己吓自己,师傅现在身体还扛得住,就怕精神垮了,你一定要挺住,给师傅多一些鼓励。"郝仁说道。

"我现在就特别希望你能和他说点别的,让他有个盼头,别整天在病房里唉声叹气的。"李秀梅说道。

"师娘,你就是不说,我也会经常来看师傅的。"郝仁说道。

"你这么忙,我还这样要求,实在是过分了。臭小子到现在都还没赶回来,真是气死我了。"李秀梅说道。

"波仔在北京这么远,路上得花点时间,我在也一样。"郝仁说道。

"唉,不说他了,你师傅这么多徒弟就和你最亲,整天念叨着你。"李秀梅说道。

"我也和师傅最亲,"郝仁说着从包里拿出一张银行卡放到李秀梅手上:"这里有10万块,师娘你先用着,什么药好用什么,别省,钱不够再和我说。"

"不用,钱够用的。"李秀梅推搡着不肯接受。

"师娘,这是我的心意,你收下我心里才好受。"郝仁说道。

最终,李秀梅还是收下了,除了盛情难却,更因为以老两口的积蓄来看,这个病带来的负担还是太沉重了。

郝仁离开医院前,找了一趟主治医师,知道了胃癌三期已经是中晚期,5年的存活率会大大下降,治愈率低于30%,如果癌细胞发生转移,就是华佗再世也难救。

郝仁沮丧地发现,时间不多了。

第二百七十九章　喜提获客秘诀

郝仁恍恍惚惚回到原来在深圳湾的家,还了岳父的欠款后,这套房子又回到自己名下,只是上班图近一直没有搬过来,反而成了自己不良情绪的收容所,比如现在。

郝仁靠在在沙发上,落地窗外的夕阳炙热而浓烈,火焰一般层层铺叠在海面之上,波浪扬起的瞬间,像是高高蹿起的火苗,想在落日余晖消逝之前燃尽最后一份激情。

这种不肯放弃的劲头就像高建军这个人的写照,哪怕做别人眼中毫不起眼的工作,也不肯给自己留有余力。郝仁不敢叫高建军歇下来,如果高建军被人说一无是处,恐怕比知道自己病入膏肓还要致命。

郝仁从未像此刻一样希望科技飞速发展,顶破知识的上限,消灭世间一切病痛,这样世人就无需再面对亲朋好友的离去。

郝仁正胡思乱想着,隋祖禹电话打过来问他在哪里,说了地址后不到1小时,就听到门铃响。

"今天早上的捐款仪式很顺利,搞完我就赶回来了,高师傅的情况怎么样?"隋祖禹把行李箱放在门厅,换了鞋走到郝仁身边坐下。

"发现得太晚,已经是胃癌中期了,需要做切除手术。我真后悔,为什么不在师傅还健康的时候,多带他去国外走走,看看我们的产品多受欢迎。"郝仁扼腕叹息道。

"你也不要太担心,现在科技发达,治疗不一定需要一直待在病床上,等他术后恢复一些,再安排也不迟。"隋祖禹说道。

"当时创立耀华终端的时候,我喝多了和他吹牛说要做成全国第一,全球前三,他一点都没有觉得我在开玩笑。你说我师傅是懂行还是不懂行呢,说他不懂行吧,几十年的老工人,知道做产品有多难,吹牛的时候我连个团队都没有,这种天方夜谭一样的话他也信。说他不懂吧,他又头头是道,生产线上就没他不知道的事。"郝仁说道。

"高师傅不是不懂创立新品牌的难度,他只是相信你,只要想做就一定能做得到。"隋祖禹说道。

"所以,我们要加把劲,让产品一代比一代强,让师傅看到我们能持续做出高端前沿的产品。"郝仁说道。

"需要我怎么做?"隋祖禹说道。

"先不说了,我今天情绪不对,怕做出些急功近利的事,欲速则不达,我得好好想想。"郝仁说完,整个人向下滑下去,瘫软在厚重的沙发里,呆呆看着在海面上挣扎的最后一丝光亮。

隋祖禹看着郝仁悲伤的神情,一时之间不知道说什么好,也跟着陷入了沉默。

过了很久,直到外面完全陷入了黑暗,隋祖禹才说道:"最近我有个发现你要不要听听看?"

"什么发现,我洗耳恭听。"郝仁挪了挪身子,略微坐正了些问道。

"汤媛原来是个特别节俭的人,衣服不穿坏不去买,但最近她迷上了买衣服,在同一家店买了好多衣服,你知道为什么?"隋祖禹问道。

"为什么?女为悦己者容?"郝仁问道。

隋祖禹听了苦笑两声说道:"我也希望,然而事实并非如此。这家店和其他服装店有个最大不同,它不是一堆衣服任人挑选,而是为客户提供从周一到周日的整套穿搭,衣服、裤子、裙子,甚至配饰都在内,用我们研发术语就是交钥匙解决方案。汤媛不喜欢逛街,之前为了省事,总是同一款式的衣服买好几件,有一次被人开玩笑说是不是不换洗衣服。那这家店的服务实在太适合汤媛这种不愿意为穿戴花时间,但又不得不在职场保持形象的人了。你想想,我们的消费者并不是每个人都懂电子产品,如果我们提供的不是一件件的手机、电脑、平板,而是白领办公、学生学习的整套方案,一次性为消费者配齐所需的电子产品,这可以帮消费者省事,帮我们挣利润,对吧?"

郝仁听了拍案叫绝,搂住隋祖禹的肩膀说道:"可以啊,哥们开窍了,一夜之间是又懂产品又懂女人了。"

隋祖禹推开郝仁,满脸嫌弃地说道:"我在你心中啥也不懂吗?"

"没有，没有，你神目如电，我以前是有眼不识泰山了。"郝仁说道。

"知道就好，别把研发当呆子。"隋祖禹说道。

"隋祖禹，谢谢你。"

郝仁心里知道，若是以前的隋祖禹，天塌下来恐怕都懒得看一眼，哪还会管老婆在哪里买衣服。今天这番说辞，都不知道他是怎样搜肠刮肚才想出来的主意，可能是为了帮自己早点弥补遗憾，抑或是转移注意力，总之，隋祖禹看不得兄弟悲伤，这种感情和郝仁一模一样。

"谢什么？莫名其妙的。你觉得我说的这些有用吗？"隋祖禹问道。

"自信点，把吗去掉，有用极了。"郝仁说道。

"真的？那接下来我们怎么做？"隋祖禹问道。

"当然是调研消费者的想法，然后设计解决方案咯。"郝仁说道。

"这个我行，以后我们就不卖产品了，我们卖服务。"隋祖禹说道。

第二天，郝仁正打算选几个人跟着去调研，电商负责人徐敏找过来了。

"郝总，我有一些神奇的发现。"徐敏说道。

"有多神奇？"郝仁问道。

"你看看就知道了，"徐敏说着打开电脑把一堆数据投到了大屏幕上，"这些年，耀华终端的产品系列越来越多，我就开始寻思怎么提高每个用户的平均消费金额。这个月我找人把大促期间的消费者购买清单整理了一下，然后发现了一些规律。你看，这是我们高端旗舰的消费者购买清单，有40%左右的消费者除了买手机之外还买了我们的无线耳机，20%的消费者还买了我们的笔记本产品，这种连带购买的关系在其他款产品上就不明显。你再看我们的另外一款中端手机，消费者的连带购买比例就下降了，但是还是有15%左右的消费者买了我们的平板产品……"

屏幕上的数字又多又密，郝仁却一点都不觉得眼花，反而从里面看到某种异常清晰的逻辑，这个逻辑来自消费者的生活方式，引导自己探究出购买行为背后的决定性因素。

第二百八十章　放假突如其来

早上 8 点，耀华终端全体收到一封紧急放假通知，除了手上有紧急事务的员工，通通放假一天。

这个时间，出门早的员工已经到公司了，突然接到这个毫无缘由的通知，个个是一副难以置信的表情。

"放假了，放假了，对打工人来说，比天上掉馅饼还开心的事就是放假了。"有人坦白地表达着喜悦。

"别高兴得太早，这无缘无故的放假大有深意啊，我听说国外大公司裁员前都会给员工放带薪长假，最后舒舒服服地把人送走。"有人很是担忧地揣测。

"就一天假不至于吧，难不成公司会乘我们不在公司，偷偷搬家跑路不成，等后天我们来上班，发现公司已经夷为平地了。"有人想象力极为丰富。

"你不当编剧可惜了，一天就能将我们整个工业区夷为平地，深圳速度又要刷新纪录了，哈哈哈。"有人不无幽默地说道。

……

大家早饭也不吃了，围在一起议论纷纷，连当上部门主管的齐飞华站在身后都没有发现。

"咳，咳，齐工，你来了。"

终于有人在兴奋之余瞥了一眼周围，这声招呼一打吓得众人立马噤声。

"你们看通知只看标题吗？没往下滑动看看放假是有前提条件的。"齐飞华不紧不慢地说道。

"条件？"

众人大惊，纷纷掏出手机仔细再看一次通知。果然，往下滑了一次，上面赫然写着一个奇怪的命题作文《某某的一天》，要求大家不要待在公司，走出去观察两个以上的消费者，在一天的时间内，使用了什么电子设备，在什么条件下使用，以及为什么这样使用。观察对象年龄最好在18到45之间，男女不限，职业不限，最好能够交谈，了解其真实想法。

有人心中遗憾，美其名曰放假，原来是把人赶出去做市场调研；有人松了口气，自己的工作岗位稳稳的，公司还是需要自己的。

"好了，大家快点出发吧，公司的任务切记不要敷衍，一定要认真完成。"齐飞华说道。

等人走得差不多，齐飞华坐下来，用尺子在笔记本上画出整齐的表格，横列依次写上观察者、性别、年龄、职业等特征，纵列写上8点到9点，9点到10点，10点到11点，以此类推一直到晚上10点。

准备好一切，齐飞华收拾好小包往外走，转角处正好遇到郝仁。

"郝总也要去调研吗？"齐飞华问道。

"当然，全公司都去我怎么能不去。"郝仁说道。

"其实，我有点疑惑为什么要全公司都参加？"齐飞华问道。

"你奇怪的应该是为什么研发要参加，对吧？"郝仁反问道。

"是的，郝总。"被郝仁一眼看穿，齐飞华有点不好意思地说道。

"飞华，你难道忘了，公司初创的时候，都是我带着你们一起外出调研。现在公司大了，有了专门的策略部门去做市场分析，我们就很少一起出去调研了。可我总觉得研发最不应该的就是闭门造车，每一个关键的转折点，都要亲自去看看市场，免得做的产品不是消费者所需要的。"郝仁说道。

"现在又是一个关键的转折点了吗？"齐飞华听出了话中重点。

"是啊，对我和对公司都是。"郝仁回答得意味深长，却并不打算详细解释。

"明白了。"齐飞华感受到某种无形的压力，虽然她也不知道郝仁所说的转折点是什么。

"明不明白对你来说似乎没那么重要，我刚才看到你连调研表格都做好了。"郝仁觉得他和这批耀华终端的老员工之间是有默契的，以至于他们能够在不明白自己任务背后深意的情况下，分毫不差地达成目标。

出了公司大门后，郝仁就和齐飞华分开了，他开车来到市中心一处闹中取静的咖啡厅，找了个可以环视四周的位置坐下。这个咖啡厅附近很多办公楼，有不少白领来这里办公或者会客，可以观察的对象很多。

郝仁坐下没多久，左前边就进来一位年轻的女士，长马尾梳得光滑齐整，脸上化着淡妆，一身西装裙，看样子应该是附近上班的白领。她坐下后，便打开手提电脑开始敲键盘。从郝仁的角度看过去，屏幕上的材料上文字不多，大大小小的高端酒店美图排列有序，她不时将手机上的图片转到电脑上，通过邮箱或者聊天软件传递图片到电脑上的效率并不高，需要她反复交替操作。

郝仁把发现到的可优化点记录下来，正打算换个观察对象，就见这位年轻女士拿着电脑径直朝自己走过来了。

"先生,这里有人吗?我可以和你拼桌吗?"

郝仁一愣,难道是观察得太明目张胆被发现了,可是这位女士不是背对着自己,怎么可能看得到。

"没,请坐。"

"先生,你听说过酒店试睡员吗?"

"哈?"

"我是酒店行业协会的高级研究员董沐琦,正在招募酒店试睡员,酒店试睡员的工作可以说是世界上最美好最轻松的工作之一了,可以免费到各地体验高端酒店的服务,体验后根据客观的体验结果写成报告,供酒店方提高管理经营或供客人网友预订参考。"董沐琦给郝仁递上一张名片,然后打开电脑给郝仁看里面的各种豪华酒店图片。

"我很喜欢我现在的工作,暂时不想换。"郝仁得知此人来意后觉得好笑,心想如果自己和公司员工说自己要换工作,不知道大家是何反应。

"酒店试睡员就是需要你这样的商务人士,可以借出差的机会进行试睡,既不会耽误你的本职工作,又能入住高端酒店,还能挣到酒店试睡基金,何乐而不为?"

"唔,"郝仁想了一下,也递上一张名片然后说道,"如果你愿意回答我几个问题后,我也许可以帮你从我公司找找合适的人。"

董沐琦一看名片很是吃惊,怪不得自己一直觉得这人眼熟,原来是经常出现在媒体报道的商界大佬。

"好。"

"你最常使用的电子产品是什么?"

"电脑、手机、平板。"

"你觉得最不方便的地方是什么?"

"经常有试睡员通过手机给我发图片,但是我编辑需要电脑,照片传输很是不方便……"

"你觉得……"

在郝仁的引导下,董沐琦用了一个多小时把每天如何使用电子设备细致地讲给郝仁听。她觉得奇怪,以前自己在路边遇到有偿问卷调查的人都不会停留,今天却被郝仁三言两语就做了深入调研。

结束之时,郝仁给董沐琦一个建议作为报酬,"对于企业客户来说,差旅很多时候是集体出行,你可以考虑和大中型公司合作,定期给员工提供一些免单机会，然后收取意见，定向招募比你公开招募会更有的放矢。"

细思之下，董沐琦觉得终究是自己赚到了。

第二百八十一章　大老板听不懂

郝仁送走第一个调研对象后，这家热门的咖啡厅人多了起来，当一个大学生模样的年轻男子走进来这里时，目之所及处只剩下郝仁身边的座位。年轻男子毫不犹豫地过来坐下，顺理成章地成为郝仁的第二个观察对象。

年轻男子点了一杯咖啡后就忙碌起来，左手边放着手提电脑，右手边摞起来好几本书，一边翻阅资料，一边敲击着键盘。从郝仁的这个角度看过去，电脑桌面上洋洋洒洒都是字，应该是在写期末论文。或许是需要摘录的部分太多，这个男生总是保持着一个别扭的姿势，用手肘压着书，然后逐字逐句地打字到电脑上。有时候看串行或是字打错了，这个男生就显得很暴躁，啪啪啪把键盘敲得脆响。

郝仁观察了一会，便记下了该男子使用电子产品的场景，手提电脑进行写作，蓝牙耳机连接手机听音乐隔离外界干扰，当蓝牙耳机没电的时候会切换成有线耳机，但显然这样会给他带来一些不方便，尤其是查阅资料的时候。

过了一会，郝仁寻不到机会和男生攀谈，便打算要走，起身的时候撞到桌角，堆得不稳当的书瞬间散落一地。

"对不起。"郝仁边道歉边弯腰把书捡起来放好。

年轻男子看也没看郝仁，赶紧抓起最上面的一本想要翻回原来的那一页，结果哗啦啦折腾一阵子也没找到，眼看要到发作的边缘，却听郝仁说道："你试试 138 页。"

年轻男子翻开 138 页，果然是刚才看的那一页，才轻轻松了一口气，然后看了一眼郝仁重新堆回来的书，顺序和落地前完全一致。

"你一直在看我？"年轻男子收敛了些许不悦问道。

"抱歉。"

郝仁一时间不知道怎么解释好，正在组织语言，对方却开口了："没事，难得有人对我研究的业务感兴趣，我高兴还来不及呢，只是没想到你看书连页码都会注意,神了。"

"是啊,瞥了一眼觉得这个书很有趣。"郝仁瞬间记忆极佳,高中的时候还参加过记忆力比赛,未加训练就混了个铜奖,凭借这点郝仁很轻易地开启了陌生人的话匣子。

"是啊,明明很有趣的东西却没有人感兴趣。我工作室的主要业务是通过自建DSP平台和数据库给品牌方做千人千面广告,这种技术在国外明明已经很成熟了,结果来到国内是处处碰壁。今早我见了一家大公司的品牌主管,我跟他介绍说我们可以帮助品牌精准定位人群,通过智能算法,让不同的人看到不同的内容。你猜人家怎么说,为什么要精准呢,我们又不缺钱,做广告让所有人都看到不就好了。"

郝仁仔细看了这人一眼,娃娃脸上戴着个黑框眼镜,白衬衣牛仔裤,乍一看以为是学生,没想到已经是有自己工作室的创业者了。

"听起来是个好东西,能展开说说吗?"

"举个通俗的例子,你要卖剪刀,可每个人使用剪刀的用途显然不一样,小朋友想要用来做手工,老人用来做菜,你和小朋友说简刀剪菜可快了,和老人说见到简刀裁纸可齐了,那你根本卖不出去。最好的办法,就是每个人看到和他相关的内容,产生强烈的需求感⋯⋯"男生滔滔不绝地对还没交换姓名的郝仁说道。

"有点明白了,我也举个例子你看理解得对不对。比如我要做一个高端品牌,但社会上具有高消费能力的人群本来就是少数,而高端产品研发成本较高,我不可能只卖产品给高消费人群,还需要销售大量性价比好的产品给普通消费者才能保证企业良好运行。这时候我面临一个问题,如果我向高消费人群传递高性价比产品,他们可能觉得我的品牌廉价。最好的办法是高端产品通过广而告之的方式推广,树立高端品牌形象,而性价比产品定向推送给消费力中等的人群,对吗?"郝仁问道。

"对对对,你说得太对了,可惜啊,大老板们有钱却听不懂,听懂的却不是大老板。"

年轻男人说完这句话,郝仁就明白他为什么没有办法成功推销产品,产品知识没普及只是一小部分原因,沟通能力才是关键,说着说着得罪人都不知道。

"我觉得你这个工作室很有前景,现在手机终端普及,消费者获取信息的渠道很多元,早已不是黄金档来个广告就能拉动销售的时代了。产品需要细分，产品的信息也要精准触达到需要它的人上，否则就是浪费。"郝仁说完把名片递过去。

"兄弟，你真是太有远见了，我叫陈奕仁，今天很高兴认识你。"陈奕仁接过名片看了一眼，把后半句"要不要加入我工作室"的话吞了进去，又想起自己刚才说的那句听懂的不是大老板，顿时尴尬不已，恨不得原地消失。

"我也很高兴认识你，如果你明天有空的话可以来我公司坐坐，介绍我们营销总监给你认识。"郝仁说道。

"好好好，多谢了，兄弟，不，郝总。"陈奕仁说道。

"不客气，其实今天我来这是做个消费者电子产品使用习惯的调研，刚才我看你在写论文的时候，感觉使用电脑和手机不是很顺手，能问你几个问题吗？"郝仁不忘出门的使命，趁热打铁地问道。

"天呐，你这种万人以上大企业的总裁还亲自调研，也太亲力亲为了，佩服佩服。我也不是写论文，我是写个文章投稿市场营销杂志，现在不是业内理解我们产品功能有些困难，我也解释不清楚，不如写下来给大家做做科普，也许能打开市场。就是文章中引用比较多，很多网上没有，从纸质书里面摘录，就很费劲，如果有一个产品可以帮我扫描到手机电脑就好了……"

由于抱有感激之情，陈奕仁对郝仁的问题回答得十分详细，甚至把能解决自己需求的电子产品都描述出来了。

郝仁调研完从外面回到公司已经是下午6点，一路走过来发现员工差不多也是这时候回来。大多数人喜笑颜开的，看来收获颇丰，但从大家的言谈中，郝仁发现也不是所有人都很顺利，总有几个倒霉蛋，比如沙钧。

"你们听说了沙工今天的遭遇了吗？"

"什么？"

"今早沙工在大马路上晃荡，看到一个女孩边走边看手机，他马上跟在人家后面走，走了好几条街。他看够了跑上去说能不能问几个问题，结果女孩以为他是跟踪狂，大叫一声就往前跑。而我们弱不禁风的沙工被叫声吓到，一个踉跄摔倒在马路上，被路人好一阵围观。"

郝仁暗暗叹了口气，下次全员活动一定要特别备注沙钧视情况参加。

第二百八十二章　再造一个耀华

自从高建军病后，郝仁有空就会过来医院陪他，有时候是下棋，有时候是闲聊。今天郝仁调研结束赶到医院的时候，高建军刚吃过饭坐在床上休息。

"师傅，你看起来好多了。"郝仁极力掩饰着看到高建军消瘦面颊的悲伤，挤出个笑容说道。

"真的吗？我怎么觉得越来越没劲呢？"高建军问道。

"师傅，病来如山倒，病去如抽丝，哪里这么快，何况你这还没有到手术根治的阶段。"郝仁说道。

"我这病手术能根治？恢复到之前的样子？"高建军不太相信地说道。

"当然，你的病出在胃上，你的胃是一个装食物的大袋子，用久了就磨破了洞，让你觉得特别疼。现在医生就要动手术把洞补好，就像给衣服打补丁一样，虽然难看但是和原来一模一样，能够御寒。"郝仁说道。

"难看就难看吧，反正除了医生，我自个都看不到，有什么关系。"高建军说道。

"放心，我绝对不告诉别人你有个难看的胃。"郝仁说道。

"告诉我也不怕，用了几十年的老伙计，不嫌它，"高建军似得到了安慰，语气变得轻松地说道："上次你说带我去国外看看，去国外不是要坐飞机吗？会不会把我的补丁颠破了，结果出国啥也没看着，反而进了医院。"高建军问道。

"我让医生给你补结实点，怎么颠都不破的那种。只要你听医生的，啥事也没有。"郝仁说道。

"嗯。"高建军承诺般地应道。

郝仁不想继续这个需要编造谎言的话题，便和高建军说起今天的见闻："今天我去调研，遇到一个写文章的人，他要摘录很多书本上的文字，然后誊抄到电脑上，这人着急忙慌老是抄错，你说我弄一个功能，手机一拍照就能把字记下来肯定会很受欢迎吧。"

"现在的年轻人可真懒啊。"高建军说道。

"懒惰是第一生产力，第一消费力。"郝仁说道。

"哈哈哈哈，我老了老了也懒了，整天躺着。你说要是所有人都像我

这么懒,你这样为懒人着想的公司,是不是很快就世界第一了。"高建军说道

"师傅你说得没错,所以你要多休息,少操心,少干活。"郝仁说道。

……

高建军的手术安排在下周一,郝仁陪他聊完躺下,上楼敲了敲值班医生办公室的门。

"请进。"

里面穿白大褂的人叫彭裕,正是高建军的主治医生,也是郝仁因为一次偶然机会认识的朋友。门响的时候,他刚结束了一场大手术,瘫坐在椅子上喝葡萄糖水。

"老彭,你看起来很累。"郝仁进门就发现彭裕很是疲惫。

"刚从手术室出来,还没有缓过来。"彭裕说道。

"手术时间太久了,身体也扛不住,你先休息一下。"郝仁说道。

"身体倒是其次,就是心理还没有解脱出来。今天的病人已经下过三次病危通知,情况不是特别好,我真怕一招不慎就……"彭裕有气无力地说道。

"我以为你天天上手术台的医生早已经看惯生死,没想到也和我一样没法安然面对生命的消逝。"郝仁说道。

"死亡是一件哪怕你见过很多,也不会习惯的事。"彭裕说道。

"是啊,我也还没有习惯,我师傅的病……"

郝仁过来本来是想要说几句请一定尽力的话,但现在看到的是彭裕的医者父母心,此刻又如此疲惫,郝仁不好意思,支吾了两句便不说了。

"我们都需要平常心,才能争取到最好的结果,越如临大敌病人的感受越不好。世人都爱生恶死,需要战胜的不止是病魔本身,也有人性中的恐惧和退却,记住无论如何别让病人失去信心。医学方面我说了你也未必明白,别问了。"彭裕说道。

"好,几点下班,我送你回去。"郝仁说道。

"别了,和我待在一起你会一直想着这事更难受。我还有一会,你先走吧,等手术成功后再一起吃饭。"彭裕说道。

"好。"

郝仁应着掩门离去,心情并没有好多少,从高建军又想到自己在意的家人,心中惶惶不安。好在一周后的手术很成功,高建军又在医院观

察了一段时候便出院回家休养，虽然在鬼门关走了一遭，身体大不如前，但精神头还不错，郝仁才算放下心来。

之前的公司全员一日调研后，大家热热闹闹地到主管那交了报告，权当是元旦假期前的工作调剂，做得虽然认真却没有放在心上。

而此时，郝仁的行动却才刚刚开始，2015年的元旦假期一过，他便让策略团队将上万份报告分门别类，各个维度进行了分析，随后又和著名的调研公司合作，对调研中发现的机会点进行了更加深入的挖掘。

隋祖禹看得出郝仁对自己的提议很重视，但从2014年底走到2015年元旦，又迎来了春节，就是迟迟不见郝仁决策。终于，隋祖禹借着春节假期往郝仁家送年货，两人坐在阳台上晒太阳的时机，看似随意地问道："我看你折腾个把月，兴师动众地把全员都弄出去观察市场，你到底打算怎么做？"

"怎么做？当然是再造一个耀华终端的利润，我以为你知道。"郝仁说道。

"我怎么会知道，"隋祖禹从躺椅上坐起来，奇怪地看着郝仁问道，"我除了看到你把所有人赶出去调研，其他什么都没看到。"

"叫所有人出去调研可不就是为了扩大产品规模铺路。你以为耀华终端是我的一言堂，我说啥就能干啥。我最早的时候私下找了核心高管探探口风，超过一半的人反对。"郝仁说道。

"整个公司你最大，你真心想做谁拦得住你。"隋祖禹问道。

"你能做好你不认可的事吗？"郝仁问道。

"不能吧。"隋祖禹如实答完又问，"那让所有人去做调研有啥用，荒废一天的工作时间。"

"让他们亲眼看看我们的市场有多大，判断下我们能不能做好。"郝仁说道。

正当所有人都差不多忘了这件事时，郝仁在月度经营例会上宣布了智慧生活计划，将耀华的各个产品线整合成消费者生活中所涉及的十大场景，包括运动、商务、居家、差旅等等，并围绕着十大场景进行产品设计，从中再挖掘出当前耀华手机产品的利润来。

谈及产品整合时无人吃惊，谈及策略变化时无人讶异，谈到利润目标时，即便众高管已经习惯了郝仁拔高目标，可这次还是远远地超过了大家的想象力。

"郝总，以前我们卖卖产品周边是顺带，即使我们现在再重视，这些周边产品也不像手机产品这样人人都需要，市场份额有限，真的能让我们利润翻倍吗？"销售主管陈竞男说道。

"是啊，郝总，在手机这个赛道，我们国产里面首屈一指，但其他周边产品可都有不少竞争对手，而且实力不弱。"曾志忠说道。

"也不能这么算，我们不是新成立一个品牌去卖周边产品，而是带着耀华终端的光环去开拓市场，品牌和渠道都是共用的，我们还是有机会的。"最初提出这个思路的隋祖禹马上出来捍卫自己的观点。

"不得了了，隋工都开始谈品牌和渠道了，看来这次调研隋工亲力亲为了。"孙皓半开玩笑地说道。

"我只是从我的认知出发，把我看到的实话说出来而已。"隋祖禹认真地解释道。

"对，我觉得隋工说得有道理，从营销侧出发，我们不是拿单个产品去和竞争对手比较，而是提出关于消费者的一整套解决方案，这样哪怕单个产品在某功能上输给竞争对手，只要整体方案占优势，我们是有胜算的。"穆言说道。

"会不会使得我们组织日渐臃肿？"

"充分运用统一开发平台，尽可能使用共有的部分，不能每一个产品从头到尾开发一次。"

……

不同的声音一直都存在，但郝仁没有表态，他相信大家讨论出的决议会更有执行力，同时他也有信心大家亲眼目睹真实的消费者电子产品使用场景后，最终一定会和自己预想的一样。

半小时过后，大家举手通过了智慧生活计划，直接进入到出谋划策的阶段。

第二百八十三章　纠缠做困兽斗

又经过了数日的研讨，智慧生活计划的落地方案被详细地制定了出来。

在这个过程中，郝仁的存在感非常之低，众人回想起来，似乎郝仁只是宣布了一句会议开始，后面优哉游哉地袖手旁观，再也没有说过什么。各部门之间的职责划分、配合方式，甚至是执行步骤都是大家你一言我一语讨论出来的，有人征询他的意见，他就来了句"既然是大家的决议，我当然无条件支持"就算完事了，看起来还有点与我无关的意味。

然而郝仁不以为耻反以为荣，他甚至想到了《尚书》中那一句"惇信明义，崇德报功，垂拱而天下治"，沾沾自喜自己已经做到垂衣拱手而公司有条不紊。

达成共识的最后一次会议，郝仁的目光扫视房间里的所有人，发现所有人都在为亲自参与公司重大决策而亢奋，直到目光和隋祖禹交汇在一处才找到了唯一不满意的人。

会议一结束，隋祖禹就窜到郝仁面前，说道："天台聊聊？"

听到天台两个字，郝仁眼皮无意识地跳了一下。郝仁一向特殊对待共同走出校园的好友，容许隋祖禹对他不用尊称，说话直来直去。但职场总归是职场，隋祖禹还是分得清领导是谁，当他忍不住自己的直脾气的时候，就会约郝仁到天台聊聊，仿佛在高处，两人即使有啥情绪，风一吹就散了，不会留有芥蒂。

"咋了，这又是？"郝仁扶着栏杆问道。

"郝仁，高师傅最大的愿望我多少也知道一点，就是希望耀华终端这个品牌能够在世界上首屈一指，不要受洋品牌的鸟气，他一个老工人都有这等胸怀，你我更是应当不忘初心。"隋祖禹说道。

"我的愿望没有高师傅宏伟，就希望他好起来。水煮鱼，你到底要说啥？"郝仁一听隋祖禹都开始思想教育了，深感误会有点大。

"我知道你为高师傅的病操心，但是你也不能对工作这么敷衍？"隋祖禹质问道。

"我啥时候敷衍了，我这么兢兢业业的。"郝仁莫名其妙地说。

"当初你说让大家参加调研感同身受一下，我也没啥意见，怎么你对整体方案是一点都不参与，就让大家自己讨论啊。"隋祖禹说道。

"大家讨论出的结果和我预想的一样，又有什么关系。"郝仁说道。

"可你以前不是这样的，已经想好的事，令行禁止，说干就干，现在这样散乱地讨论，岂不是浪费时间。"隋祖禹说道。

"你个榆木疙瘩，上次和聊完，没想到你还是没有弄明白一件事。我是公司的最高管理者，但我本身决定不了大家的思维，你们几个是初代的元老，见过我做正确的抉择，对我有天然的信任。可那些后面来的员工呢，新成长起来的主管呢，少了这么一层关系，怎么样和我们融合在一起，不打折扣地执行公司的决策，没有比参与决策更好的办法了。退一万步讲，你我都将老去，总是要退出这个位置，到时候怎么把公司交到更有能力的人手上，难道不需要给候选人时间磨砺吗？"郝仁说道。

隋祖禹听了这句话有些伤感，囔囔问道："这么快就要想后路了吗？我还没有干够呢。"

"有你干够的时候，我不过是深谋远虑而已。"郝仁拍了拍隋祖禹的肩膀，带了些安慰之意。

"哦。"

两人居高临下，一起看向远处，那里有一条细细的线，是海与天的交界处，很平静，看不出什么波澜。

不久后，耀华终端的一条全家福广告片袭向春节后从家乡回到城市，尚在假期余韵之中的人们，片中讲述了在外打拼的子女一年只能陪伴父母数日，剩下的时光由耀华终端的各种产品为子女弥补缺憾，随后画面出现了相隔两地的父母子女一起运动，一起追剧，一起玩乐，如同还在一起一般。最后字幕打出耀华虽好，但亲人的相伴无可取代，叫人泪目。

这条广告片的画面故事虽然制作精良，但也谈不上前无古人后无来者，但它出现得天时地利人和，切中了假期综合征的人们，在网络上引起了大量讨论与转发，称耀华终端不是什么科技公司，而是创意公司，做个广告，也能看出电影的体会。

第一炮打响之后，按照应用场景分门别类的生态产品套餐出现在耀华终端的门店，比单品更优惠的价格直叫人心动，在暂时没有新品推出的3月份，各种单价远低于手机的产品掀起了一股逛店热潮，利润率直逼旗舰机型。

这个结果让耀华终端全体员工都很振奋，毕竟所有人都曾经参与其中，有种自己孩子有了出息的感觉。

周五下班，郝仁特别让阿姨多准备几个菜，打算乘女儿还在老家过寒假，和穆言在家好好庆祝一番。

结果菜全部上桌了，红酒也在醒酒器待了一会了，左等右等还不见穆言回来，电话打过去，穆言说今天可能庆祝不了，老对手又死灰复燃了。

郝仁挂了电话打开电脑，穆言已经把一篇文章发了过来，名为《耀华终端的杂货铺能走远?》，一看文字极尽讽刺，都不知道哪来的深仇大恨。

耀华终端想挣钱想疯了，这边挂着高端的名义，把手机的价格卖得高不可攀，另一边又拓展外延，货品铺满了杂货铺，电脑、平板、耳机还能理解，接线板、台灯、门铃简直是匪夷所思。前后自相矛盾，无法自洽，既然走所谓的高端之路，何不把精力铺在精品上，既然要挣快钱，就不要什么钱都挣。

郝仁看完又打电话给穆言，说道："别处理了，回家吃饭吧。"

"不行啊，还没有搞清楚谁在后面搞鬼。"穆言说道。

"我知道了。"郝仁说道。

"谁?"穆言问。

"你看文章最后一句话。"郝仁说。

"嗯? 挂羊头卖狗肉的行为要不得，哪怕是首屈一指的国产品牌，还不如坦诚对待消费者，哪怕主流业务一时有些波折，有过王者的经历，又何愁没有翻身之日。"穆言念道。

"是马旭峰吧。"郝仁说道。

"好久没有听到这个名字，我都以为理想退出了手机行业了，运营商渠道式微后，去年整年理想都没有销售多少台，还有心情来碰瓷我们，真的很无语。"穆言说道。

"随他去吧。"郝仁端起一杯红酒抿了一口。

"不管他? 他在好几个媒体发了类似的文章。"穆言说道。

"不管了，理他就输了。"

郝仁看向窗外，窗外是大海，用亘古不变的旋律冲刷着海岸，海那么壮阔，与之相比，人那么渺小，那么小肚鸡肠，总是给自己设定边界，然后纠缠别人做困兽斗。

第二百八十四章　会行走的回答

这顿饭终究没吃好，郝仁叫穆言不管算了，然而穆言眼睛容不下一点沙子的性格怎么可能做到置之不理，虽然没有以公司的名义正面回应，还是彻底调查了来龙去脉，并做好预案。

流言止于智者，但世界上智者太少。看耀华终端没有回应，反而让理想这个已经难掩衰败之气的品牌获得了一些曝光度，其他竞争对手也忍不住下场了。

穆言有点后悔当时没有果断出击，拿着几份报道来办公室给郝仁看。

"我们错过了最佳回应时间了。"穆言说道。

"当时马上回应，现在就会有人说我们被说中了，狗急跳墙。"郝仁说道。

"但现在回应有点树敌太多。"穆言说道。

"你想想，第一个在云里雾里攻击我们的是理想，一个排名已经退出前十的品牌，我们回应它岂不是给它脸上贴金了，给它带来流量我们不划算，也有国内消费者一种窝里横的感觉。你看现在攻击我们的竞争对手中不乏实力不俗的海外品牌，我们这时候出手才是最佳时机。"郝仁说道。

"你的意思是柿子不拣软的捏？和大品牌进行舆论战。"穆言问道。

"思来想去，得打开格局，专注未来，没有必要向唱衰我们的人解释。你找沙钧商量下，看看能不能搞个智慧生活未来发布会。"郝仁说道。

"未来发布会？"穆言问道。

"对，和未来对话。"郝仁说道。

沙钧被穆言从一堆废铜烂铁里喊出来的时候，他正痴迷地捣鼓着一个破窗帘。喊一声窗帘关了，又喊一声窗帘开了，吱吱呀呀来回折腾，搞得房间灰尘飞舞，呛得穆言连连咳嗽，捂着口鼻三句话并作两句，介绍完情况飞快地离开了沙钧的地盘。

事实证明，郝仁用人之长是天下无不用之人，只用了三个多星期，沙钧就运用耀华在售的产品捣腾出一个装置大篷车。本来郝仁想要搞个发布会，但好一点的场地预定通常要提前几个月，而回应外界争议这事越快越好。穆言和沙钧一合计，不如来做一辆展车，在全国各个城市跑跑，时间久，效果好。

于是，耀华终端的官网、论坛、社交账号同一时间发布了耀华科技魔法大篷车要启程的消息，分享和它相遇的过程就可以获得赢取大奖的机会。和这条消息搭配的图片也是极尽神秘，黑夜之中只看到一个蓝白光描绘的卡车轮廓，其余细节一律隐去，由着人们猜测。

第二天，耀华终端又发出了一条线路图，标注了每天经过哪个城市，同时放出了一条音频，里面只听得见呼呼风声，标题是在路上。接下来的每过两小时就会发布一条有关路上见闻的消息，有时候是音频，有时候是视频或者图片，引得途经城市的年轻人根据线索去寻找大篷车的踪迹。

到了第三天，从深圳出发的大篷车终于抵达第一个标注的城市杭州，巨大的车身一在广场中央停下就被发现了，几个耀华粉丝喊着冲过来，引得原本在逛街的人们也围了过来。

整个大篷车装点一新，蓝白光带环绕闪耀，在傍晚的余晖映衬下，成为目光焦点所在。就在人们冲到它面前前，几声机械转动的声音，大篷车的外壳突然向外延伸，并打开一扇窗，底盘慢慢降低，顶部升起作屋顶样，短短两分钟变成一个大一倍独立空间。

"哇！"

"哇！"

"哇！"

惊呼声此起彼伏，这时一个机器人的脑袋从窗户伸出，带着机械音说道："各位朋友大家好，欢迎大家来看我的大篷车，请排队取号，进入我的魔法科技世界做客吧。"

第一队取到号的游客们兴奋得惊呼，逐个站在指定的地方，旋即被传送带送进了车。里面的世界光怪陆离，小小的空间被各种大屏幕延展出世界万千，只要用声音，就能轻易地操控房间的一切，光线会变成眼球适应的亮度，门窗总是提前为人开启，电视、平板、手表等大大小小的电子设备随时调整成所需的状态。

出来的时候，排后面的问第一队进入体验的人里面有什么，却全部都被卖了关子，好奇更甚，结果是队伍越排越长，热闹非凡。第一站过后，网络上已经有很多关于耀华科技魔法大篷车的帖子了，几乎清一色的好评。

普通游客看热闹，专业玩家玩技术，随着科技爱好者的加入，大篷车各产品互通互联的技术被一一浮出水面。大家才发现，这一次的大篷车全国巡展，是对此前耀华杂货铺的有力回答，谁说手机周边不高端，就是一个小小灯泡也可以做到与人交互，更加人性化。

大篷车才走到第三站,各海外代表处就纷纷来电咨询,说展车特别适合海外拓展,无需场地租用费用,开到哪推广到哪,灵活机动。财大气粗的代表处问能不能给定做几台海运过来,筚路蓝缕的代表处则问能不能给个简化版,搞得沙钧整天电话不断,需求都排到下半年。

郝仁自然心中欢喜,不过第一件事还是给宋朝栋打了电话。

"谢了兄弟,这么紧急的需求,亏得你才拿到这么多高质量定制屏幕。"

"哈哈哈,我也不亏,当是免费推广,"宋朝栋爽朗的笑声从电话中传来,"你这声谢谢说得及时,再晚几分钟我就登机飞墨西哥了。"

"墨西哥?去这么不太平的国家做什么?"郝仁问道。

"生意嘛,也不总是好的机会多,怎么样,要不要跟我去逛逛,权当旅游。"宋朝栋问道。

"谁旅游去墨西哥,为了龙舌兰酒,还是为了魔鬼辣椒。"郝仁说道。

"为了我行了吧。"宋朝栋说道。

"嗨,理由很无力。"郝仁调侃道。

"那你去不去?"宋朝栋不耐烦地问。

"去。"

第二百八十五章 用工难两条路

到达墨西哥城的第一个周末,宋朝栋在宪兵广场附近的小酒馆就着一盘金灿灿的玉米片,喝一杯龙舌兰酒,饶有兴致地看着五颜六色的街头艺术家弹唱舞蹈。

"帮我点叫一份一样的,这时差太大,困死我了。"郝仁拉过一把椅子,以一个极其舒服的姿势靠在椅背上。

"早点好了,一会就上,你这么晚才到,让我等了快一周。"宋朝栋往嘴里丢进一块玉米片。

"晚?我这签证还是加急办的,拿到就马上飞机过来的。"郝仁从服务员手中接过一杯红黄相间的鸡尾酒,抿了一大口问道:"这就是老鹰乐队亡命之徒专辑录里的那个龙舌兰日出?酸酸甜甜的像饮料。"

"你慢点,这酒烈着呢,一会我可不想背你回去。"宋朝栋说道。

"电话里你说得不多,真要在墨西哥建厂?"郝仁问道。

"我什么时候跟你开过玩笑。现在国内用工成本节节攀升，如果做海外市场，长途物流成本不容小觑，近港交通是最优选择，所谓近水楼台先得月，全球生意我们不能一趟趟从千里之外的中国往这里运。"宋朝栋说道。

"所以你看中了墨西哥，地理位于北美南美的中央位置，站住了可以辐射整个美洲市场？"郝仁说道。

"建厂可是上亿的投资，我再浑，也不能随意决策。除了地理位置，墨西哥在劳动力成本方面也十分具有竞争力，其中45％的人口年龄在30到49岁之间，当中还有17％是从世界一流的工程专业毕业。

"再说贸易环境，墨西哥与50个国家有自由贸易协定网络，享有进入国际市场的优惠条件。从这个意义上来说，墨西哥是进入世界60％ GDP的理想出口平台，尤其是通往世界上最重要的市场，北美市场的门户，这个地区的年贸易额占世界总贸易额的15％左右。

"另外投资也有优惠，墨西哥政府以极具吸引力的税收政策鼓励工厂建厂，根据IMMEX法案政策，投资人认证后享有一些免税政策，也是一大利好。"宋朝栋条分缕析地说道。

"其他我没有研究过，就是人力成本这块，我觉得有一个点要注意下，可能不仅仅要考虑工资，也要考虑工人的熟练度和效率等。"郝仁说道。

"是的，所以这边的厂我主要做组装这块，核心研发还是放在国内。我早就退出手机这块，咱俩不是竞争对手，我就直接和你说了吧，这些年国内制造是冰火两重天，一方面是工厂告别了简单的来料加工阶段，劳动力质量升级得较快，大学毕业生如过江之鲫，找工作难，公司有的是余地挑选。另一方面是，脏活累活总得人干，但受过教育的人不大愿意干这块，一线厂哥厂妹招工难。所以要提前做好出路，要不就是劳动力转移走向海外，要不就是自动化，让高素质人才进工厂。"宋朝栋说道。

郝仁以前注意过用工难的问题，只是没有想到宋朝栋这般深谋远虑，早早布局，顿感自己成了后进分子，"朝栋，多谢你的提醒，是我大意了，我会好好考虑这个问题的，就我的个人喜好来说，我倾向自动化。"

"我们又一次做出不一样的选择，让时间来帮我们做裁判。"宋朝栋举杯说道。

郝仁把杯子往回一缩说道:"这话不对,现在你是我的屏幕供应商,一条战壕里的兄弟,不需要裁判。"

"行,让时间见证我们的友谊行了吧,喝你的。"宋朝栋伸长手臂和郝仁碰了个杯,"说起来是要感谢你,一直支持我的屏幕业务,愿意做国内第一个用我们产品的厂商,借着你们的案例我的业务才开展得这么顺利。"

"什么话,在商言商,你们的产品我们是严格测试过的,公司集体决议,我们不能像其他厂家一样有偏见,难道不是进口就不用吗?我们都是国产品牌,干吗做吃饭砸锅的事。"郝仁说道。

"知道了,你这人,感谢下都这么难,"宋朝栋突然狡黠一笑,把一根鸡翅夹到郝仁盘子里,"来来来,你最近都瘦了,吃根鸡翅补补。"

"瘦了?"

郝仁摸摸最近有点松动的腹肌陷入疑惑,然后本能地忽视宋朝栋的胡言乱语,夹起盘子里焦黄的鸡翅放在嘴里咬了一口,一股剧烈的辛辣感直冲脑门,喉咙像被野火燎原一般,眼泪顿时就下来了。

"哈哈哈,还四川人呢,被我撒的这把魔鬼辣椒粉辣哭了。"宋朝栋笑得前仰后合,差点从椅子滚到街道上。

郝仁有苦难言,擦着眼泪喝了两杯冰柠檬水才冷静下来,"宋朝栋,你几岁了,怎么还玩这么幼稚的游戏?"

"哎呀,男人至死是少年嘛。"宋朝栋两手一摊装无辜地说道。

"我看你至死是弱智。"郝仁气不打一处来。

"别生气了,我吃不了辣,来来来你给我说说四川辣和墨西哥辣椒口感的差别,哈哈哈。"宋朝栋可以说是火上浇油的高手了。

郝仁拿起酒杯喝了一口,以一种辣压制另一种辣,清冽的口感让整个人冷静下来,开始琢磨宋朝栋说的话。自动化早在上个世纪80年代就已经提出,自动化生产线作为核心组件能将机械工程与电子工程融为一体,兼顾了制造业高速、高性能与经济性的要求。但自动化生产线需要的技术众多,包括驱动技术、机械技术、传感技术、控制技术、人机接口技术、网络技术等等,组建操作复杂,一次性投入巨大,因此,国内的厂商虽然知道自动化的稳定性和成本优势,却迟迟没有大量普及的原因。

想到这里,龙舌兰酒的后劲起来了,这事得从长计议,何况现在脑袋晕乎乎如同糨糊，绝不是一个决策的好时机。

"这酒确实烈。"郝仁感慨道。

"我跟你说，在墨西哥龙舌兰酒的种类至少 160 多种，我在这边要待一段时间，打算都给它品尝了，回去可以考品酒师资格证了吧。"宋朝栋说道。

"求求你，不要再祸害品酒师这么高端的队伍了。"郝仁说道。

第二百八十六章　谈笔长远生意

酒精混合着困意让郝仁睡得格外沉，做了一个绵长的梦，期间几次醒来却仍在梦中。直到清晨的阳光透过窗帘缝隙透进来，落在郝仁的脸上，暖暖的，痒痒的，如同情人的手轻轻抚过，意识才算真正苏醒过来。

"个把月不出差，都不习惯一个人睡了。"

郝仁叹了一句，简单梳洗后下楼吃早餐，快吃完的时候宋朝栋才姗姗来迟。

"怎么这么晚？敢情你是来度假来了。"郝仁说道。

"早醒了，游了 1000 米。"宋朝栋摸了摸半干的头发说道。

"今天咱们去哪里？"郝仁说道。

"我的厂你急个啥？饿死了，先吃早饭，一会你就知道了。"宋朝栋说道。

"现在我是你客户好吧，你把我叫过来不就是想让我看看你如今的实力吗？是不是打算约我和你一起进军美洲市场啊？"郝仁说道。

"食不言，寝不语。"宋朝栋被说中了心事，不慌不忙地搪塞过去。

"你我还不认识，尾巴一翘我就知道你……"

郝仁还没说完，宋朝栋顿时就没了食欲，连忙打断："吃饭呢，别说恶心的事。"

"尾巴一翘我就知道你想怎么摇，你想什么恶心的事了？"郝仁捉弄道。

"无聊。"

郝仁报了昨天辣椒之仇，愉悦地欣赏起宋朝栋切牛排的动作来。

半小时后，郝仁跟着宋朝栋和他的助理及一个满脸横肉的保镖上了一辆七座车，从市区往郊区驶去。

"现在可以告诉我去哪里了吧？"郝仁问道。

"华雷斯。"宋朝栋回答道。

"华雷斯？"郝仁查了下手机，问道："我们去美墨边境干吗？挺乱的？"

"我从日本佬那收购的工厂就在华雷斯，乱是真的乱，据说日本人当时建厂的时候，没人敢来上班，上下班都能看到黑帮在附近火拼。后来是当地政府迫于税收压力，出面和黑帮谈判并加强了治安管理，工厂才步入正轨。"宋朝栋说道。

"哪家日本佬？"郝仁问道。

"工厂国内没几个人知道，但背后是大名鼎鼎的日本三井财团。"宋朝栋说道。

"我印象中，上世纪七八十年代，日本的家电行业在全球迅速崛起，巅峰时对美彩电出口占出口的90%，占到美国三成的市场份额，没想到落得如今这副田地。"郝仁说道。

"没错，后来美国彩电产业保护委员会就向美国国际贸易委员会提出申请，启动调查并采取强化关税等限制措施。最终日本进行自我限制，自废武功减少在美国进一步获取利润，到现在就份额越来越少了。以史为鉴，希望你我都不要受制于人。"宋朝栋说道。

"和日本不一样，我们有强大的国内市场，但打铁还需自身硬，核心技术掌握在自己手上才不会被别人扼住咽喉。我隐约记得，日本厂商虽然基本退出了彩电市场，但他们却深化了自己技术，很多屏幕生产的关键设备都是独家垄断，就像手机行业的MOT和酷美这些老牌厂家，没几个人用他们的手机，但光靠专利都能挣得盆满钵满。"郝仁说道。

"是啊，加油兄弟。"宋朝栋说道。

"有个问题，华雷斯离这1000多公里，开车十多个小时，咱为什么不乘飞机？"郝仁问道。

"本来是要乘飞机，你来的前几天机场发生了火灾，造成了数十人受伤，有点后怕，开车算了，保命要紧。"宋朝栋说道。

"唉，这生意都是用命挣的。"郝仁想起上次的飞机迫降也是背脊发凉，同感坐车是个好选择。

等到了华雷斯已经是深夜，第二天一早，郝仁跟着宋朝栋前往工厂参观。工厂的地址距离酒店不远，开车十几分钟，郝仁远远地看到前方数个巨型白盒子状的厂房依次排开，在周围一片花花绿绿的低矮民房中，显得格格不入。

"没想到上世纪建的工厂这么气派，就是周围环境有点杂乱。"郝仁说道。

"何止是有点，我打算在这建厂后，就派了几个能干中方过来常驻，没想到一个月不到，人不干了，说是完全待不下去，不让回国就辞职。"宋朝栋说道。

"能理解，谁愿意背井离乡地到海外开拓市场，尽量多利用本地员工吧，现在进展怎么样了？"

"才把资产盘点清楚，订单就到了，原来的设备大多能用，查缺补漏也在路上了，这不我过来监工，尽快开工。"宋朝栋说道。

两人下了车，边说边往里走。郝仁猜测在宋朝栋收购前，这里似乎有些日子没开工了，通往厂房的路边都长出了杂草，甚至还有只野兔慌张地窜出。进了厂房倒是干净，所有的机器都用防尘罩盖得严严实实，看得出宋朝栋花了心思保持原样，郝仁完全想象得出这个厂房曾经忙碌的模样。

宋朝栋引着郝仁上了二楼，从上往下俯视全景，"老头子让我接手彩电这块核心业务了，让我拿墨西哥厂练练手。我就寻思着先利用现有设备把运输最费时费力的大尺寸电视做起来，核心部件从国内弄过来，在这做机芯生产和整机组装，然后从边境直接出口到美国和其他国家去。后面小尺寸屏幕的业务也会开展起来，你可以考虑下，既然用我们的屏要不要也用我们的组装？一条龙服务更顺畅，工艺上也能保证。"

"我真当你带我过来旅游，弯弯绕绕原来是拉我过来拓展业务，"郝仁打趣完，话锋一转说道，"不过，听起来不错，我回去和团队商量下，现在定不下来。"

"这么大的事，哪能让你马上拍板，走，下去看看。"宋朝栋说道。

下了楼，两人逐一巡视设备，又从走廊前往另一厂房，里面的格局布置大抵相同，不过眼尖的宋朝栋发现最后面有一台机器的防尘罩翘起来了，正想要走近去盖上，却听到了到一阵啜泣声。

"谁？"宋朝栋问道。

没人应答，宋朝栋更大声地喊了一声。

"谁？"

只见机器后面站起一个穿着工服的墨西哥卷发年轻男子，眼睛发着红地看着郝仁和宋朝栋。

第二百八十七章　深夜路上被劫

"你究竟是谁？"宋朝栋厉声问道。

门外的保安听到这边的动静，也快步走了进来，吓得年轻男子用口音浓重的英语断断续续解释道："先生，我的名字叫安东尼奥，是这个车间以前的技术人员，在这勤勤恳恳干了5年。到了能提拔成车间主任的年限，日本老板却说干不下去了，还把整个车间的人都裁掉了。离开这里后我没找到合适的技术岗位，零零星星做过出租车司机，摆过地摊，过得贫困潦倒，今天路过有点触景生情，就翻墙进来看看，我什么都没有破坏，就是看了看以前用过的机器还好吗，千万别叫保安抓我。"

宋朝栋朝前看了看，果真如安东尼奥所说，机器好好地在那里，一点碰过的痕迹都没有，于是示意保安没事，用略柔和的声音说道："算了，不抓你。"

安东尼奥松了一口气，正打算告辞却听到宋朝栋问："这工厂停了这么久，你操作机器还熟练吗？"

"我以前是车间里最好的技术工，带过十多个徒弟，哪能忘了。"安东尼奥透露出些许的骄傲神色说道。

"看得出来，你还穿着以前的工服。"宋朝栋说道。

安东尼奥有点局促地整了整衣服，不无哀伤地说道："工作虽然丢了，但衣服还是好衣服，耐磨舒服。"

"就是有些旧了，给你换件新的工服好不好？"宋朝栋真诚地说道。

"先生，你什么意思？"安东尼奥脑子有点转不动，不敢确定地问道。

"我的意思是给你换成我们的工服，回来这里上班。"

宋朝栋说完，看向身边的本地陪同人员，陪同人员立马会意，用西班牙语复述了一遍。每一个单词从口中说出，都如鼓点敲在安东尼奥的心上，眼睛里的雾气渐渐变得清明，嘴唇兴奋得微微颤抖。

"真的吗？先生你说的是真的吗？"安东尼奥说道。

"真的。"宋朝栋给出确定的答案。

安东尼奥不知道想到什么，有些迟疑问道："你是这个工厂的大老板吗？中国人？说话算数吗？会不会干几年挣够钱又走了？到时候又把我裁掉。"

"我是中国人，也是这个厂最大的老板，不会挣够钱就走，至于干多久，我回答不了你，大概取决于你们做的产品质量好不好。"说到这里宋朝栋给安东尼奥介绍郝仁，"看到没有，这就是我们的大客户耀华终端有限公司的总裁郝仁，耀华手机都知道吧，他都来看我们的厂，还愁销路。"

"知道知道，耀华手机，我们这好多人用。"安东尼奥点头说道。

"没错，我时常担心的是能不能抢到高科公司的产能。"郝仁果断为宋朝栋作证。

"来不来？"宋朝栋问道。

"来。"安东尼奥不再犹豫，直接给出答案。

"你以前的工友还能叫回来吗？"宋朝栋问道。

"能啊，大家都住得不远，喊一嗓子都能出来一群。"安东尼奥说道。

"给你个招工任务，把大家都叫回来。我不占你便宜，叫回来的人如果面试通过，每个人给推荐人30比索。"宋朝栋说道。

"好，我这就去找人，先生再见。"安东尼奥说道。

"祝你好运。"宋朝栋说道。

等安东尼奥走后，宋朝栋叫助理把招聘广告停掉大半，然后赶紧安排员工面试工作，务必有上机操作环节。

郝仁在旁边像看奸商一样看着宋朝栋，"啧啧啧，你太抠了，找一个人给30比索，人民币就不到10块，你这厂估摸招2000人，成本就2万都没有，这钱要是用来登广告估计比豆腐块还小，省钱还是你专业。"

"你没看到安东尼奥刚才高兴的样子，在墨西哥能在正规工厂长期工作，享受福利社保，在家族邻里都很有面子。"宋朝栋说道。

"是是是，感谢宋老板赐予工作。"郝仁说道。

两人又逛了一会，到点吃了工作餐，之后宋朝栋离开郝仁去安排了一些工作，等事情办妥，两人离开工厂已经日落西山。

"我们早点回去吧，这片区晚上看着好黑，怪瘆人的。"郝仁说道。

"嗯，走走走。"宋朝栋看了一眼远处稀稀拉拉的灯火，也觉得荒郊野外不宜久留。

说话间两人和助理保镖都上了车，往酒店方向驶去。说不害怕是假的，附近一带的路灯大多坏掉，路上没有其他车辆和行人，汽车大灯射出去都能清晰地看到光线在边缘和黑暗撕扯。

突然砰的一声巨响，车歪斜了几下，停在路边无法行进了。

"是不是爆胎了？"郝仁问道。

"可能是，我下车检查一下。"司机回答道。

"先等一下。"保镖用手挡住司机要开门的手，然后屏气凝神地往外面看，警惕的神情让几人都不敢说话了。

静默了几分钟，没有发现什么动静，保镖才说："下车去看看。"

司机开了门，用手电筒照照轮胎，发现有钉子深深扎进其中一个轮胎，于是把头探进车窗叫几人等一下。

"要不我们下去帮帮忙，尽快离开这里。"宋朝栋说道。

"你们留在车上，我去。"保镖说着下了车，没想到门还没关上就挨了一闷棍，倒在了地上。

车外顿时变亮，有交织的光柱在使劲地摇，晃得车上的人眼睛都睁不开。紧接着有人来大力拽门，把一时间没有反应过来的郝仁、宋朝栋和他的助理都提溜了出来扔在地上。

郝仁勉力适应射在自己身上的光线，许久才看清对方是七八个本地人，一手拿着电筒，一手拿着棍子或管制刀具，看到有黑发黄皮肤的中国人，显得异常兴奋。

"没想到是外国人，这次赚了。"有人喊道。

"还用说，没钱开这么好的车来这个破地方。"有人回复。

"居然有个大块头，要是没放到他，可能有点小麻烦。去把他们绑起来，搜搜有什么值钱的东西。"为首的本地男子说道。

郝仁听不懂他们说的话，直觉判断他们只为求财，大抵不会害命。只是现在敌众我寡，最有战斗力的保镖也已经被放倒，如果没有实足的把握，最好不要反抗，避免引起对方采取过激行为。拿定主意后，郝仁小声提醒几人，又偷偷捡起地上小片石头藏在袖子里，便任由着对方绑在了路边的树上。

"都是孬种，死鱼一样都不会动。"

为首的本地男子大声嘲笑道，然后拿走搜出来的钱财，和手下挤进车里，扬长而去。

周围又重新陷入黑暗和寂静。

第二百八十八章　新老板的人气

"大家都还好吗?"郝仁问道。

"还好,有点勒。"宋朝栋说道。

郝仁也觉得勒,费了好大劲才摩擦着树干把藏在袖子里的石片抖在手里,然后开始咯吱咯吱割起绳子来。割了约莫半小时,郝仁才磨开了一点点小口,手心里都是汗。

"你在干什么?"宋朝栋问道。

"我手里捡了个石片,就是不太割得开绳子。"郝仁说道。

"果然电视剧都是骗人的,"宋朝栋叹息着,"你还是继续吧,只要功夫深铁杵磨成针。"

"这次运气好是麻绳,万一是尼龙绳就完全没可能了。"司机说道。

郝仁想不到此情此景宋朝栋还有心思开玩笑,看来状态还不错。司机也是见多识广,经验丰富的样子,一点都不需要担心。于是郝仁没有什么好安慰大家的,开始专心磨绑在手上的绳子。

又过了一会,不远处发出窸窸窣窣走路的声音,怕是抢劫的人杀个回马枪,几人都屏住呼吸,不敢发出任何一点声音。脚步声越来越近,借着月光,依稀可以看出是个男人的轮廓。

"谁?"对方喊道。

粗重的声音在黑夜格外清晰,郝仁觉得声音有点耳熟。

"谁?"对方越走越近,站在了宋朝栋面前,"老板,你怎么在这?"

"安东尼奥,我们遇到抢劫了,快帮我解开绳子。"宋朝栋兴奋地喊出来,所有人一看是认识的人,全都放下心来。

安东尼奥慌忙把宋朝栋放下来,又给郝仁解绳子,没想到一拽就开了,发出疑惑的一声"咦"。

"你再不过来,我就快自己搞定了。"郝仁说道。

几人脱困后,保镖也晃晃悠悠地摸着脑袋从地上爬起来,不明所以地问道:"这是怎么了?"

宋朝栋简单地给保镖和安东尼奥解释了刚才的遭遇,又说道:"我们还是尽快去警局报个警,然后去大使馆重新办理下证件吧。"

"先电话报个警吧,安东尼奥,借我们下手机。"郝仁说完看到安东尼奥把一台五年前的老款耀华手机递过来,又补充道,"晚点送你一台最新款的耀华手机。"

电话打完,郝仁说道:"已经报案了,但还是需要现场办理手续,我叫代表处的人来接下我们算了。"

结果,郝仁接连打了几个电话都没通,换宋朝栋也一样。

"可能本地人下班后都不会接老板电话,工作生活平衡挺好的。"郝仁尴尬地说道。

"确实如此,我担心来这边饮食肉类太多,不如锻炼锻炼走走。"宋朝栋也迅速找补。

"从这里走到警局估计得个把小时,我家里有个拖拉机,不然我载你们过去吧。"

安东尼奥说完就朝来时的路飞快奔去,等了一会,远处传来突突突的声音,一辆五颜六色的拖拉机叫嚣着开过来。接近时,安东尼奥在驾驶座上挥挥手,几人立马跳上了车,这时,破旧的拖拉机闪着堪比百万跑车的光芒,让人趋之若鹜。

拖拉机在尘土飞扬的路上慢吞吞地行进,一直开到晨光熹微才进了城,迎着金色的朝霞停在了警察局的门口。

灰头土脸的几人进去登记信息,接待的肥胖警察简单地记录之后就驱赶似的让人回去等消息,然后慢悠悠回到位置上喝咖啡,没有一点要处理的样子。

"这里就是这样的,自认倒霉算了。"司机低声说道。

"走吧。"

宋朝栋说着往外走,路过时故意拍打周身,一路黏附的尘土簌簌下落,在空气中飞舞起来。

"你!"肥胖警察徒劳地用手阻挡灰尘,气急败坏地说道。

"还请务必多多帮忙。"郝仁过去握住肥胖警察的手,用力地上下摇动,愣是把袖子上的灰尘全部抖落殆尽,才在肥胖警察难以置信的眼神中松手离开。

出了警局,郝仁和宋朝栋相视一笑。

"去大使馆比这有用,你又何必跟一个普通警员置气,真幼稚!"郝仁说道。

"你不幼稚？跟人家亲切握手干啥？"宋朝栋说道。

"哈哈哈哈。"所有人终于憋不住放声大笑起来。

正说着，接到郝仁求助电话的耀华终端墨西哥代表处人事员工已经开车到达，把几人带到了大使馆办理了临时护照，大使馆的工作人员特别打电话到警局要求尽快破案，保护中国公民的合法权益。

折腾了两天一夜，所有人都累了，相互告别回去休整。回到酒店，郝仁洗了个热水澡，倒在床上睡了个昏天黑地，直到第二天傍晚时分才醒来，正对着窗外的火烧云愣神的时候，宋朝栋的电话来了。

"兄弟，要不要跟我去看看大场面。"宋朝栋说道。

"昨天的场面还不大，今天又搞出什么大场面？"郝仁问。

"安东尼奥一天就找了好几百人，问什么时候可以面试，怎么样，明天要不要一起去看看工厂如何焕发新生？"宋朝栋问道。

"不去，总觉得跟你出门容易出事。"郝仁电话一挂继续发呆。

第二天，郝仁和宋朝栋到达工厂的时候，门口已经排起了长龙。面试的时间还没到，宋朝栋的几个本地人事经理正在大楼前支凉棚摆桌子，排在前面些的面试者也不把自己当外人，十几个人直接上手帮忙，三两下就弄好一切。

大老板宋朝栋在这，开场宣讲的事自然落在他头上，"各位好，欢迎回来，这个厂你们比我待的时间久，感情比我深，把最重要的产品放在你们手上，我没有什么好担心的。多余的话没有，就一句，只要符合录用要求，只要肯踏踏实实干活，薪资待遇绝对不会比你们之前的差。"

宋朝栋说完，欢呼声此起彼伏，果然让这座看起来荒芜萧瑟的工厂立马生机勃勃了起来。

"大家都很有激情，好好对大家，你一定会有百倍收获。"郝仁说着，和宋朝栋击了个掌。

"还用你说。"宋朝栋看向人群，正巧人事经理对他竖了个大拇指，看来他对遇到的面试者很满意。

"你眼光不错，这个安东尼奥很有号召力，一下子就帮你找了这么多熟练工。你看他一副主人翁的样子，还在那里帮忙维持秩序。"郝仁朝安东尼奥所在的方向扬了扬下巴。

"走，过去看看。"宋朝栋说道。

"没人气的地方旧得快，以前我在的时候这些墙颜色还很新，才一年就都掉色了。"安东尼奥面前的一个红脸男人说道。

"不如我们翻新一下，把墙都刷白？"安东尼奥右手边的卷发男建议。

"刷白有什么意思？要我说不如涂鸦，我们中好几个人都很擅长画画，颜色鲜艳点工作才带劲。"安东尼奥左手边的高个子说道。

"把墙弄得花花绿绿，老板会同意吗？"安东尼奥说道。

"唔，不太确定。"提议涂鸦的高个子迟疑地说道。

"我同意。"突然出现的宋朝栋说道。

"耶！"

"耶！"

"耶！"

……

郝仁主观地说觉得这次欢呼比刚才说薪资待遇还要大，一定是宋朝栋的尊重换回了众人真心的认可。

第二百八十九章　难理风流韵事

郝仁这趟墨西哥之行不完全是来宋朝栋的工厂凑热闹，本身还带着个不为人知的任务。

美洲和中国，时间上是昼夜颠倒，空间上隔着个太平洋。平日里这些代表处实实在在的是将在外君命有所不受，做得好做得坏就凭年底的一个数字，有时候郝仁也难下定论，于是打算借这个机会好好考察一番。

告别宋朝栋后，郝仁直接飞往巴西利亚。要说巴西国家总代表乔叶在耀华公司可是个传奇人物，山沟沟里出身，样貌不出众，学历就是个大专生，在遍地博士硕士，十有八九名校海归的科技行业显得十分突兀。

可郝仁真就看上了乔叶身上的那股劲，不留后路的拼，不怕失败的搏。别人权衡利弊后不愿意来南美，他偏就敢来，别人笑他英语说不顺溜就敢往海外跑，他偏从零到一地学葡萄牙语，半年就能顺利交流。

郝仁还记得乔叶出国的送行宴，郝仁问他为什么选南美，乔叶喝酒喝红了眼睛说道："郝总，我家五个兄弟，我排老三，不大不小父母关心最少，连名字都是我妈生我的时候满院子树叶落光了随便取的，在家里有什么东西，从来都轮不到我选。

"我这辈子最大的运气就是进了耀华，海外那么多国家，欧洲风景好,非洲赚钱快,东南亚离家近,肯定轮不上我,我就选个别人都不去的,然后把它做成最赚钱的国家,大家可不就争着要来了。"

郝仁听完狠狠地给了乔叶一个拥抱,祝他好运。事实上,乔叶也确实不负众望,八年过去了,耀华手机在南美的销量节节攀升,成了本地前三的品牌。

郝仁没有通知乔叶,下了飞机打车去了市中心耀华旗舰店,还没进去隔着玻璃就被里面热闹的景象震惊了。三五成群的巴西年轻人围着展示桌在试用,收银的地方也排起了长队,由于人多,促销员总有照顾不到的地方,这时常有热血粉丝主动地回答问题,成为更具说服力的临门一脚。

郝仁故意找了个促销员看不到的角落,对着一台手机喃喃说道:"摄影功能如何设定运动跟拍模式呢?"

果然,身边的一个穿长裙的女孩子主动演示给郝仁看,"你先切换摄像模式,然后点最上面的跟拍按钮,对准拍摄对象即可。"

"你为什么这么懂?"郝仁问道。

"以前也不懂,后来上了粉丝论坛后,在粉丝互助问答后就知道了很多玩机技巧,而且回答的问题多了,还有试用券礼品券,我今天是来换礼品的,顺便帮店主招呼下,他会为我们做粉丝咖啡,并且人还很帅。"女孩子说起帅哥忍不住咯咯地笑起来。

郝仁随后走访了市区的多家门店,对所见所闻甚是满意,觉得乔叶团队在任何一个方面和国内比有过之无不及,恨不得立马叫各国代表前来巴西学习。

郝仁心想是时候当面夸一夸乔叶了,第二天一早便步行前往位于CBD的代表处办公大楼。上下高峰期,身着正装的年轻白领就像过江之鲫一般从城市各个角落涌出,又没入高耸的写字楼。

"你放开我,乔叶有胆做,干吗怕人知道!大家快来看,乔叶婚外出轨……"

"请你不要堵塞公司入口,这么人多容易出问题。"

"不要拉拉扯扯。"

……

耀华巴西代表处大楼门口,两个保安和一个发传单的年轻女子发生了冲突,让步履匆匆的上班族忍不住停下来围观,正准备进楼的郝仁听到乔叶的名字也循人流去看。

"小姐，你不要为难我们，有什么找人当面沟通，不要在公共场合大吵大闹，出了意外对谁都不好。"保安不敢强硬赶人，又怕围观人越来越大，左右为难地劝道。

"我要找得到人还会来这里守着吗？你把人叫出来我就走。"年轻女子说道。

"我们只是物业公司的保安，如果人家不愿意，我们也没有办法帮你带人出来。"保安说道。

"那就别拦着我了，大家快来看……"年轻女子继续声嘶力竭地喊着。

郝仁心里很不是滋味，走过去对年轻女子说："我和乔叶一个公司，我们到那边咖啡厅说清楚，如果你说的属实我帮你把人带出来。"

年轻女子疑惑地看了郝仁一眼，但终究意识到和保安纠缠并不会有什么结果，于是还是选择跟着郝仁离开。

在咖啡厅喝了几口咖啡后，年轻女子终于冷静下来。

"我毕业后给乔叶做助理，知道他的老婆在国内，长期分居，他跟我说他们感情不好，迟早要离婚。有一次他年终晚宴喝多了，抱着我说很寂寞，叫我可怜可怜他，我们在酒店做了错事，后来我发现怀孕了，他说他要离婚，叫我辞职安胎，结果我生了个女儿后，他并没有离婚，老婆还怀了二胎，而且最近他又和别的女员工打得火热，据说还带去酒店，再也不来看女儿了……"年轻女子说着呜呜哭了起来。

如果这不是年轻女子的一面之词，乔叶老实巴交面孔下可能有着别人完全想不到的风流人生。年轻女人的描述越来越露骨，光天化日之下听得郝仁坐立难安。

"我看的出来，你是个领导，听我说了这么多，你打算如何处理？"年轻女子问道。

这个问题如同大锤敲在郝仁心上，怎么处理？郝仁又怎会知道如何处理，他再器重乔叶，也不过是老板和员工的关系，老板不是警察，没有办法调查别人床上的事，老板也不是父母，管不了员工的私德。不清不楚的情况下处罚一位开疆拓土的功臣无法服众，可若是放任不管，万一眼前这女子冲动起来，整天在公司门口发传单又败坏公司名誉。

"你叫我过来，又不说话，我还约了媒体，先走了。"年轻女子说道。

"别，你别走，先告诉我你到底想要什么？"郝仁急忙说道。

第二百九十章　男人爱犯的错

"我想要什么？我想要什么他会不知道？"年轻女子眼睛通红瞪着郝仁说道，"我想让他回到我的身边，我想要他信守承诺，我想和从前一样……"

"唉，"郝仁叹了口气，"你所做的和想要的实在是南辕北辙，他本就有合法伴侣，即使你找媒体把你们的关系昭告天下，又有多少人站在你这边，只会让自己更难堪，何不放过自己。"

年轻女子鼻子里轻哼了一声，"我看你是个体面人才愿意说两句，没想到也是一丘之貉，无非是想要我不要影响你们公司的声誉。你就别费口舌，除非他来见我，否则我要让你们身败名裂。"

"乔叶虽是我的员工，但感情的事外人理解不了。你愿意和我说这些，多少带有几分期待，如果你信得过我，就让我内部沟通一下，尽快给你个说法。"郝仁说道。

"行，给你三天，三天后没结果，我不保证会做出什么事来。"年轻女子说完转身就走，砸得玻璃门哐当一声巨响，引得周围的人纷纷侧目。

同为男人，郝仁能理解一部分男人花花肠子，喜欢身边莺莺燕燕，可直觉告诉他乔叶不应该是这样的人，他目标明确，生活中极怕麻烦，怎么会愿意在女人堆里搅和，何况眼前的女子并不见得多容色倾城，能让人鬼迷心窍，除非有什么别的原因。

想了半天想不出来，郝仁不打算绕弯子了，直接一个电话打给海外合规管理部驻巴西的监察李晓航，不到一刻钟，就见一个穿西装的健壮男子匆匆走进来。

"郝总，您什么时候到的？您不进公司吗？"李晓航抹了一脸上的汗珠说道。

"先不急，坐吧，我有些情况找你了解下。"郝仁说道。

"郝总，您问吧。"李晓航说道。

"巴西代表处这边的合规情况怎么样？尤其是乔代表，有没有什么生活作风问题？"郝仁单刀直入问道。

"郝总，我……"李晓航迟疑道。

"李晓航，你是公司监察不是乔叶的马仔，请摆正自己的位置。"郝仁目光变得异常凌厉，逼得李晓航打了个寒战。

"我没有，合规管理监察独立于任何子公司和代表处，要铁面无私，忠于职守，保证公司员工合规开展业务。"李晓航郑重说道。

"背得挺熟，回答我的问题，巴西代表处有没有问题？乔叶有没有问题？"郝仁问道。

"还真有，经济问题。"李晓航说道。

郝仁大吃一惊，他把李晓航叫过来是想了解乔叶的作风问题，没想到公司海外代表处的金字招牌竟出了经济问题。

"什么经济问题？说清楚点。"郝仁问道

"那我可说了，2009年的时候巴西里约热内卢成为2014年世界杯主办城市，里约热内卢的房价就开始暴涨，近五年来涨了200%，甚至引发了市民的抗议和游行。我最近查旧账时发现，2009年代表处有一笔1000万人民币左右的资金被挪用过，签字人就是乔叶总，名目是活动赞助，可是事后活动根本没有成功举办过，去年这笔资金被原封不动地还到了公司账目上。"李晓航说道。

"那这笔钱这两年躺在哪里？"郝仁问道。

"我怀疑乔叶总挪用这笔资金购房，然后房价涨后出售，又将钱还回来了。"李晓航说道。

"乔叶没有巴西国籍，如何买房？"郝仁说道。

"他以巴西本地情人的名誉购买。"李晓航说道。

"这是违规啊，李晓航，这么大的事你敢自己闷着。"郝仁拽紧拳头说道。

"郝总，我给总部汇报过，可我们部长说巴西代表处现金流很好，叫我不要妄自揣测，影响公司管理干部的名誉，而且还是您点的将。"李晓航说道。

这个点将彻底地激怒了郝仁，一股无名业火从心中蹿起，"混账，我点将，我点将是让他搞好经营的，不是让他中饱私囊和乱搞男女关系的。"

李晓航自觉说错话，低着头不敢出声，许久才听到郝仁余怒未消地问道："你说的这些有证据吗？"

"有有有，公司的封疆大吏，我哪敢瞎说，基础证据都有，就是细节落实需要一些时间。"李晓航说道。

"不要声张,不要告诉任何人私下见过我,继续调查,证据要经得起推敲,有结果单独跟我汇报。"郝仁双手压在桌子上,从上到下看着李晓航说道。

"嗯嗯,我知道怎么做。"李晓航连连点头。

"回去吧。"郝仁说道。

等李晓航走后,郝仁喝完第二杯拿铁,便起身往办公大楼走,得到消息的乔叶很快下来迎接。乔叶神色如常地给郝仁介绍巴西的市场情况,看不出半点心虚,郝仁神色如常地夸奖了乔叶的工作,看不出半点怀疑,就这样到了下班时间。

"郝总,大家伙都很仰慕您,要不我晚上定个特色餐厅,您和大家伙一起吃个饭,打打气行不?"乔叶说道。

"今天刚到状态不好,不如找个安静的地,就我们俩喝两杯?"郝仁说道。

"行。"乔叶说道。

两人进了一家安静的酒吧,各点了杯威士忌相向而坐,半晌没说话。

"巴西市场耕耘得挺好的,除了工作,你没有什么想和我说的吗?"郝仁打破沉默说道。

"是说我的感情问题吗?那个女人已经发短信威胁说找过我的领导了,郝总放心,我会处理好的,不会影响公司声誉。"乔叶说道。

"没有别的了吗?"郝仁问道。

"郝总,我检讨,我没有抵御住诱惑,在感情上犯了男人容易犯的错误。但我从来没有影响过工作,我对公司忠心不二。"乔叶说道。

"乔叶,我珍惜你是个人才,也愿意给你多一些机会,你可千万不要做对不起公司的事,如果不小心做了,尽快迷途知返。"郝仁说道。

"不会的,永远不会。"

乔叶笃定地回答,但郝仁知道他放弃了自己给的最后一个机会。

第二百九十一章　挥泪拿下乔叶

郝仁在巴西不动声色地待了几天,又辗转几个代表处考察,回国已经是一个多月后的事了。飞机落地深圳的同时,郝仁收到了李晓航的邮件。

原来乔叶做的比郝仁想象的更过分,不仅挪用公款,还向供应商借款,动用资金总额达四千五百万,在巴西先后购入五套豪华住宅。上梁不正下梁歪,乔叶从国内带过来的几个国内员工有样学样,互相掩护,分工获利。证据一桩桩一件件摆在面前,既有资金记录,又有证人证词,由不得郝仁不信。

于是,特意来接机的穆言远远地看到了气得浑身发抖的郝仁正往地上砸手机。

"怎么了?"穆言走过去弯腰把手机捡起来递给郝仁。

"乔叶这个混蛋王八蛋,真是气死我,你都不知道他干了什么。"郝仁说道。

"干了什么也不值得你在这里发脾气,先回家再说。"穆言说道。

"不,我现在就回公司撤了他。"郝仁说道。

"大周末的,别折腾大家了,谁不是拖家带口的,再说气头上也处理不好事……"

穆言将郝仁安抚好,开车往家的方向开,在路上,听郝仁发泄似的把事情讲了。

穆言回忆起出国前衣着朴实的乔叶忍不住一阵唏嘘,"有时候权力会让人迷失自我,在总部,大大小小那么多眼睛盯着,即使有什么想法也不敢造次。但在海外就不一样了,犹如土皇帝一样,位高权重,什么都是自己说了算,胆子就越来越大了。"

"我现在怀疑所有其他海外代表处都好不到哪里去,彻底地查一查看看。"郝仁说道。

"你冷静下,没必要一竿子打翻一船人,就事论事就好。"穆言说道。

"现在看谁都很可疑。"郝仁感到怀疑的种子一旦种下,就算没有阳光雨露也会肆无忌惮地疯长,揪得一颗心难受得紧。

第二天,郝仁一到办公室就把合规管理的部长胡玉璞叫过来一阵臭骂。

"胡部长,胡部长,姓胡你就真糊涂了,你在国内,海外的事你就不管了吗?李晓航给你汇报的时候你还把我抬出来,我谢谢你给我安了一个不知情的包庇罪……"

郝仁已经很久没有这么生气过，在他的心中队友和对手之间泾渭分明。对手用了上不了台面的手段，郝仁有过置之不理，有过适度还击，唯独没有伤害。可当亲密队友放弃了曾经的承诺，背叛的感觉突如其来地击倒了郝仁，死活想不通在公司激励公平透明的情况下何至于如此。

"郝，郝，郝总，我也没有想到这么严重，毕竟是公司的高层干部，还是您亲自选拔任用的，我本来想着要谨慎一些，所以一直在调查。"胡玉璞紧张地说道。

"合规管理部，是独立于公司任何一个组织机构的直属部门，上可以直接向我汇报，下可以调查任何一个部门，你什么时候也学会了溜须拍马，我亲自任用的干部就不管了吗？你是不是还打算和他利益共享？"

郝仁这句重话吓得胡玉璞瑟瑟发抖，连连摆手说道："我哪敢啊，郝总你又不是不知道我。"

"现在你说怎么办？"郝仁问道。

"郝总，按公司规定，需要集体决策，至少需要有你、我、他的直属上司陈竞男和曾志忠、法务主管廖凯志在场才行。"胡玉璞说道。

"那还不去叫人，立刻，马上。"

郝仁的气势颇为吓人，吓得胡玉璞脚底生烟，五分钟内就把所有人叫了过来。

"人都到齐了，胡部长你说下情况吧。"郝仁说道。

大家进门便发现郝仁表情阴沉，当胡玉璞说完情况后，所有人都沉默了。公司大了，不时会抓出一些内部蛀虫，但像这次犯事人员级别和涉及金额都是前所未有的高。

"大家怎么看？"郝仁又问道。

"彻底地查，该怎么查就怎么查，涉及违法就移交司法机构。"廖凯志说道。

"乔叶犯下这么大的错，处理肯定是要处理的，但是还是要考虑一下影响。"陈竞男说道。

"什么意思？"郝仁问道。

"乔叶出海前，巴西代表处还没有盈利，如今他带着兄弟们把巴西代表处的利润做上去了，如果贸然拿下，会不会人心浮动，能不能以调动回国的名义低调处理？"陈竞男说道。

"我觉得没有这个必要，乔叶辜负了公司的信任，做出这样的事，不仅不能低调处理,还要做成案例供公司内部学习,给一些有想法的人敲敲警钟。"廖凯志说道。

"我们也要考虑一下巴西的业绩,也不能忽略乔叶对公司的贡献。"陈竞男说道。

"无规矩不成方圆,公司规定在那里,如果不处理乔叶,那所有人都认为功过可以相抵,功劳越大,位置越高,就越可以乱来。"廖凯志说道。

"所以我建议要低调处理。"陈竞男说道。

郝仁虽然依旧生气,但经过一夜,心情已经平静了不少,他看两人你来我往了一会才说,"乔叶是一定要处理的,违规就按公司规定处理,违法就按法律处理,但影响也要考虑,先安排他回国,给他个自主交代的机会,能不能酌情处理看他自己了。另外,公司即日起各代表处开始自纠自查,杜绝一切违规现象,乔叶的事也不用藏着掖着,可以作为案例公开让大家学习。"

"郝总,真的要公开?"陈竞男问道。

郝仁叹了口气,像下了一个很大决心地说道:"真的,如果不能及时清理蛀虫,我们这艘大船就会沉的。我知道你心软,但这一次不要了,也想想是不是管理不够严格,才出现这样的事。"

"知道了。"陈竞男说道。

"把人先叫回来吧。"郝仁说道。

"好",陈竞男说完,拨了个电话过去,"乔叶,我是陈竞男,你回国一趟吧,越快越好。"

"什么事啊,竞男姐。"乔叶对事情还一无所知。

"回来就知道了。"陈竞男一个字一个字从牙缝中挤出。

第二百九十二章　嘴硬但是心软

郝仁信誓旦旦地说这次不心软,可当合规管理部胡玉璞和法务部廖凯志拿着处理建议过来的时候,郝仁还是不合时宜地会想起过去的种种,瞬间迟疑了。

"开除是一定要开除了,可真的要移送司法吗?"郝仁问道。

"郝总,不是您说的无规矩不成方圆,已经达到立案的金额移送司法也无可厚非。"

廖凯志向来不喜变通，以郝仁之矛攻郝仁之盾，让郝仁瞬间半句话哽在喉咙，办公室一下陷入安静。

许久，胡玉璞打破沉默说道："我觉得也可以保留法律追究的权力，先按照公司规定处理，并以儆效尤，排查各国代表处可能出现的合规风险。"

郝仁意识到自己对这件事的判断已经受到情绪左右，没有一个恒定的态度，导致下属难以处理，"让我和乔叶再聊一次，我给你们一个答案。"

这件事的处理虽然在秘密之中进行，但郝仁来过巴西之后，一向朝九晚五的李晓航变得忙碌，聪明如乔叶，又怎么会觉察不出问题。这趟突然被召回国，乔叶已经猜出事迹败露，好在所有挪用的钱已经还回去，乔叶是无论如何也想不到总部打算对自己雷霆处罚，还心想只要诚心诚意地道歉，顶多领个批评就算了结。

郝仁把见面的地点定在公司礼堂，乔叶进去的时候，偌大的礼堂只有郝仁孤零零一个人坐在第一排中央，就是很多年前海外出征大会他所坐的位置。

空旷的场地让乔叶走过去的脚步声显得清晰，一下一下像规律的钟摆音，震得心底的愧疚与恐惧一并逸了出来。

"郝总，我来晚了，对不起。"乔叶走到郝仁跟前说道。

"没有，是我故意来早一点，重温一下以前送你们这群新兵蛋子出远门去海外的情景，那时候你就站在那个位置，一群人中个子最矮，我走到你面前的时候，你和我说你从小到大没有过选择，都是捡别人剩下的，这次去的地方也不是自己选的，但是你发誓要把巴西做成人人以后都想选的地方。你真是大老爷们，一个吐沫一个钉，当初的豪言壮语转眼都被你实现了，如今巴西也不是盐碱地了，个个抢着要去……"郝仁说道。

温柔的话最是扎心，乔叶想象中暴风骤雨没有到来，而是被软刀子割得肝胆俱颤。

"郝总，对不起，以后我再也不这样了。"乔叶说道。

"还有以后？乔叶你是不是还以为这是鞠个躬，道个歉的事啊？"郝仁被乔叶的态度气得几乎七窍生烟。

"郝总，用了公司多少钱，我都原封不动地还回去了，至于女人的事，是我没处理好，不应该闹到公司，我认。"乔叶说道。

"公司不是道德委员会，管理也细不到床上，你那些拈花惹草的事轮不到公司去查，但你影响公司声誉这你得负责。另外，挪用公司的钱，不是说还回去就没事了，你的金额不仅违纪违规，也足够立案了，你犯法了你知道吗？这是道歉能解决的吗？"郝仁愤怒地说道。

"郝总，你要把我送监狱去吗？这么多年，对于公司我没有功劳也有苦劳，当真要这么狠心？"乔叶说道。

"可你本可以做到问心无愧？"郝仁问道。

"郝总，我小时候没怎么尝过肉味，衣服永远是别人穿到不要的才轮到我，连我上大学的学费都是整个村一块钱一块钱给我凑出来的，工作后才活得像个人。我穷怕了，真的怕了，所以我工作才会这么拼，我怕退回去过那样的生活。"乔叶说道。

"你年年绩效优秀，公司给你的薪酬待遇和股权激励难道还不够吗？"郝仁喝道。

"郝总，郝总，我吃饱了，不能不管以前帮助过我的乡亲。"乔叶说道。

"乔叶，你倒是有情有义，但你用错了方法，你想一个人养活一个村，实在是高估了公司的能力，你走吧。"郝仁说道。

"走？走去哪？"乔叶问道。

"离开公司吧，你严重违规，公司留不得你，但看在过去的贡献，公司保留追究法律责任的权利，暂不起诉。"郝仁说道。

"郝总，我真的知道错了，我不想走。"乔叶说道。

"乔叶，我没办法，我纵容了你，遇到别人还要不要纵容，人心乱了，公司以后的路怎么走。"郝仁说道。

"郝总我已经收手了，神不知鬼不觉，没人会知道，就不会影响公司。"乔叶说道。

乔叶还是不知道大错已经铸成，还在绞尽脑汁想着变通的办法，郝仁却已经听不下去，起身打算往外走，末了又回头盯着乔叶说道："你曾经也以为我不会知道，只要你做了，哪来的神不知鬼不觉？"

几天后，一封某干部违规挪用公款的案例出现在全体员工的邮箱中，公司各代表处开始自纠自查各类违规行为，这时候所有人都还没有发现乔叶的消失，直到公司开始遴选新的巴西国家代表，有心的员工前因后果一比对，才知道乔叶犯了大错，挪用公款被公司开除了。

事情已了，郝仁一连好几天闷闷不乐，话也不多说一句。到周末，穆言请隋祖禹一家来做客，分散下郝仁的注意力。

"你说你不是要拿乔叶的事情以儆效尤吗？临了又下不去手，晚了多少天才发通告，又是匿名又是模糊地区的，人都走了，给他留个面子干啥？"隋祖禹直接戳破郝仁的不痛快。

"挂不挂真名，不影响对其他人的警示效果。"郝仁故作无所谓地说道。

"做那么多，他又未必知道，更不会感激你，说不定还会怪你小题大做，故意不保他。"隋祖禹说道。

"给他留条路是因为真的认可他的能力，不希望他以后没饭吃，不得不处理他，是因为公司的规定不能因为我的念想朝令夕改。"郝仁说道。

"搞不懂你，那这样你还和胡玉璞他们说那么重的话，让他们会错意。"隋祖禹说道。

"说起胡玉璞我就来气，合规管理部理应铁面无私，他倒好，处处周全，像个交际花，应该给他换换岗位了。"郝仁说道。

"你那重话原来是故意说给老胡听的，老胡这个人洁身自好，身上挑不出什么毛病，就是脾气太好了，换个不需要这么针锋相对的岗位也好，你别怪他。"隋祖禹说道。

"不怪他，我喜欢洁身自好的人，哪怕工作不那么出众，也好过能者犯错让我难受。"郝仁说道。

"你这是一朝被蛇咬，十年怕井绳。"隋祖禹说道。

郝仁轻叹一口气，心想谁又能将昔日的战友赶下船还无动于衷呢。

第二百九十三章　收烂摊开新局

挪用公款的事在乔叶走后又查了半个月，结果是拔出萝卜带出泥，一同犯事的员工竟然有十余人，都是巴西代表处如今身居要职的骨干。这情形任谁都会左右为难，一锅端了肯定影响业务，不处理又怕埋下祸根。

看到调查结果的郝仁直接没忍住，当着汇报人李晓航的面就破口大骂起来。

"你看看,年轻人胆子大啊,才毕业两年就敢拿钱了,这位是老当益壮啊,公司的八年的老员工也明知故犯啊……李晓航,你说,巴西代表处还有没有干净的人了?"

郝仁明明是发泄式的问句,李晓航倒是认真思考了半天,"也不是没有,之前您不是提本地化,要求大代表处都要聘本地高端员工。巴西代表处其实有个高端员工叫费利西亚诺,行业经验都超过 20 年了,本地市场没有比他更熟的人了,而且他肯定没有搅和进这件事。"

"怎么说?"郝仁说道。

"费利西亚诺和乔叶素来不和,乔叶看不上他那股温吞样,他也看不上乔叶做事莽撞,两人只要在一起,最终一定会吵起来,乔叶不可能让费利西亚诺知道他的事。"李晓航说道。

"怪不得乔叶以前从来没有提过这个人,待会出去的时候,叫小陈帮我约费利西亚诺聊聊。"郝仁说道。

当天晚上,郝仁就和费利西亚诺来了个跨洋电话,网络一连接上,会议室里 98 寸的大屏幕就被一个硕大的身躯填满了,满脸络腮胡子和蓬勃的卷发在嘴唇周围连成一片,一双棕色的眼睛在晨曦中泛着光。

"你好!"费利西亚诺费劲地用中文打了声招呼。

"你好,费利西亚诺。"郝仁朝摄像头拜了拜手。

"我叫费利西亚诺,从 2009 年就加入耀华巴西了,主要负责市场工作,此前我在酷美工作过 15 年,做过市场和营销……"费利西亚诺像面试一样认真介绍这自己,语速很慢,生怕郝仁听不清楚。

"费利西亚诺,你以前带过多大的团队?"郝仁问道。

"最多的时候一百二十人左右,负责酷美的整个巴西市场团队。"费利西亚诺答道。

"说说对巴西市场的看法?"郝仁问道。

"巴西是移动通信市场的大国,增长速度之快令人咂舌,截至目前,巴西互联网用户约为 1.1 亿,占整个拉丁美洲互联网用户的 34.3%,其中移动互联网人口为 8490 万,占整个拉丁美洲移动互联网人口的 36.7%。尽管如此,市场的潜力仍然没有全面释放,尤其是低收入群体……"费利西亚诺说得头头是道,虽然很多数据郝仁也从不同渠道见过,但费利西亚诺通过本地视角解读后,又有了不同的结论。

"费利西亚诺,听说过去你和乔叶不和,你为什么选择在耀华一直待下去?"郝仁问道。

"我是来上班的,不是来交朋友的,我拿这份薪水,就会尽力把这份工做好,至于别的什么我完全不在意,毕竟我是职业经理人。"费利西亚诺说道。

"如果巴西代表处需要重建团队,你来主导会怎么做?"郝仁问道。

"影响代表处收入的关键性岗位要梳理出来,先盘点现有人力,熟手重新调整到关键岗位,非必要岗位和冗余岗位进行清理,还有人力缺口就尽快通过社招解决,乔先生的手下有很多十分能干的人,可以担当导师,尽快培养新人上岗……"费利西亚诺说道。

听完回答,郝仁心里有了谱,知道费利西亚诺这个人够专业,不会因为个人情绪去拉帮结派,就专业能力及个人秉性来说,都是目前最佳顶替乔叶的最佳人选。

代表处不能一日无将,很快巴西代表处的任命就下来了,费利西亚诺成为耀华终端第一位外籍大国国家主管。

处理完烂摊子,郝仁总算有了片刻放松,洗了洗茶几上积灰的茶具打算泡壶雨前龙井。泛着香气的茶叶刚被咕咕直叫的沸水冲得打旋,办公室的门就被轻轻敲了三下,被扰了闲情雅致的郝仁下意识地皱了皱眉,却又不得不喊了声"请进"。

"哎呀,知道我要来,茶都泡好了。"一个熟悉得不能再熟悉的声音响起。

郝仁起身,惊喜地说道:"沈老,来了也不提前打个招呼。"

"不是你说的我随时都可以回来,门禁卡都给我留着。"沈同方说道。

"那必须的,坐坐坐,喝茶。"郝仁说道。

"来得早不如来得巧。"沈同方说着就挨着郝仁坐下了。

"沈老,最近过得怎么样?"郝仁问道。

"咱的工厂那必须是气势如虹啊。"沈同方说道。

"沈老,你心心念念的生产线准备投产了?"郝仁问道。

"那当然,而且我告诉你,我们这次可是要做无人工厂。"沈同方得意地说道。

"无人工厂?"郝仁心中一颤,这次南美之行埋下的自动化生产的种子在这瞬间突然生根发芽,郝仁开始怪自己被一叶障目,忙于疏通乔叶添的堵,怎么就忘记了这次最大的收获。

"沈老，那你这次到深圳来是？"郝仁问道。

"考察，我是过来考察国内首家无人工厂，地点在东莞，离得近就顺道过来看看你。"沈同方说道。

"您什么时候去考察？带上我行不？"郝仁说道。

"莫非你也要升级工厂？"沈同方问道。

"沈老，您就让我跟着去，说我是你助理跟班就行了。"郝仁说道。

"哈哈哈，有什么不行的，到时候要听安排。"沈同方故作倚老卖老状。

"没问题。"郝仁说道。

第二百九十四章　颠覆性的生产

沈同方以为郝仁跟自己开玩笑，也没当回事，两人办公室把茶言欢后又找了个餐厅把酒言欢，到了晚上9点多才依依惜别。

结果，第二天早上8点多，沈同方要出发去东莞时，在酒店门口看到了笼罩在金色晨曦中的郝仁，正悠闲地半倚在车门上喝一杯咖啡。

"我说你堂堂大总裁没事干了是吧，真要跟我去参观？"沈同方问道。

郝仁笑着递给沈同方一杯热牛奶，笑得比阳光还灿烂，"生产自动化就是我现在最大的事，必须得去亲眼看看心里才有谱，给你当助理还不够格吗？"

"够，太够了。"说完，沈同方打了个电话，三言两语把增加参观者的事说清楚，对方一听没有犹豫，立马应承下来。

一个小时左右的车程很快就到，两人在一座挂着精密机械门牌的巨大厂房门外停下，从外观来看，郝仁没有看出什么特别之处，于是更加好奇里面会有怎样的玄机。

身着统一蓝色厂服的一男一女接待了郝仁和沈同方，男子叫余钱，是这个厂的厂长，头发有些花白，看起来约莫有50多岁，他一侧的女子叫仇小芳，任技术总监。

"哎呀，欢迎两位大驾光临，让我们厂蓬荜生辉。"余钱说道。

"哪里哪里，精密机械在制造业首屈一指，今天得见三生有幸。"沈同方回答道。

"承蒙不弃，能接待两位这样尊贵的客户才是我的福分。"余钱说道。

"余厂长，请你一定要尽可能详细地给我们介绍下。"沈同方说道。

……

两位同龄人是你来我往，舌灿莲花，再说下去都能拿出香炉结拜了，完全刷新了郝仁过去对沈同方的认识。

10分钟过后，郝仁才被人引着往里走，换衣、清洁、除尘一套流程后，内部总算呈现眼前。宽敞明亮的厂房果然空无一人，各个生产模块像乐高一样整齐排列，各种泛着银光的机械手臂在上方快速移动，每一步操作都如乐章般充满韵律感，各处紧密衔接，没有一秒时间浪费，惊得郝仁心中一阵战栗。

"怎么样？震撼吧！"沈同方小声对郝仁说。

"原来你刚才不是寒暄。"郝仁同样压低声音说道。

"我是真佩服人家。"沈同方说道。

余钱看着两人震惊的模样，难掩得意地说道："两位都是行家，今天我就班门弄斧地介绍一下情况。众所周知，我们身处信息时代，随着工业化和信息化的深度融合，制造业将进一步地朝着制造技术的智能化、网络化和精密化发展。通过物联网技术，我们可以实现生产环境精细化监控、生产环境安全性监控、制造供应链全流程跟踪、产品全生命周期实时预警，并促进安全生产和节能减排。

"我们精密机械有限公司，是国内最早一批将物联网技术运用在供应领域的制造企业，大约从2005年就开始布局了，一共经历了几个阶段，一开始的起步阶段，我们更关注信息化和工业自动化相关的基础设施建设，引入先进的机器设备，提升生产效率。完成这一步后，我们尝试将信息技术应用到企业各关键业务环节，并逐步实现对单项业务环节的全面覆盖。而现在，我们已经从几个关键环节切入，实现关键业务环节应用系统之间的协同和集成，开展系统集成基础上的业务应用，正如你们所看到的，我们实现了无人工厂。当然，这不是我们的终点，我们的目标是将应用朝着综合集成的方向发展，突破生产边界，实现面向市场和客户的业务流程和生产、经营规模的变革，形成新的工业能力。

"这边你们看到的是总系统，我们从企业资源计划层、制造执行层、过程控制作业层三方面进行一体化建设，通过传感器实时收集现场设备、人员、物料、加工工艺等数据的参数采集，然后让系统进行关键对象建模，实现无缝集成，并在智能生产管控中心实现集中监控……"

郝仁像个小学生，在手机上认真地做笔记，恨不得一字不漏地记录下来，走了一圈，竟然累得额头冒汗。

"余厂长，贵公司为什么会想到去做这么一件投资巨大的生产改革呢？"郝仁忍不住问道。

"我没有这个眼力，是董事长高瞻远瞩，加上政府及股东的支持才做成的。大约在 2003 年的时候，业内发生了一件大事，日本某著名电子公司将组装工厂从中国迁回到日本，令当时的所有人都想不通。原因就在于成本，2003 年中国劳动者的平均月工资为 126 美元，日本劳动者的平均月工资为 3737 美元，后者是前者的 30 倍，这给企业带来的人力成本巨大，任谁都不会做出这样亏本的选择。然而令人惊讶的是，这家日企通过信息技术和精益生产改革了生产方式，不仅减少了人力，提高了生产效率，还减少了仓库数量和房地产成本，一个季度的利润就增长了 30%。

"我们董事长在媒体上得知这个新闻后就陷入了沉思，中国的人力成本和发达国家相比虽低，可它不可能永远低，成本不会为永久竞争力，世界上的资本总是流向利润最大化的地方，东南亚、印度、甚至非洲在成本上会是中国最有力的竞争对手。那么，既然日企可以逆潮流赢得利润，为什么我们不可以？"余钱说道。

"说得好，传统大批量生产方式将复杂的生产工艺，分解成众多的容易掌握的工序，每个工人只完成一个工序，将人变成螺丝钉，从而降低成本。利润之外，我们同样向往更人性化的社会，制造业也应该有成就人、培养人、创造人的社会意义。生产改革不仅能提升产品质量和产量，也能把蓝领工人从传统大批量生产方式解放出来，成为具备高素质，高应变的生产管理者，获取更高工资和更好的职业发展。"郝仁说道。

"能想到这个层面，郝总您真是人如其名。"余钱说道。

"过奖了，可以到那边去看看吗？"郝仁意犹未尽地问道。

"当然。"余钱自然不会拒绝这个自豪感膨胀的机会。

第二百九十五章　资深的年轻人

眼见参观接近尾声，郝仁还有些意犹未尽，连忙问余钱："我可不可以与贵公司的董事长见上一面？"

余钱瞪了瞪自己的眯缝眼,有些难以置信地说道:"哎呀,郝总啊,你和我们董事长真的是英雄惺惺相惜啊,昨天我一和他说你的名字,他立马就说想要亲自迎接,无奈今天他有个重要的会议,打算晚饭过来和二位边吃边聊。"

"那要辛苦余总张罗了。"郝仁说道。

"哪里,有朋自远方来,高兴都来不及呢。"余钱说道。

郝仁料想,能让余钱这样经验丰富的老生产人佩服的管理者,至少和他年纪相仿,甚至更年长一些。结果,酒店包厢门一打开,哪里有什么头发花白的老者,只见一个顶多三十的男子,笑盈盈地伸过一只手来。

"郝总,你好,我是精密机械的董事长国良俊。"

郝仁连忙握住那只骨节分明的手,说道:"国总,你好,没有想到你这么年轻,真是太意外了。"

"我记得郝总担任耀华终端总裁的时候,也就三十岁左右。"国良俊说道。

"这你都知道,国总神通广大。"郝仁有些惊讶。

"没办法,你是别人家的孩子,你当总裁的时候我还在念书,老头子天天就把你当正面典型,要我好好向你看齐,别整天不着四六的。"国良俊说道。

"这样吗?那我真是太抱歉了。"郝仁说道。

"老头子唠叨,但眼光是极好的,这些年这么多终端企业沉沉浮浮,可不就只有你屹立不倒啊。"国良俊说道。

两人说话之间,菜很快就上齐了,一道佛跳墙,一条清蒸鱼,一盘酿豆腐,一盘酱牛肉,一碟清炒芥蓝,四个人五个菜,既不失礼又不铺张,简单的点菜,郝仁就看出国良俊身上难得的分寸感。

"来,我以茶代酒,敬榜样一杯。"国良俊说道。

郝仁赶紧起身与国良俊碰杯,说道:"你也是我的榜样,今天我被精密机械的智能工厂震撼到了,与你们相比,我们实在是落后。我听余总说,你是从日本企业回迁工厂得到的启示。"

"是的,那时候我念书回国也没多久,老头子把我弄到生产线去锻炼,生产线是真的苦。后来看到日本企业回迁工厂的新闻后,我就去找老头子,说我们建个无人工厂吧。你猜当时老头子怎么说?"国良俊问道。

"他说你是不是想偷懒？"郝仁说道。

"没错，他说我脑子灵光，就是不用在正道上，整天喊苦喊累的，也不想想工厂没有人，就得全靠机器，那得多贵啊。我当时那叫一个气啊，发誓一定要证明给他看。于是，我请了两个月假，跑到德国、日本去考察，做出了完整的方案摆在他面前。老头子不是怕成本问题吗，我就一笔笔算给他看，最终说服了他。"国良俊说道。

"了不起，这可是一战成名，如今精密机械已经是制造厂商中的先进代表了，大家都赶着想要和贵公司合作。"郝仁说道。

"郝总，你说得太对了，老董事长前年交出接力棒的时候，放心得不得了。"一直没有说话的余钱说道。

"你们别听余厂长瞎说。我年纪轻，老头子是一百个不放心，都是余厂长鼎力支持，老头子才肯交给我，自个好好去治病。我家老头子啊，年轻时候是个拼命三郎，不管不顾的，落下一身病。"国良俊说道。

"可正是国总这样年轻有为的继任者，才让精密机械面目一新。我们耀华终端应该向你们学习，不断地革新，不知道国总有没有兴趣给我们公司做个咨询项目呢？"郝仁问道。

"咨询项目？"国良俊脸上露出疑惑的神情。

"没错，就是贵公司让当初兴建工厂的核心团队成员到耀华终端来做顾问，我们之间产品不同，没有竞争关系，费用我们愿意按照业界顶级咨询公司的标准来结算。"郝仁说道。

"说实话，我挺愿意与你们分享经验的，蛋糕做大，每个企业分得才多。只是咱们工厂的技术专家挺木讷的，不如咨询公司的人能说会道，怕影响你们进度，要不要我介绍当初考察过的外资企业给你？"国良俊问道。

"不用，我就要你的团队，只有国产制造企业才真正懂国产制造的痛点，感同身受比能说会道重要多了。"郝仁说道。

"你说得没错，只是这事我需要统筹人力，并和团队商量下。"国良俊说道。

"没问题，我等你的好消息。"郝仁说道。

这顿饭，几人吃出一副相见恨晚的模样，沈同方和余钱就建厂问题展开激烈讨论，郝仁和国良俊说起企业管理来也是没完没了，直到深夜才各自醉醺醺回去。

有些话说在酒里，醒来却没有人不算数。很快，国良俊就把建厂核心成员拉在一起开了几个会，最终决定应下这个项目，而郝仁则料定国良俊不会拒绝，没收到答复就马不停蹄地筹备起建新厂的事。

有了国良俊团队的支持，筹建工作无比的顺利，正当一切都在朝预定的方向发展时，智能工厂启动的消息却在生产线工人中间炸开了锅。

"智能工厂是什么意思？"

"这都不知道，智能工厂就是只有机器的工厂，不再需要工人的意思。"

"那不要工人了，我们是不是要被扫地出门了？"

"不把我们扫地出门，难不成养闲人啊？"

"马上就要被扫地出门，今天还上啥工？还不赶紧去找领导要个说法？"

"人家大领导能理咱？还不如抓紧时间找工作？"

"我觉得郝总不是那种冷血的人，还是可以沟通一下的。"

"资本家还有热血的？天真了不是。"

……

工人们一群一群聚集在一起热烈地讨论，越说越是做好鱼死网破的准备，甚至有人愤怒地对着空气挥拳，叫着非要郝仁出来当面解释不可。

第二百九十六章　队友火上浇油

耀华终端一向劳资关系融洽，新上任的生产主管田有良从未处理过复杂情况。他第一时间带人赶到现场，立刻被群情激昂的工人团团围住，想要说点什么，此起彼伏的叫骂就如浪潮般袭来，好不容易挤出的声音不知道被冲散到哪里去了。

田有良有着和师傅姜大力一般稀疏的头发，此刻原本摇摇欲坠的发丝被汗水紧紧地粘在了头皮上，泛着亮晶晶的光泽。田有良却腾不出一只手去擦汗，被人群推搡着挤到了墙角，几乎动弹不得。

还是一个粗壮的保安小伙，操起散落地上的一根棍子，狠狠地朝铁门砸上去，一声巨响之后，人群静下来了，田有良总算说出走进工厂来的第一句话："大家有什么诉求，可以找一个代表来说，你们这样推着我，除了搞清楚我体重几斤几两，什么都问不到的。"

众人挤了半天，其实也没说上话，这时面面相觑，最后一个高个的年轻人站了出来，开门见山地说道："我们听说公司要建智能工厂，是不是用机器取代工人，有没有裁员计划？"

田有良把一缕窜到眼睛前的发丝抹到后脑勺，认真说道："智能工厂现在还处于筹建规划，我没有听过什么裁员计划。"

"请实话实说，不要欺骗工人。"高个年轻人说道。

"我发誓说的是实话，大家信不过我，还信不过郝总吗？即使在公司最困难的时候，他也从来没有提过裁员。"田有良说道。

"可智能工厂就是郝总提出的。"一个人激动地喊道，平静的人群又骚动起来。

"这样吧，大家选出几个代表，我们坐下来好好谈。"田有良说道。

"我们想要郝仁亲自做保证。"又有一个声音喊道，引来人群中一阵阵附和。

"你们给我点时间，我回去请示一下。"田有良说道。

"田总，您最好尽快，工人不复工，会影响到最近的订单交付。"高个年轻人说道。

田有良本来是打算自己处理，可他的说辞并没有让任何人信服，甚至他还私下找了看起来在工人中颇有威信的高个年轻人，可两句话没说就被赶了出来。

到了这个时候，田有良不得不去找郝仁了。

"郝总，工人们现在不肯复工，非要给个保证。"

听完田有良解释的来龙去脉，郝仁陷入了沉思，许久才说道："这件事是我又欠考虑了，大家伙的担忧都在情理之中，我应该和大家提前进行沟通的，这样吧，明天带我去和大家当面沟通吧。"

"郝总，那我多安排一些保安，你不知道大家激动起来有多可怕。"

郝仁看了一眼田有良身上满是褶皱的衣服，说道："你这不是坏事吗？安排了保安，没事也会有事，就你和我几个人去，我不怕，你也不要怕。"

田有良咽下一肚子的话，勉强地说道："行，我这就安排。"

郝仁有一段时间没有去看望高建军了，那次手术很成功，可高建军的身体也大不如前了，一直待在家里不出门。

智能工厂这事，郝仁本意还想着让工人鸟枪换炮，更体面地生活，没有想到工人会往裁员方面想。结果，他的这点委屈，高建军从他一进门就看出来了。

"脸色这么差，是遇上什么事了吗？"

"师傅，我好着呢，能有啥事。"郝仁硬生生挤出个难看的笑容来。

"在外面你是大名鼎鼎的郝总，但我是从毛头小子的时候就认识你，心里有事就说，憋着难过。"高建军给郝仁倒了杯茶推过去。

"唉，师傅，我想搞智能工厂，通过自动化来提高产能，降低成本，这样一个工人负责的模块多了，不就能挣更多钱，他们为什么会觉得我搞智能工厂是为了裁员呢？"郝仁问道。

"郝仁啊，你是名校毕业，能力出众，职业一路上顺风顺水，没有缺衣少食过。你想想我们的工人，大多技校大专毕业，他们找份收入过得去的工作多难啊，加上现在大学毕业生遍地走，各种公司招聘都是本科，甚至重点大学起，你说他们上有老下有小，能不担心吗？"高建军说道。

"师傅，我从来没有想过要放弃工人，只要他们跟得上公司的步伐，我就不会轻易让一个人走。"郝仁说道。

"我相信你不会，那就跟工人敞开心扉说一说。"高建军说道。

"已经安排了，打算明天就和工人当面交流。"郝仁说道。

"具体什么时候？"高建军问道。

"师傅，好好养身体，我能搞定。"郝仁说道。

第二天下午，田有良把沟通地点定在了会议礼堂，还没到时间，里面已经坐满了人，没有座位的人，在过道里蹲着站着。等郝仁和田有良等几个人进来，工人夹道站立目送两人走过，眼睛里却无半点欢迎意味。

田有良让人在台上放了座位和话筒，可郝仁却没有走上讲台，而是径直走到舞台边缘坐下，平视着最前面的工人，扯着嗓子说道："大家都过来一些，我们好好聊聊，把误会都解开。"

郝仁毫无芥蒂的表现令最前面的几个工人一愣，一会才有人起身围过来，之前和田有良沟通的高个年轻人站在离郝仁最近的地方，问道："郝总，大家的想法你应该也知道了，请问郝总有什么解释？"

"你叫什么名字？多大？"郝仁问道。

高个年轻人没有半分惧色，表情自然地回答道："我叫俞家乐，今年25岁，在公司工作3年。"

"家乐，公司给你的工资你是怎么拿到手的？"郝仁问道。

俞家乐不太理解郝仁为什么这么问，但是也如实回答道："公司发到银行卡上，我去 ATM 机取出来。"

"不知道你有没有什么印象，你的父辈都是拿着银行卡到柜台排队取钱。有了 ATM 机，就不需要这么多银行柜台工作人员，为什么那个时候银行没有听说大规模的裁员呢，因为虽然柜台人员减少了，但是需要维护 ATM 机及其系统的技术人员需求增多了，反而需要招聘更多的人员。我们也一样，建设智能工厂，表面上看起来生产线工人的数量似乎减少了，但高级技术人员的需求量却增长了，所以，我不仅不会裁员，还要给愿意到智能工厂的工人涨工资，因为他们人均创造的价值更多了。"

"郝总，我明白了，是我们误会了。"

俞家乐的脸色慢慢变得柔和，正当他想向大家说点什么的时候，人群中一个中年男人挤上前来，指着俞家乐说道："大家别听他的，昨天我看见田有良单独找他，他一定是被收买了。"

众人一听，顿时火冒三丈，吵嚷起来。

"俞家乐，你不要擅自代表我们。"

"这个时候需要我们完成订单，就说得好听，等厂子建好就把我们一脚踢开。"

……

郝仁也被气得不行，可现在人群吵闹着往前挤，自己就是把田有良骂死也没用，大家都把他和田有良看成一伙，说啥都没用了。

第二百九十七章　接地气的威望

"吵什么吵，吵能解决问题吗？"

一个能把众人记忆拉回过去的声音从身后传来，陌生又熟悉，带着点老机器内部零件彼此摩擦的杂音，一下就让哄闹的礼堂安静了下来。

"高师傅，你怎么过来了？"刚才带头起哄的中年男子用一种异常尊敬的语气问道。

"我不来，看着你们把饭碗闹没？"

众人给高建军让出一条道，目送着他蹒跚着走进来，都忍不住想要搀扶一把。

"高师傅，说反了，是饭碗就要没了，我们才光脚不怕穿鞋的，争取工人利益。"带头起哄的中年男人说道。

"莫大头,你现在会的东西都是我手把手教出来的,我还不了解你,炮仗脾气,一点就着,不用脑子。我看你小子穿着鞋,给我装什么光脚的。"

莫大头在车间确实是个刺头,敢顶撞工头,敢骂老板,但是高建军说的话,他却不敢顶嘴,谁叫人家高师傅从来都是掏心掏肺地对自己好,自己闯过的祸十有八九也是高师傅收拾的。

几十米的路,高建军走了很久,众人不敢催他,只是默默地看着他最终站到郝仁身边,轻喘了好一阵子,才接过田有良上台摘的话筒说道:"大家如果信得过我老头子,就心平气和地听我说两句,信不过,就大家该怎么闹怎么闹,看看能不能解决问题?"

"信得过!"大家异口同声道。

"好,那我就做个中间人,把事情给大家掰扯清楚。郝总,请问公司为什么要建设智能工厂?"高建军问道。

"市场竞争激烈,各大企业都在谋求降本增效的有力途径,一种方法是很多国际化企业现在使用的,全球范围内统筹人力资源,将工厂迁往人力成本更低的国家及地区,比如越南、印度等。另一种方法是我们正在用的,就是通过自动化技术来解决问题,提高人均产能,降低单位成本,这样既不用搬迁工厂,又不必裁员。"郝仁说道。

"既然采用这个办法,决定前有没有跟大家伙沟通?"高建军问道。

"非常抱歉,确实没有及时和大家沟通,我给大家道歉。"郝仁愧疚地说道。

"高师傅,郝总工作千头万绪,要做到这么细确实不可能。"田有良说道。

"好,那咱今天就把话说开,大家有什么问题不要吵不要闹,一个一个来,谁不说事只起哄,耽误大家了解实情,我们就一起把他丢出去。"高建军说道。

"智能工厂不就是无人工厂,没有人的工厂怎么做到不裁员呢?"一个女工问道。

"无人工厂只是不用打螺丝的工人,不要封装的工人,却需要更多维护系统,监测环境的人,我看不仅不能裁员,还要扩招。"郝仁说道。

"能做保证吗?"另一个工人问道。

"只要大家按照公司规定认真工作,我就能保证。"郝仁说道。

"可是,你也说了需要的是维护系统、环境监测等,这些都是技术人员,和我们现在做的不一样,那我们还是没有合适的岗位。"稍远位置的年轻男子问道。

"这个问题问得好,这也是我想号召大家去做的。以前的生产线,有很多重复劳动,大家无论多么努力,每天的产量也是有限的,也就是说大家的收入没有办法大幅提升。如果建成智能工厂就不一样了,我们通过自动化提高产能,而不是工人的工作时长,大家的工作会变得更高效,也更有创造力,可替代性也变低了。至于岗位之间的差异,有什么是通过学习不能解决的呢?大家用手做出的产品,能辨别质量好坏,用机器做出来的,就不能辨别了吗?一理通百理明,何况建厂所需时间以年计,我们有的是时间,公司也会给大家提供足够的培训。"郝仁说道。

"那产能提高了,工人能涨工资吗?"又有一个声音问道。

"公司效益好,每个人都能受益。而每个人的价值和岗位是相匹配的,先学成先上岗,然后先受益。"郝仁说道。

"如果像我年纪这么大,实在学不会怎么办?"一个年长的工人问道。

"老陈头,你有我年纪大吗?"高建军咳了两声说道,"大家心里别有负担,接受一个新事物没这么难。大家应该知道我来工厂前就是个木匠,不也干到退休了,这几十年生产线换过多少机器,不也是来一个学一个,学一个会一个。大家这次要有什么困难,只要我还有一口气在,我就过来陪着大家伙。还有问题吗?"

高建军的承诺向来在工人中有分量,这次还拖着病躯过来,颤巍巍地帮大家解决问题,任是再铁石心肠的人也无法不动容。而现在,话说到这份儿上,大家自然是半分疑虑都没了。

"郝总,我还有一句话想说。咱大家伙都是上有老下有小,生活压力大,大家伙也是慌了,希望不要追究这两天罢工的责任。"高建军说道。

"这一点大家大可放心,不追究,也不扣工资,但拉下的进度是不是努力给补上?"郝仁说道。

"那肯定得补上,这高师傅都带病回来盯着了,谁敢偷懒,我第一个不答应。"刚才还在冲锋陷阵的罢工号召者莫大头,瞬间又变成保生产卫士,语气还是那么嚣张,本人却丝毫没有觉得前后矛盾有什么不妥。

"行了,什么话都让你说了,郝总不计较,你就消停会吧,没啥事就散了吧，回到岗位上去。"高建军说道。

众人拿到想要的答案，三三两两地离去，只有俞家乐迟疑着不愿意走。

"家乐，怎么了？"高建军问道。

"我想单独问几个领导一个问题。"俞家乐说道。

"有话就说呗，大小伙子吞吞吐吐的干吗。"高建军说道。

"其实智能工厂我有一些了解，维护系统的技术人员所需的技能很多，很多工厂都是直接从机械工程等专业的大学生里挑人，而我不过中专学历，我怕没有资格参加培训并申请转岗。"俞家乐说道。

"我们不会招纸上谈兵的人，生产线以实操说话，大学生还是中专生，咱拉出来比比看，怎么样，怕不怕？"郝仁说道。

俞家乐挺直腰板说道："不怕，这就回去努力。"

工人们走完了，高建军浑身的力气像被突然抽走一般，身子左右摇晃一下。郝仁赶紧把人扶了坐下，温和地责备道："高师傅，你不应该跑出来的，现在我就送你回去。"

"没事，我好着呢，刚才是站累了。"高建军说道。

"谁告诉高师傅我们在这沟通的，田有良，是不是你？"郝仁问道。

田有良觉得自己这次把能犯的错都犯了，不能犯的也犯了，垂着眼做好迎接郝仁雷霆震怒的准备。

"算了，懒得说你。"郝仁把目光不耐地从田有良身上挪开。

"不怪他，即使有良不说，我随便问个人也能问到。郝仁，有良，不是我唠叨，你们要记住这次的经验教训。对待工人一定要接地气，他们整天担心着自己小家的五斗米，想不了你那些远大抱负，但这不是不和他们解释公司未来发展的原因。他们是公司的大多数，产品还得他们做，从某种意义上来说，你的高端之路是靠他们一块砖一块砖铺就的，他们的能力才是公司的真正门面啊。"高建军说道。

"是我疏忽了，师傅。"郝仁发自内心地说道。

"行了，现在没事了，我先回去吧。"高建军说道。

"我送你。"郝仁赶紧朝前一步扶住高建军。

"你还有很多更重要的事，我自己回去。"高建军摆摆手，摇摇晃晃地起身，走了两步又回头说道，"放心吧，我好着呢，我还想参加建成典礼呢。"

郝仁看着高建军单薄的身子有点难受，又拗不过这个倔老头，呆呆地看着他的背影消失在门外的光亮中。

第二百九十八章　梦想的朝圣地

没有雪的南国，郝仁常常忘记迎接冬天，直到海外各国的中方员工回国过年，办公区变得异常拥挤才意识到新的一年悄然来临。

整个办公室都笼罩在长假前的愉悦中，郝仁紧绷的神经也松弛下来，透过玻璃出神地看着办公区热闹的情形。

此时此刻，曹旭从瑞典带回来了几个鲱鱼罐头，午饭时分热情地端出来请大家品尝，瞬间一股莫可名状的臭味飘散开来，熏得几乎所有人落荒而逃。剩下了没跑的两个人，卢雨晴一脸茫然地坐在办公桌前，从墨西哥回国三四天了，她还在和昼夜颠倒的时差做斗争，整个人昏昏沉沉地无法对这股臭味做出及时反应。刚用咖喱味的英语结束电话的陈虎，则不进反退，用鼻子深吸几下，搜寻着气味的来源。

"你的样子好像一个老父亲，看着学成归来的孩子，满脸慈祥。"不知道什么时候进到郝仁办公室的贺知州说道。

"知州，你在欧洲待久了，用词都不准确了，我正当年，哪来的老？"郝仁说道。

"孩子都这么大了，父亲怎么能不老呢？样子不老，精力也不如年轻人了。"贺知州说道。

郝仁没有接话，转身从座椅靠背上拿起外套朝外走，"走，知州带你去个地方。"

直到坐到车上，贺知州都没有问郝仁去哪，从郝仁兴奋的表情就可以开始对接下来要看到的有所期待了。随着汽车的行进，高楼大厦渐渐隐没在群山绿意之中，又途经了几个小镇，最终停在一座无名小山脚下。

"知州，到山顶要半个多小时，爬得动吗？"郝仁看着贺知州身上的汉服，突然觉得自己的突发奇想不是一个好主意。

"能带薪游山玩水，怎么能爬不动呢？郝总天天坐办公室，小心不要落我后面。"贺知州轻轻撩起衣服下摆塞进腰封里，快步往山上走去。

这座小山鲜有人来，只有条裸露着泥土的小路，但胜在树林茂密，空气清新，给了久困城市牢笼的两人一个放松脚步的机会，走着走着就下意识慢了下来。

"郝总，上班时间把我带到这里应该不是为了休闲娱乐吧？"贺知州说道。

"到了！"郝仁没有回答贺知州的问题，直接冲向小路的尽头，指着山下江水左岸说道："知州，快看，政府把这块地划拨给了我们，以后这里将会有一个智慧产业园区，耀华终端的无人工厂将会落地于此。"

贺知州顺着郝仁手指的方向望去，蜿蜒曲折的江水像一条飘带散落在大地上，两岸尽是开阔平整的土地，被绿意镶嵌得像一块润泽的玉石，在正午阳光下泛着盈盈的光。

"背山面水，这个地方选得好，我能想象如果在这里工作，空气里没有汽车尾气，打开窗户是风吹树动，有点结庐在人境，而无车马喧的感觉。"

"好处不止这些，这里远离市中心，除了远离喧嚣，可以专心工作外，生活成本还很低，员工挣得多，花得少，幸福感也更强。"郝仁说道。

"那确实，在欧洲，不少人还嫌弃市区乱，喜欢住宁静的郊区。"贺知州说道。

"知州，有没有不错的建筑设计师推荐？"郝仁问道。

"我们的工厂要请专业建筑设计师？以前好像没有这样的先例。"贺知州问道。

"你看这里风景多美，我希望我们的工厂是以一种不突兀的形式融入自然，展现科技与美，而不是冷冰冰的工业机器。"郝仁说道。

"如果不计较成本，那么自然主义建筑设计师凯里·希尔是个很好的选择，他能像《瓦尔登湖》写的那样把一切不属于生活的内容剔除得干净彻底，用最简单最基本的形式去创造，我想他能实现你说的建筑与自然共生。说实话，郝总的思想真的很超前，很少有企业家会这样想问题，虽然法律法规中要求企业负起社会责任，在创造利润的同时，还要承担对消费者、社区和环境的责任，不能把利润作为唯一目标的观念，但实际上很少有企业家能真正践行。如果耀华终端能最大限度减少对生态的影响，尽可能让自然与科技和谐共处，我想这里一定能建成一个城市地标，成就一段佳话。"贺知州说道。

"我和你想到一块去了，但我想要的不仅仅是让建筑风格成为一段佳话。"郝仁说道。

"那还有什么呢?"贺知州说道。

"知州,现在很多国际大公司都设了开放园区,绿草坪、咖啡厅,活脱脱就是个公园的样子,员工来了上班,游客来了参观。很多在学校里的孩子,还没走向社会,就想着以后要去这样的公司,原因就是这些公司从来不藏着掖着,给公众了解的渠道,无形中树立了好的企业形象。有时候我不谦虚地做梦,想着如果公司更进一步,成了全球领导者,是不是也能让全球顶尖人才和科技爱好者把我们这当作朝圣地,千里迢迢也要来逛逛。"

郝仁看着远方,目光沿着江畔描摹勾勒,丛林之间似有工厂楼房拔地而起,人们从五湖四海赶来,赞叹着,惊讶着。

"你看到了吗?"贺知州没头没脑地问了一句。

"看到了。"郝仁回答道。

这天后,贺知州对这件事的热情似乎比郝仁更盛,立马就联系了建筑设计师凯里·希尔,向他发出了诚挚的邀约。听过贺知州详尽地介绍后,凯里·希尔表现出了浓厚的兴趣,然而这位设计师年事已高,无法前往中国实地考察,于是让自己的中国学生谭林林代劳。

谭林林将自然主义与东方风格相结合,兼具便利性与美观性,提交了一套岭南水乡风格的设计图稿。郝仁一页页翻过后很是满意,兼容并蓄的东方科技感实在太适合耀华终端了,不排外,勇于接受先进事物,不自卑,怀有应有的文化自信,这不正是自己想要的感觉吗?

就这样,在2016年的春天快结束的时候,耀华终端的智能工厂正式破土了。

第二百九十九章　大学生进工厂

工厂动工期间,郝仁一有空就会跑到小山包顶上去看,每次都有不一样的发现,设计图上的线条在以肉眼可见的速度在大地上勾勒出来。

工厂距离建成尚有时日,但人才就不得不从现在开始培养了,建造工厂的砖头,从出厂的那一刻就决定了去处,而人有无限可能,在时间中成型,不试则不知道其合适的位置。

今天是春季旗舰的首个量产日,郝仁和隋祖禹身着防尘服,目不转睛地看着在生产线上忙忙碌碌的工人。

"水煮鱼,明年晚些时候也许在车间就剩我们孤零零的两个人了。"郝仁说道。

"进展这么快?"隋祖禹惊讶道。

"有精密机械的熟人带路,少走了不少弯路。我想和你商量下,新工厂人员的问题。"郝仁说道。

"你想从研发模块划拨人过去?不是说从现有的生产团队中选拔人员过去吗?"隋祖禹问道。

"没错,但高级技术人员也是需要的,有良来找我,说为了工厂一建成就投产,想先派一批种子选手去精密机械学习,学成回来老带新,把队伍给拉扯起来。我想着一部分从你的研发抽调,一部分从今年招聘的应届生中选,最后一部分从现有工人中选拔。"郝仁说道。

"对工人来说,有这样的机会求之不得,意味着回来就从普通员工变成小领导了。可咱的研发人员都是国内重点院校招来的,把人家从坐办公室的白领变成车间的蓝领,谁愿意啊,别把人逼离职了。"隋祖禹不无忧虑地说道。

"什么白领蓝领的,衣领颜色还能区分工作高低贵贱了?"郝仁有些不悦。

"哎哟我的郝总,法律是规定工作不分高低贵贱,但现实生活中就不是这么一回事,你想想,一个家庭竭尽全力培养一个大学生是为了什么,去工厂拧螺丝钉吗?唱高调容易,改变人的想法很难。"隋祖禹说道。

"咱的工厂是智能化的,不需要拧螺丝钉,老观念该改改了。"郝仁说道。

"改变一个人的想法有教育成本,改变一代人的想法还有时间成本,你等得及吗?"隋祖禹说道。

"等不及,所以才找你帮忙找些愿意第一个吃螃蟹的勇士。"郝仁说道。

隋祖禹看着郝仁执拗的样子,叹了口气说道:"唉,我试试吧,早知道你要这样,对媒体的时候就不应该提工厂,哪怕换个生僻的名字也好啊。"

"不必玩文字游戏,我要让人心甘情愿地来。"郝仁说道。

同样的话,郝仁又对人事总监冯都都说了一遍,冯都都的反应和隋祖禹几无差别，都觉得没有人会愿意。

隋祖禹和冯都都一起拟定了一份名单，把有潜力的应届生和没有合适的岗位升迁的老员工列了出来，让主管一一去沟通意向，没想到不沟通不要紧，一沟通就在员工中引起了轩然大波。

"今天主管和我沟通了，问我有没有意向去新厂工作，直接升迁，岗位级别比现在高。当时我都惊呆了，把我从办公室赶到工厂去，还美其名曰升迁，我直接就拒绝了，说如果非去不可，我就离职。"

"你是老员工，有经验有技术，所以能说这么硬气的话。我一个应届生，千辛万苦找到这一份工作，啥都还没学到就要派我去工厂。如果我现在离职，去市场上就不算应届生，参加不了校园招聘了，和有经验的人一起参加社会招聘，根本不会有什么优势，真是骑虎难下。"

"主管倒是和我明说了，自愿报名，绝不勉强，没有什么好担心的，只是我不明白，公司工人上万人，从里面选几个好苗子不难啊，为什么来研发调拨呢，这个政策完全看不懂。"

"新厂不是传统的工厂，也许不是你们想象的那样，而且愿意过去的人会给予相应的升迁，我觉得未必不是件好事。"

"想清楚，万一是火坑呢？"

……

就中午吃饭这么会功夫，新厂人员调拨这件事就传遍了整个公司，绝大多数人都不看好新厂的岗位，原本对升迁稍有心动的人无一不被劝退。结果不难预料，隋祖禹和冯都都安排人招募了一星期，报名者寥寥，根本完不成郝仁交代的任务。

郝仁这时也意识到自己把问题想简单了，对于看不见摸不着的未来，能够盲目决定的人对公司未必是最好的选择，明确机会与风险还能选择的人才能坚持最久。

几天后，公司所有研发员工都收到了一封不寻常的邮件。

为了热烈欢迎自然主义流派建筑师、耀华终端智能工厂设计者谭林林莅临公司，为了让广大员工亲身体味建筑之美，特组织一场讲座，诚邀大家参加，现场有不限量咖啡美食供应，尽情品尝。

大家纳闷归纳闷，能在工作日休息一个下午，想想都让上班族兴奋起来。于是，讲座当天，研发员工到了现场才发现，平时开会的礼堂已经大变样了，原有的椅子被人挪走大半，布置成展厅的模样。两侧的墙壁挂着大幅新工厂各角度的高清效果图，中央是新工厂的3D打印模型，服务生端着饮料和甜点穿梭其间，如同一个周末的午后。

这时，谭林林出现舞台上，瘦削的身上穿着一件宽松的中式对襟衬衫，茂密蜷曲的头发垂落肩头，眉眼清朗，目光柔和，周身透着慵懒的艺术气息，和从办公室过来的研发员工形成了鲜明的对比。

"大家好，很高兴能来这里和大家交流，大家眼前看到的模型和效果图都是我的团队为耀华终端所设计的智能工厂。说起来，这算是我接过最独特的项目，客户要求我们在设计工厂的同时关注人，关注自然。身处空间中，无论是建筑的实用功能，还是美学体验，都要舒服和自由，不要有唯效率论的紧迫感……"

谭林林似乎很擅长把玄乎的美学词汇转化成普通人能听懂的语言，哪怕是整天与代码为伴的工程师也明白了这栋建筑的设计理念。

"我觉得能有机会设计这个作品是一件很酷的事，他颠覆了我对工厂的固有成见，一扫那种逼仄压抑的氛围，我特别向郝总申请，等建成后一定要让我来当一天的工人，亲身体验一次，谢谢大家。"谭林林结束时候说道。

"当然，我很愿意有这样的大艺术家能够加入我们。"郝仁从后台站出来，接过谭林林的话头说道："我不懂艺术，今天借这个舞台想和大家分享我的一些观点，大家或许在新闻上听说过工业4.0，说现在是利用信息化技术促进产业变革的时代。工业4.0身上被赋予的特征很多，都是大词，但最重要的一点是刷新了人在工厂中的作用，不是重复的，是创造的，需要最最顶尖的人才才能担任，一点都不比待在实验室办公室简单。一个新事物刚出现时，能够提供的机会是最多的，希望大家不要排斥，深思熟虑后做出对自己最好的决定。"

礼堂里的研发员工早已看出今天的活动有着动员目的，但谭林林展现出的工作环境十分优越，郝仁提及的机会也诱人，不知不觉中心中的天平发生了偏移。

第三百章　黑马赢在赛场

谭林林的讲座结束一周后，陆陆续续有人报名新工厂项目，这时候第一批前往精密机械学习的种子选手也开始遴选了，内容主要有两部分组成，理论基础及上机操作。厚厚的考核内容发到报名员工手上后，众人不由得感慨，本来以为是个没人去的地方，不曾想能不能去还得靠本事。这样一来，在从众心理的作用下，报名的人反而更多了，学习氛围比当年出海资格考试前更甚。

这边研发员工斗志昂扬，另一边工厂员工却有点泄气，尤其在有理论考核部分的情况下，总觉得比不过那些整天在实验室的书呆子，因此，每天下班后就往公司图书馆跑的俞家乐就显得越发突兀了。

"家乐，周末去不去打牌？我组了个局，都是你认识的。"莫大头问道。

"不去。"俞家乐拒绝得十分果断。

"又去学习，我说你把工作都干成7乘24小时了，图啥呢？"莫大头摸着光额头问道。

"去图书馆也不算工作啊。"俞家乐说话间已经背上双肩包。

"你为了啥我会不知道。"莫大头说道。

"好了，不说了，晚了就坐不到想坐的位置了。"俞家乐的脚步已经离开了车间。

耀华终端的员工图书馆正对着总裁办公室的落地窗，最近一个月来，郝仁站在窗前常能一眼看到俞家乐颇有辨识度的荧光绿上衣。

今天加班一看时间差不多，郝仁正好下楼去餐厅，一进门就看到对着一碗馄饨狼吞虎咽的俞家乐。

"最近天天都这么晚才吃饭，对胃不好。"郝仁坐到俞家乐对面说道。

"郝总，您怎么会知道？"俞家乐顿时愣怔了下，自己这点小小的努力竟然会被注意到。

"我还知道你进公司就天天如此，每年的公司图书馆阅读时长排名第一的就是你，尤其是专业书的借阅量，居然可以超过一大半研发的工程师，让我挺震惊的。这次选拔去精密机械学习的种子选手，有兴趣吗？不过会挺辛苦的。"郝仁说道。

"嗯，很想第一批就去学习，其实也不算辛苦，干自己喜欢的事不会觉得辛苦。郝总，如果我说我从未想过要当一辈子工人，你信吗？"俞家乐说道。

"我信，我看得出来你本身就是个爱学习求上进的年轻人，如果不是生活所迫，你可能根本不会进工厂。"郝仁说道。

俞家乐仿佛被揭开了心上的顽疾一般，手一抖，筷子上的馄饨扑通一声落回汤里，他顾不得溅到手上的汤，低声喃喃说道："我家里兄弟三个，我最小。等到我考上大学的时候，正好轮到我哥要结婚，爸妈为了凑彩礼钱掏空了家，没钱给我交学费了，只好出来打工。没办法，再心不甘情不愿也只能这样，毕竟我大哥三十多都没结婚，都快成了我爸妈的一块心病了。好在工作后也是可以学习的，世界上的书那么多，不一定要在学校学。"

俞家乐的不甘是显而易见的，但这句自我安慰倒也发自内心，郝仁觉得这个不认命的男孩并不需要自己的同情，于是问道："这次考核哪一块比较薄弱？"

"理论部分，公司参考资料上有一部分不是很明白，我在图书馆到处查资料，结果看得越多越混乱，甚至隐隐觉得公司参考资料出了错误。"俞家乐说道。

"你把觉得错了的地方标出，明天送到我办公室。"郝仁说道。

"好的，郝总。"俞家乐说道。

"早点回去吧。"郝仁说完起身离去。

第二天一早，俞家乐就把材料送了过来，郝仁一看每页都标注得密密麻麻，可见确实是下了苦功。

郝仁让秘书复印了几份，给精密机械和耀华终端共同组成的材料编撰组送过去。过了两天后，专家团回复大部分属于版本问题，公司材料是目前国内最新版，而俞家乐查找的资料大多是一年以前的内容，但能注意到这么细节实属不易。唯独有一个部分，他提到如果系统集成效果不佳，会徒增许多手工传输数据的部分，不仅不能节约人力，还容易出错。他指出设计这套系统过程中仿真分析的部分，似乎停留在部件级仿真，没有全部实现产品级仿真。经过重新审视，新工厂设计中确实有一些地方需要注意网络化协同，也就是说存在信息孤岛的现象。

"有良看看，我们的工人里面也是藏龙卧虎，敢于质疑专家的权威，还找到了公司设计中的漏洞，避免了可能发生的损失。"郝仁把俞家乐的材料和专家团的回复摆在田有良的面前。

"是是是，"田有良点头如捣蒜，顺着郝仁的话提议道，"以后一定要从员工队伍中发掘可造之才。"

"这个小孩让我想起了齐飞华，当初她也是个怯生生的新员工，在摸底考试中质疑隋工出的试题，被发掘了出来，如今也是管着上百号人的研发大主管了。"郝仁说道。

"那第一批种子选手就先把俞家乐写上去了？"田有良说道。

"有良啊，你做事靠谱像你师傅姜大力，但有一点你要注意，尊重专业尊重规则，而不是过于在意我的想法。我们这次公布的遴选条件，没有校对教材这一途径，如果因为我的偏好就临时改变规则，是不是太草率了？这个导向会不会导致员工在一些莫名其妙的地方用心思？俞家乐如此用心，即使和别人一起竞争也不会落下风，我想他应该更希望通过同样的跑道赢，而不是让别人觉得他走了后门。"郝仁说道。

"郝总，是我想岔了，对不起。"田有良说道。

"你管理的生产体系是公司员工数量最大的模块，公平公正要特别注意，事关人心，不要做瓜田李下的事。"郝仁说道。

一个月后，遴选结果正式揭晓，俞家乐果然以总分第三的成绩入选第一批种子选手，收拾行囊即日前往精密机械。

第三百零一章　说不清的误会

集合去精密机械的那天，俞家乐起了个大早，刷牙洗脸刮胡子，拿出一套全新的运动服穿在身上，又把睡了3年的床用塑料布仔仔细细盖好。

莫大头从床上探出头，揉着眼睛说道："家乐，打扮成这样好像去相亲。"

"你别说，我感觉比相亲还紧张。"俞家乐说着，又伸手蘸了点水抹了抹头发，生怕哪里不妥帖。

"你回来是不是就成领导了，有自己的单间，不用和我们合住了？"莫大头问道。

"哪有的事，还是工人。"俞家乐说道。

"那你还折腾得这么起劲？"莫大头不解地问。

"好了时间到了，不说了，走了。"俞家乐提着行李出了门，然后低声对自己说了句，"因为工人的道路也要一直往前走啊。"

到了集合地点，一辆大巴已经停在那里，行李厢大开着，俞家乐四顾发现除了司机没有其他人，于是走过去放好行李，然后静静地站在车旁啃一个干面包。

约莫过了十多分钟，陆陆续续有人到达，因为要学习个把月，大多数人手上大包小包的，很快把行李厢基本塞满了。

临近发车时间，又慌慌张张过来了一个学生模样的男孩，尝试了几次都没有把行李塞进去，于是扯了扯里面的红白蓝塑胶袋说道："司机师傅，你的工具袋能不能不放这里？"

俞家乐赶紧走过来，不好意思地说道："那不是师傅的，是我的，不然你先放进去，我的东西不重，放你的行李箱上面也行。"

男孩打量了一下俞家乐一身仿品运动装，然后又看了一眼褶皱陈旧的红白蓝塑胶袋，嫌弃地说道："算了，我提上车吧。"

司机喊道："还在下面的都上车吧。"

俞家乐上车坐到了倒数第二排，而实验室走出来的工程师和刚离开校园的应届生，大多结伴而行，三三两两地挨着坐下，只剩下了俞家乐身边的座位。

大巴启动了发动机，轻轻地颤动着，这时一个笔挺的身姿走了上来，迎着阳光说道："还好来得及，大家早上好啊。"

"郝总，你来送我们的吗？"众人惊讶地问道。

郝仁摇了摇食指说道："送？我是和大家一起去学习的，一定要认真啊。"

"必须的。"众人异口同声。

郝仁走向唯一的座位，对着俞家乐笑着说道："今天很不一样，很精神。"

俞家乐脸一红，看着众人的目光齐刷刷地扫过来，舌头打结似的说不出话，好在车辆启动，而郝仁也忙着处理手机上的邮件，没有抽出空和紧张的俞家乐闲聊。

精密机械的余钱厂长亲自迎接了耀华一行人，这个费用高昂的咨询项目让精密机械看到了另一种盈利可能，加上第一个客户便是耀华终端这样的国际大企业，在行业里面的示范效应可想而知。所以，现在出现在余钱眼前的并不是虚心求教的学生，而是一个个金光灿灿的财神爷。

"欢迎，欢迎，欢迎各位莅临精密机械。"余钱说道。

"打扰了，还请余厂长多多关照，我们现在就开始吧。"郝仁说道。

"郝总还是这么着急,那我们走吧。"

跟在郝仁身后的各位种子选手一听到开始,便已经从包里拿出纸笔准备记录。结果,余钱一路弯弯绕绕把大家带到了餐厅,准备了茶点咖啡给大家享用,站在吧台打算说一番感谢的话。余钱以为这贴心的招待会让郝仁感动,结果余光瞥见郝仁在一旁直皱眉,只好草草结束长篇大论走下来。

"郝总,是累了吗?"余钱问道。

"余厂长,培训前能和你约法三章吗?"郝仁说道。

"请讲。"余钱说道。

"培训中请不要把我们当客户看待,严格按照要求对待我司员工,无论是理论知识还是操作实践都要保证100%通过率。和培训无关的活动一定要少搞,我就今天一天时间,现在已经浪费了半小时在茶点上了,我们可以尽快开始了吗?"郝仁说道。

余钱没有想到自己弄巧成拙,但他毕竟是经验丰富的管理者,很快实现从轻松的欢迎会到严肃的课堂的转变,一刻钟后生产专家开始敲着屏幕讲解了。听了一会,郝仁觉察出台上的人货真价实,脸色才稍霁。

第一天的理论课一直持续到晚上9点,郝仁有要事在身,差不多下午6点就离开了。

俞家乐结束课程回到宿舍时,发现是4人间的标准宿舍,床在上桌子在下,房间不大,但每个人都有单独的一小块区域,比原来的八人间好了不知多少。原本放在车里的行李已经有人帮忙放在了床上,自己是最后一个回来的,其他三个舍友已经整理好了一切,一个在书桌前看书,正是出发前塞不进行李的男生,其他两人正在床边玩游戏。

"大家好,我叫俞家乐,很高兴和大家一起学习。"

看书的男生没有说话,玩游戏的一人抬头说道:"我叫孟杰,和我一起玩游戏的是曹锲,爱学习的是何书文,我们都是应届生。"

看大家并不想聊天,俞家乐为了避免尴尬,赶紧收拾行李,端着盆去洗澡,回来的时候门虚掩着,听到三人在说话。

"你跟他这么客气干吗?我们是正经大学毕业,他是生产线工人,又不是一路人。"何书文说道。

"我们本来就是来工厂实践的,人家经验丰富,认识下学习学习。"孟杰不赞同地说道。

"我们是来学习智能制造的,不是拧螺丝钉,打孔的,这是两码事。都不知道他是怎么通过理论考试的,今天我看郝总认识他的样子,莫不是……"何书文说道。

"你别小看人家,我听小道消息说,他虽然是生产线上的工人,但是学习非常刻苦,还发现了培训材料上的错误,郝总都震惊了。"曹锲说道。

"这样?原来是另辟蹊径啊,怪不得,服气。"何书文说道。

"嘘,你们小声点,背后议论人不好,万一听到了人家多难受。"孟杰说道。

"呵呵呵。"何书文皮笑肉不笑地敷衍道。

俞家乐听几人不说话了,又悄悄返回浴室,多待了十分钟才出来,假装跟没事人似的,心里却是酸涩不已。

第三百零二章　选择投机取巧

学历是俞家乐永远的心结,他躺在床上,又回想起那些反复出现在梦里的场景。

哥哥如愿以偿定亲后,对方来了一名精壮男子,把牛圈里的两头牛牵走了。那头牛两眼炯炯有神,毛发油光水滑,是他每天精心照顾的成果,更是他心心念念的大学学费。牛像是什么都知道,眼目湿润地看了俞家乐一眼,似乎并不担心自己将往何处,反而对曾经的主人抱有无限的同情。

结婚的时候,小院摆了很多桌,上了很多过年都吃不上的菜。哥哥的新娘子穿着红棉袄羞答答进了门,看不出是高兴还是紧张,各路亲戚就在这个家徒四壁的房子里欢腾,说着夜夜做新郎,说着三年能抱俩,然后随着荤话大笑大闹。

俞家乐站在门口漠然地看着里面的热闹,不知道这样的热闹够不够抚慰父母一辈子的辛劳,更不知道为这样的热闹放弃了改变人生的机会到底值不值。

夜深了,同住的三个舍友发出均匀的呼吸声,俞家乐却异常清醒,不屈与认命在血液里反复纠缠,非要争出个输赢。

俞家乐的心思藏得很深,第二天第一个起床,神色如常,毫无倦意,早早地端坐在培训室开始一天的学习。住在一起的舍友都无法察觉俞家乐思绪的百转千回，郝仁就更不用说了，作为公司的最高决策者，他的一言一行都在向外释放公司导向。正如这次种子选手的选拔，没有学历的要求，没有部门的限制，郝仁想看的只是快速学习的能力。一把上等黄花梨椅子远远比用边角料制作的火柴高级，然而当你想用星星之火造燎原之势，就没有比火柴要更合适的了。

火柴们还在学习过程中，郝仁已经拉着隋祖禹和田有良的核心团队针对生产智能化的深度变革展开务虚研讨。

郝仁让秘书挑了个幽静的茶馆，煮起一壶清茶，在氤氲雾气中说道："最近周末，我跟着一个朋友学习茶道，略懂皮毛后才知要泡一杯好茶实属不易，粗粗就有备器、择水、取火、候汤、习茶五大环节，哪一个环节出了问题都会影响味道……"

隋祖禹端起一杯郝仁推过来的清茶，像模像样地品了一口。田有良也跟着喝了一口，他不懂品茶，喝不出个好赖，此刻满脑子都是问号，腹诽着郝仁这些年是越来越高深莫测，不像以前还在老东家的时候，有事说事，说的都是工厂里亟待解决的问题。

郝仁似看破田有良小眼睛后的心思，继续说道："如果只顾着处理眼前问题，就容易忽视大面上的事。现在智能工厂已经动工，基层员工也开始培养了，但我们主管层面的思想却还没有改变，只是把新工厂当作以自动化提高产能的工具，没有当作影响公司各环节的深度变革，这就是个问题。所以今天我想听听各位对此的看法，大家畅所欲言，不用局限自身工作、公司、行业，或者其他部门都可以说。"

郝仁的问题打了在座的人一个措手不及。事实上，虽然智能工厂是公司去年以来最重大的战略调整，但真落在个人头上，大多数人都抱着一种看热闹的心情，没有意识要提前做出什么改变。

看大家不说话，郝仁又补充道："可能大家今天也没有怎么准备，想到什么说什么，我的问题不是考试，你们的回答也不被打分。"

齐飞华把茶杯不偏不倚地放回桌上那圈杯底水渍处，开口说道："那我就先抛砖引玉，拿研发来说，我们最大的困境是研发周期长，而造成研发周期长的原因往往是因为市场调研分析数据量大、信息滞后缺乏时效性等问题。智能工厂给予物联网、大数据等技术，实时收集，实时分析，相当于一个高速运转的数据库，为研发设计提供大样本的参考，有效地减少不必要的错误产生。而给研发人员带来的挑战是，要改变以前的工作方式，更需要具备强有力的数据分析能力……"

"飞华提到的这一点也是我担心的，数据如果不用起来就是死的，生产中每一个环节收集的数据不仅仅可以用于生产质量的把控，也可以作为研发改进的依据，我们需要能对数据洞察的角色。"隋祖禹说道。

郝仁微微点头表示认可，然后看向了田有良，田有良触电般感到了目光的灼热，赶紧回答道："我觉得应该尽快打造出样板点，然后逐步替换现在的生产模式，另外就是加快员工培训，实现新工厂的无缝衔接。"

田有良说完，瞥了一眼郝仁，显然郝仁对于这个回答很不满意，倒不是田有良说的有错误，只是郝仁期待他能够跳出既有的视角，从全公司甚至全行业的维度思考。

"有良，你有没有想过如果只是我们实现生产自动化，我们的上下游及合作伙伴没有实现，会不会影响到我们最终的效率。智能工厂本意上是利用物联网技术、设备监控技术来提高生产过程的可控性、掌握产销流程。但是如果侧重点在对工厂内部的自动化改造，忽视上下游的衔接，实际上就是闭门造车，忽略了与市场的对接。"郝仁点拨道。

"郝总，什么意思呢？"田有良问道。

"举个简单的例子，你现在比以前生产效率提升好几倍，但是你的物流公司是骑着三轮来接货，会不会堵在工厂门口？从工厂到消费者的效率真正提高了吗？"郝仁进一步点拨道。

"是不是可以建立外界接入的信息平台，采购商、客户随时在平台操作，我们实时掌握上下游动态，从而提高生产柔性，以客户需求为中心，合理调度生产？"田有良说道。

"没错。"郝仁对田有良表示赞许，心想田有良稳重有余，灵活不足，但这一点拨就透还是担得起现在的位置。

"我明白，我会延展我们的平台，让我们的上下游参与进来。"田有良说道。

"这就对了，我们不要盯着自己的一亩三分地，要有改变行业的勇气和魄力。"郝仁说道。

经过引导，大家顿时有了灵感，纷纷发表意见起来。郝仁见讨论激烈起来，便减少了发言的频次，免得造成一言堂，大家都不敢发表意见了。

这时，一封邮件提醒让郝仁的手机震动了几下，郝仁点开一看，是来自智能工厂第一批种子选手何书文，邮件中何书文洋洋洒洒地发表着长篇大论，对智能工厂的所有环节都进行了评价。

郝仁眉头微皱，尽管他欣赏俞家乐，依然坚持用统一的标准筛选种子选手，然而还是有人误解了他的意思，把偶然当通途，开始投机取巧了。

第三百零三章　妄想落空之后

邮件发出后，何书文的内心充满期待。他像一个怀春的少女，想象了无数种郝仁对他另眼相看的方式，有委以重任，也有破格提拔。与此同时，他也想象了无数种答复方法，有惊喜无状的，也有淡然处之的。总之，何书文已经在脑海中完成了从无名小卒到位高权重的职业晋升。

现实是，一个星期过去了，何书文的邮箱没有波澜，除了系统通知，没有一封来自活人的邮件。何书文设置了查看通知，很明显郝仁点过这封邮件，但为什么没有回复，何书文是无论如何也想不明白的。

另一边俞家乐凭借着熟练的操作，受到了导师和同学的欢迎，每次实践环节都被人围观。年轻的工人被一声声老师叫着，心里那点自卑如尘烟般一吹就散了，原来只要在合适的位置，那些错过的机会可以慢慢赶上。

深夜的宿舍，何书文和俞家乐的被子高高隆起，里面透出一些微光。何书文反复修改着他的第二封致总裁建议书，在揣测为什么没有收到回信的同时，心情在期望与失望之间徘徊。俞家乐则借他人沉睡的时间，把自己薄弱的理论知识再巩固巩固，直至入睡迷离之际，脑海里仿佛还有一本书在逐字琢磨。

2016年过去一半，三个月紧张的培训以一场大考结束，俞家乐超越所有人，凭借理论和实操两项满分成了当之无愧的第一名。

坐上大巴离开精密机械的时候，俞家乐紧绷的神经突然松开，累积的疲惫如潮水涌来，很快淹没了他残存的意识，陷入了沉沉的睡眠。

等大巴最终停在公司园区，司机师傅一首缠绵悱恻的《送情郎》惊醒了俞家乐，视线还没有聚焦，就听到车外响起了鼓掌声，揉揉眼睛探头看去，原来是郝仁带领着田有良等领导迎接他们回来了。

待所有人排队下车,郝仁对着所有人说道:"欢迎我们的火种回来,接下来,请大家尽情发挥,把学到的东西传播开来。大家这三个月辛苦了,公司特别给大家准备了接风宴,时间正好,一起过去吧。"

众人一阵欢呼,跟在领导后面走进公司餐厅。里面的餐桌连成长排,海鲜、牛羊、蔬菜、瓜果,琳琅满目,任人取用。

看到大家盘子都堆成了小山,田有良走上台说道:"这次的培训大家表现得都很出色,虽然郝总有要事在身,没有办法全程参加,但他时刻关心着大家的学习进展,包括这次的试卷,郝总百忙之中还抽出时间来审阅。所以,大家的努力公司看得真真的,不会有所辜负,接下来让我们进入最激动人心的颁奖环节。"

"颁奖?"

台下的众人事先并不知道培训设置了奖项,现在是想什么的都有,有后悔不够尽力的,有猜测谁会获奖的,还有何书文,又一次燃起熊熊的期望,觉得郝仁不是故意不回邮件的,而是要在一个特别的场合给自己惊喜。

"首先颁发的是最佳实践奖,获奖者共有三位,分别是乔植、李妙妙和陈柯庆,请上台领奖……接下来是思维创新奖,获奖者是……然后是精工细作奖,获奖者是……"

为了不耽误大家用餐,田有良的颁奖的速度十分快速,陆陆续续有七八名学员领到了奖状,却迟迟没有叫到俞家乐和何书文的名字。

"最后,也是最重磅的奖项——最有影响力学员奖,这个奖项要颁给自身能力过硬,却乐于分享给他人的学员,获奖者是谁呢?"田有良问道。

"俞家乐,俞家乐,俞家乐……"众人喊道。

郝仁接过田有良手里的奖杯,然后继续说道:"看来是众望所归啊,这个奖项我要亲自来颁发,我相信俞家乐的刻苦程度大家有目共睹,但所谓种子选手,就是要如种子一样,种下去长成一片森林,把知识像绿意一样传播出去。在一个团队中,首先要有团队的成功,才有个人的成功,团结就是力量,这不是一句空话,我很高兴俞家乐做到了。"

看到俞家乐一动不动地看着台上,郝仁又说:"我们的获奖者在哪里,怎么还不走上台来接受这最高的荣誉?"

这时俞家乐才如喝醉一般,摇摇晃晃走上台来,"这,这,这也太难以置信了，我一个普通的工人，能和大家这样高学历人才一起学习就足够幸运了，还能获得这样的大奖，我现在真是太惭愧，太害羞了。"

说完，俞家乐的脸刷地红了，如同印证他的话一般，整个人手足无措，都不知道怎么办才好，引得众人一边鼓掌，一边大笑起来。

郝仁把奖杯递给俞家乐，然后和他一起走下台，举杯饮下后就离开了。没有了领导在侧，大家推杯换盏，大快朵颐，愈发无拘无束起来，唯有角落里的何书文紧紧地握着拳头，指甲嵌到肉里都感受不到痛。

"书文，怎么不吃不喝呢？"孟杰端着盘子走过来问道。

"没胃口。"何书文没好气地说道。

孟杰大抵能猜出何书文在气什么，但直接揭穿怕何书文更难受，于是说道："红酒不错，要不要试试？"

何书文没说话，孟杰就当他默认了，从桌上拿了一杯递过去。何书文接过一饮而尽，又接连倒了三四次，如牛饮水一般。

"书文，你干吗？东西也不吃，空腹喝酒很容易醉的。"孟杰说道。

"哼，心里美才会醉，我有什么好醉？"何书文说道。

"书文，只是一个象征性的荣誉激励，没有什么好计较的，何况人家确实考得好。"孟杰说道。

"谁知道怎么考的？真不知道这是什么公司，让我和这些人为伍。"何书文说道。

"你醉了，别瞎说，里面很多研发的大拿，我们这样的新员工还是别瞎说比较好，容易得罪人。"孟杰说道。

"我不干了，侮辱人。"何书文重重地把酒杯砸在桌上，愤愤离去。

第三百零四章　谁也不能阻挡

第一批种子选手回来以后，郝仁对于人员的去向早有安排，先各回各位，结合实际工作，加快相应岗位人才培养。就像俞家乐，培训结束后挂上一个指导的头衔，回到原来生产岗位，以培训班的形式把学到的东西扩散开去。一时之间，员工之间互相带动，学习氛围甚浓。

当公司趁热打铁开始第二批种子选手招聘的时候，一股谣言却在员工中开始传播。

"我听说这个种子选手最好不要报名，去了学不到什么，回来只有个虚衔，没有任何升迁，还有可能因为离开原岗位导致考评差。"

"我也听说了，让大学生和一堆没文凭的工人在一起学习，有点掉价。"

"糟践人啊。"

"你们都是听谁说的？"

"肯定是去过的人呗。"

"我本来想报名的，现在有些犹豫了。"

……

周五下班，隋祖禹想约郝仁一起吃火锅，走进办公室发现他正咔哧咔哧咀嚼沙拉，桌上莴苣、菠菜、牛油果拼成一大盘，绿得一点油沫星子都没有。

"这是晚饭还是零食？"隋祖禹问道。

"当然是晚饭，味道还可以，要不要给你叫一份？"郝仁抬头说道。

"放过我，这种健康食品我可吃不饱。走，请你吃火锅。"隋祖禹说道。

"打住，不要讲这些罪恶的食物，我在减肥。"郝仁说道。

"这又是唱哪出？从来没听说过你需要减肥的。"隋祖禹说道。

"年底我们的智能工厂就要投产了，到时候穆言会请一大批中外媒体过来，其中还有电视台，打算让我亲自当讲解介绍。那个央视的镜头，特别高清，也特别显胖，为了公司的形象，我就不得不掉几斤肉。"郝仁说道。

"这不还早吗，吃完这顿再减不迟，你想想有多久没和我喝酒了？"隋祖禹说道。

"行，就这一次，替我保密。"郝仁说完拎包。

两人找了家潮汕火锅店坐下，一盘切成薄片的五花趾下去，香气扑鼻，让人食欲大增。隋祖禹就爱酥脆多汁的腱子肉，塞了个满嘴，可郝仁依旧克制，只夹起了垫肉的生菜涮了涮吃了。

隋祖禹看了一眼郝仁说道："你说你这破总裁哪来这么多穷讲究，外面的人都说你身上根本找不到缺点，可你什么都要注意，啥人都要关照，累不累？"

"哪有不累的，可有什么办法，全部人都看着你。如果我还是以前那个研发主管，确实可以随性，哪怕现在是大腹便便，只要穆言不嫌弃，我就无所谓。"郝仁笑了笑说道。

"就说智能工厂，你什么都亲力亲为，有这个必要吗？你是总裁，又不是项目经理。"隋祖禹说道。

"所以今天这是约我出来开批判会？"郝仁问道。

"也不是，就是看你最近太累了，看不下去了劝两句。你亲自抓的智能工厂种子人才，本意是英雄不问出处，给基层员工一些机会。但你知不知道其他人怎么说你，说你糟践人，不尊重人才，把大学生弄到工厂去拧螺丝钉。都不知道说这样话的人是什么脑回路，老喜欢误会别人，替你不值。"隋祖禹说道。

郝仁看着隋祖禹紧拧的眉头笑了笑，说道："也不是谁都这么想，但这话耳熟，我知道谁在后面造谣。"

"谁？你找人查了？"隋祖禹问道。

"查了，也拿到证据了，就是你们研发那个何书文。"郝仁说道。

"何书文，没啥印象。"隋祖禹说道。

"今年的应届生，可惜了，从好大学毕业，人也聪明，就是心思不在正道上，老喜欢走小路。不知道他从哪里打听到俞家乐是因为提建议被我另眼相看的，于是给我发了几封上万字的建议书。年轻人有上进心是好事，但这样的投其所好让我很不适，可能因为我的不理睬让他愤怒，才传出这样的话来。"郝仁说道。

"我记得你没有给过任何人关照，一样的两项考试选拔，怎么会有人曲解你的意思。只是何书文再怎么样也只是个新员工，心气高，说几句酸话，你根本不用和他置气。"隋祖禹说道。

"这不是件小事，他无意中破坏了我的计划。智能工厂人才招募困难，根子出在传统社会观念里，大家认为大学生是天之骄子，考不上大学的人才出卖劳力。所以就算现在大学生遍地走，就业面临困难，也没人愿意去生产线，挤破脑袋都要待在办公室里。问题是我们的智能工厂需要高素质的技术人才，试想如果大家都不愿意去生产线，即使我们有顶级的生产设备，智能工厂的效能也根本不可能发挥到极致。"郝仁说道。

"社会固有成见没有这么好改变的。"隋祖禹说道。

"自然是不能凭一己之力去改变社会观念，但可以尽力把自己做好，也尝试着去理解年轻人，给予生产线工人足够的尊重和应有的待遇，至于结果，只能进一寸有一寸的欢喜了。"郝仁说道。

"支持你，那你打算怎么处理何书文？"隋祖禹问道。

"不是我打算怎么着，是他违反公司规定了，该怎么处理怎么处理。"郝仁说道。

"抱歉，我这边的人出事我也有责任。"隋祖禹说道。

"跟你没关系。员工关系里的那点琐事我不关心，但在节骨眼上影响到公司策略方针的落实，我才不得不管管。我这边一门心思号召大家去生产线，他那边给我捣乱，哪个部门都不行，不要说是普通员工，就是领导干部，也不行。"郝仁说道。

"知道知道，叫你出来喝酒，怎么还把你给说急了。不说这个了，说说你打算怎么减肥，靠吃菜叶？"隋祖禹问道。

"是啊，以前我们在学校的时候，一顿饭吃多少肉啊，根本不会胖。如今新陈代谢慢了，喝口水都长肉，对抗中年发福就是与天斗啊，太难了。"郝仁说道。

"人家以前不是说你是企业家的颜值天花板吗？哈哈哈哈，谁能想到你还会落到如此田地。"

隋祖禹大笑着往郝仁碗里夹过来一块肉，吓得郝仁如同看到洪水猛兽一般，赶紧扔回隋祖禹碗里。

"拿走，拿走，我不吃。"

第三百零五章　瞄准女性心智

何书文没有想到自己的一时发泄竟然在公司引起轩然大波，更没有想到人事经理直接就告知他因为违规被开除了。

收拾好桌上的物品，何书文回头扫视了办公室一圈，发现所有人都低着头，仿佛没有他这个人存在一般。不解、不忿、不服同时涌上心头，冲得人理智全无，好想把所有东西砸在地上，摔门而去。

"我送你，书文。"孟杰说道。

"你？"何书文一愣，面对孟杰这张温柔的脸，怒火又有点发泄无门。

出了办公室，孟杰问道："接下来你有什么打算？"

"什么打算？"

何书文重复了孟杰的问题，答案却说不上来，作为一个刚工作没几个月的毕业生，他的工作经历不足以在社会招聘中找到一份好的工作，但作为已经工作几个月的毕业生，他又失去了参加校园招聘的机会。把名校毕业天之骄子的一手好牌打烂的人，何书文觉得说的正是自己。

"没有关系，先休息一下，调整好再找别的机会。"孟杰说道。

"别的机会？哪有什么机会，耀华终端已经把所有路堵住了，我还真有面子，让这么大的企业特别针对我，还这么大费周章的。"何书文抽搐着嘴角说道。

"书文，我要劝你一句，不要意气用事。你还记得以前在学校，你为了一个优秀毕业生的名额，不惜闹到院长那，对其他参与评选的同学，又是揭短又是吵闹的。如今到了社会上，这招不能再用了，一个企业以生存发展为目标，不可能按闹分配，你去阻止公司政策的落地执行，怎么也要想到会有这样的结果……"孟杰说道。

"行了，行了，别说了，我自食其果好了吗？公司不是处罚了，就不劳你费心教训了。"何书文不想听孟杰啰唆，径直上了路边的一辆出租车。

马路喧嚣，何书文关车门说的那句"走着瞧，叫你们后悔"，孟杰没有听到，自顾自地叹气："哎，不听劝啊。"

何书文走后，郝仁请品牌部的摄影师拍摄了一则视频，以一种轻松幽默的语气澄清了近期的一些谣言。提及大家担心的培训后岗位调动和绩效的问题，郝仁在白板上写了一串带零的数字，说这是培训每一个员工所付出的成本。不是公司要重用的员工，公司何苦花这么大的力气培养，公司的投入也是需要回报的，他让所有参与培训的员工放心，公司早已为大家安排了能最大化发挥特长的岗位。提及选拔人才不看学历的问题，郝仁表示学历只代表过去的人生，未来的职业发展要看在公司创造的价值。所有人进了耀华终端后就身处同一个平台了，同场竞技本来就不需要再设限了，给所有人同样的机会，也是给公司无限的可能，可以期待更多惊喜。

视频发布后，公司内部谣言逐步平息，大家恢复了正常的工作状态，不再为有的没的劳心。

距离智能工厂完工前的两个月，隋祖禹这边的团队已经把依托智能工厂技术的产品做出来了，这会旗舰产品项目的主研发成员全挤在会议室里，不时发出一阵阵惊呼。

"太美了，这个内部部件排列叫我内心极度舒适。"硬件工程师李浩说道。

"也不看看是谁的项目，你飞华姐可是高度强迫症患者。"软件工程师陈梦溪说道。

"飞华姐，我们这次的设计很超前，很多地方超出行业标准的，你看这个无缝焊接工艺，几乎实现了外观一体化，无论是质感还是视觉都不输市面上任何一款高端产品。就是我有点担心批量生产的难度，万一不稳定或者合格率低怎么办？"工业设计师许炜说道。

"是啊，飞华，我那天找供应商做样机，可把他们难得抓耳挠腮。"李浩说道。

"别担心，现有的设备实现不了，等我们的新工厂建成后就没问题了，这款旗舰产品将会是新工厂投产的第一款产品。"齐飞华说道。

"真是叫人期待。"许炜说道。

"大家先别高兴得太早，性能的优化还要继续进行，我可不想别人说我们的产品是绣花枕头。"齐飞华说道。

"对对对，我们飞华姐是内外兼修。"众人说道。

虽然已经带团队多年，齐飞华内敛的个性还是有点承受不起众人异口同声的夸赞，更不用说隋祖禹一脸慈父地看着自己，仿佛看着给自己长脸的小孩。

隋祖禹的赞许没有持续太久，又忍不住叮嘱道："飞华，我知道你靠谱，特别去了采购方试了新产线的工艺，也要关注下我们工人的能力，多和生产的同事沟通。"

"好。"齐飞华觉得和夸奖相比，接受任务显然要容易得多。

隋祖禹还要再交代几句，门开了，郝仁兴冲冲地走进来，说道："隋工交代得没错，这次的产品设计我给贺知州看了，他直接用惊艳来形容。所以这次公司打算报个国际工业设计大奖，还约了几个时尚资源，一定要让万千女性爱不释手。"

"郝总，为什么这次特别强调万千女性。"李浩问道。

"电子产品消费者长期以来男女失衡，这次想要用这款产品彻底击溃女性心智，这也是贺知州一直碎碎念的事情。"郝仁说道。

"我隐约听说贺总监有个女人、男人与狗的理论。"许炜说道。

"这是什么神奇理论？"齐飞华问道。

"新时代的家庭中,成员地位的排序依次是女人、小孩、狗、男人,男人要排最后,尤其是……"许炜突然觉得不妥,没有继续说下去,瞥了一眼郝仁和隋祖禹。

"尤其是什么?"众人对许炜说话说一半很不满。

"尤其是我和隋工这样的中年老男人,在家的地位不如狗。"郝仁说道。

"只有你承认过,我没有。"隋祖禹严肃地指出错误。

众人想笑却不敢笑,憋得满脸通红,甚是喜庆。

第三百零六章　预热借力打力

临近投产,郝仁心中莫名生出种近乡情怯的感觉,明明眼前的工厂与图纸如出一辙,心里却总觉得哪里不踏实,愣把沈同方千里迢迢地请过来,一一过目才算结束了坐立难安的日子。

刚从工厂回来,郝仁又想起营销部最近已经开始为智能工厂的推广忙碌,决定顺道拐过去看看。走到总监办公室门口,郝仁从虚掩的门看到里面穆言和几个骨干员工正围着一台笔记本电脑,神情专注。

"在看什么呢?"

郝仁推门进入,想凑过头去也看一眼,结果大家神色慌张不敢回答,穆言更是啪的一声把笔记本电脑合上了,让郝仁深度怀疑他们在做什么不可告人的事。

穆言坐直身子,若无其事地说道:"没什么,郝总突然过来是有什么工作要交代的吗?"

穆言故意强调突然二字,给了郝仁一个暗示,于是郝仁瞬间领会,压抑住自己的好奇心说道:"我就是过来看看智能工厂投产典礼打算怎么推广?"

"好的,那我汇报一下目前的进展,"穆言正了正脊背,拿出一副专业的身姿对待老板,"智能工厂是一个社会关注度极高的领域,与国家现代化的新战略,与制造业的新趋势都紧密联系在一起。如果我们的这次策划仅仅落在耀华终端的技术改进上格局就过小了,所以我们想从工业4.0时代的制造业数字化转型切入,将耀华终端的这一举措解释为敢为人先、拥抱时代的必然选择。与此同时,耀华终端的胸怀应该得到适时展现，号召所有的行业伙伴，上下游供应商零售商一起加入，推动全行业的数字化变革。"

"这个立意够宏大，大企业是不应该只计较市场份额的得失，也要引领行业的发展。"郝仁说道。

"所以，我们在这次的推广中会直接切入当前实事和社会思潮，以内容营销为主，制造符合媒体口味的议题，把我们的主旨传达出去。主要的费用会由公关与社交团队执行，媒介这边会减少投放，避免让公众误会我们在炒作。在投产当天，我们会邀请最权威的媒体参观工厂，由郝总你做解说，揭秘只能工厂的神奇力量。第一批由智能工厂制造的产品诞生后，我们会申报国际工业设计奖项，并设立公众开放日，请有影响力的舆论领袖上手操作……"

穆言详细地介绍每一个环节，没有任何错漏之处，只是郝仁结合进门时大家的反应，心中顿时疑窦丛生，问道："穆老师，不好意思打断一下，你在讲述传播曲线的时候，为什么是从投产讲起，之前的预热期打算怎么做呢？"

穆言语气一顿，旋即又恢复平静说道："我们还没有想到一个令你惊喜的预热方式，需要点时间。"

"真的还没想到吗？"郝仁疑惑地问道。

"真的。"穆言诚恳地说道。

"那我拭目以待。"郝仁说完有事先走了。

"穆总，真的要这么做吗？郝总看到后不会暴怒吧。"公关负责人问道。

"是啊，穆总，我们刚才为什么不直接汇报？"社交媒体负责人问道。

"专业的人做专业的事，如果是涉及大额支出或者策略方向的问题我们必须要汇报，但只是操作方法的问题，如果事无巨细地汇报，会很没有效率。"而且郝仁这么多年给自己挖过的坑，是不是也要为公司牺牲一下了，这半句穆言是不可能直接说出口的。

"好的。"

"去把詹宁叫过来下，这事没她可不行。"穆言说道。

穆言这边刚准备就绪，那边就吹来了东风。

由于人力成本飙升，国际企业CF及ACE要将工厂迁出中国。CF前几年败走中国，国内市场份额跌到1％以下，迁移在中国的工厂早在预料之中。但 ACE 在国内正是混得风生水起的时候，在高端市场的占比节节攀升，几乎吃掉了 CF 空出来的大半份额，这时候迁走工厂，实在是耐人寻味。

这两家国际巨头的动向曝光后就立刻在社会上引起了热议。不少媒体开始对这两家巨头强烈谴责，认为其曾经或者至今从中国市场获取巨额利润，却毫无社会责任感，做出吃饭砸锅的行径。也有媒体从人力成本提升角度对中国制造业表现担忧，觉得这两家企业只是冰山一角，可能会带动其他企业外迁的步伐，从而导致中国制造业空心化。

就在大家讨论中国制造将往何处去之时，一个著名的科技博主悄然发布了一则视频，视频上的主角正是郝仁，郝仁之前给员工的答案仿佛——回答了当前社会上的忧虑。

人们担心资本总是流向回报率最高的地方，郝仁的回答是企业也有社会责任感，在哪里扎根就要造福哪里的人，而影响企业利润的因素不止有人力成本，还有科技。人们担心中国制造业会因工厂外迁而空心化，郝仁的回答是，工人是公司重要的成员，公司的发展不应该是依靠工人的低收入来降低成本，从而提升利润，而是应该让工人也享受到公司发展的利益。

本来这条视频就是郝仁自愿拍摄的，流出去并不会让郝仁有什么意外的。问题就在于，这条视频将郝仁的访谈剪辑成好多段，中间夹杂了很多纪实镜头，其中就包括郝仁在工厂里被愤怒的工人挤到角落要说法，高建军拖着病躯前来纾困，还有第一批种子选手认真学习等等。所有人在里面都是高大光辉的，唯独郝仁尽是狼狈不堪的画面。

"居然用我来营造变革困难的氛围。"郝仁看到这个视频的时候正在厨房做菜，手起刀落，案板上的鱼顿时身首异处。

"别生气，你听我解释，这是在表现你是怎么样力挽狂澜的，你看播放量多高，评论多好。"穆言解释道。

"力挽狂澜的是我师傅，连俞家乐都形象如此高大，而我堂堂……"郝仁又是一刀，将番茄斩作两块。

"你的刀工真好，当断则断，一段是一段。"穆言说道。

"穆老师，请问贬低自己老公心情如何？"郝仁问道。

穆言果断退后好几步，喃喃说道："因果报应，挺开心的。"

第三百零七章　真正投产之日

男人四十，没有不好面子的。然而无论郝仁多不情愿在公众面前出糗，但从营销专业的角度来说，永远是放下架子，自然真实的内容更能打动人，更不要说视频的流出并非官方，多了几分窥探秘密的角度。视频公布不到半天，评论就超过了一万条，不少还是其他品牌的用户。

"不知道一个部门小主管同情大公司的总裁对不对，但我是深深地感到变革的难度，众口难调，哪怕你是为大家好，也需要去面对所有的不理解和委屈。"

"面临同样的问题，国际企业和民族企业的做法形成鲜明对比，根扎在哪里，就会用心经营哪里，面临同样的问题，是选择一走了之，还是力图破局。"

"讲真的，耀华终端的智能工厂什么时候投产，我现在就非常想一探究竟。"

穆言吃了被郝仁五马分尸的酸汤鱼，舒服地躺在沙发上把评论一条一条念给郝仁听，得意地说道："看看，要尊重专业，这预热效果简直了，连官方媒体都转载了。"

"我当然尊重专业，即使你提前汇报，我也未必不会同意。"郝仁故作大方地说道。

"你日理万机，如果每一个执行细节都汇报，你就不用下班了，最高决策者只有合理授权才能垂拱而治。"穆言说道。

"你们是不是觉得我现在年纪大了，融入不了年轻人的生活了？"郝仁问道。

"要听实话？"穆言看着郝仁说道。

郝仁在心里打完预防针，故作不在意地应了一声。

"是啊，年龄就是这样神奇，不管你如何在脸上掩盖岁月走过的痕迹，如何学习年轻人的生活方式，心老了就体会不到年轻人的快乐。"穆言说道。

郝仁想起早上照镜子时候冒出的几根白发，心中一片凄然，男人四十一枝花相比是骗人的，尤其是不断接近半百，怎么装年轻也很难和年轻人打成一片了。

穆言目光灼灼，观察着郝仁的反应，看得郝仁下意识地去遮挡藏有白发的鬓角。这时，穆言揽过郝仁的脑袋放在腿上，轻轻抚摸着短短的发茬子，温柔地说道："不能融入年轻人的世界，就把世界给年轻人，理解他们，信任他们，放手给他们。你只管散发你的成熟魅力就好了，不仅是我，所有年轻人都会被你吸引。"

"仗着我拿你没办法，挑战完我的权威现在又开始给我灌迷魂汤。"

郝仁嘴上不认，身体却顺从地躺在穆言腿上，心和头发一样，都被捋得舒服无比。

在所有人都无比期待中，智能工厂正式迎来了投产之日。早上八点多，各大媒体的记者被一辆辆大巴车送到大门口，一下车立时呆住了，眼前的庞然大物哪里有一点工厂的样子，倒像是位艺术大师挥毫落纸，流线型的结构是行云流水的草书笔画，各楼层旁逸斜出的绿色植物是名山大川的苍松翠柏，说是艺术中心都不为过。摄影记者二话不说，先拿出摄像机扫一圈空镜头，文字记者似有灵感袭来，拿出本子写两个片段。

"各位媒体朋友大家好，欢迎大家莅临耀华终端有限公司的智能工厂，今天是我们落成投产的第一天，就允许我带大家一起逛逛吧。"

郝仁一副实验室装扮，搭配一副金丝眼镜，褪去了身上浓重的商务气息，变身文质彬彬的工程师。在金色的晨曦中，郝仁的笑容也染上温暖，在工厂门口挺拔而立，每一个动作都可以作为企业宣传片中关键的一帧。

省掉了五颜六色的花篮和剪彩环节，郝仁直接将受邀的记者带进了智能工厂。虽然在很多外媒报道中见过科技时代的工厂，但真身处其中却依旧有难以抑制的激动。一条条排列整齐的生产线是五线谱，井然有序出现的原材料和半成品是上面的音符，他们按照程序在每一个合适的节点成型，仿佛有一个无形的指挥家在统筹安排。

"太震撼了！"记者们由衷地赞叹。

"正如大家所见到的，耀华终端通过对生产环节的智能化监管，机器自动生产，能效闭环管理等，来实现企业数字化转型。预计试点结束后，产品合格率将提升至99%，整体运营成本将降低10%到15%。原本对产品质量和交付日期等不可控的因素全部可视化，任何的进展和风险都能未卜先知……"

专业词汇在郝仁口中是外行人都能理解的意思，复杂的生产流程听起来也如砍瓜切菜一般容易。正当众媒体记者频频点头赞许之际,一个不和谐的问题出现了。

"郝总,听说为了智能工厂上线,耀华终端裁退不少人,不久前,一个被开除的名校应届毕业生发帖表示耀华终端不顾员工个人意愿,将高学历的员工强行分配到工厂做螺丝钉,而一切只是为了展示耀华终端的工人都是高素质人才,从而塑造科技形象。另外,分配到智能工厂的员工有重重考核,如果不能通过就会被淘汰,其中包括大量生产线上为耀华工作多年的老员工。我想请问这些情况是否说明耀华终端企业文化中的以人为本和科技至上有矛盾?用技术取代人力,带来的员工失业问题郝总有考虑过吗?"一个年轻的男记者问道。

听到这个问题,陪同参观的穆言很是难堪,不知道是哪个环节出了问题,竟然混进来一个浑身刺头的记者。数十台摄像机对着郝仁,现场直播的红灯忽闪忽闪,所有记者都在等着,有的是为郝仁捏一把汗,有的则是在期待,期待一个爆点新闻。

郝仁不着急辩解,目光看向穆言,给她一个安抚的眼神,然后才幽幽开了口。

"如果我没有猜错的话,这位名校毕业生叫何书文吧。"

"想不到郝总日理万机还记得一个被裁退的员工。"男记者不依不饶地说道。

"很难不记得呀,与智能工厂相关的员工中,只有他一人因为违规而被辞退。"郝仁说道。

第三百零八章　给予双重回击

男记者被郝仁绵软的一句顶了回去,提前准备的许多上纲上线的问题一时间没有了出口,心里懊恼不已,却为了体面不得不挂上微笑。

郝仁看对方不置可否,便把目光移开,重新面向摄像头,面无愠色地说道:"这位媒体朋友的担忧虽然和事实有出入,但也可以理解,即使是耀华终端的工人朋友们,在没有了解真相前也曾冒出过这样的想法。可当他们知晓了来龙去脉之后,立马就选择拥抱这样的生产变革。原因很简单,如果我的初衷是为了节省成本,那直接的方法应该是将工厂迁往人工更便宜的地方,比如像我们行业内的国际巨头那样去印度,去东南亚。智能工厂的前期投入是极高的，各位想想，新设备的高昂费用，对基建升级的要求以及员工的培训费用，我这样做岂不是南辕北辙？

"既然问题都问到这了，我就借今天的机会和各位聊聊耀华终端对科技的理解。最朴素的概括就是人本智慧，我们依托机器去实现人的想法，让机器为我所用，将人从重复性的劳动中解放出来。哪怕自动化发展几近成熟的今天，我们的出发点从来都是帮助人，而不是取代人。机器再智能，也只会沿着人类划定的规则轨道运行，而创造力，是跳出既有的轨道思考，这只能在我们的员工身上才能找到。

"当然，从传统工厂到智能工厂也没有这么容易，适应需要过程，所以我们为所有员工提供了很多培训机会，打消他们对改变的顾虑。选拔到智能工厂的过程，不存在用学历或者别的什么标准去辞退自己的员工。现在你可以看到我们的成员中，既有普通工人，也有博士硕士，坐在一起，若真的比拼起来，谁赢谁输还不好说。但有一点我可以拍着胸脯确定，所有人都是自愿融入，并在工作中碰撞出了火花，这种人与人之间的合作关系也是机器无法取代的。

"我记得学者汪中求在《中国需要工业精神》一书中说过，推进现代化所倡导的精神，不是摒弃人，而是需要活用人。这才是我想要的智能工厂，所谓以人为本和科技至上并不矛盾，甚至还很和谐。"

郝仁一番话应对得滴水不漏，完全不像临场发挥，反而像为这场大考准备已久的标准答案。若不是提问的男记者此刻有点面红耳赤，少不得让其他记者以为这是郝仁为了增加现场直播的精彩度而安排的托。

穆言站在后面听郝仁的慷慨陈词，感慨自家老板发言终于是解决舆论问题而不是制造舆论问题了，可还没放松多会，郝仁却又继续说："眼见为实，耳听为虚，光说你们也未必全信，这样我带大家去见见我们工人吧。"

穆言知道果然高兴得太早了。今天媒体采访没有这一环节，工人们都在熟悉适应，根本不知道有采访这回事，搞不好会一激动说出什么不应该说的话。就在穆言愣神的瞬间，郝仁已经领着记者往车间走了，丝毫没有注意到穆言一脸的担惊受怕。

车间里只有为数不多的几个工人在忙碌，突然有人进来，脸上露出惊讶的表情。这一转瞬即逝的表情让刁难的男记者心头一喜。看来郝仁不是装模作样，而是过度自信，不和员工打招呼就把媒体领进来了。男记者扫视一周，在角落里发现了眉头紧锁的俞家乐，猜测他大概率是被强硬分到这里。再看那细胳膊细腿，肯定就是四体不勤的办公室一族，没干过什么体力劳动，一问少不得抱怨几句。

"请问我方便和你聊聊吗？"

俞家乐正在烦恼系统传回来的数据要怎么用，突然有人工作时间想要和自己聊天，没好气地拒绝道："不方便。"

男记者没有被吓退，反而对自己挑的受访者十分满意，而且他那句愤怒的拒绝已经吸引到不少媒体记者往这边看过来。

"抱歉打扰，我非常理解你的心情，任谁遇到这样的事都会不开心的。"男记者故作大方地表达自己的理解。

俞家乐抬头瞥了一样男记者，有点莫名其妙，既然理解自己的烦恼，为什么不让自己静下来好好想想，于是说道："那你为什么知道会打扰还打扰？"

"真是十分抱歉，我是《城南早报》的记者，是受耀华终端的邀请前来参观的，为了收集素材想不打扰也不行了。"男记者说道。

一听是公司安排，俞家乐收敛了满脸的不快，问道："对不起，那你问吧。"

"我想请问你是怎么样被分配到这里的？是不是被强制分配过来的？会不会担心不服从分配丢了工作？"男记者轻声问道。

俞家乐难以置信地看着男记者，自己就是再愚钝也知道这人是故意找事了，于是语气比刚才还差地说道："强制？你开什么玩笑，我是经过层层选拔才能来这里。那请问你在生产线上工作过吗？"

男记者摇头，俞家乐满脸讥笑地说道："你都没去过工厂瞎操心啥？现在和过去相比，不知道好多少倍，你这样问问题的方式本身就很有问题。就说检测工人，每天盯着细小的零件在里面找问题，不仅眼睛容易疲劳，也丝毫感觉不到工作的乐趣，有一个代劳的工具不好吗？操作岗工人，每天打螺丝双手起起落落数百次数千次，智能工厂解放我们的双手不好吗？是不是在你的眼中，我们工人就是没有思想，不会改变的工具人，工作环境一换我们就只能被淘汰。"

男记者知道答案但是他不知道怎么回答，于是问道："你原来的岗位是什么？"

"就是工人。"

男记者才知道自己找错人了，俞家乐不仅没有抱怨，还恨不得变身行走的广告，让所有人知道这智能工厂的好。怕继续自讨没趣，男记者打算离开了，俞家乐却越想越来气，还想补上几句，结果一回头对上郝仁的目光，立马啥也不说了，赶紧回到岗位上。

活动结束后，郝仁和穆言笑脸送走所有记者，又折返回车间，吓得俞家乐心头一紧。

"郝总，对不起，刚才我没说好，是不是对那位记者朋友很不礼貌？"

"他不是我们的朋友，你说得不要太好了。"郝仁说道。

"那他就是来找茬的，真后悔没有骂他两句，主要是我不知道有记者来采访，不然准备准备。"俞家乐说道。

"哈哈哈，怎么准备？"郝仁问道。

"就像您一样，往那一站就镇住所有人。"俞家乐说道。

"你说的比郝总说的好多了，他见媒体可惹不少麻烦。"穆言不知从哪里过来，一来就对郝仁表达不满。

"哈哈哈，没错。"郝仁说道。

第三百零九章　有朋友有未来

被郝仁和穆言打趣后，俞家乐的脸涨得通红，好一会才想好要说点什么，却见郝仁早已不在意，瞄了一眼墙上的时钟就朝门口小跑了出去。几分钟后，郝仁去而复返，一同回来的还有步履缓慢的高建军。

"高师傅，你来了。"俞家乐唤道。

高建军朝俞家乐摆摆手，说道："我就看看，你忙你的，别耽误事。"

郝仁也朝俞家乐笑了笑，赞同了高建军的意见，然后说道："师傅，现在都是咱们自己人，我带你到处逛逛。"

高建军眼窝深陷，眼神却迸发出与疲惫脸色不相符的激情，目光灼灼地看着眼前的一切新鲜物件。

"这块区域是做物料配送与分发吗？"高建军问道。

"是的，这里是精准配送区，会根据产品完工计划核定物料用量，得到生产指令后，根据备料情况做物料的配送，准确无误地分发到各个小组，并跟踪使用的情况。"郝仁说道。

"这速度让人眼睛都看花了，还不需要人核对物料清单，准确率高，现在一台手机完工需要多久?"高建军问道。

"24小时以内,我估计上量以后,一天能有10万台出货量,并且还能完成上百项可靠性测试。"郝仁说道。

"整个车间这么几个孩子就够了?"高建军问道。

"现场就这么几个,但背后负责数据采集分析、设备调试、性能维护等技术人员倒是一个大团队,比原来扩充了3倍以上。"郝仁说道。

"了不起,了不起,这些费力事都让机器干了,咱们的工人就可以寻思点别的了,大家伙能适应吧?"高建军问道。

郝仁指了指不远处忙碌的俞家乐说道:"师傅你看他有一丁点手忙脚乱的样子吗?"

"哈哈,是我想多了。现在在生产的机型是新款吗?看着那叫一个漂亮。"高建军说道。

"是我们接下来要发布的新旗舰机,产品力确实强,我都忍不住想吹牛皮了。"郝仁说道。

"吹吧,你吹的牛皮大多都能实现。"高建军含笑说道。

从智能工厂回去后不久,高建军整个人都容光焕发了起来,饭量也增加了大半。几乎每天都约老工友来家里谈天说地,话里话外是催着大家赶紧学习,中气足得看不出经历过大手术的样子。用老伴李秀梅的话说,那就是火星落在枯柴上,一点就着。

令高建军更兴奋的是,和耀华终端新旗舰相见没多久,郝仁的电话就来了,说这次的全球发布会要高建军和自己一同站在台上。

这样的邀请让高建军一时半会反应不过来,自己的水平做个看客还凑合,啥时候能上发布会了,语气不太确认地问道:"去哪里?"

"去伦敦。"郝仁说道。

"伦敦,"高建军重复了一遍,突然有些惊讶地问道,"出国啊?"

"是啊,我们的产品就是给全球的消费者用的啊。"郝仁说道。

"可,可,可我不会说外国话。"高建军说道。

"不说外国话,就说咱的中国话,就用中国话发布我们的产品。"郝仁无比确定。

"那我得准备点什么?"高建军说道。

"准备好的身体,医生彻底检查身体确认能去。"郝仁说道。

"哦哦哦。"高建军又是向往又是疑虑地说着。

其实在发出邀请前，郝仁已经找高建军的主治医师详细问过，毕竟10多个小时的飞机对于一个病人来说太难熬。好在高建军此前的手术很成功，每隔一段时间的复查没有任何问题，同时医生表示心情愉悦更有助于病人身体机能恢复。不过，郝仁还是谨慎地选定了私人医生随行，整件事情才算真正确定了下来。

智能工厂的成功落定，让2017年的来临都带上了更多对未来的期待。头尾正是一年中最适合总结的时间，各大媒体的全年盘点也在这个时候适时地推出，讨论的重点无一不包括从中国制造走向中国智造。

权威媒体《每日新闻》在《中国智造路漫漫，黑夜之中已有光亮》中这样写道，2011年，中国工业增加值达到3.51万亿美元，首次超过美国3.02万亿美元，从此实实在在冠上世界工厂的名号。然而同以往的世界工厂相比，我国无论在质与量上都还有很大差距。更重要的是，近年来我国制造业赖以生存的低成本优势正在消失，随着我国经济持续较快增长，对人力成本的上涨趋势不可逆转。

依托于工业化和信息化融合的中国智造也许是一剂良药，从现在开始坚定地进行产业的转型升级，从价值链的中低端逐步迈向中高端，不断提升产品质量和效益，推动产品国际竞争力的进一步提升。

这条路不可谓不难，然而我们看到各行各业已经开始努力，试图顶破影响发展的天花板。在我国面临前有发达国家抢占高端制造业，后有新兴国家承接中低端制造业转移的情况下，我们的民族企业没有像海外巨头那样选择离开本土，流向人力成本更低的地方，而是依托科技，建立更高标准更低人力成本的智能工厂去解决。耀华终端正是其中的典范，而更值得一提的是，这家企业没有独自美丽，独自走向智能化，而是选择作为火种，带动行业上下游，共同前行。耀华终端的智能工厂，将强大的数据采集分析能力赋能上下游，拉通从元器件采购到成品销售的全流程，减少决策失误率，让制造更加智慧。

年终经营大会上，郝仁叫穆言把这篇文章分发给大家看，然后说道："如果说做好一个科技品牌有秘密，我们不需要藏着掖着，站在全行业的高度，邀请所有的厂商加入，蛋糕做大，每个人才能分更多，而有朋友，才有未来。"

第三百一十章　细节决定成败

新一代旗舰的发布会最终定在三月份的最后一个周日，也是欧洲启动夏令时，严寒将世界让给温暖的日子。希望，是郝仁唯一能想到的主题，如同尘封多年终于萌动的冻土，如同干枯多年终于发绿的树枝，如同沉寂多年终于爆发的野兽，具备了改变一切的能量。

看过样品之后，郝仁向项目组所有成员表达了自己的满意。若是以往，大家一定会立马松了一口气，然而现在，郝仁脸上越是真诚，大家眉头越是紧锁，仿佛心里打了个死结一般。

"真的，我觉得没有问题。"郝仁表情坚定地说道。

"我懂了，郝总您的意思一定是希望我们能精益求精，抓紧最后的时间冲刺。"李子健怕沉默的现场让人尴尬，赶紧出来发表意见。

"我其实也觉得我们改进的空间还很大，虽然这次采用了很多先进的仪器做可靠性测试，但我认为质量改进没有尽头，幸好我们还有时间。"项目组中随即开窍的李浩说道。

"是，系统也是同样的。"

"没错。"

……

"我罗列了下大家的意见，一共十三条，各自领回去攻关。"隋祖禹也认真说道。

郝仁不解地看向隋祖禹，心里无数个疑问，我刚才说的真的有这么多意思吗？

散会后，众人离去，郝仁约隋祖禹到天台喝杯咖啡。

"你不要逼得太死了，我感觉大家过度紧张了，你应该看得出来我很满意，并没有别的意思。"郝仁说道。

"你也应该看得出不是我逼的，我也尝试叫大家放松一点。这次的产品我们很有竞争力。可你猜怎么着，大家越是知道这是一款有可能接近完美的作品，对于完美的追求的渴望就越强烈。在追赶的路上走太久，所有人都在期待一次绝对的超越。"隋祖禹说道。

郝仁看向远处慢慢下沉的夕阳，光影在这个城市上空快速移动，仿佛时间也在这一瞬间按下了加速键，容不得身处其中的人停下脚步。

"所以，即使产品已经令人满意得不得了，大家也不会停止前进，反而会更加想要超越所有人的预期。"郝仁说道。

"没错啊，这不是我们想停就能停下来的，如果停下来，众人也会推着我们往前冲。"隋祖禹说道。

"那我们就不要给大家增加阻力了吧。"郝仁说道。

"你终于明白了。"隋祖禹说道。

"不明白也没用，现在我说的话不是也没人听了吗？"郝仁无奈地说道。

与研发的轰轰烈烈相比，这次的营销方案，郝仁让穆言力求朴实低调。

"这些亮点都砍掉的话，整个推广方案显得过于平平无奇。"穆言说道。

"是啊，郝总，你还要刻意缩减赠机的数量，这样我们只能让一部样机在多个粉丝的手里传递，岂不是影响测评内容的输出。"詹宁说道。

"郝总，我也有疑问，为什么把营销费用大头用于形象片的拍摄，一般来说三分内容七分传播会效果好一些。"

"对对对，这样有一些反常规……"

大家七嘴八舌诉说着对郝仁的反对，心中也生出几分外行管理内行的不满。

"抱歉，请大家静静！"郝仁提高音量，对从能说会道的营销部员抢夺话语权感觉有些吃力，"营销大家是专业的，我断然不能直接要求大家怎么做，我想从产品定位的角度为大家提供一些思路，听我讲完之后有劳各位再重新梳理一下方案。我否定掉的部分是大家从过去的经验中沉淀下来的方法论，但今时不同往日，我们的产品已经不是替代国际大牌的平价消费品，我们本身已经具备了国际大牌的质素。正如一个奢侈品无法在卖场出现，我们要以一种更有身段的形象出现。

"我只说一点，就是细节决定品质。营销费用怎么样都是不够的，既然这样，不如删繁就简，把钱用在和产品最近的地方。比如展示装置，能不能充分体现产品的优势和品质，一个手机架，几块钱到几千块都有，如果能充分体现我们产品的美，让人一眼爱上，那么在这里我宁愿花多一些钱。比如说社交媒体，有因为产品力足够强自发过来的流量，有我们花钱强行引导的流量，从公信度来说，消费者会更信任前者。我们足够自信的时候,就无需提高大家获取免费样机的数量,难得才会珍惜,所以我们就不必在这里花费。再比如说广告片,我们要把每一个细节都做出电影的质感,复原产品的高级感,如果是一个不好的片,花再多钱无非是把不好的内容传播得更广。"

"所以,你的意思是我们选择最不容易出错的方向,却默默地将细节做到极致,然后让消费者自己去发现?消费者会不会没有这个耐心?"穆言问道。

"以前,我觉得消费者不会有这个耐心,但这次我相信他们会有的。"郝仁说道。

穆言细细地体会了郝仁所说的变化,才明白背后大有深意,是时候尝试以引领者心态去做营销了。于是,这一次的方案,穆言大刀阔斧,将细枝末节砍去,只留一条清晰的主干,然后重点打磨与主干相关的环节。

詹宁苦恼地一屁股坐在沙钧办公室的沙发上,抱怨道:"这次给我的样机这么少,我都不知道分给谁,给了这个亏了那个,左右是被粉丝骂死。"

沙钧放下手里的几块玻璃,安抚的目光看向詹宁,温柔地说道:"要不我给你写个漂流瓶的程序,让样机有序地传递,并且还可以互动,比如上家可以给下家留言,这样流转率也会提高。"

詹宁惊讶地看着沙钧说道:"哟,没看出来,我男朋友很有营销天赋嘛。"

沙钧挠着头憨厚地笑了笑,然后继续拿起手里的玻璃研究。

"你折腾啥呢?"詹宁问道。

"展示柜玻璃。"沙钧说道。

"这有什么好折腾的,玻璃不就是能透光就好了?怎么你还在看《博物馆展览研究》?这都哪跟哪?"詹宁拿起沙钧桌上的书问道。

"那你可就把事情想简单了,这博物馆可是最懂玻璃的地方了。最早的时候博物馆的玻璃还是那种建筑玻璃,就是我们小时候见过的那种薄荷绿玻璃,文物放在里面就像打了一层绿光,特别影响色彩还原度。后来,人们发明了超白玻璃,解决绿光的问题,透过玻璃也能真实地看到文物,但问题又来了,反光影响拍摄。这也是我们担心的,你想我们展览不就是想让人们拍摄大量传播吗?于是行业又发明了低反射夹层玻璃,把玻璃的透光率降到了1%。所以你看进步是永无止境的。"沙钧说道。

"但我们的手机就是放在外面给人体验的,应该用不到展柜的。"詹宁说道。

"手机用不到,芯片用得到,芯片是我们的核心,可就不能让人上手了。"沙钧说道。

"你这又是翻书又是实验的,就为了一个芯片的展示柜?"詹宁说道。

"细节决定成败。"沙钧说道。

"救命啊,最近我再也不要听到这个词了。"詹宁捂住耳朵呐喊道。

第三百一十一章　悲剧还是喜剧

距离发布会还有不到一小时,郝仁坐在后台的镜子前。化妆师正用粉扑轻轻地拍打着自己的面颊,一侧身子,镜前灯全数打在郝仁的身上。

就这么一闪,郝仁恍惚了。时光一晃十五载,郝仁稀里糊涂地接过自主品牌的任务,从农村到城市,从国内到海外,一路磕磕碰碰,却也遇上了最好的时代,走到了这里。今天不是耀华终端的第一场发布会,以后也将有更多的发布会,无论站在台上的是否还是自己,但此时此刻,郝仁胸中有口气呼之欲出,忍不住喃喃低语。

"我想毕业了!"

"是哪里不对吗?"化妆师没听清楚,以为郝仁有什么不满意的地方。

"没有,你觉得我今天看起来怎么样?"郝仁问道。

"人很精神,脸上挂着胜利的喜悦。"化妆师在镜子面前把郝仁的脸微微摆正,盯着看了数秒才认真说道。

"谢谢,托你吉言。"

化妆师离去后,郝仁起身抚平身上的每一个褶皱,连袖扣也被轻轻擦拭。郝仁抬头凝视镜子里的人物,没有对结局的担忧,没有对信念的怀疑,满脸坚定勇毅。再也没有什么可准备的了。郝仁对自己道了声加油,径直通过昏暗的通道,朝着灯光聚集的所在走去。

"各位新老朋友大家好,很高兴比往年更早地与你们见面。和我们熟悉的朋友都知道,耀华终端一般在五月和十月发布旗舰产品。这次选在这个冰雪初融的季节发布,是因为这款产品启动已久,是耀华终端一千多个日夜的匠心之作,每一个细节的打磨都倾尽全力,等了太久,已经迫不及待地想和大家见面。今天，我将会摊开所有性能，一一与全球各大品牌的产品进行直接对比，并接受在座各位的审视。"

话音未落，观众席像被投入了一枚石子，讨论声层层荡漾开去。这样开场白让所有人都震惊，郝仁太直接了，直接得不留余地，没有给竞争对手，甚至自己留下任何退路。任何的产品发布，难道不是应该扬长避短，优劣留给人后评说吗？

面对自己引发的议论，郝仁继续说道："今年是耀华终端的第十五个年头，从一个默默无闻的代工品牌，到在全球一百多个国家和地区拥有上亿的忠实用户，和大家的支持是分不开的，在这里请允许我向所有全球耀华终端的消费者表达最诚挚的感谢。"

说完郝仁深深地一鞠躬，大屏幕上一张张不同肤色粉丝的笑脸浮现，最终汇聚成耀华终端的品牌名。

"从设计图到产品，耀华终端始终坚持品质优先的原则，而这一切的践行，离不开工人兄弟。所以，今天的发布会，我只邀请了一位嘉宾，那就是耀华终端年龄最大，工龄最长，生产技能最资深的工人，也是我的师傅，高建军先生。"

大屏幕上突然开始投影从建厂之初到现在的生产照片和视频，从纯人工组装到无人生产，机械化、自动化的水平越来越高，产能与质量也稳步提升。而一直身处其中的高建军，也从一个青壮男子变成了一个白发老人。大部分工人都和他共事过，甚至耀华终端海外工人到总部学习时也得到了他的指导。

这时，工作人员引着高建军出现在台上，他看起来比屏幕上更加瘦弱和年迈。脚步缓慢并没有掩盖他的精神抖擞，表情里看不见任何的紧张与怯懦，就是这样一个衣着朴素的工人，仿佛站在那里，就已经说明了一切。

高建军接过话筒，深吸一口气说道："大家好，我是高建军，一个普通的生产线工人。在过去的几十年里，我从来没有想过会站在今天这样一个舞台上，面对如此多世界各国的朋友。过去，我唯一能与你们对话的，便是你们手中耀华终端的产品。在生活中，我绝对是一个要面子的人，我希望给所有人留下的印象都是可信赖的。在工作中，我也是如此，所以，我要带领大家做好每一款产品，让你们觉得耀华终端的产品也是可信赖的。

"1989年，我正式成为一名工人，当时的生产线所拥有的设备大概只有一个传送带而已，所有的组装工作都是靠人手工来完成。大家都知道电子消费品，我们要做跌落试验，现在我们用仪器调整各种高度角度来测试，而当时，我们就是用人亲自摔手机来完成的，年轻时我个头最高，这个艰巨的任务就落在了我的肩上，我总是重重地往下一砸，仿佛不要钱一样……"

在笑声中，高建军细数了十五年间大家为了改进质量所做的所有努力，小到一个螺丝的打孔，大到生产流程的改进，每一个细节说得都生动形象。哪怕在座鲜有人真正在生产线上工作过，也能体会这个老人对于细节的把控。

等高建军结束了他生平的第一次演讲，仿佛卸下重担，身子变得轻松活泛，一番感谢之后竟然小跑着离开了舞台。

郝仁看着他的背影略一怔忡，拿起话筒继续说道："感谢所有员工的支持，没有大家就没有现在的耀华终端。接下来，我们就话不多说，直接上干货了。"

郝仁一个手势，舞台一侧的小小机器人便从角落滑行到郝仁身边，乖巧地眨了眨眼睛。大家仔细一看，机器人的眼睛部分是一个卡槽，里面是一台耀华手机。

郝仁把手机拿下，在观众面前晃了晃说道："手势识别只是小意思，并不是今天最令人惊艳的功能，请大家先忍住不要兴奋。现在机器人手上的托盘里，有近一个月来，全球排名前五的品牌所发布的旗舰机型，现在我们就真刀真枪地来比一比吧。"

台下的所有人不得不兴奋了，原来郝仁口中的真刀真枪还不是在大屏幕上虚拟演示的比较，而是通过实物操作对比，难道是想毕其功于一役。

对于媒体记者来说，明天无论如何都得安排头版头条了，至于是悲剧还是喜剧，马上就能揭晓了。

第三百一十二章　现场残酷对比

郝仁把手机插回小机器人的眼睛卡槽，对它做了个手势，小机器人便转身离开。不多时，它领队带回来八个和自己一模一样的小机器人，在郝仁面前齐齐站成一排。

郝仁对着领队小机器人一挥手，手机上的画面投影到大屏幕上，然后说道："上个月，我们对全球的消费者进行了大规模调研，现在屏幕上显示的就是在消费者心中手机产品功能排名。现在我们就排名前十的功能进行现场测试对比。由于电池测试耗时较长，我们首先进行这一项。"

说完，郝仁走到最左边三台机器人面前发出指令："请1号，2号，3号宝贝测试电池。"

三个小机器人，举起手中的一台耀华手机和两台其他品牌最新款手机，三台手机界面投影到大屏幕上可以看到电池都是100％的状态。然后小机器人以同样的频率打开一款时下最流行的英雄历险游戏，选择同样的角色，同步同频操作起来。

"结果呈现还需要一会，让我们同时开启另一项测试，摄影摄像功能的测试。"郝仁走到最右边的三台机器人面前，然后指向会场东北角黑暗角落的一块牌子，肉眼勉强可以看出上面有图案。

得到郝仁的指令后，三台小机器人操作手机拉近焦距，朝着那块牌子对焦拍摄，很快得到了三张照片并投影到大屏幕上。并列一起，三张照片的差距显而易见，其他品牌的手机已然糊成一团，而通过耀华手机拍摄的照片上，刚才观众肉眼无法看清的图案现在一目了然，上面赫然是一张脸。

"让我们再放大一点。"郝仁说道。

随着小机器人操作缓缓放大照片，脸上的细节愈发清晰，具有高辨识度的五官和微微翘起的发梢，不是郝仁又是谁呢。笑脸的下方还写着一行字，"猜出我是谁的朋友，今天会很幸运哦！"

"猜到了吗？"郝仁问道。

获得幸运的观众大声给出答案，声音在场馆此起彼伏，让郝仁活像一个歌星站在舞台上。

"感谢大家，等发布会结束，大家可以到体验区领取这份幸运。相信大家已经看出，这次我们在摄影功能上有了实实在在的改进，研发人员为这款旗舰机配上了前后双大光圈摄像头，内置高像素彩色传感器和黑白传感器，超强光学防抖功能及无损变焦，直接拍下的夜景也能有不错的画质。更值得一提的是，我们通过自研芯片实现了夜景AI识别加持，对暗光拍摄场景的曝光进行了优化，能够最大程度的保持高光不过曝，暗光合理补光。

"除了夜景外,各类场景也不在话下。大家请看大屏幕,这是世界著名摄影师托马斯·查尔德使用耀华手机拍摄的大片。延时摄影让流水潺潺,连绵不绝,让托马斯很好地展现出大自然的静谧。色彩还原赋予这张名为《秋天银杏》的作品梦幻的氛围,色彩鲜艳,影调层次丰富,铺天盖地的落叶就是金秋最美的一面。人像摄影的两个重要概念是精神与瞬间,从这一张芭蕾舞者旋转跳跃的作品上,我们能感受到动态摄影抓住了舞者最美的一瞬……"

观众中不乏摄影记者,他们目不转睛地看着一张张大片,以挑剔的眼光寻找着作品的瑕疵,不过所有作品都看过一遍后,似乎一切都是徒劳,每个人都可以是摄影师随着手机摄影技术的成熟已然成为现实。

"接下来我们进行最重磅的芯片测试,刚才的摄影展示已经反映了芯片在图像识别上的优势,接下来展示的是芯片的计算能力。现在我需要大家帮一个忙,现场有一个公共相册,大家可以上传授权耀华终端现场使用且不涉及隐私的照片,风景、人物、动物等任何类型都可以,我们将现场展示图像分类,照片使用完成后会马上删除,现在进入三分钟照片收集时间。"

大屏幕上,照片的数量在飞快地增加,现场来自全球各地的观众将大量的照片上传到公共相册,三分钟结束后接收的照片已经超过了两万张。

"时间到,看来大家打算给我一个极大的挑战,目前收集到的照片一共有 29374 张。有请我们的 5 号宝贝将照片转移到耀华手机中,让我们看看耗时多久可以完成分类,计时开始。"郝仁说道。

大屏幕上,观众可以看到手机界面生成了大量的相册,几乎就在一瞬间,时间停留在 3.12 秒。

"让我来看看分类的准确度有多高,现在我朝后扔一个公仔,请拿到公仔的观众指定翻看哪一个相册。"郝仁说完背对观众扔了一只熊猫公仔。

一个小麦色皮肤的金发男子站了起来,说道:"我想看看我的相册,第三排第一个。"

"好的,请问你上传了多少张自己的照片?"郝仁问道。

"65 张。"金发男子说道。

郝仁对 5 号小机器人发出了指令，随后相册打开，数字显示果然是 65 张，界面缓缓移动，金发男子各个角度的英俊脸庞出现在大屏幕上，引起现场一阵尖叫。

"咦，这张照片似乎是十几岁的时候，比现在要小很多，是你吗？"郝仁问道。

金发男子不好意思地说道："是我。"

"果然是从小帅到大。"郝仁说道。

在众人的笑声中，金发男子坐下来，郝仁又背对观众扔了一只熊猫，正正地落在一位头发花白的老奶奶怀里。

"这位女士，请问您想要看哪一个相册？"郝仁问道。

"我要看我去世老伴的相册，麻烦帮我找一找。"老奶奶说道。

老人家视力不好，是身边的年轻女孩帮忙查看，时间大约花了 5 分钟左右，现场却没有人不耐烦地离场。

"就是左边第一个。"女孩说道。

郝仁点开相册，里面只有三张黑白照片，看画质不是手机拍摄，而是胶卷洗出的照片再翻拍的。三张都是一对年轻男女亲昵的照片，上面的斑斑点点显示出岁月的痕迹。

"请问只有三张吗？"郝仁问道。

"是的，我只有三张，这是我老伴年轻时候的照片，那时候拍照很难，就结婚时候拍了三张。"老奶奶说道。

"奶奶，你们当时是什么模样，穿什么颜色的衣服？"郝仁问道。

"我穿了一件红色的连衣裙，他穿了一件蓝西装，领带是红色的，头发是亚麻色，眼睛是琥珀色……"老奶奶像陷入回忆一般，事无巨细地描述着。

郝仁对小机器人发出指令，让其对黑白照片进行上色处理，最终按照老奶奶的描述复原成三张彩色照片。照片上的男子像活过来一般，有了生命的色彩，朝着老奶奶温暖地笑着。

老奶奶说着说着不说了，愣愣地盯着屏幕许久，萦绕在眼眶的眼泪终于顺着面颊落下。现场异常的安静，被某种力量禁锢着，没有人发出一点声音。

郝仁没想到发布会这么快进入到情绪的顶点，后面还有很多功能没有介绍，大家的情绪就已然崩塌，想来也听不下去了。于是郝仁没有说什么，陪着大家静默着，只有读不懂情绪的小机器人还在一笔一笔地描绘人物边缘，让照片更加清晰。

不知道过了多久，现场突然掌声雷动。

第三百一十三章　热销狂潮到来

这个时候，郝仁没有继续介绍产品，而是把话语权交给会场的新主角老奶奶。

"谢谢大家，也谢谢我的孙女带我来这里。自从他走后，我好久没有这么开心过了。我们十三岁相识，十五岁相爱，二十岁结婚，在一起六十多年。他年轻时候那么帅，却没有多少机会拍照片，我只好将他年轻的容颜全部都印在心里，我好怕有一天会记不得了。没有想到，一台小小的手机居然能够像我一样，从世界上千万人中一眼就将他找到，真好，谢谢你。"

老奶奶脸上挂着泪地笑了，旁边的年轻女孩也高兴得溢于言表，朝着台上挥舞着耀华粉丝的小旗子。

"愿我们能在一起创造奇迹，本来我还想和大家分享更多，但此时无声胜有声，请自行前往体验区，更多功能等待各位的亲自探索。"

音乐响起，郝仁谢幕下台。通道里，隋祖禹、穆言、钟楠、孙皓、陈竞男等公司骨干站成一排，伸出右手和郝仁一一击掌。

简单的迎接仪式后，穆言和陈竞男又出去接待媒体和客户了，郝仁坐在后台，隋祖禹陪着他。

"我们终于走到这里了，感觉完成了一件大事。你以前总和我说，你就是咽不下这口气，凭什么中国人就做不出高科技产品。我特别想知道，现在我们做出比国外更好的产品，你有什么感觉？"郝仁说道。

"说不上来，比想象中的平静，既没有吐气扬眉的感觉，也没有大仇得报的感觉，可能是因为我想要碾压的对手是自己消失的。唯一搞明白了努力是为了强大到不再害怕任何对手，只用做自己就可以了。"隋祖禹说道。

"确实，现在耀华终端不用再做过多市场细分，不用时时考虑扬长避短，只用自顾自地把每个方面做到极致就可以了。我有一种感觉，世界更广了，未来更远了。"郝仁说道。

"接下来你打算做什么?"隋祖禹问道。
"公司交给你们,我先放个长假。"郝仁说道。
"放假干吗?"隋祖禹问。
"旅行放松,员工都有假期,我也必须有。"郝仁说道。
"发布完你就不管了?"隋祖禹的语气像个万恶的监工。
"对啊,我的工作完成了。"郝仁说道。
"产品虽然已经到这里了,可还不知道销售会怎么样?"隋祖禹说道。
"我们要相信消费者不傻。"郝仁说道。
"但我有点担心你傻。"隋祖禹说道。
"你会不会说话?"

郝仁从座位一跃而起向朝隋祖禹扑过去,两人像念书时候一样,一言不合又掐起来,完全不顾四十多岁应当稳重的年纪。

这个世界上谁也不傻,消费者不傻,媒体和渠道商也不傻。

发布会一结束,会上的爆点第一波通过社交媒体传播开去,产品力超过其他品牌无可争议,看客却因为耀华终端是不是黑马吵了起来。有人认为一个销量全球前几的品牌做出一款好产品在情理之中,耀华终端对研发的长期投入一定会收到市场回报,不是现在也会是不久的将来。有人则认为,过去耀华终端与前两名差距过大,销量很多是通过中低端产品在发展中国家撑起来的,高端产品是近两年才开始得到市场认可,说是黑马十分准确。

论战在传统媒体的加入后更加激烈,甚至有行业关系深厚的记者采访到被对比的品牌,让其谈谈对耀华新旗舰的看法,对方有回复就写耀华终端引起行业各品牌警惕,没有回应就说行业品牌对耀华终端的成就避而不谈。总之是说与不说都能赶上这趟热点。

当然,其中耀华终端的忠实粉丝发挥了重要的引导作用,老奶奶旧照片的故事让人感动,其孙女之后发文感谢郝仁让奶奶走出悲伤更是被转载数十万次。普通工人高建军的生平也有不少人关注,对于普通人来说,可能一辈子无法成就惊天伟业,但认真做好一份工,并得到认可是每个人都向往的。

渠道商在商言商,他们对市场的反馈更为直接。早在发布会之前,渠道商拿到产品信息就信心满满,发布会之后看到消费者反应,对缺货的担心早已胜过压货的担心,在极短的时间内持续下单,生怕落于人后。

而这时，已经量产的智能工厂发挥了极大的作用，24 小时开足马力地生产。为了掌握订单情况，此前推行缓慢的合作伙伴接入耀华终端生产系统项目瞬间没了阻力，几大渠道商当即投入 IT 人力进行对接，不久就用上了新系统，改变了以往通过人际关系催货的状态。

耀华终端上上下下处于一种极度亢奋的状态，为产品的首销做好了充足的准备，甚至连庆祝热卖的活动都已经安排妥当，那种看得见未来的感觉对于每个员工来说都太过美妙了。

首销日到来，门店排起了长龙，网络上造成了长时间的拥堵，热卖情况超过所有人想象。内宣部门制作喜讯的速度甚至跟不上销售的速度，销量一改再改，最终只得随意发出一封不带任何销量信息的感谢邮件。庆祝仪式更是草草收场，大家忙得脚不离地，无法为干杯留足时间，一人拿走一盒零食便回到工作岗位。

所有人都在高速运转的时候，最闲的人反而是郝仁，他给自己放了个长假，直接带着高建军来了个欧洲多国游，今天还在伦敦大英博物馆，明天就到了德国喝啤酒，最北到了冰岛，抓住冬天的尾巴赏一赏极光。高建军像所有老父亲一样，一边享受着一边抱怨着。

"咱这么多宝贝被英国人关在这里，真的带不回去吗？"

"德国啤酒没有比燕京啤酒好喝，还贵这么多。"

"跑这么远来看冰天雪地，还不如去东北，雪同样这么厚。"

"音乐会真催眠，花钱睡一觉。"

……

反正拍下的照片都是笑着的，人也没有因为长途旅行而变得憔悴，郝仁觉得一切都值了。

第三百一十四章　没结束的结局

工作二十多年，郝仁第一次这样抛下一切的旅行，不仅工作电话不接，甚至连邮箱都忍住没有打开过。只不过好景不长，带着高建军旅行的第二个月，郝仁还是接到了穆言忍无可忍的电话。

"回来吧，上半年我们是国内 4000 元以上高端机销售冠军，你不能再撂挑子了，需要回来接受一下媒体采访。"

"高师傅难得出来一趟，他还有很多想去的地方没有去。国内第一又不是世界第一，你替我接受下采访。"一个工作狂一旦停止工作，很快也无法抵挡不工作的快乐。

"把电话给高师傅，不要拿他当挡箭牌。"穆言说道。

郝仁无可奈何，朝高建军挤挤眼睛才把手机递了过去。

"高师傅好，最近玩得怎么样？"穆言说道。

"玩得很好，旅行很愉快，我身体都大好了。郝仁这孩子老是想着我，哪里都想带我去，但我觉得还是工作重要，好地方不用一次去完，留着个念想才好。你放心，我马上把他带回来工作。"高建军说道。

心玩野了的公司总裁郝仁直到摄像机打开之前，还是一副生无可恋的样子。可当摄像头的红灯一开，郝仁又变脸般地马上挂满了敬业，与主持人那副端庄的样子如出一辙。

"各位观众朋友大家好，欢迎收看《经济对话》，今天我们非常荣幸地邀请到了最近大热的耀华终端有限公司总裁郝仁先生。"

"大家好，我是郝仁。"

"耀华终端有限公司是全球知名消费类电子科技品牌，它的前身脱胎于国内最大的代工企业耀华技术有限公司，于2002年创办自主品牌，距今已经有十五年了。目前，耀华终端服务全球一百多个国家与地区的消费者，荣获全球最受消费者喜爱科技品牌等多项大奖，无提及品牌认知度高达90%以上，品牌忠诚度达75%以上。作为一个从中国走向世界的科技品牌，您创立之初有想过会取得这样的成绩吗？"主持人说道。

"说实话没有，其实当初决策要创建自主品牌并不是我，而是我的老领导赵扬。他想要走出价格战的泥沼，不想受制于人，真正做一个百年老店。然而当时的市场状况很恶劣，在科技领域中国活脱脱是国际巨头的斗兽场，没有国产品牌的一席之地。市场上的主流电子产品，清一色的国外品牌，头部的几个国外品牌占有了中国70%以上市场份额和近90%的利润，剩下的份额留给了数量众多的合资品牌和本土品牌。本土品牌更是规模小，销量累计上100万的厂商都屈指可数。这样一个几乎不可能完成的任务被提出时，没有一个高管愿意接。"郝仁说道。

"所以，这个重任就落在了当时负责研发的郝总身上。"主持人笑着说道。

"是的，我还是太年轻了。"郝仁回忆往事叹道。

"可是您做到了看似不可能的事，当时是怎么想的？"主持人说道。

"我当时如履薄冰，想的是不要把工作弄丢。"郝仁诚恳地说道。

"真的吗？我不信！"主持人说道。

"真的，我们不能以结果推断开端。任谁都预测不了未来，站在选择的路口，该慌还得慌。"郝仁说道。

听到郝仁如此说，主持人好像抓住了什么巨大的把柄一般，笑出声说道："我这里有两份资料，一份来自全球权威分析师机构IDC对今年全球科技品牌全年出货量排名的预测，上面赫然写着耀华将会是中国第一，全球第三。另一份是我在博客中国网站上找到昵称叫做个好人的空间，根据上面的资料和文章，我猜测是您的小号，没错吧？"

郝仁想了想似乎念书时候是有这么个博客，发的都是些技术探讨，没啥见不得人的内容，于是疑惑地点了点头。

"这就对了，上面有一篇文章写于2002年夏天，您说要花十五年的时间将品牌做到全国第一，请问您是穿越过来，还是具有未卜先知的特异功能？"主持人笑着说道。

郝仁在记忆里搜到了那个在高建军家喝多的夜晚，心想当初怕人说自己吹牛，才把博客上的全球第一改成全国第一的。然而，今天是正式的媒体采访，断然不能把实话说得如同大放厥词一般，免得回去被穆老师好一顿修理，于是嘴上故作低调地说："说出来大家可能不信，我当时喝多了，肾上腺素一飙升，闭眼瞎写的。幸好吹出去的牛，不小心就实现了，否则今天将会是另外的一个故事了。"

"我猜了一万种可能，却完全没想到是这样的。"主持人玩笑道。

郝仁结束采访人还在路上，微博热搜已经出现了"别人家老板吹出去的牛，不小心就实现了"的话题，自己喝多还能保持谦虚的博客截图已经实现百万转发了。

从闲散回归高强度的郝仁有点不适应，晚饭后站在天台上边吞云吐雾边想事。

有时候，郝仁觉得自己不是一个喜欢找事的人，无奈事喜欢找上自己。在欧洲旅行的两个月，公司一切顺风顺水，自己才回来没有多久，几桩大事就找上门了。

先是传出海外巨头内部已经专门成立对抗耀华终端的策略部门，要针对其劣势，从研发、营销、销售等多角度进行反击，这一举动直接导致郝仁扮猪吃老虎的时代终结，马上就迎来拳拳到肉的硬仗。随后，被耀华自研芯片逼得销量骤减的其他芯片厂商也有动作,据说要联合上下游对耀华终端进行商业限制。另外,其他国产品牌厂商也没有和耀华终端站到统一战线,业绩频频下滑的理想终端马旭峰多次含沙射影说不要做行业独行侠,尊重竞争对手才有未来等等,桩桩件件有够烦人的。

"是不是还没有想出对策?"隋祖禹不知道什么出现在身后。

"想听真话假话?"郝仁吐出一个烟圈说道。

"废话。"隋祖禹不耐烦地说道。

"一定能解决的,"郝仁停下吸了一口,然后说道,"这是废话。"

隋祖禹瞪了郝仁一眼,刚要发作,郝仁又说道:"现在还没想出来,这是实话。"

"那你打算怎么办?"隋祖禹问道。

"聚焦自身,沿着正确的道路一直走下去。"郝仁说道。

"就这样?"隋祖禹又问。

"就这样,当初我来找你的时候,连产品规划都没有,只知道要做什么,却不知道怎么做。"郝仁说道。

"好,那我们就做到做不下去的时候。"隋祖禹说道。

"做到做不下去,也可以从头开始,只要谁都不放弃。"郝仁指着前方五颜六色如烟花般绽放的晚霞说道:"虽然我们无法阻止黑暗的来临,但黑暗同样也无法阻挡黎明的来临。"

图书在版编目（ＣＩＰ）数据

破浪时代 / 人间需要情绪稳定著. -- 上海：上海文艺出版社, 2025
ISBN 978-7-5321-8858-1

Ⅰ. ①破… Ⅱ. ①人… Ⅲ. ①长篇小说－中国－当代
Ⅳ. ①I247.5

中国国家版本馆CIP数据核字(2023)第187401号

发 行 人：毕　胜
责任编辑：冯　凌
封面设计：钱　祯

书　　名：	破浪时代
作　　者：	人间需要情绪稳定
出　　版：	上海世纪出版集团　上海文艺出版社
地　　址：	上海市闵行区号景路159弄A座2楼 201101
发　　行：	上海文艺出版社发行中心
	上海市闵行区号景路159弄A座2楼206室 201101 www.ewen.co
印　　刷：	崇明裕安印刷厂
开　　本：	890×1240　1/32
印　　张：	35.25
插　　页：	4
字　　数：	1,119,000
印　　次：	2025年1月第1版 2025年1月第1次印刷
Ｉ Ｓ Ｂ Ｎ：	978-7-5321-8858-1/I.6981
定　　价：	128.00元（全二册）

告　读　者：*如发现本书有质量问题请与印刷厂质量科联系　T: 021-59404766*